Василий Гроссман

[俄]瓦西里·格罗斯曼 著

黄秀铭 译

生活与命运
ЖИЗНЬ
И СУДЬБА

作家出版社

图书在版编目（CIP）数据

生活与命运／（俄）瓦西里·格罗斯曼著；黄秀铭译．--北京：作家出版社，2023.11

ISBN 978-7-5212-2366-8

Ⅰ.①生… Ⅱ.①瓦… ②黄… Ⅲ.①长篇历史小说-俄罗斯-现代 Ⅳ.①I512.45

中国国家版本馆 CIP 数据核字（2023）第 116525 号

生活与命运

作　　者：（俄）瓦西里·格罗斯曼
译　　者：黄秀铭
责任编辑：赵　超
装帧设计：吴元瑛
图片支持：视觉中国
出版发行：作家出版社有限公司
社　　址：北京农展馆南里 10 号　　　邮　　编：100125
电话传真：86-10-65067186（发行中心及邮购部）
　　　　　86-10-65004079（总编室）
E-mail: zuojia@zuojia.net.cn
http://www.zuojiachubanshe.com
印　　刷：河北京平诚乾印刷有限公司
成品尺寸：170×240
字　　数：862 千
印　　张：48.5
版　　次：2023 年 11 月第 1 版
印　　次：2023 年 11 月第 1 次印刷
ISBN 978-7-5212-2366-8
定　　价：158.00 元

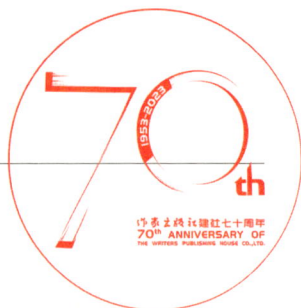

1958 年 12 月，本书作者瓦西里·格罗斯曼（1905—1964）。"二战"期间格罗斯曼被免除兵役，但他自愿奔赴前线，作为苏军军报《红星报》战地记者，在前线度过了一千多天，发回有关莫斯科战役、斯大林格勒战役、库尔斯克战役、柏林战役的多篇第一手报道

约瑟夫·斯大林（1878—1953），苏军最高统帅。曾任全联盟共产党（布尔什维克）中央委员会总书记、苏联人民委员会（后改称苏联部长会议）主席（政府首脑）、苏联国防委员会主席

阿道夫·希特勒（1889—1945），德国政治人物，纳粹党领袖，1933 年至 1945 年担任德国总理，1934 年至 1945 年兼任元首

1942年，斯大林格勒前线苏军指挥官。右一为安德烈·叶廖缅科（1892—1970），时任东南方面军司令员；左一为尼基塔·赫鲁晓夫（1894—1971），时任斯大林格勒方面军军委会委员

1942年9月，德军进入斯大林格勒。废墟中，一位苏联妇女从藏身处爬出来，几个德军士兵在一旁观看

斯大林格勒中央广场上的雕像残骸

1942 年 8 月 1 日，保卫斯大林格勒：斯大林格勒拖拉机厂

1942年11月，保卫斯大林格勒：苏军士兵在红十月工厂附近的战壕中向敌人开火

1942—1943 年，斯大林格勒巷战图景

1942—1943 年，斯大林格勒巷战图景

1942—1943 年，斯大林格勒巷战图景

1942—1943 年，斯大林格勒巷战图景

1942 年 10 月，斯大林格勒战役期间，苏军"喀秋莎"火箭炮向敌军开火

1943 年 2 月 2 日，斯大林格勒战役，在解放的斯大林格勒升起旗帜

1943 年 2 月，斯大林格勒，德军战俘及其他轴心国战俘

位于波兰克拉科夫附近的奥斯维辛集中营，大门上方的德语标牌意为："因劳动，而自由"

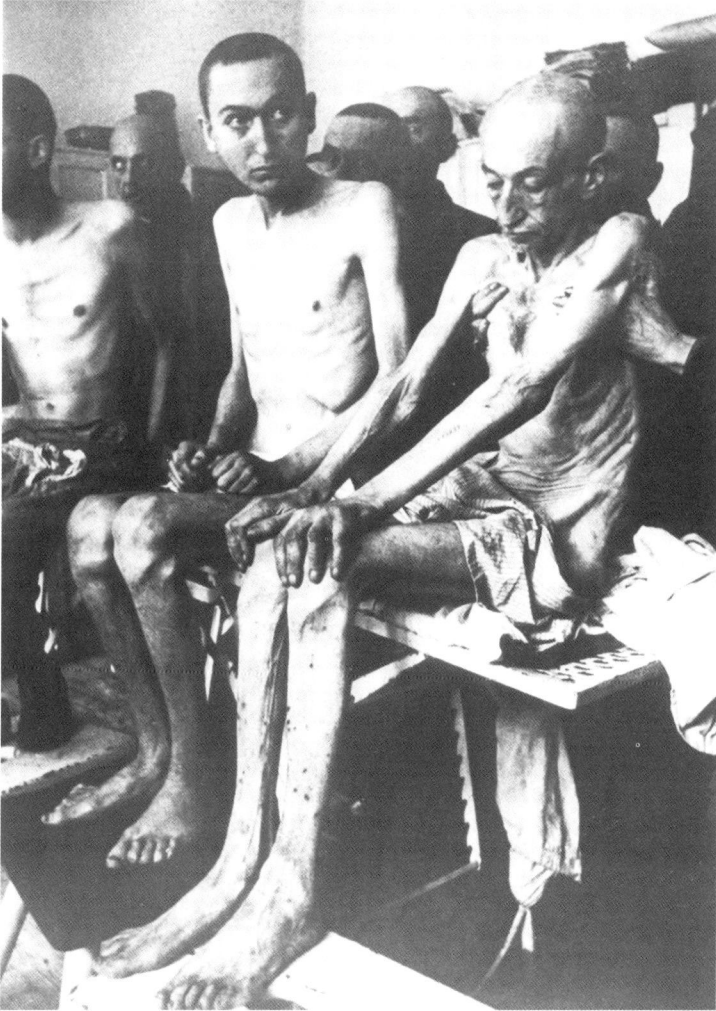

纳粹集中营幸存的俘虏

德国第六步兵集团军司令弗里德里希·保卢斯元帅（1890—1957）。
1943年1月31日，保卢斯在斯大林格勒率部向苏军投降

莫斯科，位于红场东北 900 米的卢比扬卡广场。初建于 1480 年，是伊凡三世安置诺夫哥罗德遗民的地方。广场 11 号大楼在苏联时期是情报机构的所在地，先后是契卡、内务人民委员部、克格勃，乃至现今俄罗斯联邦安全局的总部。书中通常以"卢比扬卡"代称位于此大楼的监狱

斯大林格勒及周边地区

卡梅申

伏尔加河

绥拉菲莫维奇

顿河

东边约 50 公里
埃尔顿湖
→

克勒茨卡亚

顿 河 平 原

都博夫卡

雷诺克

卡拉奇

顿河

契尔河

贝克托夫卡
库珀罗斯诺耶
克勒斯诺阿尔梅斯克

斯大林格勒

阿布加涅罗沃

卡 乔 梅 克

顿河

科捷利尼科沃

萨尔河

—— 1942 年 8 月 –11 月期间的前线

0   50   100 公里

斯大林格勒

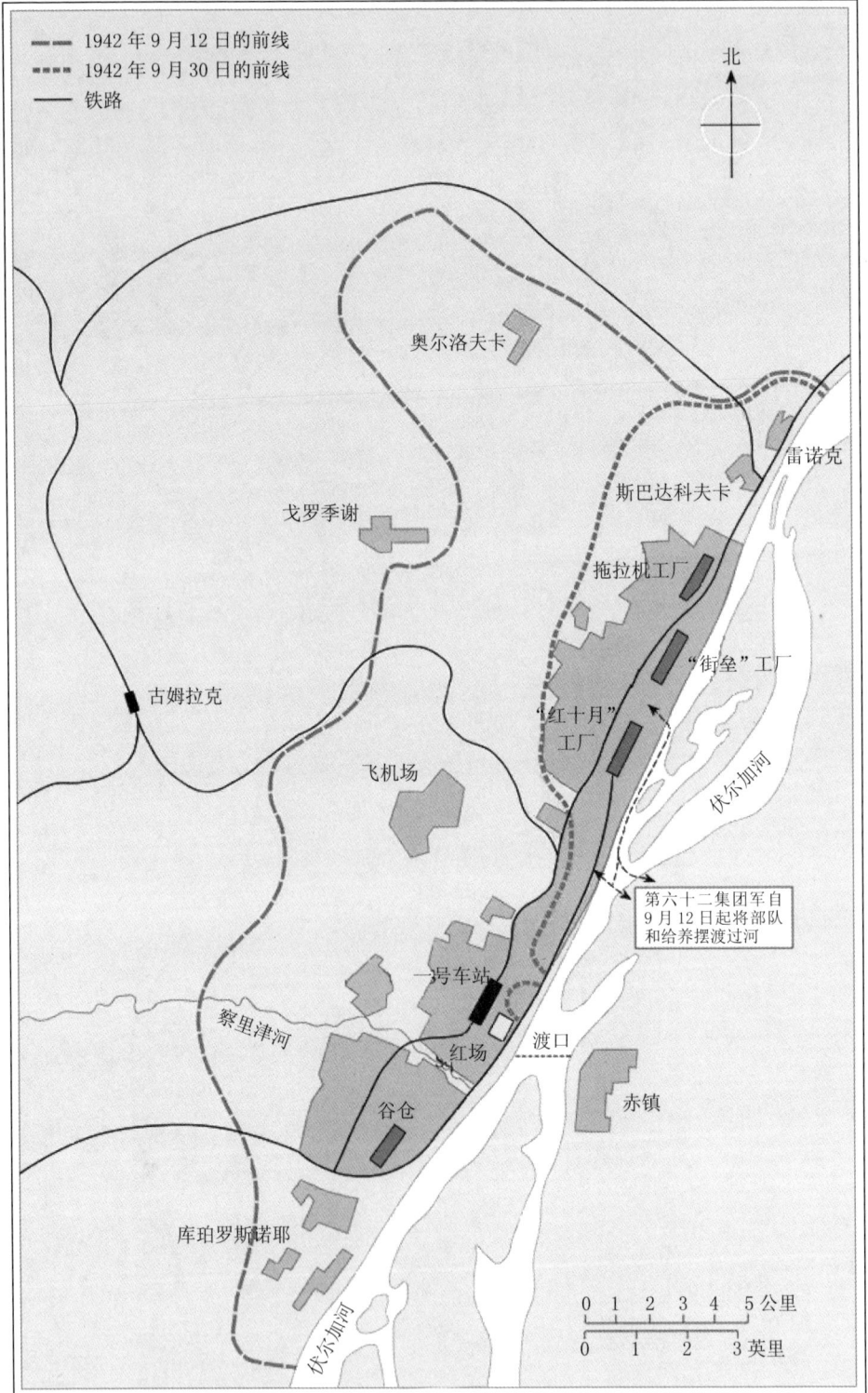

图例：
- 1942 年 9 月 12 日的前线
- 1942 年 9 月 30 日的前线
- 铁路

北

奥尔洛夫卡

雷诺克

戈罗季谢

斯巴达科夫卡

拖拉机工厂

"街垒"工厂

"红十月"工厂

伏尔加河

古姆拉克

飞机场

第六十二集团军自
9 月 12 日起将部队
和给养摆渡过河

蔡里津河

一号车站

红场

渡口

谷仓

赤镇

库珀罗斯诺耶

伏尔加河

| 0 | 1 | 2 | 3 | 4 | 5公里 |

| 0 | 1 | 2 | 3英里 |

献给我的母亲

叶卡捷琳娜·萨维列芙娜·格罗斯曼

沙波什尼科夫家族及其圈子

姓	名	父名	昵称	身份
沙波什尼科娃	柳德米拉	尼古拉耶芙娜	柳达、柳朵奇卡、米拉	家庭主妇
施特鲁姆	维克托	帕甫洛维奇	维佳、维坚卡、维奇卡	柳德米拉的丈夫，核物理学家，苏联科学院通讯院士
施特鲁姆	娜杰日达		娜嘉、娜季卡	柳德米拉的女儿，中学生
施特鲁姆	安娜	谢苗诺芙娜		维克托·施特鲁姆的母亲
沙波什尼科娃	亚历山德拉	弗拉基米罗芙娜	萨申卡	柳德米拉的母亲
沙波什尼科娃	叶甫根尼娅	尼古拉耶芙娜	叶尼娅	柳德米拉的妹妹
阿巴尔丘克				柳德米拉的前夫，1937 年被捕
沙波什尼科夫	阿纳托里		托利亚	柳德米拉和阿巴尔丘克的儿子，红军中尉
斯皮里多诺娃	玛鲁霞			柳德米拉的妹妹，斯大林格勒疏散时在伏尔加河溺水死亡
斯皮里多诺夫	斯捷潘	费奥多罗维奇		玛鲁霞的丈夫，斯大林格勒发电厂厂长
斯皮里多诺娃	薇拉			玛鲁霞和斯捷潘的女儿
沙波什尼科夫	德米特里		米佳	柳德米拉的弟弟，1937 年被捕
沙波什尼科夫	谢尔盖		谢廖扎、谢廖什卡	德米特里的儿子，6/1 号楼战士
柯雷莫夫	尼古拉	格里戈里耶维奇	柯利亚、柯连卡	曾与叶甫根尼娅同居，红军政委
亨利赫松	珍妮	亨利霍芙娜		沙波什尼科娃家战前的家庭教师
维克托罗夫	万尼亚			薇拉的丈夫，空军飞行员
列文顿	索菲娅	奥西波芙娜	索尼契卡、索尼卡、索法	柳德米拉和叶尼娅的朋友

维克托·施特鲁姆的同事

姓	名	父名	昵称	身份
索科洛夫	彼得	拉夫伦季耶维奇	彼佳	数学家，在施特鲁姆实验室工作
索科洛娃	玛丽娅	伊万诺芙娜	玛莎、马申卡	其妻，家庭主妇
马尔科夫	维亚切斯拉夫	伊万诺维奇		物理学家，在施特鲁姆实验室工作
萨沃斯季亚诺夫				施特鲁姆实验室助手
魏斯帕皮尔	安娜	纳乌莫芙娜		施特鲁姆实验室助手
洛沙科娃	安娜	斯捷潘诺芙娜		施特鲁姆实验室助手
诺兹德林	斯捷潘	斯捷潘诺维奇		施特鲁姆实验室机械师
佩列佩利岑				施特鲁姆实验室电工
波斯托耶夫				物理学博士，苏联科学院院士
斯韦钦				苏联科学院物理研究所磁学实验室主任
加夫罗诺夫				物理学史专家
拉姆斯科夫				苏联科学院物理研究所党委书记
古列维奇				物理学博士
切佩任	德米特里	彼得罗维奇		苏联科学院物理研究所原所长
皮缅诺夫				苏联科学院物理研究所原副所长
普拉索洛夫				苏联科学院院士
什沙科夫	阿列克谢	阿列克谢耶维奇		苏联科学院院士，苏联科学院物理研究所所长
科夫琴科	卡西扬	捷连季耶维奇		苏联科学院物理研究所副所长
杜宾科夫				苏联科学院人事处处长
巴季因				苏共中央科学部部长

维克托·施特鲁姆在喀山的圈子

姓	名	父名	昵称	身份
马季亚罗夫	列昂尼德	谢尔盖耶维奇	列涅奇卡	历史学家，索科洛夫的妹夫
卡里莫夫	阿赫迈德	乌斯曼诺奇		鞑靼语翻译家
阿尔捷列夫	弗拉基米尔	罗曼诺维奇		化学工程师

格特马诺夫在乌法的圈子

姓	名	父名	昵称	身份
格特马诺夫	杰门季	特里丰诺维奇	季马	州委书记，被任命为诺维科夫坦克军的政委
格特马诺夫	加琳娜	捷连季耶芙娜		其妻
卡尔波夫	尼古拉	捷连季耶维奇		加琳娜的弟弟
马舒克				国家安全机关官员
萨盖达克				乌克兰党中央宣传部负责人，格特马诺夫的连襟

德国集中营

姓	名	父名	昵称	身份
莫斯托夫斯科伊	米哈伊尔	西多罗维奇		老布尔什维克，战俘
切尔涅佐夫				前孟什维克
帕夫柳科夫				红军战士，在集中营当卫生员
叶尔绍夫				苏军少校，战俘
奥西波夫				苏军旅级政委，战俘
科季科夫				苏军军官，战俘
兹拉托克雷列茨				苏军上校，步兵团长，战俘
古兹				苏军少将，战俘
基里洛夫				苏军少校，战俘
伊孔尼科夫－莫尔日				前托尔斯泰主义者
加尔第				意大利神父
利斯				党卫军中校
凯泽				棚屋狱头

莫斯科卢比扬卡监狱

姓	名	父名	昵称	身份
柯雷莫夫	尼古拉	格里戈里耶维奇	柯利亚、柯连卡	曾与叶甫根尼娅同居，红军政委
博戈列耶夫				艺术史学家，诗人
卡策涅连博根				前契卡干部，莫斯科著名节目主持人
德雷林				前孟什维克

苏联劳改营

姓	名	父名	昵称	身份
阿巴尔丘克				柳德米拉的前夫，在劳改营管理仓库
涅乌莫利莫夫				苏军骑兵旅长
莫尼泽				共产国际青年主席团前成员
鲁宾	阿布拉沙			医士
马加尔				老布尔什维克，曾为阿巴尔丘克的老师
通古索夫				近卫重骑兵团前军官
乌加罗夫	科尔卡			小偷
科纳舍维奇				航空机械师，曾获太平洋舰队重量级拳击冠军称号
佩列克列斯特				采煤队队长
扎罗科夫				棚屋领班
巴尔哈托夫				刑事犯，阿巴尔丘克的助手

毒气室之旅

姓	名	父名	昵称	身份
列文顿	索菲娅	奥西波芙娜	索尼契卡、索尼卡、索法	军医，叶尼娅的朋友
达维德				小男孩
布赫曼	列薇卡			达维德的姨妈
罗森伯格	璐姆			会计
鲍里索芙娜	穆夏			图书馆馆员
扬克列维奇	拉扎尔			钳工
	杰博拉	萨穆伊洛芙娜		其妻
维诺库尔	穆霞			漂亮女孩
艾希曼*	阿道尔夫			党卫军中校，反犹大屠杀的主要责任人和组织者之一
赫梅利科夫	安东			特别行动队队员
茹琴科	特罗菲姆			特别行动队队员
卡尔特鲁夫特				特别行动队队长、党卫军少校

＊历史人物

斯大林格勒发电厂

姓	名	父名	昵称	身份
斯皮里多诺娃	玛鲁霞			柳德米拉的妹妹，斯大林格勒疏散时在伏尔加河溺水死亡
斯皮里多诺夫	斯捷潘	费奥多罗维奇		玛鲁霞的丈夫，斯大林格勒发电厂厂长
斯皮里多诺娃	薇拉			玛鲁霞和斯捷潘的女儿
安德烈耶夫	帕维尔	安德烈耶维奇		工厂警卫
卡梅绍夫				总工程师
尼古拉耶夫				党委书记
安德烈耶娃	瓦尔瓦拉	亚历山德洛芙娜		安德烈耶夫的妻子，斯大林格勒疏散时在伏尔加河溺水死亡

诺维科夫的坦克军

姓	名	父名	昵称	身份
诺维科夫	彼得	帕甫洛维奇	彼佳、彼季卡	上校，军长，叶尼娅的男友
格特马诺夫	杰门季	特里丰诺维奇	季马	政委
涅乌多布诺夫	伊拉里昂	因诺肯季耶维奇		少将，参谋长
马卡洛夫				一旅旅长
别洛夫				二旅旅长
卡尔波夫				中校，三旅旅长
法托夫				大尉，营长
维尔什科夫				诺维科夫的副官
哈里托诺夫				诺维科夫的司机

古比雪夫

姓	名	父名	昵称	身份
沙波什尼科娃	叶甫根尼娅	尼古拉耶芙娜	叶尼娅	柳德米拉的妹妹
亨利赫松	珍妮	亨利霍芙娜		沙波什尼科娃家战前的家庭教师
沙罗戈罗茨基	弗拉基米尔	安德烈耶维奇		前贵族，1926—1933年被流放
利莫诺夫				莫斯科作家

驻斯大林格勒的苏军官兵

姓	名	父名	昵称	身份
叶廖缅科*				上将，斯大林格勒方面军司令员
扎哈罗夫*				中将，叶廖缅科的参谋长
崔可夫*	瓦西里	伊万诺维奇		中将，第六十二集团军司令员
克雷洛夫*				少将，第六十二集团军参谋长
古罗夫*				师政委，第六十二集团军军委委员
特卡琴柯				少将，第六十二集团军工程兵司令员
波扎尔斯基*				第六十二集团军炮兵司令
巴丘克*				中校，第二八四步兵师师长
古列夫*				近卫步兵第三十九师师长
罗季姆采夫*				少将，近卫步兵第十三师师长
别利斯基				罗季姆采夫师的师参谋长
瓦维洛夫				罗季姆采夫师的师政委
别列兹金	伊万	列昂季耶维奇	万尼亚	少校，团长
格卢什科夫				别列兹金的勤务兵
皮沃瓦罗夫				别列兹金的团政委
波德楚法罗夫				别列兹金团下属营长
莫夫肖维奇				别列兹金团下属营长
德尔金				别列兹金团下属营长

* 历史人物

卡尔梅克草原

姓	名	父名	昵称	身份
达伦斯基	万尼亚			苏军中校，方面军司令部参谋
谢尔盖耶芙娜	阿拉	阿洛奇卡		苏军报务员
克拉夫季娅				军委委员的情妇
鲍瓦				苏军中校，炮兵团参谋长

6/1 号楼

姓	名	父名	昵称	身份
格列科夫	万尼亚			苏军上尉，"楼长"
文格洛娃	卡佳		喀秋莎	苏军报务员
科洛梅伊采夫				苏军战士，火炮手
巴特拉科夫				苏军中尉
本丘克				苏军战士，观察员
兰帕索夫				苏军战士，计算员
克里莫夫	瓦夏			苏军战士，侦察员
琴佐夫				苏军战士，迫击炮手
利亚霍夫				苏军工兵
祖巴列夫				苏军中尉，步兵指挥官
沙波什尼科夫	谢廖扎		谢廖什卡	苏军战士
佩尔菲力耶夫				苏军战士
波利亚科夫				苏军战士

驻斯大林格勒的德军军官

姓	名	父名	昵称	身份
保卢斯 *	弗里德里希			德军上将、元帅，第六集团军司令员
施密特 *				德军将军，保卢斯的参谋长
亚当斯 *				德军上校，保卢斯的副官
巴赫	彼得			德军中尉
莱纳尔德				德军上尉，党卫军军官

＊历史人物

俄罗斯人的姓名由三部分构成，按照俄文表达习惯，依次为：本名—父名—姓。其中父名表示该人父亲的本名，通常由父亲的本名（有时经过一定的变换）加上后缀构成。例如，"亚历山德拉·弗拉基米洛夫娜"即表示本名为"亚历山德拉"的某人是一位本名为"弗拉基米尔"的人的女儿，而"维克托·帕甫洛维奇"表示本名为"维克托"的某人是一位本名为"帕维尔"的人的儿子。

本名和父名同时使用，是称呼对方的礼貌方式。姓很少用于称呼对方。关系较为密切的朋友或亲人之间，通常用由本名衍生的昵称来称呼对方，例如用"柳达"称呼"柳德米拉"，用"娜嘉"称呼"娜杰日达"。一个本名常有多个昵称，例如"玛莎""玛鲁霞""玛申卡"都是"玛丽娅"的昵称。昵称和本名之间通常有比较明显的联系，比如头一个字通常相同。有时，是第二个字相同，如"万尼亚"是"伊万"的昵称；或第三个字相同，如"托利亚"是"阿纳托利"的昵称。也有的时候，本名和昵称之间看不出明显的联系，如"亚历山德拉"和"萨沙"。

俄罗斯人在称呼对方时有多种选择，不同的叫法有时表达出细微的感情色彩。对于中国读者而言，这可能造成混淆，增加阅读的难度，但如果做过于简单化的处理，比如通通只用姓或只用本名，则会使原著的细腻表达受到损害。例如，第3部第26章中有以下描述（第593页）：

> 他觉得，玛丽娅·伊万诺芙娜的魅力征服了叶尼娅。柳德米拉去了厨房，玛丽娅·伊万诺芙娜也走过去，给她当帮手。
> "多么可爱的女人。"施特鲁姆沉思地说。

叶尼娅嘲讽地回应他：

"维奇卡，啊，维奇卡！"

这个意外的称呼吓了他一跳——已经二十年没有人叫他"维奇卡"了。

这里，叶尼娅突如其来用昵称"维奇卡"称呼自己的姐夫维克托·施特鲁姆，表示了一种提醒甚至警告。

俄罗斯人用昵称表示强烈感情的做法，有时还"强加"到外国人身上。1958年，二十四岁的美国钢琴家范·克莱本参加了在莫斯科举行的第一届柴可夫斯基国际音乐比赛。那是在"二战"之后的东西方冷战时期，本来苏联当局早已内定由苏联钢琴家列夫·弗拉森科赢得钢琴项目的金牌，但莫斯科听众对范·克莱本如此钟爱，决赛阶段每次他去莫斯科柴可夫斯基音乐学院参赛路上都有大批听众在路旁聚集，高呼他的名字。他们喊的不是"范·克莱本"，不是"克莱本"，甚至不是"范"，而是——"范尼亚""范尼什卡""范纽沙"，等等。由于他的出色演奏，再加上莫斯科听众的狂热追捧，当时的苏联最高领导赫鲁晓夫不得不最后拍板，让评委会把第一名颁给范·克莱本。俄式昵称的威力，于此可见一斑！

目　录

第一部

1

起雾了。公路旁的高压电线，不时被汽车前灯照亮。

夜里并未下过雨，但黎明时分的地面沾上了露水，禁行的信号灯一亮，潮湿的柏油路面上就映出一个模糊的红色光斑。集中营的气息许多公里之外就能感受到。电线、公路、铁轨，都朝着集中营汇聚，越来越密集。这是一个由直线构成的空间，大地、秋空、薄雾被一条条直线割裂成无数个长方形和平行四边形。

远处传来悠长而低沉的汽笛声。

公路紧挨着铁路，一长串卡车满载纸袋包装的水泥，与一列似乎没有尽头的货运列车平行前进，有时速度几乎一样。身穿军大衣的卡车司机对并排行驶的货运列车不屑一顾，对车厢里那些苍白、模糊的面孔，也毫无兴趣。

雾霭中，逐渐显现出集中营的围栏——拉在一列列钢筋混凝土桩上的一排排电线。集中营棚屋一路排下去，形成宽阔的长街。单看棚屋千篇一律的形状，就知道别想指望这座庞大的集中营有什么人性。

在上百万座俄罗斯乡村木屋中，绝对没有也不可能有两座完全相同的。任何生命物都是不可重复的。难以想象，两个人或两朵野蔷薇，竟然会一模一样……如果用暴力扼杀生命的个性和独特性，生命本身就会消亡。

头发斑白的火车司机既随意又留神地看着一掠而过的一根根混凝土柱子、安装着旋转探照灯的高高的塔架、带玻璃圆顶的混凝土岗楼。玻璃圆顶里面，能看到手握机枪的卫兵。司机向副司机递了个眼色，机车随即鸣起汽笛。灯火通明的岗亭、停在条状拦木前的卡车、红色的信号灯一闪而过。

远处传来迎面驶来的列车的汽笛声。司机对副司机说：

"来的是楚克尔，听他那牛气冲天的汽笛声就知道了。他卸完了货，正开空车回慕尼黑呢。"

空车与开往集中营的货运列车交错而过，轰鸣声震耳欲聋。空气被撕裂开来，车厢之间闪过一片片灰色空隙。片刻之后，广阔的空间和秋日的晨曦又融汇在一起，撕裂的碎片化为律动的画布。

副司机掏出一面口袋镜，照了照自己脏兮兮的脸颊。司机打了个手势跟他借镜子用。

"老实说，阿普菲尔同志，"副司机愤愤地说，"要不是给车厢消什么毒，我们晚饭前就能到家，哪会像现在这样，累得要命，不到凌晨四点是别想回去了。难道在咱们枢纽站就消不了毒？"

老司机不耐烦再听他没完没了地拿消毒说事儿。

"长拉一声汽笛，"他说，"咱们不进备用站台，直接去卸货总站。"

2

在这座德国集中营里，米哈伊尔·西多罗维奇·莫斯托夫斯科伊的外语知识真正派上了用场，这可是自打共产国际第二次代表大会以来头一回。战前他住在列宁格勒，很少有机会与外国人交谈。现在他回想起侨居伦敦和瑞士的岁月，那些日子里，革命同志经常聚在一起，用好多种欧洲语言交谈、辩论、唱歌。

邻床的意大利神父加迪告诉莫斯托夫斯科伊，集中营里关押的囚犯来自五十六个民族。

命运，面色，穿着，沙沙的脚步声，一成不变、用大头菜和俄罗斯人称为"鱼眼"的人造西米熬的汤——对于集中营各个棚屋中数以万计的居民而言，这些全都一样。

集中营当局凭编号和缝在人们外衣上的布条颜色来区分囚犯：红布条是政治犯，黑布条是怠工者，绿布条是小偷和杀人犯。

因语言不通而无法相互理解的人，被共同的命运维系在了一起。声名卓著的分子物理学家和古文献专家，与目不识丁的意大利农民和克罗地亚牧羊人睡在相邻的硬板床上。当年惯常吩咐厨师第二天早上准备何种早餐、不时抱怨胃口不好而弄得女管家提心吊胆的人，如今跟吃了一辈子腌鳕鱼的人一起上工，木头鞋底同样敲在地面上咔嗒作响，一起眼巴巴地张望：送饭的人怎么还没来？

就集中营囚犯的遭际而言，相似之处正由彼此的差异而生。回忆过往，无论想起的是尘土飞扬的意大利马路旁的小花园，北海的阴沉喧嚣，还是博布鲁伊斯克郊区领导干部住宅中的橘黄色纸灯罩——所有囚犯，无一例外，从前过的日子都美着呢。

一个人关进集中营前的生活越艰难，他为美化往日生活而撒的谎就越离谱。撒这种谎其实没什么实用目的，只是为了赞美自由而已：集中营外面的生活，怎可能不幸福？

战前，这个集中营是一座专门关押政治犯的集中营。

国家社会主义创造了一种新型的政治罪犯：不曾犯罪的罪犯。

许多囚犯被关到这座集中营，只是因为在与朋友交谈时批评了希特勒政权，或者说了个政治笑话。他们既没有散发传单，也没有加入地下党派；加在他们身上的罪名是：这一切他们都有可能干。

将战俘关押在政治犯集中营是法西斯主义的另一项创新。在这里，除了在德国上空被击落的英、美飞行员之外，还有盖世太保特别感兴趣的红军指挥员和政委。盖世太保逼迫他们提供情报，与德方合作、出谋划策，或者在想得出来的种种声明上签字。

集中营里还有"怠工者"：试图擅自离开军工厂或建筑工地的人。将出工不出力的人关到集中营是国家社会主义的又一项创新。

外衣上缝着淡紫色布条的囚犯是从法西斯德国出逃的移民。这也是国家社会主义的一项创新：任何离弃德国的人，无论在国外表现得多么忠于德国，都是政治上的敌人。

外衣上缝着绿色布条的人是小偷和窃贼，他们是这座政治犯集中营里的特权阶层，当局依靠他们来监督政治犯。

利用刑事犯来管制政治犯，是国家社会主义的又一项创新。

有些人的际遇如此奇特，当局竟然想不出该用什么颜色的布条来代表其过往。他们当中有一个耍蛇的印度人，一个从德黑兰来学习德国绘画的波斯人，一个来自中国的物理系学生。不管有没有布条、布条什么颜色，国家社会主义反正都为他们准备好了一个床位、一饭盒的汤和沼泽地上一天十二小时的苦力活儿。

日日夜夜，一火车一火车的人陆续来到死亡营和集中营。空气中充斥着车轮的隆隆声、机车的呼啸声和数十万囚犯前往工作场所的脚步声。每个囚犯的衣服上都缝着一个五位数的蓝色数字。集中营不断成长，不断扩张，俨然成了新欧洲的新城市——街道和广场，医院和跳蚤市场，火葬场和体育场，一应俱全。

与这些集中营城相比，与悬浮在焚尸炉上方、令人胆寒的红黑夹杂的火光相比，那些挤在城镇郊区的老式监狱显得如此幼稚，甚至会让人觉得颇有几分温良、几分古朴。

管理如此大量的囚犯，似乎需要数量也许高达百万的警卫和监管人员吧？但实际情况并非如此。在集中营棚屋里，经常好几个星期，一个穿党卫军制服的人也见不到！囚犯自己承担起了集中营城市的警卫工作。囚犯自己负责执行营内管理程序，负责让半腐烂的、冻得硬邦邦的土豆进入囚犯自己的平底锅，而大块的好土豆则挑选出来送到军粮站。

许多囚犯担任集中营医院和实验室的医生和细菌学家，担任清扫集中营人行道的清洁工，担任为集中营提供光和热、为营内汽车提供零件的工程师。

充当凶狠而干练的集中营警察的是人称"卡波"的囚犯，他们左臂上戴着宽宽的黄袖章。卡波们与营狱头、区段狱头和棚屋狱头一起，控制着所有层级的集中营生活——从全营事务到晚上在板床上进行的个人活动。有些囚犯可以染指集中营的机要大事，甚至参与制定死囚名单，参与在绰号"暗室"的混凝土小屋里审讯囚犯。看来，即使集中营管理方完全消失，囚犯们也会让高压电网中的电流维持高压，使大伙儿打消逃跑的念头，继续埋头干活。

卡波们和狱头们既为集中营当局效劳，又会时不时地叹息一声，为送进焚尸炉的人流几滴眼泪。不过这种二重性并不彻底，他们绝不会把自己的名字列入死囚名单。最令莫斯托夫斯科伊不安的是，在集中营里，国家社会主义给人的感觉，并不是戴着单片眼镜、以普鲁士贵族的傲慢姿态凝视芸芸众生，令囚犯觉得格格不入的冷血动物。国家社会主义在集中营里似乎如鱼得水，与普通囚犯全无隔阂，用囚犯自己的语言开玩笑，囚犯被这些玩笑逗得乐不可支。国家社会主义就是平头百姓，举止平易近人；至于那些被它剥夺了自由的人，心里想什么、嘴里说什么、脑袋里转什么念头，国家社会主义全都一清二楚。

3

莫斯托夫斯科伊、阿格里比娜·彼得洛芙娜、女军医列文顿和司机谢苗诺夫是在八月的一天夜里，在斯大林格勒郊外被德军俘虏的。他们被押送到德军一个步兵师的司令部。

阿格里比娜·彼得洛芙娜在审讯后获释。翻译根据一名战地宪兵队队员的指示，给了她一块豌豆面面包和两张三十卢布的红色钞票。谢苗诺夫跟一队囚犯一起被押往维尔加契村附近的主集中营。莫斯托夫斯科伊和军医索菲娅·奥西波芙娜·列文顿被送到了德军集团军司令部。

在那里，莫斯托夫斯科伊最后一次见到索菲娅·列文顿。她站在一个尘土飞扬的院子中间，没戴军帽，领章被撕掉了。她脸色阴沉，眼里充满仇恨，莫斯托夫斯科伊见了，不由得在心里叫好。

第三次提审后，莫斯托夫斯科伊被徒步押到火车站，一列货车正在那里装载玉米。十个车厢专门拨出来押运被迫去德国做工的青年男女。火车开动时，莫斯托夫斯科伊听到妇女的尖叫声。他被关进硬席车厢的一个小隔间里。押送他的大兵并不粗鲁，但莫斯托夫斯科伊一问话，他脸上就摆出一副聋哑人的神情。与此同时，很明显，他所有的注意力都集中在莫斯托夫斯科伊身上。他就像一位经验丰富的动物园工作人员，默不作声，全神贯注地监视着笼子，观察关在里面的动物在运输过程中的一举一动。火车进入波兰后，隔间多了一位乘客——一位波兰主教。这是个头发花白的男人，高大英俊，眼神忧郁，嘴唇像年轻人般丰满。他一坐下来，立刻操着口音很重的俄语，向莫斯托夫斯科伊讲起希特勒对波兰神职人员的迫害。但莫斯托夫斯科伊对天主教和教皇表示了大不敬，主教随即沉默了。之后，对莫斯托夫斯科伊提的问题，他都用波兰语三言两语作答了事。几小时后，主教在波兹南被押下火车。

莫斯托夫斯科伊被直接送进了集中营，没机会看看柏林……恍惚间，他好像已经在这里待了很多年。他所在的区段关押着盖世太保特别感兴趣的囚犯。在这种特别区段，囚犯吃得比劳动营好些，但这种好日子跟实验室里豚鼠的良好待遇没什么两样。有时，值班员会把一个囚犯叫到门口——有个朋友想拿烟草换一份口粮，出的价也不错，于是被叫的人会满意地咧开嘴，笑嘻嘻地回到板床。再过一会儿，一个正在讲故事的人，也会这样给叫到门口，但听故事的人却永远别想听到故事的结局了。隔天，一名"卡波"会来到那人的板床边，告诉值班员把板床主人的破烂衣物收拾起来。接着就会有人讨好地问棚屋狱头凯泽，能不能占用那张空板床？在棚屋里，聊天的内容千奇百怪，大家都习以为常了：死亡营、焚尸炉、集中营足球队，等等。说到足球，大家纷纷发表见解："沼泽兵队"最强，"林区队"还行，"厨房队"前锋很勇猛，而波兰人的"普拉采菲克斯队"后卫太差劲。对于在集中营里传播的成十上百个谣言，人们也习以为常了：一会儿是新式武器，一会儿是纳粹党头目之间的内讧。这些谣言总是令人欣慰，然而却经不起推敲，权当集中营居民的鸦片罢了。

4

一大早下起了雪，一直没化，到中午才停。俄国难友悲喜交集。俄罗斯好像就在他们身边呼吸，在他们疲惫不堪的脚下铺上母亲的雪白披肩。棚屋屋顶被染成了白色，远远看去，仿佛俄罗斯乡村的一栋栋小木屋。

然而，短暂的喜悦混杂着忧伤，最终还是被忧伤淹没了。

一个名叫安德烈亚的原西班牙士兵在值班，他走到莫斯托夫斯科伊跟前，用半通不通的法语对他说，相熟的一个文书在一份公文上看到了莫斯托夫斯科伊的名字，但还没看仔细，就被办公室主任拿走了。

"我的命运如何，就取决于这一纸公文了。"莫斯托夫斯科伊想。他很高兴自己能处之泰然。

"但不要紧，"安德烈亚低声说道，"还可以打听打听。"

"向集中营警备司令打听吗？"加尔第神父问道，一双大眼睛在半明半暗中忽闪着，黑亮黑亮的，"还是向保安总局代表利斯本人打听？"

加尔第这个人，白天和晚上的举止大相径庭，颇令莫斯托夫斯科伊吃惊。白天，这位神父谈论菜汤，谈论新来的犯人，与邻居讨价还价交换配给品，回忆加大蒜的辣味家乡菜。

苏军战俘都知道他的口头禅"全玩儿完"，每次在集中营操场上碰见他，老远就朝他喊："帕德列①神父，全玩儿完。"然后笑起来，仿佛这么一喊就多了几分希望。他们叫他"帕德列神父"，以为他的名字就是"帕德列"。

一天深夜，住在特种棚屋里的几个苏军指挥员和政委跟加尔第开玩笑，问他是否恪守誓言，一辈子都不近女色。

加尔第听着夹七杂八的法语、德语和俄语，面无表情。

然后他开了口，莫斯托夫斯科伊替他当翻译。他说，俄国革命者为了自己的理念可以服苦役，甚至走上断头台，那诸位为什么要怀疑，一个人为了宗教理念可以拒绝与女人亲近？毕竟，这比牺牲性命差远了。

"嗯，您还真别说。"旅级政委奥西波夫咕哝道。

夜里，当所有人都入睡后，加尔第就变了个人。他跪在床上，开始漫长的祷告。这时，他那双狂热的眼睛让人觉得，这座苦役之城的所有苦难都可以消失在他那温柔而凸起的黑色眼珠里。他深棕色的脖子上青筋暴起，像在干重活儿，而他那张长长的、冷漠的脸上会呈现出一种阴沉、坚毅、幸福的神态。他会祷告很长时间，莫斯托夫斯科伊会在意大利人低沉而快速的喃喃声中沉入梦乡。一两个小时后，莫斯托夫斯科伊通常会醒来，那时加尔第已经睡着了。意大利人酣睡着，一边弄出种种响动，好像在努力调和白天和晚上两个不同的自我：忽而鼾声大作，忽而

---

① "帕德列"是意大利文 padre（爸爸、神父）的音译。——译注（除另有说明者外，本书脚注均为译者所加）

津津有味地吧嗒嘴唇，忽而又磨着牙齿，一边雷鸣般放屁，然后突然拖声拖调地念起了美妙的祈祷文，赞美神和圣母玛利亚的仁慈。

加尔第从不因无神论而责怪莫斯托夫斯科伊这个俄国老共产党员，反倒经常向他打听有关苏联的情况。

听莫斯托夫斯科伊讲话时，他会不时点头，似乎赞同关闭教堂和修道院，赞同将属于主教公会的大片土地收归国有。

他的一双黑眼睛盯着这位老共产党员，眼里满含忧伤。最后，莫斯托夫斯科伊会烦躁地问："您听懂了吗？[①]"

加尔第带着一贯的微笑，仿佛谈论的是炖肉和番茄酱，说道："您说的我全懂，我只是不懂，您为什么要这样说。[②]"

关押在特种棚屋的其他俄国战俘也照样得干活，因此莫斯托夫斯科伊只有在深夜才有机会跟他们见面、交谈。但古兹将军和旅级政委奥西波夫是例外，他们不需要参加劳动。

有个叫伊孔尼科夫－莫尔日的囚犯经常跟莫斯托夫斯科伊聊天，这人看不出年龄，言谈举止很古怪。他睡在全屋最差劲的地方，紧挨着门口，穿堂风刮个不停，有段时间那儿还摆了个大马桶，每次放下马桶盖，就会"砰"地一响。

俄国囚犯们管他叫"马桶老头"。他们视他为傻瓜，既厌恶他，又怜悯他。他有着疯子和傻子特有的非凡忍耐能力，从来不感冒，即使不脱湿淋淋的衣服上床睡觉也不会着凉。他的嗓音如此清晰洪亮，只有疯子才会那样说话。

他跟莫斯托夫斯科伊是这样相识的：他走到莫斯托夫斯科伊面前，默不作声地盯着莫斯托夫斯科伊，看了好久。

"喂，有什么好消息啊，同志？"莫斯托夫斯科伊问道，然后冷笑了一声。伊孔尼科夫唱歌般地回答说：

"好消息？什么算好消息？"

这些话一下子让莫斯托夫斯科伊回到了童年，回到了哥哥从神学院回家时和父亲讨论神学问题的日子。

"这的确是个老掉牙的问题，"他说，"自佛教徒和早期基督教徒以来，人们一直对此感到困惑。我们马克思主义者对这个问题也做了很多探索。"

"而且找到了答案？"伊孔尼科夫的语气把莫斯托夫斯科伊逗笑了。

"红军正在寻找答案，"莫斯托夫斯科伊说，"但是，恕我直言，你的语调有点

---

① 原文为法语。

② 原文为法语。

精神安慰的味道，我不太肯定，是更像牧师呢，还是更像托尔斯泰主义者。"

"这并不奇怪，"伊孔尼科夫说，"我以前就是个托尔斯泰主义者。"

"真没料到！"莫斯托夫斯科伊叫道。这个怪人引起了他的兴趣。

"你知道吗，"伊孔尼科夫说，"我确信，布尔什维克在革命后对教会大肆迫害，其实有利于宣扬基督教教义。革命前，教会已经陷于很可怜的境地。"

莫斯托夫斯科伊善意地说：

"您真是个辩证论者！我这把年纪，也算见证了一回福音奇迹！"

"不是的，"伊孔尼科夫皱着眉头回答，"对你们来说，为达目的可以不择手段——而你们采用的手段是不人道的。您在我身上也见不到什么奇迹——我算哪门子辩证论者。"

"原来如此，"莫斯托夫斯科伊突然冒火了，厉声喝道，"那么您找我到底有什么事？"

伊孔尼科夫像军人般来了个立正，说道：

"请别取笑我，"他哀伤的声音听起来惨兮兮的，"我找您不是要开玩笑。去年9月15日，我亲眼看到两万多犹太人被杀害，全是妇女、儿童和老人。那天我明白了，上帝不可能允许这样的事情发生，因此可以得出结论：上帝并不存在。在眼下的黑暗中，我能看到你们的力量，你们正在对抗的可怕的邪恶……"

"那好吧，"莫斯托夫斯科伊说，"咱们聊聊吧！"

伊孔尼科夫在离集中营不远的沼泽地干活，那里在铺设由巨大的混凝土管道构成的系统，好将河水和肮脏的溪水从低地排出去。派到那里干活的大多数是不讨长官喜欢的人，大伙儿管他们叫"沼泽兵"。

伊孔尼科夫的手不大，手指细细的，指甲也很小。每次下工，他总是全身湿透，沾满泥巴，径直走到莫斯托夫斯科伊的板床边，问道："可以在您这里坐一会儿吗？"

他也不睬莫斯托夫斯科伊什么反应，一屁股坐下来，微笑着抹一把额头。他的额头很特别，不太大，向前凸起，非常明亮，似乎与他脏兮兮的耳朵、断了指甲的手、深褐色的脖子毫无关系。

苏联战俘的过往经历一般都很简单，在他们眼里，这个伊孔尼科夫似乎来历不明，不太可靠。

从彼得大帝时代开始，伊孔尼科夫家族祖祖辈辈都当神父，直到他那一代才走上了不同的道路——按照父亲的意愿，伊孔尼科夫兄弟几个接受的都是世俗教育。

伊孔尼科夫曾在彼得堡工学院求学，但他迷上了托尔斯泰主义，在最后一学年辍学，到彼尔姆省北部一个村庄当了小学老师。在乡下住了八年后，他去了敖德萨，在一艘货轮上充任机舱钳工，到过印度和日本，还在悉尼住了一段时间。革命后他回到俄罗斯，加入了集体农庄。这是他夙愿已久的梦想：他相信共产主义化的农业劳动会在地球上建立起天国。

在推行全面集体化时期，他看见过许多专列，车厢里挤满了富农和家眷，他们所有的财富都被没收了。他看见过精疲力竭的男男女女倒在雪地里，再也爬不起来。他看见过被"吊销"的村庄，荒无人烟，每一扇门和窗户都用木板钉死了。他看见过一个被捕的农妇，衣衫褴褛，脖子上青筋凸起，双手因长期劳作而变得黑黪黪的。押解人员惊惶地看着她：她饿得发疯，前不久刚刚吃掉了自己的两个孩子。

这段时间，他仍然待在农庄里，但开始传播福音教义，祈求上帝超度死者的亡灵。为此他被关进监狱，但后来发现，经历过三十年代的灾祸后，他已经变得神志不清。在监狱的精神病院强制治疗一年后，他被释放，搬到白俄罗斯，在哥哥家住了下来。他哥哥是个生物学教授，帮他在一家科技图书馆找了份工作。然而，过去经历的种种可怖事件在他脑海中留下了难以抹除的印记。

战争爆发，白俄罗斯被德寇占领。伊孔尼科夫目睹了战俘遭受的折磨，看到犹太人在白俄罗斯城乡惨遭屠杀。他又陷于近乎歇斯底里的状态，不管认识不认识，见人就央求他们为犹太人提供庇护。他甚至试图亲自搭救犹太妇孺。很快就有人告发他，但他奇迹般地躲过了绞架，最后被关进集中营了事。

这个衣衫褴褛、肮兮兮的"马桶老头"，脑袋里乱七八糟装了些什么，谁也说不清。他自称相信一种荒谬可笑的道德规范，据他说是"超阶级"的。

"凡使用暴力之处，"他对莫斯托夫斯科伊说，"万众悲伤，血流成河。我亲眼看到了农民的深重苦难——然而集体化的推行却以善为名。我不相信什么'善'，我相信行善。"

"照您这么说，如果以善的名义将希特勒和希姆莱[①]绞死，人们该感到震惊啰？您去震惊吧，可别把我算在内！"

"去问希特勒吧，"伊孔尼科夫说，"他会告诉您，这个集中营，也是以善的名义建立的。"

莫斯托夫斯科伊觉得，在跟伊孔尼科夫争论时，自己的逻辑推理完全使不上劲，好像用大刀砍水母。

---

① 海因里希·路易波德·希姆莱（1900—1945），纳粹德国法西斯战犯。历任纳粹党卫队队长、党卫队帝国长官、纳粹德国秘密警察（盖世太保）首脑、警察总监、内政部长等要职，先后兼任德国预备集团军司令、上莱茵集团军群司令和维斯杜拉集团军群司令。1945年5月23日，希姆莱服毒自杀。

"世界进步到现在，并未超越公元六世纪叙利亚基督徒所说的真理："伊孔尼科夫重复道，"'谴责罪恶，但宽恕罪人。'"

棚屋里还住着一个俄国老人，名叫切尔涅佐夫，是个独眼人。看守打碎了他那只玻璃假眼珠，于是，一只红红的空眼窝在他苍白的脸上就成了最醒目的部分。跟人说话时，他总是用一只手掌捂着空眼窝。

他从前是孟什维克，1921年逃离苏维埃俄国后，在巴黎住了二十年，在一家银行当会计。他被关进集中营，是因为鼓动同事怠工，不服从新建立的德国行政当局的命令。莫斯托夫斯科伊竭力不跟切尔涅佐夫发生冲突。

这位独眼的孟什维克看来挺不乐意看到莫斯托夫斯科伊人缘那么好。不知怎的，棚屋里每个人都为莫斯托夫斯科伊所吸引——西班牙士兵、当过文具店老板的挪威人、比利时律师，都不时向这位老布尔什维克求教。

一天，在俄罗斯战俘中颇具声望的叶尔绍夫少校来找莫斯托夫斯科伊，在他的板床上坐下来。他靠在莫斯托夫斯科伊身边，一只手搭在他肩膀上，说话急促而兴奋。

莫斯托夫斯科伊突然回头望了望，只见切尔涅佐夫从老远的角落里盯着他俩，那只好眼睛中流露出的痛苦，似乎比那个红红的空眼窝还要可怕。

"是啊，老兄，不大好受吧。"莫斯托夫斯科伊心想，但并没有幸灾乐祸。

每个人都需要叶尔绍夫少校，这当然不是偶然的。"叶尔绍夫在哪儿？看到叶尔绍夫了吗？叶尔绍夫同志！叶尔绍夫少校！叶尔绍夫说……问问叶尔绍夫……"别的棚屋的囚犯也会来找他；他的板床周围总是人来人往。

莫斯托夫斯科伊称他为"精神领袖"。六十年代有过精神领袖，八十年代又有过精神领袖。民粹主义者曾经风行一时，然后是米哈依洛夫斯基[①]派。此时，在这个纳粹集中营里，也出了精神领袖。独眼人的孤独，在这个集中营里似乎是个悲剧象征。

自从莫斯托夫斯科伊头一次被关进沙皇监狱，整整几十年过去了。那已经是上个世纪的事了，十九世纪。

现在他时常回想起，因为党内某些领导人一度对他开展实际工作的能力缺乏信心，他曾感到多么不快。现在他再次意识到自己的力量；每天，他都看到他的话对古兹将军、旅级政委奥西波夫和老是垂头丧气的基里洛夫少校有多么重要。

战前，他感到宽慰的是，由于远离实际工作，他没多少机会参与一系列可能引

---

① 尼古拉·格奥尔基耶维奇·米哈依洛夫斯基（1842—1904），俄国文学评论家、政论家。

起他疑虑和反对的事：斯大林在党内的专横霸道，对反对派的血腥镇压，对党内老布尔什维克的不尊重。他跟布哈林①很熟，深深敬重他，布哈林之死让他难过了好长时间。然而，他知道，如果他就这些问题中的任何一个与党唱反调，他就不由自主地在反对他为之献出毕生精力的事业——列宁的事业。有时，他疑虑重重。难道他是出于胆怯而不敢说话，不敢对自己不赞成的东西表示反对吗？战前发生了多少可怕的事情！他经常想起卢那察尔斯基②，多么想再有机会与他交谈——跟他谈话好轻松，无所顾忌，只须只言片语，两人就心领神会了。

如今，在这可怕的德国集中营里，他找回了自信和坚毅，却被另一种不安所困扰。即便在集中营里，他也无法再回到年轻时那种一目了然、泾渭分明的状态：在自己人中间感觉像自己人，在外人中间感觉像外人。

问题倒不在于，像一位英国军官有一次问过的那样，在俄罗斯禁止发表反马克思主义观点，是否妨碍了他从事哲学研究。

"可能对有些人有所妨碍，"他回答道，"但不会给像我这样的马克思主义者带来不便。"

"正因为我看你是个老资格的马克思主义者，才问你这个问题。"英国人反驳道。这话在莫斯托夫斯科伊听来很不是滋味，但无论如何他总算是给了英国人一个回答。

问题也不在于，像奥西波夫、古兹和叶尔绍夫这些跟他挺亲近的人，有时会让他感到恼火……不，使莫斯托夫斯科伊烦恼的是，他心中许多东西，连他自己都觉得有异己的味道了。他还记得在和平年代，有几次欣喜若狂地碰到老朋友，结果却发现，昔日的老朋友已经形同陌路。

但是，如果某种按今天的标准已属异己的东西就在他自己身上，已经成为他自身的一部分，那该怎么办？你无法跟自己决裂，不可能逃避自我……

跟伊孔尼科夫交谈时，他总是感到恼火。他会粗鲁无礼，语带讥刺，管伊孔尼科夫叫弱智、窝囊废、草包、笨蛋。但如果有一段时间没见，他又会想念他。

---

① 尼古拉·伊万诺维奇·布哈林（1888—1938），联共（布）党和共产国际的领导人之一，马克思主义理论家和经济学家。曾任联共（布）党中央委员会委员和政治局委员，共产国际执行委员会委员、主席团委员、政治书记处书记，《真理报》主编。后由于和斯大林的政见分歧于1929年被解职，并被开除党籍。大清洗时期被指控委派社会革命党人卡普兰刺杀列宁，暗杀基洛夫、缅因斯基、高尔基，充当帝国主义的间谍。1938年3月被秘密枪决，年仅四十九岁。1988年布哈林被恢复名誉。

② 阿纳托利·瓦西里耶维奇·卢那察尔斯基（1875—1933），苏联美学家，早年受普列汉诺夫影响，参加社会民主党，后转向布尔什维克一边，十月革命后出任教育部长十多年，在苏联早期的文化管理和意识形态控制方面发挥了极其重要的作用。1930年任驻国际联盟代表，1933年去世，葬于红场。

是的，这就是他年轻时蹲监狱和如今关集中营的主要区别。

在青年时代，在朋友和志同道合的人中间，大家都很亲近，相互理解，而敌人的每个想法、每个观点都是异己的、不可理喻的。

而现在，他突然会在外人的想法中瞥见几十年前他曾经认为可贵的东西，而在朋友的想法和话语中有时却会出现不知何故显得异己的东西。

"我一定是在这个世界上活得太久了！"莫斯托夫斯科伊对自己说。

5

一位美国上校住在特种棚屋的一个单间囚室里。他可以在傍晚自由出入棚屋，并且享受特供伙食。有传言说，罗斯福总统为他的案子惊动了瑞典国王，瑞典政府出面过问了他的事。

有一次，尼科诺夫少校生病了，上校来看他，送了他一大块巧克力。在特种棚屋里，他最感兴趣的是俄罗斯战俘，总想跟他们交谈，探讨德国人的战术和开战头一年俄国人失利的原因。

他经常找叶尔绍夫攀谈。有时，看着叶尔绍夫那双睿智的、既严肃又快活的眼睛，他会忘记叶尔绍夫不会说英语。

他觉得很难相信，一个看起来如此聪明的人竟然听不懂他的话——尤其是，谈论的内容双方都如此感兴趣，他怎么可能听不懂？

"您真的一丁点儿也听不懂吗？"他难过地问道。

叶尔绍夫用俄语回答：

"我们尊敬的中士精通各种语言，但外语除外。"

尽管如此，借助由微笑、眼神、轻拍肩背和一二十个严重走样的俄语、法语、德语、英语单词组成的语言，集中营里的俄国人还是得以同来自几十个民族、操不同语言的难友们讨论同志情谊、同情、互相帮助，倾诉对家庭和妻子儿女的眷恋。

"同志，好，面包，菜汤，孩子，香烟，干活儿"，再加上另外十几个跟集中营本身相关的德语词："管区，区段狱头，卡波，死亡营，点名，操场，洗手间，飞行点，警卫"，就足以描述集中营囚犯简单而又混乱的生活中的种种大事了。

还有几个俄语单词——"弟兄们，烟丝，同志"——各个民族的囚犯都用得溜熟。至于俄语单词"茸火加嘎"——指奄奄一息、死期将临的囚犯——已成为来自五十六个民族的所有囚犯的共同词汇。

掌握的俄语单词就那么十几个，并不妨碍伟大的德意志人闯进伟大的俄罗斯人世代生息的城市和乡村；就用"老妈妈、老先生、举起手来、母鸡、鸡蛋、完蛋"等几个单词，数百万俄罗斯农妇、老人、孩子和数百万德意志士兵就得以沟通。沟通的结果可好不了。但这些单词对于伟大的德意志人要在俄罗斯完成的伟业来说，已经足够。

苏联战俘同样也谈不到一块：有的宁死也不肯变节，有的则考虑加入弗拉索夫①的叛军。他们说得越多，争论得越多，彼此就越不了解。最后大家都闭上嘴巴，心里充满了对彼此的蔑视和仇恨。

在这哑巴之间的沉默和盲人之间的对话中，在这些被恐惧、希望和悲痛紧密维系在一起的人群中，在这些说同一种语言的同胞之间的缺乏理解和相互憎恨中，二十世纪的一大灾难得到了悲剧式的体现。

6

初雪那天，俄国战俘们晚上聊天时特别难过。

就连向来精神振作、意志坚定的兹拉托克雷列茨上校和旅级政委奥西波夫也变得无精打采，沉默不语。人们好像都被忧伤压垮了。

炮兵少校基里洛夫坐在莫斯托夫斯科伊的板床上，耷拉着肩膀，轻轻地摇着头。看起来，不仅他的黑眼睛，连他整个硕大的身躯，都充满了忧郁。

类似的眼神，在晚期癌症病人的眼中也能看到。望着这样的眼睛，哪怕是最亲近的人，也会满怀同情地想：这么遭罪，还不如死了好。

脸色蜡黄、无处不在的科季科夫指着基里洛夫，对奥西波夫悄声说道："这家伙，要么会上吊，要么会投奔弗拉索夫。"

莫斯托夫斯科伊摸了摸脸上的灰白胡楂，说道："听我说，哥萨克男子汉们！一切都没问题！你们难道看不出来吗？列宁缔造的国家每生存一天，对法西斯主义的折磨就多一天。法西斯主义别无选择：要么毁灭我们，要么自我毁灭。法西斯主义对我们的仇恨，就是对列宁事业正义性的考验。而且是极其严峻的考验。法西斯分子越恨我们，我们就越是坚信自己的正义……最终胜利的一定是我们。"

他突然转身朝向基里洛夫，说道：

"您怎么回事啊？不记得高尔基那个故事了吗？他在监狱院子里转悠，一个格

---

① 安德烈·安德烈耶维奇·弗拉索夫（1900—1946），原为红军将领，1942年被德军俘虏后，组建了一支由俄国战俘组成的军队，与苏联军队作战。

鲁吉亚人冲他大喊：'你走路就像只老母鸡！头抬高点！'"

大伙儿全笑了。

"他说得很对！我们就是要昂首挺胸！"莫斯托夫斯科伊说道，"试想——幅员辽阔的苏维埃伟大国家正在捍卫共产主义理想！希特勒能战胜我们的国家，我们的理想？斯大林格勒还屹立着，还在坚持。战前似乎我们有点太残酷无情，螺丝拧得太紧了点……但现在连瞎子都能看出，只要目的正确，就不必太在乎手段了。"

"螺丝确实拧得够紧的，"叶尔绍夫说，"您说得没错。"

"照我说拧得还不够紧，"古兹将军说，"应该再紧点，那样的话，希特勒就到不了伏尔加河了。"

"我们没资格教训斯大林。"奥西波夫说。

"确实如此，"莫斯托夫斯科伊说，"如果我们死在监狱或潮湿的矿井中，那也是没办法的事。我们得想想别的东西。"

"比如说？"叶尔绍夫大声问道。

众人面面相觑，然后避开视线，沉默了。

"哎，基里洛夫！基里洛夫！"叶尔绍夫突然说道，"莫斯托夫斯科伊老头说得对。法西斯分子憎恨我们，我们该高兴才是。我们恨他们，他们恨我们。明白吗？但想象一下，假如把你关到俄罗斯集中营里！自己人被自己人关起来！那才真的叫倒霉呢。这里算什么！我们坚强着呢，不会让德国鬼子好过的！"

7

第六十二集团军司令部跟下属各部失去联系已经一整天了。司令部多部电台出了故障，电话线路几乎全部中断。

有时，短短的几分钟里，人们看着流动不息、覆盖着细碎波浪的伏尔加河，会感觉河水静止不动，而岸上的土地却在颤抖。部署在伏尔加河东岸的几百门苏军重炮火力全开，德军控制下的马马耶夫高地①南坡，飞起一团团土块和泥巴。

像云团般腾空而起的泥土，似乎被地心吸力构成的奇妙的无形筛子过滤，沉重的石块和土块往地面落下，而较轻的尘土则飞向天空。

被震得头昏脑涨、眼睛布满血丝的红军战士每天得击退德军坦克和步兵好几次。

对于同部队断了联系的指挥员来说，真是度日如年。

---

① 位于斯大林格勒市中心。1963 年，在此地修建了斯大林格勒战役烈士纪念碑。

为了打发这一天的时光，崔可夫[1]、克雷洛夫[2]和古罗夫[3]想尽了办法——装出忙于工作的样子，写信，争论敌军会如何调动，开玩笑，就着小吃喝伏特加，干喝伏特加，或干脆听着隆隆的爆炸声沉默不语。钢铁旋风在掩蔽部四周盘旋，哪个倒霉鬼敢把身子露出地面，头马上就会被割掉。司令部已告瘫痪。

"咱们玩一圈'傻瓜'吧。"崔可夫说，把盛满烟头的一只大烟灰缸推到桌子角落上。

连集团军参谋长克雷洛夫都沉不住气了。他用手指敲着桌子说：

"情况不可能再糟了，这不是坐以待毙嘛！"

崔可夫发了牌，宣布道："红桃主牌！"可是一转眼他又把牌搅乱，一边说：

"兔崽子似的坐在这里玩牌，不行，我办不到！"

他坐在那里陷入沉思，脸被仇恨和痛苦扭曲，看起来很吓人。

古罗夫仿佛未卜先知，已经预见到自己的命运，若有所思地说了好几次：

"是的，这么过上一天，多半会心脏病发作，就此报销。"

然后他笑了笑，说道：

"在师指挥所，大白天上厕所之难，真没法想象！我听说，有一回柳德尼科夫的参谋长一头冲进掩蔽部，一边嚷嚷道：'哟喂，伙计们，哥儿们终于拉了泡……'再四下一瞧，老天，他看上的那位女医生正在掩蔽部里坐着呢！"

天黑以后，德国飞机的空袭停止了。谁要是夜里偶然来到斯大林格勒岸边，被枪炮声震得头晕耳聋，一定会觉得自己倒了八辈子霉，干吗在决定性攻击即将发起的时刻来斯大林格勒。但是，对于久经沙场的老兵来说，此刻正是刮胡子、洗衣服、写信的好时光，而那些以前干过钳工、车工、焊工，当过钟表匠的，正抓紧时间制作打火机或烟嘴，用弹壳做油灯，用军大衣上的呢子做灯芯，要不就修理钟表。

炮弹爆炸的闪光照亮了岸边的斜坡、城市的废墟、储油罐、工厂烟囱，沿岸一带和城市在一闪即逝的光照下呈现出阴森森的轮廓，令人不寒而栗。

黑暗中，集团军通信中心逐渐复苏，打字机嘀嗒作响打印出战报，小马达、摩尔斯电报机纷纷开动，接线员不停地呼叫，接通了师、团、营、连指挥所的电话。刚刚赶到集团军司令部的通信兵小心翼翼地用咳嗽声报到，联络官们向作战值班参

---

① 瓦西里·伊万诺维奇·崔可夫（1900—1982），苏军元帅，斯大林格勒会战期间，任第六十二集团军司令员。

② 尼古拉·伊万诺维奇·克雷洛夫（1903—1972），苏军元帅，斯大林格勒会战期间，任第六十二集团军参谋长。

③ 谢尔盖·伊万诺维奇·古罗夫（1901—1943），苏军中将，斯大林格勒会战期间，任第六十二集团军军委委员，1943年9月死于心血管阻塞。

谋报告着战况。

一大批高级军官匆匆赶来向崔可夫和克雷洛夫报告军情,其中有上了年纪的炮兵司令波扎尔斯基,强渡工程负责人、工程兵司令特卡琴柯将军,接防不久、身穿草绿色士兵大衣的西伯利亚师师长古尔季耶夫,斯大林格勒的老住户、在马马耶夫高地一带驻防的巴丘克中校。

在给集团军军委①委员古罗夫的政治报告中,一连串斯大林格勒保卫战英雄的名字闪闪发光——迫击炮手别兹金柯,狙击手瓦西里·扎伊采夫和阿纳托利·契诃夫,帕夫洛夫中士等,与他们并列的还有初次出现在斯大林格勒的名字——肖宁、弗拉索夫、布雷辛,他们在斯大林格勒参战头一天就荣立战功。前沿阵地的战士们把折叠成三角形的信交给邮递员——"飞吧信儿,从西飞到东⋯⋯带着问候飞去,捎着应答飞回⋯⋯日安,也许还有晚安⋯⋯"牺牲的指战员在前线就地安葬,而在阵亡将士们无尽长夜的第一个晚上,相隔咫尺的掩蔽部和掩体中,幸存的战友们有的在写信、刮脸,有的在吃面包、喝茶,有的在简易浴室中洗澡。

8

斯大林格勒保卫者最艰苦的日子到来了。

守军与敌军展开激烈的巷战,进攻与反攻交错进行,双方为争夺专家大楼、面粉厂、国家银行大楼以及每个地下室、庭院和广场而杀得难分难解。但整体而言,德军无疑占了上风。

德国人打进斯大林格勒南部拉普申花园、库伯罗山谷和叶利尚卡镇一带的楔形攻势不断扩大。从河边的阵地,德军机枪手不停地扫射伏尔加河左岸赤镇以南的地带。苏军司令部的作战参谋每天在地图上标出战线的位置,眼看着蓝色的敌军标记日复一日无情地向前推进,而苏方红线与浅蓝色的伏尔加河之间的条状地带在逐渐缩小,越变越细。

战争的灵魂是主动权,而这些日子里,主动权掌握在德军手中,他们不断向前推进,推进。苏军发起的一次次反攻无论多么猛烈,依然阻挡不住德军缓慢而毋庸置疑的推进。

从黎明到黄昏,天空中充斥着德国俯冲轰炸机的轰鸣声,炸弹雨点般倾泻到饱

---

① 军委是军事委员会的简称。这是苏军在各军种、各大军区(包括舰队)、集团军以上部队建立的集体领导机构,一般由司令、政委、参谋长三人组成,由司令员任军委主席。特殊情况下,副司令、副政委也参与组成。方面军直属最高统帅部大本营,其军事委员会成员由最高统帅斯大林亲自下令任免。

受苦难的大地上。一个可怕的问题萦绕在数百人脑中：明天，或下周，当苏军防线的薄薄一条带子化为一根细线，而这根细线又被德军进攻的钢牙最后咬成碎渣时，会发生什么？

9

深夜，克雷洛夫将军躺在掩蔽部的行军床上。他两鬓隐隐作痛，白天抽了几十支烟，这会儿喉咙一阵阵刺痛。他舔了舔干燥的上颚，转身面对坑道壁。睡意蒙眬中，他回想起当年在塞瓦斯托波尔和敖德萨的战斗：罗马尼亚步兵冲锋时的呐喊声又在他耳边响起，鹅卵石铺地、常春藤覆盖的敖德萨庭院，塞瓦斯托波尔壮丽的海景又浮现在他眼前。

半梦半醒中，他仿佛又身处塞瓦斯托波尔的指挥所，彼得罗夫①将军的夹鼻眼镜在朦胧中闪闪发光。一瞬间，一块闪烁的镜片反射出千百道细碎的光芒，大海在颠簸，德国人发射的炮弹把岩石炸得粉碎，大片尘土在水兵和步兵头顶上扬起，然后慢慢飘浮到萨蓬山上空。

海浪有气无力地拍打着快艇侧舷，然后只听得一个潜水兵厉声喊叫："快跳！"他纵身跳到海浪中，可是一只脚立刻碰到潜艇艇身……他向塞瓦斯托波尔、夜空的星星、岸上的火光投去最后一瞥。

克雷洛夫又睡着了。即使在睡梦中，战争依然主宰着一切。潜艇从塞瓦斯托波尔向新罗西斯克驶去……他蜷起麻木的双腿，前胸后背汗水淋漓，太阳穴被发动机的噪声震得发痛。突然，发动机熄了火，潜艇缓缓地沉到海底。舱内室闷得难以忍受；一颗颗铆钉在金属舱顶上构成纵横交错的虚线，舱顶仿佛正向他压下来……

忽然，一阵嘈杂的声响传来，一颗深水炸弹爆炸了，四周一片号叫声和飞溅的水声。一股海水猛地涌进来，把他从行军床上掀了下去。梦境消失了，克雷洛夫睁开眼睛，只见火光冲天，一股火流经过掩蔽部敞开的门口向伏尔加河涌去。人声鼎沸，夹杂着冲锋枪嗒嗒的射击声。

"大衣，用大衣罩住头！快！"一位不认识的红军战士喊道，一边把一件大衣塞给他。克雷洛夫把他推开，叫道："司令员在哪里？"

突然，他明白了：德军的炮火引燃了储油罐，燃烧的石油正流向伏尔加河。

要活着逃出这片流动的火海，似乎已绝无可能。火焰哗哗作响，石油填满洼地

---

① 伊万·叶菲莫维奇·彼得罗夫（1896—1958），卫国战争期间指挥过敖德萨和塞瓦斯托波尔战役。

和弹坑，沿着交通壕滚滚而下，不断喷发出火焰，伴随着噼噼啪啪的响声。泥土、黏土、石头浸透了石油，竟然也刺刺地冒起烟来。从被燃烧弹打穿的储油罐中，黑亮的石油溪流般喷涌而出，仿佛由火焰和烟雾织成的一层层巨毯，原先一直被卷起来封存在储油罐中，此刻正缓缓抽出、展开。

亿万年前主宰大地的生命，原始时代庞然怪物那野蛮、凶残的生命，此时好像从深埋的地下被释放了出来，化为漫天烈火；它嚎叫着，咆哮着，踩着巨无霸的脚，吞噬着周围的一切。熊熊烈火上冲高达数百米，夹带着炽热的油汽云，在高高的天空中爆炸着火。火势如此凶猛，以至于周围的空气漩流都来不及向燃烧的碳氢化合物分子供氧；秋夜的星空与燃烧的大地，被一个摇曳的黑色拱顶拦腰分隔为两半。从下面望上去，这个浸满油污、流淌不定的黑色拱顶令人毛骨悚然。

火焰和烟雾交织而成的柱状体冲向天空，时而幻化成绝望而愤怒的怪兽，时而变形为战栗的白杨和山杨。形状不定的火与烟红黑相间，旋转飞扬，仿佛衣衫不整、披散着黑头发和棕红头发的一群村女在狂乱地舞蹈。

炽热的石油在水面上形成一层薄膜，与急流相撞时就发出咝咝的响声，腾起烟气，困兽般左冲右突。

令人惊讶的是，短短时间里已经有战士们找到向岸边转移的通道。他们高声叫喊："这边，往这边跑，走这条小道！"有几个人两三次冲进熊熊燃烧的掩蔽部，帮助司令部人员逃到岸边的一个突出部，流入伏尔加河的火流在那里分岔。不一会儿，突出部上就聚集了一小群人。

穿棉袄的战士们救出了集团军司令员本人和司令部的一批军官。他们把克雷洛夫从火中抬出来，还以为他已经死了。抹了抹烧焦的睫毛，战士们又钻过长满红色野蔷薇的灌木丛向司令部的几个掩蔽部冲去。

第六十二集团军司令部的将士们在伏尔加河岸那一小块突出部上一直站到天亮。他们一边捂着脸避开灼热的空气，一边拍掉溅落在衣服上的火星，看着司令员。崔可夫披着军大衣，一绺头发从军帽下露出来。他皱着眉头，脸色阴沉而平静，一副若有所思的样子。

古罗夫看了看四周的人，说道："这火好像没把我们烤煳……"紧接着摸了一下军大衣上滚烫的纽扣。

"嘿！拿铁锹那位！"工程兵司令特卡琴柯将军喊道，"赶快在这里挖个通道，要不然火头会从那座高岗上蔓延过来！"

他转向克雷洛夫：

"全乱套了，将军同志。大火像洪水般四处奔流，伏尔加河也着火了。还好风不大，否则我们全都会被活活烧死！"

伏尔加河上徐徐吹来微风时，火焰形成的沉甸甸的拱顶就会左右摇曳，压向人群，人们忙不迭地避开火舌。

有的人走到河边，把水泼在靴子上，发烫的靴筒立刻把水化为蒸汽。一些人默默盯着地面，一些人不停地东张西望，一些人强作镇静，开玩笑说："这儿连火柴都用不着，伏尔加河的水就可以点烟，风也可以。"还有一些人在身上摸摸，发现腰带上的金属扣都烫手，便无奈地摇摇头。

传来几声沉闷的巨响，德国鬼子扔到司令部警卫营掩蔽部中的几个手榴弹爆炸了。接着传来嗒嗒嗒的机枪射击声。德军的一颗迫击炮弹在火焰中呼啸而过，远远地在伏尔加河中爆炸。透过浓烟，隐约可见远处有几个身影——大概，有人想把火势从指挥所引开。片刻之后，一切又消失在烟雾与火焰中。

凝望着四周流动的火焰，克雷洛夫脑子里只有一个想法：德国人会利用火势发动攻击吗？德国人并不知道集团军司令部的状况，昨天俘虏的一名德国兵就不相信司令部设在右岸……看来，这次攻击只是个局部行动。这就意味着有机会撑到早上。只要别起风就好！

他看了看身边凝视着熊熊大火的崔可夫。崔可夫布满烟炱的脸好像用炽热的青铜铸就。当他摘下帽子，伸手梳理头发时，看起来十足一个乡村铁匠，汗流浃背，火星在一头浓发上飞舞。他抬头望了望呼呼作响的火红穹顶，然后又低头看着伏尔加河，那里，在蜿蜒流动的大火映衬下，勾勒出一块块暗黑空间的轮廓。克雷洛夫猜想，崔可夫紧张思考的问题，跟他心中所虑一样：德国人会不会在夜间发动重大攻势……如果能撑到早上，应该把指挥所搬到哪里……

崔可夫察觉到克雷洛夫的目光，对他笑了笑，抬手在空中画了一个大圆圈，说道："够壮观的，是吧？"

从伏尔加河左岸的红园，斯大林格勒方面军司令部所在地，可以清楚地看到火光。参谋长扎哈罗夫中将一接到有关大火的消息，就报告了叶廖缅科[①]。叶廖缅科命令他亲自前往通信中心，争取跟崔可夫通上话。扎哈罗夫喘着粗气，急匆匆地沿着一条小道走去。副官打着手电筒在前面开路，时不时地提醒道："多加小心，将军同志！"一边用手拨开悬在头上的苹果树枝。远处的红光照亮了树干，在地上留下浅红色的斑点。这若明若暗的微光使人心头更加紧张。周遭一片寂静，只有哨兵低低的口令声不时传入耳中，使远处那苍白无声的火光显得更加诡异。

---

① 安德烈·伊万诺维奇·叶廖缅科（1892—1970），"二战"结束时的苏联十大方面军司令员之一。1942年年底奉命指挥斯大林格勒方面军，坚守成功。1955年获授苏联元帅。

在通信中心，值班姑娘看着呼哧喘气的扎哈罗夫，告诉他与崔可夫的所有联系都失去了——有线电话、电报、无线电话都不通……

"和各师部？"扎哈罗夫简捷地问。

"中将同志，刚刚与巴丘克取得了联系。"

"马上给我接通！"

值班姑娘都不敢再看他一眼，心想脾气暴躁的扎哈罗夫该发作了。可是她突然喜形于色，把听筒递给他："通了，将军同志，请！"

线路的另一端是巴丘克的师参谋长。和值班姑娘一样，听到方面军参谋长扎哈罗夫粗重的喘息和威严的声音，他也不由得紧张起来。扎哈罗夫问道：

"那边什么情况，马上报告！你和崔可夫有联系吗？"

师参谋长向扎哈罗夫讲述了着火的储油罐，讲述了席卷集团军指挥所的火浪，告诉他师部一直无法与崔可夫取得联系，但似乎司令部的人并没有全部牺牲，因为透过火光和浓烟，可以看到有一群人站在河岸上，但无论是从陆上还是从伏尔加河上乘船都无法靠近他们——伏尔加河本身着火了。巴丘克已与师部警卫连一起出发，试图把火流引开，营救站在岸上的幸存者。

听完师参谋长的报告后，扎哈罗夫说："告诉崔可夫……如果崔可夫还活着，告诉他……"然后就没声了。

值班姑娘还在等将军那嘶哑的嗓音，不明白何以停顿这么久，于是怯生生地抬头看了一眼扎哈罗夫。扎哈罗夫站在那里，正用手帕擦拭眼角的泪水。

那天晚上，集团军总部有四十名军官被烧死在坍塌的掩蔽部中。

10

储油罐起火后不久，柯雷莫夫来到斯大林格勒。

崔可夫把集团军的新指挥所设在伏尔加河的岸坡上，就在巴丘克师下面一个步兵团的驻地。崔可夫视察了团长米哈伊洛夫大尉的掩蔽部，看到有多层顶板的宽敞掩体后，满意地点了点头。眼看红头发大尉长满雀斑的脸上露出担心的神色，集团军司令员开心地说：

"大尉同志，您这座掩蔽部可超标啦，与身份不大相符啊。"

于是，团参谋们收拾好各自的简陋家具，搬到了伏尔加河下游几十米外。一到那里，就轮到红头发大尉米哈伊洛夫作威作福了——他不容分说就把一个下属营长连同营部人马赶出了营掩蔽部。

流离失所的营长没再折腾连长们——他们住的地方已经够逼仄了——而是下令就在高坡上建造一个新的掩体。

柯雷莫夫来到第六十二集团军指挥所时，工事构建正全面展开。工兵在挖掘司令部各部门之间的交通壕，建造连接政治部门、作战部门和炮兵部门的大小通道。

柯雷莫夫亲眼见到集团军司令员本人两次出来察看工事的进展情况。

看来，世界上没有一个地方像斯大林格勒那样重视住地的建造。斯大林格勒各个掩蔽部的构筑既不是为了保暖，也不是为了流芳百世。指战员们能否看到下一个黎明，享用下一顿午饭，就看顶板是否够坚固，交通壕是否够深，厕所是否够近，伪装是否有效。

人们谈论某个指挥员时，总会捎带说到他的掩蔽部。

"今天在马马耶夫高地，巴丘克的迫击炮打得够猛。顺便说一下，他的掩蔽部盖得真不错，橡木门厚厚的，搁参议院都行。这人挺能干……"

而说到另一位，可能就是这样了：

"别提了，昨晚他被迫撤退，关键阵地丢了，跟下面也失去了联系……他那个指挥所，从空中能看得一清二楚。一块军用雨布挂在洞口就算是门了，挡挡苍蝇还行吧。没用的家伙。听说他老婆战前就把他给甩了。"

各种各样与斯大林格勒掩蔽部有关的故事在流传……有人说，罗季姆采夫师部所在的坑道突然涌进一股大水，把师部所有人员都冲到河里，大伙儿拼命往岸上游；好事者随后在地图上标出了罗季姆采夫的参谋人员在伏尔加河落水的位置。有人说，巴丘克掩蔽部名闻遐迩的橡木门已经毁于一旦。还有人说，在拖拉机厂，若卢杰夫和司令部人员被活埋在了坍塌的掩蔽部中。

斯大林格勒一带，伏尔加河岸的斜坡上布满了掩蔽部，在柯雷莫夫眼中仿佛一艘巨大的战舰，战舰一侧是伏尔加河，另一侧是敌军炮火构成的密集火网。

集团军政治部派柯雷莫夫去解决罗季姆采夫师下面一个步兵团团长和政委之间的纠纷。他出发前往罗季姆采夫师部，打算先给师部指挥人员作个形势报告，然后再着手解决纠纷问题。

集团军政治部的一名通信员将柯雷莫夫领到一个用石头砌成的入口，通向一个宽阔的坑道，罗季姆采夫的师司令部就设在里面。哨兵通报说方面军司令部一名营级政委求见。一个低沉的声音回答道：

"快带他进来吧，要不他晕头转向，说不定已经把屎拉在裤裆里了。"

柯雷莫夫走进低矮的拱顶，意识到师部每个人都盯着他看。他向团级政委做了自我介绍。团级政委身体很结实，穿着普通士兵的棉袄，坐在一个空板条箱上。

"棒极了！"团级政委说，"很乐意听听报告。我听说曼努伊尔斯基①和另一位同志到了左岸，但不打算来我们斯大林格勒。"

"另外，我还奉集团军政治部之命，来调解您的一个步兵团长和政委之间的纠纷。"

"是的，确实有这么回事儿，"政委说，"但问题昨天已经解决了：一颗一吨重的炸弹落在步兵团指挥所，炸死了十八个指战员，团长和政委都玩完了。"

他又用信任的口吻坦率地说：

"这两人的脾性截然相反，连外表都迥然不同：团长很憨厚，是个农民的儿子，而政委却喜欢戴手套，还戴戒指。这下可好，两人肩并肩躺一块儿啦。"

他显然很善于掌控自己和他人的情绪，同时却不让自己受情绪的影响。只见他口风一转，乐呵呵地说：

"有一次我们师驻扎在科特鲁班附近，我奉命用自己的汽车送一位从莫斯科来作形势报告的人到前线去。这人名叫帕维尔·费奥多罗维奇·尤金②。军委委员对我说，'他掉一根头发，我要你拿脑袋来赔。'一路上跟他一起，我算是吃尽了苦头。一见飞机我们就往沟里钻。自我保护嘛，我可不想丢脑袋。但尤金同志也很懂得如何照顾自己，表现出高度的主动性。"

四周的听众都笑了。柯雷莫夫又一次从团级政委貌似宽容的口吻中听出讥讽的弦外之音，心里很不是滋味。

通常，柯雷莫夫与部队指挥官都能建立良好关系，与参谋人员的关系也还好，但与政工干部同行却常常搞不拢。现在也一样，他被这个师政委惹毛了。这个家伙，上前线没几天，就摆出一副老兵的架势。说不定战前刚刚入党，这会儿却连恩格斯都瞧不上了。

另一方面，柯雷莫夫身上显然也有些东西让这位师政委感到别扭。

副官为柯雷莫夫安排住处时，大家请他喝茶时，这种感觉一直萦绕在他心头。

几乎每个部队在人际关系方面都有不同于其他部队的独特风格。在罗季姆采夫的师司令部里，大家都为年轻的将军师长感到无比自豪。

柯雷莫夫作完报告后，人们开始提问。

坐在罗季姆采夫旁边的师参谋长别利斯基问道：

---

① 德米特里·扎哈罗维奇·曼努伊尔斯基（1883—1959），国际共运活动家，曾任乌克兰苏维埃社会主义共和国人民委员会副主席和外交部长。

② 帕维尔·费奥多罗维奇·尤金（1899—1968），苏联哲学家、外交官和公众人物、苏联共产党中央委员会委员（1952—1961）。

"盟军什么时候才能开辟第二条战线，讲师同志？"

师政委本来半躺在紧靠坑道石壁的一张狭窄板床上，这时坐起来，双手扒拉着铺在床上的干草，说道：

"急什么？我更感兴趣的，是咱们自己的指挥部打算如何行动。"

柯雷莫夫恼怒地瞟了政委一眼，说道：

"你们政委这种问法，我回答不了，还是问将军吧。"

大家都转向罗季姆采夫。罗季姆采夫说：

"高个子在这里连腰都直不起来。一句话，咱们是在坑道里。一味防守不可能为咱们带来至高无上的功勋。但从坑道里又不可能发起进攻。我倒是乐意进攻，但坑道里没法聚集后备部队啊！"

电话响了，罗季姆采夫拿起听筒。所有人的目光都集中到他身上。

他放下听筒，向别利斯基俯下身子，在他耳边低语了几句。别利斯基伸手去拿电话。罗季姆采夫把手搁在电话机上，说道：

"何必再打？难道您没听见吗？"

在坑道的石砌拱顶下面，可以听到许多声音。用炮弹壳制作的油灯发出闪烁的光，不时冒出缕缕黑烟。密集的机枪射击声在人们头上轰响，咔咔嗒嗒地像马车过桥。手榴弹的爆炸声时时可闻。各种声响在坑道里引起阵阵共鸣。

罗季姆采夫不时把这个或那个参谋人员叫到身边说几句话，然后又接听催命般响个不停的电话，听筒紧贴着耳朵。

有一瞬间，他捕捉到了坐在不远处的柯雷莫夫的目光，亲切地笑了笑，聊家常般说道："伏尔加河上天气转好了，讲师同志。"

电话响个不停。听着罗季姆采夫打电话的只言片语，柯雷莫夫大体上明白了正在发生的事。年轻的副师长鲍里索夫上校走到将军身边，在一个铺着斯大林格勒地形图的板条箱上俯下身子，用蓝色铅笔戏剧性地骤然画了一道粗粗的垂线，直插伏尔加河岸，把表示苏军防线的红色虚线一劈两半。鲍里索夫一双乌黑眼睛意味深长地看了看罗季姆采夫。突然，罗季姆采夫看到一个披着军用雨衣的人从昏暗中向他走来，便连忙起身迎接。

根据来人的步态和面部表情，立刻可以看出他打哪儿来。他身上罩着一团看不见的炽热空气，快速走动时的声响似乎不是雨衣的沙沙声，而是全身富含的电流发出的噼啪声。

"将军同志，"来人大叫着诉苦，"狗日的逼得我步步后退。他们进了峡谷，快到伏尔加河了。需要立刻增援。"

"不惜一切代价挡住敌人，"罗季姆采夫说，"我没有后备部队。"

"不惜一切代价。"披雨衣的人重复道。大家心里都明白，这人转身走向出口时，很清楚他要付出的是什么样的代价。

"就在这一带吗？"柯雷莫夫指着地图上一处蜿蜒的峡谷，问道。

罗季姆采夫已经来不及回答了。从坑道出口处传来手枪射击声和手榴弹爆炸的闪光。

罗季姆采夫吹响了刺耳的哨声。参谋长朝他跑过去，喊道：

"将军同志，敌人已经逼近指挥所了！"

突然间，那个有点喜欢以平静的口吻故弄玄虚、在地图上用彩色铅笔标示战况变化的师长消失了。同时消失的，还有人们通常抱有的一个观念：在瓦砾遍地的废墟和杂草丛生的沟壑中进行的战争与镀铬钢、阴极管和无线电报话机息息相关。这个嘴唇薄薄的男子淘气地大叫道：

"司令部全体人员！检查个人武器，拿上手榴弹，跟我来，把敌人赶回去！"

他向柯雷莫夫投去短暂而又威严的一瞥。在他的声音和目光中，充满了令人胆寒的炽热战斗激情。刹那间，人们感觉到，这位将军的主要力量并不在于他的经验或对地图的了解，而在于他冷酷、狂野、淘气的心灵！

几分钟后，司令部的参谋人员、文书、通信员和接线员们你推我搡、慌慌张张地从坑道里涌出来。罗季姆采夫步履轻快地跑在前面，在闪烁的炮火中，率领战士们朝充斥着枪声、爆炸声、叫喊声和咒骂声的峡谷冲去。

柯雷莫夫跑得上气不接下气，和一些指战员一起最早抵达峡谷边缘。他低头看去，不禁一阵战栗，厌恶、恐惧和仇恨攫住了他的心。峡谷底部，模糊的身影时隐时现，子弹出膛的闪光忽明忽灭，升上天空的信号弹像小小的眼睛，一会儿是红的，一会儿是绿的，空气中充斥着钢铁飞过的呼啸声。柯雷莫夫仿佛看到一个巨大的蛇窝，千百条被惊动的毒蛇瞪着贼亮的眼睛，嗞嗞地叫着，在干枯的杂草丛中沙沙地快速乱爬。

怀着愤怒、厌恶和恐惧，柯雷莫夫操起步枪，朝着黑暗中发出闪光的地方和在峡谷的斜坡上快速移动的身影开火。

几十米开外，一群德国士兵出现在峡谷的坡脊上。德军突击队正急速冲向坑道口，手榴弹接二连三地爆炸，隆隆声震撼着空气和大地。

黑暗中，人影和开枪的闪光时隐时现，呐喊声、呻吟声此起彼落。周遭好像一口沸腾的大黑锅，柯雷莫夫的全副身心都被淹没在咕嘟嘟冒着气泡的沸水中。他再也无法像平常那样思考和感受。忽而，他似乎控制住了裹挟他的旋涡；忽而，他又被一种即将毁灭的感觉攫住，焦油般黏稠的黑暗好像涌进了他的眼睛和鼻孔，他呼吸不到空气，看不到头顶上的星空，世界上只剩下无边的黑暗、这座峡谷和在杂草中沙沙窜动的怪物。

然而，尽管周围一片混乱，他却愈加强烈地感觉到自己与那些在山坡上爬行的人息息相关，感觉到自己的力量跟战友的力量汇成了一股，感觉到罗季姆采夫近在身旁带给他的喜悦。

在三步之外便敌友难辨的夜战中产生的这一奇特感觉，跟另一个同样奇特、同样难以解释的对战斗总体进程的感觉相关，凭着这种感觉，战士们可以判断交战双方的力量对比，预测战斗的进程。

11

与参谋人员通过研究地图做出的判断相比，孤立无援、被硝烟和炮火包围、耳朵都快震聋了的士兵，凭直觉对战斗进程做出的预测往往更接近真相。

在一场战斗的转折点，有时会发生匪夷所思的变化：一个正在进攻、看来已经达到目标的士兵，茫然四顾，再也看不见起先为同一个目标而与他共同行动的战友了；原本看似孤立、软弱、愚蠢的敌人，如今却变得数量众多，所向披靡。这样的战斗转折点对那些亲身经历过的人来说可谓一目了然，而对那些试图从外面来猜测、理解它的旁观者来说却神秘而难以解释。这种转折点使参战者的认知发生深刻的变化：勇猛、机智的"我们"变成了胆怯、脆弱的"我"，而屡遭挫败的敌人则从被猎杀的孤立目标变成了可怕、极具威胁性、团结一致的"他们"。

对于发起进攻、成功粉碎敌人抵抗的士兵来说，起初对所有事件的感触都是零星的：一颗炮弹爆炸……一阵机枪扫射……一个敌军士兵躲在掩体后面打枪，而且马上要逃之夭夭，他没法不逃，因为他是孤身一人，与己方那门孤立的大炮相隔绝，与己方那挺孤立的机关枪相隔绝，与他身边那位正在打枪、也是孤身一人的士兵相隔绝。而我——这是我们，我——这是发起攻势的排山倒海的步兵，我——这是掩护我的炮兵，我——这是支援我的坦克，我——这是照亮我们共同战斗事业的照明弹。然后突然间，我剩下孤身一人，而敌方原先那因为孤立而脆弱的一切，却汇合成步枪射击、机枪射击和大炮射击的可怖统一体，曾经帮助我战胜这一统一体的力量却不知所终。我唯一活命的方式就是逃跑，护住头，遮住肩膀、额头、下巴……

那些在暗夜中遭到突袭，最初感到自己势单力薄、孤立无援的人，开始瓦解对他们发起疯狂攻击的敌人的统一体，开始感觉到自己的团结一致，而制胜的力量，正包含在这种团结一致中。

通常，正是对这种转折点的理解使得战争有资格被称为艺术。

这种个体和群体的感觉，从个体意识向群体意识的转变，不仅是成连成营的部队夜间突袭成功的关键，也是整个军队和民众的军事努力成败的标志。

对于参战者来说，有一种感觉几乎完全失去，那就是对时间的感觉。在新年舞会上跳了一整夜舞后，一个少女可能说不清时间是快是慢。

同样，一个在施吕塞尔堡监狱①服刑二十五年的囚犯可能说："我觉得好像在要塞中度过了无比久远的时光，而与此同时，我又觉得好像只在要塞里待了几个星期。"

对少女而言，舞会夜晚充满了转瞬即逝的许多事件——眼风、乐曲、微笑、肢体接触，每一个事件都发生得如此之快，以至于在少女的意识中没有任何时间持续之感。然而，综合起来，这些短暂的事件却产生了包含人类生活所有乐趣的漫长时间的感觉。

对于施吕塞尔堡监狱中那个囚犯来说，情况正好相反：他在监狱中度过的二十五年是由难熬的离散时间间隔组成的——从早点名到晚点名，从早餐到午餐。但这些痛苦事件累加到一起，又会引发一种新的感觉——在日复一日单调难熬的岁月交替中，时间被压短了、缩水了。这就同时引发了短暂感和无尽感，导致新年舞会庆祝人群和几十年身陷牢笼的囚犯都体会到类似的感觉。在两种情况下，事件的总和都使人们同时体会到短暂感和无尽感。

人们在战斗中经历的对时间的长期感和短暂感的扭曲，其过程更为复杂。在这里，事情更进一步，离散的、初步的感觉被扭曲，变得面目全非。在战斗中，秒可以拖长，小时可以压短。时间的长期感与转瞬即逝的事件相联系：炮弹和飞机投弹的呼啸，射击和爆炸的闪光，等等。

另一方面，时间的短暂感却与持续绵延的事件相关，比如士兵冒着炮火在被炮弹炸得坑坑洼洼的野地里行进，从一个掩体爬到另一个掩体。至于肉搏战，那几乎跟时间不相干。在这里，不确定性既表现在参与搏杀者身上，也表现在搏杀结果中；在这里，总和与参与个体都被扭曲了。

在肉搏战中，每个参与的个体都是一个强大无比的群体。

整体而言，对战斗持续性的感觉被大大扭曲了，于是显得充满了不确定性——

---

① 彼得保罗要塞的旧称，位于苏联奥利霍维岛上，专门关押政治犯。"二战"期间被毁，修复后辟为博物馆。

既不与长期感相关联，也不与短暂感相关联。

在这令人目眩的光明与令人目眩的黑暗、叫喊声、爆炸声、冲锋枪的嗒嗒声构成的混沌中，在这将时间感觉撕成碎片的混沌中，柯雷莫夫看得清清楚楚：德军已被打趴下，已被击溃。他看清这一点，跟那些与他并肩射击的文书们、通信员们一样，完全是凭着内心的感觉。

12

一夜过去了。烧焦的草丛中横七竖八躺着阵亡将士的尸体。缓缓的河水无精打采地流淌，忧郁地拍打着河岸。看着被炮弹犁开的泥土，空荡荡的房舍，人们欲哭无泪。

新的一天开始了。这一天的时光，又会被战争用无节制的烟雾、瓦砾、钢铁和血迹斑斑的绷带填满。往后的每一天也都一样。除了被弹片打得稀烂的大地，被烈火染得通红的天空，世界已空无一物。

柯雷莫夫头靠着坑道的石壁，坐在板条箱上打盹。

他听得见师部工作人员含糊的说话声，其间夹杂着杯子的叮当声；师政委和参谋长在喝茶，有一句没一句地聊着。他们说，抓到的俘虏是个工兵，他所在的营儿天前刚从马德堡①空运过来。柯雷莫夫突然想起小学课本中的一幅画：头戴尖顶帽子的马夫使劲抽打两匹肥臀大马，想让它们把吸在一起的两个半球拉开。

这张照片小时候就让他觉得无聊，现在想起来，仍然觉得无聊。

"这挺好，"别利斯基说，"说明后备部队已经组成。"

"是，当然啦，是挺好，"瓦维洛夫表示同意，"师部要组织反攻了。"

然后柯雷莫夫听到罗季姆采夫低低的声音：

"花儿要开了，花儿要开了，养殖场里草莓要结果了。"

柯雷莫夫的精力似乎在夜袭中耗尽了。要看清罗季姆采夫，他得把头扭过去，但他没扭，实在太累了。"一口井被抽干，应该就是这种感觉吧。"他心想。他又迷糊过去；低语声、爆炸声和枪声在他脑海中融合成单调的一片嗡嗡声。

但一些新印象又产生了：他梦见自己躺在一个房间里，百叶窗紧闭着，他盯着墙纸上晨光照出的一个斑点。光斑逐渐移动到墙上镜子的边缘，变幻成小小的一道彩虹。男孩的心在战栗；梦境消失。鬓角斑白的他，腰间挂着沉甸甸的手枪，睁开

---

① 德国萨克森 - 安哈尔特州的首府。为证明大气压的存在而进行的"马德堡半球"实验于1654年在此地进行。

眼睛环顾四周。

坑道中间，有个人穿着破旧的军便服，头戴缀有绿星的船形帽，正歪着脖子拉小提琴。

瓦维洛夫看到柯雷莫夫醒来，便俯身对他说道："那是理发师鲁宾奇克，可了不起啦！"

不时有人会用粗鲁的玩笑毫不客气地打断演奏，有人会压倒琴声大喊："请允许报告！"然后向参谋长报告情况；不时可以听到勺子敲在白铁杯子上的叮当声。有人打一个长长的哈欠，然后开始拍打草垫。

理发师生怕自己的演奏打扰了首长们，随时准备停下。

但为什么扬·库贝利克①，柯雷莫夫此刻想起来的那位小提琴大师，满头银发、身穿黑色晚礼服，似乎在这个普通的理发师面前深鞠一躬，惭愧地告退了呢？为什么这把小提琴演奏的只是一首浅浅如路边小溪的简单曲子，那尖细、颤抖的琴声此刻却似乎比巴赫或莫扎特更有力地展现了人类灵魂的深处呢？

柯雷莫夫第一千次感受到孤独的痛苦。叶尼娅离开了他……

他又一次难过地想到，叶尼娅的离去总结了他的人生：他人还在，但魂已经没了。而她却走了。他想，没别的办法，只好坦然面对可怕的、残酷的事实。羞于承认，遮遮掩掩，终究于事无补……

音乐仿佛帮助他认清了时间。

时间是个透明的媒介，人们从其中出现，在其中运动，又在其中消失。在时间中，一个个城市产生又消逝。时间把它们带来，又把它们带走。

但柯雷莫夫心中又产生了一个截然不同的理解，那就是："我的时间，不是我们的时间。"

时间流淌到一个人或一个国家，驻足于一个人或一个国家，然后离去，消逝；而人和国家还在……国家尚在，但它的时间已经过去了。人尚在，但他的时间已经过去了。时间去哪儿了？人还在，他呼吸、思考、哭泣，而那唯一的、特别的、仅仅跟他息息相关的时间，却离去了，消逝了，流走了。而他仍在。

最困难的事，莫过于做时代的继子。最艰难的命运，是生活在不属于自己的时代。时代的继子很容易被认出：在人事部门、党区委会、军队政治部门、编辑部、街头……时代只爱它自己的产物：自己的孩子、自己的英雄、自己的劳动者。时代永远、永远无法爱上过往时代的孩子，就像女人无法爱上过往时代的英雄，继母无

---

① 扬·库贝利克（1880—1940），著名捷克小提琴家，曾被誉为帕格尼尼的继承人。

法爱上别人的孩子一样。

时代就是这样：一切都消逝了，唯独时代留下；一切都还在，唯独时代消逝了。时代多么迅速而无声地消逝。就在昨天，你还是时代的宠儿，对自己充满信心，坚强而开朗。但今天，另一个时代已经到来——你却还没回过神来。

在昨天的战斗中，时间被撕成了碎片；现在，它又在理发师鲁宾奇克的胶合板小提琴中出现了。这把小提琴告诉一些人，他们的时间已经到来，告诉另一些人，他们的时间已经过去。

"过去了，过去了。"柯雷莫夫对自己说。

他看着瓦维洛夫政委平静而善良的大脸。瓦维洛夫一边捧着白铁杯子喝茶，一边慢吞吞地使劲嚼着面包夹香肠。他那双深不可测的眼睛盯着坑道口闪烁的光斑。

罗季姆采夫的脸干净而平静，肩膀怕冷似的耸起，凝视着小提琴手。一位头发花白的麻脸上校，师炮兵司令，在看摊在面前的地图。他皱着眉头，好像很严厉，但他慈祥悲伤的眼睛却表明他是在听音乐，根本没有研究地图。别利斯基正飞快地起草呈递集团军司令部的报告；他似乎全神贯注于手头的工作，但一边写，头却偏向一侧，耳朵朝向小提琴手方向。远处坐着许多红军战士——信号员、电话员、文书等，从他们疲惫不堪的脸上，从他们的眼睛里，可以看到一种严肃的表情，一个农民认真咀嚼面包时，脸上就有那样的表情。

突然，柯雷莫夫想起了久远的一个夏夜：哥萨克女孩黑黑的大眼睛，炽热的耳语……生活毕竟是美好的！

小提琴手停止演奏，逐渐传来潺潺的水声，那是一股水流从木头垫板下穿过。对柯雷莫夫来说，他的心灵，那口无形的、干涸的空井，现在正缓缓地注满水。

半小时后，小提琴手开始为柯雷莫夫刮胡子。他问柯雷莫夫剃须刀是不是太钝，口气极其严肃，平常准会让顾客忍俊不禁。过后他摸摸柯雷莫夫的颧骨，看刮干净了没有。在这个由泥土和钢铁统治的阴郁王国，古龙水和爽身粉的气味显得如此地不协调，如此地荒唐，直令人心碎。

罗季姆采夫眯起眼睛，打量着头上脸上洒满爽身粉和古龙水的柯雷莫夫，满意地点点头。

"嗯，把客人伺候得很好。现在该轮到我啦。"

小提琴手漆黑的眼睛洋溢着笑意。他端详罗季姆采夫的头，然后抖了抖白色布巾说：

"要不，稍稍修一下鬓角吧，少将同志？"

13

储油罐火灾发生后，叶廖缅科上将决定到斯大林格勒去看望崔可夫。

这次危险的旅程没有任何实际目的，但从精神和道义上讲却意义重大。为渡过伏尔加河，叶廖缅科已经等了三天。

红园掩蔽部明亮的墙壁看上去让人安心，司令员早上散步时，苹果树荫也十分宜人。

但是远处斯大林格勒的隆隆炮声和火光，与红园里树叶的沙沙声和芦苇如泣如诉的吟啸声融合在一起，令人感到莫名其妙的压抑；叶廖缅科散步时总是唉声叹气，骂个不停。

这天一早，叶廖缅科将访问斯大林格勒的决定告诉了扎哈罗夫，并吩咐他在自己离开期间代行司令官职务。

他与布置餐桌的女服务员开了会儿玩笑，批准副参谋长飞往萨拉托夫两天，并接受了特鲁法诺夫将军——一支草原集团军的司令员——的请求，答应他对一个构成巨大威胁的罗马尼亚兵团炮兵阵地实施轰炸："好吧，好吧，派远程轰炸机给你！"

副官们试图猜测司令员为何今天心情大好。崔可夫那边有好消息？与莫斯科通了个令人愉快的电话？家里有信来？

但这些情况和类似消息很少逃过副官们的眼睛。无论如何，莫斯科并没有来电话，崔可夫那边的消息也不容乐观。

早餐后，叶廖缅科穿上棉军服出门散步。副官帕尔霍缅科跟在后面十来步。司令员像往常一样不慌不忙地走着，时不时停下来挠几下大腿，朝伏尔加河看上一眼。

叶廖缅科走近一群正在挖基坑的基建营战士。这些战士年纪都不轻了，后脑勺晒成了棕褐色，脸色阴沉，闷着头干活儿。有几个战士瞧了瞧站在坑边这个戴着草绿色军帽、无所事事的胖男人，憋住了没开骂。

叶廖缅科问道：

"小伙子们，告诉我，你们中间，谁干活儿最差劲？"

这个问题似乎来得正是时候，战士们挥舞了一早上铁锹，早就想歇一会儿了。他们不约而同地瞅向一个正忙着翻口袋，把一些马合烟末和面包屑倒进手掌的人。

"大概要算他吧。"两名战士说，然后望了望其他人。

"这么说，"叶廖缅科严肃地说，"是这位啰？最不中用的家伙？"

那个"家伙"不失尊严地叹了口气，抬头看了看叶廖缅科，眼光认真而又温和。意识到叶廖缅科并不是真的要找事，而只是想听听故事或长点见识，他什么也没说。

叶廖缅科又问道：

"那你们中间谁干得最好呢？"

大伙儿都指着一个头发花白的男人。他稀疏的头发挡不住头皮被晒黑，犹如稀疏的杂草挡不住土地被阳光照射。

"特罗什尼科夫，就是他，"一个战士说，"非常卖力。"

"他干惯了，没办法。"其余战士随声附和，好像在替特罗什尼科夫道歉。

叶廖缅科在裤兜里摸索一会儿，掏出一只金表，阳光一射闪闪发光。他吃力地弯下腰，把金表递给特罗什尼科夫。

特罗什尼科夫不知所措地看着叶廖缅科。

"拿着吧，这是对你的奖励。"叶廖缅科说。

他仍然看着特罗什尼科夫，又说：

"帕尔霍缅科，给他开个授奖证明。"

司令员往前走去，听到背后传来一阵低沉而又兴奋的话声。营建战士们惊异地笑着，祝贺干惯了活儿的特罗什尼科夫从天而降的好运气。

方面军司令员叶廖缅科等待渡河已经两天了。与右岸的通信几乎全部中断。有几艘快艇设法开到了崔可夫的驻地，但短短几分钟内就被击穿了六七十次。快艇驶抵右岸时，甲板上沾满了鲜血。

叶廖缅科心情十分郁闷。

负责62号渡口的军官们听得见德寇的枪炮声，但比起德寇的炸弹和炮弹，他们更害怕的是司令员叶廖缅科的怒火，在他看来，德军迫击炮、加农炮和飞机的狂轰滥炸，似乎应该归咎于玩忽职守的少校们和反应迟钝的大尉们。

这天夜里，叶廖缅科从掩体走出来，在河边一个沙丘上停下脚步。

红园掩蔽部里曾经铺在方面军司令员面前那张作战地图，现在突然变成了实景——炮声隆隆，硝烟滚滚，生死系于瞬间。

他似乎认出了自己亲手在地图上标示的前沿阵地的红色虚线，认出了保卢斯集团军向伏尔加河推进的粗粗的楔形攻势，认出了自己用彩色铅笔圈出的关键防御工事和火炮集结点。但是，当他在掩蔽部里察看铺在面前的作战地图时，他觉得自己有能力强行扭曲或移动战线，可以命令重炮从左岸万炮齐发。面对地图，他感觉自己能主宰一切、算计一切。

而在这里，一种截然不同的感觉攫住了他的心。笼罩在斯大林格勒上方的火光，天空中迟缓的轰鸣，这一切自有其巨大的激情和力量，不被他这个司令员左右。

他听到工厂区一带传来绵长的叫喊声，几乎被炮弹和枪声淹没：啊——啊——

啊——啊——啊……

这是斯大林格勒的苏军步兵在发起反攻。在他们绵长的呐喊声中，不仅有某种可怕的东西，还有某种悲伤和忧郁的东西。

"啊——啊——啊——啊——啊……"呐喊声响彻伏尔加河。战斗的呼喊"冲啊"，在秋夜星空下从冰凉的夜间河水上方飘过，似乎丧失了激越的热情，越来越弱，然后，突然间又揭示出一种截然不同的本质——不是热情，不是英勇，而是心灵的悲伤，仿佛在与战士们珍爱的一切道别，仿佛在呼唤亲人赶快醒来，从枕头上抬起头，最后一次听一听父亲、丈夫、儿子或兄弟的声音……

士兵忧愁的喊声使上将心头一阵阵发紧。

他一向惯于推动战争，但突然间却被战争牵扯了进去。他站在那里，站在松散的沙丘上，一个被强大的炮火震撼的孤独士兵，站在那里，就像成千上万士兵站在那里，站在岸边一样。他感到，这场人民战争已经超出了他的能力，超出了他的权威和意志。在这种感觉中，或许正包含了一种至高无上的理念，对叶廖缅科上将来说，对这场战争的理解必定要达到那一高度。

天快放亮时，叶廖缅科渡河到了右岸。崔可夫事先接到电话通知，这时已来到水边，注视着装甲快艇飞速驶来。

叶廖缅科慢吞吞走下快艇，跳板在他身躯的重压下弯成一道弧线。他笨拙地踩着岸边的鹅卵石，走到崔可夫面前。

"你好，崔可夫同志。"叶廖缅科说。

"您好，上将同志。"崔可夫答道。

"我来看看你们在这里过得怎样。好像储油罐大火没把你烤煳嘛！一头乱发还是跟从前一样。你一点都没瘦。看来，喂你的饭还行？"

"白天黑夜傻待在掩蔽部里，怎么瘦得下去？"崔可夫答道。方面军司令员说"喂你的饭还行"，崔可夫觉得有点侮辱人，于是说道："我这算什么——竟然在岸边接待客人？"

现在轮到叶廖缅科生气了。被称为斯大林格勒的客人的确令人很不舒服。当崔可夫邀请他"到寒舍稍事休息"时，他答道："这里就挺好，空气新鲜。"

这时，从左岸传来高音喇叭的声音。

河岸被熊熊大火、照明弹、炮弹爆炸的闪光照亮，看起来一派荒凉。光线忽而黯淡，忽而明亮，忽而爆出令人目眩、持续好几秒钟的白光。叶廖缅科注视着布满掩蔽部和交通壕的岸坡，看水边的穿空乱石一时从黑暗中显现出轮廓，一时又迅速没入黑暗。

突然，一个洪亮的声音开始缓慢而低沉地歌唱：

愿高尚的义愤如波浪般沸腾！
这是人民的战争，神圣的战争……

由于在河边岸坡上看不见人，由于周围的一切——大地、伏尔加河和天空——都被火光照亮，似乎唱着这徐缓歌曲的不是别人，而是战争本身。沉重的歌声向人们滚过来，擦身而过，又消逝在远方。

叶廖缅科对眼前这幅图景既深感兴趣，又因自己的表现而难为情：事实上，他真的好像一个来斯大林格勒观光的访客一样。他生气的是，崔可夫明明理解，是精神上的焦虑迫使叶廖缅科横渡伏尔加河；明明知道叶廖缅科在红园散步时，听着干枯芦苇的沙沙声时多么难过。

叶廖缅科开始向这位大火灾的苦主询问后备部队的部署、步兵和炮兵之间的协调、德军在工厂周围的集结情况。他提问，崔可夫作答，一切都符合下级军官回答上级首长提问的规程。

他们沉默了片刻。崔可夫想问："这无疑是有史以来最伟大的防御战。但反攻的事呢？"

他没敢问。叶廖缅科会认为斯大林格勒守军缺乏耐心，乞求卸下肩上的重担。

突然，叶廖缅科问道：

"你的父母是乡下人，对吗？住在图拉州附近？"

"是在图拉州，将军同志。"

"老爷子常来信吗？"

"是的，常来。他还能干活儿。"

他们对视了一眼。叶廖缅科的眼镜片在火光映照下微微发红。

看来，两人马上就要谈到斯大林格勒的根本实质了，那才是双方真正关心的唯一问题。但叶廖缅科只是说：

"你想知道的，无非是人们总向方面军司令员提出的常见问题吧，关于增援和弹药供应？"

此时此刻唯一有意义的对话还是没有发生。

站在坡顶上的一名哨兵不时低头瞟他们。听到一声炮弹的呼啸，崔可夫抬头望了望，说道："我敢打赌，那个红军战士正在想，这两个怪人站在河边到底想干什么？"

叶廖缅科长叹一口气，掏了掏鼻孔。

告别的时刻到了。面对敌人炮火时，"下属不开口，上司不能走"，这是部队里一条不成文的规矩。但叶廖缅科显然对危险毫不在乎，没必要故作姿态，这条规矩也就用不上了。

一枚迫击炮弹呼啸而过。叶廖缅科不假思索地一转头，目光追随着炮弹的轨迹。

"好吧，崔可夫，我该走了！"

崔可夫在岸边站了一会儿，看快艇渐行渐远。艇尾泛起的水沫让他想起一方白手绢，好似一个女人向他挥手作别。

叶廖缅科站在甲板上，凝视着左岸。在斯大林格勒模糊亮光的映照下，河岸像波浪般轻轻起伏，而承载急速驶过的快艇的伏尔加河却纹丝不动，仿佛一块石板。

叶廖缅科烦躁地从快艇一侧踱到另一侧，脑海里再次浮现出数十个反复思考过的问题。方面军面临新的任务。当务之急，是集中装甲兵力，按照最高统帅部的命令准备从左翼发起反攻。这件事他对崔可夫只字未提。

崔可夫回到掩蔽部。在门口放哨的冲锋枪手、坑道中央的办事人员、奉命前来的古里耶夫师的师参谋长，以及听到崔可夫沉重的脚步声而跳起来的其他所有人，都一眼看出司令员情绪不佳。为何如此，也不难猜到。

要知道他部下各师在不断减员。在进攻和反攻的交替进行中，德军的楔形攻势不断蚕食斯大林格勒宝贵的一米米土地。要知道德军从后方刚调来两个装备齐全的全员步兵师，部署在拖拉机厂一带，按兵不动，令人生疑。

不错，崔可夫在方面军司令员面前的确没有说出自己所有的担忧、疑惧和消极想法。

可是，无论是崔可夫还是叶廖缅科，都不明白为什么这次会面不尽如人意。会面的主要问题其实不在于实际事务，而在于两人都未能大声说出来的实质性内容。

14

十月一个寒冷的早晨，别列兹金少校醒来后，想起了妻子和女儿，想起了重机枪。他留神听了听外面的隆隆炮声。驻扎斯大林格勒一个月来，炮声已经成为他生活中不可或缺的一部分了。他吩咐冲锋枪手格卢什科夫帮他打洗脸水。

"水挺凉，跟您平常习惯的一样。"格卢什科夫说，想到别列兹金每天早上洗漱时的舒服劲儿，他不禁微微笑了。

"乌拉尔可能下雪了，"别列兹金说，"我老婆和女儿正在那儿。不知怎么搞的，两人老没来信。”

“会来的，少校同志。”格卢什科夫说。

趁着别列兹金洗脸穿衣服的工夫，格卢什科夫向他报告了一清早发生的重大事件。

“一枚炮弹落在炊事班，炸死了仓库管理员。第二营的参谋长在外面解手时，被一块弹片扎伤了肩膀。在工兵营，战士们抓到一条被炸弹震晕的梭鲈鱼，足足有五公斤重。我亲眼看到了那条鱼，战士们当礼物送给了营长莫夫肖维奇大尉。政委同志来过一趟，说等您醒来后给他打个电话。”

“知道了。”别列兹金说。他喝了一杯茶，吃了些牛犊肉冻，然后给政委和参谋长打了电话，说要去各营看看。他穿上棉军服，走到门口。

格卢什科夫抖了抖毛巾，挂在钉子上，摸了摸腰上挂着的手榴弹，拍拍口袋看烟袋放好没有，然后从墙角拿起冲锋枪，跟在团长屁股后面走出来。

从昏暗的掩蔽部走到阳光下，别列兹金不禁眯起了眼睛。一个月来，眼前的画面已经变得再熟悉不过：一处处黏土堆，褐色斜坡上密密麻麻点缀着用军用雨布当屋顶的士兵掩体，简易炉灶的烟囱冒出缕缕轻烟。更高处，可以看到厂房的黑色剪影，屋顶全倒塌了。

左边，离伏尔加河不远，耸立着“红十月”工厂的高大烟囱。一些货车车厢乱七八糟倾倒在一辆侧翻的机车周围，仿佛羊群簇拥在死去的头羊尸体旁。更远处，可以看到这座庞大死城中一处处毁损建筑物的骨架，秋日的天空，在残破的窗口后面映衬出无数个蔚蓝的光点。

工厂的车间之间冒出浓烟，火光时隐时现，清新的空气中充满声响，一会儿是悠长的簌簌声，一会儿是断断续续的细碎撞击声。多家工厂似乎正全力开工。

别列兹金仔细察看了他的团负责防守的三百米阵地，工人新村的许多小房子坐落在阵地中。凭着某种第六感，他能够在瓦砾遍地的废墟和纵横交错的街巷中，分辨出哪座房子中红军战士正在煮荞麦粥，哪座房子中德军冲锋枪手正在吃腌猪肉、喝杜松子酒。

一枚迫击炮弹在空中呼啸而过；别列兹金低了低头，问候了一声德国佬的祖宗。

峡谷对面的斜坡上，一团浓烟笼罩了一个掩蔽部的入口，紧接着响起一声震耳的爆炸。友邻师的通信部主任从掩蔽部里探出身子张望——他没穿军服，只穿了一条背带裤。然而，他一步还没迈出，就听到了另一声呼啸。通信部主任连忙缩回身子，“砰”的一下把门关上。一枚迫击炮弹在十米开外爆炸了。这座掩蔽部坐落在峡谷与伏尔加河交界的一个角落，友邻师的师长巴丘克此刻正站在门口看热闹。

通信部主任又试了试往外迈步，只听巴丘克操着乌克兰口音一声大喊："开火！"德国炮兵仿佛听到了他的号令，立刻发射了一枚迫击炮弹。

巴丘克突然看到了别列兹金，开口喊道："您好，邻居！"

别列兹金要走的这条空荡荡的小路非常危险，踏上去便凶多吉少。德国人晚上睡够了，美美地吃过早餐后，对这条路格外关注。他们不惜弹药，朝路过的每个人开枪。在小道转弯处一堆破铜烂铁旁边，别列兹金停了一会儿。他打量着这片看似寂静、实则暗含危机的开阔地，说道：

"格卢什科夫，你先跑。"

"您什么意思？肯定有狙击手的。"格卢什科夫说。

第一个穿越危险地带是长官的特权；通常德国人反应不过来，第一个跑的多半能躲过子弹。

别列兹金回头望了望被德军占领的房屋，向格卢什科夫递了个眼色，便飞跑出去。

他跑到一段遮挡住德国人视野的土堤后面，只听身后叮当一响，然后"砰"的一声爆炸：德国鬼子发射了一枚爆破弹。

别列兹金站在土堤后面，点燃一根香烟。格卢什科夫迈着大步飞跑过来。一梭机关枪子弹掀翻了他脚下的泥土，好像惊起一群在地上找食的麻雀。格卢什科夫晃晃悠悠，绊了一跤，跌倒，又跳起来，终于跑到了别列兹金的藏身处。

"差点没被他干掉。"格卢什科夫说。他大喘了几口气，然后解释说："我以为刚好来得及的。他错过了您，一定很恼火，总该停下来抽根烟吧。但显然，他是不抽烟的，这个猪猡！"

他用手指摸了摸被撕裂的棉军服下摆，又开始咒骂德国鬼子。

快走到营指挥所时，别列兹金问道：

"没挂彩吧，格卢什科夫同志？"

"一只鞋后跟给弄坏了。全掉了，这个狗东西。"

营指挥所设在工厂"美食"小卖部的地下室里，空气潮湿，弥漫着酸白菜和苹果的气味。桌上点着两盏高高的油灯，是用炮弹壳制作的。门的上方钉着一块牌子："和气生财，以礼相待"。

地下室里驻扎了两个营部——一个步兵营，一个工兵营。两个营长，波德楚法罗夫和莫夫肖维奇，正坐在桌边吃早餐。一开门，别列兹金就听到了波德楚法罗夫兴奋的声音：

"我不喜欢掺水的酒。照我说，酒里掺水，还不如根本没酒。"

看到别列兹金，两人都起身立正。与此同时，营参谋长将一瓶四分之一升的伏特加往一堆手榴弹里塞，炊事员则歪过身子挡住莫夫肖维奇刚刚跟他说起的那条梭鲈鱼。波德楚法罗夫的通信员跳了起来；他本来一直蹲着，正要按照营长的吩咐把一张《中国小夜曲》唱片放到留声机唱盘上。他刚来得及把唱片拿掉，但留声机仍然在呜呜地空转。通信员站在那里，仿佛待命的战士，瞪大双眼直视前方；但该死的留声机这会儿却格外卖力，悠悠的声音忽而像狼嚎，忽而似鹤鸣。可怜的通信员用眼角的余光瞥见了波德楚法罗夫眼里冒出的火。

两位营长和其他几位来吃早餐的指战员都很清楚首长们的德行：当大官的总是认为，营级军官就该做正事，要么指挥战斗，要么举着望远镜观察敌军动静，要么俯身在地图上沉思默想。可是，一个人不能一天二十四小时不是打枪，就是打电话给下属、给上司；他也得吃东西啊。

别列兹金斜视着还在呻吟的留声机，咧嘴一笑。

"好啦，"他说，"同志们请坐下吧，该干什么还干什么！"

大伙儿一下子还摸不透这些话该正着听还是反着听。波德楚法罗夫脸上的表情既有忧郁又有后悔，而莫夫肖维奇呢，因为他是一个独立工兵营的营长，不直接隶属于别列兹金，所以脸上只见忧郁，不见后悔。两人的下属，表情之不同也大致如此。

别列兹金用特别不友好的语气继续说道：

"你们那条五公斤重的梭鲈鱼呢，藏哪里了，莫夫肖维奇同志？全师都知道这事了。"

莫夫肖维奇仍旧一脸的忧郁，说道：

"炊事员，把鱼拎出来吧。"

在场的一干人众里，炊事员是唯一在干正事的。他直截了当地说："大尉同志吩咐照犹太菜的做法，在鱼肚子里塞上馅儿。我这儿有胡椒和月桂叶，但没有白面包，生姜也没有……"

"喏，明白了，"别列兹金说，"当年在博布鲁伊斯克，我在一位名叫萨拉·阿罗诺芙娜的女人家里吃过这种夹馅儿的鱼。但说实话，不是很对我的胃口。"

地下室里的人恍然大悟：团长根本就没想到要生气。

别列兹金仿佛知道，就在昨天夜间，波德楚法罗夫击退了德国人的进攻；知道他在凌晨时分半个身子被埋在土里，多亏那个放《中国小夜曲》唱片的通信员，一边喊着"别担心，大尉同志，我来拉您一把"，一边把他给刨了出来。

他仿佛知道，莫夫肖维奇和工兵们不久前刚爬过一条随时可能遭到德寇坦克攻击的小巷，将用作伪装的泥土和碎砖撒在纵横交错的反坦克地雷上。

这些指战员还年轻着呢，能再迎来一个新的早晨，再次举起白铁杯子说："咳，祝您健康！"再嚼嚼酸白菜、抽支烟，他们就够高兴了……

说起来，什么事也没有。地下室的主人们在长官面前站了一小会儿，然后请他与他们共进早餐，然后愉快地看着团长嚼酸白菜。

别列兹金常常将斯大林格勒会战与去年的战役相比。战争的事情，他见识得不算少了。他知道，之所以自己能承受这种压力，全靠内心的冷静。至于红军战士们，即便在除了绝望、恐惧和疲惫之外，似乎什么也感受不到的日日夜夜、时时刻刻，他们照样可以喝汤，可以修靴子，可以谈论老婆，可以褒贬上司，可以制作汤勺。别列兹金很清楚，一个人如果内心深处缺乏冷静，无论他如何不顾一切、头脑发热地投入战斗，终归支持不了多久。另一方面，他认为恐惧或怯懦是暂时的，像感冒一样，是可以治愈的。

但真正的勇敢和怯懦到底是什么，他并不太确定。战争初期，有一次他被上级训斥贪生怕死，因为他自作主张从敌人炮火下把自己的团撤了出来。在斯大林格勒会战前不久，他曾命令一名营长把部队撤到高地背后的一个斜坡，以免不必要地暴露在德军迫击炮的火力下。师长为此而责备他：

"怎么回事，别列兹金同志？大家总说您如何勇敢啊，如何冷静啊。"

别列兹金只是叹了口气，什么也没说。就算说他好话的人误会他了吧。

波德楚法罗夫长着一头红发，一双清澈明亮的蓝眼睛。他这人，忽而一下子绽开笑容，忽而不知何故突如其来地发火。他自知这习惯不好，但改起来也难。莫夫肖维奇瘦瘦的，一张长脸上满是雀斑，黑发中已夹杂了几缕灰色。他用嘶哑的嗓音回答了别列兹金的问题，然后掏出一个小本本，在上面画出他构想的一个新方案，有关如何在最容易受到坦克袭击的地段布雷。

"把草图送给我作纪念吧，"别列兹金在桌子上俯下身来，压低嗓门说道，"师长传唤过我了。根据集团军侦察处的情报，德国人正从城区抽调部队，集中兵力对付咱们。一大堆坦克。您明白吗？"

附近传来一声爆炸，地下室的墙壁抖动了几下。别列兹金凝神细听，然后微微一笑。

"你们这儿够安静的。在我们那条峡谷里，我出来这一会儿工夫，至少有两三个人从集团军司令部过来。整天有各种检查组来来往往。"

就在这时，又一次打击落到建筑物上，随着楼房的震动，一团团灰泥从天花板上撒落下来。

"是挺安静，"波德楚法罗夫说，"没人来打扰我们。"

"要紧的就是没人打扰。"别列兹金说。

他坦诚地低声说下去，真心忘了在这里他是首长；也许是因为他太习惯当下属，不习惯当首长吧。

"你们知道首长是什么德行吗？'为什么不进攻？为什么没占领那个高地？为什么有伤亡？为什么没伤亡？为什么不报告？为什么睡大觉？为什么……'"

别列兹金站起身来。

"走吧，波德楚法罗夫同志。看看你们的防御阵地去。"

工人新村这条小街看上去一派凄凉，贴着鲜艳墙纸的内墙裸露在街边，小花园、小菜园被坦克履带碾得不成样子，有一两处地方，几株秋日的天竺牡丹幸存下来，花朵寂寞地开放着，天知道开给谁看。

"您知道吗，波德楚法罗夫同志，"别列兹金突然说，"我好久没接到老婆的信了。最近一次有信，还是在她们疏散的半路上，现在又没消息了。只知道她和女儿去了乌拉尔。"

"会来信的，少校同志。"波德楚法罗夫说。

在一栋两层楼房的半地下室里，一些伤员躺在用砖块堵死的窗户下面，等待夜间撤离。地上摆着一桶水，一个茶缸。房门对面的墙上，两个窗户之间，贴着一张明信片，上面是一幅油画《少校求亲》。

"这里是后勤人员，"波德楚法罗夫说，"前沿阵地在前面一点。"

"咱们过去看看吧。"别列兹金说。

他们穿过前厅，走进一个天花板已经塌陷的房间，立刻感到好像从工厂办公室走进了车间。空气中充满了火药的辛辣气味，斑驳的空弹壳在脚下嘎吱作响。一辆奶油色的婴儿车里整整齐齐地堆放着反坦克地雷。

"德国人昨晚从我们手中夺去了那边那座废墟，"波德楚法罗夫走到窗前，说道，"非常可惜。很棒的建筑，窗户朝西南。现在我的整个左翼都暴露在敌人的火力之下。"

一挺重机枪摆在砖头堵死的窗户后面，砖头之间，露出一些窄窄的枪洞。机枪手没戴帽子，头上缠着沾满尘土、被硝烟熏得黑黢黢的绷带，正往机枪上装新的子弹带。主射手露出一嘴洁白的牙齿，嚼着一根香肠，准备稍过一会儿再次射击。

一个中尉连长走了过来，军便服口袋里探出一朵白色的翠菊花。

"好小伙儿！"别列兹金笑着说道。

"见到您太高兴了，大尉同志，"中尉对波德楚法罗夫说，"情况就像昨晚我说的那样，他们又攻击了6/1号楼。是九点钟开始的。"

"团长在这里，向他报告吧。"

"对不起，没认出您来。"中尉说，马上行了个礼。

六天前，德国人包围了该团防区里的几座楼房，并开始以条顿人的严谨风格蚕食它们。苏军防线逐渐消逝于楼房废墟下，随之一同消逝的，是守卫阵地的红军战士的生命。但有一座工厂大楼的地下室特别深，苏军仍然据守在那里，顽强抵抗敌人。尽管手榴弹和迫击炮弹在墙上炸开了许多洞，但坚固的墙壁还是经受住了炮火的轰击。德国人甚至试图从空中摧毁这座楼房，威力强大的鱼雷炸弹已经从飞机上投掷了三次。楼房所有的墙角都被摧毁了。但在废墟之下，地下室依然完好无损。守卫的苏军清除了瓦砾，安放了机枪、轻型加农炮和迫击炮，把德国人挡在楼外。这座楼房的位置非常好，没有任何隐蔽的地方让德国人偷偷靠近。

向别列兹金报告情况的连长又说：

"昨晚我们试图进到楼里，但没成功。我方一个战士牺牲，另有两位受伤，但安全返回了。"

"卧倒！"正在此时，放哨的士兵扯着嗓子喊起来。几个人扑倒在地板上；连长话还没说完，举起双臂像是要扎猛子，然后一头摔在地上。

刺耳的呜呜声越来越响，紧接着是一连串雷鸣般的爆炸声，震撼着大地和人们的心灵，空气中弥漫着令人窒息的恶臭。一个黑乎乎的粗大家伙砸在地板上，往上一弹，然后滚到别列兹金脚下。起初他以为那是被爆炸的威力抛过来的一段木头，还好没砸到他脚面。

再定睛一看，他才意识到那是一颗还没爆炸的炸弹。接下来一秒钟的气氛紧张得让人无法忍受。

但炸弹没爆炸。它投下的阴影，那吞没天空和大地、抹掉过去、切断未来的阴影，消失了。

连长站起身来。

"好一条毒蛇！"一个惊魂未定的声音说道。

"嗯，我还以为这下子全玩完了呢！"另一个人笑着说。

别列兹金擦了擦额头上突然冒出的汗水，从地上捡起那朵白色翠菊花，掸掉灰土，插回中尉军便服的口袋上。他说道：

"就算是礼物吧……"然后转向波德楚法罗夫，继续说道，"为什么说你们这里的环境很好很安静呢？因为没有首长来来去去。首长总是想从你那儿弄到什么……你有个好炊事员——我得把这个炊事员抢走！你有个手艺高超的理发师，一个出色的裁缝——把他给我吧！……就想着捞好处！你挖了个漂亮的掩蔽部——让出来！酸菜挺不错——马上送些给我！"

然后他突然问中尉："为什么有两个战士没有到达被包围的房子就撤回来了？"

"挂彩了。"

"明白了。"

"您运气真好。"当他们离开大楼，穿过菜园时，波德楚法罗夫说。菜园中，发黄的土豆茎叶之间，分布着二连的战壕和掩体。

"谁知道我是不是真的运气好啊？"别列兹金说，跳下战壕，"这可是在野战条件下。"他说这话的口气，好像在说"这可是在疗养地条件下"。

"地球比我们任何人都更能适应战争，"波德楚法罗夫说，"她一定已经习惯了。"然后，回到别列兹金开始的谈话，他补充说："炊事员算什么！我听说连女人都会被首长征用。"

战壕里回荡着各种声响：人们的喊叫声、步枪射击的噼啪声和机关枪、冲锋枪的短促击发声。

"连长牺牲了。指导员索什金代行指挥，"波德楚法罗夫说，"这是他的掩蔽部。"

"挺明亮的。"别列兹金说，从半开的门往里瞥了一眼。

指导员索什金，一个浓黑眉毛的红脸男人，在机枪附近追上了他们。他大声喊出一个个单词，报告说他的连队正在向德国人开火，以扰乱德军为袭击6/1号楼而进行的集结。

别列兹金从他手上接过望远镜，仔细观察着枪支射击的短促闪光和迫击炮口冒出的火舌。

"瞧，三楼第二个窗户，我觉得有个狙击手躲在那儿。"

他话音未落，那扇窗户里就闪出一道光。一颗子弹呼啸而来，"嗖"的一声嵌到战壕墙上，正在别列兹金和索什金两个人脑袋中间。

"您运气真好！"波德楚法罗夫说。

"谁知道我是不是真的运气好啊？"别列兹金回答。

他们沿着战壕走下去，来到连队自己发明的一个装置跟前：固定在车轮上的反坦克枪。

"这是咱们自己的土高射炮。"一名中士说，胡楂沾满尘土，眼神透着不安。

"一百米开外有辆坦克，在那座绿屋顶小房子旁边！"别列兹金模仿炮兵教官的声音喊道。

中士迅速转动车轮，反坦克枪长长的枪口朝地面降了一点。

"德尔金手下有一名战士，"别列兹金说，"他在反坦克枪上装了一副狙击手用的瞄准具，一天就干掉了敌人三挺机枪。"

中士耸了耸肩。

"德尔金安逸得很，成天在车间里坐着。"

他们沿着战壕继续走。别列兹金又回到巡视一开始就说到的话题。

"我给她们寄了个包裹，里面的东西挺不错。可是，您明白吗，老婆没信来。没回音，一直没有。我都不知道包裹寄到了没有。也许生病了？疏散路上什么事情都可能发生。"

波德楚法罗夫突然回想起，过去，很久很久以前，在莫斯科干活的乡下木匠会带着送给老婆孩子和老人的礼物回到家乡。对他们来说，乡下家庭生活的和谐与温暖，远胜于莫斯科喧嚣的人群和明亮的灯火。

半小时后，他们回到营指挥所。别列兹金没进地下室，在院子里便向波德楚法罗夫道别。

"为 6/1 号楼提供一切可能的支援，"他说，"但别再尝试派人过去。这事儿夜里我们再组织团里的兵力来做。要说嘛……"他继续说道，"首先——我不喜欢您对待伤员的方式。指挥所里有沙发，伤员却躺在地板上。要说嘛……其次——您没有派人去弄新鲜面包，大家只好啃面包干。第三——指导员索什金喝醉了。要说嘛……"

波德楚法罗夫大为惊讶地听着，不明白何以团长到阵地上随便一转，就看到这么多问题。有个副排长穿着德军的裤子……一连连长手上戴了好几块手表。

别列兹金用教训的口气说道：

"德寇要发起进攻了。明白吗？"

他朝工厂方向走去。格卢什科夫已经设法钉上了靴子后跟，缝好了棉军服下摆撕裂的口子，问道：

"回团部吗？"

别列兹金没回答他，只对波德楚法罗夫说：

"给团政委打个电话，告诉他，我到工厂三车间德尔金那儿去一趟。"他挤了挤眼，又补充道："给我送点酸菜过来吧。味道蛮好。好歹咱也是个首长啊。"

15

托利亚仍然没有来信……每天清早，柳德米拉·尼古拉耶芙娜·沙波什尼科娃送母亲和丈夫出门上班，送女儿娜嘉出门上学。母亲亚历山德拉·弗拉基米罗芙娜是个化学家，在有名的喀山制皂厂的实验室工作，总是第一个离开家。经过女婿的房间时，她常常重复一遍厂里的工人爱讲的俏皮话："老板六点前上班，员工九点前到就行。"

随后，娜嘉步行去学校——或者更确切地说，跑步去学校。她从不按时起床，总是拖到最后一分钟才爬起来，一把抓起袜子、上衣、书本，上气不接下气地喝下一杯茶，冲下楼梯，一边跑一边系围巾、穿大衣。

等柳德米拉跟丈夫维克托·帕甫洛维奇·施特鲁姆坐下来吃早餐时，茶炊已经凉了，只好再热一遍。

每次娜嘉说"要能逃出这鬼地方就好了"，姥姥亚历山德拉·弗拉基米罗芙娜都会生气。娜嘉不知道杰尔查文[1]在喀山住过，不知道阿克萨科夫[2]、托尔斯泰、列宁、济宁[3]和罗巴切夫斯基[4]在这里住过，不知道马克西姆·高尔基曾经在喀山一家面包店当过学徒。

"冷漠得简直像个老太婆！"亚历山德拉·弗拉基米罗芙娜会说。听一个老太婆如此责备一个青春期女孩，不免让人诧异。

柳德米拉能看出来，母亲对遇到的人和新工作仍然兴趣盎然。在叹服母亲精神不老的同时，她又感到震惊：在如此艰难的时刻，母亲怎能还对油脂的氢化兴趣盎然，对喀山的街道和博物馆兴趣盎然？

有一次，当维克托对妻子说起亚历山德拉·弗拉基米罗芙娜精神上的年轻时，柳德米拉忍不住回答说："那不是年轻。那只是老年利己主义。"

"姥姥不是利己主义者，她是民粹主义者，"娜嘉说，然后补充道，"民粹主义者是好人，但不怎么聪明。"

娜嘉总是不容置疑地发表见解，而且言简意赅，也许因为时间老是不够用的缘故吧。"胡——扯！"她会说，把"胡"字拖得很长。她听苏联新闻局的战报了解战争进程，大人谈论政治时她也会插嘴。夏天在一个集体农庄待了段时间后，娜嘉开始向母亲阐述苏联农业生产力低下的原因。她通常不跟母亲讲自个儿的学习成绩，有一次却脱口而出："你知道吗，我的品行只得了四分！你能想象吗，数学老师把我赶出教室？出门时我大叫一声：'鼓得儿拜！'惹得全班同学哄堂大笑！"

---

① 加夫里拉·罗曼诺维奇·杰尔查文（1743—1816），俄国诗人。
② 谢尔盖·季莫费耶维奇·阿克萨科夫（1791—1859），俄国作家。
③ 尼古拉·尼古拉耶维奇·济宁（1812—1880），俄国有机化学家。
④ 尼古拉·伊凡诺维奇·罗巴切夫斯基（1792—1856），俄国数学家。

像许多在战前不愁吃穿的富家子弟一样，娜嘉在疏散到喀山后成天谈论配给，权衡各个配给中心的优缺点。她知道植物油比黄油值钱，碎米有好有坏，块糖比散糖合算。

"告诉你吧，"她会对妈妈说，"我打定主意了，从今天起，请在我的茶里面加蜂蜜，别加炼乳了。这样对我会更有营养，对你们来说大概无所谓吧。"

有时，娜嘉会变得闷闷不乐，跟长辈说话毫无礼貌，一脸鄙视的冷笑。有一天她当着柳德米拉的面骂父亲是个白痴，口气如此刻毒，维克托一时竟不知如何作答。

有时母亲发现娜嘉一边看书一边流泪：女儿认定自己是个落伍的苦命人，注定要过一辈子艰苦乏味的生活。

"谁都不乐意跟我交朋友，我太蠢、太无聊，"有一天吃饭时她这样说，"没有人会娶我。我要参加药剂师培训班，毕业后去乡下。"

"偏远乡村可没有药店。"亚历山德拉·弗拉基米罗芙娜说。

"说到婚事，你未免过于悲观了，"维克托说，"最近几个月你漂亮了不少呢。"

"你得了吧！"娜嘉说，恼怒地瞪着父亲。

那天晚上，柳德米拉看到娜嘉在读一本诗集，一只细瘦的光胳膊从被褥下伸出来捧着书。

有一次，娜嘉从科学院配给中心提着两公斤奶油和一包大米回家，一进门就说："人们，我自己也在内，都是下流无耻的坏蛋，费尽心思占便宜。爸爸是个坏蛋，为奶油出卖自己的才华。为什么那些病人、教育程度不高的人、虚弱的孩子就因为不懂物理，不能超额三倍完成生产计划，而非得挨饿不可？奶油专供精英，旁人想都别想。"

而到了晚餐时分，她又挑衅地说：

"妈妈，我今晚得吃双份蜂蜜和奶油，因为早上睡过头了，没吃早饭。"

娜嘉许多地方跟父亲一模一样。柳德米拉注意到，娜嘉身上最让维克托恼火的，恰恰是两人共有的那些特点。

有一次，娜嘉模仿父亲的口气，说起波斯托耶夫：

"骗子，庸才，狡猾的家伙！"

维克托气坏了。

"你一个中学还没毕业的女学生，怎敢这样议论院士？"

柳德米拉却清楚地记得，维克托在大学念书时如何辱骂这个或那个学术大腕："微不足道，庸才，老顽固，野心家！"

柳德米拉看得出来，娜嘉活得不轻松，她性格孤僻，内心复杂，很难与人相处。

娜嘉离开后，就轮到维克托吃早餐了。他会眯着眼睛看书，食物嚼也不嚼就吞下，做出可笑而惊讶的表情，眼不离书地摸索杯子，然后说："能再来点茶吗？如果可以的话，请热一下。"她熟悉他所有的手势：怎样挠头，噘起嘴唇，然后做个鬼脸，开始剔牙缝。这时她就会说：

"维克托，看在上帝分上，你到底什么时候去看牙啊？"

她很清楚，他抓鼻子、噘嘴什么的，不是鼻子、嘴巴有毛病，而是在想工作。她知道如果她说，"维克托，你根本没听我说话！"他就会回答，一边仍然眯着眼睛看他的书："我听到了每一个字。我甚至可以重复你的话：'看在上帝分上，你到底什么时候去看牙啊？'"然后他会急忙喝下一口茶，做惊讶状，皱起眉头；这意味着他在读某个熟识的物理学家的著作，同意他对某些问题的看法，但对其他观点持有异议。过后，他会一动不动地坐上好久，忧郁而温和地点头，面部表情和眼神仿佛患脑瘤的老人。这时柳德米拉就知道，他想念母亲了。

当他喝茶，想工作，或者绝望地叹气时，柳德米拉会看着自己无数次亲吻过的那双眼睛，无数次弄乱过的那头卷发，看着吻过自己的那双嘴唇，看着他的睫毛、眉毛，看着那双手——她经常一边说："天哪！你真是个邋遢鬼！"一边为他细长的手指头剪指甲。

她知道他所有德行：临睡前喜欢躺在床上看儿童读物；准备刷牙时脸上的表情；穿着最挺括的西装宣读关于中子辐射的论文时，他那清晰的、几乎发颤的声音。她知道他爱吃加扁豆的乌克兰甜菜汤；她知道他在睡梦中翻身时如何发出一声轻轻的呻吟。她知道他左脚的鞋后跟要不了多久就会磨坏，衬衫袖子很快就会弄脏。她知道他喜欢枕着两个枕头睡觉；她知道他穿过大广场时如何心中暗生恐惧；她知道他皮肤的气味，他袜子上窟窿的形状。她知道他在等午饭上桌时哼什么小调；他大脚趾上趾甲的模样；他两岁时母亲给他起的小名；他缓慢而蹒跚的步态；他在幼儿园大班跟哪些男孩打过架。她知道他爱开玩笑，喜欢戏弄托利亚、娜嘉和自己的同事。即便现在，尽管他心情糟透了，依然还拿她的闺蜜玛丽娅·伊万诺芙娜·索科洛娃开玩笑，嘲笑她读书太少，嘲笑她有次在聊天时把巴尔扎克和福楼拜混为一谈。

他知道如何让柳德米拉上当，总有办法激怒她。但那次她可真生气了，很仗义地为闺蜜辩护：

"你总爱笑话跟我要好的人。玛丽娅的品位无可挑剔，她用不着读太多书。书好不好，她一眼就能看出来。"

"当然，"他回答道，"而且她知道《马克斯和莫里茨》[1]是阿纳托尔·法朗士[2]的作品。"

她知道他热爱音乐，知道他的政治观点。她见过他有一次大哭，见过他气得发疯，撕破衬衫，腿缠在裤子里，单腿朝她蹦过去，挥拳要打她。她见过他毫不妥协，无所畏惧；见过他激情焕发；见过他朗诵诗；见过他吃泻药。

她感到丈夫现在跟她有了隔阂，虽然表面上什么都没有改变。但改变确实发生了，从一件事上就可以看出来：他不再跟她谈论工作了。他跟她谈学者朋友的来信，谈食品和日用工业品配额，有时也谈研究所的事，谈实验室的事；说起有关工作安排的讨论，说起同事的情况：萨沃斯季亚诺夫酒后来上班，半截睡着了；实验员用电炉煮土豆；马尔科夫准备开展一组新实验。

但关于他自己的研究，他内心深处的想法，以前他跟谁也不说，除了柳德米拉；但现在他缄口不提了。

有一次他曾向她诉苦说，如果他向朋友——哪怕是最亲密的朋友——宣读笔记或谈论尚不成熟的假设，第二天就会不舒服；他会觉得研究陷入了死胡同，没心思再碰。

柳德米拉是唯一的那个人，他能够向其说出自己的疑虑，朗读零碎的笔记，泄露最大胆、最奇妙的假设，而不会过后觉得不自在。

但现在他不再跟她谈论了。

现在，心中烦恼时，他会怪罪柳德米拉，以此缓解一点心情。他无休无止地思念母亲。如果没有法西斯主义，他永远不会想到的一件事情，现在却萦回在他心头：他和母亲的犹太血统。

他在心里责怪柳德米拉对他母亲太冷漠。有一次他甚至说：

"如果你和妈妈相处得不是那么糟糕，她本来可以和我们一起住在莫斯科的。"

听到这话，维克托对她儿子托利亚的种种粗暴言语，种种不公正举止，就会忽地涌上柳德米拉心头。

她想起维克托对托利亚如何不公平，眼里只有托利亚的不对，对托利亚无论多么小的过失都不能容忍，而娜嘉呢，再粗鲁、再懒惰、再邋遢、再不肯做家务事，维克托也总是心甘情愿地原谅。一想到这些，柳德米拉的心不禁变硬了。

她想起了维克托的母亲安娜——她的遭遇确实很悲惨。但是，既然安娜对托利亚不好，维克托又怎能指望自己的老婆跟安娜友好相处呢？就凭这一样，就足以

---

① 德国画家、诗人、雕刻家威廉·布施（1832—1908）的代表作。
② 阿纳托尔·法朗士（1844—1924），法国作家、文学评论家、社会活动家。

使婆婆的每一封来信、对莫斯科的每一次访问都变得难以忍受。开口娜嘉，闭口娜嘉……娜嘉的眼睛跟维克托一模一样……娜嘉拿餐叉的姿势跟维克托毫无二致……娜嘉心不在焉，娜嘉机智，娜嘉体贴人。安娜把对儿子的温柔和爱扩展到了孙女身上。但一说起托利亚呢——连拿餐叉的姿势都跟维克托不同。

奇怪的是，她最近越来越频繁地想起托利亚的生父，也就是她的前夫。她想找找前夫的亲戚和姐姐。是的，他们准保会喜欢托利亚的眼睛，阿巴尔丘克的姐姐会立刻认出托利亚的眼睛、略有变形的粗大拇指、宽宽的鼻翼；这样的眼睛、拇指、鼻翼一看就是她弟弟特有的。

她现在已经不记得，维克托也曾善待过托利亚。同样，她不再记得阿巴尔丘克对她如何恶劣——托利亚还在襁褓中时，他就抛弃了妻子和儿子，还不准托利亚随他姓阿巴尔丘克。

上午，柳德米拉会独自待在家里。她期待这样的时光；家人只会碍她的事。世界上的一切：战争，姐妹们的命运，维克托的工作，娜嘉的性格，母亲的健康，她自己对伤员的怜悯，对德国战俘营里死者的痛惜——这一切都源于她为儿子而感受到的痛苦和焦虑。

她感到，母亲、丈夫和女儿的感情跟她迥然不同。在她看来，他们对托利亚的感情投入，对托利亚的爱，远远不够深沉。对她来说，整个世界全在托利亚身上；对他们来说，托利亚只是世界的一部分。

几天过去了，几个星期过去了，托利亚仍然没有来信。

每天，收音机播发苏联新闻局的公报；每天，报纸上充斥着战况。苏军在溃败。公报和报纸中经常提到大炮。托利亚在炮兵部队服役。托利亚仍然没有来信。

她觉得世界上只有一个人真正理解她的痛苦：索科洛夫的妻子玛丽娅·伊万诺芙娜。

一般来说，柳德米拉跟其他学者的妻子相处不来。那些女人无休止地谈论丈夫的科学成就，谈论衣服和女佣，让她感到无聊和烦躁。但她对玛丽娅越来越依恋——部分是因为玛丽娅害羞、温柔的性格与她自己的性格迥然不同，部分是因为玛丽娅对托利亚的关心让她感动。

柳德米拉觉得，聊起托利亚时，跟丈夫和母亲比起来，玛丽娅让她感到更自在。每次跟玛丽娅聊聊，过后她都会平静下来。尽管玛丽娅几乎每天都来施特鲁姆家串门，柳德米拉还是奇怪——怎么闺蜜还没到。她不时向窗外张望，切盼马上看到她瘦弱的身影和可爱的脸庞。

托利亚仍然没有来信。

16

亚历山德拉·弗拉基米罗芙娜、柳德米拉和娜嘉坐在厨房里。娜嘉时不时地从练习本上撕下几页，揉成一团，扔进炉子里；黯淡的红光于是重新发亮，炉子里满是跳动的火苗。亚历山德拉·弗拉基米罗芙娜用眼角余光看了女儿柳德米拉一眼，说道：

"昨天，一位实验员请我去了一趟她家。天哪，那份拥挤，贫困，饥饿！跟她家比，咱家过的真是帝王般的日子！一些邻居上她家串门，大家谈到战前最喜欢吃的东西。一个说'小牛肉'，另一个说'酸黄瓜肉汤'。然后，我朋友的小女儿说：'我最喜欢的是"解除警报"'。"

柳德米拉沉默不语，而娜嘉说道：

"姥姥，您在咱们这儿已经有几百万个熟人了！"

"你却一个也没有。"

"那又怎样？"柳德米拉说道，"比维佳①好多了。这些天他动不动就往索科洛夫家跑。你真该看看聚在他们家的乌合之众。我就不明白了，维佳和索科洛夫怎么能跟这些家伙一聊就是好几个钟头……整夜叼着烟卷，烦不烦啊？一点也不为索科洛夫的妻子玛丽娅·伊万诺芙娜着想，她需要安静啊。家里这么一大帮人，她想躺一会儿，想坐一会儿，都不成。而且，这些家伙抽起烟来就跟烟囱似的！"

"我喜欢那个鞑靼人卡里莫夫。"亚历山德拉·弗拉基米罗芙娜说。

"一个讨厌鬼。"

"妈妈和我一样，她谁也不喜欢，"娜嘉说，"当然，玛丽娅阿姨除外。"

"你们真是一群怪人，"亚历山德拉·弗拉基米罗芙娜说，"你们有那么个在莫斯科形成的小圈子，如今把这个圈子也带到这里来了。其他所有人，碰巧在火车上，在俱乐部里，或在剧院里遇到的那些人，都微不足道；你们的圈子，是和你在同一个地方盖起别墅的人……你妹妹叶尼娅也是一样。有一些几乎看不见的迹象，你们就是凭着这些迹象来彼此识别：'唉，她这人毫无意思，连勃洛克②都不喜欢！他呢，太低级，欣赏不了毕加索……咳，她送给他一只水晶花瓶做礼物，什么趣味！'但维克托是个民主主义者。他唾弃这些颓废玩意儿。"

"胡说八道，"柳德米拉说，"扯什么别墅！市侩中有的有别墅，有的没有。不管有没有，我反正不会跟这些讨厌鬼打交道。"

---

① "维佳"是"维克托"的昵称。

② 亚历山大·亚历山德罗维奇·勃洛克（1880—1921），二十世纪早期俄罗斯诗人、戏曲家。

亚历山德拉·弗拉基米罗芙娜发现，这些天来，女儿柳德米拉似乎越来越爱对她发火。

柳德米拉会给丈夫出主意，管教娜嘉，指责她的行为，又原谅她的行为，宠她，又拒绝宠她，并且始终意识到老母亲对她所做的一切都有自己的看法。母亲从来没有大声说出过这些看法，但这不妨碍她有看法。有时维克托会跟岳母对视一下，他眼里会有一种嘲弄的神色，似乎两人起先已经议论过柳德米拉的种种怪癖。但是，他们是否真的议论过，并不重要；重要的是，这个家庭中出现了一种新的力量，这种力量的存在本身就足以改变现有的人际关系。

维克托曾经对柳德米拉说过，如果他是她，他会让亚历山德拉·弗拉基米罗芙娜来管理家务；那样一来，亚历山德拉·弗拉基米罗芙娜就不会老觉得自己寄人篱下。

柳德米拉却认为丈夫的话缺乏真诚。她甚至以为，他着意表现对岳母的亲切友好，是为了间接提醒柳德米拉，她过去对维克托的母亲安娜·谢苗诺芙娜是不是过分冷淡了。

她永远不会承认——这太可笑，太令人羞耻——但有时她会嫉妒他对孩子们的爱，尤其是对娜嘉的爱。但现在，这已经不仅仅是嫉妒了。即便对自己，她都不可能承认，她那无家可归、暂时在她家落脚的母亲会成为她的负担，会令她烦恼。然而，奇怪的是，这种烦恼并不妨碍她对母亲的爱，不妨碍她在必要时把自己最后一件衣服给母亲，与母亲分享最后一片面包。

而亚历山德拉·弗拉基米罗芙娜呢，她突然感到，自己一会儿想无缘无故地大哭一场，一会儿想死去拉倒，一会儿想晚上不回家，到同事家里在地板上过夜；一会儿又想收拾行装，前往斯大林格勒去寻找谢廖扎、薇拉和斯捷潘·费奥多罗维奇[①]。

亚历山德拉·弗拉基米罗芙娜对女婿的言行多半表示赞同，而柳德米拉几乎总是反对。娜嘉发现了这一点，动不动就对父亲说：

"告诉姥姥去，说妈妈老欺负你。"

这会儿，亚历山德拉·弗拉基米罗芙娜说："你们俩阴沉得像猫头鹰。维克托倒像个正常人。"

"都是空话，"柳德米拉皱着眉头说，"哪天回到莫斯科，您和维克托会跟我们大家一样高兴。"

---

① 斯捷潘·费奥多罗维奇·斯皮里多诺夫是柳德米拉的妹妹玛鲁霞的丈夫，时任斯大林格勒发电厂厂长。

亚历山德拉·弗拉基米罗芙娜突然说：

"你知道吗，亲爱的，等到回莫斯科那一天，我最好还是不跟你们一起走。我要留在这里。在莫斯科，你们家没我的地方。你明白吗？我要劝叶尼娅搬过来跟我一起住，要不我就去古比雪夫找她。"

这是母女关系中最艰难的时刻。亚历山德拉·弗拉基米罗芙娜心头的重压，当她宣布不回莫斯科时，就公开化了。而柳德米拉心头的重压，此刻也明朗化了，跟亲口说出来也没多大差别。但柳德米拉却觉得很委屈，似乎她在母亲面前并没有丝毫过错。

亚历山德拉·弗拉基米罗芙娜看到柳德米拉脸上难过的神情，感到很内疚。一到夜里，亚历山德拉·弗拉基米罗芙娜就会想到谢廖扎，一会儿想到他发脾气，跟人吵架；一会儿想象他一身戎装的样子，想着他的眼睛也许变得更大了，人也许变瘦了，面颊凹陷下去。谢廖扎在她心中唤起一种特别的温情——他是她不幸的儿子留下的儿子，而她的儿子，应该是她在这个世界上最爱的人……她对柳德米拉说：

"别太为托利亚难过，相信我，我挂念他不比你少。"

这番话里有几分虚假，就她对自己女儿的爱而言，不啻一种侮辱，因为她实际上并不是特别挂念托利亚。但此刻，直率到有点残忍的母女俩，对自己的直率感到害怕了，不由得都收敛起来。

"《真诚固然好，亲情价更高》——奥斯特洛夫斯基[1]话剧新作。"娜嘉曼声宣告。亚历山德拉·弗拉基米罗芙娜瞪着这个十年级女生，眼睛里含着反感甚至惊恐：这个小姑娘，姥姥都理不出头绪的事情，她却一语道破了！

过了不久，维克托下班回家了。他掏出钥匙打开门，突然出现在厨房里。

"好一个惊喜！"娜嘉说，"我还以为你会在索科洛夫家待到很晚呢。"

"啊，全在家，全围着火炉，太令人高兴了！妙极了！妙极了！"维克托说，把手伸向炉火。

"鼻子擦一擦！"柳德米拉说，"什么妙极了？我不明白。"

娜嘉扑哧一笑，模仿母亲的语气说：

"喏，鼻子擦一擦！跟你讲本地话呢，听不懂吗？"

"娜嘉，娜嘉！"柳德米拉用警告的语气说。管教维克托是她的专有权利，不容任何人分享。

"是的，是的，外面风挺大。"维克托说。

---

[1] 亚历山大·尼古拉耶维奇·奥斯特洛夫斯基（1823—1886），俄罗斯剧作家，一般认为是俄国写实主义阶段最伟大的代表人物。代表作有《贫非罪》《大雷雨》等。

他走进自己房间。从打开的门，可以看到他坐在办公桌前。

"爸爸又在精装书皮上写字了。"娜嘉说。

"不关你的事，"柳德米拉说，然后转向她母亲，"你觉得他为什么这么高兴——是因为看到全家人都在？他有点神经，如果有人不在家，就担心个没完没了。现在他有些问题还没想透，很高兴可以专心思考，不必担心什么事。"

"嘘！"亚历山德拉·弗拉基米罗芙娜说，"我们真的让他分心了。"

"恰恰相反，"娜嘉说，"如果你大声说话，他根本不管你。一旦你开始窃窃私语，他立刻会跑过来问：'你们在这里悄悄说些什么？'"

"娜嘉，你谈起父亲来，好像动物园里的导游描述各种动物的特性。"

她们互相看了看，同时大笑起来。

"妈妈，你怎么对我这么不客气呢？"柳德米拉说。

亚历山德拉·弗拉基米罗芙娜一言不发，摸了摸女儿的头。

后来大家在厨房里吃晚饭。维克托觉得，这天晚上，暖洋洋的厨房有一种奇特的魅力。

构成维克托生活基础的活动仍在继续。近来，他一直在思索如何另辟蹊径，对实验室里积累的一些相互矛盾的实验结果做出合理解释。

坐在餐桌前，他感觉到一种奇怪而又令人愉快的不耐烦。他好想抓起铅笔，但又努力克制自己，手指头都快抽筋了。

"今天的荞麦粥太好吃了！"他一边说，一边用勺子敲了敲空盘子。

"这是暗示吧？"柳德米拉问道。

他把盘子递给她，一边问道：

"柳达[①]，你一定还记得普劳特[②]假设吧？"

柳德米拉摸不着头脑，勺子停在半空中。

"是关于元素起源的。"亚历山德拉·弗拉基米罗芙娜说。

"啊，想起来了，"柳德米拉说，"一切元素都起源于氢。但这跟粥有什么关系？"

"粥？"维克托重复道，"喏，普劳特的故事是这样的：在很大程度上，他之所以提出了一个正确的假设，是因为在他那个时代，对原子量的计算有严重错误。假如那时能准确测定原子量，而且精度达到杜马[③]和斯塔斯[④]后来达到的水平，他就不

---

① "柳达"是"柳德米拉"的昵称。

② 威廉·普劳特（1785—1850），英国化学家，于1815年提出普劳特假说：元素的原子量总是氢原子量的整数倍。

③ 让-巴蒂斯特·安德烈·杜马（1800—1884），法国化学家，有机化学奠基人之一。

④ 让·塞尔维斯·斯塔斯（1813—1891），比利时化学家。

会假设元素的原子量是氢的整数倍了。所以，他的假设可以说是歪打正着。"

"但这和粥有什么相干？"娜嘉问道。

"粥？"维克托惊讶地反问。他忽然想起来是怎么回事，于是说道："跟粥没有任何关系……话说回来，这粥，要弄清其构成，也殊非易事。大概得花上一百年。"

"这是您今天讲座的内容？"亚历山德拉·弗拉基米罗芙娜问道。

"不，随便说说而已，再说我也没有开讲座，不是时候。"

他捕捉到了妻子的目光，心想：她理解我，知道我重新激发起了对工作的兴趣。

"生活怎样啊？"他问，"玛丽娅·伊万诺芙娜来过了吗？想必她又为你朗读《包法利夫人》了吧，巴尔扎克那部大作？"

"你得了吧！"柳德米拉说。

那天夜里，柳德米拉等着他再和她谈谈自己的研究。可他什么都没说，她也没有问。

17

维克托·斯特鲁姆觉得，十九世纪中叶的一些物理学家，包括亥姆霍兹[①]，将所有物理学问题归结为对纯粹由距离决定的不变的引力和斥力的研究，未免太过天真。

力场是物质的灵魂！将能量波和物质微粒结合起来的统一体……光的粒子性……是簇射，还是快如闪电的光波？

量子理论已经用新的定律，即概率定律，取代了支配个体物理实体的定律；这种新的特殊统计定律抛弃了个体实体的概念，而只考虑集合体。上世纪的物理学家们常常让维克托想起西装革履的绅士们，衣领和袖口都刷过浆，留着染过的胡须，聚集在台球桌四周。陷入沉思的人们，手持直尺和钟表——精密计时器，紧皱眉头测量速度和加速度，确定充满优质绿呢空间的弹性小球的质量。

但是，用金属棒和直尺测量的空间和用最精确的计时器测量的时间，突然产生弯曲、伸展和压缩。事实证明，空间和时间的稳定性不是科学的基石，而是囚禁科学的铁窗和牢墙。末日审判来临了；真理被奉为圭臬的一千年中，原来充满了谬误。真正的真理像在蚕茧中一样，在陈旧的偏见、错误和粗疏中，沉睡了数百年。

世界已经变成非欧几里得世界，它的几何性质由质量及其速度构成。

爱因斯坦把世界从绝对时间和空间的枷锁中解放了出来。在这个世界中，科学

---

① 赫尔曼·冯·亥姆霍兹（1821—1894），德国生物物理学家、数学家。"能量守恒定律"的创立者。在生理学、光学、电动力学、数学、热力学等领域中均有重大贡献。

取得了突飞猛进的发展。

两大潮流在分道扬镳，但彼此并未完全失去联系，尽管一种在秒差距的世界中梭巡，而另一种以毫微米为单位。前一种观察的是整个宇宙；后一种则试图深入到原子核中。物理学家越深入原子的核心，就能越清楚地理解恒星发光的原理。遥远星系可见光谱的红移催生了宇宙在无限空间中不断运动的遐想。但是，如果把宇宙视为一个被速度和质量扭曲的有限的荚状空间，那就可以想象空间本身正在膨胀，把无数星系吸向自己。

维克托坚信世界上没有人能比科学家更幸福……有时候，不管是早上去研究所的路上，还是晚间散步，或者就像今晚，一想到自己的研究工作，他心中就充满幸福、恬静和喜悦。

以寂静的星光充满宇宙的力量正在通过由氢转化为氦的过程释放出来……

战争爆发前两年，两个年轻的德国人用中子轰击重原子核，引发了重原子核的裂变；苏联物理学家在自己的研究中，通过不同途径得到类似的结果时，突然体验到十万年前穴居人点燃第一堆篝火时的感受……

当然，物理学正在决定二十世纪的进程……正如1942年斯大林格勒成为决定世界大战各战线进程的主攻方向一样。

但维克托无法摆脱怀疑、痛苦和不信任，这些感觉如影随形地跟随着他。

18

维佳，虽然我现在住在德寇占领区中一个犹太人隔都，四面都是带刺的铁丝网，我仍然深信这封信会送到你手里。但你的回信我是永远收不到了，因为世界上将不再有我这个人。我想让你知道我最后几天的日子。那样，我会走得轻松点。

维佳，真正理解人们确实太难了……德国人是7月7日进的城。那天我在诊所看完病人后，走在回家路上，街心花园的喇叭正在播送最新消息。我停下脚步，听女播音员用乌克兰语读最新战况公报。远处传来枪炮声，过了一会儿，只见一些人从街心花园匆匆跑过。我动身回家，暗想怎么会错过了空袭警报。突然，我看到一辆坦克，紧接着有人大喊："德国人打进来了！"

我说："别制造混乱！"头天晚上我还去了市苏维埃，问秘书撤离的事。秘书怒气冲冲地说："还早着呢，撤离人员名单都还没拟定。"不管怎么说，德国人现在的确进了城。那天晚上，左邻右舍纷纷互相串门，唯一冷静的就是小孩子和我。我拿定了主意：没什么大不了的，大家怎样，我也会怎样。起先我非常害怕，想着再也见不着你了。我多想再次看着你，亲吻你的额头和眼睛。过后再一想，我又释然了——你平安无事，就是不幸中的万幸。

凌晨时分我睡着了。醒来时，我感到万箭穿心般难受。我在自己房间里，躺在自己床上，却仿佛置身异国他乡，孤身一人，无依无靠。

就在那天早上，我想起了在苏维埃政权时期我已经忘在脑后的一件事——我是犹太人。一些德国人开着卡车经过，一路大喊："Juden kaput（犹太人见鬼去）！"

过后，几个邻居让我又一次想起此事。看门人的妻子站在我窗下，对她隔壁的女人说："感谢上帝，犹太人完蛋了！"真不知这是从何说起，她儿子娶的不是别人，正是个犹太人。老太婆常去儿子和媳妇家做客，还老跟我讲起孙子孙女们。

我隔壁有个女人是寡妇，带着一个六岁的女儿，叫阿廖努什卡，长着一双漂亮的蓝眼睛，我给你的信中提起过这个小姑娘。寡妇来到我家，对我说："安娜，您能在天黑前把东西收拾一下吗？我要搬到您的房间来。""好的，那我搬到您房间去。""不，您搬到厨房后头那间贮藏室吧。"

我拒绝了。那个小房间又没窗户，又没炉子。

我上班回来，发现房门被砸开了，我的东西被搬了出去，乱七八糟堆在贮藏室里。女邻居对我说："我把您的沙发留下了，新房间反正放不下它。"

奇怪的是，她还是中专毕业，而且已故的丈夫为人厚道，安安静静的，原先在一家锯木厂当会计。"您现在不受法律保护了！"她说话的口气，好像这对她有天大的好处。她的小阿廖努什卡整晚坐在我的小房间里，听我讲童话故事。算是我乔迁新居的一位贺客吧。小女孩不想上床睡觉，最后还是她妈妈硬把她抱走了。维佳，我们诊所后来重新开张，可我和另一位犹太医生却被解雇了。我去领上个月的工资，但新所长对我说："您在苏维埃政权下挣的钱，让斯大林支付好了。您可以往莫斯科给他写信。"护理员玛鲁霞接着我，低声哭着说："天哪，我的上帝啊，您以后怎么办，你们以后怎么办哪？"特卡乔夫医生握了握我的手。我不知道哪种反应更让人难受：幸灾乐祸，还是不无怜悯地看着我，仿佛看一只奄奄一息的癞皮猫。我从没想过这辈子会碰到这种事情。

很多人令我震惊。而且不仅仅是那些愚昧无知、心怀不满、没受过什么教育的人。有一位老先生，退休教师，七十五岁了，过去他总问起你，要我向你问好，提起你就说："他是我们的骄傲。"可如今，在这些作孽的日子里，他见到我就扭过头去，连招呼都不打。有人告诉我，在警备司令部召集的一次会上，他竟然说："这下空气终于干净了，没大蒜味了。"为什么他会说这种话？他难道不知道，这是在玷辱他自己吗？在那次会上，犹太人受到多么可怕的诽谤……但当然，维佳，并不是每个人都去开会了。许多人拒绝参加。还有，你知道吗，在我的意识中，自从沙皇时代以来，反犹太主义就与"米哈伊尔天使长同盟"①成员的草根爱国主义紧密联系在一起。但现在我看到，那些大叫大嚷要把俄罗斯从犹太人手中解救出来的人，在德国人面前却像条狗，随时准备为了三十块德国银币出卖自己的国家。城郊那些愚昧无知的群氓跑进城来抢房子，抢棉被，抢衣服；这种人，霍乱流行期间杀医生的，就是这种人。还有一些意志薄弱的人，生怕人家怀疑他对当局怀有二心，于是对所有坏事都随声附和。

一些熟人不断向我通风报信。所有人眼里都透着疯狂，人们好像在发高烧。一种奇怪的表达方式流行起来："互藏东西"。人们不知何故认为邻居家的房子更靠得住。互藏东西让我想起儿时的捉迷藏游戏。

过了不久，宣布重新安置犹太人。每人准许携带十五公斤物品。路边房屋的墙上张贴着黄色通告："限全体犹太人于 1941 年 7 月 15 日下午六时前迁至老城区。"拒不迁移者将被就地枪杀。

有什么办法呢，维佳，我也开始收拾东西。我拿了个枕头，一些床上用品，你送给我的那只杯子，一个勺子，一把餐刀，两个碟子。一个人用得着这么多东西吗？我还带了几件医疗器具，带了你的来信，我已故的母亲和你大卫叔叔的照片，还有一张你和你父亲的照片；一卷普希金文集；《磨坊书简》②，载有《一生》的莫泊桑文集；一本小字典……我还带了契诃夫的小说集，里面有《没意思的故事》和《主教》——就这些东西，把提篮装得满满当当的。在那所房子的屋顶下，我给你写过多少信啊！多少个钟头，晚上我在那里以泪洗面——是的，现在我可以告诉你我曾经多么孤独。

我告别房子和花园，在一棵树下坐了几分钟，然后跟邻居说再见。有些人之古怪真让你想不到。两个女人当着我的面争起来：谁该得椅子，谁该得写字台。可是当我跟她们道别时，两人都哭了。我请求邻居巴桑科家的人说，如果战后你来打听我的消息，请他们详细告诉你一切。他们答应了。我好舍不得离开看家狗托比克，那天晚上它对我格外亲热。

如果有一天你真的来这里，看在托比克对一个犹太老女人这么友好的分上，好好喂喂它吧。

我把东西全收拾好了，正发愁怎么把篮子搬到老城区，一个以前的病人突然冒了出来。他是个阴郁的人，原先我一直觉得他冷冰冰的，名叫舒金。他拎起我的行

---

① 俄国 1908 年至 1917 年的一个黑帮组织。

② 都德的短篇小说集。

李，还给了我三百卢布，说他每周会来围栏边一次，送我一些面包。他在印刷厂上班，因为眼睛有问题，没被征到前线。战前我给他治过病。如果让我列举所有我认识的心地纯洁、富于同情心的人，我能说出几十个名字来，但他肯定不在其中。你知道吗，维佳，见到他后，我又开始觉得自己是个人了——把我当成人来对待的，并不仅仅是院子里那只狗。

他告诉我，市印刷厂正在印一项新法令：犹太人不准在人行道上行走；胸前必须佩戴大卫星黄布条；不得使用公共交通工具和浴室，不得上诊所，不准进电影院；犹太人不能购买黄油、鸡蛋、牛奶、浆果、白面包、肉类和任何蔬菜，土豆除外；上市场买东西只能在六点以后，那时农民已经出城回家了。老城区将用带刺铁丝网围起来，外出必须有人押解，而只有一件事可以外出——强制劳动。如果在俄罗斯人家中发现犹太人，屋主将被枪杀，罪名跟窝藏游击队员一样。

舒金的岳父是个老农民，从附近的楚德诺夫村来。他亲眼看到，当地犹太人拎着包裹和手提箱被赶进森林。一整天他都听到枪声和令人胆寒的尖叫声，最后没有一个犹太人从森林里出来。而强占他房间的德国鬼子，深夜才回屋，喝得醉醺醺的，又接着喝酒、唱歌，闹到天亮，还在老人眼皮底下分胸针、戒指、手镯等等。我不知道，这种事是偶然发生，还是预示着等待我们的命运？

儿子啊，前往中世纪般的隔都，是多么悲伤的一段旅程。我走在工作了二十年的城中。起先我们沿着荒无人迹的斯文契街走，然后拐上尼科尔街，几百个人走在这条街上，前往同一个该死的隔都。人们手上拎着的白色包裹和枕头，使整条街显得白花花的一片。有人搀扶着病人慢吞吞地迈步。马古利斯医生瘫痪的父亲被裹在毯子里，抬着往前走。一个年轻人双手抱着老母亲，妻子儿女拎着包裹跟在后面。杂货店老板戈登，患气喘病的胖子，穿着一件带毛领的大衣，汗水从他脸上大颗大颗流下。我被一个年轻人打动了：他没有一件随身物品，昂首阔步地走着，手里拿着一本打开的书，神情平静而骄傲。但他身边全是吓得不知所措的可怜虫。

我们走在马路中间，人行道上站着看热闹的人群。

有一会儿我走在马古利斯一家身边，能听到人行道上的女人们发出同情的叹息。每个人都嘲笑戈登的冬大衣，不过，相信我，他看起来与其说古怪，不如说吓人。我看到许多熟识的面孔。有的微微向我点头告别，有的转过头去。我觉得，人群中没有一双眼睛是无动于衷的。有的好奇，有的无情，但也有几次我看到满含泪水的双眼。

我看到两个不同的人群：一群是犹太人——穿着冬衣和帽子的男人，穿着厚衣服的女人——另一群是人行道上穿夏装的人，在这群人中可以看到鲜艳的连衣裙、没穿外套的男人，还有些人穿着绣花的乌克兰衬衫。我感觉，好像连太阳都不再照耀马路上那些犹太人，好像他们是走在十二月的严寒冬夜里。

在隔都入口处，我跟陪我过来的同伴道别。他指给我看以后在围栏什么地方碰头。

你能猜到我在铁丝网后面的感受吗，维佳？我原以为会感到恐惧。但试想一下——实际上，在这个圈牲口的大棚子里我却感到宽慰。别以为我是个天生的奴隶。不，不是的。这是因为我身边的每个人都有着跟我相同的命运：在这里我不必再像匹马似的在马路中间走，不再有恶意的眼光追随我们，熟识的人会直视我而不是躲避我。在这个牲口棚里，每个人身上都带着法西斯匪徒烙下的印记，印记引起的耻辱感也就不那么强烈了。在这里我不再感觉是一头没有任何权利的牲畜，而是一个不幸的人。这样一来，心里感到轻松了好些。

我和一位同事，内科医生斯珀林，在一个两居室的小房子里安顿下来。斯珀林夫妇有两个成年女儿和一个十二岁的儿子。我盯着男孩瘦削的小脸蛋和悲伤的大眼睛，看了好久。他叫尤拉，我却两次错叫他维佳，他纠正我说："我是尤拉，不是维佳。"

人跟人多么不同！斯珀林今年五十八岁了，还是精力充沛。他设法搞到了床垫、煤油和一车劈柴。昨晚他又弄回家一袋面粉和半袋扁豆。对自己每一个小小的成功，他都高兴得像个新郎官似的。昨天他把壁毯挂了出来。"别担心，别担心，会熬过去的，"他反复说道，"最主要的是多多储备些食物和木柴。"

他说应该在隔都开办一所学校。他甚至请我给尤拉上法语课，作为报酬，每次可以送我一碗汤。我答应了。

斯珀林胖乎乎的妻子范妮却只是叹气说："一切都完了，我们都完了。"与此同时，她却小心翼翼地盯着大女儿柳芭——一个好心肠、脾气温和的女孩——生怕她给谁一把菜豆或一小片面包。小女儿阿莉娅是范妮的心肝宝贝。但阿莉娅却是不折不扣的恶魔化身，刻薄、霸道、多疑，总是对父亲和姐姐大喊大叫。她是战前从莫斯科来做客的，结果困在这里回不去了。

天哪，到处是何等的贫穷！那些总是谈论犹太人多么富有、如何有办法积攒钱财来应付艰难日子的人，真该让他们来老城区看看。艰难日子确实来了——不可能更艰难了。老城区居民并不只是带十五公斤行李搬过来的人：一直有手艺人、老人、工人、医院护工住在这里……他们生活在多么可怕的拥挤环境中，吃的都是些什么呀！再看看那些塌了一半、陷进泥土的棚屋，真是惨不忍睹。

维佳，我在这里见到过形形色色的坏人，他们贪婪、狡猾，随时准备出卖一切。其中有个可恶的家伙叫爱泼斯坦，是从波兰某个小镇来的。他戴着袖章，跟德国人一起展开搜查，参加审讯，经常和一帮伪警察一起喝得醉醺醺的。伪警察支使他挨家挨户勒索伏特加、金钱和食物。我见过他两次，高大、英俊，穿一身时髦的奶油色西装——就连外套上缝的黄色大卫星都像一朵菊花般漂亮。

但有另一件事我想对你说说。过去，我从来没有觉得自己是犹太人，小时候我的朋友圈都是俄罗斯人；我最喜欢的诗人是普希金和涅克拉索夫；在全俄乡村医生大会期间看演出时，一部话剧让我和全场观众一起潸然泪下，那是斯坦尼斯拉夫斯基导演的《万尼亚舅舅》。维佳，我十四岁时，全家打算移民南美洲，可我对父亲说："我哪儿都不去，宁可跳河，我也不离开俄罗斯。"最后我的确没走。

但是现在，在这些可怕的日子里，我内心充满了对犹太人民的母性温柔。我以前从来没有体验过这种爱。它使我想起了对你的爱，我亲爱的儿子。

我常去病人家里去出诊。狭小的几个房间里，一大群人等着看病——半盲的老人、吃奶的婴儿、孕妇，等等。我习惯于通过察看眼睛来检查病症，看有没有青光眼或白内障。现在我不能再那样打量人的眼睛了；我现在看到的是心灵的反映。善良的心灵，维佳！悲伤、善良的心灵，被暴力打败，但同时又战胜了暴力。强大的心灵，我的孩子！

如果你能看到老头老太们如何关切地问起你，该多好啊。人们多么真诚地安慰我，虽然我从未向他们诉过苦，况且他们的处境比我还糟糕。

有时我觉得，与其说是我在看病人，倒不如说是人们在治愈我的心灵，是人们在扮演善良医生的角色。当人们递给我一片面包、一块洋葱、一把菜豆时，感人之情是无法言说的。

相信我，维佳，这不是出诊的报酬问题。一个中年工人握着我的手，往我的提包里塞了两三个土豆，并且说道："给，医生，求您收下吧。"我的眼泪止不住流了下来。这里有某种纯洁、善良、慈父般的东西——我找不到适当的言词来向你表达。

我不想安慰你说，这段日子我轻轻松松就熬过去了。你会奇怪，我的心为什么没有因悲伤而破碎。不过，也不要担心我挨饿，这段时间我一次都没有觉得过饿。还有，我也没有感到过孤独。

关于人，我该对你说点什么呢？人之善良，人之邪恶，都让我惊讶不已。人和人千差万别，哪怕命运相同。可是，如果雷雨来临时大多数人都设法躲避，并不意味着所有人都一样。每个人会用自己独特的方式来避雨。

斯珀林大夫坚信，对犹太人的迫害是一时的现象，战争一结束，情况就会改变。像他这样的人为数不少，但我注意到，越乐观的人，往往越小气，越以自我为中心。如果在我们用餐时有人进来，阿莉雅和范妮就会忙不迭地把食物藏起来。

斯珀林一家对我很好，再说我吃得很少，带给他们的食物总是比我吃掉的多。但我还是决定离开。跟他们在一起我很不舒服。我要另寻栖身之地。一个人处境越悲惨，活下去的希望越少，他就变得越豁达、越善良、待人越好。

那些生计无着的人——贫民、锡匠、裁缝，心里明白饿死只是早晚的事，却比那些挖空心思积攒下各种食品的人高尚、豁达、聪明得多。那些年轻的女教师，那个怪人——下国际象棋的老教师施皮尔伯格，那些文静的图书馆女馆员，那个工程师列伊维奇——比小孩子还没能耐，却梦想用自制手榴弹把隔都居民武装起来——他们都是些多么美好而又不切实际的人啊！那些可亲的、忧伤的、善良的人！

此刻我意识到，希望和理智几乎总是互不沾边。我想，希望是非理性的，是本能的产物。

维佳，人们过日子的样子，仿佛前面的年头还长着呢。搞不清楚这是愚蠢还是聪明，反正实际情况就是如此。我也只得听命于这一法则。这里有两个从小镇上来的妇女，她们讲述的情况，跟我的朋友告诉我的一样。德国人要把她们那个地区的所有犹太人全杀光，儿童和老人也不放过。德国人和伪警察开着汽车到镇上，抓了几十名男子到野外去干活儿，任务是挖沟。两三天后，一群群犹太人被绑到沟边枪杀。本城周围的村镇，犹太坟岗在不断增加。

我隔壁住着一个来自波兰的女孩。她说在波兰，天天杀戮不断，犹太人快被杀光了，只有不多几个隔都——华沙、罗兹和拉多姆——还剩下一些犹太人。仔细想想这些情况，一切就很清楚了：把我们弄到这里来不是为了让我们安安生生生活下去，像保护比亚沃维扎森林①中的野牛一样，而是为了杀戮。如果不出意外，一两个星期后就该轮到我们了。但试想一下，我虽然明白了自己的处境，却仍然继续给人看病，告诉他们："按时用洗剂冲洗，过两三个星期眼睛就好了。"我察看了一位老人，他患有白内障，等半年到一年就可以摘除。

我给尤拉上法语课，对他糟糕的发音很不满意。

现在，德国人经常跑进隔都来抢东西；哨兵从带刺铁丝网后面向孩子们开枪取乐；新人不断被押进来，进一步证实，对我们的命运不定哪一天就会做出最后裁决了。

事情就是这样——生活还要继续。不久前这里还举行了一场婚礼……谣言满天飞。一会儿，一个邻居兴高采烈地宣布我军已开始反攻，德国鬼子逃跑了。一会

---

① 比亚沃维扎森林是最欧洲最大的远古森林。十四世纪末，立陶宛大公国在这里设立森林保护区，并禁止狩猎。

儿，突然有传言说苏联政府和丘吉尔向德国人发了最后通牒，随后希特勒下令不再杀害犹太人。再一会儿，又说要拿犹太人交换德国战俘。

似乎没有什么地方像隔都那样充满希望。各种事件在世界上发生，而所有这些事件都只有一个意义和起因——拯救犹太人。希望赋予了人们超乎寻常的想象力。

而所有这些希望的源头是同一个——求生的本能，在这种本能的驱使下，人们不顾一切逻辑，只想否认一个可怕的事实，即所有犹太人都必须消灭，不留一点痕迹。环顾四周，怎么也无法相信：我们所有人已经被定罪，即将被处决吗？理发师、鞋匠、裁缝、医生、修炉匠，都照样干活儿。有人甚至开了一家小型产院，或者，说得更确切些，类似产院的一个设施。人们在院子里晾晒床单，洗衣服，准备饭菜，孩子们9月1日开学，母亲们向老师打听孩子的学习成绩。

施皮尔伯格老头送了几本书去装订。斯珀林的女儿阿莉娅每天早上锻炼，晚上睡觉前用卷发纸把头发裹上，老跟父亲吵架，想要两块布料做夏装。

我一天到晚忙得团团转——去病人家，给孩子上课，织补衣服，洗衣服，往秋天穿的大衣里衬棉花准备过冬。犹太人受折磨的种种故事不断发生：我认识的一位妇女，律师老婆，因为给孩子买了一只鸭蛋，被打晕过去；药剂师西罗塔的儿子钻到铁丝网下面，想把滚到那里的皮球捡回来，被看守开枪打伤了肩膀。更多谣言，谣言，谣言……

然而，我现在要说的可不是谣言。今天，德国鬼子把八十多个年轻人赶去干活，说是挖土豆。有的人听了很高兴，寻思可以弄几个土豆给家人。但我非常清楚德国人说的"挖土豆"是什么意思。

维佳，在隔都，夜晚是一个特殊的时刻。儿子，我的朋友，你知道我一向教育你对我要说实话，儿子始终应该对母亲说实话。反过来，母亲也应该对儿子说实话。维佳，别以为你妈妈是个多么坚强的人。我其实很软弱。我怕疼，怕坐到牙医椅子上。小时候我怕打雷，怕黑；现在老了，我怕生病，怕孤单，担心一旦我病倒了不能工作，会成为你的累赘，更怕你不避讳让我明白自己的累赘身份。我害怕战争。现在，维佳，每到夜间我就被恐惧攫住，心里冰凉。死亡在等待我。我多么想向你求助啊。

你还是个小孩子时，常常跑到我面前寻求保护。现在，我的力量似乎已经耗尽，我多想把头埋在你膝盖上，希望你，我聪明坚强的儿子，为我遮风挡雨，保护我。平时，我精神上是坚强的，维佳，但我也有软弱的一面。我经常想到自杀，但有一些东西阻拦着我，不知道是因为软弱还是坚强，抑或是出于非理性的希望。

但够了。我每晚都做梦。我经常梦见已故的母亲，同她交谈。昨晚我梦见了萨申卡·沙波什尼科娃①，梦见跟她一起在巴黎的岁月。但我从来没有梦见过你，尽管我时时刻刻想念着你，哪怕在最痛苦最焦虑的时刻也想着你。早上我醒来，看着天花板，记起我是在被德国人占领的土地上，我在他们眼里像个麻风病人；这时我会觉得我不是醒了，而是刚刚睡着，在做噩梦。

　　但不出几分钟，我会听到阿莉娅和柳芭争论该谁去井边打水。然后听到人说，昨晚在附近一条街上，德国人把一个老人的脑瓜打破了。

　　我认识的一个师范学院女学生请我出诊。去了才发现，她藏匿了一个中尉，肩膀受伤，一只眼睛也烧伤了。这是个可爱的年轻人，疲惫不堪，一口浓重的伏尔加口音。他夜间爬过铁丝网，在隔都找了个藏身之地。他眼睛的伤不重，我简单处理了一下，防止化脓。他讲了很多战场上的情况，说到我军的溃败，听得人心中发凉。他打算养好伤后再设法到前线去。好几个年轻人想跟他一起走，其中还有一个我的学生。哦，维佳，要是我也能跟他们一起走，该多好！能帮帮这个年轻人，我感到非常高兴，好像我也参加了反法西斯的战争。

　　人们纷纷给他送来土豆、菜豆、面包，一个老太太还给他织了一双毛袜。

　　今天一整天都充满了戏剧性。头天晚上，阿莉娅通过一个俄罗斯熟人的关系，搞到了在医院死去的一位俄罗斯姑娘的身份证。今晚她就要离开。白天，听一位路过隔都围栏的农民说，被派去挖土豆的那些犹太人正在机场附近挖沟，离城大约四俄里远，就在通往罗曼诺夫卡的公路旁边。记住这个名字吧，维佳，将来在那里你可以找到一座被害人士的公墓，你母亲就在那里长眠。

　　就连斯珀林也终于弄清状况了。他一整天都脸色苍白，嘴唇发抖，丧魂落魄地问我："有专长的人有没有希望活下去？"确实，听说在有些村镇，出色的裁缝、鞋匠和医生还没有被杀掉。

　　晚上，斯珀林还是请来修炉匠老头，让他在墙上砌了个存放面粉和盐的暗柜。尤拉和我读了《磨坊书简》。你还记得我们以前怎样大声朗读我最喜爱的短篇小说《老人们》吗？那时，你我彼此对视，都笑起来，眼中含着泪水。后来，我为尤拉安排了后天的功课。这是必需的。但是，看着这个学生悲伤的面孔，看着他的手指在练习本上记下我刚刚布置的语法作业，我心里好痛。

　　这样的孩子还有多少啊！他们长着迷人的眼睛，乌黑的鬈发，从他们中间，可能会产生未来的科学家、物理学家、医学教授、音乐家，也许还有诗人……

　　我看着他们每天早上跑着去上学，脸上带着一种全然不像孩子般的严肃，大睁

---

① 即亚历山德拉·弗拉基米罗芙娜·沙波什尼科娃。"萨申卡"是"亚历山德拉"的昵称。

着悲伤的眼睛。有时他们也彼此打闹，也会哈哈大笑；但我不会因此感到快乐，反而觉得害怕。

据说孩子是我们的未来，但关于这些孩子能说些什么呢？他们不会有机会成为音乐家、鞋匠或裁缝。昨晚我非常清楚地看到，这个热闹的世界，连同那些留着胡须、事事操心的老头，唠唠叨叨的老太，蜜糖饼干和"鹅脖子"的制作者，连同种种婚嫁习俗、谚语和安息日，将永远消失在地下。战争结束后，生活将再次热闹起来，但不会再有我们，那时我们已经消失，就像当年的阿兹特克人①一样。

告诉我们挖墓消息的那个农民说，头天晚上他老婆哭着说："那些人会缝纫，会修鞋，会制革，会修钟表，会开药店。如果把他们全杀了，我们往后还怎么过日子啊？"

我清楚地看到，将来有人路过我们的住房留下的废墟时，会说："记得吗，曾经有些犹太人在这里住过？那位名叫博鲁赫的修炉匠，安息日晚上，他老伴儿会坐在长凳上，看孩子们在身边玩耍。"另一个会说："那棵老梨树下，经常坐着一位医生，我忘了她叫什么，但我找她看过眼病。下班后，她总是搬出把藤椅，坐在树下看书。"是的，维佳，将来准会有这样的情景。

仿佛有一阵可怕的气息掠过人们的脸庞，所有人都感到末日将至了。

亲爱的维佳，我想告诉你……算了，还是别说了吧。

亲爱的维佳，这封信该收尾了，我要把它带到隔都围栏那里交给我那位朋友。停笔并非易事，因为这是我最后一次和你说话了。交出这封信，我就永远离开你了，你再也无法得知我怎样度过我人生最后几个钟头了。这是我们最后的道别。在永别之前，该对你说些什么呢？在这些日子里——在这一生——你一直是我快乐的源泉。每天晚上我都想起你，回想你小时候穿的衣服，你读的第一本书。我回想你写的第一封信，你在学校的第一天。我回想一切，从你出生的第一天到我从你那里听到的最后一个消息——6月30日收到的电报。我闭上眼睛，感到你护住了我，我的朋友，你让我免遭即将来临的可怕打击。然后我想起了周围发生的一切，于是庆幸你不在我身边，因为这样一来，可怕的命运就不会落到你身上。

维佳，我一直很孤独。在失眠的夜晚，出于悲伤，我会泪流满面。但此事谁也不知道。我唯一的安慰，是有一天我能告诉你我的一生。告诉你我为什么与你父亲分手，为什么我独自生活了这么多年。我常常想，我的维佳该多么惊讶，如果他得知他母亲曾经犯错，曾经任性，曾经嫉妒他人，曾经被他人嫉妒，曾经跟所有年轻

---

① 墨西哥最大的印第安族，十六世纪前曾建立国家，创造了高度文明，十六世纪被西班牙灭亡。

人一样。但我命中注定，要孤身一人结束生命，不再有机会告诉你这一切。有时我觉得，我不应该远远地离开你，我太爱你了，自以为爱给了我晚年和你住在一起的权利。又有的时候，我觉得我不应该和你住在一起，我太爱你了。

好吧，该结束了……愿你跟所爱的人、围绕你的人、对你来说比母亲更亲近的人在一起，永远幸福。原谅我。

从街上传来妇女的哭声，伪警察的呵斥声，而我看着这几页信纸，觉得我总算避开了这个充满痛苦的可怕世界。

怎样结束这封信啊？我该到什么地方去寻找力量，我的儿子？有这样的人类语言，可以用来表达我对你的爱吗？吻你，吻你的眼睛、额头、头发。

记住，无论在幸福的日子，还是在悲伤的日子，母亲的爱永远和你在一起，谁也不能将它扼杀。

维佳……这是妈妈给你的最后一封信的最后一行。活下去，活下去，永远活下去……妈妈。

19

战前，维克托·施特鲁姆从未想到过自己是犹太人，母亲是犹太人。母亲从未向他提起过这件事——无论是在童年，还是在学生时代。他在莫斯科大学念书时，从来没有一个学生、教授、研讨会负责人跟他说起过此事。

战前，无论是在研究所还是科学院，他也从未听人谈论过此事。

他也从未想过要跟娜嘉说说此事，要向她解释她的母亲是俄罗斯人，而父亲是犹太人。

爱因斯坦[①]和普朗克[②]的世纪也是希特勒的世纪。盖世太保和科学复兴是同一段时间的产物。与二十世纪相比，十九世纪，那个幼稚的物理学世纪，显得多么人道，而二十世纪却杀死了维克托的母亲。在法西斯主义的行为准则和现代物理学的某些原理之间，有着可怕的相似之处。

法西斯主义拒绝接受独立个体的概念，拒绝接受"人"的概念，而以庞大的集合体作为运作的基础。现代物理学讨论的是针对不同物理个体构成的集合体、各种

---

① 阿尔伯特·爱因斯坦（1879—1955），出生于德国巴登－符腾堡州乌尔姆市，现代物理学家，相对论的提出者。

② 马克斯·普朗克（1858—1947），德国著名物理学家、量子力学的重要创始人之一，1900 年提出了作用量子（普朗克常数），并根据量子概念得出以他名字命名的辐射定律，1918 年获诺贝尔奖。

现象发生的概率之大小。法西斯主义的可怕机制，难道不就是以量子政治和政治概率的原则作为其基础吗？

法西斯主义提出要将某些阶层的居民、民族和种族整个消灭掉，借口是这些阶层进行隐蔽或公开反抗的概率高于其他集团和阶层。这是在鼓吹概率机制和人类集合体机制。

但当然，我们对此要说"不"！法西斯主义之所以注定要灭亡，正因为它企图将有关原子和鹅卵石的法则应用于人类！

法西斯和人不能共存。如果法西斯主义胜利了，人将不复存在，只剩下灵魂已被彻底改造的人形生物。但是，如果人——拥有自由、智慧和善心的人——取得胜利，那么法西斯主义必定灭亡，曾经屈服于它的人将重新变成人。

这岂不是说施特鲁姆终于接受了切佩任关于搅拌桶的观点吗？今年夏天他还激烈反对那些观点呢。同切佩任进行的那场讨论似乎已经是很久很久以前的事了，仿佛自从莫斯科的那些夏夜，已经过去了好几十年。

当时，走在特鲁勃纳亚广场上，激动万分，一时倾听，一时又激烈而自信地争辩的，似乎不是他施特鲁姆，而是另一个人。

妈妈……玛鲁霞……托利亚……

有时，他觉得科学就像一场骗局，阻止他看到生活的疯狂和残酷。

也许，科学成为这个可怕世纪的旅伴，并非偶然，科学本来就是这个世纪的盟友。他感到好孤独，找不到一个人来分享他的想法。切佩任远在外地。波斯托耶夫觉得这一切难以理解，引不起兴致。

索科洛夫有一种神秘主义倾向，在统治者的残忍和不公正面前，表现出一种奇怪的宗教式的顺从。

在施特鲁姆的实验室中有两位杰出的科学家——负责实验的马尔科夫和豪放不羁而又才华横溢的萨沃斯季亚诺夫。但如果施特鲁姆跟他们谈起自己这些想法，他们一定会拿他当精神病患者。

他从办公桌中拿出母亲的信，又读了一遍。

"维克托，虽然我现在住在德寇占领区中一个犹太人隔都，四面都是带刺的铁丝网，我仍然深信这封信会送到你手里。……我该到什么地方去寻找力量，我的儿子？"

他又一次感到仿佛有一把冰凉的刀刃抵在自己的喉咙上。

20

柳德米拉·尼古拉耶芙娜从信箱里取出一封战时函件。

她大步走进房间，把信封对着光，撕开粗糙信封的一角。

有那么一瞬间，她觉得从信封里会掉出托利亚的照片，上面应该有初生不久的托利亚，头都抬不起来，光着身子躺在枕头上，噘着嘴唇，踢着小熊般的双腿。

她没有逐字逐句读这封显然由人代写的信，而是以某种无法解释的方式，几乎没看懂字词，但眼光瞟过一行行虽然工整但文理并不很通顺的字迹，便吸收了其中的意义：活着，他还活着！

信中说，托利亚胸部和肋部受了重伤，大量失血，身体虚弱，无法亲自给她写信，已经连续发烧四个星期……但她的眼睛被幸福的泪水蒙住了。几分钟之前，她还感到何等绝望啊。

她走到楼梯上，读了信的开头几行，静下心来，往木棚走去。在那里，在寒冷的暮色中，她读了信的中间部分和结尾，心想，这封信多半是托利亚临死前对她的最后告别了。

她开始往麻袋里装劈柴。尽管在莫斯科加加林巷的中央科学家生活改善委员会附设门诊部看病时，医生曾告诫她搬东西不能超过三公斤，而且动作必须缓慢、平稳，柳德米拉还是像农民一样哼哼几声后，便毫不犹豫地把一麻袋湿木柴扛到肩上，一口气爬上二楼。她咚的一声把麻袋撂在地上，震得桌上的盘子咯咯响。

柳德米拉穿上外套，系上头巾，下楼来到街上。

路过的人都回头看她。

她横穿大街，刺耳的铃声陡然响起，电车女司机朝她挥舞着拳头。

如果向右转，穿过一条小巷可以去到母亲上班的工厂。

如果托利亚死去的话，没人能通知他父亲……谁知道去哪个集中营找他？或许他已经死了……

柳德米拉决定去研究所找维克托。经过索科洛夫家时，她走进院子，敲了敲窗户。窗帘是拉着的——玛丽娅不在家。

"维克托刚去他办公室了。"有人说。柳德米拉说了声"谢谢"，并不知道是谁在和她说话，是男的还是女的，是熟人还是不认识的人，然后走进了实验室大厅。像往常一样，几乎没有人真正在干活儿。在实验室里，一般说来，男人不是聊天，就是叼着烟卷看书，而女人倒挺忙，要么用曲颈瓶煮茶，要么用化学溶剂去除指甲油，要么织毛衣。

柳德米拉能意识到一切，种种细节都看在眼里，甚至清楚助手在用什么样的纸片卷烟。

在维克托办公室里，人们纷纷向她问好。索科洛夫冲向她，挥舞着一个白色的大信封，说道：

"有希望了，咱们可能回迁莫斯科，家属和所有仪器设备都在内。不错吧？虽说具体日期还没定，但不管怎样……"

他那张表情生动的脸，那双眼睛，看起来好可憎。难道玛丽娅会像他那样跑过来吗？不，肯定不会。玛丽娅立刻就会明白——她会从柳德米拉脸上读懂一切。

如果柳德米拉知道会在这里看到这么多快乐的面孔，她绝不会来找维克托。他也会高兴得要命，晚上他会把喜讯带回家，娜嘉会兴高采烈，他们终于要离开这可恶的喀山了！

这种喜悦的代价——年轻人的鲜血，所有这些人（无论有多少）加起来，抵得上吗？

她责备地抬起眼睛看了看丈夫。

维克托善解人意的眼睛里带着焦虑，看着她那双忧郁的眼睛。

当他们终于独处时，他告诉她，她一进屋，他就意识到发生了可怕的事情。

他看完信，连声说道：

"怎么办啊？老天，怎么办啊？"

维克托穿上外套，两人向出口走去。

"我今天不回来了。"他对索科洛夫说。索科洛夫站在新上任的人事处处长杜宾科夫旁边，后者是个高个子男人，头圆圆的，一件宽松的夹克挺时髦，但套在他的宽肩膀上还是显得有点窄。

维克托松开柳德米拉的手，低声对杜宾科夫说：

"我们本打算商量一下回迁莫斯科的人员名单，但今天我不行了，稍后我再向您解释原因吧。"

"别担心，维克托，"杜宾科夫回答道，嗓音低沉。"不着急，只不过就下一步行动做些计划。我可以先做点准备工作。"

索科洛夫摆摆手，点了点头。维克托看出，索科洛夫已经猜到，又一场悲剧降临到了维克托身上。

街上刮着寒风，扬起尘土，在空中打着旋儿，忽然又散落下来，像黑色的糠秕一样掉到地上。在刺骨的严寒中，树枝彼此敲击发出刺耳的响声，电车轨道反射出冰冷的蓝光，一切都给人一种严峻的感觉。

维克托的妻子转身向着他。在痛苦的折磨下，她瘦削、冰冷的脸反而显得年轻了。她用恳求的目光凝视着他。

从前他们曾经养过一只猫。这只猫初产时，有一只小猫怎么也生不下来。母猫将死之际，爬到维克托面前哀叫着，一双明亮的大眼睛凝视着他。但在这广阔空旷的天空中，在这无情的尘土飞扬的大地上，该向谁去乞求，向谁去哀告啊？

"这所部队医院，我曾经在里面工作过。"柳德米拉说。

"柳德米拉，"维克托突然说，"进去看看吧，也许他们可以帮你查出战时函件是从哪里发来的。起先我怎么没想到这一点？"

他看着柳德米拉登上医院台阶，向门卫解释着什么。

维克托走到街角，又踱回医院正门。行人从他身边匆匆走过，有的提着网兜，有的提着玻璃罐，里面盛着灰乎乎的菜汤，面上浮着通心粉和土豆块。

"维克托。"妻子喊道。

从妻子的声音能听出，她已经镇静下来。

"情况是这样，"她说，"那所医院在萨拉托夫。有位副主任医师刚好不久前去过那里。他给了我街道和门牌号码。"

马上有好多事情要做，好多问题要解决：轮船什么时候起航，怎样弄到船票；需要收拾一些行李和食品，借点钱；还得搞到必要的出差证明。

结果柳德米拉出发时既没有带食品，也没有带行李，而且几乎身无分文。她连船票都没有，趁着乘客登船时的一片混乱和拥挤，溜上了甲板。

伴随她的，只有在这个阴暗的秋日黄昏，与丈夫、母亲和娜嘉告别的记忆。黑乎乎的波浪拍打着船舷，一阵寒风从下游吹来，呜呜的风声中，溅起一片片水花。

<h1 style="text-align:center">21</h1>

杰门季·特里丰诺维奇·格特马诺夫是被德寇占领的乌克兰一个州的州委书记，刚被任命为正在乌拉尔组建的坦克军的政委。

前往服役地点之前，格特马诺夫乘坐一架道格拉斯飞机飞往乌法市，他的家眷疏散到了那里。

在乌法同事的悉心照顾下，他家人的生活条件看起来一点也不差。格特马诺夫的妻子加琳娜·捷连季耶芙娜因为新陈代谢失调，战前一直发胖。疏散后她不但没有瘦下来，反倒添了几磅。两个女儿和还没上学的小儿子看起来都很健康。

格特马诺夫在乌法待了五天。临行前，几个最亲密的朋友前来道别：妻弟尼古拉·捷连季耶维奇，乌克兰人民委员会办公厅副主任；来自基辅的老同事马舒克，安全部门官员；连襟萨盖达克，乌克兰党中央宣传部负责人。

萨盖达克十点后才到，孩子们已经上床睡觉，人们在低声交谈。格特马诺夫问道：

"同志们，喝一杯怎么样？来点莫斯科伏特加？"

单独看去，格特马诺夫身上每个部件都很大：蓬松灰白的脑袋，宽大的脑门，丰满多肉的鼻子、手掌、手指，厚实的肩膀，粗壮的脖子，样样都给人一个感觉，就是"大"。但他整个人，这些大部件的组合，却并不高大。最奇怪的是，他那张大脸上最吸引人、最令人难忘的，却是那双小眼睛。眼睛细细的，在肿胀的眼睑下几乎看不见，连眼睛的颜色不知何故也难以确定——说不出来是灰色调多些，还是蓝色调多些。但这双眼睛里有一种异乎寻常的鲜活，透着股精明劲儿。

加琳娜尽管身躯肥胖，起身却毫不费力。她走出房间，屋里随即安静下来。无论是在乡下还是在城里，伏特加即将端上来时，男人们通常都会停止交谈。不一会儿，加琳娜端着托盘回来了。她一双大手竟然能够在这么短的时间内摆出这么多盘子，打开这么多罐头食物，很有点令人惊讶。马舒克环顾四周，看看宽大的沙发床，看看墙上挂着的乌克兰刺绣，还有款待客人的各种罐头、瓶子。"我记得这张沙发床，加琳娜，原先摆在你公寓里的，"他说，"亏得你把这个大家伙弄了出来。你的组织才能很不错啊！"

"没错没错！"格特马诺夫说，"疏散时我根本不在家。全是她一个人操持一切！"

"乡亲们，我可不想把它留给德国人，"加琳娜说，"再说季马①已经习惯了，每次从州委会回到家，头一件事就是坐到沙发床上读文件。"

"什么呀，读文件？打瞌睡还差不多吧？"萨盖达克说。

加琳娜又去了厨房。马舒克朝格特马诺夫转过脸，压低嗓门狡狯地说：

"啊呀，我想象得出，咱们的杰门季很快就会结识一位女军医了。"

"没错，谁让他这么热情似火呢。"萨盖达克说。

格特马诺夫手一挥。

"得了吧，您说什么呢？——我是病人啊。"

"哦，好一个病人，"马舒克说，"在基斯洛沃茨克，是谁老在凌晨三点才回病房的？"

---

① "季马"是"杰门季"的昵称。

宾客们全都哈哈大笑起来。格特马诺夫饶有深意地瞟了妻弟一眼。

加琳娜回到房间，见大家哄笑，便说道：

"当老婆的刚走开半分钟，你们这些家伙就在教可怜的杰门季什么坏点子了！"

格特马诺夫往酒杯里斟满伏特加。客人们各自挑选下酒食品。

格特马诺夫望着墙上的斯大林画像，举起酒杯说：

"好吧，同志们，头一杯就献给我们的父亲吧，祝他老人家永远健康！"

他这些话说得很随意，有点哥们儿味道。这说明大家都非常清楚斯大林的伟大，但现在，坐在桌旁的这些人向他祝酒，只是把他当作一个直率、谦虚、敏感的人而已。而画像中的斯大林，似乎上下打量着桌子，然后又盯着加琳娜丰满的乳房，好像要说："好极了，伙计们，我先去抽会儿烟斗，待会儿再把椅子拉近点儿。"

"对，愿我们的父亲长命百岁！假如没有他，我们不知会怎样啊！"尼古拉·捷连季耶维奇说。

他将酒杯举到唇边，看着萨盖达克，似乎等他说点什么。但萨盖达克只是看着画像，好像在说："还有什么可说的，父亲？你什么都知道的呀。"他一口喝干了伏特加，其他人纷纷效仿。

杰门季·特里丰诺维奇·格特马诺夫出生在沃罗涅日省利文市，但在乌克兰工作了多年，与这里的同事相交已久。他与加琳娜的婚姻进一步巩固了与基辅的关系：她有许多亲戚在乌克兰党政机构中担任要职。格特马诺夫的生活说起来挺平静的。他没有参加过内战，没有被警察追捕过，也没有被沙皇法庭下令流放过西伯利亚。在各种会议上，他通常照本宣科。虽然稿子不是自己起草的，他却读得十分流畅，有声有色，从不磕巴。诚然，稿子读起来一点也不难，字体大，又是隔行打印，凡提到斯大林的地方都用红色特号字，十分醒目。格特马诺夫曾经是个精明能干的小伙子，纪律性很强。他本打算报考机械学院，却阴错阳差被招进了安全机构。没多久他就成了边疆区委书记的贴身警卫。领导看好他，把他送到党校学习，结业后他被派到党务部门工作——先是在边疆区委组织训导处，然后是中央委员会组织部。一年后，他成为领导干部训导员。1937年开年不久，他当上了州党委书记，正如人们所说的那样，成了"一州之主"。

他一句话就可以决定大学教研室主任、工程师、银行经理、工会主席、集体农场或戏剧作品的命运。党的信任！格特马诺夫知道这几个字的巨大意义。党信任他！他一辈子没有发表过伟大著作，没有做出过惊人发现，也没有带兵打过大胜仗；他所做的，是持续、紧张、不眠不休地工作。这种工作的最高意义在于，它是应党的要求、为党的利益而开展的。对这种工作的最高回报只有一个，那就是党的信任。

他做的任何决定，无论是关系到送到保育院的孩子的命运，还是大学生物系的重组，还是让塑料制品合作社腾出原本属于图书馆的房舍，都必须符合党性，有利于党的利益。党的领导人对待任何事情、任何电影、任何书籍的态度，都必须符合党性；无论有多艰难，如果党的利益与个人喜好相冲突，个人就必须立即放弃自己钟爱的书或习惯的行为方式。格特马诺夫知道，还有一种更高层次的党性：真正的党的领袖根本没有个人喜好或倾向；他喜欢某样东西，只是因为这种东西体现了党性。

格特马诺夫以党性的名义做出的牺牲有时是残酷的。在这个世界上，同村乡亲或"一日为师，终身为父"的老师已不复存在；无论是"爱"还是"同情"，都不需要再纳入考量。你不需要为"背信弃义""不仗义""落井下石""卖友求荣"之类的字眼困扰……但真正让党性表露无遗的，恰恰是一点牺牲也不需要做出的时候——之所以不需要，是因为个人感情如爱、友谊、乡情等等，如果碰巧与党的精神发生冲突，自然而然就根本不能保留了。

受到党信任的人，其工作并不引人注目，但却十分艰巨——你必须呕心沥血，毫无保留地奉献一切。作为党的领导人，你的力量不同于科学家的才智或作家的天赋，而远远高于任何才能或天资。数以百计的歌唱家、作家和科学家翘首以待，准备聆听格特马诺夫的指示——尽管格特马诺夫本人不仅不会唱歌、弹琴或导演戏剧作品，而且对科研、诗歌、音乐、绘画等等基本上一窍不通……他的话之所以有一言九鼎之力，是因为党将党在艺术和文化领域的利益托付给了他。

没有任何思想家、任何人民代言人可以像格特马诺夫那样享有如此大的权力——他是统管全州的党组织的掌门人。

格特马诺夫认为，"党的信任"这一概念的本质，就是斯大林的意见、感觉和态度。通过斯大林对自己的战友、人民委员和元帅们的信任，反映了党的路线之精髓。

客人们的话题主要围绕格特马诺夫的新职位展开。他们知道，格特马诺夫本以为还有一项更重要的任命——官至军政委，一般还会被任命为集团军军委委员，甚至方面军军委委员。

确实，格特马诺夫想不通上头为什么只给了他一个军级职务。他心里隐隐不安，甚至通过中央组织部一位朋友打听过，高层是否对他有什么不满。但了解的结果，似乎没什么可担心的。

于是格特马诺夫试图看到他任命的好的一面，以自我安慰。不是每个人都能被派到坦克军的：毕竟，坦克军将决定战争的结果，在决定性的战斗中发挥关键作用。是的，某人可能被任命为一个次要地区某个无足轻重的军的军委委员，但同一个人不一定能承担坦克军政委的重任。党正是通过这种方式表达了对他的信任。尽管如此，他还是高兴不起来——他多么想穿上制服，往镜子前一站，大声宣布："集团军军委成员、旅级政委格特马诺夫。"

不知何故，最让他不痛快的是军长诺维科夫上校。他还没见过这位上校，但到目前为止，根据他原先知道的和新打听到的一切，这个人都让他讨厌。

跟格特马诺夫围坐在一起的朋友们理解他的心情；大家纷纷就他的新职位发表意见，自然啦，都拣好听的说。

萨盖达克说，坦克军很可能会被派往斯大林格勒；担任斯大林格勒方面军司令的是叶廖缅科将军，斯大林同志从内战时期起，早在第一骑兵军的年头，就认识他了；斯大林来莫斯科时经常和叶廖缅科将军通电话，还在自己家里接待过他……不久前，叶廖缅科还在莫斯科郊外斯大林同志的别墅里，与斯大林交谈了两个小时。在如此受斯大林同志信任的人指挥下作战，是件大好事。

然后，有人说尼基塔·赫鲁晓夫①还记得格特马诺夫在乌克兰的工作，如果幸运的话，格特马诺夫有可能被派到赫鲁晓夫所在的方面军军委。

尼古拉说："斯大林同志把尼基塔·赫鲁晓夫派到斯大林格勒，可不是偶然的。那是最关键的前线啊——他还能派谁去？"

"难道斯大林同志把我的杰门季派到坦克军就是偶然的？"加琳娜挑衅地问道。

"得了吧！"格特马诺夫说，"对我来说，调到军一级就像调任边疆区委书记。当过州委书记再当边疆区委书记，没什么可夸的。"

"不对，不对！"萨盖达克很认真地说道，"对你的任命体现了党的信任。边疆区委，没错儿，但可不是普通的、以农业为主的边疆区委，而是像马格尼托戈尔斯克或第聂伯捷尔任斯克那样的边疆区委。军，没错儿，但可不是普通的军，而是坦克军。"

马舒克说，格特马诺夫要去的那个军的军长是最近才任命的——他以前从未指挥过大部队。这是不久前刚到乌法的一位方面军特勤处官员告诉他的。

"他还告诉我一件事。"马舒克说。他停了一下，又接着说："但没必要跟你说这个，杰门季。你对他的了解，可能比他对自个儿的了解还多。"

格特马诺夫眯起他那双本来就像一条线的犀利、精明的眼睛，抽动了一下厚厚

---

① 尼基塔·谢尔盖耶维奇·赫鲁晓夫（1894—1971），苏联党和国家最高领导人（1953—1964），曾任苏联共产党中央委员会第一书记以及苏联部长会议主席等重要职务。

的鼻翼。

"是多得多。"

马舒克露出了一个几乎难以察觉的微笑，但桌旁每个人都注意到了这一点。虽然他和格特马诺夫家有亲戚关系，虽然在家庭聚会上他总是显得和蔼谦逊，爱开玩笑，但格特马诺夫家的人听着马舒克温和的嗓音，看着他黝黑平静的眼睛、苍白的长脸，总觉得有些紧张。格特马诺夫感觉到这一点，但并不觉得奇怪。他知道马舒克后台很硬；马舒克知道的事情，有些连格特马诺夫自己也无从知晓。

"跟我们说说他吧。"萨盖达克说。

格特马诺夫大大方方地解释说：

"他战争期间才爬上来的，战前什么特别的业绩也没有。"

"他在职务名册中吗？"女主人的弟弟笑着问。

"职务名册！"格特马诺夫轻蔑地挥了挥手，"但他也不是个废物，据说坦克开得不错。军参谋长是涅乌多布诺夫将军，我在党的十八大上见过。很能干的一个人。"

马舒克说：

"是伊拉里昂·因诺肯季耶维奇·涅乌多布诺夫吗？嗯，我早先跟他同事过，后来命运把我们分开了。战前我在拉夫连季·贝利亚①的接待室见过他。"

"分开，"萨盖达克微笑着重复道，"你应该辩证地看待这个问题——寻找同一性和一致性，而不是对立。"

马舒克说：

"战争期间什么都走样了——上校当了军长，涅乌多布诺夫将军却成了他的部下！"

"涅乌多布诺夫没有战时经验，"格特马诺夫说，"这确实必须考虑在内。"

马舒克仍然有点大惊小怪：

"开玩笑！涅乌多布诺夫，曾几何时，他一句话可以解决天大的问题。他是革命前就入党的老党员，军政经验丰富着呢！有一段时间，大家都以为他会进入最高层。"

其他客人都同意马舒克的意见。

对涅乌多布诺夫的怜悯，再方便不过地表达了他们对格特马诺夫的同情。

"是的，战争把一切都颠倒了，"女主人的弟弟尼古拉说，"但愿早点结束。"

---

① 拉夫连季·巴甫洛维奇·贝利亚（1899—1953），格鲁吉亚人，曾任苏联部长会议副主席兼内务部长，是斯大林大清洗计划的主要执行者之一。

格特马诺夫搽开五指，抬起手来对萨盖达克说：

"您知道柯雷莫夫吗？莫斯科人？他曾参加中央委员会讲师团，在基辅讲过国际事务。"

"战争爆发前不久来的？那家伙是个极端分子。在共产国际工作过？"

"嗯，就是他了。知道吗，我那位军长打算娶柯雷莫夫的前妻呢。"

不知为何，这个消息惹得所有人笑了起来，尽管在场的人谁都没见过柯雷莫夫的前妻，也没见过那位打算娶她的军长。

"看来，我这位内弟接受我们安全机关的入门培训还真有点用，"马舒克说，"还有什么事能瞒过他吗？"

"坦率地说，他是有真本事的。"女主人的弟弟尼古拉说。

"当然。粗枝大叶的人肯定不会被最高统帅部看中。"

"是啊，咱们的格特马诺夫才不是粗枝大叶的人。"萨盖达克说。

马舒克换上严肃的语气，好像回到了自己办公室一样，就事论事地说：

"是的，那个柯雷莫夫……他来基辅时，我就觉得他面目不清。多年来，他一直与各种右倾机会主义者和托洛茨基主义分子勾勾搭搭。"

他说话不动声色，直截了当，仿佛针织厂厂长谈生产或技校老师上课。但大伙儿都明白，这种开放和随意只是表面的——他比他们任何人都清楚什么可以说，什么不能说。格特马诺夫自己也喜欢用大胆、坦率的言论来震惊四座，他很清楚，表面看来生动直率的谈话，下面的水有多深。

与别的客人比较起来，萨盖达克工作更忙，他心思也多，通常态度严肃，但此刻却试图找回聚会起先的轻松气氛。他转向格特马诺夫，乐呵呵地说：

"他妻子离开他，就是因为觉得他不可靠。"

"如果是真的，那还好，"格特马诺夫说，"但在我看来，我那位军长要娶的完全是个生人。"

"唉，管他呢！"格特马诺夫的妻子说，"瞎操什么心。重要的是他们是不是相爱。"

"当然，爱是最根本的，"格特马诺夫表示同意，"这谁都知道，都明白。但除了爱还有些别的东西，而某些苏联公民却忘了这一点。"

"当然，"马舒克说，"方方面面的情况都应该考虑到。"

"对。可是有的人却奇怪为什么党中央没有任命某个人，为什么那样，为什么不是这样。他们自己却毫不珍惜党的信任。"

突然，女主人加琳娜拖长声调，故作惊讶地说道：

"好一群怪人！听你们说话，好像根本没有战争，唯一让你们操心的是——某个军长要娶某个女人，某人是某人的未婚妻的前夫。杰门季，你要跟谁打仗啊？"

她嘲讽地看着男人们，美丽的棕色眼睛跟丈夫的眯眯眼或多或少有点像——也许，在犀利程度上有一拼吧。

萨盖达克伤心地回答道：

"说什么呢？忘记战争……我们的儿子、弟兄正从全国各个角落，从集体农庄的最后一间小屋到克里姆林宫，奔赴战场。这是为祖国而战，是一场伟大的战争。

"斯大林同志的儿子瓦西里是一名战斗机飞行员。米高扬同志的儿子也在空军。我听说拉夫连季·贝利亚也有个儿子在前线，但我不知道是哪个兵种。伏龙芝的儿子季穆尔·伏龙芝是步兵中尉……还有那谁，多洛雷斯·伊巴露丽①，她的儿子牺牲了，就在斯大林格勒郊外。"

"斯大林同志有两个儿子在前线，"女主人的弟弟尼古拉说，"二儿子雅科夫指挥一个炮兵连……不对，是老大，老二是瓦西里，雅科夫是长子。不幸的是，雅科夫被德寇俘虏了。"

他顿了顿，感觉自己触及了比他年长的同志不愿谈论的事情。

为了打破尴尬的沉默，他用轻松的语气直率地说：

"顺便说一句，听说德寇在散发彻头彻尾骗人的传单，说什么雅科夫·斯大林自行招供了。"

他周围的沉默变得更加令人难受了。他提到的事，是无论如何不能说的，认真地说、开玩笑地说都不行。如果有人主动站出来驳斥有关斯大林与妻子关系的谣言，那就犯下了跟散播谣言者同样严重的错误——只要涉及此类问题，以任何方式发表言论都是不可接受的。

格特马诺夫突然转向妻子说：

"有斯大林同志亲自部署、亲自指挥，大家就放心了。在他老人家的钢铁意志面前，德国佬只有发抖的份儿！"

女主人的弟弟带着愧疚和歉意跟格特马诺夫对视了一下。

当然，在座的都不是喜欢惹是生非的人，他们聚在一起不是为了谁偶尔失言而追究责任，更别说弄成什么案子了。

萨盖达克开口了，语气平和、友善，仿佛要在格特马诺夫夫妇面前为尼古拉打圆场：

---

① 多洛雷斯·伊巴露丽（1895—1989），西班牙和国际共产主义运动活动家，曾任西班牙共产党总书记、主席。

"这都很好，但我们大家都得多加小心，不要在自己的部门出什么纰漏。"

"说话要过过脑子。"格特马诺夫补充道。

格特马诺夫几乎直言不讳地指责内弟，而不是默不作声，这表明他已经原谅尼古拉了。萨盖达克和马舒克赞许地点点头。

尼古拉明白，这件愚蠢的小事会被遗忘；但他也明白这事不会被彻底遗忘。将来有一天，在讨论提干、调动、某个要职的任命时，如果提到尼古拉的名字，格特马诺夫、萨盖达克和马舒克都会点头称是；但同时，他们也会露出会心一笑。如果某位同事追根究底，他们会说："也许，有一点点轻率吧。"然后用小指尖表示那"一点点"。

在内心深处，大家都明白，对雅科夫的事德国人可能并未公然撒谎。但正因为如此，最好还是别碰这个话题。

萨盖达克对这些事情把握得特别有分寸。他在一家报社工作过很长时间；起先负责新闻版块，然后负责农业版块。之后，他担任一份乌克兰共和国报纸的编辑，干了大约两年。他认为报纸的目的是教育读者，而不是不加选择地就各种事件传播乱七八糟的信息，这些事件很多都是偶然发生的。如果身为编辑的萨盖达克认为应该忽略某些消息，不报道糟糕的收成、意识形态有问题的诗歌、形式主义的绘画、口蹄疫、地震、覆没的战列舰，对突然将数千人从陆地上卷走的海啸或矿井中的可怕火灾视而不见，那么，这些消息就没有任何意义；在他看来，没必要让这些消息分散读者、记者、作家的精力。有时，他不得不就生活中这样那样的事件给出别出心裁的解释；十之八九，他的解释大胆新颖，与一般人的思维方式正相反。他觉得，自己作为编辑的能力、技巧和经验，就体现在他善于将必要的、具有教育意义的想法灌输给读者。

当年，全盘集体化时期发生过火的偏激行为时，萨盖达克在斯大林的纠偏文章《胜利冲昏头脑》发表之前曾经写道，全盘集体化时期发生饥荒的原因是富农恶意私藏粮食，恶意拒食面包而导致浮肿，恶意与国家作对而不惜让整个村庄的人——包括小孩、老头、老太——死去。

不久他又刊登资料说集体农庄托儿所的孩子们如何天天喝鸡汤、吃馅饼和米饼。而事实是，孩子们日渐消瘦，浑身浮肿。

然后战争来临，俄罗斯千年来遭遇的最残酷、最可怕的一场战争。最初几个星期、几个月的经历极其残酷，毁灭性的炮火迫使人们如实报道战局的现实、真实的关键进程，其余一切都退居其次；战争如今决定着一切事物的命运，甚至是党的命运。终于熬过这一命运攸关的时刻后，剧作家科尔尼丘克马上在话剧《前线》中向人们解释导致军事灾难的原因：无能的将军们未能执行一贯正确的最高统帅部的命令。

那天晚上，闹心的不止尼古拉一个人。马舒克正在翻阅一本皮封面的大相册，突然夸张地扬起眉毛，弄得所有人都不由自主探过头来。那是一张战前的照片，摄于格特马诺夫的州委书记办公室；他穿着半军服式样的制服，坐在宽得没边的写字台前，头上挂着一幅斯大林像，尺寸之大，只有在州委书记办公室中才能找到。照片中，斯大林的脸被彩色铅笔涂得乱七八糟，下巴上添了一撮蓝色的山羊胡子，耳朵上画了双淡蓝色的耳环。

"这孩子，真是个浑球！"格特马诺夫惊叫道，像村妇一样拍了下双手。

加琳娜惊慌失措，望着客人不停地重复道：

"昨晚他睡觉前还说，'我爱斯大林伯伯就像爱爸爸一样。'"

"这只是小孩子恶作剧罢了。"萨盖达克说。

"可不只是恶作剧，这是没羞没臊的流氓行为。"格特马诺夫叹了口气说。

他用询问的眼光看着马舒克。两人都在想战前发生的一件事：一名理工科学生，他们在基辅一位熟人的侄子，在学生宿舍用气枪射了斯大林像。

他俩都知道这个学生脑瓜进水，确实干了件蠢事，但绝不是出于政治目的或恐怖主义动机。那位基辅老乡，很忠厚的一个人，拖拉机站站长，求格特马诺夫为他侄子说说好话。

在一次州委会后，格特马诺夫向马舒克提到了这件事。

马舒克回答说："我们可不是孩子，杰门季·特里丰诺维奇。他有罪还是没罪，不是重点。如果我真的撤了这个案子，明天就会有人通知莫斯科——甚至通知贝利亚本人，说马舒克对射击伟大领袖斯大林肖像的人持包容态度。今天我还坐在这间办公室，明天我就会变成劳改营中一粒尘土。您想承担这样的责任吗？他们会这样说您：今天开枪射肖像，明天射的就不是肖像了；而格特马诺夫，是出于某种原因同情这个男孩呢，还是欣赏他的行为？嗯？您担当得起吗？"

过了一两个月，格特马诺夫问马舒克：

"喏，那个开气枪的家伙怎样了？"

马舒克平静地看着他，回答说："不值得为他烦恼，那小子本来就是个坏蛋，是个富农婆娘的崽子。他在审讯中全招了。"

此刻，格特马诺夫盯着马舒克，重复说道：

"不，这可不只是个恶作剧。"

"得了吧！"马舒克说，"小男孩才四岁。不能不考虑年龄啊。"

萨盖达克又说：

"坦白说吧，我对孩子严不起来。对他们就得严加管教，但我狠不下心来。我瞅着他们，身体结结实实的，就行了……"

每个人都能感受到他话里的温暖和真诚。大家同情地看着萨盖达克。作为父亲，他说不上幸福。大儿子维塔利还在上九年级时就麻烦不断。有一次，因为在饭馆中打架，他被警察拘走，老爸不得不打电话给内务部副人民委员，求他帮忙平息丑闻。涉及丑闻的有不少知名人士的子女：将军的儿子，院士的儿子，作家的女儿，农业人民委员的女儿。战争期间，小萨盖达克决定志愿参军。老爸设法为他安排了一个炮兵学校两年制课程的名额，但他因违纪被开除，面临随增补连被送上前线的危险。

现在，小萨盖达克已经学了一个月迫击炮课程，还没有捅什么娄子；父母挺高兴，怀抱希望，但暗中仍然提心吊胆。

萨盖达克的二儿子伊戈尔在两岁时患上了小儿麻痹症，因为后遗症成了瘸子。他双腿枯萎无力，行走离不开拐杖。可怜的伊戈尔无法上学，老师们得来家里为他补课。但他学习非常用功。

为了给伊戈尔治病，凡是稍有名气的神经病理学家，无论是在乌克兰，还是在莫斯科、列宁格勒或托木斯克，萨盖达克夫妇都找过了。只要国外出了治这种病的新药，萨盖达克都会设法通过大使馆或贸易代表团弄到。他知道，自己过分的父爱会受到责备，也应当受到责备，但他同样知道，这算不上弥天大罪。他碰到过几个州级干部，他们强烈的父爱使他领会到，苏维埃新人对孩子的爱往往特别深。他知道手下很多人在为伊戈尔操心，有人在敖德萨寻访到民间神医后，安排他们专程飞过来给伊戈尔看病；有人打听到在远东某地有专治伊戈尔病的草药，于是差人买来，然后用特快专递送到基铺。他觉得这些做法都可以原谅。

"我们的领导人是非常特别的人，"萨盖达克说，"我说的不是斯大林同志——这是不言而喻的——而是说他的亲密助手……在这个问题上，他们总是能将党置于父爱之上。"

"是的，但他们知道不能指望每个人都这样。"格特马诺夫说。他接着不点名字，说到一位中央委员会书记对他犯错误的儿子如何严厉。

于是，大家围绕孩子展开新的讨论，说的都是肺腑之言，不带一点矫情。

大伙儿越说越起劲，假如外人听到，可能会以为，这些人的所有力量、他们生活中的所有乐趣，都取决于他们的宝贝女儿、宝贝儿子脸颊是否红扑扑的，在学校取得的成绩好不好，升级有没有问题。

加琳娜说起了女儿。

"斯维特兰娜在四岁前体质一直很弱。她患有结肠炎——可怜的孩子，简直快撑不住了。你知道最后是什么东西治好了她吗？捣成碎泥的鲜苹果！"

然后格特马诺夫加入了进来。"今天早上上学前，女儿对我说，'在我们班，人家管我和卓娅叫"将军的女儿。"'卓娅那个厚脸皮的小东西却一声冷笑，说，'将军的女儿，了不起哦？我们班还有个元帅的女儿呢——真的，不骗你！'"

"我知道，"萨盖达克快活地说，"你根本无法让他们知足。那天伊戈尔还跟我说，'第三书记——咳，芝麻官而已。'"

说起孩子，尼古拉也有许多好玩的小故事可以讲，但他很知趣，人家谈论萨盖达克家的伊戈尔和格特马诺夫家的女儿如何勇敢时，他自个儿孩子的勇敢，不提也罢。

马舒克若有所思地说：

"在我们乡下，父辈对孩子随便多了。"

"爱子之心，人皆有之。"女主人的弟弟说。

"爱是不假，但揍起人来也没的说，至少我挨过。"

格特马诺夫说道：

"我还记得过世的家父1915年离家去打仗的情景。不开玩笑——他还当上了士官，得过两次圣乔治十字勋章。那天一大早，我妈为他打点行装，把裹脚布、毛衣、煮熟的鸡蛋、面包放到布袋里，我和姐姐躺在床上，看着他黎明时分最后一次坐下来吃早餐。他挑水把过道上的水桶灌满，还劈了些柴火。妈妈后来老念叨这事。"

然后，他看了看手表，说：

"啊哈……"

"那么，就是明天了。"萨盖达克起身说。

"飞机七点起飞。"

"从民用机场？"马舒克问道。

格特马诺夫点点头。

"那更好，"尼古拉说，也站了起来，"到军用机场有十五公里呢。"

"对一个当兵的，那有什么大不了的？"格特马诺夫说。

大伙儿开始道别，一边说笑，一边互相拥抱。

在走廊上，客人们都戴上了帽子，穿上了外套，格特马诺夫说：

"当兵的什么都过得去，取暖可以用烟，刮胡子可以用锥子。但跟孩子分开，这个坎儿当兵的怎么也过不去。"

从他的语气和表情，从客人离去时凝望他的神态，很明显，没人在开玩笑。

22

这天夜里，格特马诺夫一身戎装，坐在办公桌前写了几封信。妻子穿着睡衣坐在旁边，目光追随着他写信的手。他把一封信折起来，说道：

"这是给州卫生局局长的，万一你需要特殊治疗或找某些医生会诊，可以去找他。他会出具一份转诊证明，你弟弟可以帮你办通行证。"

"领限额配给品的证明信写好了吗？"妻子问道。

"用不着。给州委办公室主任打个电话就行了。或者直接找普契琴柯，他会帮你办妥。"

他察看了一小沓信件、委托书、便条，说道：

"嗯，应该都有了。"

两人沉默了一会儿。

"我挺担心你，亲爱的，"加林娜说，"这可是上前线啊。"

他站起身来，回答道：

"照顾好自己，照顾好孩子。没忘记在我手提箱里放点白兰地吧？"

"放了放了。还记得吗，两年前你准备飞往基斯洛沃茨克的时候？一大早你给我写好了委托书，就像今天一样。"

"如今基斯洛沃茨克已经是德国人的了。"格特马诺夫说。

他在房间里转了一圈，仔细听了一下。

"都睡了？"

"当然，都睡了。"

他们走进儿童房。奇怪的是，这两个胖大的身躯在半暗中移动，居然全无声息。在白色枕套的映衬下，熟睡的孩子们的深色头发显得更黑。格特马诺夫仔细听着他们的呼吸声。

他把手掌摁在胸前，生怕自己剧烈的心跳声打扰到熟睡的孩子们。半明半暗中，此时的他，心里说不出地难受，温情、焦虑、怜悯，种种感觉涌上心头。他多想拥抱一下孩子们，亲吻他们睡意蒙眬的眼睛。他感到无能为力的温柔，无法言说的爱。他无助地站在那里，茫然不知所措。

想到即将开始的新工作，他倒是一点也不担心，也说不上激动。他接手过许多新的职务，总能不费吹灰之力，一下子找到那条正确路线，那条指导所有工作的总路线。他知道，在坦克军中，他也必然能够贯彻执行这条路线。

但此时此刻，该如何将他那不可动摇的、钢铁般的意志与既不睬法律、又无关路线的舐犊柔情调和在一起呢？

他回头看了看妻子。她站在他身旁，像农妇般一手托着腮帮。昏暗中，她的脸显瘦，显年轻，当年他们度蜜月去海边，住在岸边悬崖上的"乌克兰"疗养院时，她的模样就跟此刻差不多。

窗外传来小心翼翼的喇叭声——州委的汽车到了。格特马诺夫再次向孩子们转过身，摊开双手。他只能用这个动作来表示，在无法掌控的感觉面前，他是多么无助。

在走廊里，他同妻子吻别，然后穿上短皮袄，戴上帽子，站在那里等司机把手提箱放到车上。

"好吧。"他说，突然摘下帽子，向妻子迈了一步，再次把她拥在怀里。街上阴冷潮湿的空气从半开的门涌进来，与家庭的温暖混在一起；丈夫短皮袄粗糙的鞣制皮革，与妻子散发暗香的丝绸睡衣，轻轻相触。这第二次告别，最后的告别，让他们觉得，原本看似一体的生活，一下子分崩离析了。两人都有肝肠寸断的感觉。

23

柳德米拉的妹妹叶甫根尼娅·尼古拉耶芙娜·沙波什尼科娃搬到了古比雪夫，住在一位名叫珍妮·亨利霍芙娜·亨利赫松的德国老太太家里。珍妮多年前曾在叶甫根尼娅家当家庭教师。

从斯大林格勒来到这里，和一位老太太共用一个安静的小房间，叶甫根尼娅·尼古拉耶芙娜感觉怪怪的。老太太也搞不懂，当初那个扎小辫的女孩，怎么一下子就变成了成年妇女。

珍妮·亨利霍芙娜的房间又小又暗，从前是仆人房。这里原先是一个商人的大宅邸。现在，每个房间都住了一家人，房间被屏风、布帘、壁毯和沙发靠背分隔成一个个小开间，分别用来吃饭、睡觉、接待客人，还有个开间专供护士给一个瘫痪老人打针用。

一到傍晚，公用厨房里就响起住户们说话的嗡嗡声。

叶甫根尼娅·尼古拉耶芙娜喜欢这间厨房，喜欢熏得发黑的顶棚和煤油炉暗红色的火苗。

横七竖八的晾衣绳上挂着衣服和床单，住户有的穿罩衫，有的穿棉袄，还有的穿着军便服，各自忙碌着。菜刀闪闪发光。洗衣服的女人俯身在冒着热气的水缸和洗衣盆上。大壁炉早已不再生火，两侧镶的瓷砖反射出冷冷的白光，仿佛上个地质时期熄灭的某个火山口旁边白雪覆盖的山坡。

这套房子的住户包括上前线的一个装卸工的家属，一位妇科医生，某个保密工厂的一位工程师，一位在配给中心当收银员的单身母亲，一个在前线牺牲的理发师的遗孀，还有一位邮政总局的军代表。最大的房间——当年的客厅，现在住了一位诊所主任。

这间公寓像个小镇一样包罗万象，甚至有自己的疯子：一个安静的小老头，眼睛像只温顺的小狗。

人们拥挤在狭小的空间里，但又彼此隔绝。他们的关系说不上亲密，时不时地吵起来，但很快又言归于好；一个人前一刻还在竭力掩盖自己的生活，过一会儿又大大方方地与邻居高声分享生活中的每个细节。

叶甫根尼娅很想画一画这间公寓——不一定是其中的人和物，更重要的是公寓在她心中激起的感觉。

她的感觉很复杂，很难描述，即使找来一个杰出的画家，也未必能充分表现出这种感觉。其源头，是人民和苏维埃国家强大的军事力量与狭小阴暗的厨房、贫困、飞短流长、鸡毛蒜皮之间的不协调，是令人吃惊的耗费在军事上的大量钢铁和厨房里的铁锅和土豆皮之间的不协调。

要表达这种感觉，势必切断线条，扭曲外形，把割裂的形象和散乱的光点毫无意义地生拉硬拽到一起。

亨利赫松老太太是个胆小怕事、温和、热心帮忙的人。她穿一件带白色领子的黑色连衣裙，尽管整天吃不饱肚子，面颊却总是红扑扑的。

她常常忆起一年级小学生柳德米拉的恶作剧，小玛鲁霞自创的有趣短语，两岁的德米特里如何戴着围兜走进餐厅，拍手大喊："饭饭了，饭饭了！"

现在，珍妮·亨利霍芙娜在一位女牙医家帮工，照料她生病的母亲。有时牙医会按照市卫生局的安排在区里巡诊五六天，珍妮就会在她家过夜，照顾不久前刚中过风、腿脚不便的老太婆。

珍妮对个人权利完全没有概念——她老是向叶甫根尼娅赔不是，请求她准许打开墙上的通气小窗，方便那只三色老花猫出入。她的心思几乎全花在那只猫身上了，老是担心邻居欺负它。

邻居中的一位，名叫德拉金的一个工程师，某工厂的车间主任，总是满脸嘲讽、冷酷无情地瞧着珍妮布满皱纹的脸、少女般纤细瘦弱的身材和系在一条黑色带子上的夹鼻眼镜。他出身平民，自然而然地讨厌老太太沉溺于对往昔时光的记忆，讨厌她脸上带着傻乎乎的微笑，逮着机会就讲革命前她如何跟自己的学生一起坐轿式马车兜风，如何陪"夫人"去威尼斯、巴黎、维也纳。她带过的许多"小家伙"在内战期间曾与邓尼金[①]或弗兰格尔[②]并肩作战，有的还死在红军手中。但老太太牢记在心的，只是孩子们当年因猩红热、白喉或结肠炎而卧床不起的情况。

"我从未见过这么温和、宽容的人，"叶甫根尼娅对德拉金说，"相信我，她比这所房子里每个人都善良。"

德拉金厚颜无耻地凝视着她的眼睛，以大男子的口吻说道：

"使劲夸吧，小宝贝！您把自己出卖给了德国人，沙波什尼科娃同志，只求找个落脚处。"

珍妮·亨利霍芙娜似乎对身体好的孩子不怎么上心。她谈得最多的是带过的孩子中最体弱多病的一个，其父是个犹太人，一家工厂的老板。她至今还保存着那个孩子画的画和练习本，每次说到那个文静小男孩死去的情景，都会忍不住哭起来。

她和沙波什尼科夫一家住在一起是很多年前的事了，但她仍然记得所有孩子的名字和绰号。听到玛鲁霞的死讯时，她流下了眼泪。她三番五次给现住喀山的亚历山德拉·弗拉基米罗芙娜·沙波什尼科娃写信，字迹十分潦草，但不知何故始终没写完。

珍妮称呼鱼子酱用法语而不是俄语，并对叶尼娅[③]说，在革命前，她带的孩子每天早上要喝一碗浓浓的肉汤，吃一片鹿肉。

她把自己的口粮喂给猫吃，称它为"亲爱的银宝贝儿"。猫也专宠她：这只平时粗鲁而阴沉的动物，一看到她，就突然变了个样儿，一个劲儿跟她亲热。

德拉金老问她对希特勒有何看法。"怎样，您现在一定很开心吧。"他会说。但老太太精明地宣称自己是反法西斯主义者，称元首是吃人野兽。

她完全不懂实际生活，既不会洗衣服，又不会做饭。如果她去商店买一盒火柴，总会稀里糊涂地被店员从供应卡上撕去一个月的糖票或肉票。

现在的孩子与她在所谓"太平"时期照料的孩子完全不同。一切都变了，连玩的游戏都跟以前不一样。"太平"时期的小姑娘玩掷环，用带绳子的涂漆木棍掷橡

---

① 安东·伊万诺维奇·邓尼金（1872—1947），苏俄内战和外国武装干涉时期白卫军首领之一，俄国步兵中将。

② 彼得·尼古拉耶维奇·弗兰格尔（1878—1928），男爵，俄国步兵中将，苏俄内战和外国武装干涉时期白卫军首领之一。

③ 叶尼娅是"叶甫根尼娅"的昵称。

皮圈，玩装在白色网兜里的彩球；而今天的孩子们打排球，游爬泳，冬天穿着滑雪裤打冰球，还不停地大声喊叫、吹口哨。

这些孩子比珍妮·亨利霍芙娜更了解赡养费、堕胎和靠说谎弄到的劳动供应卡；更了解那些中年上尉和中校如何将从前线带回来的黄油、猪油和罐头食品送给别人的老婆。

叶尼娅喜欢听这位德国老太太讲述叶尼娅自己的童年时光，回忆她父亲和哥哥德米特里的往事。珍妮·亨利霍芙娜对德米特里记得特别牢，在她照料期间，他患过白喉，还患过百日咳。

一天，珍妮·亨利霍芙娜对她说："我常常想起 1917 年前后的最后几位雇主。有一位是财政部长的同事，他经常在餐厅里来回踱步，一边说：'全完了，庄园烧光了，工厂停工，货币崩溃，保险柜也被撬了。'后来，跟你们家一样，他一家人也流落四方。老爷、太太和小姐去了瑞典；我带的孩子到科尔尼洛夫①将军的部队当了志愿兵；太太哭着说：'这些天来我们一直在道别，现在末日终于来临了。'"

叶甫根尼娅苦笑了一下，什么也没说。

一天傍晚，一位地段民警找上门来，交给珍妮·亨利霍芙娜一张传票。德国老太太戴上一顶缀了朵白花的帽子，请叶甫根尼娅帮她照顾一下猫；她说她先去警察局一趟，然后去牙医家照看中风的老妈妈，第二天再回来。叶甫根尼娅下班后回家，发现房间被翻得乱七八糟。邻居告诉她，珍妮·亨利霍芙娜被警察抓走了。

叶尼娅出门去打听情况。在警察局，人家告诉她，老太太跟一列车德国人一起被流放到北方了。

第二天，地段民警和房屋管理员过来，装了一篮子旧衣服、发黄的照片和发黄的信件，打上封条拿走了。

叶尼娅到内务人民委员部去询问，怎样给老太太送一件厚披肩去。窗口值班的男人问道：

"您是德国人吗？"

"不，我是俄罗斯人。"

"那就请回吧。别乱提问题，浪费大家的时间。"

"我只想问问冬衣的事。"

"您还不明白吗？"窗口后面的男人说道，声音非常平静，让人不寒而栗。

那天晚上，她无意中听到人们在厨房里议论她。

---

① 拉夫尔·科尔尼洛夫（1870—1918），俄罗斯将领,1917 年曾任俄军最高统帅。十月革命后曾与红军作战，为"白色事业三巨头"之一。

一个声音说：

"尽管如此，她这种做法很不光彩。"

另一个声音答道：

"我觉得她干得很棒。先是一只脚挤进门；然后向有关当局举报，把老太太抓走；现在好了，房间归她自己了。"

一个男人的声音说道：

"什么房间，还不如说是个小犄角旮旯。"

第四个声音说：

"她不傻，一个男人如果有这种女人帮衬，保准不会吃亏。"

老花猫的结局很悲惨。起先，它无精打采地躺在厨房里打瞌睡，人们在旁边争论如何处置它。

"让德国猫见鬼去吧。"几个女人嚷嚷道。

出人意料的是，德拉金突然宣布，他愿意出一份猫粮。但没有了珍妮·亨利霍芙娜，这只猫注定撑不了多久。一个女人把开水浇到它身上，也许是出于意外，也许不是；猫死了。

24

叶甫根尼娅很喜欢一个人在古比雪夫的生活。

她好像从来没有像现在这样自由自在过。虽然生活很艰苦，她却有种轻松、自由的感觉——即使好长时间没报上户口，领不到供应卡，每天只能凭就餐券到食堂吃一顿饭。从早上到中午，她一直盼着食堂开门的一刻，想早点端上那盘汤。

这段时间她很少想到诺维科夫，对柯雷莫夫的思念更多些，更频繁，几乎是不停地想，但也说不上牵肠挂肚。

对诺维科夫的回忆时隐时现，不是很折磨人。

不过，有一次，在街上，她远远看到一个穿长大衣的高个子军人，以为是诺维科夫。她膝盖发软，喘不过气来。突然的幸福感让她不知所措。片刻之后，她意识到自己认错人了，立刻忘记了起先的兴奋。

过后，夜里她突然醒来，想道：

"可他为什么不来信呢？他明明知道地址。"

她一个人生活，身边没有柯雷莫夫，没有诺维科夫，没有一个亲戚。她以为这种自由自在的独身生活也挺好的。关键是"以为"两个字。

当时，古比雪夫是许多原在莫斯科的人民委员会、报社和其他机构的所在地。作为临时首都，莫斯科的大部分社交生活——外交使团、大剧院芭蕾舞团、著名作家、演出策划人和外国记者都搬到这里来了。

数以千计从莫斯科来的人住在狭小的房间、旅馆客房和集体宿舍里，继续各自的日常工作。处长、局长、总局局长和人民委员们规划国民经济，向下属发号施令；特命全权大使乘坐豪华轿车参加苏联外交政策制定者的招待会；乌兰诺娃[1]、列梅舍夫[2]和米哈伊洛夫[3]的芭蕾舞和歌剧为观众带来欢乐；合众国际社常驻代表夏皮罗先生在记者招待会上向苏联新闻局局长所罗门·阿布拉莫维奇·洛佐夫斯基提出令人尴尬的问题；作家们为国内外报纸和电台撰写简讯；记者根据从部队医院采访的材料编写战时报道。

但这些莫斯科人的日常生活发生了翻天覆地的变化。英国特命全权大使的太太克里普斯夫人凭餐券在旅馆的餐厅用餐，离席时将吃剩的面包和方糖块用报纸包起来，带回旅馆房间；各国新闻机构的代表们在集市上跟伤兵们挤在一起，品尝自卷香烟，久久地讨论土烟草的质量，或者倒换着脚排队上澡堂；以热情好客著称的作家们喝着自制伏特加，就着定量供应的黑面包，讨论世界政治和文学的命运。

庞大的机关被塞进古比雪夫狭小的办公楼里。同一个办公桌，苏联各大报社的编辑们用于接待来访者，下班后孩子们用来做功课，妇女们用来做针线活儿。

国家重要部门与疏散时期的波西米亚散漫结合在一起，有一种说不清道不明的魅力。

为报户口的事，叶甫根尼娅·尼古拉耶芙娜被折磨得心力交瘁。

她上班的那家设计院的院长，里津中校，一个身材高大、声音柔和的男人，从一开头就抱怨说，录取一个没有正式户口的工作人员，给自己找了大麻烦。他给了叶甫根尼娅一份录用证明，让她去警察局申办户口。

在区警察分局，一名工作人员收了叶甫根尼娅的公民证和证明信，叫她三天后来听结果。

到了指定的日子，叶甫根尼娅走进警察局半明半暗的走廊。排队等候的人脸上都带着一种特别的表情，一看就知道是来办公民证或报户口的。她走到小窗口。一只女人的手，指甲涂成深红色，递出她的公民证；一个平静的声音说道："您的申请被拒了。"

---

[1] 加林娜·乌兰诺娃（1910—1998），苏联著名芭蕾舞女演员。

[2] 谢尔盖·雅科夫耶维奇·列梅舍夫（1902—1977），苏联抒情男高音歌唱家。

[3] 马克西姆·米哈伊洛夫（1893—1971），苏联男低音歌唱家。

她又排到另一队人后面，想跟户籍科的负责人谈谈。队列中的人低声交谈着；走廊上不时有涂着口红、穿着绗缝棉制服和靴子的年轻女办事员走过，排队的人就抬头张望一下。不一会儿，随着皮靴踏在地板上的一阵笃笃声，一个身穿轻便大衣、头戴鸭舌帽、军便服领子刚好露在围巾下面的男人，不慌不忙地走了过来。他掏出钥匙，打开门上不知是英国还是法国的锁——这就是户籍科科长格里申了。接待开始。叶甫根尼娅注意到，快排到的人并没有久等之后通常表现出来的兴奋，而是一边往门口走一边回头张望，仿佛想在最后一刻逃之夭夭。

排队等候时，叶甫根尼娅听到一大堆没上成户口的故事：想和母亲住在一起的女儿，想和哥哥住在一起的一位瘫痪妇女，一位到古比雪夫来照顾一位残疾军人的妇女……

叶甫根尼娅走进格里申的办公室。格里申示意她坐下，看了看她的证件，说道："您的申请已经被拒了。还有什么事？"

"格里申同志，"她说，声音颤抖，"您要知道，这些日子我一直没有供应卡。"

他眼睛一眨不眨地看着她，一张年轻的宽脸上流露出若有所思的冷漠神态。

"格里申同志，"叶尼娅继续说，"您自个儿想想吧，古比雪夫有条沙波什尼科夫街，是以我父亲的名字命名的。我父亲是萨马拉①城革命运动的发起人之一，您却不让他女儿上户口？"

他安详的眼睛注视着她：她的话他听得很清楚。

"得有办户口的介绍信，"他说，"没有介绍信，我没法给您上户口。"

"可我在军工单位工作啊。"叶甫根尼娅说。

"从您的证明文件中看不出来。"

"那会有用吗？"

"可能吧。"格里申不情愿地承认。

第二天早上上班时，叶尼娅告诉里津，她的户口没报上。里津无奈地耸了耸肩。

"哎，真是胡闹。"他喃喃道，"难道他们不知道，从一开始您就是我们这儿不可或缺的员工？不知道您在从事与国防相关的工作吗？"

"是啊，"叶尼娅说，"但他们说需要出具一份官方文件，证明我们单位归国防工业人民委员会管。请开一份给我，我今晚就拿着上警察局。"

过了一会儿，里津走到叶甫根尼娅跟前，抱歉地说："得让警察先出一份查询函。没有警方查询函，我开不了官方文件。"

———————————

① 古比雪夫的旧称。

傍晚她去了警察局，排了好久才轮到她。她一边暗骂自己，一边摆出一副讨好的笑脸，请格里申发一份要求里津出具官方文件的查询函。

"我无意发送此类查询函。"格里申回答道。

里津得知格里申拒绝发函后，叹了口气，若有所思地说："这样吧，请他打电话给我提文件要求吧。"

第二天晚上，叶尼娅约好了要会见利莫诺夫，一位来自莫斯科、以前与她父亲相熟的作家。下班后她直接去了警察局，跟排队的人说，能不能让她见一下户籍科长，"就一分钟"，只问一个问题。大家只是耸耸肩，避开她的目光。最终叶尼娅只好生气地说：

"那好吧，谁是最后一个？"

那天叶尼娅觉得警察局里特别郁闷。一个双腿浮肿的女人在户籍科长办公室里崩溃了，高声嚷着："求求您了，求求您了！"一个缺了一只胳膊的男人对着格里申骂脏话，排在他后面的一个男人也闹出很大动静，大声嚷嚷："我决不离开！"但他很快就走人了。一片哄闹声中，谁也听不清格里申说些什么。他一次也没有提高嗓门，好像他人根本不在办公室似的，访客们大喊大叫，发出种种威胁，对他来说都是耳旁风。

叶尼娅在队列中坐了一个半小时。终于轮到她了，格里申点点头让她坐下。叶尼娅又一次暗骂自己讨好的笑容，匆匆说道："多谢了"，然后请他给她的上司打电话。她说，里津一直不确定，假如未收到警方带文件编号和公章的查询函，他是否有权为她出具官方文件，但最终同意写一个证明，以如下词句开头："兹回复阁下某月某日电话询问——"

叶尼娅把她事先准备好的一张纸条递给格里申，上面用清晰、粗大的笔迹写下了里津的名字、父名、电话号码、军衔和职务。括号里还用小字写着："午休：从 × 点到 × 点。"然而，对放到面前的纸条，格里申一眼也没看。

"我无意提出任何电话请求。"

"为什么？"

"这不是我的责任。"

"里津中校说，除非他收到查询要求，哪怕是口头的，否则他无权出具官方文件。"

"既然无权，那他就不该出具。"

"那我怎么办呢？"

"我怎么知道？"

最令人迷惑不解的，就是他的绝对冷静。如果他发脾气，对叶尼娅的糊涂表示恼怒，她还会好受些。但他只是半侧着脸坐在那里，不慌不忙，连眼皮都不眨一下。

男人们和叶尼娅交谈时，总是会注意到她有多漂亮——她知道这一点。但是格里申看她，就像看一个眼泪汪汪的老太太，或看一个残疾人一样。一走进他的办公室，她就不再是人，不再是一个年轻女子，而只是一个求人办事的。

叶尼娅意识到自己的柔弱无力和格里申钢铁意志的巨大力量，不禁茫然不知所措。她匆匆走上街头，与利莫诺夫的会面迟了将近一个小时，但她已经意兴阑珊。她仍然能闻到警察局走廊的味道，看到排队者的面孔、昏暗灯光下的斯大林肖像、肖像旁边的格里申。

利莫诺夫，一个高大的壮汉，头很大，秃顶四周有一圈年轻的鬈发，高兴地向她打招呼。

"我还担心您不来了呢。"他一边帮叶尼娅脱下外套，一边说。

他说起了亚历山德拉·弗拉基米罗芙娜。

"还在大学时期，令堂就成了我心目中俄罗斯女性坚毅心灵的象征。我在作品中总是写到她——当然，不是从字面上讲，而是泛泛而言，您知道我的意思……"

他压低声音，往门口看了一眼，问道：

"有您哥哥德米特里的消息吗？"

然后他们的谈话转向绘画，两人异口同声骂了列宾[1]一通。利莫诺夫在电饭锅上做煎蛋，吹牛说自己是全国最好的煎蛋专家，连莫斯科"民族餐厅"的厨师都是他的徒弟。

"如何？"他一边为叶甫根尼娅上菜，一边忐忑地问，然后叹了口气，补充道，"没办法，我就是喜欢美食。"

她对警察局的记忆实在太压抑。哪怕温暖的房间里堆满书籍和杂志，哪怕不久又有两个谈吐幽默、爱好艺术的中年男人加入派对，她也无法把格里申从脑海中赶出去。

但是话语，无拘无束、机智幽默的话语，也具有神奇的力量。谈兴方浓时，叶尼娅不觉忘记了格里申和排队者的沮丧面孔。生活中别的东西似乎都消失了，只剩下关于鲁布廖夫[2]和毕加索的谈话，关于阿赫玛托娃[3]和帕斯捷尔纳克[4]的诗歌，关

---

① 伊里亚·叶菲莫维奇·列宾（1844—1930），十九世纪后期伟大的俄国批判现实主义画家。

② 安德烈·鲁布廖夫（1360 或 1370—1427），被认为是中世纪最伟大的俄罗斯东正教圣像和壁画画家。

③ 安娜·安德烈耶夫娜·阿赫玛托娃（1889—1966），原名安娜·安德烈耶夫娜·戈连科，苏联著名诗人。

④ 鲍里斯·帕斯捷尔纳克（1890—1960），苏联作家、诗人、翻译家。小说《日瓦戈医生》的作者，于 1958 年获得诺贝尔文学奖。

于布尔加科夫^①的戏剧……

但一走到大街上，睿智的谈话立刻被抛在脑后。

格里申……格里申……公寓里谁也没问她有没有上户口；谁也没提出要查看她的公民证，看有没有盖户口登记章。但最近几天，她老觉得住户召集人格拉菲拉·德米特里耶芙娜偷偷盯着她。这是个温柔、机灵的女人，鼻子长长的，说话透着股谄媚劲儿，说不出地虚伪。每次碰到她，看着她既温柔又阴沉的黑眼眸，叶甫根尼娅都会打个冷战。她觉得格拉菲拉·德米特里耶芙娜会趁她不在家时，用备用钥匙溜进她房间，翻查文件，抄写她的户口申请，偷看她的信件。

叶甫根尼娅开门时尽量不弄出声响，在走廊上走路时蹑手蹑脚，生怕碰到这位住户召集人。格拉菲拉·德米特里耶芙娜随时可能说："您以为您在做什么？触犯法律！到头来还不是我替您承担责任？"

第二天早上，叶甫根尼娅走进里津的办公室，告诉他在户籍科又碰了钉子。

"请帮我弄一张去喀山的船票吧。要不然，没准哪天就以违反户籍规定的罪名把我送到泥炭开采场去劳改了。"

她话里带着讥刺，没再提"官方文件"。

里津是个声音沉静的高个美男子，这会儿默默地看着她，为自己的胆怯而羞愧。她一直以来都意识到他温柔而渴望的目光，他会盯着她的肩膀、双腿、脖子、后脑勺看，她即使背向着他，肩膀和后脑勺也能感觉到他持久、爱怜的目光。但显然，有关文件收发的规定是不容小觑的。

那天下午，里津走到叶尼娅身边，一声不响，把她朝思暮想的证明文件放在她正在画的图纸上。

叶尼娅抬起头，同样一声不响地看着他，眼里噙着泪水。

"我通过秘密部门提了要求，"里津说，"本来没抱什么希望，可突然，主任批准了！"

同事们纷纷向她表示祝贺，说："您遭罪终于到头了。"

她去了警察局。排队的人向她点点头——她已经认识了其中一些人——然后问道："情况如何？"

好几个声音说："别排队了，直接去前面吧。一两分钟的事儿，干吗再等两个小时啊？"

粗仿木设计的棕色办公桌和保险箱，不再显得那么阴郁和官气十足了。

---

① 米哈伊尔·阿法纳西耶维奇·布尔加科夫（1891—1940），苏联作家，毕业于基辅国立大学。主要作品有《大师和玛格丽特》、《狗心》、《不祥的蛋》等。

格里申看着叶甫根尼娅敏捷的指头将必要的文件放在他面前。他几乎无法察觉地点点头，表示满意。

"好，把公民证和证明文件留下来，三天后在接待时间到登记处领户籍文件。"

他的声音和以往一样，但叶尼娅觉得，他明亮的眼睛里似乎带着亲切的微笑。

回家的路上她想，格里申和其他人一样，也是个人，也知道成人之美。他还笑了一下，说明他并非完全没心没肺。她觉得过去把这位户籍科长想得太坏，不禁自责起来。

三天后，她又来到窗口。一只女人的手，指甲涂成深红色，递出她的公民证，里面夹着她提交的证明文件，折得整整齐齐的。叶甫根尼娅读了工整书写的批示："鉴于申请人与所涉居住地并无关系，户口申请被拒。"

"王八蛋！"叶尼娅大声说。她再也无法克制自己，继续叫道："拿人开涮，没良心的混蛋！"

她大喊大叫，挥舞着未盖户口登记章的公民证，转向排队的人，想得到大家的支持，但人们纷纷转过头去。一瞬间，愤怒和绝望的造反精神在她心中爆发了。1937年，在排队等候被宣告为"无通信权"①的犯人的下落时，一群妇女也像她此刻那样，在布蒂尔卡监狱的昏暗接待室，在索科尔尼基的海员医院监狱，高声尖叫。

站在走廊上的一名警察抓住叶甫根尼娅的手臂，往门外推她。

"松手！放开我！"她挣脱手臂，将警察推开。

"公民，"警察声音嘶哑地说，"别折腾了，您不想被判十年吧！"

有一瞬间，警察的眼中似乎显露出同情和怜悯。

叶尼娅快步走向出口。在街上，行人推她撞她——这些人都有户口，都可以在配给中心使用的供应卡……

那天夜里，她梦见了火灾：她俯在一个伤员身上，想把他拖开。伤员面朝下趴在地上，她看不见他的脸，但心里明白那人是柯雷莫夫。

她从梦中醒来，感到筋疲力尽。

"他能来就好了。"她想，一边穿衣服，一边喃喃地说："帮帮我，帮帮我吧。"

但她拼命想见到的其实不是她梦中拯救的柯雷莫夫，而是诺维科夫——那年夏天她在斯大林格勒遇到的那个诺维科夫。

这种寄人篱下的生活实在太难受，叶尼娅快扛不住了。她没有户口，没有供

---

① 意味着被判处死刑。

应卡，时时刻刻担心碰到看门人、房屋管理员或住户召集人格拉菲拉·德米特里耶芙娜。晚上，她总是等大家都睡了才溜进公用厨房；早上，她竭力在大家醒来之前洗漱完毕。邻居们和她说话时，她的声音低三下四，完全不像自己，倒像个浸礼派教徒。

那天下午，叶甫根尼娅写了封辞职信。

她听说，户口申请被户籍科拒批后，地段警察会找上门，送来限定当事人于三天内离开古比雪夫的通知。通知上会写着："凡违反公民证制度者，将承担……"叶尼娅不想"承担"。她觉得无所谓了，古比雪夫这个地方，离开就离开吧。这么一想，她心里立刻平静多了，再也不必一想到格里申，一想到格拉菲拉·德米特里耶芙娜那双烂青果般的眼睛，就心惊肉跳、六神无主。她摈弃了非法身份，决定服从威权了。

她写好辞呈，正要拿去给里津，有人叫她接电话。是利莫诺夫打来的。

他问她第二天晚上是否有空：一位朋友从塔什干来，关于那里的生活，来人有一肚子精彩故事。朋友还带来了阿列克谢·托尔斯泰[①]给利莫诺夫的问候。叶甫根尼娅再次感受到了另一种生活的气息。

叶尼娅本来不想说户口的事，结果还是告诉了利莫诺夫她遇到的麻烦。

他听着，没有打断她的话，然后说：

"好一个故事。真是太逗了。父亲在古比雪夫有一条以其名字命名的街道，女儿却要被驱逐出城，上不了户口。妙极了。"

他想了一会儿。

"今天先别提交辞职信，叶甫根尼娅·尼古拉耶芙娜。今晚我要去参加区委书记安排的一个会。我会和他谈谈您的事。"

叶甫根尼娅谢了他，以为他一放下听筒就会把她忘到脑后。尽管如此，她还是暂时没交辞职报告，只是问里津是否可以通过军区司令部给她弄一张去喀山的船票。

"那没问题，"里津说，无奈地摊开双手，"警察局不知道在搞什么名堂。但有什么办法？古比雪夫有特殊规定——他们也得听上头的。"

然后他问她："您今晚有空吗？"

"没有，忙。"叶尼娅气呼呼地回答。

在回家的路上，她想道，很快就会见到母亲、姐姐、维克托和娜嘉了。是的，

---

① 阿列克谢·托尔斯泰（1882—1945），苏联萨马拉人，著名作家。

喀山的生活会比古比雪夫容易些。她奇怪自己为什么如此惶惶不安，每次走进警察局都吓得矮了一截。居然不给上户口，真是见鬼了！如果诺维科夫有信来，也许可以托邻居，请他们转到喀山去。

第二天早上，她刚到办公室就接到电话。一个彬彬有礼的声音请她到市警察局户籍科去办理户口登记手续。

25

叶尼娅结交了公寓中一位名叫沙罗戈罗茨基的房客。这位先生头发灰白，硕大的脑袋仿佛雪花石膏铸就，支在一根细细的脖子上，让人担心如果他猛地一转身，脑袋就会掉下来，"砰"的一声摔到地上。叶甫根尼娅还注意到，老人脸上苍白的皮肤，隐隐带着一丝蓝色。蓝色的皮肤和他冷冰冰的浅蓝色眼睛结合在一起，使她觉得很有意思；老人显然出身于最高级别的贵族。一想到蓝色多么适合描画他，叶甫根尼娅就觉得好笑。

战前，弗拉基米尔·安德烈耶维奇·沙罗戈罗茨基的生活还不如战时好过。现在他至少还有点事情干。苏联情报局约请他写一些随笔，关于德米特里·顿斯科伊[①]、苏沃洛夫[②]和乌沙科夫[③]，关于俄罗斯军官的传统，关于十九世纪的诗人如丘特切夫[④]、巴拉丁斯基[⑤]等……

他告诉叶甫根尼娅，在他母亲那一支，他与一个非常古老的贵族世家有血缘关系，比罗曼诺夫皇族还要古老。

年轻时，他在省级地方自治机关任职，曾向地主子弟、乡村教师和年轻牧师宣传伏尔泰和恰达耶夫的学说。

他向叶甫根尼娅说起四十四年前省城一位首席贵族跟他的交谈："您是俄罗斯最古老家族之一的代表，却对庄稼汉们说，您起源于猿猴。庄稼汉会怎么想？他们只会问您：'那大公呢，也起源于猿猴？皇太子呢？皇后呢？沙皇本人呢？'"

沙罗戈罗茨基继续散布蛊惑人心的言论，最终被流放到塔什干。一年后他被赦免，随后移居瑞士。在那里，他遇到许多革命家——布尔什维克、孟什维克、社会

---

① 德米特里·顿斯科伊（1350—1389），莫斯科大公，伊万一世之孙。

② 亚历山大·瓦西里耶维奇·苏沃洛夫（1730—1800），俄罗斯帝国杰出的军事家、军事理论家、战略家、统帅，俄罗斯军事学术和军队改革的奠基人之一。

③ 费多尔·费多罗维奇·乌沙科夫（1744—1817），俄罗斯帝国海军名将。

④ 费多尔·伊凡诺维奇·丘特切夫（1803—1873），十九世纪俄罗斯著名抒情诗人。

⑤ 叶甫根尼·阿布拉莫维奇·巴拉丁斯基（1800—1844），俄国诗人。早年经常参加圣彼得堡文学聚会，与普希金、雷列耶夫、丘赫尔别凯等作家交往。擅长写作哀歌体抒情诗。

革命党人和无政府主义者，谁都知道这位有点古怪的公爵。他经常参加各种辩论会和晚会，与一些革命者关系友好，但从不人云亦云。那段时间，他跟一个名叫利佩茨的犹太大学生交上了朋友，利佩茨留着一把黑胡子，是个崩得[1]分子。

第一次世界大战爆发前不久，他回到俄罗斯定居，住在自己庄园里，不时在《下诺夫哥罗德报》上发表一些有关历史和文学问题的文章。

他从不操心庄园的管理，把事情全交给母亲打理。

最终，他周围的地主，庄园全被农民毁坏，他家却完好无损；不仅如此，贫农委员会还分给他一车柴火和四十几棵白菜。他坐在家里唯一生着炉子、窗户完好无损的房间里，读书、写诗。他向叶尼娅朗诵过他的一首诗，标题是《俄罗斯》：

> 白痴般无忧无虑
> 在茫茫大地上。
> 平原无垠。
> 乌鸦不祥地喧嚷。
> 酗酒。纵火。隐藏。
> 冷漠让人发狂。
> 独特风格展现四处
> 伟大到惨不忍睹。

他小心翼翼念出每个单词，在每个标点符号处停顿一下，长长的眉毛高高扬起，但并未使他宽大的额头显得小一点。

1926 年，沙罗戈罗茨基心血来潮，开始举办俄罗斯文学史讲座。他攻击杰米扬·别德内[2]，褒扬费特[3]，参与当时流行的有关生活的美与真实的讨论；他声言反对一切国家政权，宣称马克思主义是狭隘的信条，谈论俄罗斯精神的悲惨命运。他说啊，吵啊，终于给自己挣来第二次流放，又去了塔什干。他在那里住了下来，不由得感叹地理环境在理论探讨中不容置疑的力量。直到 1933 年年底，他才获准移居萨马拉，投靠大姐叶莲娜·安德烈耶芙娜。她在战前不久去世了。

---

① "立陶宛、波兰、俄罗斯犹太工人总联盟"的简称，标榜人道主义、社会主义、世俗化和反犹太复国主义。

② 杰米扬·别德内（1883—1945），原名叶菲姆·阿列克谢耶维奇·普里德沃罗夫，苏维埃文学的开拓者、社会主义现实主义诗歌的奠基人之一，也是天才的寓言作家、杰出的布尔什维克宣传鼓动家，以其称颂革命的诗歌和讽刺性寓言著称，在苏联文学史上占有重要位置。

③ 阿法纳西·阿法纳西耶维奇·费特（1820—1892），俄国诗人。

沙罗戈罗茨基从不邀请任何人进入他的房间。然而，有一次，叶甫根尼娅得以一窥公爵的房间：角落里堆满了书籍和旧报纸，古旧的扶手椅一只叠一只，几乎顶到天花板；镶在镀金相框里的肖像铺满了地板。一床皱巴巴的棉被铺在红色天鹅绒沙发上，棉絮从破洞露出。

沙罗戈罗茨基为人非常温和，但对生活中的实际问题一窍不通。提起他这类人，人们一般会说他们"孩子般纯洁，天使般善良"。然而，如果路遇伸手向他乞讨一片面包的挨饿的孩子或衣衫褴褛的老太婆，他可以视而不见，咕哝着自己喜欢的诗句扬长而去。

听着沙罗戈罗茨基发表宏论，叶甫根尼娅常常想起她的前夫，尽管这位一心崇拜费特和弗拉基米尔·索洛维约夫[①]的老头与身为共产国际工作人员的柯雷莫夫之间毫无共同之处。

她感到惊讶的是，虽然柯雷莫夫对俄罗斯风景和俄罗斯民间故事的魅力、对费特和丘特切夫的诗歌漠不关心，却是和沙罗戈罗茨基老头一样的俄罗斯人。而柯雷莫夫从青年时代起就珍视俄罗斯生活中的一切，他心目中与俄罗斯不可分割的那些名人，沙罗戈罗茨基却漠不关心，有时甚至流露出敌意。

对沙罗戈罗茨基来说，费特是神，首先是俄罗斯的神。对他来说，关于"好男儿菲尼斯特"的民间故事和格林卡[②]的《困惑》同样神圣。对但丁，尽管他很钦佩，却认为他缺乏俄罗斯音乐和俄罗斯诗歌那种神圣的品质。

而柯雷莫夫则对杜勃罗留波夫[③]和拉萨尔[④]一视同仁，也不管车尔尼雪夫斯基和恩格斯有什么区别。对他而言，马克思高于所有俄罗斯天才，而贝多芬的《英雄》毫无争议地胜过所有俄罗斯音乐。也许，唯一例外是涅克拉索夫，那是他心目中世界第一的诗人。有时，叶甫根尼娅觉得沙罗戈罗茨基不仅帮助她更好地了解柯雷莫夫这个人，还帮助她更好地了解她和柯雷莫夫之间的关系。

叶甫根尼娅喜欢和沙罗戈罗茨基交谈。他们的谈话通常始于一些令人不安的新闻公告。沙罗戈罗茨基随后会就俄罗斯命运大发宏论。

"俄罗斯贵族，"他会说，"在俄罗斯面前确实应该感到内疚，叶甫根尼娅·尼

---

① 弗拉基米尔·索洛维约夫（1853—1900），俄国诗人，宗教哲学家。

② 米哈伊尔·伊万诺维奇·格林卡（1804—1857），第一个获得广泛声誉的俄国作曲家，对后来的俄罗斯音乐创作特别是对俄国浪漫乐派强力集团有重要影响，被誉为俄罗斯交响乐的奠基人。

③ 尼古拉·亚历山大罗维奇·杜勃罗留波夫（1836—1861），十九世纪俄国著名的革命民主主义者和文艺批评家。

④ 斐迪南·拉萨尔（1825—1864），普鲁士著名的政治家、哲学家、法学家、工人运动指导者、社会主义者。

古拉耶芙娜，但他们至少爱俄罗斯。在第一次世界大战期间，人们对我们没有丝毫宽容，什么小辫子都抓住不放：我们中间的傻瓜、二流子、做白日梦的家伙、拉斯普京[1]、米亚索耶多夫上校、椴树林荫道、粗心大意、黑黢黢的农村木屋、树皮鞋——什么都是我们的错。但我姐姐有六个儿子牺牲在加利西亚。我哥哥，一个生病的老人，在东普鲁士阵亡。史书是不会提到他们的……但他们不应该被忘记。"

叶甫根尼娅经常听他点评文学，他的观点与流行的见解大相径庭。他将费特排在普希金和丘特切夫之上。像他那样了解费特的人，全俄罗斯肯定找不出第二个。费特油尽灯枯之际，如果请他本人回忆自己的一生，他能说出的可能还不到沙罗戈罗茨基所知的一半。

沙罗戈罗茨基认为列夫·托尔斯泰过于现实。他虽然承认托尔斯泰的作品富有诗意，但对他评价不高。他看重屠格涅夫，但认为他虽有才华，却不够深刻。他最喜欢的俄罗斯散文家是果戈理和列斯科夫[2]。

他认为别林斯基和车尔尼雪夫斯基是谋害俄罗斯诗歌的元凶。

他对叶尼娅说，除了俄罗斯诗歌，世界上还有三样东西他最喜欢——糖、阳光和睡眠。

"难道我真的会一首诗都没发表就撒手人寰吗？"他有时会问。

有一天，叶甫根尼娅在下班回家的路上遇到了利莫诺夫。他身穿一件没系扣子的冬大衣，脖子上围着一条色彩鲜艳的格子围巾，手持一根疙里疙瘩的木头拐杖，在大街上昂首阔步。这个戴着昂贵的海狸皮帽的魁梧男人，在古比雪夫的人群中仿佛鹤立鸡群。

利莫诺夫送叶甫根尼娅回家。她请他进屋喝杯茶。他若有所思地看着她。"嗯，好吧，那多谢了。户口的事，也许您真的该犒劳我一两杯伏特加呢。"于是他喘着粗气登上楼梯。

走进叶甫根尼娅狭小的房间，他说："是啊，在您这儿我的身子是有点活动不开，但也许我的思路会更加开阔吧。"

突然，他用一种有点不自然的语气向她说起自己对爱情和男女关系的看法。

"这是一种维生素缺乏症，"他气喘吁吁地说，"一种精神上的维生素缺乏症！您明白吗，这种饥渴是难以忍受的，就像公牛、母牛、鹿渴求盐一样。我自己所缺乏的，我身边人所缺乏的，我妻子所缺乏的，我就在我钟爱的对象身上寻找。妻

---

[1] 格里高利·叶菲莫维奇·拉斯普京（1869—1916），又译拉斯普丁、拉斯普钦或拉斯普廷，俄罗斯帝国神父，尼古拉二世时期的神秘主义者、沙皇及皇后的宠臣。

[2] 尼古拉·谢苗诺维奇·列斯科夫（1831—1895），俄罗斯作家。

子，那正是男人缺乏维生素的原因！男人在他心爱的人身上渴望的，正是十多年甚至几十年来一直无法在他妻子身上找到的东西。您明白吗？"

他抓起她一只手，抚摸手掌。然后他的手慢慢移到她的肩膀、脖颈、后脑勺。

"您明白吗？"他讨好地问道，"问题很简单。精神维生素缺乏症！"

叶尼娅不无尴尬地微微笑着，眼看他一只白色的大手，指甲亮晃晃的，从她的肩膀缓缓滑动到她的乳房。她说：

"看来，维生素缺乏症不但可以是精神上的，也可以是肉体上的。"接着，她用一年级老师教训小学生的口吻补了一句："不许动手动脚，真的不许。"

他不知所措地看了她一眼，但没觉得难为情，反而放声大笑起来。叶尼娅也跟着笑了。

他们一边喝茶，一边谈论画家萨里扬。这时，沙罗戈罗茨基老头敲响了房门。

原来，利莫诺夫从不知何人的笔记和档案馆中不知何人的信件中，看到过沙罗戈罗茨基的名字。而沙罗戈罗茨基虽然没有读过利莫诺夫的著作，但听说过利莫诺夫这个名字，因为利莫诺夫常常在报纸上发表军事历史题材方面的文章。

交谈中，他们发现彼此有共同语言，不由得兴奋起来，侃侃而谈。两人的对话中蹦出许多如雷贯耳的名字：索洛维约夫、梅列日科夫斯基、罗扎诺夫、吉皮乌斯、别雷、别尔嘉耶夫、乌斯特里亚洛夫、巴尔蒙特、米留可夫、叶夫列伊诺夫、列米佐夫、维亚切斯拉·伊万诺夫，等等。

在叶尼娅看来，这两个人似乎从海底打捞出了一个不知何时沉没的世界，里面充满了书籍、图画、哲学体系、戏剧作品……

利莫诺夫突然把她心里的想法说了出来：

"我们俩好像从海底打捞出了亚特兰蒂斯①。"

沙罗戈罗茨基神色郁闷地点点头。

"是的，是的，但您仅仅是俄罗斯亚特兰蒂斯的考察者，而我是它的居民，与它一起沉到了海底。"

"可是，"利莫诺夫说，"战争又把某些人从亚特兰蒂斯捞到水面上来了。"

"是的，"沙罗戈罗茨基说道，"看来，一碰到战争，除了翻来覆去地念叨'神圣的俄罗斯大地'，共产国际那帮创始人再也想不出更好的说法了。"

他微微一笑，又说：

---

① 亚特兰蒂斯，又译阿特兰蒂斯，又称大西洲、大西国，是传说中拥有高度文明的古老大陆、国家或城邦之名。有记载最早的描述出现于古希腊哲学家柏拉图的著作《对话录》里，据称其在公元前一万年被史前大洪水毁灭。

"等等。战争将以胜利告终，然后国际主义者会宣布：'我们的母亲俄罗斯为全世界指引方向！'"

世界真怪，叶甫根尼娅心想，这两个人说得如此兴高采烈、妙趣横生，不仅仅是因为他们很高兴彼此结识，找到了共同感兴趣的话题。她意识到，这两个男人——一个老态龙钟，另一个也离老年不远——都意识到她在听他们谈话，都被她所吸引。这一切多么奇怪。奇怪之处还在于，她对此漠不关心，甚至感到可笑；但同时，她又不是全然无所谓，而是乐在其中。

叶尼娅看着他们，心想："人啊，了解自己也难。为什么我老为过去的生活伤心难过？为什么我这么可怜柯雷莫夫？为什么我不停地想着他？"

曾经有个时候，她觉得柯雷莫夫的英国同志和德国同志不可理喻；现在，听着沙罗戈罗茨基嘲笑共产国际的活动家，她同样感到别扭甚至敌意。利莫诺夫有关维生素缺乏的理论也无法帮她解开心结。再说了，在这些事情上，原本没有什么理论可言。

突然间她意识到，她之所以老是想着柯雷莫夫，老为他担惊受怕，恐怕只是因为她思念着另一个人，一个她极少想起的男人。

"难道我真的爱他？"她暗自惊讶。

26

夜间，伏尔加河上空的乌云消散了。星空下，丘陵缓缓掠过，间或显现的一片片漆黑，是山间的峡谷。

时不时，当流星划过天空，柳德米拉·尼古拉耶芙娜就会默默祈祷："千万让托利亚活下来啊！"

这是她唯一的心愿，她对上天别无所求。

当年在数学物理系读书时，她曾在天文研究所担任过一段时间计算员。她了解到，流星会以阵雨的形式出现，在不同的月份与地球相遇。有英仙座流星雨，猎户座流星雨，也许还有双子座流星雨，狮子座流星雨。她不记得十月和十一月会有哪些流星雨降到地球上了……但是，千万让托利亚活下来啊！

维克托责备她不乐意帮助他人，对他的亲戚也没有好脸色。他认为，只要柳德米拉愿意，他母亲当初会来和他们住在一起，而不是留在乌克兰。

维克托有个表弟从劳改营释放出来，被遣送到流放地前，想在他们家过一夜，柳德米拉怕房管所发现，没答应他。父亲临终前，柳德米拉正在克里米亚的海滨城市加斯普拉度假，她不肯中断休假，安葬父亲后第二天才回到莫斯科。她知道母亲一直对此耿耿于怀。

母亲有时和她说起德米特里，想不通发生在他身上的事情。

"他从小诚实，一辈子都是这样。可突然间说他搞特务活动，密谋暗杀卡冈诺维奇和伏罗希洛夫……多么荒谬绝伦的谎言。谁在造这种弥天大谎？谁在残害正直诚实的人？"

有一次她对母亲说："你也不能百分之百为德米特里打保票。无风不起浪嘛。"此刻，她记起了母亲当时的眼神。

还有一次她对母亲说起德米特里的妻子：

"我一辈子都受不了这个女人，老实告诉你吧，现在还是受不了。"

此刻，她记起了母亲的回答：

"可是你明白这有多荒唐吗？只因为没举报丈夫，就被判十年徒刑！"

随后她又记起，有一次她在街上捡到一只流浪小狗，把它带回家。维克托不想让这条小狗待在家里，于是她对他嚷嚷："你这人真是没心没肺！"

他却这么回答她：

"唉，柳达，我不指望你年轻漂亮，我只想要一样：你的善心别只用在猫猫狗狗身上。"

此刻，坐在甲板上，破天荒第一次，她不再顾影自怜、诿过于人；她回想起在自己生活中别人对她说过的那些苛刻的话……有一次，丈夫打电话时，她听到他笑着说："自从我们收养了那只小猫，从我妻子的声音中总算能听出几分温柔了。"

有一次母亲对她说："柳达，你怎能拒绝乞丐的求告？想想看：一个饿汉向你，向饱汉讨点吃的……"

但她为人并不吝啬啊：她喜欢请客，厨艺在熟人中颇受好评。

没人看到她这天夜里坐在甲板上哭泣。是的，是的，就算她冷酷无情，所学的一切都忘得精光，对谁都毫无用处，再也没有人会喜欢她，身躯发胖，头发花白，血压高，丈夫觉得她缺乏善心而不再爱她。但只要托利亚活着，什么都行！她准备承认一切，家人指责她的所有过错她都愿意悔改——只要托利亚还活着！

为什么她老是想起第一任丈夫？他在哪儿？怎样才能找到他？她当初为什么没给他在罗斯托夫的姐姐写信呢？现在想写也写不了啦，那里成了德国人的地盘。托利亚负伤的事，姐姐本来可以转告他生父的。

引擎的轰鸣，甲板的震动，河水的浪花声，闪烁的星光，全混在一起，融为一片；不知不觉中，柳德米拉沉入梦乡。

天将破晓，浓雾笼罩着伏尔加河，万物生灵都隐没在雾中。刹那间，仿佛迸发的希望，太阳升了起来！天空倒映在水中，暗黑的秋水呼吸般一涨一落，太阳似乎在浪涛中呼喊。陡峭的河岸经受过夜间严寒的洗礼，红褐色的树木蒙着一层霜，看起来异常欢快。随着一阵风起，雾气消散，世界变得玻璃般透明，清澈得刺眼。明媚的阳光中，蓝蓝的河水和天空中，却寻不到一丝暖意。

大地浩瀚，但大地上的森林，无论多么广袤，毕竟不是无边无缘，终归看得见起点和终点，而大地却绵延伸展，永无尽头。

忧伤就像大地，同样浩瀚，同样永恒。

船上有许多前往古比雪夫的乘客。头等舱里坐着人民委员部的高级干部，他们穿着防护色长大衣，头戴灰色波尔柯夫尼契①羔羊皮帽。二等舱里坐的是领导干部的妻子和丈母娘，穿着与相应的干部级别匹配的服装——好像妻子有妻子的行头，母亲和丈母娘有母亲和丈母娘的行头。妻子们身穿毛皮大衣，系着白色的毛皮披肩；丈母娘和母亲们则身穿蓝色呢大衣，领子上缀着黑色的羊皮，系着棕色头巾。与她们同行的孩子们，眼里满是无聊和不耐烦。透过舷窗可以看到这些乘客随身携带的食物。操持家务多年的柳德米拉一眼就能分辨出大大小小的口袋里面装的东西；在篮子里、密封罐里和带火漆封印的深色大瓶子里，装的是蜂蜜和熟油，随着轮船沿伏尔加河顺流而下。从在甲板上散布的高等乘客口中，她听得出她们所有人操心的只是从古比雪夫开往莫斯科的火车。

在柳德米拉看来，这些女人对坐在过道上的士兵和尉官们十分冷漠，仿佛她们在前线一个儿子或兄弟都没有。

扩音器里播送苏联情报局的早间战况时，她们并不跟红军战士和船上的水手一起收听，而是睡眼惺忪地朝扩音器瞟一眼，然后就继续忙自己的事。

柳德米拉从水手那里听说，整艘轮船原本是包给经由古比雪夫返回莫斯科的领导干部家属的，但在喀山，根据军事当局的命令，准备安排一些军官和文职人员上船。原先的乘客起哄闹事，坚决不让军人登船，还给国防委员会的全权代表打了电话。

这些前往斯大林格勒的军人脸上有一种难以言说的尴尬神情，仿佛因为挤到了合法乘客而内疚。

柳德米拉觉得这些女人平静的眼神让人无法忍受。奶奶们招呼孙子过来，一边继续聊天，一边动作熟练地把饼干塞进小孩子嘴里。有时，一个身穿黄鼬皮大衣、

---

① 波尔柯夫尼契：俄罗斯克拉斯诺达尔边疆区的一个旅游城市。

个子矮矮的老妇人会从前舱来到甲板上散步，领着两个小男孩；其他女眷便连忙迎上去，低头哈腰朝她送上笑脸，而身居高位的男人们则露出讨好的惶恐神情。

如果广播中现在宣布第二战场已经开辟，或对列宁格勒的封锁已经被瓦解，这些女人中没有一个会为之一振。但是，如果有人说开往莫斯科的列车取消了国际车厢，那么与战争有关的所有事件都将被抛到脑后，她们的所有热情将投入卧铺床位的软硬之争。

真是咄咄怪事！要知道，柳德米拉的行头也不差——灰色羔羊皮大衣，绒毛头巾，丝毫不逊于头等舱和二等舱那些乘客。不久之前，她也经历过软卧车票引起的焦躁——维克托去莫斯科出差，居然没弄到一张软卧车票！她为之愤愤不平。

她告诉一名炮兵中尉，自己的儿子也是个炮兵中尉，身负重伤，现在躺在萨拉托夫一家部队医院里。她和一个生病的老妇人谈起自己的妹妹玛鲁霞和侄女薇拉，谈起身在沦陷区、生死未卜的婆婆。她的悲痛和充斥这个甲板的悲痛一样；悲痛无处不在，部队医院，战地坟墓和乡村木屋，矗立在荒地上没有编号的棚屋，都有它的踪迹。

她出发时没带水杯，也没带面包。她原以为在旅途中既不会吃东西，也不会喝水。

可是到了船上，从大清早起她就饿得发慌，方才明白这趟旅行有得苦头吃。但第二天就有几个红军战士征得司炉同意后，在机房里煮了一锅小米汤；他们把柳德米拉叫过去，给她盛了一饭盒。

柳德米拉坐在一只空箱子上，用别人的勺子从别人的饭盒里喝着烫嘴的小米汤。

"好汤！"一位参与煮汤的战士对她说。见柳德米拉不吱声，他有点不高兴了："怎么啦，嫌不好吃？油水不够？"

其实，红军战士请她喝了米汤，想得她几声夸奖，正是士兵质朴开朗性情的流露。

她帮一位战士修好一把损坏的冲锋枪，枪上有只弹簧，连佩戴着红星勋章的一位军士长都装不上，她却给装上了。

几个炮兵中尉在热烈争论着什么，柳德米拉听了一会儿，然后拿起铅笔帮他们推算出一个三角公式。

过后，一个原先称呼她"公民"的中尉突然问起她的本名和父名①。入夜，柳德米拉在甲板上徘徊良久。

---

① 俄国人风俗，称呼某人的本名和父名，表示尊重。

伏尔加河在呼吸，吐出冰冷的寒气，黑暗中，从下游吹来凛冽的寒风。头顶上，星星在闪耀；这个不幸女人的头顶上罩着残酷的、冰与火的天空，在其中找不到慰藉，找不到宁静。

27

轮船驶抵临时战时首都古比雪夫前，船长接到命令将航程延续到萨拉托夫，去运载当地部队医院里的伤员。乘客从船舱出来准备上岸，拎出手提箱和包裹，堆放在甲板上。

工厂的轮廓、铁皮屋顶的小屋和棚屋开始显现。船尾河水的哗哗声仿佛变了调子，轮船汽轮机的撞击声也不知为何听起来更使人心焦。

然后，庞然大物的萨马拉，颜色或灰、或棕红、或黑，无数玻璃窗闪闪发光，在工厂和轮船冒出的团团烟雾中缓缓呈现在眼前。

在古比雪夫下船的乘客站在船舷边。他们离船上岸，没有道别，甚至没有向留在船上的人点头示意。显然，一路上他们没有结交什么朋友。

一辆吉斯101小轿车正等着接那位穿黄鼬皮大衣的老太太和她的两个孙子。一个身穿老式将军呢大衣的黄脸男人向老太太行了个军礼，然后拉着小男孩的手问好。

短短几分钟，带着孩子、手提箱和包裹的乘客变得无影无踪，仿佛从来不曾存在过。

船上只剩下穿军大衣和短棉袄的人。

柳德米拉觉得，现在与同命运、同辛劳、同悲伤的人们在一起，呼吸起来会自由轻松些吧。

她错了。

28

迎接柳德米拉的是一个粗鲁冷酷的萨拉托夫。

一上岸，她就在码头上遇到一个穿军大衣的男子，显然喝醉了。男人脚下一个趔趄，撞到她身上，却对她破口大骂。

柳德米拉沿着陡峭的鹅卵石斜坡往上爬，不一会儿就气喘吁吁。她停下脚步小憩，看了看四周。下面，码头上灰扑扑的仓库之间，依稀可见白色的轮船。轮船仿佛读懂了她的心思，轻声拉响汽笛，好似在催促她："赶紧走吧，走吧！"她于是迈开步子继续往前走。

在电车站，年轻女人们闷声不响，使劲把年老体弱的人往一边挤。一个头戴红军帽的伤兵，眼睛已经瞎了，显然是刚出院不久，还不知道该如何独自应付一片黑暗的世界。他小心翼翼地捯着步子，用一根木棍急促地敲击脚边的地面。他孩子般地使劲抓住一个中年妇女的袖子。中年妇女想挣脱，迈开一步，钉着鞋掌的靴子敲击在鹅卵石上，发出清脆的响声。盲人攥着她的袖子不放，一边急急地解释道：

"请领我上电车好吗，我刚刚出院。"

女人张口就骂，一把把他推开。他失去平衡，一屁股坐到马路上。

柳德米拉盯着女人的脸。

这种不人道的表现从何而来？原因何在？是因为她小时候经历过1921年的大饥荒吗？抑或是因为1930年的瘟疫？还是因为一辈子穷愁潦倒的生活？

盲人愣了一下，然后跳起来，用鸟一般尖细的嗓音嚷嚷起来。很可能，他虽然眼睛瞎了，却在脑海中无比清晰地看到了自己歪戴着帽子，白痴般地挥舞棍子的形象。这种感觉令他痛不欲生。

他挥舞棍子，在空中乱打一气。棍子的弧形运动，是他表达对这个毫无同情心的明眼人世界的憎恨的唯一方式。人们你推我挤爬上电车车厢，他却站在路旁哭着喊着。柳德米拉本来怀着希望和爱，以为人们可以团结在一起，组成一个以劳动、需求、善良和苦难为共同基础的大家庭；可是四周的人却好像商量好了一样，决心以不人道的方式对待他人。他们好像商量好了，要以自己的行为来驳斥这样一种观点，即身穿油污衣服、双手在体力劳动中变得黑黢黢的人，肯定有一颗善良的心。

柳德米拉的心被深深的痛苦和忧郁攫住了。广袤而贫瘠的俄罗斯大地上，极目所见，唯有寒冷和黑暗！生活在这片冻土带，她只感到无能为力。

柳德米拉再次问女售票员该在哪个站下车。售票员气定神闲地说道：

"我已经说过了。你是聋了，还是怎么着？"

她问站在通道上的乘客下不下车，可是没人理她，一个个泥塑木雕般戳在那里，一动不动。

小时候，柳德米拉曾就读于萨拉托夫女子中学的预科班。冬日的早晨，她坐在餐桌旁，悬着双腿喝茶，她崇拜之至的父亲在一块烤好的白面包片上帮她抹黄油……灯光映射在茶炊的大肚子上，她好想就这么一直守着父亲温暖的手，守着热乎乎的面包，守着暖烘烘的茶炊。

那时，在这座城市里似乎没有十一月的寒风，没有饥饿，没有自杀，没有在医院死去的儿童，而只有温暖，温暖，还是温暖。

在萨拉托夫的墓地里，安葬着柳德米拉的姐姐索尼娅，她是患假膜性喉炎去世的。母亲亚历山德拉·弗拉基米罗芙娜给姐姐起名索尼娅，是为了纪念索菲亚·利沃芙娜·佩罗夫斯卡娅[①]。好像柳德米拉的姥爷也葬在这块墓地。

她走到一栋三层楼的教学楼前。这里以前是一所中学，现在用作部队医院。托利亚就是在这里住的院。

门口没有哨兵，这似乎是一个好兆头。一进门她就感觉到令人窒息的医院氛围，空气如此黏稠，哪怕你已经冻僵，都宁愿回到外面的严寒中，而不想待在里面享受温暖。她走过洗手间，门上还挂着"男生""女生"的牌子。她穿过走廊，闻到做饭的香味；再往前，透过一扇蒙着水汽的窗户，可以看到内院里堆着许多长方形的棺材。就像那天她在自家门厅里拿着那封还没拆封的信一样，她又一次想："天哪，我要是立刻倒地而亡，那该多好！"但她还是迈着大步，沿着一条灰地毯往前走，经过一些花架，上面放着她熟悉的室内花卉天门冬和蓬莱蕉，来到一扇门前。门上钉着"四年级"的牌子，旁边还贴了个手写的标识："挂号处"。

柳德米拉抓住门把手，阳光穿过云层照在窗玻璃上，周围的一切显得十分明亮。

几分钟后，一位健谈的文书翻看着沐浴在阳光下的一个长抽屉里的档案卡，对她说：

"喏，您是说，A.V.沙波什尼科夫。V……阿纳托利[②]……V……喏……您运气好，没碰到总务科长。您没脱大衣，他会骂得您灵魂出窍的！喏，好啦，您是说，沙波什尼科夫……有啦，就是他，中尉，没错。"

柳德米拉看着他用两根指头从胶合板长抽屉里抽出一张卡片。她仿佛站在上帝面前；对她说"生"还是说"死"，全由他决定。一刹那间，好像他拿不定主意，到底让她的儿子活下去还是死掉。

29

柳德米拉是在托利亚做了又一次手术、即第三次手术后一周到达萨拉托夫的。手术由二级军医迈泽尔主刀，非常复杂，过程极为漫长。托利亚在全麻状态下躺了五个多小时，其间还不得不静脉注射了两次己酮醛。此前，无论是部队医院的军医

---

① 索菲亚·利沃芙娜·佩罗夫斯卡娅（1853—1881）："索菲亚"早年曾译为"苏菲亚"，是一位为推翻沙皇专制而献身的贵族出身的女子，她没有心安理得地享受家庭的荫庇，而是放弃安逸舒适的生活，为推翻沙皇专制独裁统治，不惜献出自己年轻的生命，就义时年仅二十八岁。

② "阿纳托利"是常见的俄罗斯名字，"托利亚"是其昵称。

还是医学院的临床外科医生，谁也没有在萨拉托夫施行过类似手术。文献资料对这种手术有所记载，但详细描述迟至 1941 年才见于美国的军事医学杂志。

鉴于手术的特殊复杂性，迈泽尔医生在例行 X 光检查后与中尉进行了长时间的坦率讨论。他向中尉解释了由重伤在肌体内引起的病理过程的特点。与此同时，他开诚布公地谈到了手术可能带来的风险。他说，会诊医生们的意见并不一致：身为临床医生的老教授罗季奥诺夫就反对动手术。沙波什尼科夫中尉在 X 光室里问了迈泽尔医生两三个问题，想了一会儿，然后表示同意。手术的准备花了整整五天。

手术从上午十一点开始，一直到下午将近四点才结束。医院院长迪米特鲁克医生也在场。据观摩手术的医生们说，手术完成得非常出色。

迈泽尔在手术台上就直接解决了几个未曾料想到的问题，都是文献描述中未提及的。

手术过程中患者情况良好，脉搏正常，未发生停搏。

下午将近两点，身躯肥胖、年纪已经不轻的迈泽尔医生感到体力不支，不得不中断手术，休息了几分钟。内科医生克列斯托娃让他服用了伐力多，之后迈泽尔就一口气做完了手术。但手术刚完成不久，沙波什尼科夫中尉正被送往重症监护室时，迈泽尔医生就突发严重心绞痛。注射好几次樟脑剂并服用硝化甘油制剂后，迈泽尔的血管痉挛才在夜间消失。此次发作显然是神经过度紧张的结果，让他本已虚弱的心脏承受了过重的负担。

在沙波什尼科夫病床边值班的捷连季耶娃护士，按照指示留心观察着中尉。克列斯托娃医生走进重症监护室，量了中尉的脉搏。他处于半昏迷状态，但总的来说情况还不错。克列斯托娃医生对捷连季耶娃护士说：

"迈泽尔给中尉开了封活命的介绍信，却差点把自己的老命给搭上。"

捷连季耶娃护士回答说："是哦，只要托利亚中尉能康复就好啦！"

沙波什尼科夫的呼吸几乎听不见。他的脸一动不动，细细的胳膊和脖颈像孩子似的，苍白的皮肤上隐约可见微黑的阴影，那是野战和草原强行军留下的痕迹。他的情况介于不省人事和昏睡之间，麻醉剂的残余作用加上精神和肉体上的疲惫，使他陷入了深度昏迷。

病人偶尔喃喃自语一些单个的词，有时甚至说出完整句子。有一次，捷连季耶娃护士似乎听到他说："幸好你没见到我这副模样。"说完，他就静静躺着，嘴角耷拉着，明明好像昏迷不醒，却又在抽泣。

晚上八点左右，病人睁开眼睛，很清楚地说想喝水。捷连季耶娃护士既高兴又吃惊。她告诉他现在不能喝水，并补充说手术非常成功，他很快就会康复。她问他感觉如何，他回答说腰和背部有点痛，但不厉害。

她再次查了他的脉搏，用湿毛巾擦拭了他的嘴唇和前额。

这时，一位名叫梅德韦杰夫的卫生员走进病房，告诉捷连季耶娃护士，外科主任普拉托诺夫医生打电话找她。捷连季耶娃护士走到同一层楼的值班室，拿起话筒报告普拉托诺夫医生说，病人已经苏醒，对于刚刚经受大手术的患者来说，状况正常。

捷连季耶娃护士要求换班，因为她必须去市兵役局一趟，解决她丈夫寄给她的汇款单因地址变更而出现的问题。普拉托诺夫医生答应放她走，但要求她继续观察沙波什尼科夫，等普拉托诺夫亲自给他做检查后再离开。

捷连季耶娃护士回到病房。病人躺在那里，姿势跟她离开时一样，但脸上的表情不像起先那样痛苦了。他的嘴角不再耷拉着，面容平静，似乎在微笑。持续的痛苦显然使沙波什尼科夫的容颜显老，但此刻，他微笑的面容却使捷连季耶娃护士吓了一跳。他瘦削的脸颊，略微噘起的丰满而苍白的嘴唇，平滑如丝的高高的额头，看起来不属于成年人，甚至不属于青少年，而属于婴儿。捷连季耶娃护士问病人感觉如何。他没有回答；他一定是睡着了。

他脸上的表情让捷连季耶娃护士有些警觉。她拉起沙波什尼科夫中尉的手，但没有摸到脉搏；他的手只有一点余温，就像头天晚上生火、早已熄灭的炉子在转天早上残留的那一丁点了无生气、几乎察觉不到的余温。

捷连季耶娃护士虽然一辈子都住在城里，但还是双膝跪下，轻声地，生怕打扰活着的人，村妇般号叫起来：

"我们的宝贝啊，我们如花似玉的年轻人呀，你去哪儿了，扔下我们在这里？"

30

沙波什尼科夫中尉的母亲到来的消息传遍了医院。医院政委、营级政委希曼斯基负责接待去世中尉的母亲。希曼斯基是个英俊的男人，说话带有口音，一听便知他有波兰血统。他皱着眉头等柳德米拉。他心想，眼泪，也许还有昏厥，都在所难免。他用舌头舔了舔新近长出来的小胡子，为死去的中尉感到难过，为他的母亲感到难过；也正因为如此，他对中尉和他母亲都很生气。如果每一个死去的中尉的母亲都得由他来接待，他哪儿来那么多精力？

希曼斯基请柳德米拉·尼古拉耶芙娜坐下，开始谈话前，他把一个水瓶移到她面前，但她说：

"不，谢谢您，我不想喝水。"

柳德米拉听希曼斯基讲述手术前的会诊——营级政委认为没有必要提到有医生反对做手术——手术本身的复杂和难度，手术的成功。希曼斯基说，外科医生们认为这种手术通常适用于严重负伤的情况，沙波什尼科夫中尉就属于这种情况。他告诉她，沙波什尼科夫的死因是心脏骤停，而且正如病理解剖学家、三级军医博尔德列夫的鉴定书所述，这种猝发性死亡是医生无法预见或排除的。

希曼斯基接着说，医院里来来去去有好几百名伤员，但很少有谁像沙波什尼科夫中尉这样受到医院所有工作人员的喜爱。他懂事、有教养、腼腆，总是尽量不提要求，尽量避免麻烦工作人员。

希曼斯基说，中尉的母亲应该为养育出这么一个为祖国忠勇献身的儿子感到自豪。

然后他问柳德米拉对医院领导有什么要求。

柳德米拉为耽误了政委的时间向他道歉，然后从手提包里拿出一张纸，开始念自己的请求。

她请求告诉她儿子安葬的地点。

营级政委默默点了点头，在便条簿上记下请求。

她想跟迈泽尔医生谈谈。

营级政委告诉她，迈泽尔医生知道她来了医院，他本人也想与她见面。

她请求与捷连季耶娃护士见面。

营级政委点点头，在便条簿上记下请求。她请求把她儿子的遗物给她，留作纪念。

营级政委又记下请求。

然后，她把两个熏鲱鱼罐头和一包糖果放在桌子上，说这是她带给儿子的礼物，请政委转送其他病人。

她的眼睛突然跟政委的眼睛四目相对。面对她那双淡蓝色大眼睛的光华，政委不由自主地眯缝起眼睛。

希曼斯基请她第二天早上九点半再来医院，许诺她说，她所有的要求都会得到满足。

营级政委看了看她随手关上的门，看了看柳德米拉·沙波什尼科娃留给伤员们的礼物，摸摸自己手上的脉搏，没摸到，挥了挥手，拿起交谈开始时他递给柳德米拉的水，喝了起来。

31

柳德米拉似乎没有空闲时间。那天晚上，她在街上走来走去，坐在公园的长椅上，去车站取暖，然后又在空荡荡的街道上走来走去，步伐快速而务实。

希曼斯基满足了柳德米拉的所有要求。

早上九点半，她见到了捷连季耶娃护士。

柳德米拉请护士告诉自己她所知道的关于托利亚的一切。

然后柳德米拉穿上白大褂，和捷连季耶芙娜一起上到二楼，穿过通向手术室的走廊，走到重症监护室门口，看着那张空无一人的单人床。捷连季耶娃护士一直跟她并排走着，不时用手帕擦擦鼻子。她们重新下到一楼，捷连季耶娃和她道别。不久，一个头发花白、胖胖的男人气喘吁吁地走进接待室。他深色的眼睛下面有两个黑黑的眼圈。在黝黑的脸庞和瞪得大大的深色眼睛的映衬下，外科医生迈泽尔那身浆得笔挺的白大褂显得分外耀眼。

迈泽尔向柳德米拉解释了罗季奥诺夫医生反对手术的原因。他似乎已经猜到了柳德米拉想问他的一切。他跟她说了手术前他与托利亚中尉的谈话。他明白柳德米拉的心态，以近乎残酷的坦率描述了手术过程。

然后他说起，自己对托利亚中尉怀着一种几乎是父亲般的温情。在他低沉的嗓音中，窗玻璃被震响，发出如怨如诉的尖细声音。柳德米拉第一次看了一眼他的手。这双手很奇特，仿佛与眼神忧郁的主人毫不相干，粗糙、厚实，粗壮的手指黑黑的，很有力的样子。

迈泽尔把双手从桌子上挪开。他仿佛读懂了柳德米拉的想法，说道："我已经尽力而为。但是，我的手没有将他从死神手中拯救出来，而是加速了他的死亡。"他重新将手搁在桌子上。

柳德米拉看得出来，迈泽尔说的全是大实话。

他有关托利亚的每一句话，她都如饥似渴地听进心里，但这些话对她来说又是巨大的折磨，烧灼着她的心。但这场谈话还另有令人难以忍受的沉重之处：她感觉到，外科医生想跟她见面并不是为了她，而是为他自己。这样一想，她不由得对他产生了反感。

跟外科医生告别时，她说她确信医生为拯救她儿子的生命已经尽了最大努力。他深深地叹了口气。她看出她的话安慰了他，于是再度意识到，正是因为他觉得自己有权利听到这些话，才想要跟她见面，并且实际见了她。

她责怪地想道："难道我还得反过来安慰他们？"

外科医生离开后，柳德米拉找到了头戴毛皮高帽的总务科长。他向她行了个军礼，声音嘶哑地宣布，政委已经吩咐用轻便汽车送她去墓地，但车子要晚十分钟，因为先得去票证管理处递交一份非军职人员名单。中尉的遗物已经收拾好了，从墓地回来后，可以很方便地拿走。

柳德米拉提出的所有请求都得到了满足，认真、准确程度完全符合军队的严谨作风。但从政委、护士和总务科长对她的态度上，她能感觉到，他们也想从她身上得到某种缓解、宽恕、安慰。

政委感到内疚，因为有人在他的医院里死去。到柳德米拉来访之前，这件事从未让他感到不安：战争时期，死人在军队医院并不是什么稀罕事。至于医疗服务工作，当局从未为此批评过他。他有时挨批，多半是因为政治工作组织得不够好，或有关伤员士气的情况向上级汇报得不够及时、充分。

部分伤员中有失败主义情绪，部分落后伤员恶意攻讦党和政府，反对集体农庄制度，而他对这些倾向没有给予有力回击。医院里甚至发生过泄露军事机密的案例。

军区卫生部政治处曾经传唤希曼斯基，警告他说，如果特别部门再次通报医院在意识形态方面的错误，就把他送到前线去。

而此刻，希曼斯基政委面对去世中尉的母亲感到内疚，因为昨天有三个病人死去，而也是在昨天，他洗了个淋浴，吩咐厨师用文火焖烂的酸白菜给他做了份他最爱吃的酸菜炖肉，还喝了一小桶从萨拉托夫市商业局弄来的啤酒。捷连季耶娃护士面对去世中尉的母亲感到内疚，因为她丈夫是一名军事工程师，在集团军司令部服役，从未上过前线，而她那个只比沙波什尼科夫大一岁的儿子，在一家飞机厂的设计室上班。总务科长也感到内疚，因为他，一名常备军人，却在后方医院服役，往家里捎优质华达呢和细毛毡毡靴，而去世的中尉留给母亲的制服却是用最普通的棉布制成的。

就连负责死者安葬事务的军士长，一位厚嘴唇、耳朵肉嘟嘟的军人，在他陪着去墓地的这位妇女面前也感到内疚，因为棺材是用薄薄的劣质木板马马虎虎钉在一起的，死者身上只穿了件内衣就被放到棺材里，棺木一个挨一个埋在阵亡将士公墓中，墓碑用未经打磨的木板制成，上面潦潦草草地写着死者的姓名，用的颜料也不耐久。当然，话说回来，在师卫生营死去的军人，都是不用棺材就直接埋到坑里，木板上用化学铅笔写个名字权当墓碑，一场雨一过就变得无法辨认。而在战斗中阵亡的指战员，无论捐躯之地是森林、沼泽、沟壑还是田野，没有人来掩埋他们——埋葬他们的，只有黄沙、枯叶、暴风雪……

话虽如此说，这位妇女跟他并排坐在汽车里，问起通常埋葬死者的情况，比如，是很多死者一起埋葬吗，尸体上穿什么样的衣服，有没有人在坟头致悼辞，等等，军士长还是因使用了劣质木材而感到内疚。

他感到尴尬还有另外一个原因：出发去墓地前，他去了一个朋友的军需仓库，在那里喝了一杯兑水的药用酒精，吃了一些面包和蒜头。他觉得很不好意思，自己一呼一吸弄得车里全是酒气和蒜味。但他又没法不呼吸。

他愁眉苦脸地看了一眼司机面前的后视镜：在长方形镜子里可以看到司机嘲讽的目光，让军士长觉得无地自容。

"嗯，军士长真是酒足饭饱啊。"司机那双无忧无虑的年轻眼睛似乎在毫不留情地说。

面对在战争中失去儿子的母亲，所有人都感到内疚；在人类历史长河中，面对这样的母亲，人们却总是徒劳地试图为自己辩解。

32

几个劳动营战士正在从一辆卡车上卸棺材。他们默不作声，不慌不忙地干着活儿，显见得早已习惯了这项工作。一名战士站在卡车车斗里，将一具棺材推到边上；另一个把棺材的一头搁在肩上，抬起棺材；第三个战士默默地走上前来，将棺材的另一头搁在肩上。两人一起把棺材抬到宽敞的公墓，靴子踩在冻硬的土地上咯吱作响。他们把棺材放在墓穴旁边，然后回到卡车旁。卡车卸完后就开回城里，战士们在墓穴边的棺材上坐下来，在大张烟纸上撒上少得可怜的烟草，开始卷香烟。

"今天好像不太忙嘛。"一个战士说，一边用一只制作精巧的火镰打火。火镰包括一根细细的火绒，穿在铜弹壳里面，一颗燧石插在套子中。战士挥动火绒，一股轻烟便升腾到空中。

"军士长说不会再有车来了。"另一个战士说，然后借了个火点燃香烟，吐出一大团烟雾。

"那样的话，坟今天就能做完。"

"当然，那样最好。他拿清单过来，核对一下，就完事了。"第三个战士说。他没抽烟，而是从口袋里掏出一块面包，抖一抖又吹一吹，然后开嚼。

"你跟军士长说说，给我们带根铁钎来。将近二十公分的地面冻得硬邦邦的，明天还要挖一口新坟，这么硬的地面，铁锹哪里刨得动？"

打火的战士用手掌使劲一拍，从木制烟嘴里取出烟头，又在棺材盖上轻轻敲了一下烟嘴。

三个人都沉默下来，仿佛在谛听什么。周遭一片寂静。

"说是要给劳动营发干粮当午餐，不知是不是真的？"吃面包的战士说。他嗓门压得低低的，免得打扰棺材中的死者。他知道他们对这种谈话不会感兴趣。

第二个吸烟的人从被烟熏得黑黢黢的长烟管里吹出烟头，对着亮光照了下烟管，摇了摇头。

周遭又是一片寂静……

"天气挺好，只有点小风。"

"听，车来了。这样的话，咱们赶在饭点前就能干完活儿了。"

"不对，那不是我们的车，是辆小汽车。"

车上下来他们都认识的军士长，后面跟着一个系头巾的女人。两人一起往铁栏杆那边走去。那里上星期还安葬过死者，后来没地方了，安葬随之停下。

"埋的人够多，送葬的却一个也没有。"一个战士说，"在和平时期，你知道的，情况正好相反：前面一口棺材，后面跟着的也许有上百人，手里都拿着鲜花。"

"有人为这些人哭泣的，"另一个战士说，用长年劳动中磨得光光的厚指甲轻轻敲了敲棺材板，"只不过我们没看到眼泪罢了……瞧，军士长一个人回来了。"

然后他们又抽起烟来，这回是三个人一起。军士长走到他们跟前，心平气和地说："伙计们，全抽烟呢，谁替我们干活儿呀？"

战士们默默地吐出三道烟圈。然后其中一个，火镰的主人，说道：

"你也来一根吧。你听听，卡车马上就来了。凭发动机的声音我就知道是不是咱们那辆车。"

33

柳德米拉·尼古拉耶芙娜走到坟前，读着胶合板上她儿子的名字和军衔。

她分明感觉到，头巾下面，自己的头发动了起来，有什么人的冰凉的手指在抚摸她的头。

不远处，左右两边，一直到围栏，都是同样灰扑扑的坟头，没有青草，没有鲜花，只有孤零零的一根根细木杆插在坟茔土堆上。木杆顶端钉着胶合板，上面写着死者的名字。胶合板多得数不过来，形状单一，挨挤在一起，让人想起田间一行行蓬勃生长的青苗……

她终于找到了托利亚。她曾经无数次拼命猜想，他在哪里，在做什么，在想什么——她的小不点儿是不是靠在战壕墙上睡着了，是不是在行军，是不是一只手端着茶缸，另一只手拿着一块糖在喝茶，或者，是不是正冒着炮火在原野上狂奔……她想跟他肩并肩在一起，他用得着她——她会往茶缸里给他倒茶，会对他说"再吃块面包吧"。她会帮他脱下鞋子，帮他洗磨破的脚，在他脖子上围一条围巾……但每次他都消失不见，她怎么都找不到他。现在她终于找到了托利亚，但他已经不再需要她了。

稍远点，可以看到革命前的一些坟墓，坟前立着花岗岩十字架。墓碑像一群老人一样立在那里，谁也不需要，谁也不关心。有的墓碑斜向一边，有的无力地靠在树干上。

天空中似乎没有空气，仿佛空气被抽光了，头顶上是一片虚空，充斥其中的唯有干燥的尘埃。一台威力强大、了无声息的泵，无休无止地从天空中抽走空气，对柳德米拉来说，消失的不仅是天空，还有信仰和希望——在没有空气的广袤虚空中，只剩下冻成一团的一个小小的灰色土包。

所有有生命的东西——母亲、娜嘉、维克托的眼睛、战报——都不复存在。

有生命的变得没有生命了。现在，全世界还有生命的，只剩托利亚了。但四周寂静得可怕。他知道吗，她来了……

柳德米拉跪下来，轻轻地，怕打扰到儿子，把写着他名字的牌子扶端正了。从前，送他去上学时，每次她拉直他外套的领子，总会惹他生气。

"瞧，我来了，可你大概在想，怎么回事，妈妈还没来……"

她声音压得很低，怕墓地围栏后面的人听见。

高速公路上，卡车在疾驰，车过处，黑花岗岩般的吹积雪堆旋转飞舞，烟雾般腾起，在柏油路上卷曲成一团团……踩着军靴轰隆隆走路的是提着牛奶桶的卖牛奶女人和扛着麻袋的男人，奔跑的是身穿绗缝棉衣、头戴士兵棉帽的学童。

但明明一个充满活力的日子，在她眼里却仿佛是云山雾罩的朦胧景象。

何等静寂。

她和儿子说话，忆起他过往生活的种种细枝末节，于是，那些只存在于她脑海中的回忆便使整个空间充满了孩童的声音、泪水，绘图书本的簌簌声，勺子敲在白盘子边上的嗒嗒声，自制收音机的嗡嗡声，滑雪板的吱吱声，别墅区池塘中船桨在桨架上的嘎嘎声，糖果纸的沙沙声，男孩子的脸庞、肩膀和胸膛的模糊形象。

他流过的眼泪，他为之伤心过的事情，他的良好行为和恶劣行为，样样都被她的绝望唤醒，历历在目，好像触手可及。

攫住她的不是对逝者的回忆，而是对现实生活中日常小事的操心。

灯光这么糟糕，还整宿看书，搞什么名堂！小小年纪就开始戴眼镜了……

看看吧，他就穿这么一件薄薄的粗平纹布衬衣躺在这里，脚还光着，干吗不给他盖床毯子呢，土地全冻透了呀，晚上还那么冷。

突然，柳德米拉涌出鼻血。手帕很快就湿透了，变得沉甸甸的。她感到头晕目眩，有那么一瞬间，仿佛失去了知觉。她眯起眼睛，再睁大时，被她的痛苦唤醒的那个世界已经消失，只有被风卷起的灰色尘埃在坟茔上盘旋；雾气一会儿从这一座坟茔升起，一会儿从那一座坟茔升起。

涌到冰面上、把托利亚从黑暗中带出来的那股活水流散了、消失了，曾经在一瞬间挣脱枷锁、企图成为现实的那个世界，由母亲的绝望创造的那个世界，也烟消云散了。她的绝望仿佛上帝，将中尉从坟墓中托升，用无数新星填满了虚空。

在刚刚过去的这几分钟里，只有他独自生活在这个世界上，因为他，其他一切才得以存在。

但无论母亲的力量多么强大，都无法让庞大的人群、海洋、道路、土地和城市听命于死去的托利亚。

她用手帕擦擦眼睛，眼睛有些干涩，手帕却因沾上了鲜血而湿润。她感到脸上糊满了黏稠的血迹，于是拱着背，听天由命地坐着，不由自主地、犹疑不定地开始接受托利亚已经不在的既成事实。

在医院里，人们都惊讶于她的冷静和她提出的问题。他们不明白，她无法接受对他们来说显而易见的事实——托利亚已经不在生者之中。她对儿子的感情是如此强烈，以至于所发生的事情，即托利亚已死，对这种感情不能有丝毫影响——对她来说，他仍然活着。

她已经失去理智，但谁也没看出来。她终于找到了托利亚。母猫找到死去的小猫后就是这样，满怀喜悦，一个劲儿舔小猫的身子。

她的心灵还会经受漫长的痛苦，直到数年甚至数十年后，一木一石，慢慢建起她自己的坟茔，自身进入一种永恒的失落感之中，才会听命于过去所发生的一切。劳动营的战士们干完活离开了，太阳就要落山，坟堆上胶合板的影子渐渐拉长。四顾无人，唯有柳德米拉。

她在想，托利亚的死应该告知家人，告知他关在集中营的父亲。一定要告知他父亲。告知他的生父。手术前，他在想什么？他们是怎么喂他的，是用勺子吗？他有没有稍许睡点觉，是侧卧，还是仰躺的？他喜欢加柠檬的糖水。他现在是怎样躺着的，理发了吗？

也许因为无法忍受的心灵上的痛苦，周围变得越来越黑、越来越暗。

她被一个想法震惊，那就是，她的痛苦将永无止境——维克托会死去，她女儿的孙辈会死去，而她的痛苦却会继续，无止无休。

当忧伤的感觉变得难以忍受，心脏再也无法承受时，现实生活与活在柳德米拉心中的世界之间的界限再次消失，永恒在她的爱面前退却。

她想，为什么要把托利亚的死讯告诉他的生父，告诉维克托，告诉其他亲人？谁知道呢，也许事情还不肯定啊。最好再等等，说不定最后结果会完然不同的。

她小声说道：

"谁也别告诉，事情还不肯定呢，一切都会好起来的。"

柳德米拉用大衣下摆盖住托利亚的脚。她从头上摘下头巾，盖住儿子的肩膀。

"主啊，这怎么行，为什么不给张毯子。至少脚上得盖点东西啊！"

她想得出了神，半睡半醒地继续和儿子说话，责备他每次来信都写那么短。她回过神来，整理了一下盖在他身上、被风吹乱的头巾。

多好呀，就他们俩在一起，没人打扰。谁也不爱他。所有人都说他长得难看——厚厚的嘴唇老是嘬着，举止怪异，脾气暴躁，心胸狭隘。谁也不爱她，亲人们在她身上只看到缺点……我可怜的孩子，我胆小、笨拙的好儿子啊……只有他一个人爱她，如今，在夜晚，在墓地，他一个人和她在一起，他永远不会弃她而去，当她变成一个谁也不需要的老太婆时，他还会爱着她……他在生活中总是手足无措。他从不提任何要求，举止腼腆，让人觉得好笑；老师说，在学校他是个笑柄，大伙儿戏弄他，气得他发疯，最后像个小孩子般号啕大哭。托利亚，托利亚，别把我一个人扔下啊。

然后天亮了——一道冰冷的红霞在伏尔加左岸的草原上闪耀。一辆卡车在高速公路上呼啸而过。

神志不清消失了。她坐在儿子的坟茔旁边。托利亚的身子被泥土覆盖。他不在了。

她看到自己的手指脏兮兮的，地上胡乱扔着一条头巾。她双腿发麻，觉得脸上脏兮兮的，喉咙发痒。

她不在乎。如果有人告诉她战争已经结束，或者告诉她女儿死了，如果谁在她身旁放一杯热牛奶、一块热面包，她不会动弹，不会伸出手去。她坐在那里，没有焦虑，没有想法。一切都无所谓，都不需要。只有一种平和的痛苦揪住她的心，压在太阳穴上。医院来的人，其中有个穿白大褂的医生，在说跟托利亚有关的什么事，她看到他们张开的嘴，但听不见他们的话。地上有一封信，是从她大衣口袋里掉出来的，就是当初她从医院收到的那封。她不想捡起信来，不想掸掉上面的灰尘。她不再去想，两岁的托利亚如何笨拙地迈着不稳的步子，耐心而固执地追逐跳来跳去的一只蚱蜢；她也不再想，自己怎么没问问护士，那天早上动手术前，在他生命的最后一天，他是怎样睡觉的，是侧卧，还是仰躺。她看到了白日天光，她没法不看到。

她忽然想起：托利亚满三岁那天，晚上大家喝茶、吃甜馅饼时，他问道："妈妈，怎么天黑了，今天可是我的生日啊？"他以为"生日"都在白天。

她看到树枝，看到在阳光下闪闪发光的光滑的墓碑，看到写着她儿子名字的胶合板，"沙波什"写得很大，"尼科夫"几个字却很小，紧挨在一起。她不再想，她没有愿望了。她什么都没有了。

她站起身，捡起那封信，用冻僵的手拂去大衣上的土块，把大衣抖干净，擦了擦鞋子，抖了半天头巾，直到头巾又变回白色。她系好头巾，用一角掸掉眉毛上的灰尘，擦干净嘴唇和下颔上的血迹。她朝大门方向走去，不紧不慢，一次也没回头。

34

回喀山后，柳德米拉·尼古拉耶芙娜日渐消瘦，变得像她在大学生时代拍的照片上的年轻模样。她从配给中心领回食品，做晚饭，点炉子，擦地板，洗衣服。秋日对她而言是如此漫长，她不知道该用什么来填补那无尽头的虚空。

从萨拉托夫一回到家，她就向亲人们讲述了自己的旅行，讲述了她如何感到自己对不起亲人们，讲述了她在医院的经历。她打开一个包裹，里面是托利亚军服的碎片，沾满了血腥。她讲述时，亚历山德拉·弗拉基米罗芙娜呼吸急促，娜嘉在哭泣，维克托·帕甫洛维奇双手发抖，几次想端茶杯都没端起来。特地过来探望她的玛丽娅·伊万诺芙娜脸色苍白，半张着嘴，满眼痛苦。只有柳德米拉一个人平心静气，一双明亮的蓝眼睛睁得大大的，讲着，说着。

现在她跟谁也不争论，而过去，她一辈子都爱钻牛角尖，什么事都要跟人争个输赢。以前，哪怕是指点什么人去火车站的路，柳德米拉都会脸红脖子粗地说没指对，然后搬出一大堆证据，说走哪几条街、乘哪几路无轨电车是完全错误的。

有一天，维克托·帕甫洛维奇问她：

"柳德米拉，夜里你和谁说话来着？"

她回答说：

"不知道啊，也许蒙眬中看见什么人了？"

他没有再问下去，但告诉亚历山德拉·弗拉基米罗芙娜，几乎每天晚上，柳德米拉都会打开手提箱，把一张毯子铺在角落里的沙发上，压低嗓门，焦灼地出声说话。

"我有一种感觉，似乎她白天和我在一起，和娜嘉在一起，和您在一起——都好像在梦中，而一到晚上，她的声音就有了生气，跟战前一样，"他说，"我觉得她病了，变了个人。"

"我不知道。"亚历山德拉·弗拉基米罗芙娜说，"我们都会从悲伤中挺过来。人都是一样的，但处理问题的具体方式，每个人各有不同。"

谈话被敲门声打断了。维克托·帕甫洛维奇起身想去应门，但柳德米拉·尼古拉耶芙娜在厨房里喊道：

"我去开。"

不清楚是怎么回事，但家人注意到，从萨拉托夫回来后，柳德米拉·尼古拉耶芙娜每天要查看好几次邮箱，看有没有信件。

每当有人敲门，她就急忙往门口冲。

此刻，听着她急促的、几乎是奔跑的脚步声，维克托·帕甫洛维奇和亚历山德拉·弗拉基米罗芙娜交换了一下眼神。

他们听到柳德米拉·尼古拉耶芙娜恼怒的声音：

"没有，今天什么都没有，别来得这么勤好吗，两天前我才给了您半公斤面包哪。"

35

维克托罗夫中尉奉召来到团部，进见扎卡布卢卡少校。少校是正在休整的歼击飞行团的团长。团部值班军官维利卡诺夫中尉告诉维克托罗夫中尉，少校乘坐乌-2教练机飞往位于加里宁地区的空军集团军司令部了，晚上才能回来。维克托罗夫问他召见的原因，维利卡诺夫挤了挤眼，说事情可能与食堂里最近那次酗酒闹事有关。

维克托罗夫看了看雨布制成的帘子和蒙在上面的棉被。帘子后面传来打字机的噼啪声。办公室主任沃尔孔斯基一见维克托罗夫，猜到他要问什么，便先发制人，说道：

"没有，没有信，中尉同志。"

文职女打字员列诺奇卡回头看了眼中尉，对着一面小镜子整理了一下军便帽。镜子是从被击落的德军飞机上缴获的战利品，是飞行员杰米多夫送给她当礼物的。如今杰米多夫已经牺牲了。列诺奇卡挪了挪压在正在打印的报表上的尺子，又接着打起字来。

列诺奇卡烦死这位长脸中尉了，他老是向办公室主任提出同一个令人沮丧的问题。

维克托罗夫走在回机场的路上，顺势拐进了林地。

飞行团退出战斗，补充器材，接纳新人替换退役的飞行人员，已经一个多月了。

一个月前，这个维克托罗夫尚不熟悉的北部边远地区在他眼中极不寻常。那莽莽苍苍的森林，陡峭的山丘间蜿蜒流淌的新生河流，腐殖质的气息，蘑菇的香味，林木的飒飒声，白天黑夜都令他心神不定。

在飞行时，大地的气息似乎弥漫到了歼击机的座舱中。这片森林，这些湖泊，充满了古罗斯①的生命活力，而维克托罗夫战前只在书中对古罗斯有所了解。在这里，湖泊间、森林中，一条条古道蜿蜒盘旋。利用挺直的林木，人们建造了房舍和教堂，凿出了船桅。灰狼曾在这里出没，维克托罗夫现在每天去食堂路过的湖岸，阿廖努什卡②曾在那里哭泣；早在灰狼和阿廖努什卡的年代，上古便陷入沉思，不再作声。在他看来，这个逝去的上古却颇为质朴、单纯、年轻——不仅那些深居闺房的姑娘，而且那些白胡子商人、执事、族长，都比如今这些阅历丰富、精明世故的飞行员小伙子年轻一千岁，尽管随着扎卡布卢卡少校的飞行团来到这片森林的小伙子们是来自高速汽车、自动加农炮、柴油机、电影和收音机的世界。那逝去的青春，其标志便是伏尔加河，她湍急、纤细，奔流在五颜六色的陡峭河岸中，郁郁葱葱的森林中，蓝红相间的花丛中……

这些中尉、军士、小毛孩般尚未获授军衔的战士，有多少人行进在战争的道路上啊。他们抽着定量供应的香烟，用白勺子敲打洋铁碗，在货车车厢里打"升级"，在城里吃冰棍，一边咳嗽一边喝小小的一份定量白酒，写不超过规定数量的信，对着外勤电话大喊大叫，开火射击——有的用小口径火炮，有的用大口径加农炮，有的高声吼叫着猛踩T-34坦克的油门……

大地在靴子踩踏下吱吱作响，像一张旧床垫——整个由树叶构成，上面几层是轻飘飘的脆叶，即便已经死去，仍然能看出原先的形状；再往下，是若干年前就已枯萎，现在已经完全混为一团的松脆的褐色物质——如今碾为尘泥的叶子，当初也曾绽发新芽，在雷雨中哗哗作响，在雨后的阳光下闪闪发光。几乎毫无重量的烂透了的枯枝在脚下变成碎屑。寂静的阳光透过灯伞般的阔叶林散射到地面。森林里的空气凝滞、浓稠——对习惯于空气旋风的歼击机飞行员来说，这种感觉尤其明显。

---

① 古罗斯，公元九世纪前东欧的一片地区。俄罗斯、白俄罗斯即起源于"罗斯"一词。

② 阿廖努什卡是"阿廖娜"的昵称。阿廖娜（？—1670），俄国农民出身的修女，农民战争领袖，被政府军俘获后，在审讯和处决时坚贞不屈。

晒热后蒙上水汽的树木散发着新鲜木头的气味。尽管如此，死树和枯枝的气味还是压过了鲜活森林的气息。在云杉林立之处，松节油的音符陡然升高八度。山杨散发出甜腻腻的气味，赤杨吐出的则是一片苦涩。这片森林独立于外部世界而生存。维克托罗夫觉得好像走进了一所房子，那里的一切都与街上不同：气味，透过拉下的窗帘射进房间的光线，在四面墙中听起来有点别样的声音，都大异其趣；只要没出森林，你就会感到一切都不同寻常，就像置身于一群陌生人中一样。你好像站在水库库底，抬头往上看，目光穿过水一般又高又厚的森林空气，树叶哗哗作响，粘在船形帽绿色五角星上的蛛网似乎是悬浮在水库表面和底部之间的水藻。他觉得，无论是快速飞动的大头苍蝇，呆滞的蚊蠓，还是像母鸡似的在树枝间跑来跑去的黑松鸡，都是在用鳍瞎扑腾，它们永远飞不到森林上方，就像鱼儿不会浮出水面一样。哪怕一只喜鹊偶尔飞过山杨树梢，它也会立即重新落下到树枝间，仿佛一条鱼儿白白的鱼肚在阳光下瞬间闪现，顷刻又掉回水里。苔藓看起来也怪怪的，覆盖苔藓的露珠有的蓝色，有的绿色，在森林底部的幽暗中缓缓地蒸发，消逝。

走出这静悄悄的半明半暗，突然来到阳光明媚的林中草地，一切都变了个样——暖洋洋的大地，被太阳晒热的杜松的气味，流动的空气，仿佛用紫色金属铸成的低垂的硕大风铃草，在黏糊糊的茎上开放的野生康乃馨。对于心中怡然的你，此时的林中草地就像是贫苦一生中难得的幸福一天。似乎黄粉蝶、蓝黑色的金龟子、在草丛中沙沙爬行的蚂蚁，全都不是为自个儿忙碌，而是为完成一项任务而通力合作。布满细小叶子的桦树枝轻拂人脸；一只蚱蜢突地蹦起来，撞树干似的撞在人身上，前足抓住他的腰带，不慌不忙地绷紧绿色后腿坐下来，圆圆的眼睛鼓起，嘴脸像只山羊。温暖、迟开的草莓花，被阳光烤热的纽扣和皮带扣。多半，"容克-88①"轰炸机和夜航的"亨克尔②"轰炸机从未搅扰过这片林中草地上的天空。

<h1 style="text-align:center">36</h1>

夜间，他常常回想起在斯大林格勒医院度过的那几个月。那浸透汗水的衬衫，略有咸味、令人恶心的饮用水，医院特有的浓重的难闻气味，他都不记得了。住院的那些日子好美妙。而现在，在森林里，听着树木的喧哗，他心想："难道我真的听到了她的脚步声？"

---

① "容克-88"是第二次世界大战时纳粹德国空军使用的双活塞式引擎中型轰炸机，从1939年开始服役到1945年。

② "亨克尔"是德国空军的长程轰炸机。该机种是纳粹德国在第二次世界大战时期唯一大量生产的重型轰炸机。

难道这真的发生过？她抱着他，抚摸他的头发，哭泣着，他亲吻着她湿漉漉的略带咸味的眼睛。

有时维克托罗夫会突发奇想，干脆驾着"雅克"机飞往斯大林格勒吧，不过就几个钟头的航程罢了——可以在梁赞加油，然后飞到恩格斯城，他有个哥们儿在那里管理值勤人员。过后，要杀要剐都行，随他们去。

他一直记得在一本旧书里读到的一个故事：有个富豪家族姓谢列梅捷夫，老爸在世时是个元帅，两个儿子做主把十六岁的妹妹嫁给了多尔戈鲁基公爵。女孩在婚礼前好像只见过公爵一面。兄弟俩为新娘准备了一份丰厚的嫁妆，陪嫁银子堆满了三个房间。婚礼两天后，彼得二世驾崩。多尔戈鲁基是彼得二世的心腹，因此被捕，押解到北方，囚禁在一座木塔里。年轻妻子本来可以扔下丈夫不管，从这段婚姻中脱身，毕竟她总共只和他共同生活了两天。但她不听人劝，而是动身追随丈夫。她在一座偏远森林的边上安顿下来，住在一间乡村小屋里。十年来，她每天都去关押多尔戈鲁基的木塔打探情况。一天早上，她看到塔楼的窗户敞开着，大门也没有上锁。年轻的公爵夫人跑到街上，朝遇到的每个人下跪，不管他是谁，农夫也好，火枪手也好；她向人们哀求，询问丈夫在哪里。人们告诉她，多尔戈鲁基已被押解到下诺夫哥罗德。她步行前往那里，一路上吃尽千辛万苦。在下诺夫哥罗德，她得知多尔戈鲁基已经被分尸处死。于是多尔戈鲁卡娅公爵夫人决定前往基辅，进修道院了却残生。剃度那天，她在第聂伯河岸徘徊良久。多尔戈鲁卡娅并不是后悔自己的决定，而是下不了决心从手指上取下订婚戒指，因为如果要修行，就必须把戒指摘下……她在岸边走过来走过去，好几个小时过去了。最后，夕阳西沉时，她从手指上褪下戒指，扔进第聂伯河，向修道院大门走去。

而我们这位空军中尉，保育院养大的孤儿，斯大林格勒发电厂机修车间曾经的钳工，常常回想起多尔戈鲁卡娅公爵夫人的一生。他走在森林中，想象自己已经不在人世，已经被人们埋葬，他那架被德国鬼子击落的飞机倒栽葱钻进地里，如今锈迹斑斑，支离破碎，长满野草。薇拉·斯皮里多诺娃[①]来到这一带——她停下脚步，走到悬崖边，低头遥望伏尔加河水……二百年前，年轻的多尔戈鲁卡娅也曾在这里徘徊——薇拉来到林中草地，穿行在野麻丛中，用手拨开挂满红色浆果的灌木。维克托罗夫感到痛苦、悲伤、绝望，但心中又无比愉悦。

身穿旧军装、肩膀窄窄的中尉走在森林中——在那难忘的时代，像他那样的人，有多少，早为人们所遗忘？

---

① 此处原文"薇拉·沙波什尼科娃"恐为作者笔误。因为薇拉虽然是沙氏家族的一员，但应随父姓斯皮里多诺娃。

37

维克托罗夫还没走到机场，就意识到有什么大事发生了。一辆辆加油车在夏日的田野上疾驰，来自机场勤务营的技术人员和机械师围着罩在伪装网下的飞机忙碌。为无线电收发报机供电的小型发动机，平时一声不响，这会儿起劲地嘟嘟嘟响起来。

"清楚了。"维克托罗夫心想，加快了步伐。

然后一切都得到证实。他遇到索洛马津中尉，后者颧骨上的粉红色烧伤还没消退。中尉说：

"命令下来了，我们退出后备部队。"

"上前线吗？"维克托罗夫问。

"还能去哪儿，去塔什干？"索洛马津反问，然后向村庄方向走去。

看来他心绪欠佳。他跟女房东有事，说不清道不明，现在一定是急急忙忙找她去了。

"索洛马津要分家啦：房子归女人，母牛归自己。"一个熟悉的声音在维克托罗夫身边咕哝道。沿小路走来的这位是叶列敏中尉，常常跟维克托罗夫在空中搭档。

"调咱们去哪儿，叶列敏？"维克托罗夫问他。

"西北战线可能要反攻了。师长已经乘R-5侦察轰炸机回来。我有个熟人在空军司令部开'道格拉斯'飞机，可以向他打听打听。他什么都知道。"

"有什么好问的，你不问他们也会说。"

紧张气氛不仅在团部和机场上的飞行员中弥漫，村民们也惶惶不安。黑眼睛、嘴唇丰满的科洛利少尉是团里最年轻的飞行员，此刻他正沿街走来，手里捧着洗得干干净净、熨得笔挺的床单床罩，上面还放着一些姜饼和一包干浆果。

大伙儿取笑科洛利，说女房东——两个老寡妇——用姜饼宠坏了他。每次他执行任务回来，两个老妇人都会出发上机场，在半路上迎接他。一个妇人个子高高的，腰板挺直，另一个却弯背驼背。科洛利走在她们中间，活像个被宠坏的男孩，又腼腆又生气。飞行员们开玩笑说科洛利率领一个感叹号和一个问号，组成了一个分队。

飞行中队长万尼亚·马尔丁诺夫穿着军大衣走出住房，一手提着手提箱，一手捏着隆重场合才戴的大檐帽，怕起皱，没放进手提箱。红头发的房东女儿，没系头巾，一头鬈发是自个儿在家做的，用那样的眼神瞧着他的背影，分明在告诉大家，没必要议论她和他是什么关系了。

一个跛脚男孩向维克托罗夫报告说，与他同住的政治指导员戈卢布和万尼亚·斯科特诺伊已经拎着东西走了。

维克托罗夫是几天前才搬到现在这户人家的，之前他和戈卢布借住的那一家，女房东可讨厌了。那女人额头高高的，鼓着一双黄眼睛，无论谁被她盯上一眼，准保浑身不舒服。

女房东为撵走住客费尽心机，时不时故意把烟倒灌到屋里，有一次还把灰烬倒到住客茶水中，戈卢布怂恿维克托罗夫向团政委举报她干的坏事，但维克托罗夫不想蹚这浑水。

"那就让霍乱收拾她吧。"戈卢布说，然后找补了一句小时候常听他妈妈讲的话，"冲到海滩上的，不是木头渣，就是屎橛子……"

他们搬到另一家，简直像进了天堂。可惜在天堂待的日子太短。

很快，维克托罗夫就背着行李袋，提着压得扁扁的手提箱走过足有两层楼高的灰扑扑的农舍，那个跛脚男孩在他身旁蹦蹦跳跳，用维克托罗夫送他的缴来的手枪套一会儿瞄准母鸡，一会儿瞄准在森林上空盘旋的飞机。他走过耶夫多吉娅·米赫耶芙娜用烟熏他们的那座农舍，看到暗淡的玻璃后面她木然的脸。平时，她从井里打完水，挑着两个木桶在回家路上停下来歇息时，没有人跟她说话。她没有牛，没有羊，连雨燕都不肯在她家屋顶下筑巢。戈卢布曾经打听过她的情况，想印证她是富农出身，结果却发现她出身贫农。村里的女人们说，自从丈夫死后，她似乎精神失常了：一个寒冷的秋日，她跑到湖里坐了一天一夜。男人们好不容易才硬把她拖了出来。但是女人们又说，即便在丈夫死前，甚至在她出嫁前，她就是这么沉默寡言。

就这样，维克托罗夫走在林中小村庄的街道上，几小时后他将永远飞离此地，所有这一切——嗡嗡作响的森林，麋鹿在菜园里优哉游哉走动的村庄，蕨类植物，黄黄的松香，河流，杜鹃——对他来说都将不复存在。一起消失的，还将有老头和小姑娘，关于集体化实行过程中遭遇的种种故事，熊如何从婆娘手里抢走装覆盆子的篮子，男孩如何光着脚踩住蝰蛇头不放……消失的还将包括这个村庄，对他来说，这村庄既陌生又不寻常，村里的一切都围着森林转，就像他出生、长大的工人新村围着工厂转一样。

然后，他驾驶的歼击机会着陆，一个新机场转瞬间会冒出来，接着是一个新农村或工人新村，里面有不同的老太太和小女孩，不同的眼泪和笑话，有鼻子受过伤、疤痕犹在的猫，有关于过去、关于全盘集体化的不同交谈，有各种各样的房东，好的有，坏的也有。

而帅气的索洛马津，在新的环境中，会在空闲时戴上大檐帽沿街溜达，弹着吉他唱歌，让女孩们为他疯狂。

团长扎卡布卢卡少校，古铜色脸庞，脑袋剃得光光的，胸前的五枚红旗勋章叮当作响，倒换着罗圈腿，向飞行员们宣读了退出后备部队的命令。他下令全体飞行员在掩蔽部过夜，并说飞行路线将于起飞前在机场宣布。

然后他说指挥部禁止任何人擅离机场掩蔽部，谁要是拿这规定不当回事，那就有他的好看。

"起飞前好好睡一觉，上了天才不会打瞌睡。"他解释说。

团政委贝尔曼开口了。他为人傲慢，虽然谈起飞行来头头是道，却没人喜欢他。尤其是发生了飞行员穆欣那件事后，大家对贝尔曼越发讨厌。穆欣跟漂亮的无线电报务员丽达·沃伊诺娃有一段情史。大家都善意看待两人的热恋——一有空他俩就约会，手牵手在河边散步。两人的关系如此清楚，旁人也就没劲再起哄了。

可突然间传出一个谣言，而且谣言来自丽达本人：她告诉一位朋友，朋友又把话传遍全团，说是在一次例行散步时，穆欣持枪威胁丽达，强奸了她。

贝尔曼得知此事后勃然大怒，用全副精力来处理案子，十天之内穆欣就被法庭审判完毕，判处死刑。

执行枪决前，空军集团军军委委员、空军少将阿列克谢耶夫飞到该团，进一步了解穆欣的犯罪情节。丽达把将军搞得一头雾水：她在他面前跪下，恳求他相信穆欣的案子完全是三人成虎，毫无事实根据。

她对将军讲了事情的来龙去脉。那天，她和穆欣一起躺在林中草地上，温存一番后她打起了瞌睡，穆欣想捉弄她，悄悄把左轮手枪插到她两膝间，朝地上开了一枪。她被惊醒，尖叫起来，于是穆欣又开始亲吻、安抚她。这事儿丽达告诉了女朋友，但经女朋友的嘴一传，事情就变得面目全非。这件事从头到尾只有一样是真的，简单得不能再简单，那就是她与穆欣彼此相爱。之后一切顺利解决，判决撤销，穆欣被调到另一个团。

打那以后，飞行员们一见贝尔曼就感到别扭。

有一次在食堂里，索洛马津说俄罗斯人绝不会干这种事。

飞行员中有人，好像是莫尔恰诺夫，回答说，每个民族都会有坏人。

"就拿科洛利来说吧，他是犹太人，可跟他搭档准没错。执行任务时，知道有这么一个值得信赖的朋友跟在你后面，心里就踏实了。"万尼亚·斯科特诺伊说。

"科洛利算哪门子犹太人？"索洛马津说，"科洛利是咱们自己的小伙子，在天上，我对他比对我自己还有信心。有次在勒热夫城上空，他把一架钉在我屁股后面的'梅塞尔'①干掉了。我也曾经为救科洛利，两次放走一个德国鬼子，要知道那个倒霉家伙已经被我击中了。别忘了，一上战场，我可是连亲妈都忘在脑后的。"

"怎么着，"维克托罗夫说，"要是某个犹太人是好人，你就说'他不是犹太人'。"

众人哈哈大笑，索洛马津说道：

"笑吧笑吧，但贝尔曼判穆欣死刑时，穆欣可没觉得好笑②。"

就在这时，科洛利走进食堂。一名飞行员关切地问他：

"听我说，科洛利，你是犹太人吧？"

科洛利有点尴尬，回答说：

"是啊，我是犹太人。"

"你肯定？"

"非常肯定。"

"行过割礼？"

"见你的鬼去吧。"科洛利回答。

大家又笑起来。

飞行员从机场回村子的路上，索洛马津走到维克托罗夫旁边。

"你知道吗，"他说，"你说那些话都是瞎子点灯——白费蜡。我在肥皂厂上班那会儿，犹太人一抓一大把，占据了各级领导岗位；我看够了这些萨缪尔·阿布拉莫维奇③们的嘴脸——彼此包庇，狼狈为奸，你就放心吧。"

"你啰唆些什么呀，"维克托罗夫耸了耸肩，"干吗把我往他们圈子里扯？"

此刻，贝尔曼开始谈论机组人员生活中新时代的开始，后备部队生活的结束。其实，不用他说，每个人都明白这一点，但大家还是认真听他讲，看他的话中是否会透露什么信息——他们团会留在西北战场，还是只转场到勒热夫，还是调到西线或南线？

贝尔曼说：

"因此，战斗机飞行员的首要素质是熟悉装备，用起来要得心应手；其次要爱自己的飞机，像爱自己的姐妹、母亲一样；三是勇敢，也就是冷静的头脑加上火热

---

① "梅塞尔"，全称"梅塞施密特"，是纳粹德国空军二十世纪三十年代和四十年代使用的一种单座战斗机，其多项特点使它成为当时的新一代战斗机，如：下单翼（机翼位于机身下方）、全罩式座舱、可收放起落架以及全金属制造的机身与机翼。此机型于1935年5月首次飞行，一直服役到"二战"结束。

② "贝尔曼"是常见的犹太姓氏，故索洛马津有此一说。

③ "萨缪尔"和"阿布拉莫维奇"是俄罗斯犹太人的常见名字和父名。

的心；四是同志情谊，这是我们整个苏维埃生活所培养的；五是战斗中的忘我精神！成功取决于双机配合！紧跟长机！一个真正的飞行员即使在落地后也不断思考，分析上次的战斗，反思得失：'呃，这样会更好，嗯，那样不成！'"

飞行员们装出感兴趣的样子看着政委，一边小声交谈。

"也许咱们为几架'道格拉斯'护航，运送食品到列宁格勒？"在列宁格勒有个相好的索洛马津说。

"或者是往莫斯科方向？"莫尔恰诺夫说，他有亲属住在昆采沃①。

"也许，去斯大林格勒城郊？"维克托罗夫说。

"嗯，不大可能吧。"斯科特诺伊说。

他不在乎团队被派往何处——他所有亲人都在乌克兰敌占区。

"你呢，科洛利，你想飞哪儿？"索洛马津问道，"去你们犹太人的首都别尔季切夫②？"

顿时，科洛利的黑眼睛在盛怒之下变得更黑，他一字一顿地骂了句粗话。

"科洛利少尉！"政委叫道。

"是，营级政委同志……"

"安静……"

但科洛利早就安静了。

扎卡布卢卡少校出了名地善骂、爱骂，战斗机飞行员当着上级面前骂娘本来是小事一桩，他并不想小题大做。每天早上，他都会朝通信员大喊大叫："马久金……你他妈的……"然后心平气和地说："把毛巾递给我。"

不过，团长知道政委好搬弄是非，所以不敢当场放过科洛利。贝尔曼会向上面打报告，说扎卡布卢卡如何当着全体飞行员的面拒不维护政治领导人的威信。贝尔曼已经向政工部门举报过扎卡布卢卡，说他在后备部队搞私人经济，跟参谋长一起喝伏特加，并与畜牧员叶尼娅·邦达列娃——一位当地居民——关系暧昧。

因此，团长绕着弯说起来。他嘶哑着嗓子，厉声喊道：

"怎么站的，科洛利少尉？向前两步走！怎么这么吊儿郎当？"

然后他逼近一步。

"政治指导员戈卢布，向政委报告科洛利为何违反纪律。"

"请允许报告，少校同志，他和索洛马津吵起来了，为什么原因，我没听清。"

"索洛马津上尉！"

---

① 始建于十八世纪，十九世纪成为莫斯科人的避暑地，1926 年成为独立城镇，1960 年成为莫斯科的一个区。

② 乌克兰的一个城市，也是本书作者格罗斯曼的出生地。

"是的，少校同志！"

"报告吧。不是向我！向营级政委报告！"

"允许报告吗，营级政委同志？"

"报告吧。"贝尔曼点点头，也不看索洛马津。他觉得团长没安好心。他知道扎卡布卢卡诡计多端，无论是在地面还是空中，都是如此——在空中，他能迅速识破敌人的目的和战术，并以智取胜；在这点上，无人能出其右。在地面，他知道领导之强在于其弱，而下属之弱在于其强。必要时他还会装傻，摆出一副憨厚老实样，愚蠢的人说句愚蠢的俏皮话，他也会跟着开心大笑。他知道如何将这一群桀骜不驯的空军飞行员牢牢抓在手中。

在后备部队，扎卡布卢卡表现出对农业的浓厚兴趣，主要是畜牧业和家禽养殖。他还热心水果栽培，用马林浆果酿造果子露酒，制作盐渍蘑菇和干蘑菇。他的晚宴闻名遐迩，好多团长喜欢在空闲时乘"乌-2"教练机飞到他这里来喝上几杯，吃点东西。不过，少校并不看重单纯的吃吃喝喝。

贝尔曼还知道少校的另一个特点，这使得与他相处变得格外棘手：精明、谨慎、狡猾的扎卡布卢卡同时也是一个近乎疯狂的人，有时他的倔脾气上来，根本不拿命当回事儿。

他会对贝尔曼说："跟上级争辩就像是逆着风头撒尿。"然后，转眼间做出一个违背自己利益的疯狂行为，使政委倒吸一口凉气。

恰巧两人心情好的时候，他们会一边聊天，一边跟对方挤眉弄眼，拍拍对方肩膀或肚子。

"咳，咱们政委是个狡猾的家伙。"扎卡布卢卡说。

"咳，咱们的英雄少校可强悍了。"贝尔曼说。

扎卡布卢卡不喜欢政委假作殷勤，不喜欢他兢兢业业地在报告中记下人们的每一句不当言论。他嘲笑贝尔曼见了漂亮女孩就两腿发软，见了炖鸡就哈喇子直流（"给我来条鸡腿"），对伏特加却视若无睹；他看不惯贝尔曼对他人的生活条件漠不关心，却想方设法为自己营造安乐窝。他欣赏贝尔曼的聪明，钦佩他为了维护事业而不惜顶撞当局，承认他的勇气——有时，似乎贝尔曼自己都不明白，一个人要丢掉性命有多么容易。

就是这么两个人，马上就要率领飞行团上前线，此刻却一边听索洛马津中尉发言，一边用眼角余光打量彼此。

"坦率地说，营级政委同志，科洛利违纪是我的错。我嘲笑他，他忍了，后来，当然，他又忘乎所以了。"

"您跟他说了些什么，回答团政委。"扎卡布卢卡打断他。

"大伙儿在猜我们团会去哪儿，去哪条战线，我对科洛利说：你可能想去你们首都别尔季切夫吧？"

飞行员们望着贝尔曼。

"我不明白，去什么首都？"贝尔曼说，但突然回过神来。

他颇为尴尬，所有人都感觉到了，尤其是团长，他没想到这种事竟然会发生在一个剃刀刀刃般锐利的人身上。但接下来的事情同样让人意外。

"嗯，那又怎么啦？"贝尔曼说，"大家都知道，索洛马津来自诺沃鲁斯基区的多罗霍沃村。如果您，科洛利，对索洛马津说，他想到多罗霍沃村去打仗，那又怎样，他就得为此给您一耳光吗？奇怪的狭隘地方主义，这可与共青团员的称号格格不入啊。"

他说的话总是不可避免地对人产生影响，仿佛具有某种神秘的催眠力。所有人都心知肚明，是索洛马津想欺负科洛利，并且确实欺负了科洛利，可贝尔曼却言之凿凿地向飞行员解释说，是科洛利没有摆脱民族主义偏见，他的行为是对各民族友谊的藐视。毕竟，科洛利不应该忘记，正是法西斯分子在利用和玩弄民族主义偏见。

贝尔曼所说的一切确实毫无瑕疵，既公平又正确。关于那些由革命和民主催生的思想，他正激动万分地大谈特谈。但在那几分钟的议论中，贝尔曼的着眼点并不是他为这些思想服务，而是让这些思想为他服务，为他今天的不良用心服务。

"同志们，你们看，"政委说，"思想不明确，纪律就无从谈起。这就解释了科洛利今天的行为。"

他想了想，又补充道：

"科洛利的行为是丑恶的，是丑恶的、非苏维埃的举动。"

此时，扎卡布卢卡当然无法再加干预，因为政委已经将科洛利的行为上纲上线到政治问题，而扎卡布卢卡很清楚，没有一个指挥员敢斗胆过问政治机构的举措。

"事情到此为止，同志们。"贝尔曼说道。他稍作停顿以加重自己说话的分量，然后作结论道："这种丑恶行为的责任当然在于直接肇事者，但我也有责任，作为团政委，我本来应该帮助飞行员科洛利根除自己身上落后的、令人厌恶的、民族主义的东西。问题比我起初觉得的更为严重，因此我不会马上因为科洛利违反纪律而惩处他。但我会承担起重新教育科洛利少尉的任务。"

大家动了动，坐得更舒服些，心想：事情过去了。

科洛利看了眼贝尔曼，眼神中有什么东西让贝尔曼皱起眉头，他肩膀一抽，转过了身子。

晚上，索洛马津对维克托罗夫说：

"你瞧，他们总是这样，一个护着一个，偷偷摸摸地；假如犯事的是您或斯科特诺伊，那您放心好了，贝尔曼绝对会把你们关到惩戒营里。"

38

晚上，在掩蔽部中，飞行员们没人入睡，大家躺在板床上抽烟、聊天。晚餐时斯科特诺伊喝光了告别酒——他分内那一两百克伏特加。此刻，他小声唱着：

> 飞机团团打旋，
> 咆哮着冲向大地，
> 别哭宝贝儿，冷静些，
> 请永远把我忘记。

维利卡诺夫还是忍不住，走漏了消息，结果大家都知道了，飞行团将转场到斯大林格勒城郊。

皎洁的月亮升起到森林上空，令人心神不安的光斑在树木间闪现。距机场两公里的这座村庄，仿佛被掩埋在灰烬中，黑乎乎的一片，毫无声息。坐在掩蔽部入口旁的飞行员们环顾着这奇妙的世界，里面到处有他们熟悉的地标。维克托罗夫望着"雅克"机翼和机尾投在地上的淡淡月影，轻声跟着歌者唱起来：

> 人们用双手抬起残骸，
> 把我们从机身下拖拽，
> 腾空而起的歼击机群，
> 伴我们踏上最后旅程。

躺在板床上的飞行员们在侃大山。半黑暗中，看不清谁在说话，但声音却错不了，不用呼名唤姓，问答声就此伏彼起。

"杰米多夫是自己要求分派任务的。几天不上天，他就会瘦成麻秆儿似的。"

"你还记得吗，在勒热夫附近，我们给'佩特利亚科夫'轰炸机[1]护航时，八架

---

[1] 由苏联著名飞机设计师佩特利亚科夫（1891—1942）设计的轻型轰炸机，是第二次世界大战时最著名的苏联轰炸机。

‘梅塞尔’围着他打，他从容应战，坚持了十七分钟。”

“是的，一架歼击机换一架‘容克’，挺划算。”

“他总是唱着歌上天。我每天都能记起他唱的几首歌儿。连维尔金斯基[①]的歌他都会唱！”

“很有修养，那个莫斯科人！”

“他可不是那种见死不救的人。对掉队的飞机，他总是留神保护。”

“你没真正看透他吧！”

“我看得很清楚。飞在天上，搭档的表现如何，一目了然。他毫无保留地向我展示了自己。”

斯科特诺伊又唱完了一支歌，大家都安静下来，等他接着唱。但斯科特诺伊却打住了。

他重复了一句军用机场上广为人知的谚语，说是战斗机飞行员的生命短得好比儿童衬衫。

大伙儿聊起了德国人。

“没错儿，你一下就能看出哪一个凶悍顽强，哪一个却专挑软柿子，从后面偷袭你，等着打掉队的。”

“一般来说，他们的编队配合不是很紧密。”

“嗯，你还别说。”

“德国佬会咬住被击伤的飞机不放，你要是猛打猛冲，他就会躲得远远的。”

“假如一对一，就算他使出吃奶力气，我也能干掉他！”

“你别生气，但打下一架‘容克’其实算不了什么，单凭这个，我可不会颁给你一枚勋章。”

“冲撞——那是俄罗斯人的天性。”

“我干吗生气，我的勋章你又抢不走。”

“是啊，说起冲撞，我早就想到了……用螺旋桨我也能把他给撞死！”

“追击中的冲撞，那才叫够劲儿呢！把他逼到地上，屁股冒烟，浑身着火！”

“不知道团长会不会把母牛和老母鸡都给弄到‘道格拉斯’飞机上？”

“全都宰了，已经腌起来了！”

有人拖声拖调，沉思地说道：

“我现在都不好意思带女孩上像样的俱乐部了。好久不去，完全不习惯了。”

---

① 亚历山大·维尔金斯基（1889—1957），俄罗斯和苏联艺术家、诗人、歌手、作曲家、歌舞表演艺术家、演员，对俄罗斯的艺术歌唱传统具有开创性的影响。

"索洛马津可不会不好意思。"

"或者，是你嫉妒了吧，列尼亚？"

"我嫉妒的是事情，跟具体的人无关。"

"当然。至死不渝。"

然后每个人都开始回忆起在勒热夫城外的战斗，那是转入后备部队前的最后一场空战，当时七架歼击机与一大群护航"容克"去执行轰炸任务的"梅塞尔"狭路相逢。乍一听，每个人都在谈论自己，但实际上，大家说的都是同一件事。

"在森林遮挡下，你看不见它们，但它们一拉高，马上就看得一清二楚。一共有三个梯队！我立刻认出了一架'容克-87'轰炸机：跷着腿，鼻子黄黄的。我赶紧坐得更舒服点：嗯，有好戏了！"

"一开始我还以为是高射炮火呢。"

"当然，太阳对咱们干活儿也有帮助！我背对阳光，直接向它扑去。我是僚机，从左边包抄。飞机一下子猛降了怕有三十米……我以为要失控了，但没事儿，飞机很听话！我全副火力猛揍'容克'，打得它直冒黑烟，这时突然钻出来一架'梅塞尔'，像一条黄鼻子狗鱼，我赶紧转了个急弯，但已经太迟。再一瞧，只见火光一闪，一条蓝色的弹迹朝我飞来。"

"可我一瞧，只见我的弹迹终结在那家伙的黑色机翼里。"

"瞧你得意的！"

"我小时候经常放风筝，老爸为这事儿没少揍我！在厂里干活儿那阵，一下班我就走十几里地去飞行俱乐部，累得半死。但我从没漏过一节课。"

"嗨，听我说呀。鬼子把我打着火了：油箱，好几根油管，全着了。从里面烧起来。娘的！然后又打中我的挡风玻璃，风镜也给打碎了，到处是碎玻璃片，我眼泪直流。好吧，我怎么着——一把摘掉风镜，直接钻到鬼子肚皮底下！索洛马津掩护了我。你知道的——我起火了，但一点儿也不害怕——没时间啊！我就那么坐着，自个儿没烧着，但靴子烧坏了，飞机也烧毁了。"

"我眼看那帮狗东西就要把我的同伴打下去了。我做了两个盘旋，但他向我直挥手：走你的！于是我成了单机，谁需要帮忙，我就急忙赶去帮着打'梅塞尔'。"

"咳，我的飞机已经满身窟窿，被打得像只老山鹬。"

"我跟那个德国鬼子来回较量了十二个回合，终于把它打冒烟了！眼看他直摇头，我知道机会来了！大约二十五米开外，我一炮就把它干掉了。"

"是的，一般而言，我得说，德国佬不喜欢在水平线上作战，他总想切换到垂直线上去。"

"瞧你说的！"

"怎么啦？"

"这谁不知道啊？连村姑都晓得：他得摆脱急盘旋。"

"唉，当初应该把勒热夫掩护得更好些，那里的人们真好。"

大伙儿安静下来，然后有人说道：

"明天天亮咱们就要走了，可杰米多夫却要一个人待在这里。"

"好吧，伙计们，该去哪儿去哪儿吧，我得去趟储蓄所，要到村里去一下。"

"临别拜访——去吧！"

夜里，周围的一切——河流、田野、森林——都是那么地寂静美丽，仿佛世界上不可能有敌意、背叛、饥饿、衰老，而只有幸福的爱情。飘浮的云彩遮盖了月亮，月亮穿行在灰蒙蒙的烟雾中，烟雾笼罩着大地。那天晚上，很少有人在掩蔽部里过夜。森林边上，靠近村子的围栏，白头巾闪闪烁烁，不时传来阵阵笑声。一棵树被夜梦惊醒，在寂静中颤抖；时而河水隐隐约约地呢喃，然后，又重新悄无声息地流淌。

爱情的苦涩时刻来临，那离别的时刻，决定命运的时刻——有的人，离别时愁肠寸断，但第二天就把爱人忘在脑后；有的人，会被死亡分开，永远阴阳两隔；而有的人，命运会让他们忠贞不渝，再度相逢。

但是，天光破晓了。引擎轰鸣，飞机激起低低的平气流，惊惶的杂草被压得紧贴地面，万千露珠在阳光下颤动……战机一架架贴着蓝色的山麓起飞，载着火炮和机枪冲上天空，盘旋着等待战友，组成一个个分队……

昨晚还显得广袤无垠的一切逐渐远去，消失在蓝天中……

起先还能看见灰色小盒子般的农舍、长方形的菜园，它们在机翼下滑动，后退……长满青草的小路看不到了，杰米多夫的坟墓也看不到了……我们走了！森林颤抖着，爬到了飞机机翼下。

"你好，薇拉！"维克托罗夫默念道。

39

凌晨五点，值日员们开始叫醒囚犯。还处在深夜的棚屋被无情的灯光照亮，同样的灯光也照亮了监狱、铁路枢纽站、城里各家医院的急诊室。

数以千计的人吐着唾沫，咳嗽着，系紧棉裤，用包脚布裹好脚，在腰上、肚子上、脖子上搔个不停。

从木板床二层往下爬的人，一不小心，就会踢到下面一层正在穿衣服的人脑袋上，但被踢的人也不破口大骂，只是默默地把头挪开，或者伸手把碰到自己的腿推开了事。

一大群人在夜里被叫醒，在包脚布的晃动中，在人们背部、头部的扭动中，在马合烟烟雾的缭绕中，在炽热明亮的灯光中，显示出一种刺骨的不自然：几百平方公里的原始森林在严寒中一片死寂，而劳改营里却人头攒动，充满了动作、烟气、灯光。

上半夜一直在下雪，雪堆堵住了棚屋的门，封死了通往矿井的道路……

矿井的警报器慢悠悠地响起来，也许在原始森林某处，狼群随着那响亮凄厉的声音也低声嗥叫起来。劳改营的旷野上，警犬嘶哑地吠叫着，隆隆开动的拖拉机清理出通往矿区建筑的道路，卫兵们呼叫着，彼此回应……

干燥的雪在探照灯照耀下，发出柔和悦目的闪光。宽阔的劳改营操场上，在警犬不停的吠叫声中，点名开始了。卫兵伤风的嗓门儿听起来烦躁不安。随后，巨大的人流朝着矿井的井架涌去，靴子和毡靴吱吱作响。瞭望塔瞪大独眼，监视着四周的一切。

远远近近的警报器不停地呼号，这是北国的混合乐队。乐声奏响在寒冷的克拉斯诺亚尔斯克大地上空、科米自治共和国上空、马加丹上空、苏维埃港上空、科雷马河地区的雪地上空、楚科奇苔原上空、摩尔曼斯克北部和哈萨克斯坦北部的劳改营上空……

除了警报器，人们还用撬棍敲击挂在树上的铁轨，发出上工号令；在号令催促下，采矿者出发去采挖索利卡姆斯克的钾矿、里杰尔和巴尔喀什的铜矿、科雷马的镍矿和铅矿、库兹涅茨克和库页岛的煤矿，铁路建设者出发去建设穿越北冰洋沿岸永久冻土层的铁路和科雷马无接缝铁路，伐木者出发到西伯利亚和北乌拉尔、摩尔曼斯克和阿尔汉格尔斯克的林区砍伐木材。

在这雪夜的清晨时分，原始森林劳改营居民点和北部边远地区建设总局劳改营大村社的一天宣告开始。

40

头天夜里，苦闷突然涌上劳改营犯人阿巴尔丘克心头。不是平常那种阴郁的劳改营苦闷，而是像打摆子一样撕心裂肺的苦闷，他恨不得尖声大叫，从铺位上滚下来，用拳头捶打自己的太阳穴和天灵盖。

大清早，因犯们尽管心里老大不乐意，却又不得不急急忙忙准备上工。阿巴尔丘克的邻铺，长着一双长腿的涅乌莫利莫夫，在内战时期是个骑兵旅长，现在担任瓦斯工头。他问阿巴尔丘克：

"昨晚你怎么啦，翻来滚去像烙大饼似的？梦里娶媳妇啦？还放肆地大笑呢！"

"你就知道娶媳妇！"阿巴尔丘克还嘴说。

"我还以为你在梦里哭鼻子了，"另一个邻铺、一度贵为共产国际青年主席团成员的莫尼泽，一个傻了吧唧的家伙，说道，"我都在想要不要弄醒你。"

而阿巴尔丘克的第三个难友，医士阿布拉沙·鲁宾，夜里却什么也没注意到。走出棚屋，来到冰凉的黑暗中时，他说：

"你知道吗，我昨晚梦见了尼古拉·伊万诺维奇·布哈林，他好像是来我们红色教授学院视察工作，乐呵呵的，人很精神，把恩奇曼①的理论猛批了一顿。"

阿巴尔丘克干活的地点在工具库。他的助手巴尔哈托夫，曾经为劫财而把一个六口之家灭门，这会儿正用排锯的下脚料雪松木生炉子。阿巴尔丘克把箱子里的工具重新整理了一遍。他觉得，寒光闪闪的锉刀和车刀的尖刃，颇能传达他在夜间体验到的感觉。

这一天和以往的日子毫无二致。边远劳改营的领料申请经过技术部门批准，一大早就由会计派人送来了。工具库的任务是把材料和工具拣出来，装箱，开个清单，跟箱子一起发出去。有些工具或材料不配套，还得开特别的交接单。

巴尔哈托夫还是老样子，屁事不干，也没人敢逼他干。他来仓库，关心的只是如何给自个儿增加点营养。这天早上，他一直在忙活用手提饭盒煮土豆白菜汤。没过一会儿，哈尔科夫药学院曾经的拉丁语教授、如今的一大队通信员跑来找巴尔哈托夫，哆哆嗦嗦伸出发红的手指头，把一些脏脏的小米倒在桌子上。巴尔哈托夫不知帮他干了什么，这大概是他给巴尔哈托夫的酬劳吧。

下午，阿巴尔丘克被传唤到财务科——报表中有些数字对不上。财务科副科长对他大喊大叫，威胁要向上面报告此事。阿巴尔丘克被折腾得心烦意乱。巴尔哈托夫空有助手之名，阿巴尔丘克一个人穷于应付，又不敢告发巴尔哈托夫。他好累，但又怕丢掉仓库管理员的差事，怕被送回矿井或林场。他已经头发花白，四肢乏力了……大概，他夜里的苦闷就来源于此——生命无望，仿佛被西伯利亚的冰层封死了。

---

① 厄曼努伊尔·谢苗诺维奇·恩奇曼（1891—1966），苏联生物学家，主张解释人类行为的简化反射疗法。在 1920 年代，他从与科学、哲学和文化相关的虚无主义立场出发，制定了所谓的新生物学理论。恩奇曼的观点在激进左翼知识分子中广受欢迎，引发了激烈的科学讨论。

当他从财务科回来时，巴尔哈托夫正把头枕在一双毡靴上酣睡。毡靴显然是不知哪个囚犯进贡给他的。他脑袋边上有个空饭盒，几粒战利品小米沾在他脸颊上。

阿巴尔丘克知道巴尔哈托夫有时会从仓库里偷工具，毡靴的出现，也许就是用仓库物品做交易的结果。有一次阿巴尔丘克发现少了三把锉刀，于是说道："在卫国战争期间偷紧俏的金属，丢不丢人啊！"巴尔哈托夫对他嗤之以鼻："你这臭虫，闭嘴！要不有你好看的！"

阿巴尔丘克不敢贸然叫醒巴尔哈托夫，便设法弄出响动，把带锯搬来搬去，使劲咳嗽，把锤子扔到地上。巴尔哈托夫醒了，不动声色地盯着他的一举一动，眼神透着不满。

然后，他低声说道：

"昨天那趟军用列车上有个小伙子说，有的劳改营比咱们湖泊区还糟。犯人戴着镣铐，脑袋剃光一半。没有姓名，只有胸前和膝盖上缝了犯人的编号，背上还缝块红布。"

"胡说八道。"阿巴尔丘克说。

巴尔哈托夫越发来劲，幽幽地说：

"应该把所有法西斯分子政治犯都关到那里，首先是你这个混蛋，免得再吵醒我。"

"对不起了您哪，巴尔哈托夫公民，扰了您的清梦。"阿巴尔丘克说。

他对巴尔哈托夫怕得要命，但也有怒火上冲，控制不住自己的时候。

交班时，满身煤灰的涅乌莫利莫夫走进仓库。

"嗯，采掘进行得如何？"阿巴尔丘克问道，"展开竞赛了吗？"

"正一步步展开呢。挖煤满足战争需要，大伙儿都知道。今天送来了文教处发的招贴画，上面写着：突击劳动，支援祖国。"

阿巴尔丘克叹了口气，说道：

"你知道吗，我得写一篇关于劳改营苦闷的作品。有的苦闷使你压抑，有的对你猛冲猛撞，有的让你窒息，喘不过气来。可是还有这样一种特别的苦闷，它不窒息你，不使你感到压抑，也不冲撞你；但它会撕碎你的五脏六腑，就像大海的压力把海洋深处的巨大动物撕碎一样。"

涅乌莫利莫夫神情忧郁，勉强笑了笑，但亮出的并不是一口白牙——他的牙齿都坏了，颜色跟煤差不多。

巴尔哈托夫走到他们跟前，阿巴尔丘克回头一看，说道：

"你走路总那么悄无声息，一下子在人身边冒出来，把人吓一哆嗦。"

巴尔哈托夫是从来不笑的。他忧心忡忡地说：

"我要去趟食品仓库，你没意见吧？"

他转身走开，阿巴尔丘克对自己的朋友说：

"昨晚我想起了跟前妻生的儿子。他大概上前线了。"

他对涅乌莫利莫夫俯下身子。

"我希望小家伙长大后成为一名优秀的共产主义者。我想，如果见到他，我会告诉他：记住，你父亲的命运只是个意外，小事一桩。党的事业是至高无上的，合乎时代的最高规律！"

"他跟你姓吗？"

"不，"阿巴尔丘克回答说，"当时我担心他长大后会变成个市侩。"

头天晚上和夜里，他一直在想柳德米拉，好想见到她。他在零七八碎的莫斯科报纸里翻来翻去，指望突然读到这么几个字："阿纳托里·阿巴尔丘克中尉。"这样一来他就清楚了，儿子是希望继承父亲的姓氏的。

生平第一次，他为自己感到难过，想象着自己如何走近儿子，呼吸都快停顿了，伸手指着自己的喉咙："我说不出话。"

托利亚会拥抱他，他会把头靠在儿子胸前，不知廉耻地大放悲声，哭得好凄厉。他们会这样站很久，儿子高出他整整一头……

儿子无时无刻不在想着父亲。他会四处寻找父亲的战友，了解父亲参加革命斗争的光荣历史。托利亚会说："爸爸，爸爸，你头发全白了，你的脖子多细啊，这么多褶子……这些年来你一直奋斗不息，你进行的是一场伟大而孤独的斗争。"

审讯期间，他们让他连吃了三天咸乎乎的饭菜，不给他水喝，还动手打他。

他很清楚，问题不在于强迫他承认搞破坏、从事间谍活动，也不在于诱使他诬陷他人。最关键的，是他们想动摇他，使他对自己不惜为之献身的事业的正义性产生怀疑。审讯时，他觉得自己落入了一帮土匪手中，但只要他能见到有关部门的负责人，那群土匪审讯员就会被抓起来。

但随着时间的推移，他发现事情没那么简单，不仅仅是几个虐待狂的问题。

他了解到运囚列车的规矩和运囚轮船的规矩。他看到，刑事犯打牌赌博时不仅输掉别人的财物，还输掉别人的命。他看到过可鄙的道德败坏和背信弃义。他看到过"小印度"①，里面关押的刑事犯们歇斯底里、嗜血成性、睚眦必报、迷信、难以置信地残忍。他看到过"婊子"（愿意干活的囚犯）和"小偷"（拒绝干活的正统

---

① 囚禁营中专门关押职业刑事犯的棚屋。

派）之间的血腥杀戮。

他一再说："一个人不会无缘无故被关起来。"他认为，只有一小部分人，包括他自己在内，是关错了，其余的都是罪有应得——革命的敌人必须被正义之剑严惩。

他看到过阿谀奉承、背信弃义、屈从、残忍……他称这种种劣迹为资本主义的印记，坚信在那些过气的权势人物、白匪军官、富农、资产阶级民族主义者身上，这些德行都是与生俱来的。

他的信念不可动摇，他对党无限忠诚……

涅乌莫利莫夫正打算离开仓库，突然说道：

"哦，差点忘了，有个人打听你来着。"

"在哪里？"

"昨天的运囚列车。正给他们分派工作时，有个人问起你。我说：'岂止认识！好巧不巧，我跟他床靠床睡，已经三年多了。'他告诉了我他的名字，可我怎么也想不起来了。"

"那人长什么样？"阿巴尔丘克问道。

"哦，样子丑死了，太阳穴上还有个刀疤。"

"啊哈！"阿巴尔丘克叫起来，"难道是马加尔吗？"

"就是就是。"

"哎呀，他可是我的老战友了，是我的老师，就是他介绍我入党的！他问了些什么？你怎么说的？"

"就是一般常问的——判了几年？我说：你请求判五年，结果给了十年。我又说，你最近开始咳嗽，可能被提前释放。"

阿巴尔丘克没再听涅乌莫利莫夫唠叨，自己一个劲说着：

"马加尔，马加尔……他在契卡①工作过……他是个很特别的人，你知道吗，非常特别。他可以把一切都给同志，冬天可以脱下自己的军大衣，需要时会把最后一块面包给自己的同志。而且他很聪明，很有学问。纯得不能再纯的无产阶级血统，刻赤渔民的儿子。"

他环顾四周，向涅乌莫利莫夫俯下身子。

"你还记得，我们说过集中营里的共产党员应该建立一个支部，为党的事业做

---

① "契卡"，全称为"全俄肃清反革命及怠工非常委员会"，简称"全俄肃反委员会"（"契卡"是俄文的缩写音译），是苏联的一个情报组织，于1917年12月20日由费利克斯·埃德蒙多维奇·捷尔任斯基创立。契卡于1922年被改组成国家政治保卫局（"格别乌"），1934年7月改名为"国家安全总局"（隶属于内务人民委员部），后又在1954年更名为"国家安全委员会"，即著名的苏联情报组织"克格勃"。

点什么？鲁宾当时问：'谁来当书记？'马加尔就是最好人选。"

"但我会投你的票，"涅乌莫利莫夫说，"我对马加尔毫无了解。再说了，你上哪儿找他去啊？十辆汽车载着人去了劳改营居民点，他应该也在车上。"

"没什么，会找到的。啊，马加尔，马加尔。这么说，他问起了我？"

涅乌莫利莫夫说：

"差点忘了为什么来找你。给我几张干净的纸好吗？瞧我这记性！"

"写信用？"

"不，给谢苗·布琼尼①写申请书。我要申请上前线。"

"不会放你走的。"

"谢苗记得我。"

"政治犯入不了伍。矿山多出点煤，战士们为此说声'谢谢'，你的贡献也就体现出来了。"

"我想入伍。"

"布琼尼帮不上忙的。我还给斯大林写过信呢。"

"帮不上忙？你在开玩笑吧？那可是布琼尼啊！也许，你只是舍不得几张纸吧？我本来也不想求你的，但文教处不会给我纸张，我自己的份额又用完了。"

"好吧，给你一张。"阿巴尔丘克说。

他找到一些用不着报销的纸张。文教处下发的纸张都得上账，过后还必须说明每张纸的用途。

到了晚上，棚屋里生活照旧。

老通古索夫是近卫重骑兵团前军官，他眨巴着眼睛，讲着永远没有结尾的浪漫故事。刑事犯们认真听着，不时搔搔痒，或者赞许地摇摇头。

通古索夫编造了一个大杂烩，将无人不知的芭蕾舞演员、大名鼎鼎的阿拉伯的劳伦斯、宫廷秘闻、三个火枪手的生平事迹、儒勒·凡尔纳的鹦鹉螺号航行，不管三七二十一，统统塞到故事里。

"等等，等等，"一位听众打断他，"她怎么又越过了波斯边境，你昨天不是说她被密探毒死了吗？"

通古索夫顿了顿，温和地看了看挑刺的家伙，然后面不改色地说：

"娜晶只是表面看来没救了。但有个藏医正好有一种用蓝色的高山仙草熬的珍贵汤药，他滴了几滴到她半张开的嘴里，又把她救活了。黎明时分，她已经恢复得

---

① 谢苗·米哈伊洛维奇·布琼尼（1883—1973），出生于罗斯托夫州科久林村的贫农家庭，苏联军事将领，骑兵统帅。

非常好，不用人搀扶就可以在屋里走动了。她身上又充满了力量。"

这个解释让听众很满意。

"明白了……接着侃吧。"大家纷纷说道。

在被称为"集体农场地段"的角落里，人们哈哈大笑着，听加休琴科拖长声音吟诵下流的顺口溜。加休琴科是个老傻瓜，受德国人委派当过村长。

"啪的一声响，

风流老头抱着女人上了炕……"

接下来也是诸如此类的韵脚，听众笑得肚子疼。患疝气的莫斯科记者兼作家，一个善良、聪明、胆小的人，慢慢嚼着一块白面包干——他前一天收到了妻子寄来的包裹。显然，面包干的味道和松脆让他想起了往昔的日子——他眼中含着泪水。

涅乌莫利莫夫与一个坦克手吵了起来。坦克手被关到劳改营里，是因为出于卑鄙动机杀了人。为了取悦听众，他正对涅乌莫利莫夫这位前骑兵军官极尽嘲笑之能事。涅乌莫利莫夫脸色铁青，满腔怒火地朝他喊道：

"你知道我们用马刀在 1920 年做了什么吗！"

"当然知道，宰偷来的母鸡呀。一辆'克伏'坦克[①]就能抵挡你们整个第一骑兵师。您可别拿国内战争跟卫国战争比。"

年轻的小偷科尔卡·乌加罗夫缠着鲁宾，想说服鲁宾用皮鞋换他那双掉了后跟的破便鞋。

鲁宾暗自叫苦，紧张地打着哈欠，朝邻铺张望，寻求支持。

"听着，犹太佬，"科尔卡看起来活像一只敏捷的浅色眼睛野猫，只听他又说，"听着，你这混蛋，你不要把我惹毛了。"

科尔卡又说：

"你凭什么不签我的病假条？"

"你很健康啊，我没权签。"

"你签不签？"

"科尔卡，亲爱的，我向你发誓，我真的很乐意签，但没办法。"

"你到底签不签？"

"嗐，请你理解。难道你以为，如果我能签的话……"

"好吧。那就这么着吧。"

"等等，等等，请明白我的意思。"

---

① 苏联在"二战"中的主力重型坦克，以克里门特·伏罗希洛夫元帅命名。

"我明白。现在该你明白了。"

俄罗斯化的瑞典人斯特丁格（有人说他其实是个间谍），正在文教处给他的一张硬纸板上画画，突然抬头看了一眼科尔卡，又看了一眼鲁宾，摇摇头，又回头画画。他作的画，标题是《原始森林——母亲》。斯特丁格不怕刑事犯——出于某种原因，他们也不去惹他。

科尔卡走开后，斯特丁格对鲁宾说：

"鲁宾啊，你这么做，太疯狂了。"

白俄罗斯人科纳舍维奇也不怕刑事犯，入营前他是远东地区的航空机械师，曾获得太平洋舰队重量级拳击冠军称号。科纳舍维奇受到刑事犯的尊重，但他从不为那些遭到小偷欺负的人出头。

阿巴尔丘克沿着两层铺位之间的狭窄通道慢慢走着，苦闷再次攫住了他。约百米长的棚屋，远处笼罩在马合烟烟雾中，每次阿巴尔丘克快走到棚屋尽头时，都盼望看到什么新景象，但每次一切都是老样子：依然是那装着洗脸槽的门厅，囚犯们在木槽下面洗裹脚布；拖把和油漆桶依然靠在灰泥墙上，铺位上的床垫依然露着刨花，谈话声依然嗡嗡嗡一片，囚犯们依然是一张张枯瘦的菜色面孔。

大多数囚犯坐在铺位上等熄灯号，一边聊菜汤，聊女人，聊切面包的人作弊，聊写给斯大林的信、写给苏联检察官办公室的申诉书的下落，聊采煤、运煤的新定额，聊今天的寒流，聊明天的寒流。

阿巴尔丘克慢吞吞地走着，只言片语的闲聊内容不时飘进耳朵。这种无尽无休的老生常谈似乎随处可见，拘留所、运囚列车、集中营棚屋里，成千上万人乐此不疲，日复一日、年复一年——年轻人聊女人，老年人聊食物。假如情况反过来，老年人贪婪地聊起女人，而年轻人聊起外面的美食珍馐，那就更为不妙了。

走过加休琴科的铺位时，阿巴尔丘克加快了脚步——这老头有老婆，儿子们管他老婆叫"妈"，孙子们管他老婆叫"婆婆"，老头却在这儿讲不堪入耳的下流故事。

赶快熄灯吧——往铺上一躺，用棉袄把头一蒙，什么也不看，什么也不听。

阿巴尔丘克朝门口看了看——没准儿马加尔会突然走进来。阿巴尔丘克会说服领班让马加尔睡在他旁边，每天夜里，这两个有师生之谊的共产党员会推心置腹、坦率、真诚地交谈。

在棚屋头头们占据的几张板床上，采煤队队长佩列克列斯特、棚屋领班扎罗科夫，还有巴尔哈托夫，正在聚餐。充任跑堂的是佩列克列斯特的走狗、负责编制生产计划的热利亚博夫。他在床头柜上铺了条毛巾，放上腌猪油、鲱鱼、姜饼，全都是佩列克列斯特从在他下面干活的人手里榨取来的。

阿巴尔丘克走过头头们的板床，感觉心在往下沉——也许他们会把他叫住，请他共享晚餐。好想吃点好东西。巴尔哈托夫这个没良心的家伙！毕竟，他在仓库里为所欲为，仅阿巴尔丘克所知，就偷了钉子和三把锉刀，但阿巴尔丘克值班时什么也没说……巴尔哈托夫也许会开口："嘿，老板，过来坐坐吧。"阿巴尔丘克一边鄙视自己，一边又感到，使他激动的不仅是吃点好东西的欲望，还有另一个念头——一个庸俗、卑鄙的劳改营念头：置身于强者圈子里，漫不经心地跟佩列克列斯特聊天；要知道，偌大一个劳改营，无论谁在佩列克列斯特面前，都会膝盖发软的。

反思自己，阿巴尔丘克觉得自己无异于行尸走肉。再一想巴尔哈托夫，也是一具行尸走肉。

他们没叫他，却叫了涅乌莫利莫夫。这位前骑兵旅长、两枚红旗勋章获得者，露出一嘴黑褐色的牙齿，微笑着走到他们板床边上。面带微笑、走近小偷们桌边的这个男人，二十年前曾率领骑兵团上阵，为世界共产主义事业而战斗……

他今天干吗跟涅乌莫利莫夫讲托利亚的事，讲自己的儿子，他最亲近的人？

但尽管他为共产主义打过仗，尽管他在库兹巴斯建设工地的办公室向斯大林做过报告，此刻，当他低着头，假装若无其事地走过铺了条脏兮兮的绣花毛巾的床头柜时，他关心的却是他们会不会邀请他。

阿巴尔丘克走近莫尼泽的床铺，对正在补袜子的莫尼泽说：

"你知道我是怎么想的。我已经不羡慕那些享有自由的人了。我羡慕那些被关进德国集中营的人。多好啊！你蹲在里面，知道殴打你的是法西斯分子。而我们，我们经历的是最可怕、最困难的——自己人，自己人，自己人，却落到自己人手里。"

莫尼泽抬起悲伤的大眼睛看着他，说道：

"今天佩列克列斯特对我说：'瞧着吧，伙计，我会一拳把你脑袋打开花，然后报告警卫。人们会感激我，因为你是最可鄙的叛徒。'"

坐在旁边板床上的鲁宾说：

"这不算最糟糕的。"

"是啊，是啊，"阿巴尔丘克说，"你看到旅长被他们叫唤时有多高兴吗？"

"你呢，人家没叫你，心里不好受啦？"鲁宾说。

阿巴尔丘克气得要命。人们受到有理有据的责备和猜疑时，往往感到特别难堪。他斥责鲁宾：

"你别以小人之心度君子之腹！"

鲁宾半闭着眼睛，像只公鸡：

"我？我连心里不好受都不敢。我属于最低等级，是不可接触的贱民。你听到我和科尔卡的谈话了吗？"

"不是那么回事。"阿巴尔丘克挥了挥手，站起身来，沿着铺位之间的过道又走向床头柜方向。喋喋不休的闲聊又飘进他耳中。

"无论平时还是节假日都能吃上甜菜汤加猪肉。"

"她那奶子，你都没法相信。"

"我好对付，羊肉泡饭就行了，用不着你们那些沙拉酱凉拌菜，公民们……"

他再次回到莫尼泽的板床，坐下来听他们聊天。

鲁宾说：

"我不明白，为什么他说：'你会成为一个作曲家。'他的意思是告密者——创作的不是歌剧，而是举报信。"

莫尼泽继续补着袜子，一边说：

"嗐，让他见鬼去吧，告密是最卑鄙的事。"

"怎么能告密？"阿巴尔丘克说，"你是共产党员啊。"

"和你一样，"莫尼泽回答，"曾经是。"

"我不是曾经是，"阿巴尔丘克说，"你也不是曾经是。"

鲁宾又用无可辩驳的猜疑惹毛了他，与不公正的指责比起来，这种猜疑总是让人更难堪：

"这跟是不是党员无关。一天三顿破玉米汤，谁受得了？我看都不想看。这是赞成告密的理由。而反对告密的理由呢，是因为不想在夜里被揍得鼻青脸肿，第二天早上被人找到时，脑袋还戳在茅坑里，就像奥尔洛夫那样。你听到我和科尔卡的谈话了吗？"

"头朝地，脚朝天！"莫尼泽说着，笑了起来，大概实在没别的东西可笑了。

"怎么回事你，你认为我是受动物本能支配？"阿巴尔丘克问道，遏制不住地想揍鲁宾一顿。

他突然从板床上跳下，又在棚屋里走来走去。

当然，玉米糊糊实在令人厌烦。多少天来，他一直在琢磨，十月革命节就快到了，那天晚餐能吃上些什么：肉丁炒菜、海军意大利面、杂烩？

当然，好些事情取决于侦缉人员。能不能达到人生巅峰，比方说当上澡堂管理员或者切面包师傅，谁也说不准，那条路实在是神秘莫测、迷雾重重。以他的能力，在化验室工作是不成问题的——身穿白大褂，化验室女主任是文职人员，不必听刑事犯呼来喝去；他也可以在计划部门工作，管理矿井……但无论如何，鲁宾错了。鲁宾老想贬低他，动摇人们的力量，捕捉人们潜意识中偷偷冒出来的东西。鲁宾是个破坏分子。

阿巴尔丘克一生都与机会主义者针锋相对，憎恨两面派和社会异己分子。

他的精神力量和信念在于法庭的权力。他对妻子产生怀疑，便跟她一刀两断。他不相信她会把儿子培养成一个不屈的战士，于是不许儿子用他的姓。他痛斥动摇分子，鄙视牢骚不断、意志薄弱、缺乏信念的人。当年在库兹巴斯工地上的工程技术人员，好几个因为想念莫斯科的家人而被他送上法庭。他把四十名可能危害社会稳定、从建筑工地跑回农村的工人送进了监狱。他跟市侩父亲脱离了关系。

做一个坚定不移的人是幸福的。每次庭审结束作出判决，他都坚信自己的内在力量、理想、纯洁。这是他的乐趣所在，信仰所在。他从不回避党的各种动员。他自愿放弃了党员的最高月薪。他的忘我精神就是他的自我肯定。他穿着一成不变的军便服和靴子去上班，去参加人民委员会的会议，去剧院，在党送他去治病的雅尔塔的堤岸上散步。他时时处处都想模仿斯大林。

失去了审判的权利，他就失去了自我。鲁宾感觉到了这一点。几乎每一天，他都要暗示潜入这个劳改营囚犯灵魂的软弱、懦弱、可悲的愿望。

前天他就说过：

"巴尔哈托夫把仓库里的金属送给那班无赖，我们的罗伯斯庇尔①却哑巴了。小鸡也想活命啊。"

当阿巴尔丘克想谴责某人时，感到自己也是个被告，便动摇起来，被绝望所困扰；他失去了自我。

阿巴尔丘克停在一个板床边，老伯爵多尔戈鲁基在那里和经济学院的年轻教授斯捷潘诺夫交谈。斯捷潘诺夫在劳改营里显得很傲慢，当官的走进棚屋，他也拒不起立，而且公开宣扬非苏维埃的观点。他感到自豪的是，他被关押的原因与大多数政治犯不同：他以《列宁－斯大林的国家》为标题写了篇论文，发给大学生阅读。不知是第三个还是第四个读者举报了他。

多尔戈鲁基是从瑞典返回苏联的。去瑞典之前，他曾长期寓居巴黎，但一直对家乡念念不忘。回到祖国一周后他就被捕了。在劳改营里，他祈祷，与不同教派的教徒交朋友，撰写带有神秘主义内容的诗歌。

这会儿他正在读诗给斯捷潘诺夫听。

阿巴尔丘克把肩膀靠在钉在一层和二层板床之间的十字形木板上，听他朗读。多尔戈鲁基半闭着眼睛，皲裂的嘴唇颤抖着。他低沉的声音也颤抖着，皲裂似的断

① 马克西米连·弗朗索瓦·马里·伊西多·德·罗伯斯庇尔（1758—1794），法国大革命时期政治家，雅各宾专政时期的实际最高领导人。

断续续吐出一个个词。

> 难道不是我自己选择了出生时间,
> 年代与地域,王国与人民,
> 好经受所有的苦难
> 经受良心和火与水的洗礼。
> 朝着启示录式的野兽
> 张开的血盆大口
> 我跌落下去
> 低得不能再低,
> 在脓血和恶臭中,我依然坚信!
> 我坚信至高无上力量的正确
> 它释放了古老的自然元素,
> 从被烧焦的俄罗斯的深处
> 我说:你这样判决是对的!
> 必须把整个人生
> 炼得钻石般坚韧。
> 如果熔炉里柴火不够,
> 主啊,请接受我的血和肉!

读完,他继续半闭眼睛坐着,嘴唇继续无声地颤动。

"胡诌一气,"斯捷潘诺夫说,"颓废派!"

多尔戈鲁基用一只没有血色的苍白的手指向他周围。

"您瞧瞧,车尔尼雪夫斯基和赫尔岑把俄罗斯人引导到了何处。还记得恰达耶夫在他的第三封哲学书信中写了什么吗?"

斯捷潘诺夫用训导的语气说:

"您神秘的蒙昧主义,对我来说和这个劳改营的组织者一样恶心。无论是您,还是他们,都忘了对俄罗斯来说,最自然的是第三条道路:民主、自由之路。"

阿巴尔丘克不止一次与斯捷潘诺夫争论过,但现在他不想插嘴,不想把斯捷潘诺夫说成敌人,说成内部流亡者。他走到角落里,那儿有些浸信会教徒正在祈祷。他听着他们含混不清的低语。

就在这个时候,响起了领班扎罗科夫的洪亮声音:

"起立！"

每个人都从板床上跳起来——当局的人来了。阿巴尔丘克斜着眼睛，看到多尔戈鲁基苍白的长脸，他双手贴着裤缝，一副半死不活的样子，嘴唇还在颤动。他大概还在重复自己的诗。他旁边坐着斯捷潘诺夫，一如既往，出于无政府主义的动机，不肯遵守明白无误的营内规章。

"搜查，搜查了。"囚犯们低声说。

但并没有进行搜查。两名头戴红蓝色大檐帽的年轻卫兵走过一张张板床，打量着囚犯。

走到斯捷潘诺夫身边时，其中一位说：

"你坐好了，教授，以免屁股着凉。"

斯捷潘诺夫扭过他那长着一只翘鼻子的宽脸，回答卫兵故作文雅的话，声音响亮得像只鹦鹉：

"首长公民，请用'您'称呼我，我是个政治犯。"

夜里，棚屋发生了非常事件——鲁宾被杀死了。

凶手在鲁宾熟睡时将一根大钉子搁在他耳朵上，然后用力一击，将钉子砸进了他脑袋。包括阿巴尔丘克在内的五个人被传唤到侦缉人员面前。刑事部门显然想知道钉子是从哪里来的。这种型号的钉子最近刚入库，生产部门还没申领过。

洗脸时，巴尔哈托夫站在阿巴尔丘克旁的木槽边。巴尔哈托夫把湿漉漉的脸转向他，舔了舔嘴唇上的水珠，轻声说：

"记住，你这个混蛋，如果你去跟刑事部门乱说，我什么事儿都不会有。但我今晚就会把你给干掉，那种死法，全劳改营都会吓瘫。"

他用毛巾擦干脸，洗得干干净净的眼睛平静地看着阿巴尔丘克，在后者眼睛里读到他想读的东西后，握了握阿巴尔丘克的手。

在食堂里，阿巴尔丘克把自己那碗玉米稀汤递给了涅乌莫利莫夫。

涅乌莫利莫夫颤抖着嘴唇，恨恨地说：

"这帮野兽。我们的鲁宾！多好的人啊！"然后把阿巴尔丘克的玉米汤拉到嘴边。

阿巴尔丘克默默地从桌旁站起身。

食堂出口处，人们纷纷让开道，佩列克列斯特来了。跨过门槛时，他弯下腰——劳改营设计顶棚时，没考虑到他的身高。

"今天是我生日。大伙儿好好乐一乐吧。伏特加敞开喝。"

多么可怕！几十个人听到了夜间杀人的声音，看到人走近鲁宾的板床。

大家一跃而起，惊动全棚屋的人，本来并不困难。上百个身强力壮的男人齐心协力，一两分钟就可以制服凶手，拯救同志。但没一个人抬头，没一个人叫喊。一个大活人就这么被杀了，像杀一只绵羊般轻松。人们躺着，假装睡着，把棉衣拉过头顶，使劲忍住咳嗽，不去听垂死的人如何挣扎，直到完全失去知觉。

这是何等的卑劣，何等的绵羊般的驯顺！

但他也没有睡着，也保持了沉默，也用棉衣蒙住了头……他很清楚，人们不出头不是因为懒得搭理，而是出于过往的经验，出于对劳改营规矩的了解。

哪怕他们当晚全起来，把凶手制服，到头来拿刀的人还是比不拿刀的人强。棚屋集体的力量是一时的，而刀子永远是刀子。

阿巴尔丘克想到了即将面临的审讯：对侦缉人员来说，要的只是口供，反正他晚上不会在棚屋里睡觉，不会在门厅洗漱时背上突然挨一家伙，不会在矿井里上上下下，不会一边上棚屋的厕所，一边担心谁突然扑上来，把个布袋套在他脑袋上。

是的，是的，晚上他是看见了一个人朝着熟睡的鲁宾走去。他是听到了鲁宾如何喘息，如何挣扎，临死前如何手脚在板床上乱打乱踢。

侦缉员米沙宁大尉把阿巴尔丘克叫到他办公室，关上门，说：

"您坐吧，犯人。"

他开始问头几个问题，这些问题政治犯总能迅速而准确地回答。

然后他抬起疲惫的眼睛看着阿巴尔丘克，心里很清楚，经验丰富的囚犯永远不会透露钉子是如何落到凶手手中的，因为他害怕棚屋里不可避免的惩罚。他盯着阿巴尔丘克看了好一会儿。

阿巴尔丘克也同样盯着他，端详着大尉年轻的脸庞，头发和眉毛，鼻子上的雀斑，心想，大尉可能只比他儿子大两三岁。

大尉终于提出了那个问题，他传唤犯人就是为那个问题，而在阿巴尔丘克前面受审的三个人，都拒不回答那个问题。

阿巴尔丘克沉默了一会儿。

"您聋了吗？"

阿巴尔丘克继续沉默。

他多么希望这个侦缉员，哪怕不是出于真心，而只是采用规定的侦查套路，对他说："听着，阿巴尔丘克同志，您可是个共产党员。今天您在劳改营，明天您和我就会在同一个支部交党费。帮帮我，像同志帮同志，帮党员。"

但米沙宁大尉说的却是：

"您怎么回事，睡着了？我现在叫醒您。"

但是阿巴尔丘克不需要被唤醒。他沙着嗓子说道：

"钉子是巴尔哈托夫从仓库偷的。他还从仓库偷走了三把锉刀。在我看来，这起谋杀案是科尔卡·乌加罗夫所为。我知道巴尔哈托夫把钉子给了他，而乌加罗夫曾多次威胁要杀死鲁宾。就在昨天，他还发誓要杀了鲁宾，因为鲁宾不给他开病假条。"

然后他接过递给他的烟卷，说道：

"我认为告诉您这件事是我作为党员的职责，侦缉员同志。鲁宾同志是位老党员。"

米沙宁大尉借火给他点上烟，开始一声不响地迅速写下笔录。然后，他温和地说道：

"您应该知道，囚犯，您不应该谈什么党员身份。您不可以称呼'同志'。对您来说，我是首长公民。"

"对不起，首长公民。"阿巴尔丘克说。

米沙宁对他说：

"我结束侦讯大概还得花几天，你们这儿会恢复秩序的。过后，您知道……您可以调到另一个劳改营。"

"不，我不怕，首长公民。"阿巴尔丘克说。

他去了仓库，知道巴尔哈托夫不会直接问他任何问题。巴尔哈托夫会一刻不停地盯着他，企图通过他的动作、眼神、咳嗽来探出真相。

阿巴尔丘克终于战胜了自我，心里美滋滋的。

他重新获得了审判的权利。想起鲁宾，阿巴尔丘克后悔再也没机会告诉他昨天自己对他的看法了。

三天过去了，马加尔没有出现。阿巴尔丘克在矿井管理部门打听过他，他认识几个文书，但他们在花名册里找了半天，也没找到马加尔的名字。

晚上，当阿巴尔丘克以为命运已经使他们永远分离时，满身雪片的卫生员特鲁费列夫来到棚屋。他抖掉睫毛上的冰屑，对阿巴尔丘克说：

"听着，我们卫生所来了个囚犯，他请您去他那儿一趟。"

特鲁费列夫又补充说：

"最好让我马上领你去。你去跟领班请个假吧，要不，你知道的，咱们营里这些犯人可没什么觉悟，说翘辫子就翘辫子——等他穿上几片木头板子做的夹克时，再想开导他可就太晚了。"

41

卫生员带着阿巴尔丘克走进医院的过道，过道里散发着一股特有的气味，不同于棚屋，很难闻。在半明半暗中，他们走过两边堆放的一堆堆木制担架和一捆捆显然等着消毒的旧棉衣。

马加尔躺在隔离室里，这是一间原木墙的小屋，里面放着两张铁床，几乎紧挨在一起。隔离室通常用来安置传染病人或垂死的病人。床腿细得像铁丝，但并没有弯曲，因为从来没有胖子在上面躺过。

"不是这儿，不是这儿，是右边那张床。"一个熟悉的声音传来，听到这声音，阿巴尔丘克一瞬间忘了自己的满头白发，忘了自己身陷牢笼，仿佛又找到了他为之而生活、乐于为之而献出生命的瑰宝。

他凝视着马加尔的脸庞，缓缓地，几乎狂喜地说道：

"你好，你好，你好……"

马加尔怕控制不住自己的激动，故作随意地说道：

"哦，坐吧，坐在我对面的床上吧。"

看到阿巴尔丘克打量那张床的神情，他补充道：

"你不会打扰他的，没有人能打扰他。"

阿巴尔丘克弯下腰，想看清老战友的脸，然后回头看了看用毯子蒙住的死尸：

"死了多久了？"

"两个多小时吧，卫生员们不想动他，在等医生。这样还好些，否则另外安个人来，咱们反而不好说话了。"

"那倒是，"阿巴尔丘克说，并没有问他非常想知道答案的问题："你是跟布勃诺夫①一起受审的，还是牵连到了索柯里尼柯夫②案？判了几年？你当时被关在弗拉基米尔的政治犯隔离室，还是苏兹达尔的？特别法庭还是军事法庭？签自首书

---

① 安德烈·谢尔盖耶维奇·布勃诺夫（1884—1938），曾任全联盟共产党（布尔什维克）中央组织局委员、苏联共产党中央委员会书记处候补书记、工农红军政治部主任、《红星报》主编。1925 年，任全联盟共产党中央委员会书记处候补书记。1926 年中山舰事件期间化名伊万诺夫斯基访问中国广州，率"苏俄观察团"对苏联顾问在华的军事、政治工作进行考察。1929 年，任苏俄教育人民委员会委员。1937 年被捕并遭枪杀。1956 年平反并恢复党籍。

② 格里戈里·雅科夫列维奇·索柯里尼柯夫（1888—1939），早年曾领导社会民主主义学生运动。1925 年加入"新反对派"，要求罢免斯大林的总书记职务，从而失去了政治局和财政人民委员部的职位。1935 年任林业副人民委员。1936 年被捕，作为主要被告之一被推上第二次莫斯科公审的审判台。他被指控"为英国、德国和日本从事间谍活动"，判处十年徒刑。1939 年在狱中遇害。其妻被捕后在劳改营和流放地度过了十八年。1988 年平反并恢复党籍。

了吗？”

他回头又看了眼蒙着的尸体，问道：

"是什么人，怎么死的？"

"被劳改营折磨死的，一个富农，家产全被没收了。死前一直叫唤一个叫娜斯佳的，还老念叨一个所在……"

阿巴尔丘克在半昏暗中终于逐渐辨认出马加尔的脸。他完全认不出他了，倒不是他的面貌有多大变化，而是他完全成了个垂死的老人！

感受着死者抵在他背上的瘦骨嶙峋的僵硬手肘，感受着马加尔注视他的目光，阿巴尔丘克心想："他大概也在想：'简直认不出来了。'"

但马加尔说：

"我刚刚明白过来，他死前一直在喃喃自语：呵，呵，呵，原来他是想喝水。他身边就有个杯子，我本来可以满足他最后一个愿望的。"

"你看，即使死了，还能对人造成干扰。"

"这可以理解。"马加尔说。阿巴尔丘克听到了他再熟悉不过的语调，马加尔要开始一场严肃谈话时，总是用这样的语调，这语调总会使阿巴尔丘克激动。"其实，谈论他，就等于谈论我们自己。"

"不，不！"阿巴尔丘克抓住马加尔灼热的手掌，紧紧握住，又搂住他的肩膀，颤抖着，无声地抽泣起来，不时哽咽。

"谢谢你，"他喃喃地说，"谢谢你，谢谢你，同志，朋友。"

他们一言不发，都喘着粗气。他们的喘息声融为一体，在阿巴尔丘克看来，融为一体的不仅仅是他们的呼吸。马加尔先开了口。

"听着，"他说，"听着，朋友，这是我最后一次这样叫你。"

"别这么说，你会活下去的！"阿巴尔丘克说。

马加尔在床上坐了起来。

"我宁可受刑……但又不得不说。你也听着，"他对死者说，"这跟你和你的娜斯佳也有关。这是我最后的革命职责，我一定要完成！阿巴尔丘克同志，你是一个特殊的人。是的，我们曾在一个特殊的时代相逢，在我眼里，那是我们最好的时光。我要对你说的是……我们错了。看看我们的错误导致了什么后果……你我必须请求他宽恕。给我支烟吧。但忏悔有什么用？这是任何忏悔都无法挽回的。这就是我想对你说的。这是第一点。现在说第二点。我们不懂得自由。我们粉碎了自由。而马克思并没有认清自由的价值：它是根本，是目的，是基础的基础。没有自由就没有无产阶级革命。这是第二点。你听着，还有第三点。我们穿过劳改营、原始森林艰难前行，但我们的信念强于一切。可是，这种信念并不是力量，而是弱点，是自我保护。在那边，铁丝网另一边，自我保护告诉人们要改变，否则就会死去，会被投入劳改营——共产党人创造了偶像，穿上制服，戴上肩章，鼓吹民族主义，攻击工人阶级，如果必要的话，甚至不惜让黑色百人团①借尸还魂……而在这边，在劳改营里，同样的求生本能却告诉人们不要改变，如果你不想被几片木头板子一夹埋在地下，那就别改变在劳改营中度过的几十年，这是救赎之道……铜币的另一面……"

"别这么说！"阿巴尔丘克大喊一声跳了起来，握紧拳头对着马加尔的脸，"他们把你给打垮了！你受不了了！你说的全是谎话、呓语！"

"我巴不得是那样，可我并没有精神错乱。我只不过想重新唤醒你！就像二十年前唤醒你那样！如果我们不能像革命者一样活着，那还不如死了好，因为活着更糟。"

"够了，够了！"

"原谅我。我明白。我就像一个为失去的贞操而哭泣的老妓女。但我还是要告诉你：记住！亲爱的，原谅我……"

"原谅？你我还不如像这个死人那样，等不到见面，先躺那里一动不动了……"

阿巴尔丘克已经站在门口，又说道：

"我还会来找你……我要纠正你的思想，现在该我当你的老师了。"

早上，阿巴尔丘克在营地院子里遇到了卫生员特鲁费列夫，他正用爬犁运牛奶，牛奶桶用绳子捆在爬犁上。在北极圈里竟然有人满脸汗水，也是咄咄怪事。

"你的朋友不用喝牛奶了，"他说，"他昨晚上吊了。"

卫生员很乐意用意外消息让人大吃一惊，他用友好的眼神得意扬扬看着阿巴尔丘克。

"他留遗书了吗？"阿巴尔丘克问道，倒吸了一口冰冷的空气。他觉得马加尔肯定会留下遗书的——昨天发生的事情是偶然的，是他昏了头。

"干吗留遗书？无论你写什么，都会落到刑事部门手里。"

阿巴尔丘克经历了一生中最难熬的一个夜晚。他一动不动地躺着，咬紧牙关，大睁双眼盯着墙壁，墙上斑斑点点，全是压扁的臭虫。

他转向儿子，过去某个时候，他曾拒绝儿子跟他姓；现在他对儿子说："你是

---

① 二十世纪俄罗斯的一个反动的君主主义、极端民族主义运动团体。该组织是罗曼诺夫皇室坚定的支持者，认为皇室统治不应该有任何退让。黑色百人团以极端的俄罗斯民族优越学说、仇外、反犹太主义和煽动反犹骚乱而著称。

我唯一的亲人了，只有你一个人是我的希望。你看，我的朋友兼老师想扼杀我的思想和意志，结果他自己上吊了。托利亚，托利亚，只有你，全世界我只有你了。你能看到我，听见我说话吗？会不会有一天，你了解到，这一夜你父亲没有屈膝，没有动摇？”

周围，在他旁边，劳改营正在睡眠中——沉沉地、喧闹地、丑陋地睡着，空气凝滞、令人窒息、鼾声、梦吃声、磨牙声、拖长的呻吟和尖叫声时时可闻。

阿巴尔丘克猛地在板床上欠起身来，他觉得身旁有个快速而无声的影子一闪而过。

42

1942年夏末，克莱斯特[①]高加索集团的军队占领了迈科普附近的头号苏联油田。德国军队在北角和克里特岛、芬兰北部和英吉利海峡沿岸站住了脚。人民元帅、阳光下的英雄，埃尔温·隆美尔[②]，离亚历山大港只有八十公里之遥。在厄尔布鲁士山顶，山地猎兵[③]升起了一面带有卍字的旗帜。曼施坦因[④]奉命携带巨型大炮和最新型的火箭炮朝布尔什维克主义的堡垒列宁格勒挺进。持怀疑态度的墨索里尼制订了进军开罗的计划，并亲自学习如何驾驭阿拉伯种马。雪地上的英雄迪特尔站在欧洲征服者从未到达过的北纬度地带。巴黎、维也纳、布拉格、布鲁塞尔纷纷沦为德国的外省城市。

现在是实施国家社会主义最残酷的计划的时候了，这些计划针对的是人、人的生命和自由。法西斯领导人撒谎说，他们之所以变得残酷无情，是因为战争带来的压力。但实际情况正相反，对危险的意识使他们清醒，对自己能力的缺乏信心迫使他们有所收敛。

等到有一天，法西斯主义对其最终胜利变得充满信心，世界就将淹没在血泊中。如果法西斯主义在世界上没有了武装起来的敌人，这些杀害儿童、妇女和老人的刽子手就会越发肆无忌惮。毕竟，法西斯主义的主要敌人，就是人。

1942年秋，帝国政府通过了一系列特别残忍、惨无人道的法令。

---

① 艾瓦尔德·冯·克莱斯特（1881—1954），纳粹德国元帅，1942年在北高加索指挥“A”集团军群。

② 埃尔温·隆美尔（1891—1944），纳粹德国陆军元帅，军事家、战术家、理论家。

③ 德意志地区传统的轻步兵头衔，“二战”中德军的一支轻步兵部队以此命名。

④ 埃里希·冯·曼施坦因（1887—1973），原名埃里希·冯·莱温斯基，第二次世界大战时期纳粹德国军事家、战略家、战术家。与埃尔温·隆美尔和海因茨·威廉·古德里安并称“二战”期间纳粹德国三大名将。

尤其是 1942 年 9 月 12 日，在国家社会主义军事胜利的鼎盛时期，居住在欧洲的犹太人被彻底排除在法庭的管辖范围之外，并被移交给盖世太保。

党的领导层和阿道夫·希特勒本人做出了决定，要彻底消灭犹太民族。

<h1 style="text-align:center">43</h1>

索菲娅·奥西波芙娜·列文顿有时会回想，过去的生活是什么样子——苏黎世大学的五年学生生活，巴黎和意大利的暑期旅行，音乐学院的音乐会，中亚山区的探险，从事了三十二年的医疗工作，最爱吃的菜肴，与她共度艰难日子和快乐时光的朋友们，听惯了的电话铃声，听惯了的口头禅"遛遛弯儿去？"，打扑克，留在她莫斯科住处的物品。

她也常常想起在斯大林格勒度过的那几个月，想起亚历山德拉·弗拉基米罗芙娜·沙波什尼科娃、叶尼娅、谢廖扎、薇拉、玛鲁霞。跟她越亲近的人，现在似乎离她越远。

临近傍晚时分，一列火车停在基辅附近一个小站的备用线上，在一辆车门紧锁的闷罐车里，索菲娅正揪着军便服领子捉虱子，在她旁边，两名老妇人急促地轻声说着什么，能听出来讲的是意第绪语。在那一刻，她异常清晰地意识到，这一切都真真切切地发生在她身上，发生在索尼契卡、索尼卡、索法①、少校军医索菲娅·奥西波芙娜·列文顿身上了。

对大众来说，主要变化在于对人们各自的特殊气质和个性的意识减弱了，而对命运的感觉却越来越强。

"到底哪个人才是真正的我？"索菲娅·奥西波芙娜寻思，"是那个小不点儿、爱流鼻涕、害怕爸爸和奶奶的小女孩，是那个胖乎乎、脾气暴躁、戴领章的军医，还是眼下这个皮肤长癣、满身虱子的战俘？"

对幸福的渴望早已消失，但梦想却接踵而来：把虱子全灭掉……凑到裂缝处呼吸点新鲜空气……解个小便……洗洗脚，哪怕就洗一只……还有最最最想要的：弄点水喝。

她被推进车厢时，起初只觉得漆黑一团，然后逐渐看清了里面的人和物。她听到低低的笑声。

"谁在这儿发笑，是疯子吗？"她问。

---

① 均为"索菲娅"的昵称。

"不是。"一个男声回答，"在这儿，大家不过讲笑话逗逗乐。"

有人忧郁地说：

"又一个犹太女人加入我们这倒霉车厢了。"

索菲娅·奥西波芙娜站在门口，眯起眼睛适应黑暗，回答人们的发问。

很快，她就被扑面而来的一种气氛吞噬，这种气氛里除了人们的哭泣声、呻吟声和一阵阵恶臭外，还有她早已遗忘的儿时的词语和说话的声调……

索菲娅·奥西波芙娜想挪到车厢里面，却迈不开步子。黑暗中，她碰到一只穿着短裤的细腿，便问道：

"对不起，孩子，没碰疼你吧？"

小男孩什么也没说。索菲娅·奥西波芙娜对着黑暗说：

"大妈，您能让小家伙让出点地方吗？我总不能一直站下去啊。"

角落里传来一个歇斯底里的声音，拿腔拿调地说：

"怎么不提前打个电报来，好给您准备一个带浴室的单间呀。"

索菲娅·奥西波芙娜一字一顿地回敬：

"王——八——蛋。"

一个在昏暗中已能辨认出面庞的女子说道：

"坐我旁边吧，挺空的。"

索菲娅·奥西波芙娜感觉到自己的手指在微微地快速颤抖。这是她从小就熟悉的世界，犹太小镇的世界，她能感觉到，这个世界中的一切发生了怎样的变化。

车厢里有劳动组合的工人、无线电技工、师范学校女学生、职业学校教师、罐头厂工程师、畜牧员、年轻女兽医。从前，小镇上可没有这些职业。但索菲娅·奥西波芙娜没有变，还是那个害怕爸爸和奶奶的小女孩。也许，这个新的世界其实也没怎么改变？但总的来说，难道最后结果不都一样吗：一个犹太小镇，无论是新还是老，都在沿着斜坡往下滚，即将坠入深渊。

她听到一个年轻女子的声音在说：

"现代德国人全是蛮子，他们连海因里希·海涅[①]都没听说过。"

另一个角落里，一个男人的声音调侃道：

"但是，像运牲口一样运我们的，不正是这些蛮子吗？你那个叫海涅的，对我们有什么用？"

大家向索菲娅·奥西波芙娜打听前线的情况，但她说不出什么好消息，于是

---

① 海因里希·海涅（1797—1856），德国抒情诗人和散文家，被称为"德国古典文学的最后一位代表"。

人们都说她的消息不靠谱。她明白了：货车车厢里自有一套策略，其赖以建立的基础，是在这个地球上生存下去的强烈渴望。

"您没听说向希特勒发了最后通牒，要求他立即释放所有犹太人吗？"

是的，是的，当然了，一定是这样的。人们先是母牛般驯顺，隐约知道前景不妙；一旦锐利的恐惧感袭来，乐观主义——不会带给人任何实际好处的精神鸦片——便应运而生。

很快，人们就对索菲娅·奥西波芙娜不再感兴趣，她成了另一个同行的旅人，不知向何处去、为何去，就像其他人一样。没有人问她的名字和父名，没有人记得她姓什么。

索菲娅·奥西波芙娜惊讶地发现，人类演进到如今的状态花费了数百万年，而把一个人倒回去变成一头肮脏、悲惨的牲口，没有名字，没有自由，只需几天工夫。

同样令她惊讶的是，经历巨大灾难，人们还在为日常琐事而激动，常常为一些微不足道的小纠纷而大动肝火，怒目相向。

一位老妇人低声对她说：

"大夫，您瞧那阔太太，坐在门缝旁边那位，好像只有她的孩子才需要呼吸氧气。太太是要去咸湖度假呢。"

夜间，列车两次停下来，大家听着卫兵吱吱嘎嘎的脚步声，竭力捕捉夹杂着俄语和德语的只言片语。

在夜间的俄罗斯小站上听到歌德的语言，已经够糟糕了，更让人胆战心惊的，是听到在德国警卫队效劳的本地人说俄罗斯家乡话。

天快亮时，索菲娅·奥西波芙娜和大家一样饥肠辘辘，焦渴难耐。她没什么奢望，一个皱巴巴的罐头，罐底有一点微温的肉汤，就能让她心满意足了。她伸手急切地挠了挠身上，活像一只挠跳蚤的狗。

现在，索菲娅·奥西波芙娜感到，她终于明白了生活与生存之间的区别。她的生活戛然而止，已告结束，但生存还在继续，还会一直持续下去。虽然这样的生存是可悲的、微不足道的，但一想到可能的暴死，她还是不寒而栗。

下雨了，几滴雨水落进了带栅栏的小窗口。索菲娅·奥西波芙娜从衬衫下摆撕下一小片布条，把身子挪到车厢壁一个小缝边上，然后把布条塞到缝中，等雨水浸湿布条后，把布条拽出来，开始吸吮清凉的湿布。靠着车厢壁和角落坐着的其他人也开始撕布条吸水，索菲娅·奥西波芙娜感到很自豪，是她发明了这种收集雨水的方法。

索菲娅·奥西波芙娜昨晚碰过的男孩坐在离她不远的地方，看人们如何把布条塞进门和地板之间的缝隙里。昏暗的灯光下，她看清了男孩瘦削的脸、尖尖的鼻子。他看来只有六七岁。索菲娅·奥西波芙娜发现，从她加入车厢里这群人以来，男孩一直一动不动地坐着，没有跟任何人说一句话；也没有任何人跟男孩说过一句话。她把湿布条递给他，说道：

"拿着吧，小伙子。"

他默不作声。

"拿着，拿着吧。"她又说，于是男孩犹豫地伸出一只手。

"你叫什么名字？"她问。

他小声答道：

"达维德。"

坐在旁边的一位妇女穆夏·鲍里索芙娜告诉索菲娅，达维德是从莫斯科来看姥姥的，战争爆发，他跟母亲失去了联系。姥姥死在隔都，而达维德的亲戚，跟生病的丈夫一起坐这趟车的列薇卡·布赫曼，连男孩坐在她旁边都不让。

天还没黑，索菲娅·奥西波芙娜已经听够了种种谈话、故事、争论，她自己也掺和到这些谈话和争论中。她常常这样对邻座开头：

"犹太弟兄们，我是这样想的……"

许多人满怀希望地等待旅程结束，心想大家会被关进集中营，每个人会按专长得到一份工作，病人最终将被送往病患棚屋。所有人翻来覆去不停地说这件事。但是，那隐秘的恐惧，那无声的嗥叫，并没有消逝，而是深藏在人们心里。

索菲娅·奥西波芙娜从人们的交谈中了解到，人身上并非只有人道。有人告诉她，一个女人把瘫痪的妹妹放在洗衣盆里，在一个严寒的冬夜把盆子拖到外面，让妹妹活活冻死了。有人告诉她，有的母亲亲手杀死了自己的孩子，他们车厢里现在就有这样的女人。有人告诉她，有些人像老鼠一样在下水道中住了好几个月，以垃圾为食，任何苦难都能忍受，只为生存下去。

在法西斯统治下，犹太人的生活极为凄惨，但犹太人既不是圣人，也不是歹徒；他们只是人。

索菲娅·奥西波芙娜对人们的怜悯之情在看着小达维德时尤其强烈。

他一直沉默不语，一动不动地坐着。偶尔，他会从口袋里掏出一个皱巴巴的火柴盒，往里面看一眼，又重新塞回口袋。

好几个昼夜，索菲娅·奥西波芙娜没有睡着，也不想睡。这天夜里，她在恶臭的黑暗中醒来。"叶尼娅·沙波什尼科娃现在在哪里？"她突然想。她听着车厢里那些喃喃自语声、尖叫声，心想，在这些沉睡的、癫狂的脑袋中，一定充满了栩栩如生、无法用语言表达的可怕画面。如果有谁得以在地球上存活，并想知道过去都发生了什么，该如何保存并描绘这些画面呢？

"兹拉塔！兹拉塔！"一个哽咽的男声在叫喊。

44

……在四十岁的瑙姆·罗森伯格的大脑中，正在进行他习以为常的会计工作。他顺着路走下去，一边心算：前天是一百一十，昨天六十一，头五天一共六百一十二，这样，共计七百八十三……可惜他当时没有分别清点男人、孩子、女人的数目……女人更好烧些。经验丰富的焚尸工在堆尸体时，会把骨骼粗大、出骨灰多的老男人跟女人的尸体放在一起。很快就会有命令下来，让他们从道路上拐出去，就像一年前那样，刨开坟坑，用带钩的绳索将坑里的尸体拽出来。坟坑还没刨开时，经验丰富的焚尸工只要瞟上一眼，就能说出坑里大概有多少尸体：五十、一百、二百、六百，还是一千……艾尔弗队长要求管尸体叫"块"——一百块，两百块，但罗森伯格管它们叫：人，被杀的人，被处决的儿童，被处决的老人。他只能私下这么叫，否则队长会把九克重的一颗枪子儿搁到他身体里。但他还是会固执地喃喃自语：从坑里出来吧，被处决的人……别紧拽着你妈妈，孩子，你们会在一起的，你不会离她太远……"你在那儿嘀咕些啥啊？"——"没有啊，是您想象的吧。"他就这么喃喃自语着——他是在抗争，这是他小小的反抗……前天有个坑，里面躺了八具尸体。队长叫起来："简直是个笑话，小组有二十个焚尸工，可尸体才烧了八块！"他说得不错，但假如村里只有两户犹太人，那又有什么办法？命令就是命令，得挖开所有坟墓，烧掉所有尸体……所以，他们奉命从道路上拐下来，在草地上搜寻，第一百一十五次之后，在碧绿的林中草地又碰到了这个灰扑扑的土丘——坟茔。八个人刨坑，四个人砍橡树，把橡木锯成一人长的圆木，两个人用斧头和楔子把圆木劈开，两个人从公路上搬来干木板、引火柴、汽油桶，四个人弄好生火的地方，挖出接骨灰的地沟，还得弄清风从哪边刮过来。

森林的腐殖质气味一下子消逝得无影无踪。卫兵们捂住鼻子笑骂，队长吐了口唾沫，躲到林中空地边上。焚尸工扔掉铁锹，拿起钩子，用破布蒙住嘴巴和鼻子……您好，老爷爷，烦劳您再见见阳光吧；哟，您够沉的……一个被杀害的妈妈和三个儿女——两个男孩，一个已经上小学；一个1939年才出生的小女孩，有佝偻病，不过没关系，她感觉不到病痛了……别抓你妈妈那么紧，孩子，她哪儿也去不了啦……"多少块？"队长在边上喊道。"十九。"——然后悄悄地对自己说："被害的人。"每个人都骂骂咧咧的——半天过去了，才十九具。上周他们还刨开了一个乱葬坑，里面有两百个女人，全都很年轻。撤去最上面一层泥土时，一股灰蒙蒙的蒸汽升起到坟包上方，卫兵们哈哈大笑："好热乎的娘们！"他们在通风的沟渠上放上干柴，然后堆上橡木条，橡木条燃烧后会变成耐烧的火炭；然后把被杀的女人堆在上面，再放一层劈柴，然后把被杀的男人堆在上面，再放一层劈柴，然后是无主的尸体碎块，再浇上一桶汽油，在中间放一颗引火炸弹，最后队长一声号令，卫兵们起先就忍不住在笑了，焚尸工唱起了合唱。火着了！然后骨灰被扔进坑里。重归寂静。这里曾是一片寂静，现在又回到一片寂静。然后，他们被带到森林里，周围全是绿地，见不到小丘，队长命令挖坑——四米长，两米宽。他们立刻明白了——任务已经完成：八十九个村庄，加上十八个定居点，加上四个镇子，加上两个小区，加上三个国营农场——两个产粮食，一个产牛奶——共计一百一十六个居民点，焚尸工共挖了一百一十六个坑……当会计师罗森伯格为自己和其他焚尸工挖坑时，他计算出：上周——七百八十三，在那之前的三十天，焚烧了四千八百二十六具尸体，所以总共是五千六百零九具。他算啊，算啊，时间在不知不觉中就过去了。他推导出平均块数，不，不是块数，是人体数——五千六百零九除以坟坑数一百一十六，得：每个坟坑四十八点三五具尸体，四舍五入，平均每个坟坑四十八具。考虑到一共二十个焚尸工干了三十七天，那么每个焚尸工人就得……"集合，"警卫班长叫道，队长艾尔弗用刺耳的声音下令："齐步走，目标——土坑！"[1]但罗森伯格不想下到坑里。他跑起来，跌倒，爬起来再跑。他跑得并不起劲，他是会计不是跑手，但他还是没被他们杀掉，他躺在林中草地上，在一片寂静中，不去想头顶的天空，也不去想兹拉托奇卡[2]，她被害时已经怀孕六个月了。他躺在那里，继续算挖坑时没算完的数字：二十个焚尸工，三十七天，那么一个焚尸工每天……这是其一；其二，得算出每具尸体得花多少立方米劈柴；其三，得算出每具尸体平均多少小时才能烧完，多少……

　　一周后，伪警察抓住他，把他关进了隔都。

　　此刻，在这里，在车厢里，他一直在喃喃自语，计算着，做除法，做乘法。年度报表！得把报表交给国家银行总会计师布赫曼。夜里，在梦中，猝不及防地，他的大脑和心脏上结痂的伤口突然裂开，灼热的泪水涌上脸颊。

　　"兹拉塔！兹拉塔！"他呼唤着。

---

① 原文为德语。

② "兹拉塔"的昵称。

45

她房间的窗户俯瞰着隔都的铁丝网围栏。夜里，图书管理员穆夏·鲍里索芙娜醒来，她掀开窗帘的边缘，看到两名士兵在拖一挺机枪；月光照在机枪抛光的枪身上，映出点点蓝光，一个军官走在前面，眼镜也闪闪发光。她听到马达低沉的嗡嗡声。调暗了前灯的汽车和卡车一辆辆驶近犹太人隔都，厚重的夜间尘土在车轮四周泛着银光盘旋，车辆宛如在云端缓缓飘移的出行神祇。

穆夏·鲍里索芙娜眼看着党卫军和保安处的小分队、乌克兰伪警察分队、辅助部队和帝国安全总局后备队的车队接近沉睡中的隔都大门。静谧月光照耀下的短短几分钟里，这个女人审视了二十世纪的一场劫难。

月光，武装小分队节奏舒缓、派头十足的运动，一辆辆马力强劲的黑色卡车，墙上挂钟怯怯的嘀嗒声，一动不动搭在椅子上的女式短上衣、胸罩、长袜，室内的温暖气息——所有这些无法融合的东西都融合在一起了。

46

1937 年被捕并处死的老医生卡拉西克的女儿娜塔莎，在车厢里不时想唱点什么。有时她晚上也唱，大家也不生她的气。

她很羞怯，说话时总是眼眉低垂，声音低得几乎听不见，串门儿只上关系密切的亲戚家，看到有些女孩子竟然在晚会上跳舞，她对她们的勇敢只有吃惊的份儿。

在挑选消灭哪些人时，她没有被列入工匠和医生之列，那些人能留下性命，因为还有使用价值；一个憔悴不堪、头发几乎全白了的女孩没必要生存下去。

一个伪警察推推搡搡把她带到集市上一个尘土飞扬的土丘旁，土丘上站着三个醉醺醺的男人，其中一个是伪警察局长，她在战前就认识，那时他是某个铁路仓库的管理员。她甚至不知道，对众人的生杀大权就操在这三个人手中。伪警察猛地一推，她跌到闹哄哄的人群中，里面有上千个被判定为无用的儿童、妇女和男人。

然后，这些人在人生最后一次八月骄阳中往机场走去，经过路旁沾满尘土的苹果树，最后一次撕心裂肺地叫喊，撕着身上的衣服，祈祷着。娜塔莎默不作声地走着。

她从来没有想到，在阳光下，鲜血会红得如此刺目。好像一眨眼的工夫，尖叫声、枪声和喘息声就停了下来，只听得坑里传来血流的汩汩声。踩着白色的尸体，好像踩着白色的石头一样，她飞奔起来。

接下来碰到的，她反而最不害怕——冲锋枪低低的噼啪声和刽子手的脸庞，那张脸很普通、很温和，因为卖力干活儿而显得筋疲力尽，这会儿耐心地等着她胆怯地跑近些，等她站到血流不断的坑边。

晚上，她拧干湿漉漉的衬衫，回到城里。死者是不会从坟墓中爬出来的，这就说明，她还活着。

当娜塔莎穿过一条条小巷、一个个院落走进隔都时，看到广场上正在开晚会——混合铜管和弦乐的管弦乐队演奏着华尔兹，她一直挺喜欢那悲伤中带着梦幻的旋律；在昏暗的月光、昏暗的街灯光下，一对对舞伴绕着尘土飞扬的广场转圈，姑娘们和士兵们脚擦地面的沙沙声与乐声混杂在一起。那一刻，形容枯槁的年轻女孩心中充满了喜悦和自信——她不停地轻声哼唱歌儿，期待着向她招手的幸福，有时，趁没人看见，她甚至跳起了华尔兹。

47

战争爆发后发生的一切，达维德都记不太清了。但有天晚上，在车厢里，男孩的脑海中清晰地浮现了最近经历的一件事。

那是一天晚上，趁着夜色，姥姥把他领到了布赫曼家。天空缀满了小星星，天际是明亮的浅黄色。牛蒡叶触着他的脸颊，仿佛什么人冷而湿润的手掌。

在阁楼上的藏身地，砖砌的夹墙后面，坐着好些人。屋顶的洋铁瓦黑色薄板，白天被晒得烫手。有时，阁楼藏身地会弥漫着烧东西的气味。隔都在燃烧。白天，藏身地每个人都一动不动地躺着。布赫曼的女儿小斯维特拉娜有一搭没一搭地哭着，哭声单调乏味。布赫曼心脏不好，白天大家都当他是个死人。可一到夜里他就缓过劲儿来，一边大吃大嚼，一边跟老婆拌嘴。

突然，一条狗叫起来。几个非俄罗斯的声音在说："阿斯塔！阿斯塔！犹太人在哪儿？"隆隆声在头顶响起，德国人从天窗爬到了屋顶上。德国人钉铁掌的靴子在黑洋铁皮屋顶上踩踏，阵阵轰响仿佛天边的炸雷。不一会儿，响声平息下来，墙根下又传来狡猾的轻击声——有人在敲墙。

藏身地一片寂静，一种吓人的寂静，人们肩部和颈部的肌肉紧绷，双眼圆睁，嘴巴大张着。

小斯维特拉娜在轻柔的敲墙声中，一言不发地继续哭泣。可突然间，女孩的哭声戛然而止。达维德朝小女孩的方向看去，与一双疯狂的眼睛对上了目光。那是列薇卡·布赫曼，小斯维特拉娜的妈妈。

后来，有一两次，就那么短短的一会儿，他脑海里会浮现出那双眼睛，和小女孩像布娃娃一样向后耷拉着的头。

但战争爆发前发生的事情，他却记得一清二楚，经常忆起。在车厢里，他像个怀旧的老人，活在过去，珍惜过去，钟爱过去。

<h1 style="text-align:center">48</h1>

12月12日是达维德的生日，妈妈给他买了本童话书。在一片林中空地上，有一只灰色的小山羊。附近的森林一片漆黑，显得分外不祥。黑褐色的树干，蛤蟆菌，毒菌后面躲着一只大灰狼，张着血盆大口，眼睛闪着绿光。

只有达维德一个人知道残杀即将来临。他一拳砸在桌子上，用手掌盖住空地，把狼隔开。但他意识到，自己保护不了小山羊。

夜里他喊道："妈妈，妈妈，妈妈！"

妈妈醒了，朝他身边走来，像一朵黑夜中的云彩——他舒心地打了个哈欠，感到世界上最强大的力量在保护着他，使他免受夜晚森林黑暗的侵害。

长大一些后，他又被《丛林之书》中的红狗吓坏了。一天晚上，他房间里不知怎么出现了一大群红色猛兽，达维德光着脚，好不容易爬过抽出来的五斗柜抽屉，爬到妈妈床上。

每次达维德发高烧、神志恍惚时，总会做同样的噩梦：他躺在海滨沙滩上，小指头大小的浪花挠着他的身体，痒酥酥的。突然，地平线上升起一座无声的蓝色小山，全是水，水山越来越高，越逼越近。达维德躺在温暖的沙滩上，暗蓝色的水山向他压过来。这比狼和红狗还要可怕。

早上，妈妈去上班，他走下后楼梯，往一个蟹肉罐头盒里倒了一杯牛奶。一只瘦瘦的流浪猫对他的举动已经习以为常了，这只猫尾巴又细又长，鼻子苍白，眼里满是泪水。但有一天，一个女邻居说，天刚亮时来了几个人，带着一只盒子，谢天谢地，终于把那只恶心的流浪猫弄到研究所去了。

"怎么去啊，这个研究所在哪里我都不知道？别异想天开了，忘掉这倒霉的小猫吧。"妈妈看着他恳求的目光，又说道："将来到社会上，你怎么过日子呀？心肠不能总这么软啊。"

妈妈要送他去儿童夏令营，他哭着求她，举起双手，绝望地喊道：

"我答应去姥姥家，千万别让我去什么夏令营！"

妈妈带他去乌克兰的姥姥家时，他在火车上几乎一口东西都没吃——他觉得，吃煮鸡蛋或从油腻腻的纸上拿炸肉丸子吃，都太难为情。

妈妈在姥姥家住了五天，得回去上班了。他跟妈妈分手时没哭，只是双手紧紧搂住妈妈脖子不放，妈妈只好说：

"傻孩子，妈快让你给掐死了。这儿的草莓多便宜啊，乖，过两个月妈就来接你。"

罗莎姥姥家附近有个公共汽车站，车从镇上开往制革厂。乌克兰语管汽车站叫"停靠地儿"。

达维德已故的外公曾是个崩得分子，名气挺大，在巴黎住过。姥姥为此受人敬重，但也为此经常丢掉工作。

从打开的窗户可以听到隔壁的收音机："请注意，请注意，这里是基辅广播电台。"①

白天，这条街空无一人，只有当制革技校的男女学生从街上走过时，才显得热闹起来。学生们隔着马路对喊："别拉，你考试及格了吗？""雅什卡，来，一块儿复习马克思主义！"

傍晚时分，制革厂的工人、售货员和市"喜鹊"广播中心的电工纷纷回家。姥姥在一家诊所的工会基层委员会工作。

姥姥不在时，达维德并不感到无聊。

姥姥家附近，一个没有主人的果园里，长着一些枯萎、不结果的苹果树，一头老山羊在吃草，涂上记号的母鸡在觅食，蚂蚁悄无声息地在草茎上忙忙碌碌。城镇居民——乌鸦、麻雀——在果园里随意叽叽喳喳，一副主人公的派头；而从野地飞进果园的鸟儿——达维德叫不上它们的名字——则缩头缩脑，像没见过世面的村姑。

他听到许多新词：глечик，дикт，калюжа，ряженка，ряска，пужало，лядаче，кошеня②。在这些词中，他听到了熟悉的俄罗斯母语的回声，看到了俄语的反映。他还听到了希伯来语，当妈妈跟姥姥当着他的面说希伯来语时，他感到很惊讶。他从未听妈妈说过他听不懂的什么语言。

姥姥带达维德上她侄女家做客。姥姥的侄女名叫列薇卡·布赫曼，胖胖的。达维德看到屋子里有那么多手工编织的白色窗帘，十分惊讶。列薇卡的丈夫，国家银行总会计师爱德华·伊萨科维奇·布赫曼，身穿束腰外衣，脚蹬皮靴，走进房间。

"哈伊姆，"列薇卡说，"这是咱们从莫斯科来的客人，拉娅的儿子。"她马上又补了一句："喏，跟爱德华姨父问个好吧。"

---

① 原文为乌克兰语。

② 乌克兰语：瓦罐，三合板，水洼，酸奶，浮萍，稻草人，懒惰，小猫。

达维德问总会计师：

"爱德华姨父，列薇卡姨妈为什么管你叫哈伊姆？"

"哦，这还真是个问题，"爱德华·伊萨科维奇说，"难道你不知道，在英格兰所有名叫哈伊姆的，都被叫作爱德华？"

这时有只小猫在那里使劲抓挠，终于用爪子把门推开，大家便看到屋子中央有个小姑娘坐在尿盆上，满眼焦虑。

星期天，达维德跟姥姥一起去市场。路上走着形形色色的女人，有戴黑头巾的老妇，有睡眼惺忪、愁眉苦脸的女列车员，有挎着蓝色、红色手提包，走起路来神气十足的女人，那是区委领导们的老婆；还有穿高筒靴的村妇。

一些乞讨的犹太女人在高声行乞，听起来十分粗鲁，人们似乎不是出于怜悯，而是出于恐惧向她们施舍。鹅卵石路上开过一辆集体农庄的吨半卡车，车上装着一袋袋土豆和麸皮，还有柳条笼子，关在里面的母鸡被颠得直叫，像生病的犹太老太婆一样。

最吸引达维德的是肉摊，但也最可怕，眼见的情景让他无比绝望。达维德看到小贩如何把一头被宰杀的小牛犊的尸体从大车上拖下来，牛犊苍白的嘴半张着，长着卷曲白色短毛的脖颈沾满鲜血。

姥姥买了一只杂色小母鸡，用白布条绑着鸡腿，倒拎着。达维德走在姥姥身旁，想用手掌帮母鸡把无力的脑袋抬高点，暗自惊讶姥姥怎能对小动物这样狠心。

达维德想起了妈妈说过的话，虽然他不太明白是什么意思。妈妈说，姥爷家的亲戚都是知识分子，姥姥家的亲戚全是小市民和买卖人。姥姥对母鸡毫无怜悯，原因可能就在这里。

他们走进一个小院子，一个戴圆顶小帽的老头走过来，姥姥跟老头说起了希伯来语。老头把鸡提起来，嘟哝着什么，母鸡信赖地咯咯回应，然后老头双手麻利地一使劲，看不清他到底做了什么，但后果显然很可怕。老头把鸡往肩后一扔，母鸡尖叫着跑开，还拍打着翅膀，但男孩看到它的脑袋已经没了，无头的鸡仍在奔跑！是老头杀了它。没跑几步，母鸡身子一仆倒在地上，年轻有力的爪子在地面抓着挠着。这只鸡不再是有生命之物。

晚上，男孩觉得房间里有一股潮味，仿佛来自被宰杀的母牛和小牛犊。

死亡曾经住在童话森林里，在那里，童话狼偷偷逼近童话小山羊。而那一天，死亡从童话故事书页里走了出来。他头一次感到，他自己也会死，不是童话里那种死，而是实实在在的死，会有令人难以置信的证据证明他的死。

他意识到妈妈有一天也会死。死亡将降临到他身上，降临到妈妈身上，不是从童话里那个云杉树在半昏暗中矗立的森林，而是从四周的空气，从生活，从家中的四壁降临，谁也躲不过。

他如此清晰、如此深切地感受到了死亡，只有年幼的孩童和伟大的哲学家才能拥有这种感受。哲学家的思维能力最接近孩童感觉的质朴与有力。

从安放着胶合板的带坐垫的椅子，从大衣橱，散发出一种平静而亲切的气味，就像姥姥的头发和衣服一样。温暖的夜晚过分迷人地平静。

49

这年夏天，生活离开了儿童拼字方块，离开了看图识字课本。他看到公鸭的黑色翅膀泛着多么美妙的蓝光，公鸭的笑容和嘎嘎声中有多么愉快的嘲讽。树叶间，白樱桃闪闪发光，他顺着疙里疙瘩的树干爬上去，伸手够到一颗樱桃，摘了下来。他走到拴在荒地的一头小牛犊跟前，递给它一块糖，看到巨无霸小宝宝可爱的大眼睛，达维德幸福得一塌糊涂。

红发的佩奇克走近达维德，口齿不清地提议：

"来干干干一架！"

姥姥院子里的犹太女人和乌克兰女人彼此很相像。帕尔腾斯卡娅老太婆走到姥姥跟前，拖着嗓子说：

"您猜怎么着，达维德他姥姥，索尼娅去基辅啦，跟男人和解了。"

姥姥双手轻轻一拍，笑着回答：

"哎呀，不是让人看笑话嘛。"

达维德觉得，与基洛夫街比起来，这儿的世界更可亲、更好玩儿。在基洛夫街，一个名叫德拉科－德拉贡，头发卷曲、浓妆艳抹的老太太常常牵着一只卷毛犬在铺着沥青的喷泉周围散步，一辆"吉斯－101"轿车每天早上停在大门口，一位戴夹鼻眼镜的女邻居嘴唇抹得红红的，叼着根烟，对着公用煤气灶愤愤地低声嘟囔着："你这该死的托洛茨基分子，又把我的咖啡壶从灶头挪开！"

他们是夜里到的，妈妈领着他从车站去姥姥家。两人走在被月光照亮的鹅卵石路上，经过一座白色的天主教堂，教堂的壁龛里伫立着瘦削的耶稣基督，个子只有十一二岁男孩一般高，头戴荆冠，俯着身子。他们还路过了妈妈读过书的师范学院。

几天后，一个星期五的傍晚，达维德看到老人们在一片金色尘土中走向犹太教堂，尘土是赤脚足球运动员在荒地上扬起的。

乌克兰的白色农舍，吱吱作响的水井吊杆，黑白相间的祈祷围巾上令人眼花缭乱、描绘久远而丰富的圣经故事的古老图案，这一切结合在一起，产生了一种震撼人心的魅力。这里既有《科布扎歌手》[①]，又有普希金和托尔斯泰、物理教科书、《共产主义运动中的"左派"幼稚病》[②]；既有内战时期迁徙到此地的鞋匠和裁缝的儿子，又有区委的指导员、区工会理事会中的好事之徒和宣传员、卡车司机、刑侦部侦查员、马克思主义讲解员。

来到姥姥家，达维德才知道妈妈的生活其实很不幸。头一个告诉他这件事的是胖胖的姨妈拉悉尔，她面颊红红的，好像总在害羞：

"居然抛弃你妈妈这样好的女人，有他后悔的一天！"

第二天达维德就知道了，爸爸是跟一个比他大八岁的俄罗斯女人走的，他在爱乐乐团每月挣两千五百卢布，而妈妈拒绝了赡养费，只靠她自己每月挣的三百一十卢布过日子。

有一次，达维德给姥姥看一只放在火柴盒里的蛹。

但姥姥说：

"哟，弄这个脏东西干什么，快扔掉吧。"

达维德去过两次货运站，看公牛、公绵羊和猪怎样被装上货车。他听到公牛大声哞叫，不知道是在抱怨，还是在求人怜悯。小男孩心中充满恐惧，穿着破烂油污上衣的一群铁路工人从车厢旁走过，瘦削的脸上满是疲惫，对大声哞叫的公牛看也不看一眼。

达维德来这里一星期后，姥姥的邻居捷博拉生下了头生子，她是集体农庄汽修厂钳工拉扎尔·扬克列维奇的妻子。去年，捷博拉去科迪马看她姐姐，赶上一场雷雨，被雷打了；人们试着救活她，但不管用，只好浅浅地把她给埋了。她躺了两个小时，就像个死人。可今年夏天她却生孩子了！十五年来，她一直没生育。姥姥告诉达维德这件事，补充说：

"大伙儿都是这么说的，其实，她去年也做过一次手术。"

姥姥带达维德去这位邻居家。

"喏，鲁扎，喏，捷博拉。"姥姥看了眼躺在洗衣篮里那个两条腿的小东西，说道。她说话的声音很严厉，仿佛在警告孩子父母，千万不要对发生的奇迹掉以轻心。

在铁路旁一座小房子里，住着一位名叫索尔金娜的老妇人，带着两个聋哑儿子，都是理发师。邻居全都怕他们，老帕尔腾斯卡娅告诉达维德：

---

① 乌克兰诗人谢甫琴柯（1814—1861）创作的第一部诗集，于 1840 年出版。

② 列宁于 1920 年发表的一部作品。

"只要不喝酒，两人都安静得像木头桩子。但只要喝上几口，他俩就厮打在一起，又是嚷嚷，又是挥刀子，高声尖叫，像公马似的！"

有一次，姥姥带着达维德送了一罐酸奶油给图书管理员穆夏·鲍里索芙娜……她的房间很小。桌上放了只小碗，墙上钉了个小搁板，板上放了几本小书，床头还挂了张小照片。照片是妈妈和襁褓里的达维德。达维德看照片时，穆夏·鲍里索芙娜红着脸说：

"我跟你妈妈那会儿是同桌。"

他给她大声朗读关于蜻蜓和蚂蚁的寓言，她轻声念给他一首诗的开头："萨沙哭了，眼看森林被砍伐……"

早上，院子里闹哄哄乱成一片：头天晚上，所罗门·斯列波伊的一件皮大衣被人偷了，那是他夏天新做的，还撒了樟脑丸。

姥姥听说这件事，说道：

"老天有眼，这强盗，总算得了报应。"达维德后来听说，斯列波伊是个告密者，当年没收外币和金卢布时，他出卖了很多人。到了1937年，他又出卖了不少人。被他出卖的人里面，有两个被枪毙，一个死在监狱医院里。

夜晚可怕的沙沙声、无辜者的鲜血、鸟儿的啁啾——这种种汇在一起，仿佛一锅滚烫的稀粥。也许得过好几十年，达维德才有可能充分理解这一切；但就在那时，他幼小的心灵已经无日无夜不在感受那灼人的魅力和恐怖。

50

要屠宰染上传染病的牲畜，先得做一系列准备工作：把牲口运到屠宰点集中，对屠宰工进行指导，挖壕沟、土坑。

民众帮助当局把染病的牲口运送到屠宰点，或帮助捕捉跑散的牲口，并不是出于对小牛和母牛的憎恨，而是出于自我保护的意识。

在大规模杀人时，同样，民众对必须被消灭的老人、儿童和妇女并没有什么刻骨仇恨。因此，必须以特殊的方式为大屠杀运动做准备。在这里，仅靠自我保护的意识是远远不够的，必须在民众身上煽起极度厌恶、极度仇恨的情绪。

正是在这种厌恶和仇恨的气氛中，准备并实施了对乌克兰和白俄罗斯犹太人的灭绝。当年，也在这片土地上，斯大林曾煽起群众的愤怒，发动了一场消灭富农阶级的运动，还发动了一场残杀托洛茨基-布哈林反党集团的败类和破坏分子的运动。

经验表明，在这些运动中，大部分人会像被施了催眠术一样，盲目服从当局的所有指示。但民众中也有一小部分人喜欢煽风点火，唯恐天下不乱。这是些嗜血成性、幸灾乐祸的家伙，意识形态上的白痴，一心计较个人恩怨、掠夺财产和住房、窃取他人的职位。大多数民众内心对大屠杀感到恐惧，但他们不仅对亲朋好友，而且对自己都隐瞒内心的真实想法。这些人挤满了召开灭绝运动会议的大厅，无论会议多么频繁，大厅多么宽敞，人们总是默默地投下赞成票，几乎从来没有人提出异议。当然，更难见到的情况是，一个人遇到疑似患狂犬病的狗，看到狗儿恳求的目光不是转过头去，而是将可能得了狂犬病的狗带回自己家里，跟老婆孩子一起住。但这种事毕竟发生过。

二十世纪上半叶之特殊，在于那是一个伟大科学发现的时代，革命的时代，宏伟社会变革的时代，两次世界大战的时代。

但是，二十世纪上半叶被载入人类历史时，也将被标记为基于社会和种族理论对欧洲人口中数量庞大的特定阶层实施大规模灭绝的时代。出于不难理解的原因，当代社会谦卑地对此不置一词。

此时暴露出来的人性中最令人惊奇的特征之一就是顺从。有这样的情况：人们在行刑地点乖乖地排队等待受刑，而且，排队的秩序由受害者自己来维持。有这样的情况：在漫长的酷热天气，有时排队等死得从早上等到深夜，所以，体贴的母亲们会预先为孩子们准备好饮水和面包。数以百万计的无辜者预感即将被逮捕，于是提前把内衣、毛巾装进小包，提前与亲人告别。数以百万计的人生活在巨大的集中营里，这些集中营不仅由他们自己建造，而且由他们自己看守。

而无辜者被杀害时，旁观群众的数量之庞大，别说几万，连几千万都不止。但还不止于此；当他们在命令之下，投票赞成杀害无辜，鼓噪着表示接受大屠杀时，他们就不仅仅是驯顺的旁观者了；在人们这种极端顺从中，揭示了一些意想不到的东西。

当然，也有人奋起反抗，有注定一死者表现出大无畏和顽强，有过起义，有人置自己的安危和家人的安危于不顾，去拯救一个毫无关系、素不相识的人，从而表现出自我牺牲精神。然而，芸芸众生的顺从也是不容置疑的！

这说明了什么？人性中突然冒出来一种新的特征？不，这种顺从说明，有一种新的恐怖力量在影响着人们。极权主义社会制度的超暴力已经证明，它能够在整个整个的大陆上麻痹人类精神。

为法西斯主义效劳的人宣称，邪恶的、毁灭人的奴役体制是唯一真正的善。出卖灵魂的人一方面表示不否定人类情感，一方面又宣称法西斯所犯下的罪行是最高形式的人道，同意将人分为纯洁的、有价值的和不洁的、不配生存的。为了自我保护，人们在求生本能和良心之间寻求妥协。

一些关于世界的观念也大行其道，与人们的求生本能相配合，催眠似的鼓吹要不惜一切牺牲、不择手段地实现最伟大的目标——祖国未来的强大，人类、民族、阶级的幸福，世界的进步。

伴随着求生的本能，伴随着伟大思想的催眠力，还有第三种力量在起作用——在强大国家无限暴力面前的恐惧，在成为国家日常生活基础的谋杀面前的恐惧。

极权国家的暴力强大到如此地步，以至于它不再是一种手段，而变成了一种神秘的、宗教似的崇拜和愉悦的对象。

否则，该怎么解释某些长于思考的犹太知识分子的一种断言：为了人类幸福必须杀害犹太人？他们意识到这种必要性，于是准备把自己的亲生儿女送到屠宰场——为了祖国的幸福，他们不惜做出亚伯拉罕①曾经做出的牺牲。

否则，该怎么解释一个富有理智、才华出众的农民诗人，竟然用真挚的感情写下一首诗，歌颂农民受苦受难的血腥时代，歌颂那个吞噬了他诚实而单纯的劳动者父亲的时代……

法西斯主义影响一个人的手段之一，是让他完全失明或几乎完全失明。一个人不相信毁灭在等着他。令人惊讶的是，那些站在坟墓边缘的人，有多么乐观。人们之所以顺从，是因为抱有希望，这种希望有时堪称疯狂，有时动机不纯，有时甚至是卑鄙的；建立在这种希望上的顺从，也是可悲的，有时甚至是卑鄙的。

华沙起义、特雷布林卡集中营暴动、索比堡集中营暴动、一些小起义和焚尸工的起义都源于严重的绝望。

但是，当然，彻底而明确的绝望不仅会激发起义和反抗，还可能激发起一种普通人所不知道的愿望：希望早点被处决。

在排队等着去杀人坑时，人们会为先后次序争吵不休，这时空中会传来一个激昂、疯狂、近乎兴高采烈的声音：

"犹太人啊，别担心，没什么可怕的，五分钟就完事了！"

一切，一切都孕育了顺从——以及绝望和希望。毕竟，命运相同的人，性格还不一样呢。

有必要考虑一下，一个人必须经历过什么、体验过什么，才能进入快乐地等待引颈就戮的状态。很多人都应该好好考虑一下这个问题，尤其是那些喜欢指手画脚、动不动就教训他人在这种情况下应该如何斗争的人；"这种情况"具体是什么

---

① 参见《圣经》《希伯来书：11:17》："亚伯拉罕因着信，被试验的时候，就把以撒献上，这便是那欢喜领受应许的，将自己独生的儿子献上。"译文参照 2007 年版中文和合本《圣经》。

样，那些金玉其外、败絮其中的教师爷完全没概念——如果他们永远对此没概念，那真是好福气。

肯定人们在无限暴力面前的顺从之后，我们还必须得出最后一个结论，这对于理解人、理解人的未来很有意义。

人性是否发生了变化，在极权暴力的大锅中是否已经变得与以往截然不同？人是否失去了对自由的内在渴望？对这些问题的答案，将决定人类的命运和极权主义国家的命运。人类本性的改变预示着独裁政权在世界范围内的永恒胜利，而人类对自由的渴望如果永不改变，则意味着对极权主义国家的死刑判决。

于是就有了华沙隔都大起义，特雷布林卡集中营大暴动和索比堡大暴动，在数十个被希特勒奴役的国家爆发的大规模游击运动。斯大林去世后1953年的柏林起义和1956年的匈牙利起义，席卷西伯利亚和远东集中营的起义，同一时期兴起的波兰暴乱、席卷了许多城市的反对压制思想自由的学生抗议运动，许多工厂的罢工，都表明人类对自由的渴望是坚不可摧的。无论怎样压制，对自由的渴望仍然存在。一个被奴役的人，把他变成奴隶的是他的命运，而不是他的本性！

人类固有的对自由的向往是坚不可摧的，它可以被压制，但不能被摧毁。极权主义不可能放弃暴力。放弃暴力，极权主义就灭亡了。长久、不断、直接或隐蔽的超暴力是极权主义的基础。人不会自愿放弃自由。在这一结论中，蕴含着时代之光、未来之光。

51

电子计算机能执行数学计算、记住历史事件、下棋、将书籍从一种语言翻译成另一种语言。它快速解决数学问题的能力超过了人，它的记忆力无可比拟。

按人类的形象和特征创造机器人，这种进步有无极限？看来，并不存在这样的极限。

可以想象未来几个世纪，未来几千年的机器人。它会听音乐，鉴赏画作，自己画画，创作旋律，写诗。

它的完美无缺有边界吗？它会赶上人，会胜过人吗？

要使机器模仿人的方方面面，需要电子学不断取得新的突破，需要更大的重量和面积。

童年的记忆……幸福的泪水……离别的苦涩……对自由的热爱……对生病的小狗的怜悯……多疑……母性的温柔……对死亡的思索……悲伤……友谊……对弱

者的爱……突然的希望……幸福的猜测……悲伤……无缘无故的乐趣……突然的混乱……

一切，这一切都将能被机器重新创造！但是，假如要让机器再现一个普通的、不起眼的人的理智和心灵的特征，整个地球的面积都将容纳不下一台体积和重量都在不断增长的机器。

法西斯主义消灭了数以千万计的人。

52

在乌拉尔一个森林环绕的村庄，一所明亮干净的大房子里，坦克军军长诺维科夫和政委格特马诺夫看完了下属旅长们的报告。他们刚刚接到命令，准备开赴前线。

连日来废寝忘食地拼命训练，此刻终于静了下来。

跟类似场合通常发生的情况一样，诺维科夫和部下都觉得时间不够，好些训练计划都完成得不理想。但学习阶段的任务，即掌握发动机和行走部件的操作、火炮操纵、光学瞄准具和无线电设备的使用等等，总算完成了。各种训练，如火力控制，目标评估、选择与分配，射击方式，开火时机，炸点观察，修正量校正，目标变换等等，也总算完成了。

战争本身将接过教鞭，督促后进，填补空白。

格特马诺夫把手伸向立在两扇窗户之间的橱柜，用手指轻轻敲了敲，说道：

"咳，老兄，咱们要上前线啰！"

诺维科夫打开橱柜，拿出一瓶白兰地，把酒倒进两个浅蓝色的大肚酒杯中。

政委若有所思地问道：

"那么，为谁干杯呢？"

诺维科夫知道该为谁干杯，也知道格特马诺夫为什么问"为谁干杯"。

犹豫片刻后，他说：

"政委同志，为那些你我马上要带上战场的人干杯吧。但愿血流得少点！"

"没错，最要紧的是托付给咱们的指战员，"格特马诺夫说，"为咱们的小伙子们干杯吧。"

他们碰杯喝干了酒。

诺维科夫忙不迭地把酒杯又斟满，说道：

"为斯大林同志干杯！为不辜负他的信任，干杯！"

诺维科夫从格特马诺夫亲切而又警觉的眼神中看出了隐含的嘲弄。他诅咒自己，心想：

"该死！干吗这么性急呀。"

格特马诺夫快活地答道：

"好啊，为老人家，为我们的父亲，干杯。在他领导下，我们要直捣伏尔加河岸。"

诺维科夫看了一眼政委。但是，从这个聪明的四十岁男人那张笑容可掬、颧骨高高的大胖脸上，从他那双快活却不怀好意的眯眯眼里，又能指望读出什么来呢？

格特马诺夫忽然说起了军参谋长涅乌多布诺夫将军：

"很体面的好人，布尔什维克，真正的斯大林主义者。有丰富的领导工作经验，干劲十足。我从 1937 年就记得他，当时叶若夫①派他去军区搞清洗。要知道，那会儿我本人也不是在幼儿园招呼小朋友的，但涅乌多布诺夫干得确实漂亮。一点也不婆婆妈妈，斧头般干净利落，名单一拉一个个杀掉，狠劲儿不逊于瓦西里·瓦西里耶维奇·乌尔里希②。是的，他没辜负叶若夫的信任。咱们马上把他请来吧，要不他会生气的。"

格特马诺夫的语气像是对那场与人民公敌进行的斗争有所不满，而诺维科夫知道，格特马诺夫本人在那场斗争中也扮演过重要角色。诺维科夫又看了看格特马诺夫，搞不清他究竟什么意思。

"是啊，"诺维科夫慢吞吞地勉强说道，"当时有些人确实干了些蠢事。"

格特马诺夫挥挥手。

"今天收到一份总参谋部通报，情况不妙：德国人已经逼近厄尔布鲁士山③，在斯大林格勒正把我军往水里挤。我就直说吧：有些事情我们也有责任——杀自己人，把干部往死里整。"

诺维科夫突然感到对格特马诺夫的信任涌上心头。他说道：

"是啊，政委同志，那帮人杀害了许多优秀人才，军队大伤元气啊。就说军长克里沃鲁奇科吧，受审时一只眼睛给打瞎了。他也没白白挨打，用一只墨水瓶把审讯员的脑瓜砸开了。"

---

① 尼古拉·叶若夫（1895—1940），1936 年至 1938 年任苏联内务部首脑，是斯大林大清洗运动的主要执行者之一，后失势被处决。

② 瓦西里·瓦西里耶维奇·乌尔里希（1889—1951），国务活动家、集团军级军法官（1935 年 11 月 20 日授衔）、上将法官、苏联三十年代大清洗时的审判庭长。

③ 厄尔布鲁士山，大高加索山脉的山峰之一，位于俄罗斯和格鲁吉亚交界处。

格特马诺夫同情地点点头说：

"贝利亚很器重咱们的涅乌多布诺夫。贝利亚看人从来不会错，他可是个聪明人，聪明人啊。"

"是的是的。"诺维科夫心中暗想，什么也没说。

两人沉默了一会儿，听着隔壁房间压低的说话声。

"胡说，那是我们的袜子！"

"您什么意思，中尉同志？您瞎了眼还是怎么的？"同一个声音又说道，已经不用"您"了："你别碰——那些是我们的衬领。"

"什么呀，初级政治指导员①同志，那怎么会是你们的？你看清楚啦！"原来，这是诺维科夫的副官和格特马诺夫的秘书，两人正在整理各自首长的衣物。

格特马诺夫说：

"我一直盯着这两个鬼东西。有一次，我跟您去法托夫的坦克营观看射击演习，路上碰到一条河。我踩着石头过河，而您一下子跳了过去，然后跺着脚抖泥巴。我往后一瞧，我的秘书也踩着石头过河，而您的中尉也是跳了过去，然后跺脚。"

诺维科夫叫道：

"嘿，肝火旺啊，你俩？吵架小点声！"

隔壁的声音立刻没了。

涅乌多布诺夫将军走了进来。他脸色苍白，前额宽阔，浓密的头发几乎全白了。他看了看酒瓶酒杯，把一沓文件放到桌上，对诺维科夫说：

"上校同志，第二旅参谋长的事，该怎么办？米哈列夫要过一个半月才能回来，我刚收到部队医院的病情说明。"

"没了肠子，胃也切去半个，他还怎么当参谋长啊？"格特马诺夫说，往酒杯里倒了些白兰地，递给涅乌多布诺夫，"将军同志，趁您的肠子还在，喝一杯吧。"

涅乌多布诺夫扬起眉毛，明亮的浅灰色眼睛探询地看着诺维科夫。

"请，将军同志，请！"诺维科夫说。

格特马诺夫不管在什么场合总是摆出一副当家人的架势，诺维科夫看在眼里，很不是滋味。在讨论技术问题的会议上，即便一窍不通，他也满不在乎，可以滔滔不绝说上半天。同样，他也自以为有权用他人的白兰地款待客人，请客人躺在他人的床上休息，或者读他人桌子上与自己不相干的文件。

诺维科夫说："先任命巴桑戈夫少校为旅参谋长吧。他挺干练，战争初期，就

---

① 1935—1942 年间，苏军基层政治工作人员的军衔分为高级、中级、初级政治指导员。

在诺沃格勒 - 沃林斯克附近参加过坦克战。政委有反对意见吗？"

"反对意见嘛，当然没有，"格特马诺夫说，"我怎么可能反对呢……不过想法倒有一点。第二旅的中校副旅长是亚美尼亚人，现在又让一位卡尔梅克人当参谋长，再加上，第三旅已经有一位姓利夫希茨①的中校当参谋长了。也许，没有卡尔梅克人咱们也能对付？"

他看了看诺维科夫，又看了看涅乌多布诺夫。

涅乌多布诺夫说：

"平心而论，在日常生活中，这一切当然没错。但要知道，马克思主义教导我们，对不同问题可以有不同的解决办法。"

"重要的是，跟德寇一交手，某个同志的表现如何，"诺维科夫说，"这就是我理解的马克思主义。至于他祖父在哪里祈祷——是去教堂，还是去清真寺……"他停下来，想了想，又补充道："……还是去犹太会堂，对我来说都无所谓。我个人认为，在战争中，最要紧的是知道怎样放枪、怎样开炮。"

"是的是的，一点不错，"格特马诺夫乐呵呵地说，"反正我们坦克部队里绝不会盖个犹太会堂，也不会为别的什么教派搞个祈祷室。毕竟我们保卫的是俄罗斯。"他突然蹙起眉头，恶狠狠地说："老实跟您说吧，我受够了！这一切让我想吐。为了各民族的友谊，牺牲了多少俄罗斯人？少数民族的随便什么人，刚会背俄语字母表就可以被任命为人民委员，而一个俄罗斯人，哪怕才高八斗，也得靠边站，给少数民族的人腾出位置。伟大的俄罗斯人民倒变成了少数民族。我赞成民族友谊，但不是这么个搞法。我受够了！"

诺维科夫想了想，瞟了一眼桌上的文件，然后用指甲轻轻敲了敲酒杯，说道：

"怎么，难道我因为对卡尔梅克人有什么特殊好感而压制俄罗斯人啦？"他转向涅乌多布诺夫说道："好吧，请发布命令，任命萨佐诺夫少校为第二旅代理参谋长。"

格特马诺夫小声说道：

"萨佐诺夫，挺棒的指挥员。"

然而，惯于以粗鲁、专横、严苛的态度待人的诺维科夫，又一次在自己的政委面前感到底气不足……"没关系，没关系，"他安慰自己，"我不会玩政治，只是一个会打点仗的无产者，如此而已。我的任务很简单：打败德国鬼子。"

但无论在心里如何嘲笑格特马诺夫在军事上的无知，诺维科夫都无法否认自

---

① 利夫希茨是个中欧、东欧姓氏，可能来自波兰、捷克边境上的一个城镇。

己怕这个人。格特马诺夫头很大，头发蓬乱，身材不高，但肩宽背阔，肚子圆滚滚的。他非常机灵，声音洪亮，爱说爱笑，似乎有无穷无尽的精力。

虽然格特马诺夫从未上过前线，下面各个旅说起他来，总是夸道：

"啊，咱们政委是个地道的军人。"

他喜欢召集指战员开会，讲话深受欢迎。他说话通俗易懂，夹杂许多玩笑，有时还带点一般人难以出口的脏话。

他走路有点摇摇晃晃，经常拄着拐杖。要是碰到某个坦克兵心不在焉，向他敬礼慢了点，他就会在小兵面前停下脚步，拄着那根无人不识的手杖，摘下帽子，像农村老大爷那样深深鞠上一躬。

他性子火暴，听不得反对意见。如果有人胆敢跟他争辩，他就会呼哧呼哧喘气，皱起眉头。有一次他发起脾气来，竟给了重炮团参谋长古宾科夫大尉狠狠一拳；古宾科夫也是头犟牛，用大家伙儿的话来说，"原则性强得要命"。

对这位倔强的大尉，格特马诺夫的秘书责备道：

"鬼迷心窍了，竟敢跟咱们政委犯浑！"

对那些经历了战争初期艰苦日子的人，格特马诺夫并不认为有什么了不起。他曾经这样说第一旅旅长马卡洛夫，诺维科夫的宠儿：

"他身上那套1941年的东西——我早晚给他打掉！"

诺维科夫什么也没说，尽管他喜欢和马卡洛夫谈论那段残酷而又令人回味的时光。

表面看来，格特马诺夫见解之大胆、尖锐，似乎与涅乌多布诺夫截然相反。

然而，尽管这两个人在许多方面迥然不同，却有某个共同点使他们成为亲密伙伴。

涅乌多布诺夫呆板而又专注的眼神、圆滑的措辞和一成不变的平静语调，常常弄得诺维科夫心烦意乱。

而格特马诺夫却会哈哈大笑说：

"我们真够幸运的，德国佬一年中对农民干的坏事，比共产党二十五年干的还要多。"

忽然又冷笑一声：

"有什么办法？老人家喜欢人家夸他是天才。"

但这类大胆言论非但不会感染交谈者，反而会让人惶恐不安。

战前，格特马诺夫曾掌管一个州。他会就耐火砖的生产和煤炭研究所科研工作的安排发表演讲，大谈特谈市面包厂的面包质量、当地丛刊上刊登的问题小说《蓝色火焰》、拖拉机修理厂的维修、州商业局商品基地储存设施的不足、集体农庄养鸡场的鸡瘟，等等，等等。

如今，他同样充满自信地谈到燃油质量、发动机的退化速度，谈到坦克战的战术，谈到突破敌人防线时坦克、大炮和步兵的协调，谈到行进中的坦克、炮火下的医疗援助，谈到无线电代码、坦克手在战斗中的心理，谈到一个乘员组内部和不同乘员组彼此间关系的特殊性，谈到日常检修和大修，谈到从战场上撤离损坏的坦克，等等。

有一次，诺维科夫和格特马诺夫来到法托夫大尉的坦克营，在一辆赢得全军示范打靶第一名的坦克旁停下。

坦克车长回答问题时，用手掌抚摸着坦克装甲，动作轻微得几乎看不出来。

格特马诺夫问坦克手，拿第一名是不是很难。小伙子立刻有了生气，说道：

"不，没什么难的。我很爱这玩意儿。我从乡下来到坦克学校，一眼看到坦克就爱上了，爱得要命。"

"这么说，是一见钟情啰，对吗？"格特马诺夫说。

他突然大笑起来。格特马诺夫的笑声中有一种屈尊俯就的东西——好像在批评年轻人，这样爱坦克实在荒唐。

那一刻，诺维科夫觉得，他诺维科夫自己也可能同样可笑，他也可能同样愚蠢地坠入爱河。但他不想跟格特马诺夫说人是有可能愚蠢地坠入爱河的。过了一会儿，格特马诺夫板起脸，用教训的口气对坦克手说：

"好样的！对坦克的热爱是一种巨大的力量。你取得好成绩，正是爱坦克的结果。"

听到这里，诺维科夫不禁嘲讽地说道：

"可是坦克有什么好爱的呢？目标那么大，轻而易举就可以打掉。走起来轰隆隆乱响，在敌人面前暴露无遗，却把乘员震得晕晕乎乎。行进中上下颠簸，让人几乎无法观察敌情，更不用说瞄准了。"

格特马诺夫冷笑了一声，看着诺维科夫。此刻，他重新斟满酒，同样冷笑了一声，看着诺维科夫说：

"我们的行军路线会经过古比雪夫。咱们军长有机会在那里见到什么人呢。为相会干杯！"

"用得着他来说。"诺维科夫想，感到自己脸红得厉害，像个小男孩似的。

战争开始时，涅乌多布诺夫正在国外。直到1942年年初回到莫斯科加入国防人民委员部后，他才初次看到莫斯科河南岸市区的街垒和反坦克菱形拒马，才初次听到空袭警报。

像格特马诺夫一样，涅乌多布诺夫从不直接向诺维科夫询问军事问题，也许，因为自知对打仗的事情一窍不通而不好意思吧。

诺维科夫一直想搞清楚涅乌多布诺夫是凭什么当上将军的。他打开涅乌多布诺夫的档案细细察看一页页材料，这位军参谋长的一生反映在档案中，就像一棵白桦树倒映在湖水里。

涅乌多布诺夫比诺维科夫和格特马诺夫年长，早在1916年就因参加布尔什维克小组而蹲过沙皇的监狱。

内战结束后，他响应党的号召，在人民委员会国家政治保安总局工作了一段时间，后来调到边防部队，然后又被送到军事学院学习，在学习期间担任了年级党支部书记……然后他在中央军事部门和国防人民委员部中央机关任职。

战前他曾两次被派往国外。他的名字列于职务名册中，享受特殊待遇。以前诺维科夫还不完全明白其中奥妙，不知道列入职务名册的干部能享受多么优渥的特权和待遇。

一般而言，从被提名晋升到取得军衔，要等很长时间。但在涅乌多布诺夫的个案中，进展之快令人吃惊，好像人民委员专等他的提名报上来，好马上批准似的。档案这玩意儿真奇妙：一会儿，它把一个人一生的全部秘密、他所有的成功和失败，都揭示给你；一会儿，时过境迁，档案又好像什么也没有揭示，反而让真相变得扑朔迷离。

战争不以人们的意志为转移，它会重新评价人们的履历、自述、鉴定、奖状等等……其结果是，荣登职务名册的涅乌多布诺夫将军倒成了诺维科夫上校的部下。

不过，涅乌多布诺夫很清楚，一旦战争结束，这种非正常状况就会得到纠正……

他带了把猎枪到乌拉尔来，让坦克军所有狩猎爱好者都艳羡不已。诺维科夫说，沙皇尼古拉当年说不定还用类似的猎枪打过猎呢。

涅乌多布诺夫是1938年凭某种票证弄到这把枪的，凭类似票证他还从一些特供仓库弄到了各式家具、地毯、细瓷餐具，乃至一座别墅。

谈起话来，无论话题是关于战争、集体农庄事务、德拉戈米洛夫将军①的书、中华民族、罗科索夫斯基将军②的韬略、西伯利亚的气候、军用大衣呢子的质量，

---

① 米哈伊尔·伊万诺维奇·德拉戈米洛夫（1830—1905），俄国军事理论家，有大量著述。

② 康斯坦丁·康斯坦丁诺维奇·罗科索夫斯基（1896—1968），苏联元帅（1944），卫国战争中历任莫斯科会战集团军司令、斯大林格勒会战顿河方面军司令等职。

还是金发女郎与黑发女郎孰优孰劣，涅乌多布诺夫从来都是中规中矩，绝不作惊人之谈。

无从猜测他这样做是出于涵养，还是出于本性。

有时，酒醉饭饱之余，他会打开话匣子，开讲抓破坏分子的故事，那些破坏分子藏匿的地方你怎么也想象不到——医疗器械工厂、生产军靴的作坊、糖果店、州少年宫、莫斯科竞技场的马厩、特列季亚科夫画廊……

他记忆力极好，似乎饱览群书，悉心研究过列宁和斯大林的著作。跟人辩论起来，他动不动就会说："在十七大上斯大林同志说过……"然后背出引文。

有一次格特马诺夫对他说：

"有如此这般的语录，也有如此不这般的语录。口水话谁不会说？比如说吧：'我们不要别人的土地，但自己的土地寸土必争。'可德国鬼子已经到哪里了？"

涅乌多布诺夫只是耸了耸肩，好像与"自己的土地寸土必争"的名言相比，逼近伏尔加河边的德国鬼子不值一提。

突然间，一切都消失了——坦克、作战条例、射击演习、森林、格特马诺夫、涅乌多布诺夫……叶尼娅！他真的会再见到她吗？

53

格特马诺夫读了家里刚来的信后，对诺维科夫说："我跟老婆说了这儿的生活条件，她很难过。"

诺维科夫很惊讶。

政委觉得很艰苦的生活，诺维科夫却觉得奢侈得令人不安。

一开始，他住的地方是自己选的。有一天，他要下去视察一个旅，出发前随口说了句不怎么喜欢房东家的沙发。回来一看，沙发已经换成一把有木头靠背的扶手椅，副官维尔什科夫诚惶诚恐地在旁边看着，生怕军长不喜欢。

炊事员总是问："上校同志，红菜肉汤还好吧？"

诺维科夫从小就喜欢动物。现在他床底下就养了只刺猬，夜间像主人似的在房间里四处巡游，小脚掌踩在地板上啪嗒啪嗒响。他还养了只爱吃坚果的小花鼠，放在一个特制的笼子里，上面装饰着维修车间送给他的坦克标志。小花鼠很快就跟诺维科夫混熟了，有时会爬他到膝盖上，睁着一双稚气的眼睛，大胆而好奇地东张西望。大家对这些小家伙都很友好，关心备至——无论是副官维尔什科夫、炊事员奥尔列涅夫还是"威利斯"吉普司机哈利托诺夫。

对诺维科夫来说，这些都不是微不足道的小事。战前，有一次他把一只小狗带到干部楼里。谁知这小家伙不光咬坏了邻居上校太太的一只便鞋，而且不到半小时就在楼道上留下了三处尿渍。公共厨房里一片哗然，诺维科夫不得不马上跟小狗分手。

出发的日子到了，而一个坦克团团长跟团参谋长之间纠缠不清的争吵还没解决。

出发的日子到了，而诺维科夫还得操心燃油、沿途补给、将坦克装上运载列车的最佳方式等等。

想起未来将成为友邻的部队，他不禁惴惴不安；这支部队的步兵团和炮兵团也将在今天脱离预备期，向铁路线进发。想起一个人，他也不禁惴惴不安；在这人面前，他将在"立正"口令下站得笔直，然后说："上将同志，请允许我报告……"

出发的日子到了，而他没能见到哥哥和侄女。当初来乌拉尔时，以为亲人近在咫尺，随时可以见到，结果根本没时间陪哥哥。

他收到报告，知道了各旅的行动情况，知道重型坦克已经装到铁路平车上，还知道刺猬和小花鼠已经被放回森林。

当家做主真不是闹着玩儿的，每一件小事都要他来解决，每一个细节都要他来检查。坦克已经装上平车了，但刹车踩紧了吗？挂的是一挡吗？炮塔的炮口是指向正前方吗？舱口关严了吗？为防止坦克在平车摇晃时移动，需要的木块垫好了吗？

"喂，要走了，最后玩一把扑克吧？"格特马诺夫问道。

"我不反对。"涅乌多布诺夫说。

但诺维科夫想独自到外面待一会儿。

傍晚时分，四处一片寂静，空气格外澄明。平时最不起眼、最平常的东西，这会儿格外清晰地展现在眼前。炊烟从烟囱中冒出，并不徊转盘旋，而是笔直向天空升起。行军灶里，柴火噼啪作响。大街上站着一个黑眉毛的坦克兵，一个姑娘抱着他，抽泣着把头埋在士兵怀里。大大小小的箱子、手提箱和装在黑色匣子中的打字机正从司令部往外搬。通信兵在拆卸连接各旅部的通信线路，把黑色的粗电话线卷成一团。停在板棚后面的一辆坦克发生了逆火，突突作响，喷出一股股烟气，做好了上路的准备。司机们在为崭新的"福特"载重汽车加油，把棉罩从引擎盖上取下来。周遭一片寂静。

诺维科夫站在门廊上环顾四周，一时间，压在心口的烦恼和焦虑都烟消云散。

傍晚，他乘坐的"威利斯"吉普车开上了去车站的公路。

坦克群正从森林中驶出，冻透的土地在坦克的重压下嘎吱作响。夕阳照亮了远处冷杉的树冠，卡尔波夫中校率领的坦克旅正从那里出发。马卡洛夫的坦克旅在白桦林中穿行。坦克手们用树枝掩饰了装甲，云杉和白桦枝叶跟坦克装甲、马达的轰鸣声和履带的清脆嘎吱声融汇在一起，似乎成了坦克的有机组成部分。

老兵们看到这些开赴前线的后备部队，会不约而同地说："婚礼就快了！[①]"

诺维科夫把车停在路边，看着坦克疾驰而过。

多少闹剧，多少奇怪可笑的故事曾在这里发生！多么不寻常的事件曾经向他报告……一天早上，一个营部早餐的汤里发现了一只青蛙……上过十年学的罗日杰斯特文斯基少尉擦枪时不慎走火打伤一位同志的腹部，于是自杀了……摩托化步兵团一名士兵拒绝宣誓，声称："咱只在教堂宣誓。"

一缕蓝灰色的轻烟在路旁灌木丛中缭绕。

皮盔下面，这些头脑中隐藏着多种多样的思想。有些思想是人所共有的——战争带来的苦难，对自己国土的热爱，等等；但有些却千差万别，令人惊异。但正是这种差别构成了人们的共同点。

啊，我的天哪，我的天哪……这么多人——身穿黑色连衫服，系着宽宽的腰带。他们被选中是因为肩膀宽阔，身材不高：这样最方便进出舱口，在坦克里灵活自如地活动。他们在履历中填写的答案何其相似，无论是关于父母、出生日期、学历，还是关于上过的拖拉机手培训课。扁扁的绿色 T-34 坦克，舱盖全都打开，绿色装甲上全都绑着防水布，乌泱泱一大片。

一个坦克手在唱歌；另一个半闭着眼睛，心里充满恐惧和不祥的预感；第三个想起了老家；第四个嚼着夹香肠的面包，想着更多香肠；第五个咧着嘴，努力辨认树上的一只鸟——那是鸡冠鸟吗；第六个在担心，隔天晚上他出言不逊是不是得罪了同伴；第七个满怀愤恨，阴险地梦想着用拳头给自己的仇人——前面一辆 T-34 坦克的指挥官——一记重击；第八个在为告别秋天森林的诗歌打腹稿；第九个在想姑娘的胸脯；第十个在想自己那条狗——意识到人们将把它遗弃在空无一人的掩蔽部中，它往坦克装甲上扑着，可怜巴巴地使劲摇着尾巴向坦克手求情；第十一个在梦想，假如独自一人住在林中小屋里，吃浆果，喝泉水，光着脚走来走去，该有多好；第十二个在琢磨是不是该装病在某地医院赖上几天；第十三个在复述小时候听来的童话故事；第十四个在回想跟女孩的谈话，不为永远分手而难过，反而挺高兴；第十五个在思考未来——战后假如能当上个食堂主任就好了。

"啊，年轻人哪！"诺维科夫想。

---

① 俄罗斯人把战死比喻为和死神成婚。

他们看着他。也许，军长在检查部队的军容风纪是否严整；他在听发动机的声音，凭听觉判断机师－驾驶员的经验是否足够丰富；他在观察，坦克与坦克之间，分队与分队之间，是否保持了适当的距离，是否有逞能的家伙在互相追逐。

但事实上，他看着他们，跟他们看着他没什么两样；他们脑子里的想法，也在他脑子里：他在想格特马诺夫自作主张打开的那瓶白兰地，想和涅乌多布诺夫相处有多难，想再也不会去乌拉尔打猎了；上次打猎结果很糟糕——乱打一气，伏特加喝太多，讲了一大堆愚蠢的笑话……他在想，很快他就会与爱了那么多年的女人重逢……六年前，听说她嫁人时，他写了一张便条式的报告："请无限期长假，附上左轮手枪一只，编号 10322 号。"当时他在尼科尔斯克－乌苏里斯克服役——最终还是没有扣动扳机……

胆小的人，阴郁的人，开朗的人和冷漠的人，心思缜密的人，好色之徒，不损害他人的利己主义者，游手好闲的人，吝啬鬼，冷眼旁观的人，心地善良的人……所有这些人都在为一个共同的、正义的事业而走上战场。这个道理如此简单，简单到似乎不值得多费唇舌；但是忘记这一最简单道理的人，恰恰是那些应该以此为出发点的人。

人们总是争论不休：人是为安息日而活着吗[1]？问题的答案也许就在这里的什么地方。

这些人脑中想到的东西可能微不足道——一双靴子，一只被遗弃的小狗，一个偏远村庄的小木屋，对夺走女友的同事的憎恨……然而问题的实质恰恰在这里。

人类的团结，其意义全在一个主要目标：争取每个人与众不同、独特、以自己的方式在世界上各自思考、感受和生活的权利。

人们团结起来是为了争取、捍卫或扩大这一权利。但与之相伴，却形成了一个可怕而又难以克服的偏见：以种族、上帝、政党或国家的名义实现的团结被当成了生活的意义，而不是手段。不对，不对，不对！为生活而斗争的唯一的、真正的、永恒的意义在于个人，在于个人微不足道的独特性，在于个人对这种独特性所拥有的权利。

诺维科夫觉得这些人一定能成功，他们会凭力量和智谋打败敌人。这些精神资质迥异的人民的儿女——大学生、中学生、车工、拖拉机手、教师、电工、汽车司机，无论天性凶狠还是善良、固执还是随和，还有唱歌的、拉手风琴的，无论做事谨小慎微、慢慢吞吞还是肆无忌惮，他们的智慧、勤劳、勇敢、节俭、工作能力、进取心构成了巨大无比的宝藏——所有这些都会汇集成一个整体。而一旦汇为整

---

[1] "安息日是为人设立的，人不是为安息日设立的。"《马可福音 2:27》。——俄文原书编者注

体，他们必定胜利；他们如此强大，不可能不胜利。

如果不是这一个，那就是另一个；如果不在中央，那就在侧翼；如果不在战斗的第一个小时，那就在第二个小时，他们必然倾尽全力取得成功，凭借力量和智谋胜过敌人；战争的胜利正是靠着他们。在硝烟弥漫的战场上，在性命攸关的一刻，他们会比敌人早几分之一秒，比敌人准几分之一厘米，更自如、更坚决地转身、突破、开火。

答案就在他们身上，在这些在坦克里操纵大炮和机枪的小伙子身上。他们是战争的主力。

但问题的根本在于，他们会团结起来吗？所有这些人内在的各种资质会汇集成为一股力量吗？

诺维科夫站在那里，久久地看着他们。突然，对叶尼娅的激情涌上心头，他感到幸福和自信："她会是我的，一定是我的！"

54

这些日子多么令人惊奇！

柯雷莫夫觉得历史从历史书中走了出来，融汇到生活中，与生活合成了一体。

在这里，在斯大林格勒，天空和云彩的颜色，水面上闪烁的阳光，给了他一种全新的感受。这种感受使他忆起儿时：初雪的景象，夏雨的淅淅沥沥，一道彩虹，就足以让他感到无比幸福。随着岁月流逝，我们对生命中的奇迹逐渐见惯不惊，于是几乎所有人都失去了这种奇妙的感觉。

柯雷莫夫在近几年的生活中不喜欢的一切，他认为虚幻的一切，在斯大林格勒好像都感觉不到了。"是的，列宁的时代曾经就是这样的！"他对自己说。

他觉得人们对他的态度不同了，比战前好。现在，就像被德国人包围时一样，他不再觉得自己是时代的继子。最近，在左岸，他一直在热情地准备报告和讲座，觉得政治部让他从事报告工作，是很自然的事。

但此刻，他心里不时产生一种沉重的屈辱感。为什么不让他在战斗部队继续担任政委？试想想，他的工作做得不比别人差，甚至比许多人都好……

在斯大林格勒，人与人之间的关系好多了。在这片浸染着鲜血的黏土斜坡上，人们生活在尊严和平等中。

战后集体农庄将采取的体制、伟大的各国人民与其政府之间的未来关系等问题，在斯大林格勒几乎引起了普遍的兴趣。红军战士在战斗生活之外，用铁锹干活儿，用菜刀削土豆，用修鞋刀修补军靴，似乎都跟战后老百姓的生活有着直接关系，甚至跟其他民族和国家的生活有着直接关系。

几乎每个人都相信善将在战争中取胜，不惜牺牲生命的正直的人们将能过上美好而公正的生活。这种信念特别感人之处，是抱有这种信念的人却认为他们自己不可能活到战争结束那一天。事实上，每天晚上他们都会为自己又活了一天而感到惊讶。

<h1 style="text-align:center">55</h1>

一天晚上，例行报告结束后，柯雷莫夫去了师长巴丘克中校的掩蔽部。他的师部署在班内伊峡谷一带的马马耶夫高地斜坡上。

巴丘克中校个头不高，一张被战争折磨得疲惫不堪的士兵的脸，见到柯雷莫夫非常高兴。

晚餐桌上，摆出了上好的肉冻和热馅饼。巴丘克给柯雷莫夫倒了杯伏特加，一边眯缝起眼睛说："我听说您要来前线作报告，心里就想，您会先去谁那儿——是我这里呢，还是罗季姆采夫那里。结果您去了罗季姆采夫那里。"

他咕哝了一声，冲柯雷莫夫笑了笑。

"在咱们这儿，就像在乡下一样。晚上，没事了，大伙儿就开始给友邻打电话。你中饭吃的什么？谁去你那儿了？你去谁那儿了？上面对你说了些什么？谁的浴室最好？报上写了谁？等等。他们从来不写我们，总是写罗季姆采夫。光看报纸，你还以为就他一个人在保卫斯大林格勒呢。"

巴丘克待客人很殷勤，但自己只喝了点茶，吃了块面包。他似乎对饮食之乐兴趣不大。

柯雷莫夫发现，巴丘克平静的动作和缓慢的乌克兰说话方式只是表面现象。他其实正在考虑一些非常棘手的问题。但是，最让柯雷莫夫难受的，是巴丘克没有就他的报告提出任何问题，就好像报告跟巴丘克真正关心的事情全然无关似的。

巴丘克说起战争最初几小时的情况，柯雷莫夫听得目瞪口呆。在从边境线大规模撤退期间，巴丘克率领全团人马①往西，占领了一个渡口与德军对峙。沿着公路撤退的一个上级军官以为他打算向德军投降。就在公路边，经过所谓的审讯——其实只是一通咒骂和歇斯底里的叫嚷——决定枪毙巴丘克。在最后一刻，他已经背靠一棵树站好，还是红军战士把他们的团长给抢了出来。

---

① 巴丘克现在是师长，但在他讲的故事中，也就是战争最初几小时，他还是团长。

"是的，中校同志，"柯雷莫夫说，"那可不是闹着玩儿的。"

"我没有死于心脏病发作，"巴丘克说，"但我心脏落下了病根，那是肯定的！"

"你能听到市场一带的枪声吗？"柯雷莫夫颇带戏剧性地问道，"戈罗霍夫现在忙些什么哪？"

巴丘克看了他一眼。

"我知道戈罗霍夫在忙什么。他在打牌。"

柯雷莫夫说他听说巴丘克这儿要开一个狙击手会议，他有兴趣参加。

"当然了，"巴丘克说，"有兴趣就对了。"

他们开始谈论前线形势。巴丘克说，他对德军在该地区北部的集结感到担忧。德国人主要行动都在晚上。

狙击手一个个到了；柯雷莫夫意识到馅饼是给谁准备的。身着棉军服的男人围着桌子坐在墙边的长凳上；他们看起来有点腼腆，有点尴尬，但同时也意识到自己的价值。新来的人尽量不发出声音，像工人放下斧头和铁锹一般，把步枪和冲锋枪放在角落里。

著名的扎伊采夫看起来十分善良温柔——只是一个善良的乡下小伙子。但当他转过头皱起眉头时，柯雷莫夫瞥见了他五官的真正严厉。

这让他想起了战前在一次会议上的一刻。当时，他看了一眼坐在身边的一个老朋友，突然发现老友平时显得十分严峻的脸变得迥然不同。他的眼睛不停地眨着，嘴巴半开半合，鼻子低垂，下颌不大，整个给人的印象就是软弱和优柔寡断。

扎伊采夫旁边是别兹季奇柯——一个窄肩、棕色眼睛、爱笑的迫击炮手，和苏莱曼·哈利莫夫，一个有着孩子般厚嘴唇的年轻乌兹别克人。然后是神枪手马采古拉，他不时用手帕擦去额头上的汗水，看起来像个安静的居家男人，绝非狙击手。其他狙击手——炮兵中尉舒克林、托卡列夫、曼如利亚和索洛德基——看起来也像害羞、胆怯的小伙子。

巴丘克偏着头问他们话。他看起来更像一个好奇的小学生，而不是斯大林格勒最精明、最有经验的军官之一。当他开始用乌克兰语与别兹季奇柯交谈时，每个人的眼睛都亮了起来，等着看一场好戏。

"嗯，别兹季奇柯，最近怎样啊？"

"昨天俺给了德国佬一些苦头吃，中校同志，这您已经知道了。但今儿早上俺只干掉五个德国鬼子，却花了四发迫击炮弹。"

"好吧，但跟舒克林的活儿还是没法比，他只用一门炮，就把十四辆坦克打趴下了。"

"可他为什么只用一门炮？那是因为他连里只剩下那门炮了。"

"他昨天把德军的一家妓院炸毁了。"美男子布拉托夫说，脸红了。

"我把它标记成一般的掩蔽部了。"

"说到掩蔽部，"巴丘克说，"今天有发迫击炮弹把咱们掩蔽部的门给炸烂了。"他转向别兹季奇柯，用乌克兰语责备道："我在想，别兹季奇柯这狗娘养的，这差得也太远了点吧，我是这么教他打炮的吗？"

看起来比其他人更安静的瞄准手曼如利亚拿起一块馅饼，喃喃道："做得很不错，中校同志。"

巴丘克用步枪子弹敲着酒杯说：

"好啦，同志们，开始谈正事吧。"

这只是另一个生产会议——就像在工厂或乡村磨坊里举行的那样……只是这里的人不是面包师、织工或裁缝，也不是在谈论脱粒方法或面包。

布拉托夫告诉他们，他如何看到一个德国人走在一条小路上，胳膊肘搂着个女人。他迫使他们扑到地面，然后，在杀死他们之前，三次让他们站起来，每次又朝他们脚下一两英寸远处射出一梭子弹，扬起尘土，迫使他们又扑回到地上。

"他弯腰看她时，我把他干掉了。最终，两人重叠着趴在小路上，像个十字架。"

布拉托夫的声音蔫不拉几的，但他的讲述之可怕，在士兵的故事中还从未有过。

"得了吧！布拉托夫，别信口开河了！"扎伊采夫打断了他。

"我没有信口开河。到今天为止，我的总数达到了七十八个，"布拉托夫说，"政委同志是不允许撒谎的。我有他的签字。"

柯雷莫夫想加入谈话；他想说，在布拉托夫杀死的德国人中，很可能有工人、革命者和国际主义者。记住这一点很重要，否则他们就会变成单纯的沙文主义者……但他保持了沉默。他知道这种想法是没有用的，只会让战士们士气低落。

金发的索洛德基口齿不清地讲述他昨天如何杀了八名德国兵。他补充说："我从乌曼斯克附近一个集体农庄来。法西斯分子在我们村干的事情真是伤天害理啊。我自己也没少受罪——三次负伤。于是，我就从一个农庄庄员变成了狙击手。"

郁郁寡欢的托卡列夫向大家解释，应该如何沿着德国人取水或去厨房的路径选择狙击地点。他捎带着插了一句："老婆有信来，莫扎伊城下被捕的人，好多都被杀了。我的儿子也被杀，原因是我给他起的名字——弗拉基米尔·伊里奇[①]。"

"我从不着急，"哈利莫夫兴奋地说，"心有所动时，我就开枪。我来到前线，有个朋友是古罗夫中士，我教他乌兹别克语，他教我俄语。德国人杀了他，我杀了

---

① 弗拉基米尔·伊里奇是列宁的本名和父名。

十二个德国人。我从一名军官身上摘下望远镜，挂在自己的脖子上，说：您的命令已经执行了，政治指导员同志。"

这些狙击手颇具创意的报告很有些可怕。柯雷莫夫这辈子一直鄙视知识分子的懦弱无能，瞧不起叶甫根尼娅·尼古拉耶芙娜和施特鲁姆，认为他们不该为在集体化时期遭受苦难的富农分子扼腕叹息。谈到 1937 年那些事件，他曾对叶甫根尼娅说："消灭敌人并没有错，他们该见鬼就见鬼去吧；可怕的是自己人杀自己人。"

即便现在，他也想说，他会毫不犹豫地枪杀白匪军，消灭孟什维克和社会革命党人那些人渣，消灭富农分子。他想说，他从来不会对革命的敌人抱丝毫怜悯和同情，但是，消灭法西斯匪徒时，把德国工人也一起杀害，他可高兴不起来。这些战士的交谈很有些可怕，尽管他们非常清楚自己在为什么而战。

扎伊采夫开始讲述他在马马耶夫高地旁同一名德国狙击手斗智斗勇的故事。这场较量持续了好几天。德国人知道扎伊采夫在盯着他，他本人也在盯着扎伊采夫。两人势均力敌，谁都逮不住谁。

"那天他已经干掉了我们三个人，但我只趴在沟里，一枪也没开。然后他又开了一枪，打得很准，我们这边一个战士伸开手臂侧倒在地上。这时，他们那边一个士兵拿着一些文件走过来。我只是趴在那里，看着……我知道他会想什么——如果那个狙击手在蹲守，就会干掉拿文件这个士兵，可是这个士兵安然无恙地走过去了。我还知道，他看不见他刚刚撂倒的那位战士，但挺想看看。寂静。然后另一个德国人提着水桶跑了过去——我的沟里还是没有声音。又过了十六分钟，他欠起身子。他站起来了。然后，我挺直身子，站了起来……"

重温他所经历的一切，扎伊采夫从桌旁站了起来。他的脸现在变成了柯雷莫夫刚才瞥见的表情。现在他不再是一个和蔼可亲的小伙子了——在他张开的鼻孔里，在他宽阔的前额上，在他充满可怕的胜利振奋的眼神里，有一种狮子般的东西，一种强大的、预示着不祥结果的东西。

"他明白情况，认出了我。然后我开了枪。"

一瞬间，四周寂静无声。也许，可能和昨天扎伊采夫开枪后的寂静一样——你几乎可以听到尸体倒地的声音。巴丘克突然转向柯雷莫夫，问道：

"如何，您觉得这一切有趣吗？"

"挺棒。"柯雷莫夫说，没多说话。

夜里，柯雷莫夫就睡在巴丘克那里。

巴丘克嘴唇微微颤动着，数着滴数往杯子里倒了几滴治心脏病的药水，然后往杯子里倒满水。他时不时打着哈欠，开始向柯雷莫夫讲述师里的事情，不是关于战斗，而是关于生活中发生的所有事情。

柯雷莫夫觉得，巴丘克所说的一切似乎都与战争最初几个小时发生在他身上的事情有关。就好像他所有的想法都是从那一刻开始的。

自从来到斯大林格勒，柯雷莫夫就有一种奇怪的感觉。有时，他仿佛置身于一个没有党的国度；有时，正相反，他感到自己呼吸的正是革命最初那些日子的空气。

"您入党很久了吗，中校同志？"他突然问巴丘克。

"您为什么问这个，政委同志？您认为我偏离了党的路线吗？"

柯雷莫夫一时间没有回答。然后他对师长说："您知道吗，作为演说家，我的口碑还不错。我曾在许多大型工人集会上发表演说。但自打来到这儿，我总觉得是跟在别人屁股后面，而不是在引导他们。感觉怪怪的。对，是这样，谁偏离路线，路线就会甩掉谁。刚才，我本想对你们的狙击手说些什么，纠正一点错误想法。后来一想，算了，给哲学家上哲学课，那不是自讨没趣吗？事实上，这还不是我保持沉默的唯一原因。根据政治部的指示，演讲人要让战士们认识到，红军是一支复仇的军队。而我却打算谈论国际主义或阶级立场。重要的是动员广大民众对敌人的愤怒！否则，我的下场就会像童话故事里那个傻瓜，来参加人家婚礼，却读起了安魂辞……"

他沉思了一会儿。

"还有个习惯问题……党为了打败敌人，消灭敌人，常常需要煽起民众的怒火和狂热。基督教人道主义在我们的事业中已经没有立足之地了。我们苏维埃的人道主义是严酷无情的……没什么好客气的……"

他又沉思了一会儿，然后继续说：

"当然，我说的不是您差点被枪杀的事。在1937年，发生过杀害自己人的事——是的，我们为此付出了代价。但现在德国人打进了工人农民的祖国，那怎么办？战争就是战争！他们活该。"

柯雷莫夫等着巴丘克回应，但没有动静——不是因为巴丘克在琢磨他的话，而是因为巴丘克已经睡着了。

56

天快黑了。在"红十月"钢铁厂的炼钢车间里，身穿棉军服的人们来来往往。远远能听到密集的枪声，火光时闪时灭；空气中硝烟弥漫，不知是灰尘还是雾气。

师长古里耶夫命令各团把指挥所设在炼钢炉里面。这些炉子不久前还在炼钢，柯雷莫夫心想，坐在里面的那些人一定很特别，他们的心就是钢铁铸就的。

德国兵的靴子声清晰可闻，不仅可以听到他们喊口令的声音，当德国人为冲锋枪装填子弹时，轻微的咔嗒声都能听到。

柯雷莫夫缩着脖子爬进充作步兵团指挥所的炉口，他的手感觉到耐火砖中的余温，一种胆怯的感觉突然袭上心头，仿佛他终于在这里发现了伟大抵抗之所以成功的秘密。

半暗之中，他分辨出一个蹲着的身影，看到他宽宽的脸庞，听到他悦耳的声音：

"咱们宫殿里来客人了！欢迎！快上酒，再来个烤鸡蛋当下酒菜！"

在这满是尘土、又黑又闷的炼钢炉里，一个念头闪过柯雷莫夫的脑海：他永远无法告诉叶甫根尼娅·尼古拉耶芙娜，当他爬进斯大林格勒一座黑暗闷气的炼钢炉时，他是怎么想起她的。过去这么些年来，他一直想离开她、忘掉她。现在他服气了：无论他走到哪里，她都会跟随着他。这个巫婆竟然也爬进了炉子。想甩开她？没门儿！

当然，一切都像白昼一样清晰。谁需要时代的继子？让他滚蛋，让他跟残疾人和领养老金的人为伍吧！她的离开只不过进一步证明他的生活是多么无望。即便在这里，在斯大林格勒，对他来说也不存在真正的战斗事业……

晚上，就在这个车间里，报告结束后，柯雷莫夫与古里耶夫将军聊了起来。古里耶夫没穿制服，脸红红的坐在那里，时不时用手帕擦拭汗水。他哑着嗓门，大声向柯雷莫夫敬上伏特加酒。他也是这样哑着嗓门打电话向团长们下令；哑着嗓门责骂厨师肉串没烤对；哑着嗓门打电话给友邻巴丘克，问他们是不是正在马马耶夫高地玩多米诺骨牌。

"我们这里，一般来说，人都挺快活，挺好。"古里耶夫说，"巴丘克很聪明，拖拉机厂的佐鲁季耶夫将军是我的老朋友。'街垒'工厂的古尔季耶夫上校也没的说，但他是个和尚，滴酒不沾。这当然很成问题。"

然后他向柯雷莫夫解释说，谁也没有像他那样，战斗减员那么厉害，一个连只剩下六到八人。谁也没有像他那样，援军那么难过来，要知道，从汽艇上下来的官兵，三分之一都受了伤。除了市场那边的戈罗霍夫之外，没人遭过这么多罪。

"昨天崔可夫召见了我们师的参谋长舒巴。他们对前沿阵地的确切状况产生了分歧，舒巴上校回来时，那副垂头丧气的样子……"

他瞥了一眼柯雷莫夫，说道：

"您在想，他是不是挨崔可夫骂了？"他爆发出一阵大笑，"挨骂算什么，他没有一天不挨我骂。门牙全给打掉了，'前沿'整个报销。"

"是啊。"柯雷莫夫慢吞吞地说。这声"是啊"是承认,人的尊严在斯大林格勒的山坡上并不总是占据主导地位。

然后,古里耶夫开始抱怨,为什么报纸上对战争的报道那么糟糕。

"那群狗娘养的,自己什么也不去看,傻坐在伏尔加河另一边,远远地躲在大后方,就那么胡写一气。谁招待他们好点,他们就写谁。列夫·托尔斯泰就不一样,他的《战争与和平》,人们已经读了一百年,还会再读个一百年。为什么?因为托尔斯泰身临其境,亲自打过仗,所以知道该写谁。"

"对不起,将军同志,"柯雷莫夫说,"托尔斯泰没参加过那次卫国战争。"

"没参加过——什么意思?"将军问道。

"很简单,就是没参加。"柯雷莫夫说,"跟拿破仑开战时,托尔斯泰还没出生呢。"

"没出生?"古里耶夫反问,"怎么会呢,没出生?那是谁替他写的那本小说啊,如果开战时他还没出生?啊?您怎么看?"

两人之间爆发了激烈的争论。这是柯雷莫夫作报告以来头一次跟人争论。令柯雷莫夫吃惊的是,他竟然无法说服对方。

57

第二天,柯雷莫夫来到"街垒"工厂,在那里驻扎着古尔季耶夫上校的西伯利亚步枪师。

每天,他越来越怀疑他的报告到底有没有用。有时,他觉得,他们听他演讲是出于礼貌,就像不信教的人听老神父布道。不错,他们很高兴见到他,但他明白他们之所以高兴,是见他的人,而不是听他的报告。他成了集团军政工干部中的一员,那帮人舞文弄墨、游手好闲,只会干扰作战的将士。而政工干部里,只有那些不提问题、不做解释、不做冗长的工作报告和总结、不作宣传鼓动,而亲自投身战斗的政工干部,才是真正称职的。

他回忆起战前大学里的马列主义课程,他和听众都像研习教理问答一样,枯燥乏味地拼命钻研党史《简明教程》。

但是,在和平时期,这种枯燥乏味是理所当然的、不可避免的。可是在这里,在斯大林格勒,还这么枯燥乏味,就实在匪夷所思了。何苦来哉?

柯雷莫夫在司令部掩蔽部门口遇见了古尔季耶夫,却没有认出,这个穿着毡靴的瘦削男子就是师长。他的士兵军大衣看起来很不合身,好像短了一截。

柯雷莫夫作报告的地方，是一个宽敞的掩蔽部，顶板很低。在斯大林格勒的这些日子，还从来没有听到过像今天这样猛烈的炮火声。整个报告期间他只好一直大声叫喊。

　　师政委斯维林是一个声音洪亮、说话又尖刻又俏皮的家伙，报告开始前，他对大家说：

　　"干吗规定只有高级指挥人员才能听报告？大家都来，地形测绘员，警卫连没任务的战士，不值班的通信兵、通信员，都来听听国际形势报告！报告结束后放电影。然后是通宵舞会。"

　　他冲柯雷莫夫使了个眼色，仿佛在说："瞧，还有额外的精彩娱乐活动；回头作工作总结时，对你我都有好处。"

　　看古尔季耶夫如何面带笑容看着说个不停的斯维林，看斯维林如何把披在古尔季耶夫肩上的大衣拉直，柯雷莫夫意识到，在这个掩蔽部里笼罩着友谊精神。

　　再看斯维林眯起本来就细细的眼睛瞧一眼参谋长萨夫拉索夫，而后者一脸不高兴地向斯维林投去气恼的目光，柯雷莫夫意识到，在这个掩蔽部里笼罩着的不只是友谊精神和战友情谊。

　　报告结束后，师长和政委接到集团军司令员紧急召唤，马上离开了。柯雷莫夫与萨夫拉索夫聊起来。看样子，这人脾气暴躁，不好相处，而且虚荣心挺重，又好抱怨。他身上的很多东西——虚荣心、急躁，以及品人论事时那种嘲弄的愤世嫉俗——都不对头。

　　萨夫拉索夫看着柯雷莫夫，来了一段独白：

　　"在斯大林格勒，你到任何一个团，都会知道：团里最有权势、说话最管用的就是团长！这是肯定的。在这里，人们不看大叔有多少头牛。人们只看一件事——有没有头脑……有？那就好。冒充是不行的。而在和平时期，情况又怎样？"他一双黄眼睛紧盯着柯雷莫夫，微微笑了一下，"您知道，我受不了政治。所有那些右倾的、左倾的、机会主义的理论家，烦都烦死了。我受不了吹牛拍马的家伙。可是我不问政治，政治却要问我：他们无数次想把我搞掉。好在我是个非党群众，但他们还是变着法儿挑刺，一会儿说我酗酒，一会儿说我乱搞女人。让我假装圣人，还是怎么着？我可装不来。"

　　柯雷莫夫想告诉萨夫拉索夫，即使在斯大林格勒，他柯雷莫夫的命运也没有好转，他没干什么正经事，不过虚度光阴而已。为什么瓦维洛夫，而不是他，担任了罗季姆采夫师的政委？为什么党信任斯维林，胜过信任他？毕竟，他人更聪明，视野更开阔，党内经验又丰富，勇气也不缺，而且，如果需要，也能硬起心肠，决不手软……要知道，实际上，与他的水平比起来，那帮家伙只配进扫盲班！但您的时间已经逝去了，柯雷莫夫同志，滚吧。

这个黄眼睛的上校燃起了他心底的火，他激动起来，乱了方寸。

老天，还有什么可怀疑的，他的个人生活算是交待了，走下坡路了……当然，问题不在于叶尼娅看到了他物质上的贫乏。她不在乎这个。她是个纯洁的人。问题是她不再爱他了！风光不再、背时倒运的人，退去了光环的人，是没有人会爱上的。是的，是的，他被踢出了职务名册……不过，话虽这么说……纯洁归纯洁，物质的东西对她来说还是有意义的。谁都得在这个世界上讨生活。叶甫根尼娅·尼古拉耶芙娜也不例外。她总不会嫁给一个穷画家吧，哪怕他乱涂一气的作品被她奉为天才之作……

柯雷莫夫脑子里接踵而至的这些想法，本可以向黄眼上校倾诉好多，但他只对上校的一个观点提出了不同意见，而这个观点其实他是赞同的。

"您怎么回事，上校同志，过于简单化了吧？在战前，也不光看大叔有多少头牛啊。挑选干部可不能只看业务能力。"

战争打断了他们有关战前情况的交谈。一声猛烈的爆炸声响起，烟雾和尘埃中，一个大尉忧心忡忡地走进来；电话员高声喊叫——团里打电话来师部了。德军坦克向团指挥部开了火，跟在坦克后面的冲锋枪手冲进了重炮营营部人员所在的石头楼房，营部人员在二楼同德国人展开了激战。坦克打燃了左近一座木屋，来自伏尔加河的强风将火焰吹向团长恰莫夫的指挥所，恰莫夫和团部人员无法呼吸，决定转移指挥所。但是，德军的炮火和重机枪的点射罩住了恰莫夫，指挥所的转移很不顺利。

所有这一切也发生在全师的其他防御地段上。一些人请求指示，另一些人请求炮火支援，还有一些人请求允许撤离，有人详细上报状况，有人急需了解战况。每个人的情况都很特别，但所有人都面临一个共同问题：生与死。

当嘈杂声稍许平息一些后，萨夫拉索夫问柯雷莫夫：

"营级政委同志，趁师首长还没从集团军司令部回来，咱们先吃午饭吧？"

他不受师长和政委定的规矩的约束，不需要对伏特加说不。因此，他更喜欢独自用餐。

"古尔季耶夫是个好兵，"萨夫拉索夫说，有点醉意了，"他有文化，正直。但不幸的是，他是个极端禁欲主义者！把部队管得像个修道院。可我见了姑娘，就像大灰狼见到小绵羊。就好这一口，没辙。我承认自己像只蜘蛛。当着古尔季耶夫的面，我的天，您千万别讲黄段子。但跟他一起打仗，总的来说，还成。政委就别提了，他压根儿不喜欢我，虽说要讲本性的话，他不见得比我更适合当出家人。您以为，斯大林格勒让我变老了？没有的事！有这帮朋友在，我在这里，反而发福了。"

"我倒是跟这个政委同一类型的。"柯雷莫夫说。

萨夫拉索夫摇摇头。

"是，但又不是。问题不在酒，而在这儿！"他用手指敲敲酒瓶，然后又敲敲自个儿脑门。

师长和政委从崔可夫的司令部返回时，他们已经吃完午饭了。

"有什么新情况？"古尔季耶夫扫了眼餐桌，严厉地问。

"通信主任受伤了，德国人试图从咱们师和若卢杰夫的接合部突破，恰莫夫和米哈列夫的接合部有座房子着火了。恰莫夫打了几个喷嚏，吞了些烟，但总的来说，没什么大不了的事。"萨夫拉索夫回答道。

斯维林望着萨夫拉索夫红红的脸庞，拖长嗓门，柔声说道：

"酒有的是，有的是，上校同志，咱可劲儿喝。"

58

师长向团长别列兹金少校询问 6/1 号楼的情况：把人从里面撤出来，是不是上策？

别列兹金建议不撤，尽管这座建筑几乎完全被敌人包围了。楼里设有为伏尔加河左岸炮兵充当耳目的观察哨，可以获得有关敌人的重要情报。楼里还有工兵分队，可以使德国人的坦克在有可能构成威胁的方向上瘫痪。照德国人的路数，在没有先消灭这一小块抵抗点的情况下，几乎不可能展开大规模进攻。只要得到最低限度的支援，这栋楼可以坚持相当长时间，打乱德国人的计划。由于通信员只能在难得的夜深时分一两个钟头里接近小楼，有线通信又多次被切断，最好派一名配备无线电收发报机的报务员去那里。

师长同意了别列兹金的建议。晚上，政治指导员索什金率领一小队红军战士设法到达 6/1 号楼，给楼里的保卫者们送去了几箱子弹和手榴弹，同时还带去一位女报务员和一台从通信中心领来的无线电收发报机。

政治指导员天亮前赶了回来，他说，驻守孤楼的小分队指挥官不肯写一份正式报告。"我没时间弄那些文字垃圾，"指挥官说，"要说汇报，咱只找德国鬼子汇报。"

"搞不清楚他们那里怎么回事，"索什金说，"大家都害怕这个格列科夫，但他跟谁都称兄道弟。大伙儿全睡在地板上，横七竖八，格列科夫也在其中。他们对他说话用'你'而不用'您'，用昵称'万尼亚'叫他。请原谅我这么说，团长同志，但那群人完全没有部队的样子，倒更像巴黎公社。"

别列兹金摇摇头。"不肯写汇报？这傻帽儿！"

团政委皮沃瓦罗夫随后就某些指挥员的游击队作风发了一通宏论。

"您什么意思——'游击队作风'？"别列兹金息事宁人地说，"这只是一种独立精神，是主动性的表现。我自己有时候也忽发奇想，要是被包围起来就好啦，那样，我就可以摆脱所有繁文缛节了。"

"对了，说到繁文缛节，"皮沃瓦罗夫说，"您最好就此事写一份详细报告，我好提交给师政委。"

师里对索什金的报告没敢掉以轻心。

师政委命令皮沃瓦罗夫准备一份有关6/1号楼情况的详细报告，并好好教育一下格列科夫。与此同时，他向集团军军委委员和政治部主任打了报告，通报了6/1号楼在士气和作风上的严重问题。

在集团军一级，对索什金的报告比师里还要重视。师政委接到指示，必须立刻着手解决被围大楼存在的问题，不得延误。担任集团军政治部主任的旅级政委又向担任方面军政治部主任的师级政委发送了紧急报告。

无线电报务员卡佳·文格洛娃是深夜抵达6/1号楼的。早上，她来向"楼主"格列科夫报到。格列科夫一边听这个微微有点驼背的姑娘说话，一边凝视她那双慌乱、胆怯同时又带点嘲笑意味的眼睛。

她嘴巴挺大，嘴唇苍白，没有血色。听到卡佳问"我可以走了吗"，格列科夫好几秒钟没回答。这位当家人的脑海中闪过许多与战事无关的念头："天哪，她好漂亮……瞧这双美腿……她看起来很怕生……显然，一向受妈妈宠爱……她多大了？最多十八岁……但愿我这群野小子别一窝蜂扑上去……"

他最后的念头，却与先前那些完全无关："谁是这里当家的？谁把那些德国佬打得嗷嗷叫的，啊？"

这时他才回答姑娘的问题：

"您去哪儿啊，姑娘？在机器边儿上好好待着吧。咱们把它给拾掇拾掇。"

他敲了敲收发报机，抬头瞥了一眼天空，那里，德国俯冲轰炸机正呜呜嗡嗡地哀嚎。

"你是莫斯科人，姑娘？"他问。

"是的。"

"您请坐。我们这儿很随便，跟乡下一样。"

卡佳走到一旁，碎砖块在她靴子下咯吱咯吱响。阳光照在机关枪枪管和格列科夫缴获的德国手枪黑亮的枪身上，闪闪发光。她蹲下来，看着一堵破墙下的一堆军大衣。一瞬间，她突然发现，原先使她感到惊讶的好多东西，现在她已经见惯不惊了。她知道，对着墙上缺口的，是"捷格加廖夫"轻机枪[①]。她知道，在缴获的"瓦尔德"式手枪的弹夹里可以装八发子弹，这种手枪杀伤力很强，但准头较差；她知道，墙角的军大衣是阵亡士兵的，而且知道尸体埋得并不深，因为空气中的焦烟味与另一种她开始感到习惯的特殊气味混合在了一起。头天晚上交接给她的那台无线电收发报机，跟她在科特卢巴尼用过的那一台差不多，接收机刻度一样，转换开关也一样。她回想起，在草原上，她曾经如何对着安培表上落满尘土的玻璃，整理从船形帽下面露出来的头发。

没人跟她说话，就好像楼房里那狂暴的可怕生活与她毫不相干。

但当一个头发灰白的男人开口骂娘时，格列科夫却斥责他说："老爹，怎么回事你？这里有女孩子。放尊重点。"

卡佳觉得很不自在，不是因为老头的粗话，而是因为格列科夫看她的目光。尽管没人对她说什么，但她知道，自从她到来之后，气氛就变了。她觉得，连她的皮肤都感觉到了围绕她出现的这种紧张。即使俯冲轰炸机轰鸣而过，炸弹近得不能再近地爆炸，碎砖此起彼落咚咚作响，这种紧张感也无法消除。

卡佳多少已经习惯了炸弹的爆炸声和弹片的呼啸声，不再给吓得失魂落魄了。但每当她感觉到男人们投在她身上的沉甸甸的专注目光，还是不由自主地感到手足无措。

出发来这里的那天晚上，报务员姑娘们对她表示同情。"到了那边，够你受的！"她们说。

夜里，通信员把她带到团部。在那里，她立刻感觉到敌人有多近，生命有多么脆弱。人们不知为何似乎突然变得易于夭折——前一分钟还在，下一分钟就没了。

团长难过地摇摇头说：

"怎么能把你这样的孩子送到前线呢？"

然后又说："别害怕，亲爱的。如果发生了什么不该发生的事，立刻用无线电报告我。"

他说这番话就像慈爱的父亲，卡佳好不容易才忍住泪水，没哭出来。

---

① "捷格加廖夫"轻机枪是二十世纪二十年代末期苏联研制的一种轻机枪，曾在朝鲜战争中大量装备中方军队。亦称"转盘机枪"。

然后另一个通信员把她领到营部。那里正在放留声机，红头发营长请卡佳喝了一杯，然后邀她随着《中国小夜曲》跳舞。

　　营里的气氛很不好受，卡佳觉得营长喝酒不是为了享受，而只是想抵御难以承受的恐惧，忘记自己玻璃般脆弱的生命。

　　而现在，她在这里，坐在6/1号楼的一堆碎砖头上，不知为何，一点也不害怕。相反，她想起了战前童话般美好的生活。

　　孤楼里的人，都显得异常坚强而自信。这种自信很令人安心。名医，轧钢厂的熟练工人，剪裁贵重毛料的裁缝，消防队员，在黑板前讲课的老教师，都具有这种令人安心的自信。

　　战前，卡佳一直觉得自己的人生注定幸福不了。女友和熟人乘公共汽车，在她眼里是挥霍钱财。从三流小饭馆走出来的人，她认定都是了不起的人物。有时她会跟随刚从"达利亚尔"饭馆或"捷列克"饭庄走出来的一小群食客，留心听他们都说些什么。有次放学回家，她万分激动地对妈妈说：

　　"猜猜今天发生了什么！一个女同学请我喝了杯果汁汽水，是天然果汁啊，好地道的黑醋栗味道！"

　　母亲月薪只有四百卢布，扣除所得税、文化税和公债后，靠剩下那点钱，日子只能过得紧巴巴的。新衣服是从来不买的，旧衣服缝缝补补，能凑合就凑合。别的住户付钱给看门人的老婆玛鲁霞打扫公共区域，但她们家不参加，每次轮到该她们家打扫，她们就自己动手，卡佳负责擦地板、倒垃圾。至于牛奶，她们不从卖牛奶女人那里买，而是上国营商店排长队买，这样每个月可以省下六个卢布；如果国营商店牛奶卖完了，母亲就在下午晚些时候去市场，快收摊时，农妇急着赶晚班火车，会便宜些卖，价钱和国营商店差不多。她们从不坐公共汽车，只有路特别远时，才坐电车。卡佳从不上理发店，都是妈妈给她剪头发。衣服不用说，当然自己洗；房间里的灯泡几乎和公共区域一样暗。煮一次饭，两人要吃三天。午饭不外乎面包加菜汤，偶尔有加素油的粥。有一次，卡佳一连喝了三盘汤，然后说："嗯，今天咱家吃了一顿三道菜的好饭。"

　　妈妈从来不提爸爸还在时的生活，而卡佳自己又记不得。只有不多几次，当妈妈的朋友薇拉·德米特里耶芙娜看她们母女俩准备饭菜时，会脱口而出："是啊，咱们当年也有过好日子哩。"

　　但妈妈听她这么说会生气，于是薇拉·德米特里耶芙娜也没机会细说卡佳和母亲当年过过什么样的好日子。

　　一天，卡佳在橱柜里发现了一张父亲的照片。这是她第一次看到他的照片，但立刻就认出了这是谁。照片背面写着："致丽达——我来自贫穷的阿斯拉部落：爱上彼此，我们默默死去。"她什么也没对妈妈说，但从那以后，放学回家，她常常把照片拿出来，久久地凝视着父亲那双黑黢黢的忧郁的眼睛。

有一次她问："爸爸现在在哪儿？"

妈妈说："不知道。"

直到卡佳参军时，母亲才头一次跟她说起父亲。卡佳这才知道父亲在1937年被捕了，也知道了父亲第二次婚姻的情况。

母女俩彻夜交谈。一切都颠倒过来了：平时十分矜持的母亲，告诉她自己是如何被丈夫抛弃的；她谈到了自己的嫉妒、屈辱、伤害、爱情和怜悯。卡佳很吃惊：人的内心世界突然变得如此广阔，在它面前，震撼世界的战争也只能退居其次。早上，母女俩互相道别。母亲把卡佳的头搂在怀里，把背包套在她肩上。卡佳说出声来："妈妈，我也来自贫穷的阿斯拉部落：爱上彼此，我们默默死去。"

然后，母亲轻轻推了推她的肩膀：

"到时候了，卡佳。走吧。"

于是卡佳走了，就像当时正告别家园的千百万年轻人和中年人一样。她离开了母亲的家，也许永远不会回来，也许会回来，但变成了另一个人，永远与她严酷而可爱的童年断绝了联系。

而此刻她在斯大林格勒，坐在楼主格列科夫旁边，望着他的大脑袋、厚嘴唇和一脸的沧桑。

59

第一天，有线通信还畅通。

无事可做，再加上被排除在6/1号楼生活之外，使卡佳感到快要顶不住了。尽管如此，在6/1号楼度过的这头一天，还是让她为随后发生的事情做好了准备。

她得知二楼的瓦砾堆上设立了炮兵观察哨，向左岸传递情报，领头的是一位身穿肮脏军衣的中尉，眼镜老是从翘鼻梁上往下滑。

她了解到，那个脾气暴躁爱说脏话的老头原先是个民兵，在这里混了个单门迫击炮长的头衔，十分自豪。分布在一堵高墙和一堆瓦砾之间的是工兵，他们的头头儿是个胖子，走起路来喉咙里老是咯咯作响，皱起眉头，好像苦于鸡眼的折磨。

楼里唯一的火炮由一个穿海魂衫的光头男子指挥，他名叫科洛梅伊采夫。卡佳听见格列科夫叫嚷："嗨，科洛梅伊采夫，瞧你，又把一个千载难逢的机会给睡过去了！"

步兵和机枪手由一位留着浅色胡子的少尉指挥。胡须让他的脸显年轻，尽管毫无疑问，在他自个儿的想象中，胡须使他看起来更加老成，像个三十来岁的中年人。

白天，人家给了她吃的东西，她吃掉了面包和羊肉香肠。然后她想起束腰外衣口袋里还有颗糖，便悄悄塞进嘴里。吃完东西，虽然附近仍有枪声，她还是觉得想睡觉。她睡着了，梦中还继续吮那颗糖，继续心神不宁，继续难过，等待大难临头。突然，一个悠长的声音传到她耳中。她闭着眼睛，听得很真切：

> ……犹如美酒，我心中昔日的悲伤
> 时日愈久，愈呈浓香……

在一个石头坑里，在琥珀色晚霞的映照下，一个头发凌乱、邋里邋遢的青年站在那里，手里拿着本书。一堆红砖上坐着五六个人，格列科夫趴在军大衣上，用拳头支着下巴。一个长得像格鲁吉亚人的小伙子满脸疑惑地听着，好像在说："得了吧，想用这种破玩意儿来骗我？"

一颗炮弹在附近爆炸，红砖被炸得粉碎，一团红雾扬起到空中，仿佛童话里的景象。坐在红砖堆上的人们，红雾中的武器，突然给人一种感觉，仿佛身处《伊戈尔远征记》[①]中描写的严酷时日。卡佳的心怦然一动。她莫名其妙地坚信，幸福在等待着她。

第二天，发生了一件事，惊动了楼房里对一切都见惯不惊的居民们。

掌管二楼的是巴特拉科夫中尉。他麾下有一个计算员，一个观察员。卡佳一天会看到他们好几次：闷闷不乐的兰帕索夫，狡猾但心地善良的本丘克，还有总是对自己的不知什么想法微笑的戴眼镜的古怪中尉。

安静的时候，透过楼板上的窟窿，可以听到他们在上面说话的声音。

兰帕索夫在战前养过鸡，他对本丘克说起母鸡的聪明和奸诈。本丘克眼睛贴在炮队镜上，唱歌似的拖长声音报告着："注意，从卡拉契方向，开来一队德国佬的汽车……中间有一辆坦克……后面跟着步兵，大概一个营……像昨天一样，有三处行军灶在冒烟……德国鬼子随身携带着饭盒……"他有些观察是鸡毛蒜皮的日常小事，与军事扯不上多大关系："注意，有个德国军官在遛狗……狗站下了，闻一根柱子，可能要撒尿……是的，准是只母狗……军官也站在那里解决问题了……现在

---

① 伊戈尔（1150—1202）是诺夫哥罗德－塞维尔公爵，于1185年组织反对波洛伏齐人的远征，以失败告终。《伊戈尔远征记》即取材于此。

可以看到两个女孩和一帮德国鬼子聊天……他们给女孩递烟……一个女孩接过了，喷出烟圈。另一个摇摇头……可能在说：'我不抽烟'……"

突然，本丘克还是用同样唱歌似的声音报告说：

"注意，操场上集合了一队步兵……还有一支乐队……中间好像有个舞台……不，是个木头垛子……"然后他沉默了很长时间。接着，用充满绝望但仍然拖得长长的声音，他继续说道："中尉同志，我看到押了个女人过来，只穿了件衬衣……她在尖叫……乐队开始演奏……他们把女人绑在柱子上……中尉同志，她身边还有个小男孩……哎……鬼子们把小男孩也绑起来了……中尉同志，我没看花眼吧……两个德国鬼子正往他们身上浇汽油……"

巴特拉科夫急忙通过电话向左岸报告了这一切。

他趴到炮队镜上，用他的卡卢加口音，学着本丘克的腔调叫喊起来：

"注意，小伙子们，整个操场烟雾腾腾，乐队在演奏……开炮！"他突然吓人地一声大吼，朝左岸转过身子。

但左岸无声无息……

几分钟后，刑场遭到了重炮团的密集炮火袭击。操场笼罩在尘土和烟云中。

过了几个钟头，从侦察员克里莫夫那里打听到，德国人正准备烧死被怀疑刺探德军情报的一个茨冈女人和她儿子。头天晚上，克里莫夫给一位老妇人留了一两件脏衣服，老妇人跟孙女和一只山羊住在一个地窖里。他说好第二天来取洗好的衣服。现在他打算问问这个老婆子，那两个茨冈人怎样了，是被苏联炮弹炸死了，还是在柴堆上被德国人烧死了。克里莫夫沿着只有他一个人知道的小路爬过一座座废墟，却发现原来是地窖的地方，既没有老妇人也没有小孙女，既没有山羊也没有克里莫夫的衬衣和包脚布。苏联的夜航轰炸机昨夜在这里扔了颗重磅炸弹。他在炸碎的原木和泥土堆里只找到一只小猫，身上沾满泥土。小猫可怜分分的，没有抱怨，没有祈求，显然在它看来，这片喧嚣、饥饿和大火，就是人间生活的常态。

鬼使神差，克里莫夫突然把小猫塞进了衣袋。

卡佳对6/1号楼居民间的关系感到惊讶。克里莫夫向格列科夫汇报情况时没有按规矩立正，而是坐在格列科夫旁边，两人随随便便地聊着，像两个老伙计。克里莫夫还借格列科夫的烟对火。

谈完话后，克里莫夫走到卡佳面前说：

"姑娘，世界上的事情就有这么可怕。"

卡佳叹了口气，感受到他锐利灼人的目光，不禁脸红了。克里莫夫从口袋里掏出小猫，放在她身边一块砖头上。

一天中，十好几个人来到卡佳跟前，围绕小猫聊这聊那，就是不提那个茨冈女人，虽然发生的事情使所有人都大为震惊。来找卡佳的人，有的想跟她掏心窝子，但一开口却粗鲁不堪，语带嘲讽；有的一门心思只想跟她上床，说起话来却一本正经，假模假式。

小猫不停地哆嗦，浑身抽搐，多半是给震坏了。

单门迫击炮长老头皱起眉头说：

"弄死它得了。"紧接着又找补一句："还是把它身上的跳蚤给弄干净吧。"

第二迫击炮手，英俊、黝黑的琴佐夫，以前也是个民兵，劝卡佳说：

"把这个脏东西扔掉吧，姑娘。如果是只西伯利亚猫的话……"

闷闷不乐的利亚霍夫是个工兵，嘴唇薄薄的，脸色阴沉，他是唯一真正关心小猫而对无线电报务员的姿色视若无睹的人。

"有一次，我们在草原上驻防，"他告诉她，"突然有什么东西猛地打到我身上。我以为是一颗射程到头的子弹，结果却是只野兔。兔子在我身边一直待到晚上，等战斗平息才跑开。"

"不错，您是个女孩子，"他继续说，"但至少您明白：这是从108毫米口径加农炮打出去的，那是'瓦纽莎'火箭炮在射击，而天上那个，是侦察机在伏尔加河上空飞行……但可怜的兔子什么也分不清，迫击炮和榴弹炮对它来说都一样。德国人打照明弹，它也哆嗦个不停，难道你跟它说得清楚？这些小东西才真叫可怜。"

卡佳看他说话认真，于是同样认真地回答。

"我不完全同意你的说法……拿狗来说，它们就知道不同的飞机。有一次我们驻扎在一个村里，有一条叫克尔松的看门狗。咱们的'伊尔'飞过来，它就躺在那里，头也不抬。但一听到'容克'的呜咽声，克尔松立刻就往壕沟里钻。从来没弄混过。"

空气被一阵刺耳的呼啸声撕裂——德军的十二炮筒"瓦纽莎"火箭炮开火了。金属撞击着地面和楼房，团团黑烟混杂着红砖尘埃冲天而起，碎石四处乱飞。过了片刻，尘埃落定，无线电报务员和利亚霍夫接着开聊，好像刚刚往地上一趴的并不是他们俩。显然，卡佳被楼房里这些战士身上散发出来的自信感染了。他们似乎确信，在这断壁残垣的楼房里，一切都可能是脆弱的，一打就断，包括钢铁和石头；但他们却是例外。

他们坐的墙边有个豁口，一排机枪子弹呼啸着从豁口边飞过。接着又是一排。

"今年春天，我们驻扎在斯维亚托戈尔斯克附近，"利亚霍夫告诉她，"有一次，呼啸声突然在我们头顶响起，却没听到射击声。大家都摸不着头脑。后来发现，原来是椋鸟学会了模仿子弹呼啸的声音……部队指挥员是个上尉，急忙让大伙儿紧急集合。这些鸟儿学得就有那么像。"

"在家时，我想象中的战争是这样的：孩子们在尖叫，楼房在燃烧，猫儿四处乱跑。到斯大林格勒一看，还真是这样！"

不一会儿，留胡子的祖巴列夫来到无线电报务员文格洛娃跟前。

"喏，怎样？"他关切地问道，"我们那位长尾巴的小家伙还活得好好的？"他掀开盖住小猫的包脚布。"哎呀，好可怜，这么瘦弱！"说这话时，他两眼却射出色眯眯的光芒。

那天晚上，经过短暂的小规模冲突，德军设法沿着6/1号楼的侧面推进了一小段距离，结果他们的机关枪覆盖了孤楼与苏军防线之间的通路。与步兵团团部的电话联系再次被切断。格列科夫下令打通从地下室到离孤楼不远的一个地下巷道的通道。

"我们有炸药。"身体壮实的安齐费罗夫大士一只手端茶缸，另一只手拿着半块糖，对格列科夫说。

孤楼居民三三两两聚在一起聊天，有的在弹坑里，有的在墙脚下。茨冈女人之死令所有人震惊，但大伙儿依旧不提这事。也没人把包围当回事儿。

卡佳搞不懂这种镇定自若是从哪里来的，但不由自主地受到了影响，被孤楼居民的自信感染，就连可怕的"包围"二字，也不再让她害怕。听见机枪声近在咫尺响起，格列科夫大喊"开火！开火！他们爬进来了"，她也没有害怕。听见格列科夫说"用手边随便什么东西跟他们干——手榴弹、刺刀、铁锹，都行。不用多说，干就行。给我狠揍，随便用什么"，她同样没有害怕。

枪炮止息的时刻，孤楼居民们不慌不忙，就女报务员的外貌展开了客观而详尽的讨论。巴特拉科夫一向仿佛远离红尘，眼睛又近视，对卡佳之美的方方面面却大发宏论，令四座皆惊。

"对我来说，年轻姑娘身上最要紧的，是奶子。"他说。

炮兵科洛梅伊采夫跟他争起来，用祖巴列夫的话说，他"被露骨的言辞烫着了"。

"那你跟她谈猫的事了吗？"祖巴列夫问道。

"那还用说，"巴特拉科夫说，"先围绕孩子的心灵做铺垫，然后才好直奔主题——母亲的肉体。就连咱们的老爷子都和她谈起过猫。"

迫击炮长老头吐了口唾沫，用手掌在胸前比画着。

"少女身上该有的东西，她有吗？我问您哪！"

如果听到谁暗示说格列科夫本人喜欢上了女报务员，他就特别生气。

"当然，在我们眼下这种条件下，即使像卡佳这样，也算过得去啦。当兵三年，母猪变天仙……她两条腿细细的像白鹤，屁股基本没有，眼睛大得跟母牛似的。这叫什么姑娘？"

"你就是喜欢大奶子，"琴佐夫反驳道，"这种观点已经过时，是革命前的。"

科洛梅伊采夫是个粗鲁、满嘴脏话的男人，他那颗已经开始谢顶的脑袋里藏着许多与众不同的特点和品质。他眯起浑浊的灰色眼睛，嘲讽地说道："她是姑娘不假，但我有自己的一套选择标准。我喜欢小巧玲珑的，最好是亚美尼亚或犹太人，大眼睛，灵巧，动作麻利，短头发。"

祖巴列夫若有所思地望着探照灯光束纵横交错的夜空，轻声发问：

"有意思，不知道最后会怎样。"

"你是说她最终会和谁在一起？"科洛梅伊采夫说，"肯定是格列科夫，这不是秃子头上的虱子——明摆着的嘛。"

"不，还说不准。"祖巴列夫说。他捡起一块砖头，使劲往墙上一扔。

伙伴们看了看他，看了看他的小胡子，哈哈大笑起来。

"明白了！你打算用下巴上的绒毛来迷惑她，对吧？"巴特拉科夫说。

"不，用歌曲！"科洛梅伊采夫纠正他，"无线电播音室：'麦克风前的步兵战士'。他唱歌，她把歌广播到以太中。多棒的一对儿！"

祖巴列夫扭头看了看昨天晚上读诗的男孩。

"那你怎么办？"

单门迫击炮长气冲冲地说：

"他不开口，意思就是他不想开口。"然后，好像父亲责备偷听大人聊天的儿子，他用责备的口吻对谢廖扎说："趁现在没事，你最好到地下室去睡一会儿。"

"安齐费罗夫正要用炸药打通坑道呢。"巴特拉科夫说。

与此同时，格列科夫正在向卡佳口授报告。他报告集团军司令部，种种迹象表明，德军在准备突击，目标几乎肯定是拖拉机厂。但他没有报告说，在他看来，他和战友们占据的孤楼将处于德军进攻的轴线上。望着卡佳纤细的脖子、嘴唇、半垂的睫毛，他想象自己看到了一幅极其逼真的画面：这只纤细的脖子被折断，从撕裂的皮肤下面露出珠母般白皙的颈椎骨，这些睫毛下面覆盖着玻璃般无神的眼睛，像死鱼的眼睛一样；了无生命的嘴唇，就像用灰色的沾满尘土的橡胶制成。

他想搂住她，想趁他和她都还没有离去，都还没有消失，趁这个年轻的生命还充满无尽的魅力，感受她的身体和生命。他觉得，他想搂抱她，纯粹是出于对姑娘的怜悯——但怜悯会让人耳朵嗡嗡作响，会让热血冲上太阳穴吗？

司令部未立刻作答。

格列科夫长长地伸了个懒腰，直到全身仿佛每一个关节都打开，又大声叹了口气，心想："没事，没事，还有一夜哩。"他温和地问道：

"克里莫夫带来的那只小猫怎样了？没病了？结实些了？"

"结实什么呀。"卡佳回答。

想起木柴堆上的茨冈女人和小孩，她的手抖起来。她瞥了一眼格列科夫，看他有没有觉察到。

昨天她还以为，6/1号楼里没有人会和她说话。可今天，在她喝粥时，留着胡子的少尉手里提着冲锋枪从她身边跑过，像老熟人一样对她喊道：

"卡佳，多吃点！"他还用手比画了一下，告诉她怎样把勺子伸到锅里。

她看到昨天读诗的男孩用防雨油布搬迫击炮弹。后来，有一次她环顾四周时，又看到他，正站在一锅水旁边。她意识到他在看她，因此又回头望了一眼，但他已经忙不迭地转过脸去了。

她已经猜到，明天谁会向她展示信件和照片，谁会默默地看着她唉声叹气，谁会给她带来礼物——半军用水壶水和几片白面包干，谁会对她说再也不相信女人的爱情，再也不会谈情说爱了……至于那个留胡子的步兵，说不定会爬过来摸她。

司令部终于回电了。卡佳向格列科夫转达信息：

"兹命令您每天十九点整做详细报告……"

格列科夫突然朝卡佳手上打了一下，把她的手掌从开关上打了下来。卡佳发出一声惊叫。

他咧嘴一笑，说：

"一枚迫击炮弹碎片落到无线电收发报机上了。格列科夫需要时，将重新建立联系。"

卡佳瞪着他，说不出话来。

"对不起，喀秋莎①。"格列科夫说，拉起了她的手。

60

清晨，别列兹金的团向师部报告，被围在6/1号楼的人挖了条通道，与拖拉机厂的混凝土巷道打通，并进入了工厂的一个车间。师部一名值班军官将此情况上报

---

① "卡佳"的昵称。

给集团军司令部,司令部参谋人员又报告了克雷洛夫将军本人。克雷洛夫下令送一名从孤楼出来的战士到司令部接受讯问。师部值班军官挑选了一个小伙子,由联络军官送往集团军指挥所。两人沿着冲沟向河岸走去。一路上,小伙子不停地转过身子提问题,显得焦急不安。

"我得回6/1号楼去。我只是出来侦察一下巷道,好疏散伤员。"

"没关系,"联络军官说,"你要见的长官比你的指挥官级别高一点,他叫你做什么,你照做就行了。"

在路上,小伙子告诉联络军官,他们在6/1号楼已经待了两个多星期,有段时间全靠在地窖里找到的土豆为生,喝的是蒸汽锅炉里面的水,但他们把德国人打得如此狼狈,以至于德方派出特使,表示愿意让被围人员进入工厂。自然,作为回应,他们的指挥官——小伙子称他为"楼主"——命令所有人开火。两人走到伏尔加河边,小伙子趴下来,一口气喝了好多水,还把棉军装上的水滴抖到手掌上,然后舔干净,就像一个饿了好几天的人舔干净面包屑一样。他解释说,蒸汽锅炉里的水已经严重变质,头几天他们都闹肚子,后来楼主命令把水烧开再喝,腹泻才算止住。他们又默默地往前走。小伙子仔细听着夜航轰炸机的轰鸣声,不时抬头望望被红红绿绿的照明弹、曳光弹、炮弹装点得五彩缤纷的夜空。他看着城里几处尚未熄灭但已呈阑珊之态的火焰,炮火的白色闪光,重磅炮弹在伏尔加河中爆炸激起的蓝色水柱。他的步伐越来越慢,直到联络军官朝他喊道:

"快走啊,精神点!"

他们在河边的石头间穿行,迫击炮炸弹在头顶呼啸而过,哨兵不时叫停他们。然后他们爬上一个斜坡,沿着杂草丛生的小路,路过在黏土山体上挖出来的一个个掩体,一会儿爬上泥土台阶,一会儿鞋跟踩得木头桥板咚咚响。最后,终于来到用铁丝网挡住的一个通道前,这就是第六十二集团军的指挥所了。联络军官整了整腰带,沿着交通壕往一些用异常坚固的原木建造的掩蔽部走去。

一名哨兵去报告副官,透过一扇半掩的门,他们瞥见灯罩下一盏台灯的柔和光亮。

副官用手电筒照照他们,让小伙子报上姓名,吩咐他等候。

"那我怎么回6/1号楼啊?"小伙子问。

"条条大路通基辅,"副官回答说,然后严厉地补了一句,"进外屋去,在那儿等着!要不一发迫击炮弹把你干掉,我可没法向将军交代。"

半明半暗的外屋十分暖和,小伙子坐在地上,侧身靠着墙睡着了。

什么人的手在使劲摇他,他脑袋里乱成一锅粥,过去几天残酷战斗的可怕叫喊声与他那早已不再存在的老家的安静、祥和的喃喃细语混杂在一起。蒙眬睡梦中，他听到一个恼怒的声音：

"沙波什尼科夫，马上去将军那儿……"

61

谢廖扎·沙波什尼科夫在司令部警卫队的掩蔽部待了两天。司令部的生活让他觉得透不过气来，人们似乎整天无所事事。

这让他想起有一次他和祖母在罗斯托夫待了八个小时，等候开往索契的火车，觉得现在的等待就像战前那次转车。随后他又觉得将6/1号楼与索契疗养地相比，实在太荒唐。他不断请求少校——司令部警卫队长——放他走，但少校一直拖着，因为没得到将军的明确指示。将军召见沙波什尼科夫时，刚问了两个问题，谈话就中断了——电话铃声让集团军司令员无法集中精力。警卫队长决定暂时不放小伙子走，也许将军会记起他来。

每次警卫队长走进掩蔽部，都会感觉到沙波什尼科夫在看着他，于是他说：

"别担心，我记着呢。"

但有时，小伙子恳求的目光又惹他生气，他会说：

"这里有什么不好的？"他问道，"吃得饱饱的，又暖和。想在那边给打死，你有的是时间。"

如果成天价炮声隆隆，一个人在战争的大锅里被淹到脖子，他就无法审视自己的生活，也无法理解任何事情；他需要往边上退后哪怕一步。这时，就像站在岸边的人一样，他会看到整条河流的伟岸：在这汹涌狂野的河流中，就在刚才，难道他真的漂浮其中，就像一朵浪花吗？

谢廖扎昔日在民兵团的生活现在看起来几乎令人难以置信地平静：漆黑一片草原上的夜间站岗，远处天边的霞光，民兵们的闲聊。

只有三个民兵来到拖拉机厂工人新村。波利亚科夫挺讨厌琴佐夫，他说："整个民兵部队就剩下三个人：一个老头，一个小青年，一个傻瓜。"

6/1号楼的生活压倒了之前的一切。虽然这种生活难以置信，但它如今却是唯一的现实，之前的一切都是虚幻的。

只是，时不时地，在夜里，脑海里会浮现出亚历山德拉·弗拉基米罗芙娜斑白的头，或叶尼娅姑妈那嘲弄的眼睛，于是他会感到一阵惆怅，突然涌起的爱意充满心头。

在 6/1 号楼的最初几天里，他曾想象，如果像格列科夫、科洛梅伊采夫和安齐费罗夫这样的人突然闯进他的家庭生活，该是多么奇怪，多么荒唐……即便现在，他有时还会想，如果他的两个姑妈、表妹，维克托·帕甫洛维奇姑父看到他目前的生活，该会觉得多么荒诞不经。

嗨，假如奶奶知道谢廖扎学会了骂娘……

格列科夫！

不太清楚，是原本就令人惊奇、与众不同的人集中到了 6/1 号楼呢，还是进了 6/1 号楼，这些人才变得与众不同的……

民兵克里亚金如果在那儿，一天的头儿也当不成。但琴佐夫，虽然大伙儿不喜欢他，却活出了人样儿。他当民兵那会儿让自己的管理才能深藏不露，如今却大展身手了。

格列科夫！力量、勇气、权威和常识的非凡结合。他记得战前童鞋的价格，清洁女工或钳工的工资，他叔叔工作的集体农庄每个劳动日能挣多少粮食、多少钱。

有时，他会谈到战前的部队情况：大清洗、审查鉴定、走后门搞房子。他谈到了某些在 1937 年成为将军的人，这些人写了几十份告密信和声明，检举揭发子虚乌有的人民公敌。

有时，他的力量似乎在于他狮子般的勇敢，在于他亡命徒般的不顾一切，他会从墙上的豁口跳出去，一边大喊"别他妈跑，狗杂种"，一边向冲上来的德国佬扔手榴弹。

平时，他的力量似乎又在于他的随和、易于相处，在于他可以与孤楼里每个居民成为朋友。

战前，他的生活并没有什么特别之处：他曾在矿上当过工长，后来在建筑工地当技师，最后成为驻扎在明斯克的一支部队的步兵大尉。他曾在野外和军营操练，并前往明斯克进修，晚上看书，喝伏特加，看电影，和朋友打牌，跟老婆吵架。他老婆吃醋的对象包括区里数不清的大姑娘小媳妇，而且个个有凭有据。所有这些都是格列科夫自己说出来的。于是乎，在谢廖扎和其他许多人心目中，格列科夫突然成了传奇勇士，成了为真理而战的斗士。

新结识的人进入了谢廖扎的生活，在他心中，把过去最亲近的人都挤出去了。

炮兵科洛梅伊采夫曾经是个基干水兵，在军舰上服过役，在波罗的海沉没过三次。谢廖扎喜欢他的原因之一是，科洛梅伊采夫蔑视许多谁也不敢蔑视的人物，但对科学家和作家却始终表示最大的尊重。所有当官的，无论职位多高，头衔多唬人，在谢顶的罗巴切夫斯基[1]或干巴瘦的罗曼·罗兰[2]面前，都微不足道。

科洛梅伊采夫有时会谈起文学。他对文学的看法与琴佐夫所说的具有教育意义的爱国主义文学大相径庭。他特别喜欢的是一位不知是美国还是英国的作家。谢廖扎从未读过这位作家的作品，科洛梅伊采夫也记不起他的名字，但谢廖扎相信他一定写得很棒，否则科洛梅伊采夫不会如此热情、用如此粗俗而多姿多彩的语言称颂他。

"我喜欢他，"科洛梅伊采夫说，"是因为他不教训人。男人爬到女人身上，当兵的喝醉了，老头死了老伴——是什么就是什么，实打实地写出来。笑也好，难过也好，有趣也好，反正到头来你终归搞不清楚，人到底为什么活着。"

侦察兵瓦夏·克里莫夫是科洛梅伊采夫的好友。

有一次，克里莫夫和沙波什尼科夫潜入德军防线，他们爬过铁路路基，爬到德军炸弹留下的一个坑边上，坑里有一个德军的重机枪编组，一个观测军官。两人趴在坑边，观看德国人如何打发时光。一个年轻的德军机枪手解开制服上衣，把一条红格子手帕塞进衣领下面，开始刮胡子。谢廖扎可以听到剃须刀在他纤细的、落满尘土的胡楂上刮擦的声音。另一个德国人正在从一个扁扁的罐头里吃东西，有那么一小会儿，谢廖扎看到他一张大脸上流露出无比满足的神情。观测军官在上表。谢廖扎好想小声问一句，免得吓到他："喂，听着，几点啦？"

克里莫夫拉出一枚手雷的保险销，将手雷扔进坑里。不等硝烟散尽，他又扔进一颗，然后紧跟着爆炸声跳了进去。德国人全报销了，很难相信片刻之前这几个人还活生生地坐在那里。克里莫夫被烟气和尘土呛得打了个喷嚏，抓起他要的东西——重机枪枪机和一副双筒望远镜，然后从观测军官还温热的手腕上摘下手表，又从士兵被炸烂的军服口袋里掏出士兵手册，动作小心翼翼的，免得沾上血迹。

回到楼里，克里莫夫交出缴获的战利品，讲述了发生的事情，请谢廖扎在他手上泼了一点水，然后在科洛梅伊采夫旁边坐下，说：

"好了，咱们抽一根吧。"

就在这时，佩尔菲力耶夫跑过来。这人说到自己时，总是自称"梁赞的和平居民，钓鱼爱好者"。

"嘿，克里莫夫，别傻坐着！"他喊道，"楼主找你，让你往德国人楼里再跑一趟。"

---

[1] 尼古拉·伊万诺维奇·罗巴切夫斯基（1792—1856），俄罗斯数学家，非欧几里得几何学的创始人。

[2] 罗曼·罗兰（1866—1944），法国思想家、文学家、批判现实主义作家、音乐评论家、社会活动家，1915 年诺贝尔文学奖得主。作品包括长篇小说杰作《约翰·克利斯朵夫》。

"马上，马上。"克里莫夫愧疚地说，开始收拾随身物品——一把冲锋枪，一个装满手榴弹的帆布袋。他收拾东西非常小心，好像怕弄疼了它们。他对几乎所有人都以"您"相称，从不骂脏话。

"你不是浸信会教徒吧？"波利亚科夫老头有一次这样问这个杀人过百的人。

然而，克里莫夫绝不是个沉默寡言的人，他特别喜欢讲自己的童年。他父亲曾在普梯洛夫工厂工作，他自己是个万能车床车工，战前在工厂的技校当老师。他讲了一个技校学生差点被一颗螺丝钉呛死的故事，谢廖扎听得直乐。那学生脸都憋青了，可救护车还没到。要不是克里莫夫用平嘴钳从学生喉咙里取出螺丝钉，学生准没命了。

但是有一次，谢廖扎看到克里莫夫喝了一瓶缴获的杜松子酒后，仿佛变了个人；谢廖扎觉得，哪怕格列科夫，此刻在他面前也得倍加小心。

孤楼里最邋遢的是巴特拉科夫中尉。他从来不擦靴子，一只鞋底在地上拍打着——人们不用抬头就知道是他来了。可是他每天用一小块麂皮擦眼镜好几十次；显然镜片的度数不对，但巴特拉科夫老觉得镜片是被爆炸的烟尘给熏模糊了。克里莫夫给他捎来几副从打死的德国佬鼻梁上摘下来的眼镜，但巴特拉科夫运气不好——镜架虽不错，镜片却不合适。

战前，巴特拉科夫在一所中专教数学。他非常自负，谈论起差生，满脸的不屑。

在孤楼，他考了谢廖扎一次数学，结果谢廖扎大出洋相。楼里的居民嘲笑他，说要让他留级。

有一次，在空袭中，当泥土、石头和钢铁被炸弹像重磅大锤般砸得稀巴烂时，格列科夫却看到，巴特拉科夫坐在半截楼梯上，悠然自得地读着不知道什么小册子。

格列科夫说：

"德国人没辙了。拿这种蠢货，他们有什么办法？"

德国人所做的一切，不仅没吓倒孤楼居民，反而惹起他们居高临下的嘲讽。"嗯，德国佬够卖力的！""看哪，看哪，这群流氓真想得出来……""笨蛋，他这是往哪儿扔炸弹啊……"

巴特拉科夫跟工兵排长安齐费罗夫特别要好。安齐费罗夫四十多岁，喜欢谈论自己的各种慢性病。这在前线很不寻常：处于炮火之下，人们的溃疡和坐骨神经痛通常都会乖乖地自行痊愈。然而，即使在斯大林格勒战斗最激烈的地方，多种疾病仍然顽固地赖在安齐费罗夫庞大的身躯里。德国"医生"没能治好他。

他面如满月，头大而秃，眼睛圆圆的。有时，在远处火光阴森不安的映照下，他和自己的一帮工兵悠然自得地一起喝茶，看上去怪怪的，给人一种虚幻的感觉。

他喜欢光脚板坐着，因为一只脚长了鸡眼，穿上靴子会很难受。他怕热，常常把军服上衣脱掉。他会坐在那里，从画着蓝色小花的茶缸啜饮热茶，不时用一条大手帕擦着光头，叹口气，微微笑一笑，然后又对着茶缸吹气。头缠绷带、闷闷不乐的战士利亚霍夫不时用熏得黑黑的水壶往他的茶缸里添开水。有时，安齐费罗夫会不满地呻吟着，吃力地爬上砖堆，靴子也不穿，站在那里，看世间有没有上演什么好戏。他光脚站着，不穿军上衣，不戴船形帽，活像一个农民在倾盆大雨时走到农舍门槛边，看菜园里是否一切安然无恙。

战前，他在建筑工地上当施工主任。如今，他的建筑经验正好反着用：他脑子里想得最多的是如何摧毁楼房、墙壁、地下室的楼板，等等。

他和巴特拉科夫聊的东西主要是哲学问题。对于由建设转而从事破坏的安齐费罗夫来说，显然需要好好思考一下这种不寻常的转变，从中找到意义。

然而，有时他们的交谈也会从哲学的高度（生命的意义何在？其他星系中是否存在苏维埃政权？男性的智力结构对女性的智力结构有何种优势？）掉下来，触及日常生活中的平凡内容。

在这里，在斯大林格勒的废墟中，一切都变了样，人们所需要的智慧往往在邋遢鬼巴特拉科夫一边。

"你知道吗，万尼亚，"安齐费罗夫对巴特拉科夫说，"多亏了你，我才悟出来一点点道理。我曾经以为，生活的方方面面我全都一清二楚：谁需要半公斤伏特加酒加下酒菜，谁的车需要新轮胎，谁需要塞上一百卢布……"

巴特拉科夫也就真的信了，是他那套含混不清的宏论，而不是斯大林格勒本身，使安齐费罗夫对人与人之间的关系有了新的认识。

"是的，我尊敬的朋友"，他屈尊俯就地说，"战前未能与阁下相逢，真是相见恨晚啊。"

住在地下室里的是步兵。击退德军的进攻，在格列科夫高声呼唤下，发起反冲锋的，就是这些步兵。

他们的指挥官祖巴列夫少尉战前曾在音乐学院学过声乐。有时，他会在夜里爬到离德国人占据的楼房不远处，放开歌喉来上一首《啊春天的气息，别唤醒我》，或是《尤金·奥涅金》中的连斯基咏叹调。

人们问他为什么冒着生命危险爬到一堆瓦砾上唱歌，他只把手一挥，算是回答。也许，在这里，在这个日夜散发着尸体恶臭的地方，他只想证明，不仅向自己和战友们证明，也向敌人证明，再强大的毁灭性力量，也敌不过生活的优雅和魅力。

人怎么可以活在世上，而不认识格列科夫、科洛梅伊采夫、波利亚科夫、克里莫夫、巴特拉科夫和留着胡子的祖巴列夫？

对于出身书香门第的谢廖扎，他承认奶奶的一个信念十分正确：普通劳动人民都是大好人。

但是，聪明的谢廖扎也看到了奶奶出错的地方：她总认为普通人头脑也很普通。

在 6/1 号楼里，人们一点也不普通。格列科夫的一番话给谢廖扎留下了特别深刻的印象：

"人不能像绵羊一样管着。聪明如列宁，都没看清这一点。干革命，是为了人不被管着。但列宁却说：'过去管你们的方法很糟糕。我会把你们管得好好的。'"

谢廖扎从未听到过谁如此大胆地谴责在 1937 年杀害成千上万无辜人民的内务人民委员部的官员们。

谢廖扎也从未听到过谁如此痛心地谈到农民在全盘集体化过程中所遭受的苦难。对这些问题谈得最多的是楼主格列科夫，但科洛梅伊采夫和巴特拉科夫也常常就此发表看法。

现在，在集团军司令部的掩蔽部里，远离 6/1 号楼度过的每一刻，在谢廖扎看来都长得难以忍受。听人们谈论值班名单，谈论谁被叫去见哪个部门的长官，谢廖扎觉得荒诞不经。

他试图想象波利亚科夫、科洛梅伊采夫和格列科夫此刻在做什么。

傍晚，一切平静下来，大伙儿多半又在谈论卡佳了。

一旦格列科夫拿定什么主意，无论佛陀本人还是崔可夫，都别想拦住他。

是的，孤楼居民是一群非凡、强壮、奋不顾身的人。祖巴列夫可能在夜里再次唱起咏叹调……而她只能束手无策地坐在那里，等候命运的判决。

"我要杀人！"谢廖扎想，但不太清楚到底要杀谁。

他有什么机会？他这辈子从来没有吻过一个女孩。可那些魔鬼，都是情场老手，他们轻而易举就可以骗她到手，玩弄她于股掌之上。

他听说过很多故事，关于女护士、女报务员、女测距兵、女仪表员、女学生，关于她们如何心不甘情不愿地成了团长们、炮兵营长们的"小蜜"的故事。他对这些故事很漠然，没多大兴趣。

他看了眼掩蔽部的门。怎么就没想到，谁也不用问，就这么站起来，一走了之呢？

谢廖扎站起来，打开门，想一走了之。

可就在这时，集团军司令部的作战值班参谋接到电话，奉政治部主任瓦西里耶夫之命，立即把被围楼房那名战士送到旅级政委那里。

如果说达芙妮和克罗埃①的故事总能打动人们的心，那绝不仅仅是因为他们的爱情诞生在蓝天下、青藤绿荫中。达芙妮和克罗埃的故事无时无处不在上演——在散发着炸鳕鱼气味的闷热地下室，在集中营的棚屋里，在机关会计室算盘的噼啪声中，在纺纱车间飞扬的尘土中。

现在，在废墟中，伴随着俯冲轰炸机的嚎叫，同样的故事再次上演。在那里，人们滋养他们汗水淋漓、满身污垢的身体，不是靠蜂蜜，而是靠霉烂的土豆和老旧锅炉里的水；在那里，没有引人遐想的寂静，只有碎石、轰隆声和恶臭。

62

安德烈耶夫，一个在斯大林格勒发电厂看门的老人，收到一张从列宁斯克来的便函——儿媳在便函中说，老人的妻子瓦尔瓦拉·亚历山德洛芙娜患肺炎去世了。

得知老伴去世的消息后，安德烈耶夫变得极其沮丧。他很少再去老朋友斯皮里多诺夫家，晚上常常独自坐在工人宿舍的门口，望着夜空中炮火的闪光和照射在云层中的探照灯光。有时，在宿舍里人家跟他说话，他也一言不发。说话的人以为老头耳朵背，没听见，于是提高嗓门，把刚才的问题重复一遍。这时安德烈耶夫才阴沉地说：

"我听得见，听得见。耳朵不聋。"

老伴的死对他震动很大。他的一生都体现在老伴的生活中；他遭遇的每一件好事或坏事，他所有的快乐和痛苦，只有当在她身上得到反响时，才有意义。

在一次特别猛烈的轰炸中，当数吨重的炸弹在他周围爆炸时，安德烈耶夫看着发电厂各个车间腾起的泥土和烟雾，心想："我那老太婆看到这些，不知会说什么。啊，瓦尔瓦拉，这真是……"

但她已经不在人世了。

他觉得，被炸弹和炮弹摧毁的建筑物，被战争夷为平地的中央庭院——散乱的土堆、扭曲的钢条、潮湿的刺鼻浓烟、燃烧的油浸绝缘器件仿佛穿山甲爬行的黄色火焰——就是他生活的写照，象征着他余生的凄凉。

难道他真的曾经坐在这个敞亮的房间里，在上班之前享用早餐，妻子站在他旁边看着她，寻思要不要给他再添一点？

---

① 达芙妮和克罗埃是希腊神话中两小无猜的牧羊人和牧羊女，历经磨难终成眷属。拉威尔于1909—1911年为俄罗斯芭蕾舞团的芭蕾舞剧《达芙妮与克罗埃》作曲。

是的，剩下的只是孤独地死去……

他突然回想起她年轻时的样子，那两只晒得黧黑的手臂，那双快活的眼睛。

有什么呢，时光流逝，他的死期也不远了。

一天晚上，他慢慢走下吱吱作响的台阶，来到掩蔽部里斯皮里多诺夫家。斯捷潘·费奥多罗维奇看了看老人的脸，说：

"不好受吧，帕维尔·安德烈耶维奇？"

"您还年轻，斯捷潘·费奥多罗维奇。"安德烈耶夫回答，"您力气没那么大，得悠着点。但我力气够大，可以硬扛到底。"

薇拉正在刷平底锅，她抬起头来看了看老人，一时无法理解他什么意思。

安德烈耶夫不希望任何人表示同情，想转移话题。

"是时候了，薇拉，您该离开了。这里又没有医院，只有飞机坦克。"

薇拉笑了笑，摊开湿漉漉的双手。

斯捷潘·费奥多罗维奇生气地说：

"连陌生人，以前从未见过她的人，都跟她说：该去左岸了。昨天，一位集团军军委委员来到我们掩蔽部，见到薇拉，什么也没说。但一上车，他就骂开了：'您怎么回事儿，这爹怎么当的啊！您以为您在做什么？如果您愿意，我们可以让她乘装甲艇渡过伏尔加河。'可我有什么办法？她不肯走啊，就这么简单。"

他说得极为流畅，显然日复一日就这件事争论不休，该说的几乎都背下来了。安德烈耶夫看着自己袖子上一块熟悉的旧补丁，补好的地方又开了线。他什么也没说。

"这里会有什么信来！"斯捷潘·费奥多罗维奇接着说，"邮局，这里有吗？想想我们在这里待多久了，无论是姥姥，叶尼娅，还是柳德米拉，一点消息也没有……托利亚在哪儿，谢廖扎在哪儿，难道在这里能知道？"

"可帕维尔·安德烈耶维奇就收到过信。"薇拉说。

"他收到的只是死亡通知，"斯捷潘·费奥多罗维奇被自己的话吓了一跳，指了指掩蔽部窄窄的墙壁和遮住薇拉床位的布帘，烦躁地说，"她在这里怎么过啊，一个姑娘家，一个女人，这里一天到晚来往的都是男人，一会儿是工人，一会儿是武装警卫，挤得满满当当，抽起烟来像烟囱似的，还大喊大叫。"

"您至少得为肚子里的孩子想想吧，"安德烈耶夫说，"弄不好他会夭折在这里。"

"你只要想想，假如德国人突然闯进来！"斯捷潘·费奥多罗维奇说，"那时该怎么办？"

薇拉不作声。她说服自己，总有一天会看见维克托罗夫从斯大林格勒发电厂被炸毁的大门走进来。她老远就能看到他，身穿飞行服和软底皮靴，腰上挂着图囊。

有时她会走到公路上，看看他是不是正往这儿走。卡车上的红军战士冲她大喊：

"嗨，美女，等谁哪？来跟我们一块儿坐吧！"

有那么一会儿，她会高兴起来，大声喊回去：

"你们那破车到不了我要去的地方。"

每当苏联飞机飞过，她会盯着看从斯大林格勒发电厂上空掠过的歼击机群，仿佛随时可以辨认出维克托罗夫的飞机。有一次，一架飞临发电厂上空的歼击机晃动机翼致意，薇拉像绝望的小鸟一样大叫一声，跟着跑了好几步，然后一个踉跄跌倒在地。过后，她腰疼了好几天。

十月底，她亲眼看到发电厂上空的一场空战。战斗没分出高下，苏联飞机飞入云端，德国飞机掉头西去。薇拉呆呆地站在那里，凝视着空荡荡的天空。她圆睁的双眼看起来极度紧张，以至于一个在院子里路过的电工问她：

"您还好吗，斯皮里多诺娃同志？您没受伤吧？"

她确信会在这里，在发电厂，遇见维克托罗夫。然而，她又觉得不能告诉父亲，否则命运之神会不高兴，改变主意，让他们见不了面。有时，她感到会面迫在眉睫，做什么事都慌里慌张的：烙土豆黑麦馅饼，扫地，收拾房间，擦鞋，都急得要命……有时，她刚和父亲在餐桌旁坐下，侧耳一听就说：

"等一下，我去去就来。"然后披上外套，爬到地面上，看院子里是否有飞行员在询问到斯皮里多诺夫家怎么走。

她从未想过，哪怕是一瞬间，他会忘记她。她深信维克托罗夫日日夜夜都在思念着她，就像她思念着他一样。

发电厂几乎每天都遭到德军重炮的轰炸。德国人找到了窍门，先试射几发炮弹，然后密密麻麻的炮弹就精准地打在各个车间的墙上，爆炸声震撼大地。有时，单飞的轰炸机会飞过发电厂，投下炸弹。"梅塞施密特"会超低空飞行，临近发电厂时，便用机枪一阵乱射。有时远处山岗上还会出现德军坦克，于是可以清晰地听到火炮隆隆的轰击声和机枪急促的嗒嗒声。

斯捷潘·费奥多罗维奇和发电厂的其他员工一样，似乎对炮轰和空袭已经习以为常了，但不管是他还是他们，在习以为常的同时，也逐渐耗尽蕴积的精神力量。有时，他感到筋疲力尽，只想躺下，用棉衣蒙住头，一动不动地歇一会儿，也不睁开眼睛。有时他靠喝酒来麻醉自己。有时他又想跑到伏尔加河岸上，渡河前往图马克，顺着左岸在草原上一直走下去，对斯大林格勒发电厂再也不回头看一眼。他甚至宁可蒙受当逃兵的耻辱，只要能躲避德军炸弹和炮弹的可怕呼啸声。有一次，他通过驻扎在附近的第64集团军司令部，用高频电话跟莫斯科通上了话。副人民委员说："斯皮里多诺夫同志，请转达莫斯科对您领导下的英雄集体的问候！"斯皮里多诺夫觉得无比尴尬——"英雄"，都哪儿跟哪儿啊！然后不断有谣言说德国人准备对发电厂进行大规模袭击，非用威力无穷的重磅炸弹将工厂夷为平地不可。

听到这些流言，他不禁手脚冰凉。白天，他不停地眯起眼睛望灰蒙蒙的天空，看有没有德国轰炸机。晚上，他会突然从床上跳起来，以为听到了一大群德国飞机嗡嗡地正在逼近发电厂。他的胸口和后背都会冷汗淋漓。

显然，神经紧张的不止他一个人。总工程师卡梅绍夫有回对他说："我再也受不了了，老觉得身边有一群妖魔鬼怪。我望着公路，心想：'上帝，我干吗不逃之夭夭呢？'"一天晚上，党委书记尼古拉耶夫找到他说："给我来杯伏特加吧，斯捷潘·费奥多罗维奇。我的全喝光了，那是我的抗轰炸药，不喝点儿睡不着。"斯捷潘·费奥多罗维奇一边给他倒酒，一边说："真是活到老，学到老啊。咱们原该选择一个机器设备容易疏散的职业。可这些涡轮机是钉死在地上的——我们也是。别的工厂的人，早就在斯维尔德洛夫斯克闲逛了。"

"我就是不明白，"有一天斯捷潘·费奥多罗维奇对薇拉说，"别人巴不得离开，来找我的人什么借口都想得出来。可你，不管我说什么，就是不肯走。要是上级批准，我二话不说就走，一分钟也不会耽搁！"

"我是为你才留在这里的，"她直截了当地回答，"要是我不在，你喝起酒来会像条鱼似的。"

当然，面对德军的炮火，斯捷潘·费奥多罗维奇也不仅仅是坐在那里发抖。在斯大林格勒发电厂，也呈现出勇气、辛勤工作、欢笑、玩笑话和泰然自若面对严峻命运的气概。

薇拉经常为未出世的孩子而焦虑。她害怕孩子一生下来就有病，因为自己生活在这个令人窒息、烟雾缭绕的地下室里，大地每天在轰炸下呻吟，对孩子难道没有影响？她自己就经常感到恶心、头晕。倘若母亲成天看到的全是瓦砾堆、火焰、饱受折磨的土地和灰色天空中绘着黑十字的飞机，生下的孩子难道不会精神压抑，畏畏葸葸，愁容满面？说不定，就在此刻，他已经听到了爆炸的轰隆声；说不定，他那缩成一团的小身子在炸弹的呼啸声中已经不再动弹，他那小脑袋已经缩回肩头里面了。

但也有一些人，身穿油污的外衣，腰间系着军用帆布腰带，从她身边跑过，一边朝她招手，笑嘻嘻地大喊：

"薇拉，日子怎样？薇拉，想我吗？"

是的，她能感觉到周围的人对她这个准妈妈怀抱的柔情。也许她的小家伙也会感觉到这种柔情；等他长大，他一定会是个纯洁善良的人。

她有时会去机械车间转转，看人们修理坦克。维克托罗夫曾在那里上班。她试着猜测他当时站在哪台车床边。她试着想象他身穿工作服或飞行服的模样，但他浮现在她脑海时，却总是穿着白色的病号服。

在车间里，每个人都认识她，不管是工人，还是来自军事基地的坦克兵。事实上，很难把他们分清，每个人外套都沾满油污，帽子都皱巴巴的，双手都黢黑。

除了对维克托罗夫和婴儿的牵挂，薇拉什么也不想，她日日夜夜感知到婴儿的存在，对姥姥、叶尼娅姨妈、谢廖扎和托利亚的隐隐的焦虑早已退居其次。

然而，到了夜里，她怀念母亲，呼唤她，向她诉说自己的烦恼，向她求救，喃喃低语："妈妈，最亲爱的妈妈，帮帮我！"

在这样的时刻，她感到无助和软弱，完全不像在别的时刻；在那些时刻，她只会镇定自若地对父亲说："别求我了，我就待在这里，哪儿也不去。"

63

吃午饭时，娜嘉若有所思地说：

"托利亚喜欢吃煮土豆，不喜欢炸土豆。"

柳德米拉·尼古拉耶芙娜说：

"明天他就该满十九岁零七个月了。"

晚上她说：

"假如玛鲁霞知道法西斯在雅斯纳雅·波良纳①干的那些事，她会伤心死的。"

亚历山德拉·弗拉基米罗芙娜开完全厂大会一回到家里，就对帮她脱外套的施特鲁姆说：

"好天气，维佳，空气干燥、寒冷。用您妈妈的话来说：像白葡萄酒。"

施特鲁姆回答她：

"是，如果喜欢什么酸菜，妈妈就会说：像葡萄。"

生活就像漂浮在大海中的冰山，它的水下部分在寒冷的黑暗中滑动，使水上部分得以保持稳定，迎击浪涛，倾听水的喧嚣和拍溅，呼吸着……

---

① 雅斯纳雅·波良纳是俄罗斯大文豪列夫·托尔斯泰的出生地，也是他的最终归宿，位于莫斯科南面约二百公里处。

当熟人家里有年轻人考上研究生，通过论文答辩，谈恋爱，结婚成家时，在祝贺和闲聊家常之际，人们会无端感到一种伤感。

当施特鲁姆得知有熟人在战争中死亡时，仿佛他身上一小块肌体也随之死去了，一种色彩消失了。但在生活的喧闹中，死者的声音还会继续。

但时代，与施特鲁姆的思想和心灵相关联的时代，是可怕的，它没有放过妇女和儿童。就在他家，时代已经杀死了两个女人和一个几乎还是孩子的年轻人。

施特鲁姆经常想起诗人曼德尔施塔姆[①]的诗句，那是有一次他听索科洛夫的亲戚、历史学家马季亚罗夫朗读的：

> 时代这头猎狼犬扑到我肩上，
> 但依血统我并不是狼……

但这个时代是他的时代，他生是这个时代的人，死是这个时代的鬼。

施特鲁姆的工作仍然很不顺利。

早在战前就开始的实验并没有给出理论预测的结果。各种各样的实验数据令人困惑，尽管他们不断修正理论，仍然无法消除混乱和谬误。

起初，施特鲁姆确信失败的原因是实验不够完善，缺乏新的仪器设备。他对实验室里的同事发火，觉得他们被家务琐事分心，没有将足够的精力投入到工作中。

但问题不在于才华横溢、开朗随和的萨沃斯季亚诺夫为弄到伏特加供应证而奔忙，也不在于无所不知的马尔科夫在上班时间看讲义或向同事们透露某位院士享受什么样的待遇、该院士得到的口粮如何在两位前妻和现任第三位妻子之间分配，也不在于安娜·纳乌莫芙娜如何絮絮叨叨、令人厌烦地讲述她和女房东的关系。

萨沃斯季亚诺夫的思路活跃而清晰。马尔科夫仍然以他广博的知识、高超地完成最精确实验的能力和严密的逻辑令施特鲁姆着迷。安娜·纳乌莫芙娜虽然住在寒冷而破旧不堪、刮着穿堂风的小屋里，仍然以超人的毅力工作，责任心无可挑剔。能与索科洛夫这样的科学家合作，施特鲁姆仍然很自豪。

严格遵守实验条件、进行控制测定、反复校准仪表，这种种措施都未能使研究工作有明显起色。对暴露于超强度辐射的重金属有机盐的研究陷于混乱。在施特鲁姆眼中，这小小的一粒有机盐有时就像一个失去理智、蛮横无理的侏儒，他头戴滑

---

① 奥西普·艾米里耶维奇·曼德尔施塔姆（1891—1938），俄罗斯著名诗人，阿克梅派的代表。1933 年写诗讽刺斯大林，次年即遭逮捕和流放，最后惨死在远东的转运营。

到耳边的尖顶帽子，一副红彤彤的嘴脸，在一本正经的理论面前扮鬼脸，用手指头做出下流不堪的动作。而被这个侏儒嘲弄的理论是由世界著名物理学家建立的，使用的数学仪器无可挑剔，并得到德国和英国著名实验室数十年积累的实验材料的佐证。战前不久，在剑桥进行了一项实验，旨在证实该理论所预测的粒子在特殊条件下的活动情况。这一实验的成功是该理论的辉煌胜利。曾经有个实验证实了一个理论预见，即恒星的光线穿过太阳引力场时会发生微小的偏转。在施特鲁姆看来，剑桥这个实验的崇高与诗意，堪比上述实验。要否定施特鲁姆信奉的理论是不可思议的，就像无法想象一个士兵可以从一位元帅肩上撕下金色肩章一样。

但是侏儒还在扮鬼脸，做下流动作，没法跟他讲道理。在柳德米拉动身前往萨拉托夫之前不久，施特鲁姆想到，也许应该扩展该理论的框架，但为此需要做出两个任意假设并显著提高所采用的数学工具的复杂程度。

新的方程式涉及索科洛夫特别擅长的数学分支。施特鲁姆向索科洛夫求助——他对数学这个领域感到不够自信。很快，索科洛夫成功地推导出了扩展理论的新方程。

问题似乎解决了——实验数据不再与理论相矛盾。施特鲁姆对成功感到高兴，向索科洛夫表示祝贺，索科洛夫也向施特鲁姆表示祝贺，但焦虑和不满情绪依然存在。

很快，施特鲁姆再次陷入沮丧。

他对索科洛夫说：

"我发现，彼得·拉夫伦季耶维奇，柳德米拉晚上织补长筒袜时，我的心情就会变糟。她的袜子让我想起您和我，我们也是在修补理论，但活儿太糙，线的颜色也不对。我们就像泥瓦匠，这里修修，那里补补。"

他心生疑惑，对自己的疑惑又感到恼火，但好在他不自欺欺人，因为他本能地意识到，自我安慰只会导致失败。

扩展理论没带来任何好处。修修补补的结果，使理论失去了内在的和谐，任意的假设剥夺了理论自成体系的能力和独立的生命，方程式变得繁琐复杂，难于运用。某种学究式的、空洞的、贫血的东西出现在理论中。它仿佛患上了肌肉萎缩症。

由杰出的马尔科夫进行的一系列新实验再次与导出的方程式相矛盾。为了解释新的矛盾，不得不再做出一个随意的假设，再次用火柴棍和木头片来支撑这个理论，用绳子把所有东西胡乱绑在一起。

"胡搞。"施特鲁姆对自己说。他意识到路走错了。

他收到了工程师柯雷莫夫的一封信，信中说，施特鲁姆订购的设备的浇铸和车削工作不得不推迟一段时间，因为工厂的首要任务是完成军事订单。因此，新设备的制造将比预定日期延迟一个半月到两个月。

对这封信，施特鲁姆没觉得有多恼火，他已经不像原先那样迫不及待地等待新设备到来，已经不相信靠新设备就能改变实验结果。但有时无名火又涌上心头，于是他想尽快得到新设备，好用大量的、范围经过扩充的实验材料最终无可辩驳地证实与理论的抵触。

工作不顺在他的意识中与个人的不幸掺杂在一起，到处是灰蒙蒙的一片，没有任何希望。

这种抑郁持续了好几个星期，他的脾气越来越大，对家庭琐事表现出罕见的兴趣，饭菜怎么做也要干涉，对柳德米拉花那么多钱在饮食起居上感到惊讶。

他开始关注柳德米拉与房东的争执，房东要求他们为使用柴棚而多付房租。

"喏，跟妮娜·马特维耶芙娜的谈判进展如何？"他问，然后，听完柳德米拉的叙述，又说："啊，真见鬼，这婆娘真不要脸……"

现在，他脑子里不考虑科学与人们生活的联系，不考虑科学带给人们的是幸福还是苦难。要考虑这些问题，人必须有主人翁的感觉，有人生赢家的感觉。而这些日子里，他感到自己像个可怜兮兮的学徒。

他似乎再也不能像以前那样工作了，他所经受的痛苦使他失去了科研能力。

他逐个回想那些著名物理学家、数学家、作家的名字，这些人的主要成果都是在年轻时取得的，三十五岁到四十岁后就没什么值得一提的成绩。他们都有引以为豪的成就，而他不过是苟活着，年轻时没有取得一个可以在活着的时候被记住的成就。为百年来的数学发展开拓了多条道路的伽罗瓦[①]在二十一岁时去世，爱因斯坦在二十六岁发表了论文《论动体的电动力学》，赫兹[②]去世时还不到四十岁。这些人的命运与施特鲁姆之间，岂止是天壤之别！

施特鲁姆告诉索科洛夫，他想暂时停止实验室的工作。但索科洛夫认为工作应该继续下去，他对新设备寄予厚望。施特鲁姆竟忘了马上告诉他工厂来信的事。

施特鲁姆看出妻子知道他工作不顺心，但她从不跟他谈起他的工作。她对他生命中最重要的事情漠不关心，把时间都花在家务事上，花在跟玛丽娅·伊万诺芙娜聊天上，花在与女房东争吵、为娜嘉缝连衣裙、与波斯托耶夫的妻子会面上。他的一股怨气都撒向柳德米拉·尼古拉耶芙娜，而不明白她处于什么样的心境。

---

① 埃瓦里斯特·伽罗瓦（1811—1832），法国数学家，现代数学中的分支学科群论的创立者。

② 海因里希·鲁道夫·赫兹（1857—1894），德国物理学家，于1887年首先用实验证实了电磁波的存在，并于1888年发表了论文。为纪念他对电磁学的贡献，国际单位制中的频率单位以他的名字"赫兹"命名。

在他看来，妻子似乎已经回归惯常的生活轨道，但她机械地完成这一切惯常的事，恰恰是因为其惯常，不需要她此时并不具有的精神力量。

她煮面条汤，同时说起娜嘉的鞋子，因为多年来她一直在做家务，现在只不过机械地重复着她习以为常的事情。但他却没有看到，她虽然继续以前的生活，其实根本没有参与其中。闷头想心事的行者，沿着走惯的道路行走，绕过坑洼，跨过沟渠，同时完全没有注意到它们的存在。

要跟丈夫谈论他的工作，需要一种新的、与时俱进的精神压力，一种新的力量。她没有这种力量。而施特鲁姆觉得，柳德米拉·尼古拉耶芙娜似乎对一切都感兴趣，就是对他的研究没兴趣。

他不高兴的是，每当说起儿子，她总会想起维克托·帕甫洛维奇对托利亚不够好的例子。她好像对托利亚与继父的关系做了个总结，而总结的结果对维克托·帕甫洛维奇不利。

柳德米拉对母亲说：

"可怜的孩子，有段时间他脸上长了痘痘，好难过。他甚至要我从化妆师那儿帮他弄点软膏什么的。可维克托老是取笑他。"

情况也的确如此。

施特鲁姆喜欢逗托利亚，托利亚回到家里，跟继父打招呼时，维克托·帕甫洛维奇常常盯着托利亚看好一会儿，摇摇头，若有所思地说：

"哎哟，伙计，星星又多了几颗啊。"

最近，施特鲁姆晚上不喜欢待在家里。有时他去波斯托耶夫家下棋，听音乐——波斯托耶夫的妻子是一位出色的钢琴家。有时他上在喀山新结识的朋友卡里莫夫家。但他去得最多的还是索科洛夫家。

他喜欢索科洛夫家的小房间，喜欢好客的玛丽娅·伊万诺芙娜甜美的笑容，尤其喜欢餐桌上的谈话。

夜阑人静时，他串完门回家，还没进门，平息了一段时间的苦恼又涌上心头。

64

施特鲁姆从研究所下班没回家，而是去找新朋友卡里莫夫，一起去索科洛夫家。

卡里莫夫是个麻子，长相远远说不上英俊。他黝黑的皮肤使一头灰白头发更加突出，而灰白的头发又衬托得他的皮肤更黑了。

卡里莫夫说一口漂亮的俄语，只有很仔细地听，才能在语调和短语的构造上发现一些细微的差别。

施特鲁姆以前没听说过"卡里莫夫"这个名字，但他发现，这个姓赫赫有名，而且不仅在喀山。卡里莫夫曾经将《神曲》《格列佛游记》翻译成鞑靼语，最近又埋头于荷马史诗《伊利亚特》的翻译。

两人相识前，因为常去喀什大学图书馆的阅览室，他们好几次在吸烟室里碰上。图书管理员是一位衣着随便、多嘴多舌的老妇人，嘴唇涂得红红的，她向施特鲁姆透露了有关卡里莫夫的许多情况，包括他毕业于巴黎索邦，在克里米亚有一座别墅，战前一年中大部分时间都住在海滨。战争期间，卡里莫夫的妻子和女儿被困在克里米亚，至今杳无音信。老妇人向施特鲁姆暗示，在这个人的生活中，曾有八年之久备受煎熬，但施特鲁姆听闻此消息，目光中却只显露出困惑。显然，老妇人也把施特鲁姆的事告诉了卡里莫夫。虽已了解彼此，两人却并未结识，因此未免感到尴尬，碰面时不是面露笑容，反倒皱起眉头。最终结束这一尴尬局面，缘于有一次两人同时走进图书馆前厅，不由得都笑了起来，于是开始倾谈。

施特鲁姆不知道他的谈话在卡里莫夫听来是否有意思，但他，施特鲁姆，只要卡里莫夫肯听，就乐意和他交谈。施特鲁姆碰到过不少交谈者，看上去又聪明又机智，但跟他们一聊，才发现其沉闷无聊令人难以忍受。

有些人，只要他们在场，施特鲁姆连说话都感到困难，声音发僵，谈话变得干瘪乏味，有如聋子和哑巴对话。

有些人，只要他们在场，再真诚的话语听起来都虚头巴脑的。

有些人，老熟人了，只要他们在场，施特鲁姆就特别感到孤独。

为什么会这样？是的，是因为突然遇见了一个人，无论是短途旅伴，板床的邻居，还是偶然争论的参与者，有他在场，另一个人的内心世界便不再孤独、不再寂寞。

他们并肩走着、聊着。施特鲁姆心想，现在他可以好几个钟头不用操心工作的事，尤其是在索科洛夫家神聊时。这在他以前从来没有发生过，因为他总是想工作，无论是乘电车、吃晚饭、听音乐，还是早上洗完脸擦干时。

他肯定陷入了一个非常困难的僵局，因此下意识地逃避有关工作的一切……

"今天工作进展如何，阿赫迈德·乌斯曼诺奇？"他问。

卡里莫夫说："脑子里什么也感觉不到。总在想妻子和女儿。一会儿想，一切都会好起来，我会见到她们；一会儿又有某种预感——她们已经不在人世。"

"我明白您的心情。"施特鲁姆说。

"我知道。"卡里莫夫喃喃地说。

施特鲁姆心想：真是怪事，他跟一个人相识总共才几个星期，却已经打算对他敞开心扉，对妻子和女儿都不讲的事情，却打算对他讲了。

65

在索科洛夫家的小房间里，几乎每天晚上，在餐桌旁都会聚集起一些在莫斯科都难得碰到的人。

索科洛夫才华横溢，但不管说什么都啰里啰唆，遣词造句充满学究气。难以相信他出身于伏尔加河上一个水手家庭。他的演讲极其流畅。他心地善良，风度翩翩，但表情却十分严肃，又带几分狡诈。索科洛夫看起来不像出自伏尔加河的水手家庭，还因为他滴酒不沾，怕穿堂风，怕感染疾病而反复洗手，面包上凡是手触摸过的地方，他都要把面包皮撕下来扔掉。

读他的论文，施特鲁姆总是讶异不已：此人思考问题既大胆又优雅，最复杂、最微妙的思想他都能表达得简洁明了，令人信服；但喝茶聊天时，他却言语无味，啰里吧唆。施特鲁姆本人跟许多出身书香门第的人一样，喜欢在谈话中用诸如"胡扯""乱弹琴"之类的言辞来标榜自己，在同资深院士交谈时喜欢称脾气暴躁的女科学家为"混账东西"甚至"母老虎"。

战前，索科洛夫不喜欢谈论政治。施特鲁姆一扯到政治，索科洛夫就哑火，或者缄口不言，或者刻意转移话题。

对集体化时期和1937年的残酷事件，他表现出某种奇怪的顺从，某种宽容。他似乎将国家机器的愤怒视为大自然或上帝的愤怒。施特鲁姆觉得，索科洛夫相信上帝的存在，他的信仰既体现在工作中，也体现在面对这个世界的强者时表现出来的谦卑和顺从中，体现在他对人际关系的处理中。

有一次，施特鲁姆直接问他："您相信上帝吗，彼得·拉夫伦季耶维奇？"

索科洛夫皱起眉头，一言不发。

令人惊讶的是，如今人们晚上在索科洛夫家聚会，就政治话题展开讨论，而索科洛夫不仅容忍这些谈话，有时还亲自参与其中。

玛丽娅·伊万诺芙娜身材矮小，瘦弱，动作笨拙，像个发育不良的少女。她听丈夫说话总是特别专心。在这种感人的关注中，既有女学生似的怯懦恭敬，又有恋爱中女人的喜悦，还有母性的居高临下的关怀和焦虑。

当然，谈话通常从一份军事报告开始，然后大家就从战争扯开老远。然而，不管人们谈论什么话题，一切都与德国人已经到达高加索、到达伏尔加河下游这一事实有关。

而伴随军事失利的沉闷想法，产生了一种绝望、鲁莽的感觉——管他呢，完蛋就完蛋吧！

晚上，在小房间里，人们开怀畅谈；墙壁似乎在封闭的有限空间中消失了，人们说话不再按寻常的方式。

厚嘴唇、大脑袋的历史学家马季亚罗夫，皮肤仿佛用蓝黑色微孔橡胶塑造而成，是索科洛夫已故姐姐的丈夫，他有时会说到内战，内容都是历史书中从未记载过的：关于国际纵队的匈牙利籍指挥官加夫罗，关于军长克里沃鲁奇科，关于博任科，关于一位年轻军官肖尔斯[①]，他竟敢下令在他车厢里鞭打一位军委委员，该委员是革命军事委员会派来监督肖尔斯的司令部的。他谈到了加夫罗的母亲可怕而奇特的命运，她是个匈牙利农妇，一句俄语也不会。她到苏联来投靠儿子，在加夫罗被捕后，每个人都害怕她，避之唯恐不及，她语言不通，像疯子一样在莫斯科游荡。

马季亚罗夫谈到身穿带皮条的猩红色马裤、剃得光光的头顶泛着蓝色的军士长和士官，他们后来成为师长、军长，讲述了这些人如何受折磨，被赦免，从骑兵军退役，投向所爱女人的怀抱……他谈到头戴黑色皮制布琼尼军帽的团政委、师政委，他们读过尼采的《查拉图斯特拉如是说》，警告战士们别受巴枯宁异端邪说的蛊惑……他谈到后来成为苏军元帅和一级指挥官的一些前皇家准尉。

有一次，他压低了声音说：

“那是在列夫·达维多维奇[②]仍然是列夫·达维多维奇的时候。”在他忧郁的眼睛里——聪明而有病的胖人常有这样的眼睛——流露出一种特殊的表情。

然后他笑着说：

“在我们团里，大伙儿组织了一支管弦乐队：管乐器、弦乐器、弹拨乐器，样样俱全。乐队总是演奏一个动机：‘街上走着一条大鳄鱼，它，它浑身发绿……’在所有场合，无论是发起进攻，还是埋葬英雄，总是奏这首‘鳄鱼’。在一次狼狈不堪的撤退中，托洛茨基来振作士气——全团召集大会，沉闷的小镇尘土飞扬，狗在吠叫，广场中央搭起了平台，我现在还记得：那天天气很热，令人昏昏欲睡，托洛茨基打着红色大蝴蝶结，双眼闪闪发光，开口说：‘红军战士同志们，’啊，那真是声如洪钟，一瞬间震得所有人如遭雷击……然后管弦乐队演奏了‘鳄鱼’。奇怪

---

① 尼古拉·亚历克山得罗维奇·肖尔斯（1895—1919），苏联国内战争传奇将领之一，被称为乌克兰的夏伯阳。

② 列夫·达维多维奇是托洛茨基的名字和父名。对人用名字和父名称呼表示尊敬。

的是，这首巴拉莱卡琴演奏的'鳄鱼'比演奏'国际歌'的大型管弦乐队更加震撼人心，它让人灵魂出窍，鼓舞你赤手空拳打到华沙，打到柏林……"

马季亚罗夫语调平静，从容不迫。他并没有为那些作为"人民公敌"和"祖国的叛徒"而被枪毙的师长和军长们辩护，也没有为托洛茨基辩护。但他赞赏克里沃鲁奇科和杜博沃伊①，提到1937年被处决的指挥员和集团军政委的名字时极为恭敬，称其本名和父名，由此可以断定他并不相信图哈切夫斯基元帅②、布柳赫尔元帅③、叶戈罗夫元帅④、莫斯科军区司令穆拉洛夫、二级集团军司令员列万多夫斯基、加马尔尼克⑤、德边科⑥、布勃诺夫⑦，以及托洛茨基的第一副手斯克良斯基⑧和温什利希特⑨等人是"人民公敌"、"祖国的叛徒"。

马季亚罗夫平静自如、从容不迫的声音，听起来很有点不可思议。要知道，国家的强大力量创造了一个新的过去，按自己的意愿对骑兵重新进行了调动，为过往已成定局的事件重新确定了英雄，而把真正的英雄踢了出去。国家拥有足够的威权来重新编织那些已经成为历史、永远不可变更的事件，重新雕刻花岗石像，重新铸造铜像，重新撰写已经做过的演讲，重新安排文献影像中人物的出场和排列方式。

---

① 伊万·纳乌莫维奇·杜博沃伊（1896—1938）乌克兰人，苏联军人，曾担任基辅军区第十四步兵军司令、基辅军区副司令、哈尔科夫军区司令。1938年遭枪决。

② 米哈伊尔·尼古拉耶维奇·图哈切夫斯基（1893—1937），苏联最早的五位元帅之一，军事战略学家，有"红色拿破仑"之称号。1937年遭枪决。

③ 瓦西里·康斯坦丁诺维奇·布柳赫尔（1890—1938），苏联元帅。1938年被秘密处决，罪名为"打入苏联内部的日本间谍"。1956年平反。

④ 亚历山大·伊里奇·叶戈罗夫（1883—1939），苏联军事家、统帅，1935年成为首批五位苏联元帅之一。1939年在大清洗中被杀害。

⑤ 杨·鲍里索维奇·加马尔尼克（1894—1937），苏联党务活动家，苏联军事百科全书中有军事家称号的六十八人之一，一级集团军级政委（1935）。红军总政治部主任（1929—1937），在大清洗中拒绝参加审判而自杀。

⑥ 帕维尔·叶菲莫维奇·德边科（1889—1938），苏联军事家，二级集团军级（1935），国内战争的积极参加者。1938年被杀害。

⑦ 安德烈·谢尔盖耶维奇·布勃诺夫（1883—1940），苏联党务和国务活动家、军事家、革命家。1924年1月—1929年9月任工农红军政治部主任、苏联革命军事委员会委员。曾任联共（布）中央组织局委员兼《红星报》编辑。为实现党的军队建设政策、实行军事改革（1924—1925）和巩固军队的一长制，作出了巨大贡献。1940年在大清洗中被诬陷并遭杀害。后被平反。

⑧ 埃弗拉伊姆·马尔科维奇·斯克良斯基（1892—1925），苏联革命家、政治家，十月革命时任彼得格勒苏维埃军事革命委员会成员，后被托洛茨基任命为革命军事委员会副主席，参与俄国内战。1923年11月，蒋介石考察苏联期间，曾与斯克良斯基会面。1925年因事故死于美国纽约。

⑨ 约瑟夫·斯坦尼斯拉沃维奇·温什利希特（1879—1938）。苏联党务和国务活动家、军事家。全俄肃反委员会副主席、苏联革命军事委员会副主席兼陆海军副人民委员、最高国民经济委员会副主席。1938年被杀害。

这是不折不扣的历史新编。即使是经历过那个时代、一息尚存的人，也重新体验了一把他们已经过过的生活，把自己从勇士变成了懦夫，从革命者变成了外国间谍。

而且，听马季亚罗夫讲话，你会感到还有一种更有力的逻辑存在，想躲也躲不开，那就是——真理的逻辑。战前从来没有人敢说这种话。

有一次他说：

"唉，所有这些人本来都会毫无保留地与法西斯抗争，不惜流血牺牲的。但他们已经白白丢掉性命了……"

化学工程师弗拉基米尔·罗曼诺维奇·阿尔捷列夫，一位喀山本地居民，是索科洛夫一家人租用的公寓的房东。阿尔捷列夫的妻子傍晚才下班回家，两个儿子在前线打仗。阿尔捷列夫本人在一家化工厂担任车间主任。他衣着简陋，没有冬大衣，没有棉帽；为了保暖，他在女式短棉袄外面再套上一件橡胶雨衣。他头戴一顶皱巴巴、油腻腻的鸭舌帽，上班路上把帽子拉下来遮住耳朵。

走进索科洛夫家时，他总是往冻得发红的僵硬手指头上哈气，向坐在桌旁的人怯怯地递上一个微笑。在施特鲁姆看来，他一点不像公寓的房东，一点不像一家大工厂的大车间主任，倒像寄人篱下的穷酸邻居。

那天晚上，他胡子没刮，脸颊凹陷，站在门口听马季亚罗夫说话，不肯走进去，怕把地板踩响。

玛丽娅·伊万诺芙娜去厨房时路过他跟前，在他耳边低声说了句什么。他惊惶地摇摇头，显然是谢绝了玛丽娅的食物。

"昨天，"马季亚罗夫说，"一位在这里治病的上校告诉我，因为他打了某个中尉一记耳光，方面军党委会要把他送上军事法庭。在内战期间可没有这种事。"

"可您自己说过，肖尔斯鞭打过革命军事委员会的委员。"施特鲁姆说。

"那是下级打上级，两码事。"马季亚罗夫说。

"在工业部门也一样，"阿尔捷列夫说，"在我们厂里，厂长对所有工程技术人员都用'你'称呼，但如果你叫他'舒里耶夫同志'，他就大为光火。得叫他'列昂季·库兹明'。前不久在车间里，一位老化学工程师不知怎么惹着他了，舒里耶夫对老人破口大骂，并且叫嚷说：'我怎么说你就怎么做，要不然有你好看，叫你从厂里滚出去。'要知道老人已经七十二岁了。"

"工会也不吱一声？"索科洛夫问道。

"工会有鸟用！"马季亚罗夫说，"工会就知道号召大家做贡献：战前为战争做准备，战争期间一切为了前线，战争结束后又号召消除战争的后果。他们才不在乎一个老头子。"

玛丽娅·伊万诺芙娜低声问索科洛夫:"是不是该喝茶了?"

"当然,当然,"索科洛夫说,"给我们上茶吧。"

"她的动作真安静啊。"施特鲁姆想,心不在焉地看着玛丽娅·伊万诺芙娜瘦削的肩膀从半开的厨房门滑进房间。

"啊,亲爱的同志们,"马季亚罗夫突然说,"想象一下,什么是新闻自由?在战后一个和平的早晨,您打开报纸,上面刊登的不是讴歌岁月静好的社论,不是劳动人民致伟大领袖斯大林的一封信,不是炼钢工人突击队为庆祝最高苏维埃成功选举而加班加点的消息,也不是美国劳动人民如何在阴郁、日益增长的失业率和贫困的气氛中迎来新年——您在报纸上看到的,知道是什么吗?信息!您能想象这样的报纸吗?提供信息的报纸!

"您读到库尔斯克地区的歉收,对布提尔卡监狱管理制度的调查报告,关于是否需要修建白海-波罗的海运河的争论;您读到工人戈洛普佐夫反对发布新公债的消息。

"一言以蔽之,您得以了解这个国家所发生的一切:丰收和歉收;工作热情和撬门行窃;矿井投产和矿难;莫洛托夫①和马林科夫②之间的分歧;您读到对一场罢工的调查报告,罢工的起因是某工厂的厂长侮辱了一位七十二岁的化学工程师;您读到丘吉尔③、勃鲁姆④的演讲原文,而不是'据称'他们说了些什么;您读到下议院辩论的报告;您获悉昨天有多少人在莫斯科自杀身亡,有多少人在晚上因车祸被送到斯克利福索夫斯基医院。您知道为什么没有荞麦米,而不仅仅知道从塔什干空运了第一批草莓到莫斯科。您从报纸上了解到集体农庄一个劳动日能挣多少克粮

---

① 维亚切斯拉夫·米哈伊洛维奇·莫洛托夫(1890—1986),苏联革命家、政治家、外交家,1930年出任苏联人民委员会主席,"二战"时期任苏联人民委员会第一副主席兼外交人民委员、苏联国防委员会副主席。他是斯大林的战友和支持者,为斯大林领导班子的二号人物,支持斯大林的集体化政策并参与领导了大清洗。尽管斯大林对他并不完全信任,他的妻子也遭到斯大林的迫害,但他自始至终支持斯大林。由于对苏共二十大的反斯大林政策有不同意见而于1957年6月被定为"反党集团"头目,降职为驻蒙古大使,1964年被开除党籍,勒令退休。1984年恢复党籍。

② 格奥尔基·马克西米连诺维奇·马林科夫(1902—1988),曾任苏联党和国家领导人。斯大林去世后于1953年3月到1955年2月担任苏联部长会议主席(相当于总理)。1955年2月,马林科夫辞去苏联部长会议主席职务,改任电力部长和部长会议副主席。1957年6月苏共中央通过关于马林科夫、卡冈诺维奇、莫洛托夫"反党集团"的决议,马林科夫改任东哈萨克斯坦乌斯卡麦诺戈尔斯克水力发电厂厂长。

③ 温斯顿·丘吉尔(1874—1965),英国政治家、历史学家、画家、演说家、作家、记者,出身于贵族家庭,1940年至1945年和1951年至1955年两度出任英国首相,被认为是二十世纪最重要的政治领袖之一,领导英国人民赢得了第二次世界大战,是"雅尔塔会议三巨头"之一。

④ 莱昂·勃鲁姆(1872—1950),法国社会党领袖及理论家。

食，而不是从您家保姆的侄女口中听说——她从村里来莫斯科买面包，偶然被您碰到。是的，是的，只有这样，您才彻头彻尾成为一个地道的苏联人。

"您走进一家书店买一本书，在身为苏联人的同时，您阅读美国、英国、法国的哲学家、历史学家、经济学家、政治观察家的著作。您自己判断他们哪些地方说得不对；您自己，不用保姆监护，在大街上散步。"

马季亚罗夫的话音刚落，玛丽娅·伊万诺芙娜走了进来，手里端着茶具。

突然，索科洛夫猛地一拳砸在桌子上：

"够了！我坚决恳求停止发表这类言论。"

玛丽娅·伊万诺芙娜半张着嘴看着丈夫，手中的茶具叮当作响——显然她的手在颤抖。

施特鲁姆大笑起来：

"这么说，彼得·拉夫伦季耶维奇取消了新闻自由！够短命的。幸好玛丽娅·伊万诺芙娜没听到这种蛊惑人心的言论。"

"我们的系统，"索科洛夫不耐烦地说，"展示了它的力量。而那些资产阶级民主国家失败了。"

"是的，是展示了，"施特鲁姆说，"但是芬兰过时的资产阶级民主制度在四十年代与我们的中央集权制迎头相撞，结果陷入尴尬境地的是我们。我并非无条件拥护资产阶级民主，但事实就是事实。这和老化学工程师有什么关系？"

施特鲁姆环顾四周，看到正听他说话的玛丽娅·伊万诺芙娜专注的目光。

"问题不在芬兰，而在芬兰的冬天。"索科洛夫说。

"哦，得了吧，彼佳①。"马季亚罗夫说。

"让我们这样说吧，"施特鲁姆说，"在战争期间，苏联国家既显示了其优越性，也暴露了其弱点。"

"弱点是哪些呢？"索科洛夫问道。

"喏，比方说，许多人本来可以去打仗的，却被关了起来，"马季亚罗夫说，"看看我们在伏尔加河上是怎么打仗的吧。"

"但这跟制度有什么关系？"索科洛夫问道。

"什么叫'什么关系'？"施特鲁姆说，"在您看来，彼得·拉夫伦季耶维奇，士官的遗孀在1937年是自个儿把自个儿枪毙的？"

他又看到了玛丽娅·伊万诺芙娜专注的目光。他心想，在这场争论中自己的表

① "彼佳"是"彼得"的昵称，这里指彼得·拉夫伦季耶维奇·索科洛夫。

现有点古怪：马季亚罗夫一批评国家，施特鲁姆就和他争论；但当索科洛夫猛烈抨击马季亚罗夫时，施特鲁姆又转而批评索科洛夫。

索科洛夫有时喜欢嘲笑无聊的文章或文理欠通的演讲，但话题一旦涉及基本的方针路线，他的立场就变得异常坚定。马季亚罗夫却跟他相反，从不掩饰自己的情绪。

"您企图用苏维埃制度的不完善来解释我们为何溃败，"索科洛夫说，"但在德国人无比强大的打击下，国家巍然挺立，这就再清楚不过地证明了它的力量，而不是软弱。看到巨人投下的阴影，您就说：看哪，多大一片阴影啊。然而您忘记了巨人本身。要知道，我们的举国体制是一台威力巨大的社会发动机，能够集中力量办成大事。它已经办成了许多大事，今后还将办成更多大事。"

"如果国家不再需要您，它就会把您晾在一边，把您所有的想法、计划和著作一笔勾销，"卡里莫夫说，"但如果您的想法符合国家的利益，那好了，飞黄腾达，指日可待！"

"一点不错！"阿尔捷列夫说，"我曾经被借调到一个特别重要的国防工程去干过一个月。斯大林亲自过问各个车间的生产，亲自给厂长打电话。说到设备，原材料、零件、备件——一切都像神话中描写的一样，要啥有啥！说到生活条件，住处有洗澡间，一清早炼乳送上门。我这辈子没过过那样的生活。工作条件真是无可挑剔！最重要的是，没有一点点官僚主义。不用打任何报告，就能办成所有事情。"

"说得更确切些，是国家官僚机构就像童话中的巨人一样，在那里为人民服务。"卡里莫夫说。

索科洛夫说："如果国家重点国防工程能做得如此完美，那么从原则上讲，显然可以在所有行业实施这种制度。"

"不对！"马季亚罗夫说，"这是两个完全不同的原则，而不是一个原则。斯大林建造的东西是国家需要的，而不是人民需要的。重工业是国家需要的，而不是人民需要的。白海－波罗的海运河对老百姓毫无用处。一端是国家的需要，另一端是人的需要。二者永远无法调和。"

"一点不错，从这些重点工程往外迈一步，事情就变得荒诞无稽了，"阿尔捷列夫说，"如果邻近的喀山人需要我的产品，我得按计划把产品发到赤塔，然后别人再从赤塔发到喀山。我需要装配工，但我只有托儿所的预算还没用完，所以我得把装配工作为托儿所阿姨招进来。集中制害死人！一个发明家向厂长提出建议，可以把零件产量从二百个提高到一千五百个，厂长却把发明家轰了出去：他完成任务是按重量计算的，原先的方法更保险。如果工厂停工待料，短缺的原料可以在市场上花三十卢布买到，他宁可损失二百万卢布，也不肯冒险花三十卢布去购买原料。"

阿尔捷列夫迅速扫视了一下听众，又匆忙开口，好像生怕别人不让他说完：

"工人收入很低，但总算按劳分配。卖糖浆水的小贩，挣的钱是工程师的五倍。而领导、厂长、人民委员们就知道一件事——完成计划！你手脚浮肿，饿得要命，但照样得完成计划！我们厂有个厂长叫什马特科夫，他在会议上大声叫嚷：'厂比亲妈还重要，你本人为完成计划，要不惜脱三层皮。对那些没觉悟的人，我要亲手剥掉他们三层皮。'可突然间，大伙儿得知什马特科夫要调到沃斯克列先斯克去。我问他：'计划还没完成，您怎么能离开工厂呢，阿法纳西·卢基奇？'他直截了当地回答我，没找任何冠冕堂皇的借口：'是的，您知道，我们的孩子在莫斯科上大学，沃斯克列先斯克离莫斯科更近。此外，他们给了我一套不错的公寓，还带花园，我老婆有病，需要新鲜空气。'我就感觉奇怪了，为什么国家信任这种人，而把工人、非党著名科学家看得一文不值。"

"这很简单，"马季亚罗夫说，"因为托付给这些人的，是比工厂和研究所更重要的东西，托付给他们的是制度的核心，是宝中之宝：苏维埃官僚主义赖以生存的权力。"

"我还得说，"阿尔捷列夫继续说，没在意马季亚罗夫的玩笑，"我爱我们车间，我自己没有什么舍不得的。但我缺乏最要紧的一条——我无法从活人身上剥下三层皮。我可以剥自己的皮，但剥工人的皮，我下不了手。"

而施特鲁姆出于自己也说不清道不明的原因，仍然觉得有必要批驳马季亚罗夫，尽管马季亚罗夫所说的一切在他看来都没错。

"您的话也有毛病，"他说，"难道个人利益跟建立了国防工业的国家利益不相一致吗？二者今天难道不是已经完全融为一体了吗？在我看来，武装我们的兄弟儿女的大炮、坦克、飞机，是我们每个人都需要的。"

"完全正确。"索科洛夫说。

<h1 style="text-align:center">66</h1>

玛丽娅·伊万诺芙娜开始倒茶。大家聊起了文学。

"人们已经忘记我们还有个陀思妥耶夫斯基呢，"马季亚罗夫说，"图书馆不肯出借他的书，出版社又不肯再版。"

"因为他是个反动派。"施特鲁姆说。

"没错，他不应该写《群魔》。"索科洛夫表示同意。

但施特鲁姆随即又问道：

"您确定，彼得·拉夫伦季耶维奇，他不该写《群魔》吗？我倒觉得，他不该写的是《作家日记》。"

"天才的棱角是无法磨平的，"马季亚罗夫说，"陀思妥耶夫斯基不为我们的意识形态所容。您再看看马雅可夫斯基。斯大林称他为最优秀、最有才华的，自有其道理。他的激情体现的就是国家本身。而陀思妥耶夫斯基，即便在他的国家观念中，体现的也是人性本身。"

"如果这样讲，"索科洛夫说，"那么总的来说，十九世纪的所有文学作品都不为官方所容。"

"嗨，可别这么说，"马季亚罗夫说，"还有托尔斯泰呢。他诗化了人民战争的思想，而国家现在正领导人民展开一场正义战争。正如阿赫迈德·乌斯曼诺维奇[①]所说，如果您的想法符合国家的利益，那么飞黄腾达就指日可待。如今到处都是托尔斯泰：收音机里播放，晚会上朗诵，出版社一印再印，连领导人都频频引用他的话。"

"契诃夫运气最好，他既为过去的时代所认可，又为我们的时代所接受。"索科洛夫说。

"说得太对了！"马季亚罗夫叫道，用手掌拍了一下桌子，"但别忘了，我们接受契诃夫，是因为我们并不真正了解他。就好像在某种程度上跟随他的左琴科一样。"

"我不明白，"索科洛夫说，"契诃夫是个现实主义作家，怎么会跟颓废派混为一谈？"

"你不明白？"马季亚罗夫问道，"那么让我来向你解释一下。"

"您可千万别糟践契诃夫，"玛丽娅·伊万诺芙娜说，"他是我最喜欢的作家。"

"好品位，玛申卡，"马季亚罗夫说，"而你，彼得·拉夫伦季耶维奇，你要在颓废派身上寻找人性吗？"

索科洛夫恼怒地把手一挥。

但马季亚罗夫也把手一挥。他非得说出自己的想法不可，而为此他需要索科洛夫在颓废派身上寻找人性。

"个人主义不是人性！您搞混了。大家全搞混了。您以为真在打击颓废派吗？没有的事。颓废派对国家没有敌意，他们只是没用罢了，他们对一切漠不关心。我深信，在社会主义现实主义与颓废派之间，并不存在不可逾越的鸿沟。人们争论什

---

① 即卡里莫夫。

么是社会主义现实主义。社会主义现实主义就是一面镜子，对于党和政府提出的问题：'世界上谁最可爱，谁最漂亮，谁最白？'镜子的回答是：'你啊你，党，政府，国家，比谁都更加如花似玉，更加可爱！'

"而颓废派对这个问题的回答是：'我啊我，我，颓废派，比谁都更加可爱，更加如花似玉。'其实二者的差别并不大。社会主义现实主义主张国家的排他特质，颓废派主张个人的排他特质。方法不同，本质一样——以自己的排他特质为荣。完美无缺的国家鄙视与它相异的所有事物。而颓废派花里胡哨的人格对所有其他人格都漠然置之，除了两种——一种是颓废派能与之推心置腹的，另一种是颓废派能与之卿卿我我的。从表面上看，个人主义和颓废派是为人而奋斗。但实际上没有任何奋斗可言。颓废派对人漠不关心，国家对人也漠不关心，二者之间并没有一道鸿沟。"

索科洛夫眯起眼睛听马季亚罗夫说，觉得他眼看要扯到敏感话题了，于是开口打断他：

"对不起，这与契诃夫何干？"

"我这就要说到他。在他与当代现实之间，横亘着一道巨大的鸿沟。毕竟，契诃夫肩负起了俄罗斯民主的重任，虽然民主并未在俄罗斯实现。契诃夫的道路就是俄罗斯的自由之路。我们却选择了另一条路。您能历数他作品中的所有人物吗？也许只有巴尔扎克向公众展示了如此庞大数量的人物。是，又不是！想想吧，契诃夫描写了多少种人：医生、工程师、律师、中学教师、大学教授、地主、店主、工厂主、家庭女教师、仆人、大学生、各阶层的官员、牲口贩子、列车员、媒婆、执事、主教、农民、工人、鞋匠、模特、园艺师、动物学家、演员、旅店老板、猎人、妓女、渔夫、中尉、士官、画家、厨娘、作家、看门人、修女、士兵、助产士、萨哈林苦役犯……"

"够了，够了。"索科洛夫喊道。

"够了？"马季亚罗夫用滑稽的夸张口吻反问道，"不，还不够！契诃夫向我们展示了整个俄罗斯，它的所有阶级、阶层、各个年龄段的人……还不仅如此！他是作为民主主义者，您明白吗，俄罗斯的民主主义者，向我们展示这些芸芸众生的！在他之前没有人，甚至连托尔斯泰也没有，说过这种话：我们首先是人，您明白吗，人，人，人！在他之前，没有人在俄罗斯说过这种话。他说：最重要的是，人首先是人，然后才是高级僧侣、俄罗斯人、店主、鞑靼人、工人，等等。您要明白，人的优劣并不取决于他们是高级僧侣还是工人、是鞑靼人还是乌克兰人，人是平等的，因为他们是人。半个世纪前，受狭隘的门户之见蒙蔽的人们认为，契诃夫是文化停滞时代的代言人。但契诃夫堪称高举最伟大旗帜的旗手，这面旗帜在俄罗斯已经飘扬了上千年，它弘扬的是真正的、俄罗斯的、良性的民主精神，您明白吗，是俄罗斯式的人的尊严，俄罗斯的自由。要知道，我们的人性按宗派主义原则总是不可调和的，残酷无情的。从阿瓦库姆①到列宁，我们的人性和自由是宗派的、狂热的，为了抽象的人性就无情地拿人做牺牲。即使是宣扬不以暴力抗恶的托尔斯泰也并不宽容，而最主要的是，他不是以人为本，而是以上帝为本。对他来说最重要的是鼓吹行善的思想应该取胜，而上帝的忠实追随者们却总是竭力将上帝强加于人，在俄罗斯，他们为此目的而无所不用其极，包括迫害、不眨眼地杀人。

"契诃夫说：让上帝靠边站，让所谓的伟大进步思想靠边站，让我们从人开始，让我们以善心待人、关注人，而不论他是谁——高级僧侣、农民、腰缠万贯的工厂主、萨哈林苦役犯、餐馆的跑堂，全都一样。让我们从尊重人、怜悯人、爱人开始，否则我们将一事无成。这就是我们主张的民主，俄罗斯人民尚未体验过的民主。

"一千年来，俄罗斯人什么都见识过，伟大的，超级伟大的，都见识过；但有一样东西他们没有见识过，那就是民主。而这一点，正好是颓废派和契诃夫的区别。国家一不高兴，就会给颓废派的后脑勺一记猛击，往他们屁股上踢上一脚。但对契诃夫的实质，国家并未看清，因此才放了他一马，对他听之任之。民主在我们的事业中是没有立足之地的，当然，我说的是真正的、讲人性的民主。"

显然，索科洛夫很不喜欢马季亚罗夫尖锐的言辞。

施特鲁姆对此有所觉察，但鬼使神差之下，却兴高采烈地说道：

"说得好，太对了，充满睿智。不过，我还得请您对斯克里亚宾②手下留情，虽说他好像跟颓废派打得火热，我还是喜欢他。"

索科洛夫的妻子把一碟果酱放在他面前，他做了一个推辞的手势，说道：

"不，不，谢谢，我不想吃。"

"是黑醋栗。"她说。

他看着她褐色的、淡黄色的眼睛，问道：

"我跟你说过我好这一口吗？"

---

① 阿瓦库姆（1620—1682），著名神学家、修士大司祭。作品有《行传》，又译《生活纪》。《行传》（1672—1675）讲述他同推行教会改革的尼康牧首之间的冲突和受迫害、被流放西伯利亚的经过，书中充满反强暴的精神和心理描写，是俄国古代文学中第一部以个人为中心而又广泛涉及社会生活的著作。因与官方教会作斗争，阿瓦库姆遭放逐，后被沙皇下令烧死。

② 亚历山大·尼古拉耶维奇·斯克里亚宾（1871—1915），俄国作曲家、钢琴家，毕业于莫斯科音乐学院。

她默默地点点头，笑了笑。她的牙齿凹凸不平，嘴唇又薄又暗。可是笑容使她苍白的、略显灰暗的脸庞变得甜美迷人。

"要是她的鼻子不总是红红的，倒不失为挺讨人喜欢的女人。"施特鲁姆心想。

卡里莫夫对马季亚罗夫说：

"列昂尼德·谢尔盖耶维奇，该如何将您关于契诃夫人性的热情演讲与您对陀思妥耶夫斯基的赞美协调起来呢？对陀思妥耶夫斯基来说，并不是所有的俄罗斯人都是一样的。希特勒称托尔斯泰为杂种，但据说在希特勒的办公室中却挂着陀思妥耶夫斯基的肖像。我是个少数民族，鞑靼人，我出生在俄罗斯，我不能原谅这位俄罗斯作家对波兰人和犹太人的仇恨。就算他是个伟大的天才，我也不能原谅。在沙俄时代我们流过太多血，受到过太多歧视，许多人被屠杀。在俄罗斯，再伟大的作家也没有权利把外国人踩在脚下，没有权利蔑视波兰人、鞑靼人、犹太人、亚美尼亚人、楚瓦什人。"

这个鞑靼人头发花白，瞳仁乌黑，他对马季亚罗夫说话时，脸上带着刻薄、傲慢、典型蒙古人的嘲笑神色：

"也许您读过托尔斯泰的《哈吉·穆拉特》？也许您读过《哥萨克》？也许您读过短篇小说《高加索的囚徒》？这些都是这位俄罗斯伯爵写的，比立陶宛人陀思妥耶夫斯基更俄罗斯化。只要鞑靼人还活着，他们就会为托尔斯泰向真主祈祷。"

施特鲁姆看了一眼卡里莫夫。

"原来你是这样的，"他想，"原来你是这样的。"

"阿赫迈德·乌斯曼诺维奇，"索科洛夫说，"我深深尊重您对您的人民的爱。但请允许我也为我是俄罗斯人而感到自豪，请允许我爱托尔斯泰，不仅因为他很好地描写了鞑靼人。出于某种原因，我们俄罗斯人一旦为我们的人民感到骄傲，马上就会被视为黑色百人团分子。"

卡里莫夫立起身来，脸上布满亮晶晶的汗珠，说道：

"我会告诉您真相，说实在的，既然真相明摆在那里，我为什么要说谎？还在二十年代，鞑靼人民为之感到自豪的那些人，文化界的所有知名人士，被斩尽杀绝。如果大家还记得这些，那就该想想，为什么《作家日记》会遭禁。"

"遭到迫害的不光是你们的人，也有我们的人。"阿尔捷列夫说。

卡里莫夫说：

"我们被消灭的不光是人，整个民族的文化都被消灭了。现在的鞑靼知识分子与我上面提到的那些人相比，简直就是野蛮人。"

"是的，是的，"马季亚罗夫嘲讽地说，"那些人不仅可以创造文化，可能还想制定鞑靼人自己的内外政策呢。但这是行不通的。"

"如今你们有了自己的国家,"索科洛夫说,"有学院、中小学校、歌剧院、书籍、鞑靼文报纸,革命给了你们所有东西。"

"不错,有国家歌剧院,也有闹剧般的国家。我们的收成被莫斯科拿走,我们的人被莫斯科投进监狱。"

"嗯,您知道吗,如果把你们投进监狱的是鞑靼人而不是俄罗斯人,可能你们的日子反而更不好过。"马季亚罗夫说。

"如果谁也不被投进监狱呢?"玛丽娅·伊万诺芙娜问道。

"喏,玛申卡,接下来您该想摘月亮了。"马季亚罗夫说。

他看了看手表,说道:

"哇,该走了。"

玛丽娅·伊万诺芙娜急忙说:

"列涅奇卡①,留下来过夜吧。我给您铺折叠床。"

马季亚罗夫曾向玛丽娅·伊万诺芙娜诉苦说,晚上回到家里,没有人等他,走进空荡荡的黑屋子时,他感到特别孤独。

"好吧,"马季亚罗夫说,"我不反对。彼得·拉夫伦季耶维奇,你不介意吧?"

"当然不啦,你怎么回事。"索科洛夫说。马季亚罗夫开玩笑地补充道:

"瞧瞧,房主一点儿热情也没有。"

大家纷纷从桌子上起身,互相道别。

索科洛夫出去送客人,玛丽娅·伊万诺芙娜压低嗓门对马季亚罗夫说:

"彼得·拉夫伦季耶维奇没有回避这些谈话,真是太好了。在莫斯科,谁只要越雷池一步,他马上就闭上嘴,把自己一个人锁在房间里。"

她提到丈夫的名字和父名时,满怀特别的柔情和恭敬:"彼得·拉夫伦季耶维奇。"夜里她经常誊写他的论文,把草稿保存得好好的,把他随意涂写的笔记贴在硬纸板上。她认为丈夫是个了不起的人物,但同时在她眼里又是个无助的孩子。

"我喜欢这个施特鲁姆,"马季亚罗夫说,"搞不懂为什么有人说他不招人喜欢。"

他又开玩笑地补上一句:

"我发现,每次他一开口,你必在场,玛申卡。你在厨房里忙活时,他就不肯随便浪费自己的口才。"

她脸冲门口站着,一言不发,仿佛没有听到马季亚罗夫的话,过了一会儿才

---

① "列涅奇卡"是"列昂尼德"的昵称,这里指列昂尼德·谢尔盖耶维奇·马季亚罗夫。

说道：

"您怎么啦，列涅奇卡，我在他眼里只是个微不足道的小女人。彼佳觉得他不友善、爱嘲笑人、傲慢，因此物理学家们不喜欢他，有些人还怕他。但我不同意，我觉得他心肠挺好的。"

"嗯，说到心肠，恐怕他的心肠并不好过任何人，"马季亚罗夫说，"他对什么人都尖酸刻薄，什么人的话都不赞成。不过他头脑是自由的，没有被洗成白痴。"

"他心地善良，不知道提防他人。"

"但得承认，"马季亚罗夫说，"彼佳现在也不会多说一句话。"

这时索科洛夫走进房间。他听到了马季亚罗夫的话。

"我正想跟你说哪，列昂尼德·谢尔盖耶维奇，"他说，"请不要教训我。其次，请不要当着我的面再发表类似言论。"

马季亚罗夫说：

"你知道吗，彼得·拉夫伦季耶维奇，你也别教训我。我对我自己的言论负责，正如你对你自己的言论负责一样。"

索科洛夫似乎想用更不中听的话来回敬他，但还是克制住了自己，走出房间。

"好吧，我还是回家得了。"马季亚罗夫说。

玛丽娅·伊万诺芙娜说：

"您让我伤透心了。您知道他是一番好意。您要是走，他会难过一整夜的。"

她向他解释，彼得·拉夫伦季耶维奇心灵受过创伤，吃过许多苦头，1937 年被传唤，熬过了残酷的审讯，过后在精神病院住了四个月。

马季亚罗夫听罢，点着头说：

"好吧，好吧，玛申卡，我被你说服了。"但突然间他又生气了，补充道："当然，这一切都是真的，但不仅是你的彼佳被传唤了。还记得我在卢比扬卡^①被关押了十一个月吗？在此期间，彼得只给克拉娃打过一次电话。那可是他亲姐姐啊！如果你记得的话，他还不许你给她打电话。这对克拉娃来说有多痛苦啊……也许他是个伟大的物理学家，但精神上他就像个奴才。"

玛丽娅·伊万诺芙娜用双手捂住脸，一言不发地坐着。

"没有人，没有人会明白，这一切对我的伤害有多大。"她轻声说。

只有她一个人知道，1937 年发生的事情和全盘集体化的残酷行为多么令他恶心，他的心灵是多么纯洁。但同样只有她一个人知道，他的拘谨、他在当局面前奴才般

---

① 卢比扬卡在莫斯科，位于红场东北九百米，通常指苏联时期情报机构的所在地，先后是契卡、内务人民委员部、克格勃，以至现今俄罗斯联邦安全局的总部。亦是设在此处的监狱的代名词。

的顺从到了什么地步。

正因为如此，他在家里才那么反复无常，那么作威作福，心安理得地让玛申卡给他擦皮鞋，暑热天用手帕给他扇风，在郊外散步时用树枝帮他驱赶脸上的蚊子。

67

有一次，在大学最后一年，施特鲁姆突然对研讨会的一位同学说：

"真没法儿读，全是阿谀奉承。无聊透顶！"他一边说，一边把一份当天的《真理报》扔到地上。

可话音刚落，他就吓得魂飞魄散。他捡起报纸，抖了抖，极其卑微地笑了一下——

多年后想起这哈巴狗似的笑，他禁不住还会脸上发烧。

过了几天，他又拿了一份《真理报》，递到那位同学手上，兴致勃勃地说：

"格里什卡，读读这篇社论吧，写得太棒了。"

同学接过报纸，满脸怜悯地说：

"可怜的维佳，吓破胆啦？你以为我会去举报你是吧？"

就在那时，还是个大学生的施特鲁姆就告诫自己，要么保持沉默，把危险的想法闷在肚子里，要么就不随波逐流，勇敢地说出来。但他没有信守诺言。他常常失去理智，脑袋一热就信口开河，发泄之后又吓得要命，赶紧掐灭自己刚点燃的火花。

1938年布哈林受审后，施特鲁姆对柯雷莫夫说：

"随你怎么想，但我认识布哈林，和他聊过两次。他长着个大脑袋，笑起来很可爱，非常聪明，总的来说是个最纯真的人，极有魅力。"

但马上，被柯雷莫夫阴沉的目光盯得忐忑不安，他又咕哝道：

"可是，鬼知道他会是个间谍，是沙俄暗探局的特务，哪有什么纯真、魅力？卑鄙小人一个！"

但紧接着他又不知所措了——柯雷莫夫脸上依然带着听他说话时的阴沉表情，回答道：

"看在我俩是连襟的分上，告诉您吧：把布哈林和暗探局扯到一起，这种说法我现在不接受，以后也不会接受。"

施特鲁姆胸中突然迸发出对自己、对阻止人们好好做人的那股力量的怒火，他大叫道：

"天哪，这种恐怖真叫人无法相信！这些审判简直就是我生活中的噩梦。他们怎么会认罪，为什么认罪啊？"

但柯雷莫夫没接他的话茬，显然，他已经说得够多了……

哦，直言不讳的谈话那美妙而明晰的力量，真理的力量！就为痛痛快快地说出几句大胆的话，人们付出了多么可怕的代价啊！

多少个夜晚，施特鲁姆躺在床上，静听街上的汽车声响。柳德米拉·尼古拉耶芙娜光着脚走到窗前，拨开窗帘。她张望着，等一小会儿，然后无声无息地回到床边，躺下，以为维克托还在酣睡。早上她问：

"昨晚睡得怎样？"

"谢谢，挺好的。你呢？"

"有一会儿有点闷。我到窗口吸了点新鲜空气。"

"嗯。"

俗话说"为人不做亏心事，半夜不怕鬼敲门"。可施特鲁姆夫妇俩什么亏心事也没做，照样夜夜担惊受怕。

"记住，维佳，只要有一个字传到那里，你就完了，我和孩子们也都完了。"

有一次她又说：

"我无法解释清楚这一切，但看在上帝的分上，请听我的，别跟任何人说任何事，一个字也别说。维克托，我们生活在一个可怕的时代，你想象不出可怕到什么程度。记住，维克托，一个字也别说，跟谁都别说……"

于是，维克托面前浮现出一双暧昧、苦恼的眼睛，眼睛的主人他从小就认识。恐惧感不是来自老朋友所说的话，而是来自他吞吞吐吐没说出的话，来自维克托·帕甫洛维奇下不了决心直截了当提出的问题："你是间谍吗，被提审了吗？"

他想起自己的助手，一个年轻的物理学家。有一次他漫不经心地对助手开玩笑说，斯大林在牛顿之前好久就提出了万有引力定律。

"您什么也没说，我什么也没听到。"助手乐呵呵地说。

为什么，为什么，为什么开这种玩笑。在任何情况下，拿这种事开玩笑都是极其愚蠢的，就像用锤子敲击盛硝酸甘油的容器一样。

啊，自由、欢快的言词具有多么明晰的力量！这种力量还体现在，尽管心存恐惧，人们还是会让这样的言词脱口而出。

施特鲁姆是否了解他们眼下进行的这种自由交谈可能酿成的悲剧？他们所有人，所有参与这些交谈的人，都讨厌德国法西斯主义，都惧怕它……但为什么在战火已经燃到伏尔加河边上的这些日子，当他们都经受了战事失利的悲痛，都预感到即将沦为可憎的德意志帝国的奴隶时，大家才开始自由说出心里的想法？

施特鲁姆和卡里莫夫默默地并肩而行。

"有件事我觉得挺怪，"他突然说，"我是说有关知识分子的外国小说。就说海明威吧，他笔下的知识分子在交谈中总是不停地喝酒。鸡尾酒、威士忌、朗姆酒、白兰地，然后又是鸡尾酒，又是白兰地，又是各种牌子的威士忌。而俄罗斯知识分子总是就着一杯茶谈各种重要的事情。民意党人①、民粹派和社会民主党人就是喝着浓茶达成协议的，列宁也是和战友们喝着茶商讨革命大计。当然，据说斯大林更喜欢喝白兰地。"

卡里莫夫说：

"对对对。我们今天的谈话也是喝着茶进行的。您说得很对。"

"一点不错。马季亚罗夫好聪明！胆子也大！他那些不寻常的谈话几近疯狂，却如此令人着迷。"

卡里莫夫抓住施特鲁姆的胳膊。

"维克托·帕甫洛维奇，您有没有注意到，最无可厚非的小事，到了马季亚罗夫嘴里，都具有某种普遍意义？这有点令人担心。要知道，在1937年，他曾经被抓起来，关了几个月后又给放了出来。那时可没有人被放出来。当局是不会平白无故放人的。您明白我的意思吗？"

"明白，明白，怎么会不明白，"施特鲁姆慢吞吞地说，"您怀疑他给当局做眼线？"

他们在拐角处分手，施特鲁姆朝自己家的方向走去。

"去他的吧，随他，随他，"他想，"至少大家说了会儿人话，毫无畏惧地谈天说地，而没有口是心非。再怎么着也值得。"

好在这个世界上还有像马季亚罗夫那样保有内在独立精神的人，好在这种人还没有绝迹。而卡里莫夫在临别时对他说的话，平常肯定会让他觉得心寒，这次却没有。

他想起来，又忘了告诉索科洛夫乌拉尔来信的事。

他沿着一条黑漆漆的大街走着，路上一个人也没有。

蓦地，一个想法闪现在他脑海中。他立刻毫不犹豫地把握了这个想法，断定它是正确的。对于那些似乎无法解释的核现象，他看到了一种全新的、新鲜得令人难以置信的解释——突然，曾经的天堑变成了通途。多么简单，多么明朗！这个想

---

① 民意党是沙俄时期的一个左翼恐怖组织，以其成功刺杀俄国沙皇亚历山大二世而知名。弗拉基米尔·列宁的哥哥亚历山大·乌里扬诺夫也是成员，并领导企图刺杀沙皇亚历山大三世（未遂）的小组。

法巧夺天工，令人赞叹，好像不是他想出来的，而是不经意间自然而然产生的，仿佛在平静的黑暗湖面突然绽放出一朵白色睡莲，他倒吸一口凉气，为它的美丽而陶醉……

"好一个奇特的意外。"他突然想。当他的头脑远离对科学问题的思索，当他沉醉于其中的有关生活的争论成为有关自由之人的争论，当苦涩的自由成为支配他与对话者的话语的唯一因素时，这个奇异的想法却悄然来到了他身边。

68

初见长满茅草的卡尔梅克草原，一定会觉得它贫瘠而凄凉，尤其是你如果一个人坐在车里，满心焦虑，目光漫不经心地追随一座座低矮的山丘，看它们缓缓从地平线上浮现，又缓缓在地平线下消失……达伦斯基觉得，被风吹成同一个模样的山丘在他眼前飘荡又飘荡，同样曲里拐弯的道路伸展又伸展，一成不变的路面在汽车的橡胶轮胎下面消逝又消逝。草原上的骑手仿佛也都一模一样，都是孤零零的，尽管有的年纪轻轻、没长胡须，而有的头发灰白；有的骑黄骠马，而有的骑通体漆黑的骏马……

汽车驶过一座座村庄和牧业生产队，驶过带小窗户的小屋，窗户上爬着茂密的天竺葵，小屋看起来就像个水族馆——你会觉得，如果打碎小屋的窗玻璃，鲜活的空气便会涌出来，流散到四周的沙漠，室内的绿色植物就会干涸而死。汽车驶过抹了泥土的圆形毡房，穿行在枯黄的茅草丛中，多刺的骆驼草丛中，片片盐沼中，又驶过小蹄子扬起尘土的绵羊身边，驶过在风中摇曳的无烟的篝火旁……

达伦斯基平时出行驾驶的汽车，轮胎中灌的全是城市烟气。在他眼里，这里的一切都融合在一种贫乏单调的灰色中，一切都显得沉闷乏味，千篇一律……刺蓬、蓟、茅草、艾蒿……丘陵在平原上绵延不断，而平原仿佛被漫长岁月的巨辊压成了扁平的一片。这片卡尔梅克东南部的草原有着惊人的特质，它逐渐演变成多沙的沙漠，从埃利斯塔向东延伸到亚什库尔，直至伏尔加河河口、里海海岸……天和地在这片草原上彼此相望，久而久之，就像一对多年生活在一起的老夫妻，彼此越来越相像。你再也无法分清，是落满尘土的茅草那铝灰色的头发长到了草原上空枯燥乏味的蔚蓝中呢，还是草原本身被天空的蔚蓝所浸润；天和地融混在乳白色的尘埃里，再也无法分清。当你眺望达茨湖和巴尔曼察克湖浓重的湖水时，以为看到的是溢出到地表的一层盐，而当你眺望光秃秃的盐碱地时，又仿佛看到的不是地面，而是湖水……

十一月和十二月无雪的日子里，卡尔梅克草原的道路也令人讶异——同样干枯的灰绿色植被，同样盘旋在路面的尘土，你搞不清楚，这片草原到底是被烈日还是被严寒淬炼、榨干的。

也许这就是海市蜃楼在这里频繁出现的原因——空气与大地、湖水和盐碱地之间的界限被抹去了。在口渴难耐的人的大脑的推动下，在猛然间冒出来的某个念头的推动下，世界突然开始重新结晶，炽热的空气变成一块青色的美丽宝石，贫瘠的土地开始水波荡漾，一座座棕榈花园绵延伸展到地平线，可怕的夺命阳光与团团尘土混杂在一起，幻化为教堂和宫殿金灿灿的圆顶……人在极度疲累的时刻，以大地和天空为原料，创作出一个他祈望看到的世界。

汽车仍然在路上，在这枯燥乏味的草原上，跑啊，跑啊。

突然间，这个草原沙漠的世界以一种全新的方式，一种完全不同的方式，意想不到地展现在行者面前……

卡尔梅克草原！大自然古老的优美创作，其色彩中没有一抹华而不实的颜料，地貌中没有一个锐利、突兀的特征，灰色和浅蓝色隐含的忧郁色调可以与秋季俄罗斯森林斑斓的色彩相媲美，座座山丘那柔和、略有起伏的线条比高加索的山脊更能触动人的心灵，注满幽暗平静的古老湖水的小小湖泊似乎比大海大洋更能体现水的本质……

一切都飘逝而过，但在傍晚烟雾中显得奇大无比的铸铁般沉甸甸的太阳，将艾蒿苦味送进人们鼻孔的晚风，却令人久久难以忘怀。此时，草原展现给人的，不再是贫瘠，而是富庶……

春天的草原青春勃发犹如怒放的郁金香，像大海般波涛汹涌，但荡漾其中的不是海浪，而是各种色彩。面目可憎的骆驼荆棘披上了新绿，它幼嫩的尖刺还柔弱轻软，还没来得及骨化……

而在夏夜的草原，你会看到耸立寰宇的一幢银河摩天大楼——底部是浅蓝色和白色的星座，宇宙穹顶之下是云山雾罩的星云和球形星团轻巧的圆顶……

草原还有一个为其独有的特性。无论是在冬夏时节的黎明时分，还是在阴暗的雨夜或明朗的夜晚，这一特性亘古不变地存在于草原。始终如一，高于一切，草原向人们倾诉着自由……草原让失去自由的人们又记起自由。

达伦斯基下了车，注视着一个策马跑上一座山丘的骑士。他身穿长袍，腰系绳索，骑在一匹毛茸茸的骏马上，从山丘上眺望着草原。骑士年纪很大了，脸庞像石头一样严酷。

达伦斯基叫住老人，走到他跟前，递上烟盒。老人在马鞍上迅速转过整个身子，他的行动既显示了青年人的敏捷，也暴露出老年人思维的迟缓。他审视着递上烟盒的手，然后目光转向达伦斯基的脸、挂在腰间的手枪、标志中校军衔的三道杠和他那双式样考究的皮靴。然后他伸出两根棕色的手指，细小得好像小孩般的手指，拿起一支烟，在空中转了几转。

卡尔梅克老人那颧骨高高、磐石般严酷的脸庞一下子整个变了样，埋藏在皱纹里的两只慈祥而睿智的眼睛望着达伦斯基。这双久经世故的栗色眼睛，目光中既有探询又有信任，看起来蕴含着极美好的善意。无缘无故地，达伦斯基的心情变得极好。起先达伦斯基走近时，老人的马警觉地竖起了耳朵，这会儿也平静下来，好奇地先把一只耳朵转向他，然后又转过另一只，接下来，它那长着两排大牙齿的嘴巴和美丽的眼睛溢满了笑意。

"谢谢。"老者用尖细的嗓音说。

他把手掌搁在达伦斯基肩上，说道：

"我有两个儿子在骑兵师，一个牺牲了，是老大，"他用手高过马头比画了一下，"老二，小的那个，"他又用手在马头底下比画了一下，"是机枪手，得了三枚勋章。"然后他问："你家老人还在吗？"

"我母亲还健在，但父亲已经去世了。"

"哦，真糟糕。"老人摇了摇头，达伦斯基心想，老人得知这个请他抽烟的俄罗斯中校的父亲已经去世时，感到难过不是出于礼貌，而是真正发自内心。

紧接着，老人忽然一声吆喝，手漫不经心地一挥，马儿就以无法形容的速度、无法形容的轻巧，从山丘上一冲而下。

骑手在草原上驰骋时，在想什么呢？是想他的两个儿子，还是在想待在抛锚汽车旁边的俄罗斯中校的父亲去世了？

达伦斯基目光追随着疾驰而去的老人，他的太阳穴涌动的不是鲜血，而只有一个词："自由……自由……自由……"

他满心只有对卡尔梅克老人的羡慕之情。

69

达伦斯基离开方面军司令部，前往位于最左翼的集团军长期出差。在司令部参谋人员眼中，去这个集团军出差是最苦的差事，大家都知道那里缺水、缺住房，供应差，路太长，路面又很糟。在里海海岸和卡尔梅克草原之间的沙漠中零散驻扎着一些部队，司令部缺乏这些部队的准确信息，因此派达伦斯基前往该地区。一大堆任务有待他完成。

在草原上行驶数百公里后，达伦斯基觉得整个人寂寞无聊得要抓狂了。在这里，没有人会梦想发起进攻，被德国人驱赶到世界尽头的这些苏军部队似乎已经陷入绝境……

不久前，司令部工作人员那日以继夜、丝毫不敢松懈的紧张状态，有关迫在眉睫的进攻的猜测，后备部队的移动，雪片似的明码密码电报，方面军通信枢纽中心的全天候运作，从北方开来的汽车和坦克的隆隆声，莫非都是在梦中？

听取炮兵和合成兵种指挥员们灰心丧气的谈话，收集并核查设备状况，检查炮兵营、炮兵连，看到红军指战员阴沉的脸庞，看到人们拖着脚步懒洋洋地行走在草原尘土中，达伦斯基认命了：这地方就该如此单调寂寞。他心想，您瞧瞧，俄罗斯已经退到只适合骆驼生存的草原，退到布满裸露沙丘的沙漠，她疲惫不堪地躺倒在这片不友善的土地上，再也站不起来，再也无法重振雄风了。

达伦斯基来到集团军司令部，想面见最高首长。

在一间光线昏暗的宽敞房间里，一个开始谢顶、脸蛋胖嘟嘟的年轻人，穿着一件没有军衔标志的军便服，正在和两个穿军装的女人打扑克。见到中校走进来，年轻人和那两个戴着中尉方形领章的女人并没有放下手中的牌，只是心不在焉地看了他一眼，继续激烈地叫喊着：

"你不想出王牌？出 J 怎样？"

达伦斯基等他们发完牌才问道：

"集团军司令员在吗？"

年轻女人中的一个回答说：

"他去右翼了，傍晚才能回来。"她用现役军人的老练目光打量着达伦斯基，然后问道："中校同志，您从方面军司令部来？"

"是的。"达伦斯基回答说，几乎察觉不到地挤了挤眼，又问：

"还有，请问，我可以见见军委委员吗？"

"他和司令员一起走了，傍晚才回来。"第二个女人回答，然后问他："您不是从炮兵司令部来的吧？"

"正是。"达伦斯基回答。

第一个就司令员问题作答的女人，让达伦斯基特别感兴趣，尽管她显然比就军委委员问题作答的女人年纪大不少。有时，这样的女人看起来很漂亮，但也有时，一不在意转过头，他们会突然变得年老色衰，乏味无趣。眼下这个就属于这一类，她鼻子挺直、漂亮，蓝色的眼睛并不友善，说明她很清楚她在别人眼里和她自己眼里的确切价值。

她的脸看起来很年轻，初见之下，你会说她不到二十五岁。但当她蹙起眉头想事时，她嘴角上的皱纹和下巴底下松垂的皮肤就变得很明显，这时你会说她不到四十五岁。但说实在话，她那双穿着定制铬鞣革皮靴的腿，确实挺迷人。

所有这些情况，一般得花相当时间才能看清，达伦斯基经验老到的眼睛却立即看得一清二楚。

第二个女人还很年轻，但很丰满，身材魁梧，她身上各个具体部位都不怎么漂亮——头发稀疏，颧骨高高的，眼睛的颜色也不分明。但她年轻，有女人味，哪怕一个瞎子，往她身边一站也无法不感受到她的女性魅力。

这一点，达伦斯基也花了不到一秒钟就看清了。

而且，就在这一秒内，他不知怎的立刻权衡比较了就司令员行踪作答的第一个女人和就军委委员行踪作答的第二个女人的优劣，然后毫不犹豫地做了个选择。这类选择，男人在见到女人时几乎总会做出，虽然通常不会有任何实际结果。此时的达伦斯基忧心忡忡，担心如何找到司令员，担心即使找到司令员，他是否会向自己提供需要的数据，担心在哪里用餐、在哪里过夜，担心通往极右翼几个师的道路是否漫长而艰辛；与此同时，几乎下意识地，捎带着，同时又并非完全捎带着，他想："就是这个啦！"

结果，他并没有立即去找集团军参谋长获取需要的材料，而是留下来玩起了扑克。

打牌过程中（他与蓝眼睛女人打对家），他弄清了许多情况。蓝眼睛女人叫阿拉·谢尔盖耶芙娜，那个年轻点的妇女在司令部医疗站工作。没有军衔的胖脸小伙子叫沃洛佳，似乎跟司令部某人有亲戚关系，在军委食堂当炊事员。

达伦斯基立即觉察到阿拉·谢尔盖耶芙娜的权势，这从进入房间的人对她的态度上就可以看出。集团军司令员想必是她的合法丈夫，而不是达伦斯基起初猜测的情人。

他搞不懂为什么沃洛佳对她那么随便。但随后达伦斯基忽然脑洞大开，猜测沃洛佳可能是司令员前妻的弟弟。当然，前妻是否还活着，司令员是否跟她正式办理过离婚手续，他仍然不清楚。

年轻女子克拉夫季娅显然与军委委员没办过结婚证。阿拉·谢尔盖耶芙娜对她讲话时，隐隐流露出一种傲慢和居高临下的语气："当然，我是在和你一起玩'升级'，我对你平等相待，但我这样做，是出于你我所参与的这场战争利益的需要。"

但在克拉夫季娅方面，也表现出某种比阿拉·谢尔盖耶芙娜优越的感觉。达伦斯基猜想，她的逻辑大概是这样的：尽管我没跟军委委员正式结婚，而只是他的战时女友，但我对他忠贞不贰，而你呢，虽说有合法妻子的身份，但你那些风流韵事谁不知道？你要是敢说出"破鞋"这两个字，那就试试吧……

沃洛佳丝毫不掩饰他有多喜欢克拉夫季娅。他对她的态度大致是这样的：我的爱情毫无指望，我区区一个炊事员，哪能跟一个军委委员竞争……但我这个炊事员却用纯洁的爱情爱着你，你自己想必也能感觉到：只要能看见你那双眼睛，我就心满意足了，至于军委委员爱你哪一点，我才不在乎呢。

达伦斯基"升级"打得不怎么好，阿拉·谢尔盖耶芙娜便顺势承担起保护人的角色。阿拉·谢尔盖耶芙娜挺喜欢这位瘦削的中校：他动不动就说"谢谢您"；发牌时如果两人的手碰了一下，他就会慢慢悠悠地说"看在上帝分上，请原谅我"；如果沃洛佳用手指擦鼻子，接着又用手帕擦手指，他就会挺无奈地看一眼沃洛佳；对别人的俏皮话，他会彬彬有礼地报之一笑，而他本人，也是个讲俏皮话的高手。

听到达伦斯基讲了句笑话，她说：

"太妙了，我一下子还没转过弯来。老在这草原上生活，人都变傻了。"

她说这话声音很轻，似乎想让他明白，或者说得更确切点，想让他感觉到他们之间可以进行只有他俩参与的交谈，一种可以让你胸口发颤的交谈，一个男人和一个女人之间特殊的、唯一重要的交谈。

达伦斯基老是出错牌，她不断纠正他，与此同时，两人之间展开了另一场博弈，而在这场博弈中达伦斯基绝不会犯错，因为他深谙个中之道……虽然他们之间说出口的无非是"黑桃小牌不必留着""垫牌，垫牌，不用怕，别舍不得王牌……"她已经看清并欣赏他身上所有吸引人的东西：随和、力量、镇静、果断、腼腆……阿拉·谢尔盖耶芙娜之所以感受到这一切，既是因为她在达伦斯基身上观察到了这些特征，也是因为他故意向她展示了这些特征。她也设法向他表明，她理解他的目光，很清楚这目光在追随她的一颦一笑、她两手的动作、她香肩的随意一耸、她考究的华达呢制服下挺立的乳房、她的一双美腿、她精心修剪过的指甲。他觉得她的声音拖得有点长，有点做作，笑容比平常保持得更久，而这一切都是为了让他充分享受她甜美的声音、洁白的牙齿、脸蛋上的酒窝……

达伦斯基被突如其来的感觉击中了，头脑一阵眩晕。他从未对这种感觉习以为常，每回都像初次。他与女人过招的丰富经验并没有变成习惯；经验是一码，幸福的激情又是一码。真心实意追求女人和虚情假意泡妞的区别，正在于此。

长话短说，那晚他是在集团军指挥所过的。

第二天早上，他找到参谋长，一个沉默寡言的上校。上校没有问他一个关于斯大林格勒、关于前线新闻、关于斯大林格勒西北部局势的问题。交谈结束后，达伦斯基意识到司令部这位上校多半无法满足他的视察要求，于是请他在自己的出差令上签个字，然后就下部队了。

他坐在汽车里，奇怪地感到一身轻，没有任何想法，没有任何愿望，极度的充实和极度的空虚在身上合二为一……周围的一切，昨天还令他如此欣喜——天空、茅草、草原上的山丘，如今都变得乏味、空洞。他没心思和司机说话，更没心思开玩笑。对亲人的思念，甚至对他挚爱和敬重的母亲的思念，都显得无聊、平淡……有关在沙漠中、在俄罗斯大地的边缘地区作战的想法，也如温吞水般，无法使他兴奋。

达伦斯基不时啐口唾沫，摇摇头，浑浑噩噩地喃喃自语："哼，这娘儿们……"

此刻，他脑海里涌动着悔恨的念头，觉得这类风流韵事没有任何好处。他想起不知在库普林的作品中还是在某部翻译小说中曾经读到的一句话：爱情就像一块炭，烧红时，把你烫伤；变冷时，把你弄脏……他很想大哭一场，不是真的哭，也就是呜咽几声吧，向什么人诉诉苦，要知道他不是自找的，而是命运让可怜的中校邂逅了这番爱情……然后他睡着了，当他醒来时，突然对自己念叨："我要没给打死，回去的路上一定得顺路见见阿洛奇卡[①]。"

70

出工回来的叶尔绍夫少校在莫斯托夫斯科伊的板床前停下来，说道：

"一个美国人听到广播，说我们在斯大林格勒城下的抵抗打破了德国人的如意算盘。"

他皱起眉头，补充道：

"还有个来自莫斯科的消息，说是要解散共产国际，还是什么的。"

"您疯了吗？"莫斯托夫斯科伊看着叶尔绍夫睿智的眼睛问道，那双眼睛就像寒冷而浑浊的一泓春水。

"也许美国人搞错了，"叶尔绍夫说，一边用指甲抓起胸口来，"也许，恰恰相反，共产国际正在扩张。"

莫斯托夫斯科伊这辈子见过很多人，他们可以说是整个社会的理想、激情和思想的代言人。在俄罗斯发生的重大事件，似乎没有一件逃得过这些人的耳目。叶尔

---

① "阿洛奇卡"是"阿拉"的昵称。

绍夫就是这样一位代言人，代表着这个集中营社会的思想和理想。但是关于解散共产国际的传言，这位集中营的思想领袖一点也不感兴趣。

曾经负责大兵团政治教育工作的旅级政委奥西波夫也对这个消息无动于衷。

奥西波夫说：

"古兹将军向我宣布：政委同志，经过您的国际主义教育，人们开始临阵脱逃了。还不如用爱国主义精神和俄罗斯精神教育老百姓呢。"

"怎么教育法？为上帝、沙皇、祖国而战？"莫斯托夫斯科伊冷笑道。

"全是胡说八道，"奥西波夫神经质地打了个哈欠，说道，"问题不是正统思想，问题是德国人要活剥我们的皮，莫斯托夫斯科伊同志，亲爱的老爹。"

有个睡在三层板床上的西班牙士兵，俄罗斯人称他"安德留什卡"，在一块木板上写下"斯大林格勒"，晚上盯着这行字看，早上就把木板翻过来，怕进棚屋检查的卡波看到这个如雷贯耳的地名。

基里洛夫少校对莫斯托夫斯科伊说：

"过去，没人赶着我去干活儿时，我成天躺在板床上混日子。现在我自己洗衣服，还嚼松木片，听说那玩意儿可以治坏血病。"

而那些受惩戒的党卫军，因为总是唱着歌去上工而被称为"快乐小子"，现在越发厉害地在苏联俘虏身上找碴儿了。

无形的纽带将集中营居民与伏尔加河上那座城市联系了起来。而共产国际，大家都漠不关心。

这时，破天荒第一遭，流亡者切尔涅佐夫走到莫斯托夫斯科伊身旁。

他用手掌捂住那只空荡荡的眼窝，说起美国人偷听到的无线电广播。

莫斯托夫斯科伊精神一振，他太想跟人探讨此事了。

"总的来说，消息来源并不可靠，"莫斯托夫斯科说，"胡说八道罢了。"

切尔涅佐夫扬起眉毛，那副模样实在很难看，尤其是在那只空眼窝上方扬起、显得又迷茫又神经质的眉毛。

"什么？"独眼孟什维克问道，"有什么不可靠的？布尔什维克先生们创建了第三国际，布尔什维克先生们还创立了所谓在一国率先实现社会主义的理论。把二者硬扯在一起完全是无稽之谈，好比油炸冰块……格奥尔基·瓦连京诺维奇[①]在他的最后一篇文章中写道：'社会主义只有作为世界的、国际的体系才可能存在，否则根本无法生存。'"

---

① 格奥尔基·瓦连京诺维奇·普列汉诺夫（1856—1918），俄国最早的马克思主义者之一，第二国际的活动家和理论家，后成为孟什维克和第二国际机会主义的领袖之一。

"所谓的社会主义？"莫斯托夫斯科伊问道。

"对对对，所谓的。苏联式的社会主义。"

切尔涅佐夫笑了，他看到莫斯托夫斯科伊也笑了。他们相视而笑，是因为从刻薄的言辞中，从嘲讽、憎恨的语调中，他们认出了自己的过去。

他们青年时代用以彼此厮杀的利刃，仿佛寒光一闪又劈开了几十年的积淀。在纳粹集中营的这次晤面，使他们不仅记起了多年的仇恨，也忆起了当年的青葱岁月。

这位集中营居民，一个充满敌意的异己分子，喜爱并熟悉莫斯托夫斯科伊年轻时喜爱并熟悉的东西。他，不是奥西波夫，也不是叶尔绍夫，记得关于第一次代表大会①时代的故事，那些如今只有他们俩才关心的人的名字。马克思和巴枯宁的关系，列宁和普列汉诺夫各自对《火星报》②温和派与强硬派的论述，同样使他俩激动。老眼昏花的恩格斯对探望他的年轻的俄国社会民主党人是多么诚挚，而柳博奇卡·阿克雪里罗得③在苏黎世又是多么尖酸刻薄！

显然，独眼孟什维克感觉到了莫斯托夫斯科伊的感受，咧嘴笑道：

"作家们描写青春之友多年后相遇，总是感人至深；但青春之敌相遇，像你我这样白发苍苍、受尽折磨的老狗，又如何呢？"

莫斯托夫斯科伊看到切尔涅佐夫脸颊上有一滴泪珠。两人都明白，集中营的最终归宿——死亡——很快就会把漫长生命中的一切，无论是真理、谬误还是敌意，都用沙子填平、掩埋。

"是啊，"莫斯托夫斯科伊说，"那个终其一生与你交恶的人，却不由自主只得陪你度过余生。"

"够奇怪的，"切尔涅佐夫说，"在这样的狼坑里，这样子会面。"他出人意料地又补充道："多么美妙的词汇：小麦、庄稼、雷阵雨……"

"唉，这集中营是够可怕的，"莫斯托夫斯科伊笑着说，"跟它一比，什么都变得美好了，甚至与孟什维克会面。"

切尔涅佐夫难过地点点头。

"是啊，的确如此。您挺不容易。"

---

① 指俄国社会民主党第一次代表大会，1898 年在明斯克秘密召开。此次大会为将分散的社会民主主义小组联合成一个政党奠定了基础。

② 《火星报》是列宁创办和主编的第一份鼓吹马克思主义的俄国报纸，编辑部成员包括列宁、普列汉诺夫、巴维尔·阿克雪里罗得等。

③ 柳博芙·伊萨科甫娜·阿克雪里罗得（1868—1946），俄国哲学家、文艺学家，1892 年拥护马克思主义的"劳动解放社"，1903 年成为孟什维克。

"希特勒主义，"莫斯托夫斯科伊喃喃地说，"希特勒主义！我从来没想到会有这样的人间地狱！"

"您有什么好惊讶的，"切尔涅佐夫说，"恐怖手段，您见得还少吗？"

好像一阵风起，一下子把两人之间产生的忧伤和美好的感觉吹得无影无踪。他们心怀怨怼，激烈争吵起来。

切尔涅佐夫的诋毁的可怕之处，是因为他所说的并不完全是谎言。切尔涅佐夫把伴随着苏联建设而产生的残暴和个别的失误归结为普遍现象。他对莫斯托夫斯科伊说：

"1937年是有些过激行为，集体化过程中是有人被胜利冲昏头脑，你们那位亲爱的伟大的某人是有点残忍、有点贪恋权力，等等。这样的说法很对您的胃口。但实质恰恰相反：正是凭着骇人听闻的不人道，斯大林成了列宁的接班人。正如你们喜欢宣传的，斯大林就是今天的列宁。你们一直认为，农村的贫困和工人权利的缺失都是暂时的，是成长中难免遇到的困难。就说小麦吧，你们这些真正的富农，真正的垄断寡头，以五戈比一公斤的价格从农民手里购入，然后以一卢布一公斤的价格卖给同一个农民，这就是你们搞建设的基本原则。"

"就连您，一个孟什维克，一个流亡者，都承认：斯大林是今天的列宁，"莫斯托夫斯科伊说，"我们是历代俄罗斯革命者的继承人，从普加乔夫和拉辛算起。拉辛、杜勃罗留波夫、赫尔岑的继承人不是逃到国外的孟什维克背叛者，而是斯大林。"

"是的是的，是继承人！"切尔涅佐夫说，"您知道立宪会议①的自由选举对俄罗斯来说意味着什么吗？在这个奴役制度延续了上千年的国度！一千年来，俄罗斯享受自由的时间，统共只有半年多一点。你们的列宁没有继承而是扼杀了俄罗斯的自由。当我想到1937年那些审判时，我想起了一种完全不同的遗产。还记得第三厅长官苏杰伊金②中校吗，他和杰加耶夫③互相勾结，佯装密谋以恐吓沙皇，以这种方式夺取政权。而您却认为斯大林是赫尔岑的继承人？"

"您怎么啦，真是个白痴吗？"莫斯托夫斯科伊问，"您提到苏杰伊金，不是开玩笑吧？那么这场最伟大的社会革命，剥夺剥夺者，从资本家手里夺回工厂，从地

---

① 在沙皇统治时代，俄国所有要求民主的政党都要求召开人民选举的立宪会议，由立宪会议来制定新的政治制度。布尔什维克党也不例外。

② 格奥尔基·波尔菲力耶维奇·苏杰伊金（1850—1883），俄国宪兵中校，1882年起任彼得堡保安局督察，组织破获所谓"杰加耶夫密谋"。

③ 谢尔盖·彼得洛维奇·杰加耶夫（1857—1920），彼得堡暗探局暗探，1878年起参加革命运动，1882年充当暗探，同时还领导"民意党"的中心小组，1883年被揭露，后改名换姓，逃亡到美国。

主手里夺回土地，该怎么说？忽略不计？这是谁的遗产，难道是苏杰伊金的？全民扫盲又如何，重工业又如何？第四等级、工人农民在人类活动的各个领域的参与又如何？也是苏杰伊金的遗产？我真为您害臊。"

"我知道，我知道，"切尔涅佐夫说，"事实胜于雄辩。一切自有公论。你们的元帅、作家、科学博士、艺术家和人民委员并不是无产阶级的公仆。他们是国家的仆从。至于那些在田地和车间里干活儿的人，我想就连您也下不了决心管他们叫主人。他们算什么主人啊！"

他突然俯身对莫斯托夫斯科伊说：

"顺便说一句，你们所有人中，我只尊重斯大林一个人。他是你们的泥瓦匠，而你们，却生怕弄脏了手！斯大林心里明白着呢：铁血恐怖、集中营、中世纪的女巫审判——单独在一个国家取得胜利的社会主义，就是靠这些东西勉强支撑着。"

莫斯托夫斯科伊对切尔涅佐夫说：

"伙计，您这些屁话我早就听得耳朵起茧了。但从您嘴里说出来，我必须坦率地告诉您，显得特别臭。只有一种人才会如此卑鄙下流，如此满嘴喷粪，那就是从小就住在您家，最后却被扫地出门的人。您知道他是什么吗，这个被扫地出门的家伙？……奴才！"

他目不转睛地看着切尔涅佐夫，说道：

"坦白说，起先我想回忆的，是1898年把我们联系在一起的事件，而不是1903年使我们分道扬镳的事件。"

"想聊聊奴才还没有被扫地出门的年月？"

但莫斯托夫斯科伊真的生气了。

"是的，是的，一点不错！被逐出家门、仓皇逃跑的奴才！还讲客气呢！我们并不隐瞒：我们不讲什么客气。我们手上沾着血，沾着污垢。那又怎样！我们参加工人运动时，并没有像普列汉诺夫鼓吹的那样，温文尔雅，客客气气。奴颜婢膝的客气给了您什么？犹大那三十块银币，作为你们在《社会党人通报》上发表的那些破文章的赏钱？在这里，在这个集中营里，英国人、法国人、波兰人、挪威人、荷兰人都信任我们！世界的救赎就在我们手中！就靠红军的力量！红军是自由的军队！"

"是这样吗？"切尔涅佐夫打断了他的话，"一直是这样？ 1939年与希特勒狼狈为奸，瓜分波兰又怎么说？被你们的坦克无情碾压的拉脱维亚、爱沙尼亚、立陶宛又怎么说？还有对芬兰的入侵？你们的军队和斯大林从那些小国手里夺走了革命给予他们的东西。镇压中亚的农民起义又怎么说？镇压喀琅施塔得水兵起义又怎么说？这一切都是为了自由和民主？不见得吧？"

莫斯托夫斯科伊举起双手凑到切尔涅佐夫的脸上，说道：

"瞧瞧，这双手从来没讲过客气！"

切尔涅佐夫朝他点点头：

"还记得宪兵上校斯特列尔尼科夫吗？他办事也不讲客气：他替被他打得半死的革命者编写伪造的供词。你们为什么需要 1937 年？说是准备与希特勒作战，那么是谁教你们这么干的，是斯特列尔尼科夫，还是马克思？"

"您这些屁话并不让我感到惊讶，"莫斯托夫斯科伊说，"别的话您也说不来。您知道真正让我吃惊的是什么吗？是纳粹干吗把您关在集中营里。为什么？他们恨我们恨得牙痒痒，这毫不奇怪。但是希特勒为什么要把您和您的同类也关进集中营呢？"

切尔涅佐夫咧嘴一笑，他的面容现在变得和两人刚开始谈话时一样。

"是啊，您也看到了，我给抓了进来，"他说，"不会放我走的。您去说说情，也许他们就把我给放了。"

但莫斯托夫斯科伊没心情开玩笑。

"像您那样仇恨我们的人，不该蹲在希特勒的集中营里。不仅是您，还有那个人。"他指了指朝他们走过来的伊孔尼科夫－莫尔日。

伊孔尼科夫的脸和手沾满了泥土。

他递给莫斯托夫斯科伊几张脏兮兮的纸，上面不知写了些什么，然后说：

"读读吧，也许明天就该上西天了。"

莫斯托夫斯科伊把纸片藏在床垫下，烦躁地说：

"我会读的，可您为什么打算告别这个世界？"

"您知道我听到了什么吗？我们挖基坑，是盖毒气室用的。混凝土地基今天已经开始浇灌。"

"是有关于此事的传闻，"切尔涅佐夫说，"还在铺宽轨时就听说过。"

他回头张望了一下。莫斯托夫斯科伊心想，这家伙留意的是，下工回来的人是不是看到他与一个老布尔什维克如此随便地交谈。有可能，他想在意大利人、挪威人、西班牙人、英国人面前显摆显摆。但更有可能的是，他想在俄罗斯战俘面前显摆显摆。

"那我们还继续干下去啊？"伊孔尼科夫－莫尔日问道，"参与制造惨祸？"

切尔涅佐夫耸了耸肩。

"您想什么哪，当我们在英国？八千人拒不上工，一小时内会全部杀光。"

"不，我不干，"伊孔尼科夫说，"我不去，我就是不去。"

"您要是拒绝干活儿，两分钟就会给干掉。"莫斯托夫斯科伊说。

"是的，"切尔涅佐夫说，"您最好相信这些话，这位同志知道在一个没有民主的国家煽动罢工意味着什么。"

同莫斯托夫斯科伊的争执使他心烦意乱。他在巴黎公寓里说过无数次的那些话，如今在这里，在希特勒的集中营里，连他自己都听不下去——实在太虚伪、太空洞。

在集中营犯人的谈话中，他经常听到"斯大林格勒"这个词。不管他愿不愿意，世界的命运都与这个词联系在一起。

英国年轻人向他做了个胜利手势，然后说：

"我为您祈祷，斯大林格勒挡住了雪崩。"听到这话，切尔涅佐夫又激动，又高兴。

他对莫斯托夫斯科伊说：

"您知道，海涅说过，只有傻子才以己之弱点示敌。尽管如此，我承认自己是个白痴，您是对的，我很清楚贵军正在进行的斗争的伟大意义。对一个俄国社会党人来说，明白这一点确实很痛苦；在明白之后，他感到高兴、自豪，同时又心里难受，克制不住对你们的憎恨。"

他盯着莫斯托夫斯科伊，而后者觉得，切尔涅佐夫的另一只眼睛——那只好眼睛——也充满了血。

"但是，难道您在这里还没有真切地意识到，人没有民主和自由就活不下去吗？在那边，在家乡，你们已经忽略了这一点！"切尔涅佐夫问道。

莫斯托夫斯科伊皱起眉头。

"算了吧，别再歇斯底里了。"

他回头张望了一下。切尔涅佐夫心想，这家伙心里发毛了——下工回来的人是不是看到他与一个孟什维克流亡者如此随便地交谈。有可能，他怕在外国人面前丢人现眼。但更有可能的是，他怕在俄罗斯战俘面前丢人现眼。

充血的空眼窝直直地盯着莫斯托夫斯科伊。

伊孔尼科夫拉了一下神父从上铺垂下的光脚，夹杂着蹩脚的法语、德语、意大利语问道："神父，我该怎么办？我们是在灭绝营里干活儿。"

加尔第神父一双无烟煤色的眼睛扫视着人们的脸。

"所有人都在这里干活儿。我也在这里干活儿。我们是奴隶。上帝会宽恕我们的。"他慢慢地说。

"这是他老人家的职业。"莫斯托夫斯科伊找补了一句。

"但不是您的职业。"加尔第责备地说。

伊孔尼科夫连忙说道：

"是的，米哈伊尔·西多罗维奇①，从您的角度来看，这是对的，但我不想宽恕罪恶。别跟我说，有罪的是那些强迫你的人，你是奴隶，你没有罪，因为你不是自由的。我是自由的！我正在建造灭绝营，我要对那些将被毒杀的人负责。我可以说'不'！如果我在自己身上找到了不怕死的力量，那还有什么力量可以阻止我这么做？我要说'不'！我要说'不'，神父，我要说'不'！"

加尔第用手摸着伊孔尼科夫灰白的脑袋。

"把你的手给我。"他说。

"瞧吧，牧师要训诫因骄傲而误入歧途的羔羊了。"切尔涅佐夫说，莫斯托夫斯科伊点点头，不由自主地对他的话表示同感。

但是加尔第并没有训诫伊孔尼科夫；他把伊孔尼科夫脏兮兮的手拉近唇边，吻了一下。

71

第二天，切尔涅佐夫跟在管辖区当卫生员的红军战士帕夫柳科夫聊起来。帕夫柳科夫是他为数不多的苏联熟人中的一个。

帕夫柳科夫向切尔涅佐夫诉苦，说很快他就会被踢出管辖区，被赶去挖基坑。

"都是那些党员在捣鬼，"他说，"他们见不得我得了份轻松工作，非得让他们的人把我挤出去不可。这帮家伙在清洁队、厨房、洗衣房都安插了自己人。老爷，您还记得和平时期是什么样吗？区委里是自己人。工会基层委员会里也是自己人。难道不是这样吗？如今在这里，他们也搞得像黑社会似的，厨房里也安插几个自己人，好给他们一伙多分点吃的。一个老布尔什维克被他们伺候得周周到到，蹲集中营好似住疗养院，而您呢，就像条狗一样等死吧，他们看都不会看您一眼。这公平吗？闹了半天，还是得听苏维埃政权的。"

切尔涅佐夫有点尴尬，他告诉帕夫柳科夫，他已经二十年没在俄罗斯生活了。他发现，苏联人一听"流亡者"和"海外"两个词，立刻会心生戒备。但切尔涅佐夫说了这话后，帕夫柳科夫并没有当回事儿。

他们在一堆木板上坐下来。帕夫柳科夫大鼻子，宽脑门，切尔涅佐夫心想：好

① 即莫斯托夫斯科伊。

一个典型的人民之子。帕夫柳科夫望着在混凝土塔楼上梭巡的哨兵，说道：

"我走投无路，恐怕只好去参加志愿部队①了。要不就装病，假装奄奄一息。"

"想靠这个来保命啊？"切尔涅佐夫问道。

"我跟富农不沾边儿，"帕夫柳科夫说，"也没在伐木场干过苦役。但我就是看不惯那些共产党。把人管得死死的，这个庄稼不能种，这个女人不能娶，这份工作你别想。把大活人变成一只只鹦鹉。从小，我就想开爿店，让每个人在我的店里就能买到所有东西。里面还要附设个小吃部，买完东西后，请吧：想喝盅伏特加，行！想吃点热的，行！想来杯啤酒，行！你知道我会靠什么吸引回头客吗？价格！便宜的价格！我的小吃部会供应乡下菜。来了您哪，里边儿坐！烤土豆！腌猪油配大蒜！酸白菜！您猜我拿什么给人下酒？棒子骨！骨头在大锅里熬得软软的，汤浓浓的，来吧，喝上一百克伏特加，送你块棒子骨，再加黑面包，当然，盐是少不了的。一色的皮圈椅，不会招虱子。您舒舒服服坐好就行，要什么，尽管吩咐。可是我要敢跟谁说出我的想法，立马会把我送到西伯利亚去。我就不明白，做这事哪里就碍着人了？我会把价格定得比国营商店低一半。"

帕夫柳科夫斜瞟了切尔涅佐夫一眼：

"在我们棚屋里，有四十个人报名参加志愿部队啦。"

"为什么？"

"为一碗汤、一件军大衣，还有就是不至于干活儿干到趴下再也起不来。"

"还有其他原因吗？"

"也有思想方面的原因。"

"比方说？"

"各种各样。有的是因为在集中营丧生的难友，有的是受够了农村的贫困，总之是无法容忍共产主义。"

切尔涅佐夫说：

"但这是可耻的！"

身为苏联人的帕夫柳科夫好奇地看了一眼身为流亡者的切尔涅佐夫，流亡者切尔涅佐夫也意识到他那既带点嘲弄又带点困惑的好奇。

"这挺可耻，挺卑鄙，挺恶劣的，"切尔涅佐夫说，"现在不是算老账的时候，要算也不是这种算法。在自己面前，在自己的土地面前，这样做都不好。"

他从木板上站起来，用手掸了掸屁股上的泥土。

---

① 即叛将弗拉索夫的"俄罗斯解放军"。

"别以为我爱布尔什维克。但说实在的，现在不是时候，不是算账的时候。而且，千万别去投奔弗拉索夫。"激动中，他突然结巴起来："听我的，同志，别去！"因为自己像从前，像年轻时一样，说出了"同志"这个词，他再也无法掩饰自己的兴奋，也不想掩饰，他喃喃道："我的天哪，我的天哪，我能不能……"

列车驶离了站台。尘土、丁香花、春天城市污水的气味、机车喷出的烟雾、车站饭店厨房冒出的油烟，全都混杂在一起，空气变得灰蒙蒙的。

街灯缓缓向后移动，越来越远，终于，在其他绿灯红灯的掩映下，似乎静止不动了。

一个大学生在站台稍作停留，然后从侧门走了出去。临别时，女人双手搂住他的脖子，亲吻着他的前额、头发，两个人都被突如其来的强烈情感击中……他走出车站，充溢全身的幸福感令他头晕目眩，这似乎是一个开始，是某个事物的发端，这事物将贯串他一生……

他常常回想起在去斯拉武塔①的路上告别俄罗斯的那个夜晚。当他做完手术，摘除一只患有青光眼的眼球，躺在巴黎一家医院里时，常常回想起那个夜晚。当他穿过昏暗凉爽的走廊，走进供职的银行时，常常回想起那个夜晚。

和他一样从俄罗斯逃亡巴黎的诗人霍达塞维奇就此题材曾写道：

> 流浪者拄着拐杖云游四方，
> 不知为何，我想起了你。
> 红轮马车奔驰在路上，
> 不知为何，我想起了你。
> 黄昏时分走廊里灯光点亮，
> 不知为何，我想起了你。
> 无论发生什么：在陆地，在海洋，
> 在天空——我都将想起你……

他想再次走到莫斯托夫斯科伊身边，向他发问："你认识这样一个人吗——娜塔莎·扎东斯卡娅？她还活着吗？难道这几十年来，您真的和她行走在这同一片土地上？"

---

① 斯拉武塔是乌克兰的一座城市。

72

晚点名时，穿着黄色紧身裤和带贴袋的奶油色格子夹克的棚屋狱头，来自汉堡的小偷凯泽，心情挺不错。他操着半生不熟的俄语，轻声唱道："假如明天打仗，假如明天上战场……"

那天晚上，他那萎靡不振、红里透黄的脸，塑料般无神的棕色眼睛，都显得挺温和。他一双手白白胖胖，上面看不到一根汗毛，十指一使劲可以掐死一匹马，这会儿不时轻轻拍着囚犯们的肩膀和后背。对他来说，杀人是小菜一碟，跟开玩笑用腿绊人摔一跤差不多。杀完人，他总会兴奋一小会儿，就像刚刚跟金龟子嬉戏了一会儿的小公猫。

他经常奉党卫军中校德罗腾哈尔之命杀人，德罗腾哈尔是东区卫生所的头儿。

杀人不难，难的是把死者的尸体拖去火化，但凯泽不干这类差事，也没人敢吩咐他去干。德罗腾哈尔经验老到，不会让囚犯虚弱到必须用担架抬到行刑处的地步。

对前来引颈受戮的人，凯泽从不催促，从不口出恶言，也从不推搡或殴打。凯泽已经不下四百次登上特种操作室那两级水泥台阶，却始终对他操作的对象抱有浓厚的兴趣，每次都细细品味他们眼光中流露出来的恐惧、焦急、顺从、痛苦、胆怯，还有受死者看到即将送他们上西天的侩子手走进来时，不由自主产生的强烈好奇心。

凯泽自己也搞不懂他为什么如此喜欢干这种了无新意的工作。特种操作室看起来索然无味：一张凳子，灰色的水泥地，排水管，水龙头，一根软管，还有一张桌子，上面放着一个记事本。

操作很普通，例行公事而已，他们总是半开玩笑地说起它。如果用手枪进行，凯泽称之为"往脑袋里搁一粒咖啡豆"；如果通过注射石炭酸来完成，凯泽称之为"来一剂长命水"。

对凯泽来说，人类生命的秘密就这样被咖啡豆和长命水揭开了，既令人惊讶，又十分简单。

他那双塑料般的棕色眼睛仿佛不属于有生命的活物。那是两粒黄褐色的树脂，已经板结得硬硬的……每当凯泽混凝土似的眼睛里显露出一丝快活，人们就心生恐惧。一条鱼在半埋在沙堆里的一截树桩旁游来游去，突然间却发现那黑乎乎、滑溜溜的大家伙居然长着眼睛、牙齿、触须，感到的恐惧多半就是这样的。

在这里，在集中营里，看着生活在棚屋里的那些艺术家、革命者、科学家、将军和传教士，一种优越感在凯泽心中油然而生。重要的不是咖啡豆或长命水。重要的是天生的优越感，这优越感带给他数不清的快乐。

他最得意的，倒不是他超强的体力，也不是他天不怕地不怕的勇气——他如果想干什么，那谁也挡不住；他赤手空拳就能撬开保险柜的铁门。他孤芳自赏的是自己的精神和智慧，是他的神秘和复杂。他愤怒与否、心情好坏没有规律可循，没有道理可讲。在春天，凯泽奉命押送盖世太保挑出的一批俄罗斯战俘去特殊棚屋。战俘集合后，凯泽让他们唱几首喜欢的歌曲。

四个目光呆板、双手浮肿的俄国战俘开始领唱：

　　　　你在哪儿，我的苏丽珂？[1]

凯泽闷闷不乐地听着，并且注意到人群边上一个高颧骨的人。出于对歌者的尊重，凯泽没有打断他们。等唱完后，他叫那个起先没参加合唱的高颧骨的人来个独唱。凯泽瞥了一眼这个男人军便服脏兮兮的衣领，领口上还能看到被撕掉的肩章的痕迹，问他：

"少校先生，您明白吗？[2]，你明白吗，猪猡？"

男人点点头，表示他明白。

凯泽抓住他的衣领，轻轻摇晃他，就像摇晃一只坏了的闹钟。这个刚从火车上下来的战俘一拳猛击在凯泽的颧骨上，破口大骂起来。

看来，这个俄国人末日临头了。但是特种棚屋头儿凯泽并没有把这个叫叶尔绍夫的少校干掉，反而分给他角落上一个靠窗的板床。这个位置的几张板床都空着，专门留给凯泽喜欢的人。当天稍晚，凯泽还给叶尔绍夫送去一只煮熟的鹅蛋，哈哈大笑着对他说："对你的嗓子有好处！[3]"

打那以后，凯泽对叶尔绍夫一直很友好。在棚屋里，大家也都很尊重叶尔绍夫，因为他身上既有不屈不挠的坚毅，性格又温和开朗。

凯泽事件后，"苏丽珂"的演唱者之一、旅级政委奥西波夫对叶尔绍夫很不高兴。

---

[1] 苏丽珂，在格鲁吉亚语中是"灵魂"的意思，同时也是一首爱情诗的名字，由阿卡基耶·蔡瑞泰里写于1895年。这首诗后来由苏尔汉·钦察泽作曲编为歌曲，在苏联广为人知。在斯大林统治时期，这首歌经常在收音机里播放，据说是因为斯大林很喜欢。

[2] 原文为德语。

[3] 原文为德语。

"难缠的家伙。"他说。

而那次事件后，莫斯托夫斯科伊则赐了叶尔绍夫个"思想领袖"的外号。

除了奥西波夫之外，还有个人对叶尔绍夫也没好感，那就是孤僻内向、沉默寡言的战俘科季科夫，他似乎对每个人的底细都很清楚。科季科夫是个毫无特色的人：嗓音、眼睛、嘴唇，全都没有丝毫特色。但他毫无特色到了如此地步，以至于让人难以忘怀，没有特色反而成了他的鲜明特色。

这天晚上，凯泽点名时的好心情，使人们感到格外紧张和恐惧。棚屋居民时刻担心出什么乱子，日日夜夜伴随着他们的是恐惧、不祥预感、心神不宁，只不过有时强烈些，有时弱一点。

晚点名结束前，八个卡波——集中营警察——来到特种棚屋。他们戴着滑稽的小丑般的大檐帽，袖子上套着明黄色的袖标。看他们的脸色就很清楚，他们的饭盒里盛的不会是集中营公共伙房的饭菜。

打头的是个身材高大的浅色头发美男子，穿了件拆了领章的银灰色军大衣，大衣底下露出一双擦得锃亮的漆皮靴子。

这是营内警察分局的头目柯尼希，前党卫军分子，因刑事犯罪被剥夺军衔后关押在集中营里。

"脱帽！"凯泽用德语喊道。

搜索开始了。卡波们驾轻就熟，像工厂的熟练工一样，敲打桌子检查挖出的空隙，抖动破布，用敏捷、灵巧的手指检查衣服上的接缝，查看饭盒。

不时地，他们开玩笑地用膝盖顶一下谁的屁股，再送上一句："祝你健康。"

偶尔，卡波们把翻出来的纸条、小本本、剃须刀片什么的递给柯尼希。柯尼希挥手套的方式会让卡波明白他对这些东西是否感兴趣。

在搜查过程中，囚犯列成横队等候。

莫斯托夫斯科伊和叶尔绍夫站在一排，看着柯尼希和凯泽。两个德国人的脸都好像用金属铸成的。

莫斯托夫斯科伊一阵头晕目眩，有点站立不稳。他指了指凯泽，对叶尔绍夫说："好一个人物！"

"纯正雅利安人嘛。"叶尔绍夫说。他不想让站在边上的切尔涅佐夫听到，凑近莫斯托夫斯科伊的耳边说："托上帝的福，我们中间也有这号人！"

切尔涅佐夫没听清他们在说什么，但也想接茬。他说：

"每个民族都有权拥有自己的英雄、圣人和卑鄙小人。"

莫斯托夫斯科伊对叶尔绍夫转过脸，但他的话不仅仅针对他：

"当然，在我们的人中间也能找到坏蛋，但这个德国杀人犯还是与众不同，他身上有些东西只可能属于德国人。"

搜查结束，下达了解散令。囚犯们纷纷爬上各自的板床。

莫斯托夫斯科伊躺下来，伸了伸腿。他突然想起，搜查结束后还没有检查一下自己的东西是不是还都在，于是哼哼了几声，欠起身子，清理自己那堆破烂。

感觉好像丢了什么，不是围巾，就是用来包脚的粗麻布。但后来，围巾找到了，粗麻布也找到了。可不安的感觉依然萦回在脑际。

过了一小会儿，叶尔绍夫走到他跟前，低声说道：

"据卡波涅泽尔斯基透露，我们这个区段要解散，部分人留下来继续审理，大多数人转到普通集中营。"

"那又怎样，"莫斯托夫斯科伊说，"管它呢。"

叶尔绍夫在他的板床上坐下，小声而清晰地说：

"米哈伊尔·西多罗维奇！"

莫斯托夫斯科伊用手肘撑起身子，看着他。

"米哈伊尔·西多罗维奇，我在谋划一件大事，想和你谈谈。就算要死，咱们也要死得风光点！"

他悄声说下去，莫斯托夫斯科伊听着听着，激动起来，仿佛有一阵奇妙的轻风吹拂在他脸上。

"时间宝贵，"叶尔绍夫说，"假如德国人占领了斯大林格勒这个鬼地方，人们会再一次变得垂头丧气，就像基里洛夫那样。"

叶尔绍夫提议建立一个战俘战斗同盟。他凭记忆一条条讲述计划的要点，仿佛在念事先准备好的发言稿。

……制定纪律，团结集中营中所有苏联人，清除叛徒，打击敌人，在波兰、法国、南斯拉夫、捷克囚犯中建立斗争委员会……

在棚屋暗淡的光线下，他望着板床上方，说道：

"我有从军工厂来的弟兄，他们信赖我，我们可以慢慢搞些武器。咱们要大干一场。与数十个集中营建立联系，用恐怖手段对付变节者。最终目标：总起义，统一的自由欧洲……"

莫斯托夫斯科伊重复道：

"统一的自由欧洲……啊，叶尔绍夫，叶尔绍夫。"

"我不是信口开河。我们这次谈话就是这件大事的第一步。"

"我加入。"莫斯托夫斯科伊说，然后摇摇头，又重复道："自由欧洲……这么说，我们集中营里也有了个共产国际分部？统共两个成员，其中一个还是非党员。"

"您会说德语、英语、法语，可以联络上千人，"叶尔绍夫说，"您还要共产国际干吗？咱们的口号是：全世界集中营囚犯，联合起来！"

米哈伊尔·西多罗维奇看着叶尔绍夫，说出了遗忘已久的一句话：

"人民的意志！"他很吃惊，不知道为什么自己突然想到这句话。

叶尔绍夫说：

"得跟奥西波夫和兹拉托克雷列茨上校谈谈。奥西波夫很有影响力！但他对我有成见，还是您跟他谈谈吧。我今天会找上校谈谈。咱们四个人先干起来。"

73

叶尔绍夫少校的大脑昼夜不停地紧张运转着。

他思考着地下工作计划，包括占领德国集中营，在地下组织之间建立起联络，熟记各个劳动营、集中营、火车站的名称。他设想创造一种密码，考虑如何在集中营文员的帮助下，将组织者塞进从一个集中营转送到另一个集中营的调动名单。

他心里酝酿着一个梦想！让成千上万地下工作者和英勇的破坏者展开活动，一旦准备就绪，由起义者的武装部队一举夺取集中营！起义的集中营囚犯必须夺取保卫集中营设施的高射炮，把它们改装成反坦克武器和对付地面部队的武器。必须物色一批高射炮手，并为突击队将来缴获的各种火炮准备好炮手。

叶尔绍夫少校熟知集中营的生活，亲眼看到过贿赂、恐惧、填饱肚子的渴望对人们有多么大的影响，亲眼看到过许多人脱下清白的红军军便服，换上弗拉索夫分子带肩带的浅蓝色军大衣。

他看到过意志消沉、阿谀奉承、背信弃义、俯首帖耳；他看到过人们面对恐惧时心里生出的恐惧，看到过人们如何在令人胆寒的保安机关官员面前吓得全身发僵。

然而，衣衫褴褛的被俘少校头脑中并没有不切实际的幻想。德军在东线长驱直入的阴暗日子里，他用乐观豪迈的话语鼓舞自己的战友，劝说身体浮肿的人保重身体。对待暴力，他始终抱有不可遏止的强烈蔑视。

人们感受到从叶尔绍夫身上散发出的令人鼓舞的激情，这激情类似燃烧白桦木劈柴的俄罗斯火炉散发出的温暖，虽然朴实无华，却为所有人所需要。

想必是这种温暖，而不仅仅是心灵的力量和大无畏的精神，使得叶尔绍夫少校成为被俘苏军军官们的领袖。

叶尔绍夫很早就意识到，如果要向谁透露自己的想法，莫斯托夫斯科伊应该是首选。他大睁双眼躺在板床上，望着粗糙的木板顶棚，仿佛躺在棺材里望着棺材盖，但心脏仍在跳动。

在这里，在集中营里，他比一生三十三年中以往任何时候都更能感受到自己的力量。

战前，他的生活相当坎坷。他父亲是沃罗涅日省的农民，1930年被打成富农，土地和家产悉数充公。叶尔绍夫当时在部队服役。

叶尔绍夫没跟父亲断绝关系。尽管他以优等成绩通过了入学考试，却被军事学院拒之门外。叶尔绍夫好不容易上了个军事学校，毕业后被分配到区兵役局工作。他父亲作为特殊移民被强制迁移到北乌拉尔，当时和全家住在那里。叶尔绍夫请了假去看望父亲。他从斯维尔德洛夫斯克出发，乘窄轨火车走了两百公里。森林和沼泽沿着铁路线绵延，铁道两旁次第可见一垛垛伐下的木材、劳改营的铁丝网、棚屋、土窑，还有一座座瞭望塔，像长在高高的茎上的毒蘑菇。因为押运军列的卫兵要搜查一名逃犯，列车两次被迫停下。夜间停车那次，火车停在会让线，给对面开来的火车让道。叶尔绍夫没睡着，听着内务人民委员部警犬的吠叫声，哨兵的哨子声——车站附近就有一个很大的集中营。

整整三天后，叶尔绍夫才到达窄轨铁路终点。尽管他衣领上缀着中尉领章，携带的文件和通行证件一应俱全，在检查文件的过程中，他还是提心吊胆，等着人家一句"喂，拎上家伙什"，然后把他关进劳改营。就连这些地方的空气中，似乎也布满了铁丝网。

过后他搭上一辆顺路的吨半卡车，在沼泽地里走了七十公里。这辆卡车属于苏联人民委员会国家保安总局下属的一个国营农场，叶尔绍夫的父亲就在那个农场干活儿。车斗里挤满了被调去伐木的特殊移民工人，现在要去劳改营的居民点。叶尔绍夫试着向他们打听情况，但得到的回答只有"是"或"不是"，显然这些人被他的一身军装吓住了。

傍晚时分，卡车抵达森林边上紧靠沼泽的一个小村庄。他一直记得那天的日落，太阳西沉到集中营北部的沼泽地中，景象如此宁静、如此柔和。暮色中，座座农舍一片漆黑，仿佛在焦油中炼过。

他走进土窑，晚霞伴随他走进去，但扑面而来的却是潮湿、闷气、廉价食物的气味、廉价衣服和床铺的气味、烟雾缭绕的热气……

昏暗中，父亲的身影浮现出来，瘦削的脸庞，英俊的眼睛，目光中难以形容的神情令叶尔绍夫震惊。

一双又老又瘦、长满老茧的手搂住儿子的脖子。这双受尽折磨的手搂着年轻军官的脖子颤抖不已，怯怯的哀诉、巨大的痛苦、对儿子提供保护的希冀，尽在不言中。对这一切，叶尔绍夫又能如何作答？他唯有痛哭而已。

　　后来，父子俩站在三座坟头旁——母亲于头一年冬天去世，姐姐阿纽塔于第二年冬天去世，妹妹玛鲁霞于第三年冬天去世。

　　坟地位于劳改营边上，紧挨着小村庄。同样的青苔长在农舍的墙根下、土窑的斜坡上、坟包上、沼泽地的草墩子上。他的母亲和姐妹就这样长眠在这片天空下，在滴水成冰的寒冬，在坟地被沼泽地涌出的浊水淹没的秋天。

　　父子俩并排站着，沉默不语。后来，父亲抬起眼睛，望着儿子，摊开双手说道："原谅我，死者与生者，我没能保护我爱的人。"

　　晚上，父亲向儿子敞开了心扉。他说话很平静，声音不高。他讲述的事情，只能平静地说出来，号哭和泪水是无法表达清楚的。

　　一口箱子上盖着报纸，上面放着儿子带来的食品，还有半公升酒。老人说着，儿子坐在他旁边听着。

　　父亲讲到饥荒，讲到村里熟人的死亡，讲到发疯的老太婆，讲到孩子——他们的身体变得比巴拉莱卡①还轻，比小鸡还轻。他讲到饿得发疯的人们发出的哀号声如何从早到晚回荡在村中，讲到窗户被钉死的一座座农舍。

　　他告诉儿子，他们一家人如何乘着漏雨的棚车，大冬天在路上走了五十天；死人与活人如何一起乘闷罐车长途旅行。他讲述了特殊移民如何徒步行走，妇女如何把孩子抱在手上。叶尔绍夫生病的母亲在酷暑中勉强走完这段路程，一路发着高烧，最后几乎变得神志不清。他讲述了他们如何被带到冬天的森林里，没有土窑，没有窝棚，他们如何生起篝火，用云杉树枝铺床，用饭盒融雪取水，在森林里开始新的生活；他们如何埋葬死者……

　　"一切都是斯大林的意志。"父亲说。他平铺直叙，话语中没有愤怒，没有怨恨——普通老百姓说到无法撼动、无可抗拒的命运时，都是这种语调。

　　叶尔绍夫休假归来后，给加里宁②写了一份报告，向最高层领导请求难以想象的怜悯——宽恕无辜者，允许老人跟儿子团聚。但信还没到莫斯科，叶尔绍夫就被

---

① 一种俄罗斯民族乐器，亦称三角琴。

② 米哈伊尔·伊万诺维奇·加里宁（1875—1946），俄罗斯特维尔省人。1898 年加入俄国社会民主工党。1912 年当选为候补中委和俄罗斯局委员，参加创办彼得堡《真理报》。十月革命后任彼得格勒市长、市政委员。1919 年起任全俄罗斯苏维埃代表大会中央执行委员会主席。1922 年任苏联中央执行委员会主席。1926 年起任政治局委员。1938 年起任苏联最高苏维埃主席团主席。1946 年 6 月 3 日，病逝于莫斯科。

领导召去：有人举报了他，说他私自前往乌拉尔。

叶尔绍夫被军队开除。他来到一个建筑工地，决心攒够钱后去找父亲。但不久就从乌拉尔来了封信，通知他父亲的死讯。

战争爆发的第二天，预备役中尉叶尔绍夫被征召入伍。

在罗斯拉夫尔城郊的一次战役中，团长牺牲，他挺身而出召集溃败的残部，向敌人发起反攻，夺回渡口，确保了统帅部重炮后备队顺利撤退。

压在他肩上的担子越重，他的肩膀就越强壮。他本人都不清楚自己有多大力量。事实证明，顺从并非他的天性。外力越大，他的战斗欲望就越凶悍、越强烈。

有时他会问自己：为什么他这么讨厌弗拉索夫分子？弗拉索夫分子的传单上写了他父亲对他讲述的那些事情。他知道那都是事实。但他也知道，那些事实到了德国人和弗拉索夫分子口中，就变成了谎言。

他觉得很清楚，与德国人作战，就是为自由俄罗斯人的生活而战，战胜希特勒，就意味着战胜他的母亲、姐妹和父亲葬身于其中的劳改营。

叶尔绍夫体会到一种既痛苦又美好的感觉——在这里，当个人履历上记载的材料变得无足轻重，他就显示出力量，人们就会追随他。在这里，无论是高级职称、勋章、特遣队、第一处、人事部、鉴定委员会、区委打来的电话、政工部门副主任的意见，都没有任何意义。

莫斯托夫斯科伊曾经对他说：

"海因里希·海涅早就指出：'罩在我们所有人衣服下面的，都是赤条条的身体'……但有的人，脱下制服，显露出来的是贫血、可怜分分的身体，而有的人则被过紧的衣服弄得扭曲变形，脱去衣服，真正的力量便展现在人们面前！"

叶尔绍夫的梦想如今成了事业，他从新的角度来考虑这个事业——通知谁，吸引谁加入？他在脑海中逐个梳理，权衡熟悉的人们的优缺点。

选哪些人进入地下组织的指挥部？五个名字出现在他脑中。日常生活中不起眼的弱点、怪癖，都得重新掂量，原本微不足道的小事突然变得很有分量。

古兹身为将军，自然有一定威望，但他意志薄弱，胆小怕事，似乎没受过良好教育；如果有得力副手辅佐，他可以干得不错。他坐等指挥员们为他效劳，好饭好菜伺候他，认为他们的服务理所当然、无须感谢。他提起厨师，似乎比提起妻子女儿更经常。他最爱谈论的是狩猎，打野鸭子、大雁，说起在高加索地区的服役，最爱吹的也是狩猎，打野猪、山羊。他贪杯，还好吹牛。他经常谈论 1941 年的战役；他的友邻，无论是左翼还是右翼，全一团糟，只有他古兹将军永远正确。他从不将失败归咎于最高军事首长。处理日常事务和人际关系，他很拿手，像个八面玲珑的师爷。总的说来，如果让叶尔绍夫拿主意，他不会把一个团交给古兹将军，更不用说一个军了。

旅级政委奥西波夫是个很聪明的人。他会用棕色的眼睛看着你，没头没脑地突然用嘲笑的口吻说，有人指望轻而易举就在敌国领土上赢得战斗。一个小时后，他又会声色俱厉地斥责抱怀疑态度的人，给他们来一番说教。转天他又会翕动着鼻孔，口齿不太清楚地说：

"是啊，同志们，我们飞得比谁都高，比谁都远，比谁都快。可是瞧瞧我们飞到了什么地步吧。"

说起战争头几个月的军事失败，他条分缕析，头头是道，但不带感情，仿佛棋手复盘。

他与人交谈随意、轻松，但有些做作，而不是真正同志式的以诚相待。他真正感兴趣的是与科季科夫聊天。

这个科季科夫身上到底有什么东西如此吸引旅级政委奥西波夫？

奥西波夫经验丰富，深谙人性。这种经验很宝贵，地下组织指挥部离不开奥西波夫。但他的经验可能有助于成事，也可能会碍事。

有时奥西波夫会讲述一些著名军事人物的逸闻趣事，并直呼其名：谢苗·布琼尼，安德留沙·叶廖缅科。

有一次他对叶尔绍夫说：

"图哈切夫斯基、叶戈罗夫、布柳赫尔并不比你我更有罪。"

可是基里洛夫对叶尔绍夫说过，1937年，奥西波夫担任军事学院副院长时，曾经毫不留情地揭发了几十个同事，宣称他们是人民公敌。

他非常怕生病，常在身上这里拍拍，那里掐掐，要不就伸出舌头，乜斜着眼睛查看舌苔。但有一样东西他是明显不怕的，那就是死。

兹拉托克雷列茨上校是个阴郁、直率、头脑简单的步兵团长。他认为最高首长应该对1941年的溃败负责。每个人都能感受到他作为战斗指挥员和战士的力量。他体格强壮，声音洪亮，一声大吼就能止住怯阵者逃跑的脚步，让战士们冲锋陷阵。他一开口，准带粗话。

他不喜欢做解释，喜欢直接发号施令。他看重战友情谊，随时准备从自己饭盒里把稀菜汤匀给士兵，但为人又很粗鲁。

人们总能感受到他的意志。干活儿时他是老大，一声高喊，没人敢不服从。

你骗不了他，别想跟他打马虎眼。一个可以共事的人。虽说太粗鲁了点！

基里洛夫很聪明，但不知为何总显得懒散。任何小事都逃不过他的眼睛，但他无论看什么都用那种疲惫不堪、半睁半闭的目光……他为人冷漠，不喜欢跟人打交道，但会原谅人们的弱点和下作。他不怕死，有时还挺向往死亡。

说起大溃败，他也许比任何指挥员都看得更深刻。他，一个非党人士，曾经说过：

"我不相信共产主义者能让人变得更好。历史上从未发生过这样的事。"

他表面上似乎对一切都漠不关心，可是夜里常在板床上哭泣，叶尔绍夫问他哭什么，他沉默半晌，才轻声说道："我可怜俄罗斯。"但就像他这么个冷漠的人，心肠却很软。有一次他说："唉，好想听听音乐。"就在昨天，面带近乎疯狂的笑容，他说："叶尔绍夫，听我给您念首诗。"叶尔绍夫不喜欢这些诗句，却牢牢记住了，这些诗句硬生生钻进了他的脑海。

> 我的战友，在濒死的痛苦时刻
> 不必向人们呼救。
> 让我借你热气腾腾的鲜血
> 暖一暖我的手掌。
> 不要吓得直哭，像小孩子那样，
> 你没有受伤，你只是阵亡。
> 让我脱下你的毡靴，
> 我还要继续打仗。

是他自己写的吗？

不，不，基里洛夫不适合进指挥部。他能把人往哪里带，支撑自己都够呛。

再看莫斯托夫斯科伊，简直是出类拔萃！他有学问，还有钢铁般的意志。据说在受审时他表现得刚强不屈。但叶尔绍夫就有这本事，无论是谁，总能被他挑出点刺儿来。就在前几天，他还责备莫斯托夫斯科伊：

"米哈伊尔·西多罗维奇，您干吗要跟那些小混混瞎掺和，和那个古里古怪的伊孔尼科夫－莫尔日，还有那个卑鄙的独眼流亡者，聊得那么起劲？"

莫斯托夫斯科伊嘲讽地说：

"您以为我的观点会动摇吗？担心我变成福音派教徒，甚至变成孟什维克？"

"谁知道啊，"叶尔绍夫说，"近墨者黑，您还是离那些黑了吧唧的家伙远些好。这个伊孔尼科夫在苏联劳改营里待过。现在德国人正把他拖去审问呢。他会出卖自己，出卖您，出卖您周围亲近的人……"

叶尔绍夫最后得出结论，要从事地下工作，没有谁是完美无缺的。必须衡量每个人的长处和弱点。这并不难。决定一个人是否适合，要看他的本质。本质是无法测量的，但可以推测，可以感觉到。于是他拿定主意，从莫斯托夫斯科伊开始。

74

古兹少将喘着粗气，走近莫斯托夫斯科伊。他走路的样子很古怪：两只脚在地面上拖着，嘴里呼哧呼哧喘气，下唇外伸，脸颊和脖子上褐色的皮肤褶皱不停地颤动。所有这些动作、手势、声音都是当年由于过分肥胖而形成的，现在他人虽然干瘪了许多，老习惯却保留了下来，不免显得有点滑稽。

"亲爱的老爹，"他对莫斯托夫斯科伊说，"我这么个乳臭未干的小子来批评您老先生，就好像一个少校对一位上将出言不逊。但是，恕我直言，您不该跟这个叶尔绍夫搞什么民族团结那一套。他一直是个政治面目不清的人。没有军事知识。天生只够当中尉的料，却一心想当司令，对上校们指手画脚。您对他得小心点才是。"

"阁下，您在胡说八道。"莫斯托夫斯科伊说。

"当然，我是胡说八道。"古兹呻吟着说，"当然，我是胡说八道。我听说，昨天在普通棚屋里，有十二个人报名参加这支见鬼的什么俄罗斯解放军。数一数，这些人里面有多少个富农？我向您表达的不仅是我个人的看法，某个富有政治经验的人也委托我和您谈谈。"

"顺便问问，不会是奥西波夫吧？"莫斯托夫斯科伊问。

"就算是吧。您是搞理论的，我们这里有些坏家伙，您恐怕还不太了解。"

"您这话说得好奇怪，"莫斯托夫斯科伊说，"我快觉得，咱们这儿的人什么都没有了，就剩下高度的政治警惕性。谁能料到我们有如此下场！"

古兹倾听着支气管炎在他胸腔里吱吱嘎嘎呼噜呼噜作怪，痛苦万分地说道：

"我活不到自由那一天了，活不到了。"

莫斯托夫斯科伊望着他离去的背影，猛然用手掌在膝盖上一拍——他恍然大悟，为什么昨晚的搜查后他一直心神不定。伊孔尼科夫给他的那几张纸片不见了。

真见鬼，那上面都写了些什么？也许，叶尔绍夫说得对，这个可恶的伊孔尼科夫被收买了，故意来挑起事端，把这些纸片偷偷拿过来，偷偷塞给我。他在那上面到底写了些什么？

他走到伊孔尼科夫的板床。但伊孔尼科夫不在，邻床也不知道他去了哪里。从这一切——纸片的消失，伊孔尼科夫空着的板床——他突然明白自己铸下了大错，当初真不该跟这个疯疯癫癫的寻神派信徒纠缠不清。

他与切尔涅佐夫争论过，虽说其实不值得争论，有什么可争论的呀。但那个疯子是当着切尔涅佐夫的面把那几张纸片交给莫斯托夫斯科伊的。这下好了，又有告密者，又有证人。

他的生命明明是为事业和斗争所需要的，可是现在也许毫无意义地就要失去它。

"真是老糊涂啊，跟这些败类搞在一起，在事业和革命正需要我的时候，把自己给毁了。"他想着，心里愈加难过。

在盥洗室，他遇到奥西波夫。因为电力不足，灯光很昏暗。旅级政委正俯身在铁皮水槽上洗包脚布。

"遇见您太好了，"莫斯托夫斯科伊说，"我想跟您谈谈。"

奥西波夫点点头，环顾四周，把湿漉漉的双手在身上蹭了几下。他们在墙上的水泥壁墩上坐下。

"果然不出我所料，这位冒失鬼真的在上蹿下跳。"听莫斯托夫斯科伊说起叶尔绍夫，奥西波夫说道。

他用湿漉漉的手掌抚摸着莫斯托夫斯科伊的手。

"莫斯托夫斯科伊同志，"他说，"我钦佩您的果敢精神。您是列宁队伍中的老布尔什维克，年龄对您没有任何影响。您的榜样将鼓舞我们所有人。"

他又小声说：

"莫斯托夫斯科伊同志，我们的战斗组织已经成立，但我们决定暂时不告诉您，免得让您担风险，但显然，列宁的战友不在乎年龄。我就直说吧：我们不能信任叶尔绍夫。正如大家所说的，他的客观情况很不理想：富农出身，对镇压极为不满。但我们是现实主义者。目前，没有他恐怕不行。他很有声望，虽说是廉价的。我们不得不考虑这一点。您比我清楚，对这类人，党知道如何在某些阶段利用他们。但您应该知道我们对他的看法：对他的信任是有限的，在程度上、时间上都要把握好分寸。"

"奥西波夫同志，叶尔绍夫将战斗到最后，我对他毫不怀疑。"

水滴落在水泥地上的答答声清晰可闻。

"这样吧，莫斯托夫斯科伊同志，"奥西波夫慢吞吞地说，"我们对您不保守秘密。莫斯科有位同志被派来这里。我可以说出他的名字：科季科夫。我上面所说的，也是他对叶尔绍夫的看法，而不仅仅是我的看法。他的指示对我们所有共产党员来说就是法律，就是党的命令，就是斯大林在非常情况下做出的命令。但我们会和您的这位教子，这位所谓的思想领袖合作，这是我们的决定，我们会照此执行。

唯一重要的是：做现实主义者，做辩证论者。请别以为我在教训您。"

莫斯托夫斯科伊默不作声。奥西波夫拥抱他，在他嘴唇上亲了三下。他眼中闪烁着泪光。

"我像吻亲生父亲一样吻您，"奥西波夫说，"我想为您祝福，就像小时候母亲为我祝福一样。"

莫斯托夫斯科伊感到，复杂生活带给他的种种难以忍受的痛苦正在消失。世界又一次变得清晰而简单，就像年轻时一样：自己人在一边，外人在另一边。

晚上，党卫军来到特种棚屋，抓走了六个人，其中就有米哈伊尔·西多罗维奇·莫斯托夫斯科伊。

第二部

1

后方的人们看到一列列军用列车开往前线，往往如释重负地叹口气，"啊，终于来了"，似乎期盼已久的重大使命就要由这些大炮和油漆一新的坦克来完成，似乎战争的美好结局就在眼前。

那些退出预备役、登上军列的战士，心中却格外紧张。年轻的排长们仿佛接到了密封在盖有火漆印的信封里、由斯大林亲自签署的一道道命令……当然，老兵油子才不会有这种幼稚想法，他们喝着开水，在桌子上或靴子后跟上把风干的里海鲤鱼拍拍松，聊一聊少校的私生活，猜测在下一个枢纽站能不能用手里的东西换点好货。经验丰富的人已经预见到会发生的情况：部队在靠近前线的地带，在只有德国俯冲轰炸机能识别的某个偏远小站下车，遭受第一次轰炸后，新兵们消停了点，不再以为是出来度假……一路上因睡眠过多而身体肿胀的战士们，现在连续几个昼夜强行军，一个钟头的睡眠也得不到，没时间喝水，没时间吃东西，太阳穴被过热的发动机没完没了的轰鸣吵得几乎爆裂，双手连操纵杆都握不住。对密码烂熟于心的指挥员，此刻突然听到无线电对讲机中传来呼叫声和咒骂声，指挥部要求尽快堵住缺口，新部队在射击演习中曾经的表现如何，这会儿谁他妈也不在乎了。"上，上，上"，这是部队指挥员耳朵里唯一能听到的字眼。于是他不敢拖延，也下达命令，竭尽全力督促部下往前冲。经常发生这样的情况：部队从行进中直接投入战斗，连地形都没摸清。一个疲惫不堪、紧张兮兮的声音会高叫："立即沿高地发动反攻，我们在那儿连个鬼都没有，敌人却步步紧逼。全乱套了。"

在机械师兼坦克驾驶员、无线电报务员和瞄准手的脑海中，连日来路上的嘎嘎声、隆隆声与德国飞机的怪号声和地雷的爆炸声，混为乱哄哄的一团。

在这里，战争的无理智分外扎眼。短短一小时过去，瞧瞧这巨大成绩：一辆辆起火的、被击毁的坦克横七竖八躺在那里，炮筒扭曲，履带冒烟。

几个月不眠不休的训练，炼钢工人、电气技师辛勤劳动的成果，就这样打了水漂……

而上一级指挥官，为了掩饰将刚抵达的后备部队匆匆投入战斗的轻率之举，为了掩饰这支部队几乎白白付出的牺牲，向上级提交了一份官样文章的报告："从行进中投入战斗的后备部队的行动，在一定程度上阻滞了敌人的攻势，为本人率领的部队重新集结赢得了时间。"

但是，如果他不是大叫"上，上"，如果他允许部队事先侦察好地形，而不是胡乱闯进雷区，那我军的坦克即便不能取得决定性的成果，也多少会给德国人点颜色看看。

诺维科夫的坦克军正在向前线挺进。

那些尚未经受过战火洗礼的天真的坦克手觉得，他们即将在一场决定性的战斗中大显身手。尝过战争滋味的老兵油子则觉得好笑。第一旅旅长马卡洛夫和全军最优秀的坦克营营长法托夫，很清楚这一切是怎么回事，他们见识得多了。

怀疑论者和悲观主义者是讲究现实的人，是吃过苦头的人，他们对战争的理解是用鲜血和苦难换来的。这也是他们胜过那些大大咧咧的毛头小伙子的地方。但吃过苦头的人这回却错了。诺维科夫上校的坦克部队即将参加的战役，不仅将决定这场战争的命运，而且将影响到千百万人战后的生活。

2

诺维科夫奉命在抵达古比雪夫后与总参谋部代表留金中将联系，就统帅部关心的一系列问题做出说明。

诺维科夫以为会有人在车站接他，但车站军代表——一个脑䏲、目光游移、昏昏欲睡的少校——告诉他，没人问起过诺维科夫。从车站给将军挂电话也不成，因为将军的电话是保密的，根本接不通。

末了，诺维科夫只好步行前往军区司令部。

在车站广场上，他有一种怯生生的感觉。一个作战部队的指挥官突然置身于与平常不同的城市环境时，常常有这样的感觉。他丧失了自己一向泰然处之的中心地位，没有电话接线员给他递上话筒，也没有司机着急忙慌地为他发动汽车。

在大块鹅卵石铺砌的街道上，人们一路小跑赶到凭票供应商店门口刚刚排起的长队，问道："谁是最后一位？……好，我排在您后面……"

对于这些手里拎着叮当作响的购物桶的人来说，似乎没有任何事情比在食品店门口排队更重要。诺维科夫对路上碰到的军人很恼火，他们几乎每个人手里都提着一个手提箱、一包东西。"应该把这些狗东西统统召集起来，用军列送到前线去。"他想。

他今天会见到她吗？他走在街上，思念着她。叶尼娅，你好！

在军区司令员办公室与留金中将的会面很短暂。谈话刚开始，总参谋部就给中将打来电话，请他火速飞往莫斯科。

留金向诺维科夫道了个歉，然后拨通了市内电话。

"玛莎，计划全打乱了。'道格拉斯'拂晓起飞，你转告安娜·阿里斯塔尔霍芙娜一声。土豆没时间拿了，国营农场那几只口袋……"他苍白的脸突然皱起来，露出恶心的表情，显然打断了对方通过电线絮叨个不停的话语："怎么着，你是要我通知统师部说，因为我老婆的大衣还没做好，我飞不了？"

将军挂断电话，对诺维科夫说：

"上校同志，您认为坦克底盘符合我们对设计师提出的要求吗？"

这次谈话让诺维科夫感到别扭。在坦克军度过的几个月里，他学会了准确地识别人，或者更确切地说，准确地掂量他们办事的能力。一见到来坦克军的那些特派员、各种委员会的负责人、代表、巡视员和教官，他就能准确无误地说出他们肚子里有多少真货色。

他知道低声说出的一句话是什么意思："马林科夫同志要我转达您……"他知道有的人胸前挂满勋章，肩膀上扛着将军肩章，能说会道，嗓门还特大，却连一吨燃油也搞不到，一个仓库保管员也任命不了，一个文书也撤换不了。

留金的活动范围并不在国家机器的最高层。他只是个搞统计的，负责收集信息提供给高层。诺维科夫一边与他交谈，一边开始看表。

将军合上硕大的笔记本。

"很遗憾，上校同志，只能到此为止了，天一亮我就得飞往总参谋部。事情没弄好。也许您应该亲自去一趟莫斯科。"

"没错，中将同志，我的确该去一趟莫斯科，最好跟我指挥的坦克部队一道。"诺维科夫冷冷地说。

他们互相告别。留金请他向涅乌多布诺夫将军问好，他俩曾经在一起服役。诺维科夫走在宽敞的办公室里铺着绿色地毯的通道上，听到留金对着电话说：

"请接第一国营农场场长。"

"设法抢救他的土豆呢。"诺维科夫心想。

他往叶甫根尼娅·尼古拉耶芙娜家走去。曾记得，在一个闷热的夏夜，他拜访过她在斯大林格勒的家，那时他刚离开在大撤退中弥漫着硝烟和尘土的草原。现在，他再次向她家走去，如今的访客想起当年的访客，不禁有恍若隔世之感，虽然两个访客都是他，都是同一个人。

"你会是我的，"他想，"你会是我的。"

3

这是一幢老式的两层楼房，是那种墙壁厚厚的、不怎么受季节变化影响的房子，夏天保持凉爽的潮气，秋寒时却又不轻易放走有点发闷、有点浑浊的热气。

他摁门铃，门开了，一股热气扑面而来。在杂乱无章地堆满压瘪的筐子、箱子的走廊上，他看到了叶甫根尼娅·尼古拉耶芙娜……他望着她，却没看到她头上的白头巾，没看到她的一身黑色连衣裙，没看到她的眼睛、脸庞、手臂、肩膀……他仿佛不是用眼睛，而是用并无视觉功能的心看到了她。她惊叫了一声，但身子并没有微微后倾，像受到意外惊吓的人通常会做的那样。

他问好，她嘟哝了句什么。

他走到她跟前，闭上眼睛，既体味到生命带给他的幸福，又觉得即使就在那一刻死去，也无怨无悔了。她的体热传到了他身上。

要体验他以前从未领略过的感觉——幸福，原来并不需要视觉，不需要思想，不需要言语。

她问了句什么，他作答，一边跟着她穿过黑暗的走廊，拉着她的手，就像个害怕被独自留在人群中的男孩。

"好宽的走廊，"他想，"'克伏'坦克都开得过。"

他们走进房间，屋里有扇窗户，朝着隔壁房子一堵没有窗户的墙。

两张床靠墙而立——一张上面放了个皱巴巴的扁平枕头，盖着一条灰色毯子，另一张床上盖着白色的蕾丝床罩，还有一对白色的蓬松小枕头。白色小床上方贴了些明信片，明信片上画着身穿晚礼服庆祝新年和复活节的大美人，还有刚刚出壳的小鸡。

一张桌子上堆满一卷卷绘图纸，角落上有一块面包、半个枯萎的洋葱、一瓶植物油。

"叶尼娅……"他说。

她的目光通常含有一丝嘲讽、专注、留神，这会儿却显得有点特别，有点奇怪。她说：

"您饿了吧？是顺道来的？"

她似乎想打碎、摧毁已经出现、再也无法摧毁的某种新东西。不知何故，他好像变了个人，不再是原来的他，而成了一个对千百人、对阴森恐怖的战争机器拥有一定权力的人，同时又有着一个不幸男孩的恳求的眼睛。她对这种不相称感到困惑，她想体会一下居高临下的感觉，乃至对他的怜悯，而不去想他的权势。她的幸福曾经寓于自由之中。但是自由正在离她而去，虽说她仍然感到幸福。

他突然说：

"怎么回事，难道还不明白吗！"他又一次不再去听自己说些什么、她说些什么。他心里再次洋溢着幸福感和与之相连的另一种感觉：即使马上死去，也无怨无悔了。她搂住他的脖子，一头秀发像汩汩而下的温热水流，触抚着他的额头、脸颊，在这乌黑披散的头发遮掩下，他看到了一对明眸。

她的窃窃私语压倒了战争和坦克的轧轧声……

傍晚他们就着开水吃面包，叶尼娅说：

"首长已经吃不惯黑面包了吧。"

她把凉在窗外的一锅荞麦粥端进来，结了一层冰的大颗大颗的荞麦变成了蓝紫色。在室温下，荞麦粥表面渗出凉凉的水珠。

"就像波斯丁香。"叶尼娅说。

诺维科夫尝了尝波斯丁香，心里说："够难吃的！"

"首长吃不惯吧。"她又说了一遍。他心想："幸亏没听格特马诺夫的话，没带食物来，要不……"

他说：

"战争爆发时，我正在布列斯特附近一个航空团。飞行员们都往机场狂奔，我听到一个波兰女人大喊：'是谁啊？'一个波兰小男孩回答说：'是俄国兵。'我当时特别强烈地感觉到，俄罗斯人，我是俄罗斯人……你知道吗，我一辈子都知道我不是土耳其人或其他哪国人，但那时，我整个心灵都在呼喊：我是俄罗斯人，俄罗斯人。说实话，在战前，培养我们长大的精神是不一样的……今天，就在现在，是我最美好的一天，我看着你，就像那时一样，重新感受到俄罗斯的痛苦，俄罗斯的幸福……这就是我想告诉你的……"他又问："你怎么啦？"

柯雷莫夫一头乱发的脑袋在她眼前闪过。天哪，她和他真的要永远分手了吗？正是在这幸福的时刻，她越发感到与他永远分手真的难以忍受。

有那么一瞬间，她仿佛就要把这一天，把今天亲吻她的男人的话，和过去的时光联系起来，她仿佛突然就会明白自己人生的秘密进程，就要看到不该看到的——她自己的内心深处，那决定她命运的所在。

"这个房间，"叶尼娅说，"是一个德国女人的，她收留了我。这是她天使般的白色软床。我这辈子从来没有见过比她更无害、更无助的人……奇怪的是，虽说我们在跟德国人打仗，我仍然敢断定，她是这个城市里最善良的人。奇怪不，嗯？"

"她很快就会回来吗？"他问。

"不，对她来说战争已经无所谓了，她被驱逐了。"

"谢天谢地。"诺维科夫说。

她想告诉他自己很可怜柯雷莫夫，柯雷莫夫被她抛弃后孤身一人，没有人可以写信，没有人可以看望，陪伴他的唯有忧愁，绝望的忧愁与孤独。

她还想跟他说说利莫诺夫、沙罗戈罗茨基，说说跟这两个人有关的新鲜事、古怪事、难以理解的事。她想告诉他，小时候，珍妮·亨利霍芙娜如何把沙波什尼科夫家孩子们所说的可笑的话都记下来，并且把笔记本放在桌子上，谁都可以读。她想告诉他自己报户口的那段经历，跟他聊聊那位户籍科科长。可她对他还缺乏信心，不好意思说这些。他有必要听她说这些吗？

令人惊讶的是……她仿佛重新经历了与柯雷莫夫的决裂。在她内心深处，总觉得一切尚能改变，往事犹可追回。这曾经使她平静。而现在，当她感觉到这股将她攫住的力量时，一种痛苦的焦虑袭来——难道一切已成定局，永远无法挽回了吗？可怜的，可怜柯雷莫夫。凭什么他要经受这么多磨难？

"咱们怎么收场啊？"她说。

"你会跟我姓，变成叶甫根尼娅·尼古拉耶芙娜·诺维科娃。"他说。

她笑起来，凝视着他的脸。

"可你对我来说是个陌生人呀，十足的陌生人。说实在的，你到底是谁啊？"

"我也说不好。但你一定会是——诺维科娃，叶甫根尼娅·尼古拉耶芙娜。"

她不再高高在上地俯瞰自己的生活。她往他杯子里添了些开水，问道：

"再来点面包？"

突然，她又说：

"假如柯雷莫夫出什么事，被弄成残废，或者被关起来，我就回到他身边去。请记住这一点。"

"干吗要把他关起来？"他沉着脸问。

"谁知道呀，理由有的是。他是老共产国际了，连托洛茨基都认识他，有次读了他一篇文章后夸奖道：'字字珠玑啊！'"

"那你就试试吧，回去找他，看他不把你轰出来。"

"别担心。这是我的事。"

他对她说，战后她将成为一栋大宅子的女主人，宅子会很漂亮，还带花园。

这就是最后结局？一辈子？

出于某种原因，她想让诺维科夫知道，柯雷莫夫很聪明，才华出众，她依恋柯雷莫夫，说白了吧——她爱他。她不想看到诺维科夫吃柯雷莫夫的醋，但不知不觉间，她又千方百计惹起他的醋意。但有一件事，她谁也没告诉，只告诉了他；这件事当初柯雷莫夫谁也没告诉，只告诉了她——那就是托洛茨基关于"字字珠玑"的评语。"假如那时有谁知道这事，十有八九柯雷莫夫躲不过 1937 年。"对诺维科夫的感情要求她给予他最高的信任，于是，她把被她伤害过的那个人的命运就这样托付给了他。

她思绪万千，想到未来，想到今天，想到过去，心中如同打翻了五味瓶，百感交集。母亲、两个姐姐、外甥谢廖扎、侄女薇拉，还有另外几十个人，都与她生活中发生的变化密切相连。如果见到利莫诺夫，诺维科夫会跟他说些什么？听到利莫诺夫他们纵谈诗歌和美术，诺维科夫会有什么想法？尽管诺维科夫可能没听说过夏加尔和马蒂斯，他应该不会感到不好意思吧……诺维科夫是强有力的，非常有力。要不她怎么会对他俯首称臣？战争很快就会结束。可是难道，难道她再也见不到柯雷莫夫了吗？天，天哪，她都干了些什么啊。但现在不必想这些。毕竟，不知道还会发生什么，不知道一切将如何收场。

"我现在才意识到：我完全不了解你。我不是开玩笑，你真的是个陌生人。大宅子，花园——干吗扯到这些？你是当真的吗？"

"如果你愿意，战后我马上复员，到西伯利亚东部找个建筑工地去当工长。我们可以住双职工宿舍。"

这话是真的，他不是在开玩笑。

"不是非得住双职工宿舍吧？"

"非住不可。"

"哎呀，你真是疯了。干吗这样？"于是她又想到："柯连卡①。"

"干吗哪样？"他心惊胆战地问。

对他来说，未来和过去都不在话下。他只觉得幸福。他甚至不担心再过几分钟他们就要分别。他坐在她旁边，望着她……叶甫根尼娅·尼古拉耶芙娜·诺维科娃……他只觉得幸福。他甚至不需要她聪明、漂亮、年轻。他真的很爱她。早先，他没敢梦想求她做妻子。后来好多年，他一直心存幻想。即便今天，他也一如往

---

① "柯连卡"是"尼古拉"的昵称，这里指柯雷莫夫。

常，温顺、胆怯地捕捉她的微笑，琢磨她话语中的嘲讽。但他注意到，情况已有所变化。

她见他准备动身，便说：

"是时候了，去找你那些怪话连篇的弟兄们吧，至于我，让大浪冲到哪儿都成。"

诺维科夫道别时，才意识到她其实并没有那么坚强，女人终究是女人，哪怕上帝赋予了她清醒的头脑和一副伶牙俐齿。

"有多少话想对你说啊，可什么也没说。"她说。

但事实并非如此——决定人一生的重要事情，在他们这次相会中已经明朗化了。他真的好爱她。

4

诺维科夫往车站走去。

……想起叶尼娅，忘不了她迷茫的低语，赤裸的双脚，温柔的絮叨，离别的泪水，对自己的魔力，物质的匮乏和身心的纯洁，头发的清香，可爱的娇羞，肉体的温热；想起自己的工人家庭背景和军人身份，不免为自己的老实巴交而自惭形秽，同时又为自己的老实巴交而自豪。

诺维科夫沿铁轨走着，突然，犹如踩到一根锋利的尖刺，赶路的士兵常常体会到的一种惊惧使他从发烫头脑的胡思乱想中猛醒——军列不会已经开走了吧？

远远地，他看到了月台，看到了棱角分明的坦克，看到了帆布罩下面一块块凸起的金属肌肉，看到了头戴黑色钢盔的哨兵和司令部车厢车窗上的白色窗帘。

哨兵见到他，打了个立正。他走进车厢。

副官维尔什科夫还在生闷气，因为诺维科夫没带他去古比雪夫。他默默地把一份最高统帅部密电放在桌子上——电文命令向萨拉托夫进发，然后沿支线前往阿斯特拉罕。

涅乌多布诺夫将军走进包厢，两眼不看诺维科夫的脸，而是盯着他手中的电报，说：

"确定行进路线啦？"

"是的，伊拉里昂·因诺肯季耶维奇[①]，"诺维科夫回答，"不过，不光是行进路线，确定的是命运：斯大林格勒。"他又找补了一句："留金中将向您致意。"

---

① 作者此处原文是"米哈伊尔·彼得罗维奇"，应为笔误。

"啊——啊——啊。"涅乌多布诺夫说，但你无法弄懂这个不冷不热的"啊"指的是将军的问候还是斯大林格勒的命运。

这真是个怪人，他的举止让诺维科夫害怕：每当路上发生什么情况，比如与对面开来的火车错车而有所耽搁，某个车厢的轴箱发生故障，未及时收到列车调度员的发车信号，等等，涅乌多布诺夫便大为振奋，叫道：

"姓名，把姓名记下来，阴谋破坏分子，抓起来，坏蛋！"

在内心深处，诺维科夫对那些被称为人民敌人、富农帮凶、富农的人抱无所谓的态度，对他们恨不起来。他从来没有热切的愿望要把谁关进监狱，送上法庭，在会议上当众揭发。但他以为，这种善意的漠然之根源，是自己政治觉悟不够高。

而涅乌多布诺夫，在诺维科夫看来，无论看见谁，首先表现出的是高度警惕性，先怀疑一把再说："哦，你不会是敌人吧，亲爱的同志？"就在前一天，他还跟诺维科夫和格特马诺夫说起几个搞破坏的建筑师，据说他们企图将莫斯科的主要街道变成敌机的着陆点。

"在我看来，这是无稽之谈，"诺维科夫说，"对军事一窍不通才会造这种谣。"

此刻，涅乌多布诺夫与诺维科夫聊起了他第二喜欢的话题——家庭生活。他摸了一下车厢内的暖气管，说起战争爆发前不久他在自家别墅安装的暖气设备。诺维科夫突然对此话题大感兴趣，他请涅乌多布诺夫画了张别墅供暖设计图，然后把图纸折好，揣到军便服内兜里。

"以后用得着。"他说。

不一会儿，格特马诺夫走进车厢，兴致勃勃地大声跟诺维科夫打招呼：

"又和指挥官一起了，真好。我们差点着手另找新头目，以为斯坚卡·拉辛[①]丢下弟兄们不管了。"

他眯起眼睛，友好地看着诺维科夫，诺维科夫被政委的玩笑逗乐了，内心却不由自主地绷紧。对这种感觉他已经习以为常。

格特马诺夫的玩笑有一个奇怪的特点，他似乎对诺维科夫的情况了如指掌，而且会在玩笑中暗示这一点。就说现在吧，他几乎重述了叶尼娅临别时的话！但这当然只是巧合罢了。

格特马诺夫看了看表，说道：

"好吧，两位老爷，轮到我去城里转转了，没问题吧？"

---

① 斯捷潘·季莫费耶维奇·拉辛（约1630—1671），俄国农民起义领袖，顿河哥萨克人。十七世纪六十年代末组织领导了俄国较大的一次农民起义——拉辛农民起义。1671年6月在莫斯科红场被凌迟处死。"斯坚卡"是"斯捷潘"的昵称。

"请便，没有您，我们在这里也不会感到寂寞的。"诺维科夫说。

"那是肯定的，"格特马诺夫说，"您，军长同志，在古比雪夫肯定没觉得寂寞吧？"

这个玩笑就绝非巧合了。

格特马诺夫站在车厢门口，问道：

"叶甫根尼娅·尼古拉耶芙娜好吗，彼得·帕甫洛维奇？"

格特马诺夫脸上一本正经，眼里没有笑意。

"谢谢，很好，她挺忙，"诺维科夫说，不想多谈这个话题，于是问涅乌多布诺夫，"伊拉里昂·因诺肯季耶维奇，您为什么不去古比雪夫逛逛呢？"

"那里还有什么我没见过的？"涅乌多布诺夫回答。

他们并肩而坐，诺维科夫一边听涅乌多布诺夫汇报，一边浏览文件，看完一份就往旁边一搁，嘴里不时说：

"嗯，好，请接着说……"

诺维科夫这一辈子没少向上级首长做过汇报，汇报过程中，上级首长总是一边浏览文件，一边心不在焉地说：

"嗯，好，请接着说……"

诺维科夫对上司这种做派挺窝火，他曾经暗自发誓，永远不会这样对待下级……

"有这么件事，"诺维科夫说，"咱们得及早向上面申请，派几个维修工程师到维修部门来，我们有修坦克车轮的工程师，但修坦克履带的几乎一个也没有。"

"我已经写好了，我觉得还是直接交给上将比较好，终归要他最后审批的。"

"对，对。"诺维科夫说。他在申请书上签了字，然后说："得检查一下各个旅的防空武器和装备，一过萨拉托夫咱们就可能遭遇空袭。"

"我已经向各旅部下达了相关命令。"

"这还不够，得由各梯队的指挥员亲自负责。让他们在十六点之前来汇报情况。要亲自检查，亲自汇报。"

涅乌多布诺夫说：

"已经收到批准萨佐诺夫任旅参谋长的命令。"

"够快的啊，是电报发来的吧。"诺维科夫说。

这一次，涅乌多布诺夫的目光没有避开，他笑了笑，知道诺维科夫对此事耿耿于怀。

通常，诺维科夫没有勇气坚持任命他认为特别适合担任指挥员职务的人。一旦涉及指挥员的政治可靠性，他就软了下来——人的业务素质似乎突然间变得无足轻重了。

但这回他真生气了。今天他不想再低三下四。他盯着涅乌多布诺夫说道：

"错在我，把履历材料置于军事才干之上。我们会在前线纠正这个错误，在那里，打仗可不是凭履历表。假如他捅什么娄子，我他妈第一天就撤了他！"

涅乌多布诺夫耸了耸肩说：

"我个人对这个卡尔梅克人巴桑戈夫并没有成见，但应该优先考虑俄罗斯人。各国人民的友谊当然是神圣的事业，但您知道，少数民族中相当大一部分人怀有敌对情绪，要么是动摇分子，要么政治面目不清。"

"1937年就该想到这一点，"诺维科夫说，"我有个熟人，叫米季卡·叶甫谢耶夫。他总是大喊大叫：'我是俄罗斯人，这比什么都重要。'那又怎样，他们照样把这个俄罗斯人送进大牢。"

"此一时也，彼一时也，"涅乌多布诺夫说，"关起来的都是坏蛋、敌人。我们不会平白无故把谁关起来。曾几何时，我们与德国人缔结了布列斯特和约①，这是布尔什维克主义，而现在斯大林同志号召我们消灭所有占领我们苏维埃祖国的德国人，直到把最后一个侵略者赶出去，这也是布尔什维克主义。"

他又用教师爷的口吻补充道：

"在我们这个时代，一个布尔什维克首先是一个俄罗斯爱国者。"

这可把诺维科夫惹毛了：他诺维科夫对俄罗斯的感情是在战争的艰难岁月里历经艰辛换来的，而涅乌多布诺夫的俄罗斯感情却似乎是从某个办公室捡来的，这种办公室诺维科夫通常都不得其门而入。

他和涅乌多布诺夫闲聊着，心里很不是滋味，一桩桩事情涌上脑际，令他激动不安。他脸颊火辣辣的，仿佛刚被大风吹过、烈日晒过，一颗心怦怦地剧烈跳动，平息不下来。

他心脏里好像有一整团士兵在行走，皮靴响亮整齐地踩出一个声音："叶尼娅，叶尼娅，叶尼娅，叶尼娅。"

维尔什科夫已经不再生诺维科夫的气，他探头看了看车厢里面，讨好地说：

"上校同志，请允许我报告，炊事员挺辛苦，饭菜已经热了两个多钟头了。"

"好，那快点端上来吧。"

---

① 布列斯特和约，全称《布列斯特-立托夫斯克和约》，是第一次世界大战中苏俄政府与以德国为首的同盟国在布列斯特-立托夫斯克（今布列斯特）签订的和约，苏俄为求得喘息时间而做出巨大妥协，包括割让一百多万平方公里领土。

话音刚落，满头大汗的炊事员快步跨进包厢，脸上带着委屈、欣慰，还带着抱怨，在餐桌上摆上各色乌拉尔小菜碟子。

"给我来瓶啤酒。"涅乌多布诺夫懒洋洋地说。

"好的，少将同志。"炊事员兴致勃勃。

诺维科夫突然发现这么长时间没吃东西，此刻饿得几乎眼泪都要流出来了。"首长吃不惯吧。"他回想，记起了不久前刚尝过的冰凉的波斯丁香。

诺维科夫和涅乌多布诺夫同时望向窗外：在一名背步枪的民警搀扶下，一个喝得醉醺醺的坦克手正跌跌撞撞沿铁轨走来，不时发出刺耳的尖叫。坦克手想挣脱民警的搀扶，想往民警脸上来一下，但民警把他的肩膀抓得牢牢的，显然，坦克手醉酒的脑袋里已是一片混沌——他忘了打架的念头，突然满怀柔情地亲吻起民警的脸颊来。

诺维科夫对副官说：

"立刻去查一查，然后向我报告是谁在这里出洋相。"

"这个坏蛋，有损军风纪的家伙，该枪毙。"涅乌多布诺夫说，一边掩上窗帘。

维尔什科夫朴实的脸上浮现出复杂的表情。首先，他为军长被这件事糟蹋了胃口难过。但同时，他又对坦克手深感同情，其中包含多个层次——嘲笑、鼓励、战友的赞赏、父亲般的温情、伤心，还有发自内心的焦虑。他报告说：

"是，马上调查并报告。"他现炒现卖，当场编出一套说辞："他母亲就住在这一带，他一个俄罗斯男人，哪里懂得把握分寸？心里乱，又想好好跟老太太告别，一不小心就喝高了。"

诺维科夫挠了挠后脑勺，把一个碟子拉到自己跟前。"真见鬼，我就待在军列里，哪儿也不去了。"他想，思绪转向那个期盼着他的女人。

军列出发前，格特马诺夫回来了，满脸通红，兴高采烈，说不吃晚饭了，只命令勤务兵开一瓶他爱喝的汽水。

他哼哼唧唧脱下靴子，往沙发上一倒，一只穿着袜子的脚一踢，关上了包间的门。

他向诺维科夫转述了从一位担任州委书记的老同志那儿听来的消息。这位州委书记前一天刚从莫斯科回来，在那里蒙一位大人物接见。该大人物属于在重大节庆日能登上红场列宁墓的角色，虽说还没到紧挨斯大林站在麦克风边上的地步。当然啦，这位传消息的大人物也不是什么都知道；当然啦，他也不会把所知道的全告诉州委书记。很久以前，在伏尔加河畔一座小城当区委指导员时，大人物就跟州委书记认识了。州委书记在一个无形的化学天平上掂量一番交谈者后，把听来的消息酌量透露了一些给坦克军政委。现在，坦克军政委格特马诺夫又把从州委书记那里听来的消息透露一些给诺维科夫，当然也是酌量的……

但这天晚上他讲话的语气充满信赖，在他与诺维科夫的交往中，这可是大姑娘坐轿——头一回。他似乎假定诺维科夫很清楚上层的一些情况，比方说，马林科夫手握大权；莫洛托夫之外，只有拉夫连季·帕甫洛维奇·贝利亚对斯大林同志用"你"相称；斯大林同志最讨厌未经授权的行为；斯大林同志喜欢"苏鲁古尼"干酪；斯大林同志因为牙齿不好，喜欢蘸着葡萄酒吃面包；顺便说一句，斯大林同志小时候得过天花，所以脸上有麻点；维亚切斯拉夫·米哈伊洛维奇·莫洛托夫早已不是党内二号人物，而约瑟夫·维萨里昂诺维奇①近来对尼基塔·谢尔盖耶维奇·赫鲁晓夫颇不以为然，前不久甚至在一次高频电话通话中把赫鲁晓夫臭骂了一通。

在这位能登上列宁墓的大人物半吞半吐说出的话中，有诺维科夫一心渴望并多少能猜到的消息——反攻的时刻临近了。但是，与大人物所说的具体内容相比，大人物那种推心置腹的语气似乎更为重要，他用这种语气谈到了身居高位的几个领导人，谈到了斯大林跟丘吉尔交谈时谈笑风生、在自己身上画十字的举动，谈到了斯大林对手下某位元帅刚愎自用的不满。诺维科夫傻乎乎地心中一乐，有点自鸣得意，同时又为这种得意而感到羞愧："哇，我好像也混进职务名册了！"

不久，军列启动，未鸣汽笛，也没有通告。

诺维科夫走到连廊上，打开车门，凝视着笼罩在城市上空的黑暗。士兵的脚步声再次在心中响起："叶尼娅，叶尼娅，叶尼娅。"从机车方向，透过敲击声和车轮的轰鸣声，传来悠扬的《叶尔马克之歌》的歌声。

钢轮在铁轨上急速滚动的隆隆声，载着坦克的庞大钢铁躯体向前线疾驰的车厢的锵锵声，年轻人的歌声，伏尔加河上的寒风，浩瀚无垠的星空，这一切莫名地以一种新的方式触动着他，那种感觉不像一秒钟前，也不像从战争第一天开始那一整年。他体会到一种骄傲的幸福，一种对自己拥有的强大力量的喜悦。战争的面貌一度完全被痛苦和仇恨扭曲，现在仿佛也有所改变……黑暗中传来的歌声，最初是悲伤而忧郁的，逐渐变得雄壮，最后，终于变得睥睨一切。

但奇怪的是，他此刻的快意并没有在心中唤起善良和宽恕的愿望。相反，这种快意激起的是仇恨和愤怒，他渴望展示力量，急切地想要摧毁阻拦这种力量的一切障碍。

他回到包厢，几分钟前令他着迷的还是秋夜的美丽景色，此刻包围他的却是车

---

① 即斯大林。

厢的闷热、缭绕的烟气、烧煳的牛油味儿、令人昏昏欲睡的鞋油味儿、红光满面的司令部参谋人员的汗臭味儿。格特马诺夫穿着睡衣斜靠在沙发上，袒露着胸前白白的皮肤。

"怎样，玩会儿接龙吧？将军答应加入。"

"行啊，打吧。"诺维科夫回答。

格特马诺夫轻声打了个嗝，担心地说：

"我可能得了胃溃疡，一吃东西，心口就烧得厉害，就像情歌里唱的。"

"不该让医生随第二梯队走的。"诺维科夫说。

他暗中对自己生气，心想："本想把达伦斯基调来，费多连科眉头一皱，我就退缩了。对格特马诺夫和涅乌多布诺夫也说起过此事，他们也皱眉头，说干吗弄个受过处罚的人来，于是我打了退堂鼓。提议任命巴桑戈夫，他们又说干吗弄个非俄罗斯人来，于是我又改变主意……我到底有没有自己的头脑？"望着格特马诺夫，他又故意往最荒谬的地方想："今天他能拿我的白兰地来招待我，明天我的女人来找我，他指不定还想跟她睡觉呢。"

但是，虽然他毫不怀疑自己有力量摧毁德国的战争机器，为什么跟格特马诺夫和涅乌多布诺夫一打嘴仗，却总是感到自己的软弱和怯懦呢？

在这个快乐的日子，他却一股恶气涌上心头，回想起前半辈子的遭遇，回想起自己循规蹈矩踏实打干才逐步升迁到现在的职位，而一班对军事一窍不通，只会享受权力、美食、勋章的家伙却来听他汇报，还貌似宽宏大度地为他在军官楼弄到一个小房间，作为对他的恩赐。这似乎已成惯例：他的顶头上司，毫无例外都是一帮愚夫，不知道火炮口径，面对地图一头雾水，连他人代笔的发言稿都念得磕磕巴巴，把"百分比"说成"百份比"，"柏林"念成"佰林"。为什么他得向他们汇报工作，而不是倒过来？这些人没文化不是因为他们出身工人家庭，要知道他自己的父亲就是矿工，祖父也是矿工，哥哥也是矿工。没文化，有时他觉得，恰恰是这些人的力量所在，反倒成了他们在教育方面的资本；而他的渊博知识、口才、对书籍的爱好却成了他的缺点。战前他以为，这些人的意志力和信念都胜过他。但战争表明，情况并非如此。

战争将他推到了高级指挥官的岗位。但实际情况是，他仍然无法当家做主。和以前一样，他依然得顺应他不断感受到却无法理解的那股力量。他手下那两个并无指挥权的人，正是那股力量的代表。现在，当格特马诺夫与他分享关于那个世界的些许情况时，他竟然受宠若惊！显然，那股力量与这个世界息息相关，谁也抵挡不了。

这场战争将证明，俄罗斯到底应该感谢谁：是像他这样的人，还是像格特马诺夫那样的人。

他已经梦想成真了：深爱多年的女人将成为他的妻子……巧的是，坦克部队奉命开赴斯大林格勒，也在这一天。

"彼得·帕甫洛维奇，"格特马诺夫突然说，"您知道吗，您去城里时，我和伊拉里昂·因诺肯季耶维奇有场小小的争执。"

他直起腰来，喝了口啤酒，说道：

"我这人心直口快，就跟您直说吧：我们说到了沙波什尼科娃同志。她哥哥在1937年失踪了，"格特马诺夫用一根手指头指了下地板，"原来，涅乌多布诺夫那段时间认识他，而我呢，认识她的第一任丈夫，柯雷莫夫。柯雷莫夫没栽进去，正如人们所说，简直是个奇迹。他在中央讲师团待过。唔，涅乌多布诺夫就说了，苏联人民和斯大林同志对诺维科夫同志寄予高度信任，而他在私生活中却与一个社会政治面目不清的人扯在一起，不太合适吧。"

"我的私生活关他屁事！"诺维科夫说。

"说得是啊。"格特马诺夫说，"这些都是1937年遗留下来的问题，现在应该看开些。不，不，您别误解我。涅乌多布诺夫是个了不起的人，一个水晶般纯洁、紧紧追随斯大林的共产党人。但他有个小小的缺点，有时看不到新生事物的萌芽，他感觉太迟钝。对他来说，最重要的是引经据典。而生活教给我们的东西，他并不总能看到。有时他陷在陈谷子烂芝麻里，几乎忘了自己生活在什么样的国家里。战争教会了我们很多新东西。罗科索夫斯基中将、戈尔巴托夫将军、普尔图斯将军、别洛夫将军——都坐过牢。而斯大林同志却发现可以让他们担任指挥员。我今天去了米特里希家，他告诉我罗科索夫斯基是怎样从劳改营里拎出来，直接晋升为集团军司令员的：当时他正在劳改营的盥洗间里洗包脚布，突然有几个人跑过来，叫道：快走！唔，他心想，包脚布也不让洗完吗？头天晚上一个当官的刚审讯过他，而且给他吃了点不大不小的苦头。现在却把他送上'道格拉斯'，直飞克里姆林宫。从所有这些事情中，总可以得出一些结论吧。而我们这位涅乌多布诺夫，1937年可是个积极分子，要让他这样一个墨守成规的人改变立场，恐怕比登天还难。我不知道叶甫根尼娅·尼古拉耶芙娜这位哥哥的罪名是什么，但说不定贝利亚同志也会马上释放他，让他指挥一个集团军呢……而柯雷莫夫，人已经在部队里了。人没事，党证也还在。有什么大不了的呢？"

但正是这些话让诺维科夫火冒三丈。

"这跟我有什么相干！"他声音之高把自己都吓了一跳，头一次听到自己嗓门这么大，"沙波什尼科夫是不是敌人，跟我有屁的关系啊。我根本不认识他！再说这个柯雷莫夫，托洛茨基曾经当他面夸他的文章字字珠玑。这跟我又有屁的关系啊？珠玑就珠玑好了。哪怕托洛茨基、李可夫①、布哈林、普希金爱他爱到神魂颠倒，跟我又有何干？我又没读过他字字珠玑的文章。而且，这跟叶甫根尼娅·尼古拉耶芙娜又有什么关系，难不成1937年前她在共产国际工作过？想当指挥官，行啊，但得好好努把力，同志哥，打几仗，认真干点实事！我真受够了，伙计！简直烦死了！"

他脸颊火辣辣的，心怦怦直跳，思绪明确、凶狠、清晰，但脑瓜里却一片混沌："叶尼娅，叶尼娅，叶尼娅。"

他听到自己都说了些什么，不禁大为吃惊——他真的有生以来第一次，面对党内一个高级政工干部，无所畏惧、自由自在说出了心中所想？

他盯着格特马诺夫，强压后悔和担忧，体味着心中的喜悦。

格特马诺夫突然从沙发上跳起来，张开粗壮的手臂，说道：

"彼得·帕甫洛维奇，让我拥抱你，你是个真正的男子汉。"

诺维科夫迷惑不解，拥抱了他，两人亲吻了，格特马诺夫朝走廊喊道：

"维尔什科夫，给我们上白兰地，军长和政委要结拜兄弟②了！"

5

叶甫根尼娅·尼古拉耶芙娜打扫完房间，高兴地想："这下清爽了。"仿佛无论在床单铺得平平整整、枕头不再皱巴巴的房间里，还是在她心里，一切都回归了正常。但是，当床头不再有灰烬，最后一只烟头从橱柜边上扫掉时，叶尼娅才意识到她是在欺骗自己，在这世界上除了诺维科夫，她什么也不需要。她想告诉索菲娅·奥西波芙娜近来她生活中发生了什么——是的，是告诉索菲娅，而不是母亲，也不是姐姐。她隐隐约约地知道自己为什么想对索菲娅·奥西波芙娜倾诉。

"啊，索菲娅，亲爱的索菲娅。"叶尼娅大声说道。

然后她想起来玛鲁霞已经不在了。她明白，没有他，自己活不下去。绝望中，她手往桌子上一拍，说道："去他的，我谁也不需要。"但过了一会儿她又跪在诺维科夫不久前挂大衣的地方，喃喃地说："你可得好好活着呀。"

---

① 阿列克塞·伊万诺维奇·李可夫（1881—1938），苏联第二任人民委员会主席，"布哈林右倾集团"的主要成员。

② 俄罗斯人结拜兄弟时喝交谊酒，两人边喝酒边接吻，从此不再用"您"而用"你"相称，视同家人。

刚说完，她又想："够虚伪的，我怎么这么下贱啊。"

她开始故意自虐，不出声地发表议论，假装自己是个阴阳怪气、阴险恶毒的小人，一会儿女，一会儿男：

"没了男人，咱们这位贵妇人显然寂寞难耐，她习惯了娇宠，偏巧又赶上这样的年月……她先是蹬了一个，当然啦，柯雷莫夫算什么，党票都快玩完了。这回又傍上个军长。好一个男子汉！要说呢，何处女人不怀春……现在问题是，怎么锁住他的心，你的身子已经给了他，对吧？很明显，现在睡不了安稳觉了：要么担心他被打死，要么担心他给自个儿又找个十八九岁的接线女生。"阴险小人好像偷觑到了连叶尼娅自己也不清楚的一个想法，补充道："没什么，没什么，赶快找他去吧。"

她不明白为什么不再爱柯雷莫夫。但也没必要弄明白——她已经很幸福了。

突然，她心中冒出一个想法：阻挠她获得幸福的不是别人，正是柯雷莫夫。他总是挡在诺维科夫和她之间，剥夺她的快乐。他继续毁掉她的生活。为什么她得不停地受苦，为什么得遭受良心谴责？她能怎么办，只有不再爱他！他到底想从她身上得到什么，为什么要死死地纠缠她？她有快乐的权利，她有爱她所爱的人的权利。为什么柯雷莫夫在她心中总是一副软弱、无助、困惑、孤独的样子？他并不软弱！他心肠也没那么好！

她心中充满对柯雷莫夫的怨恨。不，不，她绝不会为了他而牺牲自己的幸福……他残忍，狭隘，狂热到极致。她永远无法容忍他对人类苦难的漠不关心。这一切对她和她父母来说如冰炭不相容……当俄罗斯和乌克兰的村庄中成千上万的妇女和儿童死于可怕的饥馑中时，他说："对富农分子没什么好怜悯的。"在亚戈达[①]和叶若夫时代，他说："投进监狱的没有好人。"有次亚历山德拉·弗拉基米罗芙娜说到，1918年在卡梅申，好多商人和房主拖儿带女被赶上驳船，被推进伏尔加河淹死，玛鲁霞的好些中学同学和玩伴也在其中——米纳耶夫一家、戈尔布诺夫一家、卡萨特金一家、萨波日尼科夫一家。听罢此言，柯雷莫夫恼怒地说："那您觉得该拿那些极端仇视革命的坏蛋怎么办，请他们吃馅饼吗？"为什么她没资格获得幸福？她为什么要自讨苦吃，去可怜一个从不可怜弱者的人？

但尽管她咬牙切齿，怒气冲冲，在内心深处却知道自己有欠公允，柯雷莫夫并没有那么残忍。

她脱下在古比雪夫集市上以物易物换来的厚裙子，穿上夏季连衣裙，这是斯大

---

① 亨利希·格里戈里耶维奇·亚戈达（1891—1938），苏联国家安全部门首脑，联共（布）中央候补委员、委员，国家安全总政委，一级集团军级政委。1938年3月15日被枪决。

林格勒那场大火中唯一保留下来的。那晚她和诺维科夫一起流连在斯大林格勒堤岸街的霍利祖诺夫①纪念碑时,穿的就是这条连衣裙。

在珍妮·亨利霍芙娜被驱逐出境前不久,有一次她问珍妮有没有恋爱过。

珍妮·亨利霍芙娜有点尴尬,她说:"是的,有过一个金色卷发、蓝眼睛的男孩。他穿一件天鹅绒上衣,领子是白色的。我那时十一岁,并不认识他。"那个卷发、穿天鹅绒上衣的男孩如今在哪里,珍妮·亨利霍芙娜如今在哪里?

叶尼娅坐在床上,看了看表。通常,沙罗戈罗茨基会在这个时候来看她。算了吧,她今天不想听谁高谈阔论。

她急忙穿上大衣,包上头巾。这样做其实没有任何意义——军列早已开走了。

在车站围墙边,一大群人坐在口袋和包裹上。叶尼娅在车站周围的小巷子信步走去,一个女人问她有没有班车餐券,另一个问她有没有乘车券……有些人睡眼惺忪,狐疑地看她。一列货运列车沉重地沿一号线驶过,车站的墙壁在颤抖,窗玻璃震得嘎嘎响。叶尼娅的心也在颤抖。敞开的平车缓缓掠过火车站围栏,平车上停着一辆辆坦克。

幸福的感觉突然涌上她心头。坦克还在缓缓掠过,掠过,头戴钢盔、肩挎冲锋枪的红军战士一动不动坐在上面。

她朝家里走去,像小男孩似的挥舞着手臂,敞着大衣,露出里面的连衣裙。夕阳突然照亮街道,这座城市刚刚还尘土飞扬,对人冷漠、破败不堪,在寒秋中静候冬天到来,却陡然间变得庄严、美好、明亮。她走进公寓楼,白天在过道上撞见过诺维科夫上校的住户召集人格拉菲拉·德米特里耶芙娜走到她跟前,讨好地笑着说:

"有您的信。"

"哎呀,好事一件接一件。"叶尼娅想着,拆开信封。信是母亲从喀山寄来的。

没读几行她就轻声尖叫起来,失魂落魄地呼唤:

"托利亚,托利亚!"

<h1 style="text-align:center">6</h1>

那天晚上在街上令施特鲁姆豁然开朗的想法,已经成为新理论的基础。他起先花好几个星期推导出的那些方程式根本不能用于扩展物理学家们普遍接受的经典理论,也不能作为对经典理论的补充。相反,经典理论本身只是施特鲁姆殚精竭虑提

---

① 维克托·斯捷帕诺维奇·霍利祖诺夫(1905—1939),苏联飞行员,1936年参加西班牙反法西斯战争,1939年在飞行中遇难。

出的新的、广泛的答案中的一个特例；他的方程式已经把似乎包容一切的经典理论包含在自身中了。

施特鲁姆暂时不再去研究所，而委托索科洛夫主持实验室的工作。他几乎足不出户，或者在房间里来回踱步，或者在桌子后面一坐就是好几个小时。有时，晚上出去散步时，他会选择车站附近的僻静小巷，免得遇到熟人。在家里，他的生活跟平常没有两样——吃饭、洗漱、在餐桌上开玩笑、看报纸、听苏联情报局的战报、挑娜嘉的刺儿、向亚历山德拉·弗拉基米罗芙娜打听工厂的情况、同妻子聊天，等等。

柳德米拉觉得丈夫这些天越来越像她了——做什么事都是被习惯所驱使，内心并不参与生活。他之所以过得轻松自在，是因为对这样的生活早已习以为常。但这一共同点只是表面的，并没有让柳德米拉与丈夫的关系更加亲近。他们俩内心对家的疏离，原因本来就截然相反——一是因生，一是因死。

施特鲁姆毫不怀疑自己的成果。这种自信他以前从未有过。但正是现在，在他形成他毕生求索的最重要的科学答案之际，他一丁点儿也不怀疑其真实性。自从那一刻，当他想到或许能找到一组方程，对广泛的物理现象做出崭新的解释时，出于某种原因，他不再困扰于通常的怀疑和动摇，而坚信自己的想法是正确的。

即便现在，当极其繁复的数学推导已近尾声，当他一而再、再而三检查了推理过程后，他对自己的信心也并不强于在那条空荡荡的街道上灵光闪现的那一刻。

有时他试图厘清自己走过的路。从表面上看，一切似乎都很简单。

实验室进行的实验应该证实理论推测。然而，他们的情况并不是这样。实验结果与理论推测之间的矛盾，自然引发人们对实验精确性的质疑。这一理论是在许多研究人员几十年工作的基础上总结出来的，反过来又解释了许多新的实验结果，似乎是不可动摇的。但反复进行的实验一次又一次表明，带电粒子参与核相互作用时所发生的偏差始终与理论推测完全不一样。即便对实验的不精确程度、测量设备的误差和用于拍摄核爆炸的感光乳剂的缺陷做出最宽容的修正，都无法解释如此大的差异。

显而易见不能再怀疑实验结果了，于是施特鲁姆试图修正理论，在其中引入各种随意的假设，看能否使实验室获得的新实验材料与理论相符合。他所做的一切，出发点都是必须承认一条基本的、主要的原则：理论由实验而来，因此实验不能与理论相矛盾。为了在理论和新的实验之间建立联系，已经耗费了大量精力。但是，背离和放弃现有理论似乎是不可想象的，而对理论进行修修补补后，仍然无助于解释一批又一批新的、与理论相矛盾的实验数据。修补后的理论跟未经修补的理论一样，都无济于事。

就在那一刻，新的想法出现了！当兵的从元帅肩上撕下了金色肩章！

旧理论不再是基础的、根本的、包罗万象的整体。它并没有错，也不是荒诞不经的谬误，只不过应该作为局部解答被纳入一个新的理论……皇太后在新即位的女皇面前低下了高贵的头颅。这一切都发生在一瞬间。

当施特鲁姆回想新理论是如何在他头脑中产生时，又出乎意料地大吃一惊。

看来，将理论与实验相联系的简单逻辑并不存在。到这里，地上的脚印就结束了，他无法找到自己的来路。

以前，他总是认为，理论由实验而来，实验孕育了理论。在施特鲁姆看来，理论与新实验数据之间的矛盾自然会导致一种新的、更广泛的理论。

但令人奇怪的是，他确信，发生的一切完全没有遵循上述规律。当他不再试图将实验与理论相联系，或将理论与实验相联系时，他就成功了。

看来，新事物似乎不是来自实验，而是来自施特鲁姆的头脑。他极为清晰地意识到这一点。新事物是自由产生的。头脑诞生了理论。这一理论的逻辑和因果关系与马尔科夫在实验室进行的实验无关。这一理论似乎是在思想的自由嬉戏中自行产生的，而正是这种似乎脱离了实验的思想嬉戏，使解释大量新旧实验数据成为可能。

实验是使思想发挥作用的外部动力。但实验并不能决定思想的内容。

这实在令人吃惊……

他脑子里充满了各种数学关系、微分方程、概率规则、高等代数定律和数论。这些数学关系独自存在于虚无之中，存在于原子核和恒星的世界之外，存在于电磁场和引力场之外，存在于时空之外，存在于人类历史和地球地质史之外……但它们却存在于他头脑中……

与此同时，他头脑中还充满了另一些关系和定律——量子的相互作用、力场、决定核反应本质的常数、光的运动、时空的压缩和延伸，等等。还有一件令人惊奇的事——在理论物理学家的头脑中，物质世界的过程只是数学荒漠中产生的定律的反映。在施特鲁姆心目中，不是数学反映了世界，而是反过来：世界是微分方程的投影，是数学的反映……

与此同时，他头脑中还充满了计数器和仪表的读数，在照相乳胶和相纸上记录粒子运动和核反应运动的虚线……

与此同时，他头脑中还充满了树叶的飒飒声，月光，加牛奶的小米粥，炉火的呼呼声，旋律的片段，狗的吠叫，罗马元老院，苏联情报局战报，对奴隶制的仇恨，对南瓜子的喜爱……

于是乎，一个理论从一团混沌中产生，浮出水面，从那个没有数学、没有物理、没有物理实验室的实验、没有生活实践的深处浮现出来，那里没有意识，只有潜意识的可燃泥炭。

而与世界并无直接联系的数学逻辑，在物理理论的现实中得到反映和表达，得到体现，理论突然以精妙绝伦的精准与印在相纸上的复杂的虚线图案相吻合。

而那个经历了由这一切掀起的头脑风暴的人，注视着一组组微分方程，注视着证实了由他助产的真相的相纸，抽泣着，擦干流下幸福眼泪的双眼……

然而，如果没有那些不成功的实验，没有出现混乱、荒谬，他和索科洛夫还会尝试这样那样地订正和修补旧理论，继续在错误道路上走下去。

幸好，尽管他们一再尝试，混乱和荒谬却始终不肯乖乖消失。

然而，尽管新的解释是从头脑中诞生的，但它毕竟与马尔科夫的实验有关。这肯定没错——如果世界上没有原子核和原子，它们就不会存在于人脑中。是的，是的，如果没有出色的马尔科夫，没有机械师诺兹德林，没有优秀的玻璃吹制工匠佩图什科夫兄弟，没有国营莫斯科电站联合公司，没有冶金炉和纯试剂的生产，理论物理学家的头脑中就不会有能预测现实的数学。

施特鲁姆感到惊讶的是，他是在承受巨大悲伤时，在持续的忧郁令他寝食难安时，取得他最高的科学成就的。怎么会有这样的事？

为什么，就在那些令他兴奋、与他的工作无关的危险、大胆、尖锐的交谈之后，所有无法解决的事情突然在短时间内找到了解决办法？但是，这当然纯属巧合。

很难厘清这一切……

工作完成了，施特鲁姆很想跟谁谈谈——在此之前，他还没有考虑过要与哪些人分享他的想法。

他想见索科洛夫，写信给切佩任，他开始想象曼德尔施塔姆、约费、朗道、塔姆、库尔恰托夫将如何看待他的新方程组，科学院各部、处、实验室的同事会如何看待它们，列宁格勒的科学家们对它们会有什么样的印象。他开始考虑以什么名称发表论文。他开始琢磨伟大的丹麦人①会如何回应，费米会说什么。也许，爱因斯坦本人也会读到它，然后给作者写信说上几句。谁将对他的研究工作提出质疑，他的研究工作将帮助解决哪些问题？

他不想和妻子谈论自己的工作。以前，在寄出业务信件之前，他都会大声朗读

---

① 指尼尔斯·玻尔（1885—1962），丹麦物理学家，现代物理学的创建人之一。在金属理论、原子核和核反应理论方面有重要贡献，1922 年获诺贝尔物理学奖。

给柳德米拉听。当他在街上偶遇某个老相识时，他的第一个念头就是——柳德米拉一定会大吃一惊。与研究所所长争吵，说了些不中听的话后，他就想："得告诉柳德米拉，我是怎么收拾所长的。"他无法想象，去看电影、上剧院，身边却没有柳德米拉，无法对她耳语："老天，这乱七八糟的，都什么呀。"搅扰他内心平静的一切，他都与她分享；还在学生时代，他就对她说过："你知道吗，我承认自己是个白痴。"

他现在为什么对她保持沉默了？也许，当初觉得需要与她分享自己的生活，是因为他相信对她来说，他的生活比她自己的生活来得更重要，他的生活就是她的生活？但现在这种信心已经没有了。她不再爱他了？也许，是他不再爱她了？

但他还是把自己的研究告诉了妻子，尽管他并不想和她说话。

"你明白吗，"他说，"我有一种奇妙的感觉：无论现在发生什么事，无论我最后下场如何，我心里都很坦然——我没有虚度光阴。你明白吗，我现在头一回觉得死亡并不可怕，哪怕此刻就死也没关系，因为，我的研究终于开花结果了！"

他把桌子上写满潦草字迹的一张纸拿给她看。

"一点也不吹牛：这是对核能本质的全新看法，全新原理，对的，对的，这是打开许多紧闭大门的钥匙……而且，你明白吗，在小时候，不，不是的，但是你知道吗，这样的感觉，仿佛在平静的黑暗水面突然绽放出一朵白色睡莲，啊。天哪……"

"我很高兴，我很高兴，维佳。"她笑着说。

他看得出来，她在想自己的心事，并没有体会到他的喜悦和激动。

她也没有把这件事告诉她母亲和娜嘉，显然是忘记了。

晚上，施特鲁姆去了索科洛夫家。

他不仅想和索科洛夫谈谈他的研究，还想和他分享自己的感受。

温和的索科洛夫会理解他的，他不仅聪明，而且有一颗善良纯洁的心。

但同时，他又担心索科洛夫会责备他，会重提他当初垂头丧气的老话。索科洛夫喜欢分析别人的行为，啰里啰唆地教训人。

他很长时间没去索科洛夫家了。在这段时间里，索科洛夫家大概已经举行过两三次聚会了吧。突然，他脑海中闪过马季亚罗夫鼓鼓的眼睛。"贼胆大，这鬼家伙。"他想。奇怪的是，在这段时间里，他几乎一次也没想起过那些晚间聚会。即便现在，他也不愿想它。一想起那些聚会上的言谈，总有种说不清道不明的焦虑和恐惧，总觉得大祸即将临头。是的，为逗口舌之快，什么都敢说。乌鸦嘴似的聒噪，聒噪，但斯大林格勒不是守住了吗，德国人不是被挡住了吗？疏散的民众也开始返回莫斯科了。

稍早他曾对柳德米拉说，他现在不怕死，哪怕马上就死也不怕。可一想起自己那些尖锐批评的言论，却无比后怕。那个马季亚罗夫，简直毫无顾忌。想想都起鸡皮疙瘩。卡里莫夫的怀疑更吓人。万一马季亚罗夫真的是个眼线呢？

"是啊是啊，死并不可怕，"施特鲁姆想，"但现在我这个无产者，要失去的已经不仅仅是锁链了。"

索科洛夫穿着他的家常衣服坐在桌边看书。

"玛丽娅·伊万诺芙娜呢？"施特鲁姆惊讶地问，对自己的惊讶也感到惊讶。看到她不在家，他似乎怅然若失，好像他来索科洛夫家不是要和索科洛夫，而是要和玛丽娅探讨理论物理学。

索科洛夫把眼镜放进盒子里，微笑着说：

"玛丽娅·伊万诺芙娜非得老待在家里不可吗？"

于是，施特鲁姆开始向索科洛夫阐述他的想法，说明方程式的推导，时而期期艾艾，时而激动得语无伦次，时而咳嗽几声。

索科洛夫是第一个得知他的想法的人，因此施特鲁姆对发生的一切又有了一种全新的、特殊的感受。

"喏，就是这些。"施特鲁姆说，他的声音在颤抖，他能感觉到索科洛夫的兴奋。

沉默。施特鲁姆觉得这种寂静无比美妙。他低头坐着，皱着眉头，忧郁地摇着头。终于，他鼓起勇气飞快地瞥了索科洛夫一眼——彼得·拉夫伦季耶维奇眼里好像含着泪花。

在这场可怕的战争席卷整个世界的日子里，在这个寒碜的小房间里坐着的这两个人，跟生活在其他国家的一些人、生活在几百年前的一些人之间，有着一种神奇的联系：他们的纯洁思想，都渴望实现人类注定要完成的最崇高、最美好的事业。

施特鲁姆希望索科洛夫继续保持沉默。在这寂静中有某种神圣的东西……

他们就这样默不作声地坐了很久。最后索科洛夫走到施特鲁姆身边，一只手搭在他肩上，维克托·帕甫洛维奇觉得自己忍不住就要泪下。

索科洛夫说：

"完美，真是奇迹，多么优雅的完美。我衷心祝贺您。多么惊人的力量、逻辑、美感！您的结论甚至从美学角度看都完美无缺。"

而此时，激动不已的施特鲁姆心中想的却是："哦，我的天哪，天哪，这是维持生命的面包，与优雅有什么关系。"

"喏，您瞧，维克托·帕甫洛维奇，"索科洛夫说，"当初您灰心丧气，想把一切都推迟到回莫斯科再做，真是大错特错了。"接着，他用施特鲁姆无法忍受的牧师传道般的口吻说："您信心不足，耐心不足。这常常阻碍您……"

"对，对，"施特鲁姆急忙说，"我知道。我当时好像被逼到死胡同里，气都喘不过来了。"

索科洛夫开始高谈阔论，可是他现在所说的一切都让施特鲁姆不悦，尽管索科洛夫立刻明白了施特鲁姆研究工作的重要性，并给了它最高的评价。但对维克托·帕甫洛维奇来说，任何评价都显得刻板、平淡，无法让他高兴起来。

"您的研究有望取得重大成果。""有望"，多蠢的一个词！不用索科洛夫说，施特鲁姆也知道他的研究"有望"。而且，为什么是"有望"取得成果？他的研究就是成果，还"有望"什么。"采用了颇具独创性的解决方法。"可问题不在于独创性……是面包，面包，黑面包。

施特鲁姆故意说起实验室目前的工作。

"顺便说一句，我忘了告诉您，彼得·拉夫伦季耶维奇，我收到了乌拉尔的来信，说我们订的设备要推迟交货。"

"那样一来，"索科洛夫说，"等设备交付，我们已经在莫斯科了。这样也好。本来在喀山我们也不可能完成安装，反而会被指责耽误了课题计划完成。"

然后他啰里啰唆讲起了实验室的情况，讲起了课题计划的完成情况。虽说是施特鲁姆自己把话题转到研究所当前工作上的，但索科洛夫如此轻易就把主要的、如此重大的话题撇到一边，还是让施特鲁姆感到不快。

施特鲁姆此刻特别强烈地感到孤独。

索科洛夫真的不明白，刚刚谈论的话题比所里的一般性课题要重要得多吗？

这很可能是施特鲁姆科研生涯中最重要的科学发现。它影响到物理学家们的理论观念。索科洛夫显然从施特鲁姆脸上的表情意识到，他太心甘情愿、太轻易地谈起了日常事务。

"很有意思，"他说，"您用全新的方式证实了中子和重原子核是怎么回事，"他用手掌做了一个动作，模仿从陡峭的斜坡上快速平稳下滑的雪橇，"新设备正好就此派上用场。"

"是的，也许吧，"施特鲁姆说，"但我觉得这只是个局部特征。"

"嗯，您还别说，"索科洛夫说，"但这个局部特征其实很不局部，它涉及巨大的能量，您同意吧？"

"哎，随它去吧，"施特鲁姆说，"我觉得，这里的有趣之处在于，对微力本质的看法有所改变。这可能会令一些人振奋，避免在原地瞎兜圈子。"

"喏，他们当然会很振奋，"索科洛夫说，"就像运动员在别人而不是自己打破纪录时感到的振奋一样。"

施特鲁姆没接茬。索科洛夫的话牵涉到前不久在实验室里发生的一场争论。

在那场争论中，萨沃斯季亚诺夫坚称，科学家的工作类似于训练运动员——科学家要做多方面的准备，要刻苦训练，为解决科学问题而承受的压力与体育运动没有什么不同。二者都是要打破纪录。

施特鲁姆，尤其是索科洛夫对萨沃斯季亚诺夫的这番议论很不以为然。

索科洛夫甚至发表了长篇大论，称萨沃斯季亚诺夫为愤世嫉俗的小青年。索科洛夫的话给人的印象是，科学类似于宗教，在科研工作中表达了人类对神性的景仰。

施特鲁姆心里很清楚，在这场争论中他之所以生萨沃斯季亚诺夫的气，不仅是因为后者立论的错误。毕竟，他自己有时也感受到体育运动带来的喜悦、激动和嫉妒。

但他也知道，虚荣、嫉妒、狂热、破纪录的感觉、伴随体育运动而产生的兴奋，等等，并不是体育运动与科学的关系的本质，而只是表面。他生萨沃斯季亚诺夫的气，不仅因为他的正确，而且还因为他的错误。

他年纪轻轻时就对科学产生了诚挚感情，但他跟谁也没有说起过，包括妻子。他很高兴索科洛夫在与萨沃斯季亚诺夫的争论中正确地给予科学如此崇高的地位。

但为什么，索科洛夫突然要扯到科学家像运动员？他为什么这么说？而且恰恰是在对施特鲁姆来说最为特殊、最不寻常的时刻？

于是，既困惑不解，又感到被冒犯，他厉声质问索科洛夫：

"而您，彼得·拉夫伦季耶维奇，对于我们所谈论的东西，真的不感到高兴，只因创造纪录的不是您本人吗？"

索科洛夫此刻正在想，施特鲁姆找到的答案，这个极其简单、不言而喻的答案，其实早已存在于他索科洛夫的头脑中，由他索科洛夫来公之于世本来只是早晚的事。

索科洛夫说：

"是的，就像洛伦兹①不高兴是爱因斯坦，而不是他本人，改造了他的方程——洛伦兹变换一样。"

他承认得如此坦然，施特鲁姆不禁为自己起先的阴暗心理而汗颜。

---

① 亨德里克·安东·洛伦兹（1853—1928），近代卓越的理论物理学家、数学家，经典电子论的创立者。

但索科洛夫立即补充道：

"开玩笑，这当然是开玩笑。跟洛伦兹扯不上。我绝没有自比于洛伦兹的意思。但不管怎么说，我是对的，尽管我没有自比于洛伦兹的意思。"

"当然，您当然没这意思。"施特鲁姆说，但怒火依旧没有消退，他断定索科洛夫就是这意思。

"这人今天一点诚意也没有，"施特鲁姆想，"但他单纯得像个孩子，说的是不是真心话，一眼就能看穿。"

"彼得·拉夫伦季耶维奇，"他说，"星期六还照常聚会吗？"

索科洛夫的鼻翼厚得像个强盗，他扇了扇鼻翼，要说什么，但话到嘴边又咽了回去。

施特鲁姆疑惑地看着他。

索科洛夫说：

"维克托·帕甫洛维奇，你我之间私下说说，我已经对这种喝茶聊天不感兴趣了。"

现在轮到他询问似的望着施特鲁姆，但施特鲁姆一言不发，于是索科洛夫接着说：

"您想问——为什么？您自己也明白……这可不是开玩笑。一帮人信口开河，乱说一气。"

"可您并没有信口开河呀，"施特鲁姆说，"您大多数时间都一言不发。"

"喏，您知道问题在哪里。"

"那就上我家吧，我很高兴做东。"施特鲁姆说。

真闹不懂！他自己也虚头巴脑！为什么要说假话？为什么他表面上与索科洛夫争执，内心却同意他的看法？要知道他也害怕这些聚会，不想再掺和。

"干吗上您家？"索科洛夫问道，"问题不在这儿。坦白跟您说吧，我和我那位亲戚，那位主要发言人马季亚罗夫吵了一架，闹掰了。"

施特鲁姆好想问："彼得·拉夫伦季耶维奇，您确定马季亚罗夫靠得住吗？您能替他打保票吗？"

但他说出口的却是：

"这算怎么回事？您这是自寻烦恼，仿佛谁说了句稍微大胆点的话，国家就会土崩瓦解。很遗憾您和马季亚罗夫吵架了，我挺喜欢他。真的很喜欢！"

"国难当头，身为俄罗斯人却对国家说三道四，不妥当吧。"索科洛夫说。

施特鲁姆又好想问："彼得·拉夫伦季耶维奇，这不是闹着玩的，您确定马季亚罗夫不是告密者吗？"

但他没问，说出口的却是：

"要我说，现在情况恰恰有所好转。斯大林格勒的形势在往好的方面发展。您和我不是刚刚编好了返回莫斯科的人员名单嘛。而两个月前什么情况，您还记得吧？去乌拉尔、原始森林、哈萨克斯坦——脑子里想的不都是那些吗？"

"正因为如此，"索科洛夫说，"我才认为没有理由尽说丧气话。"

"说丧气话？"施特鲁姆追问。

"对，就是丧气话。"

"您这是怎么啦，真的，彼得·拉夫伦季耶维奇。"施特鲁姆说。

他向索科洛夫告别，心里有种茫然若失的苍凉感。

他被难以忍受的孤独感攫住。这天一大早他就烦躁不安，一心想着与索科洛夫的会面。他感到这次会面将具有特殊意义。可到头来，索科洛夫说的几乎每一句话在他看来都缺乏诚意、缺乏深度。

他自己也缺乏诚意。孤独感没有离他而去，反而愈加强烈。

他走到街上，门边传来一个温柔的女声。施特鲁姆听出了是谁。

路灯照亮了玛丽娅·伊万诺芙娜的脸，她的脸颊和前额沾染了雨水的潮气，微微闪烁。这位科学博士兼教授的夫人，身着旧外套，头上系着羊毛围巾，不啻战时疏散期间贫困的化身。

"像个公共汽车售票员。"他想。

"柳德米拉·尼古拉耶芙娜好吗？"她问，黑黑的眼睛凝视着施特鲁姆。

他摆摆手说：

"还不就那样。"

"明儿个我早点去您家。"她说。

"哦哦，您又当医生又当守护神，柳德米拉运气真好，"施特鲁姆说，"还好彼得·拉夫伦季耶维奇能容忍。他还是个孩子，没有您，一个小时都撑不下去，可您还老来看柳德米拉·尼古拉耶芙娜。"

她仍然若有所思地看着他，对他的话好像听明白了，又好像没有。她说：

"今天您的脸色很特别，维克托·帕甫洛维奇。遇到什么好事啦？"

"您为什么这样想？"

"您的眼神和往常不一样，"她突然说，"是研究工作有了进展吧？唔，您瞧，您曾经还以为巨大的悲痛使您无法再做研究了。"

"您是怎么知道的？"他问，心里一边想："唉，一帮长舌妇，莫非是柳德米拉告诉她的？"

"我的眼神怎么不对啦？"他问，想用嘲弄掩饰自己的气恼。

她顿了顿，掂量着他的话，然后，并不理会他的嘲讽语气，正色说道：

"您眼里总是饱含痛苦，但今天没有。"

他的话匣子突然打开了：

"玛丽娅·伊万诺芙娜，这一切是那么奇怪。要知道，我感到已经完成了毕生最重要的工作。要知道，科学是面包，是精神食粮。要知道，这件事的发生，是在如此痛苦、艰难的时刻。生活多么奇怪，多么混乱。哦，我真想……算了，说这些干吗……"

她听着，一直紧盯着他，轻声说道：

"要是我能把悲伤从您家驱走，该多好。"

"谢谢您，亲爱的玛丽娅·伊万诺芙娜。"施特鲁姆说，一边跟她道别。他突然冷静下来，仿佛出门本来就是来找她，并且说出了想对她说的话。

一分钟后，他已经忘记了索科洛夫一家，走在昏暗的街道上，寒气从一道道黑黢黢的大门底下渗出来，风在十字路口吹拂起他大衣的下摆。施特鲁姆耸了耸肩，蹙起眉头——难道妈妈永远、永远不会再了解到儿子现在从事的研究了吗？

7

施特鲁姆召集了实验室全班人马——物理学家马尔科夫、萨沃斯季亚诺夫、安娜·纳乌莫芙娜·魏斯帕皮尔、机械师诺兹德林、电工佩列佩利岑，告诉他们对设备缺陷的怀疑是没有根据的。正因为设备工作完好，测量结果非常精确，才保证了无论实验条件如何变化，结果都前后一致。

施特鲁姆和索科洛夫是理论家，而实验室的实验工作是由马尔科夫主持的。他拥有解决最复杂实验问题的惊人天赋，能够准确地把握任何复杂新设备的工作原理。

施特鲁姆特别佩服马尔科夫的自信。给他任何一个新装置，无须任何解释，他几分钟内就能掌握主要原理和微妙的细节。他似乎把物理设备视为活的机体，对他来说——给他一只猫，只要瞟上一眼，他就能轻而易举看清它的眼睛、尾巴、耳朵、爪子，感受到它的心跳，说出它身体内部的活动机制。

而目空一切的机械师诺兹德林，每当实验室要安装新设备，对精密程度要求之高不亚于给跳蚤穿靴子时，就成了实验室的风云人物。

金发小伙子、性情开朗的萨沃斯季亚诺夫谈到诺兹德林时，笑嘻嘻地说："等斯捷潘·斯捷潘诺维奇哪天翘了辫子，咱们把他那两只手送到大脑研究所去研究研究吧。"

但诺兹德林不喜欢开玩笑，他高高在上地对待自己的科学家同事，明白如果没有他这双强壮有力的工人的手，实验室的事情就玩不转。

萨沃斯季亚诺夫是实验室所有人的最爱，无论是理论问题还是实验问题，都可以放心地交给他，他可以像闹着玩似的，迅速而轻松地完成每一件任务。

即使在最阴沉的秋日，他一头小麦般浅黄的头发似乎也被阳光照得明晃晃的。施特鲁姆一边衷心赞赏萨沃斯季亚诺夫，一边想，他的头发之所以明亮，是因为他的头脑清晰、明亮。索科洛夫也很欣赏萨沃斯季亚诺夫。

"是啊，您和我都是学究气十足的书呆子，跟萨沃斯季亚诺夫没法比。他一个人身上就集中了您、我再加马尔科夫的所有长处。"施特鲁姆对索科洛夫说。

至于安娜·纳乌莫芙娜，实验室里几个调皮鬼送了她一个外号："老母鸡赛牛"，因为她具有超人的工作能力和耐心，有一次为了观察照相乳剂的变化，她居然盯着显微镜连续坐了十八个小时。

研究所好多部门的负责人都觉得施特鲁姆运气好，实验室员工找对了。施特鲁姆对此报以半开玩笑的回答："强将手下无弱兵嘛……"

"我们都苦恼过，担心过，"施特鲁姆说，"现在大伙儿终于可以一起开开心了。马尔科夫教授无可挑剔地完成了实验。当然，功劳也有机械组一部分，还有实验员们一部分，他们进行了大量观察，做了成百上千次计算。"

马尔科夫迅速咳嗽了几声，说：

"维克托·帕甫洛维奇，能不能尽可能详细说说您的观点。"

他压低声音补充道：

"我听说，科奇库洛夫在邻近领域的研究有望取得具体成果。我还听说，莫斯科出人意料地询问了他的研究结果。"

马尔科夫是个消息灵通人士。当初运送研究所员工的军列开往疏散地时，马尔科夫就时不时地在车厢里发布各种消息：列车被挡了道，要换车头，前面有食品供应站，等等。

胡子拉碴的萨沃斯季亚诺夫有点忧心忡忡：

"这回有了借口，恐怕我得把实验室所有酒精都喝光了。"

社会活动积极分子安娜·纳乌莫芙娜说：

"咱们真是够幸运的，要知道，在生产会议上、工会基层委员会上，都在指责我们，仿佛我们犯了什么弥天大罪。"

机械师诺兹德林一言不发，不时轻抚一下自己凹陷的脸颊。

年轻的电工佩列佩利岑只有一条腿。他的脸慢慢涨红了，一言不发，拐杖突然"咚"的一声掉在地板上。

一整天施特鲁姆都很开心。

早上，年轻的副所长皮缅诺夫和他通了电话，好话说了一箩筐。皮缅诺夫马上要乘飞机飞往莫斯科，为安排研究所所有部门返回莫斯科做最后的准备工作。

"维克托·帕甫洛维奇，"皮缅诺夫跟施特鲁姆道别，"咱们不久在莫斯科再见！我很高兴，非常荣幸您取得如此重大的科研成果是在我的任上。"

在实验室工作人员会议上，对施特鲁姆来说，一切皆大欢喜。

马尔科夫常常拿实验室的构成开玩笑，说：

"咱们实验室博士、教授有一个团，副博士和助理研究员有一个营，士兵却只有一个——诺兹德林！"这个玩笑暗含着人们对理论物理学家的不信任。"我们就像一座奇怪的倒金字塔，"马尔科夫解释道，"塔顶又宽又大，越往底部越窄。重心不稳，摇摇欲坠。我们需要更宽广的基础，需要一个团的诺兹德林。"

施特鲁姆作完报告后，马尔科夫说：

"是啊，瞧瞧您这一个团，瞧瞧您这金字塔。"

而宣扬搞科研类似于参加体育比赛的萨沃斯季亚诺夫，听完施特鲁姆的报告之后，目光变得出奇地好：幸福、和善。

施特鲁姆明白，此刻萨沃斯季亚诺夫看他，远非一个足球运动员看一位教练，而像一个信徒看一位使徒。

他回想起不久前与索科洛夫的交谈，回想起索科洛夫与萨沃斯季亚诺夫之间的争论，心想："也许我对核力的本质略知一二，但对人的本性，实在是一无所知。"

快下班时，安娜·纳乌莫芙娜走进施特鲁姆的办公室，对他说：

"维克托·帕甫洛维奇，新任的人事处长没把我列入回迁莫斯科的人员名单中。我刚刚查过名单。"

"我知道，知道，"施特鲁姆说，"没什么好担心的，回迁分两批进行，您随第二批走，也就晚几个星期。"

"但为什么我们团队中只有我一个没列入首批名单？我简直要疯了，实在受不了这种疏散生活。每天夜里我都会梦到莫斯科。再说了，怎么可以这样呢，你们在莫斯科开始安装新设备，却没我的份儿？"

"是的，是的，的确是这样。但您看，名单已经批了，很难再改。磁学实验室的斯韦钦也为鲍里斯·伊兹赖列维奇的事找过人事处，他的情况跟您一样，结果还是不行，改不了。您再耐心等等吧。"

他突然涨红了脸，大声说：

"鬼知道他们在想些什么，把一大堆不需要的人塞进名单中，而像您这样急需参加基础安装的人，却莫名其妙地给遗漏。"

"我不是被遗漏的，"安娜·纳乌莫芙娜说，眼里噙满泪水，"我的情况比遗漏还要糟……"

安娜·纳乌莫芙娜飞快地瞥了眼半开半闭的门，目光有点奇怪，好像在害怕什么。她说：

"维克托·帕甫洛维奇，不知何故，从名单上划掉的全是犹太姓氏。人事处女秘书丽玛告诉我，在乌法，在乌克兰科学院的回迁名单中，几乎所有犹太人都被划掉了，只有几个有科学博士头衔的犹太人侥幸留下。"

施特鲁姆半张着嘴，不知所措地盯着她看了好一会儿，突然哈哈大笑：

"您疯了吗，亲爱的？谢天谢地，我们可没生活在沙皇俄国。您这是患了小镇自卑综合征吧，拜托，别再胡思乱想了！"

8

友谊！同一个字眼，却有多少迥然各异的含义！

有工作中的友谊，有革命活动中的友谊，长途旅行中的友谊，士兵之间的友谊，看守所中短期羁押犯人之间的友谊——犯人从相识到分手可能只有两三天，但这两三天的记忆多年后还栩栩如生。有欢乐中的友谊，悲伤中的友谊。有平等的友谊，不平等的友谊。

什么是友谊？友谊的本质是否只存在于共同的工作和命运中？要知道，有时同一个党派的成员，其观点仅有细微的差别，而他们之间的仇恨，却远超对党的敌人的仇恨。有时，并肩走上战场的人，彼此间的仇恨却远超对共同敌人的仇恨。要知道，有时囚犯之间的仇恨远超过对狱卒的仇恨。

当然，在有着共同命运、相同职业、相近思想的人中，遇到朋友的机会更大，但尽管如此，仍然不能过早下结论说，这类共性就预示着友谊。

要知道，如果两个人都厌恶自己的职业，这两个人也有可能成为朋友，有的还的确成了朋友。毕竟，不仅战斗英雄和劳动英雄能成为朋友，逃兵和怠工者也能成为朋友。然而，无论是这样还是那样的友谊，其基础都是某种共性。

两个性格截然相反的人可以成为朋友吗？当然可以！

有时，友谊是一条无私的纽带。

友谊有时是自我中心的，有时是自我牺牲的，但令人惊讶的是，自我中心的友谊往往会无私地给对方带来好处，而自我牺牲的友谊却建立在自我中心上。

友谊是一面镜子，人在这面镜子中看到自己。有时，与朋友交谈时，您会认出自己——您仿佛在与自己交谈，与自己沟通。

友谊是平等和相近。但同时，友谊也是不平等和相异。

友谊是务实的、讲究实效的，是在共同的劳动中，在为生活、为一块面包而进行的共同奋斗中形成的。

有共享崇高理想的友谊，清谈家们哲人似的友谊，工作性质不同、工作地点各异的人们一起探讨生活意义而结成的友谊。

也许，最高的友谊是把讲究实效的友谊、工作和斗争的友谊、清谈家的友谊融为一体的友谊。

朋友总是需要彼此，但朋友从友谊中获得的东西并不总是对等的。朋友希望从友谊中获得的东西也并不总是一样。有人交友后，给予对方经验；而另一个人交友后，丰富了经验。一个人在帮助一个弱小的、缺乏经验的年轻朋友的过程中认识到自己的力量和成熟；另一个人，弱小的一个，在朋友身上看到自己的理想——力量、经验、成熟。就这样，一个人在友谊中给予，另一个人在友谊中欣喜地获取。

常常会有这样的情况，朋友好像无言的受体，借助于它，人与自己交流，在自身和自己的思想中寻找乐趣，这些思想在朋友的心灵中引起共鸣，得到反映，从而形成听得着、看得见的具象。

理性的、清谈的、哲人的友谊，通常需要人们观点一致，但这种一致也许并不是包罗万象的。有时友谊体现在争执中，体现在朋友的分歧中。

如果朋友什么都一样，如果朋友就是彼此的镜像，那么与朋友争吵就是与自己争吵。

朋友是那个为你的弱点、缺点甚至恶行辩护的人，他肯定你的正直、才华和功绩。

朋友是那个因为爱你而揭露你的弱点、缺点和恶行的人。

因此，友谊以相似性为基础，却表现在差异、矛盾和相异上。因此，人在友谊中自私地寻求从朋友那里得到他缺乏的东西。因此，人在友谊中慷慨地向朋友奉献他拥有的东西。

对友谊的渴望是与生俱来的，不善于与人交朋友的人，就与动物交朋友——

狗、马、猫、老鼠、蜘蛛，都可以。

绝对强大的存在不需要友谊，显然，只有上帝才是这样的存在。

真正的友谊不取决于你的朋友是当朝天子，还是阶下囚，真正的友谊看重的是人的内在品质，而对一时的荣耀、表面的煊赫漠然置之。

友谊的形式多种多样，内容千变万化，但友谊有一个基础是不可动摇的——那就是坚信朋友不会变心，对朋友永不变心。因此，当一个人守安息日时，友谊就显得格外美好。当朋友和友谊以最高利益的名义被送上祭坛时，当一个被宣布为最高理想的敌人、失去了几乎所有朋友的人坚信他不会失去唯一剩下的最后一个朋友时，友谊就显得格外美好。

9

到家后，施特鲁姆看到衣架上挂着一件熟悉的外套，知道是卡里莫夫在等他。

卡里莫夫放下报纸，施特鲁姆心想，柳德米拉·尼古拉耶芙娜显然没打算陪客人说说话。

卡里莫夫说：

"我从一个集体农庄过来，刚刚在那里作了个演讲。"他又补充说："您别操心，农庄招待得不错，咱们的乡下同胞还是很好客的。"

施特鲁姆发现，柳德米拉·尼古拉耶芙娜甚至没问问卡里莫夫要不要喝茶。

只有仔细端详卡里莫夫那张宽鼻子、布满皱纹的脸，施特鲁姆才能勉强找到他与一般俄罗斯人、斯拉夫人的细微差别。当他突然一转脸时，一瞬间所有这些细微的差别便彰显出来，于是他的脸变成了蒙古人的脸。

靠同样的观察，有时在街上，施特鲁姆能判断出有些金发、眼睛明亮、鼻子上翘的人实际上是犹太人。这些人身上的犹太痕迹几乎难以察觉——有时是一个微笑，有时是惊讶地皱起眉头或眯起眼睛的方式，有时是耸肩的姿势。

卡里莫夫说起他与一位中尉会面的情况，这位中尉受伤后，回到了村里他父母身边。显然，卡里莫夫来找施特鲁姆就是为了说中尉的事。

"是个好小伙子，"卡里莫夫说，"他告诉了我所有情况，毫无隐瞒。"

"用鞑靼语？"施特鲁姆问道。

"当然。"卡里莫夫说。

施特鲁姆心想，如果他遇到这样一个受伤的中尉，假定是犹太人，他是没法跟人家说希伯来语的；他会的希伯来单词充其量十来个，而且都是半开玩笑地跟人打招呼用的，比如"бекицер①""халоймес②"。

1941 年秋天，中尉在刻赤附近被俘。有一次，德国人派他去收割积雪覆盖的庄稼，打算用来喂马。中尉抓住时机，在冬日的暮色中逃之夭夭。俄罗斯族和鞑靼族老百姓收留了他。

"现在我对见到妻子和女儿充满希望，"卡里莫夫说，"德国人原来和我们一样，也得使用各种各样的票证。中尉说，许多克里米亚鞑靼人逃进了山里，虽然德国人并没有拿他们怎样。"

"有一次，还在读大学时，我爬过克里米亚山脉，"施特鲁姆说，回想起母亲如何寄钱给他，资助那次旅行，"您的中尉见到过犹太人吗？"

柳德米拉·尼古拉耶芙娜在门口往屋里张望了一下，说：

"妈妈这么晚还没回来，我有点担心。"

"是啊，是啊，她上哪儿去了呀？"施特鲁姆心不在焉地说。等柳德米拉·尼古拉耶芙娜关上门，他又问："犹太人的情况，中尉都说了些什么？"

"他看到德国人把一家犹太人赶去枪毙了，一个老太太，两个女孩。"

"天哪！"施特鲁姆说。

"是啊，此外，他还听说波兰有几处集中营，犹太人被运到那里，被杀掉，尸体被肢解，就像在屠宰场一样。但这也许是编出来的。我特意向他问起犹太人的事，知道您对此很关心。"

"为什么只有我关心？"施特鲁姆想，"难道其他人都不关心吗？"

卡里莫夫想了想，又说：

"对，我差点忘记了，他还告诉我，好像德国人命令将还在哺乳期的犹太婴儿送到卫戍司令部，在那里，在婴儿嘴唇上抹一种无色的液体，婴儿立刻就死了。"

"新生儿吗？"施特鲁姆问道。

"我觉得，这跟在集中营里肢解尸体的说法一样，可能也是编出来的。"

施特鲁姆在屋子里踱着步，说：

"真无法想象，在我们的时代会发生残杀新生儿的事！文明的所有努力似乎都白费了。瞧瞧，歌德，巴赫，都教了他们些什么？居然杀新生儿！"

"是啊，太可怕了。"卡里莫夫说。

施特鲁姆看得出来，卡里莫夫很同情犹太人的遭遇。但他也看得出来，卡里莫夫听了中尉的故事后十分激动、兴奋，觉得与妻女重逢大有希望。施特鲁姆却知

---

① "面包师"。

② "你好"。

道，胜利后他再也见不到自己的母亲了。

卡里莫夫起身告辞，施特鲁姆舍不得就此分手，于是提议送他一段。

"您知道吗，"施特鲁姆突然说，"身为苏联科学家，我们其实挺幸运。一个正直的德国物理学家或化学家，如果知道自己的科学发现对希特勒有好处，该作何感想？设想一下，一个犹太物理学家，亲人像疯狗一样被屠杀，在完成自己的科学发现那一刻，会高兴吗，眼见他的发现违背他的意愿，为法西斯主义增添了军事力量？他一切都看在眼里，心里明镜似的，但又不能不为自己的发现而感到高兴。多可怕！"

"对对，"卡里莫夫说，"但一个心智健全的人又绝不能强迫自己不去思考。"

他们走到街上，卡里莫夫说：

"您来送我，真不好意思。天气这么糟，您刚到家又出来。"

"没什么，没什么，"施特鲁姆回答道，"我只送您到拐角。"

他看了眼同伴的脸，说道：

"很高兴和您一起在街上走走，天气不好也没关系。"

卡里莫夫一言不发地走着，施特鲁姆觉得他陷入了沉思，没听到自己刚刚说的话。到了拐角处，施特鲁姆停下步子，说道：

"好了，我们就在这里说再见吧。"

卡里莫夫紧紧握了握他的手，拖长声调说道：

"很快您就要返回莫斯科，我跟您不得不分手了。我非常珍惜我们的几次会面。"

"是的，是的，是的，相信我，我也很难过。"施特鲁姆说。

施特鲁姆朝家里走去，没注意到有人招呼他。

是马季亚罗夫，他一双忧郁的眼睛看着施特鲁姆，大衣领子翻了起来。

"怎么回事啊，"他问，"我们的聚会就这么散了？您踪影全无，彼得·拉夫伦季耶维奇又跟我怄气。"

"是的，当然，挺遗憾的，"施特鲁姆说，"但我们一时冲动，说过很多蠢话。"

马季亚罗夫说：

"谁会在意一时冲动说的话啊！"

他把脸凑近施特鲁姆，那双睁得大大的忧郁的大眼睛显得更加忧郁，他说：

"停止聚会倒也是件好事。"

施特鲁姆问道："为什么？"

马季亚罗夫喘着粗气说：

"我得告诉您，卡里莫夫这个老家伙，在我看来，是有任务在身的。您明白吗？

而且，您跟他好像经常见面。"

"胡说八道，我才不信呢！"施特鲁姆说。

"您有没有想过——他所有的朋友，以及他朋友的朋友，十年来一个个全化为尘土，他周围所有人都影踪全无，只有他一个人活了下来，并且活得挺滋润，还当上了科学博士。"

"那又怎样？"施特鲁姆问道，"我也是科学博士，您也是呀。"

"对啊，问题就在这儿。您想想这奇怪的命运吧。我想，先生您也不是小孩子了。"

10

"维佳，妈妈刚刚才回来。"柳德米拉·尼古拉耶芙娜说。

亚历山德拉·弗拉基米罗芙娜坐在桌前，头巾在肩上随意披着。她把茶杯往跟前挪了挪，马上又推开，说道：

"是这么回事，我刚刚碰到一个人，他在战前见过德米特里。"

她心情很激动，因此特意用极其平静的语调，有条不紊地解释说，她有个女同事是车间的化验员，这位同事告诉她，最近邻居家里来了个老乡，准备住几天。同事在客人面前偶然提起了亚历山德拉·弗拉基米罗芙娜的姓氏沙波什尼科夫，于是客人问，亚历山德拉·弗拉基米罗芙娜是不是有一个叫德米特里的亲戚。

亚历山德拉·弗拉基米罗芙娜下班后去了女化验员家。原来，客人最近刚从劳改营里放出来，他以前是个校对员，坐了七年牢，起因是在一份报纸的社论中，排字工人把"斯大林"错排成"斯达林"，而他没发现这个错误。战争前夕，他因破坏纪律而从科米自治共和国的一个劳改营转押到远东，关在湖泊区劳改营系统下面的一个特别劳改营里，正是在那里，他碰到一位姓沙波什尼科夫的犯人，住在同一座棚屋。

"他一开口，我就知道肯定是德米特里。他说：'他躺在板床上，不停地吹口哨——"小黄雀、斑海雀，你去哪儿了……"'就在被捕之前，德米特里来找过我，他对我所有的问题咧嘴一笑，只管吹口哨'小黄雀'……那位客人今晚要乘卡车去莱舍沃，他的家人住在那里。他说德米特里病了，是坏血病，心脏也不好。他说德米特里不相信自己能获释。德米特里跟他说起过我，说起过谢廖扎。德米特里在厨房工作，在劳改营里那可是份很不错的差事。"

"是啊，要干好，得拥有两所大学的毕业证。"施特鲁姆说。

"小心别上当啊，万一是派来卧底的呢？"柳德米拉说。

"谁要卧我一个老太婆的底啊？"

"但有人对在重要机构工作的维克托感兴趣呀。"

"得了，柳德米拉，别胡扯了。"维克托·帕甫洛维奇恼怒地说。

"这人有没有解释，为什么把他给放了？"娜嘉问道。

"他的话简直匪夷所思。我感觉，那是另一个巨大的世界，那里的一切，我们普通人是无法理解的。他仿佛来自另一个国度，那里有自己的风俗习惯，有自己的中世纪史和新世纪史，有自己的谚语……

"我问他，为什么把他给放了。他惊讶地说，怎么，您不知道吗，我属于那种老弱病残，不放不行的犯人啊！我还是一头雾水。原来，不问缘由就放出来的，都是所谓'耷火加嘎'——奄奄一息的人。劳改营里也分等级，有干苦力的，有干轻活儿的，还有坏了黑道规矩的'狗杂种'……我问他，1937年有成千上万人被判处'十年无通信权'，这种判决是怎么回事？他说他待过几十个劳改营，从来没碰到过一个接受这种判决的人。这些人结局如何？他说不知道，反正他待过的劳改营里没见到过。

"伐木，超期服刑，特别移民……他说的情况让我喘不过气来。德米特里就生活在那样一个地方，谈吐中也用那些字眼——'耷火加嘎'，干轻活儿的，'狗杂种'……那人还说到犯人自杀的一种方法——在科雷马①的沼泽地，犯人拒绝进食，一连几天只喝生水，最后死于水肿。他们管这种自杀方法叫'饮水法'。于是德米特里也开始喝水，拼命喝水，不顾心脏本来就有毛病。"

她看到施特鲁姆脸上的紧张和痛苦表情，看到女儿紧皱的眉毛。

她激动不已，感觉脑袋发烫，口干舌燥，但还是接着往下讲：

"他说，押解途中和军列上，比劳改营更可怕。刑事犯为所欲为，抢走政治犯的衣服、食品，打扑克时拿政治犯的生命当赌注，输家直接拿刀子杀人，被害者死到临头都不知道丢掉性命是为了区区一把扑克牌。更糟糕的是，劳改营里大大小小的头目都由刑事犯担任，棚屋领班、伐木队长都是他们，政治犯只有乖乖听话的份儿。刑事犯对政治犯直呼'你'，而德米特里在他们口中却成了法西斯分子。"

亚历山德拉·弗拉基米罗芙娜提高了嗓门，仿佛要向广大民众呼吁：

"后来，那人从德米特里待的劳改营转到了瑟克特夫卡尔，而就在战争头一年，一个从中央派来的叫卡什金的人来到德米特里待的那一片劳改营，组织了对上万

---

① 科雷马是苏联远东地区的一个区，曾有劳改营。

名犯人的处决。"

"哦，我的天哪，"柳德米拉·尼古拉耶芙娜说，"我想知道，这么可怕的事，斯大林知情吗？"

"哦，我的天哪，"娜嘉气恼地模仿母亲的语气，"难道您真的不知道？下令杀害那些人的就是斯大林。"

"娜嘉，"施特鲁姆一声断喝，"住嘴！"

一个人若被旁人识破自己内心的虚弱，往往会恼羞成怒，施特鲁姆此刻也不能免俗。他朝娜嘉大喊：

"你别忘了，斯大林是红军的最高统帅，而红军正在同法西斯浴血奋战！你奶奶直到生命的最后一刻还把希望寄托在斯大林身上。我们所有人之所以还能活下来，还能自由呼吸，全仗着斯大林和红军的庇护……你这毛丫头，先学会自己擦鼻涕，再来评判斯大林吧！在斯大林格勒挡住法西斯分子的，正是斯大林。"

"斯大林稳坐莫斯科，真正在斯大林格勒阻挡敌人的，你很清楚是谁。"娜嘉说，"你是揣着明白装糊涂吧，每次从索科洛夫家回来，你说的还不就是我刚才说的那些话……"

对娜嘉的一股新怨气蓦地涌上心头，他觉得这股怨气是如此强烈，恐怕一辈子也消解不了了。

"从索科洛夫家回来，我根本没说过这类话，别胡编乱造好不好。"他说。

柳德米拉·尼古拉耶芙娜说：

"眼下苏联的年轻人正在战场上为国捐躯，咱们就别再提那些可怕的事情了吧！"

但就在这时，父亲心中不足为外人道的懦弱，却被娜嘉一语道破。

"啊，当然，你什么也没说过。"她说，"尤其是现在，你的研究大有进展，而德国人又被挡在了斯大林格勒……"

"简直太过分了！"施特鲁姆说，"你怎敢怀疑你爸的为人！柳德米拉，你听到她说什么了吗？"

他期待妻子帮他说话，但柳德米拉·尼古拉耶芙娜另有想法。

"何必大惊小怪，"她说，"你跟你那个卡里莫夫，还有那个惹人烦的马季亚罗夫，你们说的那些话，她听得还少吗？玛丽娅·伊万诺芙娜对我说过你们聚会的谈话内容。再说了，你自个儿在家里说得也够多的。唉，我只盼早点回到莫斯科。"

"够了，"施特鲁姆说，"我早料到，这些话在你肚子里憋了好长时间，现在好了吧，总算一吐为快了。"

娜嘉不再吭声，脸变得像个老太婆，形容枯槁、丑陋不堪。她扭转身子不理父亲，但父亲刹那间还是捕捉到了女儿的目光，里面满含的憎恨不禁使他大吃一惊。

气氛变得十分沉重，让人透不过气来。长年累月生活在一起，几乎每个家庭都会有一些积怨，平时深藏不露，偶尔冒个头，通常很快就被亲情和信赖平息下去，如今却突然爆发，充斥了整个生活，仿佛父亲、母亲和女儿之间唯有误解、猜疑、憎恨和责难。

难道他们的共同命运所导致的，只有敌意和疏远？

"姥姥！"娜嘉喊了一声。

施特鲁姆和柳德米拉不约而同朝亚历山德拉·弗拉基米罗芙娜望去，只见她手捧额头坐在那里，仿佛在强忍难以忍受的头痛。

她的凄楚和无助无法形容，似乎谁也不需要她，谁也不需要她的痛苦，她和她的痛苦似乎只会妨碍他人、刺激他人，只会引起家庭不睦。这个一辈子刚强有力的女人，此刻却显得如此衰老，如此孤苦伶仃，如此柔弱无力。

突然，娜嘉跪倒在亚历山德拉·弗拉基米罗芙娜跟前，额头紧贴在她腿上，喃喃地说：

"姥姥，好姥姥，我亲爱的……"

施特鲁姆走到墙壁前，打开收音机。纸板扬声器发出沙哑的呼啸声和吱吱声，给人的感觉，好像收音机正在播送秋夜的恶劣天气，他眼前仿佛出现了被凄风苦雨笼罩的前沿阵地、被烧毁的村庄、士兵的墓地、科雷马和沃尔库塔[①]、野战机场、被冰冷的雨雪浸透的医疗所帆布篷顶。

施特鲁姆看了一眼妻子拉得长长的脸，走到亚历山德拉·弗拉基米罗芙娜跟前，握住她的双手亲吻。随后，他弯下腰，抚摸着娜嘉的头。

在这短暂的工夫，一切似乎都没改变，屋子里依然是这几个人，压在他们心头的依然是那些苦难，主宰他们的依然是同一个命运。但只有他们自己知道，在这短短的几秒钟里，他们那似乎已经变冷变硬的心里，突然充溢着多么美好的温情……

蓦地，一个洪亮的声音在房间里响起：

"今天，我军在斯大林格勒地区、图阿普谢东北地区和纳尔奇克地区同敌人交战。其他战线暂无变化。"

---

① 沃尔库塔是苏联科米自治共和国的一个煤矿小城，曾有劳改营。

11

彼得·巴赫中尉肩膀受伤，住进了军医院。伤势不重，战友们把巴赫送上救护车，祝他一切顺利。

巴赫在卫生员搀扶下去洗盆浴，虽然伤口痛得厉害，他心情还是大好。泡在热乎乎的水里，别提有多惬意了。

"比战壕里舒服多了？"卫生员问，他想让伤员高兴，于是又补充一句："等您出院时，那边大概已经太平无事了。"

卫生员朝不时传来一阵阵枪炮声的方向挥了下手。

"您刚来不久吧？"巴赫问。

卫生员一边用海绵帮中尉擦背，一边回答：

"为什么您断定我刚来不久？"

"那边没有一个人认为战事会很快结束。那边所有人都认为战事不会很快结束。"

卫生员瞅了瞅澡盆里军官的赤裸身体。巴赫突然想起：军医院的工作人员都有规定，必须向上面报告伤员的情绪，而自己的话里却流露出对德军实力的不信任。巴赫一字一顿地重复道：

"是的，卫生员，战争如何结束，眼下谁也不知道。"

为什么他故意重复这句可能惹火烧身的话？只有生活在极权主义帝国的人才能理解他的动机。他重复这句话，是因为对自己感到恶心，恶心自己起先说了这句话后竟然会害怕。他重复这句话还有个目的，就是为保护自己而佯装满不在乎，迷惑可能打小报告的对手。

接着，为了消除自己那番话可能造成的有害印象，他又说：

"我们在这里集结的兵力，大概从战争爆发以来还未曾有过。相信我的话吧，卫生员。"

立刻他又对这种耍小聪明的无聊把戏感到厌烦，于是玩起了孩提时的游戏：用手掌挤压温热的肥皂水，忽而射到澡盆边沿，忽而射到巴赫自己脸上。

"火焰喷射器就是这个原理。"他对卫生员说。

他瘦得不成样子了！他端详着自己裸露的胳膊和胸脯，一边回想起两天前亲吻过他的那个俄罗斯少妇。做梦也想不到，他居然会在斯大林格勒跟一个俄罗斯女人闹出风流韵事？说实在的，其实连风流韵事都说不上。战时邂逅罢了。在一个不寻常的离奇场合，他们在地下室偶然相遇，他穿过废墟朝她走去，周围是爆炸的火光。小说里对这类邂逅多有精彩描写。昨天他本该去找她的。她大概以为他已经阵亡了。出院后，他还要去找她。他暗自好奇，他的位置会被谁填上？大自然不会让任何位置白白空着的……

刚洗完澡，他就被送进 X 光室，医生让巴赫站到 X 光机屏幕前。

"那边挺难熬吧，中尉？"

"俄国人比我们更难熬。"巴赫答道，他想讨医生喜欢，好诊断得准确些，让手术顺利点，少受点苦。

进来个外科医生。两个医生一起看了看巴赫的内脏，他胸腔里的陈年钙化阴影清晰可见。

外科医生抓起巴赫的一只胳膊，转来转去，一会儿贴近屏幕，一会儿挪得远些。医生感兴趣的只是弹片造成的伤口，至于伤口的主人是个受过高等教育的年轻人，那纯属偶然。

两位医生开始交谈，不时插进几个拉丁词和开玩笑的德国粗话。于是巴赫明白，情况不算太糟，他的胳膊应该能保住了。

"准备给中尉动手术。"外科医生说，"我得先去看一个复杂病例——脑颅部位重伤。"

卫生员脱掉巴赫的病号服，外科护士叫他坐到凳子上。

"真见鬼，"巴赫说，可怜巴巴地笑了笑，对自己赤身露体很不好意思，"小姐，您不能先把凳子焐暖些，再让斯大林格勒战役的参加者光屁股坐上去吗？"

她板着脸回答：

"病人，我们没有这种义务。"话毕，她从一个玻璃柜里一件件往外取外科器械，巴赫看着这些器械的形状，不禁毛骨悚然。

但取弹片的手术极为轻松，很快就完成了。巴赫觉得挺委屈，感到医生瞧不起这种简单手术，顺带着连巴赫也瞧不起了。

外科护士问巴赫，要不要送他回病房。

"我自己走过去好了。"他答道。

"您不会在我们这儿待太久的，"她用安慰的口吻说。

"那太好了，"他回答说，"我已经开始觉得无聊了。"

她微微一笑。

显然，护士对伤员的印象，是读报刊通讯得来的。作家和记者在通讯中描写的伤员，个个都迫不及待要从医院偷偷溜回部队，他们必须盯着敌人不停地射击，否则生活就不成其为生活。

也许，记者在医院里确实见到过这类人，但巴赫躺在铺着干净床单的病床上，喝完一盆米粥，深深吸进一口雪茄（病房里严禁抽烟），同邻床开始聊天时，他唯一感受到的，只有恬不知耻的怡然自得。

他的病房里共有四个病人，三个是在前线作战的军官，还有一个是个胸脯凹陷、肚子隆起的文职人员。文职人员从后方来前线出差，在古姆拉克地区遭遇了车祸。他双手搁在肚子上，仰面朝天躺着，远远一看，仿佛有人恶作剧，把一只足球塞到了这位瘦瘦的大叔被子底下。

想必就因为这个缘故，伤员们送了他个外号"守门员"。

几位病友中，只有守门员哀叹因为受伤而不能报效国家。他老是慷慨激昂地大谈祖国、军人、天职，为自己在斯大林格勒受伤而深感自豪。

为民族流过血的前线军官们对他的爱国主义嗤之以鼻。军官中有位侦察连长叫克拉普，他脸色苍白，嘴唇厚厚的，长着一对鼓鼓的褐色眼睛，因臀部受伤只能趴着躺。他对守门员说：

"看来您这种守门员不仅把球往外挡，还往球门里拨拉。"

侦察连长是个色情狂，一开口就往性交上扯。

"守门员"想反讽一下嘲笑他的人，便问道：

"您怎么没晒黑？大概成天坐办公室，挺惬意吧？"

但克拉普并不是坐办公室的。

"我是个夜猫子，"他说，"行猎都在夜间。我跟您不同，跟娘儿们睡觉在白天。"

病号们在病房里痛骂那些天一擦黑就驱车从柏林溜回别墅的达官贵人，痛骂那些得勋章比前线打仗的将士还容易的军需官，说起前线军官的家属如何住房被炸毁，痛骂后勤机关那些勾引士兵老婆的纨绔子弟，痛骂只卖香水和刮脸刀片的前线小卖部。

巴赫的邻床是格尔内中尉。巴赫原以为格尔内是贵族出身，后来才知道，格尔内原先是个农民，是被国家社会主义变革浪潮推上风口浪尖的人物之一。他官至团副参谋长，在一次夜间空袭中被弹片击中。

"守门员"被抬走动手术，躺在角落里的弗雷塞上尉——一个老实憨厚的人——开口说道：

"从 1939 年起我就成天在枪炮底下过日子，可我从来没有大喊大叫什么爱国主义。国家管我吃，管我喝，管我穿，我就替国家打仗。没什么哲学可言。"

巴赫说：

"不，怎么会没有！前线将士嘲笑'守门员'的虚伪，这里边就有哲学。"

"是这样吗？"格尔内说，"很有意思，那么，这是哪门子哲学呢？"

格尔内目光中不怀好意的神色，巴赫见得多了。他意识到此人多半对希特勒上台前的知识分子心怀怨怼。类似言论巴赫读过不少，听过不少，什么旧知识分子向往美国的金融寡头政治啦，什么旧知识分子暗中同情犹太教法典、犹太精神，欣赏绘画和文学作品中的犹太风格啦，等等。他怒火中烧。就在现在，他已经甘愿在新贵们的蛮横势力面前低头了，他们为何还要用恶狼般的目光盯着他，眼里充满猜疑？难道他没有像他们一样喂过虱子、挨过冻吗？他，一个前线军官，却不被看作真正的德国人！巴赫闭上眼睛，转过身子面对墙壁。

　　"您这人说话怎么这么歹毒？"他在心里气呼呼地嘟哝。

　　格尔内会不屑地冷笑一声，语气中充满优越感：

　　"您好像不明白？"

　　"我对您说了，我就是不明白。"巴赫愤愤然答道，接着又会补充说："但我猜到了您的意思。"

　　格尔内一听，当然，会大笑起来。

　　"啊哈，您的意思是，口是心非？"巴赫叫道。

　　"正是，正是！口是心非。"格尔内很开心。

　　"精神阳痿？"

　　这时弗雷塞会哈哈大笑。克拉普会用胳膊肘支起身子，盯着巴赫，目光说不出地下流。

　　"败类。"巴赫会用雷鸣般的声音大喊，"这两位的思维已经越过人类底线，而您，格尔内，还处于从猿到人的半道上……来，让我们正儿八经聊聊吧。"

　　他气得浑身发冷，闭着的眼睛眯得更紧。

　　"你们就鸡毛蒜皮的某件小事写了本破小册子，然后就自以为有权利藐视为德国科学奠定基础、造起围墙的大师。你们写了部蹩脚中篇，然后就自以为可以随意诋毁德国文学的名声。难道你们以为，科学和艺术是衙门之类的机构，老一辈的官员会一直压在你们头上，阻碍你们升迁吗？你们觉得有人在排挤你们和你们的垃圾作品，科赫[①]、能斯脱[②]、普朗克、凯勒曼[③]……挡了你们的道。但是，科学和艺术不是衙门，而是广阔天空下的帕尔纳索斯山[④]，那里永远有足够的空间，容得下

---

① 罗伯特·科赫（1843—1910），德国微生物学家，现代细菌学和流行病学奠基人之一，1905年获诺贝尔奖。

② 瓦尔特·能斯脱（1864—1941），德国物理化学家，现代物理化学创立者之一，1920年获诺贝尔奖。

③ 伯恩哈德·凯勒曼（1879—1951），德国现实主义作家，著有反对军国主义的《11月9日》（1920）和反对法西斯的《死神的舞蹈》（1948）等作品。

④ 帕尔纳索斯山是希腊神话中阿波罗和文艺女神缪斯居住的地方。

人类历史长河中出现的所有天才，唯独没有你们和你们那些垃圾作品的位置。不是没地方，而是你们不配在那里有一席之地。你们拼命把场子打扫干净，但你们那些内容贫乏、充气不足的气球并不会因此而多上升一米。你们摈弃了爱因斯坦，却无法取代他的位置。是的，是的，爱因斯坦当然是个犹太人，但是，请恕我直言，他的确是个天才。世界上没有一种权力能帮助你们攫取他的位置。请你们好好想想，花那么大力气消灭这些人，结果只能让他们的位置永远空缺，到底值不值得。如果你们自身的不健全影响你们沿希特勒开辟的道路走下去，那只能怪你们自己，拿健全的人出气也无济于事。在文化领域煽动仇恨，采用警察手段，不会有任何结果！你们该看看，希特勒和戈培尔对这一点理解得多么深刻！他们以自身的榜样教导着我们。他们在哺育德意志的科学、绘画、文化方面，表现出何等的爱、耐心和分寸。以他们为榜样吧，走团结之路，不要在我们共同的德意志事业中制造分裂！"

默不作声地结束自己想象中的演说后，巴赫睁开眼睛。病友们都在被窝里躺着。

弗雷塞说：

"同志们，请往这边看。"他玩了个魔术师的动作，从枕头底下嗖地掏出一瓶一公升装的意大利"JJJ"牌白兰地。

格尔内的喉咙"咕嘟"响了一下。只有地道的酒鬼，而且是农人出身的酒鬼，才会用这样的表情盯着酒瓶。

"他这人还不算太坏，总的看来，还不坏。"巴赫心想，为自己说出口和没说出口的那番癫狂言论感到难为情。

弗雷塞单腿蹦着，往各人床头柜上的杯子里斟上白兰地。

"您真是只野兽。"侦察连长克拉普笑着说。

"这才像个打硬仗的尉官。"格尔内说。

弗雷塞说：

"有个医官注意到了我的酒瓶，问我：'您报纸里包的是什么？'我对他说：'是我妈妈的来信，我从不离身的。'"

他举起酒杯：

"好吧，捣蛋中尉弗雷塞向您致以前线的敬礼！"

大家一饮而尽。

格尔内酒瘾发作，恨不得马上再来一杯，可嘴里却说：

"哎，还得给'守门员'留一杯吧。"

"破'守门员'，让他见鬼去吧，对不对，中尉？"克拉普问。

"让他去尽忠报国好了，咱们喝咱们的。"弗雷塞说，"谁不想好好活着啊。"

"我屁股上的伤全好了，"侦察连长说，"现在得找个胖瘦适中的女士玩玩了。"

大伙儿全觉得轻松愉快。

"来，再干一杯！"格尔内举起杯子。

大家又一饮而尽。

"咱们有幸同住一个病房，真是福气。"

"我一眼就看出来了，这群小伙子是好样的，真枪真炮在前线锤炼过。"

"但说实话，我对巴赫起过疑心。"格尔内说，"我心想：嗬，这位多半是党内同志。"

"不，我才不在党呢。"

大伙儿躺下来，掀开被子。都觉得热。话题转到前线情势。

弗雷塞参战的地方在左翼的奥卡托夫科镇地区。

"鬼才知道他们，"他说，"俄国人根本不懂得进攻。可已经十一月初了，我们还待在老地方。八月里我们喝了多少伏特加啊，大家一举杯，说的全是：'战后别失去联系，咱们成立个斯大林格勒老战士协会吧。'"

"进攻他们还是懂的，"在工厂区打过仗的侦察连长说，"他们不懂的，是怎样固守。一旦把我们赶出楼房，他们要不倒头便睡，要不胡吃海塞，当官的则猛喝一气。"

"一帮野蛮人。"弗雷塞说，丢了个眼色，"可我们在这帮斯大林格勒野蛮人身上耗费的钢铁，比在全欧洲耗费的还多。"

"岂止钢铁，"巴赫说，"我们团里有些士兵，无缘无故就号啕大哭，或者大清早扯着嗓子号叫，学公鸡打鸣。"

"要是入冬前还没有定局，"格尔内说，"那战事将陷入胶着。局势将变成一团乱麻。"

侦察连长压低嗓门说：

"知道吗，我们在工厂区马上要发动攻势，在那里已经集结了前所未有的兵力。过不了几天就会有一场恶战。到 11 月 20 日，大伙儿都可以搂着萨拉托夫的姑娘睡觉啦。"

挂着帘子的窗外，传来响亮、庄重、从容不迫的炮火隆隆声和夜航机的嗡嗡声。

"俄国人的胶合板轰炸机又在那儿生事了，"巴赫说，"它们专挑这种时候来轰炸。有人管它们叫'神经锯'。"

"我们司令部管它们叫'值日士官'。"格尔内说。

"别出声！"侦察连长举起一根手指头，"听，大口径炮！"

"而我们在轻伤员病房里享用葡萄美酒。"弗雷塞说。

于是，一天里第三回，大家觉得轻松愉快。

他们聊起了俄国女人。每个人都有一两桩风流韵事可讲。巴赫平时不喜欢这类闲扯，但在军医院的这天晚上，巴赫却说起了住在大楼废墟地下室的济娜，还说得很露骨，大伙儿被他逗得直笑。

卫生员走进来，在一张张乐呵呵的脸上扫了一眼，开始收拾"守门员"床上的被褥。

"这位打柏林来的祖国卫士，是装病被你们识破了，让他出院吧？"弗雷塞问。

"卫生员，你干吗不吱声？"格尔内说，"我们都是男子汉，要是他出什么事了，请尽管对我们说。"

"他死了，"卫生员说，"心力衰竭。"

"瞧瞧，大谈爱国主义会有什么下场。"格尔内说。

巴赫说：

"这样说死者不大好吧。要知道他并没有撒谎，他没有必要在我们面前撒谎。也就是说，他是真心诚意的。这样不好，同志们。"

"噢，"格尔内说，"难怪我觉得，中尉上我们这儿来，是带着党的指示的。我一上来就看出，他属于那种新的、思想先进的人物。"

<h1 style="text-align:center">12</h1>

晚上，巴赫无法入睡，他感到舒适得有点过分了。奇怪的是，不知何故他回想起了掩蔽部、战友们，回想起了莱纳尔德的到来——他们曾一起通过掩蔽部敞开的门观看落日，一起喝盛在保温瓶里的咖啡，一起抽烟。

昨天，临上救护车时，他还用那条未受伤的胳膊搂住莱纳尔德的肩头，两人对视一眼，微笑道别。

他何曾想到，自己会在斯大林格勒的一个仓库里跟一个党卫军分子共饮咖啡，会在战火映照的废墟中与俄国情妇幽会！

他身上发生的变化实在令人吃惊。多年来他一直憎恨希特勒。当他听到花白头发的教授们厚颜无耻地宣称法拉第、达尔文、爱迪生是一群窃取德国科学成果的小偷，宣称希特勒是有史以来所有民族中最伟大的科学家时，他曾幸灾乐祸地想："哼，折腾吧，完蛋是迟早的事。"粗制滥造的小说谎话连篇，吹嘘完美无缺的新人，宣传具有崇高思想的工农的幸福生活，歌颂党的思想教育工作之英明；这类作品在他身上唤起的也是同一种感觉。唉，杂志上刊登的那些所谓诗歌，是多么可笑可鄙！他对此尤其痛心，因为他在中学时代也写过这类诗歌。

可如今来到斯大林格勒，他却想入党。还在很小的时候，为了不让父亲通过讲道理来改变他的想法，他会用手捂住耳朵，大叫："我不要听，不要，不要听嘛……"如今他却听进去了！世界绕着轴心翻了个个儿。

平庸的剧作和电影照旧令他十分厌恶。也许，老百姓注定几年、十几年内都得过没有诗歌的日子，可又有什么办法？但即便在今天，也是有可能书写真理的！要知道，德意志精神就是最大的真实，就是世界的思想。要知道，即使受大公和主教们的委约拘束，文艺复兴时代的大师们也能辗转腾挪，在作品中展现最伟大的精神价值。

侦察连长克拉普还在熟睡，梦里也在参加夜袭，他的叫喊声大概街上都能听见："扔手榴弹，朝他投手榴弹！"他想匍匐前进，却笨手笨脚翻了个身子，痛得嗷嗷直叫，接着又睡死过去，打起鼾来。

甚至对犹太人的迫害，曾经令巴赫内心战栗不已的，如今仿佛也有了新的解读方式。如果由他说了算，他会立即停止对犹太人的大屠杀。但该说的还是得说：尽管他有不少犹太人朋友，但既然有德意志性格、德意志精神，那自然也会有犹太性格、犹太精神。

马克思主义已经破产！他的父亲、大伯、大叔、母亲都是社会民主党人，要他承认这一点，是很不容易的。

马克思好像是这样一个物理学家：他以斥力为基础创立了有关物质结构的理论，却忽视了万有引力。他给阶级斥力下了定义，比任何人都更透彻地研究了贯串人类整个历史过程的这种斥力。但他也跟许多作出伟大发现的人一样，犯了他们常犯的错误，认为他确定的阶级斗争的力量是决定社会发展和历史进程的唯一力量。他没有看到民族的、超阶级的亲和力的强大力量，因此，他忽视民族万有引力定律而建立起来的社会物理学，也是荒谬的。

国家不是"果"，国家是"因"！

神秘而奇妙的法则决定着民族国家的诞生！它是个生机勃勃的统一体，唯有它体现了千百万人心中蕴含的弥足珍贵的不朽价值——德国性格、德国中心地位、德国意志和德国牺牲精神。

巴赫闭上眼睛又躺了一段时间。为了入睡，他开始想象一群羊——第一只是白的，第二只是黑的，然后又是白的，然后又是黑的，然后又是白的，然后又是黑的……

早上吃完早餐后，巴赫给母亲写信。他皱着眉头，唉声叹气，因为他要写的一切都会使她不高兴。但自己近来感受到的一切，不对母亲说，又对谁说？上次回家休假，他什么也没告诉她。但她看出来儿子很恼火，看出来儿子不愿听她没完没了地回忆父亲，听她那些陈谷子烂芝麻的车轱辘话。

她会认为他背叛了父亲的信仰。可他没有。恰恰是他，坚决不肯离经叛道。

一大早接受各种处置，病人们一个个都累坏了，静静地躺着。昨晚，在"守门员"空出来的病床上安置了一位重伤员。他不省人事地躺着，没法打听是哪个部队的。

怎么向母亲解释，对他来说，新德国的这帮人如今比儿时的玩伴更亲近？

卫生员走进病房，探询地问："巴赫中尉？"

"我就是。"巴赫说，用手挡住刚开了个头的信。

"中尉先生，有个俄国女人想见您。"

"见我？"巴赫大为惊讶，旋即猜到，准是斯大林格勒那位相好济娜。可她怎么会知道他在这里？他马上又猜到，一定是连里开救护车的司机告诉她的。他挺高兴，深受感动。要知道，要赶到这里，她得大清早摸黑出门，设法搭上便车，然后还得步行十五六里地。他想象着她苍白的脸庞和一双大眼睛，想象着她细瘦的脖颈和包在头上的灰色围巾。

病房里响起一阵哄笑声。

"瞧咱们这位巴赫中尉！"格尔内说，"瞧他在当地居民中如何开展工作！"

弗雷塞双手乱甩，仿佛要抖掉手指头上的水，说道：

"卫生员，把她带到这儿来。中尉的床够宽的。我们马上给他俩办个婚礼。"

侦察连长克拉普则说：

"女人像条狗，追着男人走。"

巴赫突然冒火了。她想什么哪？怎么能到军医院来抛头露面？军官们明令不准跟俄国女人交往的。万一他有亲戚或福斯特家族有熟人在军医院上班呢？单凭这种不清不楚的关系，就连一个德国女人也不会贸然来探望他的。

连昏迷不醒的重伤员仿佛也厌恶地冷笑了一下。

"请转告这位女人，我无法见她。"他板着脸说。他不想参与这场嘻嘻哈哈的说笑，于是拿起铅笔，重读写好的信：

"……真奇怪，多年来我一直认为国家在压制我。但现在我明白了，正是国家，体现了我的精神。我不企求轻松的命运。如果需要，我会同老朋友断绝关系。我知道，我想引为同道的那些人，永远不会真正把我当作自己人。但是，为了我内心最重要的东西，我要磨砺自己……"

病房里，穷开心还在继续。

"安静点，别吵着他。他在给未婚妻写信哪。"格尔内说。

巴赫笑了。持续了短短几秒钟的压抑的笑声，听起来更像是抽泣，他不由得想到，像他那种笑法，还不如哭的好。

13

不常见到第六步兵集团军司令保卢斯的将军们和军官们，都以为这位上将的思想和心情没有任何变化。他的仪态举止，下达命令时的果断，听取无关大局的具体意见或重要情报时脸上那不变的笑容，都证明上将依然控制着战争的局势。

只有两个最接近司令的人——副官亚当斯上校和集团军参谋长施密特将军——才清楚，保卢斯在斯大林格勒战役期间改变了多少。

他依然风趣幽默，待人依然屈尊俯就或傲气十足，依然会亲切友好地询问下属们的生活情况。他依然有权把整团整师的兵力投入战斗，有权让部下升迁或降职，有权签署嘉奖令，依然抽习惯抽的雪茄烟……但是，他内心深处不为人知的主要观念却一天天在改变，眼看就要彻底翻转。

他一度认为战局和时机尽在掌握中，但这种感觉正在消失。曾几何时，他对集团军司令部侦察处的情报只是随意瞟上一眼。谁在乎俄国人在想什么鬼点子？俄军后备部队的行动能有什么用？

但现在，亚当斯发现，他每天一早放在司令桌上的一沓情报和文件中，司令首先关注的是有关俄国人夜间行动的报告。

有一天，亚当斯故意改变了文件和报告的次序，把侦察处的情报放在最上面。保卢斯打开文件夹，看了一眼放在上面的文件，两道长长的眉毛往上一挑，"啪"的一声合上了文件夹。

亚当斯上校明白，这件事自己办得不够策略。上将脸上一闪而过的近乎痛苦的表情使他大吃一惊。

几天以后，保卢斯浏览完按老次序放置的报告和文件后，对副官微微一笑，说道：

"锐意创新的先生，您观察力蛮不错。"

在这个寂静的秋夜，施密特将军怀着几分得意去向保卢斯报告军情。

施密特沿着小镇的宽阔大街往司令官邸走去，清凉的空气滋润着昨夜被香烟熏得干涩的喉咙，十分舒适。他不时望望被草原落日涂染成深色调的天空，内心十分平静。他想到了绘画，又欣慰地想到饭后打饱嗝的毛病终于治好了。

他走在寂静空旷的黄昏街道上，大檐帽下那颗脑袋里，设想着在一场最为残酷的搏杀中可能发生的种种情况，这场搏杀在斯大林格勒大血战期间即将来临。当司令请他坐下，准备听取他的报告时，他要说的正是这些情况。

"当然，在我军历史上，为一次进攻而动员数量大得多的技术装备的情况，偶尔也发生过。但是在这样一小块地段上，安排密度如此高的地面和空中火力，我个人还从来没有经历过。"

保卢斯听参谋长汇报的模样，完全不像个运筹帷幄的将军。他弯腰驼背坐在那里，脑袋跟着施密特的手指转；施密特一会儿指着图表上各个栏目，一会儿指着地图上标示出的各个方块，保卢斯的脑袋也听话地随着施密特的手指快速转动。这次进攻是保卢斯的主意，各种参数都是保卢斯制定的。但此刻，听取跟他共事多年的最出色的参谋长汇报时，他在拟定的行动细节中却看不出自己的想法体现在何处。

施密特陈述的似乎并不是根据保卢斯的设想扩展而成的作战计划，而是把自己的意志强加给保卢斯，他违反保卢斯的意愿，打算用步兵、坦克和工兵营实施突击。

"是的，是的，大密度火力，"保卢斯说，"把这种密度与我们在左翼的空虚相比较，给人的印象就尤为深刻。"

"没办法，"施密特说，"东部地域实在太广阔，德军士兵的数量远远不够。"

"对此感到担忧的不只是我。冯·魏克斯就曾对我说过：'我们不是攥紧拳头打人，而是揸开五指扇过去，把兵力分散在无边无际的东部地区。'对此担忧的还不仅是魏克斯，不担忧的人只有一个……"

他没有把话说完。

一切都按需要进行，一切都没按需要进行。

在最近几周战局中偶然发生的一些不明朗情况和令人不快的小事中，战争的真正本质似乎就要被揭示出来，而且是以全新的方式，惨淡地、毫无希望地揭示。

侦察部门不断报告苏军在西北部的集结。空军无力阻止他们。魏克斯没有在保卢斯集团军的翼侧部署德军后备部队。他把德军的无线电台安置在罗马尼亚的部队里，企图以此迷惑俄国人。但罗马尼亚人并不会因此而变成德国人。

起初显得所向无敌的非洲战役；在敦刻尔克、挪威和希腊给予英军沉重打击，却没有以占领不列颠群岛告终；东部地区接踵而来的巨大胜利，向伏尔加河地区的千里突破，并没有以苏军的最后覆灭告终。给人的感觉是，该完成的主要任务都完成了，如果说事情还没有彻底结束，那只不过是偶然情况，只是无足轻重的小小拖延罢了……

如今，把他和伏尔加河隔开的这几百米，那些半摧毁的工厂和被烧成光架子的楼房，同夏季攻势期间所占领的巨大空间相比，算得了什么？……但是，把隆美尔同埃及的绿洲隔开的，也只有几公里的沙漠。在被征服的法国，要取得彻底胜利也只差离敦刻尔克的几小时、几公里……无论哪里，离彻底歼灭敌人总是只差几公里，无论哪里，总有空虚的翼侧，所向披靡的军队背后总有广阔的空间，后备部队总是不够。

逝去的夏天！他在那些日子里所感受到的，一辈子也就这么一回吧。当时，他脸上已经轻拂着印度的气息。如果摧枯拉朽、冲决堤防、一泻千里的狂澜能有感觉，那么它所感觉到的，就是他当时感觉到的。

这些日子里，他脑子里偶尔会闪过一个念头：德国人是不是已经习惯听到弗里德里希①这个名字了？当然这个念头是玩笑性质的，不能当真，但毕竟有过。但也是在这些日子里，时不时会冒出一粒讨厌的小石头子儿，不是硌脚，就是硌牙。笼罩司令部的依然是隆重欢乐的紧张气氛。下属部队的指挥员不断发来各种报告：书面报告、口头报告、无线电报告、电话报告。仿佛他们根本没在打仗，而只是象征性地表示一下德军的胜利……保卢斯抓起电话听筒。"上将先生……"他一听声音就知道对方是谁，战时惯用的语调同弥漫空中和以太的欢乐钟声一点也不谐调。

韦勒师长报告说，俄国人正在他的战区转入进攻，他们的一个步兵分队——相当于一个加强营——在西翼突围，占领了斯大林格勒火车站。

令人苦恼的感觉正是因这类区区小事而产生的。

施密特朗声念完起草的作战命令，轻轻伸展一下肩膀，抬起下巴，表示尽管他与司令之间保持着良好的私人关系，他并未忘掉下属应有的礼仪。

突然，上将压低嗓门说出一番奇怪的话，完全不像出自军人之口，不像出自将军之口，听得施密特目瞪口呆：

"我对成功充满信心。但您知道吗？我们在这个城市的战斗毫无必要，没有任何意义。"

"这话出自统帅斯大林格勒部队的司令之口，有点出乎意外。"施密特说。

"您觉得出乎意外？作为交通枢纽和重工业中心的斯大林格勒已经不复存在。既如此，我们干吗还待在那里？我们可以沿阿斯特拉罕－卡拉奇②一线掩护高加索集团军群的东北翼。为此并不需要斯大林格勒。我对成功充满信心，施密特，我们

---

① "弗里德里希"是保卢斯的名字，也是普鲁士国王（1740—1786）腓特烈二世的名字。

② 卡拉奇是苏联沃罗涅日州的一个城市。

能拿下拖拉机厂。但这并不能帮助我们掩护翼侧。冯·魏克斯毫不怀疑俄国人将发起突击。虚张声势是挡不住他们的。"

施密特说："在事件的运动中，其意义往往会发生变化。但元首从来是不达目的誓不罢休的。"

保卢斯认为，如果最辉煌的胜利却没有产生预期的效果，那往往是因为未能以坚韧不拔的精神和毅力将任务执行到底；但与此同时，他也认为，一个真正强有力的统帅，应该敢于放弃已经失去意义的任务。

可是，看到施密特将军固执而又聪颖的目光，他只好说：

"我们不能把自己的意志强加给伟大统帅。"

他从桌上抓起进攻命令，签上自己的名字。

"一式四份，绝密。"施密特说。

14

达伦斯基从草原集团军司令部来到斯大林格勒方面军东南翼的一支部队，该部队部署在里海沿岸干涸的沙漠上。

到了这里，达伦斯基才觉得，那紧邻湖泊和河流的草原不啻天堂福地了——那里有茂密的茅草，不时能见到一丛丛树木，还能听到马儿的嘶鸣。

这片空旷的沙漠平川上驻扎了数千人，过去，他们习惯的是湿润的空气、清晨的露珠和干草的沙沙声。而在这里，风沙满天，沙子划破他们的皮肤，钻进耳朵，混在小米饭、面包、食盐里，吃起来硌得牙齿咔咔响。沙子还掺到步枪枪机里、手表机械里，甚至士兵的睡梦中。人的躯体、鼻孔、喉咙、小腿肚成了饱受折磨的对象。人的身体犹如一辆大车，在没有车道、凸凹不平的地面叽叽嘎嘎地艰难爬行。

整整一天，达伦斯基都在炮兵阵地上转悠，找人谈话，做记录，画示意图，检查大炮和弹药库。天擦黑时，他已经累得筋疲力尽，耳朵嗡嗡响，两条腿因为不习惯在松软的沙地上行走而酸痛难当。

达伦斯基早就发现，在大撤退那些日子里，将军们往往十分关心下属的需求，司令员和军委委员们突然变得富有自我批评精神，表现出一定程度的怀疑和谦逊。在残酷的大撤退时期，当敌人占尽上风，统帅部怒气冲冲地寻找替罪羊时，俄国军队中聪明睿智、通情达理的人前所未有地多。

可是，如今在这里，在沙漠中，攫住人心的却是一种无精打采的冷漠态度。司令部和战斗部队的军官们仿佛深信，这个世界上没有任何东西值得操心，无论明天、后天还是一年之后，一切都仍然会维持老样子，沙漠还是沙漠，依然茫茫无际。

炮兵团参谋长鲍瓦中校邀请达伦斯基去他那儿过夜。鲍瓦空有个勇士的名字[①]，人却有点驼背、秃顶，一只耳朵还重听。他曾经奉召去方面军炮兵司令部汇报工作，得以在那里展示他惊人的记忆力，给在座所有人留下了深刻印象。他那颗长在拱起的瘦瘦肩膀上的秃头里，仿佛全是数字、营连番号、居民点名称、指挥员姓名和标高，没地方搁其他任何东西。

鲍瓦住在一座木板搭起的简陋小屋里，墙上抹了一层混合着牲口粪的黏土，地上铺着几块破油毡。这座简陋的小屋同零零落落分散在沙漠平川上的其他指挥员的住所毫无区别。

"喂，您好！"鲍瓦豪放地握住达伦斯基的手。"这地方还不错吧？"他指指墙壁："看来得在这抹牲口粪的狗窝里过冬啦。"

"还成吧，比这糟得多的我也见过。"达伦斯基说，心想沉默寡言的鲍瓦怎么突然变得多话了。

鲍瓦请达伦斯基坐在装美国罐头的空箱子上，给他倒了杯伏特加，多棱的玻璃杯已经看不出本色，杯口沾满了干结的牙粉。一张皱巴巴的报纸上放着几只渍过的青番茄，鲍瓦把报纸往客人面前移了移。

"请，中校同志，美酒加水果！"他说。

跟所有不喝酒的人一样，达伦斯基小心翼翼地呷了一口，把杯子搁得离自己远些，然后向鲍瓦问起炮兵部队的情况。但鲍瓦却不想谈工作。

"嘿，中校同志，"他说，"公事已经说得够多了。过去我满脑子装的都是公务，对别的事没有一丁点儿兴趣。当初在乌克兰驻防时，漂亮娘儿们遍地都是。而在库班，天哪……只要丢个眼风，她们马上屁颠屁颠跟你走！可我这个傻瓜却在作战处里呆坐着，痔疮都快坐出来了。等我醒悟过来，已经晚了，落到眼下这个黄沙满地的鬼地方！"

起初达伦斯基很不高兴，因为鲍瓦不想谈论每公里战线兵力的平均密度，不想谈论在沙漠地带迫击炮与大炮相比有什么优势，但鲍瓦的新话题还是渐渐勾起了他的兴趣。

"当然，"他说，"乌克兰女人盘子又靓，身材又好。1941年，我们司令部驻防基辅时，我见到过一个乌克兰女人，是一位检察员的妻子，那可真是个绝色美人儿！"

---

① 俄罗斯勇士故事中有个主人公叫作鲍瓦王子。

他欠欠身子，手一扬，指头一下子戳到低矮的顶棚。他接着说："至于库班女人，当然也没的说。库班出美女，那是天下无双，百分比高得出奇。"

达伦斯基的话大大刺激了鲍瓦。他骂了一句，然后绝望地哭喊道：

"可现在只能凑合着找卡尔梅克女人了！"

"这话可不对！"达伦斯基打断他，滔滔不绝地说起深色皮肤、高颧骨、散发着艾蒿清香和草原气息的女人的魅力。他记起了草原集团军司令部的阿拉·谢尔盖耶芙娜。最后他总结道："总之，您错了，女人到处都有。沙漠里没有水，这不假，可好女人有的是。"

鲍瓦没回应他。达伦斯基这才发现，他已经睡着了。他突然醒悟过来：主人早就喝醉了。

鲍瓦的鼾声就像垂死者的呻吟，脑袋从单人床上耷拉下来。达伦斯基怀着俄罗斯男子对醉汉特有的耐心和善意，在鲍瓦的头底下垫了个枕头，脚下塞了张报纸，又擦干净他嘴边的哈喇子，然后才四下打量一番，看如何安顿自己。

达伦斯基把主人的军大衣铺在地上，自己的军大衣扔在上面当被子用，那只鼓鼓囊囊的军用挂包权当枕头。他每次出差时，这个挂包既是办公室，又是食品仓库，还兼作存放盥洗用具的储藏室。

他走到屋外，深深吸了口夜间沁人心脾的冷空气，抬头仰望漆黑的亚细亚天空中野火般的群星，惊叹一声，撒泡尿，又望了望星空，心想："好一个奇妙的宇宙！"——于是转身回屋睡觉。

他在主人的军大衣上躺下，把自己的军大衣盖在身上。可是他非但没有闭上眼睛，反倒睁得老大，一种苍凉感蓦地袭上心头。

他身处的环境多么简陋！他躺在地上，周围所见，只有吃剩的渍番茄和一个硬纸箱，纸箱里大概放了条打着硕大的黑色军用标记的方格短毛巾、皱巴巴的衬领、空手枪皮套和压瘪的肥皂盒。

这年秋天他曾在上波格罗姆内一座农舍过夜，跟今晚的小屋比起来，那所农舍几乎称得上豪华。而再过一年，当他在某个既没有刮脸刀也没有硬纸箱和破烂包脚布的土坑底部露宿时，回想起今晚，又该觉得眼前这个小屋十分阔绰了。

在炮兵司令部工作的那几个月里，他内心发生了很大变化。他曾经如饥似渴地一心扑在工作上，但工作的欲望已经得到满足。现在他不再从工作中获得快感，就像吃得饱饱的人不再会从饭食中获得快感一样。

达伦斯基工作出色，司令部的上司很器重他。起初他非常高兴，因为在那之前，他从未被人看作是不可替代的有用之才。多少年来，他的境遇正好相反。

达伦斯基从未想过，为什么他面对同事时心中所怀有的优越感，没能使自己以宽容的态度对待他们，要知道，真正的强者总是宽容的。当然，这反过来也证明，他并非强者。

他动不动就发火，扯着嗓子骂人，过后又痛苦万状地看着受他欺负的人，但他有一个特点：从不求人原谅。很多人生他的气，但没人认为他是坏人。斯大林格勒方面军司令部对他的评价，大概比西南方面军司令部对当初在那里服役的诺维科夫还要好。据说，某些大人物在莫斯科向某些更大的人物汇报时，整页整页地引用达伦斯基撰写的报告。看来，在困难时期他的智慧和才干还是很重要、很有用的。可他的妻子在战争爆发前五年就离开了他，因为她认定他是人民公敌，靠欺骗手段对她隐瞒了自己意志薄弱的两面派本质。他常常找不到工作，主要原因是社会关系太复杂，父亲方面和母亲方面都如此，用人单位一看他的档案就打退堂鼓。起初，得知人家不肯给他的职务过后却给了某个愚蠢透顶或不学无术的家伙时，他会感到气愤难平。但逐渐，达伦斯基自己也觉得，确实不能把责任重大的工作托付给他。再经过劳改营那段日子，他完全认命了，相信自己确实不够格。

但眼下这可怕的战争却证明，情况并不是这样。

他把军大衣往上拉拉，盖住肩头，但两只脚立刻感觉到从门缝里钻进来的冷空气。达伦斯基想，如今，当他的知识和才能大有用武之地时，他却躺在这狗窝似的小屋的地上，听着骆驼的刺耳嘶叫。此刻他并不向往什么疗养院啦、别墅啦，只要有一条干净的长衬裤，能有一块像样的肥皂洗个澡，就心满意足了。

他挺自豪，自己职务的升迁跟物质利益毫无关系。但同时，他对此又很气愤。

他的自信和自负总是同一贯的胆怯交织在一起。内心深处，他觉得自己没资格享受好生活。

他总感到缺乏自信，总感到缺钱，总感到自己穿戴寒酸，这些感觉他从小就习以为常了。

如今，尽管事业一帆风顺，这些感觉仍然挥之不去。

他有时设想，如果他斗胆走进军委会食堂，女服务员多半会说："中校同志，您该上军人服务社食堂就餐。"想到这里，他不由得打了个寒战。随后，某个油嘴滑舌的军官会在某个会议上挤眉弄眼地对他说："中校，军委会食堂里的红甜菜汤，面上浮了层油的，还好吃吧？"他永远想不通，凭什么那些将军，甚至报社的摄影记者，都大大咧咧地摆出一副主人派头大吃大喝，还在他们原本没资格进去的地方索要汽油、军装、香烟。

在他家，父亲常常一连好几年找不到工作，全家生活靠当速记员的母亲维持。

半夜，鲍瓦停止打鼾，他床头一片寂静，达伦斯基反倒担心起来。

但鲍瓦突然开了口：

"中校同志，您还没睡着？"

"没有，睡不着。"达伦斯基回答。

"请原谅，没把您照顾得好一些，我喝醉了，"鲍瓦说，"但现在我脑瓜很清醒，就像什么也没喝过似的。您知道吗，我躺在床上，心里在想：我们怎么会落到这种鬼地方？是托谁的福，让我们来到这鸟不拉屎的所在的？"

"还有谁，德国人呗。"达伦斯基回答。

"哦，您到床上来吧，我睡地上。"鲍瓦说。

"用不着，我躺这里挺好。"

"这不合适，照高加索人的规矩，主人不可以睡床上，让客人打地铺。"

"没关系，没关系，我们又不是高加索人。"

"也差得不远啰，高加索山脉就在边上。您刚才说是托德国人的福，可您要知道，帮忙的不光是德国人，咱们自己人也有份儿。"

鲍瓦好像坐了起来，床铺嘎嘎直响。

"没——错。"他拖长声音说。

"对——对——对。"达伦斯基在地上说。

鲍瓦把谈话引上了一个特别的、不寻常的方向，两人都不作声了，都在想该不该同一个几乎不认识的人谈这种事。看来，思考的结果是，不该同几乎不认识的人谈这种事。

鲍瓦点上一支烟。

借着火柴的亮光，达伦斯基看到了鲍瓦的脸，一张疲惫、忧郁、陌生的面孔。

达伦斯基也点上一支烟。

借着火柴的亮光，鲍瓦看到用胳膊肘支起身子的达伦斯基的脸，一张冷淡、仇视、陌生的面孔。

这么互相瞅了一眼之后，不知为何，一场不该进行的交谈却开始了。

"没错，"鲍瓦说，但这次没有拖长声音，而说得斩钉截铁，"是官僚主义和官僚主义者帮忙，让我们落到了这步田地。"

"官僚主义确实糟糕，"达伦斯基说，"我的司机告诉我：战前在农村，官僚主义到了这样的地步：不送一瓶酒，你在集体农庄里连一张证明也开不出来。"

"您还别笑，这可不是什么好笑的事情，"鲍瓦打断他的话，"您知道吗，官僚主义可不是开玩笑，在和平时期，鬼知道官僚主义会导致什么结果。但在前线，官僚主义可能糟得多。空军部队出过这么一档子事：有个飞行员从着火的飞机上跳伞脱险，他的飞机被'梅塞尔'击中了。飞行员倒没事，只是裤子烧焦了。可是人家不肯发他新裤子！简直是胡闹，后勤主任拒绝发放，理由是裤子还没到更换期限，没什么好讲的！飞行员三天三夜没裤子穿，后来兵团指挥员发话，事情才算解决。"

"嘿，恕我直言，"达伦斯基说，"部队由布列斯特撤到里海沿岸的荒漠，绝不是因为某个地方有某个傻子迟迟不肯发放一条裤子……"

鲍瓦酸溜溜地说：

"我说过是因为一条裤子吗？我再给您说件事：有一支步兵分队陷入重围，战士们没吃的了。空军部队接到命令，用降落伞给他们空投食品，可军需部门拒绝发放食品，说是领取食品的人需要在提货单上签字。可要是这些食品从飞机上投下去，怎么找下面的人签字啊？军需官固执己见，就是不肯发放。最后还是用强迫命令才解决了问题。"

达伦斯基冷冷一笑：

"是够滑稽的，但依然是小事一桩。形式主义罢了。在前线的条件下，官僚主义要可怕得多。您知道那条'不准后退一步'的命令吧？有一次，德军成百成百地杀死我军战士，但只要把战士们撤到高地背面，人员就安全了，从战术上讲不会造成任何损失，技术装备也能保存下来。但就因为这道'不准后退一步'的命令，于是只好让人们在炮火下坚守，最后结果是，装备和人员全玩完。"

"对，对，完全正确，"鲍瓦说，"1941年，莫斯科派了两名上校，到我们部队检查这条'不准后退一步'命令的执行情况。这两人自己没有汽车，而我们三天三夜从戈梅利一口气后撤了两百公里。我让两位上校乘坐我的吨半卡车，免得他们落到德国人手里。两人吓得什么似的，在车厢里筛糠般哆嗦，可还没忘记求我：'请提供一点贯彻"不准后退一步"命令的材料给我们吧。'他们得向上面汇报工作啊，有什么办法！"

达伦斯基深深吸了口气，仿佛打算一猛子扎到更深的水里。他还真扎了："让我告诉你官僚主义有多么可怕：有一个红军战士，一个机枪手，抢占了高地的有利位置，一个人对付七十个德国兵，挡住了敌人的进攻。他最后光荣牺牲，部队将士为他脱帽致哀。可是他那害肺病的妻子在老家却被撵出家门，区苏维埃主席对她大叫大嚷：'滚出去，不要脸的女人！'让一个人报履历时填二十四份问卷，最后不得不自己在会上承认：'同志们，我不是我们自己人……'这不是官僚主义是什么？同样，也是官僚主义逼得人说：'对对对，国家是工农的，可我的父母是贵族，是寄生虫，是混账王八蛋，把我赶到大街上去吧，那里才是我该待的地方。'"

"我觉得这不算官僚主义，"鲍瓦反驳道，"国家确实是工农的，应该由工人和农民来管理。这有什么不对？这样做是公平的。您总不会指望资产阶级国家信赖穷人吧。"

达伦斯基心里一紧，看来，对方的想法跟他完全不对路。

鲍瓦划着一根火柴，但没用它点烟，而是朝达伦斯基那边照过去。

达伦斯基眯缝起眼睛，感觉好像在战场上被敌人的探照灯照了个正着。

但鲍瓦说：

"我可是三代工人出身，父亲和爷爷都是工人。我的履历一清二白。可结果呢，没用，在战前同样对我不信任。"

"怎么会呢？"达伦斯基问。

"在工农的国家里，对贵族持怀疑态度，我并不认为是官僚主义。可是，战前为什么对我这样一个工人也掐着脖子不放呢？到最后，我都不知道会让我去果品蔬菜仓库拣土豆，还是让我去扫大街。我唯一的过错是从阶级观点出发，批评了那些头头，说他们奢华得有点过分了。于是他们就不择手段地整我。依我看，这才是官僚主义的要害：在工人自己的国家里，工人吃苦受罪。"

达伦斯基立刻意识到，鲍瓦这番话触及了某个极为重要的问题。心灵深处炙热的想法，以前不习惯对别人倾诉，也不习惯听别人倾诉，现在却谈到了，他体会到某种难以言说的喜悦：畅所欲言而毫无顾忌、无所畏惧，就某些特别令人焦虑不安的问题展开争论，是多么美妙！而以前他从不跟别人争论那些问题，正因为它们特别令人焦虑不安。

而在这里，在这简陋的小屋里，在铺着破油毡布的地上，半夜三更同一位酒后醒来的质朴的红军军官交谈，并且感觉到成千上万从西乌克兰来到这片沙漠的战士的无形存在，达伦斯基意识到，情形已经有所改变了。人与人之间本应推心置腹，这种最普通、最自然、最必要的愿望一直以来都不可思议地难以实现，而今夜，在这里，它实现了！

"您说得对。但有一点您没有搞清楚，"达伦斯基说，"资本家不允许穷光蛋进参议院，这不假，但穷光蛋一旦变成百万富翁，他们就不会拦着他了。老福特就是工人出身。在我们这里，不准资本家和地主当指挥官，这完全正确。但如果仅仅因为一个人的父亲或祖父曾经是富农或神甫，不管这人多么勤劳、多么能干，都把他打入另册，永世不予重用，就说不过去了。正确的阶级观点不是这样的。您以为，我在劳改营里受折磨时没遇见过普梯洛夫工厂的工人和顿涅茨克的矿工吗？大把大把！真正可怕的，是当你明白，官僚主义并不仅仅是国家机体上的一个赘疣——赘疣是可以切除的。可怕之处在于，官僚主义就是国家的实质。但在战争中，谁愿意为某个人事处长献出自己的生命？在某人的申请书上写上'不予批准'几个字，或者把某位士兵的遗孀从办公室踢出去，任何一个奴才都能做到。可是，要把德国人从我们国家踢出去，却需要真正的男子汉，需要刚强无畏的人。"

"一点不假。"鲍瓦说。

"我并不是在发牢骚。我很知足。谢天谢地，我运气不错！我心情沉重另有原因：为了成为一个幸福的人，为了把自己的力量贡献给俄罗斯，我不得不经历一段极其可怕的时光。那时候，我对幸福的唯一指望是上帝。真该死！"

达伦斯基感到，在他俩这场谈话中，他依然没有触及最本质的东西，未能把一束明亮而自然的光芒投射到他们的现实生活上，使生活呈现出全新的面貌；但他毕竟思考并说出了平时未曾思考并说出的东西，他为之感到高兴。他对谈话对手说：

"您知道吗，无论今后我的生活中出现什么情况，我永远不会后悔今天夜里跟您进行的这场交谈。"

15

莫斯托夫斯科伊在卫生所的隔离病房待了三个多星期。给他的饮食不差，党卫军医生还给他做了两次体检，注射了葡萄糖。

监禁头几天，莫斯托夫斯科伊一边等待传讯，一边不断埋怨自己：为什么同伊孔尼科夫说那些话？显然是这个疯子出卖了他，在那次搜查前把那几张惹祸的纸片塞到他手中。

但时间一天天过去，没有人来传讯莫斯托夫斯科伊。这段时间里，他思考对囚犯进行政治鼓动的话题，反复斟酌哪些人可以吸收进来参加地下工作。夜间失眠时，他为传单打腹稿，为集中营多语种会话手册挑选词汇，以便于不同民族犯人之间的沟通。

他记起了早年搞地下活动时的一些规矩，万一有奸细告密，这些规矩能防止组织被当局一网打尽。

莫斯托夫斯科伊很想向叶尔绍夫和奥西波夫详细打听地下组织的初步行动计划。他相信他能消除奥西波夫对叶尔绍夫的成见。

他觉得那个憎恨布尔什维主义、同时又渴望红军取得胜利的切尔涅佐夫太可悲。他又想到即将来临的审讯，但内心几乎没什么不安。

深夜，莫斯托夫斯科伊心脏病突然发作。他头抵着墙躺在床上，经受着只有孤身一人在监狱牢房中垂死的人才能体会的痛苦。有一阵子他疼得失去了知觉。待他苏醒过来，疼痛减轻了些，他发现自己胸口、脸上、手心里全是汗水。他的头脑突然变得极其清醒，虽然那只是一种假象。

种种互不关联的印象连贯出现在他脑海里：同意大利神父关于世界之恶的交谈；小时候突然大雨倾盆，他跑进房间，看到母亲正在安详地做针线活时感受到的幸福；妻子辛苦跋涉到叶尼塞流放地来看望他，眼里盈满泪水，同时又盈满幸福；脸色苍白的捷尔任斯基，在一次党的代表大会上，当他向捷尔任斯基打听一个可爱的年轻社会革命党人的命运时，捷尔任斯基回答："枪毙了。"基里洛夫少校那双忧郁的眼睛……雪橇上一位朋友蒙着床单的尸体，这位朋友在列宁格勒被围困期间，曾经拒绝了他的帮助。

那颗长着蓬乱的头发、充满幻想的稚嫩脑瓜，如今变成了秃顶，紧紧抵着集中营粗糙的木板墙。

过了一会儿，久远的往事逐渐消失，变得平淡，褪去了色彩。他好像缓缓地没入沁凉的水中。他睡着了，只为在黎明前的昏暗中再度听到警报器的长啸，再度迎来新的一天。

白天，莫斯托夫斯科伊被带到卫生所澡堂。他端详着自己枯瘦的双手，塌陷的胸膛，灰心地叹了口气。

"是啊，年老体衰是人们的宿命。"他想。

押送他的卫兵用手指揉着烟卷走到门外，集中营那个窄肩的麻子一边用拖把拖水泥地，一边小声对莫斯托夫斯科伊说：

"叶尔绍夫吩咐我转告您一条消息。我军在斯大林格勒地区击退了德国鬼子的所有进攻。少校还要我转达您，事情进展顺利。少校请您起草一份传单，下次洗澡时递出来。"

莫斯托夫斯科伊想告诉他，自己没有铅笔和纸，但这时卫兵进来了。

洗完澡穿衣服时，莫斯托夫斯科伊摸到口袋里有个纸包。纸包里有十块方糖、一小块用布条裹着的腌猪油、一张白纸和一截铅笔头。

幸福感涌上莫斯托夫斯科伊心头。他还能有别的奢望吗？他的生命终究不会结束在对血管硬化、胃病和心绞痛的无谓担忧中了。

他把糖块和铅笔头紧贴在胸口上。

这天夜里，一个党卫军二级下士把他押出卫生所，来到大街上。阵阵寒风扑面而来。莫斯托夫斯科伊回头朝沉睡中的棚屋方向看了一眼，心里说："没事，没事，莫斯托夫斯科伊同志的神经垮不了，伙计们，安心睡吧。"

两人走进集中营管理局大门。在这里，已经闻不到集中营里那股刺鼻的阿摩尼亚味，而是淡淡的烟草味。莫斯托夫斯科伊看到地板上扔着长长的一截烟头，好想捡起来。

他们经过二楼，登上三楼。押解他的卫兵吩咐莫斯托夫斯科伊在门前的垫子上把脚擦干净，卫兵自己也把鞋底蹭了好一会儿。莫斯托夫斯科伊爬楼爬得气喘吁吁，趁此机会努力调匀呼吸。

他们踩着覆盖整个走廊的地毯往前走去。

半透明的郁金香形状的灯罩里，一盏盏电灯射出迷人的柔和光亮。他们经过一扇锃亮的房门，上面钉了块"警备司令"的小木牌；他们继续往前走，在另一扇同样漂亮的房门前停下脚步，这扇门的木牌上写着"党卫军中校利斯"。

莫斯托夫斯科伊经常听到"利斯"这个名字，他是希姆莱在集中营管理局的代表。莫斯托夫斯科伊想起一件事，暗自好笑：古兹将军曾经很生气，为什么奥西波夫由利斯亲自审讯，而审讯他古兹的却只是利斯的一名助手。古兹认为这样做小瞧了军事指挥官。

奥西波夫曾说起过，利斯审讯他时没用翻译，因为利斯是在里加居住的德国后裔，懂俄语。

一个年轻军官走出来，对卫兵嘀咕了几句，让莫斯托夫斯科伊走进办公室。他没把门关上。

办公室空荡荡的。地板上铺着地毯，花瓶里插着鲜花，墙上挂着一幅画，里面是林边草地，几幢农舍的红瓦屋顶。

莫斯托夫斯科伊心想，这就像屠宰场场长的办公室，四周是牲畜临死前的嘶叫、冒着热气的内脏、身上溅满鲜血的屠夫，而场长办公室却是一片宁静，铺着柔软的地毯，只有桌子上那几部黑色电话机，提醒人们屠宰场同这间办公室的关系。

敌人！一个再简单不过、再清楚不过的字眼。切尔涅佐夫的形象又浮现在莫斯托夫斯科伊眼前：一个"狂飙突进"时代的可怜虫，还侈谈什么客气。莫斯托夫斯科伊看了看自己不知客气为何物的手掌和指头。

办公室深处的一扇门打开了。几乎与此同时，通往走廊那扇门"吱呀"响了一下，显然，值班军官看到利斯走进办公室，就把门虚掩上了。

莫斯托夫斯科伊皱起眉头站在那里，等候着。

"您好。"一个个子不高，身穿灰色军服，手臂上戴着党卫军袖章的人轻声说。

利斯的面容说不上狰狞可怖，但正因如此，莫斯托夫斯科伊觉得这张脸尤其令人生畏：鹰钩鼻，专注的浅灰色眼睛，大脑门；瘦削苍白的面颊又为这张脸添加了几分不畏辛劳、清心寡欲的神情。

利斯等莫斯托夫斯科伊咳嗽好几声，把喉咙里的痰咳出来，然后说：

"我想跟您谈谈。"

"可我不想跟您谈。"莫斯托夫斯科伊一边回答，一边斜眼朝远处的角落扫了一眼。利斯的助手，那些干刽子手行当的打手，该蹦出来狠狠扇他耳光了吧。

"我完全理解，"利斯说，"请坐吧。"

他让莫斯托夫斯科伊坐在安乐椅上，自己在他边上坐下。

他讲的俄语是通常用来写作科普小册子的那种灰扑扑的、没有活力的语言。

"您觉得身体不舒服？"

莫斯托夫斯科伊耸耸肩，一声不吭。

"对，对，我知道。我派医生去看过您，他告诉了我您的情况。这么晚还劳动您大驾，是因为我很想跟您谈谈。"

"那还用说。"莫斯托夫斯科伊心想，嘴上却说：

"我是你们召来受审的。但我跟您没什么好谈的。"

"为什么？"利斯问，"您在看我这身军装。可是，我并不是生来就穿军装的。领袖和党一挥手，我们这些当兵的就前进。我在党内过去一直是搞理论的，至今我对哲学和历史问题仍旧感兴趣，但我是党员。在你们的内务人民委员部里，未必每个工作人员都喜欢卢比扬卡吧？"

莫斯托夫斯科伊观察着利斯的脸，心想，这张苍白的、大脑门的脸庞大概应当绘在人类进化图表的最底下，由那里往上，逐步进化为毛茸茸的尼安德特人①。

"假如中央委员会责令您去加强契卡的工作，难道您可以拒不服从？您只能撂下黑格尔，马上出发。同样，我也撂下了黑格尔。"

莫斯托夫斯科伊轻蔑地睥了对方一眼。黑格尔的大名竟然从这两片肮脏的嘴唇里说出来，他感到荒诞不经，这简直就是亵渎神灵……在拥挤的电车上，要是某个惯偷挤到他身边跟他搭话，他就会一边听对方瞎掰，一边紧盯对方那双手，只要看到刀片一闪，就一拳打到他眼睛上。

此时利斯却抬起双手，望着手掌说：

"我们的手，跟您的手一样，都爱干大事，不怕弄脏。"

莫斯托夫斯科伊皱起眉头，对方这个动作、仿佛出自他自己之口的话语，都让他恶心。

---

① "尼安德特人"得名于德国的尼安德特河谷，是直立猿人的后裔，生活年代约在二十万年至三十五万年前。

利斯来了劲儿，哇哩哇啦说个不停，仿佛他先前某个时候跟莫斯托夫斯科伊说话说到半截被谁打断了，现在很高兴接着说下去。

"只要飞上二十个小时，您就能回到苏联城市马加丹，坐到自己办公室的圈椅上。您在我们这里，就跟在自己家里一样，您只是不太走运罢了。但我很痛心，看到你们的宣传机构与金融寡头的宣传机构彼此呼应，抨击我们党的司法制度。"

他摇摇头，又出乎意料地说出一长串令人惊愕、荒唐透顶的话：

"当我们彼此对视时，看到的不仅是你我充满仇恨的脸。我们是在照镜子。这是时代的悲剧。难道您没有在我们身上看到您自己，看到您自己的意志？难道对您来说世界不就是你们的意志，难道有谁能迫使你们动摇，迫使你们止步吗？"

利斯把脸凑近莫斯托夫斯科伊。

"您听懂我在说什么吗？我俄语不好，但我希望您明白我的想法。您以为您憎恨的是我们，但其实，您憎恨的是你们自己，我们只不过是你们的化身。很可怕，对吧？您听懂了吗？"

莫斯托夫斯科伊决心保持沉默。利斯也没有要逼他说话的意思。

有那么一瞬间，他觉得这个直愣愣盯着他的人也许并不打算哄骗他，而是真心诚意、绞尽脑汁挑选合适的字眼向他倾诉，希望得到帮助，厘清令自己苦恼的问题。

莫斯托夫斯科伊疲惫不堪，心口一阵阵难受，仿佛有根针扎在那里。

"您明白吗？明白吗？"利斯说得飞快，不再盯着莫斯托夫斯科伊，一副气急败坏的样子，"我们打击你们的军队，但也是在打击自己。我们的坦克突破的不仅是你们的国界，也是我们的国界，我们的坦克履带在碾轧德国的国家社会主义。多么可怕，这无异于梦游般的自杀。对我们来说，结局可能是悲剧性的。您明白吗？哪怕我们赢得战争！没有了你们，作为胜利者的我们，只能孤独地面对一个仇视我们的陌生世界。"

此人的话不难驳倒。他两眼凑得离莫斯托夫斯科伊更近了。但这里有某种比这个老奸巨猾的党卫军挑拨离间者的言辞更可恶、更危险的东西，它时而怯生生地、时而毫不掩饰地出现在莫斯托夫斯科伊的内心和头脑中，蠢蠢欲动，让他不得安宁。这是一种可耻、可恶的犹疑情绪，莫斯托夫斯科伊不是在敌对者的话语中，而是在自己内心发现这种情绪的。

这就如同一个人害怕疾病，害怕恶性肿瘤，却又不肯看医生，竭力不去理会病痛，跟亲朋好友聊天时也尽量避开有关疾病的话题。但一天突然有人对他说："告诉我，您这里经常痛吗？通常是每天早上，通常是如此这般之后……对，对的……"

"您明白我的话吗，老师？"利斯问，"有一位德国人，您肯定很熟悉他了不起的著作，他说过，拿破仑一生的悲剧就在于，他一方面体现了英格兰精神，另一方面却又把英国当作死敌。"

"唉，您还是扇我耳光得了，"莫斯托夫斯科伊心想，立即又明白了："他这是在说施本格勒①。"

利斯点上一支烟，把烟盒递给莫斯托夫斯科伊。

莫斯托夫斯科伊生硬地说：

"不抽。"

看到利斯敬烟，他觉得平静了些：世界上所有的宪兵，无论是四十年前审讯他的人，还是眼前这个张口黑格尔、闭口施本格勒的人，都在使用同一个愚蠢的手法：给犯人敬烟。说实在的，刚才有点心神恍惚，全是因为神经衰弱，发生的事情又出乎意料——本来准备好挨揍，结果却是听这家伙鬼扯一通歪理。不过，要知道有些沙皇宪兵也在政治问题上下过功夫，其中不乏真正有学问的人，有一个还研究过《资本论》。但有趣的是，研读马克思的宪兵是否会碰到这样的事：突然在内心深处产生一个想法——或许，马克思说得对？这时，宪兵会有什么感受？因心生疑虑而感到厌恶、恐惧？可是不管怎么样，宪兵是不会成为革命者的。他会打消自己的疑虑，照旧当他的宪兵……而我，我同样会打消自己的疑虑。不同的是，我照旧要当我的革命者。

可是利斯并未留意莫斯托夫斯科伊拒绝了递上的烟，还在嘟哝：

"喏，喏，别客气，真的，上好的烟叶，"他合上烟盒，心绪很糟糕，"为什么我的话让您这么吃惊？您期待一场不同的谈话？难道在你们的卢比扬卡里就没有受过良好教育的人，能跟巴甫洛夫②院士、跟奥尔登堡③交谈的人？但他们是另有所图的。而我，却没有任何不可告人的目的。我可以向您保证。您的烦恼就是我的烦恼。"

他微微一笑，又补充道：

"一个盖世太保的保证，可不是开玩笑的。"

---

① 奥斯瓦尔德·施本格勒（1880—1936），一般译为奥斯瓦尔德·斯宾格勒。德国唯心主义哲学家、史学家，"生命哲学"的代表人物。施本格勒认为历史只是若干独立的文化形态循环交替的过程，任何一种文化形态，像生物有机体一样，都要经过青年期、壮年期以至衰老灭亡。

② 伊万·彼德罗维奇·巴甫洛夫（1849—1936），俄国生理学家、心理学家、医师、高级神经活动学说的创始人，高级神经活动生理学的奠基人。条件反射理论的建构者，也是传统心理学领域之外对心理学发展影响最大的人物之一。1904年，巴甫洛夫因在消化系统生理学方面取得的开拓性成就，获得了诺贝尔生理学或医学奖。他是俄国第一个获得诺贝尔奖的科学家。

③ 谢尔盖·费奥多罗维奇·奥尔登堡（1863—1934），苏联东方学家、人种学者，苏联科学院院士。

莫斯托夫斯科伊暗自默念："别吭声，关键是别吭声，不接话茬，也不反驳。"

利斯继续往下说，仿佛又忘记了莫斯托夫斯科伊的存在。

"磁铁的两极！当然是这样！要不然也不会有如今这场可怕的战争了。我们是你们不共戴天的死敌，是的，一点不错。但我们的胜利也就是你们的胜利。您明白吗？如果你们赢得胜利，那我们在遭到毁灭的同时，又将在你们的胜利中生存下去。这就像一个悖论：我们打输这场战争，同时又赢得这场战争，我们将以另一种形式发展，但实质不会改变。"

这个大权在握的利斯，明明有好多事情可以消磨时光，比如观看记录胜利的影片，喝酒，给希姆莱写报告，读养花指南，重读女儿来信，同从值勤军列上挑选来的年轻姑娘们调情，或者服用健身补品后在宽敞的卧室里睡大觉；这些事他都不干，偏偏在深更半夜把一个浑身散发着集中营恶臭的俄国老布尔什维克叫到身边！

他到底想干什么？他为什么要掩盖自己的目的？他到底想刺探什么？

现在莫斯托夫斯科伊并不怕上刑。他怕的是这样一个念头：万一这个德国人没说假话呢？万一他确实在吐露心声呢？人有时就是需要对人倾诉。

多么可恶的想法：他们俩都有病，都受到同一种疾病的折磨，但一个扛不住，说出了口，想同对方交流；而另一个却保持沉默，深藏不露，只是听着，听着。

终于，仿佛回答莫斯托夫斯科伊心中的问题，利斯打开桌上的一个文件夹，用两个指头厌恶地抽出一沓脏兮兮的纸。莫斯托夫斯科伊一眼就认出来，那上面是伊孔尼科夫歪歪扭扭的字迹。

利斯显然以为，突然见到伊孔尼科夫当时偷偷塞给他的这些纸片，莫斯托夫斯科伊会惊慌失措……

可是莫斯托夫斯科伊并没有惊慌失措。他看着伊孔尼科夫写得密密麻麻的一张张纸片，几乎感到开心：一切全明白了，手法拙劣、原始，跟普通警察局审讯犯人没什么两样。

利斯把伊孔尼科夫写的东西往桌边推一推，但马上又拽了回去。

他突然说起德语来。

"看到了吧，这是搜查时在您那里找到的。我一看就知道这种破玩意儿不会是您写的，虽说我并不认识您的笔迹。"

莫斯托夫斯科伊缄默不语。

利斯用指头敲敲纸片，等莫斯托夫斯科伊开口——他态度客气，执着，似乎心怀善意。

莫斯托夫斯科伊还是默不作声。

"是我弄错了吗？"利斯惊讶地问，"不！我没弄错。您和我都厌恶这上面写的东西。您和我是一伙儿的，而这种乱七八糟的东西是属于另一伙儿的！"他指着伊孔尼科夫的纸片。

"得了，得了，"莫斯托夫斯科伊急匆匆、恶狠狠地说，"咱们说正经的。这些纸片？对，是的，是从我那里搜到的。您想知道是谁交给我的吧？这不关您的事。也许，是我自己写的。也许，是您指使爪牙偷偷塞到我褥子底下的。明白吧？"

刹那间，好像利斯就要接受挑战，大发雷霆，大叫大嚷："我有的是办法让您开口！"

他希望发生这种情况，那样一来一切也就变得简单而轻松了。清清楚楚的两个字：敌人。

但利斯却说：

"这些破纸片算什么？谁写的不都一样吗？反正我知道，既不是您，也不是我。我真的很难过。您想想看，如果没有战争，没有战俘，关在我们集中营里的会是谁呢？如果没有战争，我们集中营里关押的就会是党的敌人、人民公敌。您的那些熟人，也会被关在你们的劳改营里。在安定的和平时期，我们的帝国保安总局会把你们的囚犯纳入我们德国的系统，我们不会释放他们，你们的犯人就是我们的犯人。"

他冷冷一笑。

"那些被我们关在集中营里的德国共产党员，你们在 1937 年也关押过。叶若夫关押过他们，党卫军头目希姆莱也关押过他们……做一个黑格尔主义者吧，老师。"

他朝莫斯托夫斯科伊眨眨眼：

"我猜想，在你们的劳改营里，外语的用处对您来说不亚于在我们集中营里。今天我们对犹太人的憎恨使你们害怕。但也许，明天你们就会吸取我们的经验。而后天，我们可能又会变得更宽松一些。我走过了一条漫长的道路，为我指路的是一个伟人。您同样在一个伟人带领下走过了一条漫长而艰难的道路。难道您相信布哈林是奸细吗？只有伟人，才能指引人们在这样一条道路上走下去。我也认识罗姆[①]，我信任他。但没办法，只能那样。我想不通的是，你们的恐怖统治杀死了几百万人，但普天之下，只有我们德国人懂得：没办法，只能那样！完全正确！您该明白，我是理解你们的。你们应该认识到了这场战争之可怕。拿破仑根本就不该跟英国打仗。"

---

① 恩斯特·罗姆（1887—1934），德国纳粹运动早期高层人士，冲锋队的组织者。1934 年被希特勒处决。

一个新的念头使莫斯托夫斯科伊心头一紧。他一下子紧眯起眼睛，不知是因为突发的刺痛，还是因为想摆脱这令人苦恼的念头。也许，犹疑并不是软弱无力、自相矛盾、疲惫、信心不足的表现。也许，时而小心翼翼、时而肆无忌惮地向他袭来的犹疑，其实是他心中从来怀有过的最珍贵、最纯洁的东西？可他压制、抛弃了这些犹疑，痛责自己竟然产生这些犹疑。而也许，就在这些犹疑中，埋藏着革命真理的种子，埋藏着开辟自由之路的炸药！

要想摆脱利斯，摆脱他那十根滑腻指头的纠缠，只需要停止仇视切尔涅佐夫，停止蔑视傻呵呵的伊孔尼科夫就行了！但是不，不行，还得更进一步！需要放弃一生赖以生存的信念，需要谴责他曾经捍卫、为之辩护的事业。

但是不，不行，还得更进一步！不只是谴责，而且要全身心地，以自己全部的革命热情憎恨劳改营，憎恨卢比扬卡，憎恨血债累累的叶若夫、亚戈达、贝利亚！但这还不够——还得憎恨斯大林，憎恨他的专制！

但是不，不行，还得更进一步！还得谴责列宁！这就紧挨深渊的边沿了！

这意味着胜利，利斯的胜利，不是在战场上展开的那场战争的胜利，而是在一场斗智斗勇、不用一枪一弹的战争中的胜利，这位盖世太保此刻向他发动的正是这样一场战争。

他似乎马上就要崩溃了。但突然，他轻松愉快地长嘘了一口气。瞬息间，令他恐惧、迷惑的念头烟消云散，显得既可笑又可悲。走火入魔只持续了几秒钟。难道他真能怀疑苏维埃伟大事业的正义性吗，哪怕是一秒钟，哪怕是十分之一秒钟？

利斯望了他一眼，抿抿嘴唇，接着说：

"今天，人们看我们时，心怀恐惧，但看你们时，就满怀希望和爱了吗？请您相信，心怀恐惧望着我们的人，也心怀恐惧地望着你们。"

但莫斯托夫斯科伊已经无所畏惧了。此刻他醒悟过来，知道自己的犹疑意味着多么大的代价。犹疑并不像他起先所想的那样，要把他引入泥潭，而是要让他坠入深渊！

利斯拿起伊孔尼科夫那几张纸片。

"您干吗跟这种人打交道呀？都怪这场该死的战争，搞乱了一切，搅混了一切。唉，但愿我有能力能把这团乱麻理出个头绪来。"

哪来什么乱麻，利斯先生。一切都很清楚，一切都很简单。要战胜你们，我们不需要与伊孔尼科夫和切尔涅佐夫这种人结成同盟。我们有足够的力量，既收拾你们，又收拾他们。

莫斯托夫斯科伊看清了，利斯玩的把戏，就是把所有阴暗龌龊的东西凑到一起来对付他，可只要是垃圾，都会散发同样的臭气，所有碎纸片、碎木片、碎瓦片，全都一样。要透过异同追寻事物的本质，考查的不应该是垃圾堆，而应该是大厦建造者的意图和设计方案。

莫斯托夫斯科伊体会到一种令他振奋、令他愉快的仇恨，不仅针对利斯和希特勒，还针对那个长着浅色眼睛、询问他苏联是否允许批评马克思主义的英国军官，针对那个满嘴喷粪的独眼孟什维克，针对那个表面萎靡不振、实际上却可能干着好细勾当的传教士。居然有这样的白痴，相信社会主义国家和法西斯帝国之间存在哪怕最微小的相同之处！这些人到底在哪里找到这样的白痴？只有利斯，这个盖世太保分子，才需要这种破烂货。此刻，对于法西斯主义和其代理人之间的内在联系，莫斯托夫斯科伊比以往任何时候都看得更清楚。

莫斯托夫斯科伊心想，斯大林的天才也许就在于此：他厌恶这种人，毫不留情地把他们消灭掉，因为他看清了法西斯主义和宣扬假自由的伪君子之间的秘密联盟。他觉得这一论断是无可辩驳的，他甚至乐意与利斯分享这一论断，指出利斯的理论是何等荒谬。但他只是冷冷一笑，他可不是吃素的，不会像戈登贝格之流大傻瓜那样，稀里糊涂地把民意党人的事情统统泄露给了高等法院检察长。

他逼视着利斯，提高嗓门，声音大得连远远站在门旁的卫兵都听得见，说道：

"我劝您别在我身上浪费时间了。把我押到墙边，枪毙也好，绞死也好，痛快点！"

利斯忙说：

"没人想杀您，请不必担心。"

"我没担心，"莫斯托夫斯科伊乐呵呵地说，"也不打算担心。"

"应该，应该担心！如果我夜里无法入眠，您也应该无法入眠。你我为什么对彼此怀有这么深的敌意，我真搞不懂……阿道夫·希特勒不是元首，而只是施廷内斯①和克虏伯②那些财阀家族的走狗？你们国家就没有土地私有制吗？工厂和银行都属于人民？你们是国际主义者，我们却鼓吹种族仇恨？我们到处纵火，而你们在尽力灭火？我们是过街老鼠，而人类满怀希望注视着你们的斯大林格勒？你们那边是这么说的吧？胡说八道！该死的胡说八道！全是编造出来的谎言！你们和我们的政体实质是一样的，都是党天下。在我国，资本家不是国家的主人。国家向他们下达

---

① 霍格·施廷内斯（1870—1924），1808 年起经营煤矿业，于第一次世界大战后成名，将施廷内斯康采恩发展成为拥有从伐木到报纸出版，从煤炭、铁砂采掘到冶炼、机械制造的垄断组织。

② 阿尔弗雷德·克虏伯（1812—1887），世界最大的军火制造商世家的创始人。自 1811 年起至第二次世界大战，克虏伯家族的资产达到惊人的规模。

计划，为他们制定纲领，拿走他们的产品，攫取他们的利润。他们自己只能得到百分之六的利润——这是他们的工资。你们的党国同样制订计划和纲领，同样拿走产品。那些你们称之为主人翁的工人，同样从你们的党国领取工资。"

莫斯托夫斯科伊望着利斯，心想："难道这个喋喋不休的恶棍真有那么一会儿弄得我心神不宁？难道我在这股充满毒汁和臭气的浊流中居然憋住了没呛水？"

利斯无望地挥了下手。

"在我们的人民共和国上空，飘扬着红色的工人旗帜。我们也号召人民为取得全民族的成就，为劳动和统一而奋斗。我们宣称'党表达了德国工人的理想'。你们则鼓吹'人民性、劳动'。你们跟我们一样，都知道民族主义是二十世纪的主要动力。民族主义是时代的精神。在一个国家率先建成社会主义——这是民族主义的最高体现！

"我看不出我们有什么理由彼此作对。但是，德国人民的天才导师和领袖、我们的父亲、德国母亲们最好的朋友、最伟大的英明统帅发动了这场战争。我相信希特勒！我相信，你们的斯大林，也不会被愤怒和痛苦冲昏头脑。他将透过战争的炮火和硝烟看到真理。他知道自己真正的敌人。他心里明镜似的，即便现在，当他同自己的敌人商讨对付我们的战略，为自己的敌人的健康干杯的时候，他也明白着哪。地球上有两位伟大的革命家：斯大林和我们的领袖。他们的意志诞生了国家的民族社会主义，也就是纳粹主义。对我来说，同你们结成同盟，比与你们争夺东部空间重要得多。我们在建设两栋大厦，它们应该并排耸立在天际。老师，我希望您在宁静的独处中过一段时间，在我们下次交谈之前好好想想。"

"交谈个鬼啊？愚蠢！毫无意义！荒唐透顶！"莫斯托夫斯科伊说，"而且，真见鬼，您别这么蠢了吧唧地叫我'老师'好不好！"

"哦，一点也不蠢，您和我都该明白：决定未来的，并不是战场。您跟列宁有私交。是他创建了一个新型的党。是他头一个懂得，只有党和领袖能体现民族的动力，于是他解散了立宪会议。物理学界的麦克斯韦①在推翻牛顿力学的同时，以为是在证实它。同样，列宁在创立二十世纪伟大的民族主义的同时，自诩为共产国际的创始人。后来斯大林又教会了我们许多东西。为了在一国建成社会主义，必须剥夺农民种庄稼和出售粮食的自由，于是斯大林毫不手软地消灭了几百万农民。我们的希特勒看到，德国的纳粹运动遭到了敌人——犹太人——的阻碍，于是他决定消灭几百万犹太人。但希特勒不仅是个学生，他更是个天才！你们1937年的清党，

---

① 詹姆斯·克拉克·麦克斯韦（1831—1879），英国物理学家，经典电动力学创始人。

就是斯大林模仿我们清洗罗姆之举，当时希特勒也毫不手软……您应该相信我。我说了这么多，您虽然一声不吭，我却知道，对您来说，我就像一面镜子，一面外科手术镜。"

莫斯托夫斯科伊说：

"镜子？您所说的一切，从头至尾全是谎言。反驳您那套肮脏的、臭气熏天的、挑拨离间的无耻谰言只能降低我的人格。镜子？您怎么回事，彻底糊涂了？斯大林格勒会使您清醒过来的。"

利斯霍地站起身，莫斯托夫斯科伊心头一乱，仇恨和喜悦交织在一起，想道："好啦，他就要开枪了——一切就此了结！"

但利斯好像全然没听到莫斯托夫斯科伊的话，反倒恭恭敬敬地朝他深鞠一躬。

"老师，"他说，"您将永远给我们教诲，同时永远向我们学习。让我们一起思索吧。"

他的脸色既悲痛又严肃，但眼睛却在笑。

又一根毒针扎进莫斯托夫斯科伊的心口。利斯看看表。

"时间不会白白过去的。"

他按了下铃，小声说：

"如果您用得着，请带上这篇论文。我们很快就会再见面的。晚安！"

莫斯托夫斯科伊自己也不知为什么，从桌上抓起纸片，塞进口袋里。

他被带出管理局大楼，吸了一大口冰冷的空气。经历过盖世太保办公室和那位国家社会主义理论家的平静话语之后，这潮湿的夜晚和黎明前的黑暗中响起的警报声，是多么美好。

当他被带回卫生所时，肮脏的柏油路上驶过一辆亮着紫色前灯的轻型汽车。莫斯托夫斯科伊知道，这是利斯回家休息去了。忧郁重又袭上莫斯托夫斯科伊心头。卫兵把他带进隔离室，锁上门。

他坐在床上，心想："要是我信奉上帝，那我就会断定，这个可怕的谈伴是上天专门送来惩罚我的犹疑的。"

新的一天已经开始，他无法再睡。莫斯托夫斯科伊背靠在用带刺的粗糙云杉木板钉成的墙上，开始仔细阅读伊孔尼科夫写得歪歪扭扭的那几张纸片。

16

生活在地球上的人，大部分都无意给"善"下定义。善，到底是什么？谁需要善？谁施予善？有没有适用于所有人、所有民族、所有生活环境的共同的善？或者，我的善对你却是恶，我的人民的善对你的人民却是恶？有没有永恒的、不变的善，抑或昨天的善今天会变成恶，而昨天的恶今天又成了善？

末日审判来临之时，思索善恶问题的就不只是哲学家和传教士了，而将是所有人，学养深厚的和大字不识一斗的都在内。

几千年来，人们关于善的观念有进步吗？是否存在福音书信徒们宣扬的那种普遍适用于所有人的善，不分希腊人和犹太人，不分阶级、民族、国家？或者，存在更为广泛的善，不仅适用于所有人，而且适用于鸟兽虫鱼、花草木石，就像释迦牟尼佛祖及其弟子们践行的那样？正是这位佛祖，为了用善和爱解释人生而弃绝了人生。

我看到，人类道德－哲学领袖们千年来随着世纪更替而形成的观念，导致善涵盖的范围不断缩小。

比佛教观念晚五个世纪的基督教观念，缩小了适用善的有生命世界。不是所有生灵，而只有人，才适用善！

早期基督徒的善拥抱所有人，但后来被只适用于基督徒的善取代。与此同时，又有了只适用于伊斯兰教徒的善，只适用于犹太人的善。

又过了几个世纪，基督徒的善分裂为天主教徒的善、新教徒的善、东正教的善。在东正教的善中又产生了旧派的善和新派的善。

与此同时，还有富人的善和穷人的善。与此同时，还产生了黄种人的善、黑种人的善、白种人的善。

如此不断地分崩离析，人们开始按宗派、种族和阶级圈子来划分善，凡是处于封闭曲线之外的人，再也无法进入善的圈子。

于是人们看到，因为所谓的善恶之争而血流成河，而这里的善，只是一种狭隘的非善之善，恶，只是这狭隘的善认定为恶的一切。

于是，有时这种善的观念本身变成了生活的祸患，变成了更恶的恶。

这种善只是一个空壳，神圣的子实已经脱落、丢失了。谁将把丢失的子实归还给人们？

什么是善？有人曾说：善是一种意愿和与这一意愿相联系的行动，这种行动能给人类、家庭、民族、国家、阶级、信仰带来成功和力量。

那些为自己局部之善而争斗的人，总想给这种善披上普遍性的外衣。因此他们说：我的善跟普遍之善相一致，我的善不仅为我所必需，而且为所有人所必需。我争取局部之善，就是在争取普遍之善。

于是，已经失去普遍性的善，例如宗派的、阶级的、民族的、国家的善，都力图赋予自己虚假的普遍性，以证明自己与被它视为恶的一切势力进行的斗争是正义的。

但是，希律王①杀人并非为了恶，而是为了希律王心目中的善，因为一个新的力量即将降临于世，可能给他、他的家族、他的亲朋好友、他的王国和他的军队带来灭顶之灾。

但是，这里诞生的不是恶，而是基督教。人类还从未听到过这样的话："你们不要论断人，免得你们被论断。因为你们怎样论断人，也必怎样被论断；你们用什么量器量给人，也必用什么量器量给你们……你们的仇敌，要爱他！恨你们的，要待他好！咒诅你们的，要为他祝福！凌辱你们的，要为他祷告！所以，无论何事，你们愿意人怎样对待你们，你们也要怎样对待人，因为这就是律法和先知的道理。"②

但是，这个宣扬和平和仁爱的教义带给人们的是什么呢？

拜占庭的圣像破坏运动③，宗教裁判所的刑讯，在法国、意大利、佛兰德、德国展开的反对异教徒的斗争，新教和天主教的斗争，天主教修士僧团的阴谋，尼康④和阿瓦库姆的斗争，持续许多世纪的对科学和自由的压制，信奉基督教的移民对塔斯马尼亚岛⑤信奉多神教的土著居民的残杀，暴徒焚烧非洲的黑人村落。所有这一切造成的苦难，远远超过那些为恶而作恶的流氓强盗的暴行……

这就是人类最人道的教义令人震惊的悲惨命运，它未能避免共同的结局，同样分崩离析，变成由局部的狭隘之善构成的一个个小圈子。生活的残酷促使善在伟人们的心中产生，他们以善回馈生活，满心指望按照他们奉行的善来改变生活。但是，生活中的各个圈子，没有一个按照善的思想发生变化，善的思想却陷入生活的泥淖中，分崩离析，丧失了自己的普遍性。善的思想如今只为现实生活效劳，而不是按照自己美好然而徒劳无益的方式来构建生活。

---

① 希律王（约公元前73—前4年），犹太国王，依靠罗马军队夺取了王位。多疑、贪权，凡被他视为敌手的均被杀害。在基督教神话中说他获悉耶稣降生人世，便大杀婴儿。由此希律王成为"残暴者"的代名词。

② 参见《马太福音7:1、2、12》《路加福音6:27、28》。译文参照2007年版中文和合本《圣经》。

③ 八—九世纪拜占庭的一种社会运动，在反对崇拜圣像的口号下进行，目的在于反对僧侣和寺院掌握地产，反映了当时贵族势力与宗教势力之间争权夺利的斗争。

④ 尼康（1605—1681），1652年起为俄国牧首，后与沙皇决裂，遭流放。

⑤ 澳大利亚东南沿海的岛屿，由塔斯曼于1642年发现。该岛土著居民塔斯马尼亚人十九世纪被英国殖民者屠杀殆尽。

在人们的意识中，生活的进程总是被理解为善与恶的斗争，但事实并非如此。希望人类被善呵护的人们，却无力减少生活中的恶。

人们需要伟大思想，以开掘新的河道，推倒巨石，削平山峦，伐倒森林。人们需要对普遍之善的向往，以使大江大河驯服流淌。倘若大海也能思维，那么在每一次风暴中，海水中都会产生有关幸福的思想和幻想，每个海浪击在岩石上碎成万千细碎水花时，都会以为是在为海水之善而献身，不知其实是狂风把它掀起，正如在这个海浪之前狂风也曾掀起过几千个海浪，在它之后还会掀起几千个海浪。

关于如何同恶作斗争，阐述何为恶、何为善的书，已经汗牛充栋。

但是，这一切的可悲之处是无可争议的，那就是：在善的霞光高照之处，那里善永远存在，永远不会被恶战胜；那里恶也永远存在，但永远战胜不了善；就在那里，在善的霞光高照之下，老人和婴儿正在大批死亡，血流成河。不仅人们，就连上帝都无力减少生活之恶。

"在拉玛听见号啕大哭的声音，是拉结哭她儿女，不肯受安慰，因为他们都不在了。"[①]——对这位失去儿女的母亲来说，哲人认为何为善，何为恶，已经没有任何意义了。

但是，也许，生活就是恶？

我曾经看到，在我国诞生的社会之善的思想具有如何不可动摇的力量。我曾经在农业集体化时期看到这一力量。我曾经在1937年看到这一力量。我曾经看到，人们怎样以理想之名被消灭，而这种理想之崇高与人道，堪比基督教的理想。我曾经看到饿殍遍野的农村，我曾经看到倒毙在西伯利亚雪地上的农家儿童，我曾经看到把成千上万男男女女从莫斯科和列宁格勒，从俄罗斯其他城市送往西伯利亚的军用列车，这些男男女女被宣布为社会之善这一伟大神圣理想的敌人。这一理想崇高而伟大，但它却毫不留情地杀死一批人，毁掉另一批人的生活，逼使无数家庭家破人亡、妻离子散。

当前，德国法西斯制造的巨大恐怖笼罩着世界。赴死者的哀叫和呻吟响彻四方。焚尸炉的浓烟令天穹黯淡，使日月无光。

但这些罪行在整个宇宙前所未闻，连地球人也未曾作孽到如此地步，如今全打着善的旗号发生了。

我曾在北部森林居住过一段时间，我一度认为善不在人身上，不在这个野兽和昆虫自相残杀的世界里，而是在静默不语的树木王国中。但是不！我看到了森林的

[①] 见《马太福音2:18》，译文参照2007年版中文和合本《圣经》。

运动，看到了森林为争夺土地而同野草和灌木丛进行的诡异大战。亿万颗带翼的树种入土发芽，杀死野草，挤走友好的灌木丛；成百万自播成活的幼苗又投入自相残杀的战斗。最后，只有那些得以生存下来的树木成长壮大，形成年轻喜阳林密密的一片林冠，结成势均力敌的联盟。云杉和山毛榉只能屈居在这片喜阳林冠下方，在阳光照射不到之处，服苦役般苟且偷生。

但是，喜阳林木的衰老期来临，于是粗笨而高大的云杉不再受制于它们的林冠，转而让赤杨和桦树吃尽苦头。

森林就这样生活在无休止的你争我夺中。只有瞎子才会遐想，在树木和青草的王国中存在善的世界。这么说，生活就是恶？

善不在大自然中，不在传教士和先知们的布道中，不在著名的社会学家和伟大的人民领袖的学说中，也不在哲学家的伦理学中……而凡夫俗子心中却怀有对生灵的爱，他们真诚地、下意识地热爱并珍惜生活，在结束一天的劳作后，在自家火炉旁享受些许温暖便心满意足，绝不会跑到广场上去点篝火、燃烈焰。

是的，在那令人恐惧、无所不包的善之外，还存在日常生活中充满人性的行善。老婆婆给俘虏一片面包，是行善。士兵从军用水壶里给受伤的敌人一口水喝，是行善。年轻人体恤老人，是行善。农民把犹太老人藏在干草棚里，是行善。监狱看守冒着丧失个人自由的危险，帮俘虏和囚犯转交不是写给志同道合的战友，而是写给母亲和妻子的信件，也是行善。

这是个别人对个别人的局部的行善，是无人做证、无须多想的小小的行善，可以称之为无谓的行善。这是游离于宗教之善和社会之善之外的普通人的行善。

但是，稍加思索，我们就能认识到：这种无谓的、局部的、偶然的行善却是永恒的。它普适于所有生灵，甚至一只耗子，甚至一根树枝：路人有时会突然停下脚步，把树枝扶扶正，让它更自然、更轻松地与树干一起茁壮生长。

在恐怖的年代，当人们陷于打着国家荣誉、民族荣誉和世界之善的旗号制造的疯狂之中时，在那些年代，当人已经不像人，而像狂风中的树枝摇曳不已，像泥石流中的石块填满沟壑和战壕时，在那些恐怖和疯狂的年代，那可怜巴巴的小小行善依然没有消失，而是像镭原子一样放射到生活中，无处不在。

有支德国讨伐队闯进一个村子，因为两天前在大路边发现了两个被打死的德国士兵。从傍晚起，讨伐队就把村里的女人赶出来，命令她们在林边挖坑。有几个德国兵被安排到一个上年纪的农妇家里过夜。她丈夫被伪警察抓到警察局，和另外二十来个农夫一起等候审问。农妇一夜没能合眼。德国兵在地窖里找到一篮子鸡蛋和一小瓶蜂蜜，于是自己点上炉子，又煎鸡蛋，又喝伏特加。后来，德国兵中年岁稍大那个吹起了口琴，其他人踩着脚伴唱。他们对女主人正眼也不瞧，好像她不是个人，只是只猫。第二天早晨，天蒙蒙亮时，德国兵开始检查冲锋枪，年岁稍大的那个兵不慎碰了扳机，一枪打在肚子上。屋里顿时响起尖叫声，一片慌乱。几个德国兵马马虎虎把伤员包扎了一下，抬到床上。这时，外面叫集合了。德国兵离开前打手势命令农妇照看好伤员。农妇一看，要想掐死他，简直不费吹灰之力。伤兵一会儿小声嘟哝，一会儿闭着眼睛哭泣，咂着嘴唇。突然，他睁开眼睛，一字一顿地说："妈妈，水。""你这该死的，"农妇说，"把你掐死才好。"一边说着，一边把水递给他。而他抓住她一只手，作态让农妇帮他坐起来，因为流血使他快喘不上气了。农妇扶他欠起身子，他用双手搂住了农妇的脖子。就在这时，村里传来一阵枪声，农妇吓得浑身发抖。

后来她向大家讲起这件事，谁也无法理解，连她自己也说不清楚到底是怎么回事。

这就是寓言故事"农夫与蛇"里谴责过的无谓的行善。这就是宽恕那只咬伤婴孩的塔兰图拉毒蛛的行善。这就是失智的、有害的、盲目的行善！

人们乐于在寓言和故事里搜集这类例子，说明无谓的行善时时造成的和将来可能造成的危害。但是，不必害怕这种行善！害怕它，犹如害怕一条偶然被河水冲到咸水海洋里的淡水鱼。

无谓的行善的确偶尔会对社会、阶级、种族、国家造成危害，但从如此行善的人们身上发出的光芒，使这种危害黯然失色。

它，这种愚笨的行善，就是人身上的人性，它使人在自然万物中脱颖而出，它高于人的精神曾经达到过的境界。它大声疾呼：生活并不是恶。

这种行善是不用言语表达的，是无谓的。它是本能的、盲目的。一旦基督教将它囚禁在神父的教义中，它就变得黯淡无光，子实丢失，徒剩空壳。当它默默无声、无意识、无谓的时候，当它深藏在人们内心灵动的朦胧中的时候，当它没有成为传教士的工具和商品的时候，当它那含金的矿砂还没有被铸成神圣的金币的时候，它是有力的。它像生活一样质朴。即使耶稣布道都会使它丧失力量，因为它的力量深藏于人们不能言说的内心中。

但是，我在怀疑人之善的同时，也怀疑起行善。我为它的软弱无力而难过！如果不能感染人，要它何益？

我想，它是软弱无力的，美丽而软弱无力，犹如一滴露珠。

如何使它变得强有力，不像教会那样使它干涸，变成空壳？行善在软弱无力时才有力量！一旦人们赋予它力量，它就丧失了自身，黯然失色，失去光泽，消失在虚空。

如今我才发现恶的真正力量。九天之上一片空荡，而地上只有人。用什么来除恶？用一滴滴朝露，用人的行善？可是要知道，即使倾尽大海和云彩中包含的所有水分，也无法扑灭恶的烈焰；如果想靠自福音时代到今天的铁血年月，一滴滴采集而得的露水，那就更是杯水车薪了……

就这样，我丧失了在上帝那里、在自然界寻觅善的信心，也开始丧失对行善的信心。

但是，法西斯主义的黑暗在我面前展现得越深越广，我就益发清楚地看到，哪怕人们站在坟墓的边沿，站在毒气室的门旁，他们身上依然存在着不可泯灭的人性。

我在地狱中锤炼了我的信念。我的信念自焚尸炉的火焰中涌出，从毒气室的混凝土墙穿过。我看到，不是人在与恶的斗争中软弱无力。我看到，是强大无比的恶在与人的斗争中软弱无力。无谓的行善之所以永生不灭，奥秘就在其软弱无力。它是不可战胜的。它越愚笨，越无谓，越软弱无力，也就越强大。在它面前，恶才是软弱无力的！先知、布道者、宗教改革家、各种领袖在它面前都软弱无力。它是盲目的、无声的爱，是人的终极意义所在。

人类历史并非善力图战胜恶的一场大战。人类历史是强大的恶极力把人性的子实碾为齑粉的大战。但倘若直至今日人性还没有在人身上被扼杀，那么恶注定永远无法取胜。

莫斯托夫斯科伊读完手稿，半闭着眼睛，默坐了好几分钟。

是的，这篇东西出自一个失魂落魄的人之手。贫乏精神的悲鸣！

这位宣教者声称，"九天之上一片空荡"……他把生活看作一场人人自相残杀的战争。而在结尾处，他老调重弹，大谈农妇的行善，并且打算用灌肠器的喷嘴来扑灭燃遍全世界的大火。这一切多么可悲！

莫斯托夫斯科伊望着隔离病房的灰墙，记起浅蓝色安乐椅和同利斯的谈话，心情十分沉重。这不是思想的苦闷，而是心灵的苦闷，使他的呼吸都变得困难。看来，他对伊孔尼科夫的猜疑是没有根据的。疯老头写的东西不仅在莫斯托夫斯科伊身上，而且在那个令人厌恶的夜谈者身上，引起了同样的鄙薄。他再次思考自己对切尔涅佐夫的感觉，思考秘密警察官员谈到切尔涅佐夫这种人时同样表现出的蔑视和憎恨。一种惶惑不安的苦闷和孤寂压向他心头，似乎比肉体的痛苦更为沉重。

17

谢廖扎·沙波什尼科夫指着放在背囊旁边一块砖头上的书，问："读过啦？"

"读过好几遍了。"

"喜欢吗？"

"我更喜欢狄更斯。"

"哦，狄更斯。"

他说话的口气居临下，颇有几分嘲笑的味道。

"你喜欢《帕尔马修道院》吗？"

他犹豫了一下，然后答道："不是很喜欢。"随后他又补充道："今天我要跟步兵一起行动，把德国人从隔壁楼房撵出去。"他明白她目光中的含意，又说："当然，是格列科夫下的命令。"

"那其他迫击炮手呢？琴佐夫也参加吗？"

"不，就我一个。"

两人沉默了一会儿。

"他还缠着你？"

她点点头。

"那你怎么想？"

"这你知道。"她想起了贫穷的阿斯拉部落。

"我觉得，今天我多半会给打死。"

"干吗让你跟步兵一块儿去，你是迫击炮手呀。"

"可为什么他把你留在这里？发报机已经炸得稀烂。早就该把你送回团里去，至少送去左岸。你在这里没事可干，像个无业游民。"

"可至少我们还能天天见面呀。"

他挥挥手，走了。

卡佳回头看了看。本丘克正在二楼上看热闹，嘻嘻笑着。显然，沙波什尼科夫看到了本丘克，所以突然起身离开了。

德国人不断炮轰楼房，到傍晚才停。三个人负了轻伤，一堵内墙倒塌，堵塞了地下室的出口。刚挖开，一发炮弹又打塌一片墙，地下室出口又被堵上。大伙儿又一次挖开。

安齐费罗夫探头张望了一下尘土弥漫、半明半暗的空间，问：

"喂，报务员同志，您还活着？"

"还活着。"卡佳·文格洛娃回答，打了个喷嚏，吐出一口红红的口水，里面混杂着砖末。

"祝您健康[1]。"那工兵说。

天一黑，德国人开始放照明弹，机枪扫射个不停，一架轰炸机飞来好几次，投下几枚爆破弹。没人能入睡。格列科夫亲自把着一挺机枪，步兵们一边破口大骂，一边用工兵铲挡住脸，两次冲出去打退德国人。

德国人似乎已经感觉到，不久前刚被他们占领的附近这幢无主楼房，即将遭到进攻。

枪声一停息，卡佳便听到德国人叽里呱啦的说话声，连笑声也听得十分清楚。

德国人的话很难听懂，单词发音也跟上外语课时学的不一样。她发现小猫从垫子上爬了下来。它的两只后爪已不能动弹，它只用前爪，急急地爬到卡佳身边。

再后来，它停止爬动，牙床好几次张开又合上……卡佳想掀起它垂下的眼皮。"死了。"她想，感到一阵反胃。突然，她明白了，小东西在预感到死亡将临之际，想到了她，勉力拖着半瘫的躯体爬到她跟前……她把小猫的尸体放到一个坑里，盖上几块碎砖。

照明弹照亮了整个地下室。她仿佛觉得，地下室里已经没有空气，她呼吸的是一种血乎乎的液体，从地下室顶棚流下来，从每块砖头渗出来。

眼看德国人正从远处的角落里爬过来，悄悄爬近她，马上就要抓住她，把她拖走。在离她非常近的地方，仿佛就在身旁，德国兵的冲锋枪在扫射。也许，德国人在扫荡二楼？也许，他们不是从下面爬上来，而是从顶棚上的豁口钻进地下室？

她想使自己镇静下来，于是极力回想钉在自家楼门上那张卡片："季霍米罗夫家——一声，济格家——两声，切利穆什金家——三声，法因贝格家——四声，文格罗夫家——五声，安德留先科家——六声，别戈夫——摁住门铃不放……"她极力回想法因贝格家那口放在煤油炉上、拿一块胶合板当锅盖的大锅，回想阿纳斯塔西娅·斯捷潘诺芙娜·安德留先科那只蒙着布罩的木盆，季霍米罗夫家那个搪瓷多处剥落、用绳子挂起来的脸盆。她马上要给自己铺床，在床单和硌肉的弹簧之间垫上母亲那条棕色头巾、一块棉绒、一件开了线的春秋大衣。

后来，她的思绪集中到6/1号楼上。眼下，当希特勒匪徒步步紧逼，眼看就要从地下钻出来时，她已经不再恼怒那些粗野的骂人话，而格列科夫的目光，曾经令她整张脸、整个脖子甚至军大衣下面的双肩都变得绯红，如今也不再令她害怕。开

---

[1] 西人风俗，照过去迷信的说法，打喷嚏的瞬间灵魂会出窍，恶魔会乘虚而入，所以周围的人说"愿神保佑你"以防恶魔上身，有时也说"祝你健康"。

仗这几个月来，她听到的下流话比过去半辈子都多！她想起跟那个秃头中校之间特别不堪的那次谈话。中校闪着一口金牙，向她暗示只要如此这般，就可以留在伏尔加河左岸，留在通信中心，而她呢，只好装聋作哑……她回想起姑娘们常常低声吟唱的一首忧伤的短歌：

> ……秋日夜晚多美丽，
> 长官抱她在怀里。
> 心肝宝贝唤到早，
> 过后她成了万人骑……

她并不是胆小鬼，只不过当时就是那样一种心态。

她第一次见到沙波什尼科夫时，他正在吟诗。当时她心想："好一个白痴。"后来，他两天没露面，但她又不好意思打听他的情况，一直在想，别是给打死了吧。然后一天晚上，他突然又出现了，她听到他对格列科夫说，他是擅自离开集团军司令部掩蔽部跑回来的。

"做得对，"格列科夫说，"你开小差来了我们阴间。"

沙波什尼科夫跟格列科夫分手，路过她身旁时，没看她一眼，走过去了也没回头。她先是有点伤心，过后十分生气，心想："傻瓜！"

后来她听到6/1号楼居民在议论，谁最有希望头一个跟卡佳睡觉。一个说："明摆着嘛，格列科夫呗。"

另一个说："怕不一定。但要说名单上谁排最后，我敢说，准是迫击炮手谢廖扎。姑娘越年轻，越倾心于有经验的男人。"

但后来，她发现大伙儿几乎不再跟她开玩笑，也不来挑逗她了。格列科夫毫不掩饰他的态度：谁要招惹卡佳，他就跟谁急。有一次，大胡子祖巴列夫公然叫她："喂，楼长夫人。"

格列科夫并不猴急，一副成竹在胸的样子，她也能感觉到他的自信。无线电收发报机被炸弹片打烂后，他下令把她安顿在地下室尽头一个小隔间里。

头一天他对她说："我这辈子还从来没见到过像你这样的姑娘。"然后又找补一句："要是在战前遇上你，我非娶你做老婆不可。"

她心说，总得先问问我干不干吧。但她嘟哝了句什么，没敢说出心里想的。

他对她没有非分举动，也没有说过一句下流话，但一想起他，她还是觉得害怕。

昨天他还忧心忡忡地对她说：

"德国人很快就会发动进攻。我们这些人中恐怕没人能够幸存。德国人的楔形攻势早已对准了我们这幢楼房。"

他慢慢悠悠上上下下把她打量了一番。卡佳感到脊背一阵发凉，倒不是因为德国人即将发起的进攻，而是因为他徐缓平静的目光。

"我会顺道去看你的。"他说。表面看来，这句话和起先他说的"德国人进攻后我们这些人中恐怕没人能够幸存"之间并无联系，但联系是有的，而且卡佳明白这一联系。

他不像她在科特卢巴尼一带见到过的那些指挥官。他跟部下说话不大喊大叫，也不蒙人唬人，但大伙都听他的。他坐在那里，边抽烟，边说话或听人说话，同普通当兵的没什么两样，威信却很高。

卡佳跟沙波什尼科夫几乎没说过话。有时，她觉得他钟情于她，但跟她一样，一想到那个使他俩又敬佩又害怕的人，就心里发慌。沙波什尼科夫个性软弱，又缺乏处世经验，但她还是想寻求他的保护，想对他说："过来挨着我坐坐吧。"过一会儿，她又想主动去安慰他。跟他聊天，常常给她一种奇妙的感觉，仿佛战争呀，6/1号楼呀，都消失了。他似乎也意识到了这点，却故意假装粗俗，有一次甚至当着她的面骂了几句粗话。

此刻她觉得，在她模糊的思想感情和格列科夫决定派沙波什尼科夫参与进攻德国人占领的楼房之间，有着某种残酷的联系。

听着冲锋枪声，她在想象中看到沙波什尼科夫躺在一堆红砖上，没剃光的脑袋朝地面耷拉着。

一股强烈的爱怜之情袭上她心头，互不相关的种种感觉交织在她脑际：纷乱的夜间火光；让她既害怕又赞叹的格列科夫，此人即将率部从孤楼废墟向德国的铁甲师发起攻击；对母亲的思念。

她想，只要沙波什尼科夫能活着回来，她愿意献出她在这世上的一切。

"可是，假如有人问我：二选一，你是要妈妈呢，还是要他？"她想。

过了一阵，她恍惚听到谁的脚步声，于是用手指紧紧抓住一块砖，侧耳细听。

枪声静寂下来，四周又恢复了平静。

她后背、双肩、小腿忽然一阵奇痒，但她不敢去搔，生怕发出响动。

大伙问巴特拉科夫，干吗老是搔痒痒，他回答道：

"这是神经性的。"昨天他却说："我抓到了十一只虱子。"科洛梅伊采夫跟他开玩笑："巴特拉科夫遭到神经性虱子攻击啦！"

假如她被打死，战士们会将她扔进土坑，一边说：

"这姑娘真可怜，身上爬满虱子。"

但也许，这瘙痒真是神经性的？但这次真有个人在黑暗中朝她走来，不是出自她的想象，不是因沙沙声、忽明忽灭的光亮和内心的极度紧张而产生的幻觉。卡佳问：

"谁呀？"

"是我，自己人。"黑暗中，一个声音答道。

18

"今天不出击了。格列科夫改主意了，明天晚上。今天德国人倒一直想硬冲过来。顺便告诉你一声，你说的那本《修道院》，我从来没读过。"

她没有作答。

他极力想在黑暗中好好看看她，恰在此时，好像是要满足他的愿望，一声爆炸，火光照亮了她的脸庞。转瞬又是漆黑一片。他俩都沉默不语，仿佛商量好了，一起等候下一次爆炸和闪光。谢尔盖握住她的手，攥紧了她的手指头。他生平还是头一回握少女的手。

脏兮兮、长虱子的无线电女报务员静静坐着，脖子在黑暗中微微发亮。

照明弹的光再次闪烁，两人的头紧偎到一起。他搂住了她，她把眼睛眯上。他俩都知道中学生中流传的说法：睁着眼睛吻人的，肯定没动真情。

"这不是随便玩玩，对吧？"他问。

她捧住他的鬓角，把他的头扳向自己。

"我们要厮守一生。"他慢悠悠地说。

"真奇怪，"她说，"我好怕突然有谁进来。可在这之前，不管谁来，利亚霍夫、科洛梅伊采夫、祖巴列夫……我都会很高兴。"

"格列科夫呢？"他提示道。

"啊，不要。"她说。

他开始吻她的脖颈，用指头摸索着解开她军上衣的金属扣子，用嘴唇轻触她瘦瘦的肩胛骨，但下不了决心吻她的乳房。而她呢，抚摸着他一头没洗过的硬发，像抚摸小孩子。她心里明白，眼下发生的一切都是不可避免的，事情本该这样的。

他看了看夜光表的表盘。

"明天谁领你们去？"她问，"格列科夫？"

"问这干吗？我们自己去，干吗要人领？"

他再次拥抱她，突然间，被自己的大胆吓住，再加上激动，他手指头变得冰凉，胸口也一阵发凉。卡佳半躺在军大衣上，好似停止了呼吸。他一双手这里摸摸，那里碰碰，一会儿触到军便服和裙子沾满尘土的粗糙布料，一会儿触到粗帆布高筒靴。终于，他的手感受到了她肉体的温热。她想坐起来，但他又开始吻她。光亮又一闪，一瞬间照亮了卡佳掉在砖块上的船形帽，照亮了她的脸庞，短暂的几秒钟里，她的面孔显得像个生人。紧接着又是一片黑暗，不知为何，这次似乎黑得格外深沉……

"卡佳！"

"怎么啦？"

"没什么，只是想听听你的声音。你干吗不看着我？"他擦亮一根火柴。

"别，别，快熄掉！"

她又想起他和母亲——对她来说，谁更珍贵？

"请原谅。"她说。

他不明白她的意思，说：

"你别怕，只要还活着，我们要厮守一生。"

"因为我想起了妈妈。"

"可我母亲已经死了。我现在才知道，她是因为我父亲的缘故被流放的。"

他们躺在军大衣上，彼此搂抱着，沉沉入睡。"楼长"走到他们跟前，看到他们熟睡的模样：迫击炮手沙波什尼科夫的头枕在无线电女报务员的肩膀上，一只胳膊搂着她的腰，像是怕失去她。两人就那么一动不动地躺着，毫无声息，格列科夫还以为他俩都死了呢。

黎明时分，利亚霍夫往地下室的隔间张望了一眼，叫道："喂，沙波什尼科夫，喂，文格洛娃，楼长叫你们哪，行动快点，猫腰，小跑！"

天空阴云密布，寒冷而朦胧的晨曦中，格列科夫一脸肃杀之气。他一只宽阔的肩膀斜靠墙站着，蓬乱的头发垂在低低的前额上。

他俩站在他面前，不住地倒脚，竟没意识到两人还手拉着手。

格列科夫翕动着扁平狮子鼻的鼻翼，说：

"是这么回事，沙波什尼科夫，你马上去团部，我把你调到那里了。"

谢廖扎感到姑娘的手指在颤抖，于是紧紧捏住它们，而她也感到了他手指的颤抖。他张大嘴吸了口气，舌头和上颌发干。

寂静笼罩着多云的天空，笼罩着大地。横七竖八盖着军大衣躺在地上的人们似乎并没睡着，一个个屏住呼吸，等着看这出戏如何收场。

四周的一切如此美好，如此诱人，而谢廖扎心想："这是逐出天庭啊，拆散我们俩，就像拆散一对农奴。"他盯着格列科夫，眼里有哀求，又有愤恨。

格列科夫眯缝起眼睛，盯着姑娘的脸庞，谢廖扎觉得他的目光令人厌恶，冷酷，厚颜无耻。

"好啦，就这些，"格列科夫说，"报务员跟你一起走。无线电收发报机都没了，她还待在这里干什么？你把她送到团部吧。"

他笑了笑。

"到那里后，就得靠你们自己了。把这份证明拿上，我给你们俩开在一起了。我不喜欢写东西。清楚啦？"

蓦地，谢廖扎发现，望着他的那双眼睛如此美好，充满人性、聪慧和忧伤。这样的眼睛他这辈子还从未见过。

19

步兵团政委皮沃瓦罗夫始终没机会进入 6/1 号楼。

跟孤楼的无线电通信中断了，不知是因为无线电收发报机损坏，还是因为在大楼里当家的格列科夫大尉不耐烦再听指挥部的严厉训斥。

有一段时间，有关被围楼房的情报，可以通过迫击炮手、共产党员琴佐夫获得。据他报告，"楼长"完全我行我素，鬼知道他对战士们都说了些什么。但说实话，格列科夫同德国人打仗十分勇猛，这一点连打小报告的琴佐夫也不否认。

晚上，皮沃瓦罗夫正打算潜入 6/1 号楼，团长别列兹金却得了重病。

他躺在掩蔽部里，脸烧得烫手，双目无神，眼珠像水晶般清澈，仿佛不属于活人。

医生望着别列兹金一筹莫展。他惯于跟受伤的四肢、洞穿的颅骨打交道，而这个肢体完好的人却突然整个病了。

医生说：

"得拔火罐，可上哪儿找罐子去？"

皮沃瓦罗夫决定向上级报告团长的病情，但还没等他报告，师政委就来了电话，命令他火速前往师部。

路上，炮弹两次在离皮沃瓦罗夫不远处爆炸，他不得不趴地上躲避。当他上气不接下气走进师政委的掩蔽部时，师政委正在跟一个从左岸来的营级政委谈话。皮沃瓦罗夫听说过此人，他曾经给部署在工厂区的部队作过报告。

皮沃瓦罗夫大声报告：

"奉命前来报到。"随即报告了别列兹金的病情。

"是啊，情况不太妙，"师政委说，"皮沃瓦罗夫同志，您得暂时接过指挥全团的担子了。"

"被围楼房该怎么处理？"

"这事您处理不了，"师政委说，"这幢被围楼房惹的麻烦大了，连方面军司令部都惊动了。"

他把一份密电在皮沃瓦罗夫眼前晃了晃。

"找你来就是为了这件事。喏，柯雷莫夫同志接到方面军政治部的命令，去被围楼房恢复布尔什维克秩序，并担任那里的作战政委。万一情况需要，就解除格列科夫的职务，由柯雷莫夫同志负责指挥……既然事情发生在你们团的防区，就由您负责，保证他顺利进入大楼，并保持今后联系畅通。明白了吗？"

"明白，"皮沃瓦罗夫说，"遵命执行。"

接着，他改换语气，仿佛日常聊天，而不是谈公务：

"营级政委同志，跟这样一群毛头小伙子打交道，是您的专长吗？"

"正是，"从左岸来的营级政委冷笑道，"1941年夏天，我曾经在乌克兰率领两百人成功突围。当时，那帮人的游击习气也够严重的。"

师政委说：

"那好吧，柯雷莫夫同志，行动吧。请跟我保持联系。搞独立王国，那可不行。"

"是，那儿据说还牵扯到一个无线电女报务员，"皮沃瓦罗夫说，"团长别列兹金一直在担心，他们的无线电收发报机又停止了通信。那帮小伙子什么事干不出来啊。"

"好吧，您到了那边，就能理出头绪了，抓紧吧，祝您成功。"师政委说。

20

就在格列科夫把沙波什尼科夫和文格洛娃打发走的第二天，柯雷莫夫在一名冲锋枪手护送下，出发去那栋被德军包围的著名孤楼。

他们是黄昏时分离开步兵团团部的，天还亮着，有几分寒意。一走进斯大林格勒拖拉机厂铺着沥青的院子，柯雷莫夫就比任何时候都更强烈、更清晰地感到死亡的威胁。

但与此同时，他却按捺不住心中的兴奋和喜悦。方面军司令部意外发来的密电仿佛对他确认，在这里，在斯大林格勒，行事另有一套章法，这里有另一些人际关系，另一些评价标准，对人有另一些要求。柯雷莫夫又是柯雷莫夫了，不再是残废人分队中的一名残废人，而是一名战斗部队的政委，一名布尔什维克。任务再危险、再艰巨，都吓不倒他。当他从师政委的眼睛里，从皮沃瓦罗夫的眼睛里，重新看到党内同志过去一贯对他表现出来的信任，心里不禁充满甜蜜的喜悦。

被炮弹炸得坑坑洼洼的沥青地里，在一门毁坏的步兵团迫击炮旁边，躺着一具红军战士的尸体。

不知为什么，正是在现在，正当柯雷莫夫心中洋溢着鲜活的希望，充满喜悦的时候，这具尸体的模样却使他深受震撼。他死人见得多了，已经对尸体无动于衷。可此刻他却打了个冷战。这具永远不能复生的尸体躺在那里像一只无助的小鸟，双腿怕冷似的蜷缩着。

一个像是政治指导员的人身穿皱皱巴巴的灰色雨衣，手里托着一个鼓鼓囊囊的军用挎包，从他身边跑过。几名红军战士用防水布拖着反坦克地雷和几块大面包。

但死者不再需要面包和武器，也不再挂念忠贞不贰的妻子的来信。他的死亡没把他变成强者，如今他是世上的最弱者，犹如一只死麻雀，连蚊蠓飞蛾都不怕它。

炮兵们在车间一堵墙的缺口处安放步兵团的一门加农炮，一边跟重机枪手们打嘴仗。根据战士们的手势，大致能猜到他们在争什么。

"知不知道，我们这挺机枪在这里待了多久了？你们还在河对岸晃荡时，我们早就在这边开打了。"

"你就吹吧，没羞没臊的！"

空气突然被撕裂，一发炮弹落到车间一个角落里，爆炸的弹片砸到墙上，铛铛作响。走在柯雷莫夫前面的冲锋枪手回过头来，看政委有没有给打死。等柯雷莫夫走近，他说：

"政委同志，您别担心，我们都把这里看作二梯队，算是大后方。"

没过多久柯雷莫夫就明白了，车间墙边的院子的确是个静谧去处。

他们时而往前猛跑，时而卧倒，脸紧贴地面，然后爬起来再跑，再卧倒。他们两次跳进步兵藏身的战壕里。他们跑过燃烧的房屋，里面空无一人，只有钢铁在空中呼啸而过……冲锋枪手又安慰柯雷莫夫说：

"主要的是，别飞来一架俯冲轰炸机就好。"然后又建议道："喂，政委同志，咱们到那边那个弹坑里避避。"

柯雷莫夫溜进弹坑底，朝上面张望。头顶上，天空湛蓝湛蓝；肩膀上，脑袋还在。当死神在你前后左右舞蹈，在你头上鬼哭狼嚎时，你反而更真切地感觉到自己的存在，这真是件很奇怪的事情。

躺在用死神的铁锹挖出的大坑里，却觉得格外安全，也是件很奇怪的事情。

冲锋枪手没容他喘口气，便说：

"跟我来！"说着就爬进一个黑咕隆咚的通道，柯雷莫夫紧跟着他。通道逐渐变宽，顶部变高，他们进入了一个巷道。

在地下，依然能听到上边炮火的轰鸣，拱顶不时颤动，轰隆轰隆的声音一阵阵滚向巷道远方。在铸铁管道特别密集的地方，手臂粗的黑色电缆分叉开来，墙上有一行用防锈漆涂写的字："马霍夫是头驴子"。冲锋枪手拧亮手电筒，说：

"德国人就在咱们头顶上。"

很快，他们拐进一条狭窄的坑道，朝着隐约可见的一个灰色光点走去。坑道深处的光点变得越来越明亮清晰，爆炸声和机枪的射击声也越来越响。

一时间，柯雷莫夫觉得自己正一步步走向断头台。但他们终于钻到地面上，首先映入柯雷莫夫眼帘的，是一张张人脸——他觉得这些脸上的表情平静得好似圣徒。

柯雷莫夫说不出地高兴，全身心一下子放松了。置身于这炮火连天的战场，他并没有命悬一线之感，战火于他，仿佛一场偶降的雷雨，刚好被一个体魄强壮、充满活力的年轻旅游者碰上。

他神清气爽，深信自己正在经历命运中一个幸运的新转折点。在朗朗白日照耀下，他仿佛看到了自己的未来——他将有机会再次大展拳脚，把自己的全部才智、毅力和布尔什维克的激情投入到生活中。

但他心中除了自信和青春感，还有那个离他而去的女人带给他的痛苦，她曾是他无比心爱的人。但现在他觉得还没有永远失去她。随着他自身力量的恢复，随着他重拾过去的生活，她也会回到他身边。他会追她到天涯海角！

一个把船形帽压到额头上的老兵，站在一堆篝火边，俯身用刺刀翻动着放在洋铁皮上烤的土豆。他把烤好的土豆放在一个钢盔里。见通信员走来，他急忙问：

"谢廖扎在哪儿？"

通信员板着脸说：

"有首长来了！"

"多大年纪啦，老爹？"柯雷莫夫问。

"六十了。"老头答道，然后马上解释说："我是工人民兵团的。"

他又瞟一眼通信员。

"谢廖什卡①在哪儿？"

"他不在团里，也许去友邻部队了。"

"唉，"老头懊丧地说，"就这么不见了。"

柯雷莫夫跟大伙儿打过招呼，环顾四周，再细细打量地下室的隔间，只见木头板壁拆了一半，有一处架着步兵团的一门加农炮，炮筒从墙上一个缺口伸出去。

"像艘战列舰。"柯雷莫夫说。

"是啊，就是水少了点。"一名红军战士说。

再远些，在石头垒成的坑和隘口处，安放了几门迫击炮。

地板上放着带尾翼的迫击炮弹。离炮弹不远，有架手风琴搁在一块军用雨布上。

"瞧，6/1号楼扛住了，没向法西斯让步。"柯雷莫夫大声说，"整个世界，成千上万的人都为此而感到高兴。"

一片沉默。

波利亚科夫老头把盛满烤土豆的钢盔端给柯雷莫夫。

"波利亚科夫烤土豆的事迹，没人写写吗？"

"您就知道傻乐，"波利亚科夫说，"可我们的谢廖什卡却让人给撵走了。"

有个迫击炮手问：

"第二战线还没开辟吗？一点消息也没有？"

"暂时还没有。"柯雷莫夫回答说。

一个敞着军装，露出背心的人说：

"那天，伏尔加河对岸的重炮部队不知搞什么鬼，突然朝我们猛轰，科洛梅伊采夫被气浪打翻在地，爬起来就说：'嘿，伙计们，第二战线开辟了。'"

一个深色头发的小伙子悻悻地说：

"说什么废话啊，要没有那些重炮，我们在这儿还待得住吗，德国人早把我们收拾干净了。"

"哎，指挥员在哪儿？"柯雷莫夫问。

"这不，在最前边趴着哪。"

指挥员趴在高高的砖堆上，正用望远镜观察敌方。

柯雷莫夫叫了他一声，他不情愿地转过脸，一脸狡黠，把一根指头放在唇边上做了个"别出声"的动作，然后又拿起了望远镜。过了一会儿，他抖动着肩膀笑了起来。他爬下砖堆，笑嘻嘻地说：

---

① "谢廖什卡"是"谢廖扎"的昵称。

"比下棋还糟。"

他瞥一眼柯雷莫夫肩章上的绿色杠杠和政委标志，说："您好，营级政委同志，欢迎光临寒舍。"然后他自我介绍道："楼长格列科夫。您是从坑道钻过来的吧？"

他身上的一切——无论是眼神，利落的举止，还是扁平鼻子上的两个大鼻孔，都显得桀骜不驯。

"没关系，没关系，看我慢慢收拾你。"柯雷莫夫心想。

柯雷莫夫开始向他了解情况。格列科夫爱搭不理地回答，心不在焉，还不断打哈欠，东张西望，好像柯雷莫夫的问题碍了他的事，让他无法记起某件极其重要、需要马上完成的任务。

"把您撤掉，如何？"柯雷莫夫问。

"没必要吧？"格列科夫答道，"不过，最好发点烟草给我们，喔，当然还有迫击炮弹、手榴弹什么的。如果不心疼，再派玉米机①空投点伏特加和吃的，就更棒了……"他扳着指头说。

"这么说，您不打算离开？"柯雷莫夫怒气冲冲地问，一边却不由自主挺欣赏格列科夫那张并不好看的脸。

两人都不作声了。在这短暂的沉默中，柯雷莫夫好不容易才压下去自己心里冒出来的一种感觉：与这座被围楼房里的人们相比，他在道德上处于下风。

"写战斗日志了吗？"他问。

"我没纸，"格列科夫回答说，"没纸，我怎么写？再说了，也没时间写。写了又有什么用？"

"别忘了您是受176步兵团团长指挥的。"柯雷莫夫说。

"是，营级政委同志。"格列科夫回答说，然后不无嘲讽地补充说："这片地段被敌人切断后，我在这幢楼里集合起人员和武器，打退了敌人三十次进攻，击毁八辆坦克。干这些事时，我上头可没什么指挥员。"

"您知道属下现有兵力的确切数目吗？清点过没有？"

"干吗要清点，让我交队列呈文，好从行政管理处和师军需处领供应吗？我们吃的是烂土豆，喝的是臭水。"

"楼里有女性吗？"

"政委同志，您好像在审问我？"

"有人被俘吗？"

_____

① "玉米机"是苏联卫国战争中一种轻型夜航低飞教练机的诨名。

"没有，没发生过这种情况。"

"那么，你们的无线电女报务员在哪里？"

格列科夫咬着嘴唇，两条眉毛拧在一起，回答说：

"那姑娘是个德国奸细，她想拉我下水，后来我把她给强奸了，再后来我把她给枪毙了。"他拧着脖子问："难不成您想从我嘴里得到这样的回答？"接着，他又嘲讽地说："我感觉有点要送我去惩戒营的意思，是这样吗，首长同志？"

柯雷莫夫沉默片刻，盯着他说：

"格列科夫，格列科夫，您是忙晕了吧。我也在包围圈里待过。我也被盘问过。"

他看着格列科夫，慢吞吞地说：

"给我的命令是，假如有必要，可以解除您的指挥员职务，由我接过这个摊子。您干吗自讨苦吃，非逼我出此下策不可呢？"

格列科夫默不作声，思索着，侧耳细听，然后说："没动静了，德国人休息了。"

21

"那好，"柯雷莫夫说，"咱俩坐下来，商量一下下一步怎么办。"

"干吗就咱俩？"格列科夫说，"我们这儿干什么都是大伙儿一起，打仗一起打，商量下一步也一起商量。"

对格列科夫的直来直去，柯雷莫夫是又恨又爱。他很想对格列科夫讲讲他在乌克兰被围的经历，讲讲他战前的生活，希望格列科夫别把他当官僚看待。但他又觉得，讲这些东西会暴露他的弱点。而他来这座楼是要显示他的力量，而不是弱点。他不是政工部门的官僚，他是作战部队的政委。

"不要紧，"他心想，"政委不会把事情搞砸的。"

寂静中，人们有的坐在砖堆上，有的半躺在砖堆上。格列科夫说：

"今天德国人不会再来了。"他向柯雷莫夫建议道："政委同志，大家一起吃点东西吧。"

柯雷莫夫紧挨着格列科夫坐下。

"我看着你们大家，"柯雷莫夫说，"脑子里便不停地想起那句老话：俄罗斯人总是痛揍普鲁士人。"

有人懒洋洋地小声附和："没错儿！"

但在这声"没错儿"中，包含着对陈词滥调的嘲讽，虽然挺宽容，但仍然是嘲讽。坐着的人群中爆发出一阵低低的哄笑。对于俄罗斯人身上蕴藏的力量有多么巨大，他们的了解并不亚于第一个说出"俄罗斯人总是痛揍普鲁士人"那句名言的人，因为他们自己就是这一力量的直接体现。但是，他们也知道，也明白，普鲁士人如今能打到伏尔加河畔，打到斯大林格勒，完全不是因为俄罗斯人总是痛揍他们。

就在此时，柯雷莫夫身上发生了一种奇怪的变化。他历来不喜欢政工人员颂扬昔日的俄罗斯统帅，反感《红星报》的文章动不动就引用德拉戈米罗夫[①]的话，那些话完全不符合他信奉的革命精神。他觉得没必要颁发以苏沃洛夫、库图佐夫、波格丹·赫梅利尼茨基[②]命名的勋章。革命就是革命，革命军队只需要一面旗帜——红旗。

有一次，在敖德萨革命委员会工作期间，他参加了港口装卸工和城里共青团员的游行，人群推倒了率领俄国农奴军队在意大利作战的一位伟大统帅的铜像。

正是在这里，在6/1号楼里，柯雷莫夫生平第一次重复了苏沃洛夫的话，感受到了武装起来的俄罗斯人民几百年来的共同荣耀。他不仅对以前作过的那些报告的主题，而且对自己生活的主题，仿佛突然有了一种全新的感受。

但为什么正是今天，正当他重新呼吸到熟悉的空气——在列宁领导下开展革命的空气时，会产生这些感觉和想法呢？

因此，战士中不知是谁发出的那声满含嘲笑的懒洋洋的"没错儿"，深深地刺痛了他。

"同志们，轮不到我来教你们怎么打仗，"柯雷莫夫说，"这方面你们每个人都是高手。可是，为什么指挥部还觉得有必要派我来呢？也就是说，我到底上你们这儿来做什么？"

"菜汤，是为了来喝菜汤吧？"有人友好地小声推测。

这句貌似小心翼翼的推测所引起的笑声，可一点也不小。柯雷莫夫看了格列科夫一眼。

格列科夫竟然跟大伙儿一起在笑。

"同志们，"柯雷莫夫气得满脸通红，"严肃点，同志们，我是党派来的！"

这些人是怎么回事？这种情绪是刚好被他碰上，还是蓄意的造反？是这些人觉得自己够强大、够老练，不屑听政委啰唆？但也许，听众的嬉笑并不是要煽动造

---

① 米哈伊尔·伊万诺维奇·德拉戈米罗夫（1830—1905），俄国军事理论家，步兵上将，在部队训练和教育问题上追随苏沃洛夫。

② 波格丹·赫梅利尼茨基（约1595—1657），1648—1654年乌克兰人民反抗波兰贵族压迫的解放战争领导人，1654年宣布乌克兰同俄罗斯合并。

反，而只是流露出了在斯大林格勒特别强烈的一种自然而然的平等感。

柯雷莫夫曾经如此赞赏这种自然而然的平等感，为什么现在却对其如此反感，一心要压制它、束缚它呢？

柯雷莫夫感到跟这些人格格不入，并不是因为他们颓丧、惊惶、胆小。相反，他们在这里觉得有力量，对自己充满信心；难道这种有力量的感觉反倒削弱了他们同柯雷莫夫政委的关系，在双方之间制造了疏远和敌意？

烤土豆的老头说：

"我早就想找个党里面的人问问了。政委同志，据说到了共产主义，大家都各取所需，但假如每个人都按自己需要的酒量喝酒，特别是从清早起就开喝，那大伙儿不全醉成一团烂泥了吗？"

柯雷莫夫朝老头转过脸去，只见他一脸真诚，很担心的样子。格列科夫却笑起来，脸也在笑，眼睛也在笑，两个又大又宽的鼻孔都鼓了起来。

一个头上缠着血污的绷带的工兵问：

"政委同志，集体农庄怎么办？战争结束后，能不能把它们给统统取消了？"

"这倒是个作报告的好题材。"格列科夫说。

"我来这里不是为了作报告，"柯雷莫夫说，"我是作战部队的政委，我来这里，是因为这里有不能容许的游击习气，必须消除。"

"那就消除吧，"格列科夫说，"那谁去消除德国鬼子呢？"

"您别担心，会有人的。我来这里不是为了喝汤，像你们所说的那样。我是来熬布尔什维克这锅粥的。"

"好吧，那就消除吧，"格列科夫说，"熬吧。"

柯雷莫夫面带笑容，同时又十分严肃地打断他：

"如果需要的话，连您一块熬。让大伙儿把您和布尔什维克粥一起吞下去。"

此刻，柯雷莫夫平静而自信。对于应该采取的措施，他曾经拿不定主意，但现在他不再犹豫。格列科夫的职务必须解除。

格列科夫显然是个怀有敌意的异己分子。被围楼房中的种种英雄业绩无法减轻他的罪责，更不能消除他的罪责。柯雷莫夫自信他有办法收拾格列科夫。

天黑以后，柯雷莫夫找到楼长，对他说：

"格列科夫，咱们开诚布公，认真谈谈吧。您到底想要什么？"说话时，他站着，格列科夫坐着。格列科夫飞快地抬头往上看了一眼柯雷莫夫，乐呵呵地说：

"我要自由，我为自由而战。"

"我们都要自由。"

"得了吧，"格列科夫挥下手，"自由对您有什么用？您只需要收拾德国人。"

"别开玩笑，格列科夫同志，"柯雷莫夫说，"您干吗不制止一些战士的错误言论？啊？凭您的威信，您可以做得不比任何一个政委差。我的印象是，他们一边说怪话，一边看您的脸色，好像等您夸奖。提到集体农庄那个战士就是这样。您干吗支持他呢？咱们打开天窗说亮话：你我一起努力，把局面整顿好。要是您不肯——我还是打开天窗说亮话：我也不是吃素的。"

"提到集体农庄，那又怎么啦？实际情况是，没人喜欢它。这一点您跟我同样清楚。"

"怎么，格列科夫，您想改变历史进程不成？"

"而您，想让一切回到老路上去不成？"

"这'一切'是什么？"

"就是一切。全面强制劳动。"

他说话懒洋洋的，不时来上两句，还伴以冷笑。突然，他坐直身子，说道：

"得了，政委同志。我没什么想法，就是跟您开个玩笑罢了。我跟您是一样的苏维埃人。您不信任我，当然让我觉得不痛快。"

"那好，格列科夫，那就别开玩笑了。咱们认真聊聊，怎样消除苏维埃人不应有的消极情绪。这种情绪的根子在您身上，所以还得您来帮我消除。恢复好名声得靠您自己。"

"我想睡了。您也该休息了。您很快会看到，从天亮那一刻开始，这里是怎么个情况。"

"好吧，格列科夫，明天再说吧。我不急。反正我哪儿也不去。"

格列科夫哈哈大笑：

"好吧，就这么说定了。"

"情况很清楚，"柯雷莫夫暗自寻思，"我可不会用什么顺势疗法。得用外科手术刀，干脆利落。单靠说服工作，不可能让政治上的驼背直起腰来。"

格列科夫突然说：

"您的眼睛蛮漂亮。但您很忧郁。"

柯雷莫夫没料到这一出，只把双手一摊，什么也没说。可格列科夫却好像听到了对方的肯定，喃喃地说：

"您不知道，我心里也闷得慌哪。不过，都是芝麻大的个人私事。您可别写到汇报中啊。"

夜间，柯雷莫夫在睡梦中被一颗流弹打伤头部。子弹划破头皮，伤到了颅骨。

伤势不重，但柯雷莫夫头晕得厉害，站立不稳，总是恶心。

格列科夫安排了一副担架，在静悄悄的黎明前把伤员从被围楼房抬了出去。

柯雷莫夫躺在担架上，只觉头晕目眩，脑袋嗡嗡作响，太阳穴怦怦跳个不停。

格列科夫送他到地道口。

"您运气够差的，政委同志。"他说。

蓦地，一个念头闪过柯雷莫夫脑际，虽然只是无端的猜测，但令他不寒而栗——莫非半夜三更格列科夫朝他开了一枪？

傍晚前，柯雷莫夫开始呕吐，头痛加剧。

他在师部医疗所躺了两天，然后被转移到左岸，住进了集团军医院。

<h1 style="text-align:center">22</h1>

皮沃瓦罗夫政委钻进医疗所昏暗的土窑，只见伤员横七竖八躺在地上，情景相当不堪。在医疗所里他没见到柯雷莫夫，后者前天晚上已被送去左岸。

"怎么回事，刚去就受伤了？"皮沃瓦罗夫思忖着，"也许，他运气太差？但谁知道啊，也许，是'祸兮福所倚'呢？"

与此同时，皮沃瓦罗夫在想，要不要把生病的团长转到医疗所来。他返回团部掩蔽部，路上差点被德军的地雷炸死。皮沃瓦罗夫告诉冲锋枪手格卢什科夫，医疗所根本没有给团长治病的条件。带血的纱布、绷带和药棉扔得到处都是，远远看到就让人起鸡皮疙瘩。格卢什科夫听政委讲完，说道：

"当然，政委同志，还是待在自己掩蔽部里好些。"

"是啊，"政委点了点头，"在医疗所，甭管你是团长还是战士，全躺地上。"

按级别理应躺地上的格卢什科夫说：

"当然，这怎么行？"

"团长说什么了吗？"皮沃瓦罗夫问。

"没有，"格卢什科夫挥挥手，"还说话呢，政委同志，我们把他老婆的信拿给他，他都不瞟一眼，信就这么搁在那里。"

"你说什么？"皮沃瓦罗夫说，"那可是真病了。老婆的信都不瞟一眼，这哪成！"

他拿起信，掂了掂分量，凑到别列兹金脸前，一本正经地开导说：

"伊万·列昂季耶维奇，您夫人来信啦。"等了一会儿，他又换了个截然不同的腔调："万尼亚^①，醒醒，老婆的信，你还不明白吗，啊，万尼亚？"

但别列兹金就是不明白。

他面色绯红，亮亮的眼睛茫然地盯着皮沃瓦罗夫。

这一天，战争执拗地叩着掩蔽部的门，重病缠身的团长却在里面干躺着。从昨夜起，几乎所有电话通信都被破坏，可不知为什么别列兹金土窑里那部电话机却畅通无阻，电话不断打进来：师部，集团军司令部作战部，友邻古里耶夫师的团长，别列兹金下属的营长波德楚法罗夫和德尔金，都有电话来。掩蔽部里人头攒动，门隔不了一会儿就吱呀一响，格卢什科夫挂在入口处的军用雨布也被掀得啪啪响。人们一大早就开始担心。这天不同往常，德军炮声懒懒散散的，空袭也不多，偶尔飞来一架也是随便扔几颗投弹了事，这一切反而使许多人坚信德国人即将发动一场凌厉的攻击。同样的忧虑啮噬着许多人的心，包括崔可夫，团政委皮沃瓦罗夫，待在6/1号楼里的人们，在斯大林格勒拖拉机厂烟囱旁庆祝生日、一大早就喝起了伏特加的步兵排排长。

在别列兹金的掩蔽部里，每次有谁说了什么有趣或特别可笑的事，大伙都回头望望团长——难道他连这都没听见？

连长赫列诺夫昨晚受凉了，嗓子沙哑，他对皮沃瓦罗夫说起自己的一段经历：天亮前他从连部所在的地下室走到外面，坐在一块石头上听德国鬼子的动静。冷不防天上传来一个恶狠狠的声音："喂，赫列恩^②，怎么不点灯？"

刹那间，赫列诺夫目瞪口呆：天上怎会有人知道他姓甚名谁？他心里直发毛。后来才知道，原来是玉米机熄了发动机在他头上滑翔。显然，驾驶员想为6/1号楼空投食品，气恼为什么没在前沿点灯做标记。

掩蔽部里的人一齐转过头看别列兹金，看他乐了没有。但只有格卢什科夫觉得在病人玻璃般无神的眼珠里看到了一闪而过的生命亮点。午饭时间到了，掩蔽部里一下子变得空荡荡的。别列兹金静静躺着，格卢什科夫叹了口气：团长躺在那里，身旁搁着那封他期待了好久的家信。皮沃瓦罗夫和一位少校——科申科夫牺牲后接任的参谋长——去吃午饭，享用了美味的甜菜汤，还喝了二两伏特加。炊事员已经请格卢什科夫尝过这味道鲜美的甜菜汤。可团长，一团之主，却什么也没吃，只从茶缸里喝了口水……

格卢什科夫拆开信封，走到床边，缓慢而清晰地小声念道："你好，我亲爱的万尼亚，你好，我最心爱的，你好，我的好人儿。"

---

① "万尼亚"是"伊万"的昵称。

② "赫列恩"，与"赫列诺夫"字音相近，在俄文里可解为"鬼东西"。

格卢什科夫皱起眉头，继续努力辨认信上的字迹，念出声来。

他是在给不省人事的团长念妻子的来信，一封已经被战时检查机关审读过的信，一封充满柔情、忧郁感人的信。有权读这封信的人世上只有一个——别列兹金。

别列兹金突然转过头，伸出手说："拿这儿来。"格卢什科夫并不是很吃惊。

信纸在剧烈颤抖的粗大手指中抖动着。

"……万尼亚，这里非常美丽。万尼亚，我是多么思念你。柳芭老问我，为什么爸爸没跟我们在一起。我们住在湖边，屋里很暖和，女主人有头奶牛，有牛奶，有你寄来的钱，我清晨走到外面，冰冷的水面上漂着黄的、红的槭树叶，而周围已是白雪皑皑，湖水显得格外地蓝，天空也是蓝蓝的，而树叶却格外地黄，格外地红。柳芭问我：你怎么哭了？万尼亚，万尼亚，我亲爱的，我为一切谢谢你，为所有、所有的一切，为你的善良，谢谢你。为什么我哭，该怎么解释呢？我哭，是因为我活着；我哭，是因为痛苦，因为我活着，斯拉瓦却不在了；我哭，还因为幸福——你还活着。记起妈妈和妹妹时，我哭。我哭，是因为晨光，还因为四周那么美丽，因为所有地方、所有人包括我自己心中都充满痛苦。万尼亚，万尼亚，我亲爱的，我心爱的，我的好人儿……"

别列兹金头晕乎乎的，周围一片模糊，手指不停地颤抖，信纸不停地颤抖，连灼热的空气好像都在颤抖。

"格卢什科夫，"别列兹金说，"得让我今天就好起来，尽管我老婆塔马拉不喜欢'好起来'这个字眼。那边如何，开水炉没给炸坏吧？"

"开水炉没事。一天怎么能好起来呢？您烧到了四十度，赶上半公升装伏特加的度数了，哪能说退就退呢。"

几个战士把一只空汽油桶轰隆隆地滚进掩蔽部，然后用锅子和帆布小桶往汽油桶里灌了半桶热气腾腾的浑浊河水。

格卢什科夫帮别列兹金脱光衣服，把他扶到桶边。

"太烫了，中校同志，"他摸了摸汽油桶，立刻缩回手说，"会把您给煮熟啰。我给政委同志打过电话，他在师长那儿开会，咱们最好先等他回来吧。"

"等什么？"

"万一您出了什么事，我只好一枪打死自个儿。要是我勇气不够，还可以让政委皮沃瓦罗夫同志下手。"

"快给我搭把手。"

"哪怕让我给参谋长打个电话也好。"

"嘿！"别列兹金说，虽说这声沙哑短促的"嘿"出自一个光屁股、站立不稳的人，格卢什科夫还是立马闭上了嘴。

爬进桶里，别列兹金一声哀号，呻吟着在水里扑腾起来。格卢什科夫望着他，也呻吟起来，围着桶团团转。

"像是在产房里。"不知何故，他这么想。

别列兹金一时失去了知觉，对战事的忧虑、病中的高烧，都化为一团迷雾。一切都陡然停止，心脏不再跳动，滚烫的水也不再觉得火烧火燎。然后他苏醒过来，对格卢什科夫说：

"把地板擦擦干。"

但是，格卢什科夫并没看见有水溢出桶边。团长通红的脸逐渐变白，嘴半张着，剃得光光的头顶上沁出大颗大颗的汗珠，在格卢什科夫眼里仿佛是浅蓝色的。别列兹金又要昏过去了，但格卢什科夫刚想把他从桶里拽出来，他却清清楚楚地说：

"还没到时候呢。"说着便猛咳起来。咳嗽停下后，别列兹金没等缓过气来，又说："加点开水。"

终于，他从水里爬出来，格卢什科夫瞧着他那副模样，心里越发沮丧。他帮别列兹金擦干身子，服侍他躺到床上，盖上被子和军大衣，后来索性把掩蔽部里所有东西——雨布、棉衣、棉裤——全垒到了他身上。

等皮沃瓦罗夫回到掩蔽部，地上全收拾好了，只有空气中还弥漫着一股澡堂子的潮气。别列兹金静静地躺着，睡了。皮沃瓦罗夫在他床边站了一会儿。

"他的脸好纯净，"皮沃瓦罗夫思忖着，"这人应该没写过揭发材料。"

今天一整天他都被突然回想起来的一件往事搅得心神不定。五年前，他检举过两年制专修班里一位同窗好友什梅廖夫。今天，在激战前表面的平静中，面对种种凶险和不祥之兆，好些陈年旧事浮现在脑海，什梅廖夫浮现在脑海。当时，什梅廖夫一脸的可怜和痛苦，斜着眼睛听他最好的朋友皮沃瓦罗夫在会上揭发他。

大约午夜时分，崔可夫绕过师长，一个电话直接打到部署在拖拉机厂工人新村的团部。这个团的情况特别让他担心。据侦察部队报告，在这一地段德军正在集结远超平常数量的坦克和步兵。

"喂，你们那边情况如何？"他气恼地问，"那边到底谁在指挥全团？巴丘克告诉我，你们团长得了什么肺炎，巴丘克想把他送左岸去。"

一个暗哑的嗓子回答道：

"是我，别列兹金中校，在指挥全团。着了点凉，现在全好了。"

"听出来了，"崔可夫似乎幸灾乐祸地说，"你嗓子哑得够呛，不过德国佬马上会给你点烫牛奶喝。都烧好了，就等上桌，你可小心点，弄不好把你们全给淹了。"

"明白，一号首长。"别列兹金说。

"啊，明白是吧，"崔可夫威胁道，"那就小心点，要是你胆敢后退，我就让你尝尝热蛋黄，不会比德国佬的牛奶差。"

23

波利亚科夫跟克里莫夫约好晚上去团部一趟，老头想好好打听一下沙波什尼科夫的下落。

波利亚科夫对格列科夫讲了这件事，格列科夫挺乐意。"去吧，去吧，老爹，你自己也在后方休息休息，再回来告诉我们，他们在那边过得如何。"

"跟卡佳?"波利亚科夫问，猜到了格列科夫为什么同意他的请求。

"可他俩已经不在团里，"克里莫夫说，"我听说，团长把他俩调到左岸去了。也许，两人已经在阿赫图巴登记领证了?"

波利亚科夫这个坏老头盯住格列科夫不放：

"那要不就取消我们的行程，或是捎封信去?"

格列科夫飞快地瞪了他一眼，但话音还是很平静：

"行了，去吧。已经说好了。"

"明白。"波利亚科夫心想。凌晨四点来钟，他们从地道往外爬。波利亚科夫的脑袋不时撞到支架上，他气得不行，对谢廖扎·沙波什尼科夫破口大骂，实则对自己又羞又恼，想不通为何如此惦记这个小伙子。

地道变宽了些，他们坐下来稍事休息。克里莫夫半开玩笑地说："怎么，没带点礼物啊?"

"去他的吧，这个臭小子!"波利亚科夫说，"我倒是该带个砖头，给他头上来一下。"

"明白了，"克里莫夫说，"你就是为这件事要去的吧，哪怕游水也要游到左岸?说不定，老头，你想见的是卡佳吧，吃醋快吃疯了?"

"走吧!"波利亚科夫说。

很快，他们爬上地面，在一片无主的空地上行走。四周一片寂静。

"要是战争突然结束了呢?"波利亚科夫心想，立刻以惊人的想象力在头脑中描画出自己家的景象：桌上摆着一盘甜菜汤，妻子在拾掇他钓的鱼。他浑身一下子燥热起来。

这天夜间，保卢斯上将下达了在斯大林格勒拖拉机厂地段发起进攻的命令。

飞机、坦克、大炮准备打前站，突破工厂大门，随后两个步兵师将迅速跟进。从午夜时分开始，士兵们用手掌捂着的烟卷就星星点点地不停闪着红光。

黎明前一个半小时，"容克"飞机一批批飞临工厂，发动机的轰鸣响彻天空。密集轰炸随之开始，炸弹雨点般落下，爆炸声此起彼伏，其间的短暂静默瞬间就被接踵而来的炸弹急速冲向地面的呼啸声充填。无休止密集轰炸的咆哮声仿佛要劈开人们的头颅，砸断人们的脊梁。

天光渐亮，但工厂区上空依然是漫漫长夜，仿佛大地本身在释放闪电和闷雷，喷吐浓烟和黑尘。

别列兹金团和6/1号楼经受的打击最为猛烈。

全团各处，人们的耳朵被震得半聋，他们惊恐地发现德国人正大开杀戒，而这一次屠杀所投入的蛮力，是前所未见的。

半路突遇空袭，克里莫夫拽着老头急忙转身朝无主地方向跑回去，那里有许多弹坑，是九月底被重磅炸弹炸出来的。从炸塌的战壕里跳出来的波德楚法罗夫营的战士们，也朝无主地方向猛跑。

德军和苏军战壕间离得很近，德军炮击的一部分火力也落到了德军的前沿阵地，炸死炸伤不少充当先头部队的德军师的士兵。

波利亚科夫觉得，从下游阿斯特拉罕正有一股凶猛异常的旋风沿着汹涌的伏尔加河刮来。他好几次被气流掀翻在地，晕头转向，分不清自己身处阴间还是阳间、年轻还是年老，也分不清哪里是天、哪里是地。但克里莫夫一直紧紧拽着他，跑呀，跑呀，最后，两人掉进一个深深的弹坑，滚到潮湿黏稠的坑底。这里的黑暗是三重的：夜晚的黑暗、烟尘的黑暗和深坑的黑暗交织在一起。

他们并排躺着，一老一少脑海中都亮起一线迷人的希望之光，那是对生的渴求。这光，这感人至深的渴求，在所有人的头脑中燃烧，不仅在人类的心中，而且在最普通的鸟兽心中燃烧。

波利亚科夫觉得这倒霉经历全是由谢廖扎·沙波什尼科夫引起的，他一边低声骂娘，一边嘟哝道："谢廖扎，瞧你把我们坑的！"但内心里，他却在为小伙子祈祷。

如此密集的狂轰滥炸已经达到了极限压力，似乎不可能持续太久。然而时光流逝，隆隆的爆炸声并未减弱，黑黑的烟尘非但没有消散，反而越深越浓，越发紧密地把天地联成一片混沌。

克里莫夫感觉好像躺在一个尚未填土的墓穴里，他摸索到老民兵一只因为常年干活而显得粗糙的手，紧紧握住，对方也回以紧紧一握，克里莫夫多少感到一点宽慰。不远处一声爆炸，石头土块随之纷纷落到坑里，有几块碎砖砸在老人背上。泥土沿着弹坑壁一片片滑落下来，两人看得心里直发毛。是的，这个坑摆在那里，你不得不往里爬，但别想再见到光明啦，德国人从空中抛撒泥土，非把坑彻底填平不可。

外出侦察时，克里莫夫一般不愿意跟人搭档，他喜欢一个人大步流星走进黑暗，就像一位冷静沉着、富有经验的航海家喜欢从多石的海岸迅疾驶入浩淼大海阴森森的深处。可是在这里，在这漆黑一片的土坑里，他却很高兴身边躺着自己人波利亚科夫。

时间失去了从容不迫的步伐，开始发疯，一会儿像冲击波一样向前猛冲，一会儿又突然凝结，扭曲成羊角形状。

土坑里的人抬起头来，头顶上，昏暗的天空现出一道微光，烟尘被风吹散……大地渐趋沉寂，密集的轰炸失去势头，爆炸声变得稀稀落落。极度的疲惫刹那间充满人们全身心，每个人的生命活力仿佛消失殆尽，心中剩下的唯有无尽忧愁。

克里莫夫站起身来，这才发现身旁躺着的原来是个德国兵！德国兵身上落满尘土，全身服装从头到脚，从军帽到靴子，都被战争的牙齿撕咬得稀烂。克里莫夫并不惧怕德国人，他对自己的力量从来就充满信心，他有本事比敌人提前一秒钟扣动扳机、投出手榴弹，或用枪托或匕首击倒敌人。

但此刻他却不知所措了。他做梦也没有想到，自己稀里糊涂在身边摸到的居然是个德国人，而且把这人的手错当成波利亚科夫的手握在自己手里，还由此感到宽慰。德国兵和他面面相觑。两人被同一股力量压制住，两人都无力对抗这股力量，这力量似乎并不保护两人中任何一个，对双方的威慑也不分上下、半斤八两。

两个战争居民默然相对。两人都具有的完美无误的本能反应——杀人，此刻却没发挥作用。

波利亚科夫就坐在稍远处，也紧盯着那个胡子拉碴的德国人。波利亚科夫不喜欢一声不吭地闷很长时间，现在却隐忍着，一言不发。

生活是残酷的，而在他们眼睛的深处却闪过一个令人寒心的预感：即便在战后，这股把他们驱赶到这个土坑里、逼着他们嘴啃泥的力量，将要压迫的也不仅仅是战败者。

仿佛商量好了似的，他们都开始从坑里往上爬，不管不顾地暴露出后背和脑袋，坚信对方不会从背后给自己吃颗枪子儿。

波利亚科夫滑了一跤，在他身旁往上爬的德国人没拉他一把。老头掉了下去，骂骂咧咧地诅咒这个万恶的世界，又顽强地重新往上，往这个世界爬去。克里莫夫和德国兵爬到了地面上，两人都在张望：一个朝东边看，一个朝西边瞅，看上司有没有发现他们从同一个坑里爬出来，却没有彼此厮杀。他们没有回头，没有互相道声"阿丢"①，各自踏着还冒着浓烟的土地，越过被炸弹翻耕出来的一个个土包和沟坎，朝自家战壕走去。

"我们那座楼没了，被铲平了。"克里莫夫对紧跟在他后面跑着的波利亚科夫说，声音中透着恐惧："弟兄们，难道你们全被杀死了吗？"

就在这时，大炮和机枪一齐开火，轰隆声、噼啪声连成一片。德军的大规模进攻开始了。斯大林格勒最艰难的一天到来了。

"该死的谢廖扎，把我们搞到这步田地！"波利亚科夫喃喃地说。他还不知道出了什么事，不知道6/1号楼里已经无人幸存，克里莫夫在眼前不停地悲叹、哀恸，只让他心烦意乱。

24

空袭时，一枚炸弹击中了营指挥所所在的地下管道煤气室，团长别列兹金、营长德尔金和营部服务员当时正在里面，全部被埋。别列兹金发现自己陷入伸手不见五指的黑暗中，耳朵被震聋，石头粉末呛得他喘不过气来，起初还以为自己已经向阎王报到了。但德尔金在短暂的平静中打了个喷嚏，问道：

"您还活着吗，中校同志？"

别列兹金答道：

"还活着。"

德尔金听到团长的声音就乐了，已经保持了很久的乐观情绪顿时又回到他身上。

"既然活着，那就说明一切正常。"他说，同时被尘土呛得连连咳嗽，显见得一切并不很正常。德尔金和服务员半截身子被埋在碎砖和石块中，不知道有没有伤着骨头，他们自己也无法摸自己的身体。一根铁梁悬在头顶，两人背都无法伸直。看来，正是这根铁梁救了他们的命。德尔金拧开手电，见到的情景委实可怕。弥漫的尘雾中，到处是低垂的石头、扭曲的钢筋、拱起的水泥板，地上流着打翻的机油，电缆断成一截截的。看来，再来这么一颗炸弹，再这么震动一次，钢铁和石头就会进一步亲密接触，狭小的缝隙将消失，室内的人将不复存在。

---

① "adieu"，德语：再见。

他们沉默了一会儿，身子蜷缩成一团，听那狂暴的火力猛烈打击各个车间。别列兹金心想，多亏这些车间的断壁残垣保护着他们。要把混凝土、铁板、钢筋彻底打掉可没那么容易。

后来，他们东敲敲，西摸摸，终于明白，靠自己的力量是无论如何也钻不出去的。电话机完好无损，但悄无声息——电话线被炸断了。

谈话几乎不可能：震耳欲聋的爆炸声盖过说话的声音，满屋尘土又呛得他们喘不过气来，人人咳嗽不断。

一昼夜前还发着高烧、卧床不起的别列兹金，现在一点都不觉得虚弱。他的力量通常能使红军指战员在战斗中听命于他，但这种力量的实质并不在于军事和作战——它是平凡的、通情达理的、人道的力量。只有极少数人才能保存这种力量，并在地狱般的战斗中体现出这种力量，而正是这些人，拥有平民的、亲密的、通情达理的人道力量的人，才是战争的真正主人。

轰炸停息下来，埋在地下的人们听到了钢铁的隆隆轰响。

别列兹金擦擦鼻子，咳了几声，说：

"狼群在嗥叫了。坦克正往拖拉机厂开来。"接着补了一句："咱们正好在他们路上。"

大概因为想不出更糟的事，营长德尔金突然大声唱起了一首电影插曲，他的声音难以形容，还夹杂着咳嗽：

真好，弟兄们，真好，弟兄们，活在世上，
跟着首领，永远不会悲伤……

电话员心想，营长疯了，但还是吐着、咳着，跟着他唱起来：

婆娘发誓永不会把我遗忘，
可没过几天，就做了别人的新娘……

而就在他们头顶的地面上，在充满烟尘和坦克马达回声的车间通道里，格卢什科夫正在拼命搬动石块和水泥板，把弯曲的钢筋扳直，他的手掌和十指已经磨掉了皮，鲜血淋漓。他发疯似的干着，全靠这种疯狂，他才能搬动沉重的铁梁，完成平常需要十个人才能完成的工作。

终于，别列兹金重见光明，又一次看到那烟雾腾腾、尘土飞扬的外部世界，爆炸的隆隆声和坦克的轰鸣声、机枪大炮的射击声混杂成一片。但光明毕竟是光明，明朗而宁静。看到光明，别列兹金想到的第一件事是："看见了吧，塔马拉，你用不着担心，我早就跟你说了，没什么大不了的事。"格卢什科夫粗壮有力的胳膊紧紧抱住了他。

德尔金哭喊道：

"请允许我报告，团长同志，我指挥的营没有活人了。"

他用手画了个圈。

"万尼亚不在了，我们的万尼亚不在了。"他指着营政委的尸体说，那具躯体躺在混合着鲜血和机油的黑乎乎的水洼里，一动不动。团指挥所里其他人都还好，只是桌子和床上落满了泥土。

见到别列兹金，皮沃瓦罗夫欣喜若狂，骂骂咧咧地朝他扑去。

别列兹金问他：

"跟各营的通信联系还畅通吗？孤楼怎样了？波德楚法罗夫怎样了？我和德尔金给埋在了下边，就像麻雀掉在捕鼠笼子里，跟外界失去了联系，见不到一点亮光。谁还活着，谁死了，我们的人在哪里，德国人在哪里，全是两眼一抹黑。快说说情况！你们打仗的时候，我们却在那儿唱歌。"

皮沃瓦罗夫开始汇报伤亡情况，说6/1号楼里的人全死了，连捣乱分子格列科夫在内，全牺牲了。只有两个人幸免于难：侦察兵和民兵老头。

但全团顶住了德国人的进攻，活着的人都还活着。

这时，电话响了，团部所有人全都回头盯着通信兵，从他的面部表情猜到，电话是斯大林格勒最高首长打来的。

通信兵把听筒递给别列兹金，声音很清晰，土窑里的人们静了下来，听着崔可夫那低沉有力的嗓音。

"别列兹金吗？师长受了伤，副师长和参谋长已经阵亡，现在我命令你接任师长。"稍一停顿，他又缓慢而郑重地补充说："你率领全团，在前所未有的险恶条件下顶住了敌人进攻。感谢你。我拥抱你，亲爱的。祝你成功。"

激战在拖拉机厂各车间展开。活着的人都还活着。

6/1号楼一片寂静。废墟里听不到一声枪响。显然，起初空中打击的火力都集中在这栋楼，断垣残壁被轰倒，石头小丘被削平。此刻，德军坦克正依托死楼的废墟，朝波德楚法罗夫营猛烈开火。

不久前还对德国人毫不留情、令其无比恐惧的楼房，现在却成了保护他们的藏身之地。

从远处看去，一堆堆红砖宛如还冒着热气的生肉，身穿灰绿色军装的德国士兵兴奋地叫喊着，在死楼的砖堆中忽而连滚带爬，忽而奔跑跳跃。

"您来指挥全团吧。"别列兹金对皮沃瓦罗夫说，随即补充道："整个战争期间，上面老是对我不满。可今天我在地底下待了大半天，唱了会儿歌，什么正事也没干，崔可夫反倒感谢我，还提拔我当师长。这不是开玩笑吗！现在也别指望我放过你。"

但德国人正在向前推进。这可不是开玩笑。

25

在一个多雪的大冷天，施特鲁姆跟妻子、女儿一起回到了莫斯科。岳母亚历山德拉·弗拉基米罗芙娜不想撇下工厂的工作，尽管施特鲁姆已经开始找关系把她调到卡尔波夫①研究所，她还是决定留在喀山。

这些日子非常奇特，人们内心交织着喜悦和不安。德国人似乎依旧强大、可怕，随时可能发动新的残酷打击。

战争好像并没有出现转机。但谁都想回莫斯科，这种愿望是自然而然、合乎情理的，政府着手让某些机关回迁莫斯科似乎也是顺理成章的事。

人们已经感觉到战时春天即将来临的隐秘迹象。但在这场战争的第二个冬天，首都展现的依然是一副抑郁、愁苦的面貌。

人行道两旁堆积着小山般的脏雪。市郊的街道上，一条条行人踏出来的小道像乡村小路般，从住家户的门口通向电车站、食品店。罗马尼亚火炉的铁皮烟囱从许多窗户里伸出来，冒着黑烟，煤烟熏黄了房屋的墙壁。

莫斯科人穿着短皮袄、系着头巾，一个个显得土头土脑。

从车站回家，维克托·帕甫洛维奇坐在卡车车厢的行李上。他转过脸看了一眼坐在身边的娜嘉，只见娜嘉紧皱着双眉。

"怎么啦，小姐？"施特鲁姆问女儿，"你在喀山心心念念的莫斯科，大概不是这般模样吧？"

被父亲看透了心思，娜嘉挺尴尬，但什么也没说。

维克托·帕甫洛维奇对她解释道：

"人们不懂得，他们建造的城市并非大自然的天然组成部分。要想抗衡狼群、

---

① 列夫·雅科夫列维奇·卡尔波夫（1879—1921），苏联化学工业的组织者，1918年创办最高国民经济委员会中央化学实验室，现名卡尔波夫物理化学研究所。

暴风雪、杂草，保住自己的文明，人们就不能放下手中的枪、铁锹和扫帚。稍微疏忽大意，分心一两年，文明就保不住了，狼群会从森林里窜出来，杂草会遍地丛生，城市会被大雪和尘土覆盖。从古到今，有多少大都市已经湮没在尘土、大雪和野草中！"

柳德米拉坐在揽私活的司机边上，施特鲁姆想让她也听到自己的高论，于是从车帮上探过身子，朝半开的车窗里问：

"你那儿还好吧，柳达？"

娜嘉却开了口：

"仅仅因为看院子的没扫雪，文明就毁灭了。"

"小傻瓜，"施特鲁姆说，"瞧瞧这些冰堆。"

卡车猛然一颠，包袱、箱子什么的全都在车厢里跳起来，施特鲁姆和娜嘉也随之蹦了起来。两人对视一眼，都乐了。

奇怪啊，真是奇怪。他何曾想象得到，在饱经战乱、痛苦、流离失所的一年里，他竟然在疏散地喀山取得了自己最重大、最主要的研究成果。

当列车驶近莫斯科时，他们似乎只应感到万分激动。对施特鲁姆的母亲安娜·谢苗诺芙娜和对托利亚、玛鲁霞的痛惜，对几乎家家户户都有的死者的思念，似乎都应与回家的喜悦交织在一起，占据整个心灵，使他们无暇他顾。

但事情并不像想象的那样顺心。乘车途中，施特鲁姆动不动就为一些小事大动肝火。他气柳德米拉老是打瞌睡，竟然不朝儿子保卫过的大地瞧上一眼。柳德米拉在睡梦中鼾声大作，车厢过道上路过的一个伤兵听到她的鼾声，评论道：

"嗬，这鼾打的，快赶上近卫军了。"

他气娜嘉，她妈妈刚把她吃剩的东西收拾好，她又从背包里专拣好看的饼干挑出来，活像个没教养的自私鬼。一路上她对父亲讲话时老用一种傻不拉几的嘲笑口吻。施特鲁姆听到她对隔壁包厢的乘客说："我老爸是个乐迷，有时还亲自在钢琴上鼓捣出调调来。"

包厢里的邻座们热心谈论的是莫斯科的下水道和集中供暖，某些粗心大意的人忘了为莫斯科的住处付房租而丢掉了在莫斯科居住的权利，带哪些食品到莫斯科最划算，等等。施特鲁姆不屑聊这类日常生活话题，但最后他自己也聊起了房管和供水问题。晚上睡不着觉时，他脑子里转的也是到莫斯科后赶紧上配给中心登记、电话是否还能用之类的琐事。

负责他们车厢的女列车员，一个凶神恶煞的女人，一次打扫包厢时，从座位底下扫出施特鲁姆扔的一根鸡骨头，便嘟囔着说：

"哼，一群猪，还自以为是文化人呢！"

火车在穆罗姆站小停，施特鲁姆和娜嘉到月台上散步。他们从几个身穿卡拉库尔羊羔皮领旧式大衣的年轻人身旁走过。他听到其中一个说："阿布拉姆老爹①从疏散地回来了。"

另一个说：

"阿布拉姆老爹保卫莫斯科有功，急着去领勋章呢。"

在卡纳什车站，列车正好停在一列押送囚犯的军用列车对面。哨兵在月台上沿着加温车来回走动，囚犯们一张张苍白的脸紧贴在带铁栏杆的小窗户上，喊着"给支烟抽吧"，"给点烟叶吧"。哨兵一边骂，一边把囚犯从窗口轰开。

晚上，他来到索科洛夫一家乘坐的隔壁车厢。玛丽娅·伊万诺芙娜头系花头巾，正在铺床。施特鲁姆一看，她把下铺让给了索科洛夫，自己睡上铺。她一心想的是如何让索科洛夫舒服些，对施特鲁姆的问话答非所问，甚至都没问问柳德米拉·尼古拉耶芙娜的健康。

索科洛夫打着哈欠，抱怨车厢里太闷，害得他浑身乏力。他对施特鲁姆过来看望他们夫妇俩没显出高兴的样子，漫不经心地应付着。不知为何，施特鲁姆心里很不是滋味。

"这辈子我还是头一回看到，"施特鲁姆说，"丈夫让妻子爬上铺，自己睡下铺。"他口气很冲，话一出口自己都吃惊，不明白为什么对这种小事生那么大气。

"我们家向来都是这样。"玛丽娅·伊万诺芙娜说，"彼得·拉夫伦季耶维奇在上铺老觉得憋闷，而我呢，上下铺都无所谓。"

她在索科洛夫鬓角上亲了一下。

"好吧，那我走了。"施特鲁姆说。索科洛夫夫妇没留他多待一会儿，他心里又一次觉得不是滋味。

夜里，车厢里很闷热。他想起了喀山，想起了卡里莫夫和岳母亚历山德拉·弗拉基米罗芙娜，想起了跟马季亚罗夫的谈话，想起了喀山大学里那间小小的办公室……他想起那段时间晚间上索科洛夫家聊政治时，玛丽娅·伊万诺芙娜那双眼睛是多么可爱、多么惊恐，完全不像今天在车厢里那样心不在焉，视他如路人。

"鬼知道是怎么回事儿，"他思忖着，"睡下铺，只管自个儿舒服、凉快？真是治家有方啊！"

在他认识的女性中，他一向认为玛丽娅·伊万诺芙娜是最优秀的，又温顺又善

---

① "阿布拉姆"（又译"亚伯拉罕"）是常见的犹太姓氏。

良。但现在，他却对玛丽娅很气恼，心想："她就像只红鼻子母兔。彼得·拉夫伦季耶维奇也不是个善茬，表面随和、持重，实则极端自负，城府很深，又爱记仇。是啊，可怜的小女人，够她喝一壶的。"

他怎么也睡不着，于是设想与朋友们、与切佩任即将见面的情景。很多人都听说了他的研究成果。等待他的会是什么？他可是奏凯而归啊，古列维奇和切佩任会对他说些什么呢？

他想起，马尔科夫对新实验装备的安装已经胸有成竹，但得一星期后才回莫斯科，而没有他，安装工作就无法开始。糟糕的是，无论是索科洛夫，还是自己，谈起理论来头头是道，但要说动手，那就连三岁小孩都不如了……

是啊，奏凯而归，好一个奏凯而归。

但这些想法都是支离破碎、断断续续的。

他眼前浮现出讨烟抽的囚犯，浮现出管他叫阿布拉姆老爹的年轻人。他想起波斯托耶夫当着他的面对索科洛夫说过的一句奇怪的话，当时索科洛夫谈到青年物理学家兰德斯曼的研究，波斯托耶夫却说："得了吧，兰德斯曼算什么，咱们的维克托·帕甫洛维奇才是好样的，用第一流的发现震惊了世界。"说着，他搂住索科洛夫，又补充了一句："关键是，咱们都是俄罗斯人。"

电话还能用吗？煤气还通着吗？难道一百多年前，把拿破仑赶走后，人们返回莫斯科的途中，满脑子想的也是这些鸡毛蒜皮的事？……

卡车在他家楼前停下，于是施特鲁姆又看见了自家单元的四扇窗户，看见了去年夏天十字形贴在窗玻璃上的蓝色纸条，看见了正门和人行道旁那几棵椴树，看见了那块"牛奶店"招牌和房管员门上的木牌。

"电梯肯定没法用。"柳德米拉·尼古拉耶芙娜嘟哝着，朝司机转过身子，问道："同志，能帮我们把东西搬上三楼吗？"

司机回答说：

"干吗不呢。不过，您得给我点面包作为酬劳。"

他们卸下卡车上的东西，让娜嘉留下照看，施特鲁姆跟妻子一起上楼。他俩慢慢爬着楼梯，很惊讶一切都是老样子——二楼上一扇包着黑色漆布的门、熟悉的信箱，都没变。多么奇怪，你淡忘了的街道、老家、东西，全都没有消失，它们重新展现在你眼前，你重新处于它们中间。

有一次，托利亚不等电梯，一口气跑上三楼，然后从上面朝施特鲁姆叫道："啊哈，我已经到家啦！"

"在平台上歇会儿吧，你都快喘不过气了。"维克托·帕甫洛维奇说。

"我的天哪！"柳德米拉·尼古拉耶芙娜说，"楼道都脏成这样了。明天我得上房管所去一趟，非得让瓦西里·伊万诺维奇安排一次大扫除不可。"

终于，又一次，夫妻双双站在了自家门口。

"要不，你来开门吧？"

"别别，干吗呀，你开，你是一家之主啊。"

他们走进房间，几个屋子都看了一遍。她没脱大衣，用手试了试暖气片，又摘下电话听筒吹了吹，说：

"电话看来还能打！"

接着她走进厨房，说：

"水也有，那么厕所可以用了。"

她走到煤气炉跟前，试了试点火开关。没有煤气。

老天，一切终于结束了。敌人被挡住了。他们回到了自己的家。那个星期六，1941 年 6 月 21 日，仿佛就在昨天。一切丝毫未变，一切又变得面目全非！刚刚走进屋里这两个人，已经不是原先那两个人，这两个人有别样的心情，别样的命运，生活在别样的时代。为何如此忧心，如此烦闷？为何失去的战前生活显得那么美好，那么幸福？为何一想起明天，就如此烦躁——票证发放处、户口登记处、用电限额、电梯能开、电梯不能开、订报……夜里重又躺在自家床上，听挂钟熟悉的报时声。

他跟在妻子屁股后面，突然记起那年夏天的莫斯科之行，记起漂亮的尼娜如何与他共饮美酒，那只空酒瓶如今还在厨房里，就在洗碗槽旁边放着。

他记起那个夜晚，当时他读完了诺维科夫上校捎来的母亲来信；记起心血来潮的车里雅宾斯克之行。他记起，就是在这儿他吻了尼娜，一只发卡从她头上掉下来，怎么也没找到。他突然惴惴不安：发卡会不会突然在地板上某个地方冒出来，说不定尼娜还把口红、粉盒什么的落在屋里了呢。

就在这时司机走了进来，他喘着粗气放下箱子，打量一下房间，问道：

"整套单元都是你们家的？"

"对。"施特鲁姆回答，面有愧色。

"我们一家六口，住八平米。"司机说，"白天，我老妈趁大伙儿上班的工夫睡觉，晚上她老人家就在凳子上坐一宿。"

施特鲁姆走到窗前，只见娜嘉守着堆在卡车边的东西，不时跺脚，朝手指头哈气。

可爱的娜嘉，施特鲁姆那可怜的女儿，这就是她从小长大的家。

司机扛上来一个装食品的口袋和装被褥的行李袋，往凳子上一坐，开始卷烟。

他的兴趣显然全在住房问题上，聊来聊去都是住房卫生条件如何差啦，区房管所那帮王八蛋如何贪污受贿啦。

厨房里传来锅碗瓢盆的碰撞声。

"这主妇当的。"司机说，朝施特鲁姆眨眨眼。

施特鲁姆又朝窗外看了看。

"手续，什么都得手续。"司机说，"在斯大林格勒，咱们不久就会把德国人消灭掉，然后很多居民会从各个疏散地回莫斯科来，住房情况只会越来越糟。我们厂里有个工人，他在前线两次负伤，前不久复员回来。不用说，他家房子早给炸塌了，他带着一家老小住进一个地下室，完全不成样子。老婆不用说又怀孕了，两个孩子又得了肺结核。屋漏偏遭连夜雨，一天地下室进了水，淹到膝盖深。他们只好拿木板铺在凳子上，在床、桌子、炉子之间走动都得踩着木板。他千方百计找住处，给厂党委、区委都打了申请，甚至给斯大林本人都写了信。答复都说没问题，但就是不给办。一天晚上他急了，带着妻儿和一堆破旧衣物跑到五楼，占了区苏维埃的一间备用房。房间不到九平米大。这下子事情可闹大了！检察官传唤了他，限他在二十四小时内腾出房间，否则把他送劳改营关押五年，孩子送保育院。您猜怎么着？他在前线得过一枚勋章，于是他把勋章别在胸口，不是别在衣服上，而是直接别进肉里，拣午休时间在车间上了吊。还好人们发现得早，咔嚓一下剪断绳子，招来救护车把他送医院急救。这事一出，上面立刻给他颁发了住房证。眼下他暂时还在住院，总的来说，够走运的！房间虽小，但设施挺齐全。他这一手干得够漂亮的。"

司机刚讲完故事，娜嘉走了进来。

"东西丢了找谁去？"司机问。

娜嘉耸耸肩，在各个房间里闲逛起来，一个劲儿往冻僵的手指上哈气。

她一进门就让施特鲁姆看着不顺眼。

"你把衣领放下来好吧。"他说。可娜嘉不耐烦地把手一挥，朝厨房嚷嚷："妈妈，我饿坏了！"

柳德米拉·尼古拉耶芙娜一整天精力充沛得要命，施特鲁姆心想，要是她把这劲头用在前线，德国人准保早就从莫斯科往后撤一百公里了。

管道工接通了暖气，暖气管挺好用，虽说不够热。找煤气工要费事得多，柳德米拉·尼古拉耶芙娜打了好几个电话，最后打到煤气公司经理那儿，对方才勉强从抢修班派了个师傅来。柳德米拉·尼古拉耶芙娜点燃所有煤气喷嘴，把熨斗搁在炉子上，这样，虽然煤气火力不大，在室内却可以不穿大衣了。酬谢过司机、管道工、煤气工后，装面包的口袋陡然变轻了好多。

天近黄昏，柳德米拉·尼古拉耶芙娜还在忙家务活。她把破布缠在长柄刷子上，掸干净天花板和墙上的灰尘，把枝形吊灯擦得亮铮铮的，干枯的花扔到后楼梯。杂七杂八的破烂物品、旧纸、布头不知从哪些犄角旮旯被她清理出来，堆了一地，娜嘉满腹牢骚，提着垃圾桶往污水坑跑了三次。

柳德米拉·尼古拉耶芙娜把厨房和饭厅里的锅碗瓢勺全部洗了一遍，维克托·帕甫洛维奇在她指导下擦干盘子和刀叉，但她没敢让他擦茶具，怕他给打碎了。过后她又在洗澡间洗衣服，在煤气灶上炼猪油，还把从喀山带来的土豆挑拣了一遍。

施特鲁姆给索科洛夫家打了个电话，接电话的是玛丽娅·伊万诺芙娜，她说：

"我刚安顿彼得·拉夫伦季耶维奇躺下。他一路上累得够呛。您要是有急事，我这就叫醒他。"

"别，别叫，我没什么事，只是想闲聊几句。"施特鲁姆说。

"我觉得好幸福，"玛丽娅·伊万诺芙娜说，"直想哭。"

"上我们家来坐坐吧，"施特鲁姆说，"您怎样，晚上有空吗？"

"您开玩笑吧，今天哪成，"玛丽娅·伊万诺芙娜笑着说，"柳德米拉·尼古拉耶芙娜有多少事要干，我就有多少事要干。"

她问起了用电限额和自来水的事。施特鲁姆突然粗鲁地说：

"我这就去叫柳德米拉，让她跟您接着聊自来水的事。"紧接着他又换了个腔调，明显开玩笑地说："您不来真是可惜，太可惜了，否则我们可以一起读读福楼拜的长诗《马克斯和莫里茨》。"

但她没接玩笑的茬，只喃喃地说：

"我晚点再打个电话过去吧。我这里就一个房间，已经够我忙乎的了，柳德米拉·尼古拉耶芙娜肯定会忙得多。"

施特鲁姆明白，刚刚他粗鲁的语气得罪她了。他突然怀念起喀山那些日子。人有时候就那么怪。

施特鲁姆打电话给波斯托耶夫，但他家好像还没通电话。

他给物理学博士古列维奇打电话，邻居说古列维奇上索科尔尼基他姐姐家去了。

他给切佩任打电话，但没人接。

电话铃突然响了，一个男孩的声音问娜嘉在不在，偏巧娜嘉此刻手提垃圾桶，航程刚完成一半。

"你是谁？"施特鲁姆厉声问道。

"这不重要，一个熟人。"

"维佳，电话粥煲够了吧，快来帮我挪下碗柜。"柳德米拉·尼古拉耶芙娜叫道。

"我跟谁煲电话粥了，莫斯科没一个人要跟我聊，"施特鲁姆说，"哪怕给我来点东西填填肚子也好呀。人家索科洛夫已经吃好饭，上床睡了。"

屋子经柳德米拉一收拾，似乎比原来更乱了，衣服堆得到处都是，从碗柜里倒腾出来的餐具还在地板上放着，房间里和过道上堆着大锅小锅、洗衣盆、麻袋，走路都成问题。

施特鲁姆心想，柳德米拉不会一上来就进托利亚房间吧，但他错了。

柳德米拉满脸通红，眼含忧虑，对施特鲁姆说：

"维佳，把这只中国花瓶放到托利亚房间里，放他书柜上吧，已经擦干净了。"

电话铃又响了，他听到娜嘉在说：

"你好，我哪儿也没去，刚才是妈妈让我倒垃圾去了。"

柳德米拉·尼古拉耶芙娜还在催他：

"维佳，帮帮我好吧，先别睡，事情还有一大堆哪！"

女人内心中的本能真是没的说，又强大，又简单。

天黑前，局面终于得到控制，房间干净清爽，暖暖和和，有了几分战前大家习惯的样子。

三人在厨房里吃晚饭。柳德米拉·尼古拉耶芙娜烙了些肉饼，还用白天熬好的小米饭煎了些米饼。

"刚才谁给你打电话？"施特鲁姆问娜嘉。

"一个男孩，"娜嘉答道，笑了起来，"他已经打了四天，这不刚打通。"

"你跟他还有书信往来？事先告诉了他我们要回来？"柳德米拉·尼古拉耶芙娜问。

娜嘉不高兴地皱起眉头，耸耸肩。

"可我，哪怕有条狗来个电话也好。"施特鲁姆说。

维克托·帕甫洛维奇半夜醒了。柳德米拉穿着衬衣站在托利亚打开的房门前，独自倾诉着：

"你瞧，托利亚宝贝，我总算把一切都收拾好了，看看你的房间，哪里有发生过战争的样子，我的好孩子……"

26

在科学院的一个会议厅里，从疏散地归来的科学家济济一堂。

所有这些老年学者和青壮年学者，有的脸色苍白有的谢顶，有的眼睛大有的眼睛虽小而目光锐利，有的宽脑门有的窄脑门，聚集在这里，感受着人生中偶或有之的最高尚的诗意——日常琐事的诗意。湿漉漉的床单和放在没有暖气的房间里的书籍湿漉漉的书页，穿着翻起领子的大衣讲授的课程，用冻得通红的冰凉手指写下的公式，用发黏的土豆和烂圆白菜叶做成的莫斯科沙拉，为搞到各种票证而付出的辛劳，对咸鱼登记和定量供应外的菜油的关切，这一切突然间被抛到了脑后。熟人久别重逢，纷纷大声问好。

施特鲁姆看见切佩任跟什沙科夫院士站在一起。

"德米特里·彼得罗维奇！德米特里·彼得罗维奇！"施特鲁姆望着切佩任可亲的脸庞，连声喊道。切佩任给了他一个熊抱。

"孩子们常从前线给您写信吧？"施特鲁姆问。

"写，都写，他们都挺好。"

看切佩任皱着眉头，没有笑容的样子，施特鲁姆知道，他肯定已经听说了托利亚的死讯。

"维克托·帕甫洛维奇，"切佩任说，"请代我向您妻子转达我深切的问候，最诚挚的问候。我和娜杰日达·费奥多罗芙娜两人的问候。"

紧接着切佩任又说：

"拜读了您的大作，很有意思，非常重要，真正读懂才知道有多么重要。您知道，您研究工作的深远意义，可能我们现在还想象不到。"

他吻了吻施特鲁姆的前额。

"嗨，哪里话，不值一提，不值一提。"施特鲁姆自谦着，有点不好意思，心头却洋溢着幸福。来会议室的路上，一些琐碎的念头老让他安不下心来：谁读过他的论文了？他们会如何评价它？万一根本没人读过呢？

切佩任的话立刻使他充满信心——今天这个会上，大家要谈的只有他和他的论文。

什沙科夫就在旁边站着。施特鲁姆有一肚子话想对切佩任说，但那些话是不能当着外人，特别是当着什沙科夫的面说的。

看见什沙科夫时，施特鲁姆常常想起格列布·乌斯宾斯基[①]的一句俏皮话："一

①　格列布·伊凡诺维奇·乌斯宾斯基（1843—1902），俄国作家。

头金字塔形状的水牛！"

什沙科夫那肉乎乎的国字脸、肉乎乎的傲慢嘴唇、肉乎乎的指甲光亮的手指、银灰色的密实平头、做工考究的西装——这一切都使施特鲁姆感到压抑。每次见到什沙科夫，他总要想："他会认出我吗？会跟我打招呼吗？"而当什沙科夫张开肉乎乎的嘴唇，牛哞般慢悠悠吐出一句仿佛也是肉乎乎的问候语时，施特鲁姆在感到高兴的同时，又会恨自己不争气。

"好一头傲慢的公牛！"有一次谈到什沙科夫，施特鲁姆对索科洛夫说，"我一见到他就发怵，那感觉就像无名小镇的犹太人突然面对着一位骑兵上校。"

"但您想想，"索科洛夫说，"他之所以出名，是因为竟然没认出照片上的正电子！什沙科夫院士这脸丢的，研究生圈子中无人不晓。"

也许出于谨慎，也许出于"勿评判他人"的宗教信念，索科洛夫一般不说别人的坏话。但他对什沙科夫却恨之入骨，经常无法抑制地在背后骂他，对他极尽嘲讽之能事。

这时，大家说起了战争。

"德国人的进攻势头在伏尔加河被挡住了，"切佩任说，"伏尔加河大显神威。充满活力的水，取之不尽的力量。"

"斯大林格勒，斯大林格勒，"什沙科夫说，"我们战略的胜利和我国人民的坚忍不拔，在那里得到了最好的体现。"

"阿列克谢·阿列克谢耶维奇，您读过维克托·帕甫洛维奇的最新论文吗？"切佩任突然问什沙科夫。

"当然，我听说了，不过还没来得及拜读。"

但从什沙科夫脸上的表情看，他其实对施特鲁姆的研究一无所知。

施特鲁姆久久凝视着切佩任的眼睛，希望这位亦师亦友的学者能看出他所经受的一切，了解他的失落和疑虑。但施特鲁姆看到的是痛苦、沉重的思虑和耄耋之人的疲惫。

索科洛夫走了过来，切佩任跟索科洛夫握手时，什沙科夫院士漫不经心地瞥了一眼彼得·拉夫伦季耶维奇的老式短大衣。而当波斯托耶夫走近时，什沙科夫满脸的肉立刻协同动作，堆出一个灿烂的笑容，对他说："你好，你好，亲爱的，见到你真是太高兴了。"

于是这两位聊起了健康、妻子、孩子、别墅。好一对身材魁梧、仪表堂堂的男子汉。

施特鲁姆小声问索科洛夫：

"家里安顿好了吗，暖和不？"

"就眼下来说，比喀山强不了多少。玛莎①特意要我向您问好。她可能明天白天去看你们。"

"那太好啦，"施特鲁姆说，"我们无聊得很，您想想，都习惯在喀山天天见面的日子了。"

"那可不，天天见面，"索科洛夫说，"依我看还不止，玛莎一天得上你们家三回。我都跟她说，干脆搬你们家去住得啦。"

施特鲁姆哈哈大笑，但自己也能感觉到，这笑声有点不自然。列昂季耶夫数学院士走进会议厅，他长着硕大的鼻子，头顶刮得精光，戴一副黄框大眼镜。当初施特鲁姆跟他一起在加斯普拉②疗养时，曾经去雅尔塔玩，在小酒店里牛饮，然后唱着不堪入耳的下流小曲回到加斯普拉的疗养院餐厅，弄得工作人员哭笑不得，疗养人员却个个乐不可支。此时见到施特鲁姆，列昂季耶夫绽出了笑容。维克托·帕甫洛维奇微微垂下眼睛，等待列昂季耶夫提起他的论文。

但列昂季耶夫记起的显然只是加斯普拉那段冒险经历，他挥着手叫道："怎么样，维克托·帕甫洛维奇，咱们再来一曲？"

一位穿黑西装的深色头发年轻人走进来，施特鲁姆注意到，什沙科夫院士立刻向他点头致意。

与此同时，苏斯拉科夫快步走到年轻人跟前。苏斯拉科夫在主席团里掌管许多重要事务，虽然具体是哪些事务，谁也搞不清楚；谁都清楚的是，无论什么事情，譬如把某个科学博士从阿拉木图调到喀山啦，给谁弄套公寓房间啦，只要他出面，准保比院长出面还管用。他满脸倦容，一看就是个夜猫子，灰面团般的脸颊布满皱纹。这是个所有人无时无刻不需要的人。

苏斯拉科夫在开会时抽巴尔米拉牌名烟，而院士们抽的是叶子烟或马合烟；散会后走出科学院大门时，不是知名学者对他说："请搭我的便车吧。"而是他边往自己那辆"吉斯"车走，边对知名学者说："请搭我的便车吧。"人们对这些事已经见惯不惊了。

此刻，施特鲁姆留心观察苏斯拉科夫和深色头发年轻人谈话的神态，发现年轻人不像是求苏斯拉科夫办事的样子。无论求人办事多么委婉、多么巧妙，一般总能猜到谁求谁。而这回，年轻人看上去倒想尽快结束跟苏斯拉科夫的谈话。见到切佩任，年轻人毕恭毕敬地致意，但在他过分做作的恭敬中却显露出一丝难以觉察却又

---

① "玛莎"是"玛丽娅"的昵称。

② 苏联克里木地区一城镇，以疗养区知名。

让人无法不注意到的不恭。

"顺便问问，这位年轻新贵是何方神圣啊？"施特鲁姆问。

波斯托耶夫悄声说：

"不久前刚调到中央委员会科学部的。"

"您知道吗，"施特鲁姆说，"我有一种奇怪的感觉。我觉得，我们在斯大林格勒展示的坚毅，就是牛顿的坚毅，爱因斯坦的坚毅。伏尔加河上的胜利标志着爱因斯坦思想的胜利。总之，您明白，反正我就有这么一种感觉。"

什沙科夫莫名其妙地冷笑一声，微微摇了摇头。

"难道您不清楚我的意思，阿列克谢·阿列克谢耶维奇？"施特鲁姆说。

"一汪浑水，叫人怎么清楚，"中央委员会科学部的年轻人刚走到施特鲁姆身边，这时微笑着说，"看来，所谓的相对论还能帮我们找到俄罗斯的伏尔加河与阿尔伯特·爱因斯坦之间的关系呢。"

"所谓的？"施特鲁姆大为惊异，年轻人口吻中有种不怀好意的讥讽，施特鲁姆不禁皱起眉头。

他朝什沙科夫看了一眼，想寻求支持，但显然，金字塔般的阿列克谢·阿列克谢耶维奇对爱因斯坦同样不屑。

此时的施特鲁姆，真是"怒从心头起，恶向胆边生"。这样的情况过去也时有发生，他无端遭受侮辱，但每每竭力强压怒气，等晚上回到家里，方才对侮辱他的人发起反击，激动得浑身发冷，心脏仿佛都快停止跳动。有时候，他会忘乎所以，大喊大叫，双手乱挥，在假想的激辩中慷慨激昂地捍卫自己心中所爱，用冷嘲热讽压倒对方。柳德米拉·尼古拉耶芙娜冷眼旁观，通常会对娜嘉说："瞧瞧，你爸又在大发宏论了。"

此刻，他感到被冒犯，还不仅是因为爱因斯坦。他原想每个熟人都该对他说起他的研究，与会者的注意力该全在他身上。他感到受了委屈，受了伤害。他心知肚明，为这类事情抱屈是可笑的，但还是觉得抱屈。只有切佩任一个人跟他谈起了他的论文。

施特鲁姆柔声说道：

"法西斯分子赶走了天才的爱因斯坦，他们的物理学就变成了猴子的物理学。但谢天谢地，我们挡住了法西斯主义的扩张势头。于是这一切都连在了一起：伏尔加河、斯大林格勒、我们时代的头号天才阿尔伯特·爱因斯坦、最偏僻的小村庄、大字不识的老农妇、人人都离不开的自由……这一切都融汇在一起。我可能表述得有点杂乱，但也许，找不到比这种杂乱更清楚的表述了。"

"维克托·帕甫洛维奇，我觉得您对爱因斯坦的褒扬有点过头。"什沙科夫说。

"是的，"波斯托耶夫乐呵呵地说，"总的来说，我得说，是有点过分了。"

科学部的年轻人阴郁地看着施特鲁姆。

"喏，施特鲁姆同志，"他说，施特鲁姆又一次感觉到他声音中的不怀好意，"在对我国人民如此至关重要的日子里，您认为，在自己心中把爱因斯坦和伏尔加河联系起来是自然而然的。然而，这些日子在与您意见相左的一些同志心里激发出了另一种感情。当然，谁也不能控制别人心中的感情，这没什么好争论的。至于对爱因斯坦的评价，那倒有争论的余地，把唯心主义理论当作科学的最高成就，我认为是不妥当的。"

"得了吧。"施特鲁姆打断他。他用傲慢的教训口吻说："阿列克谢·阿列克谢耶维奇，没有爱因斯坦，当代物理学就是猴子的物理学。爱因斯坦、伽利略和牛顿的名字是不能随便拿来开玩笑的。"

他摇着一根手指对阿列克谢·阿列克谢耶维奇·什沙科夫表示警告，只见什沙科夫直眨巴眼睛。

过后不久，施特鲁姆走到窗口，向索科洛夫转述这场意外冲突。他的嗓门忽高忽低。

"您当时就在旁边，可您似乎充耳不闻。"施特鲁姆说，"切佩任好像也故意走开，装作什么也没听见。"

他沉着脸，不再吱声。他曾那么天真幼稚地期待在今天的会上大出风头。原来，人们之所以激动，是因为从某个政府主管部门来了这么位年轻人。

"您知道这个黄毛小儿姓甚名谁吗？"索科洛夫仿佛猜到了他的心思，突然问道，"知道他是谁的亲戚吗？"

"无从猜起。"施特鲁姆答道。

索科洛夫把嘴唇凑近施特鲁姆耳边，轻声说了点什么。

"真的呀！"施特鲁姆惊叫起来。他回想起金字塔院士和苏斯拉科夫对这位大学生年纪的年轻人的恭敬，当时令他迷惑不解，现在……他拖长声音说："原来是这——么——回事儿，可我——还大惊小怪！"

索科洛夫觉得好笑，对施特鲁姆说：

"您一上来就跟科学部和院领导搞定了良好关系。您就像马克·吐温小说里那位主人公，当着税务官的面吹嘘自己挣了大把银子。"但施特鲁姆并不欣赏他这句俏皮话，追问他说：

"您当时就站在我身旁，真的没听到那番争论？或者，您根本不想介入我跟税务官的交谈？"

索科洛夫那双小眼睛笑盈盈地看着施特鲁姆，显得十分友善，因而比原先好看了。

"维克托·帕甫洛维奇，"他说，"别难过了，难道您真以为什沙科夫会重视您的研究？唉，天哪，我的天哪，多少人狗苟蝇营，到头来还是免不了虚空一场，而您的研究，那才是实实在在的真东西。"

在索科洛夫眼睛里和声音里，施特鲁姆看到听到了他期待已久的真诚和温暖，在喀山的那个秋夜，他上索科洛夫家去时就盼望得到这种真诚和温暖。但那时在喀山，维克托·帕甫洛维奇没能得到它们。

会议开始了。发言者谈到在艰苦的战争年代科学面临的任务，谈到该如何准备好为人民的事业贡献力量、帮助军队与德国法西斯作战。他们还谈到科学院各研究所的工作，谈到党中央将给予科学家的帮助，谈到斯大林同志在指挥军队和人民的百忙中，还抽出时间关心科学工作，谈到科学家应该如何回报党和斯大林同志本人对他们的信任。

会上还谈到为顺应新形势而需要做出的人事变动。物理学家们惊讶地得知，原来他们对所里的科研计划很不满，因为过于偏重纯理论研究。会议厅里，人们低声互相转告苏斯拉科夫的一句话："研究所远离了生活。"

27

党中央委员会讨论了国内科研工作的现状。据传，党决定把科研工作的重心转向物理学、数学和化学的发展。

中央委员会认为，科学应该面向生产，走近生活，更紧密地跟生活相联系。

据说斯大林出席了会议，他一如既往，手持烟斗在会议厅里踱步，时而若有所思地驻足，旁人无法判断他是在听取发言，还是沉浸在思索中。

与会者在发言中强烈批判了唯心主义，批评了轻视俄罗斯哲学和科学的倾向。

斯大林在会议上两次即兴插话。当谢尔巴科夫[①]提出应该限制科学院的预算时，斯大林否定地摇摇头说：

"搞科学不是熬肥皂。科学院的开支不能削减。"

---

① 亚历山大·谢尔盖耶维奇·谢尔巴科夫（1901—1945），1939 年起为苏共中央委员。1941 年起为政治局候补委员，1938—1945 年任莫斯科州委兼市委书记。

有与会者指出唯心主义理论的危害，批评部分科学家盲目崇拜西方科学。斯大林就此第二次插话。他点了点头，说：

"说到头，终归要保护我们的人免遭阿拉克切耶夫分子[1]伤害。"

应邀列席会议的科学家，在得到朋友们守口如瓶的保证后，把会议情况透露给了他们。没过几天，由几十个家庭圈子和朋友圈子构成的莫斯科整个学术界都开始悄悄议论这次会议的细节。

人们悄声低语，说斯大林头发已经花白，说他满嘴牙齿发黑、残缺不全，说他一双手十指细长挺好看，但脸上有麻子，是出天花落下的。

谁家若有未成年孩子听到这些议论，都会被警告：

"当心点，你要是到外面乱说，不但你自己，咱们全家都得遭殃。"

大家都认为科学家的境遇将会明显好转，斯大林那句关于阿拉克切耶夫式暴虐的话更是让人浮想联翩。

几天后，著名植物学家、遗传学家切特韦里科夫被捕。关于被捕的原因，众说纷纭：有人说，他是间谍；另一些人说，出国期间，他接触过俄国流亡者；第三种说法是，他妻子——一个德国人——跟居住在柏林的姐姐长期通信，到战前才停止；第四种说法是，他企图引进劣质小麦品种，以引起小麦瘟病，造成歉收；第五种说法断定他的被捕缘于他谈"上帝的手指"的一段话；第六种说法则认为祸根是他对儿时玩伴讲的一则政治笑话。

战争期间听到的政治逮捕比以前少了很多，于是许多人觉得，这种可怕的事情永远不会再发生了。施特鲁姆也是这么想的。

反观1937年，那时几乎天天有人说起，某某某昨夜被抓了。人们打电话互相告知："昨天夜里安娜·安德列耶芙娜的丈夫病了……"邻居接到电话找某人，则说："外出了，不清楚什么时候能回来……"被捕的情节多种多样：有的是直奔家中，要抓的人正在给孩子洗澡；有的在上班地点；有的在剧院里；有的深更半夜从家里弄走。"搜查持续了两天两夜，到处翻得乱七八糟，连地板都撬开了……""几乎什么也不看，为装样子，拿起几本书翻了翻……"

他想起数十个一去不复返的人：瓦维洛夫院士[2]……维泽[3]……诗人曼德尔施

---

① 阿列克谢·安德烈耶维奇·阿拉克切耶夫（1769—1834），亚历山大一世治下的俄罗斯将军、政治家、脾气暴躁，其名字被后世用作专制暴虐的代名词。

② 尼古拉·伊万诺维奇·瓦维洛夫（1887—1943），苏联著名植物遗传学家、科学院院士，被李森科视为学术上的死敌。1940年被捕，1943年死于集中营。

③ 弗拉基米尔·尤里耶维奇·维泽（1886—1954），极地探险家、海洋学家、苏联科学院通信院士。

塔姆……作家巴别尔[①]……作家皮利尼亚克[②]……梅耶荷德[③]……细菌学家科尔舒诺夫和兹拉托戈罗夫……普列特尼奥夫教授……莱温博士[④]……

但问题并不在于被捕的是不是杰出人物和知名人士。问题在于，无论是知名人士还是默默无闻、老实巴交的普通百姓，都是无辜的，都在各自岗位上勤勤恳恳地工作。

难道这一切又要卷土重来？难道战争结束后，人们又将被半夜三更的脚步声和汽车喇叭声吓得心惊肉跳？

很难把这场争取自由的战争与这种情况联系起来……是啊，我们在喀山信口开河，实在是糊涂。

切特韦里科夫被捕后一周，切佩任宣布辞去物理所所长职务。什沙科夫接任。

此前科学院院长曾登门拜访切佩任，据说，不知是贝利亚还是马林科夫也召见过切佩任，但切佩任拒绝改变研究所的课题计划。

据说，考虑到切佩任在科学上取得的巨大成就，上头起先并不想对他采取极端措施。同时被解职的还有负责行政的副所长——年轻的自由主义者皮缅诺夫，理由是"不称职"。

现在，什沙科夫院士既抓行政，又抓曾由切佩任负责的科研管理。

谣传经过这一系列事件后，切佩任心脏病复发。施特鲁姆打算马上去看他，先往他家挂了个电话。接电话的女佣说，近来德米特里·彼得罗维奇确实身体不好，遵循医生建议已经跟娜杰日达·费奥多芙娜一起去郊外了，要两三个礼拜后才回来。

施特鲁姆对柳德米拉说：

"这就像把一个小孩从电车上搡下去，还美其名曰保护科学家免受阿拉克切耶夫分子伤害。切佩任究竟是马克思主义者、佛教徒，还是喇嘛教徒，跟物理学有什么关系？切佩任创立了一个学派。切佩任是卢瑟福[⑤]的朋友。切佩任方程式连扫院

---

① 伊萨克·巴别尔（1894—1941），苏联作家，以写战争小说和敖德萨故事著称，生于犹太人家庭，作品受到官方严厉批评，1937 年被捕，1941 年死于狱中。

② 鲍里斯·安德烈耶维奇·皮利尼亚克（1894—1938），苏联作家，作品有长篇《荒年》（1921）、中篇小说《红木》（1929）等，曾受到严厉批评，1937 年被捕，1938 年被枪决。

③ 弗谢沃洛德·埃米利耶维奇·梅耶荷德（1874—1940），苏联导演、演员、戏剧理论家。1940 年 2 月 2 日被枪决，苏共二十大后平反。

④ 德米特里·德米特里耶维奇·普列特尼奥夫（1871—1941）和列夫·格里戈里耶维奇·莱温（1870—1938），均为克里姆林宫医院医生，1938 年被指控谋害高尔基，莱温于 1938 年被枪决，普列特尼奥夫于1941 年被枪决。据称他们真正被捕的原因，是因为 1932 年斯大林的妻子阿利卢耶娃开枪自杀，他们于第二天清晨发现，并拒绝在声称阿利卢耶娃死于阑尾炎的医疗报告上签字。

⑤ 欧内斯特·卢瑟福（1871—1937），英国物理学家，原子放射性和结构学说创始人。1908 年获诺贝尔奖。

子的都知道。"

"哦，爸爸，说到扫院子的，有点言过其实了吧。"娜嘉说。

施特鲁姆说：

"当心点，你要是到外面乱说，不但你自己，咱们全家都得遭殃。"

"我知道，你这些话只是关起门来说说而已。"

施特鲁姆温和地说：

"唉，娜季卡[①]，中央的决定，我怎么去改变？拿脑袋撞南墙？再说了，是德米特里·彼得罗维奇自己要辞职的。哪怕这事'有违众望'，如人们常说的。"

柳德米拉对丈夫说：

"用不着这么着急上火的。再说了，你不是也跟德米特里·彼得罗维奇经常争吵吗？"

"假如没争吵，就算不上诤友。"

"问题就在这儿，"柳德米拉·尼古拉耶芙娜说，"你就等着瞧吧，老是图一时的口舌之快，早晚会把你研究室主任的职务给拿掉的。"

"这我倒不担心，"施特鲁姆说，"娜嘉说得对，我这些话确实只能关起门来说说，背后逞能罢了。你给切特韦里科娃[②]打个电话吧，或者去看看她？你们可是熟人啊。"

"这不合适吧，何况我们也没那么熟。"柳德米拉说，"我帮不了她什么。眼下她恐怕也没心思见我。类似情况下，你也没给谁打过电话吧？"

"依我看，这电话该打。"娜嘉说。

施特鲁姆皱了皱眉头。

"打电话，说起来也是背后逞能。"

其实，关于切佩任辞职的事，他真正想聊聊的人，不是妻子和女儿，而是索科洛夫。但他把这个念头强压了下来。这种事不好在电话里说的。

但他百思不得其解。为什么任命什沙科夫？很清楚，施特鲁姆的最新研究成果是科学界的大事。切佩任在学术委员会上曾指出，这是近十年来苏联理论物理研究中最重大的事件。现在却让什沙科夫来主持研究所。这不是闹着玩吗？这位老兄看啊，看啊，看了上百张照片，上面全是向左偏移的电子轨迹，可突然间冒出来几张同样轨迹、同样粒子的照片，却是向右偏移的。简直是天赐良机，把发现正电子的机会送到了他手边。就连年轻的萨沃斯季亚诺夫都不至于错过！可什沙科夫却噘起

---

① "娜季卡"是"娜杰日达"的另一个昵称（常见昵称为"娜嘉"）。

② 被捕的切特韦里科夫的妻子。

嘴唇，断定照片有问题，往旁边一扔了事。"咳，你呀！"谢利凡说，"那就是往右啊。你怎么连左右都分不清！①"

但最令人吃惊的，是不知为何，没人对这件事感到吃惊。于是，这种事情就变得理所当然了。无论是施特鲁姆的朋友、妻子还是他本人，都认为这种状况是合情合理的。施特鲁姆不是当所长的料，什沙科夫才是。

波斯托耶夫是怎么说的？啊哈，对了……"关键是，咱们都是俄罗斯人。"

但问题是，上哪儿去找比切佩任更像俄罗斯人的人？

早上施特鲁姆去研究所，一路上想，所里的同事，从博士到实验员，大概都在谈论切佩任的事吧。

研究所大门口停着辆"吉斯"，一个戴眼镜、上了年纪的司机在看报。

夏天跟施特鲁姆一起在实验室喝过茶的看门老头在台阶上迎着施特鲁姆，说：

"新所长已经到了，"然后难过地补了一句："咱们的老所长德米特里·彼得罗维奇，会怎样呢？"

大厅里，实验员们正在谈论如何安装前天从喀山运回的设备。许多大箱子堆在实验室这间主厅里。跟老设备一起运到的还有一台在乌拉尔制造的新仪器。诺兹德林站在一个大木箱旁边，施特鲁姆觉得他的神情十分傲慢。

佩列佩利岑把拐杖夹在胳肢窝下面，单腿在箱子旁跳来跳去。

安娜·斯捷潘诺芙娜指着箱子说：

"看见了吧，维克托·帕甫洛维奇！"

"这么一大堆，连瞎子也看见了。"佩列佩利岑说。

但安娜·斯捷潘诺芙娜说的并不是箱子。

"看见了，我当然看见了。"施特鲁姆说。

"一小时后工人就到，"诺兹德林说，"我跟马尔科夫教授安排好了。"

他说这些话口气很平静，从容不迫，一副主人派头。这是他最风光的时刻。

施特鲁姆走进自己的办公室。马尔科夫和萨沃斯季亚诺夫坐在沙发上，索科洛夫在窗前站着，隔壁磁学实验室的主任斯韦钦坐在施特鲁姆办公桌后面，抽着自卷的纸烟。

见施特鲁姆进来，斯韦钦起身给他让座：

"老板的位子。"

"没关系，没关系，您坐着好了。"施特鲁姆说着，随即问道："你们这个高层

---

① 此句典出果戈理的《死魂灵》，谢利凡是小说主人公乞乞科夫的马车夫。

会议，都讨论些什么啦？"

马尔科夫说：

"就说了说限额。据说院士们的工资限额将提高到一千五百卢布，平头百姓是五百，跟人民演员和列别杰夫－库马奇①之类大诗人一样。"

"设备就要开始安装了，"施特鲁姆说，"可德米特里·彼得罗维奇·切佩任却离开了我们所。正如俗话所说：房子着火了，时钟照走不误。"

屋里的人没一个接施特鲁姆的话茬。

萨沃斯季亚诺夫说：

"昨天，我一个表弟要从医院返回前线，顺道来我家看看，我们想庆祝一下，从邻居那儿买了一斤伏特加，你猜花了多少钱？三百五十卢布！"

"不可思议！"斯韦钦说。

"搞科学不是熬肥皂。"萨沃斯季亚诺夫笑嘻嘻地说，但从其他人的脸色判断，他这个玩笑有点不合时宜。

"新所长已经到了。"施特鲁姆说。

"此人很有干劲。"斯韦钦说。

"跟着阿列克谢·阿列克谢耶维奇，我们不会吃亏的。"马尔科夫说，"日丹诺夫同志家里，他都去做过客。"

马尔科夫是个怪才，他交游似乎并不广，但天下就没有他不知道的事：隔壁实验室的加布里切夫斯卡娅副博士怀了孕，清洁工莉达的丈夫又住进了医院，斯莫罗金采夫的博士论文没通过，等等，他全知道。

"是啊。"萨沃斯季亚诺夫说，"什沙科夫闹的那个大笑话我们全知道。但总的来说，这人还不坏。顺便说说，你们知道好人和坏人之间的区别吗？好人干坏事时，总是违心的。"

"甭管错误不错误，"磁学实验室主任斯韦钦说，"反正人家不是靠出错当上院士的。"

斯韦钦是所党委委员，1941年秋天入的党，跟许多新党员一样，他是个坚定的正统派，对党交办的任务抱几近虔诚的认真态度。

"维克托·帕甫洛维奇，"他说，"我找您有件事。所党委想请您在下次会议上发言，谈谈新的研究计划。"

"谈所领导的错误，批判切佩任？"施特鲁姆气愤地说，没想到聊天聊成了这

① 瓦西里·列别杰夫－库马奇（1898—1949），苏联诗人、大众歌曲作者，1941年获斯大林奖金。

样。"我不敢说自己是好人还是坏人，但我决不违心地干坏事。"

他转过脸问自己的同事：

"你们，同志们，有人赞同切佩任离职吗？"他满心以为大家会支持他，但见到萨沃斯季亚诺夫态度暧昧地耸耸肩，就知道事情不对了。

"人老了，不中用了。"萨沃斯季亚诺夫说。

斯韦钦说：

"切佩任声称决不安排任何新项目。那怎么办？况且是他自己要辞职的，大家又不是没有挽留。"

"阿拉克切耶夫式的暴虐又怎么说？"施特鲁姆问，"瞧，本相毕露了吧。"

马尔科夫压低嗓门说：

"维克托·帕甫洛维奇，据说卢瑟福曾发誓不搞中子研究，担心借助于中子有可能获得威力无比的爆炸力。挺高尚的，但这种洁身自好有意义吗？而德米特里·彼得罗维奇，据说也有过类似言论，显示出类似的浸礼教精神。"

"天哪，"施特鲁姆心想，"他从哪儿打听到这些的？"

他嘟哝着说：

"彼得·拉夫伦季耶维奇，看来，我和您没站在大多数人一边。"

索科洛夫摇摇头：

"维克托·帕甫洛维奇，我认为在目前这种时候，对个人主义和固执任性不能放任自流。要知道战争还在进行呢。当老一辈同志跟切佩任谈话时，他考虑的不应当只是自己和自身利益。"

索科洛夫说这话时皱着眉头，本来就不算漂亮的一张脸，显得越发难看了。

"布鲁图，你也在内吗？[①]"施特鲁姆说，企图用嘲讽来掩饰自己内心的慌乱。

但令人惊讶的是：他在感到慌乱的同时，又有点说不出的高兴。"喏，当然，我早料到会这样。"他思忖着。但为什么说"喏，当然"？要知道，他事先并未料到索科洛夫会这么回答。假如反过来，他事先料到了，那又有什么可高兴的呢？

"您应当发言，"斯韦钦说，"您完全可以不批评切佩任。结合中央的决议，稍微讲讲您自己研究工作的前景就行了。"

战前，施特鲁姆经常去音乐学院听交响音乐会，不时在那里碰到斯韦钦。他听说，斯韦钦年轻时在数学物理系读书时，写过不少未来派的诗歌，还喜欢在上衣纽扣眼里别朵菊花。可如今的斯韦钦，谈起党委的决议来，就像事关终极真理的

---

① 马尔库斯·尤尼乌斯·布鲁图（公元前84—前43），古罗马恺撒的部将之一，公元前四十四年参与刺杀恺撒。此句典出莎士比亚悲剧《尤利乌斯·恺撒》第三幕。

推导。

施特鲁姆有时真想对他眨眨眼睛，用指头在他腰眼上轻轻捅一下，对他说："咳，老兄，咱说话随便点行不。"

但他知道，现在跟斯韦钦已经不可以随便说话了。尽管如此，被索科洛夫那番话所刺激，施特鲁姆还是挺随便地说了起来。

"把切特韦里科夫抓起来，"他问，"难道也跟新任务有关？老前辈瓦维洛夫蹲监狱，也跟新任务有关？恕我冒昧，但对我来说，德米特里·彼得罗维奇在物理学领域的权威胜过日丹诺夫同志，胜过中央科学部部长，甚至胜过……"

他看到，人们瞪大眼睛紧盯着他，等着他说出那个名字——斯大林。他打住了，挥挥手说：

"得了，说够了，还是上实验室大厅去吧。"

一只只从乌拉尔运来的装新仪器的箱子已经打开，从锯末、碎纸、撬开的木板中，人们小心翼翼地搬出重达四分之三吨的仪器主要部件。施特鲁姆把手放在金属的光滑表面上。

高速粒子束将从这个金属子宫中产生，好似伏尔加河从谢利格尔湖畔一座小礼拜堂附近发源。

此刻，人们的眼睛里充满欣喜。当你看到世界上竟然有如此巨大、巧夺天工的作品时，别的什么也不需要了。

下班后，就施特鲁姆和索科洛夫两个人待在实验室里。

"维克托·帕甫洛维奇，您干吗像只好斗的公鸡那样跳出来？不能克制一下自己吗？我跟玛莎说了您在科学院会议上取得的成就：只消半个钟头，您就成功地搞坏了跟新所长和科学部那位年轻大拿的关系。玛莎非常难过，一晚上没睡好觉。您很清楚我们生活在什么样一个时代。明天我们就要开始安装新仪器了。您看仪器时，我看到了您脸上的神情。您想想，为了几句空话而牺牲这一切，值得吗？"

"行了，别说了，"施特鲁姆说，"我需要呼吸空间。"

"啊，老天！"索科洛夫打断他，"在工作中，谁也不会妨碍您。您爱怎么呼吸就怎么呼吸。"

"您知道，亲爱的，"施特鲁姆苦笑着说道，"您友好地对我提出要求，我从心底里感谢您。请允许我也开诚布公地说几句。老天，我不明白，为什么您当着斯韦钦的面突然那样说德米特里·彼得罗维奇？经过喀山那些日子的自由思考后，我很难再忍受这种事。至于我自己……遗憾的是，我已经没那么勇敢了。我不是丹东①，像我们在大学时代所说的那样。"

"您不是丹东，真谢天谢地。坦率地说，我一向认为，政治演说家恰恰是那些无法通过创作、创造力来自我表达的人。而你我却可以。"

"好吧，算您赢了一个回合，"施特鲁姆说，"但是，您把法国人伽罗华②往哪儿放？基巴利契奇③又往哪儿放？"

索科洛夫推开椅子，说道：

"基巴利契奇，您很清楚，最后上了断头台。而我指的是不着边际的空谈。就像马季亚罗夫那些言论。"

施特鲁姆问：

"这么说，我也是个空谈家啰？"

索科洛夫耸耸肩，什么也没说。

这次争吵似乎会被遗忘，就像他们过去的许多冲突和争执被遗忘了一样。但不知为何，这次突然爆发的口角却没有消失于无形中，没有被置诸脑后。当一个人的生活跟另一个人的生活融洽地相互交织时，尽管他们有时也会吵架，头脑发热时也会蛮不讲理，但彼此间的气恼最终总会烟消云散，不留一丝痕迹。但是，倘若在两人内心深处产生了裂痕，而当事人对裂痕犹不自知，那么偶然的一句话、处理双方关系时一个小小的疏忽，都可能变成锋利的刀刃，将友谊置于死地。

内心深处的裂痕往往掩藏得如此之深，永远不会浮出表面，永远不会被当事人意识到。于是，一次无谓的、过火的争论，一句脱口而出的不逊言辞，便被当事人错以为是导致多年友谊一朝破裂的原因。

不，伊万·伊万诺维奇跟伊万·尼基福罗维奇结怨，绝不是因为骂了一声"公鹅"④！

28

说起新任的副所长卡西扬·捷连季耶维奇·科夫琴科，人们众口一词："什沙

---

① 乔治·雅克·丹东（1759—1794），法国大革命时期雅各宾派领袖之一。他有一句名言："为了胜利，我们需要勇敢，更勇敢，永远勇敢！"

② 埃瓦里斯特·伽罗瓦·伽罗华（1811—1832），法国数学家，其在代数方程式理论方面的著作为现代代数的发展奠定了基础。代数中一些极其重要的概念（如群、场等）跟他的思想有关。

③ 尼古拉·伊万诺维奇·基巴利契奇（1853—1881），俄罗斯火箭专家、民意党人，参与谋杀亚历山大二世，1881 年在监禁中曾设计喷气飞行器，月球背面的一个火山口以他的名字命名。

④ 典出果戈理的小说《伊万·伊万诺维奇和伊万·尼基福罗维奇吵架的故事》（1835）。故事中，两个体面的绅士原为莫逆之交，后因小事结下怨仇，打了一场长达十余年的无聊官司，直到双方死去。

科夫的忠实听差。"科夫琴科为人和蔼可亲，谈话中不时插进一些乌克兰词汇。他为自己弄到了一套住宅、一辆私人小汽车，办事速度之快，着实令人吃惊。

熟知许多院士和院领导逸闻趣事的马尔科夫说，科夫琴科获得斯大林奖金的那篇论文，其实在发表后他才第一次读到。之所以让他分享相关研究成果，是因为他为项目搞到了紧缺材料，并打通了关节，使项目很快顺利通过验收。

什沙科夫委托科夫琴科负责招聘工作。所里需要招聘几位高级研究员，真空实验室主任和低温实验室主任的职位也需要填补。

军事部门向研究所提供了材料和工人；机械车间完成了改建，研究所大楼完成了翻修，国营莫斯科电站联合公司无限额地向研究所提供电力，几家军工厂划拨了一些稀缺材料给研究所。所有这些事情都是科夫琴科张罗的。

通常，新官上任，人们会恭敬地议论："老板上班比谁都早，下班比谁都晚。"大家就是这样议论科夫琴科的。但赢得职工更大尊敬的是这样的新长官，关于他，大伙说的是："瞧，上任已经两星期了，只有一次顺路过来，待了半小时。然后就完全见不着人了。"这证明，新长官正忙于制定新规矩，为本单位利益而游走在国家高层。

什沙科夫院士接任之初，物理所的人就是这样议论他的。

而切佩任则去了郊外别墅，用他的话说，是在家庭实验棚里做研究。著名的心脏病专家法因加尔教授建议他别做剧烈运动，别提重物。于是切佩任就在别墅里劈劈木柴，挖挖水沟，自我感觉挺不错。他写信给法因加尔说，严格的作息制度对他大有裨益。

在饥寒交迫的莫斯科，研究所就像一片温暖富饶的绿洲。在阴冷潮湿的公寓里挨了一夜冻的研究人员，早晨一上班，手掌贴在热乎乎的暖气片上，那份惬意劲儿就别提了。

研究所员工最心仪的是设在半地下室里的新食堂。食堂附设小卖部，供应酸奶、甜咖啡和香肠。服务员出售食品时，不从食品卡上撕下肉票、油票，这一点最为研究所员工称道。

食堂的饭菜分为六个档次：科学博士算一档，高级研究员算另一档，初级研究员、高级实验员、技术人员、后勤人员各一档。

主要的纷争围绕最高档次的两种饭菜，其实二者的区别仅仅是第三道菜，糖渍水果：一个用的是干果，一个用的是果羹。此外，送到博士们和主任们家中的袋装食品，也引发不少议论。

萨沃斯季亚诺夫说，这些袋装食品引起的争论，能使当年围绕哥白尼学说产生的争论相形见绌。

有时，似乎不仅所长和所党委，而且有更高层的神秘力量参与制定这些莫名其妙的分配方案。

一天晚上，柳德米拉·尼古拉耶芙娜对施特鲁姆说：

"我今天收到了你的食品袋，奇怪的是，斯韦钦这个科研上毫无建树的家伙得到二十只鸡蛋，而给你的却只有十五只。我不放心，特地查看了清单。的的确确，你和索科洛夫都是十五只。"

施特鲁姆开玩笑说：

"鬼知道是怎么回事儿！众所周知，在咱们这儿，科学家是分不同档次的：最伟大的、伟大的、著名的、出色的，最后是最年长的。但最伟大的和伟大的两档科学家早已死光，不存在发鸡蛋的问题。剩下的所有科学家，得按学术地位发放分量不一的圆白菜、碎麦米和鸡蛋。可在咱们这儿，又节外生枝：是否积极参加社会活动，是否主持过马克思主义讲习班，是不是所长、副所长的红人，都在考量之列。结果全乱了套。科学院的车库主任跟泽林斯基①待遇相同，都是二十五只鸡蛋。昨天，在斯韦钦的实验室里，有位挺善良温柔的女人竟然失声痛哭，像甘地②一样，宣布绝食。"

娜嘉听父亲说完，哈哈大笑，然后说道：

"您知道吗，爸爸，怪就怪在，您在清洁工身旁享用煎牛排，也没有感到过不好意思啊。换了姥姥，无论如何也吃不下去。"

"你知不知道，"柳德米拉·尼古拉耶芙娜说，"这样做是有根据的：按劳分配。"

"唉，全乱套了。这种分配方法没一点社会主义味道。"施特鲁姆说，接着又补充道："好了，扯够了，我对这一切嗤之以鼻。可你们知道吗，"他突然说，"今天马尔科夫跟我说了些什么？我的论文不仅在我们所，而且在数学所和力学所，都用打字机重新打印出来，互相传阅。"

"就像曼德尔施塔姆的诗？"娜嘉问。

"你还别笑，"施特鲁姆说，"高年级大学生还邀请我给他们作专题讲座呢。"

"那不算什么，"娜嘉说，"阿尔卡·波斯托耶娃对我说：'你爸爸成天才啦'。"

"嘿，那倒未必，我离天才还有十万八千里呢。"施特鲁姆说。

他回到自己房间，但很快又折回来，对妻子说：

---

① 尼古拉·德米特里耶维奇·泽林斯基（1861—1953），苏联有机化学家，科学院院士。

② 莫罕达斯·卡拉姆昌德·甘地（1869—1948），尊称圣雄甘地，是印度民族解放运动的领导人、印度国民大会党领袖。主张苦行和不抵抗主义。曾在狱中进行绝食斗争。

"我没法不想这屁大的小事。居然给斯韦钦二十只鸡蛋！这不是变着法儿欺侮人嘛！"

虽然耻于承认，施特鲁姆还是耿耿于怀：凭什么索科洛夫跟他享受同一个分配档次？怎么说施特鲁姆也应该占点优势，哪怕多一只鸡蛋也好啊！或者，给索科洛夫十四只，也算有所区别嘛。

他一面自嘲，一面愤愤不平索科洛夫在分配上跟他平起平坐，仿佛受了天大的委屈，对斯韦钦更过分的特权反而不在乎了。斯韦钦的情况明摆着，他是党委委员，享受点特权符合国家的方针政策，施特鲁姆无话可说。

索科洛夫就不一样了，事关对科研能力和科学贡献的评价，施特鲁姆无论如何想不通，怎能在他们两人之间画等号。他从内心深处感到苦恼，咽不下这口气。当然，以这种方式来体现对一个科学家的评价，实在荒唐可笑，他很清楚这一点。但有什么办法呢，要知道人不可能时时处处伟大，倒是猥琐渺小的时候居多。

施特鲁姆上床准备睡觉，想起白天跟索科洛夫关于切佩任的交谈，禁不住骂出了声：

"好一个马屁精！"

"你说谁哪？"躺在被窝里看书的柳德米拉·尼古拉耶芙娜问他。

"索科洛夫，"施特鲁姆说，"真是个奴才。"

柳德米拉把一根手指搁在书页上，脸也不朝丈夫扭过去，说：

"你就等着吧，老这么逞一时口舌之快，早晚会被撵出研究所的。动不动就跟人发火，总想当教师爷……全所都让你给吵遍了，这下可好，跟索科洛夫也要闹掰了。要不了多久，没有一个人会再上咱家来。"

施特鲁姆说：

"哦，别这么说，别这样。柳达，亲爱的。该怎么跟你解释呢？你知道吗，我感觉又有点像战前的境况了，每说一句话都提心吊胆，时时手足无措。切佩任！柳达，这可是个了不起的人物！我原以为全所都会为他打抱不平，结果却只有一个看门老头对他表示同情。听听波斯托耶夫对索科洛夫说的话：'关键是，咱们都是俄罗斯人'。这话有屁用啊？"

他想跟柳德米拉好好聊聊，向她倾诉自己内心的想法。没来由地为食品分配之类的琐事烦恼，他自己也觉得不好意思。怎么会这样呢？为什么回到莫斯科后，他好像突然变老了，打不起精神来，纠结于生活琐事、蝇头小利、官场沉浮？为什么在偏远的喀山，他的精神生活反倒更加充实、更有意义、更为纯洁？为什么连他生活中最重要的组成部分——对科研的热情和乐趣，都变得浑浑噩噩，跟沽名钓誉的卑微念头纠缠到了一起？

"柳达，我心里好难受，不知道出路在哪里。咳，你怎么不吱声？啊，柳达？你理解我吗？"

柳德米拉·尼古拉耶芙娜默不作声。她睡着了。

他悄然失笑，觉得很滑稽：一个女人得知他的鲁莽言行后，难以入眠，而身边这个女人却酣然入睡。继而，他脑海中浮现出玛丽娅·伊万诺芙娜那瘦削的脸庞，于是他又把刚才对妻子说的那句话重复了一遍：

"你理解我吗？啊，玛莎？"

"真见鬼，我脑子中邪了！"他心想，渐渐沉入梦乡。

脑子确实中邪了。

施特鲁姆天生不善于动手。家里电熨斗烧坏，电灯短路，都是由柳德米拉·尼古拉耶娜负责修理。

两口子生活的头几年，看到施特鲁姆笨手笨脚的样子，柳德米拉·尼古拉耶芙娜还会产生爱怜之感，近来却对他越来越不耐烦。有一次，他心不在焉地把空茶壶放到炉火上，她对他说：

"怎么回事儿啊你？一双手是泥巴捏的？"

所里开始安装仪器时，施特鲁姆常记起这句让他气恼的话。

这阵子，呼风唤雨的是马尔科夫和诺兹德林。萨沃斯季亚诺夫第一个感到了这一点，他在业务会议上说：

"没有上帝，只有马尔科夫教授，而诺兹德林是他的先知！"

马尔科夫没有了平时的呆板和拘谨。他的大胆创见令施特鲁姆叹服，安装过程中不管发生什么突然状况，他总能迅速找到解决办法。施特鲁姆觉得，马尔科夫就像个外科医生，手持柳叶刀灵巧自如地游走在错综复杂的血管和神经结之间。眼看着，一个具有大智慧的理性个体逐渐成形。眼看着，一个崭新的、举世无双的金属机体被装上心脏、赋予感觉，能跟它的创造者同欢乐、共忧愁。

以往，施特鲁姆总觉得马尔科夫那毫不动摇的自信心有点好笑。马尔科夫深信他的工作、他装配的仪器意义重大，胜过佛祖和穆罕默德徒劳无益的事业，胜过托尔斯泰和陀思妥耶夫斯基创作的小说。

托尔斯泰曾经怀疑自己卷帙浩繁的著作是否真正有用。对于他所从事的事业是否为人们所需要，这位天才没有信心。但物理学家们却毫不怀疑其事业为人们所需要。马尔科夫就从不怀疑。

对马尔科夫这种自信，此刻施特鲁姆不再觉得好笑了。

施特鲁姆喜欢观察诺兹德林如何手拿锉刀、钳子、改锥干活儿，喜欢看他若有所思地清理一束束花线，帮助电工把供电线接到新设备上。

地板上凌乱地堆着一盘盘电线、一块块没有光泽的暗蓝色铅板。实验室大厅中央的铁板上耸立着从乌拉尔来的设备主要部件，部件上有许多圆形和长方形的镗孔。这个金属庞然大物即将用于对物质进行寻幽入微的研究，面对它，你不能不感到一种震慑人心、令人不安的魅力。

一两千年前，在海边，一些人用绳索和扒钉把粗大的原木固定在一起，扎成木筏。沙滩上堆放着绞车和木工台，盛树脂的瓦罐吊在篝火上……出海的时刻临近了。

天黑了，木筏的制造者们回到各自家中，闻着住家的熟悉气息，感受着火盆的温暖，听着自家女人骂人、嬉笑。有时，他们也掺和到家人的争吵中，骂骂咧咧，动手殴打孩子，跟邻居吵架。而夜深时分，温暖的海风在黑暗中阵阵吹来，大海的喧嚣传入耳鼓，想到吉凶未卜的航程，人们的心不由得抽紧。

索科洛夫通常默不作声地观察工程进展。施特鲁姆不时跟他目光相遇，在索科洛夫眼中总显露出严肃专注的神情，施特鲁姆觉得，两人之间的昔日情谊依然美好，依然存在。

施特鲁姆好想对索科洛夫袒露胸臆。近来发生的许多事情令人难以理解：人们成天琢磨票证和限额，斤斤计较自身价值的体现方式，忧虑是否得到领导器重，诸如此类的杂念使人变得日渐猥琐。但在施特鲁姆内心仍然保有一片净土，与领导青睐与否无关，与功成名就与否无关，与获奖与否无关。

喀山的那些晚间聚会，如今回想起来，是多么美好，多么充满青春活力，好似革命前的大学生聚会。但愿马季亚罗夫是个正直的人。说来也怪：卡里莫夫猜疑马季亚罗夫，而马季亚罗夫又猜疑卡里莫夫……不，他坚信两人都是正人君子。除非像海涅所说的，"Die beiden stinken①"。

有时他会回忆起跟切佩任有关搅拌桶的那次谈话。为什么现在，当他回到莫斯科后，会有那么多卑微、庸俗的东西在他心头作怪？为什么他瞧不上眼的人却官运亨通？为什么他深深信任的有能力、有真才实学、诚实正直的人却被冷落？要知道在那次谈话中，切佩任说的是希特勒德国，要知道切佩任说得并不对。

"怪事，"施特鲁姆对索科洛夫说，"各个实验室的人都来看我们安装设备，唯

---

① 德语："臭味相若，半斤八两"。

独什沙科夫就那么忙，一次也没来过。"

"他手头事情太多。"索科洛夫说。

"当然，那当然。"施特鲁姆忙不迭地附和。

谁要有本事，谁就来试试跟索科洛夫开诚布公地进行一次友好谈话。反正，自打回到莫斯科，施特鲁姆就没跟他谈拢过。原本是自己人，如今却形同陌路。

说来也怪，但他抱定宗旨，不管什么事情，绝不跟索科洛夫争吵。

可是说起来容易做起来难，有时争吵会在不经意间突然发生，施特鲁姆也没办法。

施特鲁姆轻言细语地说：

"我想起了在喀山的那些谈话……顺便问问，马季亚罗夫最近如何？有信给您吗？"

索科洛夫摇摇头。

"不清楚，我不清楚马季亚罗夫的近况。我跟您说过吧，离开喀山前我就不再跟他见面了。那段时间我们说的那些话，我是越想越不开心。我们自己意志消沉，却把军事上暂时的困难归因于臆造出来的苏维埃生活的弊端。而事实上，被当作苏维埃共和国缺陷的一切，恰恰是它的优越性所在。"

"比方说，1937年？"施特鲁姆问。

索科洛夫说：

"维克托·帕甫洛维奇，我发现近来我们每次一交谈，您总想挑起争论。"

施特鲁姆本想说，正相反，他施特鲁姆才不是好斗的公鸡，是索科洛夫肝火太旺，心里憋着气，所以无论什么事都要争个胜负。

但他说出口的却是：

"是啊，彼得·拉夫伦季耶维奇，也许确实是我脾气太差，而且一天比一天差。不仅对您，对柳德米拉·尼古拉耶芙娜也是一样。"

说完这番话，他想："我太孤独了。无论在家里，还是跟朋友在一起，我都是茕茕子立，形影相吊。"

29

党卫军首脑希姆莱决定召开一次会议，研究将由帝国保安总局执行的特别措施。希姆莱为此专程拜访了元首的战时大本营，因此这次会议显得特别重要。

党卫军中校利斯接到柏林当局的命令，要他报告位于集中营管理局附近的特种工程的施工情况。

利斯需要先去福斯公司的几家机械厂和接受保安总局订单的化工厂，再实地视察特种工程。之后，按计划利斯要去柏林，向负责会议筹备工作的党卫军中校艾希曼[①]报告工程进展情况。

能有机会出差，利斯非常高兴。在集中营的恶劣环境中，成天跟粗俗不堪、愚昧无知的人打交道，他已经心力交瘁了。

在汽车里坐定后，他想起了莫斯托夫斯科伊。

老头一个人关在隔离室里，可能整天琢磨利斯传讯他的目的，紧张万分，不知道下面等待着他的是什么。

其实，利斯正打算写一篇题为《敌人的意识形态和思想领袖》的文章，他找老头，不过是想证实一下自己的一些想法而已。

一个很有意思的人物！确实，当你钻到原子核里面时，对你起作用的就不仅是斥力，还有引力。

汽车一驶出集中营大门，利斯便把莫斯托夫斯科伊抛到了脑后。

第二天一早，利斯来到福斯工厂。

吃过早饭，利斯在福斯的办公室先跟设计师普拉什卡聊了聊，然后又跟负责生产的工程师们交谈。商务副厂长在管理处向他介绍了定购的设备的估价。

在金属的轰鸣声中，他在工厂各个车间视察了几个小时，天快黑时，已经累得不行了。

福斯工厂负责生产保安总局订货的重要部分，利斯对工厂感到很满意——厂领导班子对任务考虑得很周到，精确达到了各项技术要求，机械工程师对传送带的结构进行了改进，热工技师详细制定了焚尸炉最节能的工作方案。

在工厂里辛苦工作一天之后，在福斯家度过的晚上格外令人愉快。

对化工厂的视察却令利斯十分扫兴：计划生产的化学制品只完成了百分之四十多一点。

化工厂方面抱怨个没完没了，使利斯大为恼火。他们诉苦说，生产过程太复杂、不确定因素太多；空袭时通风装置遭到了破坏，车间里发生大批工人中毒；用作产品稳定剂的硅藻土供应不及时；包装用的密封容器被耽搁在铁路上……

但是，化学公司经理处清楚地了解保安总局订货的重要性。股份公司的首席化

[①] 奥托·阿道夫·艾希曼（1906—1962），前纳粹党卫军中校，"二战"期间对犹太人施行大屠杀的主要负责人和组织者之一，并组织和执行"犹太人问题最终解决方案"。"二战"后前往阿根廷定居，后遭以色列情报机构逮捕，公开审判后绞死。

学家基希加滕博士告诉利斯，保安总局的订货保证按期完成。公司甚至决定稍稍放慢军需部任务的完成，这种情况自1939年9月以来尚无先例。

利斯谢绝了观看化工联合企业实验室一项重要试验的邀请，但查看了由生理学家、化学家、生物化学家签字的实验记录。

在同一天，利斯会见了参与实验的科技人员，都是年轻的科学家：两名妇女（一位生理学家，一位生物化学家）、一位病理解剖学家、一位研究低温有机合成的化学家，及小组领导人毒理学家菲舍尔教授。与会者给利斯留下了极好的印象。

虽说他们都渴望自己构想的研究方法得到首肯，但并没有向利斯隐瞒工作中的薄弱环节和自己的疑虑。

第三天，利斯跟奥伯施太因安装公司的一名工程师同机前往建筑工地。一路上他感觉良好，短途旅行很令人放松。前面等待他的是最令人惬意的事：视察过建筑工地后，他就要率领建筑工地的技术领导人一起飞往柏林，向保安总局汇报工程进展情况。

天气很糟糕，十一月冰凉的雨不停地下着。飞机在集中营中央机场着陆，过程颇为艰难——下降到一定高度，机翼就开始结冰，地面上浓雾弥漫。拂晓时又下过雪，这里那里，没被雨水冲刷干净的积雪覆盖在黏土上。

工程师们头上的细毡帽被水银般沉重的雨水浸透，帽檐低低地耷拉着。

一条新铺设的铁路从建筑工地直通到铁路干线。

铁路旁有一排库房，视察就从这些库房开始。遮阳棚下，人们正在对货物分类：各种机械零件、滚柱式传送装置的溜槽和部件、各种直径的管子、鼓风和通风设备、球磨人骨粉碎机、控制台用的煤气表和电表、一盘盘电缆、水泥、自卸斗车、大堆钢轨、办公家具。

另外还有一排由党卫军军官守卫的特种库房，装有排气装置，抽风机低声嗡嗡响着，其中有一间专门用于存放化工联合企业的产品：带红色阀门的气罐、贴有红蓝标签的十五公斤重的铁罐，远远望去，颇像保加利亚出产的果酱罐头。

这个特种库房一半建在地面以下。利斯和陪同人员从库房走出来，见到刚从柏林乘火车抵达的项目总设计师施塔尔刚教授和一个身材高大、身穿黄色皮夹克的男人，那是工程主任冯·赖内克工程师。

施塔尔刚哑着嗓子，有点喘不上气——空气太潮湿，引得他犯了哮喘病。他周围的工程师纷纷责备他不爱惜身子。他们都知道，施塔尔刚的设计图册可是希特勒私人藏书室中的藏品。

建筑工地跟二十世纪中期常见的大型建筑工地并无二致。基坑四周，不时传来卫兵的警笛声、挖土机的突突声、起重机转动时的吱嘎声和蒸气机车头的尖叫声。

利斯一行来到一幢灰扑扑的长方形楼房跟前，楼房墙上一扇窗户也没有。整个建筑群，包括各种工业建筑、一座座红砖炉、一根根粗大的烟囱、调度塔和带玻璃圆顶的岗楼，都以这幢没有窗户、分不出前后的灰楼为中心。

筑路工人正在公路路面上浇沥青，压路机压辊底下冒出缕缕灰色热气，跟灰蒙蒙的雾气交融在一起。

赖内克告诉利斯，在检查一号工程时，发现密封效果未达到要求。施塔尔刚忘了哮喘，哑着嗓子激动地向利斯解释新设施的建筑构想。

普通的工业水轮机看似简单，尺寸也不大，却可以凝聚起巨大的能量、质量和速度。通过水轮机的叶轮，水的位能可以转换为功。

这幢无窗建筑物就是按涡轮机原理设计的。它可以把生命和与之相联系的所有形式的能量转换为无机物。在这台新型涡轮机里，需要克服并驾驭心理、神经、呼吸、心脏、肌肉、造血等能源。在这个新设施中，涡轮机、屠宰场、垃圾焚烧炉的不同原理结合在一起。所有这些功能必须融汇在一个简单的建筑方案中。

"我们尊敬的希特勒，"施塔尔刚说，"众所周知，在查看最平淡乏味的工业设施时，也不忘关注其建筑形式。"

他压低嗓门，只让利斯一个人听见他下面的话。

"您一定知道，当年在华沙城郊建造集中营时，过分追求建筑形式的神秘感，使元首很不高兴。这些情况必须都考虑到。"

这座混凝土密室的内部构造也与大批量、高速度的工业时代相适应。

生命一旦进入传送通道，就像水流一样，既无法停顿，也无法倒流，它在水泥通道中的运动速度可以用类似于斯托克斯①关于液体在管道中流动的公式来测定，取决于密度、比重、黏度、磨擦力和温度。电灯嵌在天花板里面，外面罩着一层半透明的厚玻璃。

越往前走，灯光越亮。密室的入口处有一道光滑的钢门，寒光刺目，令人无法睁眼。

密室门前一片兴奋和紧张气氛，新设施初次投入使用前，建筑工人和安装工人常常体会到这种气氛。

几个勤杂工正在用水龙冲刷地面。一个穿白大褂的中年化学家在紧闭的门旁测压力。赖内克吩咐打开大门。宽敞的大厅里，水泥顶板压得很低，有几个工程师

---

① 乔治·加布里埃尔·斯托克斯（1819—1903），英国物理学家和数学家，研究流体动力学，提出斯托克斯阻力定律。

摘掉了呢帽。密室的地板用沉甸甸的包着金属框的活动水泥板拼接而成，水泥板与水泥板之间看不到缝隙。在调度室中操纵的机械装置能让构成地板的水泥板竖立起来，室内的一切便会掉进一个地下装置。在那里，一批口腔科医生对有机物进行整理，取出镶假牙的贵金属。然后，传送带开动，把早已丧失思维和感觉的有机物送进焚尸炉，在那里经受热能的进一步破坏，最后变成磷肥、钙肥、灰肥、氨肥、二氧化碳和二氧化硫。

一名联络官走到利斯跟前，递给他一封电报。大家注意到，党卫军中校读完电报，脸色一下子阴沉下来。

电报通知利斯，党卫军中校艾希曼将于今晚来建筑工地与他会面。艾希曼正乘车取道慕尼黑高速公路前来。

利斯的柏林之行落空了。他原指望明晚在自家别墅度过，那儿有他的妻子，虽在病中，依然思念着他。临睡前穿上软拖鞋坐在沙发上，在温暖和舒适中忘却严峻的外部世界一两个钟头，该有多好。夜里，躺在郊外别墅的床上，谛听远处柏林高射炮的轰鸣，该有多惬意。

本来他还打算，在柏林的阿尔伯特王子街作完汇报后，动身去郊外前，利用这段通常没有空袭和警报的寂静时刻，去看望哲学研究所负责文摘的一位年轻女科员，只有她深知他的日子过得多么艰难，他的内心有多么不安。为了这次幽会，他早已在皮包里藏好了一瓶法国白兰地、一盒巧克力。如今，幽会也泡汤了。

工程师、化学家和建筑师们默默望着他，不明白出了什么了不得的大事，使保安总局这位视察员满脸不痛快？谁想得到呀？

有那么短短一会儿工夫，人们仿佛觉得，密室不再听命于自己的创造者，它复活了，要按照自己的水泥意志和水泥渴求生存下去，马上就要分泌毒素，蠕动钢铁门牙嚼烂牺牲品，把他们消化掉，不留一丝痕迹。

施塔尔刚给赖内克使了个眼色，悄悄说：

"大概利斯刚接到通知，党卫军中校艾希曼决定来现场听取汇报。这事我今天早上就听说了。这样一来，他回家休息，甚至跟某个可爱的女子会面的美梦，可就全破灭了！"

30

这天晚上，利斯与艾希曼见了面。

艾希曼三十五岁上下。白手套、大檐帽、高腰靴，这三样体现德国军人的诗意境界、傲慢和优越感的东西，艾希曼一样不缺，与党卫军首脑希姆莱毫无二致。

还在战前，利斯就熟悉艾希曼一家，两人是同乡。利斯在柏林大学求学时，曾在一家报社打工，后来又去了一家哲学杂志社兼职，其间偶尔回老家探望，了解到中学同学的一些情况。有些人顺应社会浪潮飞黄腾达，然而浪潮一退，功名利禄皆成明日黄花。与此同时，另一些人却发达起来，名利双收。年轻的艾希曼却始终过着单调乏味的日子。凡尔登战役的炮声，似乎唾手可得的胜利，失败和通货膨胀，帝国国会内的政治斗争，左派和极左派运动在绘画、戏剧、音乐界掀起的旋风，新时装的兴衰——这一切都对艾希曼千篇一律的沉闷生活没有丝毫影响。

艾希曼为外省一家商行当经纪人。无论是对家人还是外人，他既不过分粗鲁，也不过分殷勤。生活中所有大道都挤满了吵吵嚷嚷、装模作样、与他格格不入的人。不管走到哪里，总是碰到令他厌恶的家伙，这些人手脚麻利，头脑机灵，深色眼睛闪闪发光，老练世故，故作宽厚地对他投以轻蔑的嘲笑……

中学毕业后，他在柏林没找到工作。办事处主任们和首都商号的老板们回复他说，很遗憾，没有空缺，但艾希曼却从侧面了解到，他们把他拒之门外，却聘用了某个无能的废物，民族归属不清，不知是波兰人，还是意大利人。他试过上大学，但当时不正之风盛行，使他难以如愿。他发现，主考官们一看见他那张圆脸上的浅色眼睛、浅色头发的小平头、短而直的鼻子，脸立刻就拉得老长。他们似乎更喜欢长脸、深色眼睛、弓背、肩膀窄小的生理退化的人。他不是唯一被打发回外省的，这是大多数人的命运。在柏林混得风生水起的那个人种，充斥了各个社会阶层。但孳生这一人种最多的圈子，是丧失了民族特性、崇尚世界主义的知识界，在那里，已经看不出德国人和意大利、德国人和波兰人之间的区别。

这是个特殊的人种，一个古怪的种族，所有企图与之竞争的人，都被它凭借智力、教育、漠然的嘲讽踩在脚下。最可怕的，是这个人种的强大智力令竞争者绝望，这种智力生气勃勃却又不具侵略性，体现方式多种多样，包括他们奇特的趣味；在日常生活中既追随时髦，又邋里邋遢、鄙视时髦；酷爱动物却又不肯舍弃城市生活方式；长于抽象思维却又热衷于艺术和日常生活中的粗俗……这些人推进了德国的涂料化学和合成氮制造，推动了伽马射线研究，促进了优质钢的生产。因为他们的缘故，大量外国科学家和艺术家、哲学家、工程师来到德国。但恰恰这些人最不像德国人，他们四海为家，不与德国人交友，其德国血统令人生疑。

在这种情况下，一个外省商行的小职员对生活还能有什么奢望？勉强填饱肚子就谢天谢地了。

可是瞧瞧现在的他：把几份文件锁进保险柜后，他从办公室里走出来。这些文件全世界只有三个人——希特勒、希姆莱和卡尔滕布鲁纳①——知道内容。外面，一辆黑色大型高级轿车正在门口恭候。卫兵向他敬礼，副官替他拉开车门——党卫军中校艾希曼上路了。司机加大油门，这辆盖世太保专用的大马力轿车穿街过巷，交通警察毕恭毕敬朝它敬礼，一路绿灯大开。汽车在柏林城里走了不久，便拐上高速公路。雨、雾、标志牌、高速公路的平滑弯道……

在斯莫列维奇②城中，有许多带花园的住宅，鸦雀无声，人行道上长满荒草。在别尔季切夫，一群爪子上涂有镉黄、身上涂着紫墨水和红墨水标记的肮脏母鸡在集市的街道上乱窜。在基辅的波多尔区和瓦西里科夫斯基大街，一栋栋多层建筑的窗户久未擦拭，楼梯的台阶在儿童和老人的鞋履数百万次擦蹭之下，磨得光溜溜的。

在敖德萨，许多院子里兀立着花皮法国梧桐树，晾晒着花花绿绿的床单被套、衬衫和内衣裤，放在炉火上煮茱萸果酱的铜盆冒着热气，新生儿在摇篮里啼哭，他们的黝黑皮肤还没见过阳光。

在华沙，狭窄单薄的六层楼房里住着裁缝、书籍装订工、家庭教师、酒吧间歌女、大学生和钟表匠。

在斯大林多尔夫③，夜间农舍里燃起点点灯火，从彼列科普④方向刮来的风散发出咸味，夹带着暖和的尘土，母牛摇着沉甸甸的头，哞哞叫着……

在布达佩斯，在法西托夫，在维也纳，在梅利托波尔，在阿姆斯特丹，在窗明几净的别墅里，在被工厂浓烟包围的楼房里，都曾住过犹太民族的百姓。

集中营的铁丝网、毒气室的高墙、反坦克壕沟的黏土，把数百万年龄、职业、语言不同，物质和精神需求不同的人，包括狂热的宗教信徒、坚定的无神论者、工人和寄生虫、医生和商人、智者和白痴、小偷、空想家、旁观者、好心人、圣人、贪腐者，全都围了起来。等待他们所有人的，是处决。

盖世太保那辆专用大型高级轿车风驰电掣，在秋天的高速公路上蜿蜒前行。

31

晚上，艾希曼和利斯见面了。艾希曼径直走进办公室，一面提问，一面坐到椅

① 恩斯特·卡尔滕布鲁纳（1903—1946），奥地利和德国的律师和政治家。纳粹党卫军高管，1943 年莱因哈德·海德里希去世后成为帝国中央保安总局秘书，负责在欧洲执行犹太人的灭绝政策。德国战败后，在纽伦堡国际军事法庭被指控为战犯，被判处死刑并被绞死。

② 苏联明斯克州一个城市。

③ 苏联乌克兰南部一个区，1927—1935 年间曾为苏联的五个犹太自治区之一。

④ 指连接克里木半岛和大陆的彼列科普地峡。

子上。

"我时间不多，最迟明天必须到华沙。"

他已经见过集中营警备司令，跟工程主任也交谈过了。

"工厂的生产情况好吗？您对福斯本人印象如何？在您看来，那里的化学家是否称职？"他连珠炮般提出问题。

他白皙粗壮的手指上长着硕大的粉红色指甲，这只手此刻翻动着桌上的文件，时不时用自来水笔写下批语。利斯觉得，艾希曼并不认为眼前的任务有什么特别，虽说即使铁石心肠的人，听闻此事内情后都会浑身起鸡皮疙瘩。

这些日子利斯喝酒喝得厉害。他成天觉得气短，一到夜里心就怦怦乱跳。但他相信，假如不喝酒，让神经始终绷得紧紧的，对健康的危害更大。

他梦想重新埋头研究那些对国家社会主义怀有敌意的著名活动家，梦想解决虽说又残酷又复杂，但至少不用流血的难题。若能如愿以偿，他就要戒酒，抽烟也要限制到每天最多两三支。前不久，他半夜三更传讯了一位俄国的老布尔什维克，跟对方下了一盘政治象棋，过后回到家里，安眠药也没吃，一觉睡到了早晨九点多。

这天晚上，党卫军中校和利斯视察毒气室时，主人为他们安排了一次意想不到的小插曲。在毒气室中央，建筑人员放了张小桌子，备好了酒和冷盘。赖内克邀请艾希曼和利斯一起干杯。

艾希曼很欣赏这个别开生面的安排，说道：

"我很乐意吃一点。"

他把大檐帽递给随从警卫，在桌旁坐下，一张大脸突然变得和蔼而专注，成千上万男人坐下来准备美餐一顿时，脸上一般都有这种表情。

赖内克起身给大家斟上酒，人们举起酒杯，等待艾希曼祝酒。

水泥屋中一片死寂，高脚杯里斟满美酒，利斯觉得，气氛紧张得快超出他心脏的承受力了。他切盼为德国理想干杯的祝酒辞和碰杯声能冲淡这紧张气氛，但紧张气氛非但没有消退，反而越来越强烈——党卫军中校嚼起夹肉面包来。

"先生们，你们怎么啦？"艾希曼问，"这火腿味道挺不错。"

"我们在等候贵宾祝酒哩。"利斯说。

党卫军中校举起酒杯。

"为今后工作进一步顺利开展干杯！大家干得不错，好样的！"

只有他一个人几乎什么也没喝，吃得倒不少。

第二天早晨，艾希曼穿条短裤在敞开的窗户前做操。薄雾中，一排排整齐的集中营棚屋显出轮廓，机车的汽笛声隐约可闻。

以往，利斯并不怎么妒嫉艾希曼。利斯军衔不低，但职位不高——在帝国保安总局，公认他是个聪明人。连希姆莱都喜欢跟他交谈。

那些位高权重的人物，在多数场合都尽力不因职位而对他表露出优越感。他习惯于到处受人尊敬，在保安警察部门内外都是如此。帝国保安总局的影响力无所不在——在大学里，在儿童疗养院院长的签字里，在歌剧院青年歌手的招待性预演里，在评委会挑选春季画展作品的决议里，在帝国国会选举的候选人名单里，无不显示出帝国保安总局的势力。

这是生活的轴心。多亏了国家秘密警察的工作，党才能永远伟大正确，党的逻辑或非逻辑才能战胜其他一切逻辑，党的哲学才能战胜其他一切哲学。这是一支神奇的魔杖！魔杖一旦丢失，魔力便不复存在：伟大的宣传家会变成饶舌鬼，科学巨擘会变成拾人牙慧的应声虫。因此，这支魔杖无论如何不能丢弃。

这天早晨，看着艾希曼，利斯平生头一回感到心里骚动着一丝丝嫉妒，他为此很是惶惑不安。

临别前几分钟，艾希曼若有所思地说：

"咱俩还是同乡哩，利斯。"

两人争相说出老家城里那些街道、饭店、电影院的名字，感觉好亲切。

"当然，有些地方我从未去过。"艾希曼说，举出一个俱乐部的名字，当时他这个小业主的儿子是没资格跨进那间俱乐部的。

利斯改变话题，问道：

"对于要处理的犹太人，您能给我一个大致的数目吗？"

他知道这个问题问得有点出格，也许除了希姆莱和元首，世界上只有三个人能回答他。

但是，两人刚刚回忆过艾希曼年轻时在民主主义和世界主义时期的落魄，此刻向他讨教利斯不了解的情况，承认自己的无知，时机正好。

艾希曼给了他一个答案。利斯大吃一惊，问道：

"几百万？"

艾希曼耸耸肩。一时间两人默然无语。

"真是相见恨晚，你我未能在大学生时代认识，歌德所谓长知识的年代。"利斯说。

"别'恨晚'了，我根本没在柏林读过大学，我是在外省上的学。"艾希曼说，然后补充道："这个数字，老乡，我还是头一次说出口。即使算上贝希特斯加登①、

---

① 德国气候疗养地，位于奥地利的萨尔茨堡以南，"二战"期间，附近的上萨尔茨堡山上建有希特勒的"鹰巢"别墅，以及戈林等纳粹领导人的别墅。

帝国办公厅和帝国元首的主管部门，总共也只提到过七八次。"

"我明白，明天的报上，肯定读不到这个消息。"

"我想说的正是报纸。"艾希曼说。

他嘲笑地瞥了利斯一眼，利斯感到对方比自己机灵，不由得心中暗暗吃惊。

艾希曼却说：

"我之所以向您透露这个数字，原因之一是咱们老家那座寂静的小城绿树成荫，但还有一个更重要的原因——我希望它能让我们在今后的工作中更好地合作。"

"谢谢，"利斯说，"此事非同小可，必须考虑周详。"

"那当然。这个提议不仅出自于我，"艾希曼竖起一根指头，指了指上面，"如果您分担我的工作，而希特勒输掉这场战争，我们就得一起上绞刑架——您和我。"

"美妙的前景，值得考虑。"利斯喃喃地说。

"您只要想象一下，两年后，当我们在这间密室重逢，又坐在这张舒适的小桌旁时，我们可以放言：'只用二十个月，我们就解决了人类花费二十个世纪都未能解决的难题！'"

他们相互道别。利斯目送轿车远去。

对于在一个国家里的人际关系，利斯有自己的看法。在奉行国家社会主义的国家中，生活不可能随心所欲，它的每一步都需要控制。

为了控制人的呼吸、母爱情感、阅读范围、工厂、歌唱、军队、夏日郊游，需要领袖。生命已经失去了如小草那样随意生长，如大海那样纵情起伏的权利。在利斯看来，领袖人物可以归纳为四种类型。

第一种类型是头脑简单的人，他们通常缺乏敏锐的智慧和分析能力。这些人惯于引用报刊的口号和提法，从希特勒的言论、戈培尔的文章、弗兰克①和罗森堡②的著作中寻章摘句。一旦无所依靠，他们就会张皇失措。他们不会思考各种现象之间的联系，动辄以种种借口表现出残忍和偏执。他们对待一切都一本正经：无论是哲学、国家社会主义科学、含混不清的启示、新戏剧成就、新音乐，还是帝国国会的选举。他们像小学生一样，组成学习小组，死记硬背元首的《我的奋斗》，记下流行报告和小册子的要点。他们在个人生活上一般都很简朴，偶尔还有捉襟见肘的时候。他们比其他类型的人更容易服从党的号召，背井离乡，走上遥远的工作岗位。

---

① 汉斯·弗兰克（1900—1946），1930年加入纳粹党，曾任德国国会议长，后任波兰占领区行政长官，曾下令处决二十万波兰人。

② 阿尔弗雷德·罗森堡（1893—1946），1923年起为法西斯国家社会主义党中央机关报主编，法西斯主义思想家之一，1933年起为纳粹党对外政治部领导人。

利斯起初觉得，艾希曼就属于这种类型。

第二种类型是聪明的犬儒主义者。这些人知道魔杖的存在。在可靠的亲朋好友圈子里，他们对许多事情发牢骚，嘲笑新晋博士和硕士不学无术，针砭各级长官的错误和作风。唯有元首和至高无上的理想是他们不敢嘲笑的。这些人通常生活奢侈，酗酒无度。这类人多位居党的上层，而在基层，则是第一种类型的人居多。

第三种类型的人，利斯认为，把持着国家的最高层，这个小圈子里只有八九个人，充其量不超过十五到二十人。这是一个没有任何信条的世界，圈中人可以不受约束地评判一切。这里没有理想，只有数学，只有恣意妄为、不知怜悯为何物的大师。

有时利斯觉得，德国所发生的一切都是为了这些人，都是为了这些人的利益。

利斯发现，如果最高层里混进了鼠目寸光之辈，每每标志着不祥事件的开端。控制社会机器运转的大师们提拔一些教条主义者，仅仅是为了把一些格外血腥的任务交给他们去办。这些头脑简单的人会享受一阵尖峰权力带来的快感，但往往，一旦事成，办事者便风流云散，有时还落得个跟自己的受害者同样的下场。最高层里面剩下的，又只有那些恣意妄为的大师。

属于第一种类型的头脑简单的人，有一个极其可贵的特点，那就是他们的人民性。他们不光从国家社会主义的经典作家那里寻章摘句，而且熟悉大众的语言。他们的粗鲁是民间的、农民式的。他们的俏皮话常常在工人集会上引起哄堂大笑。

第四种类型的人是执行者，他们对教条、主义、哲学等漠不关心，又不具备分析能力。国家社会主义付钱给他们，他们就为国家社会主义效劳。他们唯一的、最高的欲望是高级餐具、服装、别墅、珠宝、家具、小汽车、冰箱。他们对钞票不是很感兴趣，觉得钞票不大靠得住。

利斯倾心于处于最高层的领导人，向往他们的圈子，希望跟他们亲近，在那里，在那个充满嘲讽的智慧和精妙的逻辑的王国里，他感到如鱼得水，轻松自在。

但利斯看到，在某个可怕的高度，凌驾于最高领导人之上，位于平流层上方，还有一个扑朔迷离、难以捉摸的世界，这个世界用自己的非逻辑折磨着所有人。这是元首阿道夫·希特勒的世界。

使利斯心生恐惧的，是在希特勒身上，看似不可结合的东西却以一种不可思议的方式结合在了一起。他是大师们的头儿，是超级机械师、总安装师、总工长，掌握了最严密的逻辑、最极端的愤世嫉俗、最疯狂的数学严酷，他最亲近的助手们全部加在一起，也不能望其项背。与此同时，元首身上又有着教条主义的偏执、狂热的信仰、盲目的执拗、顽固的非逻辑，这些品质利斯只有在半地下室里最低一级的党领导身上才能找到。元首既是魔杖的制造者，是最高司祭，同时又是一个蒙昧、狂热的信徒。

此刻，目送着远去的汽车，利斯觉得艾希曼出其不意地在他身上唤起了一种既令人胆战心惊、又令人心向往之的模糊感觉，这种感觉世界上原本只有一个人能在他身上唤起，那就是德国人民的领袖阿道夫·希特勒……

32

反犹太主义可以有多种方式的表现——从漫不经心的嘲弄和鄙视到种族灭绝性质的大屠杀。

反犹太主义的类型也多种多样——意识形态的、内部的、隐秘的、历史的、日常的、生理的；其形式可以是个人的、社会的或国家的。

无论是在市场上，还是在科学院主席团的会议上，在一个深沉老人的心灵中，在院子里的儿童游戏中，都可能遇到反犹太主义。从松明、帆船和手摇纺车的时代到喷气发动机、原子反应堆和计算机的时代，反犹太主义的势头始终强劲。

反犹太主义从来都不是目的，反犹太主义永远只是手段，是衡量无法解决的冲突的尺度。反犹太主义是个人、社会结构和国家制度自身缺陷的一面镜子。告诉我你指控犹太人犯了什么罪，我就能告诉你你自己犯了什么罪。

即使在争取自由的战士、被关押在施吕塞尔堡中的农民奥莱尼丘克[①]的心中，也把对家庭农奴制的仇恨，表现成了对波兰人和犹太人的仇恨。即使才华横溢的陀思妥耶夫斯基，本该看到俄罗斯承包商、农奴主和工业家无情的眼睛，也把注意力放到了犹太高利贷者身上。

国家社会主义将臆想的种种特征强加在全世界犹太人身上：种族主义、对世界权力的渴望、因崇尚世界主义而对德意志祖国的冷漠，等等，其实这些特征恰恰是国家社会主义自身所有的。但这只是反犹太主义的一个方面。

反犹太主义是平庸的表现，是无法在生活斗争的各方面——科学、贸易、工艺、绘画——通过平等斗争取胜的表现。反犹太主义是衡量人类平庸的标准。各个国家以世界犹太人的阴谋为借口，掩饰它们自己的失败。但这只是反犹太主义的一个方面。

反犹太主义是民众无意识的表现，他们无法找到自己不幸和苦难的真正原因。

---

① 谢苗·尼基蒂奇·奥莱尼丘克（1789—1852），俄罗斯农奴。1849 年，他因反对农奴制的宣传而被捕。根据尼古拉一世的命令，他于 1849 年 11 月被关押在施吕塞尔堡要塞，并于 1852 年 7 月去世。

无知的人们把犹太人，而不是国家和社会结构，当作他们受苦受难的根源。但即便这种群众性的表现，也只是反犹太主义的一个方面。

反犹太主义是在社会底层阴燃的宗教偏见的表现。但这只是反犹太主义的一个方面。

对犹太人的外表、言语和食物的厌恶，当然不是生理反犹太主义的真正原因。毕竟，一个见不得犹太人的鬈发和手势的人，依然会欣赏穆里略①的画作中儿童的黑色鬈发，对亚美尼亚人的喉音和手势无所谓，看着厚嘴唇的黑人并不觉得别扭。

反犹太主义是少数民族遭受迫害的一个特例。这种现象很特殊，因为犹太人历史命运的发展就很奇特。

正如从一个人的影子可以猜想这人的外形，从反犹太主义也可以联想到犹太人的历史命运和道路。犹太人的历史与世界政治和宗教生活的许多问题交织在一起。这是犹太少数民族的第一个特征。犹太人几乎生活在全世界所有国家。一个少数民族在全世界东西半球如此广泛分布，这是犹太人的第二个特征。

在商业资本兴盛之时，犹太人以商人和高利贷者的身份出现。在工业的鼎盛时期，许多犹太人在科技和工业界崭露头角。在原子时代，许多有才华的犹太人从事原子物理学工作。在革命斗争时期，许多犹太人成为革命运动的杰出人物。他们是没有被抛到社会、地理边缘，而努力在思想和生产力发展的主要运动方向上有所成就的少数民族。这是犹太少数民族的第三个特征。

部分犹太少数民族被同化并融入居住国的原生居民中，但大部分犹太人在语言、宗教和生活方式上保留了自己的民族特性。反犹太主义不遗余力地指责同化犹太人从事秘密的民族和宗教活动，同时又要求从事手工业、体力劳动的广大犹太人对自己某些同胞的行为负责，这些同胞有的是革命领袖，有的是工业界巨擘，有的是原子物理学家，有的是股份公司和银行老板。

上述特征，单独挑出一个，可能为其他某个少数民族所有，但似乎只有犹太民族具有所有这些特征。

反犹太主义也体现了这些特征，也与世界政治、经济、思想和宗教生活的主要问题结合起来。这是反犹太主义最险恶的特征，其篝火的火焰照亮了历史上最可怕的时代。

当文艺复兴进入天主教中世纪的荒野时，黑暗世界点燃了宗教裁判所的火焰。火焰不仅映照出邪恶的力量，也映照出其毁灭的画面。

---

① 巴托洛梅·埃斯特班·穆里略（1617—1682），西班牙画家。以宗教作品而闻名，但也创作了大量妇女和儿童画作。

在二十世纪，一个注定要灭亡的民族主义政权点燃了奥斯威辛、卢布林和特雷布林卡焚尸炉的火焰。火焰不仅映照出法西斯主义的短暂胜利，而且向全世界预言了法西斯主义注定灭亡的结局。面对不可避免的命运，世界历史时期、反动的腐朽国家的政府、竭力改善其颓败生活的人们，统统诉诸反犹太主义。

在两千年的历史进程中，发生过自由和人性利用反犹太主义作为斗争手段的案例吗？也许有，但我不知道。

日常的反犹太主义是不流血的反犹太主义，仅仅证明世界上存在着满心嫉妒的傻瓜和失败者。

在民主国家中，可能会出现社会性的反犹太主义，它体现在代表某些反动团体的媒体中，体现在这些反动团体的行动中（例如抵制犹太劳工或犹太商品），体现在宗教和意识形态中。

在不存在社会声音的极权主义国家，反犹太主义只能是国家行为。国家反犹太主义证明，国家试图依靠傻瓜、反动派、失意者的支持，试图利用迷信者的无知和挨饿者的愤怒。这种反犹太主义在第一阶段是歧视性的——国家限制犹太人选择居住地、职业、担任最高职位的权利，进入教育机构和获得科学头衔、学位的权利等。

然后，国家反犹太主义变得具有破坏性。

在全世界反动派与自由力量展开殊死搏斗的时代，反犹太主义成为反动派在国家层面和政党层面的意识形态；这就是二十世纪的法西斯主义。

<h1 style="text-align:center">33</h1>

重新组建的部队正在夜幕掩护下向斯大林格勒前线秘密挺进。

一支新的方面军正在斯大林格勒西北方向的顿河中游地区集结。一列列军车在重新铺设的铁路沿线把军用物资直接卸到草原上。

天一蒙蒙亮，夜间喧嚣不已的铁流便寂静下来，只有薄雾混杂着尘土飘浮在草原上空。白天，大炮的炮筒被干枯的野蒿和稻草覆盖，与秋日的草原融为一体，世界上仿佛找不出比它们更安静更平和的东西了。一架架飞机平伸着机翼停在机场上，披着蛛网般的伪装，犹如风干的昆虫。

在一幅全世界只有几个人能看到的地图上，三角形、菱形、圆形标记一天比一天多，代表部队番号的数字越来越密。新组建的西南方面军肩负进攻任务，其麾下的各集团军经过组建、集结，陆续在出发阵地就位。

在伏尔加河左岸，大批坦克兵团和炮兵师在荒无人烟的盐碱地草原上向南挺进，绕过硝烟弥漫、炮声隆隆的斯大林格勒，来到寂静的死水和河湾。一队队士兵渡过伏尔加河，在卡尔梅克草原和咸水湖间的平原上安顿下来。成千上万俄罗斯士兵的言谈中逐渐蹦出一些卡尔梅克方言词汇……就这样，在卡尔梅克草原上，南方兵力在德军右肩上方完成了集结。苏联最高统帅部的意图是把保卢斯在斯大林格勒地区的几个师团全部收入囊中。

黑沉沉的夜晚，在秋季的云彩和星空下，诺维科夫的坦克军被各式轮船、渡船、驳船运送到右岸，部署在离斯大林格勒不远的南部卡尔梅克地区……

数以千计的人看到了用白漆涂写在装甲钢板上的俄罗斯军事将领的名字："库图佐夫""苏沃洛夫""亚历山大·涅夫斯基"①。

数以百万计的人看到了俄罗斯的重型火炮、迫击炮和根据租借法案②获得的"道奇""福特"卡车纵队向斯大林格勒方向开进。

然而，尽管无数人亲眼见到了浩浩荡荡的部队运动，为进攻斯大林格勒西北部和南部而展开的这次大规模兵力集结，却是秘密进行的。

这是怎么做到的？要知道德国人不可能不发现这种大规模调动。这是瞒不过的，就好像草原上的风瞒不过草原上的行人一样。

德国人知道苏军在向斯大林格勒挺进，但斯大林格勒大反攻对他们来说却是个秘密。随便哪个德军低级军官，假如能看上一眼标有苏军预计集结地点的地图，就能破译只有斯大林、朱可夫和华西列夫斯基③掌握的苏维埃俄罗斯的国家最高军事秘密。

但是德军在斯大林格勒地区被苏军团团包围，无论是对德军低级军官还是对德军元帅来说，仍然大出乎意料。

这是怎么做到的？

斯大林格勒继续坚守着，德军尽管投入了大批兵力，发动了一次又一次攻势，却始终无法取得决定性胜利。而坚守斯大林格勒的零散部队只剩下了几十名红军战士。这区区几十个人竟然挑起了残酷战斗的超级重担，而正是这股小得不能再小的力量，搅乱了德国人的所有认知。

---

① 亚历山大·涅夫斯基（1220—1263），十三世纪俄罗斯人领袖，原名亚历山大。1240年瑞典人入侵俄罗斯，亚历山大在伊佐拉河与涅瓦河的交汇处打败瑞典人，因此被称为"涅夫斯基"，意即涅瓦河的英雄。1942年7月当德军已经深入到俄罗斯腹地时，斯大林宣布亚历山大·涅夫斯基为民族英雄，并用他的名字设立了一种军功勋章。

② 第二次世界大战期间，美国向跟法西斯国家作战的盟国借贷或出租武器、弹药、战略原料、粮食和其他物资的法案。

③ 亚历山大·米哈伊洛维奇·华西列夫斯基（1895—1977），苏联军事家、国务活动家，苏联元帅。

敌人无法想象，抵御他们强大兵力的居然只是区区几十个苏军战士。他们误以为苏军后备部队的意图只是巩固、加强防御。在伏尔加河岸的斜坡上打退保卢斯几个师进攻的几十名战士，俨然成了斯大林格勒大反攻的战略家。

但是，历史的无情作弄隐藏得比这还要深。最后导致俄罗斯取胜的是自由。自由本来是战争的目的，但被历史的手指恶作剧地一拨弄，变成了战争的手段。

34

老妇人抱着一捆干芦苇往家走，脸上堆满忧愁。她从一辆落满尘土的美国"威利斯"牌吉普车旁走过，从蒙上帆布的指挥部坦克旁走过，坦克的一侧顶在她家农舍的板墙上。老妇人瘦骨嶙峋，无精打采，相貌再平常不过。但是，这位老妇人，她那个长相一般、正在屋檐下挤奶的女儿，她那个长着浅色头发、一边抠鼻孔一边注视牛奶如何从母牛乳房里往外喷的孙子，跟这些驻防在草原上的军人却有着最为密切的关系，世上任何事情都不能与之相比。

所有这些人——来自兵团司令部和集团军司令部的身材魁梧的少校们，在农舍发暗的圣像下抽烟的将军们，在俄罗斯火炉里为将军们烤羊肉的炊事员们，在谷仓里用弹壳和钉子卷头发的女报务员们，在院子里对着白铁脸盆，一只眼睛看着小镜子刮脸、另一只眼睛看天上有没有敌机飞来的司机们，加上由钢、电、汽油组成的战争世界，已经成为草原上一个个大小村落和镇子漫长生活中不可分割的一部分。

对这位老妇人来说，今天这些坐在坦克里的小伙子，跟夏天长途跋涉后来她家借宿、一整夜提心吊胆、不时出门察看的小伙子之间，也有着不可分割的联系。

这位卡尔梅克草原农场的老妇人，与在乌拉尔将哗哗作响的铜茶炊端到预备役坦克部队司令部的老妇人，以及六月在沃罗涅日城郊用稻草为上校打地铺、一边张望窗外火光一边在胸前画十字的老妇人，也有着不可分割的联系。但这种联系大家都习以为常，无论是此刻抱着芦苇进屋生炉子的老妇人，还是走到门廊上的上校，都没有注意到。

卡尔梅克草原上异常宁静，宁静得让人心里发慌。这天早上，在柏林菩提树下大街①上，熙来攘往的人们是否知道，就在这里，在卡尔梅克草原上，俄国已经把脸转向西方，即将反击，即将大踏步推进？

诺维科夫站在门廊上，对司机哈里托诺夫喊道：

---

① 菩提树下大街位于柏林老城区的中心地带，是柏林有名的街道，道路两旁是茂密的林荫树和许多知名建筑。这里一度是德意志帝国的心脏。

"别忘了大衣，我的和政委的。我们要很晚才回来。"

格特马诺夫和涅乌多布诺夫走到门廊上。

"伊拉里昂·因诺肯季耶维奇，"诺维科夫说，"万一有情况，请给卡尔波夫打电话，过一刻钟后，再给别洛夫和马卡洛夫打电话。"

涅乌多布诺夫说：

"这里能有什么事？"

"谁知道？没准司令员说来就来呢。"诺维科夫说。

正说着，只见两个小黑点背着阳光，朝村庄方向扑过来。引擎声越来越响，草原的静谧立时被飞机的呼啸声打破。

哈里托诺夫跳下汽车，朝谷仓的墙根跑去。

"你这是干什么，笨蛋，看不出是咱们自己人吗？"格特马诺夫扯着嗓子喊道。

说时迟那时快，一架飞机对着村庄就是一梭子机枪扫射，另一架扔下一颗炸弹。震耳欲聋的爆炸声中，玻璃窗碎裂，女人发出刺耳的尖叫，孩子哇哇大哭，爆炸掀起的土块雨点般落下。

听到炸弹的呼啸声，诺维科夫赶紧稍稍弯下身子。眨眼间，烟尘四起，混沌中他只见到站在他身边的格特马诺夫。透过硝烟尘雾，逐渐显露出涅乌多布诺夫的身影。所有人中间，只有他一个人笔挺地站着，挺胸抬头，宛若一尊木雕。

格特马诺夫脸色略微发白，激动中又有几分兴奋，他掸去裤子上的尘土，用夸张的口吻说：

"没关系，咱扛住了，没给吓得屁滚尿流。将军更神，居然纹丝不动！"

然后，格特马诺夫和涅乌多布诺夫跑过去查看弹坑四周的泥土被抛出了多远，两人很奇怪为什么远处房屋的玻璃都给震碎了，而近处的玻璃窗却完好无损。他们还看了看被掀翻的篱笆。

诺维科夫冷眼观看这两个头一回见到炸弹爆炸的人：他们似乎想不通，德国人造出这枚炸弹，把它运到天上，再往地上扔，难道就为了一个目的——炸死小格特马诺夫们和小涅乌多布诺夫们的老爸？原来，人们在战场上干的就是这种事啊！

坐在汽车里，格特马诺夫还不停地念叨这次空袭，后来总算打断了自己：

"彼得·帕甫洛维奇，你听我这么叨叨，一定觉得好笑。这种事你经历过不下千次了，可我还是头一回呢。"他又打断自己，问道："听我说，彼得·帕甫洛维奇，那谁，那个姓柯雷莫夫的，好像被俘过？"

诺维科夫说：

"柯雷莫夫？他关你什么事？"

"关于他，我在方面军司令部听到过一次很有意思的谈话。"

"他曾被包围过，但好像没有被俘。你说的那次谈话，都说些什么啦？"

格特马诺夫似乎没听见诺维科夫的问话，他碰了碰哈里托诺夫的肩膀，说：

"走那条路，可以避开深谷，直接开到第一旅指挥部。我这双前线军人的眼睛还是蛮不错的。"

格特马诺夫跟人谈话时东一榔头西一棒子，对此诺维科夫已经见惯不惊了。格特马诺夫经常这样：一会儿滔滔不绝，一会儿停下来提问，一会儿又开始大发议论，然后又没头没脑提个不相干的问题。他的思路走的好像是"之"字形，全无规律可循。但这只是表面现象，实际情况并不是这样。

格特马诺夫经常说起老婆孩子，身上总带着厚厚一沓家庭相片，还两次派秘书寄包裹到乌法给家人。

但与此同时，他又跟卫生所那位以泼辣著称的黑发女军医塔马拉·帕夫洛芙娜搞上了，而且不像是逢场作戏的样子。一天早晨，维尔什科夫带着夸张的悲惨表情，对诺维科夫说：

"上校同志，女军医在政委房间里过的夜，天快亮了才放她走的。"

诺维科夫说：

"维尔什科夫，闲事少管。您别偷拿我的糖果就好。"

格特马诺夫并不隐瞒他跟塔马拉·帕夫洛芙娜的关系，此刻在草原上，他肩膀凑近诺维科夫，悄声说：

"彼得·帕甫洛维奇，有个小伙子爱上了我们的女军医。"他望着诺维科夫，一副多愁善感的样子。

"怕是位政委吧。"诺维科夫说，用眼色示意格特马诺夫：司机听得见他们的话。

"有什么法子，布尔什维克又不是修道士。"格特马诺夫压低了声音，"唉，我这个老糊涂虫陷入爱河，没救了。"

他们沉默了一阵。格特马诺夫好像全然忘了两人刚刚像老朋友似的说过知心话。他又开了口：

"彼得·帕甫洛维奇，你在前线真是如鱼得水啊，一点儿也不见瘦。而我，你知道，天生是搞党务工作的。我调去州委是在最艰苦的年代，要换了别人，早累出一身病来。当时粮食计划完不成，斯大林同志曾经两次打电话催问我。可就在这种情况下，我反倒胖了，就像住了趟疗养院。你眼下也是这样。"

"鬼知道我天生该干什么，"诺维科夫说，"也许，我天生就是为了打仗？"

他笑起来，接着说：

"我发现，每次碰到什么有趣的事，我头一个念头就是，别忘了告诉叶甫根尼娅·尼古拉耶芙娜。你和涅乌多布诺夫平生头一回看到德国炸弹砸下来时，我就想，这事儿得告诉她。"

"打政治报告？"格特马诺夫问。

"差不多吧。"诺维科夫说。

"老婆嘛，当然啦，"格特马诺夫说，"比谁都亲近。"

汽车开到三旅驻地，两人下了车。

诺维科夫脑子里经常转着一大堆东西：人名、地名、大大小小的任务、有待解决和已经解决的问题、打算发出的和应当撤销的命令。

有时，半夜三更他会突然醒来，种种疑虑和问题在头脑里打转：射程能否超出瞄准器的刻度？行进间开火是否有效？分队指挥员是否能迅速、准确地对战情变化作出判断，独立作出决定，当场下达命令？

然后他会想象，坦克梯队如何突破德军和罗马尼亚军的防线，在强击航空兵、自行火炮炮兵、摩托化步兵和工兵配合下追击敌军，抢占渡口、桥梁，绕过雷区，压制住敌军火力点，不断向西疾进。兴奋中，他会坐起身来，从床上垂下一双光脚，心里充满幸福的预感，喘着粗气独自坐在黑暗中。

这些夜间的思绪，他从未想过要告诉格特马诺夫。

来到草原后，他看格特马诺夫和涅乌多布诺夫越发不顺眼，比在乌拉尔时更甚。

"桃子熟了，这两位也赶来了。"诺维科夫想。

与1941年相比，他已经判若两人。他喝酒比过去凶，肝火旺盛，动不动就骂娘。有一天他差点揍了负责燃料供应的军官。

他发现大伙儿都怕他。

"鬼知道我是不是天生就为打仗的，"他说，"但最好，还是跟你爱的女人住在森林边上的木屋里。白天出去打猎，晚上回家。女人做好饭等你，吃完饭上床睡觉。光打仗，能喂饱肚皮吗？"

格特马诺夫偏着脑袋，凝神望着他。

在野战无线电台旁，三旅旅长卡尔波夫上校迎接诺维科夫和格特马诺夫到来。卡尔波夫脸颊丰满，一双蓝眼睛在一头火红的头发映衬下，显得格外有神。

他的作战经验一度与西北战线上的几次战役有关，在那里，卡尔波夫不止一次不得不将坦克埋进土里，把一辆辆坦克变成一个个固定火力点。

他跟诺维科夫和格特马诺夫并肩走向第一团驻地，从容不迫的步履让人以为三个人里他才是最高长官。

只看他的外表，你会觉得他应该是个心肠不坏、好喝啤酒、贪恋美食的人。但他的性格其实截然相反：沉默寡言、冷漠、多疑、器量狭小。他从不招待客人，是个有名的铁公鸡——一毛不拔。

格特马诺夫对他们的工事大为赞赏，夸他们的土窑和坦克、火炮掩体构筑得很到位。

这位旅长什么都考虑到了，无论是坦克可能受到威胁的方向，还是侧翼遭受敌军进攻的可能性，但唯独没有考虑到一个情况：即将发生的战斗可能要求他率领全旅快速突破敌军防线并追击敌人。

诺维科夫对格特马诺夫的点头称赞十分恼火。

而卡尔波夫好像故意火上浇油，对诺维科夫说道：

"上校同志，请允许我说几句。去年在敖德萨附近，我们的掩体挖得好极了。晚上我们转入反击，给了罗马尼亚人一顿痛揍。深夜，根据集团军司令员的命令，我们整个防御部队像一个人似的，连人带坦克撤到港口，登上了轮船。第二天早上十点左右罗马尼亚人才回过神来，急忙对已经被我们丢弃的掩体发起进攻，可那时我们已经到黑海了。"

"但愿您这回不会呆呆地面对罗马尼亚人的空掩体。"诺维科夫说。

卡尔波夫能否在进攻中不分昼夜地猛打猛冲，把敌人的战斗部队和顽抗的火力点抛在身后？他能否不顾前后左右的敌方火力，一心向前突进？不能，他不是这种性格的人。

四周的一切还带有往日草原暑热的痕迹，但奇怪的是，空气却如此凉爽。坦克手们各自忙着自己的事情——有的把小镜子靠在炮塔边上，坐在装甲上刮脸，有的在擦拭武器，有的在写信，有的在地上铺上雨布玩"接龙"，还有一大群人围着一位年轻女护士傻站着，不知该怎样打发时间。辽阔天空下，这片广袤大地上呈现的这幅日常生活图景，充满了黄昏时分的忧郁。

这时，营长一面扯平军衣，一面朝走过来的首长们跑去，尖声叫道：

"全营立正！"

诺维科夫好像在反驳他：

"稍息，稍息。"

政委边走边随口说上一两句，身后便传来一阵阵哄笑，坦克手们彼此使着眼色，一脸快活。

政委询问他们，思念留在乌拉尔的姑娘吗？信纸用得多吗？在草原上能及时读到《红星报》吗？

政委责问军需官：

"今天坦克手们吃的什么？昨天吃的什么？前天吃的又是什么？你也是一连三天光吃大麦米粥加青番茄吗？那好吧，把炊事员叫来，"他在坦克手们的哄笑声中说，"问问他，给军需官做的是什么饭菜。"

他反复询问坦克手们的日常生活问题，仿佛以此来责备队列指挥官：

"除了装备还是装备，你们脑子有问题哦！"

军需官瘦瘦的，穿一双沾满尘土的充革布高筒靴，双手通红，好像刚在凉水里洗完衣服的洗衣妇。他站在格特马诺夫面前，不住咳嗽。

诺维科夫可怜起他来，于是说：

"政委同志，咱们一起到别洛夫那里去一趟吧？"

还在战前，格特马诺夫就被誉为善于从事群众工作的优秀领导人。他一开口，大伙儿就会笑个不停，他的语言朴实生动，不时夹杂几句粗话，一下子就能消除州委书记和身穿肮脏工作服的普通工人之间的鸿沟。

他总是很关心老百姓的日常生活：工资有没有按时发放，乡村商店和工人合作社里有没有紧俏商品供应，集体宿舍供暖情况好不好，田间守夜棚里有没有做饭的炉灶。

他跟中年女工和女庄员沟通起来尤其自如，大家都喜欢他，都说书记真是人民的好公仆。谁要是敢忽视劳动者的利益，无论是负责机关和工人供应的干部，还是集体宿舍的管理员，在他那里准没有好果子吃。如果需要，他也会厉声斥责工厂厂长和拖拉机站站长。他是农民的儿子，本人在车间里当过钳工，工人们能感觉出这一点。但在州委办公室里，情况就大不一样了：在那里，他关心的始终是自己对国家的责任，莫斯科操心的事就是他最大的操心事。关于这一点，大厂的厂长们和乡村的区委书记们全都很清楚。

"你打乱了国家计划，明白吗？你想把党证扔到桌子上吗？你知道，党把多大的责任委托给了你吗？你不该说清楚吗？"

在他的办公室里，听不到哄笑、喧哗，也没人谈论集体宿舍的开水供应、车间的绿化之类。在他的办公室里，要确定的是硬性的生产计划，谈论的是提高产量指标、必须推迟住房建筑、必须把裤腰带勒得再紧些、更坚决地降低成本、提高零售价格。

在州委主持会议时，他的个人力量彰显得特别充分。这些会议给人的感觉是，所有人到他的办公室来，不是为了提出自己的想法和要求，而只是为了支持格特马诺夫，而会议的整个进程，早就由格特马诺夫的毅力、智慧和意志定好调子了。

他说话嗓门不高，从容不迫，深信他的听众中没有一个敢不听命的。

"请谈谈各位区里的情况。同志们，先让农艺师说说。彼得·米哈伊洛维奇，你有什么要补充的吗？请拉齐科谈谈他的想法吧，他在这方面不是很顺利。罗季奥诺夫，我看得出你也有话要说。不过，同志们，依我看，问题都很清楚，可以做结论了。我想，没人反对吧。同志们，决议草案已经准备好，罗季奥诺夫，你来念念。"于是，本来想提出质疑甚至不惜吵上一架的罗季奥诺夫，规规矩矩念起决议草案来，还不时朝主席瞥上一眼，看自己念得够不够清楚。"那就这样吧，好像没有反对意见。"

但是最令人吃惊的，是格特马诺夫始终表现得无比真诚。当他在村苏维埃动情地跟农妇们交谈，为她们生活的艰辛叹息时，他是由衷的。当他对工人集体宿舍的拥挤表示难过时，他是由衷的。当他逼着区委书记们百分之百完成计划，克扣集体农庄劳动日能挣到的最后几两粮食时，他是由衷的。当他拼命压低工人工资、要求降低生产成本、提高零售价格时，他也是由衷的。

这让人很难理解，但生活何时容易理解过？

诺维科夫和格特马诺夫走到汽车旁，格特马诺夫开玩笑地对陪他们过来的卡尔波夫说：

"看来我们只好上别洛夫那儿去吃午饭了，指望不了您和您那个军需官。"

卡尔波夫说：

"旅级政委同志，方面军仓库目前什么也没提供给军需官。顺便说说，他本人胃病犯了，几乎什么都吃不下。"

"病了吗，哎呀，太不幸了，"格特马诺夫打了个哈欠，手一挥，"怎么着，咱们走吧。"

与卡尔波夫旅相比，别洛夫的坦克旅往西突出了很多。

别洛夫身材瘦削，长着一只大鼻子，两条腿有点罗圈，像个骑兵。他思路敏捷，说话像开机关枪，是诺维科夫的一员爱将。

诺维科夫觉得他天生就适合驾着坦克猛打猛冲，突破敌军防线。

尽管他参加战斗的时间不算长，只是去年十二月在莫斯科城下对德军后方成功实施过坦克袭击，但人们对他的评价普遍不错。

可是眼下，诺维科夫要防患于未然，看到的便只是这位旅长的缺点：嗜酒如命，行事草率，爱追女人，记性还不好，跟下属的关系常常很僵。防御问题别洛夫根本就没考虑。他对坦克旅的物资装备供应毫不关心，只在意燃料和弹药保障。被损坏的坦克如何维修，如何从战场后撤，也没有好好研究。

"您怎么回事啊，别洛夫同志，这里可不是乌拉尔，这是大草原。"诺维科夫说。

"是啊，就像茨冈人，在草原上临时落脚。"格特马诺夫补充说。

别洛夫立刻回答道：

"我们已经采取了防空措施，地面上的敌人我倒不担心，离前线那么远，敌人从地面打过来的可能性几乎不存在。"

他大声叹了口气：

"上校同志，我没兴趣打防御战，一门心思只想往前冲。"

格特马诺夫说：

"好样的，好样的，别洛夫。苏维埃时代的苏沃洛夫，真正的统帅，"接着，他改用亲昵的"你"，低声说："政治部主任向我汇报说，你好像跟医疗所一位护士好上了。有这事吗？"

别洛夫被格特马诺夫和善的语调迷惑，没一下子悟出这个问题的险恶，反问道：

"对不起，他说什么来着？"

但不等对方重复，他便回过神来，于是颇为尴尬地回答：

"我是个男人啊，政委同志。再说了，又是在野战条件下。"

"可你有妻子，有孩子。"

"三个。"别洛夫阴郁地说。

"嘿，你瞧，三个孩子！你知道吗，二旅的一个营长，布拉诺维奇，本来干得好好的，就因为这种事，旅部不得不采取极端措施，在部队退出预备役前用科贝林把他给换了下来。你给部下做的啥榜样，啊？俄罗斯军官，三个孩子的父亲！"

别洛夫火头上来了，提高嗓门说：

"这事谁也管不着，我又没对她施行暴力。至于榜样，在您之前，在我之前，在您老爹之前，早就有无数人给咱们做出过榜样了。"

格特马诺夫没有提高嗓门，重新用"您"相称，说道：

"别洛夫同志，别忘了自己的党票。上级首长对您说话时，请您站规矩些。"

别洛夫瞬间站得笔挺，仿佛木头人：

"请原谅，旅级政委同志，我当然明白。我知错了。"

格特马诺夫对他说：

"我相信您的战绩，军长也信任您，但别让个人问题碍事。"他看了看表，"彼得·帕甫洛维奇，我得去司令部，不跟你一起去马卡洛夫那儿了。我用别洛夫的车。"

走出掩蔽部，诺维科夫忍不住问道：

"怎么，想塔马拉啦？"

格特马诺夫冷冷地扫了他一眼，目光中透着不解，不满地说：

"是方面军军委委员找我。"

回军部前，诺维科夫顺道去了趟他最喜爱的一旅旅长马卡洛夫那里。

他和马卡洛夫一起来到湖边，那儿驻扎着一个营。

脸色苍白的马卡洛夫两眼透着一股忧郁，那表情似乎跟重型坦克旅旅长的身份不相般配。他对诺维科夫说：

"上校同志，您还记得白俄罗斯的那片沼泽地吗？德国人在芦苇丛中追在我们屁股后面？"

诺维科夫当然记得白俄罗斯那片沼泽地。

他又想起卡尔波夫和别洛夫。显然，问题不仅在于经验，而且在于本性。经验是可以逐步积累的，而本性，正如俗话所说，"江山易改，本性难移"。你无法让歼击机飞行员改行当工兵。不是所有人都能像马卡洛夫那样，无论是防守还是追击，都能做到游刃有余。

格特马诺夫说他天生是搞党务工作的。那么，马卡洛夫天生是打仗的。用不着改造。马卡洛夫啊，马卡洛夫，无敌骁将！

诺维科夫不想听马卡洛夫汇报。他只想跟马卡洛夫商量，听听他的见解。进攻中如何使步兵、摩托化步兵、工兵和自行火炮炮兵达到完全的协调一致？对于进攻开始后敌人可能采取的对策和行动，两人的推想是否一致？对敌人反坦克防御的能力，两人的估计是否相同？兵力部署的拟议范围是否恰当？

他们来到营指挥所。

指挥所设在一座不太深的小山沟里。营长法托夫见到诺维科夫和旅长，有点不好意思，觉得指挥所的土窑在两位贵客面前太掉价。偏巧又有个红军战士正用火药点炉子，炉子很不识相地噼里啪啦乱响一气。

"同志们，请记住，"诺维科夫说，"上级把方面军所有任务中最重要的部分交给了我们坦克军，我现在把其中最艰巨的部分委托给马卡洛夫。我的感觉是，马卡洛夫会把任务中最复杂的那部分交给法托夫来完成。至于如何完成，得由你们自己来决定。我不会在战斗中把我的想法强加在你们头上。"

接着他询问了法托夫一系列问题，包括与团部和各连连长的通信联络、电台的工作情况、弹药数量、坦克发动机的检修、燃油质量，等等。

临别时，诺维科夫说：

"马卡洛夫，准备好了吗？"

"没有，还没有完全准备好，上校同志。"

"再给三天，够吗？"

"够了，上校同志。"

诺维科夫坐进汽车，对司机说：

"怎样，哈里托诺夫，马卡洛夫这里好像一切正常？"

哈里托诺夫斜着眼睛瞟了诺维科夫一眼，回答说：

"当然，上校同志，完全正常。供给主任喝得烂醉，营里派人来领压缩食品，可他不知跑哪儿睡大觉去了，钥匙揣在身上。人家没找到他，只好空手回去。司务长告诉我，有个连长领了战士们份额内的伏特加，给自己过命名日，一个人把酒全喝光了。还有，我想补一补汽车备胎，可他们连胶水都没有。"

35

涅乌多布诺夫将军从军部所在农舍的窗户往外瞧，见到军长那辆"威利斯"吉普车扬起团团尘土驶来，甭提心里多高兴了。

记得小时候有一天，大人们出去做客，他很兴奋家里只剩下他一个人，怎么折腾都行。但门刚关上，他就觉得可能有小偷溜进来了，指不定哪里还着了火。他从门边到窗口来回走动，不时呆呆站下，侧耳细听，使劲吸着鼻子，闻有没有烟味。

此刻，他又体验到孤身一人、束手待毙的感觉。他擅长的处理大事的本领，在这里一点也用不上。

假如敌人突然冲过来，该怎么办？要知道军部离前线也就六十公里左右。到时候，你不能以撤职相威胁，也无法给对方安上与人民公敌相勾结的罪名。坦克蜂拥而来，拿什么去抵挡？一个显而易见的事实令涅乌多布诺夫震惊：国家愤怒的威力可以让千百万人战战兢兢、俯首帖耳，但在前线，面对逼到跟前的德国人，这种威力却一文不值。德国人用不着填履历表，用不着在大会小会上交代自己的生平经历，也用不着胆战心惊，生怕人家问到 1917 年前自己的父母亲从事何种职业。

他所爱的一切，他赖以生存的一切，他的命运，他孩子们的命运，已经不再处于那个伟大的、严厉的、他至亲至爱的国家的卵翼之下。这时，他头一回怀着善意，怯怯地想起了上校。

诺维科夫走进军部木屋，说道：

"少将同志，我想好了，就是马卡洛夫！任何情况下，无论突然发生什么问题，他都能独立解决。别洛夫会无所顾忌地猛打猛冲，但别的事一概不管。至于卡尔波夫，他像匹重挽马，老是磨磨蹭蹭，得用鞭子紧抽着。"

"太对了，干部决定一切。斯大林同志教导我们说，一定要孜孜不倦地研究干部问题。"涅乌多布诺夫说，然后兴奋地补充道："我一直在想，村里肯定有德国间谍，敌机今天早上对我们军部的轰炸多半就是这混蛋招来的。"

涅乌多布诺夫向诺维科夫汇报他不在时军部发生的事：

"友邻部队和加强部队的几位指挥官打算过来拜访，没什么特别的事，只是大家认识认识，聚一下。"

"可惜格特马诺夫去方面军司令部了，大老远的，也不知道是什么要紧事？"诺维科夫说。

两人约好一起吃午饭，诺维科夫先回自己房里，打算洗把脸，把那件扑满灰尘的军服换了。

村里宽敞的街上空空荡荡，只有炸弹炸出的弹坑旁站着一位老人，是格特马诺夫的房东。老头张开两臂在弹坑上头比画着，好像这坑是特地为他炸出来的。诺维科夫走到他跟前，问道：

"老大爷，你干吗呢？施魔法呀？"

老头模仿士兵举手行了个军礼，说：

"司令员同志，我1915年被德国人俘虏过，那边有个女人，我替她干过活。"他指指弹坑，又指指天，丢了个眼色，"依我看，多半是我那个杂种儿子想我了，过来拜望一下。"

诺维科夫哈哈大笑。

"嘿，这老家伙。"

他瞥一眼格特马诺夫关上的百叶窗，朝站在门口的哨兵点点头。他心里突然冒出一个疑问："格特马诺夫到方面军司令部去，到底是为什么？他在搞些什么名堂？"想起先前的事情，他更加心神不定："这人口是心非，跟别洛夫大谈什么道德品质，可我一提起塔马拉，脸立刻拉得老长。"

但诺维科夫天性不好猜忌，觉得这些念头很无聊，于是不再多想。

他拐过屋角，见到空地上有几十个小伙子在水井旁休息，看样子是区军事委员会刚动员入伍的新兵。

带新兵的战士显然累了，躺在地上睡着了，船形帽盖在脸上，身边堆着一大堆包袱和背囊。小伙子们大概在草原上走了很久，腿又酸又疼，有的索性脱掉了靴子。他们的头还没被剃光，远远看去就像一群正在课间休息的乡村中学生。孩子们脸庞瘦削，脖颈纤细，浅褐色头发乱蓬蓬的，上衣和裤子打着补丁，明显是由父辈的衣服改缝。有几个正玩着诺维科夫小时候玩过的传统小男孩游戏：在远处挖个小洞，看谁把钢镚扔得离洞口最近。玩游戏的孩子眯起眼睛瞄着，其余人在一旁观看。这些孩子的眼睛里已经没有了孩子气，只有焦虑和忧愁。

见到诺维科夫，他们望向躺着的战士，似乎想问问他，有长官走过时，能不能继续扔钢镚，能不能坐着不起身。

"玩吧，玩吧，勇士们。"诺维科夫温和地说，朝他们摆摆手，走了过去。

一股怜悯之情涌上军长心头，强烈得难以招架。这一张张瘦削的、孩子气的、大眼睛的脸蛋，这些寒酸的农村衣服，突然间如此令人惊讶、如此清楚地提醒他，他部下许多战士还只是小孩子、刚成年的小伙子……在军队里，无论是孩子，还是大人，其固有的秉性都掩藏在钢盔下，掩藏在军人仪表中，掩藏在军靴的咯吱声中、经过正规训练的举止和言谈中。而在这里，此刻一切都不加掩饰地呈现在人们眼前。

他走进住处，心里有种奇怪的感觉。今天一整天发生了好多事情，头脑中种种思绪和印象交织在一起，但最令他不安的，却是跟娃娃新兵们的这次邂逅。

"有生力量，"诺维科夫暗自重复道，"有生力量，有生力量。"

在他整个军人生涯中，他太清楚，如果丢失了装备和弹药，如果贻误战机，如果坦克、发动机或燃料出了问题，如果未经允许擅自放弃高地和道路岔口，一个指挥官在上级面前会如何心惊胆战……至于上级首长因为战斗中损失了大量有生力量而痛心疾首，他还真没见过。有时，一位指挥官让部下冒着枪林弹雨硬冲，只是为了避免顶头上司发火，为了可以两手一摊，辩解说："有什么办法，我已经把一半兵力投入战斗，但就是拿不下目标。"

有生力量，有生力量。

他不止一次看到，有的指挥官把有生力量往敌人炮火下驱赶，甚至不是因为怕担责，不是因为形式主义地执行上级命令，而是因为鲁莽和固执。战争的最大奥秘，战争的悲剧实质，就在于一个人有权驱使另一个人赴死。而这种权力之所以能维持，靠的是人们甘愿为一个共同事业而赴汤蹈火。

诺维科夫有个熟人，一位头脑冷静、通情达理的指挥官，他有个习惯，每天一定要喝一杯鲜牛奶，哪怕人在前沿观察所，这杯牛奶也雷打不动，非喝不可。每天早晨，二梯队一名战士冒着敌人的枪林弹雨给他送去一暖瓶牛奶。偶尔德国人会打死送奶的战士，诺维科夫的这位熟人，这位大好人，便只好委屈一天，没牛奶可喝。第二天，一位新派遣的战士又得冒着枪林弹雨给他送去一暖瓶牛奶。这位正直不阿、体恤下属的好人喝着牛奶，麾下的战士们都管他叫父亲。你说说，这种事情里面的是与非，叫人怎么搞得清？

不一会儿，涅乌多布诺夫来找诺维科夫，诺维科夫急急忙忙对着小镜子猛梳头发，一边说：

"唉，将军同志，战争真是可怕！您看到那些新兵了吗，连小孩子都招进来了！"

涅乌多布诺夫说：

"是啊，看到了。真不像话，一群流鼻涕的小家伙。我叫醒了那个领队的老兵，告诉他等着去惩戒连。我把他们全轰走了，哪像部队，简直是一帮乌合之众。"

在屠格涅夫的小说里，常常写到某位地主乔迁新居时，邻居如何上门祝贺。

黑暗中，两辆轻型汽车驶近军部，主人们来到门廊前迎接客人：炮兵师师长，榴弹炮团团长，火箭炮旅旅长。

……亲爱的读者，咱们手挽着手，一同去我的芳邻塔吉娅娜·鲍里索芙娜的庄园吧……①

诺维科夫没见过炮兵师师长莫罗佐夫上校，但通过前线流传的故事和司令部的通报早就听到过他的大名。诺维科夫甚至清楚地构想出他的外貌：红红的脸膛，圆乎乎的脑袋。但一见之下，自然啦，他已经上了岁数，背还有点驼。

师长那双笑盈盈的眼睛似乎是一不小心落到那张阴沉的脸上的。有时，他眼中露出的笑意如此睿智，你会觉得那才是上校的精华所在，而他脸上的皱纹、令人泄气的微驼的背，与这样一双眼睛搭配在一起，纯属偶然。

榴弹炮团团长洛帕金年纪轻轻，不仅能当炮兵师师长的儿子，当他的孙子也不为过。

火箭炮旅旅长马吉德皮肤黝黑，上唇微突，留着一撮黑黑的小胡子，谢顶过早，脑门显得特别大。这人挺爱说俏皮话，十分健谈。

诺维科夫请客人们进屋，桌子已经摆好。

"请接受来自乌拉尔的问候。"他指着几碟醋渍咸蘑菇说。

炊事员本来摆了个美美的姿势站在餐桌旁，一听这话脸涨得通红，"啊"了一声便躲到一边——"宴席"太寒酸，他实在无地自容。

副官维尔什科夫朝诺维科夫的耳朵根俯下身子，指着桌子悄悄说了点什么。

诺维科夫说："当然啦，上，干吗锁柜子里。"

炮兵师师长莫罗佐夫用指甲在酒杯四分之一稍高处比画了一下，说：

"千万别多了，我肝脏不好。"

---

① 此处作者模仿屠格涅夫《猎人日记》中"塔吉娅娜·鲍里索芙娜和她的侄儿"一篇的开头。

"中校，您呢？"

"没关系，我没毛病，满上。"

"咱们的马吉德是个哥萨克。"

"那您呢，少校，肝脏怎么样？"

榴弹炮团团长洛帕金用手掌盖住杯口，说：

"谢谢，我不喝酒。"他又移开手掌，补充说："要不就象征性地来一小点儿，跟大伙儿碰碰杯。"

"洛帕金是学龄前儿童，喜欢糖果。"马吉德说。

大家为共同事业的成功干杯。初次见面的人，聊上几句，总会发现有共同的熟人。这天晚上也是如此：战前，在大学或中专里有好些互相认识的同学。

他们聊起方面军的上级领导，聊起寒秋草原上难熬的日子。

"怎么样，快办喜事了吧？"洛帕金问。

"会办的。"诺维科夫说。

"是啊，是啊，有'喀秋莎'①的地方，总会有婚礼。"马吉德说。

马吉德坚信他指挥的大炮将扮演决定性的角色。一杯伏特加下肚，他摆出故作大度的模样，语带讥讽又不失分寸，怀疑这怀疑那，诺维科夫很反感他。

近来，诺维科夫一直在心中琢磨，叶尼娅会如何对待这个或那个前线军官，他在前线的熟人会怎样跟她交谈，在她面前怎样表现。

这会儿，诺维科夫心想，马吉德一定会缠住叶尼娅，向她大献殷勤，装腔作势，大谈特谈各种趣闻。

诺维科夫不禁醋意大发，好像马吉德正口生莲花，而叶尼娅听得如痴如醉。

诺维科夫也想在叶尼娅面前露一手，于是，他谈到理解和熟悉跟你并肩战斗的人是何等重要，必须预先估计到他们在实战中的可能表现。他谈到对卡尔波夫必须加以驱策，对别洛夫必须加以控制，而马卡洛夫则是个能攻善守的良将，无论在什么情况下都能迅速找到对策。

一场本来挺空洞的谈话却引发了一场争论，这经常发生在不同兵种的指挥官之间，但争论虽然激烈，其实也是空洞的。

"是的，对下属需要引导和调教，但不能把自己的意志强加给他们。"莫罗佐夫说。

"对他们不能手软，"涅乌多布诺夫说，"不能怕负责任，要勇于担当。"

---

① 苏联研制并在"二战"期间使用的 BM-13 多管火箭炮，俗称"喀秋莎"。

洛帕金说：

"没在斯大林格勒打过仗的人，不算见识过战争。"

"可不能这么说，"马吉德反驳道，"斯大林格勒是什么？英雄气概、坚忍不拔、顽强不屈——这些都没的说，我不想争论，争论这些就太可笑了！但是，虽说我没在斯大林格勒打过仗，我却可以老着脸皮说，我是见识过战争的。我是个进攻型的军官。我参加过三次进攻，可以说，我亲自参加过突破，亲自指挥过突破。大炮的威力在进攻中得到了充分显示，不仅胜过步兵，而且胜过坦克，甚至可以说，胜过飞机。"

"嘿，中校，您打住吧，胜过坦克！"诺维科夫大为光火，"坦克是运动战的主宰，这是板上钉钉的。"

"还有一个更简单的方法，"洛帕金说，"成功了，就把一切记在自己账上。假如失败，就推给友邻部队。"

莫罗佐夫说：

"嗨，友邻，别提友邻了！有一次，一个步兵部队的指挥官，一位将军，要求我给予炮火支援。'快点儿，老兄，那片高地，给我使劲轰。''您要多大口径的炮？'他却骂起娘来，说：'给我轰就是啦！'过后才知道，什么大炮口径，什么射程，他一概不知，连地图都不会看，只知道一个劲嚷嚷：'轰，给我轰。操你妈……'对自己的部下，他则大喊大叫：'往前冲，冲啊，不然我敲掉你们大牙，把你们统统给毙了！'他自以为是集所有战争智慧于一身的大将军。这就是友邻。您多加关照了。而你还得算他的下属，要知道他可是将军啊。"

"嗨，请原谅，您使用的语言跟我们的精神是格格不入的，"涅乌多布诺夫说。"苏联武装部队中没有这样的部队指挥官，更不用说将军了！"

"谁说没有？"莫罗佐夫说，"战争这一年来，这种自作聪明的人我见得多了，他们拿手枪吓唬人，骂娘，毫无意义地把人赶到敌人炮火下。就在前不久，一个营长几乎要哭出来，求一位自作聪明的人说：'我把大伙送到机枪火力下，有什么用啊？'我也说：'可不是吗，让我先用大炮把火力点压制住。'可这位将军军衔的师长对这个营长挥舞双拳：'要么你马上冲锋，要么我把你像条狗一样毙了。'营长只好领着部下，像畜牲那样上赶着任人宰杀！"

"对，对，这就叫：为所欲为，"马吉德说，"顺便说一句，将军们繁殖后代，不是通过正常生育，而是靠糟蹋女通信兵。"

"而且，每写两个单词，至少有五个拼写错误。"洛帕金补充说。

"就是这样，"莫罗佐夫没听清他们最后几句话，就插了嘴，"想靠少流血跟他们比试？他们的力量所在，就是不怜惜人。"

莫罗佐夫这番话引起诺维科夫的共鸣。在他的戎马生涯中，也遇到过不少这样的人和事。

可他却突然说：

"怎么个怜惜法？要是光想着怜惜人，那干脆别打仗得了。"

今天遇到的那些娃娃新兵使他心绪不宁，他很想讲讲他们。他本该说出心里那些温馨、和善的想法，可他非但没说，反而莫名其妙上来一股火气，粗鲁地重复道：

"怎么个怜惜法？要打仗就谈不上怜惜，自己和他人都没法怜惜。最糟糕的，是把一些训练远远不足的人弄到部队里，把贵重的装备交到他们手里。请问，到底该怜惜谁？"

涅乌多布诺夫的目光飞快地从一个人扫向另一个人。

涅乌多布诺夫毁掉过不少人，其中有些，跟此刻坐在桌旁的人并没有太大差别。诺维科夫惊讶地想到，也许涅乌多布诺夫给人们制造的不幸，并不亚于莫罗佐夫、马吉德、洛帕金、他诺维科夫本人和今天在村庄街道上休憩的那些孩子可能在前线遭遇的不幸。

涅乌多布诺夫用教训的口吻说：

"斯大林同志可不是这么教导我们的。斯大林同志教导我们说，最可宝贵的是人，是我们的干部。我们最宝贵的资本是干部，是人，应该像爱护眼珠一样爱护他们。"

诺维科夫发现，在座的人都很赞许涅乌多布诺夫的话，心想："世上的事就有这么奇怪。这些友邻现在看我好像一头野兽，而涅乌多布诺夫倒成了大慈大悲的菩萨。可惜格特马诺夫不在，否则还会多一个如假包换的圣人。跟这两位搅在一起，我的下场总是这样。"

他打断涅乌多布诺夫的话，更粗鲁、更凶狠地说：

"人我们多的是，缺的是装备。造人，随便哪个傻瓜都会！你让他造辆坦克，造架飞机试试？如果要怜惜人，就别当指挥员！"

36

斯大林格勒方面军司令员叶廖缅科上将召见了坦克军三位指挥员：诺维科夫、格特马诺夫、涅乌多布诺夫。

头一天叶廖缅科已经视察过各坦克旅，但没有去军部。

被召见的指挥员们坐在那里，不时斜眼瞟一瞟叶廖缅科，不知道等待他们的是什么样一场谈话。

叶廖缅科注意到格特马诺夫在看放了一只皱巴巴枕头的单人床，于是说：

"刚才我一条腿疼得厉害。"说着，他用粗话骂了声讨厌的病腿。

大家默不作声地望着他。

"总的说来，坦克军做好了准备，你们准备得很及时。"叶廖缅科说。

他一面说，一面瞟了一眼诺维科夫，但诺维科夫听到司令员的赞扬，并没有喜形于色。

叶廖缅科略微有点吃惊，这位军长竟然对他的称赞无动于衷。要知道司令员的赞扬可不是随便给的。

"上将同志，"诺维科夫说，"我已经向您报告过，我们的强击航空兵部队连续两天轰炸了集结在草原山沟地区的 137 坦克旅，该旅是列入本坦克军编制的。"

叶廖缅科微微眯缝上眼睛，琢磨对方想要什么：要保障自己部队的安全，还是想让空军部队的领导难堪一下？

诺维科夫沉着脸，补充道：

"幸亏没有直接命中。他们的投弹技术不怎么样。"

叶廖缅科说：

"没关系。他们会为你们提供支援的，将功补过嘛。"

格特马诺夫插嘴道：

"方面军司令员同志，我们当然不会跟斯大林的空军翻脸。"

"说得是，格特马诺夫同志。"叶廖缅科说，然后问他："怎么样，去过赫鲁晓夫[①]那儿了？"

"尼基塔·谢尔盖耶维奇吩咐我明天去。"

"在基辅时认识的？"

"司令员同志，我跟尼基塔·谢尔盖耶维奇一起工作了将近两年。"

"少将同志，请问，我是不是在季齐安·彼得罗维奇[②]家里见到过你？"叶廖缅科突然问涅乌多布诺夫。

"是的，"涅乌多布诺夫回答说，"那次是季齐安·彼得罗维奇跟沃罗诺夫元帅一起召见您。"

---

① 尼基塔·谢尔盖耶维奇·赫鲁晓夫当时任斯大林格勒方面军军委会委员。

② 季齐安·彼得罗维奇时任海军人民委员，基于真实人物尼古拉·格拉西莫维奇·库兹涅佐夫（1902—1974，二战时期的苏联海军总司令，军事家，苏联海军元帅，"苏联英雄"称号获得者）。

"不错，不错。"

"上将同志，有一段时间，遵照季齐安·彼得罗维奇的要求，我曾代理过人民委员的职务。因此我常去他家里。"

"难怪看着面熟，"叶廖缅科说，为了向涅乌多布诺夫表示好感，他又补上一句："将军同志，在草原待着不觉得枯燥吗？希望你安顿得还不错。"

还没听到回答，他就满意地点点头。

客人们告辞时，叶廖缅科叫住诺维科夫：

"上校，请留步。"

诺维科夫从门口折回去，叶廖缅科欠起身子，他那发胖的庄稼汉躯体压在桌子上方，吵架似的说：

"是这么回事。这两位，一个跟赫鲁晓夫一起工作过，另一个跟季齐安·彼得罗维奇共过事。而你呢，狗东西，是大兵出身。记好了：率领坦克军进行突击的，是你！"

37

在一个阴暗寒冷的早晨，柯雷莫夫出院了。他没有先回家，而是直接去找方面军政治部主任托谢耶夫将军，想向他汇报自己的斯大林格勒之行。

柯雷莫夫很走运，托谢耶夫一早就到了他那间四壁镶着木板的办公室，并且毫不延迟就接见了柯雷莫夫。

政治部主任的外貌跟他的名字[①]很般配。他斜眼瞟着自己身上那套前不久晋升为少将后新发的军服，吸了吸鼻子，闻到客人身上散发出来的医院特有的石碳酸味。

"我受伤了，因此没能完成6/1号楼的任务，"柯雷莫夫说，"现在我可以再去那里。"

托谢耶夫不满地盯着柯雷莫夫，目光中透出恼怒：

"不必了，写份详细汇报吧，直接呈送给我。"

他什么问题也没问，对柯雷莫夫的口头汇报既不肯定，也不批评。

在寒酸的农村木屋里见到这身将军服和胸前的勋章，给人怪怪的感觉。

但令人奇怪的还不止这些。柯雷莫夫搞不懂，为什么政治部主任阴沉着脸，好像对他有一肚子不满意。

---

① "托谢耶夫"在俄语里意为"瘦弱的、干瘪的"。

柯雷莫夫到政治部总务处领餐券，申请粮油关系，办理出差、住院等相关手续。

趁办事员们准备材料的工夫，柯雷莫夫坐在凳子上，研究起办公室中男女办事员的脸来。

在这里没有人对他感兴趣——他来自斯大林格勒，他受了伤，他在那里的所见所闻，都无关紧要，对这些人没有任何意义。总务处办事人员各自忙着自己的一摊事。打字机咔嗒咔嗒响，文件翻动时发出窸窸窣窣的声音，员工的目光偶尔扫向柯雷莫夫，然后又落到打开的文件夹上，落到摊开在桌上的报表上。

一个个蹙起额头，眉毛上挑，眼里露出紧张思索的神情，十指不停地摆弄文件、翻动纸张，动作娴熟，有条不紊。

只有抑制不住的一个大哈欠、朝挂钟悄悄投去的飞快一瞥（离午饭还有多久？）、浮现在这双或那双眼睛中的蒙眬睡意，显示出办公室里苦于闷热煎熬的人们是多么无聊、多么萎靡不振。

一个来总务处办事的熟人认出了柯雷莫夫，他是方面军政治部七处的指导员。柯雷莫夫和他一起来到走廊上抽烟。

"回来了？"指导员问。

"可不。"

指导员没问柯雷莫夫在斯大林格勒的所见所闻，也没问他干了些什么，柯雷莫夫只好主动出击：

"政治部有什么新闻？"

最大的新闻就是，担任政治部主任的旅级政委经过重新评定，终于获得了少将军衔。

指导员窃笑着说，托谢耶夫等批准等得望眼欲穿，都急出病来了！他早早就找前线最好的裁缝缝制了一套将军服，可莫斯科一直没批下来将军衔，那不是开玩笑嘛！还有一些令人郁闷的传闻，说是这次重新评定军衔时，一些团级和正营级的政委只能获得大尉和上尉军衔。

"您想想，"指导员说，"像我这样的，在部队里干了八年，一直在政工部门，就只弄到个中尉，啊？"

还有别的新闻。方面军政治部情报处副处长被召回莫斯科，调到总政治部后得到提拔，被任命为卡里宁方面军政治部副主任。

政治部的高级指导员过去都在处级干部食堂用餐，现在根据军委会委员的指示，与普通指导员同等待遇，都到公共食堂就餐。另外，还指示收回出差人员的午餐券，而且不给他们另发干粮补贴。方面军编辑部的诗人卡茨和塔拉拉耶夫斯基被呈请授予红星勋章，但根据谢尔巴科夫①同志的最新指示，向方面军的新闻工作者授勋必须经总政治部批准。因此，两位诗人的材料被送到了莫斯科，而当时司令员已经签署过了方面军的授勋名单。最后结果就是，这份名单上的所有人获得了政府奖励，开开心心喝酒庆祝过了，而两位诗人……

"您还没吃午饭吧？"指导员问，"咱们一起去吧。"

柯雷莫夫回答说，他正等着办手续。

"那我先走了，"指导员说，分手时又随随便便地开玩笑，"抓紧点，要不然，打了半辈子仗，只落到在军人服务社食堂跟文职人员和打字员小姐一起吃饭的地步。"

不一会儿，柯雷莫夫办完手续，来到街上，吸了一口秋天的潮湿空气。

为什么政治部主任接见他时脸拉得老长？他有什么不满？是柯雷莫夫没完成任务？是政治部主任不相信他真的受了伤，怀疑他胆小？是不高兴柯雷莫夫绕过顶头上司直接去找他，而且还不是在接待时间？是因为柯雷莫夫两次称他"旅级政委同志"，而没有称他"少将同志"？但也许，他的心情跟柯雷莫夫屁的关系也没有？是托谢耶夫没有被呈请授予库图佐夫勋章？收到了妻子生病的家信？谁能告诉我，今天上午方面军政治部主任为什么情绪这么糟？

在斯大林格勒度过那几个星期后，柯雷莫夫已经无法习惯阿赫图巴河中游的气氛，无法习惯政治部领导、指导员同事、食堂服务员那冷漠的目光。在斯大林格勒可不是这样的！

晚上，他回到自己房间。房东有条狗，仿佛由两个不同部分组成，背部是一团团棕色的茸毛，头部是黑白相间的长脸。这两部分见到柯雷莫夫都显得很高兴，蜷成一团的棕色尾巴不停摇晃，黑白相间的脸埋到柯雷莫夫手心里，一双善良的深棕色眼睛温柔地望着他。黄昏时分的半昏暗中，仿佛有两条狗在同时跟柯雷莫夫亲热。狗跟他一起走进道，正在那里忙活的女房东恶狠狠地骂狗："该死的，滚远点儿。"接着，像政治部主任那样阴沉着脸，跟柯雷莫夫打了个招呼。

住过了斯大林格勒可亲的土窑，蒙着雨布、又黑又窄的洞穴，满是烟气的潮湿的掩蔽部，眼下这个安静的小房间，这张小床，这只套着白枕套的枕头，窗上的钩花窗帘，竟不能给他一点舒适感。他只感到孤独。

柯雷莫夫坐到桌旁，着手写汇报。他写得很快，间或匆匆查阅一下在斯大林格勒做的笔记。最难写的是有关6/1号楼的情况。他站起身，在屋子里转了一圈，又在桌边坐下，马上又起身，走到走廊里，咳了一声，然后尖起耳朵听，心想难道鬼

---

① 当时的苏军总政治部主任。

老太婆也不来问问我要不要喝茶？随后他从小桶里舀了一勺水，水质不错，比斯大林格勒强。他回到屋里，坐在桌旁，握着笔，思考着。最后他往床上一躺，闭上了眼睛。

这是怎么弄的？格列科夫朝他开了一枪！

在斯大林格勒，他觉得跟人们的关系越来越密切，他在那里能够酣畅地呼吸。那里没有冷漠的、视他如无物的目光。走进 6/1 号楼，他似乎应该更强烈地感受到列宁时代的气息。可一到那里，他立刻感觉到不怀好意的嘲讽，自己也上了肝火，一心想扭转人们的思想，想靠吓唬让他们就范。他干吗提到苏沃洛夫？结果格列科夫居然朝他开了枪！今天，他特别痛苦地感到孤独，党内那些在他眼里不过是半文盲、白痴、黄口小儿的家伙，对他摆出高高在上的嘴脸，他也只能忍气吞声。他干吗要卑躬屈膝地站在托谢耶夫面前，忍受那混蛋忽而略含讥讽、忽而充满蔑视的恼怒目光。别看托谢耶夫新提少将，胸前挂着勋章，按照对真正党员的要求，他连柯雷莫夫的一根手指头都比不上。这些混进党内的弄潮儿跟列宁的传统毫不相干！他们中间许多人都是 1937 年得势的，靠的是写告密信，揭露"人民公敌"。他想起那次顺着巷道向远处的光点爬去时体会到的奇异感觉，那时的他充满信心和力量，浑身轻松。

他气得要命，一心期盼的生活被这个格列科夫搅黄了。来到 6/1 号楼，他曾经为自己的新命运而欣喜若狂。他觉得，列宁的真理就活跃在这幢楼里。格列科夫竟然向一个忠于列宁事业的布尔什维克开枪！他把柯雷莫夫扔回到阿赫图宾斯克[①]的办公室，扔回到散发着樟脑丸气味的郁闷生活中！这个恶棍！

柯雷莫夫重新坐到桌前。他写的汇报句句都是实话。他又从头到尾读了一遍写好的汇报。托谢耶夫肯定会把汇报转交给特勤处。格列科夫从道德上、政治上瓦解了军事小分队，还搞恐怖活动：朝党的代表——政委开枪。柯雷莫夫将被召去作证，很可能还会跟被捕的格列科夫当面对质。

他想象着格列科夫坐在侦查员桌子对面的样子：胡子拉碴，脸色苍白夹杂着蜡黄，没有系腰带。

这个格列科夫说什么来着："您很忧郁，但您可别把我这句话写到汇报中啊。"

马列主义政党的总书记被宣布为绝对正确，几乎是神一般的存在！ 1937 年，斯大林没有饶过追随列宁多年的老革命。他破坏了列宁把党的民主和铁的纪律相结合的精神。

---

① 苏联阿斯特拉罕州的一个城镇，位于阿赫图巴河畔。

谁也没料到，居然如此残酷地镇压列宁主义政党的成员。这样做合法吗？现在，格列科夫将在队列前被枪毙。向自己人开枪，太可怕了。可格列科夫不是自己人，他是敌人。

柯雷莫夫从不怀疑，党有挥动专政之剑的权力，革命有消灭敌人的神圣权力。他从未同情过反对派！他从不认为布哈林、李可夫[①]、季诺维也夫[②]、加米涅夫[③]走的是列宁的道路。托洛茨基固然才华横溢，具有高度的革命热情，但他未能与自己的孟什维克历史彻底决裂，没能达到列宁主义的高峰。只有斯大林才是力量的化身！所以人们称他为当家人。他的手从不颤抖，他身上没有布哈林那种知识分子的优柔寡断。列宁缔造的党在粉碎敌人的斗争中始终紧紧跟随着斯大林。格列科夫的战功一文不值。跟敌人没什么好争论的，他们的申诉不值一驳。

但是，无论柯雷莫夫如何想方设法激怒自己，此刻他对格列科夫却恨不起来。

他又想起"您很忧郁"那句话。

"我这是在干什么，"柯雷莫夫思忖着，"难道我在告密？尽管不是诬告，但毕竟是告密……毫无办法，亲爱的同志，你是党员啊……履行自己党员的职责吧。"

翌日上午，柯雷莫夫把汇报递交给了斯大林格勒方面军政治部。

两天后，方面军政治部宣传处长、团级政工干部奥格巴洛夫受政治部主任委托召见柯雷莫夫。托谢耶夫忙于接待从前线来的坦克军政委，无法接见柯雷莫夫。

团级政工干部奥格巴洛夫脸色苍白，鼻子很大，办事有条不紊。他对柯雷莫夫说：

"柯雷莫夫同志，您这两天得再去趟右岸，这次是去第64集团军找舒米洛夫。顺便说说，我们有辆汽车去州委指挥所，您可以从那里渡河去找舒米洛夫。州委书记们要上别克托夫卡庆祝十月革命节。"

他不慌不忙向柯雷莫夫口述了指派他到第64集团军政治部要办的事。事情小

---

① 阿列克谢·伊万诺维奇·李可夫（1881—1938），苏联政治家、革命家，苏联人民委员会主席（1924—1930）。大清洗中被杀于1938年3月14日。1988年获平反。

② 格里戈里·叶夫谢耶维奇·季诺维也夫（1883—1936），俄罗斯工人运动和布尔什维克党早期的活动家和领导人，担任过彼得格勒苏维埃主席、党中央政治局委员、共产国际执行委员会主席等职务。共产国际前期的领导人，后来成为联共（布）党内托季联盟的重要代表。1936年8月和加米涅夫一起被处决。苏联最高法院于1988年6月13日宣布撤销了1936年对季诺维也夫的判决，并为其恢复名誉。

③ 列甫·波里索维奇·加米涅夫（1883—1936），苏联早期领导人，联共（布）党内"新反对派"的主要代表之一。曾任全俄罗斯苏维埃代表大会中央执行委员会主席、莫斯科苏维埃主席、苏联人民委员会第一副主席和劳动国防会议副主席及政治局的会议主席等职务，经常主持政治局会议。1934—1935年被指控组织"反革命地下恐怖集团"，1936年8月26日被处决。1988年6月13日，苏联最高法院撤销对1936年审理的季诺维也夫－加米涅夫案的判决，宣布他们无罪。

得可怜，令人丧气，无法提起兴趣来，不过是收集一些书面材料，办公室做统计要用。

"作报告的事呢？"柯雷莫夫问，"我可是遵照您的指示，准备了十月革命节的报告，打算适当时候在部队里宣读。"

"先搁一搁吧。"奥格巴洛夫说，并向柯雷莫夫解释为什么要先搁一搁。

柯雷莫夫正打算告辞，团级政委对他说：

"您汇报里提到的事情，政治部主任把情况告诉我了。"

柯雷莫夫心里隐隐作痛，揣想大概已经开始审理格列科夫的案件了。团级政工干部说："您那条好汉格列科夫运气不错，第六十二集团军政治部主任昨天发来报告说，格列科夫在德军对拖拉机工厂的进攻中被打死，整个小分队全部壮烈牺牲。"

为了安慰柯雷莫夫，他补充说：

"集团军司令员报请追认他为苏联英雄，但现在既然弄清了原委，我们会把这事遮掩过去。"

柯雷莫夫摊开双手，仿佛说："那还能怎样，走运就走运吧，没法子。"

奥格巴洛夫压低嗓门说：

"特勤处处长认为，他也许还活着。可能叛变投敌了。"

柯雷莫夫回到家里，看到一封便函，让他去趟特勤处。

看来格列科夫的案件还得接着审。

柯雷莫夫料想特勤处的谈话不会太令人愉快，决定拖到从右岸回来再说。反正人已经死了，案子早点办晚点办，还能有多大区别？

38

州的党组织决定，在位于斯大林格勒城南别克托夫卡新村的造船厂召开庆祝十月革命二十五周年大会。

11月6日大清早，州党委的领导干部在伏尔加河左岸橡树林里的斯大林格勒州委地下指挥所里集合。州委第一书记、分管各部门的书记和州党委委员们吃完含三道热菜的早餐后，乘汽车离开橡树林，上到通向伏尔加河的大路。

每到夜间，坦克大炮通过这条公路驶往南面的图马克渡口。草原饱受战火摧残，到处坑坑洼洼，随处可见一堆堆冻成冰块的深褐色泥浆，被灰扑扑的冰层覆盖的点点水洼。冰块在伏尔加河上顺流而下，彼此撞击的巨响沿岸几十米开外都能听见。强劲的寒风从下游阵阵刮来。在这样的环境中，乘不带顶棚的铁驳船横渡伏尔加河，实在算不上赏心乐事。

一群红军战士坐在驳船上等待渡河，身上的军大衣勉强抵挡着凛冽的伏尔加河寒风。他们相互依偎着，尽量不触碰冰冷的甲板。人们有的拼命跺脚，有的夹紧双腿。当强劲的冰风从阿斯特拉罕吹来时，他们没有力气吹吹手指头，更没有力气拍拍屁股或擦干净鼻涕——一个个几乎都冻僵了。从轮船烟囱中冒出的缕缕浓烟弥漫在伏尔加河上空。浓烟在冰块的映衬下显得格外黑，而冰块在低垂的烟幕笼罩下又显得格外白。冰块从斯大林格勒岸边漂浮而下，似乎把战争也一块捎上了。

一只大头渡鸦栖息在冰块上，满腹心事的样子。旁边的冰块上，有一片士兵军大衣的前襟，已经烧焦；再远点，另一个冰块上有一只冻得硬邦邦的毡靴和一支卡宾枪，弯曲的枪筒冻结在冰块里。州委书记们和党委委员们的轻型汽车陆续开上驳船。书记和委员们下得车来，站在船舷旁，观看缓缓流动的冰块，耳中传来冰块不时碰撞的声响。

掌管驳船的是一个嘴唇发青的老头，身穿黑色羊皮大衣，头戴红军棉帽。他走到主管运输的州委书记拉克季奥诺夫跟前，一开口，声音之嘶哑令人难以想象。没有潮湿的河水，没有长年累月的喝酒、抽烟，是练不出这种嗓音的。他嘟哝道：

"书记同志，今天早上我们头一趟摆渡时，发现冰块上有个冻僵的士兵，几个小伙子想把尸体拉上来，但差点没跟他一起掉到河里，后来，只好用铁棍把冰凿开，才把尸体弄下来。这不，岸上盖帆布的就是。"

老头举起戴着一副脏兮兮手套的手，朝岸边指了指。拉克季奥诺夫顺着老头的手看了一眼，没看到从冰块里凿出来的死者，为掩饰自己的尴尬，他朝天上指指，直截了当地问道：

"敌机骚扰你们吗？什么时候来得最勤？"

老头挥下手：

"现在他们哪儿还顾得上空袭。"

老头臭骂了一通越来越不中用的德国人。骂起人来，他的嗓音突然不再嘶哑，又清亮，又欢快。

拖轮拖着驳船缓缓朝斯大林格勒对岸的别克托夫卡驶去，那里看不到战争景象，像平常日子一样，岸边零散地分布着仓库、小亭和棚屋……

参加庆祝大会的书记们和委员们在大风中站得不耐烦了，又钻进汽车里。红军战士们透过车窗玻璃观望他们，犹如观看水族馆里的热带鱼。

斯大林格勒州党委的几个领导人坐在"嘎斯"车里，抽着烟，不时梳理一下头发，偶尔交谈几句……

庆祝大会定于夜间举行。

铅印的请柬跟和平时期没太大差别，只是纸质脆一点，颜色发灰，大会地点也略去了。

斯大林格勒地区党的领导人、第64集团军的来宾、邻近企业的工程师和工人，由熟悉道路的向导陪同前往大会地点。向导们不时提醒客人："这里拐弯，前面再拐个弯，当心弹坑，当心铁轨，这边，小心点，小心石灰池……"

昏暗中，人声和靴子沙沙声处处可闻。

柯雷莫夫渡过河后抓紧时间去了一趟集团军政治部，然后跟第64集团军的代表们一起来参加节日庆典。

黑暗中，人们三五成群，沿着工厂迷宫般的大道小径静悄悄地走向大会地点，让人想起旧俄时期革命节日的秘密集会。

柯雷莫夫激动得直喘粗气，他知道，现在不用稿子他就能上台即席演说。作为一个富有经验的群众宣传家，他知道人们一定会跟他同样激动，共享欢乐，这一点也不奇怪，因为斯大林格勒的功勋与俄国工人的革命斗争本是同根同源。

是的，是的，是的，这场凝聚了巨大民族力量的战争，是一场为革命的胜利而进行的战争。他在被困孤楼里提到苏沃洛夫，并不意味着他背离了革命。斯大林格勒、塞瓦斯托波尔、拉季舍夫[①]的命运，马克思《共产党宣言》的威力，列宁在芬兰车站装甲车上发出的号召，都是一脉相承的。

他看见了普里亚欣，老头还是同往常一样镇定自若、从容不迫。但不知何故，他怎么也没能逮到机会跟普里亚欣说上几句。

他有好多话想对普里亚欣说，上午，一到州委地下指挥所，他就去找担任州委第一书记的普里亚欣。但电话铃不停地响，不断有人来找第一书记。柯雷莫夫一直没机会开口，正郁闷间，普里亚欣却突然问他：

"你认识一个叫格特马诺夫的吗？"

"认识啊。"柯雷莫夫回答说，"在乌克兰和党中央见过他。他当过中央委员。怎么啦？"

但普里亚欣没再搭理他。接着人们忙着准备出发。普里亚欣没邀请柯雷莫夫坐他的车，柯雷莫夫心里很不是滋味。后来他们又面对面碰上两次，普里亚欣却好像全然不认识柯雷莫夫，目光中透着冷漠。

灯火通明的过道上，走来几个军人，其中一个是集团军司令员舒米洛夫，有点

---

① 亚历山大·尼古拉耶维奇·拉季舍夫（1749—1802），俄国思想家、作家、革命思想传播者，主要作品为《从彼得堡到莫斯科旅行记》（1790），书籍出版后遭查禁。1790年被流放西伯利亚。

虚胖，挺着个大肚子；还有一个是集团军军委委员阿勃拉莫夫将军，个子瘦小，长着一双西伯利亚人的褐色鼓泡眼。两位将军跟一群身穿军服、棉袄、皮大衣，抽着烟的男人走在一起，柯雷莫夫感受到一种朴实的民主作风，很像革命初期的精神——列宁的精神。一踏上斯大林格勒的河岸，柯雷莫夫就重新感觉到了这种精神。

主席团成员纷纷就座，斯大林格勒市苏维埃主席皮克辛双手支着桌子，像所有会议主持人那样，朝嘈杂声最大的方向不紧不慢地干咳了几声，然后宣布：斯大林格勒市苏维埃和市党组织暨军队代表和斯大林格勒工厂工人代表，庆祝伟大的十月革命二十五周年大会，现在开始。

台下爆发出一阵掌声，其热烈程度让人感到，鼓掌的一定全是男人，是士兵和工人。

接着，身躯笨重、行动迟缓、脑门硕大的第一书记普里亚欣开始作报告。过去和现在立刻脱了节。普里亚欣似乎想跟柯雷莫夫来一场辩论，他说话慢条斯理，好像在对柯雷莫夫说："你激动个啥！"

全州各企业完成了国家计划。左岸的农村地区略有延误，但基本上还是完成了国家收购任务。城区和北部的工厂处于作战区，因而未能履行对国家的义务。

就是这个普里亚欣，当年跟柯雷莫夫并肩站在前线的群众大会上，从头上一把摘下毛皮高帽，高喊道：

"士兵同志们，弟兄们，打倒流血战争！自由万岁！"

如今，他镇定自若地面对听众，讲述着全州上缴的公粮数量之所以大幅度下降，是因为济莫弗尼契区和科捷利尼契区处于交战地带而未能完成上缴任务，而卡拉奇和上库尔莫亚尔区则部分或全部被敌人所占领。

继而他谈到，全州居民仍在努力履行对国家的义务，同时还广泛参加了抗击德国侵略者的战斗。他列举了城市劳动者参加民兵部队的数字。事先声明统计数字尚不完整后，他宣读了因模范完成指挥部任务、表现出英勇顽强和忘我精神而受嘉奖的斯大林格勒人的名单。

柯雷莫夫听着第一书记四平八稳的声音，心想，普里亚欣在谈到全州工农业履行对国家的义务时，他心中所想所感其实跟他口中所说大相径庭，但个中原因并不是不明事理，而在于对生命的想法。

普里亚欣的讲话正是用铁石般的严苛肯定了国家的无条件胜利，而保卫这个国家，靠的是人民遭受的苦难和对自由的向往。

工人和军人们一张张脸上呈现出严肃而忧郁的神色。

此刻，柯雷莫夫想起塔拉索夫和巴丘克等斯大林格勒的保卫者，想起在被围的

6/1号楼中跟战士们的谈话，有一种恍若隔世之感。想起在被围孤楼的废墟里牺牲的格列科夫，柯雷莫夫心如刀绞。

对柯雷莫夫来说，这个格列科夫，一句话能呛人一个跟头的格列科夫，究竟是个什么人？格列科夫居然朝他开了一枪。为什么柯雷莫夫的老战友、斯大林格勒州委第一书记普里亚欣的话听起来那么陌生，那么冷酷？多么奇特、复杂的感觉……

普里亚欣的演讲已近尾声，他说：

"我们无比幸福地向伟大的斯大林汇报，全州劳动人民履行了自己对苏维埃祖国的义务……"

报告结束后，柯雷莫夫随着人流涌向出口，一边用目光寻找普里亚欣。在斯大林格勒浴血奋战的日子，普里亚欣不应该把报告作成这样，实在不应该。

柯雷莫夫忽然看见普里亚欣从台上下来，站在第64集团军司令员旁边，目光阴沉，直勾勾地盯着柯雷莫夫。但一看到柯雷莫夫在朝他那边张望，他就缓缓把目光移开了。

"这是怎么回事？"柯雷莫夫困惑不已。

39

庆祝大会结束后，柯雷莫夫搭便车，深夜来到斯大林格勒发电厂。

发电厂一片颓败景象。昨天德军出动大批重型轰炸机轰炸了发电厂。爆炸留下许多弹坑，被溅起的泥土石块抛撒到四面八方。车间的窗玻璃全被震碎，好似只剩眼窝的眼睛，有些地方还被震塌，三层楼的办公大楼已经面目全非。油渍斑斑的变压器冒着黑烟，火苗有一搭没一搭地蹿起。

一位年轻的格鲁吉亚人警卫领着柯雷莫夫穿过被火光照亮的院子。柯雷莫夫发现，警卫点烟时手指在微微颤抖。重磅炸弹不仅摧毁了砖石砌成的楼房，引发火灾，面对满目疮痍的景象，人的心仿佛也在燃烧。

自从接到去别克托夫卡的命令，柯雷莫夫就盼着跟斯皮里多诺夫见上一面。

万一叶尼娅也在这里，在斯大林格勒发电厂呢？或者，斯皮里多诺夫知道她的近况？也许他收到过她的信，信的结尾处还附言说："您有尼古拉·格里戈里耶维奇的消息吗？"

他感到激动、兴奋。也许斯皮里多诺夫会对他说："叶甫根尼娅·尼古拉耶芙娜可是一直很不开心。"也许他会说："您知道吗，她常常哭呢。"

从早晨起，他就迫不及待想去一趟斯大林格勒发电厂。下午他想去见斯皮里多诺夫，哪怕几分钟也好。

但他还是克制住自己，先去了第 64 集团军指挥所，尽管集团军政治部的一位指导员曾悄悄提醒他："您不用急着去找军委委员。他今天一大早就喝醉了。"

果然，柯雷莫夫下午没去见斯皮里多诺夫，而是急着上将军那儿，确实是白费工夫。他坐在地下指挥所里等候接见，只听得薄薄的三合板隔板后面，军委会委员正在向女打字员口授致友邻崔可夫的贺信。

军委会委员庄重地说：

"瓦西里·伊万诺维奇，战士、朋友！"

话音刚落，将军就哭起来，一边抽噎一边反复说着："战士、朋友，战士、朋友。"

然后他厉声问道：

"你打了些什么？"

"瓦西里·伊万诺维奇，战士、朋友。"女打字员念道。

看来，她平铺直叙的语调在委员听来太没劲，他提高嗓门纠正她说：

"瓦西里·伊万诺维奇，战士、朋友。"

顷刻间他又感情澎湃，喃喃地说："战士、朋友，战士、朋友。"

然后将军忍住泪水，又厉声问道：

"你打了些什么？"

"瓦西里·伊万诺维奇，战士、朋友。"女打字员说。

明摆着，柯雷莫夫再急也没用。

昏暗的火光非但没有照亮道路，反而让人更难看清。这火光仿佛是从大地深处冒出来的，也许根本就是大地自身在燃烧，低低的火苗那么阴湿、那么凝重。

他们来到斯大林格勒发电厂厂长的地下指挥所跟前。附近曾有炸弹落下，几堆高高的土丘散布在不远处，一条还没踩实的小径勉强可见，通向指挥所的入口。

警卫说："您来得正好，赶上过节。"

柯雷莫夫心想，当着旁人的面不好说话，不好打听他关心的事。于是他吩咐警卫告诉厂长从方面军司令部来了位政工干部，请厂长上来会见。他一个人在入口处等候时，一阵不可遏止的激动攫住了他。

"这是怎么回事？"他暗想，"我还以为自己已经彻底解脱了。难道连战争也无法把往事一笔勾销？我该怎么办？"

"忘掉她，忘掉她，离开这里，要不你就完了！"他喃喃地对自己说。但他没有力气离开，也没有力气忘掉她。

斯皮里多诺夫从掩蔽部走出来。

"是您找我吗，同志？"他声音中透着不满。

柯雷莫夫问：

"不认得我啦，斯捷潘·费奥多罗维奇？"

斯皮里多诺夫有点慌神：

"谁呀？"他端详着柯雷莫夫的脸，突然大叫道："尼古拉，尼古拉·格里戈里耶维奇！"

他伸出双臂，猛然搂住柯雷莫夫的脖子。

"我亲爱的，尼古拉。"他喃喃地说，唏嘘起来。

柯雷莫夫被废墟中的这次重逢深深打动，他发现自己也在哭泣。茕茕孑立，形影相吊……斯皮里多诺夫对他的信任，与他相见时表现出来的快乐，使他再度体会到自己跟叶尼娅一家多么亲密。但伴随着这种亲密关系，他内心的伤疤重又揭开。为什么，为什么她离开他，为什么给他带来那么多的痛苦？她怎么能这样做？

斯皮里多诺夫说：

"这该死的战争，毁了我的生活。我的玛鲁霞，不在了。"

他讲起薇拉，说几天前她总算离开斯大林格勒发电厂，去了伏尔加河左岸。他说："她真傻。"

"那她丈夫在哪儿？"柯雷莫夫问。

"可能早已不在人世了，他是个歼击机飞行员。"

柯雷莫夫再也按捺不住，问道：

"叶甫根尼娅·尼古拉耶芙娜怎样了，她还活着吧？现在在哪儿？"

"活着，也许在古比雪夫，也许在喀山。"

他看着柯雷莫夫，补充说：

"这是最重要的，她还活着！"

"对，对，当然啦，这是最重要的。"柯雷莫夫说。

实际上，他并不知道什么是最重要的。他只知道，自己内心的痛苦并没有消失。他知道，凡是跟叶尼娅有关的一切，都会引发他心中的痛苦。无论打听到她平安无事，还是打听到她艰难困苦，他都好受不了。

斯皮里多诺夫讲了亚历山德拉·弗拉基米罗芙娜、谢廖扎和柳德米拉的情况，柯雷莫夫点着头，低声附和道：

"嗯，嗯……唔，是的……"

"尼古拉，走，"斯皮里多诺夫说，"上我那儿去，眼下我没有别的家，只有这个掩蔽所。"

地下室里，几盏油灯的火光在摇曳，昏暗中隐约能看到散放在各处的单人床、柜子、各种器材、长颈玻璃瓶、一袋袋面粉。

人们靠墙坐在长凳上、床上、木箱上。闷浊的空气中传来嘈杂的说话声。

斯皮里多诺夫给大家斟酒精，酒具各式各样，有玻璃杯，有搪瓷杯，有饭盒盖。人们安静下来，用异样的目光注视着他，那是深沉而严肃的目光，里面没有惊恐，只有对正义的信念。

柯雷莫夫望着在座人们的脸庞，想道：

"要是格列科夫也在，该多好。也会给他斟上一杯。"但是，命中注定该格列科夫喝的那一份，他已经喝完了。这个世界上再没有一滴酒给他喝了。

斯皮里多诺夫举起酒杯，柯雷莫夫心想："得，要把一切搅黄，像普里亚欣那样正儿八经发表长篇演说了。"

但斯皮里多诺夫只是拿酒杯在空中画了个"8"字形，说：

"好吧，伙计们，都干杯吧。祝你们节日快乐。"

于是玻璃杯和搪瓷杯碰撞，叮叮当当响成一片，人们干完杯，摇头晃脑、心满意足地哼哧着。

各色人等在这里相聚，而战前，因为工作等原因，国家让他们彼此分隔，从无机会坐在一张桌子旁，互相拍着肩膀说："不不，你别急，先听我对你说。"

但是，尽管在地面上发电厂已经被炸毁，大火还在燃烧，在这间地下室却产生了质朴而美好的兄弟情谊，为这种情谊人们不惜献出生命。

白发苍苍的值夜老头唱起了一首老歌，这是革命前在法国人办的工厂里干活儿的察里津①小伙子们最喜欢的一支爱情歌曲。

他想找回自己青年时代的嗓音，尖声尖气地唱着，自己听起来都不像那么回事，仿佛一个喝得烂醉的人在大街上一边闲荡一边唱歌，让人觉得又吃惊又好笑。

另一个黑发老头一本正经地皱起双眉，听着这支伤感的爱情歌曲。

的确，在这美妙而又痛苦的时刻，歌声把厂长和野战面包房的司机、值夜老头、警卫连接在一起，把卡尔梅克人、俄罗斯人、格鲁吉亚人连接在一起。

值夜老头唱完爱情歌曲，黑发老头的眉头皱得更紧了，他慢条斯理地唱起来，嗓音沙哑，五音不全：

---

① 察里津是伏尔加河畔的一座城市，1925 年为纪念斯大林在内战中的贡献而改称"斯大林格勒"。1961 年
改名为"伏尔加格勒"。

"我们要摒弃旧世界，把旧社会的尘土从脚上抖搂干净……"

中央派来的厂党委书记尼古拉耶夫笑得直摇头，斯皮里多诺夫也摇着头笑了起来。

柯雷莫夫冷笑一声，问斯皮里多诺夫：

"这老头以前肯定是个孟什维克，对不对？"

斯皮里多诺夫太了解安德烈耶夫了，本来可以把一切都告诉柯雷莫夫，但他不想让尼古拉耶夫听见。于是，质朴的兄弟情谊暂时被抛到一边，他打断了黑发老头：

"帕维尔·安德烈耶维奇，你离题太远啦！"

安德烈耶夫顿时哑了，看了他一会儿，然后说：

"我还以为很切题哩。对不起，我走神了。"

格鲁吉亚人警卫把一只手伸给柯雷莫夫看，上面好几处磨破了皮。

"我把一个朋友刨了出来。谢廖扎·沃罗比约夫。"

一道亮光在他那双黑眼睛里一闪，随后他喘着气，尖叫似的说：

"我爱谢廖扎，爱他胜过爱自己的兄弟。"

白发值夜老头喝醉了，满头大汗，死缠着党委书记尼古拉耶夫：

"不，你最好听我说。马库拉泽说什么他爱谢廖扎·沃罗比约夫胜过亲兄弟，拜托了！你知道吗，我在煤矿干过活，东家对我好尊敬、好爱护。他跟我一块喝酒，我给他唱歌。他直截了当对我说：'你虽然是个普通矿工，却像我的兄弟一样。'我们一块聊天，一块吃饭。"

"他是格鲁吉亚人？"尼古拉耶夫问。

"说什么哪，啥格鲁吉亚人？那可是沃斯克列先斯基先生，所有矿场的主人。你不可能明白，他对我有多尊敬。他的家产岂止百万，可人又那么好。你明白吗？"

尼古拉耶夫与柯雷莫夫互相使使眼色，做了个怪相，摇摇头。

"了不得，了不得，"尼古拉耶夫说，"好家伙。咱真得活到老，学到老了！"

"那就好好学吧。"老头说，没察觉到对方的嘲弄。

真是个奇妙的晚上！夜深了，人们纷纷离去。斯皮里多诺夫对柯雷莫夫说：

"尼古拉，别拿大衣了，我不会放您走的，就在我这儿过夜吧。"

他不慌不忙为柯雷莫夫铺床，仔细琢磨被子铺哪里，棉袄放哪里，雨布怎么搁。柯雷莫夫走到掩蔽部外面，在黑暗中站了一会儿，望着跳动的火苗。他回到掩蔽部，斯皮里多诺夫还在铺床。

柯雷莫夫脱掉靴子躺到床上，斯皮里多诺夫问他：

"喏，怎么样，舒服不？"

他摸摸柯雷莫夫的头，笑了，一种醉意蒙眬的微笑，充满了善意。

地面上燃烧的火苗，不知何故使柯雷莫夫记起1924年1月的那个夜晚，安葬列宁时志愿队燃起的篝火。

留在地下室过夜的人似乎都已经睡熟，四周伸手不见五指。

柯雷莫夫大睁着眼睛躺着，没留意黑暗，他想着，想着，回忆着……

刺骨的严寒持续了好几天。冬日的阴暗天穹压在受难修道院的圆顶上空，广场上聚集着成百上千人，有的头戴护耳皮帽，有的头戴布琼尼式军帽，有的身穿军大衣，有的身穿皮夹克。受难广场地面上白茫茫一片，那是成千上万张政府发布的讣告。

列宁的遗体安放在一部农家爬犁上，从哥尔克村运往火车站。爬犁的滑木在雪地上咯吱作响，拉爬犁的马不时打着响鼻。列宁的遗孀克鲁普斯卡娅头戴用一条灰色头巾扎紧的圆顶皮帽，走在灵柩后面，随后是列宁的姐姐安娜和妹妹玛利娅、列宁的生前好友、哥尔克村的农民。从前在村里，若有善良的脑力劳动者、乡村医师或农艺师去世，人们也是这样为他们送葬的。

哥尔克村的列宁住宅一片静穆。荷兰式炉子上的瓷砖闪闪发光，床上整整齐齐铺着夏天用的白色被单，床头柜里放着贴着各种标签的小瓶子，散发出药味。一位穿白大褂的中年妇女走进空荡荡的屋子。她习惯性地踮起脚尖，走到床边，从椅子上拾起一根绳子，绳子末端系着的碎报纸随之发出窸窸窣窣的声响。正在圈椅上打盹的一只小猫听到这熟悉的玩具声，抬起头来，朝床上望去，只见那里空无一人，于是打了个哈欠，重新躺下。

走在灵柩后面的亲属和亲密战友们忆起逝者的一些往事。姐姐和妹妹记起那个浅色头发的男孩，他脾气倔强，有时喜欢挖苦人，对人苛刻到近于严酷。但总的来说他是个好孩子，爱母亲，爱兄弟姐妹。

他的妻子回忆起，有一次在苏黎世，他半蹲着跟房东太太的小孙女蒂勒聊天，房东太太会讲俄语，但一口瑞士口音很可笑，她对列宁说：

"你们该要个孩子了。"

列宁仰起头，飞快地瞥了一眼克鲁普斯卡娅，目光中含着几分调皮。

狄纳莫工厂的工人来到哥尔克村，列宁走上前去迎接他们，忘了自己的病况，想对他们说些什么，但只能可怜巴巴地发出一些含混不清的声音。他无可奈何地挥挥手，工人们站在他周围，看到他流眼泪，也跟着哭起来。他临终前的目光惊惶、哀怨，仿佛小孩子转向母亲，寻求帮助。

远处显现出车站建筑物的轮廓，一辆黑黢黢的机车停在雪地里，高高的烟囱竖立在车头上。

伟大列宁的政治朋友李可夫、加米涅夫、布哈林走在爬犁后面，胡须在严寒中蒙上了一层白霜。他们不时漫不经心地瞟一眼脸色黝黑的那个麻脸男人，那人身穿长大衣，足蹬软帮长筒皮靴，走在他们身旁。见到他那身高加索人的装束，他们总是露出宽容的嘲笑。这个斯大林若是识趣点，就不该跟着他们来哥尔克村，要知道聚集在那里的都是伟大的列宁的亲人和最亲密的战友。他们哪里想得到，正是这个人，日后将成为列宁的唯一继承人，把他们所有人，甚至列宁最亲密的朋友，全都一脚踹开，连列宁的遗孀对列宁遗产的权利都将被他剥夺。

列宁的真理不在布哈林、李可夫、季诺维也夫等人手上，也不在托洛茨基手上。他们全错了。他们中间，谁也没能成为列宁事业的继承人。但即使列宁本人，直到生命中最后几天，也没有料想到列宁的事业会成为斯大林的事业。

自从人们用咯吱作响的农村爬犁把那位决定俄罗斯、欧洲、亚洲和人类命运的人的遗体运走之后，将近二十年过去了。

柯雷莫夫的思绪不由自主地又回到那个时代，他忆起 1924 年 1 月那些严寒的日子：夜间篝火毕毕剥剥的响声，克里姆林宫寒气逼人的宫墙，数十万人的号哭，工厂汽笛揪人心肺的哀鸣，叶夫多基莫夫[①]站在木台上宣读《告全世界劳动人民书》时洪亮的声音，一小群人紧紧挤在一起，抬着灵柩缓缓走向仓促建成的木结构陵墓[②]。

柯雷莫夫顺着工会大厦铺着地毯的台阶拾级而上，经过覆盖着黑色和红色缎带的镜子，散发出松针清香的温暖空气中传来阵阵哀乐。他走进大厅，看见一些人低垂着头，这些人他经常在斯莫尔尼宫或旧广场讲台上见到。后来，在 1937 年，就在这同一座工会大厦，他又一次看见这些人低垂着头。或许，这些被告人听着维辛斯基[③]非人的洪亮嗓音时，记起了他们如何跟随爬犁行进，如何站在列宁的灵柩旁，听哀乐在他们耳畔回荡。

---

① 格里戈里·叶列梅耶维奇·叶夫多基莫夫（1884—1936），苏联共产党中央委员会书记处成员、全联盟共产党（布尔什维克）中央组织局成员。1936 年在第一次莫斯科审判中被指控参与"托洛茨基－季诺维也夫反苏联合中心"，后被枪杀。1988 年平反恢复党籍。

② 列宁墓 1924 年初建时系木结构，1930 年改为石砌。

③ 安德烈·雅奴阿列维奇·维辛斯基（1883—1954），苏联法学家、外交家。1903 年加入孟什维克，1920 年加入布尔什维克。1935 年，维辛斯基担任苏联总检察长，在斯大林的大清洗运动中扮演了重要角色。在莫斯科审判和纽伦堡审判中担任公诉人。1949—1953 年期间担任苏联外交部部长，曾代表苏联签订德国投降文书和中苏友好同盟条约。

为什么在斯大林格勒发电厂，在欢庆十月革命节之际，他突然想起了那年一月的那些日日夜夜？跟列宁一起缔造布尔什维克政党的那几十个人，原来一个个都是内奸、特务、破坏分子，唯独那个在党内从未处于核心地位、从未做出过理论贡献的人，却成了党的事业的救星，成了真理的代表。他们为什么认罪啊？

最好不要去想这一切。但那天晚上，柯雷莫夫却无法不去想这一切。他们为什么认罪啊？我又为什么沉默？柯雷莫夫心想，我保持沉默，是因为我没有胆量说："我不太相信布哈林是个破坏分子、刺客、内奸。"而表决时，我举了手表示赞成。之后我签了名。再之后我发了言，写了文章。我自以为我的热忱是真诚的。可当时我的疑惑和不安又从何而来？这是怎么回事？同一个人，但具有双重意识？或者，两个不同的人，每一个都具有跟另一个不同的独立的意识？该如何理解？但这种情况无时无处不在，不仅发生在我身上，也发生在彼此千差万别的人身上。

格列科夫说出了许多人内心深处的想法，类似想法柯雷莫夫通常埋在心底，他为之惶恐不安，又忍不住要去触动，有时还被深深吸引。但一旦这些隐秘的想法被格列科夫说破，柯雷莫夫就恼羞成怒，想用蛮力压服格列科夫。如果需要，他还会毫不犹豫地开枪打死格列科夫。

看看普里亚欣满嘴的官话，看看他以国家的名义大谈特谈的完成计划的百分比啦，公粮啦，义务啦，等等。这类死气沉沉的官样文章，这些麻木不仁的官老爷，一直是柯雷莫夫深恶痛绝的，但尽管如此，他还是跟这些人保持步调一致，而且这些人如今都成了他的上司。列宁的事业，斯大林的事业，就体现在这些人身上，体现在国家身上。为了这一事业的光荣和昌盛，柯雷莫夫准备毫不犹豫地献出自己的生命。

再看看那个老布尔什维克莫斯托夫斯科伊。虽然他坚信那些冤假错案的受害人对革命赤胆忠心，却从未挺身而出，为他们仗义执言。他为什么沉默？

再看看那个可爱、正直的小伙子科洛斯科夫，他是新闻学高级讲习班的学员，柯雷莫夫在班上讲过课。小伙子来自农村，很清楚农业集体化是怎么回事。他向柯雷莫夫说起区里掌权的那些坏蛋，如果他们看中了某人的房子和果园，或跟某人有私仇，便把那人列入富农名单。他说到农村的饥荒，说到地方政府如何冷酷无情地夺走农民的所有粮食，直至最后一粒种子……他说到村里一个善良的老头为救老伴和小孙女而饿死自己时，忍不住掉下了眼泪。但过后不久，柯雷莫夫却在墙报上读到科洛斯科夫的一篇特写，说富农如何把粮食埋到地里，如何对新生事物充满刻骨仇恨。

科洛斯科夫曾因内心极度痛苦而禁不住泪下，为什么现在却写出这样的文章？

为什么莫斯托夫斯科伊选择保持沉默？难道仅仅因为胆小怕事吗？有多少次，柯雷莫夫嘴上说的是一套，心里想的却是另一套。但当他讲话或写文章时，他又觉得自己是真诚的，是心口如一的。但有时他也会告诉自己："没办法，这是革命需要。"

是啊，是啊，各种情况都发生过。柯雷莫夫明明知道自己的朋友是无辜的，却没能挺身而出为他们辩护。他有时默不作声，有时靠打马虎眼蒙混过去。有时更糟，他既没能保持沉默，也没能打马虎眼。时不时地，党委、区委、市委、州委或安全机关会把他召去，询问他对某些熟人、党员的看法。他从来没有诬陷过朋友，决不无中生有，也没写过举报信之类的东西……但柯雷莫夫为自己的布尔什维克朋友所做的辩护是软弱无力的。他只写了些解释性的材料……

可是格列科夫又怎么说？格列科夫是敌人。对待敌人，柯雷莫夫从来不讲客气，从来不会手软。

可是，对待被镇压的同志的家属，又是怎么回事？为什么他中断了跟他们的联系？他不再去他们家里，不再给他们打电话。当然，在街上遇见这些家属时，他还不至于拐到街对面去，还是会停下来向他们问好。

但与此同时，还有这样一些人，多半是老妇人、家庭主妇、非党的小市民太太，人们通过她们往劳改营寄包袱，由她们代收劳改营寄来的信件，她们好像并不害怕。有时，这些老妇人——满脑子宗教迷信的家庭女佣、没文化的保姆，还会收留父母被抓走后留下来的孤儿，使他们不至于被送到寄养家庭或孤儿院。而党员们却对这些孤儿避之唯恐不及。难道这些没什么文化的小市民老太太、大妈大婶、女佣，比忠于列宁事业的布尔什维克莫斯托夫斯科伊和柯雷莫夫更正直、更勇敢？

这是为什么，为什么？是出于恐惧，还是纯粹因为懦弱？

人们知道如何克服恐惧——小孩子敢走进黑屋子，士兵敢投入战斗，小伙子敢往前跨出一步跳进无底深渊，把命交给背上那副降落伞。

但对千百万人来说，这种恐惧却是特殊的、沉重的、无法克服的。这是在莫斯科冬日灰暗的天空中用令人不安的、变幻的红色字母写成的几个大字：国家恐惧……

不、不！单靠恐惧不可能收到如此奇效。是革命事业本身允许人们打着道德的幌子来摆脱道德的束缚，以未来的名义替今天的法利赛人[①]、告密者、两面派辩护，在为人民谋幸福的借口下把无辜者推进深沟。对于双亲被关进劳改营后留下来的孩子，为了革命，你不必理睬他们。如果一个女人不肯告发自己并无过错的丈

[①] 公元前二世纪至公元二世纪犹太教上层人物中的一派。福音书中把法利赛人称为伪善者。

夫，为了革命，必须把她从她的孩子们身边拉走，在集中营里关上十年。

革命的魔力与对死亡的惧怕、对酷刑的恐惧、扑面而来的偏远劳改营的气息带给人们的担忧结成了同盟。

从前，人们投身革命时做好了充分准备，知道等待着他们的将是牢房、苦役、无家可归的漫长岁月和断头台。

如今，最令人不安的糟心事，是革命以丰厚的待遇、克里姆林宫的午宴、人民委员专享的袋装食品、个人专用轿车、巴尔维哈①的疗养证和出国旅游为报酬，诱使人们忠于革命事业、忠于伟大目标。

"您还没睡着吗，尼古拉·格里戈里耶维奇？"斯皮里多诺夫在黑暗中问。

柯雷莫夫回答说：

"快了，就要睡着了。"

"哦，请原谅，那我就不打扰了。"

<h1 style="text-align:center">40</h1>

自从莫斯托夫斯科伊深夜被党卫军中校利斯传讯，一个多星期过去了。

兴奋的等待和紧张变成了极其难熬的孤寂。

有时莫斯托夫斯科伊觉得，无论是朋友还是敌人，都已经把他忘得一干二净，大家都把他看作昏聩无用、行将就木的老糊涂。

一个晴朗无风的早晨，他被带到澡堂。党卫军的押送人员这回没有进屋，他坐在台阶上，把冲锋枪放在身边，抽起烟来。天气晴朗，阳光和煦，外面显然比潮湿的澡堂舒服多了。

一个正在打扫澡堂的战俘走到莫斯托夫斯科伊跟前。

"您好，亲爱的莫斯托夫斯科伊同志。"

莫斯托夫斯科伊定睛一看，只见面前这个身穿囚服、手臂上佩着袖标、手持抹布的人，竟然是旅级政委奥西波夫，不禁惊叫起来。

他们互相拥抱。奥西波夫急忙说：

"我设法弄到了这份打扫澡堂的差事，临时替代那位固定清扫工。我想跟您见面。科季科夫、将军、兹拉托克雷列茨向您问好。先说说您的情况，身体还好吗？他们想从您那里得到什么？您先脱衣服吧，边脱边说。"

---

① 俄罗斯莫斯科州奥金佐夫斯基区的一个村庄。它是俄罗斯总统疗养胜地巴尔维哈疗养院的所在地。在苏联时代，巴尔维哈被称为政府官员和知识分子精英最向往的国家分配别墅的所在地。

莫斯托夫斯科伊叙述了那天深夜审讯的情况。

奥西波夫一双鼓起的深色眼睛盯着他：

"这帮蠢货想说服您变节。"

"但为什么？目的呢？目的是什么？"

"他们也许对某些历史材料感兴趣，对党的缔造者和领袖们的个性感兴趣。也许他们想让您发表什么宣言、呼吁书、公开信之类。"

"门儿都没有。"莫斯托夫斯科伊说。

"他们会折磨您的，莫斯托夫斯科伊同志。"

"门儿都没有，一群蠢驴。"莫斯托夫斯科伊重复道。然后他问："说说，你们那边情况怎样。"

奥西波夫小声说：

"比预想的还要好。最主要的，是跟在工厂干活的囚犯取得了联系，他们开始替我们搞武器，冲锋枪和手榴弹都有。他们送来零件，我们在夜里组装成大件。当然，目前数量还非常小。"

"这是叶尔绍夫安排的吧，好样的！"莫斯托夫斯科伊说。他脱去衬衣，仔细打量自己的胸脯，很泄气自己居然这么老了。他伤心地摇摇头。

奥西波夫说：

"您是党内老同志，我必须向您通报：叶尔绍夫已经不在我们集中营了。"

"什么叫不在了，怎么回事？"

"他被转运到布痕瓦尔德集中营①了。"

"您说什么！"莫斯托夫斯科伊叫道，"多好的小伙子！"

"他在布痕瓦尔德集中营仍然会是个好小伙子。"

"可怎么会这样，出什么事了？"

奥西波夫阴沉着脸说：

"地下活动开始不久，领导内部就产生了分裂。许多人自发地拥戴叶尔绍夫，他随之头脑发热，怎么也不肯听命于领导核心。他本来就政治面目不清，是个异己分子。情况又日益错综复杂。要知道，地下活动的第一条戒律就是铁的纪律。可我们产生了两个中心——一个非党的，一个党的。我们就形势展开讨论，并作出了决定。在办公室干活的一位捷克同志偷偷把叶尔绍夫的档案卡片塞进拟送布痕瓦尔德

---

① 布痕瓦尔德集中营是纳粹在德国图林根州魏玛附近建立的集中营，也是德国最大的劳动集中营，建立于1937年7月。在这里共有约五万六千人受害，其中大约一万一千名是犹太人。1945年4月11日，盟军解放了布痕瓦尔德集中营。

集中营人员的卷宗里，于是他就自动被列入了转送名单。"

"不费吹灰之力啊！"莫斯托夫斯科伊说。

"这是共产党员们的一致决定。"奥西波夫嘟哝道。

他站在莫斯托夫斯科伊面前，身穿褴褛的囚衣，手里拿着块破抹布，但神色严峻、坚毅，确信正义在自己手中，确信自己拥有比上帝还大的可怕权力，可以让自己效忠的事业成为决定人们命运的最高法庭。

而那位赤身裸体、瘦骨嶙峋的老人，伟大的布尔什维克党的缔造者之一，拱着瘦削衰弱的肩膀，低垂着头，一言不发。

那天夜间利斯办公室中的情景重又浮现在他眼前。

恐惧再度攫住了他：难道利斯没有撒谎，难道利斯真的跟普通宪兵不一样，并没有什么不可告人的目的，而只是想跟他进行一场人与人之间坦诚相见的交谈？

他站直了，说道：

"我服从这一决定，作为党员我接受这一决定。"

这番话他一生中已经说过好多次，每次都一样，十年前的集体化期间这么说过，他青年时代的战友一个个被送上断头台的政治斗争期间也这么说过。

他拽过搁在长凳上的上衣，从夹层里掏出几张纸片，那是他撰写的传单。

突然，他眼前浮现出伊孔尼科夫的脸，脸上有一双牛一般温顺的眼睛。莫斯托夫斯科伊很想再听听这个鼓吹无谓的行善的人的声音。

"我想问问伊孔尼科夫的情况，"莫斯托夫斯科伊说，"他的卡片，捷克人没动吧？"

"那个老傻瓜、懦夫，您提他做什么？他被处决了。他拒绝在建造死亡营的工地上干活，于是凯泽接到命令，把老头给枪毙了。"

这天夜里，集中营营区的墙上贴出了有关斯大林格勒会战战况的传单。撰写传单的是莫斯托夫斯科伊。

41

战后不久，在慕尼黑盖世太保的档案室里找到了有关德国西部一个集中营里地下组织的侦讯材料。结案文件里写到，对该地下组织成员的死刑判决已经执行，死者的尸体在焚尸炉中火化。莫斯托夫斯科伊的名字赫然列在名单第一位。

人们对侦讯材料进行了研究，但未能查出出卖自己同志的奸细。很可能，盖世太保把奸细跟那些被他出卖的同志一起处决了。

42

掌管毒气室、毒品仓库和焚尸炉的特别行动队人员的宿舍，又暖和又安静。

同样，长期在一号工程干活的囚犯，生活条件也挺不错。每张床边都有一张小桌子，桌上有开水瓶，板床之间的过道还铺上了地毯。

为毒气室服务的囚犯不再有人看管，他们在专门的房间里用餐。特别行动队的德国人用餐更是像在饭店里一样，每人可以单独点菜。他们领取的津贴几乎是在战斗部队服役的同级军人的三倍，家属享受住房优惠、最高等级的食品供应，还有权最先撤离受到空袭威胁的地区。

士兵罗泽负责值守观察小窗，当施放毒气的过程结束后，他就下达口令清空毒气室。此外，他还负责监视牙医的工作，看他们干活是否认真细致。他已经多次向工程负责人、党卫军少校卡尔特鲁夫特报告说，同时执行这两项任务颇有难度：往往，罗泽在上面观察毒气施放情况时，在下面干活的牙医、往传送带上装尸体的工人没人监视，就会大肆偷窃。

罗泽对自己的工作已经习以为常，不像头几天值守观察小窗那样，往里面一瞅心就怦怦乱跳。他的前任被当场拿下，就因为干了件只有十二三岁男孩才会干，而对一个执行特殊使命的党卫军士兵来说太不成体统的事。一开始，罗泽不明白，同志们暗地里议论的到底是什么不雅之举，过后才闹清是怎么回事。

罗泽不喜欢他的新工作，虽说已经干惯了。人们对他很尊重，从前可没人这样对待他。他为此挺激动。食堂的女服务员老问他，为什么脸色这么苍白？自打罗泽记事起，母亲就成天掉眼泪。父亲老是莫名其妙地被解雇，被雇佣的次数好像还比不上被解雇的次数。罗泽从长辈那里学会了轻柔、安静的步态，走起路来谁也不惊动，还学会了对邻居、女房东、女房东的猫、校长、街角的警察投以殷勤讨好的微笑。殷勤讨好仿佛就是他性格的基本特征。连他自己都吃惊，他内心多年来积累的强烈仇恨，居然掩盖得这么好，从来无人觉察。

他来到特别行动队，也算得其所哉，队长最善于揣摸人的心理，能理解他那温顺的女人气的性格。

观察犹太人在毒气室里如何抽搐，是件无聊透顶的差使。罗泽很讨厌那些喜欢在这项工程中干活的士兵。他最讨厌的是那个在毒气室进口处值早班的战俘茹琴科。这人的脸上无时无刻不挂着一副天真幼稚的笑容，特别令人讨厌。罗泽不喜欢他的工作，但他知道这份工作能带给他种种好处，有公开的，也有上不得台面的。

每天快下班时，一位仪表堂堂的牙医会递给罗泽一个小纸包，里面包着几块从金牙上抠下来的金子。这些小纸包与上缴给集中营管理局的贵金属相比，只是微不足道的一小部分，但罗泽已经两次把将近一公斤的金子转交给妻子了。这是他们光明的未来，是实现安度晚年理想的保障。他自打青年时代就软弱、胆怯，靠他自己的能耐是无法挣到体面生活的。他从不怀疑，党追求的目标只有一个，那就是造福于弱者和小人物。他已经亲身体验到了希特勒政策的好处，要知道他就是一个弱者，一个小人物，可对他和他的家人来说，生活正变得无比轻松、美好。

43

安东·赫梅利科夫有时从内心深处害怕自己的工作。晚上躺在板床上，听着特罗菲姆·茹琴科的笑声，他会不寒而栗。

茹琴科的手指头又粗又长，每天关闭毒气室大门，他就是用这双手。这双手好像从来不洗。从他伸手够过的篮子里拿面包，你无法不觉得恶心。

每次茹琴科去上早班，等候从铁路方向过来的长队时，总有一种欣喜若狂的感觉。队伍移动的速度在他看来慢得难以忍受，他一着急，嗓子里就发出尖细的哀叫，上下颌微微抽搐，犹如一只隔着窗玻璃注视一群麻雀的猫。

赫梅利科夫觉得，这个家伙早晚会出娄子。当然，赫梅利科夫自己也酗酒，喝得醉醺醺时，也会到等候进毒气室的队伍里找个娘儿们寻开心。特遣队的工作人员知道一条通道，可以进入澡堂更衣室去挑选女人。男人嘛，总有男人的软肋。赫梅利科夫会挑个小媳妇或大姑娘，领到棚屋里的一个隔间，半小时后再领回来交给警卫。他一句话不说，女人也一句话不说。他落到这里，不是为了女人和美酒，不是为了华达呢马裤，也不是为了威风凛凛的铬鞣革皮靴。

他是在 1941 年 7 月里的一天被俘的。他挨过狠揍，枪托打在他脖子上和头上；他得过赤痢；他被赶到雪地里，脚上的靴子已经破了；他喝过沾了机油的黄黄的水；他曾经从死马身上撕下颜色发黑的臭肉充饥，吞食腐烂的土荠蓝和土豆皮。他所求不多，只想要一样，那就是生存。他曾经九死一生，熬过了饥饿，挺住了严寒，战胜了痢疾。他不想脑袋里搁进去九克金属，不想在顺着腿肚子往上涨的水里把自己泡肿，窒息而死。他不是罪犯，他在刻赤当理发师，从没给谁留下过坏印象，无论是亲戚、左邻右舍、店里的师傅，还是一起喝酒、吃熏鲻鱼、玩牌的朋友。他自以为跟茹琴科毫无共同之处。但有时他又觉得，说他跟茹琴科之间有多大区别，其实是自欺欺人。他们干活时的心情，对上帝、对他人来说重要吗？有的人干得津津有味，有的人干得无精打采，但不管怎样，干的都是同一个活儿。

但他并不明白，茹琴科让他感到惶恐不安，并不是因为茹琴科的罪过比他大。对他来说，茹琴科的可怕之处，在于茹琴科的行为可以用可怕的天生变态来辩解。而他，赫梅利科夫，不是天生的变态，而是个正常人。

他隐约知道，在法西斯主义横行于世时，假如想继续做一个正常人，有一个比"赖活着"更容易的选择，那就是"好死"。

44

一号工程负责人、特别行动队队长、党卫军少校卡尔特鲁夫特，让中心调度室每天晚上把次日将到达的军用列车运行表呈报给他。这样，卡尔特鲁夫特安排人手时便对要做的工作心中有数，如一列火车的车厢总数和装载人数等。根据火车始发的国家，他还可以调配相应的因犯辅助人员，包括理发师、向导和装卸工。

卡尔特鲁夫特不能容忍敷衍了事的作风。他滴酒不沾，如果下属喝得烂醉，他会大发脾气。人们只有一次看见他兴高采烈，那是他准备回家过复活节的时候。他已经坐进汽车，突然把冲锋队长哈恩叫到自己身旁，给他看女儿的照片——一个大脸盘、大眼睛的姑娘，长得很像他。

卡尔特鲁夫特沉迷于工作，从不白白浪费时间，晚饭后不去俱乐部，不玩牌，也不看电影。圣诞节那天，特别行动队开了个晚会，有圣诞树，有业余合唱队表演，晚餐桌上每两人还免费发一瓶法国白兰地。卡尔特鲁夫特只到俱乐部待了半小时，大家看到他手指上还有新鲜的墨水痕迹：圣诞之夜，他还在工作。

早年间，他住在父母的乡下住宅，他的一生似乎都会在那里度过。他喜欢乡村的宁静，不怕干农活。他梦想着扩大父亲的农场，但又觉得，不管养猪、种甘蓝和小麦挣的钱是多还是少，他这辈子都会消磨在父亲这所舒适宁静的房子里。但人生多变。第一次世界大战末期，他奔赴前线，走上了命运替他铺就的道路。仿佛命中注定，他由乡下人而军人，由堑壕士兵而司令部卫兵，由办公室职员而副官，进帝国保安总局中央机关，再进集中营管理局，最后到死亡集中营担任了特别行动队队长的职务。

如果卡尔特鲁夫特不得不面对上天的审判，他会为自己的灵魂辩护，如实告诉法官造化如何弄人，把他引上邪路，使他成为杀害五十九万人的刽子手。他能做什么，面对这些势不可当的意志力量：世界大战、排山倒海的民族主义运动、百折不回的政党、国家暴力？有谁能按自己的意愿行事？他只是个普通人，本该在父亲的乡下住宅安居乐业。不是他要走，而是有人硬推他走。不是他想干，而是有人指使他干。他就像拇指男孩那样，被命运之手牵着往前走。无论被卡尔特鲁夫特指使干活的人，还是指使卡尔特鲁夫特干活的人，在上帝面前，大致都会这样为自己辩护。

但卡尔特鲁夫特没机会在上天的审判庭中为自己的灵魂辩护。因此，上帝也没有必要安抚他说，世上本无罪人……

在上天的审判庭、国家和社会的审判庭之外，还有一个更高的审判庭，那就是罪人对罪人的审判庭。有罪之人经过权衡，知道无法抵御极权主义国家的蛮力，因为那是一种无边无垠的可怕力量，它为了禁锢人们的意志而不择手段：宣传、饥饿、孤立、集中营、死亡威胁、打入冷宫、名誉扫地，等等。但是，一个人在贫穷、饥饿、集中营和死亡威胁下迈出的每一步，在受制约的同时，总能多多少少表现出他不受制约的意志。在特别行动队队长卡尔特鲁夫特的人生道路上——从乡下到战壕，从无党派的小市民到有高度觉悟的纳粹党员，他的个人意志无处不在。造化弄人，但前提是人甘心被弄，他如果愿意，本可以拒绝被造化作弄。造化弄人，使人成为毁灭性力量的工具，但他同时也捞了好处，而未遭受损失。他明白这一点，所以选择了造化指给他的这条有利可图的路。造化和个人可能各有目的，但走的路却是同一条。

将要宣读判决书的，不是圣洁、仁慈的上天审判庭法官，不是以国家和社会利益为准则的大智大慧的国家最高法院，不是圣人，不是正人君子，而是屈服于法西斯主义压力的可怜的肮脏罪人，是亲身体验过极权主义国家可怕权力的人，是自甘堕落、卑躬屈膝、胆小怕事、俯首听命的人。

他会宣称：

"这可怕的世界上确有罪人！我就是罪人！"

45

旅程终于到了最后一天。车厢哐当哐当一阵响，伴随着刺耳的刹车声停了下来，接着是一片寂静。很快，闷罐车厢的铁门又轰隆隆地打开，传来口令声：

"全体下车！[①]"

人们走出车厢，下到湿漉漉的站台上。不久前刚下过雨。

长途旅程中，在黑暗的车厢里见惯了的一张张面孔，在阳光下全变得陌生了。

———————

① 原文为德语。

大衣和头巾的变化倒没那么大，看到那些女上装和连衣裙，人不禁会猜想，当初女士们穿着这些衣服时，是待在什么样的房子里？她们试穿这些衣服时，是对着什么样的镜子？

下车的人东一堆、西一堆聚在一起。他们像牲畜一样习惯了群居；熟悉的气味，熟悉的体温，熟悉的饱经折磨的脸庞和眼睛，四十二节闷罐车车厢吐出的人群的体量，让他们觉得安心⋯⋯

两个身穿长大衣的党卫军巡逻兵在月台上慢慢巡行，钉铁掌的靴后跟敲在柏油路上，发出咔嗒咔嗒的声响。他们傲慢地走着，若有所思，对周围的情景不屑一顾：几个年轻的犹太人抬着一个死去的老妇人，死者的一头白发披散在惨白的脸上；一个鬈发男人趴在地上，用手从水洼里舀脏水喝；一个驼背女人撩起裙子，整理内裤上撕开的松紧带。

两个党卫军士兵不时交换眼色，说上两三句话。他们走在柏油路上，犹如太阳运行在天际；太阳可不在意什么风啊，云啊，暴风雪啊，树叶的簌簌声啊。它从容不迫地运行着，知道地球上发生的一切全仗着它。

一群人身穿蓝色工作服，头戴大檐帽，胳膊上佩着白色袖标，操着俄语、德语、犹太语、波兰语、乌克兰语混合而成的奇怪语言大声嚷嚷着，催促刚刚抵达的人们赶快挪动。

这些穿蓝工作服的人迅速而熟练地梳理月台上的人群，把站立不稳的人挑出来，让身体较为强壮者把半死不活的人弄上带篷的运货卡车，让乱哄哄你推我挤的人群排好队，然后让队伍明白需要动起来，至于运动的方向和目的，他们马上就会给出。

六人一排的队伍开始蠕动。一条消息顺着一排排的人群传了下去："上澡堂，先上澡堂！"

哪怕是大慈大悲的上帝，也未必想得出比这更仁慈的主意了。

"听着，犹太人，出发吧。"一个头戴大檐帽的人扫视了一下人群，大声喊道。他是负责卸车的队长。

男男女女提起包袱，孩子们紧紧抓住母亲的裙子或父亲的衣襟。

"上澡堂⋯⋯上澡堂⋯⋯"这句话具有催眠般的神效，充塞了人们的意识。

在这个戴大檐帽的大个子身上，有一种特殊的、吸引人的东西，他更贴近的似乎是那些不幸的人，而不是那些穿灰大衣、戴钢盔的人。一个老妇人毕恭毕敬、小心翼翼地用指尖抚摸着他工作服的袖子，问道：

"您是犹太人吧，对不对，我的孩子[1]？"

"是的，是的，老妈妈，我是犹太人。快些，快些，所有人[2]！"突然间，他把两个交战国的语言合而为一，扯着嘶哑的嗓子高声发出命令："Die Kolonne marsch! Шагом марш！[3]"

站台变得空空荡荡，几个穿工作服的人把破布条、绷带、破烂的套鞋、掉落的儿童拼图方块从柏油路上清扫掉，哐当哐当关上闷罐车门。随着空车启动，一股金属声浪从一节车厢传到下一节车厢。列车往消毒场所开去。

一支小队结束了工作，穿过边门返回集中营。从东方开来的军车是最恶心的，死人多，病人也多。车厢里恶臭难闻，一不小心虱子就会爬到人身上。在这些车厢里，不像从匈牙利、荷兰或比利时开来的军车，很难找到一瓶香水、一袋可可、一罐炼乳。

46

一座巨大的城市展现在旅人眼前。城市的西部沉浸在雾霭中。远处，从工厂烟囱冒出的黑烟跟雾气混合在一起，棋盘格似的棚屋被阴霾笼罩，雾气与棚屋街道的端正几何形状令人吃惊地合为一体。

在东北方向，一道黑红色的火光冲向天际，潮湿的秋日天空仿佛被烤红了。有时，湿漉漉的火光中会迸发出一股灰暗的火焰，慢悠悠地飘动在空中。

旅人们来到一个宽敞的广场。广场中央搭着一座木台，大众游乐场通常都有这种台子。台上站着几十个人。这是一支管弦乐队，乐师如同手中的乐器，彼此各不相同。有几个乐师注意到徐徐走近的六人一排的队伍。一个身穿轻便外套、花白头发的男子说了句什么，台上的人便纷纷拿起乐器。蓦地，一个尖锐的声音响起，好像一只小鸟胆怯而又不顾一切地发出鸣叫，紧接着，被铁丝网和警报器的噪叫声撕裂的、散发出腥臭味和脂肪烧煳味的空气中充满了乐声。这乐声犹如一阵被太阳晒热的偏东雨，闪烁着，洋洋洒洒散落到大地上。

关在集中营里的人，关在狱中的人，侥幸越狱成功的人，正走向死亡的人，无不熟知音乐那震撼人心的力量。

谁也无法像历尽集中营沧桑或饱尝牢狱之苦，如今正走向死亡的人那样，去感

---

① 原文为意第绪语。

② 原文夹杂着俄语、意第绪语、波兰语。

③ 德语和俄语，意思均为"开步走！"。

受音乐。

音乐一旦触动命悬一线的人，在他心中倏然激起的不是思想，不是希望，而只是一种盲目的、撕心裂肺的生命奇迹。队伍里爆发出一片抽泣。似乎一切都变了样，一切都合为一体，所有离散的片段——家、世界、童年、旅途、车轮的撞击声、饥渴、恐惧、这座在烟雾中矗立的城市、这片晦暗血红的火光，突然间合为一体，不是在记忆中或画面中合为一体，而是在盲目、炽热、令人心碎的对即将结束的生活的感觉中合为一体。人们在这里，在焚尸炉的火光中，在集中营的操场上，感受到生活不仅仅是幸福，更是悲伤。自由不只是福分。自由是艰难的，有时还是痛苦的——自由就是生活。

音乐成功地表达了心灵的最后一次震颤，在心灵那无法窥视的深处，生活中一切欢乐或悲伤的感受，与这个烟雾弥漫的早晨和头顶上的火光融为了一体。但也许并非如此。或许音乐只是一把开启人们感情之门的钥匙，它在这可怕的瞬间打开了人的心扉，但并不能充实人的内心。

生活中不乏这种事情：一首儿歌引得一个老人潸然泪下。但老人并非为儿歌而哭，儿歌只是一把钥匙，打开了心灵中某个隐秘之处。

队伍在广场上缓缓形成一个半圆形，这时一辆乳白色汽车从集中营大门开了出来。汽车里钻出一个戴眼镜、披着皮领大衣的党卫军军官，做了个不耐烦的手势。乐队指挥一直用目光追随着军官，于是双手绝望般最后一挥，乐声戛然而止。

"立定①！"口令声接二连三响起。

军官缓步检视着队伍。他不时用手一指，领队的便把被指的人叫出列。军官冷漠地扫视着出列的人，领队的怕影响他沉思，压低声音问：

"年龄？职业？"

总共挑出了三十来人。

人们又听到一个声音："医生！"

无人应声。

"医生，出列！"

还是一片寂静。

军官向汽车走去，对站在广场上的千把人失去了兴趣。

被挑选出来的人五人一排，一声命令下，转过身子，面对集中营大门上一块标语牌："因劳动，而自由！"②

---

① 原文为德语。

② 原文为德语。

队伍里有个孩子尖叫起来，妇女们也跟着发疯似的开始尖叫。被挑选出来的人默默站着，低着头。但是，当一个男人松开妻子的手，最后看一眼她那可爱的脸庞时，他心中的感觉，该如何描述？在那个默默无言的诀别瞬间，几分之一秒内你眨巴了几下眼睛，以掩饰因保住一条命而感到的不可宽恕的窃喜——当你无情地记起那个时刻，你还有脸活下去吗？

怎能忘记，是妻子把包着结婚戒指、几块方糖和几片面包干的小包塞到丈夫手中？看到天空中新喷发的火光，丈夫如何还能活下去？焚烧的是他曾亲吻过的手，是因他而愉悦的眼睛，是他在黑暗中也能辨出芳香的头发啊！焚烧的是他的孩子、妻子和母亲啊！当耳畔回响着他的孩子的叫喊声，他的母亲的哀号声，他如何还能在棚屋里寻找离火炉稍近的板床，如何还能端着饭盆到长柄勺子底下去接那一升灰乎乎的汤，如何还能修理穿破的鞋掌？如何还能挥动撬棍干活，还能呼吸，还能喝水？

得以苟延残喘的人被赶向集中营大门。他们身后传来阵阵惨叫，他们自己也在惨叫，一边撕扯着前胸的衬衣，而迎接他们的，是全新的生活：带电的铁丝网、架着机枪的混凝土岗楼、棚屋。脸色苍白的姑娘和妇女们隔着铁丝网望着他们，胸前缝着红色、黄色、蓝色布条的人们排着队走在上工路上。

乐队又开始演奏。被挑选出来在集中营干活的人们，走进了这座建在沼泽地上的城市。一股暗黑的水流阴沉无声地在黏滞的水泥板上，在沉甸甸的巨石之间流动。这黑红色的水流散发着腐臭味，泛起团团绿色的化学泡沫，混杂着肮脏的破布和集中营手术室扔掉的血渍斑斑的衣物。水流在集中营地底下流淌一段路程，冒出地面，又再度流入地下。但不管怎样，它执着地一路前行，在这股阴森森的集中营浊流中，毕竟还残留着大海的浪花和清晨的露珠。

而注定灭亡者正在走向死亡。

47

索菲娅·奥西波芙娜迈着平稳而沉重的步伐，一个小男孩抓着她的手。男孩的另一只手不时伸到口袋里，摸索着一只火柴盒，盒子里面，脏兮兮的棉絮包着一只深褐色的蛹，是不久前在车厢里刚从茧内钻出来的。走在男孩身旁的是不停嘟哝的钳工拉扎尔·扬克列维奇，他的妻子杰博拉·萨穆伊洛芙娜怀抱着婴儿。列薇卡·布赫曼在他们背后，一直喃喃地说着："哦，天哪。哦，天哪。哦，天哪……"这一排第五个人是图书馆女管理员穆夏·鲍里索芙娜。她的头发梳得平平整整的，领子看起来很白。一路上，她好几次用自己那份面包换半饭盒温水。无论对谁，她什么都不吝惜。同车厢里的人都把她当作圣女，一些谙熟人情世故的老太太还吻了她的连衣裙。前一排只有四个人，选人时军官一下子从这一排里挑出来斯列波伊父子俩，问到他们的职业时，他们大声回答说"牙医①"。军官点点头，斯列波伊父子押对了注，赢了两条命。这一排里面，有三个人在行走时垂着双臂，仿佛两手已经没用了。剩下那个人翻起上衣领子，双手插在口袋里，仰着头，一副满不在乎的样子。他们前面四五排左右，有个戴红军棉帽的老头，身材特别高大。

索菲娅·奥西波芙娜的身后走着穆霞·维诺库尔，她在闷罐车里度过了十四岁生日。

死神！它喜欢交际，又不讲客气，随随便便走街串户，溜进院子，来到作坊，在市场上偶遇一个主妇便把她掳走，连同那一口袋土豆。它打断孩子们的游戏，窥探小作坊，里面有几个女裁缝一面哼着小曲，一面赶工——有件大衣得为委员统辖区②主任的太太赶紧做好。死神还会加入买面包的长龙，会紧挨着织长袜的老妇人坐下来⋯⋯

死神做它该做的事，人们也做他们该做的事。有时，死神让人抽完那支烟，吃完那顿饭，也有时，死神像老朋友那样没头没脑地赶上来，一边傻呵呵地咯咯笑着，一边在那人背上猛地一拍。

好在，人们终于开始理解它了。它向人们展示了它的日常生活，它那孩童般的单纯。其实，从生到死的跨越再简单不过，犹如越过一道浅浅的小溪。小溪上不是架了一座木桥吗，从此岸炊烟缭绕的农舍，到彼岸萧索的离离荒草，也就五六步之遥。就这么简单！有什么好害怕的呢？瞧，一只小牛犊笃笃地敲着蹄子，从木桥上走过去了。瞧，一群小男孩啪嗒啪嗒踢着光脚丫，跑过去了。

索菲娅·奥西波芙娜听到了音乐声。孩提时，她头一回听到这种音乐，后来上大学，再后来从事医生职业时，她又常常听到。这种音乐总是在她心中激起对未来的遐想。但音乐愚弄了她。索菲娅·奥西波芙娜没有未来，只有已逝的生活。

而她对自己那特别的、独立的、已逝的生活的感觉，在片刻间掩盖了她眼前的现实——她已处在生活悬崖的边缘。

这是所有感觉里最奇特的感觉！这种感觉难以言传，即使与最亲的人：妻子、母亲、兄弟、儿子、朋友、父亲，也无法共享。这是心灵的秘密，而心灵是不会泄露自己的秘密的，不管它多么想吐露。一个人将带走对自己生活的感觉，不与任何

---

① 原文为德语。
② 卫国战争期间，在被法西斯军队暂时占据的苏联领土上建立的德国行政区划单位，隶属总督区。

人分享。一个独立的、特别的人，一个在其意识和潜意识中凝聚起所有好的、坏的、可笑的、可爱的、可耻的、可怜的、腼腆的、温柔的、胆怯的、惊讶的感情的人，居然从小到老，能把这一切融汇在自己独立生活那沉默而隐秘的孤独中，不禁令人啧啧称奇。

音乐响起时，达维德很想从口袋里掏出火柴盒，稍稍打开一会儿——打开太久怕蛹会着凉——让蛹看看乐师们。但没走几步，他就不再注意台上的人，他看到的听到的只有天空中的火光和音乐声。哀伤而有力的旋律在他心中填满了对妈妈的思念。妈妈并不坚强，也不够冷静，对被丈夫抛弃的事，总是耿耿于怀。有一次她给达维德缝了件衬衣，邻居们在过道上看见，笑个不停——衬衣是用花布做的，袖子也接得歪歪扭扭。妈妈是他唯一的希望。他一直毫不动摇却又毫无意义地寄希望于她。然而现在，也许音乐起了作用，他对妈妈不再抱有希望。他爱妈妈，但她软弱无能，如同现在走在他身边的人一样。徐缓的、令人昏昏欲睡的音乐，却宛如起伏的清波，他曾经发高烧，烧得神志恍惚，他从滚烫的枕头上爬下来，爬到温暖湿润的沙滩上，于是看见了起伏的清波。

乐队突然加大音量，好像一个干渴的嗓子在嗥叫。

他患喉炎发烧时看见的从水里升起的那道暗蓝色的水山，如今悬挂在头顶，遮蔽了整个天空。一切的一切，所有让他心生恐惧的东西，都融为一体：童话书里面那只小山羊，没发现冷杉树干后面躲着的狼；市场肉摊上被宰杀的小牛犊的头，瞪着蓝眼睛；死去的姥姥；被列薇卡·布赫曼勒死的小女孩；第一次梦魇时他呼唤妈妈的高声尖叫。死神站在那里，奇大无比，仿佛充塞了整个浩瀚的天空。它看着小达维德迈着蹒跚的步子向它走去。四周唯有音乐声，你无法躲在乐声后面，无法抓住乐声，也无法一头撞死在乐声上。

那头蛹，没有翅膀，没有足，也没有触须和眼睛。它躺在火柴盒里，一副傻呵呵的样子，充满信任，期待着。

生而为犹太人，那就一切都完了！

他打了个嗝，喘着粗气。如果办得到，他真想把自己给掐死。音乐声停了。他的一双小脚和其他几十双小脚急匆匆地跑着。他没有任何想法，既叫不出来，也哭不出来。他汗湿的手指紧紧搦着口袋里的火柴盒，但他已经把蛹给忘了。一双小脚只是跑着，跑着，急急忙忙跑着。

如果攫住他的恐惧再延续几分钟，他肯定会心脏破裂，倒地而亡。

乐声停下时，索菲娅·奥西波芙娜擦干泪水，气愤地说：

"没错，就像那个可怜人说的那样！"

随后她瞧了瞧小男孩的脸，那脸上的表情极为可怕，甚至在这群人里都显得十分突出。

"你怎么啦？出什么事啦？"索菲娅·奥西波芙娜叫着，使劲拽了他一把，"你怎么啦，出什么事啦？我们这是去洗澡啊。"

当德国人叫医生出列时，她没有吭声，抵御了在心中骚动的一股令她憎恶的力量。

钳工的妻子在她旁边走着，怀里那可怜的大头婴儿正用善意的若有所思的目光打量着周围的一切。这位母亲夜里曾在车厢里为婴儿偷了一个女人的几块方糖。被偷的女人身体也虚弱不堪，没有自卫能力。只有一个叫拉皮杜斯的老头为她打抱不平。这个老头在自己身子底下撒了许多尿，没人愿意坐在他旁边。

此刻，钳工的妻子杰博拉怀抱婴儿，沉思地走着。连成天啼哭的婴儿也变得默然无声。女人那双痛苦忧郁的眼睛使她肮脏的脸庞和惨白松软的嘴唇显得不那么难看了。

"一位圣母！"索菲娅·奥西波芙娜想着。

大约在战争爆发前两年，有一天，她看到太阳从天山的松林后面升起，照亮了积雪皑皑的山峰，一座湖泊掩映在黎明前的昏暗中，仿佛造物主把一片纯蓝色凝练成了一颗硕大的宝石，然后从上面凿下一块，扔到林中变成了这座湖。当时她想，世上所有人都会羡慕她的，但几乎同时，她那颗五十岁的心被一个强烈的愿望紧紧攫住，她觉得，假如能被一个孩子的一双小手搂住脖子，她愿意献出一切，即使住在天花板极低、一贫如洗的阴暗小屋里，也在所不惜。

小男孩达维德唤起了她一种特殊的柔情，尽管她一直喜爱孩子，但还从未对孩子产生过这般温情。在车厢里，她把自己的面包分给他。每当小男孩在黑暗中朝她转过脸来，她总想哭，想把他搂在怀里，像母亲亲吻自己的孩子那样，不停地亲吻他。她耳语般不断重复说着，不想让他听清楚：

"吃吧，好儿子，吃吧。"

她很少跟小男孩说话，一种奇怪的羞怯感使她竭力掩盖心中产生的母爱。但她发现，如果她走到车厢的另一头，小男孩就会惶惶不安，一直注视着她，直到她回到他身边，才平静下来。

她不愿向自己承认，当德国人叫医生出列时，她为什么不应声站出来，而是留在队伍里；为什么当时她感到一种精神上的升华。

队伍走过铁丝网，走过壕沟，走过架着旋转式机枪的混凝土岗楼旁；在忘记了自由为何物的人看来，铁丝网和机枪不是为了防止集中营里的犯人逃跑，而是不让那些死亡在即的人躲进这苦役集中营。

现在，道路开始偏离集中营的铁丝网，拐向一排低矮的平顶建筑。远远望去，这些灰色墙壁、不带窗户的长方形楼房使达维德想起剥去了彩纸的巨大积木。

小男孩从队伍拐弯时露出的一线空隙看见了敞着大门的建筑，不知为什么，他从口袋里掏出装蛹的火柴盒，没有跟蛹道别就把它扔在一旁。让它活下去吧！

"德国人够阔的。"一个走在前面的人说，好像警卫能听到他的话，并且会赞赏他的阿谀似的。

翻起上衣领子那人，不知为何特别古怪地耸起肩，朝左右打量了几下，身材好像突然变得又高又大。他轻轻一跳，双臂一伸，犹如展开双翅，朝一个党卫军警卫脸上打了一拳，把他击倒在地。索菲娅·奥西波芙娜愤怒地大叫一声，紧跟着也扑了上去。但她一个踉跄跌倒了。立刻有几只手抓住她，帮她站了起来。后面的人挤了上来。达维德回头望了下，生怕被撞倒，他看到警卫正把那个男子拖到一边。

在索菲娅·奥西波芙娜企图扑向警卫的一瞬间，她把小男孩忘了。现在她又握住了他的手。达维德看到，一个人如果闻到自由的气息，哪怕只有几分之一秒，她的眼睛可以变得多么清澈、凶猛、美丽。

这时，前面几排人已经走上澡堂入口处铺着沥青的平台。朝敞开的大门走去的人们，踩响了新的脚步声。

48

潮湿、温暖的更衣室被暮色笼罩，一片宁静，只有几扇长方形小窗透出些许光亮。

用未上漆的厚木板制成的长凳上漆着号码，在半明半暗中若隐若现。更衣室中央有道矮隔墙，从入口处直到里墙，把大厅分为两半，一半让男子更衣，另一半让妇女和孩子们更衣。这种分隔并没有引起人们的恐慌，因为他们彼此还看得见，还可以打招呼："玛尼娅，玛尼娅，你在吗？""是的，是的，我看见你了。"有谁在叫："玛蒂尔达，拿块法兰绒布头来，帮我擦擦背！"几乎所有人都体会到一种平静。

一些穿工作服的人在队伍里表情严肃地来回走动，维持秩序，挺讲道理地提醒大家把短袜、长裤、包脚布塞在靴子里，记住自己的行号和位置号。

人们的说话声都压得低低的。

一个人把自己脱得精光时，就回复了自身。天哪，胸前的毛发变得更硬更浓密了，还夹杂着那么多白毛。脚指甲多难看。一个赤身裸体的人看着自己，除了想到"这就是我"之外，得不出其他任何结论。他认出了自己，确定这就是"我"，因为"我"永远只有一个。小男孩把瘦得皮包骨的臂膀交叉在肋骨突出的胸前，注视着自己蛤蟆似的身子，心想"这就是我"。再过五十年，他要是再仔细打量腿上青筋突起的血管和胸前肥胖松弛的肌肉时，同样会认出自己："这就是我"。

但索菲娅·奥西波芙娜却被一种奇怪的感觉所震撼。在这里，男女老少都赤裸着身子，一个大鼻子男孩瘦骨嶙峋的裸体引得一个老妇人直摇头："哟，可怜的小东西。"而一个十四岁姑娘的裸体，甚至在这里、在这种时候还引来几百双眼睛的注目礼，人们无法抑制对她的赞叹；老太婆和老大爷那丑陋虚弱的裸体，引起人们虔诚的敬意；男人们充满活力的毛茸茸的后背，女人们修长的大腿和高耸的乳房——所有这一切，都让人看到了原先被破衣烂衫遮蔽的人民的躯体。索菲娅·奥西波芙娜觉得，她体会到的"这就是我"不仅适用于她，而且适用于全体人民。这是人民赤裸的躯体，既年轻又衰老，既朝气蓬勃又憔悴枯萎，头发既卷曲闪亮又花白暗淡，既美丽又丑陋，既强健又羸弱。她望着自己那丰腴白皙的肩头，上次的亲吻，还是在她小时候，妈妈给的。接着她无限温存地把目光移向小男孩，难道几分钟前，她如痴如狂地扑向党卫军卫兵时，竟把他给忘了？"那个年轻的犹太傻瓜和他年迈的俄国学生①曾宣扬勿以暴力抗恶，"她想，"但在他们的时代，还没有法西斯主义。"她不再因身为处女而心怀母爱感到羞怯。索菲娅·奥西波芙娜俯下身去，把达维德的小脸蛋捧在自己常年劳作的大手里，感到捧在手心里的仿佛是男孩那双温暖的眼睛。她吻了吻他。

"是的，是的，孩子，"她说，"瞧，我们终于到澡堂了。"

短短的一瞬间，在钢筋混凝土更衣室的半明半暗中，亚历山德拉·弗拉基米罗芙娜·沙波什尼科娃的眼睛仿佛闪烁了一下。她还活着吗？她们道过别了。索菲娅·奥西波芙娜的生命之路马上就要走到尽头，在她之前，安娜·施特鲁姆已经走到了尽头。

钳工的妻子想让丈夫看看光屁股的小儿子，但丈夫在隔墙另一面，离得太远。她把用襁褓挡住一半身子的婴儿伸到索菲娅·奥西波芙娜面前，自豪地说：

"刚给他脱光衣服，他就不哭了。"

隔墙那头，一个满脸黑胡子、穿条破睡裤的男人，眼睛发光，金牙也发着光，大声叫道：

---

① 指德国哲学家叔本华和俄罗斯作家托尔斯泰。

"玛涅奇卡，这里有游泳衣卖，要不要买一件啊？"

穆夏·鲍里索芙娜用手遮住宽大的衬衣领口里露出来的乳房，听到他的俏皮话，不由得微微笑了。

索菲娅·奥西波芙娜早已知道，死刑犯的俏皮话，并不表明他精神上有力。嘲笑是胆怯弱小的人们用来对付恐惧的武器，在嘲笑之下，恐惧就不那么可怕了。

列薇卡·布赫曼，这个面容憔悴不堪的漂亮女人，一双火辣辣的大眼睛避开人们，解开自己两根粗大的发辫，把几枚戒指和一副耳环藏到头发里。

一股盲目而强烈的生命力攫住了她。她是不幸而孤立无援的，但法西斯主义已经把她逼到了极点，她要不惜一切代价保住自己的生命，谁也不能阻止她。此刻，她藏起戒指，不再去想当初因为怕孩子的哭声会暴露全家在阁楼间的藏身处，她曾用这双手死死扼住孩子的咽喉。

但正当列薇卡·布赫曼长长舒了口气，就像一只动物终于到达安全的灌木丛时，却看到一个穿工作服的女人正用剪子铰穆夏·鲍里索芙娜头上的发辫。在她们旁边，一个女人已经铰下一个女孩的头发，丝绸般的黑发无声地滑落到水泥地板上。头发铺满地上，女人们就像在乌黑闪亮的水中濯足。

一个穿工作服的女人不慌不忙挪开列薇卡护住头的一条胳膊，一把抓住列薇卡后脑勺上的头发，剪刀碰到藏在头发里的戒指。那女人没停手，一边用手指麻利地摸索着取出与头发纠结在一起的戒指，一边俯身到列薇卡耳边说："都会还给您的。"她又更小声地补充一句："德国人在这里，要'保持安静'①。"列薇卡转瞬间就忘记了这个女人的相貌，她没有眼睛，没有嘴唇，只有一只青筋突起的蜡黄的手。

隔墙的另一头突然冒出来一个白发男子，歪歪的鼻子上歪歪地架着一副眼镜，那模样活像一个正在病中、郁郁不乐的魔鬼。他打量一番长凳，扯着大嗓门，像人们惯常跟半聋的人说话那样，一字一顿地问：

"妈妈，妈妈，你今天感觉怎样啊？"

一个满脸皱纹的小老太太突然在几百人的嘈杂声中听出了儿子的声音，温存地对他微微一笑，猜出他习惯提的问题，回答说：

"脉搏很好，没有早搏，放心吧。"

索菲娅·奥西波芙娜身边的一个人说：

"这是格尔曼，著名的内科医生。"

---

① 原文为德语。

这时，有个光着身子的年轻女人牵着个穿白裤衩的厚嘴唇小姑娘，尖叫道：

"他们要杀死我们！要杀死我们！要杀死我们！"

"安静，安静些，让这个疯女人别乱叫了。"穿工作服的女人们说。她们四下打量，但没见到卫兵。德国人的耳目正在昏暗和寂静中歇息。人们脱去被泥污和汗水浸硬的衣服、破烂不堪的袜子和包脚布，陡然间感到多么轻松自如！好几个月来未曾体验过这种快乐了。铰头发的女人一离开，人们觉得更加自由了。有些人打起瞌睡，有些人在衣缝里逮虱子，还有些人小声交谈起来。有人说：

"可惜没有扑克牌，不然可以玩一会儿'傻瓜'。"

但就在此时，特别行动队队长嘴里叼着烟卷，拿起了电话筒。仓库保管员把一个个像果酱罐头似的贴有红色标签的"台风"牌毒气罐装上电瓶车。办公室里，特别小队值班员回头朝墙上瞥了一眼，红色信号灯马上就要亮起来。

蓦地，从更衣室的各个角落传来口令："起立！"

每一排长凳的尽头站着几个穿黑军装的德国人。人们走进一条宽阔的走廊，电灯嵌在天花板内，罩着椭圆形的厚玻璃，发出黯淡的光亮。在这里可以看出平缓的、渐渐弯成弧形的混凝土通道吞噬人流的肌肉力量。走廊里一片寂静，只听见人们光脚走动的沙沙声。

战前，索菲娅·奥西波芙娜有次对叶尼娅说："如果一个人命中注定要被另一个人杀死，那么看看他们两人之间的距离如何渐渐缩短，一定很有意思。一开始，他们可能远隔天边。比方说我在帕米尔高原采集杜鹃，用'康太司'相机咔嚓咔嚓照个不停。而他，我的死神，却离我有十万八千里，放学后他正在小河里抓鲈鱼。我打算去听场音乐会，这天他却在车站买了火车票，准备去看丈母娘。但无论如何，我们最后总会相遇。于是该发生的事情就发生了。"如今，索菲娅·奥西波芙娜记起了这场奇特的谈话。她抬头望着天花板，隔着这层混凝土，她再也听不到暴雨声，再也看不见北斗星那倒挂的勺子……她赤着脚走向走廊的曲线，走廊无声无息、阴险地朝她迎面飘来。这是不依赖外力的自然而然的运动，是一种迷迷糊糊的滑动。四周的一切，从里到外，犹如抹上了一层甘油，人们就这样自然而然、昏昏欲睡地往下滑行。

毒气室的大门突然徐徐开启。人流缓缓往里滑行。一对共同生活了五十年、更衣时被隔墙隔开的老夫妇，现在又肩并肩走在一起。钳工的妻子抱着睡醒的婴儿，母子俩朝人们的头顶上方望去，要看的不是空间而是时间。内科医生格尔曼的脸庞闪现了一下，边上是善良的穆夏·鲍里索芙娜的眼睛和列薇卡·布赫曼惊恐的目光。哦，柳霞·什捷连塔利！没有人能压制、消减她的美丽：那双年轻的眼睛，那微微翕动的鼻翼，那脖颈，那半张着的小嘴，都吸引着人们的目光，而一旁走着的拉皮杜斯老头，一张嘴皱皱巴巴的，嘴唇泛着青色。索菲娅·奥西波芙娜又把男孩搂到自己身边。对他人如此深切的柔情，在她心中还从未产生过。

走在一起的列薇卡突然狂叫起来，可怕的叫声令人毛骨悚然，那是即将化为灰烬的人的哀号。

毒气室入口处站着一个人，手里拎着一段自来水管，身上披件短袖褐色拉链衫。列薇卡·布赫曼之所以狂叫，就是因为看见了这人脸上若隐若现、似喜似癫、孩童般的痴迷笑容。

他的目光在索菲娅·奥西波芙娜脸上掠过。啊，就是他了！他们终于相遇了！

她觉得，她应该用手指掐住这根从敞开的衬衣领子里爬出来的脖子。但面带笑容的人迅速而短暂地一挥自来水管。顿时，好像无数钟声和玻璃碎裂声在她耳中响起，其中夹杂着一声叫喊："别撞人，你这癞皮狗！"

她勉强站稳脚跟，迈着沉重的步子，跟达维德一起缓缓跨过那道钢铸的门槛。

49

达维德摸了一下钢制的门框，感到一股凛冽的寒意。在镜子般的钢门上，他看见一个模模糊糊的灰色斑点，那是他的脸。他的光脚板觉得室内的地板比长廊上冷，因为地板刚冲洗过。

他迈着小步，在天花板很低的混凝土盒子里走着。他没看见灯，但室内却笼罩着灰蒙蒙的亮光，仿佛阳光透过混凝土天花板射了进来。看来，这阴冷的光线不是为了给活人照亮。

一直聚在一起的人们开始四散，彼此再也不能相见。柳霞·什捷连塔利的脸庞闪了一下。达维德在车厢里瞧见她时，总感到一种甜蜜而忧伤的迷恋。一眨眼，在柳霞原来的地方出现一个没有脖子的矮个子女人。马上这地方又出现一个浅蓝眼睛的白发老头。立刻又冒出一个青年男子，目光呆滞地瞪着达维德。

这不是人的运动。这甚至不是低级生物的运动。这一运动没有意义，没有目的，没有一点表现生命意志的痕迹。人群拥入毒气室，刚进来的人推搡着已经在里面的人，已经在里面的人又推搡紧挨着他的人，从这无数的肘部、肩部、腹部的小小推搡中，产生了运动，同植物学家布朗[1]发现的分子运动毫无二致。

---

[1] 罗伯特·布朗（1773—1858），英国植物学家，1827年发现布朗运动。

达维德觉得自己被一股力量推动着，必须运动。他被挤到墙边，先是膝盖触到了粗糙冰凉的水泥墙，接着胸脯也贴了上去。无路可走。索菲娅·奥西波芙娜已经在那里，贴墙站着。

他俩看了一会儿从门口涌进来的人群。大门离他们已经很远，但还能猜到位置——入口处那一片白花花的人体格外稠密，进来之后才陆续发散到毒气室各处。

达维德看清了人们的脸。早晨刚下车时，他见到的只是人们的背影，如今仿佛全列车的人都在朝着他的方向移动。索菲娅·奥西波芙娜突然显得有些异样，她的声音在这扁平的水泥空间里变得陌生了。一走进毒气室，她整个人都变了。当她说"紧紧抓住我，好孩子"时，他就意识到她害怕松开他，害怕只剩下她一个人。但他俩无法在墙边站稳，慢慢被挤得离开墙壁，踩着小碎步运动起来。达维德觉得他运动得比索菲娅·奥西波芙娜快。她紧紧握住他的手，想把他往自己身边拽。而某种柔和的力量逐渐加强，把达维德拉往一个方向，索菲娅·奥西波芙娜的手指渐渐松开了。

毒气室里的人群越来越密，运动越来越慢，人们的步子越来越小。没有人指挥水泥箱里的运动。德国人丝毫不关心人们在毒气室里是静止站着，还是走出毫无意义的锯齿形、半圆形。光着身子的达维德迈着碎步，漫无目的地走着。他那轻盈的小身躯的运动曲线不再与索菲娅·奥西波芙娜庞大而沉重的身体的运动曲线重合，于是他们被拆散了。她后悔当时只抓住了他的手，而没有像这两个女人——母女俩——一样，怀着忧郁而执着的爱，痉挛地脸贴脸、胸贴胸，形成一个永不分离的身体。

人越来越多，分子运动随着密度的增加开始偏离阿伏伽德罗①定律。达维德失去了索菲娅·奥西波芙娜的手，惊叫起来。但是，索菲娅·奥西波芙娜已经成为过去。存在的只有当前，只有现在。人们用嘴唇呼吸着，一个挨一个，几乎分不清哪双嘴唇是哪个人的，他们的身体彼此触碰，他们的思想和感觉渐渐交织在一起。

达维德被卷入一股逆流，从墙边折回，又向门口方向运动。他见到三个人的身躯紧紧抱在一起，合为一体：两个男子和一个老妇人，老妇人护卫着她的孩子，孩子们扶持着母亲。突然达维德身旁又出现了一个新的运动，运动方式跟以前不一样。嘈杂声也是新的，不同于沙沙声和喃喃自语。

"让开！"一个脖颈粗壮、双臂强健有力的男子低着头，使劲想穿过拥堵在一起的一堆躯体。他想摆脱催眠似的混凝土节奏，身体像厨房案板上的鱼那样，毫无目

---

① 阿莫迪欧·阿伏伽德罗（1776—1856），意大利物理学家和化学家，1811年提出物质结构的分子假说，创立了阿伏伽德罗定律：在相同的温度和压强下，相同体积的任何气体都含有相同数目的分子。

的地瞎挣扎一气。但很快他就平息了下来，气喘吁吁地迈起碎步，做着所有人都在做的运动。

由于这个人的扰乱，运动的曲线发生了改变，达维德侥幸地重新回到索菲娅·奥西波芙娜身边。她用尽全身力气把小男孩搂在怀里，只有在死亡营里干活的工人才知道这种力量有多大。工人们在清理毒气室的尸体时，从不尝试把互相搂抱着的亲人们的身体分开。

门口方向传来一阵叫喊声，外面的人看到把毒气室挤得满满当当的人群，不肯再走进敞开的大门。

达维德看到门在徐徐合上：钢门好像被磁铁吸引，轻柔、平稳地滑向钢门框，门和门框合二为一，变成一块钢板。

达维德注意到，在墙壁的上部，一个方形金属格子的后面，有什么东西在微微动弹，他以为是只灰老鼠。但他很快就明白了，那是一只小风扇在转动。接着就闻到一股淡淡的甜丝丝的气味。

窸窸窣窣的脚步声平息了下来，偶尔传来含混不清的话语、呻吟和尖叫声。言语对人已经毫无用处，行动也失去了意义——行动理应指向未来，而毒气室里是没有未来的。达维德扭动着头和脖子，但他的动作已不能在索菲娅·奥西波芙娜身上激起愿望，朝他扭动的方向看过去——如果达维德还活着，她是会这么做的。

她那双眼睛曾经读过荷马、《消息报》、《哈克贝利·费恩历险记》、迈恩·里德[1]的小说和黑格尔的《逻辑学》，见到过数不清的好人和坏人，瞧见过库尔斯克绿色草地上的鹅群，在普尔科沃天文台用折射望远镜观察过星星，看到过外科手术刀的闪光，在卢浮宫欣赏过乔孔达[2]，在市场的货架上查看过西红柿和芜菁，纵览过伊塞克湖的碧波，但现在她不需要这双眼睛了。如果那一刻有谁把她的眼睛弄瞎，她绝不会感到有什么损失。

她呼吸着，但呼吸变得十分艰难，每吸一口气，似乎都要耗尽最后的力气。她耳中仿佛有成千上万口钟在震响，她想在钟声中集中精力整理出最后一个想法，但这一想法并没有产生。她默默站着，没有闭上已经什么也看不见的眼睛。

男孩的抽搐使她心里充满怜悯。她对男孩的感情是那么简单纯朴，不需要用言语和目光来表达。垂死的男孩还在呼吸，但他吸进去的空气不是在延长，而是在缩短他的生命。他的头还在转动，他仍旧想看。他看见一些人无力地慢慢坐倒，看见大张着的一张张嘴巴，嘴里露出白牙、金牙，或者完全没牙，看见人们鼻孔里流出

---

① 迈恩·里德（1818—1883），英国作家。

② 乔孔达，即达·芬奇的名画《蒙娜丽莎》，作于1503年左右。

的一缕缕鲜血。他还看见一个玻璃孔上面有一双眼睛，那双眼睛充满好奇，观望着毒气室里发生的一切；刹那间罗泽沉思的目光与达维德的目光相遇。他需要嗓子，好问问索菲娅阿姨，那双恶狼般的眼睛是怎么回事。他还需要思索。他在这个世界上只迈出了人生的头几步，他看到了在滚烫的尘土飞扬的地面上他一双光脚板留下的足迹，妈妈住在莫斯科，月亮公公往下瞧，而他的一双眼睛往上盯着月亮，煤气炉上开水壶烧开了，没了头的母鸡还在奔跑的世界，他抓着前爪让青蛙乱蹦乱跳的世界，晨奶的世界，还继续在他心里骚动。

一双滚烫有力的胳臂一直紧抱着达维德，小男孩不明白，为什么眼前漆黑一团，为什么心里喧嚣而又空旷，为什么头脑里混沌一片。他死了，不复存在。

索菲娅·奥西波芙娜·列文顿感到小男孩的身体在她的怀抱里瘫软下来。她又落在他后面了。在地下坑道里进行毒气实验时，充当实验品的小鸟和老鼠死得最快，因为它们的躯体小。于是，躯体小如鸟儿的小男孩便先她而去了。

"我当母亲了。"她想。

这是她一生中最后的念头。

她的一颗心还在跳动，在收缩，在发痛，在可怜你们这些生者和死者。索菲娅·奥西波芙娜突然感到一阵恶心，她把达维德紧紧抱在怀里，好像抱一个木偶，她自己也死了，也变成了一个木偶。

50

人死去，从自由的世界来到奴隶的王国。生命即自由，因此死亡便是自由的逐渐消亡。意识先是衰退，随后逐渐黯淡，直至熄灭。在意识已经熄灭的肌体内，生命的过程还会持续一段时间，血液循环、呼吸和新陈代谢还会继续。但这是朝着被奴役方向的退却，是不可逆转的，因为意识已经熄灭，自由之火已经熄灭。

夜空中的星星不再闪烁，银河消失了，太阳熄灭了，金星、火星、木星熄灭了，海洋冰冻了，树叶不再簌簌地摇曳，风儿停息下来，花朵失去色彩和芬芳，粮食消失了，水消失了，甚至时而凉爽时而闷热的空气也消失了。存在于一个人意识中的宇宙已不复存在。这个宇宙与独立于个人而存在的宇宙惊人地相似。这个宇宙与继续反映在亿万活着的人意识中的宇宙惊人地相似。但这个宇宙最为令人吃惊的，是它具有某种能将自己与其他宇宙区分开来的特点：它独有的大海涛声、独有的花儿芬芳、独有的树叶簌簌声、独有的花岗岩色调、独有的秋天田野带给人的忧伤，既不同于当前存在于或曾经存在于其他所有人意识中的宇宙，也不同于在个人之外恒久存在的宇宙。个体生命的灵魂——自由——就在于它是不可重复的，是独一无二的。宇宙在人的意识中的反映构成人的力量之基础，但只有当一个人作为在无限的时间长河里任何人都无法重复的世界而存在时，生命才会成为幸福、自由和最高目的。只有那时，他才会在别人身上找到他已经在自己身上找到的东西，从而体会到自由和行善的幸福。

51

司机谢苗诺夫是跟莫斯托夫斯科伊和索菲娅·奥西波芙娜·列文顿一起被俘的。他被关到靠近前线地带的一座集中营里，在那里挨了十个星期饿后，又跟一大批红军战俘一起被押往西部边境。

在靠近前线那座集中营里，他倒没挨过拳头，没被枪托砸过，也没挨过踢。那座集中营让他挨的是饿。

水在灌溉渠里会安静地潺潺流淌，溅起不大的水花，有时低声叹息，在近岸处哗哗作响，但丰水季节的大河，水会汹涌起来，咆哮着掀动巨石，冲倒粗大的树干就像顺走一根稻草。在河道狭窄处，眼见受困的河水怒吼着拍打岸边峭壁，你的心会为之战栗，仿佛那不是水，而是蕴含着无尽力量的成千上万吨透明的铅块在狂暴执着地翻腾。

饥饿就像水一样，平常是生活中一个自然的组成部分，但突然间它也可能变成一种力量，足以摧毁肉体，戕害并扭曲灵魂，使万千生灵成为饿莩。

饲料匮乏、霜冻降雪、草原和林区的旱灾、水灾、瘟疫，这些天灾会减少羊群和马群的总头数，杀死狼、狐狸、鸣禽、野蜂、野骆驼、河鲈、毒蛇。人类遭受自然灾害时，跟动物处于同等地位。

国家可以随心所欲，用强制的人为手段来挤压、钳制生命，这时，就像在狭窄河道中奔腾的河水一样，饥饿那可怕的力量会震撼、扭曲、破坏、消灭一个人，一个种族，一个民族。

饥饿会从人体细胞中把一个个分子的蛋白质和脂肪消耗殆尽，饥饿会使骨骼变软，使幼儿摇摇晃晃的小腿变得佝偻，使血液变得稀薄，使头脑发晕，使肌肉枯干，使神经组织受到侵蚀。饥饿会使人精神压抑，失去幸福感，失去信仰，丧失思维能力，滋生出驯顺、卑鄙、残忍、绝望和冷漠。

有时一个人的人性会完全泯灭，饿到极点的人可以像野兽一样同类相残，同类相食，以死尸果腹。

国家可以筑起一道堤坝，把粮食跟播种粮食的人分隔开，从而引发可怕的灾荒，如同在希特勒封锁期间导致数百万列宁格勒人死亡的灾荒，在希特勒集中营里杀死数百万战俘的灾荒。

吃的！食物！饭菜！调味品！来点小吃垫垫肚子！敞开肚子大吃特吃！菜汤！炒菜！各种口味的饭菜：肥肉餐，瘦肉餐，营养餐，便餐！各种风格的宴席：丰盛的，精致的，简朴的，乡下的！美味佳肴。食物。食物……

土豆皮、狗、青蛙、蜗牛、烂菜叶、生霉的甜菜、死马肉、猫肉、乌鸦肉、烧焦的谷粒、皮腰带、皮靴筒、糨糊、军官厨房倒出的油腻泔水浸透的泥土——这一切都是食物。这就是透过那座堤坝渗出来的东西。

就是这样的食物，人们还得四处寻觅，有时彼此分享或交换，有时则从对方手里明抢暗偷。

押运途中第十一天，军列停在米哈伊洛夫村小车站，卫兵把半昏迷的谢苗诺夫从车厢里拖下来，交给了车站当局。车站军事代表是个上了年纪的德国人，他看了几眼靠消防棚墙边坐着的奄奄一息的谢苗诺夫。

"让他爬到村子里去吧，如果关在牢房里，他活不过一天。枪毙都用不着。"军事代表对翻译官说。

谢苗诺夫拖着步子勉强走进车站附近一个小村子。

第一家没让他进去。

"我家啥也没有，你走吧。"一个老婆婆的声音在门背后说。

第二家他敲门敲了半天，没人应答。也许屋里没人，也许从里面反锁了。

第三家的门虚掩着，他走进外屋，没人叫他站下，于是谢苗诺夫走进正屋。

一股暖气扑面而来。他一阵头晕，便在门口的条凳上躺了下来。他喘着大气，环视雪白的粉墙、圣像、桌子和火炉。经历过集中营里牲口棚般的环境，他无法相信自己的眼睛。

窗户上有个人影闪过，一个妇人走进屋，看到谢苗诺夫，惊叫起来：

"您是什么人？"

他没吭声。明摆着，他是什么人。

这一天，不是列强的残酷力量，而是普通人，一个叫赫里斯佳·丘尼亚克的老妇人，决定了他的生活与命运。

太阳透过灰色的云层俯视着战时的大地，风儿曾经掠过战壕和掩体，掠过集中营的带刺铁丝网，掠过审判庭和特勤处，此刻在农舍的小窗户底下轻声呼啸。

老妇人递给谢苗诺夫一缸子牛奶，他喝了起来，急切地想咽下，但每一口都要费好大劲。刚喝完，他就开始呕吐，直吐得翻肠倒肚，眼泪不停地流。他几乎快背过气去，干号着，大口吸气，随后又不停地呕吐。他竭力忍住恶心，脑子里只有一个念头：他这么脏，这么令人厌恶，女主人肯定要把他撵出去了。

他睁着一双红肿的眼睛，看见她拿来抹布，开始擦地板。

他很想对她说，让他自己来收拾吧，他会把一切都弄干净的，只求别撵他走。但他只能勉强用手指头示意，含混不清地嘟哝两三个字。时间一点点过去。老妇人在屋子里进进出出。她没有撵谢苗诺夫走。也许，她让邻居去通知德国巡逻队，或是去叫伪警察了？

女主人把一锅水放在火炉上。屋里热起来，水上冒起蒸汽。老妇人皱着眉头，样子挺不高兴。

"她要把我赶走，然后给屋子消毒。"他想。

老妇人从箱子里取出内衣内裤和一条长裤。她帮谢苗诺夫脱掉衣服，把他的内衣卷成一包。他闻到了自己肮脏身子的臭气，闻到了沾满屎尿的衬裤的臊臭味。

老妇人扶谢苗诺夫坐进木澡盆，他那被虱子咬得满身疙瘩的躯体感到了她粗糙有力的手掌的触摸，温热的肥皂水从他的后背和前胸流下。他突然哽咽起来，浑身颤抖，脑子一阵晕眩。他尖叫着咽下一口鼻涕，喊了出来：

"妈妈……好妈妈……好妈妈。"

她用粗麻布做的灰毛巾擦干他泪水涟涟的眼睛，擦干他的头发和肩膀。她托住谢苗诺夫的胳肢窝，扶他在长凳上坐下，然后弯下腰，擦干他那两条干柴棍似的腿，帮他穿上衬衣衬裤，扣好白布扣子。

她把又黑又臭的洗澡水倒到一个桶里，提到外面，然后把一件熟羊皮袄铺在火炉①顶上，再铺上一块条纹粗麻布，又从自己床上抱来一个大枕头，放在火炉尽头。

一切就绪，她轻轻一抱，像拎小鸡似的把谢苗诺夫抱起来，放到炉顶上。

谢苗诺夫躺在那里，半迷糊，半清醒。他的身体感觉到了一种难以想象的变化：残酷无情的世界竭力要消灭他，像消灭一头饱受折磨的牲口，如今拿他没辙了。但是，无论在集中营里或是在军列上，他都没有经历过现在这样的痛苦。双腿无力，十指酸痛，全身骨头像散了架，恶心，脑袋忽而昏昏沉沉，好像灌满了糨糊，忽而空空荡荡，人好像飘荡在半空；眼睛刺痛，打嗝儿不断，眼皮还发痒。时不时地心脏隐隐作痛，突然收紧，好像就要停止跳动；五脏六腑全在冒烟，仿佛死神就要把他收走。

---

① 乌克兰农家常用的火炉是长方形的，烧木柴，顺带也烧家庭垃圾。

四天后，谢苗诺夫从火炉顶上爬下来，开始在屋子里走动。世界上居然有这么多食物，他吃惊得说不出话来。集中营里天天吃发霉的甜菜，世上仿佛只有一种食物——浑浊的有霉烂味的甜菜稀汤。现在他看见了小米、土豆、圆白菜、腌猪油，还听到了公鸡打鸣。

他像孩了一样，相信世上有两个魔法师，一个好，一个坏。他老是担心那个坏魔法师又打败好魔法师，吃饱穿暖、待人友善的世界又将消失，他又得啃自己的皮腰带。

他对女主人家的手动磨面机很感兴趣，但磨面机效率太低，他费好大劲，脑门上汗水淋漓，才磨出几把灰扑扑的面粉。谢苗诺夫用锉刀和砂纸把传动装置打磨得锃亮，又把联结传动装置和石头磨盘的螺栓拧紧。他在莫斯科的本行就是机械师，知道该从哪里下手。他把乡下工匠的粗糙活儿几乎全都推倒重来了一遍，但磨面机的表现反而更差劲了。

谢苗诺夫躺在火炉顶上琢磨，怎样才能提高磨面的效率。

转天早上，他把磨面机大卸八块，把女主人家挂钟里能用的齿轮和零件都派上用场，然后重新安装好整台机器。

"赫里斯佳大婶，您来瞧瞧。"他得意扬扬地说，向她展示改装后的双齿轮传动装置。

两人几乎没怎么说过话。她没提起1930年死去的丈夫、杳无音信的几个儿子、搬到普里卢基后差不多把她忘得一干二净的女儿。她也没问他是怎么被俘的，他原先是乡下人还是城里人。

他不敢上街，每次去院子里，总要先盯着窗子看半天，好不容易去了，待那么一小会儿又急忙躲回屋子。假如门"啪"的一声响得重了点，或缸子突然掉地上，他都会吓一大跳，好像老赫里斯佳的魔力不再灵光，好日子就此到头了。

如果有女邻居来赫里斯佳老太婆家，谢苗诺夫就急忙爬上火炉顶躺下，竭力不出声，也不打喷嚏。但邻居们很少上她家。

村里没有德国人，德国人全住在车站附近的铁路新村。

周遭战火不断，自己却过着舒适安宁的日子，谢苗诺夫似乎应该感到内疚。但他并没有；他唯一害怕的，是受二茬罪，吃集中营和饥饿的二遍苦。每天早晨醒来，他不敢马上睁开双眼，生怕一夜过去，魔法失灵，他又陷身集中营电网内，眼睛见到的是卫兵，耳朵听到的是空饭盒的丁当声。他闭上眼睛躺在那里，凝神捕捉周围的声音，希望赫里斯佳还没有从这个世界上消失。

他难得想起不久前那些日子，也不让柯雷莫夫政委、斯大林格勒、德国集中营和军用列车在记忆中重现。但每天晚上，睡着睡着他就会在梦中哭着叫喊起来。有天夜里，他从火炉顶上爬下来，在地上爬来爬去，最后钻到老太婆床底下，一觉睡到天亮。早晨醒来，他怎么也记不起夜里梦见了什么。

好几次，他看到运土豆和粮食的卡车在村子的街道上驶过，有一天还看见一辆轻型"奥培尔大尉"汽车。发动机马力很大，在乡间的泥泞地里车轮也不打滑。

他老是疑神疑鬼，一会儿好像听到外屋有人叽里咕噜讲德国话，一会儿又觉得德国巡逻队就要破门而入。自己把自己吓得要死。

他问过赫里斯佳大婶德国人的情况。

她回答说：

"有些德国人还好。仗打到我们村后，我家住过两个德国人，一个是大学生，一个是画家。两人都挺喜欢跟孩子们玩。后来又住过一个司机，带来一只小猫，每次出车回来，小猫就屁颠屁颠跑到他跟前，他喂它吃猪油、奶油。据他说，从国境线上起这只猫就一直跟着他。他吃饭时都要把猫抱在手上。他对我挺和气，常运劈柴给我，有次还捎给我一袋面粉。但有的德国人却坏得很，动辄杀人，小孩子也不放过。我一个邻居老大爷就被他们杀了。他们不把我们当人看，在屋子里随地大小便，赤身露体当着女人面晃悠来晃悠去。有的当地人也跟着起哄，当伪警察，骑在百姓头上作威作福。"

"没有比德国野兽更坏的野兽了，"谢苗诺夫说，他又问赫里斯佳大婶，"我住在您家里，您不害怕吗？"

她摇摇头说，乡下有好多放回来的战俘，基本都是回到家乡的乌克兰人。她可以对外人说，谢苗诺夫是她的外甥，他母亲是赫里斯佳的妹妹，跟丈夫去了俄罗斯。

谢苗诺夫慢慢认识了一些街坊邻居，包括第一天不让他进屋的那个老太太。他知道村里的姑娘们晚上常去车站看电影，知道每逢星期六车站有乐队演奏，还有舞会。他很想知道德国人都放些什么电影。但上赫里斯佳大婶家串门的都是从不看电影的老头老太，他无从问起。

有个邻居老太太串门时随身带了封信，是被招募到德国当劳工的女儿来的。信里有些地方谢苗诺夫看不懂，大伙儿就跟他解释。姑娘写道："万卡和格里什卡飞来过，这里的人只好又给窗户装玻璃。"万卡和格里什卡在苏联空军服役。这意思就是，苏军飞机空袭过德国城市了。在另一处，姑娘写道："下了场大雨，跟巴赫马奇那回一样。"这同样指苏军飞机空袭，跟战争初期德国人轰炸巴赫马奇车站时一样猛烈。

一天晚上，一个瘦高个老头来看赫里斯佳。他打量一番谢苗诺夫，一开口，居然是纯正的俄语：

"年轻人，打哪儿来啊？"

"我是个俘虏。"谢苗诺夫回答。

老人说：

"咱们眼下都是俘虏。"

沙皇尼古拉时代，老人在军队里服过役，当炮兵。他当面为谢苗诺夫复述当年的炮兵口令，记忆力好得很。他用俄语发出口令，声音嘶哑，而报告口令执行情况时，又改用年轻人的洪亮嗓音，带点乌克兰口音。显然，多年前上司和他自己一个发口令一个应答的情景，他还历历在目。

接着，他骂起德国人来。他对谢苗诺夫说，起先大家还指望着德国人把集体农庄给"废掉"，可德国人一琢磨，原来集体农庄对统治者是个好东西啊，于是便搞起什么"五户一保""十户一甲"，还有那些乌七八糟的作业组啦、生产队啦什么的。赫里斯佳大婶拖声拖调地叹息着：

"哎——呀，集体农庄，集体农庄！"

谢苗诺夫说：

"那有什么，集体农庄不稀奇啊，我们那儿到处都是。"

这时赫里斯佳插了嘴：

"你少说点吧。你知道那些人怎么乘军列来我们这儿吗？1930年，我们全乌克兰的粮食都给装到军列上了。荨麻都吃光了，人们开始吃泥巴……最后一粒粮食都给抢走了。我男人也死了，死得那个惨！我呢，全身浮肿，嗓子哑了，一步也走不动。"

谢苗诺夫很惊讶，原来赫里斯佳老太太跟他一样，也忍饥挨饿过。他原以为，饥饿、死亡之类，在这个善良的农家老太太面前无法逞凶呢。

"说不定你们是富农？"他问。

"什么富农！所有乡下人，没一个有活路，比战争时期还惨。"

"你是乡下人？"老头问。

"不是。"谢苗诺夫答道，"我出生在莫斯科，我父亲也是。"

"我说嘛，"老头挺得意，"要是集体化那阵子你在这儿，那不用说，非饿死不可。一个城里人，完蛋是转眼间的事。你会问，那我又凭什么能活下来？我能活下来，是因为我懂得大自然。你以为我靠橡实、椴树叶、荨麻、滨藜之类的东西活命吗？才不是呢，它们一上来就给抢光了。可我认识五十六种可以吃的植物。所以我活了下来。那年还没怎么开春呢，几乎就已经看不到一片树叶了，于是我就从地里挖植物的根来吃。老弟，我什么都知道，每种块根，每种草，每种花，每种树皮，我全知道。牛啊、羊啊、马啊之类的食草动物全死了，可我还活着，我比它们还会食草。"

"你是莫斯科人？"赫里斯佳慢吞吞地又问他，"我可没想到你是莫斯科人。"

老头告辞了。谢苗诺夫躺下睡觉，可赫里斯佳用双手支着颧骨坐在那里，望着黑漆漆的夜空。记得那年是个丰年。麦子长得可好了，密密匝匝地像堵墙，比赫里斯佳还高，跟她老伴瓦西里齐肩。

但村子里却哭声一片。孩子们骨瘦如柴，在地板上慢慢爬着，细细的呜咽声勉强才听得见。男人们双腿浮肿，漫无目的地在院子里转悠，饿得连喘气的力气都快没有了。女人们出门再碰碰运气看能不能找到点吃的，但所有能吃的东西都已经吃光了——荨麻、橡实、椴树叶、扔在屋后的蹄子、骨头、犄角、还没鞣制的羊皮……而一群从城里来的年轻人却只管挨家挨户搜索，死人、半死不活的人被他们视若无物，他们砸开地窖，在板棚里掘地三尺，用铁棍往地里乱戳，要找出据说被富农藏起来的粮食。

在一个闷热的夏日，瓦西里·丘尼亚克停止呻吟，也停止了呼吸。城里来的那帮年轻人刚好又闯到赫里斯佳家搜粮食，一个蓝眼睛小伙子走到死者跟前，用跟谢苗诺夫一样的喀查普[①]口音说：

"这些富农分子真是花岗岩脑袋，为了点钱财情愿把命都赔上。"

赫里斯佳叹口气，画了个十字，开始铺床。

52

施特鲁姆原以为，只有为数不多的几个理论物理学家会重视他的研究成果。但实际情况并非如此。最近一段时间，给他打电话的不仅有与他相熟的物理学家，还有许多数学家和化学家。有些人还提出一些问题向他请教，因为他使用的数学推导太复杂了。

一个学生社团派出代表到研究所拜访他，请他为物理系和数学系的高年级学生作报告。他在科学院已经开过两次讲座。马尔科夫和萨沃斯季亚诺夫告诉他，在许多研究所的实验室里，人们就他的研究展开激烈争论。

柳德米拉·尼古拉耶芙娜有一次在一家限购商店里听到一位学者夫人问另一位：

---

① 喀查普为旧时乌克兰人对俄罗斯人的蔑称。

"您排在谁后面？"被问者回答说："施特鲁姆的妻子后面。"问者说："就是那个施特鲁姆吗？"

自己的工作出乎意料引起如此广泛的兴趣，施特鲁姆倒也不是无动于衷，但他竭力不喜形于色。在物理所学术委员会最近一次会议上，议决为他的研究成果申报斯大林奖金。施特鲁姆没有出席这次会议，但晚上一直守着电话机，等候索科洛夫的电话。但会后头一个给他打来电话的却是萨沃斯季亚诺夫。

平时尖酸刻薄，甚至有点玩世不恭的萨沃斯季亚诺夫，此刻的腔调却与往常大不一样。

"了不起的成就，真正了不起的成就！"他反复说。

他转述了普拉索洛夫院士的发言。老头说，自从他的老朋友、研究光压的列别捷夫[①]过世后，意义如此重大的研究成果，物理所的院墙内还没有诞生过。

斯韦钦教授谈到了施特鲁姆的数学方法，说这一方法本身就匠心独具。他说，只有苏维埃人才能在艰难的战争环境中，如此忘我地将全部精力贡献到为人民服务的事业中。

人们争相发言，马尔科夫也发了言，但言辞最鲜明、最有力的，还是要数古列维奇。

"太棒了！"萨沃斯季亚诺夫说，"他毫无保留，该说的话全说了。他称您的研究是经典之作，堪比核物理学奠基人普朗克、玻尔、费米[②]。"

"的确够分量。"施特鲁姆想。

萨沃斯季亚诺夫挂断不久，索科洛夫也打来电话。

"今天您家电话根本打不进去，我拨了足有二十分钟，总占线。"

索科洛夫同样又激动又兴奋。

施特鲁姆说：

"我忘了问萨沃斯季亚诺夫表决结果了。"

索科洛夫说，研究物理学史的加夫罗诺夫教授投了反对票，他认为施特鲁姆的研究缺乏科学基础，拾西方物理学家们唯心主义观点的余唾，在实践中注定不会有前途。

---

① 彼得·尼古拉耶维奇·列别捷夫（1866—1912），俄国物理学家。1891 年获博士学位。1900 年任莫斯科大学教授。1910 年用实验证实光对物体的微小压力。著有《光压实验研究》（1901）。莫斯科的列别捷夫物理研究所以其名命名。

② 恩利克·费米（1901—1954），美籍意大利著名物理学家、美国芝加哥大学物理学教授，1938 年诺贝尔物理学奖得主。1942 年，费米领导一个小组在芝加哥大学建造了人类第一台可控核反应堆，为第一颗原子弹的成功爆炸奠定基础，人类从此迈入原子能时代，而费米也被誉为"原子能之父"。

"加夫罗诺夫表示反对，这其实是好事啊。"施特鲁姆说。

"是啊，没错。"索科洛夫同意道。

加夫罗诺夫是个怪人，大伙儿半开玩笑地管他叫"斯拉夫兄弟"[1]。他是个偏执狂，一门心思要证明物理学领域的所有成就都同俄科学家有关，名不见经传的彼得罗夫、乌莫夫、雅科夫列夫，在他看来应该排在法拉第、麦克斯韦和爱因斯坦前面。

索科洛夫开玩笑说：

"维克托·帕甫洛维奇，您看，连莫斯科方面都承认了您的研究的重大意义。啥时候在您家开庆功宴啊？"

玛丽娅·伊万诺芙娜接过话筒说：

"祝贺您，也祝贺柳德米拉·尼古拉耶芙娜，我真为你们俩高兴。"

施特鲁姆说：

"皆为过眼云烟。"

但这过眼云烟却也够他爽上好一阵了。

晚上，柳德米拉已经打算上床睡觉了，马尔科夫打来电话。作为官方动向的观察家兼分析家，他从与萨沃斯季亚诺夫和索科洛夫不同的角度报告了学术委员会会议的情况。古列维奇发言之后，科夫琴科说了一番话，引起大家一阵哄笑：

"为庆祝维克托·帕甫洛维奇的研究成果，数学所锣鼓喧天。十字架游行尚未开始，但神幡已经高高举起。"

马尔科夫向来疑心很重，当时就在科夫琴科的玩笑话里听出了几分恶意。他报道的其余情况涉及什沙科夫。什沙科夫对施特鲁姆的论文不置可否。他一边听别人发言一边点头，不知是表示赞许呢，还是在心里暗想"风水轮流转，此时到你家"？

什沙科夫力主推荐青年教授莫洛卡诺夫的研究成果申报斯大林奖金。该研究与钢材的 X 射线分析有关，其实用价值仅限于某些生产优质钢的企业。

马尔科夫说，会后什沙科夫曾跟加夫罗诺夫聊了一会儿。

施特鲁姆说：

"维亚切斯拉夫·伊万诺维奇，您真该上外交部门去大展一番身手。"

马尔科夫脑子里欠缺幽默细胞，他老老实实地回答说：

"不合适吧，我是个实验物理学家啊。"

---

[1] 斯拉夫派为俄国十九世纪中期社会思潮中的一个著名派别，反对西欧派，该学派中有一对阿克萨科夫兄弟，为其代表人物。

施特鲁姆走进柳德米拉的房间，对她说：

"推荐我申报斯大林奖金。关于我的好话说了一箩筐。"

他向她转述了与会者发言的主要内容。

"这些所谓的官方肯定都是无稽之谈，没意思得很。但你知道，时时处处小心谨慎、自卑自怜，那种日子我也过够了。走进会议厅吧，头一排明明空着，我却不敢坐，悄悄躲到最后一排去。可什沙科夫、波斯托耶夫，大摇大摆便往主席团上的椅子一坐。那把椅子在我眼里狗屁不值，但在内心里，至少我觉得我有权坐它。"

"要是托利亚知道了，该多高兴。"柳德米拉·尼古拉耶芙娜说。

"是啊。我也无法告诉妈妈了。"

柳德米拉·尼古拉耶芙娜说：

"维佳，都十二点了，娜嘉还没回来。昨晚她十一点才回家！"

"那又怎么啦？"

"她说她在女友家里，可我很担心。她说迈金的父亲有夜间行车许可，可以把她一直送到我们家拐角上。"

"那你还担心什么？"施特鲁姆说，心想："天哪，我在跟她说事业上如此巨大的成功，国家颁发的斯大林奖金，她却拿这种家庭琐事来打岔。"

他沉默片刻，轻轻叹了口气。

学术委员会会议后的第三天，施特鲁姆从家里给什沙科夫挂了个电话。他想跟什沙科夫谈谈聘用青年物理学家兰德斯曼的事。管理层和人事处迟迟不肯办手续，已经拖了好久。同时，他还想请什沙科夫早点把安娜·纳乌莫芙娜·魏斯帕皮尔从喀山调回来。研究所把有专门技能的工作人员丢在喀山，一边却在这边招新人，岂不匪夷所思。

他早就想跟什沙科夫说说这些事了，但担心什沙科夫可能不买他的账，一句"找我的副手吧"把他打发走，因此一直把这场谈话搁下了。

但"好风凭借力，送我上青云"，十天前连接待时间他都不太敢去找什沙科夫，今天往所长家里挂个电话，他却觉得再简单、再自然不过。

一个女性声音问道：

"谁啊？"

施特鲁姆做了回答。听到自己如此从容、如此平静地报出姓名，他觉得很爽。

电话那头的女人稍显迟疑，然后亲切地说："请稍候。"一分钟后她回来了，同样亲切地说："请明天上午十点钟往研究所挂电话。"

"对不起，打扰了。"施特鲁姆说。

他一下子感到浑身火烧火燎，那难受劲儿就别提了。

他闷闷不乐，预想到这种难受的感觉就连夜间做梦也不会消失，早晨一觉醒来，会寻思："干吗这么闷闷不乐？"然后陡然记起："哦，对了，那个愚不可及的电话。"

他走进妻子房间，告诉她没跟什沙科夫说上话。

"是啊，就像你妈老说我的那样，王牌没打对地方。"柳德米拉说。

施特鲁姆破口大骂接电话那个女人。

"见鬼，这狗娘养的，先问谁来电话，然后回复说'老爷没空'，狗眼看人低啊，真可恶！"

通常，柳德米拉·尼古拉耶芙娜会愤愤不平，他很想听她发火，帮自己出一口恶气。

"你还记得吗，"他说，"我曾经以为，什沙科夫冷落我，是因为他不能从我的研究中捞到什么好处。但现在他知道了，的确有一种方式可以让他捞到好处，那就是损害我的名誉。因为他知道，萨特阔①不喜欢我。"

"天哪，你疑心过度了吧！"柳德米拉·尼古拉耶芙娜说，"现在几点了？"

"十点一刻。"

"你看，娜嘉还没回家。"

"天哪！"施特鲁姆说，"你疑心过度了吧。"

"顺便说一句，"柳德米拉·尼古拉耶芙娜说，"我今天在限购商店里听到，斯韦钦也被推荐申报斯大林奖金了。"

"有这等事？他可没跟我说起过。因为什么？"

"好像是因为散射理论。"

"不可能！那项成果战前就发表了。"

"那又怎样。凭老成果照样可以获奖。他奖金会到手的，而你呢，你会竹篮打水一场空。咱们走着瞧。你自己在塌自己的台。"

"别傻了，柳达。萨特阔不喜欢我！"

"你需要的是你妈妈。她总能拣你爱听的说。"

"我不明白你哪儿来这么大的火。要是当初你对我妈哪怕稍微亲热点，就像我对你妈那样，情况也会好很多。"

"你妈从没爱过托利亚。"柳德米拉·尼古拉耶芙娜说。

---

① 俄罗斯神话故事中的人物，里姆斯基－科萨科夫谱有同名歌剧。施特鲁姆以此暗指当局，甚至斯大林本人。

"不是那样的。"施特鲁姆说。他觉得妻子形同陌路，其冥顽不灵、不讲道理已经到了可怕的地步。

53

第二天上午到所里后，施特鲁姆从索科洛夫那里听到一条新闻。昨晚，什沙科夫邀请了所里的一些工作人员到家里做客。科夫琴科还专门去接了索科洛夫。党中央科学部那位年轻人巴季因也在被邀之列。

施特鲁姆觉得很不自在，显然，他电话打到什沙科夫家之际，正高朋满座呢。

他冷笑着对索科洛夫说：

"在受邀嘉宾中肯定有圣日耳曼伯爵①吧，先生们都谈了些什么？"

他突然回想起，昨天给什沙科夫打电话时，他镇定自若地报上姓名后，满以为对方一听他"施特鲁姆"的大名，一定会屁颠屁颠赶紧来接电话。想到这里，他懊恼得简直要哼哼起来，一边自嘲，心想狗儿被跳蚤咬得难受，但怎么也无法把跳蚤从身上抖掉时，通常也是这样万般无奈地哀号吧。

"顺便说说，"索科洛夫说，"在派对上，一点战争气氛也感受不到。咖啡、古尔贾尼②干红，应有尽有。客人不多，就十来个吧。"

"奇怪。"施特鲁姆若有所思地说。索科洛夫明白这句"奇怪"指的是什么，他也若有所思地回答：

"是啊，不太明白，确切地说，完全不明白。"

"古列维奇去了吗？"施特鲁姆问。

"他没去。好像给他打电话了，但他有研究生课。"

"嗯——嗯。"施特鲁姆说，手指头在桌子上敲出鼓点。然后他猝不及防地问索科洛夫，把自个儿都吓了一跳："彼得·拉夫伦季耶维奇，关于我的研究，什么也没说吗？"

索科洛夫吞吞吐吐地说：

"我有个感觉，维克托·帕甫洛维奇，您的那些颂扬者和崇拜者其实在给您帮倒忙。头儿们挺恼火。"

---

① 圣日耳曼伯爵（约1710—1784），背景与身份成谜。圣日耳曼在晚年自称是特兰西瓦尼亚王子与第一任妻子所生的儿子。这似乎是主流说法。1762年俄国发生政变，将叶卡捷琳娜二世推上宝座时他身在圣彼得堡。后来有阴谋论推断他就是肇因。

② 古尔贾尼是苏联格鲁吉亚城市，以酿酒著称。

"说下去啊？嗯？"

索科洛夫说，加夫罗诺夫认为施特鲁姆的研究同列宁关于物质本质的观点相抵触。

"喏？"施特鲁姆说，"那又怎样？"

"您明白，加夫罗诺夫那一套完全是胡说八道，但问题是巴季因为他撑腰。巴季因的意思是，虽然您的研究非常出色，但有违前不久那个重要会议上制定的方针。"

他回头朝门口看了看，又看看电话机，然后压低嗓门说：

"您知道吗，我感觉，我们所的头儿们在这场捍卫科学党性的运动中，好像拿定主意要把您抛出来做替罪羊。运动一来是怎么回事，您是知道的。找到一个牺牲品，就往死里整。要真是那样，就太可怕了。您的研究可是独辟蹊径，确实了不起啊！"

"这么说，就没有人提出反对意见？"

"好像没有。"

"那您呢，彼得·拉夫伦季耶维奇？"

"我认为这种争论很无聊。那种蛊惑人心的煽动，反驳也没用。"

施特鲁姆发现自己把朋友置于尴尬境地，于是自己也尴尬起来，赶紧说：

"是的，当然啦，您说得对。"

两人不作声了，但他们的沉默并不轻松。施特鲁姆感到一种深入骨髓的恐惧，那种恐惧久已埋藏在他心中，那是面对国家怒火的恐惧：国家怒火所指，顷刻间一切化为灰烬。

"是啊是啊，"他若有所思地说，"不求多福，但求活命。"

"您明白这一点，那真是太好了。"索科洛夫小声说。

"彼得·拉夫伦季耶维奇，"施特鲁姆问，同样小声，"马季亚罗夫那边没事吧？他给您写过信吗？想起他，我有时提心吊胆，自己也不知道为什么。"

两人突然放低嗓门交谈，仿佛借此表明人和人之间还另有特殊关系，有人味的关系，跟国家八竿子打不着。

索科洛夫平静地回答，一字一顿：

"没有，我没有喀山的任何消息。"

他那平静而响亮的声音好像在说，这种特殊关系，有人味的、跟国家八竿子打不着的关系，现在对他们俩并不合适。

马尔科夫和萨沃斯季亚诺夫来到办公室，谈话内容于是完全改变了方向。马尔科夫举出一大堆例子，说明一个老婆能把丈夫的生活搞得多么糟。

"鱼配鱼，虾配虾，乌龟配王八。"索科洛夫说完，看看表，走了出去。

萨沃斯季亚诺夫瞧着他的背影，嘲笑说：

"要是在电车上有一个空位，那站着的必定是玛丽娅·伊万诺芙娜，而彼得·拉夫伦季耶维奇会当仁不让地坐下。要是晚上有人摁门铃，起床应门的也绝不会是他，而一定是玛申卡①穿上睡袍跑去问：谁啊？由此可见：妻子是男人的挚友。"

"我可没这福分，"马尔科夫说，"我们家那位会对我嚷嚷：你怎么啦，耳朵聋啦，还不快开门去！"

施特鲁姆突然光火了，气呼呼地说：

"嘿，得啦，我们算老几……彼得·拉夫伦季耶维奇是个不折不扣的模范丈夫！"

"您没什么，维亚切斯拉夫·伊万诺维奇，"萨沃斯季亚诺夫说，"您现在白天黑夜待在实验室里，嫂夫人鞭长莫及啊。"

"您以为我就真的耳根清净了？"马尔科夫问。

"当然。"萨沃斯季亚诺夫说，沾沾自喜又想到一句新的俏皮话："守在家里好啦！正如俗话所说：我的家就是我的彼得保罗要塞②。"

马尔科夫和施特鲁姆都笑了。马尔科夫怕这场愉快的闲聊一直拖下去，站起身来自言自语道：

"维亚切斯拉夫·伊万诺维奇，该干活去啰。"

他一走，施特鲁姆就说：

"这个老古板，一向循规蹈矩，怎么也像喝醉了酒似的。他倒真是白天黑夜待在实验室里。"

"是啊，"萨沃斯季亚诺夫附和道，"就像只筑巢的小鸟，一门心思全扑在工作上！"

施特鲁姆微笑道：

"他现在连有关上层的小道消息都不传了。嗯，我挺喜欢您这个比喻——筑巢的小鸟。"

萨沃斯季亚诺夫猛地朝施特鲁姆转过脸来。

他年轻的脸上长着一对浅色眉毛，此刻神情十分严肃。

"说到上层，"他说，"维克托·帕甫洛维奇，我倒想跟您谈谈昨晚在什沙科夫

---

① "玛申卡"是"玛丽娅"的昵称。

② 位于列宁格勒（现彼得堡）扎亚奇岛上，建于十七世纪，有由障壁连接的六个棱堡，从十八世纪三十年代起变为警卫森严的政治监狱。

家的派对，您知道，居然不邀请您参加，这简直太荒唐……"

施特鲁姆皱起眉头，觉得这种同情有损他的自尊。

"得了，别说这事了。"他不客气地说。

"维克托·帕甫洛维奇，"萨沃斯季亚诺夫说，"当然，什沙科夫邀没邀请您，这且不管他。但是，索科洛夫有没有告诉您，加夫罗诺夫的话有多么卑鄙？他说您的研究成果具有犹太教精神，而古列维奇称它为经典，对它大加赞赏，只是因为您是犹太人。而他发表这些无耻言论时，领导们却默许地微笑着。瞧这个'斯拉夫兄弟'在背后怎样对您泼脏水。"

午休时，施特鲁姆没去食堂，而是在办公室里从一个角落走到另一个角落。他没想到，世上怎么会有这么多卑鄙小人？但萨沃斯季亚诺夫是好样的！表面看来他好像挺肤浅，俏皮话不断，口袋里老揣着泳衣女孩的照片。但总的说来，这一切都是无稽之谈。加夫罗诺夫的废话不值一提，他心理变态，妒忌心重。没人反驳他，是因为他那些话太荒谬、太可笑。

可就是这些琐事使他激动不安，备受煎熬。什沙科夫居然不邀请他施特鲁姆！这得有多粗鲁、多愚蠢。但最丢人的是，什沙科夫那样的平庸之辈连带他那帮派对客人，在施特鲁姆眼里本来不屑一顾，而他却对被排除在这个派对之外如此痛苦，仿佛他的生活中发生了什么不可挽回的不幸。他明白这很蠢，但他对自己无能为力。是啊，是啊，再说他还想比索科洛夫多得一个鸡蛋呢。瞧你这价掉的！

但有一件事确实很伤他的心。他想对索科洛夫说："您不觉得害臊吗，我的朋友？加夫罗诺夫往我身上泼脏水，您为什么不告诉我？彼得·拉夫伦季耶维奇，您在那里没作声，对我也不作声。可耻，您这样做真的很可耻！"

但是尽管他很激动，还是立即对自己说："但你也没作声啊。你不是也没有告诉自己的朋友索科洛夫，卡里莫夫怀疑他的亲戚马季亚罗夫吗？你一直没作声！是因为难以启齿？还是出于谨慎？撒谎！是出于犹太人的恐惧心。"

看来，命中注定这天倒霉事不断。

安娜·斯捷潘诺芙娜走进办公室，施特鲁姆看着她一脸悲伤的样子，问道：

"出什么事了，安娜·斯捷潘诺芙娜，亲爱的？"他心里纳闷：莫非她也听说我的麻烦事啦？

"维克托·帕甫洛维奇，这是怎么回事啊？"她说，"真没想到，背地里对我干这种事，我怎么啦，这样整我？"

原来，人事处让安娜·斯捷潘诺芙娜午休时去了一趟，到那里后，人家要求她写一份离职声明，说是所长有令，未受过高等教育的实验员一律解雇。

"胡扯，我根本不知道有这等事，"施特鲁姆说，"我会帮您处理好的，请相信我。"

安娜·斯捷潘诺芙娜最气不过的是，杜宾科夫说，行政机关对她个人没有任何意见。

"维克托·帕甫洛维奇，对我个人能有什么意见呀？看在上帝的分上，请原谅我打扰了您工作。"

施特鲁姆披上大衣，穿过院子朝人事处所在的两层小楼走去。

"行啊，行啊，"他心想，"行啊，行啊。"他没有想太多，但在这"行啊，行啊"中却包含了许多意思。

杜宾科夫向施特鲁姆问好，然后说：

"我正要给您打电话呢。"

"为安娜·斯捷潘诺芙娜的事情？"

"不，那倒不是。是这么回事，根据上面的精神，所里的学科带头人都得填写一份履历表。"

施特鲁姆一看履历表，厚厚的一大摞，于是说："我的天！这可是一周的工作量。"

"哪儿的话，维克托·帕甫洛维奇。只是，在做否定回答时，请别只画条线了事，而要写明：'不，没当过'；'不，没参加过'；'不，不具有'，等等。"

"有这么件事，亲爱的，"施特鲁姆说，"听说要解除我们的老实验员安娜·斯捷潘诺芙娜·洛沙科娃的职务？这命令毫无道理，请撤销了吧。"

杜宾科夫说：

"洛沙科娃？可是维克托·帕甫洛维奇，所长办公室的命令，我怎么能说撤销就撤销呢？"

"这是搞什么鬼啊！她保卫研究所有功，冒着敌人的轰炸保护了公共财产。现在倒好，凭形式上的理由，就把她给解雇了。"

"没有形式上的理由，我们不会解雇任何人。"杜宾科夫庄重地说。

"安娜·斯捷潘诺芙娜不单为人无可挑剔，她还是我们实验室的一名优秀工作人员。"

"如果实验室确实少不了她，请找卡西扬·捷连季耶维奇[①]，"杜宾科夫说，"您实验室还有另外两件事，您可以顺便跟他谈谈，征求他的同意。"

---

① 即物理所副所长科夫琴科。

他递给施特鲁姆两份订在一起的文件。

"一份与招聘研究员有关。"他瞥一眼文件，慢吞吞地念道："埃米利·平胡索维奇·兰德斯曼。"

"是的，这报告是我写的。"施特鲁姆说，认出了杜宾科夫手中拿着的文件。

"这里有卡西扬·捷连季耶维奇的批示：'该人不符合要求'。"

"这是怎么回事？"施特鲁姆问，"不符合要求！可据我所知，他完全符合要求，科夫琴科凭什么知道谁符合、谁不符合我的要求？"

"您还是去跟卡西扬·捷连季耶维奇商量一下吧。"杜宾科夫说。他看一眼第二份文件说："这是一份留在喀山的物理所研究人员的声明，这是您写的申请书。"

"是的，那又怎么啦？"

"卡西扬·捷连季耶维奇批示：不宜办理。鉴于他们在喀山大学的工作得心应手，该问题留待学年结束后再议。"

他说话声音不高，挺温和，仿佛想用亲切的语气来减轻坏消息的打击，但他的眼睛却说不上亲切，里面只有好奇的恶意。

"谢谢您，杜宾科夫同志。"施特鲁姆说。

施特鲁姆重新穿过院子，又对自己说："行啊，行啊。"他不需要上级的支持，不需要朋友的友爱，不需要跟妻子保持精神上的一致，他不在乎孤军作战。回到主楼，他径直去了二楼。

科夫琴科身穿黑色西装、乌克兰绣花衬衣，跟在通报施特鲁姆到访的女秘书身后，从办公室走出来。

"请进，请进，维克托·帕甫洛维奇，欢迎光临寒舍。"

施特鲁姆走进摆着红色安乐椅和沙发的"寒舍"。科夫琴科请施特鲁姆在沙发上就座，自己坐在他边上。他听施特鲁姆叙说，满脸堆笑，热乎劲头颇似杜宾科夫。很可能，当加夫罗诺夫就施特鲁姆的发现大开黄腔时，他也是这么笑容可掬。

"有什么办法呢？"科夫琴科满怀同情地说，双手一摊，"这一切并不是我们一拍脑瓜定下来的。冒着敌人的轰炸？如今这算不了什么功劳。维克托·帕甫洛维奇，只要祖国一声号令，每个苏维埃人在炸弹面前都不会犹豫的。"

科夫琴科稍一沉吟，又说：

"要不这样吧，虽说，当然，可能有人会说三道四。我们可以安排洛沙科娃当制剂员。她可以保留科研人员配给证。这一点我可以向您保证。"

"不行，这样做太侮辱她了。"施特鲁姆说。

科夫琴科问：

"维克托·帕甫洛维奇，您的意思是，苏维埃国家有一套法规，而施特鲁姆的实验室另有一套法规？"

"正相反，我要的正是在我的实验室执行苏维埃的法规。恰恰是根据苏维埃法律，不应该解雇洛沙科娃。"

他又问：

"卡西扬·捷连季耶维奇，说到法规，为什么您不批准才华出众的年轻人兰德斯曼到我的实验室工作？"

科夫琴科咂咂嘴。

"维克托·帕甫洛维奇，也许，也许在您的课题组他会干得很出色，可是所领导还有其他情况要考虑。"

"很好。"施特鲁姆说，又重复一遍："很好。"

然后他问：

"履历表，对吗？有亲属在国外，对吗？"

科夫琴科双手一摊，不置可否。

"卡西扬·捷连季耶维奇，既然开了头，咱们不妨把这场愉快的交谈进行到底，"施特鲁姆说，"您为何阻挠我的研究员安娜·纳乌莫芙娜·魏斯帕皮尔从喀山回来？顺便说一句，她是科学副博士。我的实验室和国家之间究竟有什么利害冲突？"

科夫琴科一脸苦相，说：

"维克托·帕甫洛维奇，您不是在审问我吧？干部任用是我的职责，请您明白这一点。"

"很好，很好，"施特鲁姆说，心想来硬的就来硬的吧，反正豁出去了，"既然如此，尊敬的副所长，这样子我没法再干下去了。科学不是为杜宾科夫而存在的，也不是为您而存在的。同样，我之所以在这里，是为了工作，而不是为了我搞不明白的人事处的利益。我会打报告给阿列克谢·阿列克谢耶维奇[①]，请他任命杜宾科夫来主持核实验室。"

科夫琴科说：

"维克托·帕甫洛维奇，说真的，请冷静点。"

"不，这样我无法工作。"

"维克托·帕甫洛维奇，您想象不出领导有多么重视您的研究，包括我。"

"我不在意您重不重视我的研究。"施特鲁姆说，发现科夫琴科的脸上不但没有

---

① 即物理所所长什沙科夫。

气恼，反而有得意之色。

"维克托·帕甫洛维奇，"科夫琴科说，"我们决不会让您离开研究所的。"他皱皱眉头，板着脸又找补一句："但这完全不是因为您不可替代。难道您真以为，谁也无法取代维克托·帕甫洛维奇·施特鲁姆吗？"最后，他几乎无比亲切地说："如果您离了兰德斯曼和魏斯帕皮尔就搞不了科研，难道全俄罗斯就没有谁能取代您啦？"

他盯着施特鲁姆。维克托·帕甫洛维奇感到，有句话科夫琴科马上就要脱口而出，那句话一直悬在他们中间，像一层看不见的薄雾，轻触着他们的眼睛、胳臂和大脑。

施特鲁姆垂下脑袋，已经不是先前那个教授、科学博士、刚做出非凡发现的著名科学家，那个既目中无人又宽厚待人、独立不羁、言辞犀利的人。

他只是个窄肩膀、弓背、鹰钩鼻的鬈发男子，眯缝起眼睛似乎等着一记耳光揍到脸上，望着那个穿绣花乌克兰衬衣的人，等待着。

科夫琴科轻声说道：

"维克托·帕甫洛维奇，别激动，别激动，真是的，别激动啊。哎，天哪，您何苦为这些鸡毛蒜皮的小事劳神费力呢。"

54

深夜，等妻子和女儿睡了，施特鲁姆着手填写履历表。跟战前相比，履历表中的问题几乎没有什么改变。因为同样的问题又来问一遍，所以施特鲁姆觉得很奇怪，甚至隐隐感到某种新的不安。

国家关心的，并非施特鲁姆在开展研究工作时是否有足够的数学仪器，实验室里安装的设备是否符合即将进行的复杂实验的要求，中子辐射的防护措施是否到位，索科洛夫、马尔科夫与施特鲁姆之间的个人关系和工作关系是否良好，初级研究员们是否有充分思想准备去从事令人生厌的计算，他们是否理解，好多事情将取决于他们的耐心和在压力之下心无旁骛、全神贯注于工作的能力。

这是履历表之王，堪称履历表中的履历表。它什么都想知道：柳德米拉的父母亲、施特鲁姆的祖父母，他们曾在何处居住，死于何时，葬于何处。施特鲁姆的父亲帕维尔·约瑟夫维奇于1910年去柏林，是出于什么原因？国家的担忧是严肃认真的。施特鲁姆瞪着履历表看来看去，不由得对自己的可靠性和真实性产生了怀疑。

一、姓、名字、父名……他，深更半夜填履历表的这个人，到底是谁？是施特鲁姆，维克托·帕甫洛维奇吗？他的父母亲好像从未正式结婚，小维佳刚满两岁，他们就离异了，他依稀记得父亲证件上的名字是平胡斯，而不是帕维尔。为什么我叫维克托·帕甫洛维奇呢？我究竟是谁，我真的认识自己吗？也许，我其实叫戈利德曼，或者萨盖达奇内？或者我竟是法国人德福洛斯，别名杜布罗夫斯基？

于是，他满心疑惑，接着回答第二个问题。

二、出生日期……年……月……日……请注明新历和旧历。对十二月那个阴暗的一天，我知道些什么？我有把握我确实是在那一天出生的吗？为避免担责起见，是不是该注明"据称"？

三、性别……施特鲁姆勇敢地写上："男"。可他马上又想："唉，我算什么男子汉啊？真正的男子汉看到切佩任被解职会保持沉默吗？"

四、出生地：老区划（省、县、乡、村）和新区划（州、边区、地区、村镇）……施特鲁姆填上：哈尔科夫。母亲曾告诉他，他出生在巴赫穆特，可是，她生下儿子两个月后迁居到了哈尔科夫，因此在他的出生证上她改填了哈尔科夫。怎么办，该做个补充说明吗？

五、民族……瞧瞧这第五项。如此简单、在战前并无任何特殊意义的问题，如今变得很有点特殊了。

施特鲁姆紧紧捏住笔杆，果断地写上："犹太人"。他还不知道，对于数十万卡尔梅克人、巴尔卡尔人、车臣人、居住在克里米亚的鞑靼人、犹太人来说，回答了履历表上的第五项后，很快将发生什么。

他还不知道，围绕着这第五项，一幕幕惨剧将年复一年地上演，而暗含在毗邻的第六项"社会出身"中的恐惧、仇恨、绝望、走投无路、血染江河将逐渐演变，转移到这第五项下面来。他无法预知，若干年后许多人在填写履历表第五项时，将有一种在劫难逃的感觉，而相同的感觉，过去几十年里哥萨克军官、贵族、工厂主的后代和神甫的子孙在回答毗邻的第六个问题时，早已体验过了。

但他已经有所觉察，预感到围绕履历表第五项问题的力度线正变得越来越密。头天晚上兰德斯曼曾打电话给他，询问就职的事，施特鲁姆告诉他，调动手续八字还没一撇呢。兰德斯曼很不高兴，对施特鲁姆说："我早料到这个结果了。"施特鲁姆问他："您履历表中有什么问题没有？"兰德斯曼气呼呼地说："有啊，那就是我的姓①。"

---

① 兰德斯曼是个犹太姓氏。

晚上喝茶时娜嘉说：

"你知道吗，爸爸，迈金他爸说国际关系学院明年不收犹太裔学生了。"

施特鲁姆心想："得了，犹太人就犹太人吧，还能填什么？"

六、社会出身……这是大树的主干，大树的根深深扎在地下，枝枝蔓蔓的树杈在履历表那宽阔的纸页上铺散开来：父母的社会出身，父母的父母的社会出身……妻子的社会出身，妻子的父母的社会出身……如果您离过婚，那还得填上前妻的社会出身、前妻的父母在革命前的职业。

伟大的革命是一场社会革命，是穷人的革命。施特鲁姆总觉得，这第六项问题，自然而然反映出穷人对富人理所当然的不信任，这种不信任是几千年来的富人统治造成的。

他填上"出身小市民"。小市民！他算哪门子小市民啊？突然，可能是战争环境使然吧，他心生疑虑：在苏维埃有关社会出身的义正词严的问题，和德国人有关民族的血腥问题之间，真的存在天壤之别吗？他想起了喀山之夜的那些畅谈，想起了马季亚罗夫引用的契诃夫有关如何对待人的议论。

他寻思："重视社会出身，我觉得是合乎道德的，公正的。但德国人显然认为，民族特征才是无可否认的道德标准。我很清楚，仅仅因为一个人是犹太人就将他杀害，这太可怕了。要知道他们也是人，是活生生的人：好的、邪恶的、才华出众的、愚蠢的、迟钝的、快乐的、善良的、富有同情心的、吝啬的。但希特勒却说：全都一样，重要的只有一条：犹太人！我全身心地抗议这一原则！可是要知道，我们也有一条原则：重要的是，你出身贵族；重要的是，你出身富农、商人。至于他们中间有好的、邪恶的、才华出众的、善良的、愚蠢的、快活的，那又怎么着？在我们的履历表中，谈论的甚至并不是富农、神甫、贵族本人，而是他们的儿女们、孙儿女们。难道说，就像一个人天生是犹太人一样，一个人天生就是贵族，就是商人或神甫？荒唐透顶。索菲娅·佩罗夫斯卡娅的父亲是个将军，而且不是随便什么将军，是省长，所以，该把她放逐到国外！另一方面，逮捕卡拉科佐夫[1]的警察局走狗科米萨罗夫，如果要回答第六项，倒可以填上：'出身小市民'。大学说不定会录取他，他的职位会坐得稳稳的。要知道斯大林说过：'儿子不必为父亲负责。'但斯大林又说过：'有其父必有其子。'算了，小市民出身就小市民出身吧。"

七、社会地位……职员？职员是会计、注册员什么的。职员施特鲁姆却用数学方法精确论证了原子核衰变的机制，而职员马尔科夫正想借助新的实验装置来证实

---

[1] 德米特里·弗拉基米罗维奇·卡拉科佐夫（1840—1866），俄国革命者，被俄国最高刑事法庭判处死刑。

职员施特鲁姆的推论。

他想："可不是吗，就是职员——担任某个职务的员工。"

他耸耸肩膀，起身在屋子里踱了几步，甩了甩手好像要把谁推到一边。接着他又坐到桌前，继续回答问题。

二十九、您或您的亲属有否接受过审讯、侦查，有否被捕过，有否受过刑事和行政处分，何时、何地、何种原因？如果处分已撤销，乃何时撤销？……

同样的问题还针对施特鲁姆的妻子提出了。他的胸口顿时冰凉冰凉。这事没什么可争的，更不能开玩笑。他脑海里闪现出一堆名字。我相信他没有犯什么罪……这人太过迂腐……她被捕是因为拒不揭发丈夫，好像判了八年，确切情况不清楚，没跟她通过信，好像是被发配到捷姆尼基，我是偶然得知的，在街上遇见了她的女儿……记不太清楚，他好像是1938年年初被捕的，是的，判处十年无通信权……

内弟是党员，我很少跟他见面，无论是我还是我妻子都跟他没有书信来往。岳母应该去过他那里几次，是的，是的，那是战前很久的事了。他的第二个妻子因为拒不揭发丈夫而遭放逐，战争期间去世了。他的儿子志愿参军，参加了斯大林格勒保卫战……我的妻子跟头一个丈夫离了婚，她跟前夫生的儿子，也就是我的继子，为保卫斯大林格勒而牺牲在前线……妻子的前夫被捕了，打从离婚后，我妻子对他的情况一无所知……被捕原因我不清楚，隐隐约约听说好像是个托派分子，但我不敢肯定，我对他的事毫无兴趣。

一种难以摆脱的负罪感和不洁感压在施特鲁姆心上。他记起有个作检讨的党员在会上说的话："同志们，我不是我们自己人。"

但突然他又想大声抗议。我可不是任人宰割的羔羊！萨特阔不喜欢我，那又怎样！我形单影只，妻子也对我不理不睬，那又怎样！反正我不会摒弃那些无辜受害的人。

同志们，说到所有这些事，你们不感到羞耻吗？！这些人是无辜的，更不用说他们的妻子儿女了，他们何罪之有？你们应该在这些人面前忏悔，请求他们宽恕。而仅仅因为我跟这些无辜的受难者有亲属关系，你们就想证明我有问题，想表示对我的不信任？要说有罪，我唯一的罪过是在他们遭遇不幸的时候，给予他们的帮助太少。

但与此同时，截然相反的一些想法又在同一个人脑子里打转。

我毕竟跟他们没保持联系。我没跟人民公敌通过信，没有收到过劳改营来的信，没有给过他们物质上的帮助，很少跟他们见面，难得见面也是偶尔碰上的……

三十、您的亲属中有人居住在国外吗（何地，从何时起，因何原因出走）？您是否跟他们有联系？

这个新问题使他越发苦恼了。

同志们，难道你们不明白，在沙皇俄国那种环境中，移居国外是不可避免的！要知道，侨居国外的都是些穷人，是向往自由的人，列宁也在伦敦、苏黎世和巴黎侨居过。为什么一发现我有七大姑八大姨和侄儿侄女住在纽约、巴黎、布宜诺斯艾利斯，你们就挤眉弄眼？……有个熟人曾经说过一句俏皮话："我有个姑妈在纽约……原先我以为'饥饿不是姑妈'①，现在才知道，姑妈就意味着饥饿。"

实际情况是，如果把他居住在国外的亲戚全部列出来，名单之长几乎可以赶上他科学论文的清单。要是再把遭到镇压的亲戚也加进去……

人就是这样给打压得没脾气的。扔进历史的垃圾堆！异己分子！可这是谎言，谎言！科学需要的是他，而不是加夫罗诺夫和杜宾科夫。为了祖国，他会不惜献出生命。那些履历表毫无瑕疵，在实际生活中却惯于欺世盗名的人，难道还少吗？而在履历表上填写"父亲——骗子""父亲——曾经是地主"的人，有的在战斗中光荣牺牲，有的参加游击队，有的走上断头台，这样的人难道还少吗？

那为什么要问这些问题呢？他太清楚是怎么回事了：统计方法！概率！从当年不劳而获的人们中间出现敌人的概率，远比在无产者阶层中出现的要大。但是德国法西斯分子也是以概率大小为依据，来消灭整个民族、整个国家。这一原理是非人道的，既惨无人道，又缺乏理性。对待人，我们唯一能设想的立场，就是人道主义的立场。

如果让他做主，维克托·帕甫洛维奇招人进实验室会依据另一种履历表，人道主义的履历表。

与他共事的是俄罗斯人、犹太人、乌克兰人还是亚美尼亚人，他完全无所谓。他也不在乎同事的祖父是工人、工厂主还是富农。他对同事的态度不取决于其兄弟是否曾被内务人民委员部有关机构逮捕。他也不在乎同事的姐妹住在科斯特罗马还是日内瓦。

他要问的是，您从几岁开始对理论物理感兴趣？您怎么看待爱因斯坦对普朗克老头的批评？您是倾向于在数学天地中独自神游，还是对实验工作也心向往之？您如何看待海森堡②？您相信创立统一场论的可能性吗？但最重要的，最最重要的，是要有天赋、激情、灵感。

当然，倘若同事愿意回答的话，他还会问同事是否喜欢散步，好不好喝酒，是

---

① 俄罗斯谚语，后半句是"不会带馅饼给你"。

② 沃纳·卡尔·海森堡（1901—1976），德国理论物理学家，量子力学创始人之一，1932年获诺贝尔奖。

否爱听交响音乐会，是否喜欢塞顿－汤普森[1]的儿童读物，托尔斯泰和陀思妥耶夫斯基两位作家中谁更对他的口味，是否热衷于园艺，喜不喜欢钓鱼，对毕加索怎么看，契诃夫的短篇小说他最中意哪一篇。

他还会注意未来的同事是寡言少语还是话篓子，他脾气好吗，机敏吗，爱记仇吗，爱生气吗，把名利看得很重吗？他会跟漂亮的薇罗奇卡·波诺马廖娃调情吗？

关于这一切，还要数马季亚罗夫说得透彻，透彻得令人生疑：说不定，他真的是个奸细？

天哪，我的天哪……

施特鲁姆提起笔，填上："埃斯菲里·谢苗诺芙娜·达舍夫斯卡娅，姨妈，1909 年起侨居布宜诺斯艾利斯，音乐教师。"

55

施特鲁姆走进什沙科夫的办公室，事先已经想好一定要克制再克制，切不可说出刺耳的话。

他明白，在当官的这位院士眼里，他本人及其研究处于最差劲、最靠后的位置。如果为此而生气、抱屈，那是跟自己过不去。

但是，施特鲁姆一看见什沙科夫那副面孔，一股恶气就无可遏制地涌上心头。

"阿列克谢·阿列克谢耶维奇，我不想强人所难，但您一点也不想看看我们实验室的设备安装吗？"他说。

什沙科夫友好地说：

"最近一定抽空去您那里一趟。"

上司居然宽宏大量地保证要屈尊去施特鲁姆的实验室了。

什沙科夫补充道：

"总的来说，我感觉管理层对您的需要是相当重视的。"

"尤其是人事处。"

什沙科夫依然友好地问：

"人事处怎么得罪您啦？对他们的工作表示不满的实验室负责人，您可是头一个。"

"阿列克谢·阿列克谢耶维奇，我请求从喀山召回魏斯帕皮尔，她在核照相方

---

① 厄尼斯特·塞顿－汤普森（1860—1946），加拿大作家，作品有描写动物和自然风光的短篇小说，并自己绘制惟妙惟肖的插图。

面是不可缺少的专家，但没人听我的。我坚决反对解雇洛沙科娃——她是个出色的员工，一个了不起的人。我无法想像怎么能解雇洛沙科娃，这样做是不人道的。最后，我请求批准聘用兰德斯曼副博士，他是个很有才华的青年。我认为您严重低估了我们实验室的作用。否则我也不会把时间浪费在这类谈话上。"

"我同样也在这类谈话上浪费了很多时间。"什沙科夫不甘示弱。

施特鲁姆很高兴什沙科夫不再用友好的语气跟他谈话，在那种表面友好下，施特鲁姆无法撕破脸。他说：

"这些纠纷都涉及有犹太人姓氏的人士，这很难让人心服。"

"原来如此！"阿列克谢·阿列克谢耶维奇说，开始转守为攻，"维克托·帕甫洛维奇，研究所面临着重要的任务。毋须对您解释，我们面临的这些任务是在多么艰难的时刻提出的。我认为，您的实验室目前并不具备帮助我们完成这些任务的充足能力。再说了，您的研究无疑很有意思，但无疑也有可争议之处。围绕您的研究成果发出的噪声已经太多了。"

他神气十足地说：

"这不仅仅是我个人的看法。同志们认为，这些噪声正在涣散我们的科研队伍。昨天我跟一些人详细讨论了这件事。大家的共识是，您应当重新考虑自己的结论，因为它们违背了唯物主义关于物质本质的观点，您本人应当对此作出解释。某些人出于我尚不清楚的原因，对您的研究表现出极大的兴趣，在我们应当把全副精力倾注在战争提出的各项任务上时，企图把尚有争议的理论说成是当前科研的总方向。这一切是极其严重的。可您还为了个叫洛沙科娃的员工跑来找我，提出奇怪的要求。而且，对不起，我可从未听说洛沙科娃是个犹太人的姓。"

这番话把施特鲁姆彻底打蒙了。对他的研究，还没有人当面直截了当地表示过敌对态度。现在他头一次听到这种表示，而且是出自一位院士，出自他所在的研究所的一把手之口。

但他已经决定豁出去了，于是把在心里已经藏了很久、因此无论如何也不该说出来的话，全说了出来。

他说，物理学并不关心能否证实某种哲学。他说，数学结论的逻辑强于恩格斯和列宁的逻辑，中央科学部那位巴季因应该根据数学和物理学原理来调整列宁的观点，而不是根据列宁的观点来调整物理学和数学。他说，狭隘的实用主义只能葬送科学，无论这种实用主义是谁，"哪怕是上帝本人主张的"；只有伟大的理论才会产生伟大的实践。他相信，重大的技术问题，而且不仅是技术问题，在二十世纪还得靠核反应理论来解决。如果什沙科夫未提及名字的那些同志要求他施特鲁姆表态，他将很乐意按以上思路说出自己的看法。

"至于说到与犹太人姓氏相关的人，阿列克谢·阿列克谢耶维奇，您如果是个真正的俄罗斯知识分子，就不应该用玩笑话来敷衍。如果您拒绝我的请求，我将被迫立刻离开研究所。照这个样子，我无法工作。"

他喘了口气，看一眼什沙科夫，想了想，又说：

"在这种情况下我很难开展工作。我不仅是个物理学家，我还是个人。面对期待我的帮助、期待我保护其免受不公正待遇的人，我感到羞愧。"

这一回他的用语是"在这种情况下我很难开展工作"。他没有足够的勇气来重复"立刻离开研究所"那句话。施特鲁姆从什沙科夫的脸上看出，对方注意到了这个较为缓和的提法。

也许正因为如此，什沙科夫反而更加咄咄逼人了：

"我们不必再用这种最后通牒式的语言谈下去了。至于我，当然，我会被迫考虑您的愿望。"

整整一天，施特鲁姆有一种奇怪的感觉，既苦恼又高兴。实验室的仪器，安装几近完成的新设备，对他来说就是他的生命、大脑、躯体的一部分。离开它们，他将如何生存？

回想起自己对所长讲的那些离经叛道的话，他不寒而栗。但与此同时，他又觉得自己是强有力的。他的孤立无援正是他的力量所在。但他何曾想到，正当他在科研上如日中天之际，回到莫斯科后，却不得不进行这样一场谈话？

他跟什沙科夫大干了一场的事，谁也不可能知道，但他觉得，今天同事们对他特别亲切。

安娜·斯捷潘诺芙娜握住他的手，使劲捏了一下。

"维克托·帕甫洛维奇，我不想对您说什么道谢的话，但我知道，您就是您。"她说。

他默默站在她身旁，心情激动，几乎体会到一种幸福感。

"妈妈，妈妈，你看见了吧。"他突然心想。

回家路上他已经想好了，对妻子只字不提发生的事。但他多年来已经养成习惯，无论发生什么事都要告诉她，于是在过厅里他一边脱大衣，一边喃喃地开口：

"唔，柳德米拉，大事不好，我恐怕要离开研究所了。"

柳德米拉·尼古拉耶芙娜大吃一惊，心中难受，随即甩出几句很不中听的话来：

"你一举手一投足，活像是罗蒙诺索夫或门捷列夫附体。这下好啦，你一走，索科洛夫或马尔科夫立刻会取你而代之！"她从针线活上抬起头，"你那位兰德斯曼，还不如就让他上前线去。要不真的会给那些本来就持偏见的人一种印象：犹太人护着犹太人。"

"行啦，行啦，够啦！"他说，"不必争论，柳朵奇卡①，多点同情吧。你还记得涅克拉索夫是怎么说的：'可怜的家伙想进荣誉圣殿，结果却高高兴兴进了医院。'我原以为自己并没有白吃干饭，他们却要我悔罪，要我批判自己的异端邪说。不，你想想，居然要我公开检讨认错！纯粹痴心妄想！与此同时，又提名我获奖，大学生还成群结队来找我。这全是巴季因在捣鬼！要说的话，巴季因又算哪根葱啊？是萨特阔不喜欢我！"

柳德米拉·尼古拉耶芙娜走到他跟前，整整他的领带，抻平他的上衣下摆，问道：

"你大概还没吃午饭吧，脸色这么苍白？"

"我不想吃。"

"你先吃块黄油面包吧，我这就去热午饭。"

随后她往杯子里滴了几滴治心脏病的药水，说：

"喝了吧，我不喜欢你这副模样。我给你测测脉搏。"

他们走进厨房，施特鲁姆嚼着面包，朝娜嘉挂在煤气表边上的小镜子看了看。

"多么奇怪，真是匪夷所思，我在喀山时，哪能料到要填一百层楼高的履历表，要听今天听到的那些话。多么强大的力量！国家和个人……一会儿把他捧上天，一会儿不费吹灰之力把他打入十八层地狱。"

"维佳，我想跟你谈谈娜嘉的事，"柳德米拉说，"她几乎每天晚上都过了宵禁才回家。"

"几天前你已经跟我说过这事了。"施特鲁姆说。

"我记得是说过。昨晚我碰巧走到窗前，撩起窗帘一看——娜嘉跟一个军人正在街上走，他们在牛奶店旁停下脚步，然后两人接吻了。"

"这可有点出乎意料。"施特鲁姆说，惊讶之余，面包也忘了嚼。

娜嘉跟一个军人接吻！施特鲁姆默不作声坐了一会儿，然后突然笑了起来。看来也只有这条惊天大新闻能使他暂时摆脱沉重的精神负担，让内心的不安退居次要地位。夫妻俩的目光一瞬间相遇，柳德米拉突然间也笑起来。就在那一刻，两人心领神会，无须借助言辞和思想，这种时刻在他们的生活中颇为罕见。

所以，当施特鲁姆似乎不合时宜地接着说出一句话时，柳德米拉并未感到突兀。

---

① "柳朵奇卡"是"柳德米拉"的昵称。

"米拉①，米拉，你应该同意，我跟什沙科夫大干一场，并没有错吧？"

这话背后的思路很简单，但要完全理解这句话却并不那么容易。这里凝聚着种种思考：逝去的生活、托利亚、施特鲁姆的母亲安娜·谢苗诺芙娜的命运、战争；一个人无论获得多少荣誉和财富，总逃不了衰老和死亡的结局，总归要被年轻人取代。或许，最重要的是：诚实地度过一生。

施特鲁姆问妻子：

"肯定没错吧？"

柳德米拉否定地摇摇头。几十年共同生活，还是落得个貌合神离。

"你知道吗，柳达，"施特鲁姆试图安抚妻子，"那些在生活中并无过错的人，往往不善于自持，他们动辄发火，说话直来直去，不懂得圆滑处事，不知道得理饶人；结果无论是在单位上还是在家里，一有事大家就怪罪这样的人。而那些行为不端、欺负他人的人，却善于自我控制，说话头头是道，办事沉着冷静、老谋深算，结果好像他们总是有理。"

娜嘉回到家里，已经十点多了。听到钥匙开锁的咔嗒声，柳德米拉对丈夫说：

"你跟她说说吧。"

"还是你来吧，你更合适，我不行。"施特鲁姆说，但当娜嘉头发蓬乱、鼻子冻得通红地走进厨房时，他上来就是一句："你这是跟谁在大门口亲嘴哪？"

娜嘉蓦地转过身去，仿佛打算逃跑，嘴半张着，望着父亲。稍过一会儿她缓过气来，耸耸肩，满不在乎地说：

"安……安德留沙·洛莫夫，他正在上尉官学校。"

"怎么着，你打算嫁给他？"施特鲁姆问，娜嘉自信的口吻让他乱了方寸。他回头望一眼妻子——看没看见娜嘉这副模样？

娜嘉像个大人似的眯缝起眼睛，随随便便又冒出一句：

"嫁给他？"她反问道，这句话从女儿嘴里说出来，施特鲁姆又是一惊。"没准儿，我有这打算来着！"

但她立刻又补充一句：

"也没准儿不嫁吧，我还没最后决定呢。"

柳德米拉一直没吱声，这时问道：

"娜嘉，那你干吗瞎扯什么迈金的父亲啦、功课什么的？我可从来不对我妈扯谎。"

---

① "米拉"是"柳德米拉"的另一个昵称。

施特鲁姆记起当年他追求柳德米拉那会儿，有一天她来幽会时说："我把托利亚留给了妈妈，扯谎说我去图书馆。"

娜嘉突然恢复了孩子气，哭闹着说：

"那盯我的梢，又算什么？你妈妈也盯过你的梢吗？"

施特鲁姆怒不可遏地呵斥她：

"蠢货，不许跟母亲顶嘴！"

娜嘉忧郁地望着他，竭力克制着自己。

"那么，娜杰日达·维克托罗芙娜[①]，您，就是说，还没拿定主意，是嫁给年轻上校呢，还是当他的情妇？"

"不，还没定，再说，他也不是什么上校。"娜嘉回答说。

难道他女儿的嘴唇真的被那个穿军大衣的毛头小子亲过了？难道真有人会爱上这个可笑的、聪明的小傻瓜，这个丫头片子娜季卡，真的迷上了她那双小狗似的眼睛？

但是，这是再老套不过的故事了……

柳德米拉默然不语，她知道娜嘉此刻会发狠，会咬紧牙关一言不发。她知道，当她俩单独相处时，她会抚摸女儿的头，娜嘉会无缘无故哽咽起来，柳德米拉同样也会无缘无故地觉得她好可怜。而且，说一千道一万，对一个姑娘家来说，跟一个小伙子接吻也不是那么可怕的事。于是娜嘉会把这个洛莫夫的情况一五一十告诉妈妈，而妈妈会抚摸着女儿的头发，忆起自己的初吻，并且想起托利亚，因为她把生活中发生的一切都跟托利亚联系在一起了。可托利亚已经不在了。

处在战争深渊边沿上的少女，其恋情是多么痛苦。托利亚，托利亚……

而施特鲁姆这个当爹的，还惶惶不安，吵嚷个不停。

"这个蠢货在哪支部队服役？"他问，"我要跟他的指挥官谈谈，他会让那小子明白，跟黄毛丫头纠缠不清会有什么下场。"

娜嘉一声不吭，施特鲁姆反倒被她的傲慢镇住了，哑火了一会儿才问：

"你干吗这么盯着我，好像你是个高等生物，而你爹是一只变形虫？"

奇怪的是，娜嘉的目光让他想起了今天跟什沙科夫的谈话。沉着、自信的阿列克谢·阿列克谢耶维奇仗着有国家和科学院撑腰，居高临下地望着施特鲁姆。在什沙科夫那双浅色眼睛的逼视下，施特鲁姆本能地意识到，他所有的抗议、冲动、最后通牒都是白费劲。国家制度的威力犹如一块巨石耸立在他面前，什沙科夫冷眼旁

---

① "娜杰日达·维克托罗芙娜"是娜嘉的本名和父名。

观施特鲁姆无谓的挣扎，深知他的一切努力都不过是以卵击石。

但说来也怪，连此刻站在他面前的小丫头仿佛也意识到，父亲的激动和发火毫无意义，他是知其不可为而为之，徒劳地试图阻止生活的进程。

这天夜里，施特鲁姆想到，如果跟研究所断绝关系，自己的生活就彻底毁了。从研究所离职一事会被人们赋予政治色彩，他们会指责他是不健康的对立情绪的根源；何况还是战时，何况研究所还蒙斯大林本人垂青。何况还有这份令人胆寒的履历表……

再加上跟什沙科夫摊牌的疯狂之举。再加上在喀山的那些高谈阔论，加上马季亚罗夫……

蓦地，他几乎吓破了胆，恨不得马上给什沙科夫写封信求和，让白天的事化为乌有。

56

白天从限购商店回来，柳德米拉·尼古拉耶芙娜看到信箱里有个白色信封。爬楼梯后剧烈跳动的心脏，跳得更厉害了。她取出信，走到托利亚房间门口，把门打开。房间里阒无一人，他至今天还没有回来。

柳德米拉粗粗读了一遍那几页信纸，母亲的笔迹是她从小就熟悉的。她读到了妹妹叶尼娅、外甥女薇拉和妹夫斯捷潘·费奥多罗维奇的名字，但儿子的名字没有提到。希望重又退避到内心某个偏远角落，但希望并没有消失。

亚历山德拉·弗拉基米罗芙娜几乎只字未提自己的生活，只用寥寥数笔提到了喀山那位女房东尼娜·马特维耶芙娜，自从柳德米拉一家离开后，她搞了许多令人不快的小动作。侄儿谢廖扎、姐夫斯捷潘·费奥多罗维奇和外甥女薇拉仍然没有消息。亚历山德拉·弗拉基米罗芙娜特别担心的是叶尼娅，她的生活中好像出了什么大事。叶尼娅有封信给亚历山德拉·弗拉基米罗芙娜，里面暗示她遇到了麻烦，可能得去一趟莫斯科。

柳德米拉不知道愁为何物。她只知道悲伤。托利亚，托利亚，托利亚。

斯捷潘·费奥多罗维奇成了鳏夫……薇拉成了无家可归的孤女。谢廖扎还活着吗？是否已经残废，躺在某地的军医院里？他的父亲不知是被枪毙了，还是死在劳改营中，他的母亲死在了流放地……亚历山德拉·弗拉基米罗芙娜的旧居已经被烧光，如今她孤身一人生活，没有儿子、孙子的消息……

母亲不提自己在喀山的生活，不提自己的健康状况，不提房间里是否暖和，供应是否有所改善。

柳德米拉知道母亲为何对这一切只字不提，但正因为知道，她心里更加难受。

柳德米拉的家突然显得又空荡又冰冷，犹如落下了几枚可怕的无形炸弹，室内所有东西被炸得一干二净，不再有温暖，唯余一片废墟。

这天她想了很多关于维克托·帕甫洛维奇的事。他们的关系已经破裂。维克托生她的气，对她冷若冰霜，而最糟的是她对此已经无动于衷。她太了解他了。在旁人眼里，一切都显得浪漫而崇高。她待人接物天生缺乏诗意，也不够热情。在玛丽娅·伊万诺芙娜眼里，施特鲁姆高尚而睿智，而且富有自我牺牲精神。玛莎喜爱音乐，听人演奏钢琴时，脸色都会发白，有时施特鲁姆会应她的请求弹奏几首曲子。显然，天性使然，她需要崇拜对象，于是她给自己塑造了一个高尚形象，为自己臆想出一个生活中并不存在的施特鲁姆。要是玛莎日复一日地看到维克托，她很快就会幻想破灭。柳德米拉知道，支配维克托行为的只有一样——利己主义，他谁也不爱。此刻，想到他与什沙科夫的冲突，她既为丈夫担惊受怕，同时又感到一种习惯性的恼怒：他为了出风头，为了扮演弱者的保护人，竟不惜让自己的科研事业毁于一旦，不惜牺牲亲人们的安宁。

但昨天晚上，因为担心娜嘉，他倒是不再只顾自己了。可是维克托会因为担心托利亚而忘掉自己所有不顺心的事吗？昨天她错了。娜嘉并没有真正对她敞开心扉。这是什么，是小孩子稍纵即逝的激情，还是娜嘉的宿命？

娜嘉对她讲述了自己的一帮伙伴，她就是在跟那些人交往时结识这个洛莫夫的。她详细谈到那些小伙子如何阅读缺乏时代精神的诗歌，如何就新老艺术展开争论，谈到他们如何对某些事物冷嘲热讽，而在柳德米拉看来，这些事物是既不能冷嘲也不能热讽的。

娜嘉很乐意回答柳德米拉的问题，而且显然说的是真话："没有，我们不喝酒，只有一次，送一个男孩子上前线时，大家喝了一点。""有时他们也谈论政治。嗯，当然，观点跟报纸上不一样，不过谈得很少，大概就一两次吧。"

但是，柳德米拉刚问起洛莫夫的情况，娜嘉就烦躁地回答："不，他没有写过诗。""我怎么知道他父母亲是干吗的？当然没见过，一次也没有，这有什么好奇怪的？他对我爸不也是一无所知吗，也许他以为我爸在杂货店卖东西呢。"

这是什么，是娜嘉的宿命，还是过一个月便会一风吹，一切都忘得一干二净？

她一边做饭、洗衣服，一边想着母亲。又想起薇拉和叶尼娅，想起谢廖扎。她给玛丽娅·伊万诺芙娜打电话，没人接。她给波斯托耶夫家打电话，女佣说女主人出去买东西了。她又给房管所打电话，请他们派个钳工来修理一下水龙头，对方回答说，钳工没来上班。

她坐下来给母亲写信，打算好好写封长信，向母亲认错，因为自己无法替母亲创造必要的生活条件，害得她宁愿孤身一人待在喀山。打战前起，柳德米拉的亲戚就没有来过她家，更别提在她家过夜了。如今，就连最亲近的人也不上她莫斯科的大公寓房找她了。但最终信还是没写成，白白撕掉了四张纸。

快下班时，维克托打来电话，说他在所里有事要多待一会儿，他从军工厂请来的技术员晚上到。

"有什么新消息吗？"柳德米拉问。

"哦，你指整个那件事？"他说，"没有，没有什么新消息。"

晚上，柳德米拉又读了一遍母亲的来信，然后来到窗前。

月光皎洁，街上空无一人。她又看到娜嘉跟那个军人手挽手——他们沿着马路往家里走来。接着娜嘉小跑起来，穿军大衣的小伙子站在空无一人的马路中间，张望着，张望着。柳德米拉仿佛在自己心中把所有看似不相容的东西融汇在了一起：她对维克托·帕甫洛维奇的爱情，对他的担心，对他的愤恨；托利亚，还没有亲吻过女孩的嘴唇就离开了人世；站在马路上的中尉；兴高采烈沿着斯大林格勒家的楼梯拾级而上的薇拉；无家可归的亚历山德拉·弗拉基米罗芙娜……

她心里充满了对生活的感觉——生活，既是人唯一的欢乐，又给人以可怕痛苦的生活。

57

施特鲁姆在研究所大门口碰到正下轿车的什沙科夫。什沙科夫微微抬了抬帽檐，算是打了招呼，没有要停下来跟施特鲁姆说话的意思。

"我要倒霉了。"施特鲁姆寻思。

吃中饭时，斯韦钦教授坐在邻桌，对他视而不见，不和他交谈。胖子古列维奇走出食堂，格外亲切地跟施特鲁姆寒暄，久久握着他的手，但当所长接待室的门刚刚打开一点，他就急忙跟施特鲁姆告辞，快步沿走廊走下去。

在实验室，施特鲁姆正跟马尔科夫讨论为原子核照相准备设备的问题，马尔科夫从记事簿上抬起头来，说道：

"维克托·帕甫洛维奇，有人告诉我，党委会上谈到了您，措辞十分激烈。科夫琴科还火上浇油，说什么'施特鲁姆不想在我们集体里工作'。"

"让他浇好啦。"施特鲁姆说，觉得眼皮直跳。

在跟马尔科夫讨论核原子照相时，施特鲁姆有一种感觉，仿佛主持实验室工作的不是他，而是马尔科夫。马尔科夫说话从容不迫，颇有当家风范，诺兹德林两次走到他跟前，向他请示有关仪器安装的问题。

但突然，马尔科夫脸色变了，忧心忡忡地轻声对施特鲁姆说：

"维克托·帕甫洛维奇，要是有人说起这次党委会，请千万别把我给捅出去，要不我就麻烦大了，事关党的机密啊。"

"嘿，哪能呢。"施特鲁姆说。

马尔科夫说：

"一切都会解决的。"

"咳，"施特鲁姆说，"没有我，你们也能对付的。我是吃力不讨好啊！"

"我觉得您错了，"马尔科夫说，"我昨天还跟科奇库罗夫聊起了您。您知道，他这人是脚踏实地的。他对我说：'在施特鲁姆的研究中，数学的分量超过了物理学，但奇怪的是，我好像从中受到很多启发，虽然眼下我还说不清楚究竟是什么。'"

施特鲁姆明白，马尔科夫是在暗示，年轻的科奇库罗夫热衷于研究慢中子对重原子核的影响，他认为这项工作有实用前景。

"科奇库罗夫之流什么也决定不了，"施特鲁姆说，"作决定的是巴季因那帮人。而巴季因认为，我用学究式的抽象概念误导了物理学家们，必须深刻检讨。"

实验室的同事们看来都听说了施特鲁姆跟所长的争执和昨天的党委会。安娜·斯捷潘诺芙娜望着施特鲁姆，目光中饱含痛苦。

施特鲁姆想跟索科洛夫谈谈，但索科洛夫一早就去了科学院，随后打来电话，说他会在那里耽搁一段时间，今天可能不回研究所了。

不知何故，萨沃斯季亚诺夫却情绪高涨，俏皮话不断。

"维克托·帕甫洛维奇，"他说，"尊敬的古列维奇的确是位光彩照人、极为突出的学者。"一边说，他一边用手掌摸摸脑袋、拍拍肚子，暗示古列维奇光秃秃的头顶和挺起的肚子。

傍晚，施特鲁姆步行回家，在卡卢加大街突然遇见玛丽娅·伊万诺芙娜。

是玛丽娅先叫他的。她穿了件施特鲁姆没见过的大衣，因此他没能立刻认出她。

"奇怪，"他说，"您怎么来卡卢加大街了？"

她望着他，沉默了好一会儿，然后摇摇头说：

"不是偶然的，我想见见您，就来这儿了。"

他有点尴尬，稍稍摊了下手。

他心里有点发慌，等着她开口对他说大事不好，大祸即将临头。

"维克托·帕甫洛维奇，我想跟您谈谈。彼得·拉夫伦季耶维奇把一切全告诉了我。"她说。

"哦，是关于我那些出色的'成就'吧。"施特鲁姆说。

他们并肩而行，在外人看来，似乎是两个互不相识的人走在一起。

施特鲁姆被她的沉默弄得很紧张，他斜眼看一下玛丽娅·伊万诺芙娜说：

"柳德米拉为这件事说了我一顿。您大概也在生我的气吧。"

"不，我不生气，"她说，"我知道您是被迫这样做的。"

他飞快瞥了她一眼。

她说：

"您想起了您母亲吧。"

他点点头。

接着她说：

"彼得·拉夫伦季耶维奇不想告诉您这事……他听人家说，所长办公室和所党组织一致反对您。他听说，巴季因是这么说的：'这不单纯是歇斯底里，这是政治上的反苏歇斯底里大发作。'"

"闹半天是我歇斯底里大发作！"施特鲁姆说，"可我感觉到了，彼得·拉夫伦季耶维奇不想告诉我他知道的情况。"

"是的，他是不想。我为他难过。"

"他害怕了？"

"是的，是害怕。此外，他还认为，从原则上讲您错了。"

她小声说：

"彼得·拉夫伦季耶维奇是个好人，他受了好多折磨。"

"是的，是的，"施特鲁姆说，"确实让人难过：如此高尚果敢的科学家，却如此胆小怕事。"

"他受了好多折磨。"玛丽娅·伊万诺芙娜重复道。

"但不管怎么说，应该是他，而不是您，把这件事告诉我。"施特鲁姆说。

他挽起她的手臂。

"听我说，玛丽娅·伊万诺芙娜，"他说，"告诉我，马季亚罗夫那边怎么啦？我无论如何搞不懂那边究竟出什么事了？"

如今，他一想起喀山的那些晚间交谈就心惊胆战，脑海里不时涌现出某些人零零星星的言谈话语，卡里莫夫不祥的警告，马季亚罗夫的猜疑。他觉得，他头顶上那片莫斯科乌云和喀山的清谈之间，有着某种必然联系。

"我也搞不清楚到底出了什么事。"她说，"我们寄到喀山给马季亚罗夫的挂号信被退回莫斯科了。是他换了地址，还是已经离开喀山了？也许，出最坏的事了？"

"嗯，是啊。"施特鲁姆嘟哝道，陡然间不知所措。

玛丽娅·伊万诺芙娜似乎以为索科洛夫对施特鲁姆说起过退信的事。但施特鲁姆对此一无所知，索科洛夫什么也没跟他说过。施特鲁姆问她出了什么事，指的是马季亚罗夫跟索科洛夫闹翻的事。

"我们到乐游公园走走吧。"他说。

"可我们走的方向不对啊。"

"卡卢加那边有个入口。"他说。

他想更详细地了解一下马季亚罗夫的情况，问问卡里莫夫和马季亚罗夫互相猜疑的事。在空旷僻静的乐游公园，没有谁会打扰他们。玛丽娅·伊万诺芙娜会立刻明白这场谈话的重要性。他觉得可以毫无保留、满怀信任地向她倾诉困扰他的任何事情，确信她也会对他坦诚相见。

天气已经开始解冻。乐游公园土丘的斜坡上，半融化的积雪底下露出了潮湿的腐烂树叶，但沟里的积雪还很厚。阴霾的多云天低低压在他们头顶上。

"多美的黄昏。"施特鲁姆说，深深吸了几口湿润的冷空气。

"是啊，挺美，一个人也没有，像在郊外。"

他们沿着泥泞的小径漫步。遇到水洼，他就伸手帮玛丽娅·伊万诺芙娜跨过去。

他默不作声走了好一会儿，不想开始交谈，既不想谈战争或所里的事，也不想谈马季亚罗夫，不想谈他的担忧、预感和猜疑。他只想默默地跟这位娇小、略显笨拙却又步履轻盈的女子并肩走走，只想体味一种不费任何心思的轻松和安宁，至于这种感觉从何而来，他自己也说不清楚。

她走在旁边，微微低着头，也一言不发。

他们来到一条小河边，水面上漂着黑黢黢的浮冰。

"真好。"施特鲁姆说。

"是啊，真好。"她回答说。

河岸上的柏油路面很干燥，他们放开步子，像两个作远途旅行的旅游者。迎面走来一个受伤的中尉和一个穿滑雪衫的姑娘，姑娘个子不高，肩膀宽宽的。两人搂在一起，还不时亲吻。他俩走到施特鲁姆和玛丽娅·伊万诺芙娜身旁时，又接起吻来，还回头看了看，哈哈笑起来。

"我们家娜嘉没准儿也在这里跟她的中尉一起遛过弯。"施特鲁姆心想。

玛丽娅·伊万诺芙娜回头望一眼那对情侣，说：

"真要命。"她微微一笑，又补充道："柳德米拉·尼古拉耶芙娜跟我说了娜嘉的事。"

"是啊，"施特鲁姆说，"咄咄怪事。"

接着他说：

"我决定给电工研究所所长打个电话，毛遂自荐。如果他们不肯要我，我就随便找个地方去，新西伯利亚①，克拉斯诺亚尔斯克②，哪儿都行。"

"有什么办法，"她说，"看来也只能这样了。您是不会改变行为方式的。"

"这一切真要命。"他喃喃道。

他想告诉她，他对自己的研究、对实验室产生了强烈的依恋，看到即将进行首批实验的设备，他又喜又悲，半夜三更都忍不住想爬起来跑到研究所楼前，哪怕只是隔着窗户往里张望一下。但他害怕玛丽娅·伊万诺芙娜认为他在卖弄自己，于是什么也没说。

他们来到战利品陈列馆前，放慢了脚步，仔细观看涂成灰色的德国坦克、加农炮、迫击炮，还有一架机翼上漆着黑色卐字标记的飞机。

"即使不出声，没动静，这些武器看着还是怪害怕的。"玛丽娅·伊万诺芙娜说。

"没什么，"施特鲁姆说，"咱们得自我安慰，在未来的战争中，这些武器看上去就小儿科了，就像火枪和长戟一样。"

眼看快到公园大门，施特鲁姆说：

"咱们的散步就要到此结束了，多可惜，乐游公园太小了。您不累吧？"

"不，不，"她说，"我习惯了，经常步行。"

要不她没听懂他的话，要不她装作没听懂。

"您知道吗，"他说，"我们俩的见面总是取决于您跟柳德米拉的见面和我跟彼得·拉夫伦季耶维奇的见面，这是不是有点奇怪。"

"是啊，是有点，"她说，"但也只能这样啊。"

他们走出公园，一下子被城市的喧闹声包围，默默散步的乐趣消失了。他们来到离他们相遇处不远的广场上。

她抬头往上看着他，好像一个小姑娘看大人，说道："可能您如今对自己的工作、实验室和仪器有一种特殊的感情。但您是不会改变行为方式的，别人也许会，您不会。我给您带来了坏消息，但我以为，最好是知道真相。"

---

① 新西伯利亚建城于 1893 年，是新西伯利亚州的首府，也是整个西伯利亚地区最大的城市。

② 克拉斯诺亚尔斯克市是克拉斯诺亚尔斯克边疆区政府所在地，也是西伯利亚地区最重要的城市之一。

"谢谢，玛丽娅·伊万诺芙娜，"施特鲁姆握住她的手说，"谢谢，而且不仅仅为这个。"

他觉得她的手指在他手中颤了一下。

"奇怪，"她说，"我跟您分手几乎就在我们相遇的地方。"

他开玩笑说：

"难怪古人云：终即为始。"

她皱起额头，似乎在深思他的话，然后笑着说：

"我不懂。"

施特鲁姆注视着她的背影：个子不高，瘦瘦的，属于迎面走过的男子决不会为之回头的一类女子。

58

达伦斯基到卡尔梅克草原出差，在那里度过了沉闷的几个星期。那种度日如年的感觉，他还很少体会过。他给方面军领导拍了封电报，说明最左翼非常平静，他已经完成了交代的任务，没必要再逗留下去。但上级固执己见，就是不把他召回，达伦斯基也无法理解个中缘由。

最轻松的是工作时间，最难熬的是休息时刻。

四周全是松散干燥的沙子，一碰就沙沙作响。当然这里也有生命——蜥蜴和乌龟在沙子里簌簌爬动，尾巴在沙地上留下拖过的痕迹；有的地方生长着很易折的带刺植物，颜色与沙子相仿；老鹰在空中盘旋，搜寻鸟兽的尸体和垃圾；长足蜘蛛在疾速爬行。

严酷而贫瘠的大自然，无雪沙漠上十一月的寒冷和单调，好像把人掏空了，不仅掏空了他们的日常生活，还掏空了他们的头脑，人们的思想变得贫乏、单调而沉闷。

达伦斯基逐渐认命，接受了这个沉闷、单调的沙的世界。他过去总是食欲不振，可在这里却成天想着吃饭。第一道菜总是用大麦米和渍西红柿做的酸汤，第二道总是大麦米熬的粥，这两样如今成了他生活中的噩梦。在半明半暗的板棚里，人们坐在沾满汤汤水水的木桌前，手捧扁平的洋铁皮饭盒大口喝汤；望着这一切，他巴不得立刻跑出去，不再听汤匙的叮当声，不再闻汤和粥那令人作呕的气味。但每次一来到室外，食堂又重新诱惑他，他想着它，计算着到明天吃饭还有几个钟头。

夜里，小屋冷得像冰窖，达伦斯基很难睡踏实，后背、耳朵、手脚全冻得麻木，脸颊也冰冰凉的。他总是和衣而卧，脚上裹两条包脚布，头上系上毛巾。

起初，他很惊讶，在这里碰到的人似乎都不拿战争当回事，满脑子光想着吃喝、抽烟和洗涮问题。但很快，在他跟炮兵营长、炮兵连长们谈论过冬前的火炮准备、润滑油和弹药保障时，他发现自己头脑里也充塞着各种各样对日常生活的焦虑、希望和不满。

方面军司令部似乎遥不可及，他退而求其次，只希望能去埃利斯塔附近的集团军司令部待上一天。畅想这可能的出行时，他企望的不是跟蓝眼睛的阿拉·谢尔盖耶芙娜再度相逢，而是澡堂子、干净衣服和清汤面条。

甚至于，回想起在鲍瓦家过的一夜，感觉都那么美好，鲍瓦的简陋小屋好像也不算太差。况且跟鲍瓦聊的也不是洗涮，不是面条。

最折磨人的是虱子。

很长一段时间里，他搞不明白，为什么不由自主地老要在身上抓。在一次业务交谈过程中，他突然狠狠地抓起胳肢窝和大腿来，也没留意对方会心的微笑。一天天过去，他搔痒搔得越来越用力。渐渐地，他对锁骨附近和腋下的灼痛和瘙痒习以为常了。

他想，怕是得了湿疹，又给自己找了个解释：皮肤变得太干燥，受灰沙的刺激发了炎。

有时奇痒发作，他走着走着会突然停下来，拼命挠大腿、肚子、尾椎骨。

一到夜里，身上痒得特别厉害。达伦斯基常常半夜醒来，久久地用指甲拼命抓挠胸前的皮肤。有一次他仰面躺着，拱起两条腿，一面呻吟一面挠腿肚子。他还发现，越是暖和，湿疹越厉害。盖着被子时，全身上下火烧火燎，痒得无法忍受。可是夜间一走到寒冷的室外，瘙痒就消退了。他想，得去医疗所要点治湿疹的药膏。

一天早上，他无意中翻开衬衣领子，才发现衣领的接缝处密密麻麻挤着一排正在昏睡的虱子，一个个肚子胀鼓鼓的。达伦斯基不胜惶恐，羞愧地回头看了看邻铺上的大尉。大尉也已经醒来，正坐在板床上，凶神恶煞般地掐着敞开的衬裤上面的虱子。大尉的嘴唇无声地翕动着，显然是在清点战果。

达伦斯基把衬衣脱下来，依样画葫芦。

这是个宁静、多雾的早晨，没有炮火声，也没有飞机轰鸣，大概正因为如此，虱子在两位指挥官指甲下噼噼啪啪丧命的声音，听得格外真切。

大尉匆匆瞥一眼达伦斯基，嘟哝道：

"哦，好壮实，快赶上熊了！这肯定是只母的！"

达伦斯基眼睛不离衬衣领子，说：

"难道不发点药粉什么的吗？"

"发呀，"大尉说，"可是有屁用！我们需要的是澡堂子，但这里连喝的水都缺。食堂要节约用水，碗碟几乎都不洗。哪里还顾得上澡堂子！"

"那消毒室呢？"

"去它的吧。就算把军装烧了，虱子也不过变得更红点儿。嘿，当初我们充当预备队，在'棒死啦'驻扎那阵，那日子才叫滋润呢！我连食堂都不去。女房东管吃管喝，而且那娘儿们一点儿也不老，可水灵了。每礼拜洗两次澡，天天有啤酒喝。"

他把地名"奔萨"说成"棒死啦"，明显是故意的。

"那怎么办？"达伦斯基说，"我们离'棒死啦'又那么远。"

大尉正经八百看着他，语气中充满信任：

"有个好办法把虱子全干掉，中校同志。用鼻烟！拿块砖头捣碎，掺上鼻烟，然后撒在内衣上。虱子会打喷嚏，乱转一气，脑袋撞到砖头上，就完蛋了。"

大尉脸上依然正经八百，达伦斯基好半天才回过神来，大尉是拿民间传说逗他玩儿呢。

接下来几天，达伦斯基已经听到十几个版本的灭虱秘方。有关虱子的民间传说真是个丰富的宝藏。

现在他脑子里白天黑夜充斥着许多问题：食物、洗涮、换军装、药粉、用滚烫的瓶子烫死虱子、烧死虱子、冻死虱子。他连女人都不想了。他回想起劳改营刑事犯中间流传的一句话："好死不如赖活着，活着甭再想老婆。"

59

达伦斯基一整天都待在炮兵营阵地上。这一天他没有听见一声炮声，也没看到一架飞机出现在空中。

营长是个年轻的哈萨克人，俄语说得字正腔圆，他对达伦斯基说：

"我想明年在这里开块瓜田，到时候请您来吃甜瓜。"

营长觉得这里的生活蛮好。他开着玩笑，露出一口白牙，两条短腿弯弯的，在厚厚的沙层上走起来却轻快如风，对屋顶铺着碎油毡片的简陋小屋旁边那几头套在一起的骆驼，还不时报以友善的微笑。

但达伦斯基对哈萨克小伙子的乐观情绪很不以为然，他只想一个人待着，所以天一黑就独自向一连的发射阵地走去，虽说白天他已经在那儿待过了。

月亮升起来了，红里透黑，大得不可思议。它憋着劲，脸涨成深红色，在透明的漆黑天空中冉冉升起。在愤怒的月光照耀下，夜色中的沙漠、长炮筒加农炮、反坦克炮和火箭炮显得怪怪的，令人震惊、警觉。一队骆驼拉着乡间大车逶迤而行，车上装着一箱箱弹药和干草，车轮在重压之下吱吱嘎嘎作响。所有看似不相干的东西在这里汇集到了一起：拖拉机牵引车，装载集团军报纸印刷设备的带篷卡车，无线电台的桅杆式天线，骆驼那长长的脖子和平稳的、波浪形的步态，远远看去，骆驼仿佛全身没有一根硬骨，整个是由橡胶制成的。

骆驼队缓缓走过，寒冷的空气中飘散出一股农村干草的气息。遥想当年，在伊戈尔远征军厮杀的荒漠上空，也曾飘浮着这样一个红里透黑、大得不可思议的月亮。当波斯人的大军开进希腊，古罗马军团攻入日耳曼森林的时候，当古罗马第一任执政官的大军观看夜幕降临到金字塔上空时，天上也挂着同样一个月亮。

人们回首往事时，总会用细小的筛子筛选出伟大事件的凝块，而把普通士兵的痛苦、迷茫和忧愁筛去。于是，人们的记忆中只留下空洞的故事——取胜的军队是如何布阵的，打败的军队又是如何布阵的，参战的战车、石弩、大象有多少，或者大炮、坦克、轰炸机有多少。人们会津津乐道某个英明又走运的统帅如何牵制敌人中路，突击侧翼，预备队如何从山岗后突然杀出，一举决定了战局胜负。仅此而已。且慢，还有个常见的结局：那位走运的统帅班师回朝，却被怀疑意图谋反篡权，于是为拯救祖国起见被砍掉脑袋，或者，如果运气稍好点，被流放他乡。

请看艺术家创作的一场昔日战役的画面：一轮巨大的黯淡月亮低垂在为荣耀而厮杀的战场上空，身披铠甲的勇士们伸开双臂长眠在大地上，破碎的战车或被炸毁的坦克弃置路旁，胜利者手握冲锋枪，头戴带铜鹰的古罗马头盔或近卫军皮帽，身披的防雨斗篷在风中飘扬。

达伦斯基垂着头，坐在炮兵连发射阵地一个弹药箱上，听两个盖着大衣躺在大炮旁的红军战士聊天。连长和政治指导员去营部了。炮兵们从通信兵那里打听过中校的底细，知道达伦斯基是方面军司令部派来的代表。看他似乎睡熟了，两个红军战士怡然自得地吸着自卷的香烟，吐出一团团轻柔的烟圈。

看样子这两人是好朋友，彼此关爱、信任，他们相信，一方生活中发生的任何琐事，都会引起另一方的兴趣，都值得另一方关注。

"怎么啦？"两人中的一个问，语气中似乎有几分嘲讽和冷漠。

另一个好像有些不乐意地答道：

"怎么啦，怎么啦，难道你没看见？我脚疼，这鞋没法穿。"

"那又怎样？"

"那还得穿啊，又不能光着脚走路。"

"是啊，这么说，没发靴子给你。"第二个说，声音里已经没有了嘲笑和冷漠；他对这件事显然很关心。

后来他们聊起了各人的家事。

"你猜我老婆来信都写了些什么？缺这样，少那样，一会儿儿子生病，一会儿女儿不舒服。唉，女人嘛，你是知道的。"

"我们家那位说得更干脆：你们在前线，当然什么也不用操心，你们有口粮，可我们这里，战争打乱了一切，日子没法过了。"

"妇人之见，"第一个说，"她待在大后方，没法理解前线的情况。光看到你那份口粮了。"

"没错，"第二个附和道，"她搞不到煤油，就以为世上不可能有更糟糕的事情了。"

"很清楚，对她来说，排个队买东西，比咱们在沙漠里用燃烧瓶打退坦克还要艰难。"

他提到了坦克和燃烧瓶，尽管他和同伴都知道，德国人的坦克一次也没到过这里。

就在此时此地，在战时沙漠中的一个寒夜，两人扯到了家庭中的一个永恒话题——在日常生活中，谁的担子更重，男人还是女人？两人中的一个犹豫不决地说：

"顺便说说，我们家那口子病了，脊柱有问题，提东西稍微重一点，就得躺上一星期。"

接着话题又陡然改变，他们聊起这个缺水的鬼地方。躺得离达伦斯基稍近的那个战士说：

"她这么写不大会是出于恶意，只是不了解情况罢了。"

第一个炮兵乐得有个台阶下，承认起先说到老婆时他的话有点过分。但他又不肯完全收回那些话：

"没错。是我一时糊涂了。"

接着他们抽起烟来，沉默不语，随后又聊起安全剃须刀片、刮胡刀、连长的新军装，说到不管多么艰难，人总想在世界上活下去。

"你看看，看这夜色！你知道吗，我上中学时，就看见过这么一幅画：月亮挂在田野上，地上躺着被打死的勇士。"

"那可没法比，"第二个讪笑道，"那些人是勇士，我们算啥，几只菜鸟罢了。"

60

达伦斯基右面传来一声爆炸，打破了寂静。"103毫米口径大炮。"他灵敏的耳朵立刻做出判断。脑子里闪过一连串通常与敌方地雷或炮弹的爆炸声相关的念头："偶然的？单发？试射？不会是夹叉射击[①]吧！大规模炮轰？还是为出动坦克打前站？"

所有战场老手都在谛听，都在脑子里做着与达伦斯基类似的推断。

战场老手能从上百种声响中捕捉到真正令人不安的一种。所有士兵，不管当时正在忙什么：手拿勺子喝汤的，擦枪的，写信的，掏鼻孔的，看报的，或是无所事事的，霎时间全都会转过头来，竖起机敏的耳朵细细倾听。

答案很快就来了。先是右方，紧接着是左方，传来几声爆炸，于是轰隆声四起，烟雾升腾，大地开始颤抖。

这是大规模炮轰。

烟雾弥漫，尘土飞扬，爆炸的火光不时闪亮。火光甫灭，又腾起一团团新的烟雾。人们四处奔跑寻找掩蔽处，有的索性扑倒在地。

尖厉的哀号声响彻沙漠。火箭炮弹在骆驼队近旁爆炸，受惊的骆驼挣断套索四处乱窜，大车翻倒在地上。达伦斯基忘了飞舞的弹片，呆呆地站在那里，被可怕的场面震慑了。

他脑海中异常清晰地闪过一个念头：祖国的末日可能就在眼前。他觉得自己在劫难逃。在沙地上四处乱窜的骆驼那凄厉的嘶鸣跟寻找躲避处的人们用俄语发出的惊恐叫声混杂在一起。俄罗斯要完了！被驱赶到毗邻亚洲的寒冷沙漠中的俄罗斯，就要在这里，在这阴森冷漠的月光下死去！他最贴心的、无比热爱的俄罗斯语言和在德国人炮弹追逐下四散逃窜的骆驼的绝望的嘶叫声汇成了一片。

在这痛苦的时刻，他心中没有愤怒，没有憎恨，只有对世上所有弱者的兄弟般的同情。不知为什么，他在草原上遇见的那个卡尔梅克老人那饱经岁月沧桑的脸庞突然浮现在脑际，感觉如此亲近，就像个老熟人。

"有什么办法，这是命中注定的。"他心中暗想，并且拿定主意，如果不幸战败，他也不必再苟活于人世了。

他打量了一下隐蔽在战壕里的战士，打起精神，准备接过指挥炮兵连的重任，率领战士们投入这场凄惨的战斗。他大声叫道：

[①] 炮兵射击用语，又称夹叉法，炮兵试射方法之一。夹叉法试射是在不能测定炸点的距离偏差量时，用不同诸元发射的炸点夹叉目标（试射点），并逐次缩小夹叉到一定限度，以求得最佳射击效果。

"喂，报务员，过这边来！上我这儿来！"

但突然间，一切归于平静，再也听不到爆炸的轰响。

这天夜里，遵照斯大林的指示，三支方面军的司令员——瓦图京中将、罗科索夫斯基中将和叶廖缅科上将各自向部队下达了进攻令，这次进攻将在此后一百小时内决定斯大林格勒大会战的命运，决定保卢斯集团军三十三万德军的命运，从而成为战争进程的转折点。

炮兵营营部收到一封致达伦斯基的电报，命令他前往诺维科夫上校的坦克军，并向总参谋部有关人员通报该坦克军的作战情况。

61

十月革命节过后不久，德国空军再次向斯大林格勒发电厂展开密集轰炸。十八架轰炸机轮番出动，投下无数重磅炸弹。

一团团黑烟笼罩在废墟上空，发电厂在德国空军的歼击性打击下完全瘫痪了。

这次空袭之后，斯皮里多诺夫两只手颤抖得厉害。端起茶缸喝水时，茶水常常泼溅出来，有时手指抖得无法握住茶缸，他不得不把茶缸放回桌上。他发现，制止手指颤抖的唯一良方，是伏特加。

斯皮里多诺夫和发电厂其他领导准许工人们撤离，于是许多工人搭船渡过伏尔加河和图马克河，穿过草原，在阿赫图巴河中游和列宁斯克落脚。发电厂领导同时请示莫斯科，要求允许厂领导撤离，因为车间完全被摧毁，他们继续待在前线已经毫无意义。但莫斯科迟迟不作答复，斯皮里多诺夫十分焦急。党委书记尼古拉耶夫在空袭后不久就奉党中央命令，搭乘"道格拉斯"飞回了莫斯科。

斯皮里多诺夫和卡梅绍夫待在发电厂废墟中无事可干，互相劝说对方赶快离开。但莫斯科方面一直没表态。

斯皮里多诺夫最担心的是薇拉的命运。她渡过伏尔加河去左岸后，健康状况很糟，无法上列宁斯克。离临盆只有两三个月，无法想象让她坐在卡车车厢里，在结了冰的泥泞路面上颠簸将近一百公里。

相熟的工人们把她抬到一艘驳船上，停泊在岸边的驳船被冻在河里，成了一所临时宿舍。

发电厂遭受第二次空袭后不久，她托快艇的机械师给斯皮里多诺夫捎去一张字条。她请父亲放心，告诉他自己安顿得很好，在船舱里用隔板隔出了一间小屋，挺舒适。疏散人员中有一位来自贝凯托夫门诊所的护士和一位上了年纪的助产士。离驳船四公里处还有一所野战医院，万一出现什么情况可以随时叫到医生。驳船上可以烧开水、做饭，州党委为他们提供食物，大家一起开伙。

尽管薇拉让父亲别担心，但她字条里每句话都让斯皮里多诺夫越发担忧。只有一件事让他多少感到安慰，那就是薇拉说自打她上船后，驳船一次也没有挨过轰炸。倘若斯皮里多诺夫自己能渡到左岸，搞到一辆小汽车或救护车应当不成问题，那样他就能把薇拉送到阿赫图巴河中游地区了。

可是莫斯科一直没动静，没表示要把厂长和总工程师召回，尽管如今在被炸毁的斯大林格勒发电厂只需要一支很小的军事化护厂小分队。工人和技术人员都不高兴成天在发电厂里闲逛，无所事事。因此，一经斯皮里多诺夫批准，全都渡河去了左岸。

只有安德烈耶夫老头不肯接受厂长那份写在正式公文信笺上、还加盖了圆形公章的证明。

上次空袭后，斯皮里多诺夫曾建议安德烈耶夫去列宁斯克他儿媳和孙子那里，可安德烈耶夫说：

"不，我就待在这里。"

对老头来说，待在斯大林格勒岸边，他与以前生活的联系就还在。也许再过一段时间，他要到拖拉机厂工人新村去看看。他要到被烧毁、被炸垮的楼房中间去走走，到妻子照料过的小花园去看看。他要整修断了枝叶的小树，要查看一下埋藏的东西是不是还在原处，然后在倒塌的篱笆旁边找块石头，坐上一会儿。

"你看，瓦尔瓦拉，瞧，缝纫机还在老地方，锈都没生。篱笆旁边那棵苹果树没指望了，被炮弹片砍得只剩半截。地窖里的那桶酸白菜倒是好好的，只是面上长了点霉。"

斯皮里多诺夫想跟柯雷莫夫商量商量自己该怎么办，但自从十月革命纪念日后，柯雷莫夫就没来过斯大林格勒发电厂。

斯皮里多诺夫和卡梅绍夫决定等到 11 月 17 日，到时不管三七二十一就走人，因为留在斯大林格勒发电厂已经没有任何意义了。德国人还在时不时地炮击发电厂。自打上次密集空袭之后，卡梅绍夫一直很焦躁，他说：

"斯捷潘·费奥多罗维奇，他们还这么乱轰一气，说明他们的侦察根本不管用。咱们厂随时可能再遭到空袭。您是知道这帮德国人的，像发疯的公牛，空空如也的地方也冲撞个不停。"

11 月 18 日，斯皮里多诺夫告别护厂小分队、吻别安德烈耶夫、最后一次环视发电厂的废墟后，终于在没有等到莫斯科正式批准的情况下，离开了斯大林格勒发电厂。

说实在的，在斯大林格勒战役期间，他在发电厂忠于职守，做了大量艰苦的工作。最值得称道的是，他对战争怕得要死，不习惯前线的环境，一想起空袭就胆战心惊，空袭来临时更是吓得六神无主，但尽管如此，他却始终坚守在工作岗位上。

此刻，他提着手提箱，背着包袱，回过头来朝站在炸毁的厂门口的安德烈耶夫挥了挥手，看看窗户破碎的工程技术大楼，看看涡轮车间那阴郁的墙壁，又望了望还在燃烧的油浸绝缘器件上方升起的轻烟。

他离开了发电厂，那里已经不再需要他。他离开后一天，苏联军队发起了反攻。

但就这一天之差，使他所有诚实而艰苦的工作在许多人眼中化为乌有，那些人原本准备称他为英雄，现在转而称他为懦夫、逃兵。

而他自己，每当忆起如何走出厂门，如何频频回头张望、挥手，那个愁眉苦脸的孤老头如何站在厂门口，远远目送他的背影时，痛苦的感觉便充塞心中，挥之不去，久久地、久久地。

62

薇拉生了个儿子。

她躺在驳船船舱里一张板床上，床是用毛糙的木板钉成的。为御寒起见，女人们在她身上盖了一大堆破衣烂衫。新生儿裹在床单里，躺在她身旁。每当有人来看她，撩起帘子时，她就看到许多人，有男有女，还看到双层板铺上挂下来的各种破旧衣物。她听到乱哄哄的说话声、孩子的叫喊声和嬉闹声。她觉得脑子里跟烟气腾腾的船舱里一样，都是一片迷糊。

船舱里又闷又冷，板墙上有的地方还结了冰花。人们夜里睡觉都不脱毡靴和棉衣，女人们成天裹着头巾和破被子，不停地朝冻僵的手指哈气。

亮光从一个小小的窗户射进来，窗口几乎跟冰面齐平。即使在大白天，船舱里也半明半暗。晚上，照明的油灯没有玻璃罩，人们的脸被熏得黑乎乎的。甲板上的舱口盖一打开，船舱里就涌进一团团白汽，好像炸弹爆炸时的硝烟。

头发蓬乱的老太婆们在梳理花白的头发，老头们端着开水缸坐在地板上。到处是五颜六色的枕头、包袱和木箱，系着头巾的孩子们拿这些乱七八糟的东西当玩具，在上面爬来爬去。

小宝宝躺在薇拉怀里，她觉得自己的思想、对人的态度全变了，她的身体也变了。

她想起自己的女友济娜·梅利尼科娃和照料济娜的老太太谢尔盖耶芙娜，想起春天、母亲、一件破衬衫、一条棉被，想起谢廖扎、托利亚、洗衣肥皂，想起德国飞机、斯大林格勒发电厂的避弹所、她久未洗过的头发——而她脑海中掠过的一切，都浸透了她对新生儿的感情，与他密切相关；取决于与新生儿是否有联系，某个事物也许充满意义，也许毫无意义。

　　她看了看自己的手脚、胸脯和手指头。这双手已经不是打排球、写文章、翻书页的那双手。这两条腿也已经不是爬中学楼梯、在温暖的河水中拍打、被荨麻刺得灼痛的那双腿，不是路人们见到她时禁不住要回头再望一眼的那双腿了。

　　一想到孩子，她立刻想起维克托罗夫。

　　左岸有好几个机场，维克托罗夫可能就在附近，伏尔加河已经不能把他俩隔开。

　　等着好啦，马上就会有飞行员走进船舱，她会问他们："你们认识维克托罗夫中尉吗？"

　　飞行员们会说："认识。""请告诉他，他的儿子和妻子在这里。"

　　女人们到帘子后面看她，摇着头，笑笑，不时叹口气，有的朝男婴俯下身子，眼泪扑簌簌往下掉。

　　她们为自己而哭，为新生儿而笑，无须言辞就能明白她们的意思。

　　如果有人问薇拉什么问题，那么这些问话都围绕着一个主题——产妇是否能满足婴孩的需要：奶水够不够，乳房发炎了没有，潮湿的空气是不是让她觉得憋闷。

　　产后第三天，父亲来到她身边。他完全没有大型发电厂厂长的威仪了——拎着手提箱，扛了个包袱，胡子拉碴，大衣领子翻起来，腰上还扎了根领带，面颊和鼻子被寒风吹得通红。

　　当斯捷潘·费奥多罗维奇走到女儿板床前时，她看到父亲的脸在抽搐，而在最初的瞬间，那张脸不是转向她，而是转向了躺在她边上的小生命。

　　他即刻转身背对着她，从他后背和肩膀的动作，她看出他在抽泣。她知道，他是在哭自己的妻子永远无法知道小外孙的问世，永远不能像他刚才那样，朝新生儿俯下身子了。

　　但他马上又气恼自己当着那么多人的面流下眼泪。他用冻得沙哑的声音说：

　　"瞧瞧，你让我当姥爷了。"他朝薇拉俯下身子，在她的额头上亲了一下，用冰凉的脏手抚摸着她的肩头。

　　然后他告诉薇拉：

　　"十月革命节那天，柯雷莫夫来过发电厂，他不知道你母亲已经去世了。他一个劲儿打听叶尼娅的消息。"

一个没刮胡子的老者穿了件露出破棉絮的蓝色棉袄，气喘吁吁地插话说：

"斯皮里多诺夫同志，为了鼓励杀人，咱们颁发了好多勋章，什么库图佐夫勋章、列宁勋章、金星英雄勋章，等等。死的人多了去了，有咱们的，也有他们的。您的女儿在这么艰苦的条件下却带给我们一个新生命，该奖给她多大一颗星呢？两公斤不算多吧？"

在孩子出生后谈起薇拉本人，这位老者是头一个。

斯皮里多诺夫决定留在驳船上，等薇拉身体稍为硬朗点，就带她去列宁斯克。他本来就打算去古比雪夫等候新的任命，列宁斯克正好顺路。眼见到船上的伙食状况那么糟糕，他觉得必须尽快给女儿和外孙搞些吃的来，所以，等身子暖和过来后，他就出发去寻找设在附近森林里的州党委指挥所，指望在那里通过熟人搞到点脂肪和白糖。

63

这一天，船舱里的日子格外难熬。伏尔加河上空笼罩着厚厚的乌云，孩子们平常会到堆满垃圾和黑色污水的肮脏冰面上玩耍，现在也不敢出去了。女人们不再到冰窟窿边上去洗衣服。下游吹来的凛冽寒风撕扯着冻在冰面上的破布，透过舱门的缝隙灌进船舱，整条驳船充满呼呼的怒号声和吱吱嘎嘎的响声。

人们麻木了，裹着头巾、棉袄、被子呆坐着。最饶舌的老太婆也一言不发，静听着风儿怒号，木板咯吱咯吱响。

天光渐暗，这黑暗似乎来自人们无法承受的痛苦，来自折磨着所有人的寒冷，来自饥饿，来自肮脏，来自无穷无尽的战争苦难。

薇拉躺在床上，把棉袄一直拉到下巴底下。每次寒风刮进船舱，她面颊上就拂过一阵凉意。

此时此刻，人生似乎跌入谷底，不再有任何希望——父亲不可能把她从这里带走，战争永远不会结束，一开春德国人的铁蹄将践踏乌拉尔和西伯利亚，德军的飞机将永远在天空中轰鸣，炸弹的爆炸声将永远不绝于耳。

她一直相信维克托罗夫就在不远的地方，但现在她开始动摇。前线远不止一处，而且，也许他已经既不在前线，也不在后方了。

她掀开床单的一角，端详着孩子的脸庞。婴孩为什么哭泣？也许，是她的忧愁传给了他，犹如她的体温、她的乳汁传给了他。

这一天，刺骨的寒冷，无情的寒风，在伟大俄罗斯的平原、江河上进行的大规模战争，压得所有人都喘不过气来。

如此饥寒交迫的可怕日子，一个人能够忍受多久？

替薇拉接生的谢尔盖耶芙娜老太婆走到薇拉跟前，对她说：

"我可不喜欢你今天这副样子，头一天你看起来好多了。"

"没关系，"薇拉说，"爸爸明天会来，他会带吃的来。"

尽管谢尔盖耶芙娜很高兴薇拉她爸爸能带些脂肪和白糖来，还是板着脸恶狠狠地说：

"你们这帮当官的总是有办法，不愁找不到额外的吃食。可我们呢，只有一样可吃的——冻土豆。"

"安静！"有人大声说，"安静！"

船舱的另一头传来一个不很清晰的声音。

蓦地，这声音变得响亮起来，盖过了所有别的声响。

有个人借着油灯的光亮在念：

"最新消息……我军在斯大林格勒城区进攻顺利……几天来，部署在通往斯大林格勒要冲地的我军转入对德国法西斯军队的反攻。反攻从两个方向开始：斯大林格勒西北部和斯大林格勒南部……"

人们默默地站着，热泪从脸颊上流下。一种无形的联系神奇地在这些人和战士们之间建立起来，那些战士，有的正顶着寒风，用手遮挡着脸，在雪地上艰难行进；有的已经倒在雪堆里，浑身是血，他们那渐渐黯淡下去的目光，正向生活做最后的道别。

老人和妇女们在哭，工人们在哭，孩子们脸上带着不像孩子的神情，站在大人们身边，听着。

"我军攻克了顿河东岸的卡拉奇城，占领了克里沃穆兹金车站，占领了阿布加萨罗沃车站和市区……"读通报的人念道。

薇拉跟大伙一起流着眼泪。她也感觉到了一种无形的神奇联系：那些在严冬的黑夜中行进，跌倒了再爬起来，爬起来又跌倒，如此反复，终于在最后一次跌倒后再也爬不起来的人们，跟他们这些精疲力竭、在船舱里聆听大反攻消息的人们之间，存在着这种联系。

为了她，为了她的儿子，为了双手被冰水冻得皲裂的妇人，为了老人和系着妈妈的破头巾的儿童，有人正在赴死。

欣喜中，她一面哭泣，一面想，她的丈夫将要到这里来，妇人、老人、工人将团团围住他，对他说："好小伙子！"

正在读苏联情报局通报的那个人念道：

"我军的反攻还在继续。"

64

司令部值日官向空军第八集团军司令员汇报了进攻当日各歼击机团的战况。

将军浏览了放在他面前的文件，对值日官说：

"扎卡布卢卡真不走运，昨天他的政委才被打死，今天又损失了两名飞行员。"

"司令员同志，我给团部打了电话，"值日官说，"贝尔曼同志的葬礼定于明天举行。军委委员答应到团里去一趟，并发表讲话。"

"咱们这位委员就爱发表讲话。"司令员笑道。

"司令员同志，两名牺牲的飞行员的情况是这样的：科洛利中尉在第三十八近卫师驻地上空坠毁，飞行分队队长维克托罗夫上尉在德军机场上空被几架'梅塞'机围攻，中弹起火，没能返回我军防线，坠落在一个处于中立地带的高地上。步兵发现后，几次试图抢回尸体，但都被德国人挡了回来。"

"是啊，这种事经常发生，"司令员说道，用铅笔挠挠鼻子，"有件事需要您办一下：跟方面军司令部取得联系，催他们一下，扎哈罗夫答应过给我们换辆'威利斯'吉普车，要不然，我们马上就没车子坐了。"

飞行员的尸体在积雪的山岗上躺了一整夜。这一夜天气奇寒，星星格外明亮。黎明时分，朝霞映照下，山岗整个变成了绯红色，飞行员静静地躺在绯红色的山岗上。随后刮起一阵贴着地面的搅雪风，渐渐地，渐渐地，尸体被白雪完全覆盖了。

第 三 部

1

斯大林格勒大反攻开始前几天，柯雷莫夫来到第六十四集团军地下指挥所。军事委员会委员阿勃拉莫夫的副官正坐在办公桌后面，就着鸡汤吃馅饼。

副官放下汤匙，叹了口气，从他的神情可以看出，鸡汤的味道相当鲜美。柯雷莫夫的眼睛不由得湿润了，他突然好想好想吃一块白菜小馅饼。

副官到隔板后面禀报客人到访，那边安静了一小会儿，然后响起一个沙哑的声音。这声音柯雷莫夫十分熟悉，但话音很低，柯雷莫夫听不清他说了些什么。

副官走出来，对柯雷莫夫说：

"军委委员不能接见您。"

柯雷莫夫很惊讶：

"不是我请求接见的，是阿勃拉莫夫同志召见我。"

副官盯着鸡汤不作声。

"这么说，召见取消了？我搞不懂是怎么回事……"柯雷莫夫说。

柯雷莫夫走出指挥所，来到地面上，沿着一个小山沟向伏尔加河岸边走去。集团军军报的编辑部就设在那里。

他一路走，一路谛听库波罗斯纳亚山谷那边传来的零散的、无精打采的炮声。想起这次莫名其妙的召见，想起被他人的馅饼勾起的强烈食欲，他心里十分窝火。

一位头戴船形帽、身穿军大衣的姑娘向作战处走去。柯雷莫夫打量她一眼，心想："好漂亮！"

随时可能发作的那种惆怅感又猛地袭来，他的心揪紧了——他想起了叶尼娅。但他随即祭起惯用的应对方法，呵斥自己："忘掉她，忘掉她！"他开始回忆那次在小镇借住的一夜，回忆那个年轻的哥萨克女人。

后来他又想起斯皮里多诺夫："是个好人，不过，当然算不上斯宾诺莎①。"

---

① 巴鲁赫·德·斯宾诺莎（1632—1677），犹太人，近代西方哲学的三大理性主义者之一，与笛卡尔和莱布尼茨齐名。

所有这些思绪，无精打采的炮声，对阿勃拉莫夫的恼怒，秋日的天空，后来好长一段时间他都记得清清楚楚。

一个军大衣上佩戴着草绿色大尉军衔的司令部工作人员叫住了他。他从地下指挥所一出来，这个人就一直跟在他屁股后面。

柯雷莫夫摸不着头脑，困惑地望着他。

"这边，这边，请。"大尉用手指着一座小屋的房门，平静地说。

柯雷莫夫从哨兵身边经过，走进门口。

他们走进一个房间，里面摆着一张办公桌，木板墙上用图钉钉着一张斯大林像。

柯雷莫夫猜想，大尉也许会对他说："对不起，营级政委同志，能麻烦您把一份报告转交给左岸的托谢耶夫同志吗？"

然而大尉没有这样说。

他说："交出武器和个人证件。"

柯雷莫夫不知所措，慌乱中，说了一句已经毫无意义的话：

"您有什么权力？您得先向我出示您的证件，然后再向我提这样的要求。"

然后，尽管他深信此事极其荒谬、难以想象，却又明白事情千真万确已经发生了，他说了一句在他之前成千上万遇到类似情况的人说过的话：

"太荒唐了，我一点也摸不着头脑，这肯定是个误会。"

然而说这话时，他已经不是一个自由人了。

2

"别装蒜了。说吧，在被包围时，您被什么人收买了？"

他正在伏尔加河左岸，在方面军特勤处受审。

油漆的地板，窗台上摆放的花盆，墙壁上的简易挂钟，在在显露出外省的舒适和宁静。微微颤动的窗玻璃和斯大林格勒方向传来的隆隆爆炸声，表明敌军轰炸机群正在伏尔加河右岸投弹，给他一种习以为常，甚至有点亲切的感觉。

坐在木头餐桌后面的陆军中校，与他想象中嘴唇苍白的审讯员怎么也对不上号。

但此刻，这位肩膀上蹭了一块壁炉白灰的中校，走向端坐在木凳上那位曾经在东方殖民地国家开展劳工运动的专家，那位身穿军装、袖口上缀有政委星章的军人，那位由一个温柔善良的母亲养育的儿子，抬起手来，给了他脸上一记重拳。

柯雷莫夫伸手抹了抹嘴唇和鼻子，然后看看手掌，只见手掌上沾着混了唾沫的鲜血。他咂了咂嘴，舌头不听使唤，嘴唇也麻木了。他看了看上过油漆、不久前刚刚刷洗过的地板，把嘴里的鲜血咽了下去。

对这个特勤处军官，柯雷莫夫到了晚上才产生恨意。挨揍的头几分钟，他既未感到仇恨，也未感到疼痛。照脸上来的这一记猛击，用意是精神摧残，除了让人肌肉麻木、眼冒金星，没有别的任何作用。

柯雷莫夫回头看看哨兵，感到羞愧难当。这个红军战士亲眼目睹了一位共产党员如何挨打！他们居然殴打共产党员柯雷莫夫，而且当着这个小伙子的面殴打！要知道，柯雷莫夫投身于其中的那场伟大革命，不就是为了这些小伙子吗？

中校看了看表。处长食堂的晚餐时间到了。

柯雷莫夫被人押解着，踩着粉尘般的雪糁，穿过院子向一座木屋走去。从斯大林格勒方向，传来格外清晰的空袭轰炸声。

刚挨打时的麻木、眼前的金星消失后，柯雷莫夫的头一个念头是，德国人的炸弹也许可以把这座牢房夷为平地……这个念头很简单，很卑劣。

这座用原木构筑的牢房令人窒息。在深切的绝望和愤怒折磨下，他的神志逐渐模糊。一会儿，他扯着嘶哑的嗓子，高声呼喊着向飞机跑去，迎接老朋友格奥尔吉·季米特罗夫[①]；一会儿，他在抬克拉拉·蔡特金[②]的灵柩；一会儿，他又偷偷地抬眼张望，生怕特勤处那位军官再给他脸上来一下。他曾经率领人们突出重围，大伙儿尊称他"政委同志"。但现在，这个手持冲锋枪的农村小伙却用鄙视的目光盯着他，盯着他这个在受审时被另一个共产党员殴打的共产党员……

他还不能充分意识到"剥夺自由"这几个字的可怕含义。他已经变成另一种生物，因为被剥夺了自由，他身上的一切都相应地改变了。

他气得两眼发黑……他要去找谢尔巴科夫，要向党中央告状，他要设法求莫洛托夫干预，不枪毙这个混蛋中校，他决不罢休。要是不信，就拿起电话筒吧！给克拉辛打个电话好了。知道吗，就连斯大林本人都听说过我，知道我的名字。有一次斯大林同志问日丹诺夫同志："哪个柯雷莫夫，是在共产国际工作过的那个吗？"

可是柯雷莫夫又感到双脚陷在泥沼地里，眼看就要被拖入黑黝黝、黏糊糊的无底深渊……一种难以抗拒的力量压制住了他，这种力量比德国装甲师还要强大。他被剥夺了自由。

叶尼娅！叶尼娅！你能看到我吗？叶尼娅！看看我吧，我倒了八辈子的霉！我孤身一人，被所有人抛弃，也被我抛弃了。

一个败类打了他。他头晕脑涨，气得手指发抖，恨不得掐住那个特勤处军官的

---

① 格奥尔吉·季米特罗夫（1882—1949），保加利亚和国际共产主义运动活动家。

② 克拉拉·蔡特金（1857—1933），德国和国际共产主义运动女活动家。德国共产党的创始人之一。

咽喉。

无论是对沙皇宪兵、对孟什维克，还是对他曾经审问过的党卫队军官，他从未曾体验过如此刻骨的仇恨。

在这个欺侮他的人身上，柯雷莫夫看到的不是外人，而是看到了他自己——柯雷莫夫，看到了当年那个小青年，那个被《共产党宣言》中的名句"全世界无产者，联合起来！"震撼而流下幸福泪水的小青年。这种近似感才是真正可怕的……

3

暮色降临了。斯大林格勒会战的炮声有时会传来，于是隆隆的声响便回荡在囚室室闷而混浊的空气中。也许，德寇正在轰击为捍卫正义事业而战的巴丘克师和罗季姆采夫师。

过道上偶尔有人走动。集体囚室的门时开时关，里面关押的是逃兵、祖国的叛徒、趁火打劫者和强奸犯。经常有人要求上厕所，看守总要跟他们争吵半天才肯开门。

柯雷莫夫从斯大林格勒右岸被押解过来后，在这间集体囚室里关了一小段时间。对这位袖口上还缀着红星标志的政委，没有人多看一眼。犯人们感兴趣的只是他身上有没有可以拿来卷马合烟的纸片。这些人除了吃饭、抽烟、大小便，别无所求。

他是被什么人构陷的？明明知道自己的清白，却又无法洗刷加在头上的罪名，这种感觉的锥心之痛，未经历过的人是无法想象的。罗季姆采夫师指挥所的地下坑道、6/1 号楼的废墟、白俄罗斯的沼泽地、沃罗涅日的冬天、大江大河的渡口，那幸福、轻松的一切，都一去不复返了。

此刻，他多想到街上走一走，抬头看看天空。去买张报纸。刮刮脸。给弟弟写封信。他想喝杯茶。他得归还一本仅供当日借阅的书。想看看表。上澡堂洗个澡。从手提箱里取一方手帕。但他什么也做不了。他已经被剥夺了自由。

过了不久，柯雷莫夫被押出集体囚室，来到过道上。监狱长见到看守就开骂：

"我对你交代得清清楚楚的，你他妈为什么还把他塞到集体囚室去？傻呵呵呆站着干吗，想上前线遛遛，是不是？"

监狱长一走，看守便向柯雷莫夫抱怨起来：

"咳，老是这样。单人囚室有主了啊！是他自己下的命令，单人囚室专门关死囚。要是把您关进去，那死囚又往哪儿搁？"

很快，柯雷莫夫就看见几个冲锋枪手把一名判处枪决的囚犯押出单人囚室。那人的头发颜色很浅，紧贴在又扁又窄的后脑勺上。说不准他的年纪，也许二十岁，也许三十五岁。

柯雷莫夫被关进刚刚腾出的单人囚室。昏暗中，依稀能看出桌上有个军用饭盒，在饭盒旁边，柯雷莫夫摸到一只用面包瓤捏的小兔子。看来，那个死囚刚捏好它，面包还是软的，只有两只耳朵略微有点硬。

周遭静了下来……柯雷莫夫半张着嘴坐在板床上。他无法入睡，要想的事情太多了。但昏沉沉的脑袋无法思考，太阳穴一阵阵发涨。他只觉得脑袋瓜里迷迷糊糊，一切都在旋转、晃荡、泼溅。一团乱麻，无从理清思绪。

夜里，过道上传来喧哗声。看守们在喊岗哨领班。皮靴走动的声音响了一阵。柯雷莫夫听到监狱长的嗓音在吩咐：

"把那个营级政委赶快弄出来，搬到警卫室去。"然后他又补充了一句："这事太离谱了！准会传到司令员那儿去。"

囚室的门被打开，一名冲锋枪手高声喊道：

"出来！"

柯雷莫夫走出来。过道上站着一个人，赤脚，只穿了件内衣。

惨人惨事柯雷莫夫在生活中见得多了，但他朝那人一瞟，便明白他从未见过比这更可怕的脸。脸很小，带着醒龊的黄斑。整张脸都在可怜巴巴地哭——皱纹、颤抖的面颊、嘴唇，都在哭，唯一没哭的是那双眼睛。那双眼睛中的表情如此可怕，无论什么人，最好永世没见过这样的眼睛。

"快走，快走！"冲锋枪手催促着柯雷莫夫。

在警卫室里，看守对他讲述了离谱事件的经过。

"他们老拿前线来吓唬我，可这里比前线糟多了，用不了待多久，人肯定疯掉……那是个故意自伤的逃兵，他隔着一块大面包朝自己左手开了一枪。刚才把他拉出去枪毙了，完了往他身上撒了些土，可是这家伙没被打死，半夜苏醒过来，这不又爬回这儿来了。"

看守跟柯雷莫夫说话时，竭力避免称呼他，免得纠结于用"您"还是"你"。

"这帮家伙，办事也太马虎了点，真叫人受不了。宰牲口也不能这么马虎啊。他们干什么都这样。土冻得硬邦邦的，他们弄几把杂草，胡乱往尸体上一撒就走人了。那还用说，他当然会爬出来啦！要是按规定埋好，他哪里还爬得出来！"

一向能言善辩、为人们释疑解惑的柯雷莫夫，现在却一脸茫然，他问冲锋枪手：

"可他怎么又回这里了？"

看守咧嘴一笑。

"还没完呢！押死囚去草原执行枪决的军士长说，在犯人重新办理拘押手续前，得发给他面包和茶。可司务长不买账，跟军士长吵起来：既然人已经从在押犯名单上除名了，凭什么再给他茶喝？依我看，司务长说得没错。是军士长把事情搞砸了，总务部门干吗帮他擦屁股？"

柯雷莫夫突然问他：

"您在和平时期是干什么的？"

"在一家国营农场养蜂。"

"清楚了。"柯雷莫夫说。他说这话时，周围的一切和他心中的一切都像一锅粥，一点也不清楚。

黎明时分，柯雷莫夫又被押回单人囚室。用面包瓢捏的小兔子还在饭盒旁边待着，但已经变干变硬，表面变得毛糙了。从集体囚室传来一个讨好的声音：

"看守，行行好，让我出去解个手，好吧？"

此时，草原上升起来一轮棕红色的太阳，像一棵冻坏的甜菜，脏兮兮的，沾满泥土，慢慢爬上天空。

很快，柯雷莫夫被押上一辆吨半卡车，坐在车厢里，一位和蔼可亲的中尉坐在他身旁。中尉从军士长手里接过柯雷莫夫的箱子，汽车开动，沿着阿赫图巴河边结霜的泥路颠簸着，向列宁斯克市机场驶去。

柯雷莫夫呼吸着清凉的空气，心中充满了信念与光明——可怕的梦境似乎已经结束了。

4

柯雷莫夫走下小汽车，环视莫斯科卢比扬卡监狱灰色的高墙。好几个钟头，飞机引擎不断地轰鸣，机翼下闪过已经收割和尚未收割的庄稼地以及溪流和森林，头脑中交替出现绝望、信心和犹疑。经历过这段航程后，他的脑袋此刻还在嗡嗡作响。

房门打开，他走进了一个伦琴射线的世界，里面充满令人窒息的官家空气、令人目眩的官家光照，由此开始了一种居于战争之外、战争之侧、战争之上的生活。

在一个闷热的空房间里，在明晃晃的聚光灯照射下，他被命令脱光衣服，一个穿白大褂的人在他身上轻柔地触摸起来。柯雷莫夫的身体不时抖动，他心想，即使战争的轰鸣和钢铁也无法阻止这些不知羞耻的手指有条不紊的动作……

一位战死的红军战士，在冲锋之前写了张字条放在防毒面具里："为幸福的苏维埃生活而战死，遗下老婆和六个孩子。"一位被烧成黑炭的坦克手，一绺绺头发粘在他那年轻的头上。数以百万计的人民军队行进在沼泽和森林里，用大炮、机关枪打击敌人……

而白大褂的手指仍旧在平静而自信地触摸着，柯雷莫夫政委在炮火中大喊："什么，格涅拉洛夫同志，您不想保卫苏维埃祖国吗！"

"转过身去，弯腰，两脚分开。"

然后他穿上衣服，敞着军便服领子，照了正面像和侧面像，一张绷着脸，另一张带着笑容。

然后，他厚着脸皮在一张纸上使劲按了指印。然后一个忙碌的工作人员剪掉他裤子上的纽扣，没收了皮带。

然后他乘一座灯光明亮的电梯上楼，走过铺着地毯的空荡荡的长长过道，过道两边的房门上都有圆形的监视孔。外科诊所。肿瘤外科。空气暖洋洋的，带着官家气息，被令人目眩的电灯光照得雪亮。社会诊断学伦琴射线研究所……

"究竟是谁构陷我的？"

在这种令人窒息的眩目空气里，一个人无法思考。梦幻、现实、呓语、过去、未来纠结在一起。他对自己的存在失去了感觉……我有过母亲吗？很可能，从来没有过。至于叶尼娅，有没有都无所谓了。松树梢头的繁星，强渡顿河，德国人的绿色信号弹，"全世界无产者，联合起来"，每个房门后面都有人，我生是共产党的人，死是共产党的鬼，米哈伊尔·西多罗维奇·莫斯托夫斯科伊现在何处，脑袋嗡嗡响，莫非格列科夫向我开了一枪，留髯发的格里戈里·叶夫谢耶维奇[1]，共产国际主席，曾走过这条走廊，多么凝重、令人压抑的空气，这该死的探照灯光……格列科夫朝我开枪，特勤处军官打我的嘴巴，德国人朝我射击，即将到来的明天为我准备了什么，我向您起誓，我一点过错也没有，最好去解一下小便，十月革命周年纪念那天在斯皮里多诺夫家那帮可爱的老头唱歌了，契卡，契卡，契卡，捷尔任斯基曾是这座楼房的主人，亨里希·亚戈达[2]，还有缅因斯基[3]，后来是彼得堡的无产者尼古拉·伊万诺维奇[4]，小小的个子，一双绿眼睛，今天是和蔼聪明的拉夫连季·帕甫洛维奇[5]，当然啦，当然，我们见过面，您好吗，我们唱过什么来着："起来，无产者们，为自身的事业。"我一点过错也没有，得去解一下小便，难道会枪

---

[1] 即季诺维也夫。

[2] 亨利希·亚戈达（1891—1938），1934—1936 年任内务人民委员。

[3] 维亚切斯拉夫·鲁道福维奇·缅因斯基，波兰族苏联人，1926—1934 年间担任苏联国家政治保卫总局局长。

[4] 即叶若夫，内务人民委员（1936—1938）。

[5] 即贝利亚。

毙我吗……

多么奇怪，走在这个仿佛箭射出来般笔直的过道上，而生活却是那样混乱不堪，充满小道、沟壑、沼泽、溪流、草原的尘土、尚未收割的庄稼，你要么硬闯过去，要么绕行。命运却是笔直的，你得走直线，一条条过道，一条条过道，过道两旁有房门……

柯雷莫夫从容不迫地走着，步伐不紧不慢，仿佛看守不是跟在他身后，而是在他前面领路。

一进入卢比扬卡大楼，他心中就有一种新感觉。

"点的轨迹。"在按指印时，他心中暗想，虽然他不清楚为什么会这样想，但正是这个念头表达了他体会到的那种新感觉。

产生这种新感觉的原因是他失去了自我。在过去，假如他要求喝水，马上就有人倒给他，假如他心脏病发作突然倒下，医生会给他注射必要的针剂。但他已不再是柯雷莫夫，他感觉到了这一点，尽管他不明白为什么会这样。他已不再是那个穿衣、进食、买电影票、思考、上床睡觉时始终有强烈自我意识的柯雷莫夫同志。柯雷莫夫同志是超群绝伦的，他的精神，他的智力，他十月革命前就起算的党龄，他在《共产国际》杂志上发表的文章，他的各种习惯、癖性、做派，他同共青团员、莫斯科各区党委书记、工人、党内老朋友、访民谈话的语调，样样都高出众人一筹。而现在，他的身体仍然像是人的身体，他的举动和思想仍然像是人的举动和思想，但柯雷莫夫同志作为一个人的本质，他的尊严和自由，已经不复存在。

他被押进一间长方形囚室，镶木地板擦洗得干干净净，四个铺位上的毯子绷得紧紧的，没有一点皱褶。他立刻觉察到，室内的三位住客饶有兴趣地观察着他这第四位入住者。

他们是人，至于是好是坏，他不知道。他们对他是怀有敌意还是漠不关心，他也不知道。但好也罢，坏也罢，漠不关心也罢，反正他们是人，这就是他们给他的印象。

他在指定给他的铺位上坐下来，那三个人各自坐在自己铺位上，膝盖上都放着一本打开的书，默默地瞅着他。他觉得业已失去的美好而宝贵的感觉又回来了。

三人中，一个身材魁梧，大脑门，脸上凹凸不平，一头浓密的、像贝多芬那样蓬乱的灰白鬈发垂在低低的、肥胖的额头上。第二个是个老头，两手惨白，光秃秃的头顶和瘦骨嶙峋的脸庞仿佛铸在金属上的浅浮雕，乍一看，你会以为他血管中流的是雪，而不是血。第三个坐在与柯雷莫夫并排的铺位上，大概刚刚摘下眼镜吧，鼻梁上有一个红斑。他神情忧郁，但看起来挺和善。他指了指房门，难以察觉地微微笑了笑，然后摇摇头。柯雷莫夫会意，知道看守正通过监视孔观察他们，应该保持沉默。

最先开口的是那个一头乱发的人。

"好吧，"他懒洋洋地说，口吻很温和，"请允许我代表公众向武装力量致以敬意。您打哪儿来，亲爱的同志？"

柯雷莫夫窘迫地笑了笑，说：

"斯大林格勒。"

"啊哟，有幸得见英勇保卫战的参与者，我等欣慰之至。欢迎您光临寒舍。"

"您抽烟吗？"白脸老头急急地问道。

"抽的。"柯雷莫夫回答说。

老头点点头，眼睛又回到书上。

柯雷莫夫的邻居，那位和善的近视眼说：

"事情是这样的，我拖累了同志们，因为我说不抽烟，结果发烟叶时就没我的份了。"

他问道：

"您离开斯大林格勒很久了？"

"今天早上还在那里。"

"啊哟哟，"大个子说，"乘'道格拉斯'来的？"

"正是。"柯雷莫夫回答说。

"请说说，斯大林格勒局势怎样？我们还没来得及订报纸。"

"想吃东西吗？"和善的近视眼说，"我们已经吃过晚饭了。"

"我不想吃，"柯雷莫夫说，"德国人拿不下斯大林格勒。这一点现在非常清楚了。"

"我对此一直深信不疑。"大个子说。

老头"啪"的一声把书合上，问柯雷莫夫：

"您看来是个共产党员？"

"是的，我是共产党员。"

"轻点，轻点，这里只能小声说话。"和善的近视眼说。

"即使谈论是否在党。"大个子说。

柯雷莫夫觉得此人有些面熟，他突然想起来：这是莫斯科一位著名的节目主持人。有一次柯雷莫夫和叶尼娅一起在工会大厦圆柱大厅听音乐会，看见他在舞台上。重逢却在这么个地方。

这时牢门打开，看守朝室内张望了一下，问道：

"谁是'K'打头？"

大个子答道：

"我是，卡策涅连博根。"

他站起来，用巴掌理了理蓬乱的头发，不慌不忙朝门口走去。

"提审。"和善的邻居低声说。

"为什么问——'K'打头？"

"是这儿的规矩。前天看守叫他时说道：'这里谁是"K"打头的卡策涅连博根'，很好笑。脑子进水了。"

"是啊，大伙儿全笑了。"老头说。

柯雷莫夫心想："你自个儿是怎么给弄进来的，老人家？要知道我也是'K'打头的。"

因犯们开始铺床准备睡觉，令人目眩的灯光仍旧亮着，柯雷莫夫感觉到，当他解开包脚布、提起衬裤、搔胸口时，有人通过监视孔在注视他。囚室里的灯很特别，不是供囚犯照明用，而是为了让监视他们的人看得更清楚。假如在黑暗中观察囚犯更方便，那一定会让囚犯一直待在黑暗中。

老头——柯雷莫夫猜测他是个会计——面朝墙躺着。柯雷莫夫和他的近视眼邻居悄声交谈着，谁也不看谁，用手掌捂着嘴，不让看守看到他们嘴唇的动作。

他们不时瞅瞅那张空床，审讯室里，节目主持人大概正妙语连珠呢。

邻居低声对柯雷莫夫说：

"我们在囚室里全都成了兔子。就像童话里说的，巫师在人身上轻轻一点，人马上就长出两只大耳朵来。"

接着他谈起同室难友的情况。

那个老头不知是社会革命党人、社会民主党人，还是孟什维克。他姓德雷林。柯雷莫夫不知在什么地方听到过这个姓氏。德雷林在各种各样的监狱、政治隔离所、劳改营关押过，前前后后总有二十来年，几乎赶上了莫罗佐夫[1]、诺沃鲁斯基[2]、弗罗连科[3]和菲格纳[4]在施吕瑟尔堡服刑的年头。现在他被押来莫斯科是因为

---

[1] 尼古拉·莫罗佐夫（1854—1946），革命民粹派分子，1882年被判处终身苦役，1905年前监禁于施吕瑟尔堡。

[2] 诺沃鲁斯基（1861—1925），"民意党"恐怖组织成员，被判终身苦役，1905年前监禁于施吕瑟尔堡。写有回忆录《施吕瑟尔堡囚禁者日记》。

[3] 弗罗连科（1848—1938），俄国革命民粹派分子，1905年在施吕瑟尔堡服刑。

[4] 菲格纳（1852—1942），俄国革命运动女活动家，"民意党"执行委员会委员，1884年被判处终身苦役。

一桩新的案子——他在劳改营里异想天开,竟然提出给那些被没收财产的富农举办土地问题讲座。

节目主持人在卢比扬卡安全机关工作的时间跟德雷林服刑的时间一样长。二十多年前,他在捷尔任斯基领导的全俄肃反委员会工作,后来先后在亚戈达领导的国家政治保安总局、叶若夫领导的内务人民委员部、贝利亚领导的国家安全人民委员部工作。他有时待在中央机关,有时负责庞大的劳改营建设工程。

邻居名叫博戈列耶夫,柯雷莫夫起先猜测他是个机关干部,但实际上他是个艺术理论家,在一家博物馆的藏品部担任专家,还写过若干首从未发表的诗歌——博戈列耶夫的诗歌风格不符合时代要求,自然也就不可能得见天日。

博戈列耶夫又低声说:

"而现在,您知道,一切的一切都消失了,我变成了一只温顺的小家兔。"

多么荒唐,多么可怕,要知道,这世界上一度什么也没有,除了强渡布格河、第聂伯河,除了皮里亚京合围和奥夫鲁奇沼泽地,除了马马耶夫高地、6/1号楼,除了政治报告、弹药损耗、负伤的政工人员,除了夜间进攻、战斗和行军中的政治工作、基点试射、坦克突袭,除了地雷、总参谋部和重机枪……

与此同时,这同一个世界上现在什么也没有,除了夜间审讯、起床号、点名、押解着上厕所,除了定量的烟卷、搜查、对质,除了侦查员、特别会议决议……

但事实上,这两个世界是同时并存的。

可为什么,他觉得他的同室难友,这些被剥夺自由的人,在这座内部监狱蹲监牢是顺理成章、不可避免的?又为什么,他,柯雷莫夫,现身于这间囚室,坐在这铺位上,就是荒唐、无理、不可思议的呢?

柯雷莫夫急不可耐地想谈谈自己的情况。他终于按捺不住,开口说道:

"我被老婆甩了。没有人会给我送东西来。"

大个子契卡干部的铺位直到天亮还空着。

<h1 style="text-align:center">5</h1>

战前,有一天夜里,柯雷莫夫路过卢比扬卡。他望着这座彻夜不眠的大楼,猜测人们在灯火通明的窗户后面做些什么。在这座内部监狱里,被捕的人往往要被关押八个月、一年或一年半,在此期间接受侦查和审讯。然后,被捕者的亲属会收到从劳改营寄来的信,于是科米、萨列哈德、诺利尔斯克、马加丹、沃尔库塔、科雷马、库兹涅茨克、克拉斯诺亚尔斯克、卡拉日达、纳加耶沃海湾一类地名便逐渐为

人们熟知……

此外，还有成千上万的人走进这座内部监狱后，便永远消失了。检察机关会通知亲属，说这些人被判处十年徒刑，剥夺通信权利，但劳改营里却永远看不到这类囚犯。显然，所谓"十年徒刑、剥夺通信权利"，其真实含义是——枪毙。

囚犯从劳改营写信给亲人，说感觉良好，没挨冻，如果可能的话，请寄点洋葱和大蒜来。亲属从官方得到的解释是，洋葱和大蒜可用于预防、治疗坏血病。至于拘押在监狱那段日子，从未有人在信中提到过。

1937 年的夏夜，走在卢比扬卡大街和共青团胡同，人们会不寒而栗。

闷热的夜晚，两条街上空无一人。一栋栋楼房阴森地矗立，窗户洞开，似乎空无一人，实际上人满为患。里面很安静，但绝非平静。几扇窗户亮着灯，透过白色窗帘看得见人影幢幢，大门口不时响起汽车关门的砰砰声，车头灯忽明忽灭。卢比扬卡的玻璃窗好似一双双闪亮的眼睛，将这座巨大的城市整个置于监视之下。他脑海中浮现出一些熟人的面孔。横亘在他们之间的距离是无法以空间来计量的，那完全是另一种维度。天上地下，没有任何力量能够逾越这如同死亡的深渊。然而，囚犯不是在地下，没有被钉死在棺材里，而就在楼里，在离你不远的所在，他是活人，会呼吸，会思索，会哭泣，不是死尸。

汽车不断运来新的被捕者，成百上千上万人消失在这座内部监狱的大门后面，消失在布蒂尔卡监狱和列弗尔托夫监狱的大门后面。

在区委、人民委员部、军事部门、检察机关，在各个托拉斯、医院、工厂管理部门，在地方工会和工厂工会，在土地管理局，在细菌学实验室，在艺术剧院的经理处，在飞机设计局，在化工和冶金大型企业设计院，不断有新的工作人员到来，接替被捕者的职位。

常见的情况是，过不了多久，接替被捕的人民公敌、恐怖分子、破坏者的人自己也成了敌人、两面派，遭到逮捕。有时候，第三拨接替者也成了敌人，也遭到逮捕。

一位来自列宁格勒的同志悄悄告诉柯雷莫夫，他的囚室里关着列宁格勒某个区委的三任书记。新任命的每个书记都揭发自己的前任是敌人，是恐怖分子。如今他们并排躺在同一间囚室里，相安无事，谁也不恨谁。

曾经的一天夜里，叶尼娅的哥哥德米特里·沙波什尼科夫走进这座大楼，腋下夹着妻子为他准备的白包袱，里面有毛巾、肥皂、两套内衣、牙刷、袜子、三块手帕。他走进大门时，记忆中还保留着党证上的五位数号码、自己在巴黎商务代表处的办公桌、开往克里米亚的国际列车——就是在那趟车上，他跟妻子厘清了两人的关系，然后一边喝汽水，一边打着哈欠翻看《金驴记》。

当然，德米特里没犯任何罪，却难逃被抓的命运，而他柯雷莫夫却安然无事。

曾经有一次，沿着这条灯火通明、从自由通往不自由的过道，柳德米拉·沙波什尼科娃的第一任丈夫阿巴尔丘克缓步走过。他是去接受审讯，迫不及待地想消除荒唐的误会……但是，五个月、七个月、八个月过去了，阿巴尔丘克最终在供词中写道："暗杀斯大林同志的念头，最早是德国军事情报机关的一个间谍头目向我提出的，我跟他认识是通过地下组织的一个头目……那次谈话是在'五一'节游行之后，在雅乌斯基林荫大道进行的，我答应五天后给他最后答复，并约定了下次会面的时间、地点……"

这些窗户后面进行的就是这种奇妙的工作，奇妙到匪夷所思。要知道，当年一名高尔察克白匪军官向他开枪时，阿巴尔丘克连眼睛都没眨一下。

不用说，他是被迫在指控自己的伪证上签字的。不用说，阿巴尔丘克是个真正的共产党员，在列宁领导下锤炼过自己的革命意志。他没犯任何罪，但却被捕了，而且招供了……而他柯雷莫夫却安然无事，没有被捕，没有屈打成招。

柯雷莫夫听说过这类案件是如何炮制出来的。有些消息，向他透露的人总会小声提醒道："千万记住了，如果你对任何人——哪怕是妻子或母亲——说出这事，那我就完了。"

有些情况，是在酒酣耳热之际，某人被另外某人过分自信的蠢话激怒，脱口说出来的。几句欠妥的话一出口，此人立刻闭上了嘴，第二天又仿佛漫不经心似的，打着哈欠说道："对了，顺便说一句，我昨晚好像说了几句没过脑子的废话，你不记得了吧？不记得，那最好不过。"

有些情况，是朋友的妻子去劳改营探望丈夫后对他说的。

但这一切仅仅是传闻，是流言蜚语。柯雷莫夫本人从未有过类似的亲身经历。

现在可好，他自己被抓起来了。难以置信的、荒唐的、毫无道理的事情，就这么发生了。当孟什维克、社会革命党人、白匪、神甫、富农代言人被投入监狱时，他没有一次、没有一分钟考虑过，那些失去自由、等待判决的人内心是什么感觉。他从未想到过他们的妻子、母亲、儿女。

当然，当炮弹在离我们越来越近的地方爆炸，炸伤的是自己人而不是敌人的时候，他就不可能再无动于衷了——关押的不是敌人，而是苏维埃人，是共产党员。

当然，当几位同辈，他特别亲近的人，他眼中百分之百的老布尔什维克，被投入监狱时，在倍感震惊、夜不能寐之余，他开始思索斯大林到底有没有权利剥夺人们的自由、折磨他们、枪毙他们。他想到了那些人遭受的痛苦，想到了那些人的妻子和母亲遭受的痛苦。何况他们不是富农，不是白匪军官，而是老布尔什维克。

尽管如此，他总是安慰自己——不管怎么说，他柯雷莫夫没有入狱，没有被流放，没有画押招供，没有承认不实的罪名。

现在可好，他柯雷莫夫，一个老布尔什维克，也被抓起来了。现在已经谈不上安慰、说明、解释等等。事情就这么发生了。

有些事情他算是亲身经历过了。一个赤身裸体的人，牙齿、耳朵、鼻孔、腹股沟，都成了搜查的目标。然后这人沿着过道走下去，可怜复可笑，不时往上提一提剪去了纽扣的裤子和衬裤。眼睛近视的人被收走了眼镜，两眼不安地眯起，不时用手揉一揉。这人走进囚室，迅即变成实验室的小白鼠，逐渐形成一套新的条件反射。他悄声说话，从铺位上起身、在铺位上躺下、如厕、睡觉、做梦，无不处于一刻不停的监视之下。一切都变得极端残忍、荒谬绝伦、惨无人道。他生平头一次清楚地了解到，卢比扬卡大楼里发生的事情是多么可怕。要知道，他们折磨的是老布尔什维克柯雷莫夫同志啊。

6

日子一天天过去，却没有人来提审柯雷莫夫。

他已经知道开饭时间和供应的饭菜，知道放风钟点和洗澡日期，知道狱中烟叶的气味、点名时间、图书室藏书的大致内容，认识看守的面孔，室友提审时，他焦急地等待他们回来。卡策涅连博根受审的次数比其他人多。博戈列耶夫总是白天受审。

没有自由的生活！这是一种病。失去自由无异于失去健康。灯亮着，水龙头里流着水，碗里有汤，但灯也好，水也好，面包也好，都不同于寻常，都是按规定给的。有时，如果审讯需要，囚犯会被暂时剥夺光明、食物和睡眠。毕竟，囚犯获得这一切，并不是为了他们的福祉，而是为了让监狱正常运转。

有一次，瘦骨嶙峋的老头被提审，回来后，傲慢地说：“我三个小时没吭一声，侦查员公民只确认了一件事：我的确姓德雷林。”

博戈列耶夫总是和颜悦色，彬彬有礼地和室友谈话，经常询问他们的健康和睡眠情况。

有一次，他向柯雷莫夫念起自己的诗作，随后又中断朗读，说道：“对不起，您大概不感兴趣吧。”

柯雷莫夫咧嘴笑了笑，答道：

"说实话，我一句也没听懂。可是我读过黑格尔的著作，还读懂了。"

博戈列耶夫特别害怕提审，每当值班员走进来问"谁是'B'打头"，他都张皇失措。每次从审讯室回来，他似乎更为消瘦，个子更矮小，年纪似乎也老了几岁。

谈到受审情况，他总是眯起眼睛，嘴里像含了水，说话含混不清，自相矛盾。谁也弄不清指控他的罪名，不知是企图谋害斯大林，还是他厌恶遵照社会主义现实主义精神创作的作品。

有一次，大个子肃反干部对博戈列耶夫说：

"您不如帮帮侦查员小伙子，把罪状梳理得清楚些。我给您支个招吧，您跟他们这样说好啦：'出于对一切新事物的刻骨仇恨，凡是获得斯大林奖金的艺术作品，我一概贬斥'。大不了判您十年吧。尽量少揭发熟人。靠揭发熟人不但救不了自个儿，当局反而会以此认定您拉帮结伙密谋造反，到那时您就非进严管劳改营不可了。"

"说什么哪，"博戈列耶夫说，"我怎么可能帮侦查员的忙，天下事没有他们不知道的。"

他常常压低嗓门，就自己喜欢的话题大发议论：我们都是童话中的人物：威风凛凛的师长、伞兵、马蒂斯和皮萨列夫[1]的粉丝、党员、地质工作者、契卡工作人员、五年计划的建设者、飞行员、大型冶金工厂的建设者。我们原本神气活现、充满自信，可是一跨过这座奇特大楼的门槛，魔杖一点，立刻变成了小不点儿、小猪崽、小松鼠。现在只要拿小虫子和蚂蚁卵来喂我们就行了。

他的思维方式与众不同，人好像特别聪明，但喜欢在日常琐事上斤斤计较，一会儿担心发给他的东西比别人少、比别人差，一会儿担心人家缩短了他的放风时间，一会儿又担心放风时有人偷吃了他的面包干。

尽管狱中生活有各种事件点缀，但总的来说还是很无聊，毕竟不是真正的生活。囚犯们似乎生活在一条干涸的河床里。侦查员反复研究河床、鹅卵石、缝隙、高低不平的河岸，然而最初冲刷出这道河床的水却已经不复存在了。

德雷林很少参与室友们的谈话。如果他开口，多半是跟博戈列耶夫聊。究其原因，大概因为博戈列耶夫是非党人士吧。

但即使跟博戈列耶夫，他也常常说不上几句就冒火。

"您这人够怪的，"有一次他对博戈列耶夫说，"第一，您对瞧不起的人总是毕

---

[1] 德米特里·伊万诺维奇·皮萨列夫（1840—1868），十九世纪俄罗斯文学评论家、哲学家、政论家。他主张改革，并宣扬用暴力推翻罗曼诺夫王朝，是屠格涅夫《父与子》中"巴扎洛夫"的原形。列宁曾在《怎么办？》中引用过皮萨列夫。

恭毕敬、亲亲热热；第二，您每天询问我的健康状况，尽管在您眼里，我是死是活全都一样。”

博戈列耶夫抬起眼睛望着囚室的天花板，两手一摊，说："您听好了。"然后他拉长声音念道：

> "你的铠甲是用什么做的，乌龟？"
> 我发问，随即得到回答：
> "是用我累积的恐惧做的，
> 世上再坚固的东西也不如它。"

"是您的诗？"德雷林问道。

博戈列耶夫又两手一摊，没有回答。

"老头心里害怕，累积了太多恐惧。"卡策涅连博根说。

早饭后，德雷林拿了本书给博戈列耶夫看封面，问他：

"您喜欢吗？"

"说实话，我不喜欢。"博戈列耶夫说。

德雷林点了点头。

"我也不是这部作品的崇拜者。格奥尔吉·瓦连京诺维奇[①]说过：'高尔基塑造的母亲形象是个圣像，而工人阶级是不需要圣像的'。"

"一代代人都在读《母亲》，"柯雷莫夫说，"怎么会扯到圣像上？"

德雷林用幼儿园女保育员的声音说：

"所有企图奴役工人阶级的人都需要圣像。看看你们共产党的神龛吧，里面有列宁的圣像，还有斯大林阁下的圣像。涅克拉索夫就不需要圣像。"

不仅他的额头、颅骨、双手和鼻子仿佛用白骨雕琢而成，连他说出的话也"当当"响，好像敲打骨头的声音。

"啊，这个坏蛋！"柯雷莫夫心想。

博戈列耶夫生气了。柯雷莫夫还从未看见这个温顺、和蔼、成天忧心忡忡的人发这么大的脾气。只听他说道：

"您对诗歌的认识到涅克拉索夫就止步了。在他之后，还出了勃洛克，出了曼德尔施塔姆，出了赫列勃尼科夫[②]。"

---

① 即普列汉诺夫。

② 维克托·弗拉基米洛维奇·赫列勃尼科夫（1885—1922），苏联俄罗斯诗人，试写过未来主义诗作。

"曼德尔施塔姆我没读过，"德雷林说，"至于赫列勃尼科夫嘛，整个一个颓废、堕落。"

"得了吧！"博戈列耶夫厉声说。柯雷莫夫还是头一次听到他高声说话。"你们鼓吹的普列汉诺夫那一套说教令人作呕，我早就听腻了。咱们这间屋里，你们这些马克思主义者也许派别不同，但有一点是共同的，那就是对诗歌一窍不通。你们根本不懂什么叫诗。"

这岂非咄咄怪事——在看守眼里，在白班和夜班值勤人员眼里，布尔什维克、红军政委柯雷莫夫与坏蛋老头德雷林居然毫无区别。柯雷莫夫一想到这一点，就觉得无比懊丧。

所以，一向讨厌象征主义、颓废派，一辈子热爱涅克拉索夫的他，现在却决定转变立场，要在争论中支持博戈列耶夫了。

假如瘦老头讲叶若夫的坏话，柯雷莫夫也会信心十足地为叶若夫辩解，称枪毙布哈林没错，流放包庇丈夫的妻子没错，种种严酷的判决、骇人听闻的刑讯都没错。

可是瘦老头一声不吭。

这时进来一个看守，押着德雷林上厕所了。

卡策涅连博根对柯雷莫夫说：

"这间囚室最初只有我和德雷林两个人。我们关在一起过了五天，他从头至尾像座坟墓，一句话不说。我对他说：'这实在说不过去——两个犹太人，都上了年纪，在卢比扬卡附件一所庄园一起度过好几个晚上①，彼此却不说话！'没用！他还是一言不发！他凭什么这么瞧不起人？为什么不愿跟我说话？是以此作为报复，还是因为某个神父在篝火节②前夜被害了？到底是为什么？这个死顽固。"

"他是敌人。"柯雷莫夫说。

看来德雷林的确引起了契卡干部的兴趣。

"他坐牢不是无缘无故的，明白吗！"他说，"真是不可思议！他背后是劳改营，前面是坟墓，可他却像铁打的，毫不动摇。我真的羡慕他！每次提审他，看守喊——谁是'D'打头？他一声不吭，像个树墩，就是不接茬。看守没辙，后来只好喊全名'德雷林'。遇到长官来查房，打死他也不肯起立。"

德雷林从厕所回来了，柯雷莫夫对卡策涅连博根说：

---

① "两个犹太人，都上了年纪，在卢比扬卡附件一所庄园一起度过好几个晚上"，这段话出自果戈理《狄康卡近乡夜话》。

② 犹太节日，在逾越节首日后的第三十三天。

"在历史的审判面前，一切都是微不足道的。尽管身陷牢笼，你我仍然憎恨共产主义的敌人。"

德雷林看了柯雷莫夫一眼，目光中含着几分讥讽、几分好奇。

"这算什么审判，"他说，谁也不看，"历史的私刑还差不多！"

对这个瘦老头的刚强，卡策涅连博根再羡慕也没用。老头的刚强已非人力所及。那是盲目而非人的狂热，靠着其化学热量，老头那颗空虚而冷漠的心多少得到点温暖。

席卷俄罗斯大地的战火和与战争有关的种种事件，都触动不了他，他从不打听前线的情况，从不关心斯大林格勒。对新建的城市和新兴的重工业，他一无所知。他不是在过人的生活，而是在玩一局无休止的抽象的监狱跳棋，棋局的展开和结果只跟他一个人有关。

柯雷莫夫对卡策涅连博根很感兴趣。他一上来就觉得这人很聪明，观察的结果证实了这一点。卡策涅连博根爱开玩笑，口若悬河，谈笑风生，睿智的眼睛懒洋洋的，带着一股倦意。见多识广、厌倦生活、不惧死亡的人，通常有这样的眼睛。

有一次，谈到北冰洋沿岸的铁路建设，他对柯雷莫夫说：

"设计方案的确很棒。"紧接着又补充说："可是，为实施这一方案，死了上万人。"

"太可怕了。"柯雷莫夫说。

卡策涅连博根耸了耸肩：

"您应该见识一下劳改犯的队伍是怎样去上工的。人们在死一般的寂静中行进，头上闪耀着绿色和蓝色的北极光，周围冰天雪地，黑沉沉的海洋在咆哮。大自然力量的充分展现。"

他给柯雷莫夫出点子：

"应该帮帮侦查员的忙，他是个新干部，应付不过来……帮帮他，偷偷给他点提示，等于帮你自己，免得遭受上百小时连轴转审讯的折磨。结果反正都一样——特别会议早就商量好怎么判了……"

柯雷莫夫想跟他争辩一番，但卡策涅连博根回答说：

"个人清白是中世纪的残余，是炼金术。托尔斯泰宣称，世上不存在有罪过的人。可我们契卡干部提出了一个至高无上的命题：世上没有无罪的人，没有不可审判的人。逮捕证上填谁的名字，谁就有罪，而我们可以在逮捕证上填任何人的名字。每个人都有名列逮捕证的权利。甚至一辈子为别人签发逮捕证的人也不例外。狡兔死，走狗烹嘛。"

他熟悉柯雷莫夫的许多朋友，其中有些是在 1937 年那些案件中被他审讯过的侦缉对象。奇怪的是，谈到这些人，他既无仇恨，也不激动，管他们叫"挺有意思的人"、"怪胎"或"蛮讨人喜欢的家伙"。

他常常忆起阿纳托尔·法朗士，忆起《奥帕纳斯叙事曲》①，喜欢引用巴别尔笔下的别尼亚·克里克②。提到大剧院的歌唱家和芭蕾舞演员，他总是用本名和父名，似乎那些人个个都是他的老熟人。他藏有许多珍本书，还特别提到一本珍贵的拉季舍夫作品集，那是他在被捕前几天刚弄到手的。

"我想把藏书捐赠给列宁图书馆，"他说，"否则，那群傻瓜会把它们拆得七零八落，他们根本不懂得这些书的价值。"

他的妻子是个芭蕾舞演员。看起来，他担心那本拉季舍夫作品集的下落，胜过对妻子命运的担心。柯雷莫夫问起这事，这位契卡干部回答说：

"我的安格丽娜是个聪明女人，她自有办法。"

他似乎什么都明白，却什么都感觉不到。一些最普通不过的概念——离别、痛苦、自由、爱情、女人的忠贞、忧伤，他都无法理解。说起在契卡工作的头几年，他难以抑制内心的激动。"何等样的年代，何等样的人啊！"他动情地说。而柯雷莫夫信奉的一切，在他看来都属于宣传。有一次他说起斯大林：

"我崇拜他，胜过崇拜列宁。他是我唯一真正爱戴的人。"

然而，这个曾参与审判反对派领袖、在贝利亚手下指挥过北极圈内庞大劳改营建设的人，如今在自己工作过的大楼里，提着剪掉了纽扣的裤子，深更半夜去接受审讯，为何却表现得如此平静、如此驯顺？而面对用沉默谴责他的孟什维克德雷林，为何他却表现得如此焦虑、如此痛苦？

有时柯雷莫夫自己也心生疑窦。为什么给斯大林写信时，他激动万分、热血沸腾，过后却浑身发凉、汗流浃背呢？狡兔已死，走狗该夹起尾巴了。要知道，1937年有数万个跟他一样甚至比他还优秀的党员遭到这样的下场。狡兔已死，走狗该夹起尾巴了。为什么现在他如此讨厌"举报"这个词？唯一原因是，他自己被人举报而身陷牢笼。然而过去，他难道不是经常收到各个排的政治情报员发来的政治情况报告吗？平常事。举报是平常事。红军战士里亚博施坦贴身戴着十字架，管共产党员叫不信神者。关进惩戒连后，他活了多久？红军战士戈尔杰耶夫宣称，他不相信苏联军队的力量，希特勒的胜利不可避免。关进惩戒分队后，他活了多久？红军战

<hr />

① 苏联诗人巴格里茨基的作品。爱德华·格奥尔吉耶维奇·巴格里茨基（1895—1934），生于敖德萨贫苦犹太商人家庭，以其革命诗歌和在苏联时期继续推行浪漫主义传统而闻名。

② 苏联作家巴别尔的《敖德萨的故事》（1931）中的主人公。

士马尔克维奇公开宣称:"共产党员全是贼,总有一天要把他们挑在刺刀尖上,那时人民就自由了。"军事法庭判处马尔克维奇死刑,立即执行。要知道他柯雷莫夫也是个举报者,他向方面军政治部报告过格列科夫的情况,即便格列科夫没有死于德国人的炸弹,也会被绑到一队红军指挥官面前给枪毙掉。那些被送进惩戒连、受到军事法庭审判或者在特勤处受审的人们,有什么感觉?他们心里在想些什么?

战前,他无数次参与过这类事情,心安理得地听朋友们说:"我在党委会上交代了跟彼得谈话的内容";"他在党的会议上如实交代了伊万信里的内容";"他被组织上叫来,身为共产党员,当然应该坦诚地说出一切,既要谈战士们的情绪,也要谈沃洛佳的来信。"

是的,是的,这些事情的确发生过。

唉,有什么好说的……他做出的所有解释,无论是书面的还是口头的,都无济于事,没有从狱中救出任何人。那些解释只有一个用意——千方百计撇清自己,避免陷身泥潭。

尽管柯雷莫夫不喜欢干这些事,害怕这些事,千方百计躲开这些事,他对自己朋友的保护却很不得力,很不得力。现在身陷囹圄,他为什么时而头脑发热,时而浑身发冷?他到底想要什么?难道想让卢比扬卡监狱的值班员了解他的孤独,让侦查员喟叹他被一个可爱的女人抛弃,让他们在分析案情时考虑到他每天夜里呼喊那个女人的名字、咬自己的手,考虑到他母亲叫他的小名吗?

半夜,柯雷莫夫醒来,睁开眼睛,发现德雷林站在卡策涅连博根床边。强烈的灯光照得这个老囚犯的脊背亮晃晃的。博戈列耶夫已经醒来,坐在床上,腿上盖着毯子。

德雷林冲向囚室门口,瘦骨嶙峋的拳头"砰砰"地敲打牢门,用骨头相撞般的声音叫喊着:

"喂,值班员,快叫医生,有个犯人心脏病发作了!"

"安静,别嚷嚷!"值班员跑到监视孔跟前,呵斥道。

"什么安静,人都要死了!"柯雷莫夫也吼起来,他跳下床,跑到门口,和德雷林一起挥舞拳头在门上一阵猛敲。他发现博戈列耶夫又躺下了,用毯子蒙着脸。想来他不愿意被卷进这次夜间非常事件吧。

牢门很快打开了,走进几个人来。

卡策涅连博根已经失去知觉。人们折腾了好久,才把他那胖大的身躯弄上担架。

第二天早上,德雷林突然问柯雷莫夫:

"请问,作为共产党指派的政委,您在前线经常遇到不满情绪的表现吗?"

柯雷莫夫问他："您什么意思，对什么东西不满？"

"我指的是对布尔什维克的集体农庄政策不满，对战争的总体领导不满，诸如此类政治上的不满。"

"从未遇到过。您说的这类情绪，我连影子都没遇到过。"柯雷莫夫说。

"嗯，嗯，明白了，我也这么想。"德雷林说，满意地点了点头。

7

很多人认为，在斯大林格勒城下包围德军，只有天才才想得出来。

在保卢斯集团军的侧翼秘密集结大批部队，其实是诞生于古代的一条原则的重演。许多许多年以前，长着倾斜的前额、巨大的颌骨的赤脚男人们就曾经匍匐穿过灌木丛，包围被外来的森林部落霸占的洞穴。那么，令我们惊异的到底是什么：木棒与远程大炮之间的差异，还是亘古不变的使用老式和新式武器的原则？

人类的螺旋形发展是永不止息的，在宽度和高度上都会不断扩展，与此同时却始终保有一个不变的轴心。认识到这一点，我们就不应该感到绝望，也不应该大惊小怪。

虽然构成斯大林格勒战役精髓的包围原则并不是什么新创造，但斯大林格勒大反攻的组织者正确地选择了运用这一古老原则的地区，其功绩毋庸争议。他们正确选择了实施战役的时机，成功地训练并集结了部队。大反攻的组织者巧妙地促成了西南、顿河和斯大林格勒三个方面军的相互配合。在缺乏自然屏障的大草原上秘密集结部队具有极大的难度。按照计划，北线和南线的兵力将掠过德军的左翼和右翼，在卡拉奇附近会合，包围敌军，敲断其脊骨，压迫保卢斯集团军的心脏。为制定战役的细节，摸清敌军在火力装备、有生力量、后勤机关和通信等各方面的状况，做了大量工作。

最高统帅约瑟夫·斯大林元帅、朱可夫、华西列夫斯基、沃罗诺夫、叶廖缅科、罗科索夫斯基等将军和总参谋部富有才华的军官们，都参与了这些工作。然而，究其实，这些工作的基础仍然是满身毛发的原始人首次引入战争实践的一个原则——从侧翼包抄敌人。

天才的定义只适用于将新思想引入生活的人，而且这些思想必须是核心，而不是外壳，是轴心，而不是围绕轴心的螺线。自马其顿王亚历山大时代以降，对战略战术的研究与堪称天才的神圣活动已毫无共同之处。人们的意识被规模宏大的军事行动所慑服，往往错把规模的宏大等同于统帅思想成就的宏大。

战役史表明，统帅们在实施突破防线、追击、包围、消耗敌军力量等军事行动时，并未提出新的原则，而只是在应用早在尼安德特人时代已为人所知的那些原则。顺便说一下，包围羊群的狼和防备狼群的羊，都熟知类似的原则。

一位精力充沛、精通业务的工厂厂长，总能保证原料和燃料的充分供应，保持各车间之间的密切合作，创造为工厂生产所必需的大大小小几十种条件。

然而，如果历史学家宣称这位厂长的活动确立了冶金学、电工学、金属透视学的原理，那么研究该工厂厂史的人就会抗议说：发现伦琴射线的不是这位厂长，而是伦琴……高炉在我们厂长到任前早就存在了。

真正伟大的科学发现使人变得比大自然更聪明。通过这些发现，借助这些发现，大自然向人们进一步揭示自己的真实面目。伽利略、牛顿、爱因斯坦在认识空间、时间、物质和力的本质方面取得的成就，就是这种人类壮举的范例。在这些发现中，人类创造了比天然形态更深的深度、更高的高度，从而促进了对大自然的认识，促进了大自然的丰富。

比上述成就低一级的二流的发现，是人对现有的、可见的、天然形成的原理的复制。

鸟的飞翔，鱼的游动，风滚草和卵石的滚动，使树干摇晃、树枝摆动的风力，瓜参的反推运动，这一切都是这种或那种有形的明确原理的表达。人们通过对某个现象的观察来发现该现象背后的原理，将其应用于自己的领域，并根据自己的能力和需要对其加以发展。

在现实生活中，飞机、涡轮机、喷气发动机、火箭具有巨大的意义，然而，这些东西的制造只是体现了人类的才干，而与天才无关。

有一些发现有赖于人们阐明、总结出来（而不是由大自然呈示出来）的原理，譬如电磁场理论原理，该原理的应用促成了无线电、电视、雷达的发明。这些发现也属于二流发现。原子能的释放也是一种二流发现。第一座铀反应堆的建造者费米不应自称为人类天才，尽管他的发现标志着世界历史上一个新时代的肇始。

人们把已经存在于其活动领域中的东西应用在新的条件下，则属于更低一级的三流发现，譬如在飞行器上安装新型发动机，在轮船上用电动机代替蒸汽机。

在新的技术条件和旧的原理相互作用的军事艺术领域，人类的活动正属于第三流发现的范畴。否定一位指挥作战的将领对战争的贡献是荒唐的，但声称该将领是人类天才也是错误的。对于一个有才能的全职工程师，这种评价是愚蠢的；对于一个将领，这种评价不仅愚蠢，而且是有害的、危险的。

8

两把大锤，一北一南，各凝聚着数百万吨钢铁和鲜活的人血，正在等待一声令下。

部署在斯大林格勒西北方向的部队最先发起进攻。1942 年 11 月 19 日早晨七时三十分，西南方面军和顿河方面军全线开始了持续八十分钟的猛烈炮击。炮弹如骤雨般落在罗马尼亚第三集团军阵地上。

八点五十分，步兵和坦克部队发起进攻。苏军士气空前高涨。第七十六师在师军乐队演奏的进行曲声中发起冲锋。

当天下午，敌军防线的战术纵深被突破。战斗在广阔地域上展开。

罗马尼亚第四军团被击溃。罗马尼亚第一骑兵师被分割包围，与驻守在克拉伊尼亚地区的第三集团军余部失去联系。

苏军第五坦克集团军从绥拉菲莫维奇西南三十公里处的高地发起进攻，突破了罗马尼亚第二军团阵地，并迅速向南挺进，于中午时分占领了别列拉佐夫斯卡亚以北的高地。苏军坦克军和骑兵部队折向东南，于傍晚时分抵达古森卡和卡尔梅科夫，深入罗马尼亚第三集团军后方达六十公里。

一天后，11 月 20 日拂晓，集结于斯大林格勒以南卡尔梅克草原的苏军部队发起进攻。

9

离天亮还有好久，诺维科夫就醒了。由于过分激动，诺维科夫已觉察不到自己处于激动之中。

"要喝茶吗，军长同志？"维尔什科夫庄重地问道，语气中很有点讨好的味道。

"喝，"诺维科夫说，"告诉炊事员，给我煎个蛋。"

"怎么煎法，上校同志？"

诺维科夫没有答话，想了一会儿，维尔什科夫以为军长陷入沉思，没听见他的问话。

"荷包蛋，"诺维科夫说罢看了看表，"去看看格特马诺夫起床没有，我们过半小时出发。"

此刻，他觉得，他好像并没有去想，再过一个半小时炮火准备就要开始；并没有去想，天空即将响彻数百架强击机和轰炸机的轰鸣，工兵将匍匐前进，剪断铁丝网，排除布雷区的地雷，步兵将拖着机枪冲向他在炮队镜里观察过无数次的雾蒙蒙的山岗。此刻，他觉得，他好像并没有意识到跟别洛夫、马卡洛夫、卡尔波夫的联系。他觉得，他好像并没有去想，昨天晚上在斯大林格勒西北方向上，苏军坦克部队已进入被炮兵和步兵突破的德军正面防线，然后连续不停地向卡拉奇方向推进，而再过几小时，他麾下的坦克将挥师北上，与从北边南下的部队会合，包围保卢斯的集团军。

他没有去想方面军司令员，没有去想也许斯大林会在明天的例行命令中提到诺维科夫的名字。他没有想叶尼娅，没有去回忆布列斯特那个黎明，当时天空中闪烁着德寇在入侵之初燃起的战火，他没命地向机场跑去。

然而，他没有去想的这一切，无一不在他心中。

他脑子里现在想的是，待会儿穿那双新的软筒靴子呢，还是穿皮鞋；烟盒可别忘了带。他想的是，这狗东西又给我上了一杯冷茶。他吃着煎荷包蛋，用一块面包使劲涂抹熔化在平底锅上的腌猪油。

维尔什科夫回来了，向他报告：

"命令执行完毕。"接着，他换上指责的口吻，神秘分分地说："我问冲锋枪手：'在自个儿屋里？'冲锋枪手回答说：'还能在哪儿，正跟娘儿们睡觉呢'。"

冲锋枪手用的字眼比"娘儿们"更难听，但维尔什科夫知道跟军长说话，不可以夹带这种脏词儿。

诺维科夫不作声，用手指肚儿从桌上把面包渣扫到一块儿。

过了一小会儿，格特马诺夫走进屋里。

"来点茶？"诺维科夫问他。

格特马诺夫生硬地说：

"该走了，彼得·帕甫洛维奇，茶和糖的事先搁一边吧。该收拾德国鬼子了。"

"嗬，今儿个好硬气。"维尔什科夫心想。

诺维科夫走进司令部占用的那半间屋，跟涅乌多布诺夫谈了谈通信联络和传达命令的事，看了一会儿地图。

黎明前的昏暗充满诡谲的寂静，诺维科夫不由得想起在顿巴斯度过的童年。周遭一片宁静，一切都好像在沉睡，但几分钟后，汽笛声就会响彻空中，人们会涌向矿井和工厂大门。但小诺维科夫在汽笛拉响之前就醒了，他知道，几百只手正在黑暗中摸索着包脚布和靴子，女人光着脚在地板上走来走去，锅碗瓢盆和生铁炉子叮叮当当作响。

"维尔什科夫，"诺维科夫说，"把我的坦克开到观察所去，我今天要用。"

"明白，"维尔什科夫说，"我把需用的东西统统装进去，您的和政委的。"

"别忘了可可。"格特马诺夫说。

涅乌多布诺夫披着大衣来到台阶上。

"托尔布欣中将刚才打来电话，问军长到观察所没有。"

诺维科夫点点头，拍了拍司机的肩膀，说：

"走吧，哈里托诺夫。"

出了村，过了最后一座房舍，路面拐了个急弯，接着又一个急弯，然后在皑皑白雪和干枯的杂草中，一直向西。他们路过集结着第一旅坦克的一片凹地。

诺维科夫突然对司机喊了声"停"，然后跳下汽车，向曚昽曙色中黑魆魆的战车走去。

他走着，注视着官兵们的脸，没跟任何人搭话。

他想起了不久前在乡间广场上见到的那些还没有剃掉头发的新兵。都还是孩子呢，然而，世界上的一切：总参谋部制订的作战计划、方面军司令员的命令、他本人在一小时后即将向各旅旅长下达的命令、政工人员的动员、作家们在报刊文章和诗歌中抒发的激情，都在召唤他们顶着炮火奔赴战场。投入战斗，投入战斗！而在黑暗的西部，等待他们的只有一件事——朝他们开火，击溃他们，用坦克履带把他们碾得粉碎。

"婚礼就快了！"是的，就快了，没有甜甜的波尔多葡萄酒，没有手风琴。诺维科夫一声"苦啊①"，十九岁的新郎官们就会头也不回地冲上去，实实在在地亲吻新娘。

诺维科夫觉得，他正走在自己的兄弟和侄子中间，走在街坊邻居的儿子中间，旁边有成千上万看不见的妇女、姑娘、老太婆望着他。

母亲们都不赞成一个人有权在战争期间让另一个人去送死。而战场上常常有暗中同情这些母亲的人。他们会说："坐下，坐下，你急着去哪儿啊？听听，外面打得多激烈。我的报告他们可以再等等，你先把水烧开再说。"他们会在电话里向上级报告："是，马上把机关枪拖出去。"——放下话筒却说："干吗拖机枪啊，莫名其妙，只会让那个好小伙子白白把命丢掉。"

诺维科夫走回吉普车旁。他的脸变得阴沉而严厉，仿佛被十一月黎明时分潮湿的黑暗浸润了。吉普车开动时，格特马诺夫理解地打量了他一眼，说道：

"彼得·帕甫洛维奇，你知道我今天想对你说什么吗？我喜欢你，懂吗，我信任你。"

---

① 俄罗斯风俗，婚礼嘉宾一叫"苦啊"，新婚夫妇就得接吻。

10

大地笼罩在无边的沉寂中，仿佛世界上没有草原，没有雾霭，没有伏尔加河，只有沉寂。乌云密布的天空，一道亮光闪电般划过，灰蒙蒙的雾霭随即变成深红，刹那间，隆隆的炮声响彻天空和大地……

近处的炮声和远处的炮声交织在一起，隆隆的回声充当了通信工具，把充斥整个战场的多重炮声传遍四方。

土屋在颤抖，泥块从墙上被震落，无声地掉到地上。草原上，乡下房屋的门忽而自动打开，忽而自动关闭，湖面上，新近冰封的光滑冰面现出道道裂纹。

狐狸摆动着丝一般光滑的沉甸甸的尾巴仓皇逃走，兔子碰到狐狸也不躲避，反而跟在后面跑。白昼的猛禽和夜晚的猛禽以前如参商不相见，此刻却扇动沉重的翅膀，一同飞上高天……几只黄鼠狼睡眼惺忪地蹿出洞穴，好像从着火的木屋中仓皇逃出的睡意蒙眬、蓬头散发的大叔。

由于接触数千门滚烫的火炮炮筒，火炮阵地上潮湿的清晨空气想必也升温了一两度。

在前沿观察点，可以十分清楚地看见苏军炮弹猛烈爆炸之际冲天而起的一股股黑色和黄色油烟、散落的土块和脏雪、乳白色的钢铁火焰。

大炮沉寂下来。灼热的烟云逐渐与草原上寒冷潮湿的晨雾混合在一起。

随后，另一种声响又充塞天空，沉闷、喧嚣、宽广——一架架苏军飞机向西飞去。机群的嗡嗡声、咆哮声，使得像多层楼房一般高的阴云密布的天空变得层次分明，仿佛触手可及——装甲强击机和歼击机在几乎贴近地面的低低的云层下飞行，而在云层中间和云层上面，看不见的轰炸机发出低沉的吼叫。

德国人曾经在布列斯特的天空耀武扬威，而伏尔加河沿岸的草原上，现在是俄罗斯的天空。

诺维科夫没想这些，没有去回忆、去作比较。他此刻经历的，比回忆、比较和思考重要得多。

沉寂降临。等待寂静之后发出冲锋信号的人，等待听到信号就一跃而起冲向罗马尼亚部队阵地的人们，在这转瞬即逝的寂静中，紧张得呼吸都快停止了。

在这犹如无声而混浊的太古海洋的寂静之中，在这短短的几秒钟内，人类发展曲线上的转折点就要确定。亲身参加保卫祖国的决定性会战是多么美妙，多么幸福。在死亡面前挺直身躯，不去躲避它，而是迎面冲上去，又是多么痛苦，多么可怕。年纪轻轻就献出生命，是多么恐怖。活着，活下去。世上的任何愿望，都比不过保存年轻的、涉世尚浅的生命的愿望。这种愿望不存在于思想中，它比思想更强烈，人们的呼吸、鼻孔、眼睛、腋下和贪婪地摄取氧气的血红蛋白中，在在皆是这种愿望。它如此巨大，没有任何东西可以与之比拟，它是无法衡量的。可怕。冲锋前的时刻实在可怕。

格特马诺夫出声地深深叹了口气，看了看诺维科夫、野战电话机和无线电收发报机。

诺维科夫的脸使格特马诺夫吃了一惊。它不再是格特马诺夫近几个月来业已熟知的那张脸。格特马诺夫见过他在不同情况下的脸，一眼就能读出他的愤怒、忧虑、高傲、快乐、愁苦。

尚未被击溃的罗马尼亚炮队一个个苏醒过来，从纵深地带不时向前沿阵地轰击。威力强大的高射炮也朝着一些地面目标开火。

"彼得·帕甫洛维奇，"格特马诺夫激动不已地说，"是时候啦！舍不得孩子套不着狼。"

他一向认为，为了事业就不得不牺牲人的生命，这是合情合理的，无可争辩。战时、平时都是如此。

但诺维科夫犹豫不决，他吩咐接通重炮团团长洛帕金的电话。该团刚刚轰击过预定的坦克行进路段。

"当心点，彼得·帕甫洛维奇，托尔布欣会把你给生吞了。"格特马诺夫说着，指了指手表。

诺维科夫此刻却感到羞愧，甚至羞耻，这种感觉他不仅不愿向格特马诺夫而且不愿向自己承认。

"弄不好我们会损失很多坦克，挺可惜的，"他说，"多漂亮的T-34型坦克！只消几分钟，我们就可以把敌人的高射炮连和反坦克炮连给干掉。易如反掌。"

在他面前，草原上浓烟滚滚，在他身旁，战壕里一群人目不转睛地盯着他；各个坦克旅的旅长们等着他用无线电下达命令。

此时，身为上校，恰如一丝不苟的匠人，他心中充满了职业性的战斗激情。但由于紧张，再加上不可言说的虚荣心作祟，他一颗心不禁突突乱跳。格特马诺夫像个催命鬼似的催个不停；再说了，他自己也害怕顶头上司问罪。

他也很清楚，他要对洛帕金说的话，绝不会被总参谋部战史处当作宝贝来研究，也不会受到斯大林和朱可夫称赞，不会使他更早获得梦寐以求的苏沃洛夫勋章。

但有一种权利胜不假思索地让人送死的权利，那就是在让人送死之前三思而行的权利。诺维科夫行使了这一权利。

11

在克里姆林宫，斯大林正等待斯大林格勒方面军司令员的报告。

他看了看表；炮火准备刚刚结束，步兵已发起进攻，机械化部队准备冲进被炮兵轰开的突破口。空军的飞机正在轰炸敌人的后方、道路、机场。

十分钟前，他与瓦图京通过电话。西南方面军坦克部队和骑兵部队进展神速，比预定计划有所提前。

他拿起一支铅笔，看了看沉寂无声的电话机。他想在地图上标出南翼部队已经开始的行动路线。但一种迷信的感觉让他放下了铅笔。他清楚地意识到，在那一刻希特勒正想着他，并且知道他也在想着希特勒。

丘吉尔和罗斯福相信他，但他明白，他们对他的信任是不充分的。这两个人表面上愿意跟他协商，但每次跟他协商之前，他们相互之间已达成了一致。

他们知道，战争来而复去，而政治则是永存的。他们夸奖他逻辑严密、知识渊博、思路清晰，但仍旧把他看作亚洲式的君主，而不是欧洲型的领袖。这让他很窝火。

他突然想起托洛茨基那双犀利的眼睛——冷酷无情却充满智慧，总是轻蔑地微微眯起。他第一次感到遗憾：假如此人还在人世就好了，可以让他看看今天发生的事。

此刻他感到轻松愉快，自己身体挺结实，嘴里那种讨厌的苦涩味消失了，心脏也不再隐隐作痛。对他来说，生命的感觉与力量的感觉融为了一体。从战争的最初几天起，斯大林就感到浑身难受。当元帅们看见他发火而吓得要死，直愣愣地站在他面前的时候；当数千名观众在大剧院起立向他致意的时候，这种难受的感觉也不曾消减。他总觉得，周围的人一想起他在1941年夏天的张皇失措，就会抿嘴偷笑。

有一次，当着莫洛托夫的面，他捂着脑袋喃喃自语："怎么办……怎么办……"在国防委员会的一次会议上，他突然失声，大家垂下眼睛不敢看他。有几次他下达了莫名其妙的命令，并且看出大家都知道他的命令莫名其妙……7月3日，在电台发表演说时，一开始他情绪非常紧张，不停地喝矿泉水，结果无线电波把他的紧张情绪也传入了太空……6月底，有一次朱可夫粗鲁地对他提出反对意见，他窘迫不堪，过了一小会儿才说："那就按您的意思办吧。"有时候，他恨不得把大权交给1937年被处决的李可夫、加米涅夫、布哈林，让他们来指挥军队、领导国家好啦。

有时他会有一种可怕的感觉：在战场上获胜的不仅是他今天的敌人。他在幻觉中恍惚看见许多被他惩治、镇压、制服，永世不得翻身的人，跟在希特勒的坦克后面，在滚滚烟尘中行进。他们爬出苔原，炸开覆盖他们的永久冻土，冲破带刺的铁丝网。满载死而复活者的军用列车一列列从科雷马、从科米共和国驶来。村妇和孩子们从地下钻出来，脸上布满恐惧、忧伤和疲惫，他们走着，走着，不含恶意的、悲伤的眼睛四处寻找他。他比谁都清楚，审判失败者的，不仅仅是历史。

他有时觉得无法容忍贝利亚，究其原因，大概是因为贝利亚太明白他的心思。

这种令人不快的虚弱感不会持续太久，最多也就几天，但不定什么时候又会突然发作。抑郁感始终伴随着他，他常觉得烧心，后脑勺不时发涨，有时还头晕得厉害。

他又看了看电话机。叶廖缅科该报告坦克部队的推进情况了。

显示他力量的时刻到了。此刻将决定列宁创建的国家的命运；党即将大展身手实施高度集中的英明领导，率领人民群众建设大型工厂、原子能电站和热核装置，研制喷气式飞机、涡轮螺旋桨飞机、宇宙和洲际火箭，建设高楼大厦、科学宫，开掘新运河、人工海，建设极地公路和城市。

此刻将决定被希特勒占领的法国、比利时、意大利、斯堪的纳维亚国家和巴尔干国家的命运，将宣判奥斯维辛集中营、布痕瓦尔德集中营和莫阿比特刑讯室的死刑，将打开纳粹分子建造的九百座集中营和劳改营的大门。

此刻将决定前往西伯利亚的德军战俘的命运，将决定关押在希特勒集中营里的苏军战俘的命运。根据斯大林的旨意，这些苏军战俘一旦获释，其命运将与流放西伯利亚的德国战俘相同。

此刻将决定卡尔梅克人和克里米亚鞑靼人、巴尔卡尔人和车臣人的命运，根据斯大林的旨意，他们被驱逐到了西伯利亚和哈萨克斯坦，丧失了记住本民族历史和用母语教育孩子的权利。此刻将决定米霍埃尔斯[①]和他的演员朋友祖斯金、作家贝格尔森、马尔基什、费费尔、克维特科、努西诺夫的命运，这些人后来都被处决，紧接着就发生了对以沃夫西教授为首的一批犹太医生的邪恶审判。此刻将决定被苏联军队营救的犹太人的命运，在斯大林格勒大反攻胜利十周年之际，斯大林在这些犹太人头上举起了从希特勒手中夺过来的夺命剑。

此刻将决定波兰、匈牙利、捷克斯洛伐克和罗马尼亚的命运。

此刻将决定俄罗斯农民和工人的命运，决定俄罗斯的思想、文学和科学能否获

---

① 1941年德国入侵苏联后，为鼓舞苏联民众抗击法西斯军队的暴行，苏联官方在战争过程中成立了一个合法的犹太人组织，即反法西斯委员会。1944年乌克兰解放时，委员会的几位领导人主张在克里米亚建立一个俄罗斯苏维埃共和国治下的犹太人自治区域，但斯大林认为该组织意图分裂国家，随后犹太人反法西斯委员会遭到镇压。战后不久，该委员会领导人之一的米霍埃尔斯于1948年1月被暗杀。

得自由。

斯大林心潮澎湃。此时此刻，国家未来的力量与他的意志融为了一体。

他的伟大和他的天才，并非独立于国家的伟大和武装力量而存在。他写的书、他的学术著作、他的哲学，只有当国家取得胜利时，才会成为千百万人学习和颂扬的对象。

叶廖缅科的电话接通了。

"喏，你那边情况如何？"斯大林招呼也不打，上来就问，"坦克出动了吗？"

叶廖缅科听见斯大林气呼呼的声音，赶快掐灭了烟卷。

"没有，斯大林同志，托尔布欣即将结束炮火准备。步兵已经扫清了前沿阵地。坦克尚未进入突破口。"

斯大林清晰地骂了一句脏话，放下话筒。

叶廖缅科重新点着烟，给第五十一集团军司令员打电话。

"为什么坦克到现在还没有出动？"他问。

托尔布欣一只手拿着电话听筒，另一只手用一方大手帕擦着胸口上的汗。他敞着怀，白衬衣领子没扣纽扣，露出脖根上的肉褶子。

这个大胖子不仅心里而且全身都明白，千万不能过分激动，于是他压住喘息，以胖人特有的不慌不忙的语调回答道：

"坦克军军长刚才向我报告说，在预定的坦克行进地段上还残留有未被摧毁的敌人炮队。他请求再给几分钟，让我方炮兵摧毁残留的敌军炮队。"

"不行！"叶廖缅科严厉地说，"坦克立刻出动！三分钟后向我报告。"

"是。"托尔布欣说。

叶廖缅科很想把托尔布欣骂一顿，但突然改口，问道：

"怎么气喘吁吁的，生病了？"

"不，我挺好，安德烈·伊万诺维奇，刚吃完早饭。"

"行动吧。"说完，叶廖缅科挂上话筒，又自言自语道："刚吃完早饭就喘不上气来。"然后骂了一连串脏话。

坦克军指挥所里，电话铃声响起，但微弱的铃声几乎被重新开始的炮击声淹没。诺维科夫知道集团军司令员要他立即把坦克部队投入突破口。

仔细听完托尔布欣的命令，他心想："果然不出所料"——于是答道："是，中将同志，立即执行。"

然后他朝着格特马诺夫那边笑了一笑。

"还需要再炮击三四分钟。"

三分钟后，托尔布欣又打来电话，这次他一点没喘气。

"上校同志，您不是开玩笑吧？我怎么听到还在打炮？执行命令！"

诺维科夫命令话务员接通炮兵团长洛帕金的电话。他听到了洛帕金的声音，却不说话，看着手表秒针走动，等预定的那一刻到来。

"哎呀，咱们这位当家的真厉害！"格特马诺夫由衷地赞叹。又过了一分钟，炮声沉寂下来，诺维科夫戴上耳机，呼叫准备率先冲向突破口的坦克旅旅长。

"别洛夫！"他说。

"是，军长同志。"

诺维科夫扭歪了嘴，像个醉汉似的大叫一声，声音中透着疯狂：

"别洛夫，开打！"

蔚蓝色的烟尘使晨雾变浓了，空气中响彻坦克马达的轰鸣。坦克军进入了突破口。

12

11 月 20 日拂晓，当卡尔梅克草原上响起隆隆炮声，部署在斯大林格勒南面的斯大林格勒方面军突击部队向驻守在保卢斯部队右翼的罗马尼亚第四集团军发起进攻时，德国 B 集团军群司令部已经很清楚俄国人进攻的意图了。

在苏军突击部队左翼行动的坦克军插入了察察湖和巴尔曼察克湖之间的突破口，向西北方向的卡拉奇推进，准备与顿河方面军和西南方面军的坦克部队和骑兵部队会合。

11 月 20 日下午，从绥拉菲莫维奇发起进攻的苏军部队挺进至苏罗维基诺以北，对保卢斯集团军的交通线构成威胁。

但德军第六集团军尚未感觉到被包围的威胁。傍晚六点钟，保卢斯的司令部向 B 集团军群司令、男爵冯·魏克斯上将报告说，侦察分队拟于 11 月 20 日继续在斯大林格勒进行侦察。

当天晚上，保卢斯接到魏克斯的命令，要求他停止在斯大林格勒的一切进攻行动，将大批坦克和步兵团及反坦克武器调往左翼，组成梯队以准备迎击来自西北方向的进攻。

保卢斯在晚上十点钟接到这道命令，它为德军对斯大林格勒的进攻画上了句号。

但战局的迅速发展使这道命令也失去了意义。

11 月 21 日，从克列茨卡亚和绥拉菲莫维奇出击的两支苏军突击部队将原先的前进方向各自转了九十度，两军会合，然后向卡拉奇地区及其北部的顿河流域进发，直指德军斯大林格勒战线的后方。

这一天，四十辆苏军坦克出现在顿河西岸的高地上，距保卢斯集团军指挥部所在地戈卢宾斯卡亚仅几公里。另一批坦克不战而取顿河大桥——守桥部队误以为苏军坦克部队是用缴获的苏军坦克装备的教练部队，该教练部队经常使用这座大桥。苏军坦克部队开进卡拉奇，形成了对驻守斯大林格勒的两个德军集团军——保卢斯的第六集团军和戈特的第四坦克集团军的包围态势。为保卫斯大林格勒的后方，保卢斯抽调了一支精锐部队——第三八四步兵师来加强防卫，建立了面对西北的防线。

与此同时，从南面发起进攻的叶廖缅科部队击溃了德军第二十九机械化师和罗马尼亚第六军团，然后从切尔符林河与顿河察里津段之间向卡拉奇-斯大林格勒铁路挺进。

黄昏时分，诺维科夫的坦克逼近火力大为增强的罗马尼亚人的防御工事。

但这回诺维科夫丝毫没有犹豫。发起攻击前，他也没有利用昏暗的夜色来秘密集结坦克部队。

根据诺维科夫的命令，所有车辆，不仅坦克，还包括自行火炮、装甲运兵车和载有机动步兵的卡车，突然间全部打开车灯。

数百个令人目眩的耀眼车灯驱走了夜色，大群战车从黑暗的草原中疾驰而来，马达的轰鸣、炮声、机枪的嗒嗒声连成一片，震耳欲聋，利剑般的灯光令人难以睁眼，罗马尼亚士兵一片恐慌，防线迅即崩溃。

战斗迅速结束，坦克继续向前推进。

11月22日上午，从卡尔梅克草原出击的苏军坦克冲进布齐诺夫卡。当晚，在德军保卢斯集团军和戈特集团军后方，南北夹击的两支苏军坦克先头部队在卡拉奇以东胜利会师。11月23日黎明前，苏军步兵军团占据了契尔河和阿克赛河沿岸阵地，为突击部队的侧翼提供了有力保障。

红军最高统帅部向三个方面军下达的任务业已完成，在一百小时之内将驻守斯大林格勒的德军集团军围入囊中。

接下来的事件将如何展开？由什么决定？谁的人类意志将表达历史的劫数？

11月22日傍晚六点钟，保卢斯通过无线电台向B集团军群司令部报告说：

"集团军被包围。尽管部队英勇抵抗，但整个察里津段河谷，从索维茨克至卡拉奇的铁路，该地区跨顿河的桥梁，以及顿河西岸的高地，均落入俄国人之手……弹药即将耗尽。粮食仅能维持六天。如果无法组织环形防御，请给予酌情自主行动权。局势可能迫使我军放弃斯大林格勒和战线北段……"

11 月 21 日深夜，保卢斯收到希特勒的命令，将集团军群占领地区命名为"斯大林格勒要塞区"。

这之前的一道命令是："命令集团军群司令官及其司令部进驻斯大林格勒。命令第六集团军形成环形防御，等候进一步指示。"

在保卢斯与各军军长协商之后，B 集团军群司令官冯·魏克斯男爵致电德军最高统帅部：

"尽管我在做出这个决定时深感责任重大，但我仍然必须报告，我认为有必要支持保卢斯将军撤出第六集团军的提议……"

与魏克斯一直保持密切联系的陆军总参谋长蔡茨勒上将完全同意保卢斯和魏克斯关于必须放弃斯大林格勒地区的观点，他认为陷入重围的大批部队的弹药和给养问题，绝无可能仅靠空投来解决。

11 月 24 日凌晨二时，蔡茨勒电告魏克斯，他终于说服了希特勒放弃斯大林格勒。他说，希特勒将于 11 月 24 日凌晨签发有关第六集团军突围的命令。

上午十点钟后不久，B 集团军群与第六集团军之间仅有的一条电话线路被切断。

时间一分钟一分钟过去，人们焦急地等待着希特勒的突围命令。因为行动刻不容缓，魏克斯男爵决定由他个人负责，下达突围命令。

正当通信兵准备拍发魏克斯的无线电报时，通信处长收听到大本营发来的元首给保卢斯将军的电报：

"第六集团军暂时被俄国人包围。我决定将该集团军部署在斯大林格勒北郊、科特卢班、137 高地、135 高地、马利诺夫卡、齐宾科和斯大林格勒南郊。集团军可以相信我，我将为保障部队给养、及时突围而竭尽全力。我了解英勇的第六集团军及其司令官，坚信该集团军将尽职尽责，不辱使命。阿道夫·希特勒。"

希特勒的意志表明了第三帝国必然灭亡的命运，也决定了斯大林格勒的保卢斯集团军的命运。希特勒通过保卢斯、魏克斯、蔡茨勒之手，通过德军军团军官之手，通过士兵之手，通过所有那些不愿执行他的命令但又不得不将其执行到底的人们之手，在德国军事史上写下了新的一页。

13

经过一百小时的激战，西南方面军、顿河方面军和斯大林格勒方面军三个方面军的部队完成了合围。

在冬季昏暗的天空下，在卡拉奇城郊凌乱的雪地里，两支苏军先头坦克分队会师了。白雪皑皑的草原被数百条履带碾压得支离破碎，被炮弹炸出一个个焦黑的土坑。沉重的战车在雪地里疾驰，掀起一排排雪浪。坦克急转弯处，一团团冻结的土块夹杂着碎雪飞向空中。

从伏尔加河方向飞来的苏军强击机和歼击机呼啸着在低空飞过，为进入突破口的坦克集群提供支援。东北方向传来大口径火炮的轰隆声，烟雾弥漫的阴暗天空中，黯淡的一道道闪光不时亮起。

在一座小木屋旁边，两辆 T-34 型坦克面对面停了下来。既取得了战斗的胜利，又成功击退了死神，满脸污垢的坦克手们异常兴奋，出声地大口呼吸着寒冷的空气。刚刚在充满机油味、火药味的憋闷座舱内度过几个钟头，此时外面的空气显得格外新鲜。坦克手们把黑色的皮头盔从额头上往后一推，走进木屋。来自察察湖畔的坦克车长从坦克服口袋里掏出半升伏特加酒……身穿棉袄和笨重毡靴的女主人拿出几只玻璃杯，杯子在她颤抖的手中叮当作响。她把杯子放到桌上，哽咽着说：

"哎呀呀，真没想到还能活下来，那炮火打呀，打个不停，我在地窖里待了整整一天两夜。"

屋里又走进来两个坦克手，矮矮的个子，宽宽的肩膀，看上去像两只陀螺。

"瞧，瓦列利，多丰盛的宴席。等等，我们好像有下酒菜呢。"顿河方面军的坦克车长说。名叫瓦列利的小伙子把手伸进坦克服深深的口袋里，掏出一根用油渍的战报包着的熏香肠，撕成几段，一边用褐色的手指小心翼翼把露出来的白色腌猪肉塞回香肠中。

坦克手们一口酒下肚，立刻兴奋起来。一个坦克手嘴里塞满香肠，笑嘻嘻地说："这才叫会师啊——你们出伏特加，我们出下酒菜。"

大家都很欣赏这个说法，眉开眼笑地重复着，嚼着香肠，彼此间充满友好情谊。

14

南面来的坦克车长用无线电向连长报告了在卡拉奇城郊会师的消息。随后他又补充说，西南方面军的小伙子们非常热情，已经跟他们一起喝了酒，每人一百克。

情况迅速上报，几分钟后，旅长卡尔波夫向军长报告了会师的消息。

诺维科夫感到，司令部里围绕着他充满了爱戴和钦佩的气氛。

坦克军顺利推进，几乎无一伤亡，按时完成了上级下达的任务。

给方面军司令员的报告发出之后，涅乌多布诺夫久久握着诺维科夫的手；参谋长那双平时怒气冲冲、烦躁不安的眼睛变得明亮、温和了。

"您瞧，只要内部没有敌人和破坏者，咱们的人可以创造出何等惊人的奇迹啊！"他说。

格特马诺夫拥抱了诺维科夫，回头看了看站在旁边的军官、司机、秘书、报务员、译电员，哽咽了一下，说道：

"谢谢你，彼得·帕甫洛维奇，这是俄罗斯、苏维埃对你的感谢。共产党员格特马诺夫感谢你，深深地向你鞠躬、致意。"

他声音很大，特意让大家都听得见。

说罢，他又拥抱、亲吻了深受感动的诺维科夫。

"你预先做了充分准备，对部属的情况了如指掌，预见到了一切。功夫不负有心人，所以有了如今的良好结果。"格特马诺夫说。

"哪儿有什么预见。"诺维科夫说。格特马诺夫这番话在他听来甜蜜得难以忍受，心下十分尴尬。他手拿一沓战情报告晃了晃，说道："这就是我的预见。我抱希望最大的是马卡洛夫，可马卡洛夫丧失了速度，后来又偏离了预定的行进路线，在侧翼陷入一场不必要的局部战斗，耽误了一个半小时。而别洛夫，我原以为即便侧翼未得到巩固，他也会向前猛冲，可是在第二天，别洛夫并没有绕过敌人的防御工事向西北方向突进，而是跟敌方一支炮兵部队和一群步兵干上了，甚至转入防守态势，白白浪费了十一个小时。头一个冲向卡拉奇的是谁？是卡尔波夫！他置两翼发生的情况于不顾，旋风般向前疾进，第一个切断了德国人的交通干线。我对部属了如指掌？呵呵。我预见到了一切？呵呵。我原以为，对卡尔波夫非得用大棒督促不可，以为他一定会左顾右盼，把精力都花在巩固自己的侧翼上呢。"

格特马诺夫微笑着说：

"好啦，好啦，谦虚使人进步，这我们都知道。伟大的斯大林也常常教导我们要谦虚谨慎。"

诺维科夫很开心。一整天他老是想着叶尼娅，老是回头张望，仿佛叶尼娅就要在门口出现。他对叶尼娅的爱绝对是真心实意的。

格特马诺夫压低嗓门对他说：

"我一辈子也不会忘记，彼得·帕甫洛维奇，你把发起攻击的时间推迟了八分钟。集团军司令员再三催促，方面军司令员要求立刻把坦克开进突破口。我听说，斯大林一个电话打给叶廖缅科，责问坦克为什么还没有出动。居然让斯大林干等！可是部队顺利进入了突破口，而且无一辆坦克损失，无一个人员伤亡。这事我永远不会忘记。"

深夜，诺维科夫乘坦克去了卡拉奇地区，格特马诺夫找到参谋长涅乌多布诺夫，对他说：

"将军同志，我写了封信，事关军长如何自作主张，把意义极为重大的这次决战的开始时间推迟了八分钟。而这一决战决定着伟大卫国战争的命运。请您读读这份材料。"

15

当华西列夫斯基通过高频电话向斯大林报告斯大林格勒的德军部队被围的消息时，助手波斯克列贝舍夫正站在斯大林身旁。斯大林闭着眼睛坐着，好一会儿对自己的助手不理不睬，仿佛要睡着了。波斯克列贝舍夫屏息静气，尽量纹丝不动。

这一时刻不仅标志着斯大林打败了活着的敌人，而且意味着对过往的胜利。1930 年的农村坟墓上，青草将更加茂密。极北地区的坚冰和雪丘将保持平静的缄默。

他比世界上任何人都清楚：胜利者是不受审判的。

此刻，斯大林多么希望他的孩子们和他的孙女——不幸的雅科夫的小女儿，能待在他身旁。他心平气和，好想抚摸孙女的头，而不理会小屋外面的世界。可爱的女儿，一声不响、羸弱多病的孙女，童年的回忆，小花园的凉意，远处小河的流水声。其余的一切与他何干。要知道，他的超人神力并不依赖于强大的师团和国家的威力。

他没有睁开眼睛，慢吞吞地，用一种异常温和的、带喉音的语调说：

"啊哈，小鸟儿，落网了吧，好好待着，你是飞不出这个网子的，在这个世界上，我跟你无论如何也不会分离。"

波斯克列贝舍夫望着斯大林已开始谢顶的灰白的头，望着他那双目紧闭的麻脸，突然感到手脚冰凉。

16

斯大林格勒地区的胜利进攻，消除了苏军防线上的许多缺口。被消除的，不仅是庞大的斯大林格勒方面军和顿河方面军之间的缺口，不仅是崔可夫集团军和驻守在北方的苏军各师之间的缺口，不仅是与后方失去联系的连、排之间的缺口，不仅是据守大楼的支队和战斗小组之间的缺口。被分割、被局部或全面包围的感觉也从人们意识中消失了，这种感觉被整体、统一和强大的感觉所取代。这种个人与全军融为一体的意识，就是所谓的必胜士气。

当然，陷入斯大林格勒包围圈内的德军士兵的头脑里也会产生想法，但截然相反。一大块鲜活的，由数十万有思想、有感觉的细胞构成的组织，从德国武装力量的肌体上生生地被撕扯下来。虚无缥缈的无线电波，以及更加虚无缥缈的种种宣传——说什么与德意志祖国的联系牢不可破——都证实斯大林格勒的保卢斯集团军已被包围。

托尔斯泰曾经提出，完全包围一个军团是不可能的。托尔斯泰时代的军事经验也证实了这一思想。

1941—1945年的战争则表明，可以包围一个军团，把它困在原地，围得铁桶一般。在1941—1945年期间的战争中，苏德两方许多军团都曾经历过被包围的残酷现实。

托尔斯泰提出的思想在他那个时代无疑是正确的。但是，正如伟人们就政治或战争提出的大多数思想一样，它并不具有永恒的生命力。

在1941—1945年期间的战争中，之所以能够实行包围，有两个原因：其一，部队具有非同寻常的机动性；其二，支撑这种机动性的后勤机关极其庞大、行动迟缓。实施包围的部队得以利用机动性带来的一切优势，而被围部队则完全丧失了机动能力，因为在包围圈内无法组织现代化军队所需的极为复杂、庞大的工厂式后勤机关。被围部队陷于瘫痪，而实施包围的部队则可以利用马达和机翼。

被围部队在丧失机动能力的同时，不仅仅丧失了自己的军事－技术优势。被围部队的官兵仿佛被逐出现代文明的世界，回归到老旧的世界。他们不仅会重新评价参战部队的实力、战争的前景，而且会重新评价国家政策、各政党领袖的魅力、法律法规、宪法、民族性格、人民的未来与过去。

同样，那些像鹰一样在孤立无援、动弹不得的猎物头上盘旋，对自己羽翼的力量洋洋自得的人们，也会作出某些与上述重新评价类似的评价，只不过是从相反角度出发罢了。

在斯大林格勒对保卢斯集团军的包围，确定了战争进程的转折。

斯大林格勒的胜利，确定了战争的结局。然而，获胜的人民与获胜的国家机器之间的无声的争斗仍在继续。人的命运，人的自由，取决于这一争斗的结果。

17

在东普鲁士和立陶宛的交界处，秋天的格尔利茨森林中，下起了小雨。一个中等身材的人穿着灰色雨衣，走在高大树木之间的小径上。哨兵们一见是希特勒，一个个屏息静气，纹丝不动地肃立着，雨水从他们脸上慢慢流淌下来。

他想呼吸点新鲜空气，独自待一会儿。湿润的空气令人神清气爽。惬意的秋凉小雨疏疏落落地下着。静悄悄的树木多么可爱。踏在柔软的落叶上多么舒服。

一整天，野战大本营的人们都令他心烦。他算是受够了。斯大林从未在他心里激起过敬意。还在战前，他就觉得斯大林的所作所为愚蠢而笨拙。斯大林的狡黠、言而无信都像庄稼汉的把戏，一眼就能看穿。他的国家荒诞不经。丘吉尔总有一天会理解新德意志的悲剧性的贡献：它用自己的身躯掩护了欧洲，使之免遭亚细亚式的斯大林布尔什维克主义的侵害。他脑海中浮现出那些坚持将第六集团军撤离斯大林格勒的人，这些人定会变得格外克制、格外恭敬。但他顶烦的是那些盲目相信他的人，他们老是喋喋不休地向他表忠心。他总想以鄙夷的态度看待斯大林，总想贬低斯大林，但他又感到，这种愿望的产生，多半是因为他自己觉得丧失了优越感……这个残酷无情、报复心重的高加索小商贩！他今天的成功什么也改变不了……老蠢驴蔡茨勒的眼神中好像有点窃笑的意味？一想起戈培尔又要向他转述英国首相嘲讽他军事才能的俏皮话，希特勒心里就窝火。戈培尔会微笑着说："你不得不承认，丘吉尔这家伙脑瓜转得挺快。"而在戈培尔那双漂亮而睿智的眼睛深处，刹那间准会流露出一个心怀嫉妒者偶占上风时的得意，这种情绪本来似乎已经被永远埋在心底了。

第六集团军遇到的麻烦使他心神不宁，无法保持镇定。业已发生的事情，最大的灾难不在于丢失斯大林格勒，不在于集团军被围，也不在于斯大林赢了他。

他有办法扭转一切。

寻常的想法，无伤大雅的弱点，他一向就有。但当他被视为伟人、拥有无限权力时，这些想法和弱点却让人们欣喜若狂、感动不已。他身上体现了德意志民族的激情。然而，一旦新德意志及其武装力量的实力稍有动摇，他的英明就会黯然失色，他的天才就会化为乌有。

他并不羡慕拿破仑。他不能容忍那些身陷孤独、无力、贫困而不失雄风的人，那些即使蜗居于黑暗的地下室或阁楼仍然充满自信的人。

一个人漫步在林间小径，他依然无法摆脱日常琐事的烦扰，费尽心思也找不出一个高明而有效的解决办法，好让总参谋部那些呆板的军官和党的领导层里墨守成规的官僚们自叹不如。他不得不又一次承认自己与常人无异，且由此而生出难以忍受的惆怅。

成为新德意志的缔造者，发动战争，点燃奥斯维辛集中营的焚尸炉，创立盖世太保，这一切都不是一般人所能为。新德意志的缔造者兼领袖必得超凡脱俗。他的感情、思想和日常生活只能存在于常人之上、常人之外。

俄国坦克使他又绕回自己的起步之地。今天，他的思想、他的决定、他的忌妒都不再以上帝为唯一对象，不再能决定世界命运。俄国坦克迫使他回到常人的世界。

林中独处起初让他感到宁静，但这时，他突然害怕起来。孤身一人，没有贴身警卫，没有常见面的副官，他觉得自己好像童话中那个小男孩，不小心走进中了魔法的黑魆魆的森林。

拇指男孩也是这样走着，小山羊也是这样在林中迷了路，它走啊，走啊，不知密林深处有一头狼正悄悄逼近。透过以往数十年积淀在头脑中的尘垢，他童年的恐惧重新冒出头来，他记起了小人书中的那幅画：一只小山羊站在阳光明媚的林中空地上，稍远处，潮湿、黑暗的树干中间，一头狼大睁着红红的眼睛，露出雪白的獠牙。

于是，他像童年时代那样，想高声喊叫，想呼唤妈妈，想闭上眼睛逃跑。

但他的私人卫队就潜伏在林中，有数千名之众，都是身强力壮、训练有素、反应灵敏的战士。他们生存的唯一目的就是防止外人的呼吸拂动他头上哪怕一根头发，触及他身上哪怕一个部位。多部电话发出轻微的嗡嗡声，按地段和分区报告着独自到森林里散步的元首的行踪。

他折返来路，极力克制住撒腿奔跑的愿望，向野战司令部深绿色的建筑物走去。

卫士们看见元首行色匆匆，以为司令部定有紧急公事等待他处理，他们哪里想得到，森林中暮色甫降，德国元首就记起了童话中那头狼。

树丛后，司令部建筑物窗户中透出灯光。联想到集中营焚尸炉的火光，他第一次感觉到常人的恐惧。

18

在第六十二集团军的掩蔽部和指挥所里，人们体会到一种很特别的奇怪感觉：想摸摸脸、摸摸衣服，或者动一动靴子里的脚指头。德国人没有打炮。四周一片寂静。

静得令人头晕。人们觉得身体空了，心脏处于麻木状态，手脚不自然地微微颤动。在寂静中喝粥，在寂静中写信，夜里在寂静中醒来，都给人一种古怪、不可思议的感觉。寂静以自己独特的方式，静静地轰响。寂静中，以前无人留意的怪异声音纷纷传入人们的耳鼓：餐刀的丁当声、翻动书页的沙沙声、地板的嘎吱声、光脚丫儿走路的啪嗒声、笔尖的哧哧声、手枪保险的咔嗒声、掩蔽部墙壁上挂钟的嘀嗒声。

集团军参谋长克雷洛夫来到司令员的掩蔽部。崔可夫坐在板床上，古罗夫坐在他对面的一张小桌后面。克雷洛夫本想立即通报最新消息：斯大林格勒方面军已转入反攻，包围保卢斯的事几小时内将见分晓。但看了一眼崔可夫和古罗夫，他却默默地在板床上坐下来。克雷洛夫一定是在两位同志脸上看到了某种非常重要的东西，才决定暂且先不提他的消息——那个非同小可的消息。

三个人都一言不发。寂静催生了新的、在斯大林格勒好像早已被永久消除的声音。寂静孕育着在战火纷飞的日子里不为人所需的新的想法、新的激情、新的焦虑。

但此刻，他们尚未意识到这些新的想法；斯大林格勒令人难以承受的重压尚未衍生出激动、虚荣心、委屈和妒忌。他们还没想到，他们的名字如今永远跟俄罗斯战史上的光辉一页联系在一起了。

这寂静的片刻是他们一生中最美好的时光。在那一刻，他们沉浸于其中的，只有人的感情。日后，当他们扪心自问，为什么当时内心充满幸福和哀伤、爱和谦卑，没有一个人能给出回答。

还有必要继续讲述保卫战结束以后，斯大林格勒的将领们的情况吗？还有必要讲述参与斯大林格勒保卫战的某些指挥官陷入了何种可怜的境地吗？讲述他们如何通宵达旦饮酒不停，为争夺荣誉而吵嚷不休？讲述在斯大林格勒保卫战胜利的庆功大会上，醉酒的崔可夫如何冲向罗季姆采夫，想把他给掐死，只因尼基塔·赫鲁晓夫拥抱并亲吻了罗季姆采夫，而对站在他身旁的崔可夫却不屑一顾？

还有必要告诉你，从小小的圣地斯大林格勒到俄罗斯广袤大地的第一次旅行是崔可夫和他的司令部为庆祝契卡-国家安全总局成立二十周年而进行的吗？以及在庆典后第二天早上，崔可夫和他的同伙差点醉醺醺地淹死在伏尔加河中，好不容易才被战士们从冰窟窿里救出来吗？还有必要谈论其后的一连串咒骂、责备、猜疑、嫉妒？

真相只有一个，不存在两个真相。没有真相，或者仅有一鳞半爪的真相，或者仅有被人切割、修剪过的真相，日子就很难过下去。部分真相不是真相。在这个美妙宁静的夜晚，让真相，全部真相，毫无掩饰地永驻人们心中吧。在这个夜晚，让我们将人们的善行，将他们日日夜夜的辛勤劳动记在他们名下吧……

崔可夫走出掩蔽部，缓步登上伏尔加河岸的高坡，木头台阶在他脚下发出清脆的嘎吱声。夜色已深。西边和东边都寂然无声。工厂厂房的轮廓、城里大楼的废墟、战壕、掩蔽部，与笼罩天空、大地、伏尔加河的茫茫夜色和寂静融为了一体。

人民的胜利就这样得到了体现：没有隆重的军人队列行进，没有管弦乐队的嘹亮乐声，没有焰火和礼炮，而是在这个潮湿的夜晚，在笼罩大地、城市、伏尔加河的乡村特有的静谧中……

崔可夫心潮澎湃，他那饱经战火的心在胸腔中清晰有力地跳动着。他侧耳细听：寂静不再。从班内伊峡谷和"红十月"工厂方向传来歌声。岸坡下，伏尔加河边有低低的说话声和吉他声。

崔可夫回到掩蔽部。正等他回来吃晚饭的古罗夫说道：

"瓦西里·伊万诺维奇，一点声响也没有，人都要急疯了。"

崔可夫哼了一声，什么也没说。

在餐桌前坐定后，古罗夫说：

"唉，同志，看来你辛酸事见得太多，听到快乐的歌儿就忍不住要泪下了。"

崔可夫诧异地瞟了他一眼。

19

在斯大林格勒峡谷斜坡上的一间窑洞里，几个红军战士围坐在一张自制的小桌旁。

军士长借着自制油灯的灯光，往每人杯子里倒伏特加酒。战士们注视着带棱玻璃杯半腰处一道模糊的圆圈，军士长粗糙的指甲就掐在那里。宝贵的饮料朝着圆圈缓缓上升。

大家把酒喝完，伸手去拿面包。一个战士嚼了一口面包，说道：

"鬼子把我们折腾得够呛，但到头来还是我们胜了。"

"德国鬼子老实了，不再耍威风了。"

"威风耍完了。"

"斯大林格勒的史诗结束了。"

"让我们遭了多大的殃啊。半个俄罗斯给毁了。"

战士们慢条斯理咀嚼了好久，经过长时间辛勤工作之后坐下来休息、喝酒、就餐的人们，更能从容地享受快乐和平静。头有点晕，但这种晕有些特别，并不使人晕头转向。面包的味道，咀嚼洋葱的嚓嚓声，支在窑洞墙根上的枪支，对家乡的思念，伏尔加河，眼前的双手——这双手曾经抚摩孩子的头发、搂抱女人、掰开面包、用报纸卷烟，此外还战胜了强敌——所有这一切现在都变得无比清晰。

20

疏散到后方的莫斯科人正在为返回莫斯科做准备，对他们来说，摆脱疏散地的生活恐怕比重返莫斯科更加令人兴奋。斯维尔德洛夫斯克、鄂木斯克、塔什干、克拉斯诺亚尔斯克的街道和房舍，秋夜的群星，当地面包的味道——所有这一切都变得令人厌恶。

如果读到苏联情报局发布的有利战报，他们会说：

"喏，很快大家都能回去了。"

如果读到令人担忧的战报，他们会说：

"唉，家属跟着回去看来没戏了。"

传闻满天飞，说什么没有通行证也能回莫斯科——先乘长途列车，然后换乘作业车，再改乘无人拦截的电气火车。

人们已经忘记，1941 年 10 月在莫斯科，他们曾经度日如年。那时，人们曾以何等艳羡的目光，看着那些逃离首都不祥的天空，到鞑靼、乌兹别克斯坦享受宁静生活的莫斯科人……

人们已经忘记，在 1941 年 10 月大难临头的日子里，一些没有挤上疏散列车的人扔掉手提箱和包袱，步行前往扎戈尔斯克①，只要逃离莫斯科就好。风水轮流转，现在人们却准备抛弃财物、丢下工作和安适的生活，不惜步行去莫斯科，只要逃离疏散地就好。

之所以出现这两种截然相反的精神状态——渴望离开莫斯科和渴望回到莫斯科，根本原因是过去一年的战事改变了人们的想法，大众对德国人的莫名恐惧消失了，取而代之的是对俄罗斯苏维埃力量的优势地位的信心。

十一月下半月，苏联情报局报道了苏军在符拉迪高加索（奥尔忠尼启则）地区打击德国法西斯部队的消息，然后报道了苏军在斯大林格勒地区顺利开展的进攻。两周之内，情报局九次发布战报："一小时前……我军继续进攻……给予敌人新的一击……我军在斯大林格勒城郊粉碎了敌军的抵抗，突破敌军在顿河东岸的新防线……我军继续进攻，乘胜推进十至二十公里……日前，部署在顿河中游地区的我军部队发起对德国法西斯部队的进攻……顿河中游地区我军部队的进攻仍在继续……我军驻北高加索部队的攻势……我军在斯大林格勒西南方向的新攻势……我军在斯大林格勒以南的攻势……"

---

① 莫斯科北部的一个小城镇，距离莫斯科仅几十公里。卫国战争期间，许多莫斯科人疏散到这类城市。

1943 年新年前夕，苏联情报局发布了一则消息："我军在斯大林格勒要冲地带为期六周的进攻战总结"，介绍了苏军在斯大林格勒城下包围德国集团军的情况。

人们的意识发生了变化，开始以全新的眼光来看待生活中的各种事件。这种变化是暗中发生的，其秘密程度不亚于围绕斯大林格勒大反攻所做的各项准备工作。在人们潜意识中完成的这种再认识在斯大林格勒大反攻之后才逐渐明朗化，最终向世人宣告了自己的存在。

人们意识中发生的变化，与莫斯科保卫战胜利期间发生的思想变化不同，尽管从表面上看二者似乎没有区别。

不同之处在于，莫斯科保卫战的胜利从整体上改变了人们对德国人的看法。1941 年 12 月之后，人们对德军的莫名恐惧不复存在了。

而斯大林格勒、斯大林格勒大反攻，促成了军队和民众形成新的自我意识。俄罗斯苏维埃人民开始以新的方式认识自己，以新的方式对待各民族人民。俄罗斯的历史开始被视为一部俄罗斯荣耀的历史，而不是俄罗斯农民和工人遭受苦难和屈辱的历史。民族观念从形式要素转变成了内容，为人们的世界观奠定了新的基础。

在莫斯科保卫战取得胜利的日子里，起作用的仍然是战前的老思维模式、战前的观念。重新思考战争中的各种事件，认识俄罗斯军队和国家的力量，是一个大规模的长期广泛进程的一部分。这一进程在"二战"爆发前很久就开始了，但主要不是发生在人们的意识里，而是发生在人们的潜意识里。

在人们重新理解生活、重新思考人际关系的过程中，有三个重大事件起了基石的作用：农业集体化、工业化、1937 年。

这些事件和 1917 年的十月革命一样，引发了广大居民阶层的变动和更替；这些变动伴随着对人的肉体消灭，而消灭的规模与清除俄国贵族和工商资产阶级那段时期相比，不是更小，而是更大。

由斯大林领导的这些事件，标志着在一国建设新型苏维埃国家的经济和政治胜利。这些事件是十月革命的合乎逻辑的结果。

然而，在集体化、工业化、领导干部大换班时期取胜的新秩序，却不肯抛弃旧的思想方式和观念，尽管这些方式和观念对新秩序来说已经失去了鲜活的内容。新秩序使用了旧的观念和习惯用语，这些观念和用语肇始于革命前社会民主党多数派（布尔什维克）形成之际。作为新秩序基础的，是其国家－民族特性。

战争加速了早在战前就暗中进行的重新认识现实的进程，加速了民族意识的出现，"俄罗斯的"一词重新具有了活的内容。

起初，在撤退时期，这个词多半含有贬意：俄罗斯的落后、混乱，俄罗斯的泥汀道路，俄罗斯的"撞大运"……但是，民族意识一旦觉醒，军事上的胜利便指日可待了。

国家也开始在新的范畴内获得自我意识。

在人民遭受苦难的日子里，民族意识表现为一种强大而美好的力量。在这样的时候，人们的民族意识之所以美好，是因为它富于人性，而不是因为它富于民族性。这是以民族意识的形式表现出来的人的尊严，人对自由的执着，人对善的信仰。

但是，在苦难年代觉醒的民族意识，却可能以不同的方式进一步发展。

毋庸置疑，保护某个单位免遭世界主义者和资产阶级民族主义者侵害的某位人事处长，和保卫斯大林格勒的某个红军战士，体现民族意识的方式可能大相径庭。

作为强国的苏联，其现实需要把民族意识的觉醒与国家在战后生活中面临的种种任务联系起来，那就是为捍卫国家主权而斗争，在各个领域确立苏维埃的、俄罗斯的生活方式。

这些任务并不是在战争期间和战后年代突然提出来的。早在战前，当农村的一系列事件、国家重工业的建立、新老干部大换班标志着由斯大林定义的"一国社会主义"制度取得胜利之时，这些任务就产生了。

俄国社会民主主义的胎记被刮掉、被清除了。

而正是在斯大林格勒的转折之际，当斯大林格勒的火光成为黑暗王国中唯一的自由信号之时，这个重新思考的过程才大张旗鼓地开始。在斯大林格勒保卫战期间，人民战争达到了激情的顶峰，而正是在这场斯大林格勒战役期间，人民战争使得斯大林有可能公开宣扬国家民族主义的思想体系。这一结果是事物发展的逻辑导致的。

21

物理所前厅的墙报上，贴出了一篇题为《永远和人民在一起》的文章。

文章说，在伟大的斯大林领导下承受着战争风暴洗礼的苏联，对科研工作赋予了极其重要的意义，党和政府给予科学工作者的尊重和荣誉远超世界上其他任何地方。甚至在极为困难的战争时期，苏维埃国家也为科学工作者正常而富于成效的工作创造了一切条件。

文章接着谈到物理所面临的各项艰巨任务，谈到新设施的建造和旧实验室的扩建，谈到理论与实践的联系，谈到科研工作对国防工业的重要意义。

文章还谈到全所科研人员高涨的爱国热情，他们决心不辜负党和斯大林同志本人的关怀和信任，决心不辜负人民对苏联知识分子的光荣先锋队——科研工作者寄予的厚望。

文章最后一部分指出，遗憾的是，在这个健康和睦的集体里，却有个别人漠视对党和人民的责任，游离于和睦的苏维埃大家庭之外。这些人把自己摆在与集体对立的位置上，将个人利益置于党交给科学工作者的任务之上，热衷于夸大他们的科研成就，其中有些是真实的，有些则是臆想的。他们中的一些人，正在有意无意地变成异己的、非苏维埃的观点和情绪的代言人，宣扬政治上敌对的思想。对于外国唯心主义科学家充满反动思想和蒙昧主义的唯心主义观点，这些人往往要求我们"客观"对待。他们甚至吹嘘自己与这些唯心主义科学家的关系，以挫伤俄罗斯科学家的民族自豪感，贬低苏联的科学成就。

他们有时摆出捍卫所谓被践踏的正义的姿态，企图在某些目光短浅、轻信、不辨真伪的人中间博得廉价的声望，而实际上，他们是在散播不和的种子，散布对俄罗斯科研队伍的不信任，蔑视俄罗斯科学的辉煌过去和产生的伟大人物。文章号召，为了顺利完成党和人民在卫国战争期间交给科学工作者的各项任务，务必清除一切腐朽的、异己的、敌对的观念和言行。文章结尾写道："沿着马克思主义哲学探照灯照亮的光荣道路、沿着列宁－斯大林的伟大政党为我们指引的道路，向着新的科学高峰，奋勇前进！"

虽然文章没有点名，但实验室里所有人都知道，文章是冲着施特鲁姆来的。

萨沃斯季亚诺夫是头一个对施特鲁姆说起这篇文章的，后者当时正和刚刚安装完新设备的同事在一起。施特鲁姆没去看文章。他搂着诺兹德林的双肩说：

"不管出什么事，这套设备总归会有用的。"

诺兹德林出人意料地骂了句粗话。他问候的对象是"他们"，施特鲁姆一时琢磨不出，他到底在骂谁。

下班时，索科洛夫走到施特鲁姆身边，对他说：

"我真佩服您，维克托·帕甫洛维奇。一整天您都在埋头工作，好像什么事都不曾发生过。您的定力堪与苏格拉底媲美。"

"如果一个人生来是黄头发，无论墙报上再怎么骂他，也变不成黑头发。"施特鲁姆说。

看到索科洛夫就来气，在施特鲁姆似乎已成了习惯。但正因为习以为常，这种气恼失去了新鲜感，反倒让他觉得无所谓了。他不再责怪索科洛夫为人不够坦荡、胆小怕事。有时他告诉自己："他这人优点挺多的，至于缺点，谁又没有呢。"

"咳，这世上，什么千奇百怪的文章都有，"索科洛夫说，"安娜·斯捷潘诺芙娜读了墙报上那篇文章，心脏病当场发作。去医务室抢救后，让人给送回家了。"

施特鲁姆心想："到底写了些什么啊，这么吓人？"但他没问索科洛夫，旁人也没对他说起文章的具体内容。个中道理，想必跟人们不和病人谈论罹患的绝症是一样的。

傍晚，施特鲁姆最后一个离开实验室。新近调到衣帽室的门卫老头阿列克谢·米哈伊洛维奇把大衣递给施特鲁姆，说道：

"这算什么事儿啊，维克托·帕甫洛维奇，总不让好人过安生日子。"

穿上大衣后，施特鲁姆又回到楼上，在张贴墙报的板壁前停下来。

读完文章，他心慌意乱地回头张望了一下：一瞬间，他觉得马上就会有人来把他抓走，但定睛一看，前厅寂然无声，一个人也没有。

他实实在在地感觉到，在个人柔弱的躯体和强大的国家之间，力量对比是何等悬殊。他觉得国家正瞪着一双灯笼般大的明亮眼睛，死死盯着他，随时可能猛扑过来，而他呢，伴随着骨头碎裂的声音，会发出一声惨叫，然后化为齑粉。

街上行人众多，但施特鲁姆觉得在他和行人之间，横亘着一片无主地带。

在无轨电车上，一个戴棉军帽的人激动地对同伴说：

"听最新战报了吗？"

前排座位上有人说：

"斯大林格勒！德国人被打垮了。"

一位上了年纪的女人望着施特鲁姆，好像在谴责他为何默不作声。

他想起了索科洛夫，心里很平和：人都有这样那样的缺点，他有，我也有。

然而，几乎没有人彻底相信，自己的弱点和缺点跟别人完全一样。因此，施特鲁姆立刻又想："他的观点取决于国家是否爱他、他自个儿的日子是否过得安逸。如今形势转好，胜利在望，他就缄口不语，不再发表批评言论了。我却不同，无论国家是强还是弱，无论它是虐待我还是爱抚我，我对它的态度始终如一。"

他准备到家后把墙报上那篇文章的事告诉柳德米拉·尼古拉耶芙娜。看来真的要拿他开刀了。他打算这样对柳德米拉说：

"这就是给你的斯大林奖金，柳朵奇卡。写这类文章，意味着要抓人坐牢了。"

"我们俩休戚与共，"他想，"邀请我去巴黎大学开设荣誉讲座，她会跟我一起去；发配我去科雷马的劳改营，她随后也会跟来。"

"弄到这个地步，你是自作自受。"柳德米拉·尼古拉耶芙娜会说。

他会厉声对她说：

"我需要的不是批评，而是真诚的理解。批评我在所里已经听得够多了。"

给他开门的是娜嘉。

在半明半暗的走廊里，女儿拥抱了他，把面颊紧贴在他胸前。

"我身上又冷又湿，让我先脱大衣吧。出什么事啦？"他问道。

"难道你没听说？斯大林格勒！特大胜利。德国人被包围了。走，快走吧。"

娜嘉帮他脱掉大衣，挽着他的胳膊走进房间。

"上这儿来，这儿，妈妈在托利亚房间里。"

她打开门，柳德米拉·尼古拉耶芙娜正坐在托利亚的小桌前。她慢慢向他转过身来，又高兴又悲伤地笑了笑。

这天晚上，施特鲁姆没有告诉柳德米拉所里发生的事。

他们坐在托利亚的桌前，柳德米拉·尼古拉耶芙娜在一张纸上画了德军在斯大林格勒被包围的示意图，向娜嘉解释自己的作战计划。

夜里在自己房间里，施特鲁姆想："老天，我还是写封悔过书吧，遇到这种情况，谁也招架不住啊。"

<h1 style="text-align:center">22</h1>

墙报上贴出那篇文章后，好几天过去了。实验室的工作一如往常。施特鲁姆有时神情颓丧，有时又精神焕发，在实验室里踱来踱去，手指在窗台和金属机罩上快速弹出心爱的曲调。

他开玩笑说，所里好像开始流行近视疫情，一些熟人劈头碰见他，便故作沉思状，默默地擦肩而过，招呼也不打。古列维奇大老远看见施特鲁姆，也做出沉思状，匆匆走到街道对过，在一张海报前停下来。施特鲁姆有意观察他的举动，回头望了一眼，正巧同一时刻古列维奇也回过头来，两人的目光相遇了。古列维奇做了个既吃惊又高兴的姿势，向他致意。这一切让人很难高兴起来。

斯韦钦碰到施特鲁姆时，倒是照常跟他打招呼，还特意嚓地一碰脚跟，但脸却绷得紧紧的，好像面对的是来自某个不友好国家的大使。

施特鲁姆一一记在心里：谁对他不理不睬，谁点了头，谁跟他握手问好。

回到家里，他头一件事便是问妻子：

"有人来过电话吗？"

柳德米拉通常回答说：

"如果不算玛丽娅·伊万诺芙娜，没有。"

柳德米拉知道下一个问题会是什么，于是又补充道：

"马季亚罗夫还没来信。"

"你看看,"他说,"以前天天来电话的,现在偶尔打来;以前偶尔来电话的,现在索性全停了。"

他觉得家里人对他的态度也变了。有一次,他正在喝茶,娜嘉从他身边走过,没打招呼。施特鲁姆粗暴地叫住她:

"为什么不打招呼?在你眼里,我是个没有生命的东西?"

此刻,他的脸色一定非常可怜、痛苦,娜嘉知道他心绪不佳,不但没顶嘴,反而连忙说:

"好爸爸,亲爱的,原谅我吧。"

就在这一天,他问女儿:"听我说,娜嘉,你还在见你那位统帅吗?"

她耸了耸肩,没有作声。

"我得提醒你一件事,"他说,"别跟他谈政治。那帮人就差从这方面来找我的碴儿了。"

娜嘉还是没有顶嘴,只是说:"你尽管放心,爸爸。"

早晨,施特鲁姆走近物理所大门,便开始四下张望,一会儿放慢脚步,一会儿加快步速。直到确信过道上空无一人,他才低下头,三步并作两步走过去,要是半道上一扇门突然打开,他的心脏准会突然停止跳动。

终于走进实验室,他气喘吁吁,像一名穿过炮火横飞的战场跑进自己掩体的士兵。

有一次,萨沃斯季亚诺夫来到施特鲁姆房间里,对他说:

"维克托·帕甫洛维奇,我请求您,我们大家都请求您,写封信检讨吧,我向您保证,会有用的。请想想,您正面临着一项巨大的工作,不谦虚地说,一项伟大的工作,我国科学界的有生力量对您充满希望。然而,就在这时,您舍得让一切突然间停顿下来吗?写封信认错吧。"

"可让我检什么讨,认什么错呀?"施特鲁姆说。

"唉,还不都一样嘛,大家都这么干——文学界、学术界、党的领袖们,都这样。就说您钟爱的音乐界吧,肖斯塔科维奇不也承认了错误,写了检讨书吗?纯粹走走过场而已,检讨之后,该干吗还干吗。"

"可是我究竟该检讨什么,向谁检讨呀?"

"写封信给所领导,给党中央。这并不重要,写给哪儿都行。重要的是表示愿意认错。随便写点什么,譬如:'我承认有错,对有的事情有所误解,现在保证改正,我意识到问题了',诸如此类。您是知道的,这一套已经有固定格式了。关键是，这样做管保有作用，这是屡试不爽的！"

萨沃斯季亚诺夫那双通常快快乐乐、总是含着笑意的眼睛变得严肃起来，似乎连眼睛的颜色也不一样了。

"谢谢，谢谢，我亲爱的，"施特鲁姆说，"您的关切令我感动。"

一小时后，索科洛夫找到他，说道：

"维克托·帕甫洛维奇，下星期学术委员会召开扩大会议，我认为您应该在会上发言。"

"就什么问题？"施特鲁姆问道。

"我觉得您应该作些解释，简单说吧，就是承认错误。"

施特鲁姆在房间里踱起步来，又突然在窗前停下，看着院子，说道："彼得·拉夫伦季耶维奇，要不我写封信吧？总比当众打自己嘴巴好点。"

"不，我觉得您还是应该发言。昨天我跟斯韦钦谈过，他向我暗示，那边，"他含含糊糊地朝门框上方指了指，"希望您发言，而不是写信。"

施特鲁姆陡然转过身来，说：

"我言也不发，信也不写。"

索科洛夫很耐心，就像精神分析医生对待患者，说道：

"维克托·帕甫洛维奇，在您目前的处境，沉默就意味着自取灭亡，加在您头上的可是政治罪名啊。"

"您明白我最难过的是什么吗？"施特鲁姆说，"为什么在胜利的日子，在举国欢庆的日子，我却摊上这档子事呢？现在，随便哪个狗杂种都可以说，我施特鲁姆以为苏维埃政权马上要完蛋了，所以才公开跳出来反对列宁主义原则。说我是墙头草随风倒。"

"我还真听到过有人这样说。"索科洛夫说。

"不，不，去他妈的！"施特鲁姆说，"我就不检讨！"

夜里，他把房间反锁上，开始写检讨书。写了半截，他突然感到羞愧难当，一把把草稿撕了，然后动手起草学术委员会的发言稿。写完，他重读一遍，一拍桌子，一把又撕了。

"就这么着了，管他呢！"他出声地说，"天要下雨，娘要嫁人。抓就抓吧。"

他一动不动地坐了一会儿，琢磨自己的最后决定会带来什么样的结果。后来他突然有了个主意：起草一封信放在那儿，假如决定要检讨，就交出去；草稿越简单越好，因为他已经拿定主意不检讨；反正这样做丝毫无损于他的尊严。谁也看不到这封信。一个人也看不到。

房间里就他一个人，门锁着，周围的人都睡了，窗外一片沉寂——没有汽车喇叭声，也没有汽车开过的嗖嗖声。

但有一种无形的力量压迫着他。他感觉到了这种力量催眠术般的魔力，它强迫他想它所想、写它所述。这种力量渗入了他的身体，使他心惊胆战，瓦解着他的意志，干预着他对妻子和女儿的态度，扭曲了他对过去的看法，玷污了他的童年记忆。他一向自视甚高，现在却觉得自己智力平平，枯燥乏味，废话连篇，令人心烦。甚至他的工作也失去了光彩，好像蒙上了一层灰尘，不再以光明和欢乐充实他的心灵。

只有从未亲身感受过这种压迫的人，才可能讶异人们竟然屈服于这种力量。而对亲身经历过这种压迫的人来说，如果看到谁敢于流露出哪怕是片刻的愤怒，盛怒之下甩出哪怕一句气话，或者怯怯地做出一个哪怕立刻又收回的抗议姿态，那才会大吃一惊呢。

施特鲁姆写检讨书是为了自己，他打算把它藏起来，不给任何人看，同时他心里明白，没准儿这东西真的会派上用场。管他呢，暂且先搁那儿吧。

早晨喝茶时，他不停地看手表——该去实验室了。他感到令人心寒的孤独。似乎在他的余生中，没有人会再来看他。况且，人们不给他打电话，并不完全是因为害怕。他们不打电话是因为他这人太无聊、太乏味、太平庸。

"昨天多半没人打电话找我吧？"他问柳德米拉·尼古拉耶芙娜，接着又朗诵起一首小诗："独倚小轩窗，无人问，我心凄凉……"

"哦对了，忘了告诉你，切佩任回来了，他打电话说想见你。"

"啊，"施特鲁姆说，"啊，这种事你怎么可以忘记！"他的手指在桌子上敲打着，弹奏起一支喜气洋洋的乐曲。

柳德米拉·尼古拉耶芙娜走到窗前。窗外，施特鲁姆步履从容，他高高的个子，略微驼背，不时挥动一下公文包。她知道，丈夫正在想象中跟切佩任会面，打招呼，跟他交谈。

这些天来，她怜惜丈夫，为他担惊受怕，但同时又记起他的缺点，特别是他的自私自利。

刚刚他还在朗诵"独倚小轩窗，无人问，我心凄凉"，现在去了实验室，那里会有人围着他转，有他的工作；晚上他要去看切佩任，大概不到半夜是不会回家的。他不会关心，在这空荡荡的公寓楼房，妻子得"独倚小轩窗"待上一整天，身边一个人也没有，"心中凄凉"。

柳德米拉·尼古拉耶芙娜到厨房里去洗碗。这天早晨，她心里特别难过。玛丽娅·伊万诺芙娜要去沙波洛夫卡看她姐姐，今天不会来电话了。

娜嘉是另一位让人操心的主儿，总是一声不吭，而且，不用说，尽管父母阻止，每天晚上的散步照样雷打不动。维克托一门心思想自己的事，根本不管娜嘉。

门铃响了，多半是她头天晚上约的木匠吧，托利亚房间的门需要修理。柳德米拉·尼古拉耶芙娜好歹高兴了点——毕竟来的是个大活人。她连忙打开门，却看见一个戴着灰色卡拉库尔羊羔皮帽子的女人站在昏暗的走廊里，手里提着一只皮箱。

"叶尼娅！"柳德米拉大叫一声，声音之响亮、之凄惨，把她自己都吓了一跳。她亲吻着妹妹，抚摩着妹妹的肩膀说：

"不在了，托利亚不在了，不在了。"

23

浴缸龙头的热水水流很细，但稍稍拧大一点，水一下子就会变凉。好半天浴缸才灌满，但姐妹俩觉得，见面后还没来得及说上几句话呢。

叶尼娅洗澡时，柳德米拉·尼古拉耶芙娜不时来到浴室门口，问道：

"喂，你咋样啊，要不要给你搓搓背？留心点煤气，稍不注意就会熄掉……"

又过了几分钟，柳德米拉用拳头敲了敲门，气呼呼地问道：

"你在做什么呀，睡着了？"

叶尼娅穿着姐姐的长毛绒浴衣从浴室走出来。

"啊呀，你这个妖婆！"柳德米拉·尼古拉耶芙娜说。

听她这么一说，叶尼娅马上想起诺维科夫来斯大林格勒那天晚上，索菲娅·奥西波芙娜也曾经管她叫妖婆。

饭菜摆好了。

"感觉怪怪的，"叶尼娅说，"坐了两天硬座火车，在浴缸里洗个澡，一下子仿佛又回到了岁月静好的和平年代，可是心里……"

"是什么风突然把你吹到莫斯科来的？出什么倒霉事了吗？"柳德米拉问。

"待会儿，待会儿再说吧。"

她挥了挥手。

柳德米拉谈到丈夫近来的情况，谈到娜嘉出人意外的可笑的初恋，谈到熟人们不再来电话、路上碰到施特鲁姆也装作没认出来。

叶尼娅谈到斯皮里多诺夫去古比雪夫的事。他现在变得很温顺，可怜巴巴的。在专案组弄清他的问题之前，不会任命他担任新的职务。薇拉带着儿子住在列宁斯克，斯皮里多诺夫一说到孙子就流眼泪。随后叶尼娅又对柳德米拉谈到珍妮·亨利霍芙娜·亨利赫松老太太被流放的事，谈到沙尔戈罗茨基老头多么讨人喜欢，谈到利莫诺夫怎样帮助她上户口。

叶尼娅脑瓜里还充斥着香烟烟雾、火车车轮的敲击声、车厢里杂乱的谈话声，而此刻，看着姐姐的脸，感觉到柔软的浴衣与她刚沐浴过的身子的接触，坐在摆着钢琴、铺着地毯的公寓房间里，她的确感到怪怪的。

姐妹俩互诉衷肠，在两人说起的每一个事件中，无论是悲是喜，是可笑还是动人，总有那些已经辞别人世，然而却永远活在她们心中的亲朋好友。只要说到施特鲁姆，他母亲安娜·谢苗诺芙娜的影子就会出现在他身后；一说到谢廖扎，就会想起他冤死在劳改营中的父母亲——德米特里和伊达；而那个宽肩膀厚嘴唇的脑膜小伙子的脚步声，无日无夜不伴随着柳德米拉·尼古拉耶芙娜。但姐妹俩都没有提及这些人。

"索菲娅·奥西波芙娜一点消息也没有，好像钻到地底下去了。"叶尼娅说。

"那个姓列文顿的女人？"

"是的，是的，就是她。"

"我不喜欢她，"柳德米拉·尼古拉耶芙娜说，"你还画画吗？"

"在古比雪夫没有画。在斯大林格勒时画过。"

"我们疏散到喀山时，维克托还带了你的两幅画呢。你很可以引以为豪了。"

叶尼娅笑了，说："是挺令人高兴的。"

柳德米拉·尼古拉耶芙娜说：

"怎么啦，将军夫人，不说说正经事儿？你满意吗？爱他吗？"

叶尼娅掩上浴衣衣襟，答道：

"是的，是的，我很满意，很幸福，我爱他，他也爱我……"说着，她匆匆打量柳德米拉一眼，补充道，"知道我为什么来莫斯科吗？柯雷莫夫被捕了，关在卢比扬卡。"

"天哪，因为什么呢？他可是个百分之百的布尔什维克啊！"

"那我们的德米特里呢？你的阿巴尔丘克呢？说他是百分之二百的布尔什维克也不为过啊。"

柳德米拉沉思了一会儿，说：

"这个柯雷莫夫，当初多么残酷无情！全盘集体化时期，他对农民毫无怜悯之心。记得我还问过他：这到底是要干什么？他回答说：这些个富农，让他们统统见鬼去吧。他对维克托影响挺大的。"

叶尼娅责备地说：

"唉，柳达，你这人，老记别人的坏处，还专拣不该说的时候使劲说。"

"没办法，"柳德米拉·尼古拉耶芙娜说，"我就这么个脾气，竹筒倒豆子。"

"好了，好了，就别为你那直筒子美德自豪了。"叶尼娅说。

她低声说：

"柳达，我被传讯了。"

她从沙发上拿起姐姐的手帕，盖在电话机上，然后说：

"据说能窃听。他们让我做了个陈述。"

"我记得，你并没有跟柯雷莫夫登记结婚啊？"

"是没登记，那又怎么样？他们就是把我当作他妻子来讯问的。是这么回事：我收到一张传票，叫我带上身份证去一趟。我心里纳闷，翻来覆去想遍了所有人、所有事，包括德米特里、伊达，甚至你的阿巴尔丘克，所有被捕的熟人都回想过了，但就是没想到柯雷莫夫。通知我五点以前赶到那里。一间普普通通的机关办公室。墙上挂着斯大林和贝利亚的巨幅肖像。一个相貌平平的年轻人用貌似洞察一切的目光看着我，问道：'您知道尼古拉·格里戈里耶维奇·柯雷莫夫的反革命活动吗？'就这么开了头……我在那儿待了两个半钟头。好几次我心想怕是再也出不去了。你能想象吗，他甚至向我暗示，诺维科夫，咳，一句话，亏他想得出这么卑鄙的事——似乎我跟诺维科夫好是为了收集情报，把诺维科夫无意中可能泄露的机密传递给柯雷莫夫。我简直肺都要气炸了。我对他说：'您知道吗，柯雷莫夫是个狂热无比的共产党员，跟他在一起，就像待在区党委会里。'可他对我说：'噢，是这样啊，那是不是说，在您看来诺维科夫不像个苏维埃人？'我对他说：'您的工作真特别，别人在前线跟法西斯作战，而您，年轻人，自己待在后方，却往他们身上泼脏水'。我以为，他听我这么说准会给我一记耳光，可他却大为窘迫，脸涨得通红。总之，柯雷莫夫是被捕了。都是些荒诞无稽的指控——托洛茨基主义啦，跟盖世太保勾勾搭搭啦。"

"太可怕了！"柳德米拉·尼古拉耶芙娜说。她想，如果托利亚曾经被包围，人家也可能用类似的罪名指控他。

"我能想象维佳听到这个消息会怎么想，"她说，"他现在神经极度过敏，总觉得随时可能把他抓起来。成天回想在什么地方、跟什么人、就什么问题说过什么话。特别是那个倒霉的喀山。"

叶尼娅盯着姐姐看了好一会儿，终于说道：

"要不要告诉你，最可怕的是什么？那个侦查员问我：'既然您丈夫对您说过，托洛茨基曾夸奖他的文章"字字珠玑",你怎么会不知道您丈夫的托派活动呢?'回家的半路上,我才想起尼古拉的确对我说过这事儿,并且告诉我:'这话只有你一个人知道。'那天夜里,五雷轰顶般,我突然记起来,秋天诺维科夫来古比雪夫看我时,我对他说过这事。我觉得要疯了,吓得不知如何是好⋯⋯"

柳德米拉·尼古拉耶芙娜说:

"你真是不幸。但恰恰是你这种人,命中注定要遭遇这类事情。"

"你什么意思,'恰恰是我这种人'?"叶尼娅说,"要知道,你也可能遇上这类事情的。"

"才不会。你跟一个人分了手,转眼又跟另一个人好上了。还在一个人面前说另一个人的事。"

"你不也跟托利亚的父亲分手了吗?很可能,你也对维克托·帕甫洛维奇说过不少事呢。"

"不,你错了,"柳德米拉·尼古拉耶芙娜坚定地说,"这完全是两码事儿。"

"为什么?"叶尼娅问。她看着姐姐,突然气不打一处来。"你就承认吧,你这么说简直蠢透了。"

柳德米拉·尼古拉耶芙娜平静地说:

"不知道,也许是有点蠢吧。"

叶尼娅问道:

"你知道时间吗?我得去一趟库兹涅茨桥大街24号。"接下来她却按捺不住,脱口而出:"柳达,你性格太别扭,搁谁也受不了。难怪你住着四间套的公寓,妈妈却宁愿待在喀山,无依无靠,连个固定住处都没有。"

说完气话,叶尼娅又后悔自己太尖刻。她想让柳德米拉明白两人之间的信任远胜于这种偶发的争吵,便说道:

"我很愿意相信诺维科夫。可毕竟,毕竟⋯⋯这些话怎么会传到安全部门的?这种可怕的迷雾是从哪儿来的?"

叶尼娅多么希望母亲在自己身旁,那样的话,她就可以把头靠在母亲肩上,对她说:"好妈妈,我好累啊。"

柳德米拉·尼古拉耶芙娜说:

"你知道吗,情况可能是这样:你那位将军对某人提到了你们那次谈话,然后那人就举报了。"

"对,对,"叶尼娅说,"奇怪,这么简单的道理我怎么就没想到呢。"

在柳德米拉家的寂静和安宁中,叶尼娅更加强烈地意识到自己心中无法排遣的困惑……

最近几周她越来越强烈地感觉到跟柯雷莫夫分手之初她没有感觉到、没有想到的一切；跟他断绝关系时，暗中折磨她、困扰她的一切：对他藕断丝连的柔情，因他而起的担忧，有他在身边的习惯感觉。现在，这种感觉终于整个把她征服了。

她上班时想着他，坐电车时想着他，排队买东西时也想着他。几乎每天夜里她都梦见他，睡着睡着就呻吟起来，出声大叫，从梦中惊醒。

那些梦很折磨人，不是失火就是战争，要不就是柯雷莫夫身陷巨大危险，而且是那种眼睁睁看着就是救他不出的危险。

待到天亮，她害怕上班迟到，于是匆匆忙忙穿衣、洗脸，可心里还在想着他。

她觉得自己并不爱他。然而，如果你不爱一个人，你还能如此一刻不停地想念他，对他的不幸遭遇感同身受吗？为什么每次利莫诺夫和沙尔戈罗茨基嘲笑柯雷莫夫钟爱的诗人和画家，称他们为平庸之辈时，她都那么想见到柯雷莫夫，想抚摩他的头发，想和他亲热，想心疼他呢？

现在她已不记得他的狂热，不记得他对受迫害者命运的漠不关心，不记得全盘集体化时期他谈到富农时那恶狠狠的表情。

现在，她记得的只是他身上那些美好、浪漫、动人和忧郁的东西。如今他的软弱反倒格外令她迷恋。他的眼睛充满孩子气，微笑中带着几分惶恐，举止显得好笨拙。

她仿佛看到他被撕掉肩章，头发花白，看到他夜间躺在铺位上，看到他放风时在监狱院子里散步的背影……也许他会认为，她凭本能预见到了他的命运，所以才跟他分了手。他躺在监狱的铺位上，想着她……将军夫人……

她不知道这是怜悯、爱情、良心，还是责任感？

诺维科夫寄了张通行证给她，并通过军用电话跟空军里一位熟人说好，设法用"道格拉斯"飞机把她送到方面军司令部。叶尼娅的上司已经批准她到前线探亲三个星期。

她反复安慰自己说："他会理解，一定会理解我实在没有别的法子。"

她知道，自己这样做很对不起诺维科夫，他等她等了好久好久了。

她给他写了封坦诚得近乎残酷的信，把所有情况告诉了他。信发出之后，叶尼娅又担心起来，因为信肯定会被军事检查机关查看。这一切可能会给诺维科夫惹来极大的麻烦。

"不，不，他会理解的。"她反复对自己说。

但问题就在于，诺维科夫确实会理解，而一旦理解，就会永远跟她分手了。

她是真的爱他，还是仅仅爱他对自己的爱？一想到不可避免地要跟他彻底分手，要孤身一人面对一切，一种恐惧、忧伤、凄凉的感觉便攫住了她的心。

她又想到，是她自己心甘情愿地毁掉了自己的幸福，于是觉得倍加痛苦。

但大局已定，她无法再改变什么，相反，他们是否彻底分手已经不取决于她，而是取决于诺维科夫。想到这一点，她的心情异常沉重。

诺维科夫，诺维科夫……这么一门心思地想诺维科夫，终于变得无法忍受、痛苦万分，于是她转而想象柯雷莫夫的情形。她就要被传去当面对质了……你好，我的苦命人儿。

诺维科夫身材魁梧，膀大腰圆，为人坚毅，而且颇有地位。他不需要她支持，自个儿能应付一切。她管他叫"铁甲骑士"。她永远不会忘记他那张英俊迷人的脸，她会永远思念他，怀想她亲手毁掉的幸福。好啦，顺其自然吧。她不会自怨自艾，吃苦也不怕。

但她知道，诺维科夫其实也没那么坚强。有时，他脸上会流露出一种近乎无助、胆怯的表情……

她对自己也并非毫不怜惜，对自己的苦难并非漠然置之。

柳德米拉仿佛看穿了妹妹的心思，问道：

"你打算怎么对你那位将军交代呢？"

"我不敢想这事。"

"唉，你这人就是欠揍。"

"我实在没有别的法子！"叶尼娅说。

"我见不得你这么来回折腾。分就分，合就合，痛痛快快的。脚踏两只船，那哪儿成！"

"这么说，避祸求福就行了？那可不符合我的生活原则。"

"我不是这个意思。我尊重柯雷莫夫，尽管我不喜欢他，而你那位将军，要知道我一次都没见过。但既然打定主意做他的妻子，你就应当承担起对他的责任。你却不打算承担。人家身居要职，在前方打仗，妻子却给另一个坐牢的送东西。你知道这会给他带来什么后果吗？"

"知道。"

"那你到底爱他不？"

"别说了，天哪！"叶尼娅哽咽着说。她问自己："我爱的究竟是哪一个啊？"

"不行，你非回答不可。"

"我实在没有别的法子。要知道，人们跨过卢比扬卡的门槛，可不是为了找乐子。"

"你不能只想到自己。"

"我想到的恰恰不是自己。"

"维克托也是这样强词夺理的。说穿了就是利己主义。"

"你的逻辑真不可思议——从小我就琢磨不透你。你管这叫利己主义？"

"你能帮什么忙？你改变不了判决。"

"看来——上帝原谅我——非得让人把你抓起来，你才会知道亲人能为你做些什么。"

柳德米拉想改变话题，问道：

"好啦，小可怜。对了，你有玛鲁霞的照片吗？"

"只有一张。还记得吧，是在索科尔尼基照的。"

她把头靠在柳德米拉肩上，抱怨着：

"我太累了。"

"休息一下吧。去睡一会儿，今天哪儿也别去了，"柳德米拉说，"我给你铺好床了。"

叶尼娅半闭着眼睛，摇了摇头。

"不，不，用不着。我是活得太累了。"

柳德米拉拿来一只大信封，把一大摞照片倒在妹妹膝盖上。

叶尼娅一张张翻看着照片，连声感叹："我的天哪，我的天哪……这张我记得，是在别墅照的……瞧娜嘉的模样多滑稽……这张是爸爸从流放地回来后照的……瞧，德米特里还是个中学生，谢廖扎长得太像他了，特别是脸的上半部……这是妈妈抱着玛鲁霞，那时我还没出世呢……"

她发现这些照片中，托利亚的一张也没有，但她没问姐姐，托利亚的照片放哪里了。

"好啦，夫人，"柳德米拉说，"该给你上午餐了。"

"我胃口好极了，"叶尼娅说，"像小时候一样，情绪再激动也不影响胃口。"

"那就好，谢天谢地。"柳德米拉说罢吻了吻妹妹。

24

叶尼娅在涂满迷彩条纹的大剧院门口下了无轨电车，往库兹涅茨桥走去，路边不远便是美术基金会的展览馆，她熟悉的一些画家战前在那儿办过画展，她本人的画也曾在那儿展出。她匆匆走过，竟没有记起这些往事。

她突然生出一种古怪的感觉：自己的生活好像吉卜赛女人刚洗好的一副纸牌，翻开一张一看——莫斯科。

远远地，她看见卢比扬卡那座气派大楼的深灰色花岗岩墙壁。

"你好，柯利亚[1]。"她在心里喊道。也许柯雷莫夫感知到她就在近处，会莫名地激动起来。

过去的命运成了她的新命运。似乎已经永远逝去的过往成了她的未来。

新接待室很宽敞，临街的窗户安着镜子似的窗玻璃。但新接待室还没开放，来访者都挤在老接待室的房间里等候接见。

她走进一个肮脏的庭院，沿着一堵破旧的墙壁走到一扇虚掩的房门前。接待室里一切都显得很普通：几张沾满墨水污迹的桌子，墙边摆着几张木头长椅，还有几个接待来访者的小窗口，窗口上装着木头窗台。

看起来，墙壁面对卢比扬卡广场、斯列坚卡大街、福尔卡索夫胡同、小卢比扬卡街的这座石砌庞然大物与眼前这个类似镇公所的小房间之间，似乎毫无联系。

接待室里人头攒动，来访者多半是妇女。人们有的在小窗口前排队等候，有的坐在长椅上，一个戴着镜片厚厚的眼镜的老头在桌前填一份表格。望着一张张或苍老或年轻的男男女女的脸，叶尼娅心想，这些人眼神和嘴角的表情有许多共同点，假如在有轨电车里或街上遇见这样一个人，她一定猜得出此人是库兹涅茨桥大街24号的访客。

她走到一个年轻警卫面前，警卫穿着红军军装，但不知为什么看起来不像个红军战士。警卫问她：

"头一次？"然后指了指墙上的一扇小窗口。

叶尼娅排在队伍里，手里捏着身份证，焦急之下，手指和掌心都变得潮乎乎的。她前面一个戴贝雷帽的女人低声说：

"要是在内部监狱没找到，就得去海员医院监狱，如果那里也没有，再去布蒂尔卡监狱，但那儿只在固定的接待日，按监禁者姓名的字母顺序接待探访人员。下一个要去的是列弗尔托夫军事监狱。如果都没找到，再回这里从头来过。我找儿子已经找了一个半月了。您去过军事检察院了吗？"

队伍移动很快。叶尼娅心想，这不是个好迹象——接待人员肯定是走过场，一两句话就把人打发了。但此时，一个衣着华丽的中年妇女走到窗口前，队伍停下不

---

[1] "柯利亚"是"尼古拉"（柯雷莫夫的名字）的昵称。

动了。人们低声议论说，值班员亲自了解情况去了，怕是电话里说不清楚。那女人半侧着身子站在窗口前，微微眯缝的眼睛似乎在说，即使在这里，她跟这帮穷酸的在押犯亲属也不是一路人。

不一会儿，队伍又动起来，一个年轻女人离开窗口时低声说了句：

"就一个答复：不准送东西。"

前边那位女人对叶尼娅解释说："看来还没结案。"

"能会面吗？"叶尼娅问道。

"嘿，想什么哪！"那女人说，对叶尼娅的无知报之一笑。

叶尼娅从未想到过，一个人的脊背能如此富有表现力，能如此真切地传达一个人的心理状态。人们走近小窗口时，脖子不自然地伸得老长，肩膀拱起，肩胛骨绷得紧紧的，整个脊背给人的感觉，仿佛是在尖叫、哭泣、哽咽。

叶尼娅离小窗口还隔着六个人时，小窗"砰"的一声关上了。休息二十分钟。排队的人在长长短短的椅子上坐了下来。

这里有妻子，有母亲；有一个上了年纪的工程师，他妻子坐牢前是苏联对外文化协会的翻译；有一个十年级女生，她母亲最近被捕，父亲早在1937年就被判处十年徒刑外加剥夺通信权利；有一个双目失明的老太太，由邻居陪着过来打听儿子的消息；还有一个讲一口蹩脚俄语的外国女人，是一位德国共产党员的妻子，她穿一件方格子外国大衣，手里提了个花布包，一双眼睛却跟俄国老太太的眼睛毫无二致。

这里的女人来自多个民族，包括俄罗斯、亚美尼亚、乌克兰、犹太；有个女人是莫斯科郊区的集体农庄庄员。在桌前填表的那个老头原来是国立季米里亚泽夫农业大学的教师，他孙子是个中学生，被捕的原因显然是在晚间聚会上口无遮拦。

这二十分钟里，叶尼娅了解到好多情况。

今天值班的这个人不错……布蒂尔卡监狱不准送罐头，只接受葱头和大蒜，因为可以防止坏血病……上星期三这里来过一个人，专门来领身份证，他在布蒂尔卡监狱关了三年，一次也没提审过，最后给放了……从被捕到送劳改营，一般要花大约一年……没必要送太好的东西，在克拉斯诺普列斯宁羁押监狱，政治犯和刑事犯关在一起，刑事犯会把政治犯的东西统统抢光……不久前这里来过一个女人，丈夫是个赫赫有名的设计师，年纪很大了，被捕的原因说来颇为离奇：他年轻时曾与一个女人有过一段情缘，时间不长，但有了爱情结晶，虽然从未见过孩子，他还是给女人寄了抚养费；后来，孩子长大了，在前线打仗时变节投向德寇，结果老设计师被判处十年徒刑，因为他是叛国犯的父亲……大多数人触犯的是第五十八条第十款：反革命煽动罪——出言不慎，胡说八道之类……有些是"五一"节前抓进来的，一般说来节日前被捕的人特别多……曾经还有个女人，侦查员往她家打电话时，她突然听到了丈夫的声音……

说来奇怪，与在柳德米拉家里洗完澡那会儿相比，在这里——内务人民委员部的接待室，叶尼娅心里反倒觉得更平静、更轻松。

一些女人递上去的东西被接受了，于是显得无比幸福。

旁边有人压低嗓门悄悄说：

"你如果打听1937年被捕的人的情况，他们的答复完全是扯淡。有一次他们对一个女人说：'他活着，还在工作。'可她第二次来打听，同一个值班员却给了她一张证明：'已于1939年死去'。"

就在这时，窗口里面的值班员抬眼看了看叶尼娅。这人相貌平常，也就是个普通办事员吧，也许昨天还在消防部门上班，而只要上面一声吩咐，明天就会到奖励部门去填写表格。

"我想打听一个被捕者的情况，他名叫尼古拉·格里戈里耶维奇·柯雷莫夫。"叶尼娅说。她觉得，周围素不相识的人都能听出她的声音变了调。

"什么时候被捕的？"值班员问道。

"十一月。"她回答。

值班员递给她一张查询表，说：

"填好后直接交给我，不用再排队。明天来听回音。"

值班员递查询表给她时，又抬眼看了看她，这次，那短促的一瞥已不是普通办事员的目光，而是安全部门人员那种机敏的、过目不忘的目光。

填表时，她手指直哆嗦，就像刚才坐在这把椅子上那位国立季米里亚泽夫农业大学的老教师一样。

在与被捕者的关系一栏里她填了"妻子"，并在这两个字下面画了一道杠杠。

她把填好的表格交上去，在长椅上坐下，把身份证放进手提包里。过了一会儿，她又把身份证从手提包的一个夹层换到另一个夹层，这样来回倒腾了好几次。她意识到，她是不想离开这些排队的人。

此刻，她只有一个愿望：让柯雷莫夫知道她在这里，知道她为他抛弃了一切，专程来看他了。

但愿他能知道，她在这里，就在他身边。

她走在街上，天色渐渐暗了下来。她一生中大部分时间都是在这座城市度过的。但当年那种生活，逛画展、上剧院、下餐馆、去别墅小住、听交响音乐会的生活，已经遥不可及，似乎从来不曾是她的生活。斯大林格勒、古比雪夫，诺维科夫那英俊的、在她眼里有时如天神般美丽的面孔，都一去不复返了。剩下的唯有库兹涅茨桥大街 24 号那间接待室。她觉得自己正走在一座陌生城市的一条陌生街道上。

25

施特鲁姆在前厅脱下套鞋，一边向年迈的女佣问好，一边朝切佩任书房虚掩着的门望了一眼。

娜塔利娅·伊万诺芙娜老太太一边帮助施特鲁姆脱大衣，一边说：

"去吧，去吧，正等你哪。"

"娜杰日达·费多罗芙娜在家吗？"施特鲁姆问道。

"不在，昨天跟几个侄女一起上别墅去了。您知不知道，维克托·帕甫洛维奇，战争啥时才能结束啊，会很快吗？"

施特鲁姆对她说：

"据说，一些熟人撺掇一个司机去问朱可夫战争什么时候结束。朱可夫坐进汽车，反倒问司机：'能告诉我吗，这场战争什么时候结束？'"

切佩任走出来迎接施特鲁姆，说道：

"老人家，别逮住我的客人不放。可以请你自己的客人啊。"

每次来切佩任家，施特鲁姆的精神都会为之一振。现在，虽说他心情压抑，仍然感到一种久违的轻松。

走进切佩任的书房，打量书架时，施特鲁姆总爱以开玩笑的口吻引用《战争与和平》中的一句话："对，在写作，没虚掷时光。"

这回他又说："对，在写作，没虚掷时光。"

书架上摆得乱七八糟，很像车里雅宾斯克拖拉机工厂那些乍看之下凌乱不堪的车间。

施特鲁姆问：

"孩子常来信吗？"

"刚收到老大一封信，小的一个在远东。"

切佩任握住施特鲁姆的手，默默地捏了捏，表达了无须用言辞述说的内容。娜塔利娅·伊万诺芙娜老太太走到施特鲁姆跟前，吻了吻他的肩膀。

"有什么新闻吗，维克托·帕甫洛维奇？"切佩任问道。

"跟大家听到的一样——斯大林格勒。现在已经毫无疑问，希特勒完蛋了。至于我个人，没一件开心事，全一塌糊涂。"

施特鲁姆向切佩任说起自己的种种倒霉事。

"眼下朋友也好，妻子也好，全都劝我检讨。为自己的正确而检讨。"

施特鲁姆急切地讲述着自己的情况，就像一个病入膏肓、一天到晚只操心自己疾病的患者。然后他撇了撇嘴，耸耸肩膀说：

"我一直记得跟您的那次谈话，我们谈到搅拌桶，谈到泛起到表面的各种沉渣……我从来没有在身旁看到过这么多渣滓。而且这一切偏偏发生在胜利的日子里，这特别让人难受，说不出地难受。"

他看了看切佩任的脸，问道：

"您不认为这是偶然的吧？"

切佩任生就一张令人惊叹的脸，十分纯朴，甚至有点粗野，高颧骨、塌鼻子，活脱脱一个乡巴佬。但此刻这张脸又显得如此书卷气，如此细腻，伦敦那些绅士，包括开尔文①勋爵在内，若得一见，大约也只能自叹弗如吧。

切佩任皱着眉头答道：

"战争就要结束了，那时我们再来讨论什么是偶然的、什么不是偶然的。"

"恐怕等不到那时，那群猪就把我给吞掉了。明天学术委员会要开会解决我的问题。实际上所务会和党委会早就定了，学术委员会不过是走走过场而已——'激起民愤''公众要求'什么的。"

跟切佩任交谈，施特鲁姆有一种古怪的感觉，虽然谈论的是施特鲁姆生活中遇到的种种倒霉事，他心里却不知为何感到轻松。

"我原本以为，人们会把您供在银盘上，甚至金盘上。"切佩任说。

"那又为什么？要知道，我把科学引进了学究式抽象研究的泥潭，使它与实践相分离。"

切佩任说：

"是的，是的，这就是奥妙所在！这么说吧，一个男人爱上了一个女人。她身上体现了他人生的意义，她是他幸福、激情和欢乐的源泉。但不知何故他必须遮遮掩掩，他对她的好感不知何故难登大雅之堂。他必须声明他之所以跟那个女人睡觉，是因为她会为他做饭、为他补袜子、为他洗衣服。"

他揸开手指，把两手举到脸前。他的手也令人惊叹——一双劳动者的有力大手，此刻却流露出贵族气派。

---

① 威廉·汤姆森（1824—1907），即第一代开尔文勋爵，出生于北爱尔兰的英国数学家、物理学家、工程师，热力学温标（绝对温标）的发明人，被称为热力学之父。

切佩任突然发火了：

"我不感到惭愧，我需要爱情，不是为了有人给我煮饭！科学的价值在于它带给人们的幸福。而我们的科学精英却点头称是：科学是实践的家仆，得按照谢德林①的规则行事：'贱仆恭候为您效劳！'为此原因我们才得以保留科学，容忍科学！这是不对的！科学发现本身就具有最高价值！就改善人类而言，科学发现远远胜过蒸汽锅炉、涡轮机、航空以及自诺亚时代至今的一切冶金技术。科学发现改善人们的心灵，心灵！"

"我倒是赞同您，德米特里·彼得罗维奇，但斯大林同志不会同意您的见解。"

"是的，但不同意也是白不同意。要知道，问题还有另一面。麦克斯韦今天的抽象研究，明天就会变成军用无线电台的信号。爱因斯坦的引力场理论、薛定谔②的量子力学和玻尔的原子结构理论，明天就可能转化为最强大的实践。那些人就是不理解这一点。其实道理非常简单，一头鹅都能明白。"

施特鲁姆说：

"然而，政治领导人不愿承认今天的理论明天会变为实践，对此您是有过亲身体会的。"

"不，恰恰相反，"切佩任慢条斯理地说，"我本人不想再当研究所领导，正是因为我知道今天的理论明天就可能变成实践。但是，奇怪呀，奇怪，我曾确信，什沙科夫的提拔与研究热核反应有关。而在这个领域没有您是不行的……确切地说，我不是曾经确信，而是现在仍然这么想。"

施特鲁姆说：

"我不明白您出于什么动机推卸所里的领导工作。您的话我也不大明白。但上头并没有向所里提出会令您感到不安的任务。这是很清楚的。话虽如此，上头倒往往会在一些更明显的问题上犯错误。譬如说，老大一直在加强同德国人的友谊，在战争爆发前几天，他还派特快列车给希特勒送去橡胶和其他战略物资。至于我们这个领域……对一个伟大的政治家来说，犯错误算不上什么罪过。"

"可在我的生活中，一切却恰恰相反。我战前的研究是与实践相关的。我还去过车里雅宾斯克拖拉机厂，帮他们安装电子设备。可在战争期间……"

他挥了挥手，表示对绝望已经不在乎了。

"我走进一个密林，迷失了方向。有时我感到害怕，有时感到尴尬。上帝

---

① 米哈伊尔·叶夫格拉福维奇·萨尔蒂科夫（笔名谢德林）（1826—1889），俄国杰出的现实主义作家，曾一度与陀思妥耶夫斯基等人一起称霸俄国文坛。

② 埃尔温·薛定谔（1887—1961），奥地利理论物理学家，量子力学创立者之一。

啊……我试图建立有关核相互作用的物理学，在那里引力、质量、时间全都坍缩了，空间一分为二，不再具有实际存在，而只有数学意义。我的实验室里有一个才华出众的年轻人萨沃斯季亚诺夫，有一次我跟他谈起我的研究。他向我问这问那。我对他说：这还不是理论，只是提纲和一些初步想法。第二空间——这只是一个方程式中的一个指数，而非现实。对称性仅存在于数学方程式中，我不知道粒子的对称性是否与之对应。数学运算往往领先于物理学，我不知道粒子物理学是否愿意挤到我的方程式中。萨沃斯季亚诺夫听着，听着，然后说：'我想起一个大学同学，有一次他有个方程式怎么也解不出来，于是对我说："你知道吗，这不是科学，是一对盲人在荨麻地里交媾……"'"

切佩任哈哈大笑。

"真是咄咄怪事，您自己居然无法使自己的数学获得物理学的意义。就像《爱丽丝漫游奇境记》里那只猫，先露出笑容，再现出身子。"

施特鲁姆说：

"啊，天哪。但我内心坚信，这是人类生活的主轴。我绝对不改初衷，绝对不退却。我不是个轻易背弃自己信念的人。"

切佩任说：

"我明白您多么舍不得离开实验室，特别是现在，在您的数学跟物理学之间，眼看就要找到连接点了。确实令人难受，但我还是为您高兴——您是真君子，宁折不弯。"

"什么君子啊，让我安安生生做个小人，就谢天谢地了。"施特鲁姆说。

娜塔利娅·伊万诺芙娜端着茶走进屋，把桌上的书挪到旁边，腾出了地方。

"啊，柠檬茶。"施特鲁姆说。

"您是贵客嘛。"娜塔利娅·伊万诺芙娜说。

"我只是个微不足道的小人物。"施特鲁姆说。

"喏，"切佩任说，"快别这么说。"

"真的，德米特里·彼得罗维奇，明天就要拿我开刀了。我预感到了。后天我还不知道身在何处呢。"

他把茶杯往自己面前挪了挪，用茶匙在茶碟边上敲起一首绝望进行曲，心不在焉地说：

"啊，柠檬茶。"话音刚落他就不好意思了：一句话说了两遍，而且语调一模一样。

两人沉默了一会儿。切佩任说：

"我有些想法想跟您聊聊。"

"在下洗耳恭听。"施特鲁姆心不在焉地说。

"怎么说呢，完全是不着边际的空想……您知道，宇宙无限的观念已经是老生常谈了。总有一天，总星系会显得像方糖，某个俭省的侏儒喝茶时可以放一块；而一个电子或一个中子会成为一整个世界，里面住满了格列佛[①]。连小学生都懂得这个道理。"

施特鲁姆点点头，心想："的确是不着边际的空想。老头子今天不大对劲儿。"这时他想到，明天的学术会议上什沙科夫会是什么样子。"不，不，我不会去的。去开会就意味着要么作检讨，要么就政治问题跟他们争吵一番——无异于自杀……"

他悄悄打了个哈欠，心想："心脏不行了，打哈欠跟心脏的毛病有关。"

切佩任说：

"能限制这种无限性的，恐怕只有上帝了……因为在宇宙界限之外，不能不承认上帝的力量。不是吗？"

"是的，是的。"施特鲁姆答道，心说："德米特里·彼得罗维奇，我现在可没心思空谈哲学，人家随时可能抓我坐牢。这是一定的。您知道，在喀山，我傻了吧唧地跟马季亚罗夫这种人什么都说。临了，要么他本人是个告密者，要么人家会把他关起来，逼他交代。我算完了，周围的一切都糟透了。"

他好像全神贯注地看着切佩任，切佩任心知肚明他在装样子，却继续往下说：

"在我看来，有一个界限限制了宇宙的无限性——生命。这一界限不是在爱因斯坦的曲率中，而是在生命和无生命物质的对比中。在我看来，生命可以被定义为自由。生命就是自由。生命的基本原则就是自由。这就是界限所在——自由和奴役之间，无生命物质和生命之间。

"然后我想到，自由一旦产生，便开始了自己的进化。这种进化是双重的。人比原生动物自由。生物界的整个进化是从较低自由度到较高自由度的运动。生物进化的本质就在于此：最高形态是更富于自由的形态。这是进化的第一个方面。"

施特鲁姆沉思地望着切佩任。切佩任点点头，似乎在夸奖听者注意力集中。

"然而，我认为，这种进化还有另一个方面，即数量上的进化。现在，如果将人的平均体重算作五十公斤，那么人类的总重量就是一亿吨。这比，譬如说，一千年前大得多。生命物质的质量将以非生物为代价而增加。地球将逐渐充满生机。人类已经征服了沙漠和北极，现在将要进入地下，地下城市和田野将越造越深。于是，生物将在地球上占主导地位。然后各大行星也会复活。如果设想生命在无限长

[①] 指英国讽刺作家斯威夫特的小说《格列佛游记》中的人物。

的时间里逐步进化，那么无生命物质向生命的转变将在整个银河系发生。无生命物质会变成生命，变成自由。整个宇宙将充满生机，世界上的一切都将变成有生命的，也就是说，自由的。自由，也就是生命本身，终将战胜奴役。"

"是的，是的，"施特鲁姆说着笑了笑，"可以以积分为例。"

"您听我说，"切佩任说，"我曾经以恒星的进化作为研究对象，但后来我意识到，对有生命黏液的灰色小斑点最微小的运动，也不能掉以轻心。想想进化的第一个方面，即从最低形态到最高形态的进化吧。有朝一日，人将被赋予上帝的所有属性：无所不在、无所不能、无所不知。下一个世纪，我们将解决物质转化为能量和创造有生命物质的问题。在征服空间和达到极限速度方面，将有平行的长足进展。在其后几千年中，人类进步的方向将是掌握最高形态的能量——心理能量。"

突然间，施特鲁姆不再觉得切佩任所说的一切是空谈了。他好像并不同意切佩任的观点。

"人类将能够用仪器读数来表达总星系里智能生物的心理活动的内容和节律。心理能量将可以在瞬息之间穿过数百万光年之遥的空间。'无所不在'本来是上帝专有的属性，届时将为理性所拥有。但是，人与上帝平起平坐之后，并不会停滞不前。他将着手解决上帝无法解决的问题。他将跟来自其他空间和其他时间的宇宙中最高层次的智能生物建立联系，对于这些智能生物来说，人类的全部历史不过是转瞬即逝的一星暗淡火花而已。他还将跟微观世界的生命建立有意识的联系，对人来说，这种微观世界生命的进化也只是短暂的一瞬。到那时，时空的鸿沟将被彻底消除。人将居高临下地俯视上帝。"

施特鲁姆点了点头，开口说道：

"德米特里·彼得罗维奇，起初我听您讲述时，心里在想，我可顾不上哲学了，马上就要被抓起来了，还谈什么哲学！可是突然间我忘了科夫琴科，忘了什沙科夫，忘了贝利亚同志，忘了明天他们就会掐着我的脖子把我赶出实验室，后天就可能让我去坐牢。但您知道吗，听着您讲述，我感到的不是高兴，而是绝望。我们很英明，在我们眼中赫克里斯①不过是个侏儒。但就在此时，德国人正在像杀疯狗一样杀害犹太老人和儿童，而我们这里发生了 1937 年的大清洗，发生了全盘集体化，数百万不幸的农民被流放、挨饿，出现了人吃人的惨剧……您知道吗，以前我觉得一切都简单明了。但经历过这些可怕的损失和灾难之后，一切都变复杂了，仿佛一团乱麻，怎么也理不清。人将来可以居高临下地俯视上帝，但假如他也能居高临下

---

① 希腊神话中的大力士。

地俯视魔鬼，甚至与魔鬼相比有过之而无不及，那又会怎样呢？您说，生命就是自由。但是劳改营里的人也会这样想吗？生命在宇宙中蔓延之后，会不会将其威力用于建立比您所说的对无生命物质的奴役更可怕的奴役呢？请您告诉我，那个未来的人，他的仁慈会否堪比基督？这才是最主要的！请您告诉我，如果这个无所不在、无所不知的人和我们今天的人一样，具有动物般的自信和利己主义——阶级的、种族的、国家的、个人的利己主义，他又能给世界带来什么好处？他会不会把全世界变成一座银河系集中营？请告诉我，您是否相信行善、道德、仁爱的进化，是否相信人具备这种进化的能力？"

施特鲁姆皱了皱眉头，表示道歉。

"请原谅我如此固执地向您提出这个问题，这个问题也许比我们刚才谈到的方程式更为抽象。"

"它并没有那么抽象，"切佩任说，"它对我的生活有很切实的影响。我已经决定不参加涉及原子裂变的研究。目前的善和行善，是远远不足以让人过上有理智的生活的，您自己也谈到了这一点。那么，如果原子能的力量落到人的手里，会发生什么呢？目前，心理能量还处于非常低的水平。但我相信未来！我相信，不仅人的力量，还有人的爱和人的心灵都会得到发展。"

他注意到施特鲁姆脸上令人震惊的表情，沉默了下来。

"我想过，我想过这个问题，"施特鲁姆说，"有一次我甚至感到恐惧！您为人的不完美感到苦恼。但还有谁在为这些问题伤脑筋呢？就说我的实验室吧：索科洛夫？才华出众，但胆小怕事，屈从于国家的力量，认为权力无不来自上帝。马尔科夫？他完全不过问善、恶、爱、道德等问题。他是个实干家，研究科学问题像研究象棋棋局。我对您提到的那个萨沃斯季亚诺夫？他讨人喜欢，机智幽默，是个出色的物理学家，但又是个人们常说的那种没脑子的轻浮小伙子。往喀山疏散时，他带了一大摞熟识的女孩的泳装照片。他讲究穿戴，喜欢喝酒，是个舞迷。对他来说，科研就是体育：解决某个特定问题，理解某个特定现象，就相当于打破一项体育纪录。重要的是头一个冲线！我自己至今也没有认真想过这一切。在我们的时代，从事科研的应该是心灵博大的人，先知、圣徒！而现实是，如今从事科研的是一些实干家、棋谱专家、运动员。自己都不知道在做什么。可您！您是独一无二的。假如柏林有个切佩任，他可不会放弃研究中子！那样一来，会发生什么情况？而我，我遭遇了些什么？我原以为一切都很简单、很明确，现在才知道，一切既不简单，又不明确……您知道吗，托尔斯泰曾经视自己的天才创作为无聊的游戏。而我们这些物理学家并没有什么天才创造，反倒牛逼哄哄的，摆出一副臭架子。"

施特鲁姆的睫毛眨个不停。

"我从哪里能汲取信心和力量，获得定力？"他说得很快，显出犹太口音，"唉，我能对您说些什么呢？落到我头上的灾祸您是知道的，今天他们迫害我，仅仅是因为我……"

他话说了半截就倏地站起来，把茶匙都碰掉了。他浑身打战，两手也在抖。

"维克托·帕甫洛维奇，别太激动，我请求您，"切佩任说，"我们谈点别的吧。"

"不，不，请原谅。我得走了，头不大舒服，请原谅我。"

他起身告辞。

"谢谢，谢谢。"施特鲁姆说，转脸不看切佩任，他知道无法克制自己的激动。

施特鲁姆走下楼梯，泪水沿着面颊滚下。

26

施特鲁姆到家时，大家都睡了。他想，这回多半要熬个通宵，得反复修改检讨书，上百次权衡利弊，决定明天到底去不去所里。

回家的路很长，一路上他什么也没有想，没想下楼时的眼泪，没想因一时冲动而打断的与切佩任的谈话，没想对他来说凶多吉少的明天，也没想放在上衣口袋里的母亲的信。夜晚的街道一片寂静，这寂静感染了他，他的头脑也变成一片荒漠，像莫斯科夜晚阒无人迹的街巷，一眼可以望到头，一枪可以打到头。他并不激动，不因下楼时流泪而羞愧，不为自己的命运担忧，也不指望什么好结果。

早晨，施特鲁姆上浴室，发现浴室门反锁着。

"柳德米拉，是你吗？"他问道。

听见叶尼娅的声音，他不禁惊叫起来。

"我的天哪，您怎么在这里，叶涅奇卡①？"他说。慌张之下，他又问了个极其愚蠢的问题："柳达知道您来了吗？"

叶尼娅走出浴室，两人互相吻了吻。

"您气色不大好，"施特鲁姆说，接着又找补一句，"不妨把这看作犹太式的恭维。"

站在走廊里，她对他讲了柯雷莫夫被捕的事和她这次莫斯科之行的目的。

他惊讶莫名。但是，听她说完后，他对叶尼娅来莫斯科之举极为赞赏。假如叶

---

① "叶涅奇卡"是"叶甫根尼娅"的另一个昵称（常见昵称为"叶尼娅"）。

尼娅兴高采烈地来做客，满心想着自己的新生活，她在他心目中的形象就要大打折扣，不会那么可亲可爱了。

他一边跟她聊，问这问那，一边不停地看表。

"这一切多么荒唐，多么愚蠢，"他说，"只要想想以前我跟尼古拉①的谈话吧，他花了那么多力气来开导我。可现在呢！我满脑子的异端邪说，却还能东游西逛，而他呢，再虔诚不过的一位共产党人，反倒被捕了。"

柳德米拉·尼古拉耶芙娜说：

"维佳，你注意点，餐厅里的钟慢十分钟。"

他含糊地说了句什么，回自己房间去了。在走廊里，他又看了两次表。

学术委员会的会议定于上午十一点召开。置身于习见的物品和书籍中间，施特鲁姆以某种异于寻常、近乎幻觉的灵敏感知到了研究所里的紧张空气和忙乱气氛。十点半钟，索科洛夫开始脱工作服。萨沃斯季亚诺夫小声对马尔科夫说："是啊，看来我们那位疯子打定主意不来参会了。"古列维奇搔着肥大的臀部向窗外张望，一辆"吉斯"小轿车开到研究所办公楼前，什沙科夫走下轿车，头戴礼帽，披着牧师式的斗篷。紧跟着又驶来一辆小轿车，里面坐的是年轻人巴季因。科夫琴科行走在走廊上。会议室里已经坐了大约十五个人，翻着报纸，他们知道出席会议的人会很多，所以早早赶来占个好位子。斯韦钦和那位"脑门上打着'机密'两个字"的所党委书记拉姆斯科夫站在党委办公室门口。白发苍苍、老态龙钟的普拉索洛夫院士慢条斯理走在走廊上，两眼望天。他在此类会议上的发言通常特别卑鄙。初级研究人员三五成群，吵吵嚷嚷地走过来。

施特鲁姆看了看表，从抽屉里拿出检讨书，匆匆塞进口袋里，然后又看了看表。

他可以去参加学术委员会的会议，但不作检讨，就坐在那儿，一声不吭……不行，既然出席会议，就不可能保持沉默；但假如发言，就不得不检讨。如果根本不去开会，就等于断了所有退路……

人们会说："他没有勇气认错……公然与集体对抗……政治挑衅……以后只能用另一种语言跟他谈话了……"他从口袋里掏出检讨书，但立刻，看也不看一眼，又塞回口袋里。寥寥几行字，他已经读了数十遍："我认识到，我流露出对党的领导的不信任，而这样做是不符合苏维埃人的行为准则的，因此……在自己的研究中，我不知不觉偏离了苏联科学的康庄大道，无意中把自己置于……"

他一直想把检讨书从头到尾再读一遍，可是一拿起检讨书，就觉得其中每个字

---

① 即柯雷莫夫。

都熟悉得无法忍受……连共产党员柯雷莫夫都被捕了，都进了卢比扬卡监狱。而他施特鲁姆，心怀疑虑，心怀对斯大林的残酷的畏惧，大谈自由，大骂官僚主义，再加上如今惹出来的这个政治色彩浓厚的事件，岂不是早该流放科雷马了吗……

近来，他越来越频繁地陷入恐惧之中，担心自己随时会被逮捕。因为一般说来，开除公职并不意味着事情就完了。先是批评教育，接着开除公职，最后关进监狱——这是整人的标准三部曲。

他又看了看表。会议室里，人应该已经坐得满满当当。与会者不时瞅着房门，低声交谈："施特鲁姆还没来"……有人说："马上中午了，可维克托还没来。"什沙科夫在主席位子上就座，把公文包放在桌上。女秘书走到科夫琴科身旁，递给他一些待签发的急件。

几十个人聚集在会议室里，等他等得不耐烦，火气越来越大——想到这里，施特鲁姆觉得快崩溃了。大概，在卢比扬卡，某个对他特别感兴趣的人坐在一个房间里，也在等待——难道他不来了吗？他能感觉到，甚至能看见中央委员会里某个人皱起眉头：这么说，他是拿定主意不去开会了？他看得见一些熟人正对他们的妻子说："疯子。"柳德米拉在心里责备他：托利亚为国捐躯，他维克托却选择与国家作对，而且正当战争期间。

曾经，当他想起自己的亲人和柳德米拉的亲人中有那么多被镇压、被流放时，他总是这样安慰自己："如果到了那边，有人拿这些人来跟我说事，我就告诉他们：我周围不仅有那些人，还有柯雷莫夫这样的人，他跟我关系密切，是个著名的共产党人、老党员、地下工作者。"

可是，瞧瞧吧，这就是你的柯雷莫夫！这会儿身陷牢笼，人家会审问他，他会回忆起施特鲁姆那些异端邪说。可话又说回来，柯雷莫夫跟他的关系也没那么密切，何况叶尼娅已经跟他分了手。再说他也没跟柯雷莫夫说过什么太过头的话，战前施特鲁姆心里的疑虑还没那么强烈。可是老天，要是有人把马季亚罗夫也弄去讯问，那麻烦可就大了。

几十种、几百种力，作用力、压力、推力、打击力，汇成一股合力，似乎可以压断人的肋骨，压碎人的头盖骨。

斯多克芒医生①侈言什么"最坚强的人，就是那个最孤立的人"，实在毫无道理……哪来的坚强！他鬼鬼祟祟地四下张望了一下，模仿犹太小乡镇居民做了个可怜巴巴的鬼脸，匆匆忙忙系好领带，把检讨书那几张纸一会儿放在新外套的这个口袋里，一会儿又掏出来放进另一个口袋里，然后穿上那双崭新的黄皮鞋。

---

① 斯多克芒医生是挪威剧作家易卜生 1882 年创作的散文剧《人民公敌》中的主人公。

他衣冠周正地站在桌旁，此刻柳德米拉正好朝房内张望了一眼。她默默走到丈夫跟前吻了他一下，然后走了出去。

不，他决不念这份官样文章的检讨书！他要真心诚意地说：同志们，我的朋友们，我万分沉痛地听取了你们的发言，万分沉痛地思考为什么会这样，为什么在历经千辛万苦之后，在斯大林格勒即将取得伟大胜利的喜庆日子里，我却孑然一身，受到自己的同志们、兄弟们、朋友们的愤怒谴责……我向你们起誓：我的整个头脑、满腔热血、所有力量都……对，对，对，他现在知道该说些什么了，快点，快点，还来得及……同志们……斯大林同志，我迷失了生活的方向，如今面临深渊，才陡然发现自己的错误有多么严重。是的，我的话是发自肺腑的！同志们，我的儿子是牺牲在斯大林格勒城下的……

他朝门口走去。

就在这最后一刻，一切都彻底解决了，剩下要做的只是尽快赶到所里，把大衣存在衣帽间，疾步走进会议室，听到几十个人激动的耳语声，看到一张张熟悉的面孔，然后说："我请求发言，同志们，我想谈谈自己最近几天的想法和感受……"

但就在这最后一刻，他慢慢脱掉外套挂在椅背上，解下领带折好，放到桌子上，然后坐下来解鞋带。

他体会到一种轻松和纯洁。他坐在那儿，平静地思索着。他一向不信上帝，但不知为何，此刻他觉得上帝正看着他。有生以来他从未体验过如此幸福而又谦恭的感觉。世上没有任何力量能夺走他心中的正义。

他想起了母亲。当他下意识地改变自己的决定时，冥冥中，母亲可能就在他身旁。要知道就在一分钟前，他还真心诚意想抛开一切，在大庭广众之下歇斯底里地检讨自己的过错。当他毫不动摇地作出最终决定时，他没有想到上帝，没有想到母亲。尽管如此，上帝和母亲却一直在他身旁。

"好极了。我多么幸福。"他想。

他又想象到会场上的情景，想象到人们的面孔、发言者的声音。

"好极了。一切多么轻松。"他又想。

他似乎从未如此认真地思考过人生、家人，从未如此认真地理解过自己和自己的命运。

柳德米拉和叶尼娅走进他房间。见他没穿外套和皮鞋，衬衣领子敞开着，柳德米拉不禁像乡下老太婆似的惊叫起来。

"我的天哪，你没去开会啊！现在可怎么办呀？"

"不知道。"他说。

"也许还来得及？"她说，然后望了他一眼，加上一句："不知道，不知道，你不是小孩子了。但是，考虑这种事情，不能光想着自己那些原则。"

他没作声，随后叹了口气。

叶尼娅说：

"柳德米拉！"

"没什么，没什么，"柳德米拉说，"听天由命吧。"

"是的，柳朵奇卡，"他说，"咱们能对付过去。"

他捂着脖颈，笑了笑说："请原谅，叶尼娅，我没系领带。"

看着柳德米拉和叶尼娅，他觉得，直到现在他才头一回真正明白，在人世间生活是一件多么严肃、多么艰难的事，与亲人们的关系又是多么重要。与此同时，他也明白生活仍将一如往常，今后他又会为一些小事动怒，惶恐不安，又会生妻子和女儿的气。

"好吧，别再谈我的事了，"他说，"叶尼娅，我们下盘棋吧，还记得那次您连赢我两局吗？"

他们摆好棋子，施特鲁姆执白先走，来了个王兵开局。叶尼娅说：

"尼古拉执白时，第一步总是走王兵。不知今天库兹涅茨桥那边会给我什么答复？"

柳德米拉俯下身来，把拖鞋挪到施特鲁姆脚旁。他看也不看，用脚摸索着想把拖鞋穿上。柳德米拉抱怨地叹了口气，蹲下来把拖鞋套到他脚上。他在她头上吻了一下，心不在焉地说：

"谢谢，柳朵奇卡，谢谢。"

叶尼娅迟迟没走出第一步，却摇了摇头。

"不，我闹不懂。托洛茨基主义是老早的事了。看来是出了别的什么问题，可到底是什么呢？"

柳德米拉把白棋的卒子摆整齐，一边说：

"我昨晚几乎一整夜没睡。他这个共产党员多么忠心耿耿，多么讲原则啊。"

"是吗，你好像睡得挺好的嘛，"叶尼娅说，"我几次醒来都听见你打鼾。"

柳德米拉生气了：

"胡说，我连眼睛都没合一下。"

然后，仿佛回答心中困扰她的那个问题，她对丈夫说：

"不要紧，不要紧，只要不把你抓起来就好。就是把你的一切统统夺走我也不怕，我们可以卖东西，可以住到乡间别墅去，我可以到市场上卖草莓，或者到中学去教化学。"

"乡间别墅也要没收的。"叶尼娅说。

"难道您还不明白，尼古拉根本没罪？"施特鲁姆说，"他跟现在得势那些人不是同一代人，思考问题使用的不是同一个坐标系。"

他们围着棋盘坐着，盯着棋子和开局后唯一走出的孤零零的卒子，你一言我一语。

"叶尼娅，亲爱的，"施特鲁姆说，"您这样做，对得起良心。相信我，那是上帝赋予人的最高品德。我不知道生活会为您安排什么样的未来，但我相信一样：您是在倾听自己的良心。我们时代的最大悲剧就是，我们不倾听自己的良心。我们心口不一。我们感觉到的是一回事，做的却是另一回事。还记得吗，托尔斯泰在谈到死刑时说过：'我无法保持沉默！'可是1937年杀害成千上万无辜者时，我们却保持了沉默。或者，不如说我们中的一些人——最优秀的一些——保持了沉默。另有一些人却在那里吵吵嚷嚷，为滥杀无辜叫好。在全盘集体化的恐怖时期，我们也保持了沉默……我认为，我们过早谈论了社会主义，要知道社会主义不仅仅体现为重工业。社会主义首先应该体现为维护良心的权利。剥夺一个人维护良心的权利是极其可怕的。如果一个人能找到力量去倾听良心，按照良心的指引去办事，他会感到莫大的幸福。我为您高兴，因为您是在凭良心行事。"

"维佳，别再像佛祖似的宣扬教义了，你会把这个傻姑娘弄胡涂的，"柳德米拉说，"这和良心有什么关系？既毁了自己的生活，又让一个好人凭空受折磨，而且，对柯雷莫夫又有什么好处？即使人家把他放出来，我也不相信他会感到幸福。叶尼娅跟他分手时，他活得好好的。在他面前，叶尼娅的良心是干净的。"

叶尼娅拿起一枚王棋，在半空转了转，看了看贴在它底部的一小块呢子，然后放回原处。

"柳达，"她说，"现在哪还顾得上什么幸福？我考虑的不是幸福。"

施特鲁姆看了看钟。钟面给他的感觉很宁静，分针和时针不紧不慢、懒洋洋地走着。

"现在那边正讨论得如火如荼吧。人们对我大张挞伐，但我既不生气，也不怨恨。"

"要是由着我的性子，我会给这帮无耻之徒一人一个嘴巴，一个也不漏过，"柳德米拉说，"一会儿说你是科学的希望，一会儿又往你脸上吐唾沫。叶尼娅，你几点钟去库兹涅茨桥？"

"四点左右。"

"我给你做午饭，你吃了饭再去。"

"今天午饭我们吃什么？"施特鲁姆问道，然后笑眯眯地补充说："知道我想求你们什么吗，女士们？"

"知道，知道。你想工作。"柳德米拉说罢站起来。

"换成别人，在这种日子会用头拼命撞墙。"叶尼娅说。

"这是我的弱点，而不是力量，"施特鲁姆说，"昨天切佩任跟我有个长谈，说到科学上的好多问题。但我的意见与他不一致。托尔斯泰有过类似情况：他怀疑、苦恼，不知道人们是否需要文学，是否需要他写的书。"

"你知道吗，"柳德米拉说，"与其夸夸其谈，你不如趁早写一部物理学的《战争与和平》。"

施特鲁姆大为窘迫。

"是的，是的，柳朵奇卡，你说得没错，就算我信口开河吧，"他含混不清地嘟哝道，不由自主地用责怪的目光瞥了妻子一眼。"天哪，在这种时候，还要逮住我每一句欠妥的话不放。"

房间里又只剩他一个人。他翻看着头天晚上做的笔记，同时想着今天的事。

柳德米拉和叶尼娅离开他的房间后，他为什么感到自在些了？因为在她们面前，他摆脱不掉做作的感觉。无论是建议下棋，还是表示想工作，他都显得不自然。柳德米拉讥笑他滥充佛祖，看来她也感觉到了这一点。他赞扬叶尼娅有良心时，也感到自己的声音有点虚伪，干涩无力。他生怕人家说他孤芳自赏，于是改换话题，尽量谈一些家常琐事，但这种殷勤过分的闲聊，像他那道貌岸然的说教一样，也显得很不自然。

一种令人不安的模糊感觉弄得他心神不宁，他搞不明白自己究竟缺了点什么。

他好几次站起来，走近房门，仔细听叶尼娅和柳德米拉的谈话。

他不想知道今天的会上都说了些什么，谁的发言最激烈、最刻毒，事先准备好了什么样的决议。他打算给什沙科夫写一封短信，称病在近几天不去研究所。再往后，连找借口的必要也不会有了，爱怎么着怎么着吧。但他随时准备在可能范围内尽量发挥自己的作用。要说的就这么些。

为什么他近来特别害怕被捕？他并没有违法乱纪。信口开河是有的，但并没有说过什么太出格的话。上头很清楚。

但是，那种心神不宁的感觉并没有消减，他不时焦躁地打量房门。大概他是想吃东西？跟特供商店多半要告别了。跟名声赫赫的物理所食堂也要告别了。

前厅里传来不甚响亮的门铃声。施特鲁姆三脚两步跑到走廊里，朝厨房喊了一声：

"柳德米拉，我去开门。"

他猛地打开门。在前厅的半昏暗中，玛丽娅·伊万诺芙娜惊恐不安的眼睛在打量他。

"啊，果然如此，"她低声说，"我知道您不会去的。"

施特鲁姆帮她脱大衣，两手感觉到她脖颈和后脑勺留在大衣领子上的温暖。他恍然大悟：原来他一直在等她，预感到她会来，所以他才那么留心门外的动静，不时打量房门。

他之所以明白这一点，是因为一看见她，他立刻就感到一阵轻松，心里豁然开朗了。每天晚上，他忧心忡忡地从研究所回家，在路上不安地观察行人，打量电车和公共汽车窗子里面的女性面孔，原来是想遇见她。回到家里，他总要问柳德米拉："有人来过吗？"他想知道的其实只是她是否来过。这种情况已经有好长时间了……她来他们家，大家随便聊聊，开几句玩笑；她走了，他好像就把她忘记了。只有跟索科洛夫谈话时，或者当柳德米拉向他转达她的问候时，她才出现在他的记忆中。如果没有见到她，没有在谈话中提到她是一个多么可爱的女人，对他来说她好像就不存在。有时他想戏弄柳德米拉，会故意说，玛丽娅没读过普希金和屠格涅夫的作品。

他曾跟她一起在乐游公园散步。他一看见她就感到愉快。她总能毫不费力、一下子就准确理解他的想法，他喜欢她这一点。她听他说话时脸上那孩子般专注的神情使他感动。后来他们分手了，他不再去想她。有时他走在街上，会偶尔想起她，但一转身又忘了。

但现在他才感觉到，她其实一直跟他在一起，如果他觉得她不在他身边，那是他的错觉。即便他没想到她的时候，她也跟他在一起。他没有看见她，没有想起她，她却仍然伴随着他。他想也不想就能感知她不在他身边，但他不知道，甚至当他没想她的时候，他其实一刻不停地因为她不在身边而惝惝不安。而今天，他特别深刻地理解了自己，理解了生活在他周围的人，此时，端详着她的脸，他终于明白了自己对她的感情。见到她，他感到高兴，因她不在身边而产生的落寞感倏然消失了。跟她在一起，他感到轻松，不会再下意识地感到她不在身边。近来他一直感到孤独。跟女儿、朋友们、切佩任、妻子谈话时，他感觉到孤独。但一看见玛丽娅·伊万诺芙娜，这种孤独感便马上消失了。

对这一发现他并不吃惊，因为它是自然而然的、无可辩驳的。但是一两个月以前，还在喀山的时候，他怎么没有明白这一简单的、无可辩驳的事实呢？

很自然地，在他异常强烈地感觉到她不在身边的今天，他的感觉终于从心底浮到表面，从下意识变成有意识了。

他知道，任何东西都是瞒不住她的，因此，就在前厅里，他皱起眉头看着她，说道：

"我一直以为我是饿了，饿得像头狼，我一直望着房门，看是不是马上要叫我去吃午饭，但实际上，我是在看玛丽娅·伊万诺芙娜是不是马上要来。"

她什么也没说，仿佛没听清他的话，径直走进房间去了。

她和叶尼娅并排坐在沙发上，柳德米拉已经介绍她俩认识了。施特鲁姆的目光从叶尼娅脸上移到玛丽娅·伊万诺芙娜脸上，然后又移到柳德米拉脸上。

这两姐妹多漂亮！今天，柳德米拉的脸显得异常美丽。影响她容貌的严厉表情不见了。她一双明亮的大眼睛看上去很温柔，流露出几分忧愁。

叶尼娅理了理头发，显然察觉到玛丽娅·伊万诺芙娜投向自己的目光。玛丽娅·伊万诺芙娜开口说道：

"恕我冒昧，叶甫根尼娅·尼古拉耶芙娜，但我从未想到一个女人能这么美。我从未见过像您这么漂亮的脸。"

说完，她脸红了。

"玛申卡，您瞧瞧她的双手、手指头，"柳德米拉说，"还有脖子、头发。"

"鼻孔，还有鼻孔。"施特鲁姆说。

"你们拿我当什么了，卡巴尔达牝马？"叶尼娅说，"我可不吃这一套。"

"这饲料不合马的口味。"施特鲁姆说。虽然大家不太清楚他什么意思，还是被他逗得哈哈大笑。

"维佳，你想吃点什么吗？"柳德米拉问道。

"是啊是啊，不不。"他说，发现玛丽娅·伊万诺芙娜又脸红了。可见她起先听见了他在前厅里说的话。

她坐在那里像只小麻雀，脸色灰白，身材瘦弱，头发样式像个乡村女教师，不高的额头略微突起，穿一件臂肘上织补过的针织短上衣。施特鲁姆觉得她的每句话都充满智慧、温婉、和善，每个动作都显得优雅、柔美。

她没有提起学术委员会的会议，而是询问娜嘉的情况，然后向柳德米拉借托马斯·曼的《魔山》，接着又向叶尼娅打听薇拉和她幼小的儿子的情况，询问亚历山德拉·弗拉基米罗芙娜从喀山来信都说了些什么。

施特鲁姆过了好一会儿才明白，玛丽娅·伊万诺芙娜找到了唯一正确的谈话方式。她似乎在强调，没有任何力量能够阻止人们保持人性，再强大的国家也不能强行进入父母、子女、姐妹的圈子；在这个命运攸关的日子，她赞赏与她坐在一起的这些人，赞赏他们坚持自己的权利，不说外界企图强加于他们的话，而说发自内心的话。他们才是真正的胜者。

她的选择是正确的。女士们谈论娜嘉，谈论薇拉的孩子时，他默默坐着，感到在他心中燃起的火焰平静、温暖地燃烧着，没有颤动，也不会暗淡下去。

他觉得，玛丽娅·伊万诺芙娜的魅力征服了叶尼娅。柳德米拉去了厨房，玛丽娅·伊万诺芙娜也走过去，给她当帮手。

"多么可爱的女人。"施特鲁姆沉思地说。

叶尼娅嘲讽地回应他：

"维奇卡①，啊，维奇卡！"

这个意外的称呼吓了他一跳——已经二十年没有人叫他"维奇卡"了。

"这位贵妇人像只猫儿似的爱上您了。"叶尼娅说。

"别犯傻了！"他说，"再说，什么贵妇人啊？谁都可以是贵妇人，唯独她不是。柳德米拉跟哪个女人都合不来，跟玛丽娅·伊万诺芙娜却要好得不得了。"

"那么您跟玛丽娅·伊万诺芙娜要好吗？"叶尼娅用嘲弄的口吻问道。

"我在说正经的。"施特鲁姆说。

叶尼娅见他生气了，便不说话，笑嘻嘻地看着他。

"您知道吗，叶尼娅？您最好见鬼去。"他说。

这时娜嘉回来了。人还在前厅，她就急不可耐地问：

"爸爸去检讨了吗？"

娜嘉走进房间，施特鲁姆抱住她吻了一下。

叶尼娅眼睛湿润了，打量着外甥女。

"喏，她身上没一滴我们斯拉夫人的血，"她说，"地道的犹太姑娘。"

"是爸爸的基因。"娜嘉说。

"你是我最宠的小辈子，娜嘉，"叶尼娅说，"就像谢廖扎是姥姥最宠的小辈子一样。"

"不要紧，爸爸，我们来养活你。"娜嘉说。

"这个我们是指谁呢？"施特鲁姆问道，"你和你那个中尉？放学回家，先洗洗手去。"

"妈妈这是在跟谁说话？"

---

① "维克托"（施特鲁姆）的又一个昵称。

“跟玛丽娅·伊万诺芙娜。”

“你喜欢玛丽娅·伊万诺芙娜吗？”叶尼娅问。

“照我看，她是世界上最好的人，”娜嘉说，“我要是个男的，就非她不娶。”

“她很善良，像个天使？”叶尼娅嘲讽地问。

“叶尼娅姨妈，您不喜欢她？”

“我不喜欢圣人，在他们的圣洁下面，往往掩盖着歇斯底里，”叶尼娅说，“我认为不加掩饰的坏蛋更好些。”

“歇斯底里？”施特鲁姆问。

“我发誓，维克托，我是笼统而言，绝不是指她本人。”

娜嘉到厨房去了，叶尼娅对施特鲁姆说：

“我住在斯大林格勒的时候，薇拉结识过一个中尉。现在娜嘉身边也出现了一个中尉。出现了，但会消失的！他们太容易送命了。维佳，这真可悲啊。”

“叶尼娅，叶涅奇卡，”施特鲁姆问道，“你真的不喜欢玛丽娅·伊万诺芙娜？”

“我不知道，不知道，”她急忙说，“有这样一种女性，似乎很顺从，似乎富有牺牲精神。这种女人不会说：‘我跟男人睡觉，是因为我想干这事’，而会说：‘这是我的义务，我可怜他，我愿意牺牲自己。’这类婆娘跟男人睡觉、一起过、分手，是因为她们想要那么做，可嘴上她们却另说一套：‘需要这么做，责任感和良心要求我这么做，我跟他断绝了关系，我作了牺牲。’但她屁的牺牲也没作，只不过干了她想干的事，而最糟糕的是，这些女士真心实意地相信自己的牺牲精神。这种女人我实在无法容忍！您知道这是为什么吗？因为我常常觉得，我自己就是这样一个女人。”

吃饭时，玛丽娅·伊万诺芙娜对叶尼娅说：

“叶甫根尼娅·尼古拉耶芙娜，如果您允许，我可以跟您一起去。这类事情，我有过切身的悲惨经历。再说两个人在一起心情会好受些。”

叶尼娅有些不好意思，答道：

“不，不，太感谢了，但这些事需要我单独去做。这种担子不好跟人分担的。”

柳德米拉瞟了妹妹一眼，然后，仿佛要向她显示自己跟玛丽娅·伊万诺芙娜之间如何直言不讳，说道：

“这下玛申卡会以为你不喜欢她了。”

叶尼娅什么话也没有说。

“是的，是的，”玛丽娅·伊万诺芙娜说，“我能感觉得到。不过，请您原谅我刚才的话。是我太蠢。您哪里还顾得上喜不喜欢我。柳德米拉·尼古拉耶芙娜不该那么说的。现在倒好像我有意强求您改变对我的印象了。我说话没过脑子。而且一般而言……"

出乎自己意料，叶尼娅突然十分诚恳地说：

"您说哪儿去了，亲爱的，说哪儿去了。是我心里太乱，请您原谅我。您是个大好人。"

然后，她迅速地站起来，说道：

"喏，孩子们，就像妈妈常说的，'我该走了！'"

27

街上人很多。

"您急着回家吗？"他问，"要不，我们再到乐游公园走走？"

"那可不行，到下班时间了，我得在彼得·拉夫伦季耶维奇到家前赶回去。"

他原以为，她会请他顺便去她家里小坐，听索科洛夫谈谈学术委员会开会的情况。但她却没吱声，他不由得怀疑是不是索科洛夫不敢见他。

他很不高兴她急着回家，但玛丽娅的想法完全是合情合理的。

他们路过一座小花园，不远处的一条街通往顿斯科伊修道院。

她突然停下步子，说：

"坐一会儿吧，完了我去坐无轨电车。"

他们默默坐着，但他能感觉到她的激动。她略垂着头，直视施特鲁姆的眼睛。

两人继续沉默着。她紧绷着嘴唇，但他似乎听到了她的声音。一切都很明白，仿佛彼此间该说的都说过了。何况，此时任何言语都是苍白的。

他知道，正在发生的事非比寻常，他的生活将打上新的烙印，一场巨大的动荡在等着他。他不想给谁带来痛苦，最好永远没人知道他们的爱情，甚至在他们两个人之间，也别提到它。也许……然而，正在发生的事，两个人亲历的悲欢是无法相互隐瞒的，这必然导致不可避免的、颠覆一切的变化。正在发生的一切取决于他们两人，但与此同时，又是在劫难逃，他们只能听天由命。他们之间发生的一切是真实的，水到渠成，不是因为他们的过错，就像白日天光不是因为人的过错一样。同时，这种真实的一个必然结果，就是对亲人的谎言、欺骗、残酷。要避免谎言和残酷也不难，完全取决于他们自己，只要他们肯放弃自然明媚的阳光就行。

有一点他很清楚，那就是，短短的几分钟内，他已经永远失去了内心的安宁。不管将来等待着他的是什么，他内心不会再有安宁。他掩饰住对坐在身边的这个女人的感情也好，这种感情不由自主地流露出来、成为他的新命运也好，反正他再也不会知道安宁为何物了。无论是因一刻不停地思念她而痛苦，还是与她厮守在一起却经受良心的折磨，总之安宁与他无缘了。

她一直看着他，脸上的表情显示出难以忍受的幸福和绝望。

在与那股巨大、残酷的力量的冲突中，他没有低头，没有动摇，可是在这里，坐在这把长椅上，他却如此软弱，如此无能。

"维克托·帕甫洛维奇，"她说，"我该走啦。彼得·拉夫伦季耶维奇在等我呢。"

她拉起他的手，说：

"我不会再跟您见面了。我已经向彼得·拉夫伦季耶维奇保证不再跟您见面。"

一阵惊惶袭来，他感觉仿佛心脏病发作，濒临死亡：心脏的跳动不受意志控制，逐渐停止；眼前的一切开始摇晃、倾覆，大地消失，空气没有了。

"为什么，玛丽娅·伊万诺芙娜？"他说。

"彼得·拉夫伦季耶维奇让我保证不再跟您见面。我答应了。我知道这很不好受，但他的情况很糟糕，病得很重，说不定还有生命危险。"

"玛莎。"他说。

无论是她的声音还是她的表情，都显示出一种不可动摇的力量，跟他近来与之抗争的那股力量颇有些相似。

"玛莎。"他又说了一声。

"我的天哪，您很清楚，您看到了一切，我并没有隐瞒什么，但何必把一切都挑明呢。我不能那么做，不能。彼得·拉夫伦季耶维奇吃了那么多苦。您全都知道。您再想想，柳德米拉·尼古拉耶芙娜又遭受了多少苦难。绝对不可能。"

"是的，是的，我们没有权利。"他重复说。

"我亲爱的，我的好人，我不幸的朋友，我的光明。"她说。

他的帽子掉到地上了。路人大概在观望他们俩。

"是的，是的，我们没有权利。"他重复说。

他吻着她的手。握着她冰凉的细小手指，他觉得，虽然她决心不再与他见面，她那表面上不可动摇的力量却掺杂着软弱、顺从、无奈……

她从长椅上站起来，走了，头也不回。他坐在那里，心想他今天第一次面对面看见了自己的幸福、自己的生命之光，而现在这一切都离他而去了。他觉得，他刚刚吻过手指的这个女人，足以取代他在生活中追求的一切、梦想的一切，无论是科学、荣誉，还是为大众认可的喜悦。

28

学术委员会开会后第二天，萨沃斯季亚诺夫给施特鲁姆打了个电话，问他感觉如何，柳德米拉·尼古拉耶芙娜身体好不好。

施特鲁姆问到会议情况，萨沃斯季亚诺夫回答说：

"维克托·帕甫洛维奇，我不想让您难过，但小人的确比我预想的还多。"

"莫非索科洛夫也发了言？"施特鲁姆心想，接着又问道：

"做决议了吗？"

"决议很冷血：与您一起工作已不可能，要求所领导研究下一步措施……"

"明白了。"施特鲁姆说。尽管他知道这种决议不可避免，仍然像挨了当头一棒。

"我毫无过错，"他心想，"但是，当然会把我抓起来。他们明明知道柯雷莫夫没有过错，不是照样把他投进监狱吗。"

"有人投反对票吗？"施特鲁姆问道。电话那头，能感觉到萨沃斯季亚诺夫无言以对的窘迫。

"没有，维克托·帕甫洛维奇，好像是一致通过，"萨沃斯季亚诺夫说，"您没来参加会议，使结果对您更加不利。"

萨沃斯季亚诺夫的声音不大清楚，大概打的是公用电话。

安娜·斯捷潘诺芙娜也打来了电话。她已被辞退，没到研究所去上班，所以不知道学术委员会开会的事。她说，她准备到穆罗姆市妹妹家去住两个月，请他有空时去做客。她的诚意使施特鲁姆大为感动。

"谢谢，谢谢，"施特鲁姆说，"假如真去穆罗姆，那我不会是去度假，而是去那边的师范学校教物理。"

"老天保佑，维克托·帕甫洛维奇，"安娜·斯捷潘诺芙娜说，"怎么会这样呢，我简直要绝望了，都是因为我的缘故。不值得为我这样。"

她大概把他说的话当成对她的责备了。她的声音也不大清楚，显然她也不是从家里打来的，而是用的公用电话。

"莫非索科洛夫发了言？"施特鲁姆问自己。

切佩任夜里很晚来了电话。这天，施特鲁姆像个危重病人一样，只有当人们问到他的病情时，精神才勉强好点。切佩任对此显然有所感觉。

"莫非索科洛夫发了言？莫非他发了言？"施特鲁姆问柳德米拉，但她自然和他一样，无从得知索科洛夫在会上到底有没有发言。

施特鲁姆跟朋友们的关系变得很纠结。

对于施特鲁姆感兴趣的问题，萨沃斯季亚诺夫显然害怕谈论，怕被人家当成他的消息来源。他大概担心，施特鲁姆如果碰到所里的人，会对他们说："我全知道了，萨沃斯季亚诺夫一五一十全告诉我了。"

安娜·斯捷潘诺芙娜倒是很真诚，但在这种情况下，她理应登门拜访，而不是打个电话了事。

至于切佩任，施特鲁姆觉得，本可以推荐他到天体物理研究所谋个职务，哪怕谈谈这个话题也好。

"他们生我的气，我也生他们的气，还是不打电话的好。"他想。

然而，他更气根本不打电话来的人。一整天他都在等古列维奇、马尔科夫、皮缅诺夫的电话。再往后，他对负责安装机器设备的机械师和电工也恼恨起来。

"狗东西，"他在心里骂道，"都是工人，有什么可害怕的！"

想到索科洛夫，他更加难受。居然吩咐玛丽娅·伊万诺芙娜别给他打电话！他谁都可以原谅——老熟人，甚至亲戚，或者同事，都可以。但索科洛夫是朋友啊！一想到索科洛夫，他心中的痛苦和气愤无以名状，几乎要喘不过气来。然而，他在恼怒朋友的背叛行为时，却不知不觉中为自己对朋友的背叛寻找理由。

一怒之下，他给什沙科夫写了封信，请求他告知所委会就他的问题作出的决议，他本人生病，近期无法到实验室上班。其实这完全是多此一举。

第二天一整天，没有一个人来电话。

"算了，大不了坐牢去。"施特鲁姆想。

这个念头现在并不使他苦恼，反而仿佛给他某种安慰。病人不也常常这样安慰自己吗："算了，生病不生病，最后还不都是一死。"

施特鲁姆对柳德米拉说：

"现在唯一能带给我们新闻的只有叶尼娅了，虽说所有新闻都来自内务人民委员部接待室。"

"我确信无疑，"柳德米拉说，"索科洛夫在学术委员会上发了言。否则无法解释玛丽娅·伊万诺芙娜为什么音信全无。出了这样的事，她不好意思再打电话了。其实，我可以在索科洛夫白天上班时往他家里打电话。"

"千万别！"施特鲁姆叫道，"听见了吗，柳达，千万别！"

"你跟索科洛夫的关系跟我有什么相干！"柳德米拉说，"我跟玛莎的关系是我们自己的事。"

他无法向柳德米拉解释，为什么她不能给玛丽娅·伊万诺芙娜打电话。一想到柳德米拉不明白这一点，无意中可能在玛丽娅·伊万诺芙娜和他之间充当牵线人，他感到羞愧难当。

"柳达，现在我们跟他人联系只能是单向的。如果一个人被关起来，那么他妻子只能到那些主动邀请她的人家里去。她没有权利对人说：我想去您家。这对她和她丈夫都是一种屈辱。我们俩已经进入一个新阶段。我们不能给任何人写信，只能回信。我们不能给任何人打电话，只能在人家打来电话时拿起听筒。我们无权主动跟熟人打招呼，人家也许不想搭理我们。如果有谁跟我打招呼，我无权首先开口说话。也许人家觉得朝我点点头就行了，用不着跟我说话。等他开了口，我才可以回答。我们已经被划入贱民的大圈子了。"

他沉默了一会儿。

"但是，如果贱民走运，上面说的规则也可能有例外。贱民也许会有一两个可以完全信赖的人——我这里指的不是近亲，譬如你母亲和叶尼娅。你不必事先得到这种人允许，就可以给他们打电话、写信。切佩任就是一个！"

"你说得对，维佳，一点没错，"柳德米拉说。她的话颇令他吃惊。已经有好长时间，无论他说什么，她总归不承认他的话是对的。"我也有一位这样的朋友：玛丽娅·伊万诺芙娜！"

"柳达！"他说，"柳达！你知道吗，玛丽娅·伊万诺芙娜已经向索科洛夫保证不再跟我们见面了。行啊，去给她打电话吧！喏，去打吧，打吧！"

他从电话机上抓起话筒，递给柳德米拉。

此刻，他心灵深处还抱有一线希望——柳德米拉真打电话就好了……哪怕让她听听玛丽娅·伊万诺芙娜的声音也好。

但柳德米拉说：

"啊，是这么回事呀。"说罢，她放下话筒。

"叶尼娅怎么还没回来？"施特鲁姆说，"灾难倒让我们格外亲近了。我对她从来没像现在这样爱怜过。"

娜嘉一回家，施特鲁姆就对她说：

"娜嘉，我跟你妈谈过了，她会告诉你详细情况。现在我成过街老鼠了，所以你不能再去波斯托耶夫家、古列维奇家和其他无论谁家了。这些人看你，首先是我的女儿，我的女儿，我的女儿。明白你的身份吗：我的家庭成员。我坚决要求你……"

他事先就准备好了女儿会说什么，预料她会反抗、会生气。

娜嘉举起手，打断了他的话。

"是的，我看到你没去参加那些伪君子的会议，就知道是怎么回事了。"

他看着女儿，有点不知所措，然后嘲弄地说：

"但愿这些破事不会影响中尉的前程。"

"当然，不会影响的。"

"真的？"

娜嘉耸耸肩膀。

"千真万确。你自己也明白。"

施特鲁姆看了看妻子，看了看女儿，朝她们伸出双手，随后走出了房间。

他这一手势包含了多少惶惑、负疚、软弱、感谢、挚爱。母女俩并肩站着，久久地，久久地，不发一声，彼此不看一眼。

29

开战以来，达伦斯基头一次乘车行进在进攻的路上。他在追赶向西挺进的坦克部队。

雪地里、田野上、道路旁满是被烧毁和打残的德国坦克、火炮、圆头意大利卡车，横着德国人和罗马尼亚人的尸体。

死神和严寒把敌军被歼灭的画面保存了下来。混乱、惊惧、痛苦，一切都被封存、冻结在雪地里。凝固不动的冰雪保存了企图夺路而逃的车辆和人群最后的绝望和挣扎。

就连炮弹爆炸的烈火和硝烟都在雪地上留下了痕迹——黑洞洞的窟窿、黄色和褐色的冰凌。

向西挺进的是苏军部队，向东移动的是成群俘虏。

罗马尼亚人穿着草绿色军大衣，戴着高筒羊羔皮帽。他们挨冻似乎没德国人厉害。在达伦斯基眼里，这些人不像是吃了败仗的士兵，倒像大群大群的农民，一群能有上千人，又累又饿，戴着演戏用的高帽子。大家嘲笑着罗马尼亚人，但看他们时目光中充满怜悯和鄙夷，而没多少仇恨。后来他发现，人们对意大利人的恨意更少。

而匈牙利人、芬兰人，特别是德国人，给人的感觉就完全不同了。德国俘虏的模样极其可怕。他们头上、肩上裹着破被条、碎毛毯，皮靴以上的大腿部位用电线和绳索缠着麻袋片和破布片。许多人的耳朵、鼻子和面颊上现出坏疽的黑色斑点。挂在腰带上的饭盒发出轻轻的叮当声，让人想起镣铐锒铛的囚犯。

达伦斯基一路上看到许多尸体，有的裸露出凹陷的腹部和生殖器——尸体的主人既感觉不到羞耻，也无法再遮盖自己了。押解俘虏的人员，面孔被草原的寒风吹得红彤彤的。

看着冰雪覆盖的草原上横七竖八的德军坦克、卡车和冻得硬邦邦的尸体，看着在苏军押解下向东艰难行进的人群，达伦斯基体验到一种复杂而古怪的感觉。

这就是报应吧。

他想起口口相传的一些故事：德国人如何讥笑俄国农舍的简陋，如何厌恶而又惊奇地打量婴儿摇床、火炉、瓦罐、墙上的图画、小木桶、彩绘的泥塑公鸡，如何打量躲避德国坦克的那些孩子出生、长大的可爱而神奇的世界。

司机好奇地说：

"您瞧，中校同志！"

只见四个德国人用军大衣抬着一个同伴。从他们脸上的表情和绷得紧紧的脖颈能看出来，几个人随时都可能跌倒。他们步履跟跄，脚不时被裹在身上的破布绊住，痴狂的眼睛被干燥的雪花扑打着，冻僵的手指死死抓住军大衣的衣角。

"德国鬼子这下可尝到苦头了。"司机说。

"不是我们请他们来的。"达伦斯基沉着脸说。

他突然感到莫大的幸福。在漫天雪雾中，苏军坦克部队凶悍、快速、威武的T-34型坦克正在人迹罕至的草原上向西挺进……

头戴黑色头盔、身穿黑色皮夹克的坦克手从舱口探出半个身子，瞭望前方。他们在漫天雪雾的草原上疾驰，坦克后面扬起一排排浑浊的雪浪。强烈的自豪感和幸福感使达伦斯基几乎喘不过气来……

俄罗斯身披钢铁盔甲，威严而阴郁地向西挺进。

部队进入一个村庄时，发生了交通阻塞。达伦斯基走下汽车，越过停成两行的卡车，越过蒙着雨布的"喀秋莎"火箭炮……一群俘虏被押解着，正从部队前面横穿公路。一位上校从小汽车上走下来观看。上校头戴银灰色卡拉库尔羊羔皮高筒帽，这种帽子只有集团军首长或者跟方面军军需官有私交的人才能弄到。押解人员挥舞着冲锋枪，朝俘虏频频吆喝：

"快走，快走，打起精神来！"

俘虏和卡车司机、红军战士之间，好像有一道无形的墙壁将他们隔开。双方都感到一种比草原上的严寒更甚的冷漠，使他们避免目光相接。

"瞧啊，大尾巴。"一个讥笑的声音说。

一个德国兵手脚并用爬过公路，屁股后面拖着一条破烂的被子。那士兵爬得慌慌张张，像狗似的倒换着手脚，头紧贴地面，仿佛在追踪某个逃匿者的气味。他直奔上校而去，站在上校旁边的司机连忙说：

"上校同志，当心他咬人，真的，他盯上您了。"

上校向旁边跨了一步，等德国人爬到面前，用皮靴踢了他一脚。俘虏本已虚弱不堪，哪里经得起这一脚。他伸着两臂两腿，直挺挺仆倒在地上。他抬眼看了看踢他的人，在他眼睛里，就像在濒死的绵羊眼睛里一样，没有责备，甚至没有痛苦，只有恭顺。

"还征服者哪，瞧这熊样！爬吧。"上校在雪地上蹭了蹭靴底，说道。

围观的人群哄然大笑。

达伦斯基感到一阵眩晕。他好像不再是他自己，而处于另一个人控制之下，那人他既认识又不认识，指挥他的一举一动时毫不犹豫。

"俄国人不打倒下的人，上校同志。"他说。

"那我又是什么人，照您看来，我不是俄国人啰？"上校问道。

"您是个混蛋！"达伦斯基说。他看到上校朝他走近，于是不等上校发作便大喊道："我姓达伦斯基！达伦斯基中校，斯大林格勒方面军参谋部作战处监察员。我刚才对您说的话，我准备向方面军司令员和军事法庭再说一遍。"

上校恶狠狠地说：

"好吧，达伦斯基中校，这事儿不会就这么过去的。"说罢，他走到一边。

几个俘虏把趴在地上的德国兵拖到一旁。说来奇怪，现在无论达伦斯基往哪里看，都会遇上一堆堆挤在一起的俘虏的目光，仿佛他身上有一种吸力把他们的目光吸向自己。

他慢慢朝汽车走去，听见一个嘲讽的声音说：

"竟然帮鬼子说话！"

不一会儿，达伦斯基的车又往前开了。迎面又来了一群穿灰军装的德国人和穿绿军装的罗马尼亚人，交通再次阻塞。

达伦斯基打火点烟，司机瞟了一眼他颤抖的手指，说道：

"我可不怜悯他们。随便叫我枪毙哪一个，我眼睛也不会眨一下。"

"得了，别吹了，"达伦斯基说，"你要是在1941年朝他们开枪，那才叫好汉。可那阵子你跟我一样，一见他们就脚底板抹油——开溜，头也不回地溜。"

一路上他一言不发。

然而，那个俘虏的遭遇并没有激发他的善心。他仿佛已将老天分配给他的善良消耗殆尽。

当初他向雅什库尔撤退时路过的卡尔梅克草原，与他现在驶过的道路之间，真有天渊之别。

那是他吗，在一轮硕大月亮的照耀下，站在漫天飞沙中，望着仓皇奔逃的红军战士，望着骆驼一伸一缩的脖颈，怀着满腔柔情，把自己的命运与退居俄罗斯大地上这最后一隅的所有那些软弱、不幸的人们，他亲爱的同胞，紧紧联结在一起？

30

坦克军军部设在村子边上。达伦斯基的汽车抵达司令部借用的农舍时，天已经黑了。看来司令部刚进村不久，几个战士正忙着从卡车上卸下皮箱和褥子，通信兵在架设电线。

站岗的冲锋枪手很不情愿地走进过道去喊副官。副官同样不情愿地从过道走出来，站在台阶上，像所有副官一样，不看来人的脸，而瞟了一眼来人的肩章，然后说：

"中校同志，军长刚刚从旅部回来，正在休息。请找值班参谋吧。"

"请报告军长，是达伦斯基中校。明白吗？"来人高傲地说。

副官叹了口气，转身走进农舍。

一分钟后他走出来，喊道：

"中校同志，请进！"

达伦斯基刚登上台阶，诺维科夫便迎上前来。两人开心地笑着，彼此打量了好一会儿。

"终于又见面啦。"诺维科夫说。

这是一次愉快的相逢。

两个聪明的脑瓜像往常那样，俯在地图上。

"我推进的速度跟当初逃跑的速度一样，"诺维科夫说，"而在这一地段，已经超过了当初逃跑的速度。"

"这是冬天，冬天，"达伦斯基说，"不知夏天会怎么样？"

"我相信没问题。"

"我也相信。"

对诺维科夫来说，和达伦斯基一起看地图是一种享受。达伦斯基思维敏捷，对似乎只有诺维科夫一人注意到的细节挺感兴趣，还能提出使诺维科夫颇受启发的问题……

诺维科夫压低嗓门，仿佛吐露个人隐私似的说道：

"探测坦克在进攻中将行经的地段，协同运用各种目标指示手段，定向图，高效的相互配合——这一切都很必要，这没什么好说的。但是，在坦克的进攻地带，各兵种的作战行动都必须服从一个上帝——坦克，T-34型，我们的宠儿！"

除了斯大林格勒方面军南翼的军事行动，达伦斯基还知道其他许多内情。诺维科夫从他嘴里听到了高加索战役的细节、截获的希特勒和保卢斯之间通信的内容，还了解到他原先一无所知的德军炮兵少将弗雷特－皮科[①]的炮兵部队调动的情况。

"乌克兰就在跟前，从窗口就能看见。"诺维科夫说。

他在地图上指了指，说：

"不过，我好像比别人更近些。我后面只有罗金的部队跟着。"

然后他推开地图，说：

"行了，战略战术说够了。"

"您的个人问题如何，一切没变？"达伦斯基问道。

"一切全变了。"

"难不成您结婚了？"

"我掰着手指头在等呢。她随时可能到。"

"啊呀，又一个好汉报销了，"达伦斯基说，"衷心祝贺。我还是光棍一条。"

"贝科夫怎么样？"诺维科夫突然问道。

"贝科夫还行。他现在跟着瓦图京[②]，还是老差使。"

"这狗杂种，挺硬气的！"

"像块花岗岩。"

诺维科夫说：

"好吧，让他见鬼去。"说着，他朝隔壁房间喊道："喂，维尔什科夫，你打定主意要把我们饿死吗？去把政委叫来，一起吃点东西。"

但没等人叫，格特马诺夫自己就来了，他站在门口，忧心忡忡地说：

"怎么回事啊，彼得·帕甫洛维奇，罗金的部队好像冲到前面去了。等着瞧吧，他会抢在我们前面进入乌克兰的。"他转身对达伦斯基说："时候不同了，中校。现在我们怕的不是敌军，而是友军。顺便问问，您不是友邻部队的吧？不，不，很清楚，您是位老战友。"

"我看呀，乌克兰问题简直成你的心病了。"诺维科夫说。

[①] 马克西米利安·弗雷特－皮科（1892—1984），德国军事活动家，"二战"期间任炮兵少将（1942）。

[②] 尼古拉·费奥多洛维奇·瓦图京（1901—1944），在卫国战争期间曾任苏军副总参谋长、沃罗涅日方面军司令、西南方面军司令、苏联乌克兰第一方面军司令等职。与朱可夫、崔可夫等优秀将领齐名。

格特马诺夫把一听罐头往自己面前挪了挪，开玩笑地威胁道：

"好吧，不过你留神了，彼得·帕甫洛维奇，等你的叶甫根尼娅·尼古拉耶芙娜来了，不到乌克兰的土地上，我是不会为你们登记的。我这就请这位中校做证人。"

他举起酒杯，用酒杯指着诺维科夫，说：

"中校同志，让我们为他那颗俄国心干一杯。"

达伦斯基深受感动，说：

"您说得真好。"

诺维科夫记得达伦斯基对政委们一向不感冒，便开口道：

"是啊，中校同志，咱俩好久不见啦。"

格特马诺夫看了眼桌子，说：

"没什么好东西招待客人，只有罐头。炊事员还没来得及生炉子，指挥所就得换地方了。总在行进中，日夜不停。您要是在进攻前来我们这儿就好了。现在我们每停留一小时，就得行进一昼夜。自己人追自己人。"

"不能给我们把餐叉吗？"诺维科夫对副官说。

"您没吩咐从卡车上卸餐具。"副官回答说。

格特马特夫开始讲述他的解放区之行。

"俄罗斯人和卡尔梅克人，就像白天和黑夜，截然不同，"他说，"许多卡尔梅克人跟德国人穿一条裤子。他们甚至从德国人手里领绿军装，在草原上搜寻，抓我们俄罗斯人。要说苏维埃政权什么东西没给他们啊！他们那鬼地方，原本都是穷得要命的游牧部落，梅毒流行，没几个人识字。结果如何？就像老话说的：不管你把狼喂得多饱，一有机会它还会跑回草原去。在内战期间，几乎所有卡尔梅克人都站在白匪军一边……几十年来，我们在所谓各族人民友谊上浪费了多少钱！用这些资金在西伯利亚建一个坦克厂岂不好得多。一位年轻女士，顿河哥萨克，告诉我她忍受了怎样的恐惧。不，不，卡尔梅克人辜负了俄罗斯、苏联的信任。在我提交给军事委员会的报告中，我就要这么写。"

他对诺维科夫说：

"还记得吧，考虑巴桑戈夫任命的时候，我对你说什么来着？事实证明，我这个党员的嗅觉没错。你可别生气，彼得·帕甫洛维奇，我没有责怪你的意思。你以为，我这一辈子犯的错误还少吗？但民族特性是个不容忽视的大问题，它具有决定性的意义，战争实践已经证明了这一点。知道布尔什维克最好的老师是谁吗？实践。"

"说到卡尔梅克人，您的看法太对了，"达伦斯基说，"不久前我在卡尔梅克草原待过，那里大大小小的居民点我都走遍了。"

他为什么要这样说？他在卡尔梅克草原待过很长时间，从未对卡尔梅克人产生过反感，对他们的生活习俗倒是抱着浓厚的兴趣。

然而，军政委身上似乎有一种无可名状的魔力，引得达伦斯基附和他。

诺维科夫冷笑着看了看达伦斯基，他太了解政委的精神吸引力了，凭他那条三寸不烂之舌，死人都能给说活了。

格特马诺夫突然诚恳之至地对达伦斯基说：

"我明白，您曾经遭受过不公平待遇。但请您千万别对布尔什维克党抱成见，党都是为了人民好啊。"

于是，一向认为政委只会在部队里制造混乱的达伦斯基说：

"您说哪儿的话，难道我连这个道理都不懂吗！"

"不错，"格特马诺夫说，"有的时候，在有的地方，我们干过蠢事，但人民会原谅我们的。会原谅的！因为我们都是好人，本质并不坏。对不对？"

诺维科夫友好地看着那两位，说道：

"咱们的军政委好不好？"

"很好。"达伦斯基肯定说。

"太对了。"格特马诺夫说，三人都哈哈大笑了。

他好像猜到了诺维科夫和达伦斯基的心思，抬手看了看表。

"我去休息一会儿。没日没夜地行进，今天逮住机会，争取睡个好觉。整整十个昼夜没脱过靴子，咱们快变成茨冈人了。参谋长已经睡了吧？"

"他哪有工夫睡觉，"诺维科夫说，"一到这里马上就打前站查看新阵地去了，明天一早我们转移。"

屋里只剩下诺维科夫和达伦斯基两人。达伦斯基说：

"彼得·帕甫洛维奇，有件事我一辈子也想不明白。不久前我在里海的沙滩上，情绪非常低落，觉得我们好像要完蛋了。结果呢？真没想到能组织起这么强大的力量来！何等威力啊！在它面前一切都显得如此微不足道。"

诺维科夫说：

"我可是越来越清楚，越来越深刻地体会到身为俄罗斯人意味着什么！我们是勇猛的狼，强悍的狼！"

"太厉害啦！"达伦斯基说，"最根本的是：在布尔什维克党的领导下，俄罗斯人将走在人类的最前列，而其余的一切不过是些小坡小坎罢了。"

"听我说，"诺维科夫说，"要不要我重新提出您的调动问题？到我们军来当副参谋长，你我并肩作战，如何？"

"好，多谢了。那我是给谁当副手？"

"涅乌多布诺夫将军。中校给少将当副手，正合适。"

"涅乌多布诺夫？战前在国外待过？意大利？"

"正是。自然，他跟苏沃洛夫没法比，但一般说来，跟他共事还行。"

达伦斯基哑了。诺维科夫看了他一眼。

"怎样，就这么着？"他问。

达伦斯基用一根手指掀起上嘴唇，稍稍张大嘴巴。

"看见了吗，牙套？"他问，"两颗。1937年受审时，被涅乌多布诺夫打掉的。"

两人彼此对视了一眼，沉默了一会儿，然后又对视一眼。

达伦斯基说：

"他这人，当然，还是挺能干的。"

"明白，明白，到底不是卡尔梅克人，而是俄罗斯人嘛。"诺维科夫冷笑了一声，接着突然大声喊道："来，咱们喝酒，像真正的俄罗斯男子汉那样喝！"

达伦斯基一辈子从没喝过那么多酒。但是，假如不看桌上那两只空酒瓶，旁人还真猜不到这两人在敞开了喝，一点不带掺假的。两个人彼此间已开始用"你"相称了。

诺维科夫把酒杯斟满——不知已经多少次了——一边说：

"来，别耽搁！"

本来不喝酒的达伦斯基今天一点也没耽搁。

他们谈到苏军的撤退，谈到战争最初的日子。他们聊起了布柳赫尔和图哈切夫斯基，议论了朱可夫。达伦斯基讲到受审时侦查员想从他嘴里掏出什么。

诺维科夫谈到大反攻开始时，他把坦克出击的时间擅自推迟了几分钟。但他却没有说自己对属下各旅旅长行动预判的错误。再后来他们谈起了德国人，诺维科夫说，1941年夏天的经历使他的心肠变硬了，似乎再不会有同情心，可是刚开始押解第一批俘虏，他就命令让俘虏吃好点，冻伤的、负伤的俘虏一律用汽车运到后方去。

达伦斯基说：

"刚才我和你的政委一起骂了卡尔梅克人。骂得对！可惜，你们那位涅乌多布诺夫不在。我倒真想跟他谈谈，跟他好好谈谈。"

"唉，奥廖尔①和库尔斯克②地区的居民，投靠德国人的也不少啊！"诺维科夫

---

① 奥廖尔州是俄罗斯联邦主体之一，属中央联邦区。

② 库尔斯克州地处俄欧洲部分的中俄罗斯高地西南麓，属中央联邦区，西部和西南部与乌克兰接壤。

说，"何况弗拉索夫将军也不是卡尔梅克人。而我的巴桑戈夫是个优秀的军人。涅乌多布诺夫是契卡出身，政委对我讲过他的情况。他不是军人。俄罗斯必胜，我一定会打到柏林，我清楚得很，德国人绝对挡不住我们。"

达伦斯基说：

"那谁，那个涅乌多布诺夫，还有叶若夫之流，也就这么回事吧，但俄罗斯只有一个——那就是苏维埃俄国。我知道，哪怕把我的牙齿全打光，我对俄罗斯的爱也决不会动摇，我会爱它到生命的最后一息。不过，来这里给这种角色当副手？你是开玩笑吧，同志？"

诺维科夫又倒了两杯酒，说道：

"来，干了。"

然后他又说：

"我知道，什么事都有可能发生。不定哪天我突然大祸临头呢。"

他改变话题，突然说：

"啊，我们部队里出了件挺可怕的事。一个坦克手的脑袋被弹片削掉了，他人死了，脚还一直踩着油门，坦克继续往前开。一直往前，往前！"

达伦斯基说：

"我和你的政委刚才骂了一阵卡尔梅克人，可我碰到的那个老卡尔梅克人，我至今难忘。他多大岁数了……这个涅乌多布诺夫？咱们去新阵地会会他？"

诺维科夫的舌头不听使唤了，他费劲地说：

"我交好运了。福气大得没边了。"

说罢，他从口袋里掏出一张照片，递给达伦斯基。达伦斯基默默地打量了好久，说：

"大美人儿，没的说。"

"美人儿？"诺维科夫说，"美貌什么的，都是胡扯。你知道吗，甭管美不美，爱她像我这种爱法的，再也找不出第二个了。"

维尔什科夫来到门口，询问地看着军长。

"一边去。"诺维科夫费劲地说。

"干吗对他这么凶，他只不过想看看我们需要什么不。"达伦斯基说。

"得了，得了，我会变得不成样子，会变成个恶棍，我会的，用不着教训我。你不就是个中校嘛，居然对我以'你'相称？难道军人条例允许这样吗？"

"哎呀，闹了半天！"达伦斯基说。

"去去，连个玩笑都不懂。"诺维科夫说，心想，好在叶尼娅没看见他醉醺醺的样子。

"愚蠢的玩笑我的确不懂。"达伦斯基答道。

两人彼此澄清，解释了半天后言归于好，诺维科夫建议到新阵地上去，用通条把涅乌多布诺夫狠揍一顿。当然，他们哪儿也没有去，又喝了好多酒。

31

亚历山德拉·弗拉基米罗芙娜·沙波什尼科娃一天收到三封信。两封是女儿的，一封是外孙女薇拉的。

还没拆信，她就认出了寄信人的笔迹，亚历山德拉·弗拉基米罗芙娜于是知道，信中不会有什么令人高兴的消息。多年的经验告诉她，儿女写信给母亲多半不是为了分享欢乐。

三个人都请她去：大女儿柳德米拉请她去莫斯科，小女儿叶尼娅请她去古比雪夫，外孙女薇拉请她去列宁斯克。这些邀请证实了亚历山德拉·弗拉基米罗芙娜的猜想：她们的日子都过得很艰难。

薇拉信中谈到父亲斯皮里多诺夫的情况，党内的麻烦、工作中的问题把他折腾得精疲力竭。他遵照人民委员部的通知去了一趟古比雪夫，几天前刚从那里回到列宁斯克。薇拉写道，父亲这次出差比顶着炮火和空袭在斯大林格勒发电厂坚持生产还累。他的事情在古比雪夫没能了结，上面只叫他先回去参加恢复电厂的工作，但事先警告过他，很难说他能否继续留在电站人民委员部系统工作。

薇拉准备和父亲一起离开列宁斯克，搬回斯大林格勒。现在德国人已经不打炮了。市中心还没有解放。据进过城的人说，亚历山德拉·弗拉基米罗芙娜住过的房子只剩下一个石砌的框架，房顶已经倒坍。斯皮里多诺夫在斯大林格勒发电厂的厂长住宅还算完好，只是墙上的泥灰震掉了一些，窗玻璃大都碎了。斯皮里多诺夫打算跟薇拉母子就住在那里。

薇拉信中谈到儿子的情况。这个外孙女，在亚历山德拉·弗拉基米罗芙娜心目中仿佛还是当年的小女孩，居然如此老练地絮叨儿子的胃病、湿疹、睡眠不稳、代谢失调等等，口气完全是个妇女，甚至像个乡下婆娘，亚历山德拉·弗拉基米罗芙娜不禁喟然长叹。这些事情薇拉本该对丈夫和母亲诉说，她却写信告诉姥姥。她没有丈夫，也没有母亲了。

薇拉还提到电厂看门的安德烈耶夫老头和他的儿媳娜塔莎，提到叶尼娅姨妈，斯皮里多诺夫去古比雪夫出差时见过她。但对自己的情况薇拉只字未提，仿佛她的生活不可能引起姥姥兴趣似的。

在最后一页信纸的页边上，薇拉写道："姥姥，发电厂那套房子很宽敞，大家都住得下。求你啦，过来跟我们住吧。"这突如其来的恳求说出了薇拉信中没有说的话。

柳德米拉的信很短。她写道："我看不出这日子还有什么过头。托利亚不在了，维佳和娜嘉不需要我。没有我，他们照样过。"

柳德米拉从来没给母亲写过这样的信。亚历山德拉·弗拉基米罗芙娜明白，女儿和女婿的关系出大问题了。柳德米拉请母亲到莫斯科去住，她写道："维佳碰上各种各样的糟心事，你知道，他心里的感受，他情愿对你说，也不肯对我说。"

接下来一句话是："娜嘉有什么想法都藏在心里，也不跟我谈她的生活。我们家的气氛现在就是这个样子……"

叶尼娅的信根本看不懂，措辞含糊，似乎暗示她遇到了大麻烦，前景堪忧。她请求母亲去古比雪夫，同时又说，她要立刻动身去莫斯科。叶尼娅提到了利莫诺夫，说利莫诺夫对亚历山德拉·弗拉基米罗芙娜赞不绝口。她写道，亚历山德拉·弗拉基米罗芙娜一定会很高兴见见利莫诺夫，他是个聪明人，十分有趣；可就在这同一封信里她又说，利莫诺夫去了撒马尔罕。既然如此，亚历山德拉·弗拉基米罗芙娜去古比雪夫又如何能见到他？叫人闹不明白。

但有一点是明白的，母亲念完信后，心想："我的孩子，你好可怜。"

这三封信搅得亚历山德拉·弗拉基米罗芙娜心绪不宁。三个人都问她身体好吗，她住的房间暖和不。

孩子们的关心使她感动，虽然她明白，几个年轻人并没有想过她是否需要她们。她们需要她——这就够了。

可是，实际情况也许正相反。为什么她没有请求女儿们帮助，为什么女儿们请求她帮助呢？

要知道，她现在孤身一人，年老体衰，没有自己的住房，失去了儿子德米特里和二女儿玛鲁霞，孙子谢廖扎杳无音信。

她现在上班越来越吃力，心脏常有痛感，还常常头晕。

她甚至请求工厂的技术负责人把她从车间调到实验室去，像现在这样整天在一台台仪器中间跑来跑去取控制样品，对她来说太吃力了。

下班后，她得排队买食品，回到家里还要生炉子，做晚饭。

生活如此艰难，如此穷困！排队只能算小事一桩。如果柜台空空荡荡，根本没人排队，那才真叫糟。碰到这种情况，回到住处后只好不做晚饭，不生炉子，饿着肚子直接躺到潮湿、冰冷的被窝里。

周围的人都过得很苦。一位从列宁格勒疏散过来的女医生告诉她，去年冬天她带着两个孩子住在距离乌法一百公里的一个村子里。她住的是一个被没收了财产的富农的木屋，里面空无一物，窗玻璃被打碎，房顶被拆掉了。她上班要穿过森林，步行六公里，有时在黎明时分能看见绿莹莹的光在树木间闪烁，那是狼的眼睛。村里一贫如洗，集体农庄庄员不愿意干活，说干得再多也是白辛苦，反正粮食全得上缴，每个庄员欠国家公粮的数目都在农庄里贴着哪。女邻居的丈夫上前线了，她一个人带着六个挨饿的孩子。六个孩子只有一双破毡靴。女医生告诉亚历山德拉·弗拉基米罗芙娜，她买了一头母山羊，半夜三更她常常踏着深深的积雪到远处地里去偷荞麦，从积雪下刨出没有清理干净的发霉的干草。她说，她的孩子在乡下听了很多恶狠狠的骂人话，也学会了用脏话骂人，喀山有一位小学女教师对她说："我这辈子头一回看见一年级学生像醉鬼一样骂娘，还是列宁格勒人呢。"

现在亚历山德拉·弗拉基米罗芙娜住在施特鲁姆原先住的那个小间。二房东夫妇住进了宽敞的主卧，施特鲁姆一家搬走前，他们俩住在旁边搭建的一个房间里。夫妇俩脾气很糟糕，经常为一些家庭琐事吵个不休。

亚历山德拉·弗拉基米罗芙娜生这两位的气，倒不是因为喧闹和争吵，而是因为他们为一个小小的房间竟然向她——一个自家房子被德国人烧毁的女人——索要二百卢布的房租，超过了她月工资的三分之一。她觉得，这些人的心似乎是由胶合板和铁皮制成的。他们脑瓜中唯有两样东西：食物和物品。从早到晚，两人谈论的话题不离素油、腌肉、土豆、旧货市场上买卖的家用物品。夜间他们窃窃私语。女主人尼娜·马特维耶芙娜对丈夫说，隔壁邻居，在一家厂子当工长的，去了趟乡下，带回来一袋白瓜子和半袋剥了皮的玉米；今天集市上的蜂蜜卖得很便宜。

女主人尼娜·马特维耶芙娜长得挺漂亮：个子高高的，身材匀称，灰色的眼睛。出嫁前她在一家工厂上班，参加过业余文艺演出，唱歌、演戏都能来。丈夫谢苗·伊万诺维奇在军工厂工作，当锻工。年轻时他曾在驱逐舰上服役，拿过太平洋舰队重量级拳击冠军。看他们俩现在的样子，早年间那些光辉经历简直令人难以置信——谢苗·伊万诺维奇早晨上班前喂鸭子、烧猪食，一下班就在厨房里忙活，舂黄米、补鞋、磨刀、涮瓶子，一边讲述厂里的司机如何从外地集体农庄弄来面粉、鸡蛋、羊肉……尼娜·马特维耶芙娜往往半截打断他的话，叨叨起自己数不清的病痛和找各路名医、高人求诊的故事，然后说起如何用一条毛巾换了些豆角，说起女邻居如何从一个外地疏散来的女人那里买了一件马驹皮上衣和一套餐具中的五只碟子，说起熟猪油和混合脂油。

他俩都不算什么坏人，但他们从未跟亚历山德拉·弗拉基米罗芙娜谈起过战争，谈起过斯大林格勒，谈起过苏联情报局的战报。

他们可怜亚历山德拉·弗拉基米罗芙娜，同时又瞧不起她，女儿离开喀山后，科学院定量供应的食品跟着走了，老太太只好忍受半饥不饱的日子。她没有糖，没有奶油，喝的是白开水，有时在公共食堂里喝点连小猪崽都不肯喝的清汤。她没有钱买木柴，也没有东西可以变卖。她的贫穷弄得两位二房东很尴尬。一天晚上，亚历山德拉·弗拉基米罗芙娜听见尼娜·马特维耶芙娜对丈夫说："昨天我不得不给了老太婆一块烤饼，当着她的面吃东西，看她饿着肚子坐在那儿干瞅着，实在令人扫兴。"

夜里亚历山德拉·弗拉基米罗芙娜总睡不好。谢廖扎为什么音信全无？她躺在原先柳德米拉睡的那张铁床上，仿佛女儿夜间的不祥预感和思绪也传到了她身上。

死亡抹去一个人是如此轻易。活着的人，却不得不继续遭罪。她想起了薇拉。她孩子的父亲不知是牺牲了，还是把她忘了；斯皮里多诺夫整天闷闷不乐，几乎被各种烦心事压垮了……而柳德米拉和她丈夫，连死亡和忧伤都无助于改善他们的关系。

晚上，亚历山德拉·弗拉基米罗芙娜给叶尼娅写了回信："我的好女儿。"夜里，她突然为叶尼娅感到深深的难过。可怜的姑娘，她的生活一团乱麻，今后，什么在等待着她？

儿媳安娜·施特鲁姆、朋友索菲娅·奥西波芙娜·列文顿、孙子谢廖扎……契诃夫小说里怎么说来着？"米修司，你在哪里？①"

隔壁，二房东夫妇在低声交谈。

"十月革命节，得杀只鸭子。"谢苗·伊万诺维奇说。

"我用土豆养鸭子，就是为了让你杀？"尼娜·马特维耶芙娜说，"我说，等老太婆走了，咱们把地板漆一漆，要不那些木头全该烂了。"

他们三句不离物品和食物，他们生活的世界里只有各种物品。在那个世界里，没有人和人的感情，只有木板、油漆、米面、三十卢布面值的钞票。他们都是勤快、正直的人，邻居们都说，尼娜和她丈夫从来不拿别人一个戈比。但是1921年伏尔加河流域的饥荒、医院里的伤兵、双目失明的残废军人、无家可归的孩子，都与他们毫不相干。

这两人与亚历山德拉·弗拉基米罗芙娜形成了鲜明对照。他们对人、对集体事业、对他人痛苦的冷漠是极其自然的。而她却能够想他人之所想，急他人之所急，

---

① 出自契诃夫小说《带阁楼的房子》。

能够为跟她的生活或者她亲人的生活毫无关联的事情而兴高采烈或急得发疯……全盘集体化时期、1937年大清洗、受丈夫牵连而被关进劳改营的妇女的命运、因家庭破碎而落入收容所和孤儿院的孩子的命运、德国人杀害俘虏、战争的灾难和军事上的失利，凡此种种都使她感到切肤之痛，就像发生在她自己家中的不幸一样。

无论是她读过的好书还是她那民意党家庭的传统，无论是生活、朋友还是丈夫，都没有教过她这么做。她天生就这脾性，不可能是别的样子。每次快到月底她就囊空如洗，而离发工资还有六天。她只好挨饿。她的全部家当用一块手帕就可以包起来。但在喀山居住期间，她一次也没想到过她在斯大林格勒住所里那些被烧毁的东西，家具呀，钢琴呀，茶具呀，还有那些丢失的刀叉什么的，都没想过。甚至书被烧了她也没有惋惜过。

可是说来奇怪，她现在却远离需要她的亲人，而跟两个在所有方面都与她格格不入的人生活在同一个屋檐下。

收到亲人们来信的第三天，卡里莫夫登门拜访。

见到卡里莫夫她十分高兴，请他一起喝蔷薇茶。

"您最近收到从莫斯科来的信，是什么时候？"卡里莫夫问道。

"前天收到过。"

"是吗，"卡里莫夫说，笑了笑，"有意思。莫斯科的信一般多长时间寄到？"

"您看看信封上的邮戳吧。"亚历山德拉·弗拉基米罗芙娜说。

卡里莫夫拿起信封看了好一会儿，然后忧心忡忡地说：

"九天才到。"

他陷入沉思，仿佛信件走得慢在他眼里有某种特殊含义。

"据说是因为邮检，"亚历山德拉·弗拉基米罗芙娜说，"信件太多，邮检部门忙不过来。"

他那双漂亮的黑眼睛看了看她的脸。

"这么说，她们那边一切平安，没有任何麻烦？"

"您脸色不好，"亚历山德拉·弗拉基米罗芙娜说，"您没生病吧？"

他好像反驳某项指控，赶紧说：

"哪儿的话！恰恰相反！"

他们聊到前方的战事。

"连小孩都明白，战争发生了决定性转折。"卡里莫夫说。

"对，对，"亚历山德拉·弗拉基米罗芙娜勉强笑了笑说，"现在呢，连小孩都明白这个，可是去年夏天，所有的聪明人都认定德国人会赢得战争。"

卡里莫夫突然问道：

"您一个人过，大概很困难吧？我看到您自个儿生炉子。"

她踌躇了，皱起眉头，仿佛卡里莫夫的问题非常复杂，一下子难以回答。

"阿赫迈德·乌斯曼诺奇，您大老远来，就是为了问我生炉子困不困难？"

他摇了几下头，沉默了好久，端详着放在桌子上的手。

"前几天把我叫去了，详细盘问了我们那些会面和交谈的情况。"

她说：

"那您干吗不早说？还瞎扯什么炉子？"

卡里莫夫捕捉着她的目光，说道：

"当然，我不能否认我们谈论过战争，谈论过政治。假如声称四个成年人在一起只谈电影，未免太好笑。当然，我说了，无论我们谈论什么，我们都是以苏维埃爱国者的身份在谈论。我们都认为，在党和斯大林同志的领导下，人民必将取得胜利。总的来说，我应该告诉您，提的问题没什么敌意。可是几天后，我着急起来，晚上总也睡不着觉。我觉得维克托·帕甫洛维奇可能出事了。还有一件牵涉到马季亚罗夫的怪事：他到古比雪夫师范学院出差十天，喀山这边大学生在等他，但他一直没回来，系主任往古比雪夫发了电报，也没回音。您知道的，夜里躺床上，什么怪念头都可能冒出来。"

亚历山德拉·弗拉基米罗芙娜沉默不语。

他轻声说：

"真是匪夷所思，几个人一起喝杯茶聊个天，就引起怀疑，被叫去问话。"

她没作声。他用询问的目光看着她，指望她说点什么，因为他已经把情况都告诉她了。但亚历山德拉·弗拉基米罗芙娜仍然沉默不语，卡里莫夫感觉到，她是在以自己的沉默向他暗示，他还没有把全部情况告诉她。

"事情就是这样。"他说。

亚历山德拉·弗拉基米罗芙娜仍然沉默。

"对了，还有，我差点忘了，"他说，"他，就是那位同志，问道：'你们谈过新闻自由吗？'的确，谈到过。对了，后来还有，突然问我认不认识柳德米拉·尼古拉耶芙娜的妹妹和她的前夫，好像姓柯雷莫夫？我从未见过他们，维克托·帕甫洛维奇一次也没跟我提到过他们。我就是这么回答的。他们还提了一个问题：维克托·帕甫洛维奇是否跟我个人谈过犹太人的处境？我问：为什么偏偏跟我谈呢？他们回答说：'您知道，您是鞑靼人，他是犹太人'。"

卡里莫夫道了别，穿上大衣，戴好帽子，已经站在门口，用手指头敲了敲信箱，柳德米拉·尼古拉耶芙娜当初就是从这个信箱里取出那封通知她儿子负致命伤的信的。就在这当儿，亚历山德拉·弗拉基米罗芙娜开了口：

"可是，怪就怪在，这和叶尼娅有什么相干？"

但当然，不管是卡里莫夫还是她，都回答不了这个问题：为什么住在古比雪夫的叶尼娅和她那在前线的前夫，会引起在喀山的内务人民委员部工作人员的兴趣。

人们信任亚历山德拉·弗拉基米罗芙娜，她听到不少类似的故事和忏悔，说话者吞吞吐吐、欲言又止，她见得多了。她不想警告施特鲁姆，她知道，那样做除了引起不必要的不安之外，对他不会有任何好处。猜测参与谈话者中是谁说走了嘴或者打了小报告，也没多大意义。这种人很难识别，到头来捅娄子的往往是最不受人怀疑的那位。国家安全人民委员部立案的原因同样难以猜到，可能是因为信中的某个暗示，因为某个玩笑，或者因为在厨房里当着女邻居的面不小心说了什么话。可为什么侦查员突然找卡里莫夫了解叶尼娅和柯雷莫夫的事呢？

又一次，她久久无法入睡。她好想有点吃的。厨房里飘来一股食物香味，大概二房东夫妇正在用素油煎土豆饼吧。接着传来洋铁盘子的叮当声和谢苗·伊万诺维奇安详的声音。天哪，她多想吃点什么！今天中午食堂里供应的菜汤实在太难喝了！亚历山德拉·弗拉基米罗芙娜当时没喝完，现在想起来好可惜。想吃东西的念头不时冒出来，搅乱了她的思绪。

早上，她来到工厂，在大门口的岗亭里遇到了厂长秘书。这是个上了年纪的女人，却生了张男人般凶巴巴的脸。

"沙波什尼科娃同志，午休时请到我这里来一下。"秘书说。

亚历山德拉·弗拉基米罗芙娜大为惊讶。难道厂长这么快就批准了她的请求？

亚历山德拉·弗拉基米罗芙娜不明白为什么她的心情如此轻松。

走在厂区院子里，她突然冒出一个想法，并且立刻说了出来：

"够了，喀山！我要回斯大林格勒了。"

32

战地宪兵队队长哈里勃通知连长莱纳尔德到第六集团军司令部来一趟。

莱纳尔德迟到了。保卢斯新近发布了一条命令，禁止将汽油用于个人旅行，燃料全部由集团军参谋长施密特将军负责调拨，要让他批五公升汽油，比上青天还难。汽油奇缺，不仅无法供应士兵灌打火机，连军官们的汽车用油都没有保障。

莱纳尔德只好等候那辆傍晚进城送机要邮件的司令部汽车。

小汽车在结了霜的柏油路上缓慢地行驶着。这是个无风天，前沿阵地的掩蔽部和掩体上方，缕缕半透明的轻烟在凛冽空气中升起。成群结队的伤员行走在通往城里的路上，头上缠着手帕和毛巾，还有一些由城里调往各工厂区的士兵，头部也裹着毛巾，腿上缠着破布。

路边有一匹死马，莱纳尔德的司机在马的尸体旁边停下车，检查起引擎来。莱纳尔德看到几个士兵在用斧子砍冻硬的马肉，他们都没刮胡子，满面愁容。一个士兵钻进死马裸露的肋骨中间，就好像在搭了半截的房顶上干活的木匠。旁边一座房屋的废墟中燃着一堆篝火，篝火上支着一个三角架，上面挂着一只黑乎乎的铁锅。几个士兵站在周围，有的头戴钢盔，有的头戴船形帽，有的背着冲锋枪，腰带上挂着手榴弹。一些人披着毛毯，另一些包着头巾。炊事员用刺刀把铁锅里浮到水面上的马肉摁到水里。掩蔽部房顶上坐着一个士兵，不紧不慢地啃着一根马骨头，远远看去好像在吹一只硕大的口琴。

突然间，西沉的太阳照亮了公路，照亮了死气沉沉的房屋废墟。被烧焦的窗洞似乎填满了凝着鲜血的冰块，迫击炮弹在积雪中炸出的一道道坑洼原本被硝烟熏得黑乎乎的，此刻在阳光下却变成了金色。死马深红色的腹腔变得亮晃晃的，公路路面上飞舞的雪花反射出一道道刺眼的青铜色光泽。

夕阳西下时，霞光往往能揭示正在发生的事件的本质，将视觉印象转化为画面——历史、感觉、命运，全都定格在这一瞬。在落日余晖的映照下，斑斑点点的烂泥和烟囱化作成百上千个声音向人们诉说，你的心会揪紧，那逝去的幸福、无可挽回的损失、令人痛心的失误、永远诱人的希望，全都一一呈现在你眼前。

这是史前穴居时代的场面。近卫军——民族的荣耀、大德意志的建设者，不再行进在通往胜利的道路上。

望着这些身裹破布的人，莱纳尔德以诗人的敏感察觉到，晚霞即将消失，幻想就要破灭。

生活中潜藏着多么坚忍、多么顽强的力量啊！否则又该怎么解释，希特勒的非凡精力、掌握了最先进理论后如虎添翼的德意志人民的强大力量，居然落到这步田地：冰雪覆盖的寂静的伏尔加河岸，废墟和肮脏的积雪，沐浴着血色晚霞的窗洞，注视着马肉锅上的热气的人们脸上那听天由命的温顺？

33

保卢斯的司令部驻扎在一座烧毁的百货大楼的地下室里。跟往常一样，长官们来到各自的办公室，值班人员向他们报告有关的公文、战情变化和敌军动向。

电话铃声不断响起，打字机噼噼啪啪敲个不停，胶合板门后面不时传来司令部二处处长申克将军低沉的笑声。副官们的皮靴跟往常一样在石头地板上踩出咯噔咯噔的急促脚步声。装甲部队司令官戴着闪闪发光的单眼镜，他走进自己办公室后，通道上跟往常一样留下一股法国香水味，其中似乎还掺杂着潮气、烟味和鞋油味。身穿皮领军大衣的司令在地下办公厅狭窄的通道上走过时，说话声和打字机的噼啪声跟往常一样，依然会立刻停下来，几十双眼睛会集中在他那张长着鹰钩鼻的沉思的脸上。保卢斯的工作日程也跟往常一样，连饭后抽雪茄的时间、跟集团军参谋长施密特将军说话的时间，都跟过去相差无几。军衔仅为区区士官的报务员跟往常一样，满脸小人得志的傲慢，无视军队上下级规矩，径直越过双目低垂的亚当斯上校，拿着注明"面呈"的希特勒来电去见保卢斯。

但毫无疑问，"跟往常一样"在这里只是表面现象。自陷入包围那天起，司令部人员的生活已经大为改观。

变化是多方面的：咖啡的颜色，通往西部战线的新地段的通信线路，消耗弹药的新标准，每天穿越空中包围圈的"容克"运输机燃烧和坠毁的惨烈场面，都发生了变化。一个新的名字出现了：曼施坦因，这个名字使军人们心目中的其他名字黯然失色。

变化是显而易见的，无需本书详细描述。很明显，原先能够吃饱喝足的人，现在一天到晚饥肠辘辘；很明显，挨饿和半饥半饱的人脸色变了，成了泥土色。当然，德军司令部人员的内心也发生了变化，高傲自大、目空一切的人不再嚣张，好吹牛的人不再夸口，一向乐观的人开始咒骂元首本人，怀疑起他决策的正确性。

很多德国人长期以来被民族国家的非人道禁锢和迷惑，但现在在他们的头脑和心灵中开始发生特殊的变化，这些变化涉及人类生活基础的最深层次。但唯因其深，人们并未理解这些变化，甚至根本未察觉这些变化。

这些变化发生的过程很难察觉，就像时间的作用很难察觉一样。在饥饿的折磨中，在夜晚的惊惧中，在大祸临头的感觉中，人的自由慢慢地、逐渐地被解放，也就意味着人变得更有人味儿，生命开始战胜非生命。

十二月的白天越来越短，十七个小时的酷寒夜晚却变得越来越长。包围圈越收越紧，苏军大炮和机枪的火力越来越猛……啊，俄罗斯草原的严寒多么残酷无情，连惯于在严寒中生活、身穿皮袄和毡靴的俄罗斯人都快挺不住了。

凛冽、严酷的夜空高悬在人们头顶上，难以遏制的仇恨弥漫在空中，仿佛被冻成冰块的星辰挂在严寒的天幕上，宛如锡制的冰花。

在已经牺牲和注定要牺牲的人中间，有谁能够明白，这就是在经历十年的全面非人道之后，数千万德国人重新变得有人味儿的最初时刻！

34

莱纳尔德来到第六集团军司令部门口时，天已经黑了。昏暗中，只见一个脸色灰白的哨兵孤零零地站在灰暗的墙跟前，他的心跳陡然加剧了。走在司令部的地下通道上，所见的一切使他心里充满爱和忧伤。

他读着一扇扇房门上用哥特字体书写的牌子："二处""副官处""科赫将军""特劳里希少校"，他听着打字机的噼啪声，耳里传来人们的谈话声，这一切在他心里唤起了子女般、兄弟般的感觉，他又回到了战友、党内同志和党卫队同事的天地。但所有这些人正日薄西山，他们的日子正在完结。

他走近哈里勃的办公室，不知道等待他的将是一场什么样的谈话，不知道党卫军冲锋队队长哈里勃是否打算对他敞开心扉。

正如在和平年代因党内工作而熟识的同事那样，他们彼此之间相当随便，并不很在意军衔的差别，而保持着单纯的同志关系。见面时，两人通常一边聊天，一边谈工作。

莱纳尔德善于简明扼要地阐述复杂问题的实质，他的话有时被摘录到报告里，经过漫长的公文旅行，一直送到柏林最高层的办公室。

莱纳尔德走进哈里勃的房间，竟没有马上认出他来。莱纳尔德仔细打量着他那张脸：依然丰满，未见消瘦啊！过了好一会儿，他才明白，有所变化的，是那双睿智的黑色眼睛。

墙上挂着斯大林格勒战区示意图。一个无情的血红圆圈把第六集团军围了起来。

"我们是在一座孤岛上，莱纳尔德，"哈里勃说，"而且包围这座孤岛的不是水，而是野蛮人的仇恨。"

他们聊了一会儿俄罗斯的严寒、俄国毡靴、俄国腌猪油，聊了俄国伏特加怪异的御寒功效——这酒让你先暖和暖和，是为了过后让你冻得更够呛。

哈里勃询问前沿阵地上的官兵关系有没有什么变化。

"认真想想，"莱纳尔德说，"我看不出上校的思维与士兵的哲学有什么两样。总的来说，唱的是同一个调调：不乐观。"

"这个调调在下面的作战部队和在司令部，都广为传唱，"哈里勃说，为了加强效果，他又不慌不忙地补充道，"而这场大合唱的领唱者不是别人，正是保卢斯上将。"

"唱归唱，但还没有发现临阵投敌的，跟以前一样。"

哈里勃说：

"有件事我想问您一下，这牵涉到一个很根本的问题：希特勒执意要第六集团军坚守阵地，而保卢斯、魏克斯、蔡茨勒主张为拯救官兵的生命，应该投降。我受命以极端秘密的方式调查一下，在斯大林格勒被包围的部队有无可能在某个阶段脱离从属关系。俄国人把这叫作——沃雷恩卡①。"他轻松而又准确地说出这个俄语单词。

莱纳尔德知道问题的严重性，沉默不语。过了一会儿，他说：

"我想从个别现象入手。"他开始讲述巴赫的情况："巴赫的连队中有一个面目不清的士兵。这个士兵一直是年轻人取笑的对象，可是现在，自从部队陷入包围，人们开始亲近他，看他的脸色行事……于是我开始考虑这个连队和连长的状况。在成功之际，这位巴赫一心一意拥护党的政策。可是现在，我怀疑他的思想起了变化，开始见风使舵。因此，我问自己：为什么他连里的士兵现在会亲近这个不久前还被他们嘲笑、半是疯子半是小丑的怪胎？这类怪胎在决定命运的时刻会采取什么样的行动？他会把士兵引向何方？他们的连长会如何行动？"

他说：

"这些问题很难回答。但有一个问题我可以很肯定地回答：士兵们不会造反。"

哈里勃说：

"现在党的英明就看得特别清楚了。我们从人民的肌体中毫不犹豫地清除了不仅受感染的部分，而且清除了那些表面健康、但在恶劣条件下可能坏死的部分。城市、军队、农村、教会都肃清了胆大妄为的捣乱分子、持敌对观点的思想家。流言蜚语、谩骂、匿名信等等，随它去吧。即便敌人不是把我们包围在伏尔加河上，而是包围在柏林，也不可能发生叛乱！我们大家都应该感谢希特勒。我们感谢上天在这样的时候给我们送来这么个人。"

他侧耳倾听头顶上突然传来的低沉而缓慢的轰隆声，在深深的地下室里无法分辨那是德国大炮在轰击，还是苏联飞机在投弹。

等到轰隆声逐渐平息下来，哈里勃说：

"他们安排您吃普通军官的口粮，这简直不像话。我把您列入了一个名单，上面的人都是党最宝贵的朋友和保安人员。您的东西可以通过机要递送渠道定期发到

---

① 俄语 волынка，意为"拖延时间""磨洋工"。

你们师部。"

"谢谢，"莱纳尔德说，"但我不想那样，别人吃什么，我就吃什么。"

哈里勃两手一摊。

"曼施坦因怎样？据说给了他新装备？"

"我不信任曼施坦因，"哈里勃说，"在这一点上，我赞同司令官的看法。"

多年来哈里勃谈论的事情都涉及高度机密，所以他习惯性地压低嗓门说：

"我有份名单，列在上面的都是党的朋友和保安人员，大局将定时，这批人保证可以坐飞机离开。您也在这个名单上。假如我不在，奥斯汀上校会安排此事。"

他看到莱纳尔德眼中流露出疑问，便解释说：

"我很可能得飞德国一趟。事情太机密，既不能写在纸上，也不能靠无线电。"

他使了个眼色，说：

"上飞机前，我打算喝个一醉方休——不是因为高兴，而是因为害怕，好多飞机被苏联人打下来了。"

莱纳尔德说：

"哈里勃同志，我不会去坐飞机。我鼓动人们战斗到底，假如丢下他们自己跑掉，我会感到无地自容。"

哈里勃微微欠了欠身子。

"我无权说服您。"

莱纳尔德想打破过分严肃的气氛，说道：

"如果可能，请设法弄辆车送我回团部吧。我自己没车。"

哈里勃说：

"无能为力！头一次感到完全无能为力！汽油掌管在施密特这条老狗手里。我一克也弄不到。明白吗？平生头一次！"说这话时，他脸上的表情没有丝毫做作，看起来不像是他的表情，但也许那正是他本真的表情。两人刚见面时，他脸上就是这种表情，莱纳尔德竟因此而未能一下子认出他来。

35

傍晚天气转暖，一场雪落下来，覆盖了战争的硝烟和污泥。巴赫在暮色中出去巡视前沿阵地的工事。在射击的闪光中，白雪时隐时现，呈现出类似圣诞节的气氛。信号弹忽而把雪地染成粉红，忽而用闪烁的柔和绿光装点雪地。

在闪光中，岩石山脊、洞穴、波浪般起伏的碎砖堆，人们为吃饭、解手、取弹药、运送伤员、掩埋尸体而在雪地里踏出的数不清的弯曲小道，看上去都有一种神秘、奇异的色彩。与此同时，这一切又都是司空见惯的。

巴赫来到处于俄国人炮火控制下的一个地段。俄国人驻扎在一座三层楼房的废墟里，从里面传来手风琴声和徐缓的歌声。从墙上的一处豁口可以看见苏军的前沿阵地，看见工厂厂房的轮廓和冰封的伏尔加河。

巴赫喊了一声哨兵，却没听清他的回话——近处突然有颗炸弹爆炸，炸飞的冻土块噼噼啪啪砸在楼房的墙壁上。这是一架关了发动机在低空滑翔的"俄罗斯胶合板①"扔下的炸弹。

"瘸腿的俄国乌鸦。"哨兵说，指了指黑沉沉的冬夜天空。

巴赫蹲下来，一只胳膊支在一块他见过几次的石头凸起上，打量着四周。在一堵高高的墙壁上，有一片淡红色的影子在抖动，说明俄国人在那里生炉子，烟囱烧红了，发出黯淡的亮光。想来在俄国人的掩蔽部里，士兵们正在嚼啊嚼啊嚼，咕嘟咕嘟喝着滚烫的咖啡。

靠右边，俄国人的战壕接近德国人战壕的地方，不断传来金属器具砸在冻土地上发出的声响，低低的，从容不迫。

俄国人正缓慢地将战壕朝德国人方向推进，他们始终不露头，却一刻不停地向前挖。在这冻得硬邦邦的满是石头的土地上，没有坚忍不拔的精神，是不可能展开此种作业的。土地仿佛在自行移动。

白天，艾森瑙格士官向巴赫报告说，从俄国人战壕里扔过来一枚手榴弹，炸碎了连部炉灶的烟囱，乱七八糟的东西撒得战壕里到处都是。

傍晚，一名身穿白色短皮袄、头戴新棉帽的俄国人从战壕里探出身来，大嚷大叫骂了一通，还举起拳头吓唬人。

德国人没开枪，他们本能地明白，这是那个士兵的自发行为。

那个俄国人又喊道：

"喂，母鸡，鸡蛋，罗斯咕嘟咕嘟的要？"

这时，一个穿蓝灰色军装的德国人从战壕里爬出来，他压低嗓门不让军官掩蔽部里的人听见，喊道：

"喂，罗斯人，别打我脑袋。我还想回家见老娘呢。你把枪拿去，把你的帽子给我。"

从俄国人战壕中只回答了一个词儿，并且说得很快。虽然是个俄语单词，但德国人听懂了，大为光火。

---

① 德国人对一种苏联飞机的蔑称。

后来有人扔了颗手榴弹。手榴弹越过俄国人的战壕，在交通壕里爆炸了。但没人理睬这事。

艾森瑙格士官就此也向巴赫做了报告，巴赫说：

"让他们喊吧。只要没人跑过去就成。"

可是士官并不罢休，他向巴赫脸上呼着生甜菜气味，继续报告说，士兵佩滕科弗不知通过什么途径跟敌人进行商品交换，他的什物袋里出现了方糖和俄国士兵的面包。他还帮一个朋友推销一把刮脸刀，答应用它换一块腌猪油和两包压缩饼干，条件是给他本人一百五十克腌猪肉作佣金。

"这好办，"巴赫说，"马上叫他来见我。"

但一查问，佩滕科弗上午奉命执行上级的一项任务，已经英勇牺牲了。

"那么您到底要我做什么？"巴赫说，"德国人和俄国人做生意，不是从今天才开始的。"

但艾森瑙格没心思开玩笑。1940 年 5 月他在法国负了伤，伤口还没完全长好，两个月前便从德国南部——他在那里的一个警察营里服役——乘飞机来到斯大林格勒。自打来到这里，他一直挨饿受冻，加上虱子的咬啮和心头的恐惧，早已没了幽默感。

远处，城市房屋在黑暗中几乎无法辨认，只有残垣断壁上微微发白的锯齿形石头隐约可见。巴赫的斯大林格勒生活就是在那里开始的。布满硕大星星的九月黑色天空，浑浊的伏尔加河水，战火中烧红的房屋墙壁，再远处，俄罗斯东南部的草原，亚细亚沙漠的边界……

城市西部居民区的房屋隐没在黑暗中，覆盖着积雪的废墟却清晰可见——他的生活……

他干吗从医院给妈妈写那封信？很可能，妈妈把那封信给胡伯特看了！他干吗跟莱纳尔德谈心？

人为什么要有记忆？有时真想死掉，把所有记忆都抹去。他为什么鬼迷心窍，恰恰在被包围之前，把酒后失智错当成生活真理，干出他在漫长的艰难岁月中也没有干过的事。

他没有杀害过儿童、妇女，从未逮捕过任何人。但那堵脆弱的堤坝，那堵为他的心灵提供屏障、使之不受周围的乌烟瘴气侵害的堤坝，被他自己摧毁了。于是集中营和犹太人隔都的鲜血喷溅到他身上，把他卷走，他与黑暗势力之间的界限不复存在，他成了黑暗势力的一部分。

他身上发生了什么？是愚蠢、偶发事件，还是他心灵深处的内在规律使然？

36

连掩蔽部里很暖和。士兵们有的坐着，有的朝低矮的顶板跷起腿躺着，还有的用军大衣蒙着头睡觉，黄黄的光脚板露在外面。

"还记得吗，九月我们待过的那间地下室？"一个骨瘦如柴的士兵一边说，一边翻开衬衣前襟，恶狠狠地凝神察看衣缝。全世界当兵的，哪个不曾如此察看过衬衣和衬裤的衣缝呢。

一个仰面躺着的士兵答话说：

"我遇见您时，咱们已经在这儿了。"

又有几个人答道：

"相信我，那间地下室的确不赖……还有床，就像正经八百的住户……"

"在莫斯科城外好多人也曾经感到绝望。可结果呢，我们三下两下就打到了伏尔加河边。"

有个士兵正在用刺刀劈木板，这会儿他打开炉门，想往炉膛里填几块木头片。炉火照亮了他几天没刮的宽脸膛，原本石头般青灰的脸瞬间变成了红铜色。

"喏，咱们真他妈好运气，"他说，"离开莫斯科城外的泥坑，却掉进这个更恶心的泥坑！"

堆放背囊的黑暗角落里传来一个快活的声音：

"现在清楚了吧，谁能想得出比这更好的圣诞节：吃马肉！"

一扯到吃的，每个人的精神头都上来了。大家七嘴八舌地争论，用什么办法才能去掉煮马肉的腥臭味。有人说应该把煮沸的肉汤表面那层黑沫撇掉。有人主张别用大火，而用文火慢慢焖。还有人主张选马后臀上的肉，而且不能把冻僵的肉直接放到冷水中煮，要等水烧开后再把肉放进去。

"侦察兵的日子过得挺美，"一个年轻士兵说，"他们从俄国人手里抢来吃的，然后拿吃的去笼络地下室那些俄国娘儿们。咱们这儿有个傻瓜还想不通，为什么那些年轻漂亮的女人都喜欢找侦察兵。"

"我现在可不想这档子事儿了，"生炉子的士兵说，"不知该怪心情，还是该怪营养。我只想死前见见孩子们，哪怕一个小时也好……"

"当官的可没少想！我在老百姓住的地下室碰到过连长。他在那儿就好像自己人，一家子。"

"可你去那个地下室干什么？"

"啊，我，我是拿衣服去洗。"

"我曾经在一个集中营当警卫。老看见战俘捡土豆皮吃，为几片烂白菜叶子打架。我当时想，这哪像人啊，一群畜生。可闹了半天，我们也是一群畜生。"

堆放背囊的黑暗角落里传来一个唱歌般的声音：

"从抓母鸡开的头！"

门突然打开，随着一团团潮湿的雾气，传来一个浑厚响亮的声音：

"起立！立正！"

口令叫得跟以前一样，依旧平静、从容不迫。

对待痛苦、折磨、忧伤、不祥的念头，都应该采用立正姿势，平静地面对……

巴赫的脸在雾中闪过，接着响起什么人陌生的皮靴声。然后掩蔽部里的士兵们就看见师长的浅蓝色军大衣，看见他那双微微眯起的近视眼，看见他那只戴着订婚金戒指的苍老而白皙的手，那手正用一块绒面布擦拭单眼镜。

"你们好。稍息。"他缓缓地说。在阅兵场上，他那副嗓子可以毫不费力地把自己的声音传到团长们和站立在左侧的普通士兵们耳中。

士兵们乱纷纷地回答了他的问候。

将军在一只木箱上坐下来，炉火的黄色光亮从他胸前的黑色铁十字勋章上掠过。

"平安夜马上要到了，我祝你们节日快乐。"老将军说。

随从士兵把一只木箱挪到火炉跟前，用刺刀挑开箱盖，取出许多玻璃纸包，里面是巴掌大小的圣诞枞树，树上装饰着金线、珠子和豌豆大的水果糖。

将军看着士兵们领取玻璃纸袋，招手把上尉叫过来，低声对他说了些什么。巴赫于是高声对大家说：

"中将让我告诉你们，这些圣诞礼物是一位飞行员从德国运来的。飞行员在斯大林格勒上空负了致命伤。他降落在皮托姆尼克机场，抬出座舱时已经死了。"

37

士兵们把小小的圣诞树捧在手心里。在掩蔽部的温暖空气中，圣诞树变暖了，披上一层细小的水珠。松针的气息四处弥漫，压过了原先那种停尸间加铁匠铺的气息——前线的气息。

圣诞气息仿佛从坐在炉边的老将军灰白的脑袋里散发出来。

巴赫敏感的心感受到了这一时刻的悲伤和魅力。这些战士不惧怕俄国重炮的威力，残酷无情，举止粗鲁，饱受饥饿和虱子折磨，苦于弹药不足，现在却默默地明白了一切——他们需要的不是绷带，不是面包，不是弹药，而是这些缠着金线、中看不中用的枞树和来自孤儿院的糖果。

老人坐在箱子上，士兵们团团围住他。就是他，在夏天率领这支机械化先头部队进军到了伏尔加河。老人这一生，无处不在演戏。他不仅在队列前演戏，在跟司令官的谈话中演戏；回到家里，跟妻子在一起时他也演戏，在花园里散步时也演戏，跟儿媳和孙子在一起时也演戏。夜里他一个人躺在被窝里，床边椅子上放着将军裤，他依然在演戏。不消说，在士兵们面前，他自然也要演戏。他拿腔拿调地询问士兵他们的母亲好吗，夸张地皱起眉头，略显粗鲁地拿士兵的风流韵事开玩笑，故作严肃地从锅里舀汤品尝以显示对士兵伙食的关心，在尚未盖土的士兵坟茔前垂下他坚毅的头，慈父般地在新兵队列前发表过分亲热的演说——做这一切，他都是在演戏。他的表演不是装装样子，而是发自内心的，是他的思维和全身心的一部分。他并不知道自己在演戏，不可能把表演从他身上分离，就像不可能把盐从盐水中滤出一样。他走进连掩蔽部，表演也跟着他进来。老人敞开大衣衣襟，在火炉前一只箱子上坐下来，平静而又略带忧伤地看了看士兵们，向他们祝贺节日。他一举一动无不在演戏。老人从未感觉到自己在演戏，但现在他突然感觉到了，于是表演消失了，盐分从冻结的水里分离了出来。

老人对这些饥饿、备受折磨的人的怜悯也变得寡淡无味。一个无助的、虚弱的老人坐在一群无助的、不幸的人中间。

一个士兵轻轻地哼起一支小调儿：

> 啊，小枞树，啊，小枞树，
> 你绿色的针叶多美丽[1]……

两三个声音跟着他唱起来。针叶的清香令人着迷，儿歌的歌词听起来就像天庭的号角：

> 啊，小枞树，啊，小枞树。

从大海深处，从冰冷的黑暗中，早已忘却、早被抛弃的情感重又浮现，久已不曾记起的思绪重上心头……

这些情感和思绪不能让人高兴，也不能令人轻松。但它们却具有巨大的力量——人的力量，那是世界上最强大的力量。

---

[1]　原文为德语。

突然，苏军大口径火炮的炮弹接二连三打过来，看来俄国佬有点不高兴，也许是猜到被包围的敌军正在过圣诞节吧。然而，掩蔽所里没有人注意到顶板上落下的碎末，没有人注意到火炉骤然喷出的红红的火星。

钢鼓的鼓点急促地敲击着大地，大地在嘶叫——俄国佬奏起了最心爱的"喀秋莎"。重机枪随即嗒嗒嗒地加入了合奏。

老人垂着头坐在那儿，这是被漫长的人生折磨得精疲力竭的人习惯采用的姿势。舞台上的灯光熄灭了，卸了装的演员们走到灰蒙蒙的露天。身份各异的角色——传奇将军，闪电战的指挥员，芝麻小士官，被怀疑有不良反国家思想的士兵施密特——现在都一样了……巴赫心想，即便在这种时刻，莱纳尔德可能也不会让步，他固有的德国人的观念，效忠国家的观念，不可能转变成人的观念。

他朝门口扭过头去，只见莱纳尔德正站在那里。

38

施图姆普菲曾经是连队里最优秀的士兵，新兵们个个又怕他，又佩服他。近来他却大变了样，长着一双炯炯有神的眼睛的大脸盘瘦了好多，军装和大衣皱皱巴巴，勉强抵御着俄罗斯的狂风和严寒。他的话不再机敏，开的玩笑不再惹人发笑。

他比谁都饿得慌，因为他个头大，饭量也大。

持续的饥饿迫使他一大早就外出寻找食物。他在废墟中挖掘、搜寻，跟人讨要，捡到一点面包渣就往嘴里塞，有时在厨房外面守候老半天。巴赫经常看见他那张专注而紧张的脸。施图姆普菲一刻不停地想着食物，不仅在空闲时间找吃的，打仗时也不忘找吃的。

一天，巴赫悄悄去那间住人的地下室，半道上看见了这个饿鬼士兵的宽大脊背、宽阔的肩膀。士兵在一片空地上挖着。在被包围之前，这里曾经是厨房和团部食品供应处的仓库。施图姆普菲从地里揪出几片白菜叶子，找到几个橡子大小的冻土豆，这些土豆因为太小，当初没下锅。这时，石墙后面走出一个高大的老妇人。她穿了件破烂的男式大衣，腰间系着根绳索，脚上穿了双歪得不成样子的运动鞋。她朝士兵方向走去，却目不转睛地盯着地面，一边用粗铁丝弯成的一个钩子在雪地里来回划拉着。

两人相遇了，但谁也没有抬头，只是凭彼此的身影发现了对方。

魁梧的德国士兵手里捏着一片硬得像云母、布满小洞的白菜叶子，抬起眼睛，信赖地看着高个子老妇人，慢条斯理、庄重地说：

"您好，太太。"

老妇人从容不迫地用手拢了拢前额上垂下的一绺头发，也抬眼看着他，深色的眸子中充满了善良和智慧。她郑重其事、慢条斯理地回答：

"您好，先生。"

这是两个伟大民族的代表的最高级会晤。除了巴赫，没有一个人目睹这次会晤，但士兵和老妇人转眼间已经把它忘在脑后。

天气转暖，纷纷扬扬的大雪落在大地上，落在红色的碎砖块上，落在坟茔前十字架的横木上，落在被击毁的坦克的炮塔上，落在未掩埋的尸体的耳廓上。

温暖的雪雾呈现出蓝灰色。漫天飞雪填满广宇，阻住寒风，压低枪炮声，把天空和大地连成一片混沌、颤动、柔和的灰色。

雪落在巴赫的肩膀上，寂静仿佛也像雪花似的落在沉默下来的伏尔加河上，落在这座空荡荡的死城上，落在战马的骨架上。到处都在下雪，不仅在地球上，而且在星星上，整个世界都被雪花填满。一切都消失在大雪下面——死者的尸体、武器、肮脏的破布、瓦砾、扭曲的钢筋。

这不是雪，而是时间本身。柔软、洁白的时间飘落下来，一层层积淀在这人类鏖战的城市战场上。现在变成了过去，而在徐徐飘落的鹅毛大雪中，没有未来。

39

在地下室一个逼仄的角落里，一块印花布帘子后面摆着一张简易板床，巴赫就躺在床上。一个女人在酣睡，头枕在他的肩膀上。由于消瘦，她那张脸看上去既稚嫩又衰老。巴赫打量着她纤细的脖颈和胸脯，在灰不溜秋的脏衬衫衬托下，女人的胸脯显得很白。他把她散乱的辫子托到唇边，动作很轻很慢，怕惊醒女人。她的头发有股香味，是活生生、热乎乎、富有弹性的，仿佛里面有血液在流动。

女人睁开了眼睛。

这是个讲求实际的乡下女人，有时无忧无虑，温柔可爱，有点狡黠，很有耐心，谨慎，温顺，但不定什么时候又会发火。有时她显得傻里傻气，萎靡不振，阴沉沉的，有时又唱起歌来，虽然她唱的是俄语歌词，但听得出《卡门》和《浮士德》的动机。

他对她战前的情况不感兴趣。他想来的时候就来，不想跟她睡觉的时候就把她忘了，至于她是否吃饱了，会不会被俄国狙击手打死，他从没放在心上。有一次，他偶然发现口袋里有块干饼子，随手掏出来给了她；她很高兴，然后把干饼子送给了睡在她旁边的一个老太婆。这使他大为感动，但他每次来找她，几乎总是忘记带吃的。

她的名字有点怪，不大像欧洲人的名字——济娜。

睡在她旁边那个老太婆，济娜在战前好像并不认识。老太婆挺讨厌的，她表面谄媚，性子却很凶，极端虚伪，贪吃得要命。此刻，她正用一只原始的木杵有条不紊地舂着一个木臼，把木臼里沾了煤油的烧焦的麦粒捣成粉末。

陷入包围后，士兵们开始溜进地下室去找居民。以前他们不注意居民，现在却发现地下室里可以做许多事情，譬如在没有肥皂的情况下，用草木灰洗衣服；煮熟捡来的菜叶之类；修理破烂；织补衣服。地下室里住的大多是老太婆。但士兵们来地下室，不光是找老太婆。

巴赫以为没人知道他来地下室的事。但有一次他坐在济娜床上，把她的手握在自己手心里，听到布帘外面有人讲他的母语，听声音好像是个熟人：

"别往帘子后面钻，中尉的小姐住在那儿。"

现在他们俩并排躺着，一言不发。他的一生——朋友、书籍、他跟玛丽娅的情史、他的童年，把他跟他出生的城市、中学和大学联系起来的一切，远征俄罗斯的隆隆炮声，统统都失去了意义……所有这些不过是为了把他引到这张用烧掉一半的门架起的板床……一想到可能失去这个女人，他就心惊肉跳。他找到了她，来到了她身边，发生在德国和欧洲的一切，都是为了让他与她邂逅……以前他不明白这一点，常常忘记她，他之所以觉得她可爱，恰恰是因为没有任何严肃的东西把他们拴在一起。而现在，在这个世界上，除了她，什么都没有，一切都淹没在雪中……唯剩这张美妙的脸庞，这微微翘起的鼻子，这奇特的眼睛，还有这令人抓狂、孩子般无助、充满倦意的表情。早些时候，在十月间，她打听到他在一家野战医院，于是步行去医院看他，他却不想见她，拒绝出来和她会面。

她看出他没有喝醉。他跪在那里，吻她的手，吻她的腿，然后他稍稍抬起头来，将额头和面颊贴在她膝盖上，痴情地说着什么，语速很快，但她听不懂，他也知道她听不懂——要知道，他们只听得懂士兵们在斯大林格勒说的那种令人胆寒的语言。

他知道，冥冥中把他带到这个女人身边的那股潮流，现在要把她从他身边夺走，永远把他们分开。他跪在地上，抱住她的双腿，望着她的眼睛；她听着他飞快的话语，想猜出他在说些什么、他出了什么事。

她从来没有见过一个德国人脸上有这样的表情，她原以为只有俄罗斯人才可能有如此痛苦、恳求、深情、疯狂的眼睛。

他告诉她，在这里，在这个地下室，吻着她的腿，他生平头一次，不是听别人说，而是用自己心中的一腔热血，明白了什么叫爱情。对他来说，她比他过去的一切都宝贵，比他母亲宝贵，比德国宝贵，比他跟玛丽娅未来的生活宝贵……他爱上她了。在爱情的力量面前，国与国之间筑起的壁垒、种族仇恨、重炮兵的徐进弹幕轰击，都算不了什么，都是苍白无力的……他感谢命运在他阵亡前夕使他明白了这个道理。

她不明白他的话，德语单词她只听懂了几个："站住，过来，拿来，快点儿。"她还听出了他说的几个俄语单词："给我，完蛋了，糖，面包，快跑，走啊。"

但她猜到了他是怎么回事，看出了他内心的慌乱。德国军官这个半饥半饱的情妇，平时举止轻佻，此刻却怀着柔情看出了他的软弱，她体谅他。她知道命运将把他们分开，但她比他冷静。现在，看到他的绝望，她觉察到自己跟这人的关系正在改变，改变的力度和深度都令她震惊。她从他的声音里听出来这一点，从他的亲吻、从他的眼睛中感受到这一点。

她若有所思地抚摩着巴赫的头发，她那机灵的小脑瓜里却生起一丝莫名的恐惧，她祈求那个难以捉摸的可怕力量不要抓住她，不要折磨她、毁掉她……心儿一个劲儿地跳啊，跳啊，不想听到那个正向她发出警告的狡黠、恐吓的声音。

40

叶尼娅结识了好些新朋友，都是探监排队时认识的。她们会问她："您情况如何，有什么新动静？"她已经有经验了，不光听取旁人的意见，自己也给别人出点子："别担心，也许他在医院里。医院挺不错，大家都巴不得离开牢房，转到医院去。"

她打听到柯雷莫夫是关押在内部监狱。她想送包裹给柯雷莫夫，但人家不收。可她没有丧失希望。她知道，在库兹涅茨桥监狱，往往一再拒绝接受给押犯人的东西，但不定哪天接待人员突然就会说："把包裹交上来吧。"

她到柯雷莫夫的公寓去过一趟，一位女邻居告诉她，大约两个月前，房屋管理员陪着两名军人过来，打开柯雷莫夫的房门，拿走许多公文和书籍，临走前在房门上贴了封条。叶尼娅打量着带根细绳头的火漆印，这时女邻居在身旁说：

"拜托您了，我什么话也没有对您说过啊。"领叶尼娅出大门时，她壮着胆子悄悄对叶尼娅说："他真是个好人哪，自愿上前线打仗。"

到莫斯科后，她还没有给诺维科夫写过信。她心里像打翻了五味瓶：怜悯、爱、悔恨、前方胜利激起的喜悦、对诺维科夫安全的担心、想起他时感到的耻辱、对永远失去他的恐惧、放弃自己权利的痛苦，全掺杂在一起……

直到前不久，还在古比雪夫时，她曾打算到前线去看望诺维科夫，那时她觉得，她跟他的关系已经敲定，两人命中注定要共度余生。而现在，一想到跟诺维科夫永远结合，而跟柯雷莫夫永远分离，她就感到惊恐不安。有时她觉得诺维科夫的一切对她来说都是陌生的。他的忧虑、他的希望、他的社交圈子，都跟她格格不入。她难以想象自己在他的餐桌上给客人倒茶，接待他的朋友，跟将军们和上校们的妻子交谈。

她想起诺维科夫对契诃夫的小说《黑衣修士》和《没意思的故事》不感兴趣。相比之下，他更喜欢德莱塞①和福伊希特万格②的带倾向性的小说。现在，当她清楚地意识到与诺维科夫决裂已成定局，她再不会回到他身边时，她却感到自己对他怀有深情，常常想起他的温顺——无论她说什么，他都急忙附和。痛苦攫住了她的心——难道他的手从此再也不会触碰她的肩膀，难道她从此再也见不到他的面庞了吗？

她从未见过这样奇特的组合：力量和率真，仁慈和羞怯在他身上并行不悖。她曾对他如此着迷。残酷的狂热与他无缘，他身上有某种理智的、朴实的男子汉的善良，使他显得与众不同。但是，一想到可能有某种阴暗龌龊的东西混杂到了她跟亲人的关系中，她又感到惶恐。柯雷莫夫对她说的话是从哪儿泄露出去的？……她与柯雷莫夫的关系是严肃认真的，她不可能把他俩的共同生活一笔勾销。

她要追随柯雷莫夫。如果柯雷莫夫不肯原谅她，那也不要紧，她罪有应得，受他一辈子责备也不为过，但他需要她，他在监狱里会时刻想念她。

诺维科夫会找到力量来承受与她分手的痛苦。但她不知道怎样才能让自己内心平静——知道他不再爱她，冷静下来，原谅了她？或者，相反，知道他还爱着她，因此痛不欲生，不肯原谅她？对她自己来说，到底怎样更好：确知他俩已经彻底决裂，还是在内心深处相信两人终将破镜重圆？

她给亲近的人带来了多少痛苦。难道她所做的一切都不是为了他人的利益，而是因为她心血来潮，是为了自己？理智的疯子！

晚上，施特鲁姆、柳德米拉和娜嘉围坐在餐桌旁，叶尼娅看着姐姐，突然问道：

---

① 西奥多·德莱塞（1871—1945），美国现代小说先驱、代表性作家，有人将他与海明威、福克纳并列为美国现代小说三巨头。代表作包括《美国悲剧》《嘉莉妹妹》《珍妮姑娘》等。

② 利翁·福伊希特万格（1884—1958），德国作家，著有历史长篇小说《丑陋的女公爵马格雷特·毛尔塔施》等。

"知道我是什么吗？"

"你？"柳德米拉吃了一惊。

"是的，是的，我。"说罢，叶尼娅解释道："我是一只雌性小狗。"

"一只小母狗？"娜嘉快活地说。

"说得对，正是。"叶尼娅答道。

大家哈哈大笑，尽管谁都知道叶尼娅没有心思开玩笑。

"知道吗，"叶尼娅说，"在古比雪夫时，我那位客人，利莫诺夫，曾经向我解释所谓中年移情别恋是怎么回事。他说，这是一种精神维生素缺乏症。比如说，丈夫跟妻子生活在一起的年头长了，就会产生精神饥饿感，就像盐分摄入不足的奶牛，或者多年不见蔬菜的极地考察人员。如果妻子刚巧是个女强人，丈夫就会巴望碰到个温柔、随和、顺从、羞怯的女人。"

"你那位利莫诺夫是个傻帽儿。"柳德米拉说。

"要是一个人同时需要好几种维生素呢——A、B、C、D？"娜嘉问道。

后来，大家都已经准备睡觉了，施特鲁姆说：

"叶尼娅，我们惯于嘲笑知识分子，嘲笑他们哈姆雷特式的双重人格、多疑、优柔寡断。年轻时，我也曾鄙视自己身上这些德行。但现在我的想法不同了，我认为，优柔寡断、多疑的人做出了许多伟大发现，写出了许多伟大作品，我们应该感激他们，他们的贡献不亚于那些一根筋的家伙。必要时他们会赴汤蹈火，在战场上的表现也不会比那些一根筋的家伙差。"

叶尼娅说：

"多谢，维佳，这话是针对那条雌性小狗吗？"

"不错。"施特鲁姆肯定说。

他想对叶尼娅说点儿令人高兴的事。

"我又细看了您那幅画，叶尼娅，"他说，"里面有真感情，我喜欢它。要知道，那些左派画家的作品很大胆，有创新精神，但他们心里没有上帝。"

"嘿，真感情，"柳德米拉说，"绿色的男人，蓝色的木屋。跟现实全不搭界。"

"你知道吗，柳达，"叶尼娅说，"马蒂斯说过：'我用绿色，不一定就要画草地；用蓝色，不一定就要画天空。'颜色不过是画家内心世界的表达。"

尽管施特鲁姆只想说点让叶尼娅高兴的事，还是忍不住用嘲笑的口吻插话道：

"然而爱克曼[①]说：'假如给歌德机会来创造世界，像上帝一样，他一定会把草

[①] 约翰·彼得·爱克曼（1792—1854），德国诗人、作家，曾任歌德的私人秘书，著有《歌德谈话录》。

地做成绿的，把天空做成蓝的。'我看这话很有道理。要知道，我是专门跟物质打交道的，而上帝创造世界，用的就是物质……千真万确，我由此知道，世上既没有颜色，也没有颜料，只有原子和原子之间的空间。"

但类似话题他们谈得很少，大部分交谈都与战争和检察机关有关。

这段日子很不好过。叶尼娅打算回古比雪夫，她的休假就要到期了。

她怕回去后不好向上司交代。她是擅自来莫斯科的，这些日子里她踏破了监狱的门槛，向检察机关和内务人民委员部写了一份又一份申诉书。

她向来害怕跟政法机构打交道，害怕写呈文，每次要换身份证，她头天晚上就睡不好觉，心静不下来。可是命运弄人，近来一段时间偏偏迫使她别的什么也不干，成天就跟居住登记、身份证、警察局、检察院、传票、申诉书之类的东西打交道。

姐姐家里一片死寂。

施特鲁姆不再去上班，在自己房间里经常一坐就是好几个钟头。柳德米拉每次从限额供应商店回来，总是满脸不痛快，抱怨说熟人的妻子见了她连招呼也不打。

叶尼娅发现施特鲁姆的神经绷得紧紧的。电话铃一响他就会打哆嗦，然后快步跑过去，一把抓起话筒。吃午饭或吃晚饭时，他经常打断别人的话，厉声说："安静点，安静点，好像有人在按门铃。"说罢他就去到前厅，回来时尴尬地一笑。姐妹俩明白他为什么紧张兮兮，好像门铃随时都会响。他害怕被捕。

"迫害型躁狂症就是这么得上的，"柳德米拉说，"1937年，精神病院里挤满了这种病号。"

施特鲁姆自己成天提心吊胆，却不忘关怀叶尼娅，叶尼娅看在眼里，很是感激。有一天他说："听好了，叶尼娅，您住在我家，为一个被捕的人奔走，这事旁人怎么看，我丝毫不在乎。您明白吗？这儿就是您的家！"

晚上，叶尼娅喜欢跟娜嘉闲聊。

"你太聪明啦，"叶尼娅对外甥女说，"不像个小姑娘，倒像是个前政治苦役犯联谊会的会员。"

"不是'前'，而是'未来'，"施特鲁姆说，"你跟你那位中尉大概也谈政治吧？"

"那又怎样？"娜嘉说。

"还是亲嘴好些。"叶尼娅说。

"我也是这意思，"施特鲁姆说，"到底更安全些。"

娜嘉的确常常提及敏感话题，一会儿突然问起布哈林，一会儿又问列宁是不是真的器重托洛茨基，并且在生命的最后几个月不想见斯大林，是不是写了份遗嘱，但斯大林把遗嘱瞒了下来，没向人民公开。

叶尼娅跟娜嘉单独在一起时，并不问她洛莫夫中尉的事。但娜嘉喜欢议论政治，议论战争，议论曼德尔施塔姆和阿赫玛托娃的诗歌，议论她和同学的聚会和谈话。从这些议论中，叶尼娅了解到许多洛莫夫中尉的情况和娜嘉跟他的关系，比柳德米拉知道得还多。

洛莫夫显然是个挺尖刻的小伙子，不易相处，对一切公认的、被视为成规的东西嗤之以鼻。他自己大概也写点诗。娜嘉瞧不起杰米扬·别德内和特瓦尔多夫斯基①，动不动就嘲笑这二位，对肖洛霍夫②和尼古拉·奥斯特洛夫斯基③也不感冒，多半是受了他影响。有一次，娜嘉耸着肩膀说："革命家们不是蠢就是假，怎能鼓吹为了未来虚无缥缈的幸福而牺牲整整一代人的生活呢……"这番话的原创，显然也是洛莫夫。

一天，娜嘉对叶尼娅说：

"你知道吧，小姨，老一辈人总要信仰点什么，比如说柯雷莫夫信仰列宁和共产主义，爸爸信仰自由，姥姥信仰人民和劳工大众，而在我们新一代看来，这一切都是愚蠢的。信仰完全是一种愚昧。生活就行啦，不必信仰。"

叶尼娅突然问道：

"这是你那个中尉的哲学？"

娜嘉的回答使她大吃一惊。

"再过三个星期他就要上前线了。有道是：今日生，明日死。这就是人生的哲学。"

跟娜嘉聊天时，斯大林格勒的许多往事会浮上叶尼娅心头。当初薇拉也是这样跟她闲聊，也是这样坠入爱河。然而，薇拉朴实明确的感情和娜嘉的胡思乱想完全不同！就叶尼娅而言，当初的生活与如今的日子截然不同！人们当初对战争的看法与今天胜利日子里的看法截然不同！但战争还在继续，娜嘉所说的人生哲学依然成立：中尉"今日生，明日死"。战争才不在乎中尉是否曾经在吉他伴奏下唱过歌，是否志愿参加过伟大的建设工程，是否相信未来的共产主义王国，是否读过伊那肯

---

① 亚历山大·特里丰诺维奇·特瓦尔多夫斯基（1910—1971），苏联著名诗人，作家。曾两度出任大型文学杂志《新世界》的主编。

② 米哈依尔·肖洛霍夫（1905—1984），二十世纪苏联文学的杰出代表，1965年因其作品《静静的顿河》获得诺贝尔文学奖，曾获得列宁勋章和"社会主义劳动英雄"称号，当选为苏共中央委员、苏联最高苏维埃代表、科学院院士、苏联作家协会理事。

③ 尼古拉·阿列克谢耶维奇·奥斯特洛夫斯基（1904—1936），苏联作家，《钢铁是怎样炼成的》是其代表作。

季·安年斯基①的诗,是否怀疑许诺给未来一代代人的虚无缥缈的幸福。

有一次,娜嘉给叶尼娅看了一首手抄的劳改营歌曲。

歌曲描写了寒冷的轮船底舱,大海如何咆哮,"囚犯们忍受着颠簸,像血亲兄弟般紧紧拥抱",迷雾中,"科雷马地区首府"马加丹终于在望。

在刚返回莫斯科那些天,每当娜嘉谈起这类话题,施特鲁姆都怒气冲冲地打断她,不让她说下去。

但最近这些日子,施特鲁姆却大为改变。他现在不再克制自己,有时当着娜嘉的面也说,那些肉麻的致敬信,动辄"伟大的导师、体育工作者最好的朋友、英明的父亲、杰出的巨匠、光辉的天才"之类,还称颂斯大林如何谦虚、体贴、善良、富有同情心,等等,简直让人难以卒读。类似的宣传给人一种印象,仿佛斯大林又种地,又炼钢,又在托儿所里用汤匙喂孩子吃饭,又用机枪射击,而工人、红军战士、大学生、科学家们只有对他顶礼膜拜的份儿,假如没有斯大林,伟大的俄罗斯人民会像一群无助的牲口,统统死光。

有一次,施特鲁姆统计了一下,发现某一天的《真理报》竟八十六次提到斯大林的名字,第二天的一篇社论又十八次提到斯大林的名字。

施特鲁姆抱怨乱抓乱捕,抱怨没有自由,抱怨随便哪个没什么文化的官员只因口袋里揣着一张党票就认为自己有权指挥学者和作家,有权给他们打分,有权教训他们。

他心中产生了一种新的感觉。面对国家随意毁灭一切的意志,他的恐惧心理不断加重,伴随着与日俱增的孤独和无助,他好像一只待人宰割的小鸡,自觉在劫难逃。但这一切把他逼入了绝境,他决定干脆破罐破摔,不再战战兢兢地过日子。

一天早晨,施特鲁姆突然跑进柳德米拉的房间。柳德米拉看见丈夫兴高采烈的样子,不禁吃了一惊,这表情好久没在他脸上出现过了。

"柳达,叶尼娅,我军杀回乌克兰了,电台刚刚广播的!"

当天下午,叶尼娅从库兹涅茨桥大街回来,施特鲁姆看了看她的脸,神情仿佛早上柳德米拉看他的神情,问道:

"出什么事啦?"

"收我的包裹了,收我的包裹了!"叶尼娅一个劲儿重复。

连柳德米拉都明白,这个附有叶尼娅字条的包裹对柯雷莫夫意味着什么。

"死人复活,"她说,"想必你还爱着他,我从没见过你的眼睛像今天这样。"

---

① 伊那肯季·费多洛维奇·安年斯基(1856—1909),俄国诗人。

"你知道吗，我也许是个疯子，"叶尼娅悄悄对姐姐说，"我觉得幸福，因为柯雷莫夫很快会收到我的包裹，还因为我今天突然明白，诺维科夫不可能告密，他绝不可能干那种卑鄙龌龊的事。你明白吗？"

柳德米拉生气了：

"你不是疯子，你比疯子还糟。"

"维佳，亲爱的，给我们弹点什么吧。"叶尼娅请求道。

这段日子里，施特鲁姆一次也没有碰过钢琴。但现在他没有推辞，拿来乐谱给叶尼娅看，问她："弹这首好不好？"柳德米拉和娜嘉不怎么喜欢音乐，去了厨房。施特鲁姆开始弹奏。叶尼娅静静地听着。他弹了好久，一曲奏毕，他沉默不语，没看叶尼娅一眼，又开始弹另一支。有一会儿工夫她觉得施特鲁姆在抽泣，但她看不见他的脸。突然，房门急促地打开，娜嘉喊道：

"开收音机，正在播送命令！"

琴声停止，响起了播音员列维坦①洪钟般铿锵有力的声音。他正在宣读："……我军攻占了该城和一处重要的铁路枢纽……"然后他通告了在战斗中立功受勋的将领和部队，为首的是集团军司令员托尔布欣将军。稍后，列维坦突然用振奋的声音宣告："还有诺维科夫上校指挥的坦克军。"

叶尼娅轻轻叫了一声，后来，听到播音员用节奏分明的有力的声音说"为我们祖国的自由和独立而牺牲的英雄们永垂不朽"，她不禁哭出了声。

41

叶尼娅走了。施特鲁姆家中一派凄凉景象。

施特鲁姆常常在写字台前一坐好几个钟头，好几天不出大门。他害怕，怕一出门就会遇见讨厌他、视他如寇仇的人，看见他们无情的眼睛。

电话仿佛哑巴了，偶尔隔两三天响起一次，柳德米拉便说：

"是找娜嘉的。"一点不错，对方请娜嘉接电话。

一开始，施特鲁姆还不完全明白事情的严重性。最初几天，他坐在家里，四周一片静谧，有心爱的书为伴，没有敌意的眼光盯着他，他觉得挺安适。

但没过多久，他就受不了这种静谧了。太安静，静得他心头发毛。实验室怎样了？工作进展如何？马尔科夫在做什么？想到实验室可能正需要他，他却无所事事

---

① 苏联当时最著名的男播音员。

在家里呆坐着，他就坐立不安；但反过来，想到实验室离了他也运转得好好的，他同样感到无法忍受。

柳德米拉在街上遇见了疏散时结识的一位朋友斯托伊尼科娃，她在科学院院部工作。她原原本本告诉了柳德米拉那次学术委员会会议的情况，当时她负责记录，从头至尾做了速记。

关键的一点是：索科洛夫没有发言！什沙科夫对他说："彼得·拉夫伦季耶维奇，您跟施特鲁姆共事多年了，我们想听听您的意见。"但他就是不肯说，推说头天晚上心脏不适，说话有困难。

奇怪的是，这个消息一点也没让施特鲁姆高兴起来。

马尔科夫代表实验室发了言。跟别的发言者相比，他的话很有分寸，没有上纲上线到政治高度，只说施特鲁姆脾气不太好。发言中甚至还提到了施特鲁姆的才华。

"他不得不发言，身为党员，上头交代下来，能不说吗，"施特鲁姆说，"对他没什么好责怪的。"

但大多数发言都很高调。科夫琴科影射施特鲁姆是个无赖、骗子。他说："这个施特鲁姆拒不到会，简直太嚣张了！看来我们要用另一种语言跟他说话。这是他自找的。"

白发苍苍的普拉索洛夫，不久前还把施特鲁姆的研究成果与列别捷夫相提并论，这回在发言中说："某些人围绕施特鲁姆可疑的理论抽象大肆鼓噪，为正派人所不齿。"

物理学博士古列维奇的发言极其恶劣。他声称自己对施特鲁姆的研究成果评价过高，犯了大错。他暗示施特鲁姆具有狭隘民族主义观点，又说什么政治上迷失者，在科研中必然也迷失。

斯韦钦称施特鲁姆为"老兄"，并提到施特鲁姆说过的一段话，大意是：物理学是普世的，没有"美国的"物理学、"德国的"物理学、"苏联的"物理学，等等。

"是有这么回事，"施特鲁姆说，"但在那种会议上抖出私下交谈的内容，完全是告密行为。"

最出乎施特鲁姆意料的是，皮缅诺夫也在会上发了言。他早已跟物理所脱离关系，没人逼着他来这里表态。他检讨自己过分重视施特鲁姆的研究，而忽略了他研究中的缺点。这太令人吃惊了。皮缅诺夫不止一次说过，他对施特鲁姆的研究心悦诚服，能为该项研究的完成尽绵薄之力，他不胜荣幸。

什沙科夫简单说了几句，之后所党委书记拉姆斯科夫把决议交付会议表决。决议措辞严厉，要求管理机构把溃烂的器官从健康的集体身上摘除掉。特别令人气恼的是，决议对施特鲁姆的学术成就只字未提。

"这么说来，索科洛夫的表现还是挺正派的。但玛丽娅·伊万诺芙娜为什么彻底消失了？索科洛夫真的害怕到如此地步？"柳德米拉说。

施特鲁姆什么也没有回答。

奇怪！虽然他不是基督徒，不信奉他们"宽恕一切"的教义，但他谁也不怨。他不怨什沙科夫，不怨皮缅诺夫。对斯韦钦、古列维奇和科夫琴科也恨不起来。只有一个人，只要一想到他，施特鲁姆就怒火中烧，仿佛一块巨石压在心头，憋得他浑身发热、呼吸困难。施特鲁姆觉得，与他作对的一切残忍和不公正，全是索科洛夫引起的。可恶的索科洛夫，居然禁止玛丽娅·伊万诺芙娜跟施特鲁姆见面！多么怯懦，多么残酷，多么卑鄙下流！

但他无法对自己承认，他之所以恼怒，不仅因为他觉得索科洛夫对不起他，还因为他暗中自觉对不起索科洛夫。

现在柳德米拉老是喋喋不休地谈论一些具体问题。

住房面积超标，房管所要工资证明，食品供应卡要领，新的食品店要登记注册，下一季度的定额供应卡要办理，身份证马上过期，换新证时得提交工作单位的证明——这种种烦心事弄得柳德米拉寝食难安。还有，日常生活费用从哪里来？

以前，施特鲁姆神气十足地开个玩笑，事情就过去了："我来搞个居家生活理论课题，先盖个简易实验室。"

可现在不是开玩笑的时候。他以科学院通信院士身份领取的津贴只够勉强支付房租、别墅租金、水电费、煤气费。金钱负担之外，还有精神负担——难以排遣的孤独感。

但日子总得过啊！

去大学教书这条路看来行不通——政治上有污点的人不能跟青年学生打交道。

他能去哪里？

他在科学界地位显赫，要想找个普通工作，名声反而成了绊脚石。人事干部一听他的名字会大呼惊奇，但依然不会录用他这么个科学博士去当技术编辑或者中专物理老师。

换工作无望，生活贫困，受制于人，忍气吞声，他被这一切弄得心力交瘁时，就会想："快把我抓起来得了。"

可还有柳德米拉和娜嘉母女俩啊。她们还得活下去。

至于别墅里的草莓，想都甭想。别墅眼看就要保不住。五月份本该办理延长租赁合同的手续。别墅不归科学院管，而是跟他的工作挂钩——工作没了，别墅也就没了。疏忽之下，他还忘了按时交纳租金。他原本打算在交纳明年上半年的预付金时把拖欠的租金一次付清。然而一个月前对他来说不值一提的区区小数，现在却令他恐惧。

到哪儿去弄钱？娜嘉还需要买件大衣。

找人借钱？但假如明知还不上，就不能开口跟人借。

变卖东西？战争期间，谁要买瓷器和钢琴？再说也舍不得，柳德米拉喜欢那些收藏，即便托利亚已经不在了，她有时也会拿出来欣赏一番。

他常想，应该去趟兵役局，主动放弃科学院名下免服兵役的权利，要求上前线去当兵。

想到这里，他内心渐渐平静下来。

但随后恼人的念头又会折磨他。他走了，柳德米拉和娜嘉怎么过？当教师？出租一个房间？但房管所和警察局马上会干涉。半夜三更上门搜查，罚款，记录在案。

对普通老百姓而言，房管员、片警、区房管处视察员、人事处女秘书，一个个都有权有势，威风凛凛，无比能干。坐在票证管理处柜台后面的小丫头，在一个生活无依的人眼里，也会显得权力大如天。

恐惧、无能为力、缺乏自信，每天从早到晚无时无刻不压在施特鲁姆心上的就是这种感觉。但这种感觉不是单一的、一成不变的。一天的不同时段有不同的恐惧，不同的愁闷。大清早，从暖暖的被窝中爬起来，窗外寒气逼人，天光黯淡，他通常会感到一种孩子似的无助，想钻回被窝，将身子缩成一团，眯起眼睛，屏住呼吸。

上半天，他渴望工作，特别特别想去所里。这几个钟头，他觉得自己对谁都毫无用处，愚蠢，平庸。

仿佛国家在盛怒之下不仅能够剥夺他的自由、安宁，而且能够剥夺他的智慧、才干和自信，能够把他变成一个平庸、迟钝、沮丧的庸人。

临近午饭时，他精神抖擞，心情开朗了。但一吃过午饭，他马上又陷入枯燥乏味、无所用心的郁闷。

暮色渐深，恐惧随之加剧。维克托·帕甫洛维奇现在害怕黑暗，就像黄昏时分被困在森林里的石器时代的野蛮人一样。恐惧变得越来越重，越来越浓……他回想往事，思索现在。窗外黑暗的夜色中，躲不开的残酷命运在观望。看哪，街上就要传来汽车驶近的声音，门铃就要响起，房间里就要充斥吱吱嘎嘎的皮靴声。哪里躲去！但突然间，一股幸灾乐祸的冷漠涌上他心头！

施特鲁姆对柳德米拉说：

"在沙皇时代，那些反对专制统治的贵族，日子其实很好过。一旦失宠，坐上四轮弹簧马车驶出京城，直奔奔萨^①的庄园！在那里可以打猎，可以享受乡村生活的乐趣，有邻居，有花园，还可以写写回忆录之类。而你们这些信奉伏尔泰主义的先生，试想这种境遇吧：发给你两个星期的解职费，外加一份鉴定材料，装在封口的信封里。拜鉴定材料的福，连个扫院子的职位都没人会给你。"

"维佳，"柳德米拉说，"我们熬得过去！我可以在家里接活儿，做针线或者绘丝巾。要不我就去当实验员。不管怎样，我会设法挣钱养活你。"

施特鲁姆吻她的手。她搞不懂，为什么他脸上会流露出如此痛苦的歉疚表情，眼里充满哀伤、乞求……

施特鲁姆在房间里走来走去，低声哼着一支古老的抒情歌曲：

……他被人遗忘，孤独地躺着……

娜嘉听说父亲想上前线当志愿兵，便说：

"我们学校有个小姑娘，名叫托尼娅·科甘，她爸爸就是志愿上前线的。他是研究古希腊的专家，分配到奔萨的一个后备团，任务是打扫厕所、扫地。有一次，连长正路过，他眼睛近视没看清，把垃圾扫到了连长身上，连长照他耳朵就是一拳，鼓膜都打穿了。"

"那好说，"施特鲁姆说，"我尽量不把垃圾扫到连长身上就是。"

现在，施特鲁姆跟娜嘉谈话，像跟大人谈话一样。他好像从来没有对女儿这么好过。让他深为感动的是，最近娜嘉一放学就回家，他觉得，女儿是不想让他担心。跟父亲谈话时，她那双惯于嘲讽的眼睛里有一种新的、严肃而又温柔的表情。

一天晚上，施特鲁姆穿好衣服，朝研究所方向走去，他想看看实验室的窗户：灯亮着吗，晚班人员来上班了吗，也许马尔科夫已经完成了设备安装工作？但还没到研究所，他害怕遇见熟人，便拐进一条胡同，转身回家。胡同里空无一人，一片漆黑。突然，一种幸福感觉涌上他心头。积雪、夜空、凛冽清新的空气、脚步声、枝叶隐没在夜色中的树木、从一座木头平房的迷彩窗帷后面透出的一道狭窄光亮——这一切是那么美好。他呼吸着夜晚的空气，走在寂静的胡同里，没有人盯着他看。

---

① 奔萨在俄罗斯欧洲部分中南部，首府为始建于1663年的奔萨市，跨伏尔加河支流苏拉河两岸，为俄罗斯民族古老文化中心之一。

一个人能如此自由自在地活着，夫复何求？但一走近家门，幸福感就全消失了。

最初几天，施特鲁姆紧张地等玛丽娅·伊万诺芙娜来他家。日子一天天过去，可玛丽娅·伊万诺芙娜没有给他打电话。他被剥夺了一切：工作、名誉、安宁、自信。难道他最后的庇护所——爱情，也要被人剥夺吗？

有时他真绝望了，两手扯着头发，似乎不见她就无法活下去。有时他喃喃自语："算了，算了，算了。"有时他对自己说："现在谁还需要我啊？"

尽管陷入深深的绝望，他心里还有一个亮点，那就是问心无愧的感觉，他和玛丽娅·伊万诺芙娜都保持着这种感觉。他们自己承受痛苦，没有让他人遭罪。但他也明白，他所有的想法，无论是达观的、心平气和的，还是愤恨不平的，都不能解开他的心结。对玛丽娅·伊万诺芙娜的怨恨，对自己的嘲笑，对不可避免的结局逆来顺受，对柳德米拉的责任感，自己良心的安宁——这一切仅仅是他压制绝望情绪的手段。每当他想起玛丽娅·伊万诺芙娜那双眼睛，想起她的声音，无可名状的惆怅便在他心中滋生。难道他再也见不到她了？

有一天，不可避免的分离、失去挚爱的感觉变得实在难以忍受，维克托·帕甫洛维奇厚着脸皮对柳德米拉·尼古拉耶芙娜说：

"知道吧，我很担心马季亚罗夫，不知他是否一切顺利。有人有他的消息吗？也许你可以打电话问问玛丽娅·伊万诺芙娜，啊？"

最令人吃惊的莫过于他还能继续工作。他工作着，但忧愁、焦虑、痛苦对他的折磨也在继续。工作并不能帮助他抗衡忧愁和恐惧，也不能治好他的心病。他并不是想通过工作来摆脱压抑的思绪和内心的绝望，对他来说，工作的作用远大于药物。

他工作，是因为他不能不工作。

42

柳德米拉告诉丈夫，她遇到了房屋管理员，他请施特鲁姆到房管所去一趟。

他们开始猜测事情的缘由。超标的住房面积？更换身份证？兵役局核查？也许有人打了小报告，说叶尼娅在施特鲁姆家里住了好些天，没报临时户口？

"你问他一声就好了，"施特鲁姆说，"省得我们在这里瞎琢磨。"

"当然，是该问一声，"柳德米拉同意，"但我当时蒙了，因为他说：'明天早晨让您丈夫来一趟吧，反正他现在不用上班了。'"

"我的老天，他们全都知道了。"

"是啊，你想想，管院子的，开电梯的，邻居家的保姆，全都盯着我们哪。有什么可奇怪的？"

"是的，是的。还记得吗，在战前，家里来了个年轻小伙子，手里拿了个红皮小本本，让你告诉他，什么人经常去周围邻居家？"

"怎么不记得，"柳德米拉说，"我当时就把他噎了回去，他半天说不出话来，快到门口才蹦出一句：'我还以为您觉悟挺高呢'。"

这件事柳德米拉翻来覆去讲过好多次，往常他一听她说这个就赶紧插几句，让她讲得简短点，这次他却没催她，倒是不厌其烦地让妻子讲得更详细些。

"我在想，"她说，"是不是我在市场上卖了两块桌布那档子事？"

"不会吧，要不干吗让我去，应该找你呀。"

"也许想让你签个证词之类？"她犹豫不决地说。

种种阴郁的念头充斥在他脑际。他不停地回想自己跟什沙科夫和科夫琴科的谈话——该说的不该说的他都对他们说了。他回想大学时代那些争论，该发的不该发的议论他都发了。他跟柳德米拉的弟弟德米特里争论过，跟柯雷莫夫争论过，当然，有时候他也赞同柯雷莫夫的看法。但说到底，他这一辈子从来不是党的敌人，不是苏维埃政权的敌人，一分钟也不是。可突然，他回想起自己在某时某地说过的一句特别尖锐的话，于是腿都软了。看看柯雷莫夫！意志坚定、无私无畏的共产党员，狂热的革命信徒，对现存秩序从不怀疑，现在却被抓起来了。再想想自己跟马季亚罗夫、卡里莫夫那些活见鬼的晚间聚谈！

奇怪！

通常一到黄昏时分他就心神不宁，总觉得马上就有人来抓他，恐惧感越来越深，越来越广，越来越重。最后，他终于觉得无可逃避，唯有死路一条。但这么一想他又高兴起来，好像卸下了肩头重担，心里骂道："见他妈的鬼去吧！"

想到人们对他研究工作的不公正评价，他气愤难平。但随即他又想，自己的才能不过尔尔，所做的研究只不过是对现实世界并不高明的嘲弄；当这个想法不再是一种想法，而成为对他真实生活的一种认知时，他又高兴起来。

现在他根本不考虑认错。他这么渺小，这么无知，认错不认错，都改变不了什么。谁也不需要他。在愤怒的国家面前，不管认错不认错，他都是微不足道的。

柳德米拉在这段时间人也整个变了。她不再给房屋管理员打电话说："马上派个锁匠过来"，也不再跑到楼梯上去问："谁又把垃圾倒在垃圾管道外面啊？"她的穿着打扮也叫人摸不着头脑。有时上限额商店买菜油，她毫无必要地穿上那件贵重的皮大衣，有时却又系上一条破旧的灰头巾，穿上那件早在战前就打算送给电梯女操作员的旧大衣。

施特鲁姆常常看柳德米拉一眼，然后想象再过十到十五年，他俩会变成什么模样。

"记得吗，契诃夫的《黑衣修士》里有这么个情节：老妈妈出去放牛，对旁边的女人说她儿子当过主教，但没人相信她。"

"读那部作品时我还是个小姑娘呢，好久以前的事，情节记不清了。"柳德米拉说。

"那就再读一遍呗。"施特鲁姆气呼呼地说。

柳德米拉对契诃夫的作品很淡漠，为此施特鲁姆终生不能释怀。契诃夫的许多小说，他怀疑她根本没读过。

但是，奇怪，奇怪！他越是感到无助、虚弱，越是接近于最混乱无序的精神状态，在房屋管理员、票证管理局的姑娘、办理身份证的工作人员、人事干部、实验员、科学家、朋友，甚至亲人，甚至切佩任，甚至妻子的眼里越是渺小，在玛丽娅眼里他就越亲近、越宝贵。他们没有见面，但他知道这一点，感觉到了这一点。每当他遇到新的打击，遭到新的屈辱，他便在心里暗暗问她："你看见我了吧，玛莎？"

他就这样坐在妻子身边，跟她说着话，想着对她秘而不宣的心事。

电话铃响了。现在，电话铃声带给他们的只有惊惶，就像报告噩耗的夜间电报。

"噢，应该是找我的，关于我去一个单位临时上班的事。他们答应过给我打电话。"柳德米拉说。

她摘下话筒，眉毛忽地挑了起来，说道：

"他这就来。"

"找你的。"她说。

施特鲁姆拿眼睛问她："谁呀？"

柳德米拉捂住话筒，说：

"陌生声音，想不出是谁。"

施特鲁姆接过话筒。

"好吧，我等着。"说罢，看着柳德米拉询问的眼睛，他在小桌上摸到一支铅笔，在一张纸片上歪歪扭扭写了几个字母。

柳德米拉无意识地、慢吞吞地在自己身上画了十字，然后对着施特鲁姆画了个十字。两人沉默着。

"……这里是全苏各广播电台联播。"

1941 年 7 月 3 日，一个声音向苏联人民、军队和全世界发表了广播演说："同志们！公民们！兄弟姐妹们！……"现在，与那个声音不可思议地相似的声音，对这边手握电话筒的一个人说道：

"您好，施特鲁姆同志。"

在那几秒钟里，纷乱无序的各种想法和零七八碎的各种感觉一齐涌上心头：胜利的喜悦，软弱感，被什么人的恶作剧欺骗的担心，写得密密麻麻的手稿，一页页档案填写材料，卢比扬卡广场上那座大楼……

维克托清楚地知道他命运的转机已经到来，但他又因为失去某种可爱得离奇、动人、美好的东西而感到悲伤。

"您好，约瑟夫·维萨里昂诺维奇①，"施特鲁姆说，难以想象自己在电话里说出了这句非同寻常的话，"您好，约瑟夫·维萨里昂诺维奇。"

谈话持续了两三分钟。

"我觉得您的研究方向很有意义。"斯大林说。

他的声音很缓慢，带有浓重的喉音，对某些字眼加以强调，听起来好像什么人在刻意模仿施特鲁姆从收音机里听到的那个声音。有时施特鲁姆在自己家里搞笑时，也这样模仿过。在代表大会上听过斯大林讲话或应召见过他的人，也曾这样描绘过这个声音。

不会是什么人在恶作剧吧？

"我相信自己的研究。"施特鲁姆说。

斯大林沉默了一会儿，似乎在琢磨施特鲁姆的话。

"您是否因为战时条件而缺乏相关的国外文献？设备能保障吗？"斯大林问。

施特鲁姆回答时的真诚，连他自己都感到吃惊：

"非常感谢，约瑟夫·维萨里昂诺维奇，工作条件完全正常，非常好。"

柳德米拉听着双方交谈，站得规规矩矩，仿佛斯大林能看见她似的。

施特鲁姆朝她挥了挥手："坐下吧，多不好意思……"斯大林沉默着，显然又在琢磨施特鲁姆的话，然后说："再见，施特鲁姆同志，祝您研究工作顺利。"

"再见，斯大林同志。"

施特鲁姆放下话筒。

夫妻俩面对面坐着，几分钟前谈论柳德米拉在季申斯基市场上卖掉的两块桌布时，他们也是这样坐着。

"祝您研究工作顺利。"突然，施特鲁姆仿着浓重的格鲁吉亚口音说。

---

① 即斯大林。

餐柜、钢琴、椅子居然都是老样子，起先说到房屋管理员时摆在桌上的两只没洗的盘子居然原地未动，这实在不可思议，人简直要发疯了。难道不是一切变了，一切都大翻个儿了吗？另一种命运难道不是在等待着他们吗？

"他对你说什么了？"

"也没什么特别的，他问，缺乏国外文献影响到研究没有。"施特鲁姆说，尽量摆出一副平静、无动于衷的模样。有那么一小会儿，他为充溢心头的幸福感觉得羞愧。

"柳达，柳达，"他说，"看见了吧，我没检讨，没低头，没给他写信。是他自己，他自己打来电话的！"

不可思议的事情发生了！这件事的影响怎么说也不为过。那是他施特鲁姆吗——辗转反侧夜不能寐，填履历表时精神恍惚，抱着脑袋猜想学术委员会会议在如何批判他，苦苦回想自己的失言，暗中后悔不迭，请求宽恕，等待被抓，担心受穷，想起要跟办理身份证的工作人员和票证管理局的年轻女职员打交道而心里发毛？

"我的天哪，天哪！"柳德米拉说，"托利亚永远没机会得知这件事了。"她走到托利亚的房间门口，打开了门。

施特鲁姆从电话机上拿起话筒，马上又放了回去。

"万一是什么人恶作剧呢？"他说，走到窗前。

窗外，街上空空荡荡。一个穿棉袄的女人从街上走过。

他又走到电话机前，弯起一根指头在话筒上敲出鼓点。

"我的声音听起来怎样？"他问道。

"你说得很慢。知道吗，我都搞不明白为什么我突然站了起来。"

"是斯大林嘛！"

"说不定真的是恶作剧？"

"瞧你说的，谁敢呀？开这种玩笑，少说也得判十年。"

一小时之前他还在房间里踱着，回想着戈列尼谢夫－库图佐夫[①]的那支抒情歌曲：

　　……他被人遗忘，孤独地躺着……

斯大林的电话！莫斯科每年都有一两次传闻：斯大林给电影导演杜甫仁科打电话了；斯大林给作家爱伦堡打电话了。

---

① 伊万·洛吉诺维奇·戈列尼谢夫－库图佐夫（1729—1802），俄国海军上将，军事教育家。

他用不着下命令给某人颁奖，给某人一套住房，为某人建立一个科研所。他太伟大了，这些具体事务用不着他开口，助手们自然会办得妥妥帖帖，他们从他的眼神、语气就能揣摩到他的意图。他只要和蔼地对某人一笑就够了，此人会立刻时来运转，从默默无闻的三流角色一步登天，荣誉、尊敬、权力会雨点般落到他身上。成十上百个有权有势的人物见到这位幸运儿都得低头，因为斯大林曾经对他微微一笑，打电话时还跟他开过玩笑。

人们口口相传这类电话的详细内容，斯大林说的每个字都让人吃惊。他用的字越是平淡无奇，就越发令人震惊，似乎斯大林说话非得异于常人不可。

据说，有一次斯大林给一位著名雕塑家打电话，开玩笑地说：

"你好，老酒鬼。"

还有一位名人，一个非常善良的人，他的一个好朋友不幸被捕了。斯大林打电话给名人，向他了解被捕者的情况。名人一时慌张，回答有点含糊，于是斯大林说：

"您为朋友做的辩护不太得力啊。[1]"

传说有一次他给一家青年报社的编辑部打电话，报社副总编说：

"我是布别金。"

斯大林问道：

"布别金是谁啊？"

布别金回答说：

"你应该知道的。"说罢，"啪"的一声撂下话筒。

斯大林又打给他，对他说：

"布别金同志，我是斯大林，请您解释一下，您究竟是谁啊？"

据说，这个事件之后，布别金神经大受刺激，住了两星期医院才治好。

他一句话就可以让成千上万人丢掉性命。元帅、人民委员、党中央委员、州委书记等等，昨天还统领集团军、方面军，掌管边疆区、加盟共和国、大型工厂，今天就可能因为斯大林一怒之下的一句话而变得寂寂无名，沦为劳改营囚犯，端着饭盒在劳改营厨房外面等着人家给一份寡盐少油的稀菜汤。

据说，一天夜里，斯大林和贝利亚去看望一位刚刚从卢比扬卡释放出来的老布尔什维克，一个格鲁吉亚人[2]，在他的住处待到天明，弄得公寓里的居民夜间不敢上厕所，早上不敢出门上班。据说夜里给客人开门的是一位助产士，一位老资格房客。她穿着睡衣走到门口，手里还抱了只哈巴狗，很生气这些半夜三更扰人清梦

---

① 此处"被捕者"似指曼德尔施塔姆，"名人"指帕斯捷尔纳克。

② 斯大林是格鲁吉亚人。

的不速之客没按规定的次数摁门铃。后来她告诉别人："我打开门，看见一幅肖像，然后肖像开始移动，就这么朝我走过来。"据说，斯大林走进楼道后，对着贴在公用电话机旁的一张纸头看了好半天。这张纸是住户们用来计算每家该付的电话费的，上面用道道杠杠标出了住户使用电话的次数。

这些传说之所以既令人吃惊，又让人好笑，恰恰因为所说的话、所处的环境太寻常，不像真正发生过。斯大林在公共住宅的楼道里迈着步子！

要知道，只要他一句话，规模宏大的建设工程便破土动工，伐木工人便一队队向原始森林进发，数以十万计的人群便去开掘运河，建造城市，在极地和永久冻土地带筑路。他是伟大国家的象征。斯大林宪法像太阳般普照大地……斯大林的党……斯大林的五年计划……斯大林的建设工程……斯大林的战略……斯大林的航空事业……伟大国家通过他，通过他的性格和习气，得以体现。

施特鲁姆一遍又一遍地重复着：

"祝您研究工作顺利……您的研究方向很有意义……"

现在清楚了，斯大林知道国外开始重视研究热核反应的物理学家。

施特鲁姆感觉得到，围绕热核反应研究出现了一种奇怪的紧张气氛。他从英、美物理学家论文的字里行间，从违背逻辑思维规律、欲言又止的措辞中捕捉到了这一动向。他注意到，一些经常发表成果的研究人员的名字从物理学杂志上消失了，研究重核裂变的专家仿佛人间蒸发了，没人再提及他们的研究。他发现，只要问题涉及铀原子核的裂变，紧张和沉默就越发严重。

切佩任、索科洛夫、马尔科夫不止一次谈到这些话题。前几天切佩任还谈到，有些人目光短浅，看不到有关中子对重核之作用的研究可能有很实际的应用前景。但切佩任本人却不愿涉足这一领域……

在充满士兵皮靴的咔嗒声和坦克履带的嘎嘎声，弥漫着战火和硝烟的空气中，一场新的、无声的紧张较量正在展开。于是，全世界最强有力的那只手拿起了电话筒，一位理论物理学家便听到一个缓慢的声音："祝您研究工作顺利。"

一个新的、难以捉摸的、无声的淡淡阴影笼罩在被战火烧焦的土地上，笼罩在老人和孩子们的头上。人们没有察觉到它，对它一无所知，没有预料到一种注定要来临的力量就要诞生。

从数十名物理学家的办公桌，从写满希腊字母 beta、alpha、xi、gamma、sigma①的纸头，从图书馆的一排排书柜和实验室的一个个房间到那个操控宇宙的魔

----

① 原文为英文，对应的中文分别是：贝塔、阿尔法、克赛、伽马、西格玛。

鬼般的力量——显示国家权力的未来权杖，还有很长的一段路要走。

但步子已经在这条路上迈出，无声的阴影越来越浓，正在变成一片漆黑，可以把庞大的莫斯科和纽约置于其笼罩之下。

施特鲁姆的研究终于取得胜利，他的研究成果本来似乎会锁在家中写字台抽屉里，永世不见天日，现在可以脱离樊笼，进入实验室，被教授们在讲课中、报告中引用了。但他在这一天高兴的并不是这个。他想到的也不是科学真理的侥幸成功，不是自己的胜利——他现在又可以推动科学进步，可以提携后进，他的名字又可以出现在杂志和教科书上，他又可以因自己的想法是否与计数器和照相胶片上的实际指标相符合而激动了。

攫住他的是一种完全不同的兴奋：他终于战胜了迫害他的人，他的虚荣心得到了满足。尽管几天前他还觉得自己并不记恨他们，直到今天他也不想报复他们，不想伤害他们，然而回想起他们对他干的种种坏事，回想起他们的虚伪、残忍、怯懦，他全身心都充满了幸福。他们当初对他越是粗野、越是下流，此刻回想起来他就觉得越是甜蜜。

娜嘉从学校回来，柳德米拉向她喊道：

"娜嘉，斯大林给你爸爸打电话了！"

女儿大衣脱了半截就跑进房间，围巾在地板上拖着，施特鲁姆见此情景，更加清楚地感觉到，那几十个整人的家伙今天或明天得知这个消息之后，会多么张皇失措。

大家坐下来吃午饭，但施特鲁姆突然放下汤匙，说道：

"我一点也不想吃。"

柳德米拉说：

"这下那些整你害你的人算是把脸丢尽了。我能想象，你们所里和科学院里会是什么景象。"

"对对对。"他说。

"妈妈，现在你去限额商店，太太们又要对你点头哈腰、笑脸相迎了。"娜嘉说。

"对对。"柳德米拉说，冷笑一声。

施特鲁姆一贯瞧不起阿谀奉承之徒，然而现在想到阿列克谢·阿列克谢耶维奇·什沙科夫谄媚的微笑，他却很开心。

奇怪啊，奇怪！在他此刻体味到的喜悦和胜利中，始终掺杂着一种发自内心深处的惆怅，掺杂着对某种宝贵的、隐秘的东西的惋惜，这种东西似乎正在离他而去。他好像做了什么错事，对不起什么人，但又搞不清楚到底错在哪里，对不起谁。

他喝着爱喝的土豆荞麦粥，想起了童年时代一次洒泪的经历。那是一个春天的夜晚，他漫步在基辅街头，栗树花开得正茂，枝叶间现出闪烁的繁星。当时的世界在他看来多么美好，未来多么远大，充满神奇的光和善。今天，在命运转折之际，他仿佛在说"再见"——告别他对神奇的科学所怀有的纯洁、稚气、近乎宗教式的爱恋，告别几周之前他体验到的感情，那时他战胜了巨大的恐惧，最终没有对自己撒谎。

他能向其倾诉自己想法的人只有一个，但这人不在他身旁。

奇怪。他心里有一种迫不及待的感觉，渴望每个人都马上知道发生了什么事。他切盼这个消息传到研究所、大学课堂、党中央委员会，传到科学院、房管所、别墅管理处，传到各个教研室、各个科学协会。至于索科洛夫会不会得知这个消息，施特鲁姆无所谓。但玛丽娅·伊万诺芙娜，施特鲁姆不是凭理智，而是从心灵深处，不想她知道这个消息。他猜想，陷于迫害和不幸中的他，也许会赢得更多的爱。他能感觉得到。

他对妻子和女儿讲了斯大林的一桩逸事，这故事其实母女俩早在战前就听过了。一天夜里，斯大林现身在一个地铁车厢里，他喝得略微有点高，在一个年轻女人身边坐下来后，问她道：

"有什么我能为您效劳之处吗？"

那女人说：

"我很想看看克里姆林宫。"

斯大林想了一会儿才回答：

"这事，也许我能为您办到。"

娜嘉说：

"你瞧，爸爸，今天你太厉害了，妈妈居然没打断你的话，而是允许你把故事从头讲到尾。要知道，这个故事她已经听了一百一十回了。"

于是，他们又一次——第一百一十一次，嘲笑那位天真纯朴的女人。

柳德米拉问道：

"维佳，要不要喝一杯，庆祝一下？"

她取出一盒糖果，本来是给娜嘉当生日礼物的。

"吃吧，"柳德米拉说，"不过，娜嘉，可别像头饿狼似的。"

"爸爸，你听我说，"娜嘉说，"我们干吗嘲笑地铁里那个女人？你干吗没求他过问一下德米特里舅舅和柯雷莫夫姨父的事？"

"你说什么哪，那哪儿成啊？"施特鲁姆说。

"我觉得成。如果是姥姥，上来就会说。我肯定她会说。"

"可能，"施特鲁姆说，"她可能会说。"

"好了，别说傻话了。"柳德米拉说。

"才不是傻话，这关系到你弟弟的命运啊。"娜嘉说。

"维佳，"柳德米拉说，"该给什沙科夫打个电话。"

"看来，你对发生的事情还没充分理解。用不着给任何人打电话。"

"给什沙科夫打一个吧。"柳德米拉固执己见。

"我给什沙科夫打电话？在斯大林对我说了'祝您研究工作顺利'之后？"

这天，施特鲁姆身上产生了一个古怪的新感觉。以前他总是气愤人们神化斯大林。各种报纸从头版到最后一版，处处都是他的名字。到处是他的肖像、半身塑像、全身塑像，歌颂他的大合唱、诗歌、颂歌……

他被称作为父亲、天才……

施特鲁姆最气不过的是，斯大林的名字盖过了列宁的名字，人们把他的军事才能与列宁治国的雄才大略相提并论。在阿列克谢·托尔斯泰①的一个剧本里，列宁殷勤地划火柴为斯大林点烟斗。在某个画家的笔下，斯大林昂首阔步走在斯莫尔尼宫的台阶上，而列宁像只矮脚鸡似的急急忙忙跟在他身后。如果一幅美术作品描绘列宁和斯大林在人民群众中，那么亲切地望着列宁的都是老人、妇女和孩子，而全副武装的巨人们——腰上挂着机枪子弹带的工人和水兵——身子全都朝着斯大林。历史学家们写到苏维埃国家生活中的紧急关头，如平定喀琅施塔得叛乱、保卫察里津、击退波兰人的进攻时，竟说列宁经常向斯大林讨教。对斯大林参加过的巴库罢工，他一度编辑过的《斗争报》，党史作者给予的篇幅竟比其他任何一个俄国革命运动都大。

"《斗争报》，《斗争报》，"施特鲁姆生气地重复着，"我们有过热里亚鲍夫②、有过普列汉诺夫、克鲁泡特金，有过十二月党人，而现在只有一个《斗争报》，《斗争报》……"

上千年来，俄罗斯一直是个专制独裁的国家，是沙皇和宠臣们统治的国家。但在上千年的俄国历史上，没有一个君王拥有过像斯大林这样大的权力。

然而今天，施特鲁姆既未感到气愤，也未感到恐惧。斯大林的权力越大，颂歌和定音鼓越响亮，那尊活神仙脚下燃起的香火烟雾越是浓密，施特鲁姆体会到的幸

---

① 阿列克谢·尼古拉耶维奇·托尔斯泰（1882—1945），俄罗斯著名作家，代表作为《苦难的历程》。

② 安德烈·伊凡诺维奇·热里亚鲍夫（1851—1881），俄国民粹派分子，谋刺亚历山大二世的组织者之一，被处绞刑。列宁曾高度评价热里亚鲍夫，将其与罗伯斯庇尔和加里波第并称。

福和激动就越强烈。

日近黄昏，恐惧感却未随之而来。

斯大林和他通了电话！斯大林对他说："祝您研究工作顺利。"

天黑后，他来到街上。

在这个黑暗的晚上，他不再感到无助、无望。他很平静。他知道签发逮捕证的机关已经弄清了状况。想到柯雷莫夫、德米特里、阿巴尔丘克、马季亚罗夫和切特韦里科夫，他心里五味杂陈。他们的命运没有成为他的命运。想起他们，施特鲁姆觉得难过，但同时又有一种疏离之感。

施特鲁姆为终于挽回局面而感到幸福。是他的精神力量和他的头脑为他赢得了胜利。学术委员会审判他那天，他觉得母亲似乎就站在他的身旁，当时他也为之感到幸福。今天的幸福与那一天的幸福很不一样，但他不想深究其原因。马季亚罗夫会不会被捕，柯雷莫夫会不会说什么于他不利的话，他现在都无所谓了。平生头一回，他不再为自己孟浪的玩笑和轻率的言论而担惊受怕。

夜里很晚，柳德米拉和娜嘉已躺下睡觉，电话铃声突然响起。

"您好。"声音不大。一股热浪涌上施特鲁姆心头，他好像比白天接那个电话时更激动。

"您好。"他说。

"我不能不听到您的声音。对我说点什么吧。"她说。

"玛莎，亲爱的玛莎。"一言未毕，他便哽住了。

"维克托，我亲爱的，"她说，"我不能向彼得·拉夫伦季耶维奇撒谎。我告诉了他我爱您。我向他做了保证，永远不再见您。"

第二天早晨，柳德米拉走进他房间，抚摩他的头发，在他额头上吻了一下。

"我在梦中听见你跟什么人打电话。"

"没有啊，是你的错觉吧。"他平静地望着她的眼睛，说道。

"别忘了，你得上房屋管理员那儿去一趟。"

43

在看惯了军装和制服的人眼里，侦查员的西装上衣显得有点怪。他的脸倒很平常，黄黄的，缺乏血色，很多坐办公室的少校和政工干部都是这种脸色。

开头几个问题回答起来很轻松，甚至让人觉得愉快，仿佛其余的问题也会同样清楚，就像姓、名字和父称一样，简单明了。

被捕的人回答得很匆忙，大概想尽快帮侦查员把问题弄清楚。要知道，侦查员对他还一无所知呢。一张办公桌隔在他们两人中间，但却隔不断他们之间的联系。他们都是党员，都缴纳党费，都看过电影《夏伯阳》，都在党中央听取过指示，在"五一"节前几天，都曾被派到工厂去作过报告。

侦查员提了一大堆问题，都是例行公事。被捕者觉得心里更加有底了。很快就会说到实质性问题，到时他会解释清楚自己是如何率领部下突围的。

终于，一切都弄清楚了：坐在桌前的这个胡子拉碴、军便服领子敞开、纽扣被扯掉好几颗的生物体有名字，有姓，有父称，生于秋天，俄罗斯族，参加过两次世界大战、一次国内战争，未参加过反动组织，未接受过法庭审讯，拥有二十五年联共（布）党龄，曾当选为共产国际代表大会代表、太平洋地区工会代表大会代表，未获得过勋章和荣誉武器……

柯雷莫夫的心思全在那次突围上，老想着随同他转战于白俄罗斯沼泽地和乌克兰田野的部下。

他们中间有谁被捕了？谁在受审时意志崩溃，丧失了良心？但劈头而来的一个问题却涉及久远的年代，与那次突围全然无关，柯雷莫夫不禁大吃一惊：

"请问您是什么时候认识弗里茨·哈肯的？"

他沉默良久，然后说：

"如果我没记错，是在全苏工会中央理事会，在托姆斯基①的办公室跟他认识的。如果我没记错，是在 1927 年春天。"

侦查员点了点头，仿佛他早已知道这段久远的往事。

然后他叹了口气，打开一个标有"永久保存"字样的卷宗，不慌不忙地解开白色绦带，开始翻阅一页页材料。柯雷莫夫隐约看到用各种颜色的墨水书写的材料，还有一些材料是用打字机打的，有的不空行，有的是双行间距，间或有用红、蓝铅笔或普通铅笔写下的简略批语。

侦查员慢慢翻阅着卷宗材料，好像一个学霸作势翻阅教科书，其实早知道这门课他已经十拿九稳。

他偶尔抬起眼睛看柯雷莫夫一眼，这时他又好像一位画家，正在察看画稿是否与模特儿对得上：外在特征、气质、心灵的窗户——眼睛……

侦查员的目光变得很阴冷……他那张脸很平常，1937 年以后，柯雷莫夫经常在

---

① 米哈伊尔·帕夫洛维奇·托姆斯基（1880—1936），苏联党和国务活动家，工会领导人。曾任俄共（布）中央政治局委员、全苏工会中央理事会主席、最高国民经济委员会主席团委员等职务。在 1930 年代苏联大清洗中被逮捕，后自杀身亡。1988 年苏共中央为其平反，恢复名誉，恢复党籍。

区委、州委、区警察局、图书馆、出版社等地方碰到这类面孔。但这张脸突然失去了常态。柯雷莫夫觉得，侦查员全身好像由一个个立方体组成，但这些立方体并没有连接成一个整体，没有组合成一个人。一个立方体上长着眼睛，另一个立方体上长着动作迟缓的手，第三个立方体上长着提问的嘴巴。这些立方体混在一起，比例失调，嘴巴大得不合理，眼睛比嘴巴低，长在紧皱的额头上，额头却占了本来属于下巴的位置。

"喏，原来如此。"侦查员说，他脸上的各个器官又恢复到正常人的模样。他合上卷宗，卷曲的绦带忘了系上。

"像只松了鞋带的鞋。"裤子和衬裤纽扣被扯掉的生物体在想。

"共产国际，"侦查员缓慢而庄重地说，然后又用平常语气补充道，"尼古拉·柯雷莫夫，共产国际工作人员。"接着他又缓慢而庄重地说："第三共产国际。"

然后他默默地沉思了好久。

"啊，还有那个风流娘儿们穆西卡·格林贝格！"侦查员突然说，口吻中透着机灵和狡黠，好像一个男人对另一个男人聊起后者的隐私。柯雷莫夫窘得无地自容，脸涨得通红。

是有过这么回事！不过那是陈年旧事了，虽然他至今还感到羞愧。他那时好像已经爱上了叶尼娅。记得是下班后去看一个老朋友，打算还钱给他，好像是出差前跟他借了路费。后来发生的一切他记得清清楚楚，没有什么"好像"了。康斯坦丁不在家。可他从来没喜欢过那个女人，她烟瘾很大，嗓音低沉，不管说起什么事情都自信心满满。她在哲学所担任党委副书记，长得确实漂亮，像俗话所说，是个勾魂的娘儿们。没错，他在长沙发上搂住了康斯坦丁的老婆，后来又跟她幽会过两次……

一小时之前他还在想，这个侦查员多半是从农村地区提拔上来的，对柯雷莫夫的情况不会知道多少。然而时间慢慢过去，侦查员咬住柯雷莫夫不放，反复盘问曾与柯雷莫夫共事的外国共产党员的情况，他知道他们的小名、诨号，知道他们的妻子和情妇的名字。他掌握的材料这么多，事情看来不妙。即便他柯雷莫夫是个顶顶了不起的大人物，即便他的每句话都具有重大历史意义，也不值得把这么多陈芝麻烂谷子的小事收到这份卷宗里面啊。

然而，小事大事都是事。

无论他走到哪里，都会留下他的足迹，随从们寸步不离地跟着他，记住了他的生活。对某个同志所作的略含嘲讽的评语，对读过的某本书所下的一两个字的评论，生日酒席上打趣的祝酒词，一通三分钟的电话，写给会议主席团的一张尖刻纸条，全都收进了这份系绦带的卷宗里。

他说过的话、他的一举一动都被收集起来，晾干后制作成一套内容广泛的标本。一些不怀好意的手指辛辛苦苦地收集着野蒿、荨麻、飞廉、滨藜……

伟大的国家居然关切他和穆西卡·格林贝格的风流韵事。微不足道的怪话、鸡毛蒜皮的小事跟他的信念纠缠在一起，他对叶尼娅的爱无足轻重，而偶然的、无聊的暧昧关系却非同小可。他糊涂了，不知道该如何分清主次。他那句有关斯大林欠缺哲学修养的不敬之辞，似乎比他废寝忘食从事过十年的党的工作更能说明问题。1932 年，他在洛佐夫斯基①的办公室跟一位从德国来的同志谈话时，真的说过苏联的工会运动过多体现了国家的意志，而代表无产阶级的利益不足吗？那位同志显然告了密。

可是，我的天哪，全是谎言！他觉得一团黏糊糊的蜘蛛网被硬塞进他嘴巴里、鼻孔里。

"您要明白，侦查员同志。"

"侦查员公民。"

"是是，公民。要知道这全是胡说，是个人成见。我入党四分之一世纪了。1917 年我发动过士兵起义。我在中国工作过四年。我白天黑夜都拼命工作。好几百个人了解我……卫国战争爆发后我是志愿上前线的，在最困难的时刻人们相信我，跟我走……我……"

侦查员问道：

"怎么着，您是上这儿领奖来啦？递请功表？"

的确，他来这儿不是为了领奖。

侦查员摇了摇头，说：

"还埋怨妻子不送东西来。算哪门子丈夫！"

关于送东西的话他是在囚室里对博戈列耶夫说的。我的天哪！卡策涅连博根曾用开玩笑的口吻对他说过："有个希腊人曾预言说：万物皆流动，而我们断言，人人皆告密。"

他的一生一旦进入这个带绦带的卷宗，便失去了体积、长度和比例……一切都混在一起，变成灰溜溜、黏糊糊的一摊。连他自己也闹不明白到底孰重孰轻：是在

---

① 索洛蒙·阿布拉莫维奇·洛佐夫斯基（原姓德里佐，1878—1952），布尔什维克革命家。1917 年因反对列宁关于工会问题的观点被开除出布尔什维克党。1919 年重新加入联共（布）。1921—1937 年任赤色职工国际总书记，多次当选共产国际执行委员会委员、主席团委员。1927 年出席了中共第五次代表大会。1937—1939 年任苏联国家出版局局长。1939—1946 年任苏联外交部副部长。1940—1949 年在联共（布）中央高级党校从事教学工作。1949 年被捕，1952 年死于狱中，后获平反昭雪。

上海令人疲惫不堪的潮湿闷热环境中进行的四年超强度地下工作、在斯大林格勒组织的强渡、他坚定的革命信念更重要呢，还是他在"松林"疗养院就苏联报刊内容之贫乏对一个结识不久的文艺理论家说的几句过头话更重要？

侦查员换上和蔼的口吻，亲切地低声问道：

"现在请告诉我，法西斯分子哈肯是如何招募您从事间谍和破坏活动的。"

"难道您真的……"

"柯雷莫夫，别装傻啦。您已经看到，我们对您一生中每一步都了如指掌。"

"对啊，正因为如此……"

"得了吧，柯雷莫夫，您骗不了安全机关。"

"是的，可这全是谎言！"

"那好吧，柯雷莫夫。我们有哈肯的供词。他招认自己的罪行时，交代了您跟他的罪恶联系。"

"哪怕您向我出示十份哈肯的供词也没用。统统是伪造的！梦呓！要是你们真有哈肯的所谓供词，那为什么当初还信任我这个破坏分子、间谍，还让我当军队的政委，带领人们去打仗？那会儿你们在哪儿，在忙什么哪？"

"怎么，把您叫到这里来，是让您来教训我们？该让您来领导安全机关的工作，是不是？"

"这跟领导、教训沾不上边！可总得遵守逻辑啊。我知道哈肯是什么人。他不可能说他招募我当了间谍。不可能！"

"为什么不可能？"

"他是共产党员，革命斗士。"

侦查员问道：

"您始终相信这一点？"

"是的，"柯雷莫夫答道，"始终相信！"

侦查员点着头，一面翻着案卷，似乎有点慌神，嘴里重复着：

"既然始终相信，事情就变了……事情就变了……"

他把一页纸递给柯雷莫夫。

"看看吧。"他用手遮住纸上一小块地方，说道。

柯雷莫夫读了纸上写的东西，耸了耸肩。

"恶劣。"他抬起头来，说道。

"为什么？"

"这人没勇气直说哈肯是个忠诚的共产党员，但也没卑鄙到诬陷哈肯的地步，于是就说些模棱两可的话。"

侦查员把手挪开，让柯雷莫夫看到供词的签名和日期：柯雷莫夫，1938 年 2 月。

两人相对无言。然后侦查员厉声问道：

"也许他们打了您，所以您才被迫提供了这份证词？"

"不，没人打我。"

侦查员的脸又分解成一个个立方体，生气的眼睛流露出厌恶的目光，嘴巴说道：

"事情是这样的。陷入包围后，您擅自离队了整整两天。德国人用军用飞机把您送到德军集团军群司令部，在那里您向德国人提供了重要情报，领取了新的指示。"

"一派胡言。"敞着军便服领口的生物体咕哝道。

侦查员继续审讯。现在柯雷莫夫不再自以为是个思想坚定、意志坚强、头脑清醒、为革命不惜抛头颅洒热血的人了。

他觉得自己软弱、优柔寡断，说过错话，传过谣言，对于苏联人民对斯大林同志怀有的崇高感情，他竟敢嘲讽。他交友不慎，朋友中有许多已经被镇压。他的理论观点混乱不堪。他跟朋友的妻子乱搞。他两面三刀，提供了于哈肯不利的卑鄙证词。

坐在这里的真是我吗？这一切真的发生在我身上？这是梦，一个仲夏夜之梦。

"战前，您曾经向国外的托派中心提供过情报，透露国际革命运动领袖人物的思想动向。"

一个人不必是个白痴或恶棍，也会怀疑这个卑鄙下流的生物体曾经变节。如果柯雷莫夫处在侦查员的位置，他也不会信任类似的生物体。他了解新型的党务工作者，1937 年大批党务工作者被清洗、被解职、被排挤后，这些新人填补了他们空出的职位。这些新人跟柯雷莫夫的气质不同。他们读的书跟他不同，读书的方式也跟他不同。对他们来说，书不是用来读的，而是需要"仔细揣摩"的。他们热衷于物质享受，把物质享受看得比什么都重要，革命的牺牲精神与他们格格不入，或者，他们压根儿就不知道什么叫牺牲。他们不懂外语，喜欢炫耀自己身上所谓的"俄罗斯本色"，却连俄语也说不好，开口闭口"百份比""细装""佰林""绝出活动家"①。他们中间也有聪明人，但可惜，他们的聪明没用在思想上、理智上，而是用在办事能力、手腕上，用在小市民式的冷静上。

柯雷莫夫明白，党内干部无论新老，都是被一个共同的伟大目标联系在一起。问题不在于差异，而在于团结一致和新老干部的共同点。但在新人面前，他总有一

---

① "百分比""西装""柏林""杰出活动家"的误读。

种优越感，一个老布尔什维克的优越感。

他没有觉察到，现在他跟侦查员的关系，已经不取决于他愿意让侦查员亲近他，愿意承认侦查员是党内同事。现在，与侦查员团结一致的愿望已成为柯雷莫夫的卑微希望，希望侦查员不反对尼古拉·柯雷莫夫亲近他，或者，至少承认柯雷莫夫身上除了恶劣、卑贱、酲醾等等，还有其他品质。

此刻，稀里糊涂就形成了这种局面：侦查员的自信变成了一个正牌共产党员的自信。

"如果您真心诚意愿意悔改，如果您对党还有哪怕一点点感情，那就坦白交代罪行，用行动为党效力吧。"

柯雷莫夫从大脑皮层驱走侵蚀着他的软弱，突然大叫道：

"您从我口中什么也得不到！我决不在伪证上签字！您听见了吗？要打要杀随你们的便，反正我决不签！"

侦查员对他说：

"您好好想想吧。"

他又翻起材料来，不再理睬柯雷莫夫。时间在流逝。他把柯雷莫夫的案卷移到一旁，从抽屉里取出一张纸。他仿佛完全忘了柯雷莫夫，不慌不忙地在纸上写着什么，时而眯起眼睛思索。随后他把写好的东西看了一遍，又思索片刻，从抽屉里拿出一只信封，写上地址。这应该不是公函。随后他又检查了一遍地址，在信封上的收信人姓氏下面画了两道杠杠。随后，他往钢笔里灌满墨水，擦了半天笔上的墨水迹。随后他开始削铅笔，用烟灰缸接木屑。一支铅笔的铅芯老断，侦查员也不发火，耐心地一次次重削。随后他在指头上试了试笔尖。

与此同时，生物体在思索。好些东西值得思索。

哪儿来这么多人告密！得好好回忆一下，弄清是谁告的密。但弄清了又有什么用？穆西卡·格林贝格……侦查员迟早会扯到叶尼娅身上……说来奇怪，关于叶尼娅他一句也没问，只字不提……莫非是瓦夏出卖了我？但我有什么可招认的，到底要我招供什么？秘密仍然是秘密，可我人却被关在这里了，党啊，你为什么要这么干？约瑟夫、科巴、索索①。是什么让他杀害了这么多善良而坚强的人？令人担心的不是侦查员所提的问题，而是侦查员的沉默，是他缄口不提的事。卡策涅连博根的话没错。喏，当然了，他会从叶尼娅说起，她显然也被捕了。这一切从何而来，又是如何开始的？难道我真的在坐牢？我这一生经历过何等的痛苦，又犯过多少错

---

① "约瑟夫"是斯大林的名字。"科巴"和"索索"是斯大林使用过的化名。

误。请原谅我。斯大林同志！只要您一句话，约瑟夫·维萨里昂诺维奇！我错了，我迷失了方向，我乱说过，我产生过怀疑，党全知道，全看得见。我为什么，为什么要跟那个文学家胡侃呢？唉，不都是一回事吗。但这与部队被包围有什么相干？胡扯一气，这全是诽谤，谎言，挑拨离间。为什么，为什么我当初没替哈肯说话？好兄弟，我的朋友，我不怀疑你的清白。但哈肯从他身上移开了悲伤的目光……

突然，侦查员问道：

"怎么样，回想起来了？"

柯雷莫夫两手一摊，说：

"我没有什么可想的。"

电话铃响了。

"喂，"侦查员说，然后瞥了柯雷莫夫一眼，又说，"是的，你准备一下，马上该换班了。"柯雷莫夫觉得他们在谈他。

侦查员放下话筒，随即又拿起来。接下来的一通电话十分诡异，仿佛侦查员对面坐的不是人，而是一头两条腿的野兽。侦查员显然是在和妻子闲扯。

开始谈的是家务事：

"在限购商店里？买鹅，好极了……为什么一号票不行？谢尔盖老婆给处里打了个电话，她凭一号票买了只羊腿，请我们俩去她家。对了，我在小卖部买了点奶渣，不，不酸，八百克……今天煤气旺吗？别忘了那套西装。"

随后他又说：

"喏，情况如何？别太烦恼。你给我小心点。梦见我啦？什么模样？还穿着裤衩？可惜……喏，给我小心点，等我过去，你该已经上课去了……收拾房间……挺好，不过当心点，千万别搬重东西，切记切记。"

这番小市民的闲扯却给人一种不可思议的感觉：谈话越富有生活气息，越有人味，谈话者就越不像人。看到猴子模仿人的举动，你会觉得挺吓人的……与此同时，柯雷莫夫清楚地感觉到自己也不是人，因为人们不会当着外人的面打这种电话……"使劲吻一个？不愿意……那好吧，算了，算了……"

当然了，如果说，照博戈列耶夫的理论，柯雷莫夫是只安卡拉猫，是只青蛙，是只金翅雀，甚或树枝上的一只小甲虫，这通电话也就没什么可奇怪的了。

最后，侦查员问：

"烤煳了？好吧，快，快去吧，一会儿见。"

随后他掏出一本书、一个笔记本，读起书来，不时用铅笔做笔记，也许，他在准备小组会的发言，也许，是准备作报告……

突然他怒气冲冲地说：

"您干吗老跺脚，像参加体育大检阅似的？"

"脚麻了，侦查员公民。"

但侦查员又沉浸在那本理论著作中了。又过了十来分钟，侦查员漫不经心地问道：

"怎么样，想起来没有？"

"侦查员公民，我要上厕所。"

侦查员叹了口气，走到门口，轻轻唤了一声。如果一条狗在不合时宜的时间想要散步，狗主人就是这种表情。一个穿野战服的红军士兵走进来。柯雷莫夫用老练的目光打量了他一下：一切都井然有序，腰带扎得整整齐齐，衬领很干净，船形帽戴得中规中矩。唯一不太合理的，是这位年轻士兵没干正事。

柯雷莫夫站起来，在椅子上坐得太久，两条腿都麻木了，头几步直打晃。在厕所里，他匆匆思索着。哨兵一直盯着他。回来的路上，他仍在紧张思索。有些问题得好好想想。

柯雷莫夫从厕所回来，侦查员不见了，位子上坐了个穿军装的年轻人，看他蓝底红边的肩章，是个大尉。大尉闷闷不乐地看了被捕的人一眼，仿佛恨他已经恨了一辈子。

"站着干吗？"大尉说，"坐下，喏！坐直了，老家伙，弯腰驼背的，什么样子？瞧我当胸给你一下，你身子马上就直了。"

"这就算认识了。"柯雷莫夫想，心里一阵害怕，在战场上他也没这么害怕过。

"这下要来真格的了。"他心想。

大尉吐出一团团香烟烟雾，在灰色的烟雾中他的声音继续说：

"纸和笔在这儿。难不成还要我替你写？"

大尉喜欢侮辱柯雷莫夫。也许他的分内工作就是干这个？在战场上，有时不也命令炮兵开炮骚扰敌军吗？于是炮兵便打起炮来，日夜不停。

"你怎么坐没坐样？你是上这儿睡觉来了？"

没过几分钟，他又朝被捕的人喊：

"喂，听着点，跟你说话呢，我的话跟你没关系吗？"

他走到窗前，拉起遮光窗帘，关了电灯。晨曦阴郁地迎接柯雷莫夫的眼睛。自从来到卢比扬卡，他还是头一次看到阳光。

"折腾了一夜。"柯雷莫夫想。

他一生中有过比这更糟的早晨吗？难道就在几个星期前，幸福、自由的他真的曾经躺在弹坑里，漫不经心地看仁慈的炮弹从头顶上呼啸而过吗？

但时间乱套了：他走进这间办公室已经无比久远，而在斯大林格勒打仗却像是不久前。

这扇窗户朝着内部监狱的天井，外面的光线很灰暗，了无生气。与其说是阳光，不如说更像泔水。在这冬日的晨光下，各种物品显得比在电灯光下更加呆板，更加阴沉，含有更多敌意。

不，靴子没变窄，是脚肿了。

这里是怎么把他过去的生活和工作跟 1941 年被包围联系在一起的？谁的手指把无法联系的事情联系起来的？为什么要这么做？出于谁的需要？目的何在？

这些念头几乎烧得他脑袋发烫，一时间他连腰酸背疼都忘了，也没察觉到腿肿得把靴筒都撑大了。

弗里茨·哈肯……我怎么会忘记呢，那是在 1938 年，我坐在跟现在这间屋子一样的一个房间里，对了，情况不完全一样，那时我口袋里还装着通行证。现在回想起来，最卑鄙的是那种想讨好所有人的愿望：管通行证发放的工作人员、值班警卫、穿军装的电梯司机，我都想讨好。侦查员说："柯雷莫夫同志，请帮帮我们。"不，最卑鄙的还不是讨好所有人的愿望。最卑鄙的是想要诚实！啊，现在他想起来了！这里所需要的正是他的诚实！当时他就很诚实，他交代了哈肯对斯巴达克同盟①的错误评价，哈肯对台尔曼②的不友好态度，哈肯为了拿一本书的稿费纠缠不休，哈肯跟妻子艾易莎闹离婚，而不顾她已经怀孕了……当然，他也说了一些哈肯的好话……侦查员记下了他的话："基于我跟他多年的交往，我认为他直接参加反党破坏活动的可能性不大，但也不能完全排除他耍两面手法的可能……"

是的，他的确告密了……这份永久保存的卷宗里收集的有关他的情况，都是他的同志们提供的，他的同志们也想做诚实的人。他柯雷莫夫为什么想做诚实的人？是出于党员的义务？谎言！谎言！真正的诚实只有一种表现，就是用拳头疯狂地敲着桌子，大喊："哈肯是兄弟，是朋友，是无辜的！"而他却在记忆深处竭力搜索，吹毛求疵找哈肯的毛病，这么做只为了讨好一个人，没有这个人的签字，他的通行证就会失效，他就走不出那座大楼。他又记起，当时侦查员说："等等，柯雷莫夫同志，我在您的通行证上签个字。"听到这话，他如释重负，心里洋溢着幸福。所

---

① 德国左派社会民主党人的革命组织。原为第一次世界大战中形成的"斯巴达克派"，以古罗马奴隶起义首领斯巴达克的名字命名。1918 年 11 月德国革命爆发后，正式建立这一同盟，领导人有李卜克内西、卢森堡等。该组织反对德国社会民主党右翼首领的叛卖行为，提出"一切政权归苏维埃"的口号。1918 年 12 月底改组为德国共产党。

② 恩斯特·台尔曼（1886—1944），德国共产党主席，后被法西斯迫害致死。

以说，哈肯进监狱有他的一份"功劳"。这个爱说真话的诚实人拿着签了字的通行证又去了哪儿呢？是不是去找朋友的老婆穆西卡·格林贝格了？但话又说回来，他所说的有关哈肯的情况都是事实。但话再说回来，这里所说的有关他柯雷莫夫的情况也都是事实。他的确对费佳·叶夫谢耶夫说过，斯大林身上有因缺乏哲学知识而产生的自卑情结。把柯雷莫夫交往过的人列出个名单，还真够可怕的：尼古拉·伊万诺维奇、格里戈里·叶夫谢耶维奇、洛莫夫、沙茨金、皮亚特尼茨基、洛米纳泽、柳金、红头发什利亚普尼科夫；他曾经去"科学院"找过列夫·鲍里索维奇；拉舍维奇、扬·加马尔尼科夫、卢波尔；他去过梁赞诺夫老头的研究所；曾经两次在西伯利亚看望老相识艾希；事业正顺利时在基辅拜访过斯克雷普尼科夫，在哈尔科夫拜访过斯坦尼斯拉夫·科肖尔。对了，还有鲁特·费舍尔，哇……谢天谢地，侦查员忘了主要的东西，要知道，事业正顺利时，列夫·达维多维奇[1]一度很器重他……

我已经烂透了，还有什么可说的。究竟是为什么，请问？其实他们的罪过并不比我大！但我没有签字。别着急，尼古拉，你会签的。你肯定会签字的，他们全都签了！很可能，最下流的手段还没使出来，最后关头才会用上。就这么折磨你，让你三天三夜不睡觉，然后上拳脚。没错，这种做法不大像社会主义。为什么我自己的党要消灭我？要知道，干革命的是我们，不是马林科夫，不是日丹诺夫，不是谢尔巴科夫。我们全都对革命的敌人残酷无情。为什么革命对我们也残酷无情呢？但也许，正是因为我们对革命的敌人残酷无情，革命才对我们残酷无情。但也许，根本就与革命无关，这个大尉跟革命有什么关系啊，他就是个流氓无赖，是个黑色百人团分子。

柯雷莫夫坐在这里，无所事事，而时间在流逝。

他腰酸，腿痛，浑身无力，直不起腰来。最主要的是，他好想躺床上去，把脚趾露出来活动活动，跷起腿来挠挠小腿肚子。

"不许睡觉！"大尉喊道，仿佛在下达战斗命令。

仿佛柯雷莫夫只要闭上眼睛一分钟，苏维埃国家就会垮台，前方我军防线就会被击溃。

柯雷莫夫一辈子没听到过这么多脏话。

朋友们、他可爱的助手们、秘书们、与他倾心交谈的人，都在收集他的一言一行。细细回想，他不禁心惊肉跳："我对伊万说过这事，只对他一个人说过"；"确

---

[1] 即托洛茨基。

实跟格里沙谈过一次话，要知道我从 1920 年就认识格里沙了"；"这番话是跟马什卡·赫尔佩说的，哦，马什卡，马什卡。"

他突然想起侦查员的话，说他不应该等候叶尼娅送东西来……可这件事是他最近才在囚室里跟博戈列耶夫说的。看来到目前为止，他们一直在往柯雷莫夫标本集里面添加新内容。

下午，有人给他端来一碗汤，他的手颤抖得厉害，只好低下头就着碗边喝，汤匙在碗边敲得像打鼓似的。

"你吃东西就像头猪。"大尉阴着脸说。

后来又发生了另外一件事：柯雷莫夫再次要求上厕所。他走在过道上，什么也没多想，但是站在便池上，他又想：扣子全扯掉了倒也好，要不然手指不听使唤，连裤裆口都没法解开了。

时间继续流逝，继续起作用。身穿大尉军服的国家赢了。他头脑里好似弥漫着灰蒙蒙的浓雾，大概猴子脑袋里也充满这样的浓雾吧。没有过去，没有未来，没有带弯曲绦带的卷宗。世界上只剩一件事——脱掉靴子，挠挠痒，睡个觉。

侦查员又来了。

"睡过了？"大尉问道。

"长官从不睡觉，只休息。"侦查员的口吻像个教师爷，重复了一句军队中老掉牙的俏皮话。

"说得对，"大尉说，"部下累得腿发肿。"

接班的工人要察看一番机床，跟交班人员简单交谈几句；侦查员也一样，他打量了一会儿柯雷莫夫，然后说：

"行了，大尉同志。"

他看了看表，从抽屉里取出卷宗，解开绦带，翻了几页，兴致勃勃地说：

"那好吧，柯雷莫夫，咱们接着谈。"

于是他们又开始谈。

侦查员今天感兴趣的是战争。他对这方面的情况也相当熟悉。他知道柯雷莫夫的历任职务，知道一些团和集团军的番号，能叫出跟柯雷莫夫并肩作战的人的名字，背得出柯雷莫夫在政治部说过的一些话和他对某个将军文理不通的便笺的议论。

柯雷莫夫在前线的全部工作，在德军炮火下的讲话，在大撤退的艰难困苦的日子里与红军战士们共同坚守的信念，现在全都一风吹了。

他成了个喋喋不休的可怜虫、两面派，分化瓦解自己的同志，在战士们中间散布疑惑和绝望情绪。既然如此，怀疑德国情报机关曾经帮助他越过战线，好继续从事间谍和破坏活动，不是顺理成章吗？

重新审问的最初几分钟，侦查员休息过后精神饱满的情绪感染了柯雷莫夫。

"您爱怎么说就怎么说吧，"他说，"但我永远不会承认自己是间谍！"

侦查员朝窗外望了一眼，天色开始变暗，写字台上的材料有点难以看清了。

他打开台灯，把蓝色的遮光窗帘放了下来。

门外传来一阵凄厉的、野兽般的号叫，又突然中止，四周归于寂静。

"怎么着，柯雷莫夫。"侦查员说，一边重新在写字台后面坐下来。

他问柯雷莫夫，知不知道为什么他的军衔一次也没晋升过，柯雷莫夫的回答含糊其词，但侦查员认真听完了。

"瞧瞧，柯雷莫夫，您在前线晃悠这么久，却始终是个营级政委，照说凭您的资历，当个集团军军事委员会委员，甚至方面军军事委员会委员，本来都应该不成问题。"

他稍作停顿，两眼逼视着柯雷莫夫，说起来是头一次正儿八经用侦查员的目光打量他，然后郑重其事地说：

"托洛茨基本人都称赞过您的文章'字字珠玑'。假如让这个坏蛋掌了权，那您可就飞黄腾达了！这可不是闹着玩的：'字字珠玑'！"

"想来这就是他们手里的王牌，"柯雷莫夫想，"A打出来了。"

唉，好吧，好吧，他可以一五一十全交代，什么时间，什么地点，但同样的问题对斯大林同志也可以提出。柯雷莫夫跟托洛茨基主义毫无关系，他一贯投票反对托派的提议，没有一次投过赞成票。

主要问题是脱掉靴子，躺下来，跷起没穿鞋的双脚，一边睡觉一边在梦中挠痒痒。

侦查员温和地轻声说道：

"您为什么不肯帮帮我们呢？您别想歪了，问题不在于您战前有没有犯过罪，您在被包围期间有没有跟敌人恢复联系、确定新的接头地点……问题要严重得多，深刻得多。问题关系到党的新方针。您应当帮助党顺利开展新阶段的斗争。为此需要摈弃过去的一些看法。这样的任务只有布尔什维克才担负得起。要不我才懒得跟您费口舌呢。"

"喏，行，好吧，"柯雷莫夫睡意蒙眬，慢慢说道，"我可以接受这种说法：我无意中成了反党观点的代言人。就算我信奉的国际主义违背了社会主义国家独立自主的观念吧。姑且承认由于个人性格上的问题，1937年之后我对新方针认识不足，对新干部有抵触情绪吧。这些东西，行，我可以承认。但从事间谍破坏活动……"

"为什么要加上个'但'呢？您瞧，您已经开始认识到自己对党的事业怀有敌意。干吗还拘泥于形式呢？既然您承认了主要的东西，干吗还要来个'但'呢？"

"不，我不承认自己是间谍。"

"这就是说，您一点也不想帮助党。一接触到实质问题您就耍滑头，是不是？您是垃圾，臭狗屎！"

柯雷莫夫跳起来，一把抓住侦查员的领带，然后一拳砸在写字台上，电话机被震得哐当哐当响。他声嘶力竭地大叫：

"你这个狗杂种，混账东西，我带着大伙儿在乌克兰，在布良斯克森林打仗的时候，你在哪里？冬天我在沃罗涅日城外作战的时候，你在哪里？你这个混蛋去过斯大林格勒吗？我没有为党做过任何事情？你这个恶心人的宪兵，倒是你在这儿，在卢比扬卡保卫苏维埃祖国？而我在斯大林格勒倒没有捍卫我们的事业？在上海出生入死的难道是你？被高尔察克匪徒打穿左肩的，是你这个败类，还是我？"

于是他们把他狠揍了一顿，打他的是两个身穿新军装的年轻小伙子。他们不是朝脸上乱打，像在方面军特勤处那样，而是运用生理学和解剖学知识，打得有板有眼。柯雷莫夫对他们大喊：

"该把你们这些混蛋送进惩戒营……该让你们就拿支步枪去对付坦克……逃兵……"

他们继续干自己的活儿，既不生气，也不冲动。表面看来，他们打得并不重，没有抡圆了胳膊，但每一击都很伤人，心平气和说出的下流话伤起人来，也是这样的。

他们没有打他的牙齿，鲜血却从柯雷莫夫嘴里涌了出来。这血不是从鼻子、不是从下巴流出来的，也不是从咬破的舌头上流出来的，像在阿赫图巴那回一样……这是从胸腔深处，从肺部流出的血。他已不记得自己身在何处，也不记得发生了什么事……侦查员的脸又出现在柯雷莫夫上方，他指着挂在写字台上方的高尔基肖像问道：

"伟大的无产阶级作家马克西姆·高尔基是怎么说的？"

然后他自问自答，像个循循善诱的老师：

"敌人不投降，就叫他灭亡！"

柯雷莫夫醒来，看见天花板上的一个小灯泡，还看见一个戴窄肩章的人。

"好吧，既然医生说可以，"侦查员说，"那就别再休息了。"

不一会儿工夫，柯雷莫夫又在写字台旁坐下，听侦查员有条有理的劝导：

"咱们就这样坐下去，一个星期、一个月、一年……还是来简单的吧：就算您一点过错没有，您也得签字，我说的所有东西您都得签。签了字，就不打您了。明白吗？也许特别会议会裁定您的罪名，但不会再打您了，这可不是小事。您以为我喜欢看您挨打呀？您听劝，我们就让您睡觉。明白吗？"

时间一小时一小时地过去，谈话还在继续。似乎任什么东西都不能使柯雷莫夫吃惊，都不能把他从昏睡状态中唤醒。

但是，听到侦查员又一番话，他还是吃了一惊，张开嘴巴，稍稍抬起头来。

"好些事发生在多年前，忘记是可能的，"侦查员指了指柯雷莫夫的卷宗，"但是您在斯大林格勒战役期间可耻地背叛了祖国，这您总不至于忘记吧。证人和材料都在这儿！在被德国军队包围的6/1号孤楼里，您企图动摇战士们的政治信念。格列科夫是个热爱祖国的指挥官，您却怂恿他叛变，企图说服他投奔敌人。您辜负了司令部的信任，辜负了党的信任，他们派您去孤楼里做政治工作，可您进入这座孤楼之后，扮演的是什么角色？敌人的奸细！"

早上，柯雷莫夫又被打了一顿，他觉得自己仿佛沉浸在温暖的黑色乳浆里。那个戴窄肩章的人又点点头，擦了擦注射器针头。侦查员说：

"好吧，既然医生说可以。"

他们面对面坐着。柯雷莫夫望着侦查员那张疲倦的脸，惊讶于自己的好脾气——他真的揪过这人的领带，想勒死他吗？此时柯雷莫夫又和他有了一种亲近感。写字台已隔不开他们，坐在两端的是两个同志，两个可怜人。

突然，柯雷莫夫脑海里浮现出那个枪毙后没死的人，他穿着血迹斑斑的衬衣，在那个秋夜，从草原上爬回方面军特勤处。

"这也是我的命运，"他心想，"我也无处可去。太迟了。"

后来他要求上厕所。接着，昨天那个大尉来了，他拉起遮光窗帘，关掉电灯，点上一支烟。

柯雷莫夫重又看见了白日的亮光。光线很暗，看起来不像阳光，甚至不像自然光，而像是这座内部监狱灰色砖墙的反光。

44

铺位全都空着，同室的犯人也许关到别的囚室了，也许正在提审。

他遍体鳞伤地躺在那儿，遭人唾弃，失去了自尊，腰上疼痛难忍，似乎腰子被打掉了。

在这生命毁灭的痛苦时刻，他明白了妻子的爱具有何等力量。妻子！只有她会在乎一个被铁蹄践踏的男人。他浑身布满痰迹，但她会洗干净他的脚，梳平他纠结的头发，注视他无神的眼睛。人们越是伤害他的心灵，世人越是觉得他丑恶、卑鄙，她就越觉得他宝贵。她会追着囚车跑，在库兹涅茨桥大街排队等候探望他。她会站在劳改营的围墙外面，只为了送给他几块水果糖、几个洋葱头。她会在煤油炉上为他烙饼子，她情愿献出几年生命，只要能见见他，哪怕是半个钟头……

不是随便哪个跟你睡过的女人都可以叫作妻子的。

出于锥心刺骨的绝望，他想让另一个人也感到绝望。

他打了一封信的腹稿，开头几句话是这样的："得知发生的事情后你会庆幸，不是庆幸我遭到镇压，而是庆幸你及早离开了我，你会感谢你那老鼠般的本能，它提醒了你及早逃离沉船……剩下我孤身一人……"

侦查员写字台上的电话机一闪而过……猛揍他腰部、肋骨的魁梧汉子……大尉拉起窗帘，关掉电灯……卷宗里的纸页沙沙作响，听着这沙沙声，他昏昏欲睡。

忽然，一把烧红的弯锥子刺进了他的颅骨，他的脑子似乎被烧焦，发出刺鼻的臭味：叶甫根尼娅·尼古拉耶芙娜出卖了他！

字字珠玑！字字珠玑！对他说这句话是有天上午，在兹纳缅卡^①，在共和国革命军事委员会主席的办公室……那个留着山羊胡子、戴一副闪闪发光的夹鼻眼镜的人，读了柯雷莫夫的文章后，亲切地低声给了个评语。柯雷莫夫记得，那天夜里，他告诉叶尼娅，党中央决定把他从共产国际召回，委派他到政治出版社负责编辑小册子。"当年他可是个人物！"——他这样说到托洛茨基，然后告诉叶尼娅，托洛茨基读了他那篇著作《革命与改良——中国与印度》后，称赞道："字字珠玑。"

这句话是托洛茨基面对面单独对他说的，而他没有对别的任何人提到过这句话，只有叶尼娅知道此事。这就意味着侦查员是从叶尼娅那里听来的。是她告发了我。

虽然七十个小时没睡觉，但他不觉得困，他已经睡醒了。他们强迫她了？不管它，反正都一样。同志们，米哈伊尔·西多罗维奇·莫斯托夫斯科伊，我完了！我被害死了。我不是死于手枪子弹，不是死于拳打脚踢，不是死于缺乏睡眠。我是死在了叶尼娅手上。我交代，我什么都承认。只有一个条件：请您确认，是她告发了我。

他从床上滑下来，用拳头使劲捶门，一边叫：

"快带我去见侦查员，我全都签字。"

---

① 乌克兰基洛夫格勒州的一个城市，位于乌克兰中部，始建于 1869 年。

值班员走过来，说道：

"别吵啦，提审您的时候再交代。"

他不能独自待在囚室里。挨打、失去知觉都要好受些，轻松些。既然医生说可以……

他一瘸一拐地走到铺位边，当他觉得精神上的痛苦再也无法忍受，当他的大脑眼看就要爆裂，成千个碎片就要刺入他的心脏、喉咙、眼睛时，他恍然大悟：叶尼娅不可能告发他！他咳嗽起来，全身颤抖着：

"原谅我吧，原谅我。命里注定我不能跟你一起过好日子，这是我的错，不怪你。"

一种美妙的感觉袭上他心头。自从捷尔任斯基的皮靴踏进这座大楼，关押在这里的人能体会到这样的感觉，这多半是头一次。

他醒了。卡策涅连博根憨憨地坐在他对面，一头乱发酷似贝多芬。

柯雷莫夫朝他笑了笑，邻床难友低矮肥胖的额头皱了起来。柯雷莫夫明白，卡策涅连博根看他微笑，以为他已经疯了。

"看得出来，下手够狠的。"卡策涅连博根指着柯雷莫夫血迹斑斑的军便服说。

"是的，是够狠，"柯雷莫夫做了个鬼脸，"您怎么样？"

"在医院里晃悠了几天。两个邻床都走了。德雷林被特别会议加判了十年，就是说，总共要服三十年刑。博戈列耶夫给转移到另一个囚室了。"

"哦……"柯雷莫夫欲言又止。

"有话就说吧。"

"我在想，到了共产主义，"柯雷莫夫说，"国家安全委员会将秘密收集与人们相关的种种好事，每一句好话。特务们将通过电话窃听、信件检查、公开谈话来收集与信念、忠诚和善良有关的一切，汇报给卢比扬卡，编入专案材料。只收集好事！到那时，卢比扬卡将致力于增强对人的信心，而不是像现在这样摧毁它。第一块基石就算是我奠定的吧……我相信，我战胜了告密和谎言，我相信，我相信……"

卡策涅连博根心不在焉地听他说完，然后说：

"这都没错，将来肯定会这样。只不过还得补充一句：即便为您编撰了一份光彩夺目的专案材料，照样会把您弄这儿来，弄到这座大楼里，照样崩了您。"

他好奇地看着柯雷莫夫，不明白为什么柯雷莫夫那张土黄色的脸上会泛起幸福、平静的笑容，尽管那双凹陷的眼睛又红又肿，下巴上还凝着黑色的血块。

45

亚当斯上校——司令官保卢斯元帅的副官——站在一只打开的手提箱前。司令官的勤务兵里特尔蹲在地板上，挑拣着摊在报纸上的一堆堆内衣。

头天夜里，亚当斯和里特尔在元帅办公室里烧了大量公文，连司令官私人所有的一张巨幅地图也烧掉了，亚当斯曾把这张地图视为珍贵的战争纪念品。

保卢斯一夜未眠。他没要通常的晨咖啡，冷漠地看着亚当斯忙碌。他时而起身在房间里踱步，跨过堆在地板上等待焚烧的一摞摞公文。贴在粗麻布上的地图烧得很不情愿，堵住了炉箅子，里特尔只好用炉钩清理炉膛。

每次里特尔打开炉门，元帅便朝炉火伸出手去。亚当斯把军大衣往元帅身上披，但保卢斯不耐烦地耸耸肩膀，于是亚当斯又把军大衣挂回衣架上。

也许元帅此刻看见自己正待在西伯利亚的战俘营里，和士兵们一起站在篝火前烤手，背后是一片荒漠，前面也是一片荒漠。

亚当斯对元帅说：

"我已吩咐里特尔在您手提箱里多放几件暖和的内衣。我们小时候想象的最后审判并不准确：它跟火和灼热的煤炭毫无关系。"

这天夜里，施密特将军来过两次。电话线切断了，电话机都成了哑巴。

从陷入包围的那一刻起，保卢斯就清楚地意识到，他率领的部队已经不可能在伏尔加河继续战斗了。

他看到决定他夏季成功的所有条件——战术、心理、气象、装备——都不复存在，优势已转化为劣势。他向希特勒请求：第六集团军与曼施坦因协同，向西南方向突破包围圈，打开一条通道以利下属各师团撤出，并及早接受不得不放弃大部分重型武器的事实。

12月24日，叶廖缅科在梅绍夫卡河地区给予曼施坦因所属各部成功一击后，德军任何一个步兵营长都清楚，再在斯大林格勒进行抵抗已经不可能了。对此不清楚的只有一个人。这个人把第六集团军重新命名为白海至捷列克河一带漫长战线的"前哨阵地"。他宣布第六集团军为"斯大林格勒要塞"。而在第六集团军司令部里，人们却在悄悄议论，说斯大林格勒已变成一座战俘营。保卢斯再次用无线电发去密码报告，称尚有突围机会。他预计元首会暴跳如雷，要知道还没有人敢两次顶撞最高统帅。他听说，有一次希特勒一把揪下了伦德施泰特元帅[①]胸前的骑士十字勋章，

[①]　卡尔·鲁道夫·格尔德·冯·伦德施泰特（1875—1953）是"二战"期间的一名德国陆军军官，1940年7月19日被晋升为元帅。他是纳粹政权军官中资历最老的指挥官之一，曾经历第一次世界大战。

当时在场的布劳希奇①吓得心脏病发作。跟元首绝不能开玩笑。

1月31日，保卢斯终于收到对自己密电的回复：他被授予元帅军衔。他再次据理力争，得到的回答是一枚帝国的最高勋章——橡叶骑士十字勋章。

他逐渐意识到，希特勒已经把他当成死人来打交道——向他追赠陆军元帅军衔，追授橡叶骑士十字勋章。现在元首需要他，仅仅是为了塑造一个悲剧形象——一个指挥英勇将士把保卫战进行到底的英雄。他麾下的几十万人在国家宣传机器的鼓噪中已经成了圣徒和殉难者。但他们还活着，还在煮马肉、猎杀斯大林格勒仅存的几条狗、在草原上抓喜鹊、掐死虱子、抽裹了好几张纸片的卷烟，里面一根烟丝也没有。与此同时，国家广播电台为这些还在人世间苟延残喘的英雄播放着庄严的哀乐。

他们还活着，还在向冻得通红的手指呵气，鼻涕从鼻孔中流出来，他们脑海中还在琢磨从事某些活动的可能性：饱餐一顿，偷点东西，装病或投降，在地窖里跟俄国娘儿们暖和一会儿。与此同时，国家合唱团男孩和女孩的歌声却在以太中回荡："为德国的生存，他们献出了生命。"他们要想起死回生过上罪恶然而美好的生活，唯有等国家灭亡。

事态的发展跟保卢斯预言的情况一模一样。集团军全军覆没，证明他的判断是正确的。但这丝毫没有使他的日子好过一点。另一方面，他又情不自禁地在集团军的覆灭中获得一种痛苦而又奇特的满足，从中找到了高度评价自己的依据。

在势如破竹的胜利日子里曾被压制、被强行抹掉的思绪重又浮上他的脑际。

凯特尔②和约德尔③吹捧希特勒是一位"神奇的元首"。戈培尔曾预言，希特勒的悲剧在于他在战争中无法遇到势均力敌的军事天才。蔡茨勒说，希特勒曾要求他把战场拉成一条直线，因为弯曲的战线会破坏他的审美感。然而，失心疯般地放弃进攻莫斯科该作何解释？突然丧失斗志，命令停止进攻列宁格勒又该作何解释？说穿了，他坚持疯狂的抵抗到底策略是因为惧怕丧失威信。

现在真相大白了。

但大白的真相令人胆寒。他本可以不服从命令的！当然，那样一来元首会处决

①　瓦尔特·冯·布劳希奇（1881—1948），纳粹德国陆军总司令（1938年—1941年12月19日）、德国陆军元帅。

②　威廉·鲍德温·约翰·古斯塔夫·凯特尔（1882—1946），曾任德军最高统帅部总长，为第二次世界大战期间德军资历最老的指挥官之一，战后在纽伦堡审判被判绞刑处死。

③　阿尔弗雷德·约德尔（1890—1946），纳粹德国陆军大将，德军最高统帅部作战局局长，威廉·凯特尔的副手，负责制定"二战"期间德国的许多军事行动。1939年8月被破格提升为武装部队最高统帅部作战部部长（少将）。

他，但下属官兵的性命却可以保住。他在许多人眼睛里看到了责备。

他本可以挽救集团军的！但他怕希特勒，怕丢掉自己的性命！

哈里勃是帝国保安总局派驻集团军司令部的最高代表。前几天，飞回柏林之前，他曾语焉不详地对保卢斯说，元首实在太伟大，甚至对伟大如德意志的民族来说也是如此。是的，是的，那当然。

全是装腔作势，全是蛊惑人心。

亚当斯打开收音机。一阵噼噼啪啪的杂音过后，乐声响起：德国在为斯大林格勒阵亡将士举行安魂祈祷。这音乐中蕴含着一种独特的力量……也许，对于人民，对于未来的会战来说，元首编造的神话比挽救饥寒交迫、浑身虱子的将士的生命更重要。也许，元首的逻辑不是凡夫俗子单靠阅读条令、制订作战计划、察看作战地图就能理解的。

也许，在希特勒为第六集团军设定的殉难的光环中，保卢斯和他麾下的将士们将会再生，重新参与德国的未来。

在这里，铅笔、计算尺、计算器都无济于事。在这里，起决定作用的是那位古怪的军需官，他要算计的是另一本账、另一批物资。

亚当斯，亲爱的、忠心耿耿的亚当斯，你要知道，精神最高尚的人总是不可避免地心怀疑虑。只有那些能力有限却坚信自己无比正确的人，才能统治世界。最高尚的人从来不操控一个国家的命运，从来不做伟大决定。

"来了！"亚当斯喊道。他命令里特尔："快收起来。"里特尔把敞开的手提箱拖到边上，整了整军装。

匆匆装进手提箱的元帅的一双袜子后跟上有几个破洞，里特尔心里很纠结，倒不是担心迂腐的保卢斯无心中正好穿上这双破袜子，而是担心俄国人不友好的眼睛留意到这些破洞。

亚当斯站在那里，两手放在椅背上，扭过脸去不再看即将打开的房门。他平静、热切、爱护地看着保卢斯——他以为，元帅的副官就应该摆出这样的姿势。

坐在桌子后面的保卢斯稍稍往后靠了靠，紧绷着嘴唇。此刻元首希望他演戏，他也做好了演戏的准备。

门就要打开，这个黑暗地下室中的房间马上就会被生活在地面上的人看见。痛苦和苦涩过去了，剩下的只有恐惧，他害怕打开门的不是也准备好在这个隆重场面演戏的苏军司令部代表，而是惯于扣动冲锋枪扳机的剽悍的苏军士兵。前途未卜，他惴惴不安——表演即将结束，人的生活就要开始。那将是什么样的生活，在哪里度过？是在西伯利亚，在莫斯科的监狱，还是在集中营的棚屋？

46

夜里，人们从伏尔加河左岸看见，五颜六色的信号弹照亮了斯大林格勒上空。德军投降了。

人们连夜从伏尔加河左岸出发，步行前往斯大林格勒。谣传说留守斯大林格勒的居民近日来遭受了可怕的饥饿，于是士兵们、军官们、伏尔加舰队的水兵们都随身带上了面包和罐头。有些人还带着伏特加和手风琴。

但奇怪的是，这些于当夜首批赶到斯大林格勒的不带武器的士兵，在向守城者分发面包、拥抱并亲吻他们时，却显得很悲痛，没有人欢笑，也没有人唱歌。

1943年2月2日早晨，大雾弥漫。伏尔加河上，未冰封的水面和大大小小的冰窟窿冒着水汽。太阳在驼色的草原上冉冉升起。无论是在暑热难耐的八月，还是在下游吹来凛冽寒风的冬季，草原都呈现出同样冷峻的景象。一团团干雪在平坦的旷野上随风飞舞，卷成柱状，像乳白色的车轮般转动着，时而又突然失去动力，慢慢沉落到地上。东风过处，留下自己的足迹：吱吱作响的带刺灌木丛仿佛穿戴上了雪制的衣领，沟壑的斜坡上留下冻结的涟漪，有的地方现出光秃的黏土地，有的地方鼓起大脑门似的草丘……

从斯大林格勒陡峭的河岸上望去，渡过伏尔加河的人们仿佛从草原上的浓雾中突地冒出来，仿佛是严寒和朔风赋予了他们人的形象。

他们在斯大林格勒其实并没有任务，上级没有派他们前来。这里的战争已经结束。他们是自己来的，这些人中间有红军战士、筑路工人、帕霍沃镇的面包师、参谋人员、司机、炮兵、方面军缝纫车间的裁缝、修理厂的电工和机械师。和他们一起渡过伏尔加河，爬上陡峭河岸的还有缠着头巾的老人、穿着士兵棉裤的村妇，还有些男孩和女孩拉着装满包袱和枕头的小雪橇。

城里的情形却很奇怪。汽车在鸣喇叭，拖拉机马达在轰响，喧闹的人群拉着手风琴在街上走着，一些人在跳舞，毡靴把积雪越踩越结实，红军战士们不时叫好，爆发出阵阵笑声。但这座城市并没有因此而显出生机。它好像已经死亡。

几个月前，斯大林格勒中止了正常生活：城里的学校、工厂、妇女服装店、业余歌舞团、警察局、托儿所、电影院全都死去了……

在席卷这座城市各街区的大火中，诞生了一个新的城市：战争中的斯大林格勒。它有自己的街道和广场布局，有自己的地下建筑，有自己的交通规则，有自己的商业网络，有自己的工厂和车间的机器轰隆声，有自己的手工业者，有自己的公墓、酒类、音乐会。

每个时代都有在一个时代闻名世界的都市。它是时代的灵魂，时代的意志。

第二次世界大战是人类的一个时代。斯大林格勒一度成为那一时代闻名世界的都市。它是那一时代人类的思想和激情所在。无数工厂、无数作坊、无数转轮印刷机、无数铸字排版机为它运转，议会领袖们为它登上讲台。但是，当成千上万人从草原拥向斯大林格勒，空无一人的街道再度挤满人群，第一批汽车的引擎发出嗡嗡声时，这座闻名世界的战争之城便宣告了自己生命的终止。

当天，世界各大报纸详细报道了德军投降的经过，于是在欧洲、美洲、印度，人们了解到保卢斯元帅如何从地下室走出来，了解到在舒米洛夫将军的第六十四集团军司令部如何对德国将军们进行了初审，了解到保卢斯的参谋长施密特投降时的穿着。

此时此刻，世界大战的中心城市已不复存在。希特勒、罗斯福、丘吉尔把眼睛转向别处，寻找世界军事紧张局势的新中心。斯大林用手指敲着桌子，询问总参谋长是否有足够的手段将驻扎在斯大林格勒的部队从后方——斯大林格勒于不知不觉中已成为后方——调往新的集结地区。尽管这里到处都是将军、巷战高手，到处都是武器，仍然有实时作战地图和完整的交通壕，这座闻名世界的战争之城已不复存在。这座城市开始了它的新生活，类似雅典和罗马所过的生活。历史学家、博物馆导游、教师和总是觉得无聊的学童，已在无形中成为这座城市的主人。

一座新的城市诞生了。这是一座劳动的城市，充满生机的城市，工厂、学校、产院、警察局、歌剧院、监狱，应有尽有。

小雪覆盖了一条条小径，人们曾沿着这些小径向发射阵地运送炮弹和小圆面包，运送机枪和盛粥的保温瓶；小雪覆盖了一条条弯弯曲曲、错综复杂的小道，狙击手、观测员、截听员曾沿着这些小道走向各自的秘密石头窝棚。

雪覆盖了道路，通信兵曾沿着这些道路从连队跑到营部；雪覆盖了从巴丘克师通往班内伊峡谷、肉联加工厂和自来水厂的道路……

雪覆盖了街道，这座伟大城市的居民们曾沿着这些街道去借烟叶，去同事的命名日家宴喝一杯，去地下澡堂洗澡，去玩牌，去邻居家尝酸白菜；雪覆盖了街道，人们曾沿着这些街道去看望某个相熟的玛尼娅，去看望某个相熟的薇拉，去找钟表匠、修打火机的师傅、裁缝、手风琴手、库房管理员。

人们成群结队，走出一条条新的道路，他们不必紧贴房屋废墟，也不必绕着弯儿左躲右避。

初雪覆盖了纵横交错的战时小径小道，而在这上百万公里长的被雪覆盖的小径小道上，没有再出现一个新的足印。

第二场雪很快落在了初雪上，积雪下的小径小道渐渐变得泥泞、模糊，最终消失不见……

这座闻名世界的城市的老住户感受到了一种难以言传的幸福和失落。参加过斯大林格勒保卫战的人们产生了一种奇怪的忧伤情绪。

城里空荡荡的，集团军司令员、步兵师的师长们，老民兵波利亚科夫、冲锋枪手格卢什科夫，都觉得这座城市太空旷了。这种感觉似乎不合情理，大血战以胜利告终，他们都活了下来，这些总不会成为难过的理由吧？

但实际情况就是这样。在指挥官的桌子上，黄色皮套里的电话机默不作声；一层雪罩在机枪套子上，遮蔽了炮队镜和战斗瞭望孔；磨破的、被手指头摸得脏兮兮的平面图和地图从图板上揭下来，放进图囊，又从一些图囊中掏出来，放进排长、连长、营长的手提箱和行李袋……在了无生气的房屋之间，成群结队的人们走着，彼此拥抱，高呼"万岁"……人们相互打量着。"小伙子们多棒啊，太厉害了，多么朴实可爱，瞧瞧我们的穿戴：棉袄，护耳棉帽，跟你们一模一样。我们干成了，现在想起来还有些后怕，我们干成了多大一件事啊。世界上最沉重的担子，我们举起来，举起来了，我们高举真理，压过了谎言。你倒是来试试啊，把担子举起来……那是童话故事，咱们在这儿说的可不是童话。"

全是老乡。几个来自库泊罗山沟，几个来自班内伊峡谷，几个来自压力水塔附近，几个来自"红十月"工厂，还有几个来自马马耶夫高地。一群老百姓走过来，他们有的住在市中心，有的住在察里津河畔，有的住在码头区，有的住在石油供应站斜坡一带……他们既是主人又是客人，既向旁人又向自己祝贺胜利，与此同时，呼啸的寒风吹击着旧铁皮，发出哗哗的响声。人们时而对空鸣枪，时而扔一枚手榴弹。碰到陌生人，大家彼此拍拍脊背就算认识了，有时还互相拥抱，用冰凉的嘴唇接吻，过后又觉得不好意思，快活地骂上几句……各种人一下子全从地下冒了出来：钳工、车工、农民、木匠、挖土工，他们打退了敌人，把石头、钢铁、泥土全翻了个个儿。

世界名城与其他城市的不同之处，不仅在于人们感觉到它与全世界的工厂和田野的千丝万缕的联系。

世界名城的不同之处是它有灵魂。

在战火中的斯大林格勒，灵魂被囚禁了。它的灵魂就是自由。

反法西斯战争的前沿城市如今变成了战前苏联州级工业和港口城市的一处遗址，无声，冰冷。

十年后，由成千上万因犯组成的劳动大军在这里筑起了一座宏伟的大坝，建造了一个规模在全世界数一数二的国有水力发电站。

47

在掩蔽部里，一名德军士官从睡梦中醒来，不知部队已经投降，稀里糊涂放了一枪，打伤了扎德涅普鲁克中士。当时，德军士兵正在一批俄国士兵监视下从地下掩体的高大拱顶下走出来，哗啦哗啦地把步枪和冲锋枪扔到越来越高的一堆武器上面。这一事件激怒了俄国人。

俘虏们往外走时，人人目不斜视，似乎想让旁观者知道自己的眼睛也当了俘虏。只有留着满脸花白胡须的士兵施密特一个人不识趣，走到阳光下时还笑嘻嘻地打量俄国士兵，好像确信能遇见一张熟悉的面孔。

微醺的菲利蒙诺夫上校是头天晚上刚从莫斯科赶到斯大林格勒方面军司令部的，他站在韦勒将军部队的投降点，身旁还有位派给他的译员。

菲利蒙诺夫上校的军大衣上面缀着崭新的金色肩章，红杠黑边，而周围的斯大林格勒苏军连长、营长们戴着皱巴巴的军帽，穿着肮脏的军服，上面满是烧出来的洞眼，德军俘虏的军服同样又皱又脏，上面也满是烧出来的洞眼。菲利蒙诺夫上校在这群人中间仿佛鹤立鸡群。

昨天在军事委员会食堂，上校说起莫斯科军需总仓库里存着旧俄军队用来制作肩章的金线，他的朋友们都说，谁要是能得到一副用这种优质老材料制作的肩章，准保会走运。

随着枪响，受了轻伤的扎德涅普鲁克尖叫起来。上校厉声问道：

"谁开的枪，怎么回事？"

几个声音一齐答道：

"开枪的是个德国人，一个傻瓜蛋。已经抓起来了……他好像不知道……"

"什么叫不知道？"上校吼道，"这个混蛋，嫌我们的血流得还不够多？"他转过身来对译员——一位个子高高的犹太人政治指导员——说："把管事的军官给我找来。混蛋，为这一枪他非掉脑袋不可。"

恰在此时，上校看见了士兵施密特那张笑嘻嘻的大脸，不禁大声叫道："你还笑呢，混蛋，又打伤我们一个？"

施密特不明白，为什么他着意用微笑来表达善意，却引得这位俄国长官大喊大叫。然后，似乎与这位俄国人的叫喊没什么关联，突然响起手枪枪声，莫名其妙中，施密特一个跟跄，跌倒在走在他后面的士兵脚下。他的尸体被拖到一旁，侧身横在地上，所有人，认识他的和不认识他的，就这么从尸体旁边走过。后来，俘虏走光后，一些不怕死人的孩童钻进空无一人的地下掩体和掩蔽部，在板床上疯玩起来。

菲利蒙诺夫上校查看着一位德军营长在地下掩蔽部中的房间，对室内设置的稳妥与方便赞叹不已。一名冲锋枪手押着一个年轻的德国军官来见他，德国军官神色平静，眼睛很明亮。译员说："上校同志，这就是您吩咐带过来的莱纳尔德上尉。"

"就是这人？"上校吃了一惊。他对这个德国军官的脸颇有好感，加之他平生头一回亲手杀了人，还没缓过劲儿来，于是说道：

"送到集合地点去。不许胡来，您个人给我保证，必须让他活着到那边。"

最后审判日行将结束，而被击毙的士兵脸上，笑容已经看不清了。

48

米哈伊洛夫中校，方面军政治部第七处首席军事翻译，负责押送被俘的德国元帅前往第六十四集团军司令部。

保卢斯走出地下室，没理会苏军官兵。他们毫不掩饰地打量着他，目光中透着好奇，品评他那件从肩部至腰际镶着一条绿色皮革的元帅大衣和那顶灰兔皮帽子。他望着斯大林格勒城废墟的上方，昂首阔步走向等候的苏军司令部越野汽车。

米哈伊洛夫战前经常出席外事招待会，跟保卢斯在一起，他态度不卑不亢，举止的分寸拿捏得很准。

米哈伊洛夫坐在保卢斯身旁，观察着他的面部表情，等待元帅打破沉默。保卢斯的举动不同于米哈伊洛夫在预审中见过的一些将军。

第六集团军参谋长懒洋洋地说，是罗马尼亚人和意大利人导致了惨败。长着鹰钩鼻子的西克斯特·冯·阿明中将[1]神色忧郁，晃动着胸前叮当作响的勋章，补充道：

"不能光怪加里波尔迪[2]和他的第八集团军，俄罗斯的严寒、粮食和弹药匮乏也起了作用。"

白发苍苍的施列麦尔，坦克军军长，胸前挂着一枚骑士铁十字勋章，还有一枚因五次负伤而获颁的奖章，打断了他们的话头，要求把他的手提箱保管好。于是，所有人乱纷纷都开了口，包括脸上挂着温和微笑的医务处处长里纳尔多将军，神情

---

① 汉斯-海因里希·西克斯特·冯·阿明（1890—1952），"二战"期间的德国将军，骑士铁十字勋章获得者，指挥多个师。阿明在1943年斯大林格勒战役后投降。于1952年4月1日死于苏联战俘营。原作者疑将"阿明"（Армин）误写为"阿尔尼姆"（Арним）。

② 伊塔洛·加里波尔迪（1879—1970），"二战"前和"二战"期间意大利皇家军队的高级军官。德国元首阿道夫·希特勒曾授予他骑士铁十字勋章，表彰他在斯大林格勒战役中率领意大利军队参战。

忧郁、被一道马刀伤疤毁了面容的坦克师师长路德维希上校。保卢斯的副官亚当斯上校因为弄丢了化妆用品箱，显得特别焦躁，他张开双臂摇着头，豹皮帽的护耳随之抖动，像一条刚从水里爬出来的纯种狗。

他们变回了人，但没变出个好样儿来。

穿着漂亮的白色短皮袄的司机低声回答了米哈伊洛夫的减速命令：

"是，中校同志。"

他在想，等战争结束了，回到家里，他要向司机朋友们好好吹一通保卢斯："想当初，陆军元帅保卢斯乘我的车……"此外，他还想露一手自己驾车的本领，保卢斯看在眼里，就会想："瞧人家苏联司机，这驾驶技术没的比了。"

在前线战士们眼中，俄国人和德国人如此密集地混在一起简直不可思议。一队队快活的冲锋枪手搜索地下室，钻进自来水检修井，把德国兵驱赶到寒气逼人的地面上来。

在空地里、街道上，冲锋枪手们推推搡搡，不时地喊叫着，对德军部队重新编组，把不同军种的士兵编成行军纵队。

德国人走在队列中，打量着一双双紧握武器的手，小心翼翼迈着步子，生怕跌跤。他们的驯服恭顺不仅是因为害怕俄国人轻而易举就可以扣动冲锋枪扳机。胜利者自有一股威风，而德国人脑袋中某种既无奈又苦恼的情绪仿佛具有催眠效果，迫使他们俯首听命。

押送保卢斯元帅的汽车往南驶去，一批批俘虏迎面走来。大功率喇叭在狂号：

> 昨日里我踏上征程去远方，
> 心上人挥动头巾倚在门旁……

两个士兵架着一名伤兵走过来，伤兵苍白肮脏的手紧紧搂着两人的脖颈，于是两个脑袋凑在一起，中间露出一张了无生气的脸，脸上唯有一双眼睛是热辣辣的。

四个士兵用毯子把一个伤员从地下掩体往外拖。

一堆堆蓝黑色的武器在雪地上闪耀着钢铁光泽，仿佛打谷场上脱粒完毕的钢铁稻草。

响起一排致敬的枪声——一名红军战士正在下葬，尸体被缓缓放进墓穴。从军医院地下室抬过来的一些德军尸体横七竖八躺在墓穴旁。罗马尼亚士兵戴着黑白相间的圆皮帽，咯咯笑着，挥舞着双手，嘲笑活着的和死去的德国人。

从皮托姆尼克、察里津河和专家大楼一带，俘虏一批接一批被驱赶过来。他们的步态很特别，是那种失去自由的人和牲口才有的步态。负轻伤和冻伤的人拄着木棍和烧焦的木板条。走啊，走啊。似乎所有人都是一个脸色——青灰色，都有一样的眼睛，一样的痛苦、悲伤的表情。

令人惊讶的是，他们中间竟有那么多小个子、大鼻子、窄脑门、生着滑稽可笑的豁嘴、脑袋像麻雀的人。竟有那么多皮肤黝黑的雅利安人，许多还生着粉刺、长着脓包和雀斑。

这些难看、虚弱的人也是妈妈生养、妈妈眷爱的人。长着厚重的下巴和高傲的嘴巴，浅色头发，面皮白净，挺着花岗岩般的胸膛昂首阔步的非人类的民族仿佛一夜间消失了。

说来奇怪，妈妈生养的这群难看的人，与1941年秋天被德国人用树枝和木棍驱赶到西部集中营去的、俄罗斯妈妈生养的悲惨而不幸的儿子们的模样，竟是兄弟般地相似。地下掩体和掩蔽部那边不时传来手枪枪声。这群向冰封的伏尔加河缓缓移动的俘虏们，所有人都像一个人一样，明白那砰砰的枪声意味着什么。

米哈伊洛夫不时打量一下坐在他身旁的德国元帅。司机不时朝后视镜里瞟上一眼。米哈伊洛夫看见的是保卢斯瘦长的面颊，司机看见的是他的额头、眼睛和紧闭着以示沉默的嘴唇。

他们驶过炮筒朝天的火炮，驶过炮塔上涂着十字标志的坦克，驶过防水蒙布在寒风中噼啪作响的卡车、装甲运兵车、自行火炮。

第六集团军的钢铁躯体和肌肉被冻结在了雪地上。人群在它们旁边缓缓移动，仿佛也快要停下来，冻僵、冻结在土地上。

米哈伊洛夫、司机和押送的冲锋枪手都以为保卢斯会开口说话，打个招呼，然后扭过脸去。但他却沉默着，你无法明白他的眼睛望向何处，无法明白这双眼睛带给他心灵深处的是什么。

保卢斯是害怕他的士兵们看见他，还是希望他们看见他？突然，保卢斯用德语问米哈伊洛夫：

"请告诉我，马合烟好抽吗？"

这个出人意料的问题让米哈伊洛夫摸不着头脑，不明白保卢斯在想什么。实际上，德国元帅此时操心的是每天有没有热汤喝，能不能睡暖和，有没有烟抽。

49

从集团军盖世太保总部原先所在的一座两层楼房的地下室里，被俘的德国兵正往外抬苏联人的尸体。

天气很冷，但几个妇女、老头、小孩仍然站在哨兵身边，看德国人把一具具尸体摆放在冰冻的土地上。

大部分德国人表情冷漠，懒洋洋地干着活儿，乖乖地吸进尸体的臭味。但有一个身穿军官大衣的年轻人却用一块脏手帕蒙着鼻子和嘴巴，时而急剧晃动脑袋，仿佛一匹马想驱走叮在头上的一群马蝇。他眼中流露出极度痛苦，眼看就要发疯的样子。

战俘们把担架放在地上。在动手搬运尸体之前，他们总要站在旁边踌躇好一阵，因为有些尸体的手脚与身子分了家，他们得弄清楚这个或那个肢体属于哪一具尸体，免得把一个人的肢体错放到另一个人尸体旁边。大多数死者半裸着身子，有的穿着内衣，有的穿着军裤。有个死者全身一丝不挂，嘴张着，仿佛正要呼喊，凹陷的腹部与脊椎几乎贴在一起，生殖器部位长着浅棕色的茸毛，两腿细得像芦柴棒。

难以想象，这些嘴巴和眼窝都变成了黑洞洞的窟窿的尸体，不久前还是有名有姓有住处的大活人，还在念叨："亲爱的，宝贝，亲亲我，小心着，别把我忘了"，还梦想喝杯啤酒、抽支烟。

大概，只有那个用手帕蒙着嘴的军官察觉到了这一点。然而，偏偏是他让站在地下室门口的妇女特别气恼。她们紧盯着他的一举一动，而对其他战俘不管不顾，虽然那些战俘中有两个人的大衣上有明显的撕扯痕迹——那里原先缀的是党卫军徽记。

"啊，你倒会把头扭一边去！"一个矮胖的女人拉着孩子的手，盯着那军官嘟哝着。

穿军官大衣的德国人察觉到这个俄国女人在注视他，察觉到她那黏滞的、紧追不舍的目光的压力。仇恨心一旦生起，必得寻找宣泄对象，不找到决不罢休，犹如森林上空的雷雨云中积聚的雷电必得寻找宣泄对象，于是不管三七二十一选择一段树干，猛然一击将其化为灰烬。

穿军官大衣的德国人的搭档是一名小个子士兵，脖子上缠着一条方格毛巾，两条腿上用电话线缠着几块麻袋片。

默默地站在地下室出口处的人们眼神如此凶狠，德国人一走进黑暗的地下室反倒松了口气。他们并不急于离开，情愿待在阴暗恶臭的地下室里，躲开外面的空气和阳光。

德国人抬着空担架向地下室走去时，人群中总会传来他们熟悉的俄国骂人话。

俘虏们自顾自往地下室走，并不加快脚步。他们本能地感觉到，假如他们动作太快，人群会立刻朝他们扑过来。

穿军官大衣的德国人突然尖叫了一声，哨兵不高兴地说：

"小家伙，干吗扔石头，要是把他打坏了，你来替鬼子抬呀？"

在地下室里，几个士兵议论道：

"暂时就中尉一个人倒霉。"

"你看到那个娘儿们了吧，老盯着他。"

黑暗中，不知谁的声音说：

"中尉，您最好先别出去，在地下室待一会儿，假如他们拿您开头，准会拿我们煞尾。"

那军官无精打采地嘟哝说：

"不行啊，躲不过的，这是最后审判。"他转向搭档，说道："走吧，走吧，走吧。"

这次从地下室出来时，军官和搭档走得比以前快了一点——尸体比较轻。担架上是一具少女的尸体。死者蜷缩着身子，已经干枯，只有蓬乱的浅色头发还保留着可爱的淡黄色色泽，披散在犹如死鸟一般可怕的黑褐色面孔周围。人群发出一声轻叹。

矮胖女人突然刺耳地哭叫起来，尖锐的声音犹如闪光的钢刀，划破冰冷的天空。

"孩子，孩子！我心爱的孩子啊！"

那女人为别人孩子的哭喊震撼着人们的心。她用手抚平尸体头上还保留着卷曲形状的头发，端详着这张嘴角歪斜、肌肉僵硬的脸；她看到了这张脸上的可怕五官，也看到了从襁褓中向她微笑的活泼甜美的脸蛋——只有一位母亲才能同时看见这一切。

女人站起身来，朝德国军官跨了一步。大家都盯着她的举动。只见她两眼逼视着军官，一边在地上寻找一块没有跟其他砖块冻在一起的砖头，一块她那只被繁重的劳动和冰水、开水、碱水损害得不成样子的大手拿得起来的砖头。

哨兵感觉到马上要出事，但明白他无法阻止这个女人，因为她比他和他的冲锋枪更强大。德国俘虏们也无法将目光从她身上移开，孩子们则贪婪而不耐烦地看着她。

此时，除了德国军官那张嘴上蒙着手帕的脸，女人什么也看不见了。她身上有一股慑服周围一切的力量，她自己也顺从着这股力量；但不知哪根筋短了路，她竟然从棉袄口袋里掏出头天一位红军士兵送给她的一块面包，递给那个德国军官，说道：

"给，拿着，拿去吃吧。"

过后，她自己也弄不明白事情是怎么发生的，她为什么要这么做。她这一辈子经历的艰难时刻太多了，经常感到屈辱、无助、愤怒——跟诬蔑她偷了一小瓶菜油的女邻居吵架；被不愿听她抱怨住房困难的区苏维埃主席从办公室赶出来；儿子结婚后想方设法逼她搬出去住，怀孕的儿媳骂她是老娼妇，让她受尽痛苦和屈辱。在这些艰难时刻，她总是伤心得要命，晚上翻来覆去睡不着觉。一天夜里躺在床上，她不知为何心烦意乱，一肚子闷气，突然回想起那个严冬的早晨，于是自言自语道："我过去是个傻瓜，现在仍然是个傻瓜。"

50

诺维科夫的坦克军军部陆续收到各旅旅长上报的令人不安的情报。侦察兵发现了未曾参战的新的德军坦克部队和炮兵部队，看来敌人从纵深地区调来了后备部队。

这些情报使诺维科夫很担心：先头部队正在没有侧翼保障的情况下向前挺进，假如敌人设法切断为数不多的冬季道路，坦克部队就会陷于失去步兵支援、燃料断绝的境地。

诺维科夫跟格特马诺夫商讨了局势。诺维科夫认为，必须让落在后面的后勤部队立刻跟上来，同时，在一段短时间内让坦克停止前进。格特马诺夫却急切地想让部队为解放乌克兰打头阵。最后他们决定分头行动，诺维科夫赶往各前沿部队实地了解情况，而格特马诺夫留下来督促后勤部队抓紧行动。

出发前，诺维科夫打了个电话给方面军副司令员，向他报告部队情况。他事先料到副司令员的回答，知道他当然不肯为此事承担责任：既不会命令坦克军停止行动，也不会建议诺维科夫继续前进。

果然，不出他所料，方面军副司令员吩咐他立刻向方面军侦察处查询敌军的动向，并答应向方面军司令员报告他跟诺维科夫谈话的内容。

接着，诺维科夫联系了友邻，步兵军军长莫洛科夫。莫洛科夫性格粗鲁，脾气火暴，总是怀疑友邻部队向方面军司令员告他的状。两人吵起来，甚至骂了脏话。当然，骂娘的话并不是直接针对个人，而跟坦克和步兵之间日益扩大的裂隙有关。诺维科夫又给部署在他左翼的炮兵师师长打了电话。

炮兵师师长表示，没有方面军首长的命令他不会再向前挺进。

诺维科夫明白他的想法——炮兵不想局限于扮演保障坦克部队冲锋的配角，而想要自己冲锋陷阵。

诺维科夫跟炮兵师长的谈话刚结束，参谋长便找到他。诺维科夫从未见过涅乌多布诺夫这么着急，这么激动。

"上校同志，"他说，"航空兵集团军参谋长刚打电话给我，说要把支援我们作战的飞机转场到方面军左翼。"

"那怎么行，他们脑瓜进水了，还是怎么着？"诺维科夫叫道。

"这很简单，"涅乌多布诺夫说，"有人不想看到我们头一个进入乌克兰。许多人在暗中较劲，想率先进入乌克兰，好拿个'苏沃洛夫'勋章或'波格丹·赫梅利尼茨基'勋章。假如没有航空兵掩护，我们坦克军只好停止前进。"

"我马上给方面军司令员打电话。"诺维科夫说。

但他联系不上方面军司令员，叶廖缅科到托尔布欣的集团军去了。诺维科夫只好再次给方面军副司令员打电话，但副司令员不肯做任何决定。他只是奇怪诺维科夫怎么还没下部队。

诺维科夫对副司令员说：

"中将同志，这是怎么回事？不征得我们同意就撤掉对坦克军的空中掩护？坦克军可是向西挺进的方面军先头部队啊。"

副司令员气呼呼地回答：

"如何使用空军，司令部看得更清楚。参加进攻的又不光是你们一个军。"

诺维科夫粗声粗气地说：

"坦克兵如果遭到空袭，我怎么向他们交代？我拿什么来掩护他们？拿方面军的指示？"

副司令员没有发火，而是息事宁人地说：

"您先下部队去，我把这个情况汇报给司令员。"

诺维科夫刚放下话筒，格特马诺夫走了进来。他已经穿好大衣，戴好毛皮高帽。看见诺维科夫，他伤心地摊开双手。

"彼得·帕甫洛维奇，我还以为你已经走了呢。"

他又委婉而亲切地说：

"后勤部队是落在了后面，可是分管后勤的副军长对我说，汽油那么紧缺，本来不该派汽车拉德国伤病员的。"

他朝诺维科夫狡黠地瞥了一眼，又说：

"说实在的，我们可不是共产国际的分部，而是坦克军。"

"这和共产国际有什么相干？"诺维科夫问。

"快出发吧，出发吧，上校同志，"涅乌多布诺夫央求道，"每一分钟都很宝贵。我在这边跟方面军司令部交涉，力争得到我们要求的一切。"

那天夜里听了达伦斯基有关涅乌多布诺夫的故事后，诺维科夫就一直留心察看参谋长的脸，观察他的言行。"难道就是用这只手干的？"每当涅乌多布诺夫拿起汤匙，拿起叉着酱黄瓜的叉子，拿起电话听筒、红铅笔或者火柴时，诺维科夫总要这样想。

但现在，诺维科夫没注意参谋长的手。

诺维科夫从未见过涅乌多布诺夫态度这么好，一副诚惶诚恐的样子，几乎可以用"可爱"来形容。

涅乌多布诺夫和格特马诺夫不惜押上自己的灵魂，只要坦克军能抢先进入乌克兰，只要下辖各旅能不停地向西挺进。

为实现这一目标，他们愿意冒任何风险，除了一样——万一失败，亲自担责的风险。

此时，不由自主地，诺维科夫处于一种亢奋状态中，他渴望能用无线电向方面军首长报告说，坦克军先头部队已率先越过乌克兰边界。从军事上讲，此举没有任何意义，不会给敌军造成任何特别的损失。但诺维科夫却希望实现这一目标，因为他想获得军事荣誉，想博得方面军司令员表彰，想获得勋章，想得到华西列夫斯基的夸奖，想让电台播送的斯大林当日嘉奖令中提到他的名字，想晋升将军军衔，甚至想激起友邻部队指挥员的妒嫉。类似的情感和想法从未支配过他的行动，然而，也许正因为如此，这些情感和想法此刻才显得愈加强烈。

其实这种愿望也说不上有什么不对……严寒依旧残酷无情，劳累依旧使战士们衰弱乏力，死亡依旧令人害怕——这些都跟斯大林格勒毫无二致，都跟 1941 年毫无二致，但战争呼吸的空气已然不同了。

诺维科夫没明白这一点，还在奇怪为什么他头一回如此轻易地，只需只言片语就理解了格特马诺夫和涅乌多布诺夫的用意。他既没有发火，也没有生气，自然而然就跟他们想到了一起。

如果他的坦克军加快推进，的确可以提前几个小时把盘踞在数十个乌克兰村庄里的侵略者赶出去，到那时，望着老人和孩子们激动万分的面孔，他该多么高兴；当年迈的农妇拥抱他、亲吻他，就像拥抱、亲吻自己的儿子那样时，他一定会热泪盈眶。而与此同时，一些新的构想已酝酿成熟，一种新的主导倾向在战争的精神运动中逐渐成形。1941 年在斯大林格勒伏尔加河畔悬崖上进行的战斗中一度占主导地位的倾向，虽然还在那儿，还没完全消失，但已于不知不觉间退居辅助地位。

首先明白战争轮回之秘密的是那个人，他在1941年7月3日向全国人民宣告："兄弟姐妹们，我的朋友们……"

奇怪的是，虽然诺维科夫跟不断催促他的格特马诺夫和涅乌多布诺夫一样兴奋，他却迟迟不肯出发。上了汽车以后，他才明白个中缘由：他在等叶尼娅。

他已经三个多星期没收到叶尼娅的信了。每次巡视部队回来，他都要看看叶尼娅是否已经到来，是否正在军部的台阶上等他。她成了他生活的一部分。当他跟旅长们交谈时，当他去接方面军司令部的电话时，当他乘坐坦克冲向前沿阵地、坦克在德军炮火之下像初上战场的马儿一样战栗时，叶尼娅都伴随着他。他向格特马诺夫讲述自己的童年，却觉得是在向叶尼娅讲述。有时他会想："唉，我身上这股子伏特加气味，叶尼娅一下就闻得出来。"有时他会想："要是她能看到这个就好了。"有时他会忐忑不安地揣摩，要是她得知我把那位少校交给了军事法庭，她会说什么？

有时，他走进前沿观察所的掩体，在烟草的烟雾中，在报务员的呼叫中，在枪声和炸弹的爆炸声中，突如其来的对她的思念会瞬间使他激动得难以自制……

有时他会嫉妒她过去的生活，变得郁郁寡欢。有时他会梦见她，醒来之后再也无法入睡。

他忽而觉得他俩的爱情会至死不渝，忽而又惶恐不安，害怕自己最终还是落得孤身一人。

坐上汽车，他回头看了看通往伏尔加河的道路。路上一个人影也没有。他有点气恼：按说她早就该到了。也许，是生病了？他又想起1939年听说她就要嫁人的消息时，自己曾打算开枪自杀。他究竟为什么爱她？要知道，在他交往过的女人里面，有的并不比她逊色。一刻不停地思念一个人，这到底是一种幸福呢，还是一种病？幸好他没跟司令部的任何姑娘胡搞过。他是清清白白的，等她来了，可以坦然面对她。当然，不得不承认，三个星期前，他曾做了件不够检点的事。叶尼娅来的时候，如果中途在路上过夜，弄不好就在那同一间农舍——犯罪现场——留宿，年轻的女主人跟叶尼娅聊起来，兴头上多半会把他描述一番，对叶尼娅说："那位上校，真够棒的。"咳，脑子里怎么老有这些古怪念头，没完没了……

51

第二天中午时分，诺维科夫巡视完毕，乘车返回军部。路面被坦克履带轧得凸凹不平，严寒之下又冻得梆硬，汽车颠簸得很厉害。一路下来，他腰酸背疼，后脑勺隐隐作痛，仿佛坦克手们把极度的疲惫、几昼夜没合眼的困倦都传染给了他。

汽车驶近军部门口，台阶上站着两个人，他定睛望去，叶尼娅就站在格特马诺夫身旁，正在张望驶来的汽车。仿佛突然被一把火烧着，他丧失了理智，被近乎痛苦的喜悦压得喘不过气来。他猛地向前一冲，打算从行驶着的汽车上跳下去。

正在这时，坐在后座上的维尔什科夫开了口：

"政委在和女军医呼吸新鲜空气呢。寄张照片给家里就好了，让他老婆高兴高兴。"

诺维科夫走进军部，格特马诺夫递过来一封信，诺维科夫接在手里，翻过来，认出了叶甫根尼娅·尼古拉耶芙娜的笔迹。他把信随手塞进衣袋里。

"好吧，我现在就说说情况。"他对格特马诺夫说。

"怎么不看信，不爱了？"

"哪儿的话，一会儿有时间看。"

涅乌多布诺夫走进来，诺维科夫说：

"问题在人身上。有些人在坦克里面打着仗就睡着了。累垮了。有几个旅长也这样。卡尔波夫还勉强撑得住，而别洛夫，跟我还说着话呢，一下子就睡死了。他们连续行进已经五个昼夜。一些驾驶员边开坦克边睡，累得饭都吃不下。"

"彼得·帕甫洛维奇，你对局势有什么看法？"格特马诺夫问道。

诺维科夫答道：

"德国人没动静。他们不可能在我们地段上发起反击，没什么兵力了。就剩一支弗雷特-皮科的部队，一支菲克的部队。"

他一面说话，手指头却在信封上摸来摸去。刚放开一会儿，随即又马上抓在手里，好像怕它从口袋里溜走似的。

"嗯，明白了。事情很清楚，"格特马诺夫说，"现在我把情况向你报告一下，我和参谋长一直找到了最高领导，我跟尼基塔·谢尔盖耶维奇·赫鲁晓夫通了话，他答应不从我们的地段上把空军调走。"

"可是他并不参与指挥作战。"诺维科夫说着，一边在口袋里把信封口子撕开。

"唔，怎么说呢，"格特马诺夫说，"参谋长刚刚从空军司令部得到证实：空军留下来掩护我们。"

"后勤部队很快就会赶上来，"涅乌多布诺夫急忙说，"道路不算太坏。关键是——决定得由您来做，中校同志。"

"激动中他把我降成中校了。"诺维科夫心想。

"是的，先生们，"格特马诺夫说，"看起来，我们将是率先解放母亲乌克兰的人。我对尼基塔·谢尔盖耶维奇说：坦克手们对军部提出了请求，小伙子们都梦想获得乌克兰坦克军的称号。"

听到格特马诺夫编造的谎言，诺维科夫大为恼火，气呼呼地说：

"他们梦想的只有一件事，睡上一会儿。已经五天五夜，明白吗，没合眼了。"

"这么说，决定了，继续推进，往前猛冲，彼得·帕甫洛维奇？"格特马诺夫说。

诺维科夫已经把信封撕开一半，伸进两个指头去摸了摸信纸。好想马上看到那熟悉的笔迹，他忍得五脏六腑都开始作痛。

"我要做的决定是，"他说，"给大家十个小时的休息时间，哪怕让他们稍微恢复一点体力也好。"

"哇，"涅乌多布诺夫说，"十个小时，我们会把世界上所有东西都睡过头了。"

"等等，等等，我们再弄弄清楚。"格特马诺夫说，他的面颊、耳朵、脖颈开始微微发红。

"就这么办，我已经弄得很清楚了。"诺维科夫微笑着说。

格特马诺夫突然大发雷霆。

"哼，去他妈的……这叫什么事儿——没得到足够睡眠！"他喊道，"总有机会睡够的，魔鬼又不会马上把他们捉去。就为睡个觉，让所有坦克停下十个小时？我反对这种懦夫行为，彼得·帕甫洛维奇！你一会儿在大反攻中推迟坦克军出击时间，一会儿又让大家睡觉！简直是倒行逆施！我要向方面军军事委员会打报告。你领导的可不是间托儿所！"

"等等，等等，"诺维科夫说，"当时的情况是，在敌人炮火被充分压制之前，我的确没让坦克部队进入突破口，为此你还亲吻了我。你把这个也写进报告吧。"

"我为这件事亲吻过你？"格特马诺夫大为震惊，"你简直在说胡话！"

他突然说：

"我就跟你直说吧，你根红苗正，纯粹无产阶级出身，却总是跟一帮异己分子纠缠不清，我作为共产党员，对此非常担心。"

"原来如此，"诺维科夫的声音好似雷鸣，"好吧，我明白了。"

他站起身来，挺直肩膀，恶狠狠地说：

"指挥坦克军的是我。我说什么就是什么。我的事您尽管写，格特马诺夫同志，报告也好，故事也好，小说也好，直接写信给斯大林本人也无妨。"

说罢，他走进隔壁房间。

诺维科夫读完信，放在一旁，吹起口哨来，就像小时候站在邻居家窗户下面，吹口哨约同伴出来玩耍一样……总有三十年了吧，离他上次吹口哨？今天却突然又吹起来……

后来他好奇地向窗外望去：不，天色还亮，还没黑。再后来，他歇斯底里般，快快活活地说：谢谢，谢谢，为了你做的一切，谢谢。

后来他觉得，自己就要倒地而亡，但他并没有倒地，自然也没亡。他在房间里踱了一会儿步子。后来他看了看桌子上那封微微泛白的信，那东西仿佛一具空壳，像毒蛇蜕下的皮。他在腰上、胸口前摸了摸，没有摸到蛇。肯定已经钻进了他的身子，正往里往上爬，吐出毒焰，烧灼他的心。

后来他站立在窗前——几个司机嬉笑着，瞅着正往厕所方向走的女通信兵玛鲁霞。军部的坦克驾驶员提着一桶水从井边走来，几只麻雀在房东家谷仓门口的稻草垛上觅食。叶尼娅曾对他说，她最喜欢的鸟儿是麻雀……而他就像着火的房子一样在燃烧：横梁断裂，天花板坍塌，餐具掉到地上，橱柜翻倒，书籍、枕头像鸽子一样在火星和浓烟中翻滚……瞧她在说些什么："今生今世我会永远感谢你，感谢你的纯洁和高尚，但我能怎么办，过去的生活比我强大，我无法抹杀它，无法忘掉它……请不要责怪我，我不是说我没有过错，但无论是你还是我，都不知道我错在哪里……原谅我吧，原谅吧，我为我们两人哭泣。"

她哭泣！读到这里，他心里一阵狂怒。传染伤寒的虱子！毒蛇！应该抽她的嘴巴，抽她的眼睛，用左轮手枪枪柄打断这条母狗的鼻梁……

突然间，突然得让人受不了，他感到孤立无助——世界上任何人、任何力量都无法帮助他，除了叶尼娅，然而正是她，正是她把他给毁了。

他转过身子，面对她应该从那里过来的方向，说：

"叶涅奇卡，你这是跟我搞什么名堂？叶涅奇卡，你听见了吗？叶涅奇卡，看我一眼吧，看看我成了什么样子。"他朝她伸出手去。

随后他又想，这是何苦呢，他毫无希望地等了这么多年，等到今天，她终于拿定了主意，要知道，她不是小姑娘家了，既然拖了那么多年后终于拿定主意，那就应该明白，事情已经无可挽回了。

几秒钟后，他又企图在仇恨中寻求解脱："当然了，当我还是个普通少校，在尼科利斯克－乌苏里斯克一带的山丘中游荡时，她自然不愿意嫁给我，等我升了两级她才拿定主意，她是想着当将军夫人哪，你们这些娘儿们全是一路货。"但他马上又觉得这些想法太荒谬。不，不，要真是那样就好了。但毕竟，她离开了他，要回到那个就要去科雷马蹲劳改营的人身边去了，那样做对她有什么好处呢……俄罗斯女人，涅克拉索夫的诗。她不爱我，而爱他……不，她不是爱他，是可怜他，仅仅是可怜而已。可是她就不可怜可怜我吗？现在我的遭遇比谁都悲惨，卢比扬卡的囚犯，所有劳改营里面关押的人，所有部队医院里面被截肢的人，统统加在一起，遭遇也不如我悲惨。哪怕现在让我进劳改营，我也毫不犹豫，那样的话，你会选谁？还是选他！你们俩属于同一类型，而我是外人，她就这么叫过我：外人，外人。当然了，哪怕我当上元帅，也终究是农民、矿工、没文化的人，看不懂她那些莫名其妙的画……他满怀仇恨，大声问道：

"这到底是为什么，为什么？"

他从裤子后兜里掏出左轮手枪，在掌心里掂了掂。

"我不是活不下去才自杀的，我是要让你痛苦一辈子，母狗，让你受到良心谴责。"

随后他把手枪收了起来。

"只消一个星期她就会把我忘在脑后。"

还是自己先忘掉她吧，别老想她，别沉湎于往事不能自拔！

他走到桌前，又拿起信来重读。"我可怜的人儿，我亲爱的，我的好人……"可怕的不是那些无情的话语，而是这些温柔的、凄切的哀求。实在让人受不了，憋得人气都喘不过来。

他看到了她的乳房、肩膀、膝盖。她就要乘火车去找那个可怜的柯雷莫夫了。"……但我能怎么办。"她坐在拥挤的车厢里，空气闷热，人家问她去哪儿。"找丈夫去。"她的眼睛温和、驯服，像只小狗，充满忧郁。

就是从这个窗口，他曾经往外眺望，看她是不是正向他走来。他双肩战栗起来，喘着粗气，大吼一声，竭力把涌上来的哽咽压下去。他想起曾派人从方面军军需处弄来一些巧克力糖和奶糖，还警告过维尔什科夫："你要是敢偷吃，我拧下你的脑袋来。"

他又喃喃自语：

"你瞧，我亲爱的，我的叶涅奇卡，你这是跟我搞什么名堂啊，哪怕对我有一点怜悯心，好不好？"

他从床下迅速拉出手提箱，取出叶尼娅的信和照片，包括他多年来随身携带的照片，她在最后一封信中寄给他的一张照片，还有她送给他的第一张照片，很小，贴身份证用的，包在玻璃纸里。他粗大有力的手指开始撕信和照片。信被撕得粉碎。在闪过他眼前的一行行文字里，在一张张纸片上的只言片语里，他认出了反复读过数十遍的词句，那些曾经令他如痴如醉的词句。他望着那张脸，那双嘴唇，那双眼睛，那只脖子，它们在撕碎的照片上越变越小，终至于完全消失。他拼命撕着，想尽快了断。终于，信和照片全撕得干干净净，他心里轻松起来，仿佛把她从自己身上撕扯了下来，整个踩在地上——总算摆脱这个妖精婆娘了。

没有她，他以前也过得好好的。能对付过去！一年后，等他再从她身边走过时，他的心不会战栗了。"我不需要你，正如酒鬼不需要瓶塞！"但刚想到这里，他马上又觉得实现这个愿望的机会太渺茫。心里的东西是摘不掉的，心不是纸做的，生活也不是用墨水写成的，不可能撕成碎片，铭刻在脑海和心灵中的漫长岁月不可能一股脑儿抹去。

是他自己让她走进他的生活的，允许她参与他的工作、烦恼和思想，见证他的软弱和力量……

撕碎的信件并没有消失，被他读得烂熟的语句还留在记忆里，她的眼睛依旧从破碎的照片上望着他。

他打开橱柜，满满地斟了一杯伏特加，一仰头一口喝干，然后点着一支烟。尽管烟卷已经点着，但他又点了一次火。极度痛苦中，他脑瓜里嗡嗡作响，五脏六腑仿佛在燃烧。

又一次，他大声问道：

"叶涅奇卡，亲爱的，你都干了些什么呀，干了些什么呀，你怎么可以这样？"

然后他把碎纸片塞进手提箱，把酒瓶放回橱柜，心想："喝点伏特加，的确好受了一点。"

他的坦克不久就要进入顿巴斯，他就要回到生他养他的村庄，找到安葬双亲的地方。让父亲为儿子彼季卡①自豪吧，让母亲怜惜自己苦命的小儿子吧。等战争结束了，他就去找哥哥，就住在哥哥家，侄女会问他："彼佳②叔叔，你为什么总是一声不吭？"

他忽然回忆起童年时代，有一天，家里养的一条长毛看家狗去参加一场狗狗的婚礼，回来时遍体鳞伤，长毛被撕掉一撮，一只耳朵被咬烂，脑袋上肿起一个包，包下面一只眼睛肿成了一条缝，嘴唇歪着，站在台阶上垂着尾巴做悲惨状。父亲看了狗一眼，温和地问道：

"怎么，当傧相了？"

是的，当了傧相……

维尔什科夫走进他的房间。

"您在休息，上校同志？"

---

① "彼季卡"是"彼得"的昵称，这里指彼得·帕甫洛维奇·诺维科夫。
② "彼佳"是"彼得"的另一个昵称。

"是，休息了一会儿。"

他看了看表，心想："明天早晨七点钟以前部队暂停前进。得用密码电报通知各部队。"

"我再下部队看看。"他对维尔什科夫说。

汽车开得飞快，速度带来的刺激多少缓解了一点他心头的痛。司机把"威利斯"开到了时速八十公里，路况很糟，汽车像拨浪鼓似的颠来颠去。

每次颠簸都吓司机一大跳，他可怜巴巴地看着诺维科夫，用目光请求他允许减速。

诺维科夫走进坦克旅旅部。短短几小时内，这里发生了多大的变化！马卡洛夫也整个变了样，好像他们已经多年没见面了。

马卡洛夫忘记了条令规则，没向他敬礼，而是迷惑不解地摊开双手，说道：

"上校同志，格特马诺夫刚刚传达了方面军司令员的命令：取消休整一天的命令，继续进攻。"

52

三个星期后，诺维科夫的坦克军被撤下来，编入方面军后备队——该军极需补充人员，维修坦克。长途奔袭四百公里后，人员和战车都需要好好休整。

在接到编入后备队的命令的同时，接到了让诺维科夫上校前往莫斯科向总参谋部和高级军官管理总局报到的命令。他能否回到坦克军，还是未知之数。

在他离任期间，坦克军暂由涅乌多布诺夫少将指挥。此前几天，旅级政委格特马诺夫就得到消息，党中央委员会决定在近期内把他调到地方，到顿巴斯光复地区的一个州担任州委书记。中央认为这项工作具有特殊意义。

莫斯科召见诺维科夫的命令在方面军司令部和装甲兵总局引起了种种议论。

一些人说，这次召见没有任何特殊意义，诺维科夫在莫斯科小住一段时间就会回来继续担任坦克军军长。

另一些人说，此事与诺维科夫在攻势最激烈时下达的错误命令——休整十个小时——有关，还与他擅自推迟坦克军进入突破口的时间有关。还有些人认为，他跟军政委和参谋长的合作有问题，而这两人以前都取得过不菲的功绩。

方面军军事委员会秘书是一位消息灵通人士，据他说，有人指控诺维科夫私生活不检点。这位秘书一度认为，诺维科夫的种种不幸都与他跟军政委的龃龉有关。但现在看来情况并非如此。他亲眼见过格特马诺夫写给最高当局的信。格特马诺夫在信中反对解除诺维科夫坦克军军长的职务，他认为诺维科夫是一位了不起的指挥员，具有杰出的军事才能，在政治和道德两方面都无可挑剔。

但特别奇怪的是，接到去莫斯科的命令那天夜里，诺维科夫安安稳稳一觉睡到天明——这可是在失眠中熬过许多痛苦夜晚后的头一遭。

53

仿佛有一列火车正载着施特鲁姆疾驰。在隆隆的火车上思考，回忆家中的寂静时光，给人一种奇怪感觉。他的日程安排得满满当当，事情一件接一件，人来人往，电话铃声不绝于耳。早前，有一天什沙科夫登门看望施特鲁姆，他细心周到，和蔼可亲，询问施特鲁姆的健康，用诙谐、友好的口吻做了些解释，请求施特鲁姆尽释前嫌，把过去的事统统忘掉；那一天似乎已过去了十年。

施特鲁姆本以为那些极力要加害于他的人一定没脸正眼看他。但他去研究所上班那天，他们却乐呵呵地跟他打招呼，注视着他的眼睛，眼神里充满忠诚和友谊。尤其令人惊讶的是，这些人的确很真诚，他们现在的确只希望施特鲁姆什么都好。

现在他重又听到许多赞扬他研究工作的好话。马林科夫亲自接见了他，一双聪明的黑眼睛专注地盯着他，跟他聊了四十分钟。施特鲁姆极为诧异：马林科夫居然了解他的工作，专业术语也运用得相当自如。

接见结束时，马林科夫的一番话又使施特鲁姆吃了一惊："无论出于什么原因都不能干扰您在物理理论领域的研究工作，假如发生这种情况，我们将极为痛心。我们很清楚，没有理论就没有实践。"

他完全没料到会听到这样的话。

会见马林科夫的第二天，他看到什沙科夫焦躁不安、充满疑问的表情，再回想当初什沙科夫召开"家庭茶话会"而把他排斥在外的情景，他那些日子经受的委屈和屈辱，施特鲁姆不禁感叹，世事难料，真是三十年河东，三十年河西啊。

马尔科夫又变得和蔼亲切，萨沃斯季亚诺夫总是微笑，俏皮话不断。古列维奇来到实验室，拥抱了施特鲁姆，说道："我真高兴，真是高兴，您是幸运儿本雅明①。"

火车还在载着他疾驰。

有关方面征求施特鲁姆的意见，问他是否认为有必要在他实验室的基础上建

---

① 本雅明是《圣经》中记载的以色列先祖雅各的小儿子。"本雅明"源自希伯来语，意为"幸运儿"。

立一个独立的科研机构。他每次去乌拉尔都是专机来回，还总有一位副人民委员陪他。一辆汽车分配给他专用，柳德米拉坐这辆车去内部商店时，会顺路捎上几位几个星期前还装作没认出她的女友。

过去看上去复杂难办的种种事情，现在办起来轻而易举，几乎自动就解决了。

年轻的兰德斯曼大为感动：科夫琴科亲自往家里给他打电话，杜宾科夫一小时之内就给他办好了入职施特鲁姆实验室的手续。

安娜·纳乌莫芙娜·魏斯帕皮尔从喀山回到了莫斯科，她告诉施特鲁姆，她的调令和通行证两天就办好了；到莫斯科时，科夫琴科还专门派了辆车到车站接她。安娜·斯捷潘诺芙娜·洛沙科娃收到杜宾科夫的书面通知，说她的职位已经恢复，而且杜宾科夫跟副所长商量过了，她缺勤期间的工资全部补发。

对施特鲁姆的新员工，不停地有好饭好菜伺候，他们笑着说，整天的工作可以归结为从早到晚被带到"内部"食堂，让人给喂饱。当然啦，他们的工作实际上不止于此。

施特鲁姆实验室里安装的仪器设备在他看来已不那么完美。他想，一年之后人们看着它，会像看斯蒂芬森①的蒸汽火车头那样，会心一笑。

施特鲁姆生活中所发生的一切，似乎都很自然，同时又显得完全不自然。的确，施特鲁姆的研究意义重大，潜力引人遐想，夸奖一下为什么不可以？兰德斯曼是一位才华横溢的科学家，为什么不能在研究所工作？安娜·纳乌莫芙娜是个不可或缺的员工，为什么要让她闲待在喀山？

与此同时，施特鲁姆心里明白，假如没有斯大林那一通电话，研究所里谁也不会夸奖他的杰出成果，而兰德斯曼，哪怕满腹才华烂在肚子里，恐怕依然是无所事事地在街头闲逛。

但毕竟，斯大林打来电话不是偶然的，不是心血来潮，不是忽发奇想。毕竟斯大林代表国家，而国家是不会心血来潮、忽发奇想的。

施特鲁姆曾担心，事务性工作——雇佣新员工、制订计划、订购设备、开会等等——会占用他所有时间。然而，汽车轮子转得飞快，会议时间很短促，开会时没人迟到，他的意愿轻而易举得到满足，因此，最宝贵的上午工作时间施特鲁姆常常是在实验室里度过的。在这段极为重要的工作时间里他是自由的，没有人碍手碍脚。他可以安心思考关心的问题。他的科学真正成了他的科学。这与果戈理的小说《肖像》中那位画家的境遇截然不同。

---

① 乔治·斯蒂芬森（1781—1848），英国工程师，第一次工业革命期间发明火车机车，被誉为"铁路机车之父"。

没有人企图干涉他的学术兴趣，而他原先最怕的就是这个。"我的确可以想做什么就做什么。"他吃惊地想。

不知为什么，他想起工程师阿尔捷列夫在喀山发的那些议论，关于国防工程如何在原料、能源、机床方面都有保障，如何没有官僚主义，没有繁文缛节。

"很明显，"维克多·帕甫洛维奇想，"就像'飞毯'一样，表面上没有官僚主义的地方，恰恰是官僚主义最严重的地方。国家重点项目可以像特快列车般享受一路绿灯的待遇。官僚主义本来就表现为两个极端——它可以让任何运动停下来，也可以赋予某个运动前所未有的速度，甚至让它飞到地球引力的界限之外。"

但现在他不常想起那些个夜晚在喀山那个小房间里的聚谈了，即便回想起来，心里也波澜不惊。马季亚罗夫现在在他心目中也不是那么出色、那么聪明了。他不再因为想到马季亚罗夫的命运而惴惴不安，不再翻来覆去地回想起卡里莫夫对马季亚罗夫的疑惧，马季亚罗夫对卡里莫夫的疑惧。

不由自主地，他觉得发生的一切都合情合理。施特鲁姆的新生活渐渐规则化，他渐渐习惯于这种新生活。以前的生活开始显得不合常理，施特鲁姆开始摆脱旧生活的阴影。阿尔捷列夫说的那些情况，难道真有其事吗？

以前，一走进人事处，感觉到杜宾科夫的目光盯住他不放，他就会气恼，焦躁不安。现在看来，杜宾科夫其实人挺好，挺和善的。

他每次给施特鲁姆打电话，总是说：

"我是杜宾科夫，打扰您啦。我不妨碍您工作吧，维克托·帕甫洛维奇？"

科夫琴科在施特鲁姆眼里原来一直是个奸诈阴险的阴谋家，无论谁，只要挡他的道，他就要整垮谁；他善于蛊惑人心，而对科研工作中活生生的本质漠不关心，惯于搞暗箱操作那一套。现在看来，科夫琴科还具有一些完全不同的特点。他每天都到施特鲁姆的实验室转转，举止很随便，有时还跟安娜·纳乌莫芙娜开几句玩笑，一点也没有当官的架子；他跟所有人握手问好，跟钳工和机械师聊天，他本人年轻时就在车间里干过车工。

什沙科夫多年来为施特鲁姆所讨厌。但现在施特鲁姆到什沙科夫家吃晚餐，发现什沙科夫原来是位热情好客的美食家，谈吐幽默，妙趣横生，喜欢喝上等白兰地，还收藏了不少版画。而主要的是，他是施特鲁姆理论的崇拜者。

"我赢了。"施特鲁姆想。但他当然明白，他并不是以一己之力赢得胜利的，与他打交道的这些人之所以改变了对他的态度，开始帮助他，而不是干涉他，决不是因为他以自己的智慧、才华抑或其他什么力量征服了他们。

但他仍然很高兴。他赢了！

几乎每天晚上，收音机里都会播放"最新消息"。苏军势如破竹。现在，施特鲁姆似乎自然而然就把自己的命运跟战争的既定进程联系在了一起，跟人民、军队和国家的胜利联系在了一起。

但他也知道，事情并非如此简单。他嘲笑自己一厢情愿地总想什么都黑白分明，一目了然："斯大林成就了这个，斯大林成就了那个，斯大林万岁！"

以前他以为，党政干部们无一例外，即使在家里也是张口闭口干部队伍的纯洁性，也在用红铅笔批文件，要不就向妻子朗读党史《简明教程》，连梦中见到的也都是暂行条例、必遵法规之类。

出乎意料，这些人向施特鲁姆展示了另一面，人性的一面。

党委书记拉姆斯科夫原来是个钓鱼爱好者，战前，他曾带着妻儿乘船在乌拉尔山区大小河流上航行。

"嘿，维克托·帕甫洛维奇，"他说，"生活中找不到比这更好的了：黎明时分出门，露珠闪闪发亮，岸边的沙滩踩上去凉丝丝的，你拾掇好钓鱼竿什么的，选个地方。河水一片漆黑，没受人惊扰，似乎在给你某种许诺……等战争结束了，我把你拉进钓鱼联谊会吧。"

科夫琴科有一次不知怎的跟施特鲁姆聊起了小儿病症。施特鲁姆很奇怪他怎么会对治疗佝偻病和扁桃体炎的各种方法那么熟悉。原来，科夫琴科除了自己的两个孩子，还收养了一个西班牙小男孩。小男孩经常生病，科夫琴科自己为他治疗，久而久之便成了专家。

就连貌似枯燥无趣的斯韦钦，也对施特鲁姆说起他收集的各种仙人掌，在1941年寒冷的冬天，多亏他悉心照料，他的仙人掌收藏完好无损地保存了下来。

"啊，感谢上帝，人没有那么坏，"施特鲁姆想，"每个人都有自己富于人情味的一面。"

当然，施特鲁姆内心深处明白，所有这些变化总的来说并没有改变任何东西。他不是傻瓜，不是犬儒主义者，知道肩膀上长着个脑瓜是干什么用的。

这些天，他回想起柯雷莫夫的一次谈话。柯雷莫夫有个老同事姓巴格良诺夫，曾在军事检察院担任首席侦查员。巴格良诺夫于1937年被捕。1939年，在贝利亚短暂推行自由主义期间，他从劳改营给放了出来，回到莫斯科。

柯雷莫夫说，那天夜里，巴格良诺夫一下火车就直接去了他家，穿一件破衬衫，一条破裤子，口袋里还揣着劳改营的释放证明。

在他获释的第一个晚上，他滔滔不绝地诉说自己如何热爱自由，诉说他对劳改营所有难友的同情，还说他打算以后当个养蜂人，再拾掇拾掇花园。

但渐渐地，他的生活重新回到以前的轨道，他的话风也不一样了。

柯雷莫夫不无嘲讽地说到巴格良诺夫的思想是怎样一步步慢慢变回去的。巴格良诺夫又领到了军衣军裤，一开始，他的观点仍然是自由主义的，虽然他已经不像丹东那样嫉恶如仇了。

不久，劳改营那份释放证明被注销，他领到了莫斯科的公民身份证。他立刻采纳了黑格尔的立场："凡是存在的都是合理的。"后来，住所还给了他，他说话的腔调也变了，声称在劳改营里，有不少人是苏维埃国家的敌人，这些人被判刑是罪有应得。后来，勋章还给了他。再后来，恢复了他的党籍，接着又恢复了他的党龄。

恰在此时，柯雷莫夫在党内遇到了点麻烦。于是巴格良诺夫不再给他打电话。有一天，柯雷莫夫在街上偶然遇到他。巴格良诺夫身穿军便服，领子上缀着菱形领章，从停在最高检察院大门口的一辆汽车里走出来。而就在八个月前，他还穿着破衬衫，口袋里装着劳改营释放证明，深更半夜坐在柯雷莫夫家大谈特谈无辜被关押的犯人，大谈特谈盲目的暴力。

"那天夜里听他谈话时，我还以为他再也不可能回检察院重操旧业了。"柯雷莫夫苦笑着说。

当然，维克托·帕甫洛维奇现在回想起这件事，并且讲给娜嘉和柳德米拉听，不是无缘无故的。

他对1937年的死难者的态度没有任何改变。他仍然对斯大林的残暴感到震惊。

他很清楚，人们的生活不会因某个施特鲁姆沦为命运的继子还是成为命运的宠儿而改变，无论这个施特鲁姆是否获得勋章和奖章，无论这个施特鲁姆被马林科夫召见还是被什沙科夫家的茶话会排斥在外，集体化时期的冤魂和1937年被枪毙的人永远不会死而复生。

这一切施特鲁姆全都记得，全都明白。但在这记忆和明白中毕竟出现了某种新东西……

他经常对妻子说："如今的世道，小人遍地啊！胆小怕事，连诚实做人的权利都不敢捍卫，动不动就屈服、妥协，可鄙可叹。"

有一次想起切佩任，他甚至怀着一种责难情绪："切佩任如此热衷于旅游、爬山，其实是一种无意识恐惧的表现——他想要逃避生活的复杂性。他离开研究所，则是一种有意识恐惧的表现——他想要逃避我们生活中那些主要问题。"

当然，他身上毕竟发生了某种改变，他感觉到了这一点，但弄不清究竟是什么改变了。

54

施特鲁姆回到工作岗位后，在实验室没有见到索科洛夫。在施特鲁姆回到研究所前两天，索科洛夫得了肺炎。

施特鲁姆了解到，索科洛夫在生病前，跟什沙科夫商定了一份新工作。索科洛夫被任命为新组建的一个实验室的主任。总的来说，索科洛夫的事业在走上坡路。

就连无所不知的马尔科夫，也不知道索科洛夫向所委会请求将他调离施特鲁姆实验室的真正原因。

得知索科洛夫调走的消息，施特鲁姆并没有感到难过或惋惜——假如天天跟他见面、一起工作，那日子才不好过呢。

谁知道索科洛夫会不会从施特鲁姆眼神中看出什么破绽来。施特鲁姆思念她，但当然，作为自己朋友的妻子，施特鲁姆是无权那样思念她的。他无权想望她。他无权偷偷见她。假如有人对他谈起这类事件，他也会感到气愤。竟然欺骗妻子！竟然欺骗朋友！但他却想望着她，幻想跟她会面。

柳德米拉跟玛丽娅·伊万诺芙娜恢复了交往。她俩在电话里解释了老半天，然后见了面，痛哭流涕，忏悔各自曾经怀有的坏念头、猜疑、对友谊的不信任。

天哪，生活是多么错综复杂啊！玛丽娅·伊万诺芙娜，诚实纯洁的玛丽娅·伊万诺芙娜却对柳德米拉不诚实，她做了昧良心的事！然而，她这么做是为了她对他的爱！

施特鲁姆现在很少见到玛丽娅·伊万诺芙娜了。关于她的一切，他几乎都是从柳德米拉那里听到的。

他得知，索科洛夫因战前发表的一些论著而被提名为斯大林奖金候选人。他得知，索科洛夫收到一封热情洋溢的信，是一批年轻英国物理学家写给他的。他得知，在科学院下一次选举中，索科洛夫将当选为通信院士。这些情况全是玛丽娅·伊万诺芙娜告诉柳德米拉的。他偶尔见到玛丽娅·伊万诺芙娜，时间都很短，见面时他从来不提索科洛夫的名字。

辛勤工作、出席会议、出差旅行，都不能消解他对她的不绝思念，他时时刻刻渴望见到她。

柳德米拉·尼古拉耶芙娜对他说过好几次：“我闹不懂索科洛夫为什么对你这么反感，连玛莎都说不清楚。”

理由其实很简单，但玛丽娅·伊万诺芙娜当然无法对柳德米拉说清楚。她对丈夫说了她对施特鲁姆的感情，这就足够了。

这一自白永久毁掉了施特鲁姆和索科洛夫之间的关系。她向丈夫保证不再跟施特鲁姆会面。哪怕玛丽娅·伊万诺芙娜对柳德米拉透露一个字，施特鲁姆跟玛丽娅的联系就会完全断掉了，他将无法知道她在哪里，她过得好不好。就是现在，他俩见面的机已经那么少了！见面时间又是那样短促！见面时他们很少说话，只是挽着胳膊在街上走走，要么在街心花园的长椅上坐坐，什么也不说。

在他那段备受煎熬的日子里，她以非凡的敏感理解到他正在经历的一切。她猜到了他的想法，猜到了他的举动，她甚至好像预知了会发生在他身上的一切。那时，他的心情越是难过，想见到她的欲望就越是折磨人，越是强烈。他觉得，这种完全、彻底的理解，是他如今的幸福所在。他觉得，只要这个女人跟他在一起，什么痛苦都不在话下，他都可以轻而易举地承受。和她在一起，他会感到幸福。

他们在喀山时，一天晚上曾经交谈过，回莫斯科后，两人一起在乐游公园散过步，还有一次他们在卡卢加大街街心花园的长椅上坐了几分钟，就是这么个情况。这是以前。至于现在，他们通过几次电话，在街上见过几次面，这些短促的约会他没有向柳德米拉说起过。

但他明白，他和她的罪过，无法用他们偷偷在长椅上坐的时间来衡量。他的罪过可不小：他爱她。为什么她会在他的生活中占据如此重要的位置？

他对妻子说的每一句话都有真有假。他的每一个动作、每一个眼神都包含着谎言，而他对此一点办法也没有。

他装出一副漠不关心的样子问柳德米拉："喂，你女朋友给你打电话了吗，她怎么样，彼得·拉夫伦季耶维奇的身体怎么样？"

他为索科洛夫的成就高兴。但他高兴的原因，不是出于对索科洛夫的好感。不知为何，他觉得索科洛夫的成就可以使玛丽娅·伊万诺芙娜免于遭受良心的责备。

从柳德米拉嘴里探问索科洛夫和玛丽娅·伊万诺芙娜的情况，是件令人难堪的事。这对柳德米拉，对玛丽娅·伊万诺芙娜，对他自己，都是一种羞辱。

但是，谎言往往跟真话混杂在一起，即便跟柳德米拉谈论托利亚、谈论娜嘉或亚历山德拉·弗拉基米罗芙娜，他的话也可能含有虚假成分。为什么会这样，出于什么考虑？要知道，他对玛丽娅·伊万诺芙娜的情感是实实在在的，是他心灵、思想和愿望的真实反映。为什么从真实中却产生了那么多谎言？他知道，假如他放弃自己的感情，就可以把柳德米拉、玛丽娅·伊万诺芙娜和他自己从谎言中解放出来。但是，就在他觉得应该放弃他无权享受的爱情时，却有一个狡猾的声音用痛苦来恐吓他，麻醉他的思想，规劝他说："不要紧，这种谎言没那么可怕，没有人会因之受到伤害。痛苦比谎言更可怕。"

有时，在短暂的几分钟里，他觉得他能找到力量，让自己硬起心肠，断绝跟柳德米拉的关系，毁掉索科洛夫的生活，这时他的感情又跑来轻轻往前推他一下，用相反的道理来说服他：

"谎言比什么都坏，最好的出路是跟柳德米拉离婚，千万别再向她撒谎，也别再迫使玛丽娅·伊万诺芙娜撒谎了。谎言比痛苦更可怕！"

他没有觉察到他的思想已经成为他的感情的驯顺奴仆，跟在感情后面亦步亦趋，而要跳出这种原地打转的状态只有一个办法——斩断情丝，牺牲自己，而不是牺牲别人。

面对一团乱麻，他想得越多，就越是无法解开。这到底是怎么回事，怎样才能解释清楚——他对玛丽娅·伊万诺芙娜的爱既是他生活的真实，又是他生活的谎言！去年夏天，他跟姿色动人的尼娜曾有过一段情。可不是那种中学生式的懵懂恋爱。他跟尼娜可不单单是在街心花园散散步。但恰恰是现在，他却感觉到自己的背叛，感觉到家庭的不幸，感觉到对不起柳德米拉。

他为这些事殚精竭虑，寝食不安，当年普朗克创立量子理论，花费的精力恐怕也不过如此吧。

他一度认为，这种爱情之所以产生，仅仅是因为他所遭受的痛苦和不幸……假如没有那些痛苦和不幸，他恐怕就不会体验到这种情感了……

但现在他日子好过了，想见到玛丽娅·伊万诺芙娜的愿望却并没有减弱。

她是个具有特殊气质的女人。财富、荣誉、权势对她来说不值一文。她只想分担他的不幸、痛苦、贫困……他有时会惶惶不安：她会不会突然不搭理他了？

他知道玛丽娅·伊万诺芙娜把彼得·拉夫伦季耶维奇奉若神明。这是他最难以忍受的。

也许叶尼娅说得对。多年婚姻生活之后的第二次爱情，的确是精神维生素缺乏的结果。一头牛长年累月缺盐，在草地上、干草中、树叶里寻寻觅觅，都没有找到，最后终于在某个地方找到了，你怎么能指望它不去舔食呢。这种精神饥渴逐渐发展，会形成巨大的力量。就是这么回事，就是这样。唉，他太知道这种精神饥渴了……玛丽娅·伊万诺芙娜跟柳德米拉，这两个人太不一样了。

他的想法是正确的，还是错误的？施特鲁姆没有意识到，他这些想法并非理智的产物，它们正确也好，错误也好，并不能决定他的行为。主宰他的不是理智。见不到玛丽娅·伊万诺芙娜，他感到很痛苦，一想到可以见到她，他就高兴起来。有时他想象他们形影不离，永远在一起，于是变得更高兴。

为什么想到索科洛夫时，他没有感到良心责备？他为什么不感到羞愧？

可是话说回来，又有什么可羞愧的？他们只不过在乐游公园散了散步，在长椅上坐了一会儿。

是的，在长椅上坐一会儿是没什么关系，但问题是他打算跟柳德米拉离婚，打算对自己的朋友说自己爱上了他的妻子，打算把她从朋友手里抢走。

他时常回想起他跟柳德米拉生活中的种种不快，回想起柳德米拉对他母亲如何不好，回想起他的表弟从劳改营回来时，柳德米拉不让他在家里过夜。他回想起她的冷酷无情，回想起她对人的粗暴、固执、不近人情。

想起这种种不快，他的心肠就变硬了。既然要作出冷酷的决定，就不能菩萨心肠。但是，但是，柳德米拉跟他过了大半辈子，分担了他所有的艰难困苦。柳德米拉的一头黑发，已经掺杂了几许灰白。她承受了多少痛苦。难道她真的一无是处？多少年来，他一直为她感到自豪，赞赏她的直率和诚实。他真的能硬起心肠，痛下杀手吗？

早上，施特鲁姆收拾东西准备上班时，想起不久前叶尼娅在他家小住的事，心想：

"幸好叶尼娅回古比雪夫了。"

但随即他又为自己的想法感到惭愧。好巧不巧，柳德米拉·尼古拉耶芙娜这时开了口："我们家坐过牢的，现在又添了个柯雷莫夫。幸好叶尼娅现在不在莫斯科了。"

他本想责备她不该说这种话，但忽然醒悟过来，就没有吱声。要是他真的责备她，那该有多虚伪！

"切佩任来过电话。"柳德米拉·尼古拉耶芙娜说。

他看了看表。

"晚上我早点回来，再给他回电话。顺便说说，我又要去乌拉尔一趟。"

"去很久吗？"

"不久。三天左右吧。"

他匆匆走了，今天是个重要日子。

他的工作很重要，要做的都是大事，关系到国家利益的大事，而他个人的那些想法，仿佛受反比定律支配，都是渺小的、卑微的、琐碎的。

叶尼娅临走时，曾请求姐姐去一次库兹涅茨桥大街，给柯雷莫夫送二百卢布。

"柳德米拉，"他说，"该把叶尼娅说的钱送去了。你好像已错过了日期。"

他说这话并不是因为他担心柯雷莫夫和叶尼娅。他说这话，是怕柳德米拉办事太拖拉，弄得叶尼娅只好提前再来莫斯科。而叶尼娅一来，就会不断地写申诉书、写信、打电话，把施特鲁姆家的公寓变成探监、上访的基地。

施特鲁姆明白，自己这些想法不仅渺小、琐碎，而且卑鄙。他为这些想法而羞愧，于是急忙说：

"给叶尼娅写封信吧。用我们两人的名义发个邀请。也许她需要来莫斯科，但我们不请她，她不好意思来。听见了吗，柳达？马上写吧！"

说完这番话，他感觉好了些，但他也知道，他这样说只是为了自我安慰……这一切多么奇怪。就在不久前，当他被社会抛弃，孤身一人坐在自己房间里，连想起房屋管理员和票证管理局那个办事的小姑娘都心生畏惧时，他头脑里却充满有关人生、真理、自由、上帝的思考……那时谁也不需要他，电话机好几个星期哑然无声，熟人们在街上遇见他也不理不睬。而现在，成打成打的人等着见他、打电话给他、写信给他，豪华型"吉斯－101"小汽车在窗外礼貌地鸣喇叭——他却无法摆脱这些鸡毛蒜皮、微不足道的想法，这些无谓的烦恼、多余的忧虑。这里有句话说得不够谨慎，那里有个笑容欠妥当，他脑子里成天转的就是这些琐事。

斯大林给他打过电话之后，有段时间他觉得恐惧已经从他生活中完全消失了。但事实证明，恐惧仍在继续，只是变了个样，不再是平民的恐惧，而变成了上层人士的恐惧。你可以坐在小汽车里跑来跑去，可以给克里姆林宫打直通电话，但恐惧还在那里。

过去在他看来绝不能容忍的东西——嫉妒他人的科研成果和成就，争名夺利，现在却显得很自然。他老担心别人超过他、欺骗他。

他不大愿意跟切佩任交谈，似乎没有足够的力气来应付一场劳神费力的漫长谈话。从前谈到科学对国家的依附关系时，他们俩都有点过分简单化了。毕竟，他现在的确是自由的。现在没有人再敢说他的理论体系是毫无意义的学究式的空想，没有人再企图扼杀这一体系了。国家需要物理理论，现在无论是什沙科夫还是巴季因都很清楚这一点。为了让马尔科夫在实验中、科奇库罗夫在实践中充分发挥才智，需要纯粹的理论家。斯大林打过电话之后，大家才明白这个道理。该怎样向切佩任解释这通电话给施特鲁姆带来了工作上的自由呢？而且，为什么现在他对柳德米拉的缺点那样反感？为什么他对什沙科夫又那样友好？

现在他特别喜欢马尔科夫，究其原因，是马尔科夫灵通的消息：上级领导的各种私事；秘密的和半公开的传闻；无害的手腕和严重的欺诈；在主席团争夺一席之地引起的气恼和不快；是位列某个名单呢，还是听到那句致命的话："名单里没有您的名字"——这一切他都深感兴趣，为之着迷。

现在，晚间闲来无事，施特鲁姆恐怕更情愿跟马尔科夫闲聊，而不愿跟马季亚罗夫讨论问题，像在喀山那样——即使马季亚罗夫在莫斯科的话。马尔科夫独具慧眼，人们身上的一切可笑之处他一看一个准，对人们的弱点，他常常给予善意而辛辣的嘲笑。他具有极高雅的审美趣味，同时又是个一流学者。施特鲁姆认定他是全苏联最有才华的实验物理学家。

施特鲁姆已经穿好大衣，这时柳德米拉说：

"玛丽娅·伊万诺芙娜昨天来电话了。"

他急促地问：

"什么事？"

显然，他的脸色变了。

"你怎么啦？"柳德米拉问道。

"没什么，没什么。"他说着，从走廊上又返回房间里。

"说实在的，我听得不太明白，发生了什么不愉快的事吧。好像科夫琴科给他们打了电话。总之，她跟以往一样担心你，怕你再惹什么祸。"

"什么事情惹祸？"他迫不及待地问，"我不明白。"

"我不是跟你说了吗，我也没听明白。她在电话中好像不便细说。"

"那你再跟我说一遍吧。"他说着，解开大衣，在门旁一把椅子上坐下来。

柳德米拉看着他，不住摇头。他觉得她那双眼睛含着责备和哀伤在看他。

她的话进一步证实了他的猜想：

"瞧你，维佳，早上没时间给切佩任打电话，可一说到玛莎，你却有大把时间听个详细……已经迟到了，你还折回身来。"

他斜着眼睛往上瞟了她一眼，说：

"是啊，迟到了。"

他走近妻子，拉起她一只手放到唇边。

她抚摩着他的后脑勺，稍稍揉乱了他的头发。

"你瞧，玛申卡现在多重要，多引人关注，"柳德米拉轻轻说道，苦笑了一下，又补充道，"就是那个老把巴尔扎克和福楼拜混为一谈的女人。"

他看了她一眼：她的眼睛湿润了，他觉得她的嘴唇在颤抖。

他无可奈何地摊了摊手，走到门口，又回头看了一眼。

她脸上的表情让他吃了一惊。他走下楼梯，想着如果他跟柳德米拉分手，再也见不到她，她脸上的这个表情——绝望、哀恸、疲惫、为丈夫和她自己感到羞愧——再也不会从他的记忆中消失，直到他生命的最后一天。他明白在那两三分钟里发生了一件非常重要的事情：妻子明确无误地向他表示，她看出了他对玛丽娅·伊万诺芙娜的爱，而他证实了她的猜想……

他只知道一点：见到玛莎，他就感到幸福，如果他相信再也见不到她，他就没法活下去。

施特鲁姆的汽车快到研究所时，什沙科夫的"吉斯"汽车从后面赶上来，两辆汽车几乎同时在研究所大门口停下来。

两人并排走在走廊上，就像刚才两辆"吉斯"汽车并排行驶一样。什沙科夫挽起施特鲁姆的胳膊，问道：

"又要飞了？"

"大概是吧。"施特鲁姆回答说。

"很快我们就要彻底分道扬镳吧。有一天，您要跟国家元首平起平坐了。"什沙科夫开玩笑说。

施特鲁姆突然想："要是我问问他有没有爱上过别人的妻子，他会怎么说？"

"维克托·帕甫洛维奇，"什沙科夫说，"下午两点钟左右您方便到我办公室来一下吗？"

"两点不到我就有空了，没问题。"

这天他的工作很不顺手。

在实验大厅里，马尔科夫没穿上衣，挽着衬衣袖子，他走到施特鲁姆面前，兴冲冲地说：

"如果您方便，维克托·帕甫洛维奇，稍后我去您办公室找您。有件很有趣的事，我跟您聊聊。"

"两点钟我要去见什沙科夫，"施特鲁姆说，"那我们晚一点儿吧。我也有事想跟您说。"

"两点钟，见什沙科夫？"马尔科夫反问一句，沉思片刻，又说，"我好像能猜到他们想求您做什么。"

55

什沙科夫见施特鲁姆来了，便说：

"我正想给您打电话，提醒您见面的事呢。"

施特鲁姆看了看表说：

"我好像没迟到吧。"

什沙科夫站在他面前，身材魁梧，穿一套笔挺的灰色礼服，脑袋很大，一头银发。但现在施特鲁姆不再觉得什沙科夫的眼睛冷漠、傲慢，而觉得它们像是孩子的眼睛，一个熟读大仲马和迈恩·里德作品的孩子的眼睛。

"亲爱的维克托·帕甫洛维奇，今天有件很特别的事想跟您商量商量。"什沙科夫微笑着说。他挽起施特鲁姆的胳膊，请他在安乐椅上就座。"事情很严肃，但不大令人愉快。"

"那有什么，我们不是已经习惯了吗，"施特鲁姆说着，一脸无聊地环视了一下这位大块头院士的办公室，"那就谈正事吧。"

"是这样的，"什沙科夫说，"最近在国外，主要是英国，掀起了一场卑鄙的运动。我们在反法西斯战争中首当其冲，而一帮英国科学家不去要求尽快开辟第二战场，反而发起一场莫名其妙的运动，煽动对我们国家的敌对情绪。"

他看着施特鲁姆的眼睛，维克托·帕甫洛维奇熟悉这种坦然、诚实的目光——正打算干坏事的人，看人就是用这样的目光。

"是，是，是，"施特鲁姆说，"不过，究竟是一场什么样的运动？"

"一场诽谤运动，"什沙科夫说，"他们公布了一份凭空捏造的名单，在上面列出据称在我国被枪毙的科学家和作家，声称数量大得离奇的一批人因政治原因而被镇压。他们怀着令人费解的热情，甚至可以说，令人生疑的热情，试图为普列特尼奥夫医生和莱温医生翻案，而这两位医生已经由我国侦查机关和法院裁定犯下了谋害阿列克谢·马克西莫维奇·高尔基的罪行。所有这些都发表在一家与政界关系密切的报纸上。"

"是，是，是，"施特鲁姆连声说，"还有什么？"

"基本上就这些了。他们还提到遗传学家切特韦里科夫，成立了一个专门为他辩护的委员会。"

"不过，亲爱的阿列克谢·阿列克谢耶维奇，"施特鲁姆说，"切特韦里科夫确实被逮捕了啊。"

什沙科夫耸了耸肩。

"您知道，维克托·帕甫洛维奇，我跟安全机关的工作不沾边。但要是他真的被逮捕了，那么无疑是因为他犯有罪行。您和我不是好好的嘛，没人来逮捕我们啊。"

这时，巴季因和科夫琴科走了进来。施特鲁姆顿时醒悟，什沙科夫是在等他们俩，肯定三个人早就商量好了。什沙科夫都没浪费时间向新来的两位说明谈话内容，便说：

"请，请，同志们，请坐吧。"然后他转向施特鲁姆，继续说："维克托·帕甫洛维奇，这些无稽之谈又传到美国，在《纽约时报》上刊出，自然而然激起了苏联广大知识分子的义愤。"

"那当然，不引起义愤才怪呢。"科夫琴科说，一边用犀利而又亲切的目光盯着施特鲁姆的眼睛。

一个想法在施特鲁姆心里油然而生，但科夫琴科那双褐色眼睛里的目光如此友好，施特鲁姆的嘴被那目光堵住了，没把话说出口："苏联广大知识分子一辈子没见过《纽约时报》长什么样，'激起义愤'又从何说起？"

施特鲁姆耸耸肩，含混不清地嘟哝了一句，可以被解释为对什沙科夫和科夫琴科的赞同。

"当然，"什沙科夫说，"在我们科学界，大家都想对这种丑行给予应有的驳斥。我们已经拟好了一份文件。"

"拟什么拟呀，还不是别人写好了硬塞给你的。"施特鲁姆想。

什沙科夫说：

"这是一份信件形式的文件。"

这时，巴季因低声插话：

"我读过了，写得不错，正是我们所需要的。签名的人不用太多，只要我国最有名的科学家，一些在欧洲和全世界享有盛誉的人签名就行了。"

施特鲁姆从什沙科夫头几句话就听出了这次谈话的企图。他只是不知道什沙科夫究竟要他做什么——是在学术委员会上发言，写文章，还是参加投票……现在他明白了：是要他在信上签名。

一阵恶心向他袭来。就像上次要他在会上公开检讨一样，他感到自己脆弱无比，像只小虫子般让人玩弄在掌心。

几百万吨重的花岗岩重又悬在他头顶，随时可能崩塌，压垮他的脊梁……普列特尼奥夫教授！施特鲁姆立刻回想起《真理报》上那篇某个歇斯底里的女人指控老教授的"肮脏勾当"的文章。一如往常，铅印的东西似乎就代表着真理。显然，阅读果戈理、托尔斯泰、契诃夫和柯罗连科的作品，使我们养成了习惯，以一种近乎虔诚的态度来看待铅印的俄罗斯文字。但是，这一天，这一刻终于来到了：施特鲁姆很清楚，报纸上全是撒谎，普列特尼奥夫教授是平白遭人构陷的。

然而，不久之后，普列特尼奥夫和克林姆林宫医院的著名内科医生莱温就被捕了，并承认他们联手杀害了阿列克谢·马克西莫维奇·高尔基。

三个人看着施特鲁姆。他们的目光友好、亲切、充满信任。自己人在自己人中间。什沙科夫像兄长般望着他，他对施特鲁姆研究工作的重大意义是高度认可的。

科夫琴科仰望着他，态度谦恭。巴季因的眼睛在说："是啊，你的言行我曾经觉得带有异己倾向。是我错了。我看走了眼。感谢党，纠正了我的错误。"

科夫琴科打开一个红色纸夹，取出一封打印好的信，递给施特鲁姆。

"维克托·帕甫洛维奇，"他说，"我必须告诉您，由这帮英国佬、美国佬掀起的这场运动直接迎合了法西斯分子的需要。多半有第五纵队的坏蛋在幕后捣鬼。"

这时，巴季因插话说：

"维克托·帕甫洛维奇用得着劝吗？他和我们大家一样，有一颗俄罗斯苏维埃爱国者的心。"

"当然，"什沙科夫说，"没错。"

"谁会怀疑这一点呢！"科夫琴科说。

"是，是，是。"施特鲁姆说。

最令人惊讶的是，这几个人不久前还对他不屑一顾、充满猜疑，现在却泰然自若地向他表示信任和友好；而他呢，尽管时刻记得这些人当初对他下手之狠，此时也泰然自若地接受了他们的友好情谊。

正是这种友好和信任捆住了他的手脚，使他失去了力量。如果他们对他大喊大叫，跺脚，甚至拳脚相向，他也许会大发雷霆，变得更有力……

斯大林跟他谈过话。坐在他身边的这几个人都记得这事。

然而，天哪，这几位同志要他签名的这封信太可怕了，它涉及的事情太可怕了。

他无法相信普列特尼奥夫教授和莱温医生是杀害伟大作家高尔基的凶手。他母亲来莫斯科时，常去莱温医生那里看病，柳德米拉·尼古拉耶芙娜也接受过莱温医生治疗，这是个聪明、文雅、温和的人。如此阴险地诽谤这两位医生，这种事只有魔鬼般歹毒的人才做得出来。

这些诽谤之词充满中世纪的愚昧。医生杀手！两个医生联手杀死了那位伟大作家，俄国最后一位经典作家？谁需要这种血腥的诽谤？女巫审判、宗教裁判所的火刑柱、处死异教徒、烟雾、恶臭、沸腾的焦油。这一切怎么能跟列宁，跟社会主义建设，跟伟大的反法西斯战争挂上钩？

他翻到信的第一页。

什沙科夫问他坐得舒服不，光线充足不？要不要给他换把椅子？不，不，挺好，非常感谢。

他读得很慢。一个字一个字抠出来放到脑子里，却没有被脑子吸收，就像沾在苹果表面的沙子。

他读道："你们袒护普列特尼奥夫和莱温这两个玷污了医生崇高称号的不齿于

人类的败类，无异于为法西斯仇视人类的意识形态磨盘注水。"

接着他读道："德国法西斯主义恢复了中世纪的女巫审判、犹太人大屠杀、宗教裁判所的火刑柱、刑讯拷打，而苏联人民正以一己之力与德国法西斯主义对抗。"

我的天哪，叫人能不发疯吗？

再往下读："我国男儿在斯大林格勒城下流血牺牲，赢来了与希特勒匪帮进行的这场战争的转折点，而你们却袒护第五纵队的这些奸细，不知不觉中……"

是，是，是。"在我们国家，人民对科学界人士的关爱和国家对他们的照顾，远远胜过世界上其他所有国家。"

"维克托·帕甫洛维奇，我们说话不妨碍您吧？"

"不，当然不，您说哪儿的话呢。"施特鲁姆一边说，心里一边想："好羡慕那些走运的家伙，要么开个玩笑把事情敷衍过去，要么这会儿正好在乡下别墅，要么刚好生了病，要么……"

科夫琴科说：

"我听说约瑟夫·维萨里昂诺维奇①知道这封信的事，还赞许了我国科学家的这个倡议。"

"所以更得有维克托·帕甫洛维奇的签名了……"巴季因说。

施特鲁姆预感到自己不得不屈服，一种厌倦、憎恶的感觉不由得涌上心头。伟大祖国的温暖呼吸扑面而来，他没有勇气再度投身于冷酷的黑暗中……今天他实在没有这个勇气，实在没有。阻止他的不是恐惧，而是一种截然不同的东西，是身心俱疲的一种顺从。

人真是一种非常奇怪的动物！他在自己身上能找到放弃生命的勇气，突然间却难以舍弃姜饼和糖果。

当一只无所不能的手抚摩你的脑袋、拍你的肩膀时，你倒试试看一把把它推开。

可这不是胡说八道，自欺欺人吗？跟姜饼、糖果有什么关系？他向来不计较生活条件和物质享受。他的思想和他的研究，他生命中最宝贵的这两样东西，在反法西斯斗争中证明是为人们所需要的，是有价值的。这才是真正的幸福！

对了，说起来，这到底是怎么回事？要知道，两位医生在预审时招认了，在法庭上也招认了。既然他们招认杀害了高尔基，那还能相信他们无罪吗？

拒绝在信上签名？那就意味着同情杀害高尔基的凶手！不，不行。怀疑他们

---

① 即斯大林。

供词的真实性？那就意味着他们是受人逼迫！而要逼迫正直善良的知识分子招供受人指使杀了人，明知这种招供会导致自己身败名裂，只有一个办法：严刑拷打。但你能流露出这种怀疑吗，哪怕是一丝一毫？答案只有一个：绝对不行，除非你发疯了。

但签署这封卑鄙的信又实在令人作呕。他脑海里浮现出一些借口和可能的回答……"同志们，我病了，冠状动脉痉挛发作。""胡说！您气色好极了，您不是想称病逃避吧。""同志们，干吗非要我签名不可，我的名气只限于一个很小的专家圈子，国外很少有人听说过我。""胡说！（是胡说？很高兴听你这样讲）他们知道您，怎么可能连您都不知道！打开天窗说亮话吧，没有您的签名，根本没法把这封信拿给斯大林同志看，他会问：为什么没有施特鲁姆的签名？"

"同志们，我非常坦率地告诉你们，有些措辞在我看来不够妥当，仿佛在抹黑我国的知识界。"

"说吧，说吧，维克托·帕甫洛维奇，把您的想法说出来，我们很乐意修改您觉得不妥的措辞。"

"同志们，请理解我，瞧，你们在这里写着：人民公敌巴别尔，人民公敌作家皮利尼亚克，人民公敌科学院院士瓦维洛夫，人民公敌演员梅耶荷德……但我是个物理学家、数学家、理论家，有些人还认为我是个精神分裂症患者，因为我研究的领域太抽象。说实在的，我真的不够格，像我这样的人最好别蹚这浑水，我对这些事情一窍不通。"

"维克托·帕甫洛维奇，您就别假谦虚了。您分辨政治问题的能力极其出色，逻辑非常严谨，想想看，您就政治问题发表过多少见解？而且都那么尖锐。"

"唉，我的天哪！发发慈悲吧，我有良心，这样做让我很痛苦，太难了，再说我也没这个义务啊，干吗非要我签名不可，我筋疲力尽了，求求你们放过我，让我的良心得到安宁吧。"

但他无法摆脱一种虚弱无力的感觉，仿佛整个人被置于催眠状态下，就像一头被喂得饱饱的、得到精心照料的家畜，他安于现状，害怕遭受新的磨难，害怕遇到新的令人害怕的东西。

到底该怎么办？重新与集体对抗？再一次忍受孤独？该认真对待生活了。他得到了以前做梦都不敢想的东西。现在他可以自由自在地从事研究，处处受到重视和关怀。再说了，他并没有恳求他们给他这一切，他没有认错。他是赢家！他还想要什么呢？连斯大林都给他打了电话！

"同志们，这一切事关重大，我得好好考虑一下，请允许我哪怕到明天再做决定吧。"

他眼前立刻出现一个痛苦万分的不眠之夜：瞻前顾后、犹豫不决，好不容易作出一个决定，马上又担心做错了，再次瞻前顾后、犹豫不决，再次作出决定。这一切将把他折磨得筋疲力尽，比凶险无情的疟疾还要糟糕。自讨苦吃，把折磨再多拖几个钟头？他没那份力气了。快点儿吧，快点儿，快点儿了断吧。

他掏出自来水笔。

他看到什沙科夫瞪大了眼睛：最不好说话的刺儿头今天变得这么好说话？

整整一天施特鲁姆没有工作。没有人打扰他，电话也没响，但他就是无法工作。他无法工作，是因为在这一天他觉得工作很无聊、乏味、没意思。

都有谁在信上签名了？切佩任？约费签了吗？克雷洛夫呢？曼德尔施塔姆呢？要是能躲到什么人背后就好了。但拒绝是不可能的。无异于自杀。别，没那回事。可以拒绝的。不，不，一切都合理合法。没有人威胁他。如果是出于动物的恐惧而签了名，可能反倒好受些。但他不是出于恐惧而签名的。是出于某种令人难受、令人恶心的恭顺。

施特鲁姆把安娜·斯捷潘诺芙娜叫到他办公室，请她在明天以前把在新装置上进行的实验的对照组照片洗出来。

她把要求记下来，但坐在那里没有要走的意思。

他询问地看了她一眼。

"维克托·帕甫洛维奇，"她说，"我以前总觉着有些东西是无法用语言表达的，但现在我想说：您明白您帮了我和另外几个人多大的忙吗？对我们来说，这比什么重大发现都重要。这个世界上有您这样的人，一想到这一点，我就觉得心里舒坦了。您知道那些钳工、清洁工、看门人怎么说您？他们说您是个正派人。我好几次想去您家里，又没敢去。您知道吗，在最困难的日子里一想起您，人就会轻松好多，日子就好过些了。谢谢您哪，谢谢您活在我们中间。您是个真正的人！"

他还没来得及对她说什么，她已经快步走出了办公室。

真想跑到街上去大声尖叫……只要能摆脱这种折磨，洗刷掉这种巨大的耻辱。可事情还没完，才开头呢。

临下班时，电话铃响了。

"您听得出来吗？"

天哪，他听得出来吗？不仅靠听觉，就是靠他那握着电话听筒的瞬间变凉的手指，他也听得出这个声音。是玛丽娅·伊万诺芙娜，在他生活中的艰难时刻又来到他身边。

"我在公用电话亭里，声音听不大清楚，"玛丽娅·伊万诺芙娜说。"彼得·拉夫伦季耶维奇好些了，我现在空闲时间比以前多。您如果方便，明天八点钟咱们到那个街心花园聚一下吧。"突然，她的声音变了："我亲爱的，我心爱的人，我的宝贝。我为你担心。有人为一封信的事来找过我们，您明白我在说什么吗？我敢肯定是您，是您的力量帮助彼得·拉夫伦季耶维奇挺住了，我们顺利地应付过去了。可我马上想到，您在这件事上会受多大的伤害，您棱角太硬，别人碰一下顶多擦破点皮，而您呢，准会碰得头破血流。"

他挂了电话，两手捂住脸。

他已经明白了自己处境的可怕：今天，要惩罚他的不是敌人。要惩罚他的是朋友，他们要用对他的信赖来惩罚他。

回到家里，他大衣也没顾得上脱，就给切佩任挂电话。他拨着切佩任的电话号码，很清楚亦师亦友的切佩任出于对他的爱护，会在他心口上再划一道伤口。他对此确信无疑。柳德米拉·尼古拉耶芙娜就站在他面前，他急着打电话，都没顾得上告诉柳德米拉他在信上签名的事。天哪，柳德米拉的头发白得多快呀。行啊，行啊，好样的，就这么收拾头发花白的人吧！

"刚听了战报，好消息不少啊，"切佩任说，"但我这儿没什么大不了的事情。哦，对了，今天我跟几位可敬的人物干了一架。您听说那封信的事了吗？"

施特鲁姆舔了舔干燥的嘴唇，说道：

"是的，听说了一点。"

"好吧，好吧，我明白，电话上不好说这事，等您出差回来，咱们见面再详谈。"切佩任说。

唉，好吧，好吧，但还有娜嘉呢，她马上就要到家了。天哪，天哪，他都干了些什么啊……

56

当天晚上，施特鲁姆彻夜未眠。他心里隐隐作痛。这可怕的苦恼是从哪儿来的？难受，真难受。还赢家呢！

当初他在房管所的女办事员面前都畏畏缩缩，但也比现在坚强、自由。今天这事，他连争辩都不敢，心里明明有疑惑，就是不敢说出来。自打有了点权势，他就失去了内心的自由。现在可好，他还有脸坦然面对切佩任吗？但说不定，他能装得像个没事人，就像他返回研究所那天那帮家伙高高兴兴欢迎他一样？

这天晚上，他记得起的一切都使他伤心难过，没有一样东西能让他平静下来。他的微笑、手势、动作连他自己都觉得陌生，令人反感。娜嘉眼里流露出怜悯和厌恶的神色。

只有平时老跟他抬杠、惹他生气的柳德米拉听完他的讲述之后突然说："维坚卡，别难过了。我认为你是最聪明、最正直的人。你这么做，就说明有这么做的必要。"

他身上哪儿来的这种愿望，想证明一切都有道理，肯定一切行为都是正确的？前不久他还不能容忍的东西，为什么现在就姑息迁就呢？无论别人对他说什么，他都持乐观主义态度。

军事胜利恰逢他个人命运的转折点。他看到了军队的力量，国家的伟大，前程的光明。为什么马季亚罗夫那些议论和看法今天在他看来如此平淡无奇？

研究所开会要开除他那天，他拒不出席，拒绝检讨，心里却那么亮堂，那么轻松。那些日子对他来说何等幸福，他有柳德米拉、娜嘉、切佩任、叶尼娅相伴相守……白天见到玛丽娅·伊万诺芙娜，他该对她说什么？他一向瞧不起胆小怕事、循规蹈矩的彼得·拉夫伦季耶维奇。可今天的事呢！他害怕想起母亲，他对不起她。他甚至不敢碰母亲的绝笔书。他郁闷、绝望地意识到自己无力拯救自己的灵魂，无力保护它。他自己身上滋生出的一种力量把他变成了奴隶。

多么卑鄙！一个大男子汉，向陷入绝境、无力自卫的可怜同胞落井下石。

由于揪心的疼痛，加之精神上的折磨，他额头上渗出了汗水。

他一向自以为占据了精神上的制高点，这种自信是打哪儿来的？谁给了他在别人面前吹嘘自己的纯洁和勇敢、评判他人、对他人的弱点揪住不放的权利？强者不是靠傲慢来显示真理的。

恶人和好人都有软肋。区别在于，恶人做一件好事便终生炫耀，而正直的人做好事从不标榜，对自己偶然的过失却多年牢记于心。而他呢，一直以来以勇敢和坦率自傲，嘲笑他人的软弱和胆怯。可现在，他一个大男子汉，背叛了众人。他鄙视自己，为自己感到羞愧。他居住的房屋，家里的灯光，令他感到亲切的温暖，这一切都变成了碎木屑，变成了干燥的散沙。

与切佩任的友谊，对女儿的钟爱，对妻子的眷恋，对玛丽娅·伊万诺芙娜的无望爱情，他作为人犯下的过失和获得的幸福，他的劳动，他美妙的科学，他对母亲的爱和为母亲而发的哀号——这一切都从他心灵中消失了。

到底是为了什么，他犯下这可怕的罪孽？与他失去的东西相比，世上的一切都是微不足道的。与一个小人物的正直和清白相比，一切——无论是从太平洋延伸到黑海的王国，还是科学——都是微不足道的。

他清楚地看到，现在还来得及，他还有力量抬起头来，面对母亲的亡灵，做一个问心无愧的儿子。

他不会寻求自我安慰和辩解。他要让那件丑恶、可怜、卑鄙的勾当成为他一生的教训，日日夜夜引以为戒。不，不，不！一个人不应该把功成名就作为人生目标，不应该为取得的成就而扬扬自得，自吹自擂。

一个人应该捍卫自己做人、做善良的人、做清白的人的权利，为此而不懈地斗争，每日每时、年复一年。在这场斗争中容不得自高自大，容不得虚荣心，必不可少的唯一品质是谦卑。如果生不逢时而陷入走投无路的绝境，一个人不应该惧怕死亡；如果他不想失去人格，就应该毫无畏惧地从容面对死亡。

"好吧，让我们试试看吧，"他说，"也许我有足够的力量。妈妈，妈妈，从您身上吸取的力量。"

57

卢比扬卡近乡的夜晚[①]……

审讯结束后，柯雷莫夫躺在铺位上，一边呻吟、想心事，一边跟卡策涅连博根闲谈。

现在，对柯雷莫夫来说，布哈林和李可夫、加米涅夫和季诺维也夫那荒唐透顶的供词，对托洛茨基分子和左倾－右倾机会主义核心人物的诉讼案，以及布勃诺夫、穆拉洛夫、什利亚普尼科夫等人的命运，不再显得难以置信了。一张外皮从革命的活生生的肌体上被剥下，用以装扮新时代，而无产阶级革命的血淋淋的鲜肉和冒着热气的内脏被扔进了垃圾堆，新时代不再需要它们，需要的仅仅是革命的皮，从活人身上扒下来的皮。把革命的皮蒙在身上的那些人说着革命的言语，重复着革命的手势，但他们身上的大脑、肺、肝脏、眼睛全都不是革命的原装货。

斯大林！伟大的斯大林！也许，这个具有钢铁意志的人[②]，却是所有人当中意志最薄弱的。他是他那个时代和环境的奴隶，是当今时代的谦恭顺从的奴仆，是敞开大门恭迎新时代的人。

是的，是的，是的……不肯向新时代卑躬屈膝的人只有一个去处——垃圾堆。

---

① 卢比扬卡附近并没有"乡"。作者在这里套用果戈理小说《狄康卡近乡夜话》里的句式，暗喻故事的怪异。

② 斯大林原姓"朱加什维利"，参加革命后改名"斯大林"，取自俄语单词"斯大力"，意为"钢"。

现在他知道一个人是怎样被整垮的了。搜身，揪下纽扣，扯掉眼镜，先给人造成一种肉体上一文不值的感觉。在侦讯室里，会让这人明白，他参加革命、参加国内战争等等，并不说明任何问题，他的知识，他的工作，全都不值一提！这就把人引导到第二步：他的一文不值，不仅仅表现在肉体上。

对继续坚持做人权利的人，有种种办法来折磨、摧残、毒打、规劝、引诱、威胁他，直到把他弄得筋疲力尽、脆弱不堪，变成一摊稀泥。这时他就不会再想什么正义、什么自由，甚至不会再想什么安宁，只想早日脱离苦海，结束这已经变得令人憎恨的生活。

肉体和精神的统一是关键，侦查员由此切入，几乎总能大获全胜。精神和肉体是紧密相连的，进攻的一方一旦撕破、摧毁人的肉体防线，就能万无一失地把机动力量投入突破口，虏获精神，迫使人无条件投降。

柯雷莫夫没有力气去思考这一切，但又没有力气不去思考这一切。

谁出卖了他？谁告的密？谁在诬陷他？他现在对这些问题好像已经不感兴趣了。

过去他善于使自己的生活符合逻辑，他一向以此自豪。但现在情况改变了。逻辑告诉他，有关他跟托洛茨基谈话的事只能是叶甫根尼娅·尼古拉耶芙娜向有关机构提供的。可是，他眼下的全部生活，他跟侦查员的博弈，他赖以呼吸、赖以坚称自己是柯雷莫夫同志的力量，全都基于一个信念：叶尼娅不可能做这种事。他自己也奇怪，怎么会对此产生疑虑，哪怕只有短短的几分钟。没有任何力量可以迫使他怀疑叶尼娅。他就是相信她，尽管他知道除了叶尼娅没有第二个人知悉他与托洛茨基的谈话，尽管他知道女人水性杨花、天生柔弱，知道叶尼娅抛弃了他，在他生活不顺的时候离他而去。

他向卡策涅连博根谈到审讯的情况，但只字未提叶尼娅的事。

卡策涅连博根现在不再插科打诨引人发笑了。

的确，柯雷莫夫没有看错人。卡策涅连博根很聪明。但他所说的一切都非常怪异，让人害怕。有时，柯雷莫夫觉得，让这位契卡老资格干部蹲内部监狱的囚室，也没什么不公正的。他不可能不蹲。有时，柯雷莫夫又觉得他是个疯子。

但他是一位诗人，一位赞美国家安全机关的歌手。

他赞叹不已地告诉柯雷莫夫，在上次党代表大会上，一次会间休息时，斯大林问叶若夫为什么放任过火的惩罚政策，叶若夫张皇失措，答曰他是在直接执行斯大林的指示，斯大林于是转向围在他身边的党代表们，忧郁地说："这种话居然出自一个党员之口。"

他谈到亚戈达经历的恐怖遭遇……

他回忆起曾在这幢灯火彻夜不熄的大楼里担任领导工作的优秀契卡干部，他们欣赏伏尔泰，熟读拉伯雷，崇拜魏尔伦[1]。

他谈到一个在莫斯科干了很多年的刽子手，一个和善、文静的拉脱维亚老头。每次行刑完毕，他都会请求允许他把死者的衣服送给孤儿院。卡策涅连博根又谈到另一个刽子手，那人成天价喝酒，没活儿干心里就难受，后来他被开除了，没人可杀，就跑到莫斯科郊区一个国营农场去杀猪，每次杀完猪带瓶猪血回家，据他说是医生给他开的方子：喝猪血治疗贫血。

他多次说起，1937年，每天夜里他们如何处死几百名被判处"无通信权"的犯人，莫斯科火葬场的大烟囱如何在夜间冒出滚滚黑烟，被动员来执行处决、搬运尸体的共青团员们如何因为受到太多刺激而变得神志不清。

他多次说起对布哈林的审讯，说起加米涅夫的倔强。有天晚上，他们两人聊了整整一个通宵。

这天晚上，这位契卡老干部又发展、总结了自己的理论。

卡策涅连博根向柯雷莫夫讲述了一个耐普曼[2]——工程师弗伦克尔的奇特命运。实行新经济政策初期，弗伦克尔在敖德萨设立了一家汽车厂。二十年代中期他被捕，并被流放到索洛韦茨基群岛。在索洛韦茨基劳改营服刑时，弗伦克尔向斯大林提交了一个"天才"的方案。这位契卡老资格干部用的就是这两个字："天才"。

弗伦克尔的方案从经济和技术两方面详细阐述了如何利用庞大的犯人队伍来建造道路、水坝、水电站和水库。

于是，因为老板赏识他的点子，这位被囚禁的耐普曼摇身一变，当上了国家安全人民委员部的中将。

于是，传统的苦役连和老式苦役的简单劳动方式——全靠铁锹、十字镐、斧头和锯子完成任务的方式，在二十世纪被彻底颠覆了。

劳改营世界开始吸收技术进步的成果，用上了电力机车、挖掘机、推土机、电锯、涡轮机、割煤机，大型汽车和拖拉机修理厂。劳改营世界用上了货运和客运飞机、无线电通信和对讲机通信，用上了自动机床和最现代化的选矿设备。劳改营世界自行设计、规划和建造了矿井、工厂，开掘了人工湖，建设了大型水电站。

劳改营世界的迅猛发展，使得老式苦役显得可笑、令人同情，就像孩子们玩的拼字方块。

---

[1] 保尔·魏尔伦（1844—1896），法国象征派诗人，在法国诗歌史上占有重要地位。

[2] "耐普曼"指随着苏俄二十世纪二十年代新经济政策的实施而产生的小店主、小厂主及投机商，是新经济政策初期存在的资本主义分子。

但是，据卡策涅连博根说，劳改营仍然落在了它赖以生存的生活后面。许多科学家和专业人员仍然像过去一样，没有被利用起来，因为他们不懂技术和医学。

享誉世界的历史学家、数学家、天文学家、文学评论家、地理学家、世界绘画艺术鉴赏家、精通梵文和古凯尔特方言的学者，在古拉格[①]系统中没有用武之地。劳改营尚未发展到可以使这些人在其专业领域发挥一技之长的程度。他们只能干点粗活，或者在基层办公室和文化教育部门打点杂，或者在残废人劳改营游荡，一肚子学问——不仅在俄罗斯，而且在全世界都堪称一流的学问——派不上用场。

柯雷莫夫听着卡策涅连博根讲述，仿佛听一位学者讲述自己平生从事的重大事业。他不仅仅歌颂和赞美。他是一位研究者，善于比较，揭示缺点和矛盾，找出相似和不同之处。

在劳改营铁丝网的另一边也存在缺点，虽然与铁丝网里边比较，外面那些缺点的表现形式要温和得多。在大学、编辑部和科学院各研究所里，有很多人从事的工作并非自己所长，或者，即便能用其所长，也未能如其所愿使自己的才智得到充分发挥。

卡策涅连博根说，在劳改营里，刑事犯骑在政治犯头上。刑事犯肆无忌惮、愚昧无知、好吃懒做，容易被收买，喜欢血腥的斗殴和抢劫。这些人阻碍了劳改营的劳动和文化生活的发展。

他接着又说，话说回来，即便在铁丝网外面，学者、文化名人的工作有时也得听命于文化不高、能力低下、鼠目寸光的外行。

劳改营仿佛是对铁丝网外面的生活的一种夸张、放大的反映。然而，铁丝网两边的现实不是彼此对立的，而呈现出符合对称法则的状态。

这时，他言谈之间不再像一个歌手，不再像一个思想家，而像一个预言家。

他说，如果坚持不懈，放手发展劳改营体系，消除其障碍和缺点，那么这种发展最终将导致边界消弭于无形。劳改营将与铁丝网外边的生活融为一体。这种融合、劳改营和铁丝网外生活之差异的消除，是成熟的反映，是伟大原则的胜利。尽管劳改营体系有种种缺点，但它有一个决定性的优点：只有在劳改营里，个人自由原则才以绝对纯粹的形式被置于最高原则——理性之下。理性原则将把劳改营带到前所未有的高度，使它自行消亡，最终与乡村和城市生活融为一体。

卡策涅连博根一度担任过一个劳改营设计局的头儿，他断定，科学家和工程师有能力在劳改营环境中完成最复杂的任务，能够解决世界科技领域的任何难题。关

---

① 俄文"劳动改造营管理总局"的首字母缩写。因亚历山大·索尔仁尼琴的《古拉格群岛》（创作于1962—1973年间，1973年首次出版）而为世人所知。

键在于得力的领导，为科学家和工程师创造良好的生活条件。有人说没有自由就没有科学，那纯粹是老掉牙的无稽之谈。

"等到两边水平相当，"他说，"我们就可以在铁丝网内外的生活之间画等号了。到那时，就不需要再镇压什么人，也用不着再签发逮捕证了。到那时，我们将把监狱和政治隔离所夷为平地，把所有问题交给文化、教育部门去处理。穆罕默德和山相向而行①。"

劳改营的消亡将是人道主义的胜利，与此同时，个人自由作为一种混乱、陈旧落后、史前穴居时代的原则，在劳改营消亡之后不会胜出，不会变得更有生气。恰恰相反，个人自由原则将被彻底推翻。

沉默良久，他又说，也许再过几百年，就连这一制度也会自行消亡，并在消亡的过程中产生民主和人身自由。

"天底下没有什么是永恒的，"他说，"但我可不想活着看到那一天。"

柯雷莫夫对他说：

"您的想法太疯狂了，这根本不是革命的核心和本质。据说，一个精神病医生如果在精神病院工作的时间足够长，自己也会变成疯子。恕我直言，人家把您关在这里不是平白无故的。卡策涅连博根同志，您把上帝的许多属性赋予了安全机关。的确该把您撤下来了。"

卡策涅连博根和善地点了点头，说：

"是的，我相信上帝。我是个愚昧的信神的老头。每个时代都按自己的形象造神。安全机关机敏而强大，他们统治着二十世纪的人。在古时候，统治人的是地震、闪电、雷击、森林野火，人们把这些力量当作神。不错，我是被关起来了，但您不也蹲在这儿吗？您也该被撤下来了。唯有时间能证明我们两人中到底谁是对的。"

"德雷林老头这会儿应该正回家呢，回他的劳改营。"柯雷莫夫知道他这话不会白说。

果然，卡策涅连博根接了话茬：

"这个异教徒小老头，总要跟我的信仰作对。"

58

柯雷莫夫听见有人在轻声说：

---

① 典出《古兰经》中穆罕默德唤山的故事。

"不久前刚刚广播说，我军粉碎了集结在斯大林格勒的德国鬼子，好像还活捉了保卢斯。说实话，我听得不太清楚。"

柯雷莫夫一声尖叫，开始挣扎，两脚在地板上蹭着，想要加入到那群身穿棉军衣、足蹬毡靴的人中间……他们的喧闹声听起来很亲切，盖过了身旁低低的谈话声。格列科夫穿过斯大林格勒街头一堆堆碎砖烂瓦，一摇一晃地朝柯雷莫夫走来。

医生抓住柯雷莫夫的手腕，说：

"得休息一下……重复樟脑注射。他的脉搏每跳四下就有个停顿。"

柯雷莫夫咽下一团咸乎乎的东西，说：

"不要紧，接着来，既然医生允许……我反正不会签字的。"

"你会签字的，会签的，"侦查员说话像个工厂领班，挺和善，信心十足，"再能挺的人最后都签了。"

三天三夜后，第二次审讯结束了，柯雷莫夫被押回囚室。

值班员把一个白布包裹放在他身旁，说：

"囚犯公民，在包裹收条上签个字。"

柯雷莫夫看了看物品清单上那熟悉的笔迹：洋葱、大蒜、糖、白面包干。清单下面写着："你的叶尼娅"。

天哪，天哪，他哭了……

59

1943 年 4 月 1 日，斯捷潘·费奥多罗维奇·斯皮里多诺夫收到苏联电力人民委员部一份部务会决议的摘要，责成他移交斯大林格勒发电厂的工作，去乌拉尔接任一个小型泥煤发电厂的厂长职务。这个处罚不算严厉，要知道本来可以把他送交法院审判的。斯皮里多诺夫没有把人民委员部的调令告诉家里人，他想再等等州委会的决议。4 月 4 日，州委会给了他一个严厉警告的处分，原因是在电厂处境困难时擅离职守。这个处分也还算温和，要知道本来可以开除他党籍的。但斯皮里多诺夫觉得州委的决定不公正，因为州委的同志明明都知道，他坚持领导电厂的工作直到斯大林格勒保卫战的最后一天，只是苏军开始反攻那天才去左岸看望在驳船底舱生了孩子的女儿。在州委会会议上他曾试图提出异议，但普里亚欣板着脸说：

"您可以就州委决议向中央监委上诉，我想什基里亚托夫同志多半会认为我们的决议过于温和。"

斯皮里多诺夫说：

"我坚信中央监委会撤销这个决议。"但是，他对什某里亚托夫其人早有所闻，所以最后还是决定不再上诉。

他忧心忡忡，怀疑普里亚欣之所以这么严厉，可能不只是因为斯大林格勒发电厂的事情。普里亚欣当然记得，叶甫根尼娅·尼古拉耶芙娜·沙波什尼科娃是斯皮里多诺夫的小姨子。另一方面，斯皮里多诺夫也知道普里亚欣和在押犯人柯雷莫夫是老相识，这就使得普里亚欣和斯皮里多诺夫之间的关系变得十分微妙。

在这种情况下，普里亚欣即使愿意，也无法支持斯皮里多诺夫。假如他这样做，当权者身边那些趋炎附势的小人马上就会向有关部门打小报告，说普里亚欣出于对人民公敌柯雷莫夫的同情，袒护柯雷莫夫的连襟——贪生怕死的斯皮里多诺夫。

但是，普里亚欣不设法保护斯皮里多诺夫，看来不仅是因为他不能，也因为他不愿。普里亚欣显然知道，柯雷莫夫的岳母到斯大林格勒发电厂来了，就住在斯皮里多诺夫那套公寓房间里。大概普里亚欣也知道叶尼娅和她母亲之间在通信，前不久还把她写给斯大林的申诉书的抄本寄给了她母亲。

州委会议散会后，州国家安全处处长沃罗宁在小卖部里碰到斯皮里多诺夫，后者正在买奶酪、香肠。沃罗宁看了他一眼，嘲弄地说：

"斯皮里多诺夫真是个天生的好管家，刚刚受了严重警告处分，现在又干起了采购。"

"得照顾家人啊，有什么办法，我现在当外公了。"斯捷潘·费奥多罗维奇说着，露出可怜兮兮的笑容，一脸愧疚。

沃罗宁也冲他笑了笑，说：

"我还以为你是在准备包裹呢。"

听了这番话，斯皮里多诺夫心想："调去乌拉尔也不错，这里是没有我的活路了。可是薇拉带着小儿子又上哪里去呢？"

一辆吨半卡车正往斯大林格勒发电厂驶去，斯皮里多诺夫坐在驾驶室里。透过模糊的玻璃窗，他望着这座毁于战火的城市——他就要跟它说再见了。斯皮里多诺夫想到，战前他妻子上班走的就是这条人行道，如今却堆满了碎砖；他想到供电网，想到等新电缆从斯维尔德洛夫斯克运来，他已经不在斯大林格勒发电厂了；他想到，小外孙因为营养不良，胳膊和胸口长了好些丘疹；他想到，"严重警告就严重警告吧，没什么大不了的"；他想到，人们不会再奖给他"保卫斯大林格勒"勋章了。不知为什么，勋章落空的事，比离开这座他生活、工作了多年的城市，流泪安葬亡妻玛鲁霞的城市，更让他难过。他越想越窝囊，竟然高声骂起娘来。司机问他：

"您这是骂谁啊，斯捷潘·费奥多罗维奇？把什么东西忘在州委会了？"

"忘了，全忘了，"斯皮里多诺夫说，"可他们没忘了我。"

斯皮里多诺夫家的公寓房间又潮又冷。窗玻璃都打碎了，用胶合板、木板马马虎虎钉上，墙上许多地方泥灰脱落。水得用桶从底楼提到三楼。取暖靠每个房间里的铁皮小火炉。有一个房间封上了，厨房没当厨房用，变成了存放柴火和土豆的贮藏室。

斯皮里多诺夫、薇拉和小儿子，还有随后从喀山迁来斯大林格勒的亚历山德拉·弗拉基米罗芙娜，住在过去用作饭厅的大房间里。紧挨厨房的小屋过去是薇拉住，现在是安德烈耶夫老头住在里面。

斯皮里多诺夫本来可以把天花板修理一下，墙壁抹抹灰，铁皮小火炉换成砖砌的炉灶。需要的材料斯大林格勒发电厂应有尽有，技术娴熟的工匠也不缺。

但不知什么缘故，一向持家有道、办事果断的斯皮里多诺夫却不想忙乎这些事。

看来，无论是对于薇拉，还是对于亚历山德拉·弗拉基米罗芙娜，住在被战争毁坏的房子里，心情反而要好一些。既然战前的生活已经崩溃，那又何必把房屋修复成原样，令人回想起一去不复返的过往呢？

亚历山德拉·弗拉基米罗芙娜来斯大林格勒后没几天，安德烈耶夫的儿媳娜塔莉娅也来了。她本来住在列宁斯克，但与已故的瓦尔瓦拉·亚历山德罗芙娜[①]的妹妹吵了一架后，把儿子留在那儿，一个人到斯大林格勒发电厂找公公来了。

看到儿媳妇，安德烈耶夫很生气，对她说：

"以前你跟我老婆合不来，现在连带着又跟她妹妹合不来。你怎能把沃洛佳扔在那儿不管？"

看得出来，娜塔莉娅在列宁斯克的日子过得很艰难。走进安德烈耶夫的房间，她看了看天花板和四壁，说道：

"真好！"但实际情况是，板条从天花板上耷拉下来，墙角堆着泥灰，烟筒歪歪扭扭，哪里说得上好？

钉在窗口的木板上嵌了一小块玻璃，阳光透过玻璃照进了房间。

从这个临时小窗口看出去，是一幅令人难受的景象：废墟遍地，原先一层蓝色一层玫瑰色的楼房，现在只剩下夹杂着蓝色和玫瑰色的断垣残壁和一条条破碎的瓦垄铁。

亚历山德拉·弗拉基米罗芙娜到斯大林格勒后不久就生病了。她本想进城去看

---

① 瓦尔瓦拉·亚历山德罗芙娜是安德烈耶夫的妻子，也就是娜塔莉娅的婆婆，已故。

看自己那幢被战火毁坏的房子，现在只好往后推一推。开头几天，她勉强支撑着身子帮薇拉干些家务事：生炉子、洗尿布，把尿布晾到铁皮炉子的烟筒上，把脱落的泥灰搬到楼梯台上，甚至试着到底楼去提水。但她的身体越来越差，在烧得暖暖和和的房间里经常浑身发冷，而在冰冷的厨房里额头上却突然冒出虚汗。

她想把病挺过去，没跟人说自己不舒服。但一天早上去厨房抱柴火时，她突然失去知觉，一头栽倒在地上，头都撞破了。斯皮里多诺夫和薇拉闻声赶来，把她抬到床上。

亚历山德拉·弗拉基米罗芙娜苏醒后，把薇拉叫到跟前，说："你知道吗，我在喀山跟你大姨柳德米拉一起住的那些日子，过得比这里还艰难。我上你们这儿来不仅是为了你们，也是为了我自己。但我只怕一时半会儿起不来床，倒成了你们的累赘。"

"姥姥，像咱们这样在一起，挺好。"薇拉说。

薇拉的日子的确很艰难。弄什么都很费劲：水也好，木柴也好，牛奶也好。外面太阳明晃晃的，但屋里又潮又冷，只好不停地往炉子里添柴火。

小米佳胃不舒服，夜里常常哭闹，薇拉的奶又不够吃。薇拉从早到晚在房间里、厨房里转来转去，一会儿出去买牛奶和面包，一会儿洗衣服，一会儿刷碗碟，一会儿下楼提水。她两手冻得通红，脸被风吹得很粗糙，红一块白一块的。不停地干活儿使她劳累过度，人总是闷闷不乐，提不起精神来。她从不梳头，很少洗脸，也不照镜子，几乎完全被生活的重担压垮了。她整天迷迷糊糊的，老想睡觉。一到晚上，胳膊、腿、肩膀又酸又痛，想着终于能躺下来缓一缓了，但刚上床不一会儿，米佳又开始哭叫。于是她只好马上爬起来，给他喂奶、换尿布，抱起来在房间里走来走去。过后再躺下，可是不到一个小时，孩子又哭起来，于是她又爬起来。天蒙蒙亮孩子就醒了，再也不肯睡，于是她在昏暗的晨光中又开始新的一天。睡眠不足的她脑袋昏昏沉沉地去厨房取柴火、生炉子、烧水准备给父亲和姥姥沏茶，然后动手洗衣服。奇怪的是，她现在从不发脾气，温和得很，耐心得很。

娜塔莉娅从列宁斯克过来后，薇拉的生活一下子轻松多了。

娜塔莉娅一来，安德烈耶夫就从薇拉家搬出来，住到斯大林格勒北部拖拉机厂的工人新村去了。他也许是想看看自己原先的房子、看看工厂，也许是生儿媳的气，怪她不该把孙子撇在列宁斯克，也许是不愿让儿媳白吃斯皮里多诺夫家的面包。临走时他把自己的食品供应卡留给了儿媳。

那天，娜塔莉娅人一到，没顾上休息，就动手帮薇拉干起活儿来。

她干活之轻松，之麻利，就别提了。她那双年轻有力的手一干起活儿来，沉甸甸的水桶、倒满水的煮衣锅、整袋整袋的煤好像都变得轻飘飘的。

现在，薇拉可以带米佳到室外转转，待上半个小时，坐在石头上观看春天的河水泛起波光，观看雾霭在草原上冉冉升起。

四周静悄悄的，战场已经远离斯大林格勒，移到几百公里之外，但人们内心的平静却并未随着周围的寂静复返。随着寂静而来的是悲伤，她觉得当德国飞机在空中怪叫，炮弹爆炸声此起彼伏，生活中充满炮火、恐惧和希望的时候，日子反倒轻松些。

薇拉凝视着儿子布满丘疹的小脸蛋，心里充满怜悯。与此同时，她也怜悯维克托罗夫。天哪，天哪，可怜的万尼亚，他的儿子多么瘦弱，还那么爱哭。

然后，她沿着堆满垃圾和碎砖头的楼梯爬到三楼，又操持起家务事来，在忙乱中，在混浊的肥皂水里，在炉子的青烟和墙壁上散发出的潮气里，悲伤重新被淹没。

姥姥有时把她叫到身边，抚摸她的头发，这时，姥姥那双素来安详明亮的眼睛里，会流露出极度忧郁和温柔的神色。

无论对谁，薇拉一次也没提起过维克托罗夫——对父亲、姥姥，还是只有五个月大的米佳，都没提起过。

娜塔莉娅来了后，公寓房间里一切都变了样。娜塔莉娅刮掉墙上的霉斑，把黑乎乎的墙角粉刷了一遍，清洗了塞在镶木地板木块之间似乎永远无法去除的污垢。就连薇拉本打算天气暖和后再做的大扫除，她也提前完成了，把楼梯上的垃圾一层一层清扫得干干净净。

那只像条黑蟒蛇似的长烟筒，她忙活了整整半天，终于给拾掇好了。烟筒好几处瘪了进去，接缝的地方淌着黑乎乎的烟油，滴到地板上，积成一小摊一小摊。娜塔莉娅在烟筒上涂上石灰水，把烟筒弄直了，用铁丝兜住，又在接缝处下面挂上空罐头盒，接滴下的烟油。

娜塔莉娅和亚历山德拉·弗拉基米罗芙娜见面头一天，就交上了朋友。娜塔莉娅吵吵嚷嚷，粗鲁放肆，还老爱说点黄色笑话，照常理似乎不应该是沙波什尼科娃喜欢的类型。这里好多人跟娜塔莉娅一下就处熟了，线路装修工、轮机工、卡车司机什么的。

有一天，娜塔莉娅排队买东西刚回家，亚历山德拉·弗拉基米罗芙娜对她说：

"娜塔莉娅，有位同志找你，是个军人。"

"是个格鲁吉亚人吧？"娜塔莉娅问道，"他要是再来，您就把他撵出去。准是来向我求婚的，这个大鼻子。"

"这么快？"亚历山德拉·弗拉基米罗芙娜吃惊地说。

"他们能熬得住？还叫我等战争结束后跟他去格鲁吉亚呢，他大概以为我是为了他才洗刷楼梯的！"

一天晚上，她对薇拉说：

"咱们进趟城吧，有电影呢。开车的米什卡可以送咱们去。你抱孩子坐驾驶室，我坐车厢。"

薇拉只是摇头。

"咳，去吧，"亚历山德拉·弗拉基米罗芙娜说，"我要是身体好点儿，就和你们一块儿去了。"

"不，不，我肯定不去的。"

娜塔莉娅说：

"日子也得过啊。要不瞧咱们这儿，不是鳏夫就是寡妇。"

随后她又用责备的口吻说：

"你成天窝在家里，哪儿也不肯去，也没照料好你爹啊。我昨天洗衣服，发现他的内衣和袜子全破了。"

薇拉抱起孩子躲到厨房里去了。

"米津卡①，你妈妈不是寡妇，对不对？"她问道。

斯皮里多诺夫这些天来一直非常关心亚历山德拉·弗拉基米罗芙娜，两次从城里请大夫来给她看病，帮薇拉给她拔火罐，有时还往她手里塞块糖果，一边说：

"您别给薇拉，我已经给过她了，这是特地给您的。在小卖部买的。"

亚历山德拉·弗拉基米罗芙娜知道斯皮里多诺夫的烦心事还没解决。但每次她问他州委有没有消息时，他总是摇头，然后扯到别的事情上。但一天晚上，人家通知他说他的问题马上就要定下来了，回到家里后，他挨着亚历山德拉·弗拉基米罗芙娜在床上坐下，说：

"我把自己弄到这步田地，玛鲁霞要是知道了，准会气疯的。"

"他们究竟说你犯了什么错？"

"样样都错。"他说。

娜塔莉娅和薇拉走进房间，谈话被打断了。

看着娜塔莉娅，亚历山德拉·弗拉基米罗芙娜心中暗想，世上真有一种坚忍、顽强的美，任何艰难困苦都奈何它不得。娜塔莉娅身上的一切都是美的：脖颈、年

---

① "米津卡"是"米佳"的昵称。

轻丰满的乳房、大腿、几乎袒露到肩头的匀称的手臂。"一个不知哲学为何物的哲学家。"亚历山德拉·弗拉基米罗芙娜想。她常常发现，生活富足的女人一旦遇到艰苦的环境，往往迅速凋零，不再注重自己的容颜，薇拉就是个例子。她赞赏下田的季节女工、在大工厂里干活的女工、调度交通的女兵，她们住在简陋的棚屋里，成天跟尘土和泥水打交道，可依旧卷头发、照镜子、往脱皮的鼻子上扑粉。鸟儿如果够顽强，天气再恶劣也要不顾一切唱自己的歌儿。

斯皮里多诺夫也看着娜塔莉娅，然后突然抓住薇拉一只手，把她拉到自己怀里吻了吻，好像在请求她宽恕什么。

亚历山德拉·弗拉基米罗芙娜说了句似乎离题万里的话：

"你怎么了，斯捷潘，我们离死还早着呢！就连我这个老婆子都想把身体养养好，在世上多活几年呢。"

斯皮里多诺夫飞快地看了亚历山德拉·弗拉基米罗芙娜一眼，笑了。娜塔莉娅倒了一盆热水，放在床前的地板上，跪下来对老太太说："亚历山德拉·弗拉基米罗芙娜，趁现在屋里暖和，让我给您洗洗脚吧。"

"你疯了！小傻瓜！快起来！"亚历山德拉·弗拉基米罗芙娜高声叫道。

60

这天下午，安德烈耶夫从拖拉机厂工人新村回来了。

一走进亚历山德拉·弗拉基米罗芙娜的房间，他那张阴沉的脸上就露出了笑容：亚历山德拉·弗拉基米罗芙娜从床上下来了，这可是好几天来头一次。她看起来苍白瘦弱，戴着眼镜坐在桌旁看书。

他说，他找了好久才找到他家原先的地方。周围遍布堑壕，弹坑一个接一个，到处是破砖烂瓦。

工厂已经有很多人了，还不断有新人加入，连民警都有了。民兵战士的下落谁也不知道。人们在陆续安葬阵亡战士的尸体，这边在安葬，那边又发现新的尸体，一会儿在地下室，一会儿在堑壕里。到处是废铁、碎钢……

亚历山德拉·弗拉基米罗芙娜一连问了他好几个问题——路上好不好走，在什么地方过的夜，吃得怎么样，平炉损坏得厉不厉害，工人的供应如何，见没见着厂长。

早上，安德烈耶夫回来之前，亚历山德拉·弗拉基米罗芙娜曾对薇拉说：

"我总是笑别人迷信，相信预感之类，可今天我平生头一遭有强烈的预感，帕维尔·安德烈耶维奇·安德烈耶夫会带来谢廖扎的消息。"

然而,她错了。

安德烈耶夫说的情况的确很重要,至于听他说话的人运气好不好,那是另一回事。工人们告诉安德烈耶夫,他们没有食品供应,工资也领不到,地下室和掩体里又潮又冷。厂长好像变了个人,以前德国人逼近斯大林格勒的时候,他到车间里跟大家交谈,跟谁都是知心朋友,可现在对什么人都不理不睬。厂里给他盖了幢房子,还从萨拉托夫给他弄来一辆小汽车。

"瞧,斯大林格勒发电厂也很困难,但很少有人对斯捷潘·费奥多罗维奇不满。他心里装着大伙儿,这谁都能看到。"

"真愁人啊,"亚历山德拉·弗拉基米罗芙娜说,"帕维尔·安德烈耶维奇,您打算怎么办呢?"

"我是来告别的,我打算回家,虽说现在已经没家了。我在宿舍里找了个住处,在地下室。"

"对,对,"亚历山德拉·弗拉基米罗芙娜说,"条件可能很差,但日子总得过呀。"

"瞧,这是我挖出来的。"他说着,从衣兜里掏出一枚生锈的顶针。

"过几天我也要进趟城,去果戈理大街看看老家,也许能挖出点盆盆罐罐什么的,"亚历山德拉·弗拉基米罗芙娜说,"想家得慌。"

"您起身是不是早了点儿,看您脸色很不好啊。"

"是您讲的那些事让我难过。咱们这片神圣的土地,什么时候才能一切变个样啊。"

他咳嗽了一声。

"您还记得斯大林前年的演说吗:'兄弟姐妹们……'可眼下德国人被打败了,厂长却盖起了独门独院,不预约不让进,而'兄弟姐妹们'却住在掩体里。"

"是啊,是啊,真是够差劲的,"亚历山德拉·弗拉基米罗芙娜说,"谢廖扎石沉大海,一点消息也没有。"

晚上,斯皮里多诺夫从城里回来了。早晨去斯大林格勒时,他没告诉任何人今天州委讨论他的问题。

"安德烈耶夫回来了?"他打着官腔,舌头僵硬地说,"打听到谢廖扎的消息了吗?"

亚历山德拉·弗拉基米罗芙娜摇摇头。

薇拉立刻发现父亲喝高了。他开门的动作,他悲伤的眼睛里射出的炯炯有神的光芒，他把从城里带来的小礼物放到桌上、脱大衣和提问时的神态，都在告诉人们他醉得厉害。

他走到盛衣服的篮子跟前，向睡在里面的米佳俯下身去。

"你别冲他呼气。"薇拉说。

"不要紧，让他习惯习惯。"斯皮里多诺夫乐呵呵地说。

"快坐下吃饭吧，你大概光顾喝酒，什么都没吃吧。姥姥今天头一次下床了。"

"啊，大好事啊。"斯皮里多诺夫说，一不小心把汤匙掉进盘子里，汤溅了一身。

"哎呀，斯捷潘，你今天醉得够呛，"亚历山德拉·弗拉基米罗芙娜说，"有什么喜事啊？"

他推开汤盘。

"你快吃呀。"薇拉说。

"是这么回事，亲爱的，"斯皮里多诺夫低声说，"我有个新闻要宣布。我的案子了结了，给了个党内严重警告处分，部里下了调令，派我到斯维尔德洛夫斯克州管一个小电厂，一个烧泥煤的乡村发电厂。总而言之，是降级留用。但住房有保证。搬家费相当于两个月工资。明天我就开始办移交。去那边的车票，会发给我们。"

亚历山德拉·弗拉基米罗芙娜与薇拉对视了一眼，随后亚历山德拉·弗拉基米罗芙娜说：

"喝酒的理由够充分，没什么可说的。"

"妈妈，到了乌拉尔，我们给您一个单独的房间，最好的。"斯皮里多诺夫说。

"没准儿总共就给您一间房呢。"亚历山德拉·弗拉基米罗芙娜说。

"都一样，反正给您一个房间，妈妈。"

斯皮里多诺夫有生以来头一次喊她"妈妈"。也许是因为喝高了，他眼睛里含着泪花。

娜塔莉娅走进来，斯皮里多诺夫转换话题，问道：

"关于咱们这两家工厂，老头都说了些什么？"

娜塔莉娅说：

"帕维尔·安德烈耶维奇等您来着，可现在睡着了。"

她在桌旁坐下，用拳头支着面颊，说道：

"帕维尔·安德烈耶维奇说，拖拉机厂的工人在炒瓜子，如今这是他们的主食。"

出人意料地，她忽然问道：

"斯捷潘·费奥多罗维奇，您真的要离开？"

"是呀！据说是这么个情况。"他乐呵呵地说。

她说："工人们都舍不得您走。"

"有什么好舍不得的，新厂长季什卡·巴特罗夫是我的大学同学，人挺好的。"

亚历山德拉·弗拉基米罗芙娜说：

"到了那边，谁能给你把袜子补得这么漂亮？薇拉肯定不会。"

"这个嘛，倒真是个问题。"斯皮里多诺夫说。

"只好派娜塔莉娅出公差，陪您一起去了。"亚历山德拉·弗拉基米罗芙娜说。

"那有什么，"娜塔莉娅说，"去就去！"

大家笑起来，但玩笑过后，随之而来的寂静却令人发窘，气氛颇为紧张。

61

亚历山德拉·弗拉基米罗芙娜决定跟斯皮里多诺夫和薇拉一起走，到古比雪夫下车，去叶尼娅家里住一段时间。

临行前一天，亚历山德拉·弗拉基米罗芙娜请新厂长派了辆车送她进城，去看看自己家房子的废墟。

一路上她不停地向司机发问：

"对了，这里是什么？以前是什么地方？"

"多久前的以前？"司机气呼呼地问。

观察一座城市的废墟，可以看到三个层次的生活：战前生活、战争期间生活和寻求重归和平轨道的当前生活。有一座楼房，从前是一个洗染织补店的所在，战争期间窗户全用砖头堵上了，德军近卫师的机枪手们就是从砖头之间空出的枪眼往外扫射；现在，通过一个枪眼，正在向排队的妇女发放定量供应的面包。

一座座掩蔽部和土窑隐藏在房屋的废墟中间，里面一度驻扎过士兵，设立过指挥部，架设过无线电收发报机。人们在里面写过报告，装填过机枪子弹带，往冲锋枪弹匣里装过子弹。

现在，烟囱里冒出宁静的炊烟，掩蔽部附近晾着衣服，孩子们在玩耍。

战争让位给了和平——贫穷匮乏的和平，艰难程度与战争不相上下的和平。

战俘们在清扫堵塞通衢大道的砖石垃圾。设在地下室里的杂货店门口排着长队，人们手里提着大大小小的带盖子的铁桶。罗马尼亚战俘们懒洋洋地在石头堆里翻找，发现尸体就挖出来。附近看不到什么军人，只是偶尔有几个水兵，司机解释说，水兵是伏尔加河舰队的，他们奉命在斯大林格勒一带排雷。许多地方堆放着未被烧毁的新板材、原木、成袋的水泥。这是刚刚运来的建筑材料。废墟中，有些地段的路面已经重铺了沥青。

一个女人拉着一辆装满包袱的两轮小车在空旷的广场上走来，小车车辕上绑着绳子，两个孩子拽着绳子帮女人拉车。

人们都想回家，想回到斯大林格勒，但亚历山德拉·弗拉基米罗芙娜回来了，却马上又要离开。

亚历山德拉·弗拉基米罗芙娜问司机：

"斯皮里多诺夫从发电厂调走，你觉不觉得可惜？"

"关我什么事？"司机说，"斯皮里多诺夫过去支使我跑东跑西，新厂长同样会支使我跑东跑西，一个样儿。厂长开个派车单，我就跑呗。"

"这里是什么？"她指着被烟火熏得黑黢黢的一堵宽阔的高墙问道，墙上的窗户好像瞎子的眼窝。

"几家政府机关。还不如让出来给人住呢。"

"以前这里是什么？"

"以前是保卢斯本人的寓所，他就是从这儿被抓走的。"

"再早呢？"

"你没认出来？是百货商店。"

战争似乎把原先的斯大林格勒挤到一边去了。可以清楚地想象，德军军官们曾经如何从地下室走出来，德国元帅曾经如何从这堵熏黑的墙边走过，哨兵如何在他面前挺直身子，立正致意。可难道真的是在这儿，亚历山德拉·弗拉基米罗芙娜买了一块大衣料子，买了那只送给玛鲁霞当生日礼物的手表，她真的和谢廖扎一块到这儿来，在二楼的体育用品部买过一双溜冰鞋？

与此类似，人们到马拉霍夫高地、凡尔登、波罗金诺战场去凭吊古迹，却看到孩子，看到洗衣服的妇女，看到拉干草的大车，看到手持耙子的老头，一定也会感到奇怪……如今的葡萄园，昔日曾走过一队队法国士兵，驶过盖着防水油布的一辆辆卡车；那边有座小木屋，旁边是集体农庄瘦弱的畜群，周围生长着苹果树，而缪拉①的骑兵队曾在这里行进，也正是在这里，库图佐夫曾坐在一把圈椅里，挥动他苍老的手，指挥俄国步兵发起反攻；高地上，满身尘土的母鸡和山羊在乱石丛中觅食、吃草，而纳希莫夫②曾在这里屹立，托尔斯泰描写过的闪光炸弹从这里飞出，伤员在哭号，英军的子弹呼啸而过。

这些排长队的女人，简陋的棚屋，卸木板的大叔，晾在绳子上的衬衣，打补

---

① 若阿尚·缪拉（1767—1815），拿破仑的近臣和妹夫，法兰西帝国元帅。

② 帕维尔·斯捷潘诺维奇·纳希莫夫（1802—1855），俄国海军统帅，海军上将。

丁的被单，像蛇一样蜷曲的长筒袜，死气沉沉的墙壁上张贴的布告，在亚历山德拉·弗拉基米罗芙娜眼里也十分奇怪……

听斯皮里多诺夫说起在区委会人们如何为分配劳力、木板、水泥争吵不休，亚历山德拉·弗拉基米罗芙娜能感觉到眼前的生活对他来说是多么乏味。同样，《斯大林格勒真理报》成天报道清理废金属、清扫街道、盖澡堂和工人食堂，在斯皮里多诺夫看来是多么无趣。但是一说起敌机轰炸、城里火光漫天的情景，说起集团军司令员舒米洛夫多次来斯大林格勒发电厂视察，说起从土岗上冲下来的德国坦克，苏军炮兵小伙子们如何用炮火痛击这些坦克，他一下子像变了个人，兴高采烈，眉飞色舞。

就在这些街道上，决定了战争的命运。斯大林格勒大会战的结局决定了战后世界的版图，决定了斯大林伟大到什么程度，阿道夫·希特勒的恐怖势力邪恶到什么程度。整整九十天里，贯穿克里姆林宫和贝希特斯加登的生活、呼吸、梦呓的唯有一个词——斯大林格勒。

斯大林格勒势必决定历史哲学和未来的社会制度。世界命运的阴影将这座曾经有过平凡生活的城市挡在了人们视线之外。斯大林格勒成了未来的象征。

老太太离自己曾经的家越来越近，不知不觉中，她也处于曾经在斯大林格勒实现自我价值的那股力量的控制之下，正是在斯大林格勒，她参加工作，养育孙子，给三个女儿写信，患上流感，给自己买鞋。

她让司机停车，然后下了车。她费劲地沿着一条尚未清扫瓦砾的街道往前走，仔细打量着废墟，依稀认出她房子旁边其他房屋的残骸，但又不能肯定自己没看走眼。

她家房屋临街的一面墙壁还在。透过敞开的窗户，亚历山德拉·弗拉基米罗芙娜那双苍老的远视眼看见了她公寓的墙壁，认出了墙上已褪色的蓝色和绿色油漆。但是房间里没有地板，没有天花板，没有可以让她攀爬的楼梯。墙砖上残留着火烧的痕迹，在许多地方，砖头上布满弹片砍出的窟窿。

想到自己的一生，想到几个女儿、不幸的儿子、孙子谢廖扎，想到自己无可挽回的损失，想到自己已然满头白发却无家可归，她心里不禁一阵阵刺痛。体弱多病的她，穿着一件旧大衣，一双走了形的旧皮鞋，凝望着自家房屋的废墟。

等待着她的是什么？她已年届古稀，却无法给出答案。"生活还在前面。"亚历山德拉·弗拉基米罗芙娜想。等待着她的亲人的是什么？她同样无法给出答案。春天的天空从她家房子空荡荡的窗洞观望着她。

亲人们的生活都一团糟，前途未卜，充满疑虑、痛苦和错误。柳德米拉过得怎样？家庭不和将怎样收场？谢廖扎出什么事了，还活着吗？维克托·施特鲁姆过得多么艰难。薇拉和她父亲会怎样？斯捷潘能重建生活吗，会找到安宁？聪明、善良而又尖刻的娜嘉，未来的路会是什么样的？薇拉呢？她会被孤独、穷困和日常生活的艰辛压垮吗？叶尼娅又会怎样，她会跟随柯雷莫夫去西伯利亚，自己也进劳改营，像德米特里那样死在里面吗？谢廖扎的父母已经冤死在劳改营，国家会饶恕谢廖扎呢，还是连他也不放过？

他们的命运为什么如此迷茫，如此难以捉摸？

那些已被打死、被处决的人依然与生者保持着联系。她还记得他们的微笑、言谈话语，记得他们忧郁、困惑的眼睛，记得他们的绝望和希望。

德米特里搂着她说："没关系，妈咪，最主要的是你别为我担心，在这里，在劳改营里有很多好人。"索菲娅·奥西波芙娜，黑头发，上唇长着胡子似的汗毛，年轻，脾气大，活泼，喜欢朗诵诗。安娜·施特鲁姆，脸色苍白，总是愁眉苦脸，聪明，好嘲笑人。托利亚爱吃奶酪通心粉，吃起东西来嘴里老是吧嗒吧嗒，很不招她喜欢。这孩子还懒得很，一点儿不肯帮他妈妈。"跟你要杯水都要不到……""好，好，我就给端来，可干吗不让娜季卡端啊？"玛鲁霞！叶尼娅总是嘲笑你好为人师，成天说教，竭力向斯捷潘灌输正统思想……你怀里抱着别列兹金家的婴儿斯拉瓦淹死在伏尔加河里，和老太婆瓦尔瓦拉·亚历山德罗芙娜一起。米哈伊尔·西多罗维奇·莫斯托夫斯科伊，能跟我说说这一切都是为什么吗！上帝啊，米哈伊尔又能说什么呀……

家里这些人生活一团糟，不幸、难言的伤痛和疑虑总是伴随着他们，但他们还是渴望幸福。这些人里面有的常来看她，有的只是给她写信，而她总有一种奇怪的感觉：尽管她有个和睦的大家庭，心灵深处却驻留着挥之不去的孤独。

现在，她年迈体弱，还活着，始终期待着美好的东西，她有信念，害怕邪恶，老是担惊受怕，对生者的生活充满忧虑，对死者的生活也不加区别地同样忧虑。她站在那儿，望着自己故居的废墟，赞赏着春天的天空，自己都没意识到在赞赏天空。她站在那儿，自问道，为什么她所爱的这些人的未来如此模糊不清，为什么他们的生活里有那么多错误。她没有觉察到，在这种模糊不清中，在这种迷雾、痛苦和混乱中就蕴含着答案，蕴含着清晰，蕴含着希望；她没有觉察到，她知道并且全身心理解她和她的亲人们所遭遇的生活的含义；她没有觉察到，虽然她和他们中间任何人都说不出等待他们的是什么，虽然他们知道，在可怕的时代，人已经不再是自己幸福的打造者，唯有尘世的命运有权赦免和处决人，有权让人一朝高升或陷入贫穷或化为劳改营的尘土，然而，尘世的命运、历史的劫难、国家的愤怒、战斗的荣耀或耻辱却无法改变那些真正的人，无论等待他们的是劳动的荣光还是孤独、绝望和贫困，是劳改营还是死刑，他们都将像人一样生活，像人一样死去，而那些已经不幸遇难的人也得以像人一样死去——他们永恒的、惨烈的人性之胜利即在于此，而世上那些宏大的、非人道的一切，曾有过的和将要有的，去而复来、来而复去的，都败在了他们脚下。

62

在这最后的一天，感到兴奋的不仅是一早就开始喝酒的斯皮里多诺夫一个人。亚历山德拉·弗拉基米罗芙娜和薇拉也处于临行前半是紧张、半是迷糊的状态中。三番五次有工人来找斯皮里多诺夫，可他一直不在家。他到厂里移交了最后的工作，去区委转好了组织关系，打电话给朋友告别，到兵役局撤销了免服兵役资格，到各车间走了走，同工人们聊聊天，开几句玩笑。后来，有一小会儿工夫涡轮机车间里就他一个人，于是他把脸颊贴在一动不动的冰凉的飞轮上，疲倦地闭上了眼睛。

薇拉忙着收拾行李，她把尿布挂在炉子上面烘干，为米佳煮了几瓶牛奶，准备路上吃，把面包塞进食物袋。这天，她要永远跟维克托罗夫和母亲告别了。他们将孤零零地留下来，这里没人会再想起他们、问起他们。

想到自己成了家里年纪最大的女性，心气最平静，对苦日子不怨不艾，她多少感到一点安慰。

亚历山德拉·弗拉基米罗芙娜看着外孙女因长期睡眠不足而布满血丝的眼睛，说：

"好啦，薇拉，都收拾好了。最难受的还在后面：跟家说再见。那么多、那么多苦难，你都是在家里经受的。"

娜塔莉娅自告奋勇，为即将上路的斯皮里多诺夫一家烤馅饼。一大早她就带上柴火和做馅饼的料，去了工人新村一个熟悉的女人家里，那家人有俄式火炉。娜塔莉娅备好馅，把和好的面擀成薄面团。她不停地在厨房里忙乎，面颊变得红扑扑的，显得格外年轻漂亮。她不时照照镜子，一边笑一边往鼻子和双颊上扑点儿面粉，等那个熟悉的女人走出房间，娜塔莉娅哭了，眼泪掉进和面团里。

那熟悉的女人回到房间，看到她在流泪，问道：

"娜塔莉娅，你哭什么哪？"

娜塔莎答道：

"我跟他们处熟了。老太太是个大好人。我挺可怜薇拉，还有她那个没爹的孩子。"

女主人认真听完她的解释，说：

"你撒谎吧，娜塔莎，你哭的不是老太太。"

"不，就是老太太。"娜塔莉娅说。

新厂长答应放安德烈耶夫走，但吩咐他在斯大林格勒发电厂再待五天。娜塔莉娅说，这五天她和公公一起过，然后就去列宁斯克看儿子。

"到了列宁斯克，"她说，"会清楚下一步该去哪儿。"

"到了列宁斯克，你会清楚什么？"公公问，但她没有回答。

其实她什么也不清楚，也许，这才是她流泪的原因。安德烈耶夫不愿让儿媳表露出对他的关心——而她那方面，则以为公公想起了她跟瓦尔瓦拉·亚历山德罗芙娜不和的事，心里还对她有气，不肯原谅她。

中午，斯皮里多诺夫回到家里，讲述了机械车间的工人们与他告别的情景。

"家里一上午都有人来拜访您，"亚历山德拉·弗拉基米罗芙娜说，"有五六个人问起您。"

"这么说，都准备好了？卡车五点整到，"他苦笑了一下，"还得感谢巴特罗夫，总算答应了派车给咱们。"

该收拾的都收拾了，行李也打点好了。斯皮里多诺夫还处在醉酒的兴奋中，他把箱子挪来挪去，重新系好绳结，好像急着要上路。不一会儿，安德烈耶夫从办事处回来了，斯皮里多诺夫问他：

"怎么样，电缆的事莫斯科有电报来吗？"

"没有，一份也没有。"

"唉，这帮狗杂种，事情都让他们给耽误了，本来五月份第一期工程就可以开工的。"

安德烈耶夫对亚历山德拉·弗拉基米罗芙娜说：

"您身体还是很弱吧，这么远的路，挺得下来吗？"

"不要紧，吃苦对我来说不算什么。再说了，有别的法子吗，难道还能回果戈理大街的家不成？这套房间，粉刷工人来过了，打算装修好了给新厂长住。"

"多等一天都不行，真是蛮不讲理。"薇拉说。

"怎么能说是蛮不讲理？"亚历山德拉·弗拉基米罗芙娜说，"日子不等人嘛。"

斯皮里多诺夫问：

"午饭怎样了，好了吗？我们还等什么？"

"等娜塔莉娅呢，她马上拿馅饼来。"

"噢，等馅饼拿来，该赶不上火车了。"斯皮里多诺夫说。

他不想吃东西，但为这顿辞行午饭特地准备了一瓶伏特加，他倒不反对喝点。

他本来一直想到自己的办公室去一趟，哪怕在里面待几分钟也好，可不巧，巴特罗夫正在办公室里召开车间主任会议。心里不好受，借酒浇愁的念头就越发强烈。他不停地摇头：要晚了，要赶不上了。

这种唯恐太晚、急不可耐地等候娜塔莉娅的心情不知为何给他一种愉快的感觉，虽然他搞不懂愉快的原因究竟是什么。他没记起，战前和妻子去看戏时，出门前他也是这样不停地看表，懊恼地说："要晚了！"

这天，他很想听人说他几句好话，结果弄得自己更加难受。这不，他又老调重弹：

"我是个逃兵、胆小鬼，有什么好可怜的？谁知道啊，说不定我还会厚着脸皮去讨一枚参加保卫战的奖章呢。"

"说实在的，我们还是开饭吧！"亚历山德拉·弗拉基米罗芙娜说。她发觉斯皮里多诺夫情绪不对头。

薇拉端来一锅汤。斯皮里多诺夫取出一瓶伏特加。亚历山德拉·弗拉基米罗芙娜和薇拉不肯喝。

"好吧，咱们男人，满上。"斯皮里多诺夫说，接着又补充说："要不，再等等娜塔莉娅？"

恰在这时，娜塔莉娅挎着篮子走进来，把馅饼摆到桌上。

斯皮里多诺夫给安德烈耶夫和自己倒了满满一杯，给娜塔莉娅倒了半杯。

安德烈耶夫说：

"去年夏天，我们在果戈理大街亚历山德拉·弗拉基米罗芙娜家里也吃馅饼来着。"

"今天的馅饼肯定一点儿不比去年的差。"亚历山德拉·弗拉基米罗芙娜说。

"去年那次，围着桌子坐了多少人啊，可现在只有姥姥、您、我和爸爸。"薇拉对安德烈耶夫说。

"我们在斯大林格勒打败了德国鬼子。"安德烈耶夫说。

"大胜仗！人们付出的代价也够高的。"亚历山德拉·弗拉基米罗芙娜说，又补充道："多喝点汤，长途旅行，得吃好几天干粮，热汤肯定见不着。"

"是啊，路上不会很舒服的，"安德烈耶夫说，"上车就很费劲，车站也没有，火车是从高加索开往巴拉绍夫的，在我们这儿只短暂停留。车上挤得很，全是军人。不过，也从高加索运来了白面包。"

斯捷潘·费奥多罗维奇说：

"德国人像一片乌云似的压过来，但乌云这会儿在哪儿？苏维埃俄罗斯胜利了。"

他想的是，不久前在发电厂还能听到德国坦克的隆隆声，可现在那些坦克被赶到几百公里以外去了。战场移到了别尔哥罗德、丘古耶夫和库班河一带。

这时，他又提起那件最伤他心的事：

"好吧，就算我是逃兵，可给我警告处分的都是些什么人？让斯大林格勒的战士们来审判我吧，在他们面前我什么错都认。"

薇拉对安德烈耶夫说：

"帕维尔·安德烈耶维奇，那回挨着您坐的是莫斯托夫斯科伊。"

但斯捷潘·费奥多罗维奇打断了薇拉和安德烈耶夫的交谈，他今天的确是伤心透了。他转过脸来对女儿说：

"我给州委第一书记打电话，想跟他辞行。不管怎么说，在保卫战期间，所有厂长中只有我一个人自始至终坚守在右岸，可他的秘书巴鲁林就是不肯给我转电话，说什么：'普里亚欣同志现在没法跟您通话，他正忙着呢。'既然如此，就让他忙他的好啦。"

薇拉似乎没有听见她爹的话，继续说：

"挨着谢廖扎坐的是一位中尉，托利亚的战友。不知这个中尉现在在哪儿？"

她好希望有人说："不管在哪儿，应该还好好地活着，正在打仗吧。"

这样的话多少可以排遣一下她心中的苦恼吧。

但斯捷潘·费奥多罗维奇又打断她，说：

"我对巴鲁林说，我今天就要走了，你是知道的。可他对我说，那有什么，您用书面形式，以后写信给书记就行了。得了，见他的鬼吧。咱们再喝点儿。这是我们最后一次坐在这张桌子旁了。"

他朝安德烈耶夫举起酒杯：

"帕维尔·安德烈耶维奇，以后想起我，别记我的坏处啊。"

安德烈耶夫说：

"瞧您说哪儿去了，斯捷潘·费奥多罗维奇，咱们这儿的工人阶级都向着您。"

斯皮里多诺夫把酒一口喝干，沉默了片刻，好像刚刚泅出水面的人，然后喝起汤来。

餐桌上安静下来，只听见斯捷潘·费奥多罗维奇嚼馅饼和汤匙碰在盘子上的声音。

小米佳突然哭叫起来。薇拉站起身，走到儿子跟前，把他抱在怀里。

"您吃馅饼吧，亚历山德拉·弗拉基米罗芙娜。"娜塔莉娅轻声说，那神情，好像吃不吃是生死攸关的大事。

"我吃，肯定吃。"亚历山德拉·弗拉基米罗芙娜说。

斯捷潘·费奥多罗维奇借着酒劲，郑重其事、果断地开了口，声音里透着高兴：

"娜塔莉娅，我当着大家的面对您说，您在这里也没事干，您去列宁斯克把儿子带上，来乌拉尔找我们吧。大家一起，大家一起日子会好过些。"

他想看看娜塔莉娅的眼睛，但她低垂着头，他看到的只有她的额头和乌黑、漂亮的两道眉毛。

"帕维尔·安德烈耶维奇，您也来吧，大家一起日子会好过些。"

"我去哪儿啊，"安德烈耶夫说，"我这把年纪，没法从头开始了。"

斯捷潘·费奥多罗维奇飞快地瞥了一眼薇拉，只见她正抱着米佳，站在桌边哭泣。

乱纷纷的一天中，他头一次把目光投向即将告别的房间的四壁。于是，咬啮他内心的痛苦、贬官降职、名誉扫地，因为令人发狂的委屈和羞辱而无法跟大家一起分享胜利的欢乐——这一切都消失了，不再有任何意义。

而坐在他身旁的老妇人，他挚爱的、永远失去了的妻子的母亲，吻了吻他的头，说：

"没什么，亲爱的斯捷潘，没什么，生活就是这样的啊。"

63

炉子头天晚上就生火了，木屋里一夜都很闷热。女房客和她丈夫几乎一宿没睡。她丈夫是个当兵的，负了伤，刚刚出院，请假到这里来看老婆。两人低声说着话，怕吵醒房东老太太和睡在大木箱上的小女儿。

房东老太太很想睡觉，可就是睡不着。她很气恼女房客和丈夫这种悄没声儿的交谈。她支起耳朵听他们说——尽管是不由自主的——想把捕捉到的只言片语连成句子。要是他们说话声音稍微大点儿，老太太听上那么一会儿，也许就迷迷瞪瞪睡着了。她真想敲敲墙，对他们喊一声："你们在那儿嘀咕什么呢，声音压那么低，好像谁爱听你们的私房话似的！"

有几次，老太太听到一些断断续续的半截句子，后来耳语又变得模糊不清。

那军人说：

"我刚从部队医院来，连块糖也没法带给你们。要是在前线，那就不同了。"

"我呢，"女房客答道，"只能请你吃菜油炒土豆。"

接着，他们又窃窃私语，什么也听不明白。后来，女房客好像哭了。

老太太听见她说：

"是我的爱帮你保住了命。"

"这个偷女人心的坏蛋。"老太太暗骂那当兵的。

老太太睡着了几分钟，显然打起了呼噜，那边说话的声音稍微大了些。

她醒了，又支起耳朵，只听男的说：

"皮沃瓦罗夫给我往医院写了封信，说前不久给了我个中校，没过几天，又提成上校。是集团军司令员亲自点名的。起先那回，把我提成师长的就是他。还给了我个列宁勋章。都因为那次战斗，其实当时我给埋在土里，跟下面各营的联系都断了，一个人待在车间里，还像只鹦鹉似的唱歌呢。我总感觉自己像个骗子。别提多别扭了，你是想不出的。"

随后，他们大概发现老太太不打呼噜了，说话声又低了下去。

老太太孤身一人，老伴战前就死了，独生女儿没跟她住，在斯维尔德洛夫斯克上班。老太太没有亲人在前线，她搞不懂，昨晚这个当兵的来到她家，为什么让她心里这么乱。

老太太不喜欢女房客，觉得她是个好吃懒做的婆娘。女房客每天都起得很晚，她的小女儿穿得破破烂烂到处跑，逮着什么吃什么。大部分时间女房客都不说话，一个人坐在桌旁，望着窗外。有时她心血来潮，忽然干起活来，老太太才发现她什么都会：缝缝补补、擦地板、烧好吃的汤，连挤牛奶都会，虽说她是个城里人。看来，她是有什么不顺心的事。她的小女孩行为有点乖僻，特别喜欢玩甲虫、蝈蝈、蟑螂，玩法也很怪，跟一般孩子不一样。她亲吻甲虫，对它们讲故事，然后放了它们，自己却哭起来，唤它们回来。她给这些虫虫都起了名字。去年秋天老太太从树林里带回来一只小刺猬给她，女孩子寸步不离跟着刺猬，它到哪儿，她也跟到哪儿。刺猬一发出叫声，她就高兴得不得了。刺猬钻到柜子底下，她就坐在柜子旁边等它出来，还对她妈妈说："轻点声儿，它在休息。"后来刺猬跑回树林里去了，她整整两天不肯吃饭。

老太太总觉得这个女房客不定哪天就会上吊，她很担心：到时候小女孩怎么办？她老了，不想再给自己添新麻烦。

"我不欠任何人的情。"她常说。但她心里真的惴惴不安：哪天早晨起床，发现女房客吊在那里，那可怎么好，把小女孩往哪儿送呀？

她猜女房客准是被丈夫抛弃了，丈夫大概在前线给自己找了个更年轻的，因此女房客才一天到晚闷闷不乐想心事。她丈夫很少有信来，即便来了信，也没见她高兴起来。谁也甭想从她嘴里掏出话来，整个一个闷葫芦。连邻居们都觉得老太太家的房客有点古怪。

老太太一辈子吃丈夫的苦头太多了。丈夫是个酒鬼，一喝高了就乱发酒疯。他打起人来也非同一般，不是用手，而是抄起正好在身边的随便什么家伙：火钩子、木棍，诸如此类。女儿他也打。难得清醒的时候，跟他待一块儿也没什么乐趣可言：他吝啬、爱挑刺儿，婆婆妈妈，什么鸡毛蒜皮的事都管，看什么都不顺眼，不是这里不对，就是那里错了。她做饭，他要教她该怎么做；她买东西，他骂她买错了；她挤牛奶，他说不该这么挤；就连她铺床，他也能挑出毛病来。而且每说一两个字就要夹上脏话。她听惯了丈夫骂人，自己也变得稍不如意就开骂，连心爱的母牛也骂。丈夫去世时，她没掉一滴眼泪。一直到老，他还往她身上爬。你能拿他怎么样呢，一个醉鬼。当着女儿的面，多少得顾点脸面吧，但他不。想想都害臊。他打起呼噜来像打雷似的，特别是喝醉以后。还有，家里那头母牛，跑得那个快，真他娘的快啊，稍有动静就往出跑，上了岁数的人哪能追得上呢。

老太太一会儿留神听隔板后面的低声谈话，一会儿回想跟丈夫度过的那些倒霉日子。怨恨之余，她也觉得丈夫可怜。毕竟他干活儿很卖力，虽说挣钱很少。要不是有那头奶牛，他们的日子根本没法过下去。他死掉是因为在矿井里干活时吞了太多矿尘。可她却没死，还活着。有一回丈夫从叶卡捷琳堡给她带回来一串珠子项链，现在女儿戴着呢……

一大早，没等小女孩醒来，女房客和丈夫两人出门到邻村去，在那里凭军人差旅证可以领到白面包。

夫妻俩手牵手默默走着。他们得步行一公里半穿过森林，下到湖边，再沿着岸边走。

积雪还没有融化，显得有些发青。在大块大块的粗糙雪晶中，生发充盈着湖水的蔚蓝。向阳山坡上，积雪开始融化，路边沟渠里，水流沙沙作响。积雪、流水、冰封的水洼折射出万千光点，令人目眩。这密密匝匝的光点，他们得硬着头皮穿过，就像穿过密密匝匝的灌木丛。光点令人不安，令人分心；他们踏上冰冻的水洼，冰面碎裂，在阳光照射下突然闪闪发光，在他们脚下嘎吱作响的仿佛也是阳光，这阳光继而又碎裂成无数尖锐的碎片。阳光在路边沟渠里流动着，遇到挡路的鹅卵石，阳光便上涌，泛起泡沫，叮咚作响，随后阳光又潺潺地继续赶路。早春的太阳紧紧贴着地球。空气凉凉的，同时又让人感到温暖。

他觉得，他的喉咙，被严寒和伏特加灼伤，被烟叶、硝烟、灰尘、脏话弄得污糟糟的喉咙，此刻被这阳光、这湛蓝的天空洗刷得干干净净了。他们走进树林，来到像哨兵一样挺立在林边的松树的树阴下。这里的地面上覆盖着不曾融化的厚厚一层积雪。松树上，松鼠在一圈圈绿枝间蹿来蹿去，树底下，冰糖似的积雪表面上落了一大圈被松鼠啃光的松球和被松鼠门齿啃下来的树屑。

树林里静悄悄的，阳光被层层叠叠的针叶挡在外面，没有喧哗，没有发出叮咚的响声。

他们仍旧像起先一样默默走着，他们在一起，这就够了，就足以使周围的一切变得美好。春天来了。

不约而同地，他们停下脚步。两只吃得过饱的红腹灰雀停在云杉树枝上。灰雀那厚实的红色胸脯好似神奇的雪国里盛开的两朵花儿。这一刻的寂静，如此奇异，如此优美。

在这寂静中，人想起去年的落叶，想起哗哗的雨水，想起新筑的和遗弃的鸟巢，想起童年，想起蚂蚁毫无乐趣的劳作、狐狸和老鹰的奸诈和劫掠，想起人人相残的世界大战，想起同一颗心中与生俱来、与死同去的善与恶，想起使兔子胆战心惊、使松树枝叶乱颤的暴雨雷电。在凉爽的昏暗中，往昔的生活在积雪下沉睡：情侣幽会的欢乐，四月里鸟儿们怯生生的初啼，初见时觉得别扭、后来渐渐成为自己生活一部分的邻居。沉睡的还有强者和弱者，勇敢者和怯懦者，幸运者和不幸者。最后告别的仪式正在举行，在一幢空荡荡的废弃房屋里，正向永远离开这幢房屋的死者们告别。

但是，在这片阴冷的森林里，比在阳光普照的平原上更能让人感觉到春意。在林中的寂静里，有着比秋天的寂静更深沉的悲伤。在无言的缄默中，能听到为死者而发的哀号和对生命的欢呼……

天色还昏暗，空气还阴冷，但用不了多久门窗就会洞开，空荡荡的房屋会重获生机，会充满孩子的欢笑和啼哭，会响起女人急促而悦耳的脚步声，会有男主人踏着自信的步伐在屋里四处查看。

他们站在那里，拎着准备装面包的篮子，默默无语。

1960 年

译后记

此书开译时，俄乌之间尚无战事。译毕此书的 2022 年 6 月底，俄乌战争已经打了一百二十多天，还看不到结束的迹象。

马克·吐温说过：历史不会重演，但常常惊人地相似。

"二战"中的斯大林格勒拖拉机厂，和 2022 年俄乌战争中的乌克兰马里乌波尔亚速钢铁厂，也有着惊人的相似。

斯大林格勒拖拉机厂是《生活与命运》中浓墨重彩描绘的一个战斗场所。在第二部第 23 章中有这样的描写：

> 这天夜间，保卢斯上将下达了在斯大林格勒拖拉机厂地段发起进攻的命令。
>
> 飞机、坦克、大炮准备打前站，突破工厂大门，随后两个步兵师将迅速跟进。从午夜时分开始，士兵们用手掌捂着的烟卷就星星点点地不停闪着红光。
>
> 黎明前一个半小时，"容克"飞机一批批飞临工厂，发动机的轰鸣响彻天空。密集轰炸随之开始，炸弹雨点般落下，爆炸声此起彼伏，其间的短暂静默瞬间就被接踵而至的更多炸弹急速冲向地面的呼啸声充填。无休止密集轰炸的咆哮声仿佛要劈开人们的头颅，砸断人们的脊梁。
>
> 天光渐亮，但工厂区上空依然是漫漫长夜，仿佛大地本身在释放闪电和闷雷，喷吐浓烟和黑尘。
>
> 别列兹金团和 6/1 号楼经受的打击最为猛烈。
>
> 全团各处，人们的耳朵被震得半聋，他们惊恐地发现德国人正大开杀戒，而这一次屠杀所投入的蛮力，是前所未见的。

驻守拖拉机厂工人新村的 6/1 号孤楼的几十名苏军战士最后全部壮烈牺牲，只有德军进攻时正好外出的两人幸免于难。

相隔八十年的这两场战斗，其惨烈程度不相上下。但在斯大林格勒拖拉机厂，攻方是纳粹德国军队，守方是苏军；而在亚速钢铁厂，俄军成了攻方，而其上辈人曾经参与守卫斯大林格勒的乌克兰，这次成了抵抗俄军的守方。

瓦西里·格罗斯曼是出生在乌克兰的犹太裔俄罗斯人。他的母亲，也就是本书中给儿子、物理学家施特鲁姆写绝笔信的安娜的原型，"二战"初期在乌克兰被德国占领军杀害。格罗斯曼如果在世，如果续写《生活与命运》，对俄乌战争，特别是亚速钢铁厂战役，不知会如何下笔？

＊　　　＊　　　＊

苏联评论界和西方评论界都有人把《生活与命运》比作二十世纪的《战争与和平》。两本书描写的都是卫国战争，都围绕一个或几个家族在时代变迁中的故事展开。但这两本书最大的不同点是，托尔斯泰描写的第一次卫国战争（1812 年 6 月 24 日—1812 年 12 月 12 日），在托翁提笔之前已经结束了五十多年，托翁当然也无缘亲历；而《生活与命运》描写的第二次卫国战争（1941 年 6 月 22 日—1945 年 5 月 8 日）刚刚结束十多年，作者格罗斯曼作为战地记者，在战场上度过了三年多时间，积累了丰富的第一手资料。

两场卫国战争，两部史诗般的巨著，是历史惊人相似的又一个例证。

＊　　　＊　　　＊

古人尝云："言多必失"，"祸从口出"，"言语是银，沉默是金"。把"言语"换成"文字"，道理同样成立："文多必失"，"祸从笔出"，"文字是银，沉默是金"。两千多年前，秦始皇焚书坑儒，堪称因文字而杀人的始作俑者。近现代，在许多国家，因言获罪者成千上万、上十万、上百万。萨尔曼·拉什迪因《撒旦诗篇》而被伊朗精神领袖霍梅尼下令全球追杀，是当代"祸从笔出"的样板。为同样的缘故，管谟业先生给自己起笔名"莫言"，告诫自己别说话。当然他还是憋不住，说了许多话，写了许多小说，乱说乱写间还拿了个诺贝尔文学奖。与因言获罪的无数人相比，他是个幸运的异数。《生活与命运》的作者，苏联作家瓦西里·格罗斯曼的遭遇也有点另类：他把书稿交给当局审查，结果本人安然无恙，作品却被"逮捕"了。这段掌故，梁文道先生在 2015 年为《生活与命运》另一个中译本所作的"新版序"中有详细描述，此处不再赘述。

《生活与命运》中几个主要人物始终生活在因说话而引起的恐惧中。物理学家施特鲁姆在疏散喀山期间，下班后经常与几位朋友在同事索科洛夫家聚会，纵论天下大事。他推崇爱因斯坦，声言"没有爱因斯坦，当代物理学就是猴子的物理学"，"物理学是普世的，没有'美国的'物理学、'德国的'物理学、'苏联的'物理学"。回莫斯科后他遭到批判，被扣上种种帽子："异己的、非苏维埃的观点和情绪的代言人，宣扬政治上敌对的思想……吹嘘自己与这些唯心主义科学家的关系，以挫伤俄罗斯科学家的民族自豪感，贬低苏联的科学成就"。于是他无时无刻不担心自己在喀山说过的那些话会传到当局耳中，给自己带来牢狱之灾。红军政委、老布尔什维克柯雷莫夫向前妻透露过托洛茨基夸奖他的一句话，前妻无意中把这句话告诉了她深为信任的情人、坦克军军长诺维科夫，而诺维科夫在与坦克军政委格特马诺夫的一次争论中又泄露了这句话。于是，不可避免地，列宁的早期追随者、干了二三十年革命的柯雷莫夫被关进了卢比扬卡监狱，遭到严刑拷打。

柯雷莫夫的同囚室难友卡策涅连博根说："有个希腊人曾预言说：万物皆流动，而我们断言，人人皆告密。"

格罗斯曼的《生活与命运》，就是在这样一个讲真话注定倒霉的时代背景下坚持讲真话的作品。1961年，在《生活与命运》被当局没收后，他在写给当时苏联最高领导人赫鲁晓夫的一封信中说："我在这本书中所写的是我过去相信、现在仍然相信的真实。我只写我自己深切思考过、深切感受过、有过切身痛苦经历的东西。"[1]而当时苏联掌管意识形态的高官苏斯洛夫对他的回答是，他这本小说"两三百年内都不可能有出版的机会"。

*　　*　　*

在我看来，翻译文学作品和演奏古典音乐作品颇有相通之处。譬如一部钢琴协奏曲，乐谱要靠演奏家变成音乐，听众才能享受。一部外国文学作品，要靠翻译家变成本国文字，本国读者才能欣赏。一百个钢琴家有一百种诠释，没有两种诠释会完全一样。同样，一部文学巨著，一百个翻译家有一百种翻译，没有两部译文会完全一样。正如格罗斯曼在本书中所说：

难以想象，两个人或两朵野蔷薇，竟然会一模一样……如果用暴力扼杀生命的个性和独特性，生命本身就会消亡。（第一部第1章）

---

[1]　利普金：《战车》（莫斯科书园出版社，1977），第577页。

演奏一部钢琴协奏曲，可以缓可以疾，可以轻柔可以暴烈，可以含蓄可以夸张，但是，不能把音弹错。

翻译一部小说，可以文可以白，可以简洁可以繁复，可以平实可以华丽，但是，不能把意思弄错。

女儿赛芙是攻读钢琴演奏专业的硕士生。有一次我问她："钢琴家会弹错音吗？"女儿回答："如果是霍洛维茨，他的错弹就会成为经典。"

我想，女儿的话可以这样理解：如果你不是霍洛维茨，就没资格弹错。如果你不是霍洛维茨而不幸弹错了，那就只能认错认屄。

在中文翻译界，我想只有傅雷可以与音乐界的霍洛维茨相提并论：傅雷如果译错，他的错译就会成为经典。

我不是傅雷。我没有资格译错。希望我没有译错。

＊　　＊　　＊

我要特别感谢沙湄博士。她在美国《国家地理》杂志中文版、《天南》文学双月刊任职期间，与我有过多年的愉快合作。没有她的鼓励，没有她在我和出版社之间牵线搭桥，现在这个译本是不可能问世的。

感谢作家出版社责编赵超先生细心审阅译稿并提出许多中肯意见。

还要感谢赛芙，她阅读了译稿的前面一些章节，提出很多宝贵意见。从她那里我还了解到青年读者的一些阅读习惯，对我行文颇有帮助。译本中添加的注释较多，也是为了适应青年读者的需要。有一次我问赛芙："知道希特勒吗？""知道！""斯大林呢？""知道！""赫鲁晓夫？""啊？""他是苏联共产党中央第一书记。""啊。""尼基塔·谢尔盖耶维奇呢？""啊啊？""就是赫鲁晓夫。""啊……"

感谢成都四中（现石室中学）当年的俄语老师袁东生和李禄文，和清华大学当年的俄语老师杨景福。杨景福先生在"清理阶级队伍"运动中，于 1968 年 11 月 6 日跳楼自杀身亡，殁年三十六岁。愿杨先生在天之灵安息。

2022 年 7 月 10 日，墨尔本